Friedrich Gerstäcker

Nach Amerika!

Alle sechs Teile in einem Buch

Friedrich Gerstäcker: Nach Amerika! Alle sechs Teile in einem Buch

Berliner Ausgabe, 2018, 4. Auflage
Durchgesehener Neusatz bearbeitet und eingerichtet von Michael Holzinger

Erstdruck Hermann Costenoble, Leipzig / Rudolph Gärtner, Berlin 1855. Mit Illustrationen von Theodor Hosemann und Carl Reinhardt.

Dieses Buch folgt in Rechtschreibung und Zeichensetzung obiger Textgrundlage.

Herausgeber der Reihe: Michael Holzinger
Reihengestaltung: Viktor Harvion
Umschlaggestaltung unter Verwendung des Bildes:
Karl Bodmer, Mouth of the Wabash, Indiana, 1833

Gesetzt aus der Minion Pro, 11 pt

ISBN 978-1507885611

Erster Teil

1. Das Dollinger'sche Haus

Im Hause des reichen Kaufmanns Dollinger zu Heilingen – einer nicht unbedeutenden Stadt Deutschlands – hatte am Sonntag Mittag, ein kleines Familienfest die Glieder des Hauses um den Speisetisch versammelt, und diesen heute in außergewöhnlicher Weise mit Blumen geschmückt, und delicaten Speisen und Weinen gedeckt. Es war der Geburtstag der zweiten Tochter des Hauses, der liebenswürdigen Clara und nur ihr erklärter Bräutigam, ein junger deutscher, in New-Orleans ansässiger Kaufmann, als Gast der Familie zugezogen worden.

Am oberen Ende des Tisches, um dem Leser die Personen gleich in Lebensgröße vorzuführen, saß Vater Dollinger, ein etwas wohlbeleibter aber behäbiger, stattlicher Mann, mit klaren, blauen, unendlich gutmüthigen Augen und schneeweißen Locken und Augenbrauen, die aber dem edel geschnittenen Gesicht gar gut und ehrwürdig standen. Ihm zur Rechten saß seine Frau, allem Anschein nach etwa funfzehn oder sechzehn Jahre jünger wie er selber, und durch ihr volles, dunkelbraunes Haar vielleicht auch noch sogar jünger aussehend, als sie wirklich war. Sie ebenfalls, mit ihrer stattlichen Gestalt, hatte einen leichten Anflug zu Corpulenz, aber das etwas ausgeschnittene Kleid, wie die schwere goldene Kette, Broche und Ohrringe, die sie fast etwas zu reichlich schmückten, paßten nicht ganz zu dem sonst so freundlichen, matronenhaften Äußern.

Clara neben ihr, war das veredelte Bild der Eltern; die lieben treublauen Augen schauten gar so vertrauungs- und unschuldsvoll hinein in die Welt, an deren Schwelle sie stand, und die ihr, wie ein eben geöffnetes, prachtvoll gebundenes Buch auf den ersten, flüchtig durchblätterten Seiten, nur freundliche Blumen und ihr zulächelnde Gestalten zeigte. Kein Schmerz hatte diese engelsanften Züge noch je durchzuckt, keine Thräne wirklichen Schmerzes den reinen Blick getrübt, und die ganze zarte, sinnige Gestalt glich der eben entkeimenden Frühlingsblüthe im sonnigen Wald, die dem jungen Frühlingstag in Glück und Unschuld die schwellenden Lippen zum Kusse bietet, und in der blitzenden Thauperle ihres Kelchs, den reinen Äther über sich, nur schöner, nur glühender zurückspiegelt.

Ihre um nur wenige Jahre ältere Schwester, Sophie, die an des Vaters Seite saß, ähnelte der Schwester in mancher Hinsicht an Gestalt, aber das einfach kindliche, was Clärchen jenen unendlichen Reiz verlieh, fehlte ihr. Ihre Gestalt war voller, majestätischer, aber auch ihr Blick mehr kalt und stolz; »ich bin des reichen Dollingers Kind« lag klar und deutlich in den scharf zusammengezogenen Mundwinkeln, in dem fest und entschieden, blitzenden Auge, und auch ihre Kleidung, ihr Schmuck war, wenn nicht reicher, doch jedenfalls mehr in's Auge springend, Bewunderung fordernd.

Zwischen Beiden saß Clara's Bräutigam, ein junger, bildhübscher Mann in moderner, fast für einen Mann etwas zu gewählter und sorgfältig geordneter Kleidung; er trug das Haar in natürlichen dunkelbraunen Locken und das Gesicht glatt rasirt, bis auf einen kleinen, aufmerksam gekräußten, und nur bis zur halben Backe reichenden Backenbart, an den Fingern aber mehre sehr kostbare Diamant-Ringe, eine Brillant-Tuchnadel von prachtvollem Feuer, und eine schwere goldene, ebenfalls mit kleinen Edelsteinen besetzte Uhrkette.

Die Bekanntschaft Clara's und ihrer Eltern hatte er dabei auf eine etwas romantische Weise, und zwar gleich als ihr Lebensretter oder doch Befreier aus einer nicht unbedeutenden Gefahr gemacht. Herr und Frau Dollinger waren nämlich mit ihren beiden Töchtern im vorigen Herbst auf einer Rheinreise bei Rüdesheim aus- und zu dem kleinen Waldtempel oben über Asmannshausen hinaufgestiegen, um sich von dort nach dem Rheinstein übersetzen zu lassen; die Mutter hatte aber durch das nicht gewohnte Bergsteigen heftige Kopfschmerzen bekommen oder, was wahrscheinlicher ist, ennuyirte sich am Land und wünschte an Bord des Dampfers zurückzukehren, und als sie gerade mit dem Kahn über den Rhein fuhren, kam ein Dampfboot stromab, und hielt auf ihr Winken, sie an Bord zu nehmen. Herr und Frau Dollinger, mit Sophie, von den Kahnführern unterstützt, hatten auch schon glücklich die Treppe und das Deck erreicht, und dicht hinter ihnen folgte Clara, als diese sich plötzlich erinnerte, ihre Geldtasche im Kahn vergessen zu haben, und anstatt diese sich heraufreichen zu lassen, selber wieder zurücksprang sie zu holen. Durch das Hineinspringen fing aber der schmale Kahn an zu schwanken, während sie, die vergessene kleine Tasche aufhebend, das Gleichgewicht verlor und, mit dem Kopf voran, in den Rhein stürzte. Unglücklicher Weise waren gerade in dem nämlichen Augenblick die Kahnleute an Deck des Dampfers gestiegen, den Koffer eines Passagiers, der mit an Land fahren wollte, in ihren Kahn zu heben, und wenn sie jetzt auch, auf das Geschrei an Bord, rasch in diesen zurücksprangen, trieb doch Clara schon hinter dem Dampfboot aus, als der junge, eben von Amerika zurückgekehrte Mann, der dem ganzen Vorfall vom Deck des Dampfers zugesehn, mit keckem Muth ins Wasser sprang und die Jungfrau doch wenigstens so lange an der Oberfläche unterstützte, bis das Boot herbeikam sie beide aufzunehmen.

Das Weitere nahm einen ziemlich einfachen Verlauf, Joseph Henkel, wie der junge Mann hieß, gewann sich in den nächsten Wochen, die er in der Gesellschaft der ihm zu großen Dank verpachteten Familie zubrachte, die Achtung des Vaters und die Liebe von Mutter und Tochter, und als er zuerst bei der Mutter um die Hand der Tochter anhielt, sagten Beide nicht nein. Allerdings wollte der Vater erst, wenn auch nicht gerade Schwierigkeiten machen, doch etwas Genaueres über die Existenzmittel eines Mannes erfahren, dem er das Glück und Leben eines lieben Kindes anvertrauen sollte. Henkel selber bot ihm dazu die Hand und gab ihm Adressen an verschiedene Häuser in New-Orleans, die ihm über seine dortige Stellung genaue Auskunft geben konnten.

Nach seinem Vermögen mochte der alte Dollinger, wenn auch Kaufmann, nicht so genau forschen; er war selber reich genug, einen *reichen* Schwiegersohn entbehren zu können, und etwas Vermögen mußte der junge Mann haben, dafür bürgte sein ganzes Auftreten, bürgte besonders in den Augen seiner Frau der reiche und wirklich kostbare Schmuck, den er trug. Joseph Henkel war aber auch außerdem ein interessanter und sehr gescheidter Mann, der Manches in der Welt schon gesehen und erlebt, und das Gesehene und Erlebte mit lebendigen Farben und Worten zu schildern wußte. Er hatte die ganzen Vereinigten Staaten von Nord nach Süd und von Ost nach West durchstreift, und dort theils seinen Geschäften gelebt, theils gejagt, sogar ein kleines Dampfschiff auf dem Arkansas laufen gehabt, mit den Indianern Handel zu treiben, und ihnen die Produkte des Ostens gegen ihre eigenen Fabrikate und den Gewinn ihrer Jagden einzutauschen. Er war auch einmal von jenen wilden trotzigen Stämmen, die uns Cooper so herrlich und unübertroffen beschrieben, gefangen genommen und zum Opfertod verdammt, und damals wirklich nur durch ein halbes Wunder gerettet worden, und Clara hatte eine ganze Nacht nicht schlafen können, nur in der Angst und Unruhe um die entsetzliche Gefahr, der sich der tollkühne Mensch damals schon ausgesetzt.

Der junge Mann schien aber zwischen jenen wilden Stämmen den Umgang mit civilisirten Menschen keineswegs verlernt zu haben, und besaß ganz besonders ein fast wunderbares Geschick, sich seiner Umgebung anzuschmiegen, und sich in ihre Charaktere ordentlich hineinzuleben. Als ein tüchtiger und raffinirter Kaufmann, der vorzüglich eine vortreffliche statistische Kenntniß der Union besaß, gewann er sich dabei, und gleich von allem Anfang an, die Achtung des alten Dollinger. Der Frau aber hatte er leicht ihre kleinen, oft liebenswürdigen Schwachheiten abgelauscht, und wußte ihnen auf so geschickte Art zu begegnen, daß Frau Dollinger, mit der Rettung des geliebten Kindes im Hintergrund, schon nach sehr kurzer Zeit ganz entzückt von ihm war, und sein Lob dem Gatten unaufhörlich redete. Auch mit der älteren Schwester, Sophie, wußte sich Henkel bald auf guten Fuß zu stellen; er hatte bei ihr das leichteste Spiel, denn ihre Schwächen lagen offen zu Tag, denen aber schmeichelte er mit solcher Liebenswürdigkeit, daß ihm Clara, die es fühlte wie er dabei aus sich herausging und etwas annahm was ihm nicht natürlich war, oder doch jedenfalls dem Mann, den sie liebte, nicht natürlich sein *sollte*, dennoch nicht böse darüber werden konnte.

Desto freier, offener und natürlicher war er dafür gegen sie selber; er las, sang und spielte Pianoforte mit ihr, lehrte sie eine Menge kleiner reizender, schottischer und irischer Lieder, oder plauderte mit ihr leicht und sorglos Stunden lang in den Tag hinein, und konnte oft so herzlich dabei lachen, daß es Einem ordentlich gut that, ihm zuzuhören. Selbst Sophie entsagte dann nicht selten ihrem sonst etwas mehr abgeschlossenen, fast steifen Wesen und kam zu ihnen, Theil an ihrer Fröhlichkeit zu nehmen.

Nur in den letzten Tagen war der junge »Amerikaner« wie er im Hause gewöhnlich scherzhaft hieß, oder der »Delaware« wie ihn Sophie, wenn sie manchmal bei recht guter Laune war, nannte, auffällig niedergeschlagen gewesen; er hatte Briefe von Amerika bekommen, wie er sagte, und ein sehr lieber Freund von ihm war dort schwer erkrankt, auch ein Schiff das ihm gehörte, und das nicht versichert worden, so lange ausgeblieben, daß sein Compagnon fast den Untergang desselben befürchte. Der alte Herr Dollinger tröstete ihn deshalb, und er schien sich auch darüber hinwegzusetzen, die sonst so blühende Farbe seiner Wangen wollte aber doch nicht sogleich wieder dorthin zurückkehren, und das Auge hatte etwas Unsicheres, Unstätes, ihm sonst gar nicht Eigenes bekommen.

Nur heute, zu dem Fest der holden Jungfrau, die er bald die seine zu nennen hoffte, hatte er all die trüben Gedanken, welcher Art sie auch gewesen, und woher sie stammten, von sich abgeschüttelt, und war ganz wieder der frohe glückliche Mann, wie ihn Clara kennen – *lieben* gelernt. Auf seinen Wunsch nur, womit Frau Dollinger eigentlich nicht ganz einverstanden gewesen, war auch heute keine größere Gesellschaft geladen worden, sondern die kleine Familie speiste ganz »unter sich« in dem festlich mit Blumen und Guirlanden geschmückten Zimmer des jungen liebenswürdigen Geburtstagkindes. Frau Dollinger hatte sich eigentlich schon länger auf eine zu diesem Zweck einzuladende, größere Gesellschaft gefreut. Herr Dollinger selber hielt aber nicht viel von solchen Fêten; dafür jedoch bedung sie sich aus, daß sie wenigstens den Nachmittag spazieren fahren wollten, wobei sie der junge Henkel gewöhnlich zu Pferde begleitete.

Etwas that aber der alte Herr Dollinger gern, und zwar ein Glas Champagner trinken, und der zweite Stöpsel war eben lustig hinausgeknallt, der Gesundheit des »jungen Brautpaares« zu Ehren, als die Thür aufging und Loßenwerder, ein Comptoirdiener des Hauses, mit einem kleinen Paket in's Zimmer trat.

Loßenwerder war schon seit elf oder zwölf Jahren im Haus, und seinem Äußern nach eben keine angenehme Persönlichkeit; er hinkte auf dem linken Bein, das er als Kind einmal gebrochen, war überhaupt häßlicher und magerer Natur, und schielte auf dem rechten Auge, wodurch sein sonst gerade nicht unangenehmes Gesicht einen etwas falschen Ausdruck bekam. Das Störendste aber an dem ganzen Menschen war sein Stottern, wegen dem man sich auf ein längeres Gespräch gar nicht mit ihm einlassen konnte, und kam er einmal in Affekt, konnte er kein Wort mehr herausbringen. Frau Dollinger sowohl wie Sophie konnten ihn auch nicht leiden, ja die letztere behauptete sogar er verstelle sich und sie habe ihn schon ganz ordentlich, wenigstens zehntausend Mal besser sprechen hören, als er es jedesmal affektire, wenn er zu ihnen in die Wohnung komme; Clara aber hatte Mitleid mit dem armen Menschen, den sie seines Unglücks wegen innig bedauerte, schenkte ihm oft eine Kleinigkeit und spottete nie über ihn, während Herr Dollinger selber, ihn als einen brauchbaren und treuen Diener, der noch außerdem eine vortreffliche Hand schrieb, kannte und sehr zufrieden mit ihm war, ihm auch jedes nur mögliche Vertrauen bewieß.

»Hallo, Loßenwerder, was bringst Du mir da in's Haus?« rief ihm sein Principal jetzt halb lachend, halb erstaunt entgegen, als der kleine Mann das Zimmer betrat und schüchtern an der Thüre stehen blieb – »ist das für mich oder meine Tochter?«

»Gewiß für mich, Väterchen«, rief Clara, rasch von ihrem Sitze aufspringend – »siehst Du, der Onkel hat mich doch nicht ganz vergessen mit meinem Fest, und mir Gruß und Geschenk geschickt.«

»Hehehe – mö – mö – möchten es sich wo – wo – wo – wo – wohl wü – n – nschen Fräulein« lachte aber der Stotternde, indem er Herrn Dollinger zuwinkte, daß das Paket für ihn sei – »ka – ka – ka – kann ich mir de – de – de – de – denken – Go – go – gold und Ba – ba – ba – ba – bank – no – noten.« Er zog dabei einen Brief aus der Tasche, den er dem Herrn übergab.

»Hm, hm, hm« sagte aber dieser kopfschüttelnd, »und das bringst Du mir jetzt in's Haus – gerade wo ich ausfahren will – warum hast Du es denn nicht dem Cassirer gegeben?«

»Ni – ni – nirgends zu fi – fi – fi – finden« stotterte Loßenwerder.

Herr Dollinger warf den Kopf, den Brief flüchtig durchfliegend, herüber und hinüber, sagte dann aber, aufstehend und das Papier vor sich hinlegend:

»Ja, da läßt sich denn weiter Nichts ändern; gieb mir das Paket Loßenwerder, und sieh dann zu, daß Du Herrn Reibich findest. Ich lasse ihn bitten um sieben oder halb acht Uhr heute Abend auf einen Augenblick zu mir zu kommen – verstanden?«

»Ja – ja – jawohl He – he – he – herr Do – do – do – Do – «

»Schon gut« lachte Herr Dollinger, ihm zuwinkend, »und hier, Loßenwerder, magst Du auch einmal ein Glas auf das Wohl meiner Tochter trinken. Fräulein Clara's Geburtstag ist heute – hier Clara, reich es dem jungen Herrn.« Er füllte dabei ein Wasserglas bis zum Rande voll von dem funkelnden, schäumenden Naß, und während Clara mit freundlichem Lächeln dem armen Teufel das Glas credenzte, nahm Herr Dollinger das Paket mit Geld, ging zu dem nahen Secretair, in dem der Schlüssel stak, öffnete ihn, legte das Geld hinein, zog dann den Schlüssel ab und sagte, diesen der Tochter überreichend:

»So Kinder, heute müßt Ihr einmal auf ein paar Stunden mein Cassirer sein, bis der andere aufgefunden werden kann.«

Clara nickte dem Vater freundlich zu, und Loßenwerder, der das volle Glas in der Hand hielt und auf einmal ganz blutroth im Gesicht geworden war, hob es empor und rief stotternd:

»Fr – re, re, re, re, re, räu – le – le – lein Cla – ra – ra – ra – ra – aus ga – ga – ganzem He – he – he – he – he – he – her – ze – ze – zen.«

Als ob er aber mit den Worten in der Kehle Luft gemacht, setzte er das Glas an, und der Wein verschwand wie durch Zauberei.

»Alle Wetter« lachte Herr Dollinger, der sich gerade nach ihm umdrehte, »Loßenwerder hat einen vortrefflichen Zug – nun? – hat's geschmeckt?«

»Gu – gut Herr Do – do – do – do – do.«

»Genug, genug« winkte ihm der Principal wieder ab – »also bestell mir das ordentlich.«

Loßenwerder, der Art entlassen, und vielleicht froh aus einer Umgebung zu kommen, in der er sich nicht heimisch fühlen konnte, setzte das Glas auf einen Seitentisch ab, machte eine etwas linkische Verbeugung, und wohl wissend daß er zu einem ordentlichen Danke doch keine Zeit mehr übrig hatte, empfahl er sich ohne weiter auch nur einen Versuch zu mündlichem Abschied zu machen.

»Eine unangenehme Persönlichkeit« sagte Frau Dollinger zu ihrem Schwiegersohn *in spe*, als der Mann noch die Thür nicht einmal ordentlich hinter sich geschlossen hatte; »ich kann mir nicht helfen, auf mich macht der Mensch immer einen fatalen Eindruck.«

»Wie – wie befehlen Sie meine Gnädige?« sagte der junge Henkel etwas zerstreut; Sophie bog sich in diesem Augenblick zu ihm nieder und flüsterte ihm ein paar Worte zu –

»Er kann ja doch Nichts für seine Gebrechen« nahm Clara aber die Antwort auf, »und thut gewiß Alles in seinen Kräften sie eben durch gutes Betragen vergessen zu machen.«

»Papa, ich würde das Geld auch nicht so offen in dem Secretair da liegen lassen« sagte Sophie.

»Nicht so offen? – ich habe ja zugeschlossen – «

»Nun, es ist immer nicht gerade gut, wenn die Dienstleute wissen wo man Geld liegen hat« stimmte die Mutter bei.

»Dienstleute?« meinte Herr Dollinger – es war ja Niemand von ihnen im Zimmer – «

»Doch Loßenwerder?«

»Bah« lachte der Kaufmann, mit dem Kopf schüttelnd.

»Ist es denn viel?« frug seine Frau.

»Nun, der Mühe werth wär's immer« sagte Herr Dollinger, »fünf Tausend Thaler etwa – es soll aber auch nicht über Nacht da liegen bleiben, und Loßenwerder hat mir auf heute Abend den Cassirer zu bestellen, das Geld an sicheren Ort zu legen, bis ich morgen darüber verfügt habe.«

»Der Loßenwerder verwandte keinen Blick von dem Geld, so lang er im Zimmer war« sagte die Mutter, mit dem Finger vor sich hindrohend.

»Lieber Gott, Mütterchen, Du weißt ja aber doch daß er schielt« vertheidigte ihn lachend Clara – »eben so fest und unverwandt hat er mich indessen mit dem andern Auge angesehen; seine Schuld ist's nicht daß er zwei Stellen auf einmal im Auge behalten muß.«

»Laßt mir den armen Teufel zufrieden« sagte aber auch Herr Dollinger – »der ist mir nützlicher wie zwei von meinen anderen Leuten; mehr zum Nutzen wie Staat freilich, aber Staat will er auch nicht machen. Jetzt übrigens Kinder wird es Zeit daß wir uns rüsten, und Henkel, Sie müssen noch Ihr Pferd holen lassen.«

»Ich habe es schon, in der Voraussetzung daß wir bei dem schönen Wetter doch wohl eine kleine Parthie machen würden, hierher bestellt«, erwiederte rasch der junge Mann – wünschen Sie den Wagen jetzt?«

»Ich glaube ja, je eher, desto besser; die Tage sind kurz und wenn wir noch eine Stunde oder zwei fahren wollen, dürfen wir nicht mehr viel länger warten.«

»Aber Ihr Mädchen möchtet Euch ein wenig warm einpacken« sagte jetzt die Mutter, alles Andere in dem Gedanken an ihre Toilette vergessend – »zum still im Wagen Sitzen paßt ein Sommerkleid noch nicht und heute Abend wird es kühl werden.«

»Und nicht so lange machen«, mahnte der Vater, der sich sein Glas noch einmal voll schenkte und leerte; »der Wagen wird im Augenblick da sein.«

Der Wagen fuhr auch wirklich kaum zehn Minuten später vor, Herr Dollinger, der nun seinen Hut und Stock aufgenommen, ging, seine Handschuh anziehend, im Hofe auf und nieder, und endlich erschienen, diesmal in wirklich sehr kurzer Zeit, die Damen, ihre Sitze einzunehmen.

»Nun, wo ist Henkel?« sagte Herr Dollinger, sich nach seinem zukünftigen Schwiegersohne umschauend, »ich habe sein Pferd auch noch nicht gesehen; jetzt wird uns der warten lassen.«

Die Familie hatte indessen im Wagen Platz genommen, und der alte Herr schaute etwas ungeduldig zum Schlag hinaus, als der junge Henkel zum Thor, aber ohne Pferd, hereinkam.

»Nun? und Sie sitzen noch nicht im Sattel?« rief er ihm schon von weitem entgegen – »das ist eine schöne Geschichte; jetzt dürfen wir den Frauen nie im Leben wieder vorwerfen, daß sie uns warten lassen.«

»Ich muß tausend Mal um Entschuldigung bitten«, sagte der junge Mann, zum Wagen hinantretend, »aber mein Stallmeister hat mich sitzen lassen. Wenn Sie mir erlauben schicke ich einen der Leute danach, oder gehe selber, es ist nicht weit von hier. Aber thun Sie mir die Liebe und fahren Sie langsam voraus, ich hole Sie in Zeit von zehn Minuten ein.«

»Wir können ja hier warten«, sagte die Mutter.

»Ja, wenn die Pferde stehen wollten«, brummte Herr Dollinger – »zieh nicht so fest in die Zügel Johann, das Handpferd kann das nicht vertragen und wird nur noch immer unruhiger – wir wollen langsam vorausfahren – machen Sie aber daß Sie nachkommen; auf dem Balkon vom rothen Drachen trinken wir Kaffee, dort ist eine wundervolle Aussicht – der Stalljunge mag hinüberlaufen und Ihnen das Pferd holen.«

Die Pferde zogen in diesem Augenblick an, Henkel mußte aus dem Weg springen und verbeugte sich leicht gegen die Damen, von denen ihm Clara freundlich lächelnd zunickte.

Eine starke Viertelstunde später sprengte der junge »Amerikaner«, seinem Thiere die Sporen gebend, daß es Funken und Kies hintenaus stob, über das Pflaster, zum Entsetzen der Fußgänger dahin, dem Wagen nach, den er nur erst eine kurze Strecke vor dem bezeichneten Platz wieder einholte. Im Stall wollte Niemand etwas davon gewußt haben, daß er sein Pferd bestellt gehabt – Einer schob die Vergessenheit natürlich auf den Andern, und Dollinger's Stallknecht mußte die Leute sogar erst zusammensuchen, bis er das Pferd bekam, deshalb hatte es so lange gedauert. Als er mit demselben zurückkehrte, ging der junge Mann in dem kleinen, dicht am Haus liegenden Garten auf und ab, sprang aber dann, dem Burschen ein Trinkgeld zuwerfend, und dessen Entschuldigung nur halb hörend, rasch in den Sattel und flog, wie vorher erwähnt, in vollem Carrière die Straße nieder.

Er hatte den Hof kaum verlassen, als Loßenwerder, einen großen, wunderschön blühenden Monatsrosenstock unter dem Arm, vorsichtig und wie scheu, daß ihn Niemand gewahre, über den Hof und in die Hinterthür des Hauses schlich, und sich leise und geräuschlos die Treppe damit hinaufstahl. Er blieb etwa zehn Minuten im Haus und wollte dann aus derselben Thür wieder über den Hof zurück, als der Stallknecht aus der Futterkammer kam. Unschlüssig blieb der kleine Mann eine kurze Zeit hinter der Thür stehen, und schlich sich dann, als der Bursche den Platz nicht verlassen wollte, vorn zur Hausthür hinaus auf die Straße, den Weg nach seiner Wohnung einschlagend.

2. Der rothe Drachen

Der »rothe Drachen«, ein Wirthshaus, das wegen seines vortrefflichen Bieres, wie sonst mancher schätzenswerthen Eigenschaften einen sehr guten Namen hatte, lag etwa eine halbe Stunde von Heilingen, an der großen Landstraße, die gen Norden führte. Ein freundlicher Thalgrund umschloß Haus und Garten und die dunklen, den Gipfel des nächsten Hanges krönenden Nadelhölzer hoben nur noch mehr das freundliche Grün der jungen Birken und Weißeichen hervor, die sich über die niedere Abdachung erstreckten, und bis scharf hinan an den hocheingefriedigten und sorgfältig in Ordnung gehaltenen Frucht-, Gemüse- und Blumengarten des Hauses selber lehnten.

Es war ein warmer, sonniger Frühlingsnachmittag; der Bach, der am Hause dicht vorbeirieselte, plätscherte und schäumte in frischem jugendlichen Übermuth, des Eises Hülle, die ihn so lange gefangen gehalten oder doch fest und ängstlich eingeklemmt, nun endlich einmal enthoben zu sein, und die Vögel zwitscherten so froh und munter in den Zweigen der alten knorrigen Linde, die unfern der Thüre stand, und flatterten und suchten herüber und hinüber, aus den blühenden Obstbäumen fort über den Hof und von dem Hof wieder fort in dicht versteckten Ast und Zweig hinein, mit einem gefundenen Strohhalm oder einer erbeuteten Feder im Schnabel, daß Einem das Herz ordentlich aufging über das rege glückliche Leben. Und wie blau spannte sich der Himmel über die blühende, knospende Welt, wie leicht und licht zogen weiße duftige Wolken, Schwänen gleich, durch den Äther hin, farbige, flüchtige Schatten werfend über Wiesen und Feld und die weite Thalesflucht, die sich dem Auge in die Ferne öffnete und dem leuchtenden Blick neue Schätze bot, wohin er fiel.

Ein Frühling in Deutschland – ein Frühling im *Vaterland*; oh wie sich das Herz da mit der wirbelnden, schmetternden Lerche hebt und jubelnd, jauchzend gen Himmel steigt; zwinge die Thräne da nicht zurück, die sich Dir, dem Glücklichen, in's Auge drängt – in ihrem Blitzen preisest Du den Vater droben, wie es die jubelnde Lerche dort thut, die mit zitterndem Flügelschlag über den grünen Matten schwebt; – wie das raschelnde flüsternde Blatt im Wald, wie der schwankende, thaugeschmückte Halm und die knospende, duftende Blüthe im Thal. Ein Frühling im Vaterland – oh wie schön, wie jung und frisch die Welt da um uns liegt in ihrem bräutlichen Glanz, voll neuer Hoffnungen in jedem jungen Keim, und wie sich das Herz der schönen Blume gleich zusammenzog, als der Herbststurm über die Haide fuhr, mit rauher Hand den Blattschmuck von den Bäumen riß und zu Boden warf und Schnee und Eis vor sich hin jagte über die erstarrende Flur, so öffnet es sich jetzt mit vollem Athemzug wieder den balsamischen Frühlingsgruß, und vorbei, vergessen liegt vergangenes Leid – wie der verwehte Sturm selber keine Spur mehr hinterließ und die schönsten Blumen jetzt gerade an den Stellen blühen, wo er am tollsten, rasendsten getobt.

Ein warmer erquickender Regen war die letzten Tage gefallen, und so gut er dem Land gethan, hatte er doch die Bewohner des nahen Städtchens in ihre Häuser und Straßen gebannt gehalten, von wo aus sie sehnsüchtig die nahen grünenden Berge theils, theils die dunklen Wolken betrachteten, die nicht nachlassen wollten Segen auf die Fluren niederzuträufeln. Heute aber hatte sich das geändert; voll und warm glühte die Sonne am Himmelszelt und hinaus strömten sie in jubelnden Schaaren, hinaus in's Freie. Der »rothe Drachen« vor allen anderen Plätzen, der so reizend an der Öffnung des Thales lag und die Aussicht bot in das darunter liegende freie Land, hatte dabei sein reichlich Theil erhalten der fröhlichen Schaar, daß die Wirthin mit ihren Kellnern und Mägden nicht Hände genug hatte zu schaffen und herzurichten, und die Tische und Bänke im Garten draußen fast alle besetzt waren rund herum von Schmausenden.

Der »rothe Drachen« sollte übrigens, wie die Sage ging, seinen Namen von einem wirklichen Drachen bekommen haben, der einmal vor vielen hundert Jahren in der Schlucht weiter oben, die auch noch ebenfalls nach ihm die Drachenschlucht hieß, gehaust und viele Menschen und Rinder verschlungen hatte. Der Wirth des »rothen Drachen« nun, Thuegut Lobsich, dessen Voreltern schon diesen Platz gehalten, behauptete dabei, Einer seiner »Ahnen« habe den Drachen im Einzelkampf erlegt – (die Gäste meinten, mit schlechtem Bier vergiftet) und dafür von dem damals regierenden Fürsten Platz und Wirtschaft als Gerechtsame, mit dem Schild als Wahrzeichen, erhalten.

Wie dem auch sei, Thuegut Lobsich that wirklich gut auf dem Platz, der ihm vortreffliche Nahrung bot, und befand sich so wohl, wie sich nur ein Wirth in einer gut gelegenen Wirthschaft befinden kann. Seine Frau war aber dabei der Nerv des Ganzen, in Küche und Stall, in Keller und Haus, und während sich Vater Lobsich, wie er sich gern nennen ließ, obgleich er noch jung und rüstig war, am Liebsten zu seinen Gästen irgendwo an einen Tisch drückte und »das Bier controllirte«, wie er sagte, daß ihm die Burschen kein Saures brachten und die Gäste verjagten, arbeitete die Frau im Schweiße ihres Angesichts vor dem Heerd, die bestellten Portionen herzurichten und zu gleicher Zeit auch den Verkauf von Kaffee, Thee, Milch und Kuchen zu überwachen. Dabei führte sie die Kasse und rechnete mit Kellnern und Mädchen ab, und wehe denen, die eine halbe Portion Kaffee oder Kuchen vergessen, ein nichtbezahltes Glas nicht aufnotirt oder einem schlechten Kunden noch einmal gegen den direkt gegebenen Befehl geborgt hatten.

Böse Zungen meinten dabei nicht selten, Frau Lobsich sei der »einzige Mann im Hause« und Thuegut dürfe nur tanzen, wenn sie nicht daheim wäre; böse Zungen erwähnten dann aber nicht dabei, daß sie wirklich allein das Hauswesen in Zucht und Ordnung hielt, und so scharf und heftig sie draußen in Küche und Wirtschaft, wo sie fremde Leute doch auch eigentlich nur zu sehen bekamen, sein konnte, und so große Ursache sie dabei oft hatte ärgerlich zu sein, und die Ursache dann auch für vollkommen genügend hielt, es wirklich zu werden, so still und freundlich konnte sie sich betragen, wenn sie allein mit ihrem Manne war, und so gern gab sie ihm in Allem nach, was nicht eben zu Ruin und Schaden trieb. Salome Lobsich war das Muster einer Hausfrau, und was ebensoviel sagen will, eine gute Gattin dabei – ob ihr Mann dasselbe auch von sich sagen konnte, stand auf einem anderen Blatt.

Heute hatte sich übrigens eine ziemlich zahlreiche Gesellschaft in dem gar so freundlich gelegenen Garten des rothen Drachen eingefunden, und dicht vor der Thür desselben, unter der alten breitschattigen Linde, die ihre Arme so weit nach rechts und links hinüberstreckte, daß man sie schon hatte stützen müssen, nur den Weg zu ihr und den Platz darunter frei zu behalten, saß Lobsich selber mit einem kleinen Kreis guter Bekannten, d. h. alter Kunden und quasi Stammgäste von ihm, denn er selber kam selten irgend wo anders hin, und wer also sein Bekannter *bleiben* wollte, mußte ihn eben besuchen.

Zu diesen gehörte besonders Jacob Kellmann, ein Kürschner und Pelzhändler aus Heilingen, dann der Aktuar Ledermann von dort, eine lange hagere, etwas ungeschickte Gestalt, mit aber nicht unangenehmen, gutmüthigen Gesichtszügen, und der Apotheker aus Heilingen, Schollfeld mit Namen, die es gewöhnlich so einzurichten wußten, daß sie an einen Tisch mit einander zu sitzen kamen. Lobsich nahm ebenfalls am Liebsten zwischen dieser kleinen Gesellschaft Platz, und nur dann und wann, besonders wenn er die Stimme seiner Frau irgendwo hörte, stand er auf und ging einmal durch den Garten und die Reihen seiner Gäste, zu sehn ob Alle ordentlich bedient würden, und keine Klagen einliefen gegen unaufmerksame Kellner, die er in dem Fall auch wohl gleich an Ort und Stelle mit einem Knuff oder einer Ohrfeige abstrafte, als warnendes Beispiel. Er mußte an irgend Jemand seinen Ärger auslassen, daß er nicht bei seinem Biere konnte sitzen bleiben.

»Ist doch ein prachtvolles Wetter heute«, sagte Kellmann, der eben einen tüchtigen Zug aus seinem

Glase gethan, und nun mit vollem zufriedenen Blick über das freundliche Bild hinaus schaute, das sich, von der warmen Nachmittagssonne beschienen, in all seinem blitzenden Glanz und Farbenschimmer vor ihnen aufrollte »und es wächst und gedeiht Alles draußen so schön und steht so prächtig – merkwürdig dabei, daß Alles so theuer bleibt, und die Preise, statt herunter zu gehen, immer nur steigen und steigen.«

»Ja das weiß Gott«, seufzte der Aktuar, dem der Gedanke selbst den Geschmack am Bier wieder zu verderben schien, denn er setzte das schon zum Mund gehobene Glas unberührt vor sich nieder – »und wenn das noch eine Weile so fort geht, können wir alle mit einander verhungern oder davonlaufen.«

»Nun Ihr habt gut reden«, sagte Kellmann, »Ihr bekommt vom Staat Euer Gewisses und könnt Euch genau danach einrichten – Euer Geld muß Euch werden, wenn der erste jedes Monats kommt, unsereins hängt aber allein von den Zeiten ab, und wenn die Lebensmittel knapp werden, kauft Niemand einen Pelz. Holz will auch sein und daran kann sich nachher die ganze Familie wärmen.«

»Ihr redet wie Ihr's versteht«, brummte der Aktuar, – »unser Gewisses bekommen wir, das ist wahr, aber nur deshalb, damit wir gewisses Elend vor den Augen haben. Ich habe fünfhundert Thaler Gehalt, und Frau und Kind und Dienstmädchen zu ernähren, und soll anständig dabei gekleidet gehn, denn vor zehn und zwanzig Jahren hatte ein Aktuar in meiner Stellung auch nicht mehr, und machte das Alles möglich, ja befand sich wohl dabei. Jetzt aber wird Brod, Butter, Fleisch, Holz, Wohnung, kurz Alles was wir nun einmal zum Leben brauchen, gesteigert von Tag zu Tag, aber meine fünfhundert Thaler *bleiben*; vor zehn Jahren kaufte ich zwanzig Pfund Brod für dasselbe Geld, für das ich jetzt nicht zehn bekomme – aber *meine* fünfhundert Thaler *bleiben*. Auch mein Hausherr verlangt höheren Zins – schon voriges Jahr bin ich höher gegangen, um nicht gesteigert zu werden, d. h. für denselben Preis aus der zweiten in die dritte Etage gezogen, aber dies Jahr muß ich ganz hinaus, denn er will wieder zehn Thaler mehr haben und ich kann's ihm nicht geben. Ihr Leute habt Euch gut in die Zeiten schicken, denn wenn das Brod theuer wird, schlagt Ihr desto mehr auf Euere Waare, der kleine Beamte aber, der Staatsdiener um geringen Lohn, das ist das geplagte, gefährdete Geschöpf, und jede neue Taxe macht ihm keine neue Berechnung, sondern schnallt ihm nur den Leibriemen um ein Loch enger, daß er weniger ißt, bis er in's *letzte* Loch geworfen wird, zum ersten Mal von seinen irdischen Strapatzen, ohne Furcht vor rasch abgelaufenen Ferien, wirklich ungestört auszuruhen.«

»Ach geht mit Eueren erbärmlichen Lamentationen an solch freundlichem Tag«, fiel ihm der Wirth hier in die Rede, der sich erst vor ein paar Augenblicken wieder mit zum Tisch gesetzt und schon eine ganze Weile ungeduldig mit dem Kopf geschüttelt hatte. »Das Reden macht's nicht besser und Stöhnen und Seufzen hilft auch Nichts – Kopf oben, das ist die Hauptsache; das andere macht sich von selber – aber hallo« – unterbrach er sich plötzlich, von seinem Sitze aufstehend und die Straße hinunterzeigend, die in das weite Thal führte – »was kommt dort für ein Trupp den Weg entlang?« – und in der That wurde dort oben ein ganzer Zug Männer, Frauen und Kinder mit kleinen Handkarren und ein paar einspännigen Wägelchen sichtbar.

»Das sind Auswanderer!« rief Jacob Kellmann, von seinem Stuhl aufspringend und dem Zug entgegenschauend – »seht nur ein Mensch an, wieder ein ganzer Schwarm aus dem Hessischen; Heiland der Welt, da muß doch endlich einmal Platz werden.«

»Na nu ist wieder der Frieden beim Henker«, rief aber der Apotheker mürrisch – »hier Lobsich setzt Euch auf Eueren Stuhl und trinkt Euer Bier aus, und Ihr Kellmann, laßt das Volk da draußen laufen, wohin sie wollen – unzufriedene Bande, die es ist und die es nirgends gut genug kriegen kann, wo ihr nicht das Confekt auf goldenen Tellern präsentirt wird. Na kommt nur hinüber, wenn Euch hier der Hafer zu sehr sticht – Euch werden sie schon noch das Fell über die Ohren ziehn, daß Ihr am hellen lichten Tag die Sterne zu sehn bekommt.«

»Nein was für ein Zug!« rief aber Kellmann, die langsam näher kommende Schaar mit unverkennbarem Interesse betrachtend; »die armen Teufel.«

»Hört Kellmann«, rief aber Schollfeld ärgerlich, »tretet mir da ein wenig aus dem Weg, daß ich auch was sehen kann, und setzt Euch wieder, ich dächte doch wahrhaftig, Auswanderer hier an der Straße wären nichts so besonders Neues, daß Ihr Maul und Nase aufsperrt und thut, als ob Euch so etwas noch nicht im ganzen Leben vorgekommen wäre.«

Schollfeld war übrigens nicht umsonst so mürrisch; er hatte einen Zorn auf Auswanderer, denn er betrachtete Auswanderung als eine indirekte Beleidigung gegen den Staat, gewissermaßen als eine Grobheit, die man ihm geradezu unter die Nase sage – : »ich mag nicht mehr in Dir leben und weiß einen Platz, wo's besser ist.« Das *dachten* sich nämlich die »Tölpel«, wie er sie nannte, aber Sie *wußten* es nicht – gar Nichts wußten sie und liefen blind und toll in die Welt hinein. Der Staat hätte auch eigentlich den Skandal gar nicht dulden sollen; hunderte von Menschen, reine Deserteure aus ihrem Vaterland, liefen da frank und frei vorbei, Anderen noch obendrein ein böses Beispiel gebend, und er begriff die Regierung nicht, wie sie dem Volke nur noch einen Paß gestatten konnte.

Der Zug war indessen näher gekommen und Lobsich rasch in das Haus gegangen Bier herbeizuschaffen, da sich bei solchen Trupps gewöhnlich eine Menge junge Burschen befanden, die noch Geld im Beutel und immer frischen Durst hatten; um so mehr, da das Bergesteigen heute wirklich warm und den Hals trocken machte.

Die ersten Wägen passirten still vorbei; die Führer warfen einen langen, vielleicht sehnsüchtigen Blick nach den behaglich hinter ihren Tischen sitzenden Gästen und dem kühlen funkelnden Bier hinüber, aber hielten nicht an, sich längere Rast dafür auf den Abend versprechend. Nur von den Fußgängern blieben mehre Trupps unfern der Linde, unter der unsere kleine Gesellschaft saß, und nicht weit von der Gartenthüre stehn, und während ein paar der Männer dem Kellner winkten, ihnen Bier herauszubringen, als ob sie sich scheuten in ihrer bestaubten schmuzigen Kleidung, mit der schweißbedeckten Stirn, zwischen die geputzten und jetzt nach ihnen herübersehenden Gruppen hineinzugehn, hielt ein Trupp Frauen ebenfalls dort. Angezogen von der plötzlichen weiten und freien Aussicht, die ihnen hier nach unten zu das Thal öffnete, durch das sie gekommen, blieben sie erfreut und überrascht stehn und schauten dabei auf das reizende Bild hin, das wie mit einem Schlage so vor ihnen in's Leben sprang.

»Heiland der Welt, Lisbeth«, rief ein junges, sechzehnjähriges Mädchen der, vielleicht zwei Jahr älteren Schwester zu – »dort drüben liegt Holstetten, und von da ist's nur noch neun Stunden zu Haus – dahinter kann ich den weißen Weg durch's schwarze Nadelholz sehn, der hinüberführt nach Krisheim.«

»Ja Marie«, antwortete das Mädchen, und während sie sprach, liefen ihr die großen hellen Zähren an den bleichen Wangen nieder, »gleich hinter dem Berg dort muß die Windmühle liegen, und dann kommt Bachstetten und nachher« – sie konnte nicht mehr sprechen, das Herz war ihr zu voll und sie mochte doch nicht das der Schwester, wenn diese ihren Schmerz sah, noch schwerer machen. Aber zurückdämmen ließ sich das auch nicht, die Wunde war noch zu frisch und blutete zu stark, und beide Mädchen standen wenige Minuten still und weinend da, die schönen thränenüberströmten Züge den ihr nächsten Menschen ab- und der verlassenen Heimath, die sie wohl nie im Leben wieder schauen sollten, zugekehrt.

»Ob auch wohl Martha der Mutter Grab ordentlich hält und pflegt, wie sie es versprochen«, brach die Jüngste endlich wieder mit leiser kaum hörbarer Stimme das Schweigen.

»Sie hat's ja versprochen«, flüsterte fast eben so leise die Schwester zurück, »aber – – – – so lieb wird sie's doch nicht haben wie wir.«

»Komm Lisbeth«, sagte die Jüngere wieder und ergriff, ohne sie aber dabei anzusehn, der Schwester Hand – »wir wollen gehn – die Wagen sind schon ein Stück voraus.«

Beide Mädchen nickten leise und kaum bemerkbar der verlassenen Heimath zu und schritten dann schweigend Hand in Hand den Weg entlang, der nach und durch Heilingen führte, ihre weite, unbekannte Bahn.

»He Marie, Lisbeth!« rief sie der Vater an, der eben an der Thür des Gartens ein Glas Bier von einem der Kellner erhalten hatte – »wollt Ihr einmal trinken Kinder?«

»Ich danke Vater«, sagte Marie zurück, ohne sich umzusehn oder stehn zu bleiben, »wir sind nicht durstig.«

»Woher des Wegs Ihr Leute?« wandte sich jetzt Kellmann, der trotz Schollfeld's ärgerlichen Worten zu dem Alten getreten war, an diesen.

»Aus Hessen«, sagte der Mann ruhig und that einen langen durstigen Zug aus dem, mit dem trefflichen Bier gefüllten, schäumenden Glas.

»Und wohin?«

»Nach Amerika.«

»Hm – ist ein weiter Weg – ist Euch wohl schlecht gegangen hier im Lande?« sagte Kellmann, die kräftige und doch gramgebeugte Gestalt des alten Landmanns teilnehmend betrachtend.

Der Bauer, dessen Blick auch an dem fernen Punkt indeß gehangen, wo seine frühere Heimath lag, ließ das Auge einen Moment wie mißtrauisch über den Frager gleiten und erwiederte dann leise und kopfschüttelnd:

»Schlecht? – lieber Gott wie man's nimmt; man soll g'rad nicht klagen; der liebe Gott hat geholfen und wird weiter helfen.«

»Ihr wollt Euch wohl ein paar von den gebratenen Tauben holen die in Amerika herumfliegen?« mischte sich hier der Apotheker in's Gespräch, der nicht umhin konnte dem »Auswanderer«, wie er sich ausdrückte,

»einen Hieb zu versetzen« – »habt Ihr auch Messer und Gabeln mit?«

Der Bauer sah den kleinen, spöttisch lächelnden Mann einen Augenblick ruhig von der Seite an, zahlte dann dem neben ihm stehenden Kellner, dem er das Glas zurückgab, sein Bier, und ohne irgend etwas auf die Frage zu erwiedern, oder ärgerlich darüber zu scheinen, ja als ob er sie nicht gehört hätte, wandte er sich und folgte mit einem »grüß Euch Gott Ihr Herren«, seinen vorangegangenen Töchtern.

»Holzkopf«, brummte der Apotheker, nur noch mehr gereizt über diese anscheinende Misachtung, hinter ihm drein – »dem Volk ist zu wohl hier«, setzte er dann, mit einem kräftigen Zug aus seinem Glase hinzu – »der Art Leute fühlen sich nicht behaglich, wenn sie nicht baumfest unter dem Daumen gehalten werden.«

»Guten Abend miteinander«, sagte in diesem Augenblick ein Anderer der Auswanderer, der, mit einem kurzen Pfeifenstummel in der Hand zu dem Tisch trat, auf dem in einem schützenden Kelchglas ein Licht mit darum gesteckten Fidibus zum Anzünden der Cigarren stand – »wenn's erlaubt ist, möchte ich mir wohl einmal eine Pfeife bei Euch anbrennen.«

»Mit Vergnügen«, sagte Ledermann, ihm einen Fidibus anzündend und hinreichend.

»Danke schön«, nickte der Mann, das Feuer benutzend und den blauen Qualm in schnellen kurzen Zügen ausblasend. –

»Und wo geht die Reise hin?« frug Ledermann dem Rauchenden.

»Da hinüber«, sagte dieser; immer noch scharf ziehend, indeß er mit dem linken, zurückgebogenen Daumen über die linke Achsel wieß – »übers große Wasser.« –

»Habt Ihr dort schon einen Platz?« frug der Aktuar.

»Ja«, sagte der Mann freundlich – »mein Bruder hat mir geschrieben aus dem Wiskonsin heraus; da soll's gut sein.«

»Und geht Ihr Alle dorthin?« frug ihn Kellmann.

»Die meisten von uns, ja; eine Parthie will aber auch hinüber in's Missuri; da ist's wärmer.«

»Es sind wohl lauter Landleute hier miteinander?«

»Ja meistens – ein Schneider ist dabei, und der Schmied aus dem Dorfe und der Herr Pastor ist schon voraus.«

»Der Pastor geht auch mit?« frug Kellmann schnell.

»Ahem«, nickte der Mann, »der ist aber mit der Post gefahren, aber er hat gesagt er wollte sehn daß wir Alle auf ein Schiff kämen. Danke schön Ihr Herren, adje.«

»Glückliche Reise«, rief ihm Kellmann nach.

»Danke«, nickte der Mann noch einmal zurück, »könnens brauchen«, und schloß sich den übrigen wieder an, von denen die letzten gerade die Thür des Wirthshauses passirten.

Es waren ärmliche, viele von ihnen kränklich oder wenigstens bleich aussehende Gestalten, in die Bauerntracht ihrer Gegend gekleidet; die meisten Frauen mit Kindern auf dem Arm, Manche sogar deren an der Brust, und ein Bündel dazu auf dem Rücken, die im Schweiß ihres Angesichts, wie sie bis jetzt gelebt, mühsam der fernen ersehnten Heimath entgegenstrebten. Hie und da waren auch ein paar kräftige junge Burschen von zwölf bis vierzehn Jahren vor ein kleines leichtes Handwägelchen gespannt, darauf gepackte Betten, Kleidungsstücke und Lebensmittel die weite Straße entlang zu ziehen. – Die Leute hatten kein Geld übrig, denn das wenige, was sie zur Reise aufgespart, mußten sie für das Schiff aufheben, und ein paar Thaler sollten doch auch noch wenigstens, wenn das irgend anging, übrig bleiben, damit sie nur die ersten Tage in Amerika, ehe sie Arbeit bekämen, vor Sorge geschützt wären. Den glänzenden Schilderungen die ihnen von dem neuen Lande ihrer Hoffnungen gemacht waren, trauten die armen Frauen am wenigsten in ihrem vollen Umfange; von Jugend auf, wie ihnen nur eben die Kräfte wurden ihre jüngeren Geschwister in der Welt herumzuschleppen, hatten sie arbeiten, hart arbeiten müssen, und viel anders würde es auch wohl nicht da drüben sein. Der Sorgen waren hier nur gar so viele angewachsen, mit jedem Jahre mehr, wie sie sich auch plagten und quälten, und schlechter *konnte* es dort drüben nicht sein. Das war für jetzt der einzige Trost den sie mit sich trugen die lange, heiße Straße entlang mit einer kleinen Hoffnung möglicher Besserung vielleicht, und sie drückten dann die Kinder nur fester an ihr Herz und küßten sie, und flüsterten ihnen leise und heimlich zu daß sie nicht mehr schreien sollten, denn sie gingen nach *Amerika*, und da würde schon Alles gut werden, wie ihnen der Vater gesagt.

Die Männer und Burschen zogen der fernen Welt aber schon mit mehr Vertrauen entgegen; das Bewußtsein der eigenen Fähigkeit und Kraft hob sie dabei auch über Manches hinweg das die abhängigen Frauen schwerer zu Boden drückte. Wer bei einer langen Wanderung voran geht, und für den Weg zu *denken* hat, wird nie so müde als der, der ihm folgt, nur für sich denken läßt, und hinter drein zieht. Viele von den Männern trugen auch Jagdtaschen und Gewehre auf dem Rücken, Büchsen und Schrotflinten – was sollte es »da drüben« nicht Alles zu schießen geben; – Manche auch nachgemachte bunte Blumensträuße auf dem Hut. Einzelne, aus Baiern und Thüringen, die sich ihnen angeschlossen, hatten sogar ein paar kleine gefärbte Maraboutfedern mit ihren Landesfarben, blau und weiß, und grün und weiß in ihrem Hutband stecken; die Meisten aber schienen keine solche Erinnerung an die Heimath mitnehmen zu wollen, in das neue Vaterland.

Die Leute gingen vorüber, und die Gäste hatten ihnen schweigend nachgeschaut, so lange fast, bis sie die nächste Biegung der Straße ihren Blicken entzog. Auch Lobsich war wieder vor die Thür seines Gartens getreten, und sich jetzt kopfschüttelnd zurück zu seinem Tische wendend, brummte er vor sich hin.

»S'ist mir doch was Unbedeutendes« – es war dieses eine seiner stehenden Redensarten, die in der That unbegrenztes Erstaunen ausdrücken sollte – »was die Leute dieß Frühjahr wieder an zu ziehen fangen; Tag für Tag geht das so fort; Trupp nach Trupp kommt über die Berge herüber, mit Sack und Pack, mit Weib und Kind – und Alles fort, Alles fort, und man merkt nicht einmal von *wo* sie fort sind.«

»Doch, doch«, sagte Kellmann, die Augenbrauen in die Höhe ziehend und mit dem Kopf nickend, »doch, doch Lobsich; ob man's wohl merkt? – geht einmal da über die Berge hinüber und seht Euch in den Dörfern um; da steht manches alte halbzerfallene *leere* Haus, an das irgend eine Familie da drüben noch mit Schmerzen zurückdenkt, und in das Niemand anderes mehr Lust hat einzuziehen, weil er noch eine Menge *bessere*, ebenfalls leer, in demselben Dorfe findet. Es ist immer ein trauriger Anblick solch ein leeres Haus, und ich seh's nicht gern.«

»Und was für *Geld* tragen sie außer Land«, fiel der Apotheker hier ein, der indeß, sich zu zerstreuen, im Heilinger Tageblatt gelesen hatte, jetzt aber nicht umhin konnte auch noch ein Wort mit drein zu werfen – »was sie nicht mit hinübernehmen können, lassen sie wenigstens in den Seestädten, und zu uns kommt Nichts mehr davon zurück. Wenn ich nur das erst einmal erlebe, daß die Leute zu ihrem Glück förmlich *gezwungen*, und nicht mehr aus dem Land hinausgelassen werden; geht das aber so fort, so werden sie so lange auswandern, bis uns hier weiter gar Nichts übrig bleibt als mitzugehen, wenn wir nicht eben allein sitzen wollen in dem verödeten Land, unseren Acker selber zu bauen. Hol sie der Teufel, wofür hat sie denn eigentlich der liebe Gott in die Welt gesetzt und ihnen den Holzkopf gegeben, der sie zu allem Anderen untauglich macht. Ackern und Düngen müssen sie drüben doch auch, und weshalb können sie das nicht eben so gut *hier*? – Nein Gott bewahre, die paar Thaler die sie sich *hier* erspart haben, müssen erst wieder verschleppt und hinausgeworfen werden an Experimente und reinen Übermuth, und nachher sitzen sie erst recht da; dort drüben *können* sie Nichts mehr sparen, und *müssen* schon drüben bleiben, wenn sie auch wieder herüber möchten. Die Paar die sich doch noch ein paar Thaler zusammenscharren, die kommen nachher schnell genug wieder zurück, aber es sind nur wenige, und die anderen armen Teufel haben die Brücke muthwillig hinter sich abgebrochen, und sitzen nun auf der wohlriechenden Haide ohne Unterfutter. Jesus Maria und Joseph, es muß ein ordentlicher Jammer drüben sein.«

»Na, *so* arg nun denn doch wohl noch nicht, Schollfeld«, sagte Kellmann kopfschüttelnd, »man hört doch nun auch so Manches von da drüben was nicht gar so schlecht klingt, und wo sich's schon aushalten ließe, wenn man – wenn man eben einmal einen solchen verzweifelten Schritt absolut thun müßte oder wollte.«

»Nicht so arg?« rief aber Schollfeld, der hier sein Steckenpferd ritt, und sich selten eine Gelegenheit entgehen ließ auf Amerika zu schimpfen – »nicht so arg? da, hier lesen Sie einmal das Tageblatt, was der wackere Dr. Hayde darüber schreibt; das ist ein Mann, der hat Haare auf den Zähnen und muß die Sache verstehn, denn er ist Einer von den Wenigen die drüben gewesen und glücklich wiedergekommen sind. Er bringt kaum eine Nummer in der er nicht ein oder den anderen Hieb auf die Verhältnisse Ihres »glücklichen Amerika« hat – das muß ja ein wahres Raubnest sein, lesen Sie nur einmal.«

»Hören Sie lieber Schollfeld, ich will Ihnen einmal 'was sagen«, erwiederte ihm Kellmann ruhig, »dieser Dr. Hayde, der Ihnen die schönen Artikel schreibt ist, der Meinung aller ordentlichen Kerle in Heilingen nach, das wenigste zu sagen eine kleine geschwollene Giftkröte, ein weggelaufener Advokat, den die Verhältnisse aus Deutschland vertrieben, und den in Amerika Niemand mit seinen Talenten haben mochte. Zu faul zum arbeiten, und nicht im Stande etwas Anderes zu thun, wurde er dort wahrscheinlich vom Schicksal hin- und hergestoßen, und wie ein aus einer Thür geworfener Mops, stellt er sich jetzt draußen hin, wo sich Niemand die Mühe giebt ihn zu stören, und schimpft und klefft. Ich will Amerika eben nicht in allem vertheidigen, aber was *der* gerade darüber sagt würde mich auch nicht bestimmen. Wie ein Dreckkäfer schleppt er sich nur mit größter Mühe kleine Stückchen Koth herbei, und rollt sie zusammen eine Kugel zu machen in die er sein Ei legt – pfui über den Burschen.«

»Na jetzt freut mich aber mein Leben«, rief Herr Schollfeld erstaunt aus – »erst schimpfen Sie selber auf Amerika, und nun auf einmal soll der arme Doktor die ganze Schuld tragen.«

»Ich *schimpfe* nicht auf Amerika«, sagte Kellmann ruhig, »ich kann nur nicht leiden wenn man es auf Kosten unseres eigenen Vaterlandes herausstreicht, und gegen alle seine Nachtheile blind ist. Es wäre allerdings noch viel gefährlicher sich die Lichtseiten alle zu bunt auszumalen; die armen Leute die nachher hinübergehn und es anders finden, sind dann zu sehr enttäuscht, und fallen gewöhnlich, wie mir gesagt ist, aus einem Extrem in's Andere – aber so taugt's auch Nichts.«

»Guten Abend selbander«, sagte in dem Augenblick eine andere Stimme dicht hinter ihnen, und als sie sich danach umschauten, stand ein alter Bekannter von ihnen, Mathes Vogel, ein reicher junger Bauer aus dem nächsten Dorf, an ihrem Tisch und streckte ihnen freundlich die Hand entgegen.

»Hallo Mathes, wie geht's?« rief Kellmann die gebotene herzlich schüttelnd – »Wetter noch einmal Mann, wo habt Ihr jetzt gerade in der Saatzeit gesteckt, daß Ihr in der Welt herumreist wie ein Baron, der seine Güter verpachtet hat? Ihr seid verreist gewesen.«

»Ja Herr Kellmann, in Bremen.«

»Wo seid Ihr gewesen?« frug Schollfeld erstaunt.

»In Bremen, Herr Schollfeld!« rief der junge Bauer, gegen diesen gewandt, »oben in der Hafenstadt.«

»Guten Abend Mathes«, kam hier der Wirth dazwischen, der den alten Kunden ebenfalls begrüßte – »lange nicht gesehn, recht groß geworden mein Junge; hast Du Durst?«

»Merkwürdigen«, sagte der Bauer lächelnd.

»Na warte, den wollen wir begießen«, schmunzelte aber Lobsich, rasch in den Garten zurückgehend, »der soll mir nicht umsonst in den rothen Drachen gefallen sein.«

»Aber was hat Euch nach Bremen geführt?« wiederholte Kellmann, fast etwas mißtrauisch gemacht durch das wunderliche halb verlegene Benehmen des jungen Burschen.

»Ja Herr Kellmann«, sagte der reiche Bauerssohn, wirklich jetzt verlegen seinen Hut um den Zeigefinger der linken Hand drehend – »das hat – das hat so seine eigene Bewandtniß – Ich bin – ich bin zu einem Entschluß gekommen – ich will – ich will auswandern.«

»Was will er?« schrie Schollfeld, der die Worte nicht ganz verstanden, den ungefähren Sinn aber etwa errathen hatte. Jedenfalls schöpfte er Verdacht und ehe Kellmann nur im Stande war ein Wort darauf zu erwiedern rief er nochmals laut: »wo will er hin?«

»Nach Amerika«, sagte aber der junge Mann entschlossen und wollte noch etwas hinzusetzen, aber der Apotheker schlug dermaßen auf den Tisch, und fing so an zu schimpfen und zu fluchen, Niemand wußte eigentlich auf was und gegen wen, daß Mathes gar nicht gleich wieder zu Worte kommen konnte, und vielleicht auch eben nicht böse darüber war.

»Hallo, wer ist todt?« rief aber in dem Augenblick Lobsich, der mit dem bestellten Bier für einen seiner besten Kunden selber ankam – »daß Dich die Milz sticht, was ist denn dem Apotheker eigentlich in die Krone gefahren?«

»Dem Apotheker Nichts«, nahm aber Kellmann kopfschüttelnd das Wort, »doch hier dem Dings da, dem Mathes – was meint Ihr, Lobsich was er vor hat?«

»*Heirathen*?« sagte dieser, und ein breites vergnügtes Schmunzeln über den so richtig und schnell gerathenen Vorsatz zog sich über sein dickes gutmüthiges Gesicht.

»Heirathen!« schrie aber der Apotheker dazwischen, indem er sich seinen Hut in die Stirn drückte und seinen Rock anfing zuzuknöpfen – »heirathen? – ja prost die Mahlzeit; *auswandern* will der Kerl, wie ein blindes Pferd das durch die Stallwand bricht, in einen Teich zu fallen.«

»*Auswandern*?« schrie aber auch jetzt Lobsich in unbegrenztestem Erstaunen – »na das ist mir aber doch wahrhaftig was Unbedeutendes.«

»Oh hol Euch der Teufel mit Eurer albernen Redensart!« rief aber der nun einmal ärgerliche Apotheker, und nahm seinen Stock unter den Arm – sein stetes Zeichen daß er fertig zum Gehen sei – »was Unbedeutendes; ja wohl, wenn der Raptus erst einmal in *solche* Köpfe und Geldbeutel fährt, nachher werden wir sehn was wir hier anrichten. Ich will mir aber mein Abendbrod nicht verderben – gute Nacht Ihr Herren.«

»Halt Schollfeld!« rief aber Kellmann, ihn am Arm fassend und zurückhaltend – »brennt mir nicht durch, ich gehe auch gleich mit und wollte nur erst hören, was Mathes den Gedanken in den Kopf gesetzt hat. Hol's der Henker, er macht sich entweder einen Spaß mit uns, oder es ist nur so eine Idee von ihm, die wir ihm wieder ausreden können.«

»Wenn ich das wüßte blieb ich die ganze Nacht hier«, sagte Schollfeld, seinen Stock wieder auf den Tisch legend und zu dem verlassenen Stuhl zurückgehend. »Mensch, Mathes, seid Ihr denn rein vom Teufel besessen, oder habt Ihr nur heute, in irgend einer Kneipe, ein wenig des Guten zu viel gethan, daß Ihr so tolles Zeug zusammenfaselt.«

Mathes blieb aber bei allen diesen Ausbrüchen des Erstaunens, die erste Erklärung nur einmal überstanden, vollkommen ruhig, und zog nur, statt jeder weiteren Antwort, einen Brief aus seiner Brusttasche, den er langsam auffaltete und vor sich legte, als ob er ihn vorlesen wollte.

»Nun was soll's mit dem Wisch?« rief aber der Apotheker ärgerlich, »Ihr habt Euere Seele doch noch nicht dem Gott sei bei uns verkauft?«

»So schlimm noch nicht«, lachte der junge Bursch, »das hier ist nur ein Brief von Caspar Lauber, den Sie ja Alle kennen und der vor etwa sieben Jahren nach Wisconsin auswanderte.«

»Der was that?« rief der Apotheker, die Augen zusammenkneifend und das linke Ohr zu ihm hindrehend – »nuschelt nicht so in den Bart, daß Euch ein Christenmensch noch verstehen kann ehe Ihr unter die Heiden geht.«

»Der nach Wisconsin auswanderte«, sagte der junge Bauer lächelnd – »er hatte mir damals versprochen zu schreiben wie es ihm ginge, schlecht oder gut; – wenn schlecht, wollte ich ihm helfen, wenn gut, vielleicht nachkommen. Aber er schrieb nicht Jahr nach Jahr, und da er überhaupt Nichts von sich hören ließ, glaubte ich schon er sei da drüben gestorben oder untergegangen in dem weiten Reich, bis ich vor vier Wochen etwa einen Brief von ihm erhielt und seit der Zeit habe ich keine Ruhe gehabt bis zu dem heutigen Tag.«

»Nun ja natürlich«, brummte der Apotheker.

»Aber so laßt ihn doch nur reden«, rief jetzt auch ärgerlich der Actuar dazwischen, »Ihr raisonnirt nur in einem fort und glaubt nachher, wenn Ihr recht geschrieen habt, Ihr hättet recht.«

»So lest den Brief einmal!« sagte Kellmann, die Arme auf den Tisch stützend, »nachher wissen wir ja gleich woran wir sind.«

»Aber erst muß ich noch Bier haben«, rief Schollfeld dazwischen, »ich mag die Lügen wenigstens nicht trocken mit anhören.«

Lobsich winkte einem der nächsten Kellner, die indeß leer gewordenen Gläser wieder zu füllen, denn der Brief interessirte ihn selber zu sehr, den Tisch jetzt zu verlassen, und Mathes sagte wie entschuldigend:

»Der Brief ist sehr kurz, aber es steht Alles darin was ich zu wissen verlangte, und er lautet:

»Lieber Mathes – ich habe bis jetzt mein Versprechen nicht gehalten, Dir zu schreiben, weil es mir sehr schlecht gegangen ist.«

»Na ja«, fiel ihm hier der Apotheker in das Wort – »und nun müßt Ihr Hals über Kopf machen daß Ihr auch hinüber kommt.«

Kellmann wollte dem ewigen Einredner etwas erwiedern, aber Mathes fuhr, lächelnd die Hand gegen ihn aufhebend, wieder laut fort:

»Ich wollte aber nicht gern, daß mich Jemand Anders unterstützen sollte, weil das hier im Lande eine Schande ist; ich wollte mir selber helfen, und habe mir kümmerlich, aber ehrlich und fleißig durchgeholfen. Jetzt habe ich eine kleine Farm von achtzig Acker, und vier und zwanzig Stück Rindvieh, und dreißig Schweine und zwei Pferde und es geht mir gut. Ich habe hart arbeiten müssen, aber ich komme durch. Wenn Du mit Geld hier herüber kommst und willst mich aufsuchen, daß ich Dir mit Rath und That an die Hand gehen kann, dann brauchst Du keine Angst zu haben, daß Du nicht durchkommst. Wenn Du eine Frau hast, bringe sie mit; Kinder sind ein Segen hier, kein Fluch wie für manchen armen Mann in Deutschland. Wer arbeiten will kommt fort, wer faul ist geht zu Grunde. Es grüßt Dich zehntausend Mal Dein Caspar Lauber – Lauber's Farm bei Milwaukie, Wisconsin.«

»Und auf den Brief wollt Ihr auswandern?« rief aber auch Kellmann jetzt erstaunt – »Mathes, ist Euch denn das Auswanderungsfieber so plötzlich in die Glieder geschlagen, daß Ihr die Seekrankheit für das einzige Mittel haltet die es curiren könnte?«

Mathes schüttelte aber gar ernsthaft mit dem Kopf, faltete den Brief zusammen, den er zurück in seine Tasche schob, und sagte mit fester und entschlossener Stimme:

»Lange im Sinn hab' ich's schon gehabt, aber der Brief hat es zuletzt zum Ausbruch gebracht.«

»Aber Mathes, Ihr vor allen Anderen habt doch Euer Auskommen hier im Land«, rief jetzt auch Lobsich, während der Apotheker das ihm eben gebrachte Glas auf einen Zug hinuntergoß, wie um seinen Ingrimm damit nieder zu spülen – »wenn Ihr nach Amerika auswandern wollt, wer soll denn noch da bleiben?«

»Ich *bliebe* auch«, sagte Mathes rasch und mit vor innerer Bewegung fast erstickter Stimme, »ich bliebe auch, wenn mich mein Vater ließe, aber – der will nicht in die Heirath willigen mit Roßner's Käthchen, des Häuslers Tochter aus Rodnach; hier hält er mich dabei unter dem Daumen mit seinem Gut und Geld, und das Mädchen stirbt mir indessen in Arbeit und Gram; dort drüben aber ist ein Platz, wo fleißige Menschen auch durchkommen können mit Gottes Hülfe *ohne* Geld, *ohne* Ansehn. Der Lauber hatte gar Nichts wie er hinüberging; nicht das Hemd auf seinem Rücken war sein, und ich weiß daß er nicht einen rothen Pfennig mit in das fremde Land gebracht hat. Aus dem ist jetzt ein rechtschaffener Farmer geworden, mit eigenem Land, Haus und Vieh, und was der kann – schwere Noth noch einmal – das kann ich auch. Ich gehe hinüber, nehme das Käthchen mit – Geld zur Überfahrt krieg ich schon, und wenn ich meine beiden Schimmel um den halben Werth verkaufen sollte, und dort hilft der liebe Gott schon weiter. Verhungern werden wir nicht, und ich brauche mir hier nicht mehr unter die Nase reiben zu lassen, »das sollst Du thun und das nicht, und *die* sollst Du heirathen, die Du nicht magst und willst, und die Dich lieb hat und Dich glücklich machen kann, der sollst Du das Herz brechen – weil ihr eben nur der volle Geldsack fehlt.«

»Unsinn!« sagte der Apotheker, jetzt wieder und zwar im Ernste aufstehend – »wenn Jemand einmal rein verrückt geworden ist, läßt sich auch nicht mehr mit ihm streiten. Gehn Sie mit Kellmann?«

»Ja, gleich«, erwiederte der Gefragte – »weiß denn aber schon Euer Vater um den Plan, Mathes?«

»Heute hab' ich's ihm gesagt«, erwiederte der Gefragte leise – »aber er glaubt es noch nicht.«

»Und ist es denn schon wirklich so fest bestimmt?« sagte Kellmann theilnehmend.

»Meine Passage in Bremen für mich und – meine *Frau* ist schon bezahlt«, rief der junge Bursch da entschlossen – »den funfzehnten geht das Schiff ab, und ich habe nur noch eben Zeit das Nothwendigste in Ordnung zu bringen.«

»Ja da kömmt freilich jeder gute Rath zu spät«, sagte Kellmann, jetzt ebenfalls aufstehend und seinen Hut ergreifend, »wenn der Sprung erst einmal geschehen ist, braucht man nicht mehr über das Springen zu streiten und ich wünsche Euch das Beste in Euerer neuen Heimath.«

»Ich weiß es, ich weiß es«, sagte Mathes gerührt – »aber vielleicht seh ich Sie selber noch einmal auf freiem Boden drüben, mit Axt oder Pflug in der Hand, wie ein wackerer, richtiger Farmer.«

»Wen – mich?« rief aber Kellmann ordentlich erschreckt aus – »ich nach dem vermaledeiten Lande, daß alle unsere besten Bürger frißt? Nein Mathes, für dies Leben nicht – aber wann geht Ihr fort? vielleicht läßt Euer Vater doch noch mit sich reden, und lenkt ein wenn er sieht daß es Euch wirklich Ernst ist.«

Mathes schüttelte mit dem Kopf und der Actuar rief:

»Ein Bauer und einlenken, Kellmann? – da kennt Ihr unseren deutschen Bauer nicht; worauf der einmal seinen Dickkopf gesetzt hat, da muß er durch, und wenn's nicht geht, so zerhaut er sich eben den Schädel, aber er läßt nicht nach. Der alte Vogel und nachgeben; Du lieber Gott, wenn er den eigenen Sohn mit einem einzigen Wort vom Verderben retten könnte – er spräch es nicht.«

»Na, da kann ich wohl auch meine Bude hier bald zuschließen und mitgehn«, sagte Lobsich, sich den Kopf kratzend – »Schwerebrett das ist mir – hm – hm – ist mir doch was Unbedeutendes, das – das Amerika.«

»Und was sagt denn das Käthchen dazu?« frug Kellmann jetzt den Mathes, während die Übrigen schon aufgestanden waren und sich zum fortgehn gerüstet hatten.

»Die weint und will nicht mit«, sagte Mathes leise – »aber sie wird schon gehen.«

»Sie will nicht mit?«

»Sie meint, es bräche meinem Vater das Herz.«

»Das Herz brechen? – dem alten Vogel?« lachte aber dieser verächtlich – »na Gott sei Dank, die hat einen guten Begriff von ihm – als ob dem etwas das Herz brechen könnte.«

»Nun, es frägt sich nur jetzt wem sie es lieber bricht«, meinte der Actuar, »dem Alten, wenn sie geht, oder dem Jungen, wenn sie bleibt – die Wahl wird ihr nicht schwer werden. Aber Schollfeld, Ihr seid ja auf einmal so still geworden?«

»Ach laßt mich zufrieden«, brummte dieser ärgerlich – »weiß es Gott, man möchte am Ende selber mit hinüberlaufen, nur Nichts mehr von dem verwünschten Auswandern reden zu hören.«

»Hahahaha!« rief da Kellmann, »Schollfeld bekömmt auch überseeische Ideen.«

»Überseeische – hätte bald was gesagt«, knurrte dieser aber, auf der Straße hingehend, ohne weder Mathes noch Lobsich gute Nacht zu sagen.

Die Übrigen wechselten noch kurzen Gruß mit ihren Bekannten dort, zündeten sich frische Cigarren an, und schlenderten langsam, den freundlichen Abend so viel als möglich zu genießen, die Straße hinab, der eigenen Heimath zu.

3. Der Diebstahl

Zehn Minuten mochten sie so etwa schweigend nebeneinander hergegangen sein, als hinter ihnen auf der

Straße eine Equipage und klappernde Hufschläge gehört wurden, die sie rasch einholten und an ihnen vorbeirauschten, eine dicke Staubwolke dabei über den Weg wälzend. Es war die Familie Dollinger mit dem, neben dem Wagen hin galoppirenden Fremden, dem Bräutigam der Tochter.

»Die kommen schneller von der Stelle als die armen Auswanderer vorhin«, sagte Kellmann, als sie vorbei waren – »Wetter noch einmal, es ist doch ein anderes Ding so ein paar flüchtige Rappen vor sich zu haben, und wie im Flug durch die Welt zu jagen, als mit einem schweren Packen auf dem Rücken und wunden Füßen vielleicht, mühselig die staubige Straße entlang zu keuchen.«

»Ja, die Gaben sind ungleich vertheilt in der Welt«, seufzte der Actuar, »was der Eine haben möchte, *hat* der Andere schon, und das ist auch wohl das ganze Geheimniß der socialen Frage, läßt sich aber nun einmal nicht ändern, und wir dürfen vielleicht den Kopf darüber schütteln, und wünschen daß es anders wäre, aber weiter eben Nichts.«

»Der auf dem Pferd, war der Dings da von Amerika«, sagte der Apotheker jetzt, »der das schmählige Geld hat und des reichen Dollingers Tochter noch dazu heirathet. Soll mir noch einmal einer sagen daß Eisen der stärkste Magnet sei; Gold ist's, und wo das liegt zieht es anderes hin.

»Und wie steht's mit Actien?« lachte Kellmann.

»Bah – bleibt immer dasselbe«, brummte der Apotheker, »das Gold steckt darin, und kann durch einen sehr einfachen chemischen Proceß leicht herausgezogen werden – wenn man sie hat.«

»Es wundert mich übrigens daß der alte Dollinger sein Kind über das große Wasser hinüberziehen läßt«, meinte der Actuar – »dem hätte es doch auch hier im Lande nicht an einer eben so guten Parthie gefehlt.«

»Liebe«, meinte Kellmann achselzuckend – »Liebe ist blind sagt ein altes Sprichwort; dagegen lassen sich eben keine Gründe anbringen. Wär's übrigens auch nicht wegen dem großen Wasser, der Bursche gefällt mir außerdem nicht, und ich möchte ihm meine Tochter nicht geben und wenn er bis über die Ohren in Golde stäcke. Er hat ein verschlossenes, hochfährtiges Wesen, behandelt den gemeinen Mann wie einen Hund, und spricht von Allem was wir hier haben, unseren Einrichtungen, unseren Gesetzen, unseren Vergnügungen selber, ja unserem Klima und Land, das doch zum Henker auch *sein* Vaterland ist, mit der größten Verachtung. Amerika, und immer wieder Amerika, hinten und vorn; ei Blitz und Hagel, ich will gar nicht leugnen daß es manche gute Seiten haben mag, das Amerika, wenn ich sie auch gerade nicht einsehen kann, aber so viel besser wie unser Deutschland ist es doch auch nicht drüben, und wenn's so einem Burschen da einmal zufällig geglückt ist, sollt' er nicht als Lockvogel sich hier mitten zwischen uns hineinsetzen, anderen vernünftigen Leuten unglückselige Ideeen in den Kopf zu pflanzen.

»Wenn sich andere vernünftige Leute solche Ideeen einpflanzen *lassen*, geschieht's ihnen ganz recht«, sagte der Apotheker – »man braucht nicht zu glauben was jeder dahergelaufene Lump eben sagt.«

»Nun *ganz* ohne kann's aber auch nicht sein«, meinte Kellmann kopfschüttelnd, »und ich – ich halt' es immer für gefährlich. S'ist merkwürdig, wie rasch sich das mit der Hochzeit gemacht hat.«

»Nun, wer sich die Braut gleich fix und fertig aus dem Wasser zieht hat leicht freien«, sagte der Actuar – »Glück muß der Mensch haben, dann geht Alles wie am Schnürchen; wer aber *das* nicht hat, der mag sein Lebtag fischen und fängt doch Nichts – am wenigsten aber solch einen Goldfisch.

»Wo stammt er denn eigentlich her?« frug der Apotheker jetzt, wie sie wieder eine Weile schweigend neben einander hingegangen waren, »man hört doch sonst eigentlich gar Nichts von ihm, und er kommt auch mit keinem Menschen weiter zusammen – stolzer aufgeblasener Bursche der.«

»Gott weiß es«, sagte der Actuar; »er ist, glaub' ich, mit einem holländischen Schiff herübergekommen, und hatte einen Paß von Amsterdam.«

»Und der Paß lautete nach Heilingen?«

»Nun nicht gerade nach Heilingen, aber doch nach der Residenz, und wie sich die Sache dann hier mit der Dollingerschen Familie gestaltete, nun lieber Gott, da drückte der Stadtrath das eine, und die Stadtverordneten drückten das andere Auge zu, und man sah nicht so genau nach den Papieren. Überdieß verzehrte er ja hier viel Geld; wär' es ein armer Teufel gewesen, hätten wir ihn wahrscheinlich schon bald wieder über die Grenze gehabt.

»Hm, ja, glaub's«, sagte Kellmann mit dem Kopfe nickend, »s'ist in Heilingen eben nicht anders wie – wie anderswo – warum auch?«

Das Gespräch drehte sich von da ab, auf die städtischen Einrichtungen, deren wärmster Vertheidiger der Apotheker war, und über die sich der Actuar natürlich nur sehr vorsichtig ausließ, während sie Kellmann um so unnachsichtiger angriff; kam dann auf die Saat und die Preise, und wieder mit einem Seitensprung auf die jetzige Politik unseres lieben deutschen Reiches, bis sie das Thor und zwar gerade mit Sonnenuntergang erreichten, wo Jeder seinen Weg ging, die eigene Heimath aufzusuchen.

Der Actuar Ledermann besonders, der an dem entgegengesetzten Ende der Stadt wohnte, beeilte seine Schritte, noch vor einbrechender Dunkelheit seine Wohnung zu erreichen; das Gerücht ging nämlich in der Stadt, daß ihn seine Ehehälfte bei solchen Gelegenheiten oft allerdings sehr unfreundlich empfange, und ihm einmal sogar schon einige sonst sehr nützliche, bei *der* Gelegenheit aber nichts weniger als passende häusliche Geräthe entgegen und vor die Füße geworfen habe. Thatsache war, daß »Madame« oder Frau Actuar Ledermann, was auch ihres Gemahls Thätigkeit und Ansehn außerhalb seiner eigenen vier Pfählen sein mochte, *innerhalb* derselben jedenfalls das Commando, und nicht immer mit Mäßigung führte, und der Actuar suchte den Hausfrieden wenigstens soviel als möglich zu erhalten und jeden Anlaß, zu irgend einer Störung desselben, zu vermeiden.

Mit solchen Gedanken vielleicht im Kopf, wollte Ledermann eben vom Marktplatz aus in die Straße einbiegen, an deren äußersten Ende seine eigene, sehr bescheidene Wohnung stand, als er seinen Titel genannt und sich selber gerufen hörte.

»Herr Actuar – Herr Actuar Ledermann.«

Er drehte sich rasch um und sah einen Gerichtsdiener eilig auf sich zukommen, der, die Mütze abnehmend, vor ihm stehen blieb und ihm meldete, daß er eben abgeschickt worden ihn zu holen oder aufzusuchen, da ein Einbruch geschehen sei, über den an Ort und Stelle Protokoll aufgenommen werden solle.

»Protokoll aufnehmen?« sagte Actuar Ledermann, keineswegs angenehm überrascht; »ja was hab ich denn heute damit zu thun, wo ist mein *College*?«

»Herr Actuar Beller sind unwohl geworden, heute Nachmittag«, berichtete der Polizeidiener, »und mußten zu Hause gehn; ich bin eben abgeschickt zu sehn, welchen von den andern Herren ich zuerst treffen könnte.«

»Hm – ist sehr amüsant«, brummte Ledermann vor sich hin – »kommt mir gerade apropos. Bei wem ist es denn?«

»Bei Herrn Dollinger.«

»Was? – bei Kaufmann Dollinger?« rief der Actuar rasch und erstaunt – »am hellen Tag, während er ausgefahren war?«

»Er ist, wenn ich nicht irre, eben zu Hause gekommen«, berichtete der Mann, »und hat glaub' ich sein Pult geöffnet, und eine bedeutende Summe Geldes entwendet gefunden.«

»Hm, hm, hm«, sagte der Actuar kopfschüttelnd und seinen Rock dabei, den er der Bequemlichkeit wegen aufgelassen hatte, zuknöpfend, »es wird immer besser hier bei uns. Am hellen lichten Tage. Aber die ganze Stadt steckt auch voll fremden Volkes, das sich natürlich keine Gelegenheit entschlüpfen läßt Reisegeld zu bekommen.«

»Es muß doch wohl Jemand gewesen sein der mit dem Hause genau bekannt war«, sagte der Polizeidiener – »nach dem wenigstens, was ich bis jetzt von den Dienstleuten darüber gehört habe, kann's nicht gut anders sein.«

»Nun wir werden ja sehn; da muß ich aber erst – «

»Wenn sich der Herr Actuar nur eben an Ort und Stelle bemühen wollen«, sagte jedoch der Diener des Gerichts, »alles Nöthige ist schon dorthin geschafft und ich war eben nur fortgelaufen, einen der Herren zu suchen.«

Der Actuar, dem Dienste natürlich Folge leistend, seufzte tief auf und schritt, im Geist wahrscheinlich des Empfangs gedenkend, der seiner harrte, wenn seine Frau auf ihn mit dem Abendessen warten mußte, rasch die »Poststraße« hinaufbiegend, dem gar nicht weit entfernten Dollinger'schen Hause zu, dort den Thatbestand in Augenschein und zu Protokoll zu nehmen, etwaige Spuren des Übelthäters zu entdecken und zu verfolgen, und die Leute im Hause nach möglichem Verdachte zu inquiriren.

Im Hause des reichen Kaufmanns Dollinger, in dem Alles sonst so still und ruhig und wie am Schnürchen zuging, wo Jeder seine angemessene und fest bestimmte Beschäftigung hatte, genau wußte was ihm oblag, und das that, ohne eben viel Lärm darum zu machen, lief und rannte und sprach heute alles durcheinander, und sämmtliche Bande der Ordnung schienen gelöst.

Frau Dollinger vor allen Dingen lag in Krämpfen in ihrem Boudoir, und beanspruchte die Hülfe ihrer beiden Töchter und der weiblichen Dienstboten im Haus, ihren Zustand zu bewachen; Herr Dollinger selber war in seinem Zimmer des obern Stocks, und ging dort mit raschen Schritten und auf den Rücken gekreuzten Armen auf und ab, während dem jungen Henkel indessen die Bewachung des Platzes selber übertragen war, und die andern Dienstboten, mit einem nicht unbedeutenden Theil der Nachbarschaft und deren Verwandten, in den verschiedenen Winkeln und Ecken des Hauses herumstanden und kopfschüttelnd, die Hände ein über das andere Mal in Verwunderung zusammenschlugen. Die verschiedenartigsten

Vermuthungen und Beweise wurden da laut, und die Orte und Stellungen oder Beschäftigungen jedes Einzelnen auf das Genaueste und Peinlichste angegeben, wo und wie sich Jeder gerade in der Zeit etwa befunden haben mochte, als die entsetzliche, verruchte That geschehen und vollbracht sein mußte.

Dem Actuar, mit dem ihm folgenden Gerichtsdiener wurde übrigens willig und dienstfertig Platz gemacht; Alle wollten aber hinter drein, und die Frauen besonders gaben dabei durch die entschiedensten Ausrufe – »Ne Du meine Güte« und »Ne so was« ihre vollkommenste Misbilligung des Geschehenen zu erkennen. Nichts desto weniger wurde auch selbst ihnen die Thüre vor der Nase zugemacht, und Einer der Bedienten bekam strenge Ordre die Hausflur zu räumen, und Niemand mehr, so lange die Untersuchung dauere, die Treppe hinaufzulassen, ausgenommen, es wisse Jemand noch um den Diebstahl, und könne irgend einen Fingerzeig geben den Dieben auf die Spur zu kommen; solche Zeugen sollten nachher vernommen werden.

Oben an der Treppe empfing sie Herr Henkel, um sie gleich zu dem Ort, wo der Diebstahl verübt worden, hinzuführen; einer der Leute war indessen abgeschickt Hrn. Dollinger selber zu rufen, und dieser erschien jetzt, den Actuar freundlich grüßend.

Es war indessen schon ziemlich dunkel, und im Zimmer Licht angezündet worden.

»Ich bedaure sehr, Herr Dollinger«, sagte der Actuar, »daß, wie ich gehört habe, eine so fatale Sache mich hier in Ihr Haus geführt haben muß.«

»Ja allerdings«, erwiederte der alte Herr, »ist es sehr unangenehm; weniger des Verlustes wegen, der sich allenfalls ertragen ließ, als wegen dem Bewußtsein getäuschten Vertrauens, mit selbst keinem gewissen Anhaltspunkt auf Verdacht. Ich wollte gern das Doppelte verloren haben, wenn es hätte können auf andere Weise geschehn.«

»Das Ganze ist übrigens mit einer raffinirten Geschicklichkeit ausgeführt«, fiel Henkel hier ein, »und der Thäter, wer auch immer, jedenfalls ein höchst gefährliches Subject, von dem ich nur hoffen will daß wir ihm auf die Spur kommen.«

»Dürfte ich Sie bitten mir den Platz zu zeigen?«

»Treten Sie hier in das Zimmer meiner Töchter; dort der Secretair ist erbrochen.«

»Hm – mit einem breiten meißelartigen Instrument«, sagte der Actuar nach kurzer Besichtigung der offenen, arg beschädigten Mahagoniplatte – »und die Thür ebenfalls eingebrochen?«

»Nein – die Thür ist unbeschädigt und muß jedenfalls mit einem Nachschlüssel geöffnet sein.«

»Und was vermissen Sie in dem Secretair?«

»Eine Summe Geldes, die ich erst vor wenigen Stunden, und im Beisein meiner Familie und eines zuverlässigen Comptoirdieners, im Paket wie ich sie von der Post erhalten, hier eingeschlossen hatte, und von der der Dieb auf eine mir unbegreifliche Weise muß Kenntniß bekommen haben.«

»Wer ist dieser Comptoirdiener?«

»Oh, Loßenwerder; Sie kennen ihn ja wohl?«

»Loßenwerder«, sagte der Actuar nachdenkend – »ist wohl schon eine ganze Weile in Ihrem Geschäft?«

»Schon zwölf Jahr; mit keinem Schatten irgend eines Verdachts; ich nahm ihn als einen ganz jungen Burschen in mein Haus; er muß aber gegen irgend Jemand davon gesprochen haben.«

»Hm, hm, wollen ihn uns doch einmal nachher besehn; also hier hinein hatten Sie das Geld gelegt?«

»Es ist ein Secretair, den meine Töchter gemeinschaftlich benutzen, und zu dem jede von ihnen ihren Schlüssel hat. Bitte lieber Henkel, lassen Sie doch einmal Sophie oder Clara einen Augenblick zu uns herüber rufen.«

»Ich habe schon das Mädchen geschickt, eine der jungen Damen ersuchen zu lassen«, entgegnete der junge Henkel, der indessen im Zimmer umhergegangen war, und sich überall umgesehen hatte, ob nicht vielleicht doch der Dieb irgend eine Spur, irgend ein Zeichen hinterlassen habe, an das man sich später einmal halten könne. –

»Und vermissen Sie weiter Nichts als das Geld?« frug der Actuar.

»Auch ein Schmuck meiner ältesten Tochter scheint mit geraubt zu sein«, sagte Herr Dollinger – »aber da kommt Clara, die Ihnen das Nähere davon selber angeben wird.«

Clara betrat in diesem Augenblick das Gemach; sie sah todtenbleich und angegriffen aus, und Henkel eilte ihr entgegen sie zu unterstützen.

»Clara, mein liebes armes Kind«, sagte Herr Dollinger, auf sie zugehend und die Hand nach ihr ausstreckend, »fehlt Dir etwas? – Der Schreck hat Dich wohl so angegriffen. Mach Dir doch nur keine Sorge, mein Herz; vielleicht bekommen wir Alles wieder und wenn nicht – nun ein *Unglück* ist es dann auch nicht; wenn Ihr mir nur Alle gesund bleibt, können wir die paar tausend Thaler schon verschmerzen.«

»Es ist nicht der Verlust, lieber Vater«, sagte aber das junge Mädchen, sich gewaltsam zusammennehmend, und des Vaters Hand ergreifend – »nur die

Überraschung, der Schreck wahrscheinlich, und das – das Unheimliche dabei, als ich mein Zimmer vorhin betrat, und die Spuren des verübten Verbrechens entdeckte. Ich fürchtete die entsetzlichen Menschen noch irgend wo zu sehn, die vielleicht hinter einer Gardine stehen, unter einem der Divans liegen, hinter einem Ofen lauern konnten und, wenn entdeckt, zu verzweifelter Gegenwehr getrieben mich anfallen würden, und all solch kindische Gedanken mehr. Dort der auf den Tisch geworfene Regenschirm dabei, die hinuntergeworfene Stickerei von dem Secretair selber, am meisten aber der Tabaksgeruch im Zimmer und die verlöschte, angerauchte Cigarre dort auf dem Fensterbret, erfüllten mir das Herz mit einem unbeschreiblichen Grausen.«

»Eine Cigarre?« sagte Ledermann, sich vergebens nach dem bezeichneten Gegenstand umschauend – »wo lag sie?«

»Dort im Fenster, als ich zurückkam.«

»Die alte angerauchte Cigarre?« sagte Henkel rasch – »die hab' ich zum Fenster hinausgeworfen; ich glaubte Einer der Dienerschaft hätte sie in der Aufregung mit hereingebracht und dort abgelegt – sie muß unten auf der Straße liegen.«

»Bitte schicken Sie doch einmal einen Burschen danach, daß er sie heraufholt«, sagte der Actuar; »man darf auch das Unbedeutendste nicht unbeachtet lassen, und wir wollen indessen die vermißten Gegenstände aufnehmen. Das Geld? – «

»Davon giebt Ihnen dieser Brief das genaue Verzeichniß«, sagte Herr Dollinger, »aber ich fürchte fast daß wir durch das Geld selber nicht auf die Spur kommen werden, indem das Paket fast nur Gold und kleinere Banknoten enthielt, die leicht umzusetzen und schwer zu controliren sind. Eher hoffe ich durch den Schmuck den Dieb verrathen zu sehn, da einige sehr auffällige Stücke, wie ich höre, dabei gewesen sind.«

»Dürfte ich Sie um eine genaue Angabe derselben, heute Abend noch, wenn irgend möglich *schriftlich* bitten?« erwiderte, nach einigem Besinnen, der Actuar, »diese Einzelheiten würden mich jetzt zu lange aufhalten.«

»Kannst Du das geben, Clara?

»Bis auf die kleinste Nadel hinunter«, sagte das junge Mädchen rasch, »besonders auffällig war eine kleine, rundum mit Brillanten besetzte Broche, ein Erbstück unserer Großmutter, und ausgezeichnet vor jedem andern Schmuck, den ich noch in meinem ganzen Leben gesehen, durch einen, in der Mitte gefaßten, genau dreieckigen, hellblauen und wundervollen Turquis. Mein Schmuck lag gleich dicht dahinter, den aber muß der Dieb in der Eile übersehen haben; er ist unangerührt geblieben.«

»Das ist allerdings glücklich«, sagte der Actuar, »wäre wohl auch des Mitnehmens werth gewesen. Lag gleich dabei?«

»Hier in dem rothen Kästchen.«

»Aber das ist auch geöffnet worden.«

»Das? – nein, das hab ich wohl selbst geöffnet, nachzusehen, ob auch Alles darin sei, und nicht wieder ordentlich geschlossen. Die Haken waren allerdings auf, wenn ich mich nicht ganz irre, aber der Dieb hat keinenfalls eine Ahnung gehabt, welchen Werth das kleine unscheinbare Kästchen enthalte, oder es stände jetzt nicht mehr da.«

»Sehr wahrscheinlich, hm – aber Sie vergeben wohl nicht, mein Fräulein, alle diese Einzelheiten besonders zu notiren; wer weiß ob sie nicht noch einmal wichtig werden. Ah, da kommt auch Herr Henkel wieder; haben Sie die Cigarre gefunden?«

»Gott weiß wo sie ist«, lachte dieser, »irgend Jemand muß es doch noch der Mühe werth gehalten haben sie aufzuheben, und in einer Pfeife vielleicht zu verrauchen – ich bin selber hinunter gegangen, kann sie aber nirgends mehr entdecken. Übrigens ist es auch fast dunkel geworden, und ich werde morgen ganz früh nachsuchen lassen. Der Stummel wird Ihnen freilich nicht viel helfen.«

»Man weiß nicht«, sagte der Actuar kopfschüttelnd, »je nach der Güte des Tabaks ließ sich vielleicht auf die Schicht der menschlichen Gesellschaft schließen, in der sich unser heimlicher Besuch herumtriebe. Aber das ist allerdings Nebensache; wo also ist der Dieb hereingekommen? – hier durch diese Thür?«

»Doch wohl vom Garten her durch das Fenster Euers Schlafzimmers«, sagte Herr Dollinger, »denn durch das Haus würde er es sich am hellen Tage im Leben nicht getraut haben.«

»Aber ich möchte meine Seligkeit zum Pfande setzen daß ich den Schlüssel, der nach unserer Schlafkammer führt, ehe wir fortgingen, herumgedreht und stecken gelassen hätte, so daß von innen ein Öffnen unmöglich war.«

»Und war die Thür noch verschlossen wie wir zurückkamen?«

»Nein, nur in's Schloß gedrückt, aber der Schlüssel stak darin.«

»Hm, hm, hm – dann ist der Bursche dort wahrscheinlich hinaus« – sagte der Actuar – »zur Thür hier hereingekommen und dort zur Nothröhre hinaus – hm, muß aber genau mit der Gelegenheit bekannt sein. Mein lieber Herr Dollinger, wir werden Ihre

Leute doch ein wenig scharf in's Gebet nehmen müssen, denn ein ganz Fremder, kann sich die Zeit nicht so abgepaßt haben.«

»Wo kommt der Blumenstock her?« sagte da plötzlich Clara rasch und erstaunt, auf einen sehr schönen Rosenstock deutend, der in ihrem Fenster, zunächst der Thüre stand – »wer hat den jetzt hier heraufgestellt?«

»So lange wir hier sind Niemand« – rief Henkel – »war er vorher nicht da?«

»Nicht heute Mittag, das weiß ich gewiß; aber vielleicht hat ihn eins der Dienstleute mir heimlich hier hereingesetzt.«

»Heimlich? – so?« sagte der Actuar, »den freundlichen Geber wollen wir also vor allen Dingen einmal herauszubekommen suchen.«

»Es ist heute mein Geburtstag«, sagte Clara leise und erröthend.«

»Oh?« meinte Herr Ledermann mit einem freundlichen Lächeln, »da thut es mir freilich leid, meine ganz ergebensten Gratulationen zu keiner angenehmeren Zeit vorbringen zu können – will eben nicht passen bei einer solchen Untersuchung, kann es aber doch auch nicht geradezu hinunterschlucken – ich gratulire eben nicht zur Untersuchung.«

»Es muß gewiß ein gesegnetes Land sein«, sagte Henkel mit einem leisen, halb boshaften Lächeln, »wo die Polizei sogar witzig sein kann.«

»Hm«, meinte der lange Aktuar, sich nach dem Sprecher umdrehend, »die Polizei macht eben keinen Anspruch darauf, und ist das meistens Privateigenthum. Aber wir wollen die Zeit nicht mit Allotrien vergeuden; ist nicht herauszubekommen wer den Blumenstock hier, während Ihrer Abwesenheit in das Zimmer gesetzt hat?«

»Jedenfalls müssen die Dienstboten darum wissen«, sagte der junge Henkel, »und es wird das Beste sein sie einzeln darum zu befragen.«

»Allerdings; – Einzelverhör hat überhaupt viele Vortheile, bitte schicken Sie einmal die Leute herauf, daß man vor allen Dingen ihre Gesichter zu sehen bekommt.«

»Aber nicht hier, Väterchen, nicht wahr nicht hier in meiner Stube?« bat Clara – »ich würde den fatalen Gedanken im Leben nicht wieder los.«

»Wir wollen hinuntergehn in das untere Zimmer«, sagte Herr Dollinger, freundlich dem Wunsch der Tochter nachgebend, »es läßt sich das dort eben so gut abmachen als hier.«

»Manchmal ist der Platz des Verbrechens selber der geeignetste«, warf der Actuar ein, »aber wie Sie wünschen – nur um eines möchte ich Sie noch vorher bitten, daß ich mir einmal die Stelle oder das Fenster ansehn darf, durch das sich Ihrer Vermuthung nach, der oder die Diebe entfernt haben könnten.«

»In unserem Schlafzimmer?«

»Doch durch diese Thür?«

»Lieber Henkel, Sie sind wohl indessen so freundlich, meine Leute unten zusammenzurufen; wir kommen gleich hinunter. Sie werden heut viel belästigt.«

»Aber ich bitte Sie, bester Herr Dollinger«, sagte der junge Mann, rasch seinen Hut aufgreifend, »wenn ich Ihnen nur darin von irgend einem wirklichen Nutzen sein könnte. Lieber erlauben Sie mir vielleicht mit Ihnen einer möglichen Spur zu folgen, denn meine Augen sind darin vielleicht schärfer als manche andere.«

»Es wird in der Dunkelheit nicht eben mehr viel zu spüren geben«, meinte indeß der Actuar; »das werden wir uns müssen auf morgen früh aufsparen – also jetzt noch das Fenster, wenn ich bitten darf – ich möchte mir nur die Gelegenheit einmal von oben besehn.«

Clara selber öffnete die Thür und führte dem Actuar mit ihrem Vater in das kleine freundliche Gemach, dessen beide, schon von Blätter schießenden Weinranken überzogene Fenster, auf den Garten hinaussahen. Das eine Fenster war allerdings geöffnet gewesen, aber der Rankenwuchs so dicht zusammengezogen, daß sich ein Körper kaum hätte hindurchzwingen können. Die Höhe nach dem Garten hinunter, und gerade unter dem Fenster sollte ein kleiner Rasenplatz sein, war eben nicht beträchtlich, vielleicht zehn oder zwölf Fuß, und unten umgab niederer aber ziemlich dichter Hollunder den Rasen. Im Zimmer selber ließ sich aber nicht das mindeste erkennen, das einen solchen Verdacht unterstützt hätte; das Einzige was dafür sprach, war die aufgeschlossene Thür.

Zu der Unterstube des Hauses waren indessen die Dienstleute versammelt worden, streng examinirt zu werden. Der Hausmagd vor allen andern lag die Pflicht ob, die Etage, wenn sie nach unten in die Küche ging, in Abwesenheit der Herrschaft verschlossen zu halten. Diese aber behauptete steif und fest, und weinte dabei und rief Gott und alle Heiligen zu Zeugen an, daß sie die Vorsaalthür auch ordentlich, »zweimal herum« abgeschlossen und den Schlüssel zu sich gesteckt hätte, und Niemanden in der weiten Gotteswelt gesehen habe, der das Haus in der Zeit betreten haben könne. Trotzdem aber sei die Vorsaalthür, als sie wieder nach oben gekommen offen, wenigstens aufgeschlossen, wenn auch zugeklinkt gewesen, und sie hätte selber im Anfang nicht begreifen können wie das möglich wäre, aber auch nicht weiter darüber nachgedacht, und es ihrer eigenen Unaufmerksamkeit zugeschoben. Nach der Abfahrt der Herrschaft sei sie aber nur eine ganz ganz kurze Zeit unten geblieben um – sie wollte erst nicht mit der Sprache heraus, aber der Herr Actuar drängte gar so sehr – um den jungen Herrn Henkel fortreiten zu sehn. Nachher mochte sie vielleicht noch zehn Minuten der Köchin geholfen haben, und war dann nicht wieder von dem Vorsaal oben fortgekommen, auf dessen Balkon sie gesessen und genäht hatte. In der Zeit habe Niemand mehr den Vorsaal oder des Fräuleins Zimmer betreten, darauf wolle sie das heilige Abendmahl nehmen, und der Diebstahl müsse jedenfalls in den paar Minuten, die zwischen dem Fortreiten des jungen Herrn und ihrem eigenen Wiederhinaufgehn nach oben gelegen hätten, verübt sein – anders war es nicht möglich.

»Wer aber hatte den Blumenstock in des Fräuleins Zimmer gestellt?«

»Einen Blumenstock? – während die Herrschaft fort war?«

»Allerdings, eine Monatsrose – in das Fenster nächst der Thür.«

»Der das gethan hat, müsse damit zum Fenster, oder in derselben Zeit mit einem Nachschlüssel zur Thür hereingekommen sein, als der Diebstahl verübt worden, denn sie hätte keine Seele im Haus gesehn.

Die Dienstboten hatten indessen mit einander geflüstert, als der Actuar das Wort nahm und mit langsam bedächtiger, aber ziemlich ernster Stimme sagte:

»Hört einmal Leute, ich will Euch etwas sagen; Ihr habt Euch da gut unschuldig stellen, als ob Ihr eben erst auf die Welt gekommen wärt, damit dringt Ihr aber nicht durch. Das Geld ist fort – Ihr seid die Einzigen die unter der Zeit im Haus waren, und Euere Pflicht wäre es gewesen –

»Aber Herr Actuarius« –

»Ruhe da, wenn ich Euch etwas mitzutheilen habe – und Euere Pflicht wäre es gewesen, sag' ich, aufzupassen, daß niemand Fremdes den Platz betrat, der Euch anvertraut war, und für den Ihr also auch in der Zeit zu stehn hattet. Jemand ist aber in der Zeit da gewesen, und hat etwas gebracht und etwas geholt, und man wird sich jetzt an *Euch* halten müssen, bis der Jemand ausfindig gemacht ist. Was giebt's da hinten – was ist gekommen?«

»Dullmanns Rieke von über dem Weg drüben«, sagte die Köchin jetzt, gegen den Actuar vortretend, »will den Loßenwerder haben heimlich aus dem Haus schleichen sehn. Da *haben* Sie einen; *uns* brauchen Sie so etwas nicht unter die Nase zu reiben, Herr Actuar – wir sind ehrliche Dienstboten die sich ihr bischen Brot sauer genug im Schweiße ihres Angesichts – «

»Ach halt' sie das Maul«, fiel ihr aber der Actuar etwas unsanft in die Rede – »*wer* ist im Haus gewesen, Loßenwerder? – und heimlich hinausgeschlichen? – wer hat ihn gesehn?«

»Hier die Rieke von Dullmann's – «

»Wann war das?« fragte der Actuar das jetzt vorgeschobene Mädchen, das feuerroth wurde und ihren einen Schürzenzipfel anfing wie einen Plumpsack zusammenzudrehen. Erst ganz kurze Zeit vorher hatte sie einer ihrer Freundinnen im Dollinger'schen Haus, und gewiß nicht in der Absicht die Mittheilung gemacht, gleich damit, ohne weitere Warnung, vor die Polizei gezogen zu werden.

»Nun Mamsell – wie hieß sie? – Rieke? – Wann haben Sie Loßenwerder aus dem Haus kommen sehn, und ist er ruhig hinausgegangen oder *geschlichen*?«

»Wenn Loßenwerder im Haus war«, sagte Herr Dollinger ruhig, »so wird er auch ordentlich hinaus*gegangen* und nicht geschlichen sein; der wäre der Letzte dem ich so etwas zutrauen möchte.«

»Die Rieke behauptet«, fiel aber hier die Köchin in dem Bewußtsein unrechtlich gekränkten Ehrgefühls rasch ein, »daß sie gar nicht auf ihn geachtet haben würde, wenn er sich nicht so schnell und heimlich, und dicht unter den Fenstern, am Hause hingedrückt hätte. Wer kein böses Gewissen hat, kann gerade und offen gehen.«

»Sie sind aber gar nicht gefragt, zum Henker noch einmal«, rief der Actuar jetzt ungeduldig werdend – »wenn Sie jetzt nicht ruhig sind, lasse ich Sie so lange hinausführen, bis wir Sie wieder brauchen. Hier Mamsell Rieke; wenn Sie sich die Schürze abgedreht haben, dann sein Sie so gut und sagen Sie uns einmal wo und wie Sie den Herrn Loßenwerder gesehen haben.«

»Ich – ich weiß nicht gewiß« – stammelte das Mädchen verlegen – »aber – aber Loßenwerder kam – bald nachher wie die Herrschaft fortgefahren war – «

»Wie lange nachher?« frug der Actuar.

»Etwa eine halbe Stunde denk' ich – vielleicht nicht so lange – kam er viel rascher als es sonst seine Art ist, denn er geht gewöhnlich immer sehr langsam – kam er – kam er aus der Thür heraus, die er geschwind hinter sich zuzog – und dann – «

»Und dann?« –

Und dann hielt er den Kopf nieder, als ob er nicht wollte daß ihn Jemand, der vielleicht von oben heruntersähe, erkennen möchte – hielt er den Kopf nieder und drückte sich – drückte sich dicht am Haus hin, so schnell er konnte die Straße hinunter, und um die Ecke.«

»Und nachher?« frug der Actuar.

»Nu, um die Ecke kann sie doch nicht sehn«, sagte die Köchin.

»Ob Sie still sein wird«, sagte Herr Ledermann jetzt aber wirklich böse gemacht – »Wenzel, wenn mir die Person da jetzt noch einmal das – noch einmal den Mund aufthut, dann wissen Sie was Sie zu thun haben.«

»Sehr wohl, Herr Actuar«, sagte der Gerichtsdiener –

»Und sind Sie dann nachher nicht herübergekommen und haben das den Leuten im Hause gesagt, was Sie gesehn?« frug der Actuar.

»Ich habe ja aber Nichts gesehen«, sagte die Rieke.

»Sie haben doch den Loßenwerder gesehn« –

»Ja aber der geht doch so oft in das Haus hier herein, und kommt nachher immer wieder heraus.«

Der Actuar warf sich ungeduldig herüber und hinüber und sagte endlich mürrisch:

»Unsinn – baarer Unsinn – aber hatte er denn irgend etwas in der Hand? – *trug* er etwas?«

»*Trug*? – ja – ja sehn Sie Herr Actuar – das kann ich Sie nicht sagen – das weiß ich nicht – «

»Nun Sie werden doch gesehen haben, ob er irgend ein schweres Paket in der Hand hatte oder nicht.«

»Ja sehn Sie, das weiß ich Sie wahrhaftig nicht, aber ich glaube es fast«, sagte das Mädchen, »denn ich habe den Herrn Loßenwerder eigentlich noch gar nicht anders gesehn, als daß er irgend 'was getragen hätte; und wenn's nur ein paar Briefe gewesen wären, oder ein Regenschirm.«

»Lieber Herr Actuar, ich glaube Sie sind da auf einer falschen Fährte«, sagte Herr Dollinger jetzt – »man kann einem Menschen allerdings nicht in's Herz sehen, aber für den Loßenwerder möchte ich fast selber einstehen.«

»Mein bester Herr Dollinger«, sagte aber der Actuar kopfschüttelnd, »es ist das mit den Untersuchungen eine wunderliche Sache, und Leute auf die man am allerwenigsten gedacht, von denen man nie das geringste Unrechte vermuthet hatte, kommen da oft in den sonderbarsten Verwickelungen vor und – sind schuldig. Ich selber kenne Loßenwerder als einen ordentlichen braven Menschen, und will zu Gott hoffen, daß unser ganzer Verdacht unbegründet ist; das heimliche Schleichen aus dem Haus aber, und daß ihn Niemand sonst im Haus gesehen hat macht ihn verdächtig. Meine Pflicht ist es wenigstens ihn selbst deshalb zu vernehmen und ich werde jedenfalls noch heute Abend nach ihm schicken müssen – unsere Eisenbahnverbindungen sind jetzt zu schnell, und man darf keiner Menschenseele mehr zwölf Stunden Vorsprung lassen, wenn man nicht oft das leere Nachsehn haben will.«

»Passen Sie auf«, sagte Herr Dollinger, »der Loßenwerder wird den Blumenstock zum Geburtstag Clara's oben hinaufgetragen haben, und zum Dank dafür kommt der arme Teufel jetzt noch in den Verdacht des fatalen Diebstahls.«

»Wie aber ist er ohne Nachschlüssel in die verschlossene Thür gekommen«, warf der Actuar ein –

»Hm – « sagte Herr Dollinger, »das weiß ich freilich nicht – nun fragen Sie ihn selber, das wird jedenfalls der kürzeste Weg sein.«

»Um das Verzeichniß der gestohlenen Gegenstände dürfte ich Sie dann vielleicht nachher noch bitten.«

»Meine Tochter wird es gerade jetzt eben schreiben«, sagte Herr Dollinger, »wenn Sie nur noch kurze Zeit warten wollen.«

»Dann dürfte ich Sie wohl bitten, es mir gleich in meine Wohnung zu schicken«, meinte der Actuar nach kurzer Überlegung, »ich muß vor allen Dingen erst in meine Wohnung und werde dann von da gleich noch einmal in's Bureau gehen. Wo ist denn der Loßenwerder wohl am leichtesten zu finden?«

»Ich habe eben nach seinem Hause geschickt«, sagte Herr Dollinger, »aber dort ist er nicht. Paul, der Bursche, behauptet, er ginge manchmal, aber selten, in eine Bierstube an der Ecke der Rößnitzer und Hertzergasse, aber dort war er auch nicht; es ist übrigens an beiden Orten bestellt, ihn gleich, so wie Jemand seiner ansichtig wird, hierherzuschicken.«

»Sehr wohl«, sagte der Actuar, seine Papiere zusammenpackend, und sie dem Gerichtsdiener übergebend; nach kurzer Begrüßung wollte er sich dann eben entfernen, als er noch einmal in der Thür stehen blieb und, sich scharf auf dem Absatz herumdrehend, fragte:

»A prospos – *raucht* Loßenwerder?«

»Soviel ich weiß *nicht*«, sagte Herr Dollinger.

»Doch ja, manchmal«, sagte Einer der Leute – Sonntags nach Tisch z. B. regelmäßig eine Cigarre.«

»Hm, so?« sagte der Actuar und verließ dann rasch das Zimmer und Haus.

Er hatte übrigens auch alle Ursache sich zu beeilen, denn daheim wartete ein mit jeder Minute drohender aufsteigendes Unwetter auf ihn, das er mit einer Art von verzweifelten Hoffnung immer noch mit den, dem Gerichtsdiener wieder zu dem Zweck abgenommenen, und geschäftsmäßig unter den Arm geklemmten Streifen Akten abzuleiten gedachte. Jedenfalls mußte ihm der Vorfall im Dollinger'schen Haus, der so viel von seiner Zeit in Anspruch genommen, entschuldigen. Frau Actuar Ledermann aber hatte sich schon den ganzen Nachmittag über, mit immer wachsender Ungeduld, vorgenommen gehabt mit ihrem Gatten gegen Abend einen der vor der Stadt gelegenen Gärten, wo Concert sein sollte, zu besuchen und die Parthie war ihr jetzt – was halfen alle Gründe dagegen – zu Wasser geworden; es verstand sich von selbst daß Actuar Ledermann die Schuld, und deshalb auch die Folgen trug.

Frau Actuar Ledermann hatte sich übrigens vor einigen Tagen, wo sie trotz dem nassen Wetter und allen Vorstellungen ihres Mannes spatzieren gegangen war, furchtbar erkältet, und brachte keinen lauten Ton über die Lippen. Das aber, und daß sie ihren gerechtfertigten Ingrimm nicht mit der vollen Kraft ihrer Stimme hinaus*gießen* konnte über den Gatten, wie sie es – und er auch – gewohnt war, sondern alles das was sie ihm zu sagen hatte – und sie hatte ihm viel zu sagen – heraus*flüstern* mußte, reizte ihren Zorn nur noch immer mehr.

»Aber liebes Kind, ich versichere Dich«, sagte der Actuar in einem vergeblichen Versuch den aufsteigenden Sturm zu beschwichtigen, »daß ich mich über anderthalb Stunden bei dem verwünschten Diebstahl im Dollinger'schen Hause aufgehalten habe und – «

»Und ich versichere Dich«, zischte sie, mit einem Gesicht, dem die Anstrengung die es sie kostete die Worte hörbar zu machen, einen noch viel unfreundlicheren, ja sogar boshaften Ausdruck gab – »daß ich Dich vor anderthalb Stunden schon gerade so erwartet habe wie jetzt, und seit drei Stunden vollkommen angezogen dasitze und auf Dich passe.«

»Aber Du *bist* ja gar nicht angezogen, beste Therese.«

»Weil ich mich wieder ausgezogen habe«, rief die Frau – »glaubst Du ich soll mir ein Beispiel an einem liederlichen Menschen nehmen, und bei Nacht und Nebel noch draußen herumstreichen, wie Leute die das Licht zu scheuen haben? – Und dann mit meinem Katharr – daß ich mir den Tag über im warmen Sonnenschein ein wenig Bewegung machte, das fällt Dir nicht ein; aber Nachts, wenn der schädliche Thau niederfällt, der für mich gerade Gift wäre, da möchtest Du mich jetzt wohl noch hinausschleppen nicht wahr? damit ich nur recht schnell unter die Erde käme – o ich armes unglückseliges Weib – «

»Aber Therese Du bist unbillig, ich habe Dir doch angeboten heute Nachmittag mit mir nach dem rothen Drachen hinauszugehn – «

»Weil Du wußtest daß das nichtsnutzige Geschöpf von einer Wäscherin mir mein Kleid nicht vor vier Uhr bringen würde«, zischte die Frau.

»Aber Du hast ja noch andere – «

»Am Sonntag zum Skandal der andern Menschen mit einer solchen *Fahne* zu einem anständigen Vergnügungsort hinausziehn, nicht wahr? – *Dir* läge natürlich Nichts daran was die Leute über Deine Frau sagten; aber Du bist auch an anderen Orten lieber wie zu Hause, und statt Deiner Frau einmal ein paar Stunden Gesellschaft zu leisten, und nachher mit ihr zusammen auszugehen, mußt Du natürlich g'rad in's Wirthshaus laufen, und ein Bischen vor Mitternacht dann wieder zu Hause kommen.«

»Liebes Kind, es ist halb neun Uhr jetzt« – sagte der Actuar ruhig, »dann aber Therese«, fuhr er nach kleinem Zögern, mit einer fast gewaltsamen Anstrengung etwas herauszubringen, das er auf dem Herzen hatte, fort – »bist Du theilweise mit selbst Schuld daran, *daß* ich mir eben außer dem Hause mein Vergnügen suchen *muß*.«

»Ich?« wollte die Frau erstaunt rufen, der etwas zu hoch eingesetzte Ton blieb aber total aus, und Ledermann sah nur, mit der entsprechenden Gesticulation, das zum Höchsten erstaunte Gesicht der Gattin. Dadurch aber vielleicht, und durch die ungewöhnliche, freilich erzwungene Stille, etwas muthiger gemacht, fuhr er entschlossen fort:

»Ja liebes Kind, Du; denn anstatt Deinem Mann, wenn er von seinen Berufsgeschäften ermüdet zu Hause kommt den Aufenthalt daheim zu einem freundlichen zu machen, in dem er gerne bleibt, läßt Dich Dein unglückseliges, heftiges Temperament nicht ruhen noch rasten, sondern Du mußt irgend eine Gelegenheit vom Zaune brechen mit mir zu zanken. Gebricht es Dir aber vollkommen an Stoff, was jedoch nur in höchst seltenen Fällen zu sein scheint, so bist Du mürrisch und verschlossen, machst ihm ein finsteres, verdrießliches Gesicht, und sprichst kein Wort.«

Sprachlos nur vor Zorn und Staunen über die unerhörte, bodenlose Frechheit, hatte die Frau indessen dem heute so redseligen Gatten (der aber nicht dabei zu ihr aufzuschauen wagte, sondern bald die rechte, bald die linke Ecke der Stube mit den Augen suchte) angesehn. Es war eine allerdings noch jugendliche schlanke, aber eher magere als volle Gestalt, die Frau Actuar Ledermann, mit etwas vorstehenden, wenigstens stark markirten Backenknochen und durchdringend scharfen, wenn auch kleinen lichtgrauen Augen, die Lippen schmal und um den Mund in vielen kleinen Fältchen, zusammengezogen, das Kinn jedoch etwas zurückstehend, was ihr ein besonderes, und nicht eben angenehmes Profil gab. Auch in ihrem Anzug ließ sie sich zuviel gehn; der Zauber reinlicher Kleidung fehlte ihr, der selbst der ärmlichsten Tracht etwas Nettes, Freundliches giebt; die Krause die das oben am Hals dicht anschließende Kleid einfaßte, war schon mehrere Tage getragen und verdrückt, ebenso zeigten die Manschetten Spuren längeren Dienstes, und die Haube saß ihr verschoben und zu viel zurückgedrängt auf dem, nicht überreich mit Haaren bedeckten Scheitel. Frau Actuar Ledermann war nicht hübsch, und der Affect der ihre Züge in diesem Augenblick mehr entstellte als belebte, nahm ihnen leider auch die letzte Spur sanfter Weiblichkeit, die sonst doch wohl noch hie und da darin verborgen lag. Der bis jetzt mehr durch Erstaunen als Mäßigung niedergekämpfte Zorn gewann aber auch endlich die Oberhand, und während die Anstrengung, sich bei ihrer Heiserkeit gehört zu machen, ihr Antlitz fast dunkel färbte, keuchte sie, die Arme in die Seite gestemmt, den Oberkörper gegen den überrascht einen Schritt zurückweichenden Gatten vorgebeugt:

»Spreche kein Wort, *heh*? sagt der Herr? – prahlt da, »wenn er von Berufsgeschäften nach Hause kommt« – spreche kein Wort? – sitzt in der Kneipe den ganzen gesegneten Nachmittag – im rothen Drachen und das nennt er Berufsgeschäfte; vertrinkt das Geld das wir hier zum nothwendigsten Leben brauchten, und wirft mir jetzt meine Heiserkeit vor, die mir der Himmel geschickt hat, oder mein böses Glück, dem ich auch einen solchen Mann verdanke – daß ich kein Wort spreche und verdrießlich bin. Ich soll wohl *tanzen*? eh? – wenn mir das Herz zum Zerspringen voll ist vor Jammer und Elend daheim, und wenn ich den ganzen Tag da sitze, und brüte und denke wie wir auskommen wollen mit den paar Groschen, die zum Sterben und Verhungern zu viel, zum Leben aber zu wenig sind. Dann soll ich nachher, wenn der gestrenge Herr sein Gesicht zeigt, lachen und vergnügt und lustig sein, nur damit der Haustyrann sich nicht unbehaglich fühlt in *seinen* vier Wänden.«

Heftiger Husten unterbrach hier die Zornesrede der Frau, der die übermäßig angestrengte Luftröhre den Dienst versagte, und der Actuar Ledermann nahm still und schweigend, den Moment benutzend, ein Licht von dem kleinen Seitenschrank, zündete es an der Lampe an, und verließ kopfschüttelnd und seufzend das Gemach, sich auf sein eigenes kleines Stübchen zurückzuziehn.

4. Franz Loßenwerder

In Heilingen, in der Glockenstraße, stand ein vortreffliches Weinhaus, in dem die wohlhabenderen Bürger Abends gewöhnlich zusammenkamen und ihr Fläschchen, aus denen auch oft zwei und drei wurden, tranken. Das Lokal war ziemlich gemütlich, und dem Zweck entsprechend, in eine Menge kleiner Zimmerchen abgetheilt, die theils durch wirkliche Thüren und Verschläge, theils durch Vorhänge von einander getrennt lagen, einzelnen Gesellschaften zu gestatten eben einzeln zu bleiben, und ihr Glas, ungestört von dem Nachbar, zu trinken.

Das Haus hieß »der Pechkranz« nach einer alten Sage, die der Wirth sehr gern mit der Heilinger Chronik belegte, und die noch in dem dreißigjährigen Kriege spielte; ein, über der Eingangsthür in neuerer Zeit erst aus Stein gehauener Bachus, hielt auch in der einen Hand einen Tyrsusstab, und in der anderen einen Pechkranz, in höchst wunderlicher Weise Sage und Geschäft mit einander vereinigend. Die Allegorie war aber gar nicht so übel angebracht, und hätte sich auch schon ohne Tilly recht leidlich und genügend erklären lassen, denn Bachus hatte hier schon in der That in manchen Kopf seinen Pechkranz hineingeworfen, daß es lichterloh zum Dache hinausbrannte, ohne weiter eben größeren Schaden anzurichten, als der alte Pechkranz in damaliger Zeit angerichtet haben sollte.

Der Wirth war übrigens nicht in Heilingen geboren und erzogen, sondern ein Rheinländer, der sich hier erst vor einigen Jahren niedergelassen, und durch gute Getränke auch bald gute und schlechte Kunden genug bekommen hatte. Seine Preise waren allerdings ein wenig theuer, »aber«, sagten die Heilinger, »wer einmal Wein trinkt, dem darf es auch nicht auf einen Groschen dabei ankommen, wenn er nur ächt und rein ist«, und Wirth und Gäste befanden sich wohl dabei.

Es war am Abend des nämlichen Tages, an welchem ich meine Erzählung begann, als die Gäste, die den Tag über meist auf Spaziergängen im Freien gewesen waren, anfingen einzutreffen, und die Kellner geschäftig herüber und hinüber sprangen, Wein und Speisen den Hungrigen und Durstigen zu bringen. Die kleinen Räumlichkeiten füllten sich nach und nach, und selbst in dem großen Mittelsaal, der ungefähr das Centrum des Ganzen bildete, hatten sich schon hie und da einzelne Gruppen gebildet, oder auch einzelne Gäste saßen in irgend einer Ecke, ihre Flasche Wein vor sich, und auf eigene Hand, in ungeselliger Gemüthlosigkeit, langsam Glas nach Glas zu leeren. Es ist das aber nicht die rechte Art; zu einer schönen Landschaft und einer guten Flasche Wein gehören mindestens zwei Personen, um Beides recht und ordentlich zu genießen, die eine sich *darüber*, die andere sich *dabei* auszusprechen; wenn man allein ist, geht mehr als der halbe Genuß von Beiden verloren. Es giebt allerdings Menschen, die sich zufriedener fühlen wenn sie Alles allein genießen können, aber denen geh' aus dem Weg; es sind Hypochonder oder Schlimmere, und der einzige Dank, den Du ihnen schuldig bist ist dafür, daß sie sich eben auch von Dir zurückziehn. Nur wer Niemanden hat an den er sich anschließen darf, wer allein und freundlos in der Welt dasteht und das Leid das ihn drückt, allein tragen, die wenigen frohen Momente seines Lebens allein genießen muß, den bedauere und hilf ihm, wenn Du kannst, denn er ist der Unglücklichste von Allen.

Es mochte neun Uhr Abends sein, als ein Bekannter von uns, der Kürschnermeister Kellmann, die Weinstube betrat und, sich überall umschauend, ob er nicht irgend einen Freund träfe zu dem er sich setzen könnte, in einer der Ecken eine bekannte Gestalt entdeckte. Aber er sah erst ein paar Secunden wirklich aufmerksam dorthin, ehe er seinen Augen traute, und sagte dann, auf Jenen losgehend und neben dem Tisch stehen bleibend:

»Hallo, *Loßenwerder*? Ihr hier im Pechkranz? na da möchte man doch, wie die Schwaben sagen, den Ofen einschlagen. Alle Wetter Mann und vor einer Flasche Rüdesheimer; nun das laß ich gelten und es freut mich wahrhaftig, daß Ihr endlich einmal aufthaut und unter Menschen kommt. Aber was ist denn heute los bei Euch? denn einen ganz besonderen Grund muß doch die Festlichkeit haben.«

»Ha – ha – ha – hat sie auch He – he – he – he – herr Ke – ke – ke – kellmann«, sagte der kleine Mann verlegen lächelnd und sich etwas schüchtern dabei umschauend, denn es schien ihm nicht angenehm, die Aufmerksamkeit der übrigen Gäste so direkt auf sich gelenkt zu sehn.

»Jetzt kann ich aber auch den Leuten widersprechen«, sagte Kellmann, seinen Hut und Stock an einen der nächsten Haken hängend und sich neben ihn setzend, »wenn sie behaupten Ihr tränkt nur Wasser, und Sonntags höchstens einmal ein Glas Dünnbier – ich kriege Leibschneiden, wenn ich nur an das Zeug denke – und sonst lebtet, als ob Ihr die Woche mit einem halben Thaler auskommen müßtet. Alle Wetter Mann, das ist recht, daß Ihr Euch auch manchmal ein Glas Rheinwein gönnt; das hält Leib und Seele zusammen, und stärkt die Nerven und Muskeln mehr wie Rindfleisch. Würde mir schwer ankommen, wenn ich unseren vaterländischen Wein entbehren müßte«, setzte er mit einem halbunterdrückten Seufzer hinzu.

»Ha – ha – ha – haben Sie a – a – a – auch wohl ni – ni – nicht nö – nö – nö – nö – nö – nöthig, be – be – be – bester He – he – he – he – he – he.«

»Ih nun wer weiß was Einem noch Alles bevorsteht«, unterbrach ihn Kellmann – »hier Kellner – mir auch eine Flasche von dem Rüdesheimer; der Duft hat mir Appetit gemacht.«

»Hallo Loßenwerder bei einer Flasche Rüdesheimer«, rief aber jetzt noch eine andere Stimme aus dem nächsten Stübchen, wo ein paar junge Kaufleute bei ihrem Glase zusammensaßen – »da müssen wir auch dabei sein; Loßenwerder hat vielleicht heute seinen splendiden Tag und traktirt – haben Sie was in der Lotterie gewonnen?«

Die jungen Leute, die Kellmann und Loßenwerder begrüßten, kamen mit ihrer Flasche heraus, und setzten sich an denselben Tisch, mit dem immer verlegener werdenden kleinen Mann anstoßend und trinkend. Denen gesellten sich aber noch bald darauf Andre zu; Loßenwerder war in der ganzen Stadt bekannt und oft auch, seiner körperlichen Mängel wegen, zum Besten gehalten. Vertheidigen konnte er sich aber schon seines Stotterns wegen nicht, was den Gegnern gleich nur noch mehr Anlaß und Stoff gegeben hätte; so wurde denn diese freilich gezwungene Zurückhaltung endlich für Gutmütigkeit ausgelegt, mit der er sich Scherz und Stichelrede ruhig gefallen ließ, und was die schärfste Erwiderung nicht vermocht, erreichte er unfreiwillig dadurch, daß man es endlich müde wurde, den sich nicht Verteidigenden zum Besten zu haben, und ihn eben zufrieden ließ. Aber in des Verwachsenen Betragen änderte das Nichts; abgestoßen und verhöhnt – in nur sehr wenigen Ausnahmen – von Allen, mit denen er in Berührung kam, zog er sich mehr und mehr in sich selbst zurück, ging, außer den nöthigen Geschäftswegen und außer der Geschäftszeit, fast nirgends hin, und lebte so einfach, ja fast dürftig, wie nur ein Mensch leben kann, der eben *nur* Geld ausgiebt, um zu existiren. In einem Weinkeller hatte ihn aber noch Niemand gesehn, und die Gäste dort, die überdies keinen weiteren Zweck da hatten als sich zu amüsiren, glaubten das einmal einen Abend mit dem kleinen »Stotterberg«, wie er spottweis, seines Stotterns und Höckers wegen genannt wurde, am Besten thun zu können.

Im Anfang wollte sich Loßenwerder aber auf Nichts einlassen, ja machte sogar zwei oder drei, wenn gleich vergebliche Versuche, sich zu entfernen, denn von allen Seiten wurde er gehalten, und Jeder wollte und mußte mit ihm trinken. Nach und nach aber fing er an aufzuthauen; der ungewohnte kräftige Wein mochte ihm das Blut leichter und rascher durch die Adern jagen. Nun sollte er erzählen, aber das ging nicht, sein Stottern wurde, mit der schwereren Zunge, kaum verständlich, bis Einer, im Spott eben, auf den Gedanken kam, ihn zum Singen aufzufordern. Loßenwerder weigerte sich erst ganz verschämt; das aber kam den Anderen zu komisch vor, und mit Lachen und Toben, während ein paar schon Champagner bestellten, den Genuß würdig zu feiern, räusperte sich Loßenwerder plötzlich und stieg, von dem Wein erregt, und jetzt unter dem lauten Jubel der ihn umdrängenden Gäste, auf einen Stuhl.

Was aber, wie sich die Übrigen gedacht, Spott und Scherz hatte werden sollen, das erstarb in athemlosem Schweigen, nur von leisen Ausrufungen des Staunens und der Bewunderung unterbrochen, als der kleine verkrüppelte Mensch, mit einer hellen, glockenreinen Stimme, und Tönen, die zum innersten Herzen drangen, erst noch scheu, dann aber immer zuversichtlicher werdend, und wie von dem Inhalt des Liedes mit fortgerissen, dieses also begann:

»Ich habe schon zu oft geschaut
In Deiner Augen Glanz, Du Holde,
Auf meine Kraft zu fest vertraut,
Viel mehr, als ich vertrauen sollte.

Doch nein, für Dich Geliebte sind
Des Lebens schönste, reinste Blüthen,
Von keinem Schmerz getrübt, bestimmt,
Und was könnt' ich dafür Dir bieten?

Nichts – gar Nichts, als ein treues Herz;
Doch nimmer sollst Du es erfahren –
Ich kann, wie früher, meinen Schmerz
In tiefer, innerer Brust bewahren.

Sei glücklich! – wenn auch ohne mich,
Ich will Dich lieben, aber schweigen
Und mein Gebet nur soll für Dich
Empor, zum Thron des Höchsten steigen.

Wenn dann mein Herz im Grabe liegt,
Und austräumt seine stillen Leiden,
Dann soll der Geist zum Himmel nicht
Entfliehn, und zu der Seel'gen Freuden. –

Ein schön'res Loos werd' ihm zu Theil,
Umschwebend Dich in trüben Tagen,
Soll er, zu Deinem Schutz und Heil,
Selbst seiner Seligkeit entsagen.«

Loßenwerder war ganz gerührt geworden beim Schluß des Liedes, und die Thränen standen ihm in den Augen; während sein wirklich häßliches Gesicht durch den Schmerz aber eher einen komischen als ernsten Ausdruck bekam, jubelte die Schaar jetzt um ihn her, die wirklich erst wieder Athem und Laut gewann, als der wundersame Zauber dieser Stimme von ihnen genommen war.

»Bravo – bravo Loßenwerder – bravo dacapo! Donnerwetter Mann, Ihr habt ja eine Stimme wie eine Nachtigall, und stottert nicht die Probe dabei – wie am Schnürchen geht das!«

»Es ist erstaunlich!« rief Kellmann, vor lauter Verwunderung über das eben Gehörte wirklich fast sprachlos.

»Nun aber auch trinken – hier Loßenwerder – hier«, riefen sie, ihm das Glas bis zum Rand mit dem schäumenden Trank füllend, »und dann noch ein Lied; bei Gott, das zuckt und prickelt Einem ordentlich durch die Adern, und klingt wie Glockenton so rein und voll; Loßenwerder wo habt Ihr das Singen gelernt?«

»Vo – vo – vo – vo – vo – von mi – mi – mir se – se – se – se – selb – bber«, stotterte der kleine Mann, kaum im Stande jetzt mit immer schwerer werdender Zunge nur die paar Worte vorzubringen, während ihm im Gesang die Strophen wie der Lerche das schmetternde Lied; aus der Kehle wirbelten.

»Und da hat bis jetzt noch gar kein Mensch etwas davon erfahren«, rief Kellmann wieder – »behält die liebe Gottesgabe da ebenfalls für sich allein, kommt nirgends hin, spricht mit Niemand, trinkt und singt mit Niemand, und hat eine Stimme in der Luftröhre sitzen, die Einer, wer es darauf anzulegen verstände, in reines Gold verwandeln könnte.«

Von allen Seiten tranken sie jetzt dem kleinen Mann zu, und überschütteten ihn mit Lob und Jubel, und dieser schwamm wirklich in einem wahren Meer von Wonne. So wohl war ihm auch noch nie geworden – Niemand hatte sich bis jetzt um ihn bekümmert, Jeder ihn verspottet und verhöhnt, und zum ersten Mal, vielleicht seit langen, langen Jahren, fühlte er sich unter Menschen einem Menschen gleich, wußte sich nicht mehr verachtet und unter die Füße getreten, und sah freundliche Augen um sich her, die ihn wie ihres Gleichen anschauten.

Dem löste sich auch endlich seine Zunge, oder wenigstens sein guter Wille zu reden, so weit, daß er beginnen wollte Geschichten zu erzählen. Das ging aber unter keiner Bedingung; beim Singen ja, aber beim Sprechen brachte er kein Wort mehr über die Lippen, und selbst das Singen versagte ihm zuletzt den Dienst; die Augenlider wurden ihm schwer, er fing an zu lallen, und war eben zurück auf seinen Stuhl und dem Schlaf in die Arme gesunken, als die Thür aufging und zwei Gerichtsdiener in's Zimmer traten. Es war etwa elf Uhr Abends und die meisten Gäste, mit Ausnahme des einen Tisches, hatten das Haus schon verlassen.

»Hallo was ist das?« sagte Herr Kellmann, der die beiden Leute zuerst bemerkte, »das ist wunderlicher Besuch – es wird doch nicht etwa eine Polizeistunde eingeführt in Heilingen?«

Aber auch der Wirth war die »Diener der Gerechtigkeit«, wie sie meist etwas poetisch genannt werden, gewahr geworden und ging auf sie zu, sich zu erkundigen was sie hierher geführt.

»Ein kleiner buckliger Mann soll hier heute Abend bei Ihnen sein«, sagte der Erste – »er ist aus dem Dollingerschen Geschäft.«

»Dort sitzt er in der Ecke«, sagte der Wirth vom Pechkranz nach Loßenwerder hinüberzeigend, »hat er etwas verbrochen?«

»Ich weiß nicht«, erwiederte der Zweite ziemlich kurz – »wir sollen ihn abholen.« –

»Wird schwer sein«, meinte der Wirth – »sie haben ihm heute Abend hier ordentlich zugetrunken, und der Wein hat jetzt das Übergewicht – wenn er aufsteht kippt er wieder um.«

»Hm – da wird wohl auch nicht viel mit Fragen aus ihm herauszubringen sein, Meier; was meinst Du, nehmen wir ihn mit?«

»Ich denke das Beste wird sein wir führen ihn zu Haus, und Einer bleibt bei ihm bis er morgen früh wieder zu Verstande kommt; jetzt ist doch Nichts mit ihm anzufangen.«

»Aber um Gottes Willen was ist denn vorgefallen?« frug Kellmann bestürzt; »der arme Teufel hat doch nicht etwa irgend 'was verbrochen?«

»Noch ist nichts Gewisses bekannt«, erwiederte der erste Polizeidiener, »nur bei Dollinger's ist heute Nachmittag eingebrochen, und die Untersuchung muß jetzt erst ergeben, wer schuldig sei.«

»Bei Dollinger's eingebrochen?« riefen Mehrere, »heute Abend?«

»Nein heute am hellen Tag«, sagte der Mann.

»Alle Wetter das muß dann gewesen sein während sie nach dem rothen Drachen gefahren waren«, sagte Kellmann rasch – »sie kamen an uns vorbei mit dem jungen Henkel.«

»In der Zeit war's«, bestätigte der Polizeidiener, »denn wie sie zu Hause kamen, wurde es entdeckt – hier da Loßenwerder – Sie da – wachen Sie auf.«

»Ja wenn Sie den stoßen wollen bis er munter wird«, lachte Einer der jungen Leute, »da haben Sie Arbeit.«

»Sie – Loßenwerder – hören Sie?«

»Ja – ja« – stammelte der von dem ungewohnten Weine, von dem er eigentlich gar nicht so sehr viel getrunken, Betäubte – »me – me – me – mehr We – we – wein; ich za – za – za – zahle A – a – a – a – a – alles!«

»So?« sagte der Polizeidiener ruhig – »nun für heute möcht' es doch wohl genug sein; komm, faß ihn da drüben unter den Arm, er wohnt ja auch nicht so sehr weit von hier – wo ist sein Hut?«

»Hier – armer Teufel, das wird ein böses Erwachen werden.«

»Wie man sich bettet so schläft man«, sagte der zweite Polizeidiener, und den Betrunkenen in die Höhe richtend, der dabei unverständliche Sachen stammelte und sogar einen total misglückenden Versuch machte wieder zu singen, führten sie ihn hinaus und seiner Wohnung zu, indeß die Gäste noch das »für und wider« der Schuld des Mannes, von dem sie nie etwas Übles gehört bei einer anderen Flasche besprachen.

Und es *war* ein böses Erwachen für den Mann; von dem Weindunst betäubt schlief er, wie ein Todter, bis zum lichten Tag, und als er die Augen aufschlug und ihm der Kopf schmerzte zum Zerspringen, fiel sein erster Blick auf den ungeduldig in seinem Zimmer auf und ab gehenden Polizeidiener, den er einen Moment bestürzt anstarrte, und dann die Augen wieder schloß, wie vor einem unangenehmen Traumbild.

»Nun Loßenwerder, ausgeschlafen?« sagte der Mann aber, froh endlich einmal zu einem Resultat zu kommen – »das hat lange gedauert – kommen Sie, stehn Sie auf und ziehn Sie sich an.«

Die Stimme war *kein* Traum, und der kleine Mann richtete sich erschreckt von seinem Bett, auf dem er noch mit den Kleidern vom vorigen Abend lag, empor. Wo war er? – wie war er hierher gekommen? er drückte sich mit beiden Händen die Stirn und der klare Angstschweiß brach ihm aus über den ganzen Körper; er *wußte* nicht mehr was gestern Alles geschehn, und die unheimliche finstere Gestalt vor ihm füllte sein Herz mit einer wilden Ahnung von Unheil, die alles Blut dorthin in jähem Strom zurücktrieb.

Wie ein Schlag da hinein traf ihn die Nachricht von dem entdecktem Diebstahl, das Gefühl, daß der Verdacht auf ihm laste, und die nächste Stunde – während ein anderer Polizeibeamter bei ihm visitirte und man nichts weiter, als in einem Winkel seines kleinen Schreibtisches, unter dreifachem Schloß, ein Päckchen mit 200 Thalern in fünf und zwanzig Thaler Cassenanweisungen, wie noch einige Goldstücke fand, wie seine Abführung dann nach dem Dollingerschen Hause, da Herr Dollinger gebeten hatte den Mann, an dessen Schuld er nicht glauben wollte, erst einmal an Ort und Stelle selber zu befragen – lag wie ein Alp auf seiner Seele, unter dessen Last er auch kein Wort zu seiner Verteidigung zu sagen, ja nicht einmal eine an ihn gerichtete Frage zu beantworten vermochte.

In dem Dollingerschen Hause angekommen, wurde er gleich in Herrn Dollinger's Zimmer hinaufgeführt, und der alte Herr ging, als Loßenwerder die Stube betrat, mit auf dem Rücken gekreuzten Händen in seinem Zimmer auf und ab. Der junge Henkel saß in der einen Ecke des Sophas, das rechte Knie über das linke geschlagen, mit einem Buch in der Hand, über das hin er aufmerksam den Gefangenen betrachtete.

Loßenwerder war bleich wie ein Todter – jeder Blutstropfen hatte sein Antlitz verlassen, und bei dem Versuch den er zum Reden machte, kam kein Laut über seine Lippen.

»Loßenwerder«, sagte Herr Dollinger endlich, nach einer kleinen Weile vor ihm stehen bleibend und ihn ernst, ja traurig betrachtend – »ein böser Mensch ist gestern, während unserer Abwesenheit, in unser Haus geschlichen und hat, außer einigen Juwelen, auch noch das Geld entwendet, das Du mir gestern Mittag gebracht und das ich, wie Du weißt, in den Secretair dort schloß. Warst Du während unserer Abwesenheit wieder im Haus und in dem Zimmer meiner Töchter?«

»He – he – he – he – he – he – he – rr Do – Do – Do – Do.«

»Schon gut Loßenwerder, Du bist jetzt aufgeregt und das Sprechen wird Dir schwer; beschränke Dich auf ein einfaches ja und nein.«

»Ja – a – !«

»In dem Zimmer meiner Töchter?«

»J – a – a – a aber – i – i – i – i – ich wo – wo – wollte« –

»Sie haben einen Blumentopf dort hineingesetzt?« sagte Herr Henkel jetzt ruhig.

Das Blut stieg dem kleinen Mann rasch bis in die Schläfe hinauf, aber der nächste Moment ließ sein Antlitz wieder so weiß als vorher; er nickte nur, zur Betätigung des eben Gesagten, mit dem Kopf.

»Loßenwerder«, sagte der Herr Dollinger mit leiser, bewegter Stimme und dicht zu dem kleinen Mann hinantretend, wobei er die Hand auf dessen Schulter legte, »Loßenwerder, noch gestern würde ich eben so leicht geglaubt haben, daß eines von meinen eigenen Kindern eines schlechten, unrechtlichen Streiches fähig wäre, bis mich leider die immer deutlicher sprechenden Thatsachen in meinem Glauben an Dich *wankend* gemacht haben.«

»He – he – he – he – he – herr Do – Do – Do – Do – – Dollinger« –

»Ich will Dir klar und einfach unseren ganzen Verdacht vorlegen«, sagte da der alte Herr, dem Angeklagten jedes unnütze Wort zu ersparen – »gestern, während unserer Abwesenheit, ist der Secretair meiner Töchter erbrochen und das Dir bekannte Geld entwendet worden – drüben über der Straße hat Dich ein Mädchen gesehn, wie Du heimlich aus dem Hause geschlichen bist. Ebenso bestätigt Wilhelm, der Stalljunge, Dich gesehn zu haben, wie Du hättest das Haus durch die nach dem Hofe zu führende Thür verlassen wollen, bei seinem Anblick aber, was selbst dem Jungen aufgefallen ist, zurückgefahren, und dann auch nicht über den Hof gekommen wärst. Das Stubenmädchen, die keine Ahnung davon haben konnte daß Geld in dem Secretair lag, ist bereit den schwersten Eid abzulegen, daß sie, wenige Minuten später, nachdem man Dich hatte aus dem Hause schleichen sehen, die Vorsaalthür nicht mehr aus den Augen gelassen, und gewiß wäre, daß Niemand die Schwelle mehr überschritten habe, bis sie den zurückkehrenden Wagen in den Hof einfahren gehört. Heimlich bist Du im Haus gerade in der Zeit, in welcher das Geld entwendet wurde, gewesen, und die gestrige Ausschweifung, die man an Dir nicht gewöhnt ist, wie die bei Dir gefundene Summe, lassen allerdings das Schlimmste fürchten. Loßenwerder – ich brauche Dir nicht zu sagen, wie weh – wie weh mir das gerade von *Dir* thut, und ich wollte die doppelte Summe, so bedeutend sie ist, gern verschmerzen, wenn es *nicht* geschehen wäre. Mache aber jetzt Deinen Fehler, wenigstens so weit das noch in Deinen Kräften steht, wieder gut; gestehe was Du mit dem übrigen Gelde gemacht, wo Du es verborgen hast, und ich selber will dann auch Alles thun was in meinen Kräften steht, Deine Strafe zu erleichtern. Ein anderer Welttheil mag Dir nachher in späterer Zeit Gelegenheit geben Deinen Fehltritt zu bereuen, und das wieder zu werden, für was ich Dich, selbst bis diesen Morgen noch, gehalten habe.«

Loßenwerder hatte während dieser Auseinandersetzung wie aus Stein gehauen vor seinem Prinzipale gestanden, nur das Zittern seiner Glieder verrieth daß er lebe; jetzt aber brach er in die Knie, und zum ersten Mal vielleicht mit dem vollen Bewußtsein der gegen ihn erhobenen Anklage – oder auch von Schuld und Angst zu Boden gedrückt, denn wer konnte in den stieren, überdies nicht geraden Augen und in den todtenbleichen, mit großen Schweißperlen bedeckten Zügen das richtige lesen – umfaßte er die Knie des alten Herrn und bat mit wild stotternder Stimme, aus der dieser nur mit äußerster Anstrengung einen Sinn herausfinden mußte – ihn nicht unglücklich zu machen – Nichts so Schreckliches von ihm zu denken.

»Ein aufrichtiges Geständniß, Loßenwerder«, entgegnete darauf Herr Dollinger, »ist das Einzige, was Deine Schuld jetzt noch in etwas erleichtern kann. Das Gericht wird einen unbewachten Augenblick, dem die Reue auf dem Fuße folgt, nicht so schwer strafen, wie den hartnäckigen Übelthäter.

»A – a – a – a – a – aber ich bi – bi – bin ni – ni – ni – nicht schu – schu – schu – schuldig«, – stotterte der Unglückliche – »ich we – we – we – we – weiß vo – vo – vo – von Ni – ni – ni – nichts – «

»Du weißt von Nichts, Loßenwerder?« sagte Herr Dollinger leise mit dem Kopf schüttelnd – »und woher ist das Geld das man bei Dir gefunden, woher die Fünfundzwanzig Thaler-Note, die Du locker in der Tasche getragen, und die Dir der Polizeidiener gestern Abend noch herausgenommen hat?«

»Ge – spa – pa – pa – pa – partes Geld – e – e – e – e – e – ehrlich ge – ge – gespartes G – g – g – geld!« stammelte der arme Teufel.

Herr Henkel stand jetzt auf und ging langsam auf Herr Dollinger zu, dem er ein paar Worte in's Ohr flüsterte und dann, während dieser leise und traurig mit dem Kopf nickte, das Zimmer verließ. Loßenwerder aber, der ihm ängstlich mit den Augen folgte und vielleicht in einer unbestimmten Ahnung fühlte daß man ihn fortführen – in ein Gefängniß bringen werde, ergriff wieder und jetzt aber wie in Todesangst des alten Mannes Hand, und bat ihn um Gottes – um seiner Seligkeit willen, soweit es ihm die, jetzt in der Aufregung nur noch mehr fehlende Sprache immer gestattete, daß er ihm nur das nicht anthun – daß er ihn in kein Gefängniß möge führen lassen. Herr Dollinger erklärte aber natürlich darin Nichts thun zu können, denn wenn er Nichts gestehen wolle oder zu gestehen habe, so müsse allerdings das Gericht, bei so stark vorliegendem Verdacht, die Untersuchung aufnehmen, wonach sich bald seine Schuld oder Unschuld herausstellen würde.

»Hab' ich aber einmal erst auf solchen Verdacht gesessen«, stotterte der Unglückliche, »so bin ich gebrandmarkt mein Lebelang« –

Herr Dollinger zuckte die Achseln, und die Thür öffnete sich in diesem Augenblick, den einen Polizeidiener zeigend, der Loßenwerder leise auf die Achsel klopfte und freundlich sagte:

»Wenn's gefällig wäre.«

Loßenwerder zuckte zusammen als ob er einen Schlag bekommen, und wandte sich noch einmal, wie Hülfe suchend, an Herrn Dollinger, aber ein Blick auf diesen überzeugte ihn, daß er schon nicht mehr helfen könne, wo das Gericht die Sache in die Hand genommen, und sein Gesicht in den Händen bergend, folgte er dem Gerichtsdiener fast willenlos hinaus.

Gerade als er durch die Thür schritt begegnete ihm, noch auf der Schwelle, Frau Dollinger, und rasch bei Seite tretend, als ob sie selbst durch seine Berührung angesteckt zu werden fürchte, warf sie ihm einen zornigen, verächtlichen Blick zu und ging an ihm vorüber.

Loßenwerder seufzte tief auf, sagte aber kein Wort, denn wie er den Kopf hob, sah er am andern Ende des Vorsaals Clara mit dem jungen Henkel in eifrigem Gespräch, und auch dort mußte er vorbei. Das war zu viel und wie unschlüssig blieb er stehn und sah sich um, als ob er einen Weg zur Flucht suche.

»Na kommen Sie, Loßenwerder, machen Sie keine Dummheiten«, sagte aber, ihm ermunternd auf die Schulter klopfend, der Polizeidiener – »es ist Alles ein Übergang, wie der Fuchs sagte, als sie ihm das Fell über die Ohren zogen.«

Loßenwerder nahm sich zusammen und schritt festen Trittes an dem jungen Mädchen vorüber, das ihn mitleidig betrachtete.

»Etwas über zweihundert Thaler hat man schon bei ihm gefunden«, flüsterte der junge Henkel ihr leise zu – »ich hoffe daß Vater Dollinger das andere auch noch wieder bekommen soll.«

»Ach Loßenwerder, warum habt Ihr das gethan?« sagte Clara, leise und mitleidig den Gefangenen ansehend, als er an ihr vorüberging.

»U – u – u – und Si – si – si – si – sie g – g – g – glau – ben d – d – das a – a – a – a – auch?« rief Loßenwerder und die großen hellen Thränen standen ihm dabei in den Augen, aber der Polizeidiener hatte sich schon länger mit ihm aufgehalten, als er meinte verantworten zu dürfen, nahm ihn leise an der Hand und führte ihn die Treppe hinunter. Loßenwerder folgte ihm wie in einem Traum.

Das Polizeigebäude war nur höchstens fünfhundert Schritt von dort entfernt, und stand an der andern

Seite einer kleinen steinernen Brücke die über den, mitten durch die Stadt und häufig überbrückten kleinen Fluß führte. Als sie hinunter auf die Straße kamen, ließ der Polizeidiener seinen Gefangenen los, kein Aufsehn zu erregen, und flüsterte ihm zu nur ruhig neben ihm hinzugehn. Loßenwerder verstand ihn wohl gar nicht, denn er sah verstört zu ihm auf, und dann um sich her, und fand die Augen der Vorübergehenden alle neugierig auf sich geheftet; sich aber doch, wenn auch nur dunkel, des Zwanges bewußt der auf ihm lag, nahm er sein Taschentuch heraus, trocknete sich die feuchte Stirn damit ab, und ging mit krampfhaft zusammenengebissenen Zähnen neben seinem Wächter her. So erreichten sie die Brücke, wo vier oder fünf Jungen standen, die neugierig die Ankommenden betrachteten; Loßenwerder's Blick schweifte über sie hin, aber er sah sie nicht, bis er dicht bei ihnen war und einer derselben spottend rief:

»Hoho, hoho – Stotterberg hat gestohlen, Stotterberg hat gestohlen!«

Die Anderen stimmten lachend mit in den Ruf ein, und der Polizeidiener drehte sich ärgerlich und drohend gegen die Buben um, die scheu auseinander stoben; Loßenwerder aber fuhr sich mit beiden Händen krampfhaft gegen die Stirn – »hat gestohlen!« schrie er dabei, ohne zu stottern, mit gellendem wilden Schrei, und ehe sein Wächter es verhindern konnte, ja nur eine Ahnung davon hatte, warf er sich mit einem verzweifelten Sprung, über die niedere Ballustrade hin in den unten vorbeilaufenden Strom. Noch über dem Geländer erfaßte ihn der Polizeidiener an einem Rockzipfel, das Gewicht des niederfallenden Körpers war aber zu groß, als daß er es mit einer Hand hätte aufhalten können, ja er mußte sogar loslassen, nicht selber das Gleichgewicht zu verlieren, und der Unglückliche schlug gleich darauf auf das Wasser, unter dessen Oberfläche er im nächsten Augenblick verschwand.

Der Fluß war indeß hier weder breit noch tief, und auf der ziemlich belebten Straße fanden sich gleich mehre Leute, die unterhalb der Brücke in's Wasser sprangen, das ihnen etwa bis unter die Arme reichte, den niedertreibenden Körper aufzufangen. Sie hatten ihn auch bald erreicht und gefaßt, und von kräftigen Armen wurde derselbe an die Oberfläche gehoben und zum Ufer gezogen. Wenn ihm jedoch auch das Wasser selber noch nichts geschadet hatte, war der Unglückliche doch durch den Sturz, in dem er wahrscheinlich durch das Zurückhalten seines Rockes gegen einen der Brückenpfeiler geworfen worden, schwer am Kopf verletzt – die Wunde blutete stark, und die Männer trugen den Bewußtlosen zuerst auf die Polizei, und von dort, auf den Ausspruch eines rasch herbeigerufenen Arztes, in die Charité.

5. Die Auswanderungs-Agentur

Am Marktplatz zu Heilingen, und an der Ecke eines kleinen, auf diesen auslaufenden Gäßchens, stand ein ziemlich großes, grün gemaltes und gewiß sehr altes Erkerhaus, dessen Giebel und Stützbalken geschnitzt, und mit wunderlichen Köpfen und Gesichtern verziert, und braun angestrichen waren, und sich so weit dabei nach vorn überneigten, daß es ordentlich aussah, als ob der ganze Bau mit dem spitzen, wettergrauen Dach nächstens einmal ohne weitere Meldung nach vorn über, und gerade mitten zwischen die Töpfer und Fleischer hineinspringen würde, die an Markttagen dort unten ihre Waare feil hielten.

Nichtsdestoweniger wurde es noch immer, bis fast unter das Dach hinauf bewohnt, und der untere Theil desselben ganz besonders zu kleinen Waarenständen und Läden benutzt. Die Ecke desselben nun, hatte seit langen Jahren ein Kaufmann oder Krämer in Besitz, der sich zu seinen Materialwaaren, Kaffee, Zucker, Tabak, Lichten, Grütze etc. auch noch in der letzten Zeit die Agentur mehrer Bremer und Hamburger Schiffsmakler zu verschaffen gewußt, und damit bald in einer Zeit, wo die Auswanderungslust so überhand nahm, solch brillante Geschäfte machte, daß er die Materialwaarenhandlung seiner Frau, wie seinem ältesten Sohn übertrug, und für sich selber nur ein kleines Stübchen, ebenfalls nach dem Markt hinaus, behielt, über dessen Thüre ein riesiges, sehr buntgemaltes Schild jetzt prangte. Dies Schild verdient übrigens mit einigen Worten beschrieben zu werden, da die Heilinger in den ersten Tagen – als es eben erst aufgehangen worden – in wirklichen Schaaren davor stehen blieben und es anstaunten.

Es war ein breites, länglich viereckiges Gemälde, ein großes, dreimastiges Schiff vorstellend, wie es sich unter vollen Segeln der fremden, ersehnten Küste näherte. Die See selber war hellgrün gemalt, mit einer Unmasse von sichtbar darin herumschwimmenden Fischen, die den Beschauer wirklich etwas besorgt um die Sicherheit des Fahrzeugs selber machen konnten. Dessen wackerer Kiel schäumte aber mitten hindurch, und der, dem Anschein nach vollkommen runde, nur nach hinten zu etwas länglich auslaufende Rumpf, preßte eine große grün und weiß gestreifte Welle vorne auf, die sich wie eine breite Falte quer vor seinen Bug legte. Die Segel standen dazu fast ein wenig zu sackartig, und nur an den vier Zipfeln festgehalten, stramm und steif von den Raaen ab, und die langen blutrothen Wimpel mit roth und weißer Bremer Flagge hinten an der Gaffel, strömten und flatterten lustig nach hinten aus, wahrscheinlich den raschen Durchgang des Schiffes durch das Wasser anzuzeigen, das derart, durch den Wind getrieben, selbst diesen überflügelte. Über Deck war aber auch die Mannschaft, und Kopf an Kopf eine volle Reihe bunter Passagiere sichtbar, mit sehr dicken rothen Gesichtern, die Gesundheit an Bord des Schiffes bestätigend, und mit sehr hellgelben und sehr breiträndigen, rothbebänderten Strohhüten auf, während hinten auf Deck der Capitain des Schiffes mit einem dreieckigen Hut, wie einem Fernglas in der einen und einem Dreizack in der andern Hand stand. Was der Maler mit dem Dreizack andeuten wollte weiß nur er und Gott; er müßte denn gemeint haben daß der Capitain, wie früher Neptun, das Meer beherrsche. Übrigens war es auch möglich daß er fischen wolle, und sich mit dem Fernrohr nur eben den stärksten und fettesten der ihn reichlich umschwimmenden Fische ausgesucht habe.

Den Hintergrund dieses prachtvollen Seestücks bildete ein schmaler Streifen mit einzelnen Palmen bedeckter Küste, an der eine Anzahl pechschwarzer, nackter Männer standen, die nur einen gelb und blauen Schurz um die Hüfte und einen grünen Busch in der Hand trugen. – Diese sahen übrigens gerade so aus, als ob sie die Ankunft des Schiffes schon sehnsüchtig und vielleicht sehr lange Zeit erhofft hätten, und nun die Zeit nicht erwarten könnten daß die Fremden an Land stiegen, damit sie geschwind für sie arbeiten, und ihnen den Boden urbar machen dürften.

Neben dem Bild, und zu beiden Seiten der Thür, wie sogar noch an dem innern Theile des Fensterschalters, hingen lange Listen der verschiedenen anzupreisenden Plätze für Auswanderung. Obenan New-York, Philadelphia und Boston, dann Quebeck und New-Orleans, Galveston; in Brasilien, Rio de Janeiro und Rio Grande; in Australien Adelaide, dann Chile, Valdivia und Valparaiso, und Buenos Ayres mit einer Menge neu entdeckter verschiedener Kolonien und Ansiedlungen, wohin überall die besten kupferfesten Schiffe A1, in unglaublich kurzer Zeit und mit Allem versehen ausliefen, was dem glücklichen Passagier das Leben an Bord eines solchen Schiffes nur in der That zu einer Vergnügungsfahrt machen müsse und würde.

Weigel, wie der Eigentümer dieser »ausländischen Versorgungsanstalt« (ein Spottname den die Heilinger der Weigelschen Agentur gaben) hieß, war ein dicker, vollgenährt und blühend aussehender Mann, ungefähr sechs bis achtunddreißig Jahr alt, mit ein wenig fest umgeschnürter Cravatte, was seinen Augen etwas Stieres gab, und sonst einem leisen Anflug von Grau in den sonst braunen, widerspenstigen Haaren. Die Augen waren groß, blau und ziemlich ausdruckslos; ein fast mitleidiges Lächeln aber, das oft, und besonders dann wenn er irgend Jemandes Meinung bestritt, um seine Mundwinkel spielte, gab dem Ausdruck seiner Züge jene scheinbare Überlegenheit, die sich zuversichtliche Menschen oft über Andere, wenn mann es ihnen gestattet, anzumaßen wissen. Ganz vorzüglich wußte er diese Miene anzunehmen, wenn er über Amerika, oder irgend einen überseeischen Fleck Landes sprach, über dem für ihn ein gewisser heiliger und unantastbarer Zauber schwamm, und Jemand dann irgend einen Zweifel gegen das Gesagte zu hegen wagte. Er schwärmte besonders für Amerika, und es gab deshalb auch, seiner Aussage nach, keinen größeren Lügner in der Stadt, als den Redacteur des Tageblatts, den Advokaten und Doctor Hayde in Heilingen. Dieser und er waren denn auch, wie das sich leicht denken läßt, grimme und erbitterte Feinde und Gegner, woselbst sich nur irgend eine Gelegenheit dazu fand.

Weigel bekam, wie das gewöhnlich bei den Agenturen der Schiffsbeförderung üblich und der Fall ist, für jede Person die er einem Bremer oder Hamburger Rheder sicher an Bord lieferte, einen Thaler, kurzweg genannt »für den Kopf« und er theilte deshalb die Leute – seine Mitbürger sowohl wie sämmtliche übrige Bewohner Deutschland's, in solche ein »die Energie hatten«, d. h. zu ihm kamen und sich bei ihm einen »Platz nach Amerika« besorgen ließen, wo sie nachher drüben selber sehn konnten wie sie fertig wurden, und in solche, die »im alten Schlendrian hinkrochen, und hier lieber verfaulten, ehe sie einen männlichen entscheidenden Schritt thaten, ihrer Existenz auf die Beine zu helfen.« Jeder der hier blieb betrog ihn aber wissentlich und mit kaltem Blut um seinen, ihm in ehrlichem Verdienst zustehenden Thaler, und es verstand sich von selbst, daß er vor einem solchen Menschen keine Achtung haben konnte.

Er selber kannte die Verhältnisse Amerika's nur aus Büchern die das Land lobten, denn andere las er gar nicht, und bekam er sie einmal zufällig in die Hand, so warf er sie auch gewiß mit einem Kernfluch über den »nichtswürdigen Literaten, der wieder einmal einen ganzen Band voll Lügen zusammengeschmiert« in die Ecke. Sein größter Ärger war aber jedenfalls – und so regelmäßig wie die Uhr Morgens acht schlug – das Tageblatt, das er der häufigen Annoncen wegen halten *mußte*, und das ebenso regelmäßig kleine gehässige und schmutzige Artikel gegen Amerika wie überhaupt gegen Alles brachte, was sich frei und selbstständig bewegte.

Zehnmal hatte er sich schon vorgenommen den »kleinen erbärmlichen Doctor« zu prügeln, und sehr vielen Leuten würde er dadurch ein großes Vergnügen bereitet haben; aber er unterließ es doch jedesmal auch wieder, wenn sich ihm gleich oft genug die Gelegenheit dazu bot; Beide mußten jedenfalls schon einmal früher etwas mit einander gehabt haben, vielleicht mehr von einander wissen als Beiden zuträglich war, und ein solcher Bruch wäre da nicht räthlich gewesen.

Sonst lebte Weigel still, und anscheinend als ein vollkommen guter und achtbarer Bürger, vor sich hin, aber im Stillen wirkte und wühlte er seinem Ziel entgegen, und richtete in der That viel Unheil an. Seine Beschreibungen Amerika's, die er sich selber in kleinen Brochüren aus anderen Büchern zusammentrug, und um ein Billiges verkaufte, waren ein langsames Gift, das er in manche friedliche und glückliche Familie warf, ein Saatkorn das dort wucherte und Wurzel schlug, und während es die Leser anreizte nur gleich ohne weiteres ihr Bündel zu schnüren und jenen herrlichen Länderstrichen zuzueilen, wo von da an ihr Leben nur einem murmelnden Bache gleichen würde, der zwischen Blumen dahin fließt, füllte er ihre Köpfe mit falschen Ideen und Begriffen von dem Land, das ihre neue Heimath werden sollte, und machte viele, viele Menschen unglücklich. In der neuen Heimath dann angekommen, die ihnen, mit mäßigen Ansprüchen, wirklich Manches geboten haben würde was ihre Lage, im Vergleich mit dem alten Vaterland gebessert haben könnte, fanden sie sich jetzt plötzlich in all den wilden extravaganten Ideen, die sie durch solche Lectüre eingesogen, enttäuscht, fanden die Hoffnungen nicht realisirt, die man ihnen gemacht, hielten sich für schlecht behandelt und unglücklich, und verfielen nun oft in das Extrem trostloser und eben so unbegründeter Verzweiflung, wobei sie den Mann verwünschten, der sie hierverlockt, und sie verleitet hatte, Heimath und eigenen Heerd zu verlassen, einem Phantom zu folgen. Weigel aber hatte seinen Thaler für den richtig abgelieferten »Kopf« bekommen, und dachte schon gar nicht mehr an die früher Beförderten, die seiner Meinung nach jetzt in einem Meer von Behagen schwammen und »unter Palmen wandelten.«

Herr Weigel war allein in seinem kleinen Bureau, einem niederen, etwas dumpfen und nicht überhellen Stübchen, dessen eines breites Fenster mit durch Zeit und Rauch arg mitgenommenen Gardinen verziert war, während die Wände durch Karten und statistische Tabellen-Anzeigen von Schiffen und Gasthäusern, Plänen von neuangelegten Städten oder zu verkaufenden Farmen fast völlig bedeckt hingen. Er saß an einem hohen, ziemlich breiten Pult, das einen mächtigen Kamm von Gefachen und Schiebladen trug und las, mit einer Tasse Kaffee neben sich, eben seinen täglichen Ärger, das Tageblatt, als es an die Thür klopfte, und auf sein lautes »Herein« ein junger, sehr anständig, aber trotzdem etwas ärmlich gekleideter Mann das Zimmer betrat.

»Herr Weigel?« sagte der Fremde mit einer leichten Verbeugung.

»Bitte – ja wohl«, sagte Herr Weigel, seine Brille rasch in die Höhe schiebend und auf seinem Drehstuhl herumfahrend, seinen Besuch besser in's Auge zu fassen – »womit kann ich Ihnen dienen?«

»Sie befördern Passagiere nach Amerika?«

»Nach Amerika? – denke so, hehehe«, lachte Herr Weigel, sich vergnügt die Händ reibend, »habe schon ganze Colonien hinüber geschafft, Männer und Frauen, Weiber und Kinder; sitzen jetzt drüben in der Wolle und schreiben einen Brief über den andern an mich, wie gut es ihnen geht – da nur den einen hier, den ich vor ein paar Tagen bekommen habe – der Mann ist blos mit zwei tausend Dollarn hinübergegangen und hat schon eine eigene Farm, achtzig Acker Land, vierundzwanzig Stück Rindvieh, einige sechzig Schweine, fünf Pferde und will jetzt eine Schäferei anlegen – schreibt an mich ich soll ihm einen Schäfer hinüber schicken, aber einen der die Sache aus dem Grund versteht, kommt ihm auf ein paar Dollar Lohn nicht dabei an – bitte lesen Sie einmal den Brief.«

»Sie sind sehr freundlich Herr Weigel«, sagte der junge Fremde mit einem verlegenen wie schmerzhaften Zug um den Mund – »aber der Brief würde gerade nicht maßgebend für mich sein, da ich mich gegenwärtig nicht in den Verhältnissen befinde, gleich einen Platz zu *kaufen.* Sind die Passagierpreise jetzt theuer?«

»Theuer? spottbillig«, lachte Herr Weigel, den Brief offen wieder zurück auf sein Pult, und seine Brille darauf legend, ihn zu weiterem Gebrauch bereit zu haben; »spottbillig sag' ich Ihnen, man könnte wahrhaftig auf dem festen Land nicht einmal dafür leben – *so* nicht; und unter uns – ich weiß wahrhaftig nicht wie die Leute dabei auskommen, aber es muß eben die rasende *Menge* von Passagieren machen, die sie jetzt wöchentlich, ja fast täglich hinüber spediren. Es ist fabelhaft was jetzt für Menschen auswandern; auf einmal werden sie Alle gescheidt, und merken endlich was sie hier haben, und was sie dort erwartet – ist doch ein famoses Land, das Amerika.«

Und wie viel beträgt die Passage nach dem *nächsten* Hafen der Vereinigten Staaten, wenn ich fragen darf, für – für eine erwachsene Person und ein Kind?«

»*Nächsten* Hafen? – hehehe, fürchten sich wohl vor der Seekrankheit? lieber Gott, daran gewöhnt man sich bald; ist auch gar nicht so arg wie's eigentlich gemacht wird. Der Mensch, der Doctor Hayde hier im Tageblatt, hat neulich einen Artikel über die Seekrankheit gebracht den er wahrscheinlich auch selber geschrieben, und wonach Einem gleich ach und weh zu Muthe werden müßte; der ist aber nur dazu bezweckt den Leuten das Auswandern zu verleiden. Sie möchten sie gern hier behalten, damit sie sie nur recht ordentlich plagen und schinden können, weiter Nichts; davor braucht sich kein Mensch zu fürchten.«

»Sie wollten mir aber den *Preis* der Passage nennen.«

»Den Preis? – ja so – warten Sie einmal« – sein Blick fiel auf die Glacéhandschuhe und die schneeweiße Wäsche des Fremden, dessen etwas abgetragene Kleider er in dem halbdunklen Raum nicht so leicht erkennen konnte, oder auch übersah – »der Preis – Dampfschiff oder Segelschiff?«

»Segelschiff.«

»Segelschiff – wird – sein – Preis in erster Cajüte vier und achtzig Thaler Gold.«

»Und die – die billigeren Plätze?«

»Billigeren Plätze – zweite Cajüte oder Steerage fünfundsechzig Thaler Gold – «

»Und Zwischendeck?« sagte der Fremde leise und verlegen.

»Zwischendeck würde ich Ihnen nicht rathen«, meinte Herr Weigel, seine Brille jetzt abwischend und wieder aufsetzend; »besonders wenn man eine Frau und ein Kind bei sich hat und es nur irgend ermachen kann, sollte man nie Zwischendeck gehn, man ruinirt sich's und den Seinigen an der Gesundheit herunter, was die paar Thaler mehr kosten.«

»Aber Sie können mir wohl den Preis des Zwischendecks sagen?«

»Ja wohl, mit dem größten Vergnügen – Zwischendeck nach New-York kostet – warten Sie einmal, ich habe ja hier die letzten Briefe von meinen Häusern. Zwischendeck nach New-York kostet vierundvierzig Thaler Gold.«

»Vierundvierzig Thaler?«

»Ja es ist seit ein paar Tagen erst wieder um vier Thaler aufgeschlagen, weil die Leute eben nicht Schiffe genug anschaffen können für die Auswanderer. Ist fabelhaft was besonders dieses Jahr für Leute übersiedeln. Soll ich Sie vielleicht einschreiben? es trifft sich jetzt gerade glücklich, denn am 15ten geht ein ganz vortreffliches Schiff ab, die *Diana*, Dreimaster, gut gekupfert, mit allen nur möglichen Bequemlichkeiten versehn und einem Capitain, ich sage Ihnen ein wahrer Schentelmann, wie er sich gerade nicht immer auf den Schiffen findet.«

»Ich danke Ihnen für jetzt noch bestens, lieber Herr Weigel«, sagte der junge Mann – »ich muß doch nun erst mit meiner Frau Rücksprache über dieß nehmen, denn erst seit gestern ist mir die Idee überhaupt gekommen auszuwandern; aber – noch eine Bitte hätte ich an Sie«, und er drehte dabei den Hut den er in der Hand hielt, fast wie verlegen zwischen den Fingern – «

»Ja? womit könnte ich Ihnen dienen?« frug Herr Weigel.

»Könnten Sie mir wohl sagen, ob die Capitaine der Segelschiffe – ich habe einmal irgendwo gelesen daß das manchmal geschähe – auch Leute – Passagiere mitnähmen, die unterwegs ihre Passage – abarbeiten dürften und also – auch keine Überfahrt zu bezahlen brauchten?«

»Keine Passage zahlen?« sagte Herr Weigel, die Lippen vordrückend und die Augenbrauen in die Höhe ziehend, während er langsam und halb lächelnd mit dem Kopfe schüttelte – »keine Passage bezahlen? – ne lieber Herr – ja so wie heißen Sie denn gleich – «

»Eltrich«, sagte der junge Mann etwas zögernd –

»So? – ne mein lieber Herr Eltrich, davon steht Nichts in unseren Verzeichnissen und Contracten; im Gegentheil, *da* kommen wir zusammen; das ist der Hauptpunkt, der Nervum Rehrum, der die ganze Geschichte eigentlich zusammenhält, Amerika und Europa und die umliegenden Dorfschaften, heh, heh, heh.«

»Aber wenn nun irgend ein armer Teufel«, fuhr der Fremde etwas lauter, fast wie ängstlich fort – »irgend ein armer Teufel sein ganzes Hoffen eben auf eine Reise nach Amerika gesetzt hätte, und bestimmt wüßte daß er dort, wenn auch nicht gerade sein Glück machen, doch sein Auskommen finden würde? – «

»Nun dann soll er gehn – um Gottes Willen gehn, und am 15ten dieses wird wieder das neue, kupferfeste – ja so, aber er muß bezahlen«, unterbrach er sich rasch als ihm einfiel von was sie vor erst wenigen Secunden gesprochen, »er muß bezahlen, sonst nimmt ihn kein Capitain der Welt mit über See.«

»Und Sie glauben nicht daß da jemals eine Ausnahme stattfinden dürfte?« sagte Herr Eltrich – »es werden doch Leute auf See gebraucht zu den nothwendigsten sowohl, wie den geringeren Arbeiten, und die Capitaine müssen gewiß dafür *bezahlen*. Wenn sich also nun Jemand erböte alle diese Verrichtungen ganz *umsonst*, nur um Passage und die einfachste Matrosenkost zu machen, sollte das nicht möglich sein zu erlangen?«

»Lieber Herr«, sagte der Herr Weigel, dem es jetzt so vorkommen mochte als ob er mit dem Fremden da kein besonders großes Geschäft machen würde, und der anfing ungeduldig zu werden, »zu den Arbeiten an Bord eines Schiffes werden *Matrosen* gebraucht, und wer kein Matrose ist, kann die auch nicht verrichten. Das ist keine kleine Kunst, lieber Herr Schelbig, in den Tauen den ganzen Tag herumzuklettern und zwischen den Segeln, wenn das Schiff bald so herüberschlenkert und bald so« – und er begleitete dabei seine Erklärung mit einer entsprechenden Bewegung der vor sich gerade aufgehaltenen Hand – »da müssen die Leute fest stehen können wie die Mauern, sonst kann man sie nicht gebrauchen.«

»Aber glauben Sie nicht, wenn man einmal an einen Capitain schriebe, ob er sich doch nicht am Ende bewegen ließ; oder« – setzte er rasch hinzu, wie von einem plötzlichen Gedanken ergriffen, »wenn man sich nun verbindlich machte die Passage nach einer bestimmten Zeit in Amerika nachzuzahlen – sie dort abzuverdienen?«

»Ja da könnte Jeder kommen«, sagte Herr Weigel kopfschüttelnd, »wenn die Leute erst einmal drüben sind, thun sie was sie wollen. Das ist ein freies Land da drüben, Herr Wellrich, und da könnte man nachher jedem Einzelnen nachlaufen, und sehen daß man sein Geld wieder kriegte. Ne, damit ist's faul, und ich nun einmal vor allen Dingen, möchte mich nicht auf solch eine Quängelei einlassen; daran hat man keine Freude, und das ist auch kein rundes Geschäft.«

»Es ist nur ein armer Verwandter, der sich auf solche Weise gern forthelfen würde«, sagte Herr Eltrich erröthend – »er ist sehr fleißig und würde arbeiten wie ein Sclave, die Zeit über.«

»Ja das glaub' ich«, meinte Herr Weigel gleichgültig – »versprechen thun die Art Herren gewöhnlich Alles was man von ihnen haben will.«

»Könnten Sie mir denn vielleicht die Adresse irgend eines Schiffes oder Rheders geben, der bald ein Schiff hinüberschickt«, sagte der junge Fremde, sich schon wieder zum Gehen rüstend – »wenn ich vielleicht selber einmal dorthin schriebe, um Sie nicht weiter mit der Sache zu belästigen.«

»Ja, schreiben können Sie«, sagte Herr Weigel, »hehehe; aber Sie werden keine Antwort bekommen; darauf können Sie sich verlassen. Die Leute da haben mehr zu thun, als sich eines Passagiers wegen, für den sie noch umsonst die Kost hergeben müßten, in eine Correspondenz einzulassen; kann ich ihnen auch gar nicht so sehr verdenken.«

»Und die Adresse?«

»Die Adresse? – da, hier liegt die neueste Auswanderer-Zeitung; wenn Sie wollen, können Sie sich da ein oder zwei Adressen herausschreiben. Da hinten, auf der letzten Seite stehen sie.«

Herr Weigel sah nach der Uhr, drehte sich wieder auf seinem Drehstuhl, der beim Aufschrauben etwas quietschte, herum, schob das Tageblatt zur Seite und rückte sich einen Bogen Papier zurecht, als ob er irgend einen nothwendigen Brief zu schreiben hätte.

Wieder klopfte es da an die Thür, und dießmal, ohne ein ermunterndes »Herein« zu erwarten, öffnete sie sich, und drei Bauern, denen die großen silbernen Knöpfe auf Weste und Rock und das feine Tuch der letzteren, die jedoch ganz nach ihrem alten bäurischen Schnitt gemacht waren, etwas ungemein solides gaben, traten, die Hüte erst unter der Thür und schon im Zimmer abziehend, herein, und grüßten die beiden Leute die sie hier beisammen fanden, mit einem herzlichen »Guten Morgen miteinander.«

Das waren die Leute die Herr Weigel gern kommen sah, die wußten weßhalb sie die eine Hand immer in der Tasche trugen, denn sie hatten dort etwas zu verlieren, und waren nicht selten dabei die Vorboten eines größern Trupps, oft einer ganzen »Schiffsladung voll« die aus ein und derselben Gegend auswandern wollte, und ein paar der Angesehensten indeß vorausgeschickt hatte, Platz für sie zu bestellen. Wie der Blitz war er denn auch von seinem Stuhle herunter, schüttelte ihnen nacheinander die Hand, und frug sie wie es ihnen ginge und was sie hier zu ihm geführt.

»Seid Ihr der Mensch der die Leute nach Amerika schickt?« sagte da der Eine von ihnen, eine breitkräftige, sonngebräunte Gestalt mit vollkommen lichtblonden Haaren und Augenbrauen, aber dabei gutmüthigen vollen und frischen Zügen, dem das Ganze übrigens etwas fremd und unheimlich vorkommen mochte, denn er warf den Blick während er sprach wie scheu von einer der Schiffszeichnungen zur anderen, und schien sich ordentlich dazu zwingen zu müssen das zu sagen, was er eben hier zu sagen hatte.

»Nun nach Amerika *schicken* thu' ich sie gerade nicht«, lächelte Herr Weigel, die Anderen dabei ansehend, und etwas verlegen über die vielleicht ein wenig plumpe Anrede.

»Nicht?« sagte der Bauer rasch und erstaunt – »aber hier hängen doch all die vielen Schiffe.«

»Nun ja, ich besorge den Leuten Schiffsgelegenheit die hinüber *wollen*«, sagte Herr Weigel, jetzt geradezu herauslachend, weil er glaubte daß sich der Mann mit ihm einen Scherz gemacht, auf den er natürlich einzugehen wünschte.«

»Ja aber wir *wollen* eigentlich noch nicht hinüber«, sagte der zweite von den Bauern, seinen Hut auf seinen langen Stock stellend, und sich dabei verlegen hinter den Ohren kratzend – »wir wollten uns nur erst einmal hier erkundigen ob denn das auch wirklich da drüben so ist, wie es jetzt immer in den Auswanderungszeitungen steht, und ob man blos hinüberzugehn und zuzulangen braucht, wenn man eine gut eingerichtete Farm mit ein paar hundert Morgen Land haben will.«

»Ja wenn man Geld hat«, lachte Herr Weigel.

»I nu – Geld hätten wir«, sagte der Bauer, und sah seine Nachbarn an.

»Ich bin Ihnen sehr dankbar«, unterbrach den Sprecher hier der junge Mann, der indessen die Zeitung nachgesehn, und sich Einzelnes daraus notirt hatte. »Bitte«, sagte Herr Weigel, und nahm ihm das Blatt, ohne sich weiter um ihn zu bekümmern, aus der Hand, und wandte sich wieder zu den Bauern, als der junge Fremde sich mit einem artigen:

»Guten Morgen meine Herren« empfahl.

»Adje Herr – Herr Schnellig«, rief der Agent ziemlich laut hinter ihm her, ohne sich weiter nach ihm umzudrehen, während die Bauern freundlich den Gruß in ihrer Art erwiederten.

»Wer war der junge Herr?« frug der erste Sprecher aber, als er die Thür rasch hinter sich in's Schloß gedrückt.

»Ach, ein armer Teufel, der gern mit umsonst nach Amerika hinüber möchte«, sagte Herr Weigel – »er thut zwar als wär' es nur für einen armen Verwandten, aber, hehehe, derlei Ausreden kennen wir schon – kommen alle Wochen vor.«

»Umsonst mit nach Amerika?« sagte der erste Sprecher verwundert, »*der* sieht doch nicht aus als ob er etwas umsonst haben wollte, der ging ja *so* fein gekleidet; Donnerwetter – mit Handschuhen und allem – «

»Ja auswendig sind die Leute in der Stadt meist alle schwarz und sauber angestrichen«, lachte Herr Weigel, »aber inwendig, in den Taschen, da hapert's nachher. Wer aber ein Bischen Übung darin hat, kann auch schon oben auf erkennen, ob der Lack ächt, oder blos nachgemacht ist, hehehe.«

»Bei dem war er wohl nachgemacht?« sagte der zweite Bauer, dem Anschein nach gerade nicht unzufrieden damit, daß der »glatte Stadtmensch« nicht so viel galt wie sie, und daß der Auswanderungsmann das sogleich durchschaut hatte. Herr Weigel nickte, seine Zeit war ihm aber kostbarer, als sie noch länger an Jemanden zu verschwenden, bei dem er doch voraussah, daß er von ihm keinen Nutzen haben würde, und er suchte das Gespräch wieder dem mehr praktischen Anliegen der drei Bauern zuzulenken.

»Also Sie wollten mitsammen nach Amerika gehn und sich eine ordentliche Farm, gleich mit Land, Vieh, Häusern und was dazu gehört, ankaufen heh? – Wär keine so schlechte Idee.«

»Ja erst möchten wir aber einmal wissen wie die Sache steht«, sagte der Erste wieder, der Menzel hieß, »wenn man über einen Zaun springen will, ist es viel vernünftiger daß man erst einmal hinüber guckt was drüben ist, und wenn man das nicht kann, daß man Jemanden fragt der es genau weiß. Sind denn die Farmen da drüben wirklich so billig? – ist das wahr, daß man dort noch gutes frisches Land für ein und einen Viertel Thaler kaufen kann?«

»Thaler? – nein«, sagte Herr Weigel, »*Dollar*.« – »Ja nun, das ist aber auch nicht viel mehr«, meinte der Zweite, Müller.

»Nun ein Dollar ist ungefähr ein Speciesthaler«, sagte Herr Weigel – »lassen Sie mich einmal sehn – die stehn jetzt – stehn jetzt 1 Thlr. 12½ Silber- oder Neugroschen.«

»Nu ja«, sagte Menzel wieder, »das ist aber immer kein Geld – und für tausend Dollar kauft man da eine fix und fertig eingerichtete Farm, wie sie's glaub' ich nennen? mit Allem was dazu gehört?«

»Ich habe hier gerade«, sagte Herr Weigel in seinen Papieren suchend, »ein paar Anerbietungen von höchst achtbaren Leuten – wirklichen Amerikanern – die mir Farmen zu höchst mäßigen Bedingungen offeriren. – Die Leute wissen da drüben daß hier Viele zu mir kommen und sich nach solchen Plätzen erkundigen, und wenn sie dann 'was Gutes haben, schicken sie's mir. – Wo hab' ich denn die verwünschten Pläne jetzt hingelegt – ah, hier ist der eine – sehn Sie, Gebäude und Alles sind darauf angegeben – und der andere kann nun auch nicht weit sein; ich habe sie erst vorgestern meinem Bruder gezeigt, der gar nicht übel Lust hatte eine davon für sich zu kaufen – da ist er.«

Die drei Bauern drängten sich um den kleinen Tisch herum auf dem Herr Weigel die Pläne jetzt ausbreitete, und suchten sich in den kreuz und quer laufenden Strichen zu orientiren, wie der Platz eigentlich liege, und was darauf stände.

»Ja aber wo ist denn das nun eigentlich, und wie sieht's dort aus?« sagte Menzel endlich, nach einigen vergeblichen Versuchen deshalb – »aus der Geschichte hier wird man nicht klug.«

»Ja sehn Sie«, sagte Weigel, mit seinem Finger den Plan erklärend, und den angegebenen Zahlen folgend, »das hier, Nr. 1 ist das Wohnhaus, ein Doppelgebäude, der Zeichnung nach mit einer offenen Veranda dazwischen, des warmen Klima's wegen, denn drum herum stehen »Baumwollenbäume« angegeben; Nr. 2 da ist ein anderes Gebäude, bis jetzt zu Negerwohnungen benutzt, denn der bisherige Besitzer scheint Sclaven gehalten zu haben; Nr. 3 ist eine Scheune; Nr. 4 ist ein Rauchhaus, die Leute verschicken von dort aus viel getrocknetes Fleisch; Nr. 5 ist, wie es scheint, ein Waschhaus, und Nr. 6 ein anderes Wohnhaus, was dem ersten gegenübersteht, und wahrscheinlich den ganzen Hofraum, da die Front nach dem Flusse zu liegt, abschließt.

»Und welcher Fluß ist das?«

»Der Missouri, einer der größten Ströme Amerika's, über eine englische Meile breit, und viel hundert Meilen hinauf schiffbar; alle Wetter meine Herren, von den dortigen Strömen können wir uns hier gar keinen Begriff machen.«

»Hm – und wieviel Land gehört dazu?«

»Dazu gehört ein »Died« von 40 Acker, was früher als Congreßland gekauft und schon bezahlt ist, und natürlich mit übernommen wird, und um den Platz herum kann noch so viel Congreßland dazu genommen werden, wie man haben will – nur die vierzig Acker, von denen aber ein Theil schon urbar gemacht ist, müssen natürlich höher bezahlt werden.«

»Und was soll die ganze Geschichte kosten?« frug Müller. – Der dritte, dessen Name Brauhede war, hatte noch kein einziges Wort zu der ganzen Verhandlung gesagt.

»Die ganze Geschichte«, erwiederte Weigel, sich das Kinn streichend, »wie ich sie Ihnen hier gleich an Ort und Stelle überlassen kann, mit Häusern und Grundstück und dazu noch einem kleinen Viehstand von vielleicht einigen achtzig Stück Rindvieh, und fünfundfunfzig oder sechzig Schweinen, würde – etwa – ein tausend und einige sechzig spanische Dollar betragen – «

»Und das wäre nach unserem Geld?« sagte Menzel, Müller dabei heimlich unter dem Tisch anstoßend – «

»Nach unserem Geld?« wiederholte Herr Weigel, mit einem Stück dort liegender Kreide die Summen rasch auf dem Tisch selber aufaddirend – »würde es in einer runden Zahl etwa 1000 – 400 – eine Kleinigkeit über 1400 Thlr. Preuß. Courant betragen.«

»Wieviel Stück Rindvieh?« sagte Müller.

»Einige achtzig Stück sind angegeben«, sagte Weigel, »und müssen auch überliefert werden; aber gewöhnlich sind es noch mehr, denn das Vieh läuft draußen im Freien herum und bekommt Kälber und man weiß es oft nicht einmal – die Kälber werden überhaupt nie mitgezählt.«

»Und die Passage hinüber kostet?« frug Menzel –

»Zwischendeck oder Cajüte?«

»Zwischendeck – immer wo's am Billigten ist«, lachte Menzel, und strich sich wohlgefällig über die silbernen Knöpfe.

»Ja, kann mir's denken«, rief Herr Weigel, auf den Scherz eingehend, und ihn leise gegen den Arm von sich stoßend – »Sie sehn mir auch gerade aus, als ob's Ihnen auf ein paar Thaler ankäme.«

»Ja, wo man's kann muß man's zusammennehmen«, betheuerte aber auch Müller – »also wieviel kostet's im Zwischendeck à Person?«

»Vierundvierzig Thaler für die Person – Kinder zahlen die Hälfte.«

»Aber ganz kleine Kinder?« sagte Müller.

»Nun Säuglinge gehen ein«, lachte Herr Weigel, »das ist die Beilage, die doch auch nur vom Schiff aus indirecte Nahrung bekommen.«

»Leichten Zwieback?« frug Menzel.

»Ja wohl«, sagte Herr Weigel, etwas verlegen lächelnd, da er nicht wußte ob der Bauer das im Spaß oder Ernst gemeint – »wie viel Personen sind Sie denn aber wohl etwa?«

»Nu, so eine sechzig möchten wir immer zusammen herausbekommen«, meinte Müller –

»Aber Alle auf ein Schiff müßtet Ihr uns bringen«, sagte Menzel.

»Nun das versteht sich von selbst«, rief Herr Weigel, und ein famoses Schiff geht gerade den funfzehnten ab – ich glaube das beste, das von Bremen und Hamburg überhaupt läuft – die Diana.«

»Ne das wär' uns noch zu früh – «

»Am ersten nächsten Monats geht ein noch besseres«, sagte Herr Weigel – »wenigstens geräumiger und ein besserer Segler.«

»Ne das wär' uns auch noch zu früh«, sagte Menzel.

»Gut, dann träfen Sie es gerade ausgezeichnet mit dem Meteor«, versicherte Herr Weigel, keineswegs außer Fassung gebracht; »ich wollte Ihnen den im Anfang nicht anbieten, weil ich fürchtete daß Sie früher zu reisen wünschten, wenn Sie aber *so* lange Zeit haben, dann kann ich Ihnen allerdings die vorzüglichste Reisegelegenheit bieten, die sich nur überhaupt denken läßt.«

»So – na das paßte schon besser – « sagte Müller – »wie hieß das Schiff gleich?«

»Meteor.«

»Hm – werd' es mir merken – aber nicht wahr, beim *Dutzend* kriegen wir die Passage doch auch was billiger.«

»Ne, das geht nicht«, lachte aber Herr Weigel da gerade heraus; »es ist ja nicht so, daß ein Schiff nur eben so viel Menschen an Bord nehmen kann wie darauf Platz haben, sondern es muß auch genug Raum, und über und über genug Essen und Trinken für sie dabei sein, wenn einmal die Reise, in einem unglücklichen Fall länger dauerte als gewöhnlich. So ein Schiff hat deshalb auch nur eine bestimmte Zahl von Auswanderern, die es an Bord nehmen kann, und nach Amerikanischen Gesetzen nehmen *darf*, und auf die ist Alles mit Kosten und Preis ausgerechnet, auf's tz. Die kleinen Kinder werden eingegeben, aber die großen müßen bezahlen. Und wie war's mit der Farm?«

»Wo ist denn der andere Platz – zu dem da der lange Zettel gehört?« sagte Menzel, der sich diesen indessen genau betrachtet, und nach allen Ecken herum und herumgedreht hatte, ohne, wie er meinte, einen Handgriff dran bekommen zu können.

»Der hier? der ist in Wisconsin; auch ein guter Platz, aber kein so großer Strom dabei«, sagte Herr Weigel – »ist aber auch billiger. Dort kann ich Ihnen eine Farm, allerdings nur mit einigen vierzig Kühen, für etwa siebenhundertundfunfzehn Dollar überlassen, und dann habe ich noch fünf andere von sechs, acht, elf, neun und ich glaube zwölfhundert Dollar – die letztere ist aber eine wirkliche Musterwirthschaft mit importirtem Schweizervieh, und Backsteingebäuden, und einer prachtvollen Lage Milch und Butter in die nicht zu entfernte Stadt zu bringen; wird Ihnen aber auch freilich wohl zu theuer sein?«

»Zu theuer? – warum?« sagte Menzel – »wenn man sich einmal etwas kauft, soll man sich auch gleich 'was ordentliches anschaffen. Ich habe mir übrigens die Sache immer viel schwieriger vorgestellt mit dem Ankaufen, und gedacht, daß man da erst lange in der Welt umher fahren und sein Geld verreisen müßte. Wenn man das gleich hier an Ort und Stelle abmachen kann, ist das ja weit bequemer.«

»Auf eins möchte ich Sie übrigens noch aufmerksam machen, meine Herren, was Sie ja nicht versäumen dürfen«, sagte Herr Weigel – »nämlich sich hier gleich Ihre Billets zur Weiterfahrt in's Innere, wohin Sie auch immer wollen, zu lösen.

»Von Neu-York aus?« sagte Menzel verwundert.

»Ja wohl von Neu-York oder Philadelphia oder wohin Ihr Reiseziel liegt.«

»Ja aber kann man denn die *hier* bekommen?« frug Müller.

»Gewiß kann man das«, lächelte Herr Weigel, »und das ist gerade der ungeheure Vortheil unserer jetzigen Verbindung, die den Auswanderer von der Thür seiner alten Heimath fort, vor die seiner neuen setzt, ohne daß er ein einziges Mal in die Tasche zu greifen und mehr zu bezahlen braucht, als was er gleich von allem Anfang entrichtet hat. Das eben macht auch das Reisen jetzt so billig, daß man mit *einem* Blick im Stande ist sämmtliche Kosten zu übersehn; die Extra-Ausgaben fallen ganz weg.«

»Das wäre freilich ein Glück«, sagte Müller, von dem erst vor einigen Monaten ein Bruder »hinüber« gegangen war – »die Extra-Ausgaben fressen sonst das meiste Geld.«

»Ob sie's fressen, bester Herr, ob sie's fressen«, sagte Herr Weigel, sich wieder vergnügt die Hände reibend.

»Und wo kann man die Billete also bekommen?« frug Menzel.

»Bei mir hier, versteht sich«, sagte Herr Weigel – »alle bei mir.«

»Und die gelten dann drüben?«

»Nun versteht sich doch von selbst«, lachte der freundliche Agent, »ich würde sie ja Ihnen doch sonst nicht verkaufen. Sehn Sie, wenn die Deutschen hinüber kommen, dann sprechen sie gewöhnlich noch kein Englisch – oder haben Sie das etwa schon gelernt?«

»Ne – «

»Nun sehn Sie, und dann werden sie dort von ihren Landsleuten – denn der Amerikaner ist nicht halb so schlimm – die sich das richtig zu Nutze zu machen wissen, tüchtig über's Ohr gehauen, und müssen gewöhnlich gerade noch einmal so viel bezahlen, als die Sachen eigentlich kosten.

»Aber es soll doch eine »Deutsche Gesellschaft« drüben in Neu-York sein«, sagte jetzt Brauhede, der zum ersten Mal bei der ganzen Verhandlung den Mund aufthat – »die sich eben der Deutschen annimmt und Nichts dafür verlangt.«

»Leben wollen wir *Alle*«, sagte Herr Weigel achselzuckend – »umsonst ist der Tod, und daß die Leute, wenn sie ihre Zeit darauf verwenden für die Deutschen zu sorgen, auch etwas dafür nehmen werden, läßt sich wohl an den fünf Fingern abzählen. Neu-York ist aber ein theures Pflaster, die Leute *brauchen* dort mehr wie wir hier, und wer es daher *billiger* thun kann ist auch wieder leicht einzusehn. Ich will mich auch keineswegs empfehlen; lieber Gott es giebt noch eine Menge Leute in Deutschland, die sich demselben schwierigen und undankbaren Geschäft unterzogen haben wie ich, und die es sich vielleicht eben so sauer werden lassen gerade und ehrlich durch die Welt zu kommen; aber Einen der es besser *meint* dabei, werden Sie wohl schwerlich finden, und ich überrede gewiß Niemanden nach Amerika auszuwandern. Jeder Mensch muß seinen freien Willen haben, und auch am Besten selber wissen was ihm gut ist.«

»Ne gewiß«, sagte Menzel – »da habt Ihr ganz recht, das ist auch mein Grundsatz; aber das mit dem Amerika leuchtet mir auch ein, und umsonst thut da gewiß Niemand etwas – das sind verflixte Kerle da, hab' ich mir sagen lassen, besonders die Deutschen, und wo die nicht wollen gucken sie nicht 'raus.«

»Also die Billete kann man hier bei Euch kriegen?« sagte Müller.

»Wohin Sie wollen, und ich stehe Ihnen dafür daß sie nicht allein ächt sind, sondern daß die hier in Deutschland gelösten Plätze auch noch den Vorrang haben vor allen in Amerika genommenen, wenn einmal Eisenbahn oder Dampfboote zu sehr besetzt sein sollten. Es ist ja hier gerade so mit der Post, wo Die, die sich zuerst, und auf der längsten Station haben einschreiben lassen, den Vorrang behalten müssen vor denen die nachher kommen.

»Ahem, das ist klar«, sagte Menzel; »na also da dächt' ich ließen wir uns gleich einmal Plätze belegen und gäben das D'raufgeld, damit wir die Sache richtig hätten, und nachher können wir ja einmal über die Farmen sprechen; ich habe verwünschte Lust.«

»Du, das hat noch Zeit«, sagte aber jetzt Brauhede wieder, Menzel am Rocke zupfend; »erst müssen wir es uns doch einmal mit den Anderen zu Hause überlegen.«

»Wenn aber nachher die Plätze auf dem ganz guten Schiffe fort sind«, sagte Müller mit einem sehr bedenklichen Gesicht.

»Ja, *stehen* kann ich Ihnen *nicht* dafür«, versicherte Herr Weigel die Achseln zuckend, daß sie beinah seine Ohrläppchen berührten.

»Na mein'twegen«, sagte Brauhede, der allerdings auch in der Absicht hierher gekommen war, ihre Passage fest zu accordiren, jetzt aber, da es dazu kam Geld zu zahlen, nur ungern damit herausrückte – »aber von wegen der Farm müssen wir noch erst mit den Anderen sprechen, und eine Farm kriegen wir auch noch immer.«

»Ja aber was für eine«, sagte Herr Weigel.

Brauhede blieb übrigens bei seiner Meinung, und Menzel bestand jetzt nur wenigstens darauf die beiden Pläne einmal mitzunehmen, damit sie sich zu Hause ordentlich hinein denken könnten. Wenn auch Herr Weigel sie im Anfang nicht außer Händen geben mochte, ja sogar versicherte er habe nicht übel Lust die eine Farm für sich selber auf Spekulation zu kaufen, ließ er sich doch zuletzt überreden ihnen, aber allerdings nur auf zwei Tage, die Pläne zu überlassen, und dann das Weitere über den Ankauf mit einer zweiten Deputation der Gesellschaft zu besprechen.

Menzel bezahlte dann das Aufgeld auf ihre Passage im *Meteor* für siebenundfunfzig Personen und dreizehn Kinder, die sämmtlich aus *einer* Ortschaft auswandern wollten, und nahm dann auch noch, nach einer kurzen Berathung mit den beiden anderen, die nöthigen Billete auf der Eisenbahn von Neu-York aus, oder machte wenigstens eine Anzahlung darauf, daß sie ihnen der Agent aufbewahrte, da dieser sie versicherte er sei nur noch im Besitz einer sehr kleinen Anzahl, und wisse nicht, wann er gleich wieder andere bekommen würde, während die Anfrage darnach sehr stark wäre.

Außerdem kauften sie sich auch noch ein halbes Dutzend kleine Brochüren, die Herr Weigel, wie er sagte, gerade frisch aus der Druckerei als etwas *ganz Neues* bekommen hatte – ein Datum stand nicht darauf – und die drei Männer verließen dann wieder, von dem schmunzelnden Agenten bis an die auf den Markt führende Thür begleitet, das Haus.

»Höre Du«, sagte aber Brauhede als sie wieder vor dem Haus und auf der Straße waren, und langsam über den Markt weggingen, »mit dem Landkaufen wollen wir uns doch lieber hier noch nicht einlassen, das ist eine wunderliche Geschichte und will mir nicht recht in den Kopf.«

»Nicht in den Kopf?« rief aber Menzel – »und warum nicht? – der Mann bekommt alle Tage Briefe aus Amerika, warum soll der nicht wissen was dort zu verkaufen ist?«

»Wenn's aber so gut und billig wäre, brauchten sie's doch nicht hier herüberzuschicken«, meinte Brauhede kopfschüttelnd.

»Das ist Alles was Du davon verstehst«, sagte Müller, »Amerikaner könnten sie gewiß genug zu Käufern kriegen, aber deutsche Bauern wollen sie, die ihnen zeigen wie man das Land behandeln muß, und darum schicken sie herüber – die sind froh drüben, wenn unsereins hinüber kommt.

»Nun, mag sein«, brummte Brauhede – »aber sicher ist doch sicher, und wenn ich mein Geld hier weggegeben habe, und kann das Land was mein sein soll nachher nicht finden, wie's dem Niklas seinem Bruder gegangen ist, nachher wäre die Geschichte aber faul.«

»Dem Niklas sein Bruder war aber auch ein Esel«, sagte der Andere, »der sich hier Land von einem herumziehenden Vagabunden gekauft; da sollt' er nachher wohl suchen. Aber *der* Mann hier ist in der Stadt ansässig und hat ein Geschäft; was der verkauft das muß gut sein, sonst wär' er ja gar nicht sicher daß man ihn einmal deshalb beim Kragen kriegte.«

»Ja krieg' ihn einmal wenn Du drüben in Amerika bist«, sagte Brauhede ruhig – »das ist ein verwünscht weiter und umständlicher Weg und – wenn man sich einmal hat anführen lassen, will man auch nicht gern noch dazu ausgelacht werden.«

»Papperlapapp!« sagte Menzel – »dafür hat Jeder seine Augen daß er sie offen hält, und ehe ich ihm mein gutes Geld gebe, werd' ich mich schon sicher stellen daß er mir Nichts aufbindet.«

Und die Männer schritten, Jeder von jetzt an mit seinen eigenen Gedanken über die nahe Auswanderung beschäftigt, langsam die Straße hinunter, während in seinem kleinen Bureau, vergnügt die Hände zusammenreibend, Herr Weigel auf und ab spazieren ging, und sich im Geist die nächst zu ziehenden Summen zusammenaddirte, die er in kurzer Zeit, nach eifriger Aussaat, einzuerndten hoffte. Die Geschäfte gingen vortrefflich; Lust zur Auswanderung hatte in der That ein Drittel der sämmtlichen Bevölkerung, und es bedurfte nur manchmal wirklich einer leisen Anregung, die Leute zu etwas zu bewegen, zu dem sie schon halb und halb selber entschlossen gewesen waren.

Herr Weigel war sehr guter Laune; er legte jetzt die Hände auf den Rücken und summte ein leises Lied vor sich hin, seinen Marsch dabei fortsetzend. Aber er sang falsch; er hatte keine Idee von irgend einer Melodie; doch das schadete nichts, er *meinte* wenigstens eine, und da er selber nicht hörte was er sang, genügte es ihm vollkommen.

Die Thür ging jetzt auf und der Tischler oder Schreiner kam herein, irgend etwas an dem Pult auszubessern – er hatte zweimal angeklopft ohne daß der vergnügte Agent darauf geantwortet hätte.

»Guten Morgen Herr Weigel.«

»Ah guten Morgen Meister – nun kommen Sie endlich? ich hatte schon ein paar Mal nach Ihnen hinübergeschickt – «

»Ja lieber Gott Herr Weigel, ich war gerade drüben beim Herrn Geheimen Rath Bärlich beschäftigt – die Leute sind so eigen wenn man von der Arbeit fort geht – «

»Sehn Sie, hier das Bein möcht' ich gemacht haben; der Tisch wackelt da immer, und wenn man etwas darunter legt, verschiebt sich das doch jedesmal wieder. Können Sie es mir wohl bis heute Nachmittag in Ordnung bringen?«

»Ja gewiß«, sagte der Mann, »das ist ja nur eine Kleinigkeit.«

»Und wie ist es mit den Auswandererkisten die ich bestellt habe? – werden die bis heute Abend fertig?

»Ja wohl Herr Weigel; sechs habe ich schon in das Gasthaus »Stadt Breslau«, wie Sie mir sagten, abgeliefert.«

»Nun das ist gut, denn der ganze Zug wird noch heute Vormittag ankommen, und will morgen früh wieder fort – es sind doch noch keine Auswanderer heute Morgen hier eingetroffen? – «

»Nicht daß ich gesehen hätte – aber gestern Abend zogen Viele durch.«

»Ja ich weiß – von Hessen herüber – die armen Teufel; denen wird's einmal wohl drüben werden. Nun wie gehn denn bei Ihnen die Geschäfte jetzt?«

»Ih nu gut, Herr Weigel, ich kann gerade nicht klagen; das Brod wird freilich immer theuerer, aber man schlägt sich so durch – Kinder haben wir nicht, und was verdient wird reicht eben ordentlich aus.«

»Ich begreife nicht«, sagte Herr Weigel da kopfschüttelnd vor dem Mann, der seine Mütze eben wieder aufgegriffen hatte und sich zum Fortgehen anschickte, stehen bleibend – »wie Ihr Leute Euch hier vom Morgen bis Abend plagt und schindet, eben nur das liebe Brod zu verdienen, wo Ihr in ein paar Wochen drüben sein könntet und so viel Dollare für Euere Arbeit bekämt, wie hier Groschen.

»Drüben, wo?«

»Nun in Amerika – «

»Hm, ja«, sagte der Mann, sich nachdenkend das Kinn streichend, und einen leichten Seufzer unterdrückend – »gedacht hab' ich auch schon ein paar Mal daran, aber – das geht nicht gut und – es ist auch so eine unsichere Sache mit da drüben. Hier weiß ich einmal was ich habe und daß ich auskomme, und wie mir's da drüben geht weiß ich *nicht.*«

»Aber Freund«, rief Herr Weigel verwundert – »ein Mann der fleißig arbeitet bringt es dort immer zu was. Wetter noch einmal, Meister, Amerika ist gerade der Platz für Euch, wo Ihr Euch rühren und ausbreiten könntet – wenn Ihr dort wäret, ein geschickter Arbeiter wie Ihr! in fünf Jahren hättet Ihr zwanzig Gesellen.«

»Meister Leupold nickte langsam mit dem Kopf, und sah ein paar Secunden still vor sich nieder, als ob das Bild mit der großen Werkstätte und dem regen

Treiben sich vor seinem inneren Geist eben auszubreiten beginne, dann aber sagte er, jetzt herzhaft aufseufzend – «

»Und es geht doch nicht, Herr Weigel – ich habe die alte Mutter zu Hause, die ich unmöglich hier allein zurück lassen könnte – «

»Hierlassen? das fehlte auch noch«, rief der Agent – »die nehmt Ihr mit, Mann – könnt Ihr der denn eine größere Freude machen, als wenn sie noch vor ihrem Ende sähe wie wohl es Euch geht auf der Welt, und wie sich Euer Zustand mit jeder Woche, mit jedem Tage fast bessert? – Muß sie hier nicht in Sorge und Kummer leben daß Ihr einmal krank werdet und Nichts verdienen könnt, und wie sieht's dann aus?«

»Wenn ich aber nun dort drüben krank werde?« sagte der Meister leise.

»Wenn das nur nicht gleich die ersten Monate geschieht und für ein Unglück kann Niemand« – warf dagegen Herr Weigel ein, »so könnt Ihr Euch auch schon so viel gespart haben, das eine Weile mit ruhig anzusehn; und wenn Ihr nicht krank werdet, seid Ihr in ein paar Jahren ein wohlhabender Mann.«

»Es ist eine verwünschte Geschichte mit dem Amerika«, seufzte der Mann wieder, sich hinter dem Ohr kratzend – »man hört so viel davon, und sieht eine solche Masse Menschen hinüberziehen, die alle voller Hoffnung sind daß es ihnen gut geht – und möchte am Ende ebenfalls gern mit – wenn man nur erst so einmal hinübergucken könnte wie es eigentlich aussieht.«

»Dazu ist es ein Bischen zu weit«, meinte Herr Weigel.

»Ja nun eben«, sagte der Tischler – »und so auf's gerathewohl – «

»Das könnt Ihr aber nicht auf's gerathewohl nennen, wo wir alle Tage Briefe von drüben herüber bekommen, von denen einer immer besser lautet als der andere. Da – hier liegt gleich einer, der letzte den ich bekommen habe, wo ein Deutscher, den ich selber hinüberbefördert, und dem es jetzt ausgezeichnet gut geht, an mich schreibt, und ein oder zwei gute gelernte Schaafknechte haben will; lesen Sie einmal den Brief.«

Leupold legte seine Mütze wieder hin, nahm den Brief und las ihn aufmerksam durch; er nickte dabei mehrmals mit dem Kopf, und sah dann wieder zu dem Agenten auf, der ihn indessen mit einem triumphirenden Lächeln betrachtet hatte.

»Nun?« frug der Letztere, als Jener das Schreiben beendet und wieder zusammenfaltete – »wie klingt das?«

»*Sehr* gut« sagte Leupold leise, »aber – es hilft mir doch Nichts. Wenn ich jetzt mein kleines Häuschen, das ich mir mit Mühe und Noth zusammengespart und aufgebaut, auch verkaufen wollte; fände ich erstlich keinen Käufer, und dann bekäm ich auch das nicht dafür wieder, was es mich selber gekostet; wie gesagt, der Sperling in der Hand ist doch wohl besser wie die Taube auf dem Dache.«

»Bah, Taube«, sagte Herr Weigel mürrisch – »wenn die Taube auf dem Dach eben so fest und sicher sitzen bleibt bis man sie holen kann, wie Amerika ruhig liegt, und auf die wartet die hinüber kommen, so ist sie mir lieber wie ein erbärmlicher Sperling, zum Sterben zu viel, und zum Leben zu wenig; aber – überlegt's Euch – ah da kommt der Briefträger – 'was für mich?«

»Nun guten Morgen Herr Weigel«, sagte der Tischler und wollte sich eben entfernen, während der Briefträger dem Agenten mehrere für ihn gekommene Briefe überreichte.

»Siebzehn Silbergroschen drei Pfennige« sagte er dabei.

»*Siebzehn* Silbergroschen?« rief Herr Weigel verwundert – »aha da ist ein Amerikaner dabei – halt, wartet noch einmal einen Augenblick Leupold« – da ist vielleicht gleich noch was für uns, und was ganz Neues – wollen gleich einmal sehn was die Leute schreiben. Wahrscheinlich wieder von Jemand den ich hinüber befördert habe, und der sich jetzt bedankt – das kostet aber viel Geld – «

»Apropos Neues«, sagte Leupold, während der Agent den Briefträger bezahlt hatte und seine Papierscheere vom Tisch nahm, den Amerikanischen Brief aufzuschneiden – »haben Sie schon gehört daß gestern Nachmittag bei Herrn Dollinger eingebrochen und für sieben tausend Thaler Gold und Juwelen gestohlen sind?«

»Alle Wetter«, rief Herr Weigel, mit der zum Schnitt ausgehaltenen Scheere in der Hand – »gestern Nachmittag?«

»Am hellen Tage«, bestätigte Leupold.

»Und weiß man nicht wer der Thäter ist?«

»Sie haben den einen Comptoirdiener in Verdacht und auch schon eingezogen«, sagte der Tischler.

»Gewiß den Loßenwerder«, rief Weigel.

»Ich glaube so heißt er – er ist ein wenig verwachsen – «

»Und schielt – derselbe, ich habe den Burschen von jeher nicht leiden können; hat mir auch schon ein paar Mal Kunden abspenstig gemacht, aus reinem Brodneid; ich wüßte wenigstens sonst nicht weshalb, und habe ihn dabei stark in Verdacht, daß er selber damit umgeht eine Agentur für Auswanderer zu errichten. Da könnte Jeder hergelaufen kommen, ohne Briefe, ohne Connexionen und ohne Kenntniß vom Land – schickte nachher die Leute in's Blaue hinein, daß sie dort säßen und nicht wüßten wo aus noch ein. Na nun, wird ihm das Handwerk wohl gelegt werden; ich gönne nicht gern einem Menschen etwas Übles, aber bei dem freut mich's daß sie's wenigstens herausbekommen haben, und er seine Schurkerei nicht mehr heimlich forttreiben darf. Ist denn das Geld schon wieder gefunden?«

»So viel ich weiß nicht, einige hundert Thaler ausgenommen, von denen aber der Mann betheuert daß er sie sich gespart hätte; es ist übrigens Manches dabei zusammengekommen was ihn verdächtig macht; das Nähere weiß ich freilich nicht.«

»Hm, hm, hm«, sagte Herr Weigel, kopfschüttelnd den Brief, den er noch immer in der Hand hielt, anschneidend – »böse Geschichten – böse Geschichten, was man nicht Alles hört auf der Welt. – Nun wollen wir also einmal sehen was der Herr da aus Amerika schreibt – hm – Washington County, Tennessee den siebenten Januar 18 – alle Wetter der Brief ist lange unterwegs gewesen – Herrn F. G. Weigel in Heilingen, Hauptagent der Central-Auswanderungs- und Colonisations-Gesellschaft in Deutschland – ahem – Sie nichtsw – hm – Sie haben – hm – vor allen Dingen – hm – hm – hm – hm« – Herrn Weigels Gesicht verlängerte sich immer mehr, je weiter er in seiner, wie es schien nicht eben angenehmen Lectüre vorrückte, aber er brach mit dem Lautlesen des Inhalts, dessen Einleitung unerwarteter Weise höchst derber Art war, schon gleich nach den ersten Sylben ab, und murmelte, das Ganze nur flüchtig überfliegend, blos einzelne unzusammenhängende Worte, aus denen Leupold Nichts herausfinden konnte, vor sich hin.

»Nun, was schreiben sie?« sagte dieser endlich lächelnd; er wäre schon lange gegangen, wenn ihn Weigel nicht eben zurückgehalten hätte – »gute Neuigkeiten?«

»Bah!« sagte Herr Weigel, den Brief zurück auf seinen Schreibtisch werfend – »Jemand der seine Geschwister will hinübergeschickt haben und mich ersucht das Geld für ihn auszulegen. Da müßt' ich schöne Capitale herumstehn haben, wenn ich allen Leuten umsonst wollte die Familie nachschicken. Nachher sitzt der mitten im Land drin, und ich kann ihn dann suchen.«

»Ne, das ist ein Bischen viel verlangt«, sagte der Meister, wieder nach der Klinke greifend – und dießmal hielt ihn Herr Weigel nicht zurück – »aber nun leben Sie auch recht wohl, und verlaßen Sie sich darauf ich besorge Ihnen das heute noch.«

»Sein Sie so gut«, sagte der Agent – er war auf einmal ganz einsylbig geworden, und Meister Leupold verließ mit nochmaligem Gruß das Zimmer, in dem jetzt Herr Weigel mit in die Tasche geschobenen Händen, aber keineswegs mehr so guter Laune als vorher, raschen, heftigen Schrittes auf und ab ging.

»Und vierzehn Groschen bezahlt für den Wisch – es ist eine Frechheit wahrhaftig, die in's Bodenlose geht. Lumpengesindel! glaubt die gebratenen Tauben sollen ihm da in's Maul fliegen, so bald sie's nur aufsperren.« Und wieder riß er den Brief vom Pult, rückte sich die Brille zurecht, und las mit halblauter, aber heftiger Stimme den Inhalt noch einmal, und zwar aufmerksamer durch als vorher.

»Sie nichtswürdiger Hallunke« – wenn ich Dich nur hier hätte mein Bursche, dafür solltest Du mir brummen – »schändlich betrogen und angeführt« – wozu hat Dir denn der liebe Gott die großen Glotzaugen gegeben, wenn Du sie nicht aufsperren willst – »Land eine Wüste« – na versteht sich, ein Gewächshaus hab' ich ihm nicht verkauft – »Hälfte gar nicht zu bekommen« – Holzkopf – »kein Mensch wollte die Billete nehmen« – bah, geschieht Dir recht – »Wohngebäude zu schlecht für einen Hund« – für Dich noch immer viel zu gut, mein Schatz – »wenn Sie nur einmal herüber kämen, Sie miserabeler« – bah« – unterbrach sich Herr Weigel in dieser nichts weniger als schmeichelhaften Lectüre, indem er den Brief in zwei Hälften riß, und sich dann ein Streichhölzchen mit einem Gewaltstrich an der Thür entzündete »so viel für den Wisch!« und das Papier anbrennend, warf er das auflodernde in den Ofen, und schloß die Klappe so heftig er konnte.

Allerdings wollte er sich nun über den Brief hinwegsetzen, aber geärgert hatte er sich doch, und Rock und Stiefeln anziehend drückte er sich seinen Hut in die Stirn, griff seinen Stock aus der Ecke, und verließ sein Bureau, das er sorgfältig hinter sich abschloß, und eine kleine Pappe mitten an die Thür hing, auf der die Worte standen.

»Kommt um elf Uhr wieder.«

6. Die Weberfamilie

Nicht weit von Heilingen, und in Hörweite der Domglocke selbst, in ziemlich bergigem, aber unendlich malerischem Land, lag ein kleines armes Dorf, dessen Bewohner, da ihre Felder gerade nicht zu den besten gehörten, sich kümmerlich, aber meist ehrlich, mit verschiedenen Handwerken und Gewerben, mit Holzschnitzen wie auch hie und da mit dem Webstuhl, ernährten. Das Dorf hieß eigentlich »Zur Stelle«, welchen Namen aber die Bewohner im Laufe der Zeit, und mit Hülfe ihres Dialekts, zu dem von *Zurschtel* umgearbeitet hatten, und mochte etwa dreißig Häuser und Hütten, mit der doppelten Anzahl von Familien, wie der sechsfachen von Kindern zählen. Es ist eine wunderliche Thatsache, daß man in den ärmlichsten Distrikten stets die meisten Kinder findet.

Mitten im Dorf lag eins der besseren Häuser; es war weiß getüncht, und hinter den sauber gehaltenen Fenstern hingen weiße, reinliche Gardinen. Vor dem Hause, über dessen Thüre ein frommer Spruch mit rothen und grünen Buchstaben angeschrieben war, stand ein Brunnen- und Röhrtrog, und ein kleiner Koven an der Seite desselben, zeigte in der nach außen befestigten Klappe des Futterkastens dann und wann den schmuzigen Rüssel eines seine Kartoffelschalen kauenden Schweines. Auch ein ordentlich gehaltenes Staket umgab das Haus wie den kleinen Hofraum, und die Wohnung stach sehr zu ihrem Vortheil gegen manche der Nachbarhäuser ab.

Im Inneren selber sah es ebenfalls sehr reinlich, aber nichtsdestoweniger sehr ärmlich aus. In der einen Ecke stand ein großer, viereckiger, sauber gescheuerter Tisch aus Tannenholz, an zweien der Wände waren Bänke aus dem nämlichen Material befestigt, und um den großen viereckigen Kachelofen, der fast den achten Theil der Stube einnahm, hingen verschiedene Kochgeräthschaften, während auf darüber angebrachten Regalen die braunen Kaffeekannen und geblümten Tassen gewissermaßen mit als Zierrath zur Schau ausstanden. Die dritte Ecke füllte der Webstuhl des Mannes aus, und dem gegenüber stand eine riesengroße, braunangestrichene Kommode, mit Messinghenkeln und Griffen und fünf Schiebladen, die, mit wirklich rührender Eitelkeit als eine Art von Nipptisch benutzt, zwei mit bunten Blumen bemalte Henkelgläser, eine vergoldete Tasse mit der Aufschrift »der guten Mutter« – ein Geschenk aus früherer Zeit – und ein gelb irdenes aber allerdings sehr wenig benutztes Dintenfaß trug, während dahinter, in zwei ordinairen Stangengläsern, in dem einen Schilfblüthenbüschel, und in dem anderen große stattliche Ähren von Roggen, Waizen, Gerste und Hafer standen, zur Erinnerung an eine frühere segensreiche Erndte.

Die Bewohner der kleinen Stube paßten genau in ihre Umgebung; es war eine, nicht mehr ganz junge aber doch rüstige Frau, in die nicht unschöne Bauertracht der dortigen Gegend gekleidet, die an ihrem Spinnrad saß und eifrig das Rädchen schnurren ließ, während die rechte Hand manchmal eine neben ihr stehende Wiege berührte, den darin ruhenden kleinen Säugling, der immer wieder die großen dunklen Augen zu ihr aufschlug, endlich in Schlaf zu bringen. Sie war reinlich, aber in die gröbsten Stoffe gekleidet, ebenso der Bube von etwa vier Jahren, der ihr zu Füßen mit einer kleinen Mulde auf dem über die Diele gestreuten Sand »Schiff« spielte.

Außerdem war noch eine vierte Person im Zimmer, die alte Mutter der Frau, eine Greisin von nahe an siebzig Jahren, die auch noch ihr Spinnrad drehte, sich aber mit dem hinter den noch warmen Ofen gesetzt hatte, weil ihr das heutige naßkalte, unfreundliche Wetter fröstelnd durch die alten Glieder zog. Es war eine gutmüthige, aber mürrische alte Frau, selten zufrieden mit dem was sich ihr gerade bot, und unermüdlich darin, sich und ihren Kindern die Last vorzuwerfen die sie ihnen mache, und den lieben Gott täglich zu bitten daß er sie doch bald zu sich nähme. Nur eine kleine, ganz kurze Frist erbat sie sich immer noch – dann wollte sie gerne sterben. Erst; wie das Älteste geboren war, wollte sie das noch gerne laufen sehn; dann hätte sie gern erlebt wie es zum ersten Mal in die Schule ging; dann war es Frühjahr geworden und sie hoffte nur noch einmal neue Kartoffeln zu essen, zu Jacobi aber wollte sie noch einmal von dem Pflaumenbaum die Früchte kosten, den ihr »Seliger« noch gepflanzt. Wie der Herbst kam wünschte sie im Frühjahr begraben zu werden, und die knospenden Maiblumen weckten den Wunsch nach den Astern, ihrer Lieblingsblume, von denen sie sich eigenhändig ein schmales Beet in den kleinen Garten dicht am Hause gepflanzt. So lebt und webt die Hoffnung in unseren Herzen mit immer neuer, nie sterbender Kraft, und je älter wir werden, desto mehr lernen wir die schöne Erde lieb gewinnen, desto mehr klammern wir uns an sie, und wollen uns gar nicht mehr von ihr trennen.

Der Tag neigte sich dem Abend zu; der Mann war in die Stadt gegangen seine Steuern zu zahlen, und Manches einzukaufen was sie nothwendig im Hause brauchten – zum Ersatz dafür hatte er das zweite Schwein, das sie bis dahin gehalten, hineingetrieben, und der Erlös sollte seine Ausgaben bestreiten.

Der Regen wurde jetzt wieder heftiger, die großen schweren Tropfen schlugen gegen das Fenster, und das Kind wurde vollständig munter und fing an zu schreien. Die Mutter schob ihr Spinnrad zurück, nahm das Kleine aus der Wiege, und ging damit trällernd im Zimmer auf und ab. Die Alte spann indeß ruhig weiter, und suchte mit zitternder leiser Stimme ein geistliches Lied zu singen, und mit dem Rad trat sie den Takt dazu. Sonst sprach keine ein Wort.

Endlich wurde die Hausthür geöffnet, Jemand kam von draußen herein, und strich sich die Füße auf den Steinen und der Strohdecke ab, und sie hörten gleich darauf wie der zurückkehrende Vater und Gatte seinen großen rothblauwollenen Schirm auf die Steine stieß, das Wasser so viel wie möglich davon abzuschütteln, und den Mantel auszog und über den großen Schleifstein hing der draußen im Flur stand, wie er das gewöhnlich that. Die Frau öffnete rasch die Thür den Mann zu begrüßen, der den Hut abnahm, sich die nassen Haare aus der Stirn strich, und das Kind küßte, das sie ihm entgegenhielt.

»Jesus ist das ein Wetter, Gottlieb«, sagte sie dabei, als sie ihm den Hut aus der Hand nahm und neben den Ofen an den Nagel hing, »komm nur herein, daß Du 'was Trockenes auf den Leib bekommst; wo hast Du denn den Jungen? – ist er nicht bei Dir?« setzte sie, fast ängstlich, hinzu.

»Er ist draußen bei Lehmann's hineingegangen, denen wir ein paar Sachen aus der Stadt mitgebracht«, sagte der Mann – »wird wohl gleich kommen – wie geht's Frau? – wie geht's Mutter? – ha, das regnet einmal heute was vom Himmel herunter will; was nur d'raus werden soll wenn das Wetter so fort bleibt. Ein paar gute trockene Tage haben wir gehabt, und jetzt wieder Guß auf Guß – Guß auf Guß, als ob sie uns unsere paar Stücken Feld noch hinunter in die Wiesen waschen wollten. Von dem einen Acker ist die Saat schon halb fortgespült – wenn dasmal das Korn misräth, weiß ich nicht wo der arme Mann das Brod hernehmen soll.«

»Klag nicht, Gottlieb«, sagte aber die Frau freundlich – »es geht noch Vielen schlechter wie uns, und was sollen da die *ganz* armen Leute sagen. Lieber Gott, es ist viel Noth in der Welt, und wer heut zu Tage eben sein Auskommen und ein Dach über dem Kopf hat und gesund ist, sollte sich nicht versündigen.«

Sie hatte dabei das Kind auf die Erde gesetzt, holte den Topf aus der Röhre, in der, trotz der vorgerückten Jahreszeit, noch ein Feuer brannte, der alten, fröstelnden Mutter wegen, und goß den darin heiß gehaltenen Kaffee – sie nannten das braune Getränk von gebrannten gelben Rüben und Gerste wenigstens so – in die eine braune Kanne, damit sich der Mann, der den ganzen Tag draußen im Regen herumgezogen war, daran erquicken könne. Zugleich auch deckte sie ein weißes Tuch über den Tisch, auf den sie noch Butter und Brod stellte, die versäumte Mittagsmahlzeit wenigstens in etwas nachzuholen. Der Mann setzte sich an den Tisch, schenkte sich eine Tasse Kaffee ein, in den ihm die Frau die Milch goß, und schnitt sich ein großes Stück Brod ab, das er mit Butter bestrich und verzehrte. Er sprach kein Wort dabei, und beendete still seine Mahlzeit, schob dann die Tasse und den Butterteller zurück, nahm das Kleinste, das die Mutter zu ihm auf die Erde gesetzt hatte, herauf auf sein linkes Knie, blieb, den rechten Ellbogen auf den Tisch gestützt, den Kopf gegen die Wand gelehnt, regungslos sitzen, und schaute still und schweigend nach dem Fenster hinüber, an das die Regentropfen immer noch, vom Wind draußen gepeitscht, hohl und heftig anschlugen.

Die Frau hatte ihn eine ganze Zeit lang mit scheuem Blick betrachtet; es war irgend etwas vorgefallen, aber sie wagte nicht zu fragen, denn Gottlieb, so seelensgut er auch sonst sein mochte, hatte doch auch seine »verdrießlichen Stunden« und war dann, wenn gestört, oft rauh und unfreundlich; aber eine eigene Angst überkam sie plötzlich. Ihr ältester Sohn – der Hans – war nicht mit zu Hause gekommen – konnte dem – heiliger Gott, wie ein Stich traf es sie in's Herz und sie sprang erschreckt von ihrem Stuhl auf und auf den Mann zu.

»Gottlieb – um aller Heiligen Willen wo ist der Hans? – es ist – es ist ihm doch nicht etwa ein Unglück geschehn?«

»Der Hans?« sagte der Mann aber ruhig und sah erstaunt zu ihr auf, »was fällt Dir denn ein? was soll denn dem Hans zugestoßen sein? ich habe Dir ja gesagt daß er bei Lehmann's etwas abgegeben hat, und dort wahrscheinlich das Wetter abwarten wird.«

»Ich weiß nicht«, sagte die Frau, der dadurch allerdings eine Centnerlast von der Seele gewälzt wurde – »aber Du bist so sonderbar heut Abend, so still und ernst, und da schlugs mir wie ein Schreck in die Glieder, über den Hans. Ist etwas vorgefallen Gottlieb? – «

Gottlieb schüttelte den Kopf langsam und sagte. – »Nicht daß ich wüßte – nichts Besonderes wenigstens, oder nichts Anderes, als was jetzt alle Tage vorfällt – Geld zahlen.«

»War es denn so viel?« sagte die Frau leise und schüchtern.

Der Mann schwieg einen Augenblick und sah still vor sich nieder; endlich erwiederte er seufzend:

»Das Schwein ist d'rauf gegangen, und vier Thaler Siebzehn Groschen sind immer noch mit Gerichtskosten und der alten Proceßgeschichte mit der Brückenplanke, mit der ich eigentlich gar Nichts mehr zu thun hatte, stehen geblieben, und ich muß sie bis zum ersten Juli nachzahlen, unter Androhung von Pfändung.«

»Nun lieber Gott«, sagte die Frau tröstend – »wenn das das Schlimmste ist, läßt sich's noch ertragen; da verkaufen wir eben das andere Schwein und behelfen uns so. Wie wenig Leute im Dorf haben überhaupt eins zu schlachten, und leben doch; warum sollen wir nicht eben so gut ohne eins leben können als die.«

»Ja«, sagte der Mann leise und still vor sich hin brütend – »verkaufen und immer nur verkaufen, ein Stück nach dem anderen, und während wo anders die Leute mit jedem Jahr ihr kleines Besitzthum vergrößern, und für ihre Kinder etwas zurücklegen können, sieht man es hier mehr und mehr zusammenschmelzen, unter Müh und Plack das ganze Jahr lang.«

»Aber kannst Du's ändern?« sagte die Frau leise und fuhr, wie der Mann schwieg und mit der Faust die Stirn stützend vor sich nieder starrte, schüchtern fort – »arbeitest Du nicht von früh bis spät fleißig und unverdrossen? gönnst Du Dir eine Zeit der Ruhe, wo Dich irgend eine nöthige Beschäftigung ruft, und haben wir uns etwa das Geringste vorzuwerfen?«

»Nein«, sagte der Mann, während er die Hand auf den Tisch sinken ließ und die Frau voll und fest ansah – »nein, aber das ist es ja eben, was mir am Leben frißt. Wir können nicht mehr arbeiten, nicht mehr verdienen wie wir jetzt thun, und jetzt sind wir noch jung und kräftig, unsere Kinder noch klein und gesund, und dennoch geht es mit jedem Jahr zurück, wird es mit jedem Jahr schlechter und schlimmer. Wie nun soll das werden, wenn uns erst einmal Krankheit heimsuchte, wenn die Kinder heranwachsen und mehr brauchen, wenn wir selber älter werden und nicht mehr so zugreifen können wie jetzt? – Schon jetzt können wir uns nicht mehr in der theueren Zeit oben halten – das eine Schwein ist verkauft, das andere wird noch fort müssen; unser Acker ist kleiner geworden in den letzten zehn Jahren, unsere Bedürfnisse aber sind gewachsen – wie soll das enden?«

»Aber Gottlieb«, sagte die Frau freundlich – »wie kommen Dir jetzt doch nur solche Grillen? haben Dir die paar Thaler Steuern den Kopf verdreht? Mann, Mann, Du bist doch sonst so ruhig, und hast immer vertrauungsvoll in die Zukunft gesehn, wie sind Dir auf einmal solche schwarze Gedanken durch den Sinn gefahren?«

Die alte Mutter hatte, schon so lange wie die Beiden mit einander gesprochen, ihr Spinnrad ruhen lassen, und dem Gespräch aufmerksam zugehört; dabei schüttelte sie fortwährend mit dem Kopf, und sagte endlich mit ihrer schrillen, scharf klingenden Stimme:

»Ja wohl, ja wohl – das Geld wird rar und das Brod theuer, und mehr Mäuler kommen – mehr Mäuler sind da zum Verzehren, wie zum Verdienen. Schlagt mich todt; schlagt mich todt daß ich weg komme aus dem Weg und Euch Platz mache – schlagt mich todt.«

»Mutter«, bat die Frau, in Todesangst daß sie dem Manne mit solcher Rede wehe thun würde, denn *er* gerade hatte sie immer auf das Freundlichste behandelt, und Alles gethan was in seinen Kräften stand, ihr jede Erleichterung, die ihr Alter bedurfte, zu verschaffen – »wie dürft Ihr nur so etwas reden; versündigt Ihr Euch denn nicht?«

»Wir haben noch genug für uns Alle Mutter«, sagte aber der Mann freundlich, der ihre Launen kannte und der alten Frau nicht wehe thun mochte – »nur für spätere Zeit ist mir bange; Sie aber wären die Letzte die darunter leiden sollte. Wir werden Alle alt, und wenn wir unsere Schuldigkeit in unserer Jugend gethan, wie Sie, dann ist es nicht mehr wie Pflicht und Schuldigkeit der Jüngeren für ihre Eltern zu sorgen – wenn sie nicht auch einmal wieder von ihren Kindern wollen verlassen werden.«

Die Alte war wieder still geworden, sah noch eine Zeit lang vor sich nieder, und begann dann auf's Neue ihre Arbeit, aber die Frau fuhr fort und sagte, fast mit einem leisen Vorwurf im Ton zu ihrem Mann.

»Siehst Du Gottlieb, das hast Du nun davon mit Deinen trüben und traurigen Ideen; Du machst Dir und mir und der Mutter nur das Herz schwer, und nützest und hilfst doch Nichts. Der liebe Herr Gott da oben wird's schon machen und lenken; Er hat die Welt so viele Jahrhunderte hindurch in ihrer Bahn gehalten, und die Menschen darauf geschirmt und gepflegt, wie unser Herr Pastor sagt, Er wird's auch schon weiter thun, und wir dürfen uns eigentlich gar nicht sorgen und kümmern um den »nächsten Tag.«

»Doch, doch Frau«, sagte aber der Mann, aufstehend und jetzt, die Hände in den Hosentaschen, in der Stube auf und ab gehend – »doch Frau, der Mann *muß*, denn wenn er's *nicht* thäte, wär er ein schlechter Hausvater, und ihm allein fielen dann all die schweren Folgen zur Last, die daraus entständen. Ich kann Dir das nicht so mit Worten deutlich machen, wie mir's neulich der Schulmeister, mit dem ich darüber sprach, erklärte, aber der meinte es wäre etwa so wie wenn Einer im Wasser wäre. Da sei es auch nicht genug daß man sich oben hielte an der Luft, und im Kreis herum schwämme eben nur nicht zu ertrinken, das thäte nicht einmal ein unvernünftiges Stück Vieh; nein des Menschen, des verständigen Menschen Pflicht sei es sich schon im Wasser nach dem festen Lande umzusehn, ob man das nirgends erreichen könne, denn zuletzt würde man da im Wasser, man möchte noch so tapfer schwimmen, doch müde, und ließen erst einmal die Kräfte nach, dann hülfe auch zuletzt das Schwimmen Nichts mehr, und man sänke eben langsam zu Boden.«

»Ich verstehe nicht recht was Du damit meinst«, sagte die Frau, »aber Du siehst mich so sonderbar dabei an – hast Du noch 'was anderes dahinter?«

»Nein und Ja«, sagte der Mann nach kleiner Pause, indem er sich mit dem Rücken an den Ofen lehnte, und langsam dazu mit dem Kopfe nickte, »eigentlich nicht, denn Gott da oben weiß daß es wahr ist, und weiß wie, und ob's einmal enden kann; aber dann – dann hab' ich allerdings noch was dahinter, denn ich meine – ich meine – « er schwieg und es war augenscheinlich, er hatte etwas auf dem Herzen, das er sich scheue so mit blanken klaren Worten heraus zu sagen, die Frau aber, die eben damit beschäftigt war das Geschirr hinaus zu räumen, setzte die Kanne wieder auf den Tisch, sah den Mann erstaunt an, ging dann langsam zu ihm an den Ofen und sagte leise, vor ihm stehen bleibend:

»Geh her, Gottlieb – Du hast 'was, was Dich drückt und willst nicht mit der Sprache heraus – es ist irgend noch etwas vorgefallen in der Stadt, was Du nicht sagen magst. Du darfst doch nicht *sitzen*?«

»*Sitzen*? – weshalb?« lächelte der Mann kopfschüttelnd – »ich habe nie etwas Böses gethan.«

»Nun was ist's denn, so sprich doch nur, denn Du ängstigst mich ja mehr mit Deinem Schweigen, als wenn Du mir das Schlimmste gleich vornheraus erzählst – dem Hans fehlt doch Nichts?«

»Was soll dem Hans fehlen, närrische Frau – wenn's aufhört zu gießen wird er schon kommen.«

»Und was ist's denn? – gelt, Du sagst mir's?«

»Ich muß Dir's wohl sagen«, seufzte der Mann, »nun sieh Hanne, ich meine – ich habe so darüber nachgedacht, daß es jetzt hier in Deutschland immer schlechter wird mit uns – und daß wir's zu Nichts mehr bringen können, trotz aller Arbeit, trotz allem Fleiß, und daß jetzt – daß jetzt doch so viele Menschen hinüber ziehen – «

»Hinüber ziehen?« frug die Frau erstaunt, fast erschreckt, und legte die Hand fest auf's Herz, als ob sie die aufsteigende Angst und Ahnung über etwas Großes, Schreckliches da hinunter und zurückdrücken wolle, eh sie zu Tage käme – »wo hinüber Gottlieb?«

»Nach Amerika«, sagte der Mann leise – so leise daß sie das Wort wohl nicht einmal verstand, und nur an der Bewegung der Lippen es sah und errieth. Wie ein Schlag aber traf sie die Wirklichkeit ihres Verdachts, und ohne ein Wort zu erwiedern, ohne eine Sylbe weiter zu sagen, setzte sie sich auf den, dicht am Ofen stehenden Stuhl, deckte ihr Gesicht mit der Schürze zu und saß eine lange, lange Weile still und regungslos. Auch der Mann wagte nicht zu sprechen – er hatte den Gedanken wohl schon eine Zeit lang mit sich herumgetragen, aber sich immer davor gefürchtet ihm Worte zu geben, sogar gegen sich selbst, wie viel weniger denn gegen die Frau. Jetzt war es heraus, und er betrachtete nur scheu die Wirkung die er hervorgebracht.

Auch die alte Mutter saß, mit der Hand auf dem Rad das sie im Drehen aufgehalten, und horchte nach den Beiden hinüber, was sie mitsammen hatten, und wie die so still waren und kein Wort mehr sprachen, mochte es ihr auch unheimlich vorkommen und sie sagte laut und mürrisch:

»Nun Gottlieb was giebt's – was hast wieder Du mit der Hanne – was habt Ihr denn daß Ihr so still und heimlich thut – macht Einem nicht auch noch Angst unnützer Weise – was ist nun wieder los?«

»Ja Mutter«, sagte der Mann jetzt, der sich gewaltsam Muth faßte über das, was nun doch nicht länger mehr verschwiegen bleiben konnte und besprochen werden *mußte*, auch laut zu reden, daß er's vom Herzen herunter bekam – »es geht mit uns hier den Krebsgang, und ich habe eben zu Hannen gesagt daß uns zuletzt nichts anderes übrig bleiben würde als – als es eben auch wie andere zu machen, und – «

»Und? – und was zu machen?« frug die alte Frau gespannt –

»Als *auszuwandern*«, sagte der Mann mit einem plötzlichen Ruck und seufzte dann tief auf, als ob er selber froh wäre es los zu sein.

»Herr Du meine Güte!« rief die alte Frau, ließ die Hände erschreckt in den Schooß sinken und lehnte sich in ihren Stuhl zurück, während ihr alle Glieder am Leibe flogen – »Herr Du meine Güte!« wiederholte sie noch einmal, und die Finger falteten sich unwillkürlich zusammen, so hatte sie der Schreck getroffen.

»Auswandern«, sagte aber auch jetzt Gottliebs Frau mit tonloser Stimme, und ließ die Schürze vom Gesicht herunterfallen – »auswandern, das ist ein schweres – schweres Wort Gottlieb – hast Du Dir das auch recht – recht reiflich überlegt?«

»Tag und Nacht die ganze letzte Woche hindurch«, rief aber der Mann, der jetzt, da das Eis einmal gebrochen war, wieder Leben und Wärme gewann. »Wie ein Mühlstein hat's mir auf der Seele gelegen, und ich habe lange und tapfer dagegen angekämpft, aber es wäre das Beste für uns, was wir auf der weiten Gotteswelt thun könnten; und wenn auch nicht einmal für uns, wenn wir selber auch schwere und bittere Zeiten durchzumachen hätten, doch für die Kinder, die einmal den Segen erndten, den wir mit unserem Schweiß, unseren Thränen gesäet.«

»Auswandern? ja«, sagte aber jetzt die Großmutter, mit dem Kopfe nickend und schüttelnd, als ob sie den schrecklichen Gedanken wieder von sich abwerfen wollte – »ja wohin es euch lüstet, aber erst wenn ich todt bin. Die paar Tage müßt Ihr noch hier bleiben die ich noch zu leben habe, oder sonst schlagt mich todt, werft mich in's Wasser, oder schlagt mich mit dem Beil auf den Kopf daß ich fortkomme, und hier auf dem Kirchhof unter der alten Linde liegen kann, wo der Leberecht liegt. In der Welt könnt Ihr mich doch nicht mehr umherschleppen, und nutz bin ich auch Nichts mehr, wie das mit zu verzehren was andere verdienen. Wenn Ihr jetzt fort wollt schlagt mich vorher todt.«

»Ach Mutter wenn Sie nur nicht gar so häßlich reden wollten«, sagte die Frau traurig, während der Mann wieder zum Tisch ging, sich dort auf den Stuhl setzte, und den Kopf in die Hand stützte – »Sie sind noch wohl und rüstig und werden, will's Gott, noch manches Jahr leben und sich Ihrer Kinder freuen. Wo die dann hin ziehen und sich ihr Brod suchen müssen, da gehören Sie auch hin, und was die verdienen, das haben Sie auch verdient mit Mühe und Noth und banger Sorge schon vor langen Jahren, wie wir noch klein und unbehülflich waren, wie unsere Kinder jetzt.«

»Wozu mich mitnehmen«, sagte aber die Frau, störrisch dabei mit dem Oberkörper herüber und hinüber schwankend, »unterwegs müßtet Ihr mich doch aus dem großen Schiff hinaus in's Wasser werfen, die Fische zu füttern. Bleibe im Lande und nähre Dich redlich, das ist *mein* Spruch und meines Leberecht Spruch von alter Zeit her gewesen, und wir haben uns wohl dabei befunden, aber das junge Volk jetzt will immer alles anders haben, will oben zur Decke 'naus und fliegen und schwimmen, anstatt hübsch auf der Erde und im alten Gleis zu bleiben. Warum ist's denn früher gegangen? – nein Gott bewahre, jetzt soll Alles mit Eisenbahnen und Dampf gehen und keine Geduld, keine Ausdauer mehr; nur fort, immer gleich fort, in die Welt hinein und mit dem Kopf gegen die Wand – schlagt mich todt, dann seid Ihr mich los und könnt hingehn wohin Ihr wollt.«

Und die alte Mutter stand auf, rückte ihr Spinnrad bei Seite, und humpelte, noch immer vor sich hin murmelnd und grollend, aus der Stube hinaus.

»Sie meint es nicht so bös, Gottlieb«, sagte die Frau zu dem Mann tretend und ihre Hand auf seine Schulter legend, »es ist eine alte Frau die an ihrer Heimath mit ganzem Herzen hängt und sich vor der Reise fürchtet.«

»Und Du nicht, Hanne?« rief der Mann sich rasch nach ihr umdrehend, und ihre Hand ergreifend – »Du nicht? Du würdest Dich dazu entschließen können unsere Heimath hier, unser Häuschen, unser Feld zu verlassen, und mit mir und den Kindern über das weite Meer zu fahren, in eine fremde Welt?«

Die Frau schwieg und ihre Hand zitterte in der des Mannes – endlich sagte sie leise – »So weit fort? – und muß es denn sein, ist es denn gar nicht möglich mehr, daß wir hier gut und ehrlich durchkommen durch die Welt, wenn wir uns auch ein Bischen knapper einrichten wie bisher? Ach Gottlieb, es ist gar hart so von zu Hause fortzugehn, die Thür zuzuschließen und zu denken daß man nun nie und nimmer wieder dahin zurückkommt – «

Der Mann nickte traurig mit dem Kopf und sagte endlich:

»Du hast recht Hanne; es ist ein schwerer, recht schwerer Schritt, und man sollte ihn sich wohl vorher überlegen ehe man ihn thut, denn zurück kann man nicht wieder, wenn man nicht wenigstens Alles opfern will, was Einem bis dahin noch zu eigen gehört hat. Thun wir aber recht nur allein an uns zu denken? – Sieh, wir schleppen uns vielleicht noch wenn auch kümmerlich, doch ehrlich, durch, bis wir einmal sterben, und wenn es auch hart ist, daß es Einem nachher im Alter schlechter gehn soll wie in der Jugend, brauchten wir doch gerade keine Furcht zu haben daß wir verhungerten; aber die Kinder – die Kinder – was wird aus denen? Unser kleines Grundstück ist die Jahre über kleiner und kleiner geworden; mit dem Geschäft geht's auch kümmerlicher wie bisher – neue, geschicktere Arbeiter, junge Burschen die noch keine Familie haben und weniger brauchen, sitzen in den Dörfern herum, und die Fabriken und Maschinen geben uns ohnedies den Todesstoß. Stahl und Holz braucht Nichts zu essen und arbeitet unermüdet Tag und Nacht durch, und die Räder und Walzen und Hämmer klopfen und drehen und schwingen ununterbrochen fort gegen den Schweiß des armen Arbeiters der darüber zu Grunde geht. Ich murre auch nicht darüber, es muß wohl schon so recht sein, denn Gott hat's den Menschen selber gelehrt und die Welt muß vorwärts gehn – wir älteren Leute können uns aber eben nicht mehr darein schicken, können nichts Anderes mehr ergreifen, und wieder von vorne anfangen, wenigstens hier im Lande nicht wo Einem die Hände nach allen Seiten hin gebunden sind, und darum ist mir der Gedanke gekommen auszuwandern. Da drüben über dem Weltmeere hat der liebe Herr Gott noch einen großen gewaltigen Fleck Erde liegen, für uns arme Leute bestimmt, den Maschinen und Räderwerken zu entgehn; dort haben wir Platz uns zu bewegen, und wer nur da ordentlich arbeiten will hat nicht allein zu leben, sondern kann auch vielleicht für sich und die Kinder was vorwärts bringen und braucht sich nicht mehr vor der Zukunft zu fürchten und vor Hunger und Noth. Wenn wir nicht auswandern, was bleibt unsern Kindern da einmal anders übrig, als in Dienst zu gehn und sich bei fremden Leuten doch herumzuschlagen ihr Lebelang.«

»Und die Mutter?« sagte die Frau, sich ängstlich nach der Thüre umsehend – »was würde aus der alten Frau auf dem Meere?«

»Was aus so vielen alten Frauen da wird, liebes Herz«, sagte aber der Mann, augenscheinlich mit froherem, freudigeren Herzen, als er bei dem eigenen Weib nicht den Widerstand fand, den er vielleicht gefürchtet – »sie gewöhnen sich an das neue Leben, sobald sie das alte nicht mehr um sich sehen, und die Seeluft soll kräftigen und stärken.«

»Aber sie wird nicht mit uns wollen.«

»Sie wird ihre Kinder nicht verlassen«, tröstete sie der Mann, »und ohne sie dürften wir ja auch gar nicht fort.«

Die Frau reichte ihm schweigend die Hand, die er herzlich drückte, und wandte sich dann, und wollte eben das Zimmer verlassen, als draußen Jemand die Thür aufriß und in das Haus trat. Das Unwetter hatte jetzt seinen höchsten Grad erreicht, und der Regen schlug in ordentlichen Güssen gegen die Fenster an, während der Wind die Wipfel der Bäume herüber und hinüber schüttelte und die Blüthen von den Zweigen riß mit rauher Hand.

»Schönen Gruß mit einander«, sagte dabei eine rauhe Stimme, während die Stubenthür halb geöffnet wurde – »darf man hinein kommen?«

»Gott grüß Euch«, sagte die Frau – »kommt nur herein, bei dem Wetter ist's bös draußen sein – es tobt ja, als ob der letzte Tag hereinbrechen sollte.«

Der Fremde hing seinen Hut und Mantel draußen ab und trat mit nochmaligem Gruß in die Stube.

»Gott grüß Euch«, sagte auch Gottlieb – »da, nehmt Euch einen Stuhl und setzt Euch zum Ofen; es ist heut unfreundlich draußen, und man kann ein Bischen Feuer brauchen.«

»Sauwetter verdammtes«, fluchte der Mann, als er der Einladung Folge geleitet und sich die nassen Haare aus der Stirne strich – »ich wollte erst sehen daß ich die Schenke erreichte; hier um die Ecke herum kam der Wind aber so gepfiffen daß er mich bald von den Füßen hob, und es war gerade als ob sie Einem von da oben einen Eimer voll Wasser nach dem andern entgegen gossen. Schönes Wetter für Enten, aber für keine Menschen.«

Es war eine rauhe, kräftige Gestalt, der Mann, mit krausem dicken schwarzen Bart und ein paar tiefliegenden unstäten Augen, in einen groben braunen Tuchrock gekleidet, wie ihn die Fleischer nicht selten auf dem Lande tragen. Die ebenfalls braunen Hosen hatte er dabei heraufgekrempelt, bis fast unter das Knie, mit seinen derben Wasserstiefeln besser durch alle Pfützen und Schlammwege hindurch zu können; die aus ungeborenem Kalbfell gemachte Weste war ihm bis an den Hals hinauf zugeknöpft, und eine lange silberne Kette, an der die in der Westentasche steckende Uhr befindlich war, hing ihm darüber hin.

»Ihr seid wohl weit von hier zu Haus?« frug Gottlieb nach einer längeren Pause, in der er den Mann und dessen Äußeres flüchtig nur betrachtet hatte – »hab' Euch wenigstens noch nicht hier bei uns gesehen.«

»Zehn Stunden etwa«, sagte der Fremde, seine Pfeife jetzt aus der Brusttasche seines Rockes nehmend und mit Stahl und Schwamm, den er bei sich führte, entzündend – »wie weit ist's noch bis Heilingen.«

»Eine tüchtige Stunde – wenn der Weg jetzt nicht so schrecklich wäre, könnte man's recht bequem in kürzerer Zeit gehn.«

»Hm – ist noch verdammt weit, puh wie das draußen stürmt; und die Pflaumenblüthen pflückt's beim Armvoll herunter – Pflaumenmuß wird theuer werden nächsten Herbst.«

»Das weiß Gott«, sagte Gottlieb – »es wird Alles theuer, immer mehr jedes Jahr, langsam aber Sicher.«

»Bah, es geschieht denen recht die hier bleiben, wenn sie nicht hier bleiben müssen; 's giebt Plätze die besser sind.«

»Wollt Ihr auch auswandern?« sagte Gottlieb rasch.

»Auswandern? – nach Amerika? – hm – ich weiß noch nicht«, brummte der Fremde, sich den Bart streichend – »es wäre aber möglich daß sie Einen noch dazu trieben. Sind das Euere Kinder?«

»Ja. – «

»Habt Ihr noch mehr?«

»Noch einen Jungen von elf und ein halb Jahr.«

»Und Ihr seid ein Weber?« sagte der Fremde mit einem Blick auf den Webstuhl – »auch schwere Zeiten für derlei Arbeit, mit einer Familie durchzukommen.«

»Ja wohl, schwere Zeiten«, seufzte Gottlieb, als in diesem Augenblick die Thür draußen wieder aufging und die Mutter laut ausrief: –

»Der Hans, lieber Himmel kommt der in dem Wetter.«

Es war Hans, der älteste Sohn des Webers, durch und durch naß, aber mit frischem gesunden Gesicht und rothen Backen, auf denen das Regenwasser in großen Perlen stand.

»Guten Tag mit einander«, sagte er, als er in's Zimmer trat und die triefende Mütze vom Kopf riß – »guten Tag Mutter.«

»Guten Tag Hans, aber wo um Gottes Willen kommst Du in dem Regen her; warum hast Du das Wetter nicht bei Lehmann's abgewartet?«

»Es wurde mir zu spät Mutter und ich war hungrig geworden; habe auch noch heute Abend dem Vater etwas zu helfen.«

»Ein derber Junge«, sagte der Fremde, der sich den Knaben indeß mit finsterem Blick betrachtet hatte – »kann wohl schon ordentlich mit arbeiten.«

»Ach ja, er packt tüchtig mit zu«, sagte der Vater – »lieber Gott in jetziger Zeit muß Alles mit Brod verdienen helfen.«

»Die Kinder fressen Einen arm«, sagte der Fremde.

»Habt Ihr Kinder?« frug Gottlieb.

»Ich? – hm, ja«, sagte der Fremde nach einer Pause – »könnte noch Jemandem abgeben davon.«

»Ich möchte keins hergeben«, sagte die Frau rasch, und küßte das Jüngste, das sie eben wieder aufgenommen hatte um es zu füttern, »Kinder sind ein Segen Gottes.«

»Ja – so sprechen die Leute wenigstens«, sagte der Fremde trocken, »aber ich glaube es läßt nach mit Regnen; ich werde die Schenke wohl jetzt erreichen können.«

»Wollt Ihr nicht vielleicht erst eine heiße Tasse Kaffee trinken?« frug die Frau, das Kind auf dem linken Arm, zum Ofen gehend, die dort warmgestellte Kanne wieder vorzuholen.

»Danke, danke«, sagte aber der Fremde abwehrend – »kann das warme Zeug nicht vertragen; ein Glas Branntwein ist mir lieber.«

»Das thut mir leid«, sagte der Mann, »den kann ich Euch nicht anbieten; ich habe keinen im Hause.«

»Thut auch Nichts«, lachte der Fremde; »so lange halt ich's schon noch aus. Sind doch hülflose Dinger so junge Menschen, ehe sie die Kinderschuh ausgetreten haben«, setzte er dann hinzu, als das Jüngste das Mäulchen nach dem schon einmal gereichten Löffel vorstreckte – »was machte nun so ein jung Ding, wenn man es hinsetzte und sich selber überließe.«

»Ach Du lieber Gott«, sagte die Frau bedauernd – »so ein armer Wurm müßte ja elendiglich umkommen.«

»Bis den Nachbarn das Geschrei zu arg würde und sie kämen und es fütterten«, lachte der Andere.

»Dafür haben die Kinder Eltern«, sagte die Frau, das kleine, die Ärmchen zu ihr ausstreckende Mädchen liebkosend und küssend, »die sorgen schon dafür daß kein Nachbar danach zu sehen braucht.«

»Wenn die aber einmal plötzlich stürben, wie dann?« frug der Fremde, mit einem Seitenblick auf die Frau, indem er seinen Rock wieder zuknöpfte und sich zum Gehen rüstete.

»Dann ist Gott im Himmel«, sagte Hanne, mit einem frommen vertrauungsvollen Blick nach oben.

»Ja, das ist wahr«, sagte der Fremde mit einem leichtfertigen Lächeln, »der hat allerdings die große Kinderbewahranstalt. Aber es hat wirklich aufgehört mit Gießen«, unterbrach er sich rasch, »den Augenblick will ich doch lieber benutzen. So schön Dank für gegebenes Quartier Ihr Leute, und gut Glück.«

»Bitte, Ihr habt für Nichts zu danken, behüt' Euch Gott«, sagte Gottlieb freundlich.

»Behüt' Euch Gott«, sagte auch die Frau, und der Mann, ihnen noch einmal zunickend, nahm draußen wieder den nassen Mantel um, drückte sich den breiträndigen Hut in die Stirn, griff einen derben Knotenstock, der daneben in der Ecke lehnte, auf, und verließ rasch das Haus, die Richtung nach der Schenke einschlagend.

»Mich freut's daß er fort ist«, sagte die Frau, die dem Knaben gerade das Essen auf den Tisch setzte und den Kaffee einschenkte – »bewahr uns Gott, was hatte der Mann für ein finstres Gesicht und ein barsches Wesen; nicht schlafen könnt' ich die Nacht, wenn ich den unter einem Dach mit mir wüßte. In dem Gesicht liegt auch nichts Gutes – und wie er fluchte und über die Kinder sprach – ob er nur wirklich selber welche hat.«

»Er sagt's ja«, bestätigte Gottlieb – »aber mir schien's ein Fleischer zu sein, seinem Gewerbe nach, und die sind immer rauh und derb, meinen's aber nicht immer so bös.«

»So bess're ihn Gott«, sagte die Frau mit einem Seufzer, »und je seltener er unseren Weg kreuzt, desto besser.«

7. Nach Amerika

»Nach Amerika!« – Leser, erinnerst Du Dich noch der Märchen in »Tausend und eine Nacht«, wo das kleine Wörtchen »Sesam« dem, der es weiß, die Thore zu ungezählten Schätzen öffnet? hast Du von den Zaubersprüchen gehört, die vor alten Zeiten weise Männer gekannt, Geister heraufzurufen aus ihrem Grab, und die geheimen Wunder des Weltalls sich dienstbar zu machen? – Mit dem ersten Klang der einfachen Sylbe schlugen, wie sich die Sage seit Jahrhunderten im Munde des Volkes erhalten, Blitz und Donner zusammen, die Erde bebte, und das kecke, tollkühne Menschenkind das sie gesprochen, bebte zurück vor der furchtbaren Gewalt die es heraufbeschworen.

Die Zeiten sind vorüber; die Geister, die damals dem Menschengeschlecht gehorcht, gehorchen ihm nicht mehr, oder wir haben auch vielleicht das rechte Wort vergessen sie zu rufen – aber ein anderes dafür gefunden, das kaum minder stark mit *einem* Schlage das Kind aus den Armen der Eltern, den Gatten von der Gattin, das Herz aus allen seinen Verhältnissen und Banden, ja aus der eigenen Heimath Boden reißt, in dem es bis dahin mit seinen stärksten, innigsten Fasern treulich festgehalten.

»Nach Amerika«, leicht und keck ruft es der Tollkopf trotzig der ersten schweren, traurigen Stunde entgegen, die seine Kraft prüfen sollte, seinen Muth stählen – »nach Amerika«, flüstert der Verzweifelte der hier am Rand des Verderbens dem Abgrund langsam aber sicher entgegen gerissen wurde – »nach Amerika«, sagt still und entschlossen der Arme, der mit männlicher Kraft und doch immer und immer wieder vergebens, gegen die Macht der Verhältnisse angekämpft, der um sein »tägliches Brod« mit blutigem Schweiß gebeten – und es nicht erhalten, der keine Hülfe für sich und die Seinen hier im Vaterlande sieht, und doch nicht betteln *will*, nicht stehlen *kann* – »nach Amerika« lacht der Verbrecher nach glücklich verübtem Raub, frohlockend der fernen Küste entgegen jubelnd, die ihm Sicherheit bringt vor dem Arm des beleidigten Rechts – »nach Amerika«, jubelt der Idealist, der wirklichen Welt zürnend, weil sie eben wirklich ist, und über den Ocean drüben ein Bild erhoffend, das dem, in seinem eigenen tollen Hirn erzeugten, gleicht – »nach Amerika« und mit dem einen Wort liegt hinter ihnen, abgeschlossen, ihr ganzes früheres Leben, Wirken, Schaffen – liegen die Bande die Blut oder Freundschaft hier geknüpft, liegen die Hoffnungen die sie für hier gehegt, die Sorgen die sie gedrückt – *»nach Amerika!«*

So gährt und keimt der Saame um uns her – hier noch als leiser, kaum verstandener Wunsch im Herzen ruhend, dort ausgebrochen zu voller Kraft und Wirklichkeit, mit der reifen Frucht seiner gepackten Kisten und Kasten. Der Bauer draußen hinter seinem Pflug, den der nahe Grenzrain der ihn zu wenden und immer wieder zu wenden zwingt noch nie so schwer geärgert, und der im Geist schon die langen geraden Furchen zieht, weit über dem Meer drüben, in dem fetten, herrlichen Land; – der Handwerker in seiner Werkstatt, dem sich Meister nach Meister in die Nachbarschaft setzt mit Neuerungen und großen, marktschreierischen Firmen, die wenigen Kunden die ihm bis dahin noch geblieben in *seine* Thür zu locken; der Künstler in seinem Atelier, oder seiner Studirstube, der über einer freieren Entwickelung brütet, und von einem Lande schwärmt wo Nahrungssorgen ihm nicht Geist und Hände binden; – der Kaufmann hinter seinem Pult, der Nachts, allein und heimlich, die Bilanz in seinen Büchern zieht und, das sorgenschwere Haupt in die Hand gestützt, von einem neuen, andern Leben, von lustig bewimpelten Schiffen, von reich gefüllten Waarenhäusern träumt; in Tausenden von ihnen drängt's und treibt's und quält's, und wenn sie auch noch vielleicht Jahre lang nach außen die alte frühere Ruhe wahren, in ihren Herzen glüht und glimmt der Funke schon – ein stiller aber ein gefährlicher Brand. Jeder Bericht über das ferne Land wird gelesen und überdacht, neue Arzenei, neues Gift bringend für den Kranken. Vorsichtig und ängstlich, und weit herum um ihr Ziel, daß man die Absicht nicht errathen soll, fragen sie versteckt nach dem und jenem Ding – nach Leuten die vordem »hinüber« gezogen und denen es gut gegangen – nach Land- und Fruchtpreis, Klima, Boden, Volk – für Andere natürlich, nicht für sich etwa – sie lachen bei dem Gedanken. Ein Vetter von ihnen will hinüber, ein entfernter Verwandter oder naher Freund, sie wünschen daß es dem wohl geht, und häufen mehr und mehr Zunder für sich selber auf.

So ringt und drängt und wühlt das um uns her; keiner ist unter uns, dem nicht ein lieber Freund, ein naher Verwandter den *salto mortale* gethan, und Alles hinter sich gelassen, was ihm einst lieb und theuer war – aus dem, aus jenem Grund – und täglich, stündlich noch hören wir von anderen, von denen wir im Leben nie geglaubt daß *sie* je an Amerika gedacht, wie sie mit Weib und Kind, mit Hab' und Gut hinüberziehn. Und *dort*? – noch liegt ein dichter Schleier über ihrem Schicksal dort, doch Gottes Sonne scheint ja überall – Dir aber lieber Leser, greif ich aus dem Leben noch hie und da ein paar Freunde heraus, die wir begleiten wollen auf dem weiten Weg.

Oben in der Brandstraße – nicht weit vom Brandthor entfernt, und dem Gasthaus zum Löwen schräg gegenüber, wohnte Professor Lobenstein mit seiner Familie, in der ersten Etage eines, zwar sehr alten, aber auch sehr wohnlich eingerichteten Hauses, das ihm eigen gehörte.

Der Professor war ein Mann, gerade an der anderen Seite der »besseren Jahre«, etwa einundfünfzig alt, aber rüstig und gesund, nur erst mit einzelnen grauen Haaren zwischen den rabenschwarzen Locken, die ihm über die bleiche, aber hohe und geistvolle Stirn fielen, wie mit fast jugendlichem, elastischem Gang und Wesen. Ein tüchtiger Kopf dabei, hatte er *jura* und *cameralia* studirt, und einen großen Schatz von Kenntnissen aufgehäuft; auch in manchem, mit schweren mühsamen Nachtwachen erkauften Werk der Welt, der undankbaren Welt das Resultat seiner Studien und Forschungen gebracht und dargelegt. Unzufrieden aber mit dem Erfolg, und der kalten Aufnahme die es gefunden, wandte er sich später wieder von den bis dahin bevorzugten juristischen Wissenschaften ganz ab und allein seinem Lieblingsstudium den Cameralien zu, in denen er besonders der Gewerbskunde seine Thätigkeit widmete, auch mit einem Buchhändler in Heilingen eine Gewerbszeitung gründete und herausgab.

Hierin hatte er Unglück; der Buchhändler machte bankerott und er übernahm die Zeitung, mit ziemlich großen Verlusten schon, allein.

So vortrefflich aber Professor Lobenstein in der Theorie seiner Wissenschaft bewandert sein mochte, so wenig sattelfest war er es in der Praxis, und seine Zeitung wollte und wollte keinen Boden gewinnen. Mit fabelhaftem Fleiß suchte er dem zu begegnen, umsonst – umsonst auch daß er Capital nach Capital in das, zuletzt nur noch zur Ehrensache gewordene Unternehmen steckte. Sein Haus bekam Hypothek auf Hypothek und mit einer höchst ungünstigen politischen Periode, in der ihm eine große Anzahl Abonnenten absprang, trafen ihn auch so bedeutende pecuniäre Verluste, daß er sich endlich genöthigt sah sein Blatt vollständig aufzugeben. Es war das das schwerste Opfer, das er bis dahin gebracht.

Professor Lobenstein hatte eine ziemlich starke Familie, eine Frau, zwei erwachsene Töchter von siebzehn und zwanzig Jahren, einen Sohn von achtzehn, und zwei kleinere Kinder, einen Knaben von acht und ein Mädchen von sieben Jahren. Wenn auch nicht in Reichthum doch in einem gewissen Wohlstand erzogen, war aber der Familie bis jetzt das schwere Wort »*Nahrungssorgen*« fremd geblieben; der Professor hatte immer, was man so nennt, ein Haus gemacht, und sich in einem Umgangskreis bewegt, der ihnen schon an und für sich eine gewisse Verpflichtung auferlegte Manches mitzumachen, was seinen, sonst mehr einfachen Neigungen eben nicht Bedürfniß schien. Das Alles sollte, ja *mußte* sich jetzt ändern, denn wenn er auch aus den Trümmern seines Vermögens, nach allen erlittenen Verlusten, einen kleinen Theil zu retten vermochte, genügte der nicht, das bisherige Leben fortzuführen. Die Wahl blieb ihm jetzt allein, von Neuem eine Laufbahn mit geringeren Mitteln anzufangen, und sich und den Seinen schwere und ungewohnte Entbehrungen an einem Orte aufzuerlegen, wo ihn Alles und Jedes an frühere und bessere Zeiten erinnerte oder – es war eine schwere Stunde in der ihm das Bild zum ersten Mal vor die Seele stieg – in einem anderen Welttheil, ungekannt, aber auch nicht bemitleidet oder verspottet, ein vollkommen neues *Leben* zu beginnen.

Aber die Frauen? – würden sie den Mühseligkeiten einer so langen Reise, einer Ansiedlung drüben in einem noch wilden Lande gewachsen sein? – Daß er selber die Beschwerden eines solchen Lebens leicht ertragen würde, daran zweifelte er keinen Augenblick; er hatte so viel über Amerika gelesen, sich mit den dortigen Verhältnissen aus allen erschienenen Schriften so vertraut gemacht, daß er Alles kannte was ihn dort erwartete, und einem derartigen Wirken eher mit Freude und Lust, als Bangen entgegenging; aber durfte er seine Frau all den sie erwartenden Unbequemlichkeiten und Strapatzen aussetzen? durfte er seine Töchter aus ihrem geselligen glücklichen Leben reißen, und ihnen mit einem Schlage alle jene Vergnügungen entziehen, die ihnen hier schon mehr als Erholung, die ihnen fast Bedürfniß geworden?

Einen langen und schweren Kampf kämpfte er mit sich selber, Monate lang, und er wurde alt in der Zeit; die Augen lagen tief in ihren Höhlen und seine Züge bekamen etwas Mattes und Abgespanntes, das sie sonst, in seiner schwersten Arbeitszeit noch nie gehabt. Wenn auch die Kinder dabei sich leicht mit einem vorgeschützten Unwohlsein beruhigen ließen, dem scharfen Blick der Gattin entging die Sorge nicht, die an seinem Herzen heimlich, aber desto gewaltiger nagte, und ihren dringenden, ängstlichen Bitten konnte er zuletzt nicht länger widerstehen. Was sie doch zuletzt hätte erfahren *müssen*, vertraute er ihr an und wenn es die arme Frau auch wie ein Schlag aus heiterem Himmel traf, nahm sie das Ganze doch viel ruhiger auf als er erwartet, gefürchtet, und damit eine schwere Last von *seinem* Herzen – auf das ihre. Aber leichter trägt sich die getheilte, und bereden konnten sie jetzt zusammen was zu thun, welchen Weg zu gehen, die Möglichkeit besprechen die sich hier ihrem Leben bot, die Möglichkeit erwägen, die ihnen dort eine andere freiere Zukunft öffnete. Und die Kinder? wohin Mütter und Vater gingen folgten die ja gern; nur die Scene wechselte für sie, anderen, vielleicht selbst bunteren Bildern Raum zu geben, und Kummer und Sorge kannten die ja nicht.

An demselben Abend waren die beiden ältesten Töchter zu einem kleinen Fest, dem Geburtstag einer Freundin, eingeladen und hatten schon den ganzen Tag mit rastlosen Fingern an dem bunten blitzenden Ballstaat genäht. Der Vater begleitete sie dorthin, nur die Mutter blieb daheim, Kopfschmerz vorschützend, und die Sorge um das jüngste Kind, das mit einem leichten Unwohlsein in seinem Bettchen lag. Aber gegen zehn Uhr schlummerte es sanft und ruhig auf dem weichen Lager ein, und daneben, das sorgenschwere Haupt in die Hand gestützt, saß die Mutter und weinte – weinte als ob sie mit dieser Thränenfluth all den Gram und Kummer fortwaschen wollte, der jetzt, ein dunkler Wolkensaum, am Horizonte ihres Glücks erschien, und wild und drohend höher und höher stieg.

Lachend und plaudernd kehrten die Töchter, mit dem Vater spät in der Nacht zurück; den leichten, sorglosen Herzen lag die Welt noch, ein weiter Garten offen da, und was etwa an wuchernden Giftpflanzen dazwischen stand, mischte noch sein fastgrünes Laub, dem jungen Auge nicht erkennbar, mit Blum' und Blüthenpracht.

Aber der Moment näherte sich auch, wo mit der vorgerückten Jahreszeit all' die nöthigen und mannichfaltigen Vorbereitungen zu einer so langen Reise, zu einer gänzlichen Umgestaltung aller ihrer Verhältnisse, getroffen werden *mußten*; auch schien die Zeit eine passende für den Sohn, der, von der Schule gerade abgegangen, eben sein Abiturienten-Examen glücklich bestanden hatte. Der Vater wünschte allerdings daß er hier erst studiren, und ihnen dann später, wenn er etwas Tüchtiges gelernt, vielleicht folgen sollte, dachte ihm aber doch die freie Wahl zu lassen, und seinem Herzen keinen Zwang aufzuerlegen.

Am nächsten Morgen nach dem Balle nun – es war spät mit Aufstehn geworden nach der durchschwärmten Nacht und die zweite Tochter Marie eben erst zum Kaffee herübergekommen, während der Sohn das Haus schon, irgend eines notwendigen Ganges wegen verlassen hatte – saß der Vater, ungewohnter Weise nicht in seiner Studirstube an der Arbeit, sondern im Sopha, aus der langen Pfeife den Dampf in weißen Kräußelwolken von sich blasend, und die Mutter am Nähtisch, Kleider ausbessernd für das Jüngste, das in seinem herübergeschafften Bettchen wieder mit klaren Augen seine Puppe schaukelte.

»Schon ausgeschlafen, Väterchen?« sagte Marie als sie, etwas beschämt, die Letzte am Kaffeetische Platz genommen, »ich habe wohl recht lange heut geschlafen, aber – was ist Dir denn? – und der Mutter auch?« – rief sie vom Stuhl wieder aufspringend, als sie das ungewohnte ernste Wesen der Eltern gewahrte – »bist Du böse auf mich, Mütterchen?«

»Nein mein Kind«, sagte diese und zwang ein Lächeln auf die Lippen, »aber der Vater hat Euch etwas recht Ernstes heute zu sagen, etwas von dem wir noch nicht wissen, ob es Euch betrüben wird oder nicht.«

»Der Vater?« rief Marie erschreckt, und auch Anna, die älteste Tochter, sah ängstlich zu ihm auf; Professor Lobenstein aber, so in die Enge und zum Äußersten getrieben, hustete, paffte den Dampf ein paar Mal scharf vor sich hin, die Pfeife ordentlich in Gluth zu bringen, und sagte:

»Ja Kinder, Ihr wißt – wir – wir haben doch in den letzten Tagen viel über Nord-Amerika gesprochen, und auch Manches gelesen – «

»Ja, die herrlichen Romane von Cooper«, rief Marie rasch.

»Und die schrecklichen Berichte im Tageblatt«, lächelte Anna.

»Der Doctor Haide ist ein Esel«, sagte der Professor, den Rauch wieder ein paar Mal rasch ausstoßend – »wenn der hätte in Amerika ordentlich arbeiten wollen, brauchte er sich jetzt nicht von einer Winkeladvocatur und vom Schimpfen auf freisinnige Leute zu ernähren; über dessen Berichte wollen wir uns keine Sorgen machen, aber – « er schwieg wieder einen Augenblick und sah, wie furchtsam, nach der Frau hinüber. Die jedoch arbeitete um so emsiger weiter, und selber mit dem Bedürfniß dem, was ihn schon so lange gedrückt, endlich einmal Worte zu geben, fuhr er rasch fort – »ich habe eine Frage an Euch zu thun, Kinder – Hättet Ihr – hättet Ihr wohl selber Lust hinüber nach – nach Amerika zu gehn?«

»Nach Amerika?« rief Anna rasch und auch wohl erschreckt. Marie aber sprang auf, schlug in die Hände und rief jubelnd:

»Nach Amerika? oh das wäre ja prächtig – das wäre herrlich – nicht wahr da sind auch Bälle, Väterchen?«

Die Mutter seufzte tief auf und der Vater zog wieder, etwas verlegen an der Bernsteinspitze.

»Hm – ich weiß nicht«, sagte er langsam mit dem Kopf schüttelnd – »wo wir im Anfang hinwollten, werden wohl keine sein. Hängst Du so an Bällen, Marie?«

»Ich tanze gern«, lächelte das junge fröhliche Mädchen etwas verlegen und schüchtern.

»Nun tanzen wirst Du dort hoffentlich auch können, mein Kind«, sagte der Vater freundlich – »wenn auch nicht gerade gleich auf solchen Bällen wie wir sie hier gewohnt sind – das Leben ist dort einfacher.«

»Oh, und bis zum nächsten Fasching sind wir gewiß auch wieder zurück«, rief Marie.

Der Vater schwieg erst eine kleine Weile, und sagte dann leise aber entschlossen.

»Wir wollen *ganz* hinüberziehn, mein Kind.«

»Auswandern?« rief die ältere Schwester fast erschreckt – das Wort, dessen Bedeutung sie noch gar nicht vollkommen verstand, traf sie mit einem unbekannten ahnenden Gefühl von Schmerz und Leid – »und die Mutter?«

»Ihr werdet mich doch nicht wollen allein zurücklassen?« lächelte die Frau, sich gewaltsam zwingend über den Schmerz dieser Stunde.

»Mutter!« sagte Anna, warf die Arme um ihren Nacken und küßte sie.

»Und Eduard?« frug Marie.

»Bleibt, wenn er meinem Rathe folgt, noch hier bis er ausstudirt und etwas ordentliches gelernt hat«, sagte der Vater – »wo nicht, hat er seinen freien Willen und mag uns begleiten; sowie er zu Hause kommt werde ich mit ihm sprechen.«

»Aber – « rief Marie – »wer verwaltet unterdessen unser Haus?«

»Wenn wir einmal fort sind von hier«, sagte der Professor ausweichend, »kann uns auch das Haus nichts mehr nützen, und ich werde es verkaufen.«

»*Verkaufen*? – unser Haus und den Garten?« riefen Maria und Anna fast wie aus einem Munde erschreckt und rasch –

»Unser freundliches Stübchen, wo wir als Kinder gespielt«, setzte Marie traurig hinzu.

»Und die Bäume die Vater alle gepflanzt – die Laube, die wir uns selbst gebaut, und die so schön geworden ist in diesem Jahr«, sagte Anna leise – »verlassen wollt' ich es ja gern, wenn wir Alle gehn, aber daß fremde Menschen jetzt darin hausen sollen, die vielleicht gar nicht wissen wie wir das Alles gehegt und gepflegt und – « ihr Blick fiel in diesem Augenblick auf der Mutter, halb von ihr abgewandte bleiche Züge, und faßte das Blitzen einer heimlich fallenden Thräne. Anna erschrak und wurde todtenbleich – hier lag mehr verborgen als man ihnen gesagt, und heimlicher Gram, heimliche Sorge nagte an der Eltern Herzen, durfte sie die vermehren? Sie schwieg einen Augenblick und sah sinnend vor sich nieder, dann aber Mariens Hand ergreifend sagte sie mit leichterem vielleicht gezwungen fröhlicherem Ton:

»Aber wir wollen nicht klagen; Vater und Mutter wissen am Besten was sie zu thun haben, und was uns gut ist, und dort baut uns Vater dann ein anderes Haus, und wir selber pflanzen uns ein neues Gärtchen, schöner als das unsere hier.«

»Aber ich bliebe hier, wenn ich an Vaters Stelle wäre«, schmollte Marie, »und was wird Herr Kellmann dazu sagen, wenn er es erfährt? der ist so immer gegen Amerika, und hat sich schon oft mit Vater darüber gezankt.«

»Ach der macht mir die geringste Sorge«, sagte Anna in ihrem Schmerz lächelnd – »wenn man *für* Amerika spricht, schimpft er aus Leibeskräften, und citirt Gott weiß was für Stellen aus Briefen und Zeitungen, alles Günstige zu widerlegen, oder wenigstens stark zu bezweifeln, und kommt Jemand der das Land ordentlich angreift, dann hab' ich auch schon gesehn, daß er den Handschuh wacker dafür aufnimmt, und man wirklich glauben sollte er bekäme so und so viel für den Kopf, Leute zu bereden hinüberzuziehn. Das ist ein wunderlicher Kauz, der die meiste Zeit selber nicht weiß was er will, und ich glaube, wenn es Jemand recht ordentlich bei ihm darauf anlegte, könnte man ihn selber, nur durch Widersprechen, dahin bringen, daß er in eigener Person hinüberginge.«

»Herr Kellmann?« lachte Marie – »nun *den* möcht' ich in Amerika sehn.«

»Und wer weiß, ob Dir das nicht noch passirt«, bestätigte der Vater, mit dem Kopfe nickend.

»Und darf ich mein neues seidenes Kleid mitnehmen, Mama?« frug das junge lebenslustige Mädchen jetzt die Mutter – »hier lassen möcht' ich es doch nicht gern, und drüben im Wald – «

»Liebes Kind, wir werden auch nicht mitten in den Wald gehn«, sagte die Mutter, die indessen heimlich die verrätherische Thräne aus dem Auge geschüttelt, freundlich dabei der zu ihr getretenen Tochter die Stirn streichend und küssend, »denkt es Euch nicht so schlimm. Der Vater wird uns schon einen Platz aussuchen, wo wir wenigstens unter Menschen und der Cultur nicht ganz verschlossen sind – er hielte es ja dort sonst selber nicht aus.«

»Aber warum gehst Du nur, Väterchen?« bat Marie – »es ist doch hier so wunderhübsch in Heilingen, und was wir da drüben haben, wissen wir noch nicht.«

Der Professor, zu dem Anna ängstlich aufsah, hatte seinen Sitz verlassen und ging, langsam dabei mit dem Kopf nickend, im Zimmer auf und ab; er fühlte daß er, auch den Töchtern gegenüber, diesen eine Erklärung seines Handelns schuldig sei, denn er riß sie aus einem liebgewonnenen Leben heraus, und führte sie vielen, vielen Entbehrungen – er durfte sich das nicht leugnen – entgegen. Von ihrer späteren Haltung dabei hing auch viel ihrer Aller Glück, ihrer Aller Zufriedenheit ab, und sie waren alt genug ihrem Urtheil zu vertrauen. Aber es kostete ihm der Entschluß einen schweren Kampf, und wo ihm die Frau war auf halbem Weg entgegen gekommen, fürchtete er hier gerade, nicht Widerstand zu finden, denn dafür hatten sie ihn zu lieb, aber Schmerz und Sorge zu wecken in den jungen Herzen, denen er die ungebetenen Gäste gern noch fern gehalten hätte so lang als möglich. Sie standen jedoch an einem wichtigen, bedeutungsvollen Abschnitt ihres Lebens, und mußten *sehen*, wohin der Weg sie führte.

In kurzen, einfachen Worten, frei vom Herzen weg, und zu den Herzen sprechend, weil sie aus dem Herzen kamen, schilderte er ihnen jetzt die veränderte Lage in die er, durch das gezwungene Aufgeben seiner Zeitschrift sowohl, wie durch manche schwere, ihn betroffene Verluste gekommen. Er verheimlichte ihnen nicht länger daß er einen Theil – einen großen Theil seines Vermögens eingebüßt, und das ihm selber liebe Haus nicht verkaufen würde, wenn ihn eben nicht – die Verhältnisse dazu *zwängen*. Aber noch blieb ihnen genug nach einem fernen Welttheil überzusiedeln und dort, mit bescheideneren Bedürfnissen, von Neuem zu beginnen; Amerika mit seiner ungeheuren Lebenskraft bot ihnen nach allen Seiten hin die Möglichkeit der Existenz, und das gut und zweckmäßig angelegte kleine Capital konnte dort gute Zinsen tragen für spätere Zeit. Hatten sie sich dann etwas verdient, waren die Hoffnungen, mit denen sie hinüber gingen, Wahrheit geworden, und sehnte sich ihr Herz noch nach dem Vaterland, wer hinderte sie dann zurückzukehren zu den theueren Plätzen, die ihnen ewig lieb bleiben würden in der Erinnerung?

Dem Professor war es leichter um die Brust geworden, wie er das Eis nur erst gebrochen. Selbst überzeugt von dem was er sprach, wurde er warm, indem er den Gedanken weiter dachte, und seine Phantasie verlor sich zuletzt sogar, Luftschlösser aufbauend, zauberschnell in weiter Ferne. Der Professor ging mit dem Menschen durch, und die leicht gerötheten Wangen belebte ein eigenes, inneres Feuer. Und die Mutter saß dabei, still und schweigend, und ängstlich bemüht, in der wiederaufgenommenen Arbeit die eigene Bewegung zu verbergen. Marie und Anna aber, die des Vaters Hände erfaßt und in den ihren hielten, schmiegten ihre Häupter an seine Schultern und flüsterten; die großen, zu ihm aufgeschlagenen Augen voll von Thränen.

»Genug, genug, Väterchen; mal' uns das Alles nicht so prächtig aus – wohin Du und Mutter gehn, gehn auch wir, und wär' es mitten hinein in den wildesten Wald. Kein unzufriedenes Wort sollst Du dabei von uns hören, keine Klage, kein böses Gesicht weiter – keine Thräne – nur die hier sind uns so ganz von selber über die Backen gelaufen, weil wir die Mutter weinen sahen. Mit Lieb und Lust wollen wir das Leben dort beginnen – «

»Und Kühe und Hühner schaffen wir uns an!« rief Marie, »und die Kühe melken wir selber und machen Butter und Käse.«

»Wie gut«, sagte Anna, daß wir im vorigen Jahr auf dem Land bei der Tante waren, und dort das Alles zum Spaß gelernt haben; jetzt wird es uns nützen.«

»Aber nicht wahr, Mütterchen, nun weinst Du auch nicht mehr«, rief Marie, zur Mutter hinübergleitend, ihren Arm um deren Nacken legend und sie küssend – »drüben wird schon Alles hübsch werden. Und ein paar von den großen Holzschuhen nehm' ich mir mit, wie sie die Bauern tragen, für draußen bei nassem Wetter; hei wie wir da herumpatschen wollen und schaffen und arbeiten; und plätten thun wir auch selbst, dafür nimmst Du kein Mädchen mehr.«

Den frohen, leichten Herzen schwammen schon die gewaltigen Umrisse ihrer ganzen fernen, so ungewissen Zukunft, in den einzelnen bunten Kleinigkeiten zusammen, die ihrem Geist, von dem Reiz der Neuheit mit frischem Duft überhaucht, entstiegen. Nur die Lichtpunkte erspähte der, in die Ferne arglos hinausschauende Blick, und die goß er sich lustig zusammen zu einem Ganzen: was dahinter lag, der düstere Hintergrund, den das erfahrenere Mutterauge wohl erkannt, diente ihnen nur dazu die einzelnen Lichter stärker hervorzuheben, deutlicher erkennen zu können, und der Himmel spannte sich blau und rein über ihren glücklichen Häuptern.

8. Der Tanz im rothen Drachen

Drei volle Monat waren nach den, in den vorigen Capiteln betriebenen Scenen verflossen, und der

Diebstahl im Dollingerschen Hause zu Heilingen, der eine ganze Woche lang fast das alleinige Stadtgespräch gebildet, wurde kaum noch erwähnt. Der vermuthete Dieb (gegen den aber allerdings nachträglich keine weiteren Beweise aufgefunden worden), war zwei Tage nach dem Sturz von der Brücke an seiner Kopfwunde gestorben; er hatte die beiden Tage vollkommen bewußtlos gelegen, und kein Wort mehr gesprochen. Das übrige Geld aber – außer den zweihundert und einigen Thalern – wie die vermißten Pretiosen, konnten, trotz den genausten Nachforschungen nirgends aufgefunden werden, und hatte er es wirklich gestohlen, so ließ sich jetzt gar nichts Anderes vermuthen, als daß er es irgendwo an einer heimlichen Stelle vergraben, und außer Sicht gebracht habe.

Actuar Ledermann hatte dabei ganze Actenstöße über den Fall geschrieben – man wußte wirklich nicht wo er nur den Stoff dazu herbekommen; aber mit dem üblichen Canzleistyl wurde die Sache, der jede gründliche Vorlage mangelte, nach Möglichkeit gereckt und ausgedehnt und dann, als sich Nichts weiter darüber ergab, mit starkem Bindfaden umschnürt und etiquettirt, um später vielleicht, mit Jahreszahl und Nummer versehn, in irgend ein staubiges Gefach geschoben zu werden, dort ein Jahrhundert fortzuträumen, – wie der Verstorbene unter dem Rasen, dicht an der Kirchhofsmauer, an die er, ohne Sang und Klang damals, noch vor Tag, still und heimlich hinausgeschafft worden.

Die Geistlichkeit von Heilingen hatte dem Unglücklichen allerdings sogar dies »ehrliche Begräbniß« versagen und den Körper der Anatomie überantworten wollen, da er unter dem Verdacht eines schweren Diebstahls und gewissermaßen als Selbstmörder seinen Tod gefunden – was kümmerte die stolzen Geistlichen die duldende Liebe die Christus gelehrt, wo *ihre* Autorität Gefahr leiden konnte gekränkt zu werden, und sie hatten einmal verordnet, daß solchen Sündern ein »christliches Begräbniß« versagt werden solle; aber die Polizei war milder und verständiger als die »Diener des Höchsten« und erklärte den Tod des Armen für keinen Selbstmord, indem er nur »auf der Flucht« umgekommen, während wahrscheinlich der ihm beigegebene Wächter die allerdings unschuldige, und nicht zur Verantwortung zu ziehende direkte Ursache, seines Todes gewesen sei.

Aber fort – fort mit den traurigen Bildern; das menschliche Leben hat der dunklen Seiten so viele, und sie drängen sich uns doch auf, wohin wir gehen – nur der Augenblick gehöret uns, und nicht muthwillig wollen wir den Schmerz suchen. So mag mir der Leser denn noch einmal zum rothen Drachen hinaus folgen – es dauert vielleicht lange, ehe wir den Platz wieder zu sehn bekommen – und dort tönt heut fröhliche Musik aus dem hellerleuchteten Saal des großen Hauses, der mit Guirlanden und Blumen und jungen Birkenreisern festlich geschmückt ist, indeß ihn eine muntere, laut und lustig durcheinander wogende Schaar belebt.

Kaum eine Viertelstunde – oder eine »halbe Pfeife Tabak«, wie die Bauern sagten – vom rothen Drachen entfernt, lag Schloß Hohleck an der anderen Seite des nämlichen Hügelrückens, das gegenüber liegende Thal überschauend, und der Besitzer desselben, Graf von Hohleck, feierte heute die Vermählung seines ältesten Sohnes, der dabei das Gut selber übernahm, und nun seinen Leuten dem Tag zu Ehren ein Fest »in der Schenke« gab. Bier und Branntwein waren dabei zu freier Verfügung gestellt, und ein starkes Musikchor aus der Stadt engagirt worden, den Leuten die ganze Nacht hindurch zum Tanze aufzuspielen – und sie machten Gebrauch davon.

Aber auch aus Heilingen selber hatten sich eine Menge Gäste eingefunden, dem muntern Leben und Treiben der fröhlichen Menschen zuzuschauen, und während der untere Gartensaal einzig und allein den Dienstleuten des Rittergutes eingeräumt war, zu dem den Stadtleuten jedoch gastlich der Zutritt gestattet wurde, hatten sich die letzteren noch besonders in einem paar der kleineren Stuben festgesetzt, wo sie ihren Wein oder ihr Bier tranken oder auch eine Parthie spielten, die Zeit auszufüllen.

Zu den Gästen aus der Stadt gehörten auch mehre unserer alten Bekannten, unter ihnen Kellmann und Schollfeld, zwei Stammgäste des rothen Drachen. Ledermann war ebenfalls, wenn auch später, herausgekommen und ihnen hatte sich noch der Auswanderungsagent Weigel – sehr zum Ärger Schollfeld's, der ihn nicht ausstehen konnte – zugesellt. Weigel blieb aber nicht ruhig an ihrem Tisch sitzen, sondern ging ab und zu, und hatte sein Glas nur mit bei ihnen stehn, gewissermaßen seinen Platz zu belegen.

Ledermann war übrigens heute sehr still und niedergeschlagen, er hatte sein einziges Kind vor etwa vierzehn Tagen verloren, und schien sich das sehr zu Herzen zu nehmen, erklärte auch nur herausgekommen zu sein, sich ein wenig zu zerstreuen und die Gedanken los zu werden, die ihn in der Stadt drin peinigten.

Übrigens war ihm in den letzten Tagen höchst unerwarteter Weise eine kleine Erbschaft von 600 Thalern zugefallen und Schollfeld, der heute Abend außergewöhnlich gut aufgeräumt schien, versuchte jetzt sein Bestes des Freundes Grillen oder trübe Gedanken ebenfalls zu verscheuchen.

»Hören Sie einmal Ledermann«, begann er, mit dem Deckel seines Kruges klappend und mehr Bier verlangend – »wie ist denn die Geschichte nun mit den 600 Thalern? – beiläufig gesagt schneiden Sie ein Gesicht dabei, als ob Sie Schwefelsäure verschluckt hätten.«

»Er hört nicht einmal«, sagte Kellmann, als der Actuar kein Wort darauf erwiederte, und die Anrede in der That gar nicht verstanden zu haben schien – »Ledermann, Mensch, wo sind Sie jetzt mit Ihren Gedanken, im rothen Drachen bei Heilingen, im Monde, oder in Amerika?«

»Wo?« sagte der Actuar, rasch und fast verstört aufschauend, als aber die Anderen laut lachten, schüttelte er mit dem Kopf und seinen Krug nehmend und trinkend sagte er ruhig und ernst:

»Ach laßt mich zufrieden Kinder – ich habe den Kopf voll, und bin wahrhaftig heute Abend nicht zum Spaßen aufgelegt.«

»Nicht zum Spaßen aufgelegt?« rief aber Schollfeld, Kellmann unter dem Tisch anstoßend – »ist auch gar nicht nöthig mein lieber Actuar – wir spaßen auch hier gar nicht; Jemand aber, der eine Erbschaft macht und irgendwo Stammgast ist, überkommt dabei die moralische Verpflichtung irgend etwas zum Besten zu geben, und es bleibt ein Skandal, daß man einen solchen Glückspilz auch nur noch daran erinnern muß. Hat der Henker da wieder den Schleicher, den Weigel«, unterbrach er sich aber plötzlich mit etwas leiserer Stimme, als er sah wie dieser das Zimmer wieder betrat, und sich ihrem Tische zuwandte – »ich hatte schon gehofft wir würden ihn heute Abend los sein; jetzt ist *mein* Vergnügen beim Teufel.«

»Nun meine Herren, noch so fröhlich beisammen?« sagte Weigel jetzt, indem er zum Tisch trat – »ah, da sind ja der Herr Actuar auch noch dazu gekommen – bitte behalten Sie ja Platz, ich rücke ein klein wenig hier herüber – so – das geht vortrefflich. Nun, der Herr Actuar haben in diesen Tagen ein großes Glück gehabt – da darf man ja wohl gratuliren.«

»Danke herzlich«, sagte Ledermann ruhig; »es wird übrigens so viel von den paar hundert Thalern gesprochen, als ob's eben so viel Tausende wären.«

»Ih nun, das lassen Sie gut sein«, sagte aber Weigel, mit dem Kopf schüttelnd – »sechshundert Thaler richtig angewandt könnten in der That in kurzer Zeit zu so viel Tausenden werden.«

»Wenn man sich Sächsische Löbau-Zittauer Eisenbahnactien dafür kaufte, nicht wahr?« sagte Schollfeld, das Gesicht halb in den ebengebrachten Krug versteckt, und einen grimmigen Blick über den Rand desselben hin, nach dem Auswanderungsagenten schießend.

»Nun das gerade nicht«, schmunzelte Herr Weigel, sein Glas ein wenig weiter auf den Tisch schiebend, und sich die Hände reibend, »da wüßte ich doch noch eine bessere Speculation.«

»Und die wäre«, sagte der Actuar, seitwärts zu ihm aufschauend.

»Wenn Sie sich eine kleine Farm in Amerika kauften.«

»Puh!« rief Schollfeld, verächtlich den Kopf abwendend, »jetzt sein Sie so gut, kommen Sie uns hier nicht mit Ihrer alten Leier von dem verdammten Amerika, und verderben Sie uns das Bier nicht – hier ist auch Nichts zu verdienen, denn von uns geht doch keiner hinüber.«

»Lieber Herr Schollfeld«, sagte aber Weigel mit großer Ruhe, »von *uns* weiß noch Niemand was er nächstes Jahr thun wird, und verschwören läßt sich so eine Sache nun einmal gar nicht – Amerika ist immer noch ein Zufluchtsort.«

»Ja für die Spitzbuben und Hallunken, *da* haben Sie recht!« rief der Apotheker.

»Ne lieber Herr Weigel!« rief aber auch Kellmann jetzt – »mit sechshundert Thalern kann ich da drüben auch Nichts anfangen, und bin dann noch obendrein bei jedem Schritt und Tritt der Gefahr ausgesetzt, daß ich betrogen und hintergangen werde. Man kann dort ja nicht einmal seinem eigenen Bruder trauen.«

»Aber mein bester Herr Kellmann, das sind die unglückseligen Ideen, die von – na, ich will keinen Namen nennen – ausgesprengt werden, um die Leute blind zu machen, rein blind. Sie sollen eben nicht sehen was für Vortheile, für fabelhafte Vortheile dort gerade für sie zu Tage liegen, und die Gerüchte von dort verübten Betrügereien hängen eben als Vogelscheuche über den Erbsen. Wir haben *hier* eben so viele schlechte Charaktere wie in Amerika.«

»Ob eben so *viel*, will ich dahingestellt sein lassen«, sagte Schollfeld mit einem nichts weniger als freundlichen Seitenblick auf den Agenten – »aber eben so schlechte gewiß.«

»Nun also«, erwiederte Weigel freundlich, ohne auf den Hieb einzugehn, ja im Gegentheil die Waffe lächelnd umdrehend – »sehn Sie, selber Herr Schollfeld stimmt mir darin bei.«

»Ja aber nicht wie *Sie* es meinen!« rief da Schollfeld entrüstet, keineswegs gesonnen sich die Worte so im Munde verdrehen zu lassen.

»Von den Betrügereien will ich noch gar Nichts sagen«, unterbrach ihn aber Kellmann, ziemlich in Eifer – »was ich dagegen sehr guten Grund habe zu bezweifeln, sind die billigen Landkäufe, sind dabei die Erleichterungen, welche diese republikanische Regierung allen möglichen Gewerken und Unternehmungen bietet, die geringen Taxen, der freie Verkehr und Umsatz im Innern. Das wird Alles ausgemalt mit Gold und Silber und Himmelblau, und kommt man am Ende hinüber, so hat man die ganze nämliche Geschichte wie bei uns. Daß all das nichtsnutzige Gesindel dort ohne *Paß* herumlaufen darf, mag wahr sein, das halte *ich* aber eben für keinen Fortschritt.«

»Verehrtester Herr Kellmann!« rief aber Weigel in Eifer – »gegen *Thatsachen* können wir doch nicht anstreiten; wir wollen doch nicht blind und taub mit dem Kopf gegen die nächste, und womöglich härteste Wand rennen? wir sind doch vernünftige Menschen, aber haben Sie nicht alle die neueren Schriften jetzt gelesen, die – «

»Ach gehn Sie mit Ihren Schmierereien«, rief aber Schollfeld, dem das Gespräch jetzt zur Last wurde, »für einen Thaler den Bogen malen ihnen die lumpigen Literaten selbst die Hölle himmelblau an, und kleben von oben bis unten Sterne drüber. Laßt mir jetzt Euer Geschwätz von Amerika hier, oder ich stehe, Gott straf mich, auf, und setze mich wo anders hin.«

»Nun, jeder darf sich hinsetzen wo es ihn gerade freut«, sagte Weigel, wirklich etwas beleidigt, obgleich er sonst einen ziemlichen Theil vertragen konnte.

»Ja leider«, sagte aber Schollfeld, mit wieder einem Seitenblick auf den Agenten, der diesen doch jetzt vermochte aufzustehn und sein Bier auszutrinken.

»Herr Schollfeld«, sagte er dabei, »Sie sind in der Stadt als ein Antiamerikaner bekannt, und ich glaube Sie würden den Leuten eher zu einer Auswanderung nach Sibirien wie nach Nordamerika rathen.«

»Würde ich auch«, sagte Herr Schollfeld trotzig, sich den Hut noch fester in die Stirn drückend.

»Nun ja, der Geschmack ist verschieden – Jeder weiß am Besten wohin er gehört, und dahin treibt ihn der Instinkt«, sagte Herr Weigel achselzuckend, indem er den Tisch verließ, und Kellmann erwischte eben noch zur rechten Zeit Schollfeld hinten am Frackzipfel, der aufspringen und dem sich rasch entfernenden Weigel nach wollte.

»Aber so fangen Sie hier doch um Gottes Willen keinen Skandal mit dem Menschen an!« rief Kellmann leise und bittend.

»Instinkt treibt?« rief aber Schollfeld jetzt, da er sich hinten, vielleicht gern, gehalten fühlte – laut hinter dem Davoneilenden her – »Sie wird bald 'was anders treiben Sie – Sie *Seelenverkäufer* Sie!«

»Pst!« rief aber auch der Actuar jetzt, ihn rasch zu sich niederziehend – »Sind Sie denn ganz vom Bösen besessen Apotheker? auf das Wort könnte er Ihnen, wenn er's noch gehört hätte, die schönste Injurienklage an den Hals hängen.«

»S'ist aber wahr – der Lump!« rief Schollfeld ärgerlich, den leeren Krug zum hastigen Trunk aufhebend, und denselben dann laut auf den Tisch aufstoßend – »es ist ein Seelenverkäufer, der Kerl, und um einen Thaler beschwatzt er das Kind, daß es die Eltern, den Mann, daß er die Frau verläßt – hier Kellner, noch ein Glas Bier. – Sprecht mir von Raubmördern und Straßenräubern, gegen die das Gericht einschreitet und ihnen das Handwerk legt – allen Respect vor einem Mann, der es den Leuten geradezu in's Gesicht wirft, »ich *bin* ein schlechter Kerl – ich stehle wo ich's bekommen kann, und wo ich's nicht gutwillig kriege mord' ich auch; aber solche heimliche Hallunken sind die Upasbäume der menschlichen Gesellschaft – sie vergiften was sie erreichen können, und von außen geben sie sich das Ansehen eines ehrlichen Baumes und haben grüne Blätter und glatte Rinde. Gegen *die* Schufte sollte eingeschritten werden, nicht mit Geldstrafen oder Gefängniß, nein mit Knute und Strang – Himmeldonnerwetter, wenn ich da 'was in der Regierung zu befehlen hätte.«

»Sie würden schöne Geschichten anrichten, kann ich mir etwa denken«, sagte der Actuar trocken, »s'ist so schon manchmal wie's ist. Lassen Sie doch jeden seinen Weg gehn in der Welt; der liebe Gott weiß wohl wozu's gut ist. Blutigel sind auch unangenehme Geschöpfe in der Naturgeschichte, und doch verwendet sie die Natur wieder zu höchst nützlichen und nothwendigen Zwecken; denken Sie sich so ein Individuum wäre ein menschlicher Blutigel.«

»Dann trink' ich aber nicht mein Bier an einem Tisch mit ihm«, rief der Apotheker.

»Bah, das ist wieder zu weit gegangen«, sagte Kellmann, »viel zu weit gegangen. 'Was Schlechtes können Sie dem Mann überhaupt nicht nachsagen, denn daß er für Amerika wirbt, ist einesteils sein Geschäft, anderntheils seine Ansicht, und er könnte Ihnen von *seinem* Standpunkt aus dann ebensogut wieder vorwerfen, daß Sie eine Menge Menschen absichtlich unglücklich machten, die sie von einer Auswanderung nach jenem Lande abhielten.«

»Unsinn – baarer Unsinn!« rief aber Schollfeld, unwillig den Kopf herüber und hinüber werfend – »Jemand unglücklich machen, daß man ihm von einer

Auswanderung nach Amerika abräth, wäre gerade so, als ob ich als eines Menschen Mörder betrachtet würde, den ich abhalte aus dem dritten Stock auf die Straße zu springen. Aber hol den Lump der Henker«, brach er kurz und ärgerlich ab, »ich war so guter Laune und jetzt hat er mir den ganzen Abend verdorben. – Nach Sibirien auswandern – « brummte er dabei, während er eine neue Cigarre aus der Tasche nahm und sie an dem, auf dem Tisch stehenden Licht entzündete – »Holzkopf der – nach Sibirien auswandern – ich will nur einmal in den Saal gehn und sehn wie sie's da treiben, daß man auf andere Gedanken kömmt – ich bin bald wieder da.« Und von seinem Stuhl aufstehend verließ er langsam, und immer noch vor sich hin murmelnd, das Zimmer.

Der Actuar stand ebenfalls auf und nahm seinen Hut.

»Na nu?« sagte aber Kellmann erstaunt – »was ist das für eine Wirthschaft heut Abend? Schollfeld läuft fort, Lobsich hat sich gar nicht sehen lassen, und Sie wollen jetzt auch Fersengeld geben? wo bleibt denn da heute Abend unser Solo? – wir können doch nicht wie die Pferde zu Bette gehn, ohne unsere Parthie gespielt zu haben?«

»Mir ist heute nicht wie spielen«, sagte der Actuar, langsam mit dem Kopfe schüttelnd, »ich habe auch Kopfschmerzen, und an der frischen Luft wird mir wohl besser werden.«

»Fort dürfen Sie aber noch nicht«, sagte Kellmann, indem er sein Bier austrank, und ebenfalls aufstand, »da wollen wir lieber einmal unten im Garten auf und ab gehn.«

Der Actuar zögerte einen Augenblick, dann aber legte er schweigend seinen Arm in den Kellmann's und beide Freunde gingen mitsammen die Treppe hinunter.

Es war indessen vollkommen dunkel geworden, und die Leute hatten sich, des feuchten Abends, wie des im Saal wogenden Tanzes wegen, meist alle aus dem Garten hinaus, und in die mehr geschützten Räume der Gebäude gezogen. Nur hie und da saß noch irgend ein kosendes Pärchen in einer Laube, oder schwärmte auch wohl auf dem Vorbau des Gartens nach dem, gerade über dem nebelgefüllten Thal jetzt aufzeigenden Vollmond hinüber, dessen große rothe Scheibe sich glühend aus den Bergen hob, und das weite, thaublitzende Thal überschaute.

Kellmann ging ruhig neben dem still vor sich nieder schauenden Freund her, bis sie den breiten Fußweg der schönen ebenen Chaussee erreichten, und eine kleine Strecke derselben hinauf gewandert waren; dann aber blieb er, diesen zurück haltend, plötzlich stehen, und sagte mit freundlichem, herzlichen Ton:

»Aber lieber Ledermann, Sie dürfen sich Ihrem Schmerz um das Kind nicht so ganz und rücksichtslos hingeben; lieber Gott ich begreife daß es ein schwerer, recht schwerer Verlust ist, aber Gott hat's gegeben und Gott hat's genommen, und wer weiß ob dem kleinen lieben Wesen dadurch nicht vielleicht ein recht trübes und schmerzliches Dasein erspart wurde.«

»Es ist nicht das Kind, Kellmann«, sagte aber der Actuar, leise mit dem Kopf schüttelnd, »nicht der Tod meiner kleinen Adele nagt mir jetzt am Herzen, obgleich der da oben weiß wie weh er mir gethan – nein, ich halte ihn sogar unter den jetzigen Verhältnissen, in denen ich lebe, für ein *Glück*, und es ist *furchtbar*, daß ich gezwungen bin so etwas von dem Tod meines eigenen, einzigen Kindes zu sagen.«

»Aber was, um Gottes Willen, haben Sie *denn*?« rief Kellmann, verwundert vor ihm stehen bleibend und ihn anschauend. »Irgend etwas *ist* vorgefallen, aber was? – etwa wieder zu Hause der alte wunde Fleck?«

Ledermann nickte finster und schweigend mit dem Kopf.

»Aber was *will* sie denn eigentlich«, rief Kellmann finster die Brauen zusammen und seinen Arm aus dem des Freundes ziehend, um besser gesticuliren zu können – »Wetter noch einmal, Ledermann, Sie hätten da schon lange ernst und entschieden auftreten sollen, die Sache ist jetzt schon viel zu weit eingerissen, und die Frau bringt sie, wenn das so fort geht, wahrhaftig noch unter die Erde.«

»Ernst und entschieden auftreten? – lieber Gott«, stöhnte der Actuar kopfschüttelnd – »soll ich mir denn die letzte leiseste Hoffnung auf einen, nur möglichen Hausfrieden selber muthwillig vernichten? – *Sie* haben gut reden; *Ihr* Geschäft ist in Ihrer eignen Wohnung, und Ihre Erholung gestattet Ihnen, *die* außerhalb desselben zu suchen, ich aber sitze und schwitze den ganzen lieben ausgeschlagenen Tag auf dem verwünschten Bureau, und komme ich dann Abends zu Hause, und sehne mich nach einer halbstündigen gemüthlichen Ruhe, so beginnt die Frau, und wenn sie eine Ursache aus der Luft greifen sollte, mir das Leben zu einer Hölle zu machen. Lieber Gott, es fiele mir ja gar nicht ein Abends in ein Wirthshaus zu gehn, wenn ich Frieden daheim hätte; es giebt vielleicht wenig Menschen in der Welt, die sich so nach einem stillen, häuslichen Leben sehnen, wie gerade ich, und keinen, Kellmann, keinen weiter, dem es *so* verbittert, so gänzlich aus dem Fenster geworfen wird, jeden Abend wieder von Frischem, wie gerade mir.«

»Aber was ist denn nur vorgefallen?«

»Das Ganze ist mit wenig Worten erzählt«, sagte der Actuar nach kurzer Überlegung entschlossen, »und Sie sollen mir rathen, wie ich im Stande bin mich einem Zustand zu entziehn, der mir unerträglich wird. Sie haben gehört daß ich von einem entfernten Verwandten sechshundert Thaler geerbt, die ich in den nächsten Wochen ausgezahlt bekomme. Das Vernünftigste nun wäre das Geld in irgend einem *sichern* Staatspapier, oder in guten Actien anzulegen, und mit den wenigen, aber gewissen Zinsen meinen, überdies ärmlichen Gehalt zu erhöhen – ich habe fünfhundert Thaler jährlich und weiß bei Gott oft nicht wie ich auskommen soll.«

»Nun gut, das ist ja Alles so schön und glatt wie es nur sein kann.«

»Jawohl, aber meine Frau besteht darauf das Capital ihrem Bruder geben zu wollen, der ein Geschäft hat und mir *fünf* Procent verspricht.«

»Ih nun, wenn es da sicher angelegt ist – fünf Procent wäre aller Ehren werth.«

»Aber es *ist* nicht sicher angelegt; der Bursche ist ein liederlicher leichtsinniger Mensch, der schon einmal Bankerott gemacht hat und – wie ich ziemlich guten Grund habe zu vermuthen – an der Grenze eines zweiten steht.«

»Ahem«, sagte Kellmann nachdenkend.

»Geb ich *ihm* das Geld«, fuhr der Actuar fort, »so ist es über Jahr und Tag, so sicher wie dort drüben der Mond aufgeht, verloren, und geb' ich es ihm *nicht*, so weiß ich daß mir die Frau zu Hause den eignen Heerd zur Hölle macht.«

»Aber Donnerwetter, Ledermann, nehmen Sie mir das nicht übel«, sagte Kellmann stehen bleibend, »da würde ich denn doch einmal einen Trumpf darauf setzen und mein Recht als Mann und Herr im Hause wahren; nur durch Ihr ewiges Nachgeben haben Sie die Geschichte schon so, in Grund hinein verdorben.«

»Aber was *soll* ich thun?« rief der Actuar verzweifelnd – »mit Worten *kann* ich nicht gegen sie anstreiten, nicht sechs Männer könnten das; in Ruhe und Güte ist Nichts anzufangen mit ihr, und schlagen darf und will ich sie ebenfalls nicht.«

»So lassen Sie sich scheiden, zum Wetter noch einmal«, rief Kellmann, »lieber doch eine trockne Brodrinde kauen, als mit solchem Drachen das ganze Leben, eine ganze Existenz, mühselig und qualvoll hinzuschleppen.«

»Heute Abend zum ersten Mal«, sagte der Actuar seufzend, »habe ich ihr selber damit gedroht; ich habe ihr vorgehalten, daß sie sich mit mir nicht glücklich fühlen *könne*, weil sie fortwährend, und ohne auch nur einen einzigen Tag Frieden zu gestatten, zanke, und das Beste sein würde, wir ließen uns, einem Leben zu entgehen das auf die Länge der Zeit doch nicht durchgeführt werden könne, gerichtlich scheiden.«

»Nun? – und was hat sie darauf erwiedert?«

»Ich bin fortgelaufen«, sagte der Actuar, seufzend den Kopf von dem Freund abwendend, »denn sie wurde – sie wurde so heftig, und betrug sich – betrug sich so unvernünftig, daß ich mich vor den Nachbarn schämte, und lieber Hut und Stock nahm, den Frieden wieder, wie schon so oft, auswärts zu suchen.«

»Also sie weigert eine Scheidung?«

»Sie schwur sie wolle mir die Augen auskratzen, wenn ich noch einmal ein derartiges Wort erwähne, zerbrach dann in ihrer Wuth Gott weiß was Alles, und – ich glaube sie bekam nachher Krämpfe – ihr altes Leiden. Erst hatte ich gehofft der Tod des Kindes würde sie milder stimmen, aber nein, und wenn mich etwas über den Verlust des kleinen lieben Wesens trösten könnte, so ist es gerade der Gedanke, es dem bösen Beispiel, das ihm die eigene Mutter täglich gab, entrissen zu sehn – was hätte zuletzt aus ihr werden sollen, als eben eine solche Frau.«

»Und so ist gar keine Hoffnung, mit Güte durchzukommen? – «

Der Actuar schüttelte schweigend mit dem Kopf.

»Hm, das ist eine verfluchte Geschichte«, sagte Kellmann, »da – da weiß ich wahrhaftig auch nicht was ich rathen soll. Das Geld vertraute ich aber – wenn die Sache *so* steht – meinem Schwager auch nicht an, soviel ist sicher – Sie sind das sich selber und Ihrer eigenen Existenz schuldig.«

Der Actuar seufzte tief auf und die beiden Männer gingen wieder eine Zeitlang, jeder mit seinen eigenen Gedanken beschäftigt, nebeneinander hin. Sie waren indeß die Straße ein Stück hinauf- und wieder zurückgegangen, und blieben jetzt mehre Minuten nicht weit von dem Eingang des Gartens stehn, den Rücken diesem, und ihr Gesicht dem sich gerade über die Berge hebenden Monde zugewandt, als ein junges Mädchen, noch ein Kind fast und augenscheinlich auf der Wanderung, ganz allein mit einem kleinen Bündel in der linken Hand, und einem großen dunklen Tuch über dem rechten Arm, die Straße herunter kam und ziemlich dicht an ihnen vorüberging. So viel sie im Mondenlicht erkennen konnten, war sie nur ärmlich gekleidet, und auch wohl ermüdet von einem vielleicht langen Marsch, denn sie blieb zweimal stehen und trocknete sich dabei den Schweiß von der Stirn.

Das zweite Mal als sie Halt machte geschah das fast dicht vor den beiden, hier im Schatten eines Hollunderbusches stehenden Männern, die sie im Anfang gar nicht bemerkte, und sie schien den Tönen zu lauschen die aus dem etwa zweihundert Schritt davon gelegenen hellerleuchteten Gartenhaus wild und lustig heraustönten.

»Fröhliche Menschen«, flüsterte sie dabei – »*Glückliche.*« Wie sie aber den Kopf dem Lichte zuwandte, fiel ihr Blick auch auf die beiden dunklen Schatten unter der Mauer, und wie unwillkürlich fuhr sie zurück; dabei glitt ihr das Bündel aus der Hand und fiel zu Boden.

»Wir thun Dir Nichts, Kind«, sagte Kellmann, der die Bewegung gesehen hatte, gutmüthig; »wo willst Du denn noch so spät hin?«

»Nach Heilingen«, antwortete das fremde Mädchen, ihr Bündel wieder aufnehmend – »ist es noch weit bis dorthin?«

»Eine halbe Stunde etwa, wenn Du rüstig zugingst; aber Du scheinst müde zu sein und wirst wohl länger brauchen.«

»Ich komme weit her«, sagte die Fremde, aber sie zögerte dabei und es war als ob sie noch nach irgend etwas fragen oder um etwas bitten wolle, und sich auch wieder scheue es zu thun.

»Du bist wohl hungrig, Kind?« frug sie da Kellmann, dessen gutes Herz ihn zu helfen drängte, wo das in seinen Kräften stand – »sag's gerad' heraus; und wenn Du kein Geld hast macht das nichts, ich schaffe Dir was.«

Das Mädchen schwieg und drehte seufzend den Kopf ab und Kellmann, dem richtigen Princip der Gastlichkeit und Menschenliebe treu, nicht viel zu fragen erst, wo man gern giebt, sagte ihr sich einen Augenblick auf die kleine Bank am Thor zu setzen, und er werde ihr einen Imbiß holen – sie könne dann Heilingen bald erreichen. Ohne erst eine Antwort abzuwarten ging er darauf rasch in's Haus, und das Mädchen zögerte noch einen Augenblick und folgte dann, augenscheinlich zum Tod ermüdet, der freundlichen Einladung.

»Du kommst weit her?« sagte der Actuar endlich, der neben ihr stehn geblieben, im Anfang aber noch zu sehr mit seinen eigenen Gedanken beschäftigt war, viel auf die Fremde zu achten.

»Von Erfurt.«

»Von Erfurt? hm – das ist eine lange Strecke; zu Fuß den ganzen Weg?«

»Ja.«

»Und willst in Heilingen bleiben?«

»Ich weiß es noch nicht.«

»Hast Du Verwandte dort?«

»Einen Bruder.«

»Hast Du denn einen Paß bei Dir?«

»Ja«, sagte das Mädchen und holte, mit einem scheuen Blick auf den Frager, ihr kleines Bündel vor, das sie Miene machte aufzuknüpfen, der Actuar aber, der die Bewegung verstehen mochte, sagte rasch:

»Nein nein – laß nur sein – ich will ihn nicht sehen – ich frug nur Deinethalben, damit Du hier in der Stadt in keine Verlegenheit kämest. Da ist auch Freund Kellmann schon mit dem Essen – nun laß Dir's schmecken.«

»Da«, sagte der kleine Kürschner, der schnellen Schrittes mit einem großen gestrichenen Weißbrod und einem hohen Glas Milch herankam und es der Fremden reichte – »das wird Dir gut thun.«

Das junge Mädchen nahm das Glas mit schüchternem Danke an und trank – erst ein wenig, dann aber herzhafter – sie mochte wohl recht durstig gewesen sein. Wie sie fertig war setzte sie das Glas auf die Bank zurück und nahm ihr Bündel wieder auf.

»Ich danke Ihnen auch noch viel tausend Mal«, sagte sie dabei mit weicher, ergriffener Stimme – »ich hatte seit heute Morgen Nichts gegessen und war recht matt geworden.«

»Armes Kind«, sagte Kellmann mitleidig – »aber hast Du denn schon einen Platz in der Stadt wo Du übernachtest?«

»Ja«, sagte die Kleine – »ich denke so – können Sie mir aber wohl noch sagen ob das Haus des reichen Herrn Dollinger nahe am Thore ist, oder weit in der Stadt drin?«

»Dollinger's Haus? oh nicht so weit in der Stadt drin – aber was willst Du dort?«

»Mein Bruder ist in Herrn Dollinger's Geschäft – wohnen auch die Leute bei ihm im Hause?«

»Nicht daß ich wüßte«, sagte Kellmann.

»Aber man kann es doch dort erfahren wo sie wohnen?«

»Gewiß – gleich unten im Haus bei dem Hausmann; frage nur nach der Poststraße, wenn Du in's Thor kommst.«

»Gute Nacht Ihr Herren, und nochmals schönsten Dank – Gott mag es Ihnen vergelten.«

»Gute Nacht Kind, guten Weg«, sagte Kellmann, »aber – wie heißt denn Dein Bruder?«

»Franz Loßenwerder«, sagte das Mädchen und ging langsam die Straße hinab.

»Oh Du mein Gott«, rief der Actuar leise und erschreckt vor sich hin, wie er den Namen hörte – »das ist ja schrecklich.«

»Du lieber Gott, das arme Ding muß von dem Schicksal des Bruders gar Nichts wissen«, seufzte auch Kellmann – »und wenn sie das jetzt heute Abend erfährt – o wo wird sie nur die Nacht bleiben?«

»Armes, armes Kind«, sagte der Actuar, »und selbst ohne Geld in der fremden Stadt.«

»Ich geb' ihr etwas«, rief Kellmann, rasch entschlossen, und eilte »heh! – pst!« rufend die Straße hinab dem Mädchen nach, das stehen blieb und nach Bündel und Tuch fühlte als sie den Ruf hörte, weil sie glaubte daß sie vielleicht etwas vergessen hätte.

»Liebes Kind«, stotterte aber Kellmann verlegen, als er sie eingeholt, denn er konnte es nicht über's Herz bringen ihr die Wahrheit zu sagen – »ich – ich kenne Deinen Bruder, aber – er ist jetzt nicht in Heilingen – Du – Du wirst es morgen schon hören, und im Dollingerschen Hause können sie Dir auch heute nichts weiter sagen, es ist sogar sehr die Frage ob der Mann unten im Haus noch auf ist. Gleich wenn Du in's Thor hineinkommst, das dritte Haus an der rechten Seite, vor dem die beiden Laternen stecken, ist ein Gasthaus – ein gutes anständiges Haus, wo sie Dir Quartier geben werden – da gieb ihnen diese Karte, der Wirth kennt mich, und sage ihm nur ich hätte Dich hingeschickt.«

»Aber bester Herr«, sagte das Mädchen bestürzt, als ihr der gutmüthige Kürschnermeister mit der Karte zwei große Stücken Geld – es waren zwei Thaler – in die Hand drückte – »ich weiß gar nicht – «

Kellmann ließ sie aber gar nicht zu Worte kommen.

»Schon gut – schon gut«, rief er, drehte sich um, und kehrte, das Mädchen allein auf der Straße zurücklassend, eben so rasch nach dem Platz zurück, wo der Actuar noch seiner harrend stand.

»Haben Sie es ihr gesagt?« frug dieser ihn.

»Nein – um Gottes Willen nein; das mögen Andere thun, *ich* könnte es nicht.«

»Aber was soll jetzt aus ihr werden?«

»Ich werde mich im Löwen schon nach ihr erkundigen«, sagte Kellmann nach kurzer Überlegung – »und wenn es ein ordentliches Mädchen ist, hab ich Bekannte genug hier in der Stadt, ihr einen Dienst zu verschaffen. Aber wie ist es denn mit der Loßenwerderschen oder Dollingerschen Geschichte geworden? ist denn noch etwas von dem gestohlenen Gut zu Tage gekommen? – man hört ja keine Sterbenssylbe mehr darüber.«

»Nichts – gar nichts weiter«, sagte der Actuar; »im Gegentheil hat der arme Teufel von Loßenwerder ein kleines Tagebuch geführt gehabt, was sich unter den confiscirten oder mit Beschlag belegten Sachen fand, und worin er jeden bis dahin eingenommenen Groschen sorgfältig und ordentlich, mit seinen höchst bescheidenen Ausgaben, aufnotirt. Das aber als gültig angenommen – und wir haben nicht die mindeste Ursache es zu bezweifeln da es fast zwölf Jahre zurückführt – wäre im Gegentheil der Beweis geliefert daß die aufgefundenen zweihundert Thaler mühsam und redlich gespartes Geld gewesen wären.«

»Und *kein* anderer Beweis hat sich gegen ihn herausgestellt?«

»Keiner, als daß er im Hause war und sich auffällig heimlich daraus entfernt hat; aber auch selbst das findet nach den Acten eine wahrscheinliche, wenn auch etwas wunderliche Erklärung. Nach einer Zahl vieler höchst mittelmäßiger, oft aber auch ziemlich guter Gedichte, in denen sich besonders viel Gemüth ausspricht, scheint der arme verwachsene und hülflose Mensch eine Art von – Liebe – ich kann es nicht anders nennen, gegen Dollinger's jüngste Tochter und Henkel's Braut in seinem unschönen Körper mit herumgetragen, und nur, seinen Standpunkt gar wohl erkennend, den einzelnen, in seinem Pult verschlossenen Blättern anvertraut zu haben – doch das unter uns. Diese unglückselige und hoffnungslose Neigung *kann* ihn möglicher Weise dazu getrieben haben, dem jungen Mädchen zu ihrem Geburtstag einen Blumenstock zu schenken – er hat sogar ein Gedicht geschrieben was den Punkt berührt, und worin er sich glücklich fühlt daß sie eine Blume pflegen könnte die er gezogen, wenn sie auch nicht wüßte von wem sie käme. Daß er unter solchen Umständen nicht wollte im Hause gesehen sein läßt sich denken, und ein Diebstahl in ihrem eigenen Zimmer verliert, diesen Thatsachen gegenüber, an Wahrscheinlichkeit, wenn er auch nicht eben zu einer Unmöglichkeit gehörte. Das Menschenherz ist schwach, und Mancher schon ist geringerer Verführung erlegen.«

»Hm, hm, hm«, sagte Kellmann vor sich hin – »das ist ja eine rechte, rechte böse Geschichte, und der arme Teufel da am Ende ganz und gar unschuldig in sein Verderben gesprungen.«

»Ja, und eine Sache die mir selber schon manche schlaflose Nacht gemacht hat«, sagte der Actuar, »denn ich *kann* den Gedanken nicht los werden, welchen Antheil ich selber daran gehabt, den Unglücklichen dahin zu treiben – obgleich ich eben nicht mehr als meine Pflicht gethan, und an einen solchen verzweifelten Schritt nicht denken konnte; war er unschuldig, hätte sich das ja bald in der Untersuchung herausgestellt.«

»Ja, und die Untersuchung rechnet Ihr Herrn vom Gericht eben für Nichts«, sagte Kellmann finster – »aber wenn das sein erspartes, und Gott weiß dann *wie* mühsam erspartes Geld war, wird es doch auch seinen Erben nicht können vorenthalten werden.«

»Die Untersuchung ist noch nicht ganz geschlossen«, sagte der Actuar, »aber ich glaube auch nicht daß irgend Jemand anders einen Anspruch darauf wird geltend machen können. Diese Schwester erwähnte er überhaupt mehrmals in seinen Notizen, und hat sie auch dann und wann unterstützt, das Geld wird ihr später allerdings zugesprochen werden.«

»Und keine Spur ist sonst aufgefunden von dem möglichen, von dem wirklichen Dieb?«

»Keine – die Dienstboten sind Alle mehrmals scharf inquirirt und auf das Genauste die ganze Zeit beobachtet, zu sehen ob eins von ihnen vielleicht größere Ausgaben als gewöhnlich mache, oder sich durch irgend etwas anderes verrathen würde; ja die Leute haben untereinander fast eben so scharfe Wacht gehalten, den Verdacht von sich abzuwälzen und den Schuldigen aufzufinden, aber es hat sich bis jetzt nicht das Mindeste herausstellen wollen. Mit Geld ist das eine böse Sache, und wenn der Dieb die Juwelen nur vorsichtig ein paar Jahr an sich hält, und dann vielleicht noch gar außer Landes schafft, wer soll ihn da aufspüren? allwissend sind wir auch nicht.«

»Das weiß Gott«, sagte Kellmann – »wie damals mit der Pelzdecke, die mir Jemand von der Ladenthür weggestohlen, und die ich zwei Jahr später ganz gemüthlich im Polizeibureau, beim Polizeidirector selber in der Stube wiederfand; da hört denn doch Alles auf. Aber mir ist wahrhaftig jetzt nicht wie spaßen zu Muth; der Anblick des armen Mädchens hat einen wehmüthigen Eindruck auf mich gemacht; lieber Himmel, was es doch für Elend auf der Welt giebt, und still und bewußtlos gehen wir meist daran vorüber.«

»Und die Musik da drinnen, während das arme Kind dort allein und freundlos seine Straße geht, und trotzdem jetzt noch glücklich ist gegen den Augenblick, wo es das Furchtbare doch erfahren *muß*. Mich leidet's heute nicht länger hier draußen, Kellmann«, brach er kurz ab – »ich mag die Tanzmusik nicht hören – wollen wir zurück in die Stadt gehn? es ist überdies schon spät.«

»Ich habe Nichts dagegen«, sagte Kellmann, tief aufseufzend – »mir ist der Abend heute auch verdorben, aber wir wollen Schollfeld erst abrufen.«

»Da drin ist wohl Prügelei?« sagte da Ledermann, als aus dem Hause wilder Lärm zu ihnen heraus tönte.

»Das wäre früh«, meinte Kellmann – »die kommt gewöhnlich sonst erst später, oder ganz zum Schluß. Es ist doch sonderbar, daß ein deutscher »Tanz« nie ohne eine Schlägerei enden kann; es scheint auch ungefähr dasselbe, wie der Cotillon bei einem Ball, nur daß sich die jungen Mädchen nicht dabei betheiligen – höchstens verheirathete Frauen, ihre Eheherren zu schützen, und die Verwirrung womöglich noch größer zu machen – hallo aber das kommt hier heraus.«

»Sie werden Jemanden hinauswerfen«, sagte der Actuar ruhig – »lassen Sie uns an die Seite treten daß wir nicht in das Gewirr gerathen.«

Der Actuar hatte allerdings recht, denn unter dem Lachen, Schreien und Jubeln der Menge, durch das einzelne wilde Flüche einer, ihnen keineswegs unbekannten Stimme tönten, wälzte sich ein Haufen Menschen aus dem Saal heraus, in der Mitte einen Mann schleppend, der sich mit Händen und Füßen, wenn auch umsonst, gegen solche unwürdige Behandlung sträubte, und in dem die beiden Freunde sehr zu ihrem Erstaunen den Auswanderungsagenten Weigel erkannten.

»Laßt mich los!« schrie dieser dabei, mit den wildesten, ungemessensten Flüchen und Schimpfreden – »laßt mich los oder ich rufe die Polizei – Hülfe! – Mörder! Feuer!«

»Brüll nur mein Herzchen!« sagte aber der Verwalter von Hohleck, eine riesige breitschultrige Gestalt, der den machtlos dagegen Ankämpfenden wie in einer eisernen Klammer am Kragen gepackt hielt – »Dich könnten wir hier brauchen, die Leute heimlich beschwatzen daß sie Hof und Dienst verlassen und nach Amerika liefen – ei Du Hallunke, Du kommst mir einmal wieder vor die Fäuste.«

»Halt da – Hohmeier! laßt ihn los!« rief aber in diesem Augenblick eine andere, etwas schwer klingende Stimme, die dem also Gefährdeten zu Hülfe zu eilen schien – »der hier – Homeier – der hier ist mein Freund – mein ganz intimer Freund und den laß ich mir – Homeier, den laß ich mir nicht aus dem Hause werfen.«

Es war Niemand anderes als der Wirth, Lobsich, selber, aber, wie es die Seeleute nennen, »halb im Wind«, mit schwerer Zunge und schon etwas taumelndem Gang, daß sich der Zustand in dem er sich befand, nicht gut verkennen ließ. Er versuchte dabei den

Agenten zu halten und aus den Händen derer die ihn gefaßt hatten fortzuziehn; Hohmeier, der Verwalter schob ihn aber mit seinem linken Arm bei Seite, als ob es ein Kind gewesen wäre, und sagte ruhig:

»Geht zu Bett Lobsich, das wär' Euch viel besser heut Abend, aber mischt Euch nicht in Sachen die Euch Nichts kümmern.«

»Nichts kümmern?« rief aber der Wirth gereizt, indem er den Verwalter mit großen stieren Augen ansah – »nichts kümmern *Hoh*meier? – oh *Hoh*meier wem gehört denn dies Haus, heh? – nichts *kümmern*? wem gehört denn der rothe Drache, heh, *Hoh*meier.«

Die Schaar war indessen bis grade dorthin gekommen, wo Kellmann und der Actuar standen, und wo sie den Agenten zwischen zwei ziemlich nah zusammen wachsenden Akazienbäumen durchtragen wollten als dieser, solche letzte Gelegenheit vielleicht, benutzend, Arm und Beine auseinanderspreitzte, daß sie ihn nicht hindurchbringen konnten, während er von Neuem sein »Hülfe! Mörder! Feuer!« aus voller Kehle schrie.

»Wenn ihm nur Jemand die Beine ausheben wollte!« sagte Herr Schollfeld, der ein höchst vergnügter Zeuge der Scene war, ohne jedoch seines schwächlichen Körpers wegen selber Theil daran zu nehmen, jetzt wohlmeinend. Ein paar Knechte vom Hof, die ihren Verwalter in seinem Richteramt unterstützten, ließen sich das auch nicht zweimal sagen, und der wüthend, aber vergebens dagegen Antretende fand sich bald in der vollkommnen Gewalt der Leute, ohne im Stande zu sein auch nur den geringsten erfolgreichen Widerstand zu leisten.

»Heh *Hoh*meier!« schrie aber Lobsich, der sich indeß durch die im Garten stehenden Stühle und Tische wieder nach vorn gedrängt hatte den Mann frei zu machen, von dem er sich plötzlich einbildete daß er sein Freund sei, »laßt mir den Menschen los, sag ich Euch *Hoh*meier – Donnerwetter ich will doch einmal sehn wer hier in meinem eigenen Hause zu befehlen hat. Ihr oder ich – *Hoh*meier. Es ist mir doch was Unbedeutendes!« Er schien sich auch in der That den Leuten entgegenwerfen zu wollen; im Vorspringen, und das viele Getränk im Kopf, blieb er aber mit dem einen Fuß in einer dort stehenden Fußbank hängen, und schlug der Länge lang in den Garten, während die Knechte den jetzt wüthend um sich schlagenden Agenten rasch aufgriffen und, lachend über des Wirthes Unfall, aus der Gartenthür auf die Straße warfen.

Ein furchtbarer Lärm entstand jetzt, die Leute jubelten und lachten, und erzählten sich untereinander wie der »Auswanderungsmann« einen Schaafknecht vom Gut hätte bereden wollen als »Schaafmeister« nach Amerika auszuwandern, und vom Verwalter dabei erwischt wäre, und der »Auswanderungsmann« stand vor dem Gartenthor und schimpfte und wüthete, bis einer der Knechte das Schloß wieder aufdrückte und hinaus und ihm nach wollte, und dann auf der Chaussee stehen blieb und hinter dem davon Laufenden herfluchte, und Steine hinter ihm drein warf.

Drinnen im Saal tönte die Musik aber wieder rauschender als vorher, und die jungen Burschen durften die Zeit hier nicht länger im Garten versäumen. Während die aber wieder in den Saal drängten, Tänzerinnen zu bekommen, und Schollfeld von Kellmann angerufen war, mit ihnen zurück nach der Stadt zu gehn, blieb Lobsich noch im Garten, an dessen Thüre er trat, und nach der Straße hinaus mit lauter und immer ärgerlicher werdender Stimme Weigel's Namen schrie. Lobsich war jedenfalls stark angetrunken und wollte sehr wahrscheinlich den Mann zurück holen, um ihm jetzt ernstlich beizustehn und den Skandal noch einmal von Neuem zu beginnen.

Die drei Freunde hielten sich dabei im Schatten eines dichten Fliederbusches, von dem aufgeregten und jetzt doch nicht zurechnungsfähigen Menschen nicht bemerkt zu werden, und dann unbelästigt den Garten zu verlassen, als Lobsich's Frau, die das Toben ihres Mannes wohl im Haus gehört, von dort her und den Mittelweg herunter eilte. Ohne daß er sie bemerkte kam sie auch bis dicht an ihn hinan, und hier seinen Arm ergreifend sagte sie mit leiser, bittender Stimme.

»Lobsich – Vater – komm sei vernünftig, laß das Schreien und Toben hier auf der Landstraße und geh zu Bette – thu *mir's* zu Liebe Lobsich, wenn ich Dich darum bitte.«

»Laßmchfrieden«, stammelte aber der Betrunkene mit schwerer Zunge und suchte sie von sich abzuschütteln – »laß mchfrieden sag ich – Dnrrwttrrr – ich weiß – ich weiß was ich ss – se thun habe – «

»Aber Lobsich, ich bitte Dich um Gottes Willen«, flüsterte die Frau in Todesangst – »Du machst Dich und mich unglücklich wenn Du Dich nicht änderst – was soll daraus werden?« –

»Laßmch – frieden«, stammelte aber der Mann, sie unwillig von sich abschüttelnd, aber er verließ den Thorweg wenigstens und taumelte durch den Garten fort, seitwärts vom Hause ab – »Weibervolk«, murmelte und fluchte er dabei – Himmelsakkrments Weibervolk – Unsinn – violettblaues – ist mir doch – ist mir doch was Unbe – Unbedeutendes – « und er verschwand damit hinter den Büschen. Die Frau aber blieb, den Ellbogen auf das Thürschloß gestützt und das Gesicht in den Händen bergend, allein zurück, richtete sich aber rasch wieder auf, als sie Schritte auf sich zukommen hörte, und wollte nach dem Haus zurück.

»Frau Lobsich«, sagte Kellmann, der es war, gutmüthig, ja fast herzlich – »macht denn das Lobsich jetzt öfter daß er so über die Schnur haut?«

»Ach Sie sind es Herr Kellmann«, sagte die arme Frau beruhigt. »Lieber Gott, ich weiß meinem Herzen keinen Rath mehr, wenn er's so fort treibt; wie soll das enden?«

»Aber ich habe Ihren Mann so doch noch in meinem Leben nicht gesehn«, sagte Kellmann verwundert.

»Ach ja«, seufzte die Frau – »es ist nicht das erste Mal, aber ich habe immer gesucht es so viel als möglich zu verheimlichen, es giebt gar solch ein böses Beispiel für die Leute. Es sind auch eigentlich nur einige Wochen erst daß er so scharf zu trinken anfängt. Lieber Gott, im Kopf hat er früher schon manchmal eins gehabt, aber er artete doch nie aus, jetzt jedoch geht der Spiritus mit ihm durch, und er wird zum Thier. Ach guter Herr Kellmann, wenn Sie einmal ein recht ernstes aber doch freundliches Wort mit ihm sprechen wollten; auf Sie hält er etwas. Mir verspricht er's wohl auch«, setzte sie leiser hinzu, »aber – er vergißt es immer nur zu rasch wieder.«

»Ich will mein Möglichstes mit ihm versuchen, Frau Lobsich«, sagte Kellmann freundlich – »aber«, setzte er rascher und leiser hinzu – »dort glaub' ich kommt er schon wieder zurück, es wird besser sein wenn Sie versuchen ihn heute Abend zu Bett zu bringen; mit einem betrunkenen Menschen läßt sich Nichts anfangen.«

»Na? – Donnrrwttrrr«, stammelte aber in diesem Augenblick der Wirth, der auf seinem Zickzack Cours wieder nach der Thür zurückkam, und die Arme einstemmend einen, wenn auch vergebenen Versuch machte, mit gespreitzten Beinen vor seiner Frau stehen zu bleiben – »Dnnrrrwttrrr«, wiederholte er, herüber und hinüber schwankend – »was's das vor Wirthschaft heh? wo gehört die – gehört die Frau hin, heh? – in die Hofthür mit fremden Kerlen schwatzen heh? – ist mir doch – ist mir doch was Unbe – Unbedeutendes.«

»Aber lieber Lobsich«, nahm hier der jetzt auch hinzugetretene Schollfeld das Wort, »sein Sie doch vernünftig und gehn Sie – «

»Hallo?« rief aber der Wirth, sich halb nach dem Redner herumdrehend, in dessen hell vom Mond beschienenen Zügen er den Apotheker erkannte – »sin' wir auch hier? heh? – haben auch mit g'holfen mein' besten Freund – mein' besten Freund mit hinaus zu werfen – heh? Sie – Sie Giftmischer Sie – Sie – «

»Herr Lobsich!« rief Schollfeld ärgerlich, »Sie sind heute nicht zurechnungsfähig, sonst – «

»Was? – Pillendreher will noch – will noch raiss – raiss'niren – heh?« rief aber der gereizte Wirth und that einen Schritt gegen den Mann an.

»Aber Lobsich so bedenke doch um Gottes Willen was Du sprichst«, bat ihn die Frau, seinen Arm ergreifend – »komm mit mir in's Haus – wir haben noch so viel zu thun.«

»Viel zu thun? – heh? – habe keine Zeit mehr heut Abend – hickup« – stammelte aber der Mann gegen den Schlucken ankämpfend – »muß noch – muß noch – hickup – muß noch Wein abziehn und – und Bier trinken – hickup – und – und hahahahaha – da ist – da ist ja die ganze Gesellschaft – ja wohl – hickup – ja wohl, komme schon – komme schon meine Herrn – Lobsich ist immer da – ein verfluchter Kerl, der – der – hickup – der Lobsich – ist mir doch – ist mir doch was Unbedeutendes«, – und in einer unbestimmten Idee daß ihn vom Haus aus Jemand gerufen hätte, wobei er seine Umgebung ganz vergaß, taumelte er dem Saal wieder zu, wohin ihm die Frau ängstlich folgte. Sie mußte ihn ja zurückhalten, daß er so seinen Gästen und Leuten nicht wieder unter die Augen kam.

9. Rüstungen

»Nach New-Orleans!«

»Das ausgezeichnet schöne, 360 Last große, schnellsegelnde, kupferfeste und gekupferte dreimastige Bremer Schiff erster Klasse:

Die Haidschnucke, Capitain *E. Siebelt*, mit vorzüglicher Gelegenheit für Cajüts- und Zwischendecks-Passagiere – wird am 30. August expedirt.

Agent dafür, I. G. Weigel,

Hauptagent des Central-Bureau's für Norddeutsche Auswanderung in Heilingen, am Markt Nr. 17.«

Diese Anzeige stand am Morgen nach den, im letzten Capitel beschriebenen Vorfällen im Heilinger Tageblatt, und Dr. Haide, der Redacteur desselben, hatte die Gelegenheit nicht unbenutzt wollen vorübergehen lassen, einige entsetzliche Mordgeschichten und falsche Bankerotte aus den Vereinigten Staaten, wie zur Entmuthigung aller Auswanderungslustigen, in der nämlichen Nummer seines Blattes abzudrucken.

Weigel war wüthend darüber, und schrieb augenblicklich einen anderen Artikel dagegen; den nahm Doctor Haide aber nicht auf, weil er, wie er ganz naiv erklärte, »sich dadurch selber blamiren würde.« Übrigens sei die Sache auch schon erledigt, indem die Schiffsanzeige *für*, sein Artikel aber *gegen* Amerika und die Auswanderung wäre, und er es sich zum Grundsatz gemacht hätte, jeden Artikel nach beiden Seiten hin zu beleuchten – wenn Herr Weigel etwas gegen ihn wolle einrücken lassen, sei er keineswegs verpflichtet es aufzunehmen, und er möge ihn deshalb, wenn er damit durchzukommen glaube, nur ganz einfach darauf verklagen.

Die Abfahrt dieses Schiffes war aber für Heilingen in so fern von nicht unbedeutender Wichtigkeit, als sich mehre Familien dieser Stadt ernstlich dahin entschlossen hatten, mit demselben nach Amerika auszuwandern. So unter Anderen Professor Lobenstein, der sein Haus jetzt verkauft, und der Stadt überhaupt durch seine beabsichtigte Auswanderung höchst willkommenen Stoff zu den mannichfaltigsten Vermuthungen und Erörterungen geliefert hatte. Ja mehrere Kaffeegesellschaften der näheren Bekannten Lobenstein's waren wirklich nur einzig und allein zu dem Zweck gegeben worden, sich einmal ordentlich über die Sache »aussprechen« zu können.

Auch in dem Dollinger'schen Haus hatten die letzten Wochen bedeutende Veränderungen hervorgebracht, indem der junge Henkel Briefe von Amerika erhielt, nach denen seine Anwesenheit dort, dringend nothwendig geworden. Zwei Wechsel trafen zugleich für ihn ein, wie ziemlich starke Aufträge zu Ankäufen in Tuchen und Seidenwaaren von seinem Haus, welches Geschäft er mit Herrn Dollinger in Gemeinschaft auszuführen gedachte.

Der alte Herr Dollinger, so schwer es ihm auch wurde, und so lange er sich dagegen gesträubt, mußte da wohl endlich seine Einwilligung zu der Verbindung Clara's mit dem jungen Amerikanischen Kaufmann, über dessen Familie und Geschäft in New-Orleans er von einem dortigen Geschäftsfreund das Beste erfahren hatte, geben. Nur wunderte man sich dort, daß der junge Henkel in Nord-Deutschland sei, während man ihn auf einer größern Tour durch Italien und Griechenland vermuthet. Die Leute dort konnten nicht wissen daß der junge Mann auf dem Rhein andere Pläne für seine Zukunft geschaffen, als er sie früher vielleicht ausgesonnen.

Am letzten Sonntag war also, ganz in der Stille, die Trauung vollzogen und Clara, das liebe holde Mädchen, die Frau des jungen reichen Amerikaners – wie man ihn überall in der Stadt nannte, geworden. Jetzt galt es nun freilich noch, in der kurzen Zeit all die nöthigen und so mannichfachen Vorbereitungen zu einer Reise nach Amerika für die junge Frau zu treffen. Es sollte aber wirklich auch nicht viel mehr als eine Reise werden, denn Henkel hatte sich schon selber fest erklärt, seinen künftigen Wohnsitz keineswegs in Amerika, sondern in Havre nehmen zu wollen, wo überdies, der bedeutenden Geschäftsverbindung wegen mit diesem Hafen, ein Associé des Hauses sich aufhalten mußte. Ein oder zwei Monate gedachten die jungen Eheleute dann jedes Jahr in dem reizend gelegenen Heilingen zuzubringen, was ihnen, wie den Eltern, die jetzige Trennung sehr erleichterte, und spätestens im März oder April schon wieder nach Europa zurückkehren zu können. Die ganze Reise war dadurch wirklich fast nur zu einer etwas längeren Vergnügungsfahrt geworden.

Auch für Clara's Mutter war das Bewußtsein, ihr Kind nicht für immer zu verlieren und bald wieder in die Arme schließen zu können, eine unendliche Beruhigung, und selbst hierzu hatte es ihr einen großen Kampf gekostet, ihre Einwilligung zu geben. Clara selbst aber hing mit ganzem Herzen an dem theuren Mann, und fühlte sich vollkommen glücklich in einer Verbindung, die seit sie den Fremden kennen und lieben gelernt, ihr das Ziel ihrer irdischen Wünsche geschienen.

Was war ihr die Reise, was die Gefahr und Mühseligkeit derselben? sie wäre ihm in eine Wildniß gefolgt, und hätte sich doch glücklich an seiner Seite gefühlt.

Der junge Henkel wünschte nun die Überfahrt in einem Englischen Dampfer nach New-York, und von da mit einem Amerikanischen Dampfschiff nach New-Orleans zu bewerkstelligen, Clara fürchtete sich aber an Bord eines Dampfers zu gehn, theils der doppelten Gefahr, theils der unangenehmen Bewegung derselben in schwerem Wetter wegen, von der sie viel gehört, und da es sich jetzt gerade so traf daß eine ihr befreundete Familie, Professor Lobenstein's, ebenfalls nach New-Orleans, und in einem Segelschiff von Bremen ab auswanderte, bat sie mit diesen reisen zu dürfen. Henkel selber schien nicht recht damit einverstanden, fügte sich aber doch endlich den Bitten seiner jungen Frau.

Wenn aber bei Dollinger's im Haus wenig mehr als Wäsche und Kleider herzurichten waren, nur zu einer Reise nicht zu einer Übersiedlung nach Amerika, und man diese schon großenteils gepackt und vorausgeschickt hatte, die letzten Stunden in der Heimath durch kein Aussuchen und Packen gestört zu haben, so schien dagegen bei Professor Lobenstein das ganze Haus von innen nach außen gekehrt zu sein.

Der Professor nämlich hatte auf keinerlei Weise bewogen werden können mit seinen Sachen eine

Auction anzustellen, und nur das Nothwendigste mitzunehmen, da Fracht und Spesen unterwegs ein wirkliches Capital auffressen würden, für das er sich Alles was er dort brauchte auch an Ort und Stelle neu anschaffen könnte. Allen die ihm dies riethen zeigte er aus verschiedenen Schriften die statistisch aufgestellten Arbeitslöhne der verschiedenen Handwerker, wie die Preise der Provisionen, und bewieß ihnen auf das Klarste und Unumstößlichste was jedes einzelne Stück Meublen und Hausgeräth in notwendiger Folgerung in Amerika kosten müsse. Eben so hatte er sich mit unendlicher Ausdauer einen Überschlag der verschiedenen Frachtpreise nach New-Orleans, und von da in's Innere gemacht, bis er endlich zu dem obigen Resultat gekommen, und nun auch augenblicklich eine Anzahl Tischler in Arbeit setzte, lauter neue Kisten für seine Sachen anzufertigen.

Eine große Anzahl von diesen war nun schon, gepackt und mit eisernen Reifen beschlagen, als Fracht vorausgeschickt, eine andere Sendung sollte heute abgehn, und die letzten dann in den nächsten Tagen befördert werden, noch zur rechten Zeit an Ort und Stelle zu sein. Kellmann selbst, dem Hause eng befreundet, hatte dahin mehrere Aufträge übernommen, und kam heute Morgen, Bericht über die Ausführung derselben abzustatten.

Er selber war natürlich mit der ganzen Übersiedlung gar nicht einverstanden, hatte aber doch, als er alle Gründe des Professors dafür gehört, weit weniger dagegen gesagt, als die Familie im Anfang vermuthet und auch wohl gefürchtet haben mochte. Der Professor sei eben ein Professor, meinte er nur, und wo der einmal seinen Kopf aufgesetzt habe, ließ sich auch Nichts mehr abstreiten oder gar dagegen beweisen, man müsse ihn eben sich selber überlassen, und – es thue ihm nur um die Familie leid. Nichtsdestoweniger gab er sich jede erdenkliche Mühe ihnen, wo er es nur irgend vermochte, beizustehn, wobei er den Professor doch von manchem unüberlegten oder unpraktischen Schritt zurückhielt. So kämpfte er, und zwar glücklicher Weise mit Erfolg, gegen die unglückselige Idee des Professors an, sich hier, trotz Allem was er darüber schon gelesen, von dem Auswanderungsagenten Land und eine Farm zu kaufen. Er wollte drüben nicht »in Gefahr kommen« von Amerikanischen und betrügerischen Landspeculanten hintergangen zu werden, und seine Berechnung sämmtlicher Kosten gleich hier an Ort und Stelle machen können, was ihm nicht möglich sei, wenn er die Contracte nicht in der Tasche habe.

Kellmann, auf dessen praktisches und gesundes Urtheil er sonst überhaupt viel gab, machte ihn mit seinen ernstlichen Vorstellungen aber doch stutzig, und noch eine authentische Person über die dortigen Verhältnis zu hören, wandte er sich zuletzt an den jungen Henkel, und bat diesen um Meinung und Rath über die, ihm allerdings sehr am Herzen liegende Sache. Dieser rieth ihm aber ebenfalls auf das Entschiedenste ab, sein Geld hier an eine solche Speculation wegzuwerfen, denn dieser Weigel scheine ihm, was er bis jetzt von ihm gesehn, eine keineswegs volles Vertrauen verdienende Persönlichkeit. Er solle warten bis sie drüben wären, dort habe er Zeit genug (Kellmann hatte ihm dasselbe gesagt), und finde er in New-Orleans oder Missouri nichts Besseres, so sei er selber vielleicht im Stande ihm ein kleines reizendes Gut abzutreten, das er einmal auf einem Jagdzug in's innere Land gekauft, und jetzt noch verpachtet hätte.

»Und der Preis?«

»Er würde zufrieden sein.« Damit war die Sache für jetzt abgemacht; freilich zu Weigels Verdruß, der die Farm, wie er sich ausdrückte, nun noch »zur Verfügung« behielt.

Es mochte etwa Morgens um elf sein, als Kellmann Professor Lobensteins besuchte. Das Haus war am vorigen Tag öffentlich verauctionirt und von einem reichen Weinhändler in Heilingen erstanden worden, die Familie aber jetzt in angestrengter Arbeit eifrig bemüht das unangenehme Gefühl nicht allein zu verscheuchen, sondern auch eines vor dem anderen zu verbergen, »zum *ersten* Male in der *eigenen* Heimath *fremd* zu sein«; zum ersten Mal fremd in den Räumen, die ihrer Kindheit Spiele gesehn, und Zeuge gewesen waren ihrer keimenden Hoffnungen und Träume.

Der erste schwere Schritt zu einem neuen Leben und Wirken war aber damit geschehn; freilich auch zu gleicher Zeit die Brücke abgebrochen, die noch zurück hätte führen können in das Vaterland. Das Band war damit zerrissen, das sie noch an dieses knüpfte, und wunderbarer Weise hatte sich jetzt, wie sie sich gestern noch fast Alle gefürchtet vor dem Gedanken die lieben theueren Räume zu verlassen, ein fremdes unheimliches Gefühl zwischen sie und das Haus geworfen, und sie *ersehnten* den Augenblick wo sie hinaus konnten, fort, nur fort von hier – aus den Erinnerungen fort. Und doch sprachen sie das nicht aus gegen einander; Jedes hielt sich nur allein für so thöricht und kindisch, mit den quälenden Gedanken; keines wußte daß das Gefühl in ihrer Aller inneres Leben verwoben sei, und in des Herzens feinsten Fasern Wurzel schlug.

Die Stimmung Aller, so sehr sie sich auch hüteten dem was sie dachten Worte zu geben, war denn auch an dem ganzen Morgen schon eine stille, gedrückte gewesen, und Kellmann's Erscheinen befreite Alle wie von einer Last. Unten auf der Treppe wurde der aber schon laut.

»Na, ist das ein Vergnügen zu so einer Auswanderungsfamilie in's Haus zu kommen«, rief er, als er sich mit zusammengehaltenen Schößen zwischen einer Reihe Kistendeckel hindurchdrückte, die, mit den Nägeln nach außen, an der Wand lehnten, und dabei noch über eine Unzahl Körbe und Schachteln wegsteigen mußte, nur in die Stube zu kommen.

»Nehmen Sie sich in Acht, lieber Kellmann«, rief ihm der Professor, der seine Stimme gehört hatte, aus der halbgeöffneten Thüre entgegen (er konnte diese nicht ganz aufmachen da ebenfalls eine Kiste dahinter stand). »Sie möchten sich da draußen die Kleider zerreißen.«

»Ist schon bereits geschehen«, brummte Kellmann, indem er versuchte einen Blick nach seinem, allerdings beschädigten Rücktheil zu gewinnen, »meine Güte, wie sieht das bei Ihnen aus – ah guten Morgen meine Damen – und schon so fleißig? – was um Gottes Willen nähen Sie denn da? – Getraidesäcke für die nächste Erndte?«

»Fehlgeschossen Herr Kellmann«, rief ihm aber Marie, die sich gern mit dem freundlichen Mann neckte, entgegen – »Jacken sind das für uns, in den Busch, zwischen den Dornen und Schlingpflanzen, die uns sonst das leichte Zeug von den Schultern rissen. Warten Sie einen Augenblick, da können Sie uns gleich Ihre Meinung sagen; die meinige ist gerade fertig, und ich will sie eben anprobiren. Lassen Sie nur, ich werde schon allein fertig, dort drüben müssen wir überdies Alles allein machen – So – nun, wie gefalle ich Ihnen darin?«

»Gar nicht«, sagte Kellmann mürrisch, »ich sähe Sie weit lieber in einem leichten Ballkleid und mit Ihrem gewöhnlichen heiteren Gesicht, als in der Sackleinwand und – hm – das verdammte Amerika. Geht denn Eduard jetzt noch mit, oder bleibt er da? wo steckt er denn wieder? – der ist immer fort wenn ich komme.«

»Der geht mit, lieber Kellmann«, rief der Professor, »er konnte sich nicht dazu entschließen, seine Eltern und Geschwister allein in die Welt ziehn zu lassen, wo er ihnen vielleicht, zum ersten Mal in seinem Leben, nützlich sein würde, und ist jetzt noch in der Geschwindigkeit zu einem Tischler gegangen, die paar Wochen wenigstens zu benutzen, und doch eine Idee von dem Handwerk zu gewinnen; wer weiß was wir da Alles zu thun bekommen.«

»Wird auch was recht's davon in den paar Tagen profitiren«, brummte Kellmann – »bei wem ist er denn, bei Leupold?«

»Leupold?« rief der Professor, »der geht ja mit unserem Schiff nach New-Orleans.«

»Der Tischlermeister Leupold wandert auch aus?« rief Kellmann laut und verwundert.

»Hat sein Häuschen und seine Werkstätte verkauft, und ist jetzt wahrscheinlich schon unterwegs nach Bremen«, betätigte ihm der Professor.

»Na nu ist mir's aber doch über den Spaß«, rief Kellmann – »da läuft ja halb Heilingen fort; jetzt freut mich mein Leben; nächstens werden wir uns unsere Schränke und Schuhe und Röcke selber machen können wenn wir 'was haben wollen; ich darf nur gleich den meinigen zum Schneider schicken daß er ihn mir noch ausbessert, ehe er auch durchbrennt. S'ist wirklich zum Verzweifeln.«

»Lieber Gott«, sagte der Professor – »die Leute verlangen nur Ellbogenraum sich zu rühren; sie wollen einen Platz haben, der ihren Bedürfnissen Befriedigung verspricht.«

»Da haben Sie gleich den faulen Fleck«, rief Kellmann, »*Bedürfnisse befriedigen*, wenn die Leute lebten wie ihre Voreltern gelebt haben, und nicht mit jedem Jahre auch neue Bedürfnisse kennen lernten und befriedigt haben wollten, so hätten wir alle Platz, und das verwünschte Amerika könnte sehen wo es Hände und Fäuste bekäm zuzupacken und ihm den Boden zu bestellen. Aber ich will mich nicht länger ärgern – laßt sie laufen, nachher wird's hier erst recht gemüthlich – apropos – Ihren Freund Weigel haben sie gestern Abend im rothen Drachen hinausgeworfen – er wollte Dienstleute, ich glaube einen Schäfer, verlocken nach seinem gerühmten Amerika auszuwandern.«

»Meinen *Freund*?« sagte der Professor achselzuckend, »ich habe mit Herrn Weigel nie in einer solchen Beziehung gestanden, aber ich achte ihn als einen Mann der ein gutes Herz mit einer tüchtigen Portion gesundem Menschenverstand verbindet, und besonders schätzenswerthe statistische Kenntnisse Amerika's besitzt.«

»Bah!« sagte Kellmann, den Kopf auf die Seite werfend, und mit den Fingern schnalzend, »so viel für seine statistischen Kenntnisse; *unverschämt* ist er, das halt' ich für seine Hauptforce, und er wirft Ihnen da mit der größten Kaltblütigkeit eine Masse Zahlen in den Bart, denen man nicht gleich widersprechen kann, weil sich der Gegenbeweis eben nicht führen läßt. Wenn das Alles wahr ist was er über Amerika sagt, wäre *er* der größte Esel wenn er nicht selber hinüberginge.«

»Seine Verhältnisse gestatten es ihm nicht, wie er mich oft versichert hat«, vertheidigte ihn aber der Professor.

»Ja, das kennen wir schon«, sagte Kellmann, »und wenn mich irgend etwas glauben machen könnte daß *er* wirklich Amerika kennt, so wäre es der Umstand daß er selber nicht hinübergeht.«

»Im rothen Drachen war ja wohl gestern ein kleines Fest?« frug die Frau Professorin dazwischen, die das unerquickliche Gespräch abzubrechen wünschte.

»Ja, für die Dienstleute von Hohleck«, sagte Kellmann, »und Schollfeld und ich waren ebenfalls hinausgegangen um den Spaß mit anzusehn.«

»Und ihr Freund, der lange Actuar war nicht dabei?« lachte Marie.

»Er kam später nach«, sagte Kellmann – »der arme Teufel ist jetzt auch immer verdrießlich und niedergeschlagen.«

»Er hat sein Kind verloren«, sagte Anna mitleidig.

»Ja, und zu Hause fühlt er sich auch wohl nicht so recht wohl und behaglich.«

»Wir haben davon gehört«, sagte die Professorin – »seine Frau soll eigenwillig und heftig sein, und ihm oft gar unangenehme Scenen bereiten.«

»Seine Frau ist – « fuhr Kellmann auf, aber er unterbrach sich selber wieder, und trommelte eine Weile mit den Fingern auf dem vor ihm stehenden Tisch.

»Was ist Ihnen denn nur heute, Herr Kellmann?« sagte aber Marie, jetzt zu ihm tretend und seinen Arm berührend – »Sie schneiden ja heut Morgen ein so bitterböses Gesicht, wie ich noch fast in meinem Leben nicht an Ihnen gesehn. Ist Ihnen irgend etwas Ärgerliches begegnet? – oder – Sie sind doch nicht böse mit uns?«

»Böse mit Ihnen? lieber Gott Mariechen«, sagte Kellmann herzlich ihre Hand ergreifend – »ich müßte böse mit Ihnen sein daß Sie fortgehn und mich hier allein zurücklassen; sonst wüßt' ich wahrhaftig nicht weshalb.«

»So kommen Sie mit«, lachte Marie, indem sie neckisch zu ihm aufsah.

Kellmann seufzte tief auf, sagte dann aber kopfschüttelnd, und mit der Hand über seine Stirn streichend, als ob er sich daraus all' die trüben Gedanken verscheuchen wollte –

»Nach Amerika? – ja, weiter fehlte mir gar Nichts; aber heute sind es wirklich andere Sachen die mir im Kopf herumgehn.«

»Ist etwas vorgefallen, und können wir Ihnen helfen, lieber Herr Kellmann?« sagte Anna freundlich.

»Ach Gott nein«, sagte der kleine Mann seufzend – »es ist ein Stück von dem allgemeinen Elend, das über den ganzen Erdball hinspielt, und das uns gewöhnlich mit einem unheimlichen Gefühl, auch nicht außer dem Bereich desselben zu liegen, durchschauert, wenn wir ihm einmal auf unserem Lebenspfad begegnen. Sie sahen mich als ich vor dritthalb Stunden etwa drüben aus dem Löwen kam?«

»Ja, Sie grüßten ja herauf«, sagte die Professorin –

»Nun gut; ich war dort, einem armen Mädchen nachzufragen, das wir gestern Abend spät auf der Straße trafen, und das ich dorthin schickte Nachtquartier zu suchen« – Und nun erzählte ihnen Kellmann mit kurzen Worten das gestrige Zusammentreffen mit des unglücklichen Loßenwerder Schwester, und ebenfalls daß sich schon jetzt herauszustellen scheine, wie der arme Teufel von Loßenwerder unschuldig in Verdacht gerathen sei. Nur in reiner Verzweiflung mochte er sich den Tod gegeben haben, als man ihm das letzte, einzige das er auf der Welt hatte – seinen ehrlichen Namen – nehmen wollte – oder eigentlich schon von Gerichts wegen genommen hatte. Unsere wackeren Polizeigesetze halten ja nun einmal jeden Menschen für einen Spitzbuben, bis er nicht durch Atteste genügend dargethan hat daß – »gegen ihn noch nichts Gravirendes bekannt geworden.«

»Und was geschieht jetzt mit dem armen, armen Mädchen?« frugen fast gleichzeitig Marie und Anna – »lieber Gott, hier in der fremden Stadt, allein, ohne Mittel, ohne Freunde, wie entsetzlich müßte es da sein, wenn sie vielleicht aus rohem Munde zuerst die furchtbare Nachricht vernähme.«

»Gestern Abend«, sagte Herr Kellmann etwas verlegen, »kam uns das Ganze wirklich so schnell und überraschend, daß wir nicht die geringste Zeit zum Überlegen behielten; wir – wir gaben ihr nur ein paar Groschen und schickten sie in den Löwen, hier gegenüber, um da zu übernachten, damit sie nicht in der Stadt nach ihrem Bruder früge, und die entsetzliche Geschichte gleich in der ersten Viertelstunde erführe; heute Morgen wollte ich dann selber herkommen und sehn was sich thun ließ – «

»Und jetzt? – weiß sie was geschehen ist? frug die Professorin mitleidig die Hände faltend – Herr Kellmann zuckte mit den Achseln und sagte:

»Sie ist fort – «

»Fort? – wohin?« riefen die Frauen.

»Kein Mensch konnte mir darüber Auskunft geben, gestern Abend war sie richtig dort angekommen, und ihres dürftigen Aussehns wegen in die Gesindestube gewiesen, und dort muß sie unglückseliger Weise ihren Namen genannt, vielleicht nach ihrem Bruder gefragt und das Schrecklichste gleich erfahren haben, denn sie war, selbst ihr Bündel im Stich lassend, hinausgelaufen in Nacht und Nebel und – und nicht wieder zurückgekehrt.«

»Du lieber Gott«, sagte Anna, »wenn sie sich nur kein Leides gethan.«

»Ich bin gleich zu Ledermann und dann auf die Polizei gegangen, diese aufmerksam zu machen«, sagte Kellmann etwas kleinlaut, »werde auch selber noch mein möglichstes thun das arme Ding wieder aufzufinden, aber – ich weiß wahrhaftig nicht wo man die eigentlich suchen soll, denn sie kennt ja keinen einzigen Menschen in der Stadt.«

»Und in ihres Bruders früherem Logis? – «

»Hat sie Niemand gesehn – ich war dort.«

»Waren Sie auch schon – auf dem Kirchhof?« frug ihn Marie jetzt leise und schüchtern.«

»Wahrhaftig, daran hatte ich gar nicht gedacht«, sagte Kellmann rasch seinen Stuhl zurückschiebend, »die Möglichkeit ist da, und ich will keinen Augenblick mehr versäumen – vielleicht ist es jetzt noch nicht zu spät.«

»Und Sie sagen uns Antwort?«

»Sowie ich etwas Bestimmtes über sie weiß – aber – aber was dann mit ihr anfangen? – hier in der Stadt *kann* sie nicht bleiben«, sagte Kellmann, die Thürklinke schon in der Hand, »und überhaupt scheint mir ihr schwächlicher Körper zu grober Handarbeit gar nicht geeignet.«

»Vielleicht bietet sich da für die Schwester in demselben Haus ein Ausweg«, rief Anna plötzlich, »das für den Bruder ja so viel gut zu machen, wenn er wirklich unschuldig gelitten. Gestern Nachmittag noch klagte mir Clara ihr Leid, daß ihre Kammerjungfer, mit der sie sehr zufrieden ist, und die ihr bis dahin fest versprochen mitzugehn, plötzlich anderes Sinnes geworden wäre, und sich jetzt weigerte Heilingen zu verlassen. Clara ist so seelensgut, sie würde gewiß Alles thun was nur in ihren Kräften steht, das arme Kind den herben Verlust vergessen zu machen.

»Aber wird sich das Mädchen selber dazu eignen?« sagte Kellmann.

»Weshalb nicht«, rief aber auch jetzt Marie – »bringen Sie die Arme nur hierher, sobald Sie sie finden, und nehmen sie Henkel's nicht mit, findet Papa gewiß einen Ausweg.«

»Ja, Papa einen Ausweg«, sagte aber der Professor – »ich kann *Niemanden* mehr mitnehmen Kinder, so viel solltet Ihr eigentlich jetzt schon wissen, denn wir sind Leute genug.«

»Ach wenn sie überhaupt gehen will«, rief Kellmann, »die Passage bringen wir hier schon zusammen, und wenn sich Fräulein Anna bei Frau Henkel für sie verwenden will, wär' es ein Glück für das arme Mädchen, den hiesigen für sie so trüben Verhältnissen so rasch wieder entrissen zu werden. Doch jetzt leben Sie wohl – ich habe da nicht lange Zeit mehr zu verlieren, und hoffe Ihnen bald günstige Nachrichten bringen zu können.«

Actuar Ledermann hatte die Nacht einen heftigen Fieberanfall bekommen, und sich am anderen Morgen auf seinem Bureau entschuldigen lassen. Erst um zehn Uhr etwa fühlte er sich etwas besser, und beschloß ein wenig an die frische Luft zu gehn, in dem sonnigen Morgen draußen die trüben quälenden Gedanken zu verscheuchen.

Er ging auf den Kirchhof, das Grab seines kleinen Lieblings zu besuchen, und nahm einen Monatsrosenstock mit hinaus, ihn darauf zu pflanzen.

Der Weg der zu dem Grab, zwischen den andern Hügeln hin, führte, lief eine kurze Strecke die Mauer entlang, die bis jetzt leer gelassen und von Unkraut überwuchert lag. Nur ein einziger, unter Gras und Unkraut fast versteckter flacher Hügel war dort aufgeworfen, über dem kein Kreuz den Namen des Hingeschiedenen kündete, keine Blume ein sorgendes Herz verrieth, das dem Entschlafenen die stille Thräne nachgeweint. Und dort? – in das hohe, feuchte Gras geschmiegt, lag eine schlanke Mädchengestalt, Stirn und Antlitz in dem wuchernden Unkraut verborgen, auf dem die vollen aufgelösten Locken ruhten.

»Lieber Gott«, sagte der Actuar, mit dem Blumenstock im Arm neben ihr stehen bleibend, leise vor sich hin – »es ist doch noch viel, viel Elend in der Welt, und wenn Einem recht traurig und weh um's Herz ist, sollte man eigentlich immer hinaus auf den Kirchhof gehn. Da haben die Leute nicht ihre glatten unbewegten Alltagsgesichter vor, sondern geben sich wie sie sind, und wenn es auch eben kein Trost sein sollte andere Menschen unglücklich zu sehn, ist es doch jedenfalls einer, zu wissen daß man es nicht allein ist.« Und sich langsam abwendend schritt er dem Grabe seines Kindes zu, setzte den Blumentopf auf den kleinen Hügel, und sich selber dann auf eine dicht daneben liegende Marmorplatte, die das Grab eines anderen Menschen deckte.

Dort blieb er lange, das Gesicht mit den Händen bedeckt, und regungslos in seiner Stellung verharrend, seinen schmerzlichen Gedanken überlassen, bis die Sonne höher und höher stieg, und ein stechender Kopfschmerz ihn mahnte den, den heißen Strahlen vollkommen ausgesetzten Platz zu verlassen, wenn er sich nicht noch kränker machen wollte als er schon war. Er stand auf, und sah sich nach dem Todtengräber um, diesen zu bitten den Blumenstock für ihn einzusetzen, und fand ihn auch, nicht weit von dort entfernt, mit einem neuen Grabe beschäftigt. Langsam seinen Spaten schulternd ging er mit ihm zu dem verlangten Platz, und dort sein Handwerksgeräth neben sich in den Boden stoßend und sich den Schweiß von der glühenden Stirne trocknend, sagte er freundlich:

»Warmer Tag heute, Herr Actuar – sehn Sie einmal was für ein schönes Stöckchen; das müssen wir aber ordentlich angießen, sonst vertrocknet es gleich in der lockeren Erde – werde Ihnen das schon besorgen.«

»Bitte sein Sie so gut«, sagte Ledermann, und der Mann nahm den Stock auf, drehte ihn um und schlug mit der flachen Hand unter den Topf, diesen locker und los zu bekommen.

»Kennen Sie das junge Mädchen was da auf dem Grabe an der Mauer liegt?« frug der Actuar jetzt, als sein Blick wieder zufällig dort hinüber streifte – »dort drüben meine ich.«

»Ja ich weiß schon«, sagte der Mann, ohne den Kopf zu wenden und mit seiner Arbeit beschäftigt – »nein – sie saß vor dem Kirchhofsgitter schon heut' Morgen wie ich öffnete, um drei Uhr früh, und muß die ganze Nacht da zugebracht haben. Wie ich das Thor aufmachte frug sie mich nur nach dem Grabe eines armen Teufels, den wir hier vor kurzer Zeit zu Ruh gebracht, und ist seit der Zeit nicht von dort weggegangen. Das kommt manchmal vor.«

»Und wer liegt da begraben?« frug Ledermann schnell, dem ein plötzlicher Gedanke an das Mädchen von gestern Abend aufstieg.

»Dort an der Mauer?« sagte der Todtengräber, »ih Sie wissen ja, der kleine bucklige Bursche, der von der Brücke gesprungen war, und sich den Kopf aufgeschlagen hatte.«

Dem Actuar fuhr es mit einem eisigen Stich durchs Herz, aber er erwiederte Nichts, gab dem Mann eine Kleinigkeit für seine Dienstleistung, und ging dann langsam, als ihn dieser wieder verlassen und seine frühere Arbeit aufgenommen hatte, zu Loßenwerder's Grab, wo die Trauernde noch still und regungslos in ihrem Jammer lag. Nur das krampfhafte Zittern des Körpers verrieth das darin wohnende Leben.

»Liebes Kind«, sagte Ledermann leise – das Mädchen bewegte sich nicht – »mein liebes Kind«, sagte er lauter, und berührte ihre Schulter mit seinem Finger. Langsam hob sie das bleiche, Thränen überströmte Gesicht zu ihm empor, und als sie den fremden Mann neben sich sah, richtete sie sich verwirrt, beschämt aus ihrer Stellung auf.

»Aber wie können Sie sich hier so Stunden lang in das feuchte Gras werfen«, sagte der Actuar mit freundlichem Vorwurf – »Sie *müssen* ja krank werden – nicht wahr, Sie kennen mich nicht mehr?«

Das Mädchen sah ihn groß und verwundert an, und schüttelte dann langsam mit dem Kopf.

»Ich sprach gestern Abend mit Ihnen, draußen vor dem Thor, wo die Musik in dem Hause war«, sagte Ledermann – »hatten Sie gar keine Ahnung von dem Schicksal des Bruders?«

»Keine«, sagte die Arme leise, das Köpfchen wieder senkend.

»Und wo erfuhren Sie seinen Tod?«

Das Mädchen schauderte zusammen als sie des Augenblicks gedachte, und sagte endlich, wie mit angstgepreßter Stimme:

»Gestern Abend in dem Haus – die Leute in der Gesindestube frugen mich wo ich herkäme und um meinen Namen, und dann –

»Und dann?« frug der Actuar mitleidig, als das Mädchen schwieg und ihr Antlitz wieder zitternd in den Händen barg –

»Dann sagten sie« – setzte das Mädchen, am ganzen Körper bebend hinzu – »daß Einer der so hieß – und sie spotteten dabei über sein Gebrechen – daß Einer – hier – « sie vermochte nicht auszureden und warf sich, rücksichtslos um den neben ihr stehenden Fremden, und in krampfhafter Verzweiflung, wieder auf das Grab nieder, das sie laut schluchzend mit ihren Armen umschlang, und den Bruder rief, sie zu sich zu nehmen in sein stilles, kühles Bett.

Nur mit Mühe, und herzlichen tröstenden Worten die er zu ihr sprach, brachte sie Ledermann, als sich ihr Schmerz in etwas ausgetobt, endlich dahin sich etwas zu fassen und zu beruhigen, und ihm mehr über ihr Schicksal und sich selber zu sagen. Sie hieß Hedwig, war funfzehn Jahr alt und hatte bis zu ihrem elften Jahr bei einer entfernten armen Verwandten zugebracht, nach deren Tode sie, ein Kind noch, bei fremden Leuten in Dienst gehen mußte. Ihre Elteren schienen in besseren Verhältnissen gelebt zu haben, waren aber früh gestorben, und die Waisen sich selber überlassen gewesen. Ihr um zehn Jahr älterer Bruder Franz hatte sie dabei noch immer dann und wann von dem Wenigen was er selber verdiente, unterstützt, auch ihr vor einigen Monaten – und das mußte etwa grade vor seinem Tode gewesen sein, geschrieben, daß er recht sparsam lebe, und bald so viel zusammen zu haben hoffe mit ihr, der Schwester, nach Amerika auszuwandern, dort vielleicht ein kleines Geschäft oder irgend etwas Anderes anzufangen, ehrlich durch die Welt zu kommen. Hedwigs Aussage nach mußte er ihr auch die genaue Summe geschrieben haben, die er besaß, und als sie der Actuar dringend bat ihm den Brief zu verschaffen, wenn es irgend möglich sei, da der vielleicht vollständig des Bruders Unschuld beweisen konnte, zog sie aus ihrer Brust das zusammengefaltete und dort bis jetzt sorgfältig bewahrte Papier. Es war das letzte was sie von ihm bekommen, und als Monat nach Monat verstrich und keine neue Nachricht kam, wurde sie zuletzt unruhig und schrieb nach Heilingen. Aber auch hierauf erhielt sie keine Antwort und nicht mehr im Stande die Ungewißheit zu ertragen, verließ sie ihren Dienst und machte sich, mit wenigen Groschen in der Tasche auf, den weiten Weg zu Fuß zurückzulegen. Und ihr Empfang? großer Gott mit Spott und Hohn wurde ihr Bruder – das einzige noch auf der Welt ihr gehörende Wesen, das sie mehr als sich selber liebte – eines furchtbaren Verbrechens beschuldigt, in Folge dessen er sich selber das Leben genommen, und schlimmer, gewaltiger noch als die Nachricht seines Todes, erschütterte das reine, vertrauensvolle Herz des armen Kindes der erste *Zweifel* an den Hingeschiedenen, der doch heimlich und quälend in ihr aufsteigen wollte, wie sie sich auch dagegen sträubte; und doch *wußte* sie daß er keiner schlechten Handlung fähig gewesen sei.

Während dieser Erzählung flossen ihre Thränen stärker; wenn aber der Schmerz auch nur mehr aufgerüttelt wurde durch das Wiederdurchleben vergangener Scenen, fand sie doch auch einen Trost in dem Aussprechen über ihren Verlust. Der Actuar überlas indeß flüchtig den Brief, und den Datum mit dem verübten Raub vergleichend sah er, ob Loßenwerder nun schuldig oder unschuldig sei, daß jenes, bei ihm gefundene Geld sein Eigenthum gewesen sein müsse, schon vor dem Tag, und nicht mehr als Beweis gegen ihn gelten konnte.

So traf sie Kellmann, der von Lobensteins direct auf den Gottesacker gegangen war, das arme Mädchen aufzusuchen. Mit wenigen Worten sagte ihm der Actuar was er von ihr erfahren, und der gutmüthige kleine Kürschner setzte sich neben sie auf das Grab des Bruders, nahm ihre Hand in die seine, und diese streichelnd sprach er ihr Muth und Hoffnung in das arme gequälte Herz. Sie sollte nicht mehr allein stehn auf der Welt; er wollte Freunde für sie finden, die sich ihrer annähmen, und sie Beide, Ledermann und er, wollten nicht ruhen noch rasten bis ihres Bruders Name wieder ehrlich gemacht sei vor der ganzen Stadt; lieber Gott, sie konnten ja nichts mehr für den Armen thun.

Hedwig weinte, während er sprach; aber die Thränen lösten ihren Schmerz – die freundlichen Worte; oh die ersten wieder seit so langer, langer Zeit die sie gehört, thaten ihr wohl und bannten die Verzweiflung aus ihrem Herzen, der sie ja sonst wohl rettungslos verfallen wäre. Wieviel Segen hat schon ein herzliches Wort gebracht, dem Unglücklichen gespendet – wie viele Thränen getrocknet, wie manches Weh, wenn es nicht heilen konnte, doch gelindert.

Kellmann erbot sich dann auch, sie zu seiner Mutter zu führen, wo sie wenigstens bleiben konnte bis sich etwas Weiteres entschieden. Von Amerika sagte er ihr noch Nichts, die nächsten Tage mochten sie erst mit dem Gedanken vertrauter machen, wenn sie hörte wie viel Leute die auch ihren Bruder gekannt und liebe Freunde von ihm selber seien, gerade jetzt nach dort hinübergingen.

Hedwig zögerte noch schüchtern das gütige Erbieten anzunehmen, aber die Worte klangen so herzlich, so gut gemeint, sie stand so hülflos, so allein in der weiten Welt, der fremde Mann erschien ihr wie ein Engel des Himmels in ihrem Schmerz, und unter Thränen nahm sie seine Hand und dankte ihm, und sagte daß sie ihm folgen würde, wohin er sie führe.

10. Die beiden Familien

Der Leser muß mir noch, ehe wir unsere weitere Wanderung zusammen antreten, zu zwei Stellen folgen, in Lage und Art freilich gar sehr verschieden. Den Characteren, die wir dort finden, begegnen wir später wieder, theils auf der Reise, theils in ihrem neugewählten Vaterland.

An der Hannöverschen Grenze lag ein kleines Dorf, Waldenhayn mit Namen, und fast versteckt zwischen mächtigen Linden und Fruchtbäumen, die es von allen Seiten dicht umgaben.

Mitten im Dorf auf einem flachen, aber die ganze Ortschaft überschauenden Hügel stand die Kirche, und daneben das kleine freundliche Pfarrhaus, das sein Dach über gute und glückliche Menschen gespannt hatte, Jahrzehnte lang – und heute? – Guter Gott welche Veränderung in dem Haus – der Vater, Pastor Donner, still und ernst in seinem Sorgenstuhl, und, ganz gegen seine sonstige Gewohnheit, ordentlich eingehüllt in eine dichte Tabakswolke, die Mutter mit verweinten Augen, und doch immer geschäftig herüber- und hinübergehend, bald aus der in jene Stube, Kleinigkeiten zu besorgen die sie immer wieder vergaß, ehe sie nur das andere Zimmer betreten.

Der älteste Sohn Georg ging zu Schiff – ging nach Amerika über das weite, wilde Weltmeer nach einem anderen Vaterland, dort für den unruhigen Geist das Glück zu suchen, das er hier nicht fand, und »wann würden sie ihn – ja würden sie ihn je wieder sehen?« Oh es ist ein großer Schmerz für ein Elternherz ein Kind in der Blüthe der Jahre zu verlieren – wie viel Sorge, wie viel schlaflose Nächte hat es gemacht, bis es wuchs und gedieh; welche Hoffnungen knüpften sich an das junge Wesen, und blühten und reisten mit ihm; wie treulich wurde da nicht jeder Schritt bewacht, den noch unsicheren Fuß vor Stoß und Fall zu schützen, wie ängstlich jedem bösen Eindruck gewehrt, der Herz oder Geist hätte vergiften können. Und nun das Alles preiszugeben der Welt, ihren Verführungen, ihren Gefahren für Geist und Körper, das Alles preiszugeben und hinausgeworfen zu sehn auf die stürmischen Wogen des Lebens – sich selbst überlassen, und der eigenen, vielleicht doch noch zu schwachen Kraft. Wie viele heimliche Thränen werden da geweint, wie trüb und traurig liegt da oft des Kindes Zukunft vor dem ahnenden Blick des Vaters und der Mutter – Krankheit wird es erfassen und halten, und keine liebende Hand in der Nähe sein, es zu pflegen und ihm den Schweiß von der heißen, glühenden Stirn zu trocknen, die Verführung ihre falschen, goldblinkenden Netze nach ihm auswerfen, und keine treu warnende Stimme ihm zur Seite stehn – Noth und Mangel vielleicht in bitterem Weh auf ihm lasten, und Niemand da sein, der ihm Hülfe bringt, und den Unglücklichen tröstet und unterstützt – Mutter und Vater sind fern, fern von dem Geliebten, seine Klage dringt nicht herüber zu ihnen – ihr Trost und Hülfswort nicht zurück zu ihm.

Und ein solcher Abschied dann – der Tod pocht nicht viel härter an des Glückes Thor, und das Bewußtsein den Geschiedenen still und geschützt in kühler Erde zu wissen, auf der die treu gepflegten Blumen keimen, ist oft noch weniger bitter als dieser *freiwillige* Tod – der Fortgang über's Meer, in eine fremde, ungekannte Welt – vielleicht so ohne Wiederkehr wie jener, und ohne jedes beruhigende Gefühl der Sicherheit. Der Scheidende ist da noch immer besser, weit besser daran als die Zurückbleibenden; ihm liegt die Welt jetzt frei und offen da, jede Stunde draußen, jede Meile Wegs bringt ihm Neues, Unbekanntes, und wehrt dem Blick nur an dem einen Schmerz zu haften. Er hat auch zu sorgen, für sich und sein Gepäck, seine ganze Zukunft ist ihm in der einen Stunde in die eigene Hand gegeben – ein ungewohnt Geschäft bis jetzt – und fremde Landschaft, fremde Scenen wechseln so rasch an ihm vorüber, daß jedes Bild einen Theil des alten Schmerzes fortführt mit sich. Selbst der Gedanke an die Verlassenen hat nicht das Herbe, Bittere für ihn, als es für diese hat, wenn sie sein gedenken, und sich mit Vermuthungen quälen müssen wie es jetzt ihm geht, was er thut, was er treibt, wo er jetzt gerade weilt. *Er weiß* in welchem Kreis die Seinen sich bewegen, kennt in jeder Tageszeit ihre kleinen, häuslichen Beschäftigungen, ihr gleichmäßiges Wirken und Schaffen, und sein Herz, das immer noch daheim bei ihnen weilt, wahrt seinen festen Anhaltspunkt an sie sich unverkümmert fort, bis das Bild, von anderen dicht umdrängt in weiter immer weiterer Ferne langsam erbleicht, und nur noch auf dem Hintergrund des Herzens wie schlummernd liegt, in seinen Träumen ihn zu segnen, oder dereinst, wenn die Welt ihn kalt und rauh von sich stößt, und er allein und freundlos sich da fühlt, wieder aufzuglühen in aller Frische und Wärme, ein Trost und Hoffnungsziel, dem armen, einsamen Wanderer.

Georg war ein junger lebenskräftiger Mann von dreiundzwanzig Jahren, mit dunkelbraunen, vollen, ihm frei und ungescheitelt über die offene sonngebräunte Stirn fallenden Locken, schwarzen klaren Augen und freien, gutmüthigen Zügen, die selbst eine breite dunkle Narbe über den rechten Backen, der Autograph eines Commilitonen, nicht entstellen konnte. Er hatte Medicin studirt, und sich das Doctordiplom mit eifrigem Fleiß verdient, aber die Aussichten für einen jungen Arzt waren trüb und unversprechend in seiner Heimath, und jene fremde Welt, von der er schon so viel gelesen und gehört, zog ihn mächtig an. Sein Vater konnte und wollte dieses Streben nicht bei ihm unterdrücken; auch er erkannte die Banden, die hier einen kräftigen Geist so leicht in Fesseln legen, und ehrte den Wunsch und Drang der jungen, nach Thaten dürstenden Brust, einen Schauplatz zu finden für ihr Sehnen und Wirken, wenn er sich auch wohl selber dann wieder mit einem schweren Seufzer gestehen mußte, wie manche Hoffnung der Sohn zertrümmert, wie manche Erwartung er getäuscht sehn würde in dem neuen Leben, das jetzt ihm freilich im vollen Glanz einer aufsteigenden Sonne, von warmem Lichte übergossen winkte. Und wie würde sich sein Herz dann bewähren, das jetzt jubelnd zu den blinkenden, Flaggen- und Blumengeschmückten Wällen seiner eigenen Luftschlösser aufschaute, wenn es an deren Trümmern stand? oh daß er dann hätte an seiner

Seite stehen und ihn leiten dürfen den dunklen, schmalen Pfad zum wahren Glück – retten ihn dann vor sich selbst und seinem bittern Weh.

Aber die Zeit lag noch fern, und weshalb sich selbst den Augenblick vergiften, wo sich der Himmel noch blau und rein über seiner Zukunft spannte. Georg selbst sah auch Nichts von solchen trüben Bildern, die das Herz des Vaters oft mit banger Trauer füllten; ihm war das Thor jetzt weit und frei geöffnet, das hinaus in's Leben führte und an dessen Schwelle er stand, und nur die Trennung noch vom Vaterhaus lag schwer auf seiner Seele.

Am schwersten freilich trug gerade diese Stunde, weil ganz und ungetheilt, das Mutterherz. Nicht dachte *sie* in diesem Augenblick an die Hoffnungen die dem Sohne in der Welt draußen blühen, an die Gefahren die ihm drohen könnten; sie sah und fühlte Nichts, als die Trennung von dem *Kind*, den Abschied von dem Heißgeliebten, und wie im Traum hatte sie schon den ganzen Tag ihren gewöhnlichen Beschäftigungen obgelegen, wie im Traum noch einmal seine Lieblingsgerichte bereitet für den Abend, den letzten Abend, den er im Vaterhause zubringen würde.

Lieber Gott, die Speisen kamen Abends auf den Tisch und wurden gegessen, aber Keiner von allen, die jüngsten Geschwister ausgenommen, schmeckten was sie aßen; man sprach dabei über das an dem Nachmittag fortgesandte Gepäck, über das Wetter, über die Uhr die zehn Minuten vorging – Georg trug Grüße auf an alle seine Bekannte, die sich noch seiner erinnerten. Er hatte an dem Tag noch selber ein paar Briefe schreiben wollen, war aber nicht dazu gekommen – Vieles Andere war ihm ebenfalls entfallen; so wollte er einen Absenker von dem Rosenstock mitnehmen der vor der Mutter Fenster blühte, und jetzt blieb ihm doch keine Zeit mehr; aber während dem Essen stand die Schwester – unvermißt – vom Tische auf, ging hinaus, grub einen Absenker aus, und brachte ihn in einem kleinen Topf dem Bruder, dem sich die Thränen in die Augen zwangen – er mochte kämpfen dagegen wie er wollte als er die Gabe sah. Die Mutter stand vom Tisch auf und ging hinaus – nicht ein Wort wurde gesprochen so lange sie fort war. Die Speisen verschwanden dabei von den Tellern und der Wein wurde getrunken, und die Mutter kam zurück und nahm ihren Platz wieder ein, lautlos wie vorher; man konnte den langsamen Gang der Uhr hören, an der Wand.

Da endlich füllte der Vater sein Glas bis zum Rand, hob es mit der Linken und ergriff mit der anderen Georgs Hand. Er hatte etwas zum Herzen des Sohnes, zum Trost vielleicht der Mutter sprechen wollen, aber die Worte schwollen ihm im Mund – er brachte eine volle Minute keine Sylbe über die Lippen, und sich gewaltsam fassend und zusammennehmend sagte er endlich.

»Auf ein frohes Wiedersehn Georg!«

Georg preßte des Vaters Hand und trank ihm und der Mutter und den Geschwistern zu – und die Mutter hob ihr Glas und stieß mit dem Sohne an, aber mehr vermochte das Mutterherz nicht – zu lange hatte sie jetzt gewaltsam gegen ihr eigenes Gefühl an- und den Schmerz niedergekämpft, den Anderen zu Liebe; länger war sie es nicht im Stande, und das Glas mit zitternder Hand niedersetzend, daß der Wein über und auf das Tischtuch floß, stand sie auf, warf die Arme krampfhaft um den Hals des Sohnes und schluchzte laut.

»Mutter, liebe – liebe Mutter – «

»Mein Kind – mein Kind«, jammerte die Frau und der Schmerz wuchs an Heftigkeit, wie der mächtig aber still dahinwälzende Strom schäumend hinausdonnert in's Freie, wo er sich erst einmal Bahn gebrochen aus seinem Bett – »mein liebes – liebes Kind.«

»Aber Mutter«, bat der Pastor, »fasse Dich; es ist ja doch nur vielleicht auf kurze Zeit, bis sich der Junge draußen die Hörner abgelaufen, und ihm die Heimath anders aussieht wie jetzt; dann kommt er wieder.«

»Liebe – liebe Mutter«, flüsterte Georg, sie innig an sich schließend, und auch ihm erstickten unaufhaltsam fließende Thränen die Stimme.

Die Geschwister weinten auch, und der Vater war aufgestanden und ein paar Mal mit raschen Schritten, wie um den Anderen Zeit zu geben, eigentlich aber nur seine eigene Fassung wiederzugewinnen, im Zimmer auf- und abgegangen. Jetzt blieb er neben der Gattin und dem Sohne stehn, und sie langsam trennend sagte er mit sanfter, bittender Stimme:

»Kommt Kinder, kommt – macht Euch selber nicht das Herz zum Brechen schwer; das ist unrecht. Überdies quält Ihr Euch zweimal, und habt morgen früh noch dasselbe Leid. Es ist eine lange Trennung, aber keine Trennung für's Leben – wir sind Alle noch rüstig und gesund, und werden uns, will es Gott, hoffentlich Alle einmal froh und freudig in die Arme schließen können.«

»Aber Du schreibst bald, Georg«, flüsterte die Mutter sich mit aller Kraft zusammennehmend – »Du läßt uns nie lange ohne Nachricht, nicht wahr Du versprichst mir das?«

»Gewiß Mutter, gewiß – so oft ich kann – aber ängstigt Euch nur auch nicht, wenn einmal ein Brief länger ausbleibt als gewöhnlich; der Weg ist weit, und ein Brief kann leicht verloren gehn.«

»So, und jetzt zu Bett Kinder«, mahnte der Vater – »es ist spät geworden, sehr spät, und Du mußt früh wieder heraus Georg, die Post nicht zu versäumen; sind Deine Koffer hinübergeschafft?«

»Es ist Alles drüben«, sagte die Mutter, sich aus den Armen des Sohnes windend und ihre Thränen trocknend, »nur sein Überrock ist noch hier, den er anzieht, und die kleine Tasche in die er morgen früh sein Nacht- und Waschzeug steckt – doch das besorg' ich schon selber und werd' es nicht vergessen. Ich bin früh auf, Georg, Du mußt ja doch auch noch Deinen Kaffee haben bevor Du gehst.«

»Gute Nacht Mutter!« rief Georg, umschlang sie noch einmal und küßte ihr Lippen, Augen und Stirn, »gute Nacht meine gute, gute Mutter – gute Nacht!«

»Gute Nacht mein Georg, mein Kind«, sagte die arme Frau unter Thränen – »schlaf nur jetzt recht aus – zum letzten Mal unter unserem Dach – für die nächste Zeit wenigstens«, setzte sie rasch hinzu – »denn mit Gottes Beistand hoff' ich soll es nicht das letzte Mal gewesen sein – und – und meinen Segen nimm mit Dir, wohin Du gehst – wo Du weilst – was Du thust – – er ruhe auf Dir, mein gutes, gutes Kind!«

Georg beugte sich unwillkürlich dem ernsten heiligen Wort – seine ganze Gestalt zitterte dabei, und die Mutter mußte sich endlich mit freundlicher Gewalt aus seinen Armen winden; dann aber floh sie auch hastigen Schrittes aus dem Zimmer, sich in dem eigenen Kämmerlein recht, recht herzlich auszuweinen.

Die Geschwister sagten dem Bruder jetzt gute Nacht – die älteste Schwester Louise hing lange an seinem Hals, aber riß sich los, den Schmerz der Eltern nicht zu vermehren. Die Jüngeren küßten ihn auf die Wangen und sagten. »Gute Nacht Georg – weck' uns nicht zu spät morgen früh, daß wir Dir auch noch können glückliche Reise wünschen.«

Georg küßte sie herzlich und bat sie brav und gut zu sein, und Vater und Mutter Freude – viel Freude zu machen, denn er selber ginge nun fort, und die Eltern würden deshalb recht traurig sein.

»Gute Nacht Georg«, sagte der Vater, als die Kinder zu Bett gegangen waren, und Alle, außer ihm, das Zimmer verlassen hatten, »habe keine Angst daß Du die Post morgen verschläfst, ich wache schon auf zur rechten Zeit – gute Nacht mein Sohn. Komm komm, fange nicht selber wieder an, und mach' mir das Herz nicht schwer vor der Zeit – aber Georg, um Gottes Willen was ist Dir? – sei ein Mann – Nun ja – so lange die Frauen da waren hat es mir auch das Herz fast abgedrückt – man darf es sie ja nicht so merken lassen, sonst zerfließen sie ganz – «

»Mein lieber – lieber Vater«, schluchzte Georg an seinem Halse.«

»Mein guter, guter Sohn!« flüsterte der Pastor, des Kindes Stirne küssend, und jetzt selber im Innersten ergriffen und bewegt – »bleibe brav – bleibe so brav wie Du bist – ich kann Dir nichts Besseres wünschen – trage Gott im Herzen und Dich selbst, und – Deiner alten Eltern Bild, deren Segen Dir folgt auf allen Deinen Wegen.«

»Mein Vater!«

»So mein Sohn – jetzt gute Nacht und bete zu Deinem Schöpfer daß er uns morgen in der schweren Abschiedsstunde stärkt – gute Nacht mein Georg – gute Nacht.«

Leise machte er sich los aus des Sohnes Arm, küßte ihn noch einmal, und verließ dann rasch das Zimmer. Georg aber blieb lange, lange Minuten auf dem Stuhle sitzen wo ihn der Vater verlassen, das Gesicht in seinen Händen bergend.

»Gute Nacht«, flüsterte er endlich leise und kaum hörbar, als Alles schon im Hause still war, und zu Ruhe gegangen – »gute Nacht Ihr Lieben und Gott schütze Euch und mich; aber nicht möglich wäre es mir, die furchtbare Trennungsstunde noch einmal durchzuleben, nicht möcht' ich Dir Vater, Dir Mutter den Schmerz, das bittere Weh zum zweiten Mal bereiten. Es ist vorbei – Alles vorbei, und wenig Stunden noch und die Heimath selber liegt, ein schöner Traum nur, in der Erinnerung Tiefe. So denn an's Werk« setzte er fest und entschlossen hinzu, »und ob das Herz darüber brechen will, »durch« ist mein Wahlspruch jetzt, durch Nacht zum Licht – *durch.*«

Und mit den, fest zwischen den zusammengebissenen Zähnen gemurmelten Worten stand er auf, und sein Schlafzimmer öffnend warf er den Rock ab, und badete Gesicht und Nacken in kühlem Wasser. Dann, als er die Glut die ihn durchtobte, in etwas gelöscht, packte er den kleinen Nachtsack mit den, sorglich für ihn auf dem Waschtisch ausgebreiteten Gegenständen, zog sich wieder an, knöpfte den Überrock bis an den Hals zu, denn die Nacht war kalt, und nach der gehabten Aufregung fröstelten ihn die Glieder, und im Zimmer umherschauend fiel sein Blick auf den, unter dem Spiegel stehenden, für ihn eingeschlagenen Rosenstock. Rasch barg er ihn in der weiten Tasche seines Überrocks, öffnete dann das Fenster, das in den Garten hinaus und von da über den Kirchhof führte, der Landstraße zu, und schwang sich auf das Fensterbret.

»Ade!« flüsterte er, »ade Du trautes, liebes Haus, ade – Gott halte seine Hand über Dir, und schütze die lieben Menschen – ade, ade.« Und von dem Bret hinunterspringend in den Garten, durcheilte er diesen, schwang sich leicht über die Kirchhofmauer, die er als Kind unzählige Male überklettert, und schritt dann langsam und traurig seinen einsam dunklen Weg entlang.

Noch hob sich die Sonne nicht über den östlichen Fichtenhang, und der dämmernde Tag grüßte eben die schlummernde Erde, als sich die Mutter von ihrem Lager hob, das Mädchen weckte daß es Feuer in der Küche mache, den Kaffee bereit zu halten, und dann den Mann rief, dem Sohn ade zu sagen. Pastor Donner hatte aber auch nur in unruhigem Schlaf gelegen – die Gedanken und Sorgen ließen ihn nicht ruhen, und wie aus bösem Traum fuhr er oft empor, mit einem wehen Stich durch's Herz zurückzusinken, *daß* es eben kein Traum sei, der ihn bedrücke und quäle.

Er stand auf, zog sich an, und während die Mutter draußen in der Küche sorgte, dem Sohn ein rasches Frühstück zu bereiten, ging der Vater hin ihn zu wecken.

»Georg!« sagte er, als er die Thür öffnete, die in des Sohnes Kammer führte – »Georg – es wird Zeit – heiliger Gott!« unterbrach er sich aber rasch und erschreckt als er das Gemach leer, das Bett unberührt und keine Spur mehr von dem Kinde fand – »heiliger, erbarmender Gott – er ist fort.« Und wie er sich auch vorgenommen sich zu fassen, und der Frau, dem Kind, die letzten Augenblicke nicht mehr zu erschweren, durch seine eigene Schwäche, traf ihn *der* Schlag doch zu hart – zu unerwartet. In diesem Augenblick betrat die Mutter das Zimmer, und sah wie der Vater sich erschüttert von der Thür abwandte und das Antlitz in den Händen barg.

»Mein Sohn – mein Kind!« stammelte sie, in der sie durchzuckenden Ahnung des Geschehenen, der sie wie ein jäher Schlag in's Herz traf – »wo ist – wo ist Georg?« Aber der Vater zog sie an die Brust, und ihre Stirn, auf die seine heißen Thränen fielen, küssend, flüsterte er leise:

»Er hat uns den Schmerz des Abschiedes sparen wollen, Louise – er ist fort.«

»*Fort!*« hauchte die Frau – kaum noch den Sinn der Worte fassend, und brach bewußtlos in den Armen des Gatten zusammen.

Außerhalb Waldenhayn, wenn auch noch zu demselben Kirchspiel gehörend, und dicht an der Grenze des bis hier herniederlaufenden Holzes, stand ein kleines, schon halb verfallenes Haus, das früher einmal von einem Forstgehülfen des herrschaftlichen Waldes bewohnt, dann aber nicht mehr benutzt, und um ein Billiges, eigentlich auf Abbruch, verkauft worden war. Der Mann der es kaufte aber, hatte früher ebenfalls in herrschaftlichen Diensten gestanden, und dann das Metzger-Handwerk getrieben; sein wildes, liederliches Leben jedoch ließ sein Geschäft nicht fördern, noch vorwärts gehn. Er schien auch keine rechte Lust an einer regelmäßigen Arbeit zu haben, heirathete dann, als er Alles was er sein nannte, durchgebracht, ein Mädchen vom herrschaftlichen Gut, das den Dienst dort verlassen mußte und von dem Herrn selber eine Abstandssumme bekam, und kaufte mit dem Gelde eben das kleine unwohnliche Gebäude, das er nichtsdestoweniger bezog, und sich jetzt angeblich vom Viehhandel ernährte. Er zog im Lande herüber und hinüber, und kaufte und verkaufte Vieh, mehr aber noch trieb er sich in den Wirthshäusern herum, wo er trank und spielte, und den schlimmsten Ruf im Lande hatte, den ein Mensch haben kann, ohne daß jedoch die Polizei den mindesten Halt an ihn bekommen konnte. Aber die ordentlichen Leute zogen sich von ihm zurück; Niemand mochte Umgang mit ihm oder seinem Weibe haben, und auf dem Weg zu seinem Hause wuchs Gras; wen dort nicht ein besonderes Geschäft hinführte, betrat ihn nimmer.

So hatte der »schwarze Steffen«, wie er im Lande seines dunklen Haares und Aussehns wegen hieß, sechs Jahre in dem kleinen Haus gewohnt, und sein Weib ihm, außer dem Kind das sie in die Ehe gebracht, noch drei andere geboren. In der letzten Zeit tauchte dabei ein anderer Verdacht gegen ihn auf, daß er sich nämlich unter der Hand mit Wilddieben einlasse, und – wenn auch vielleicht nicht selber wildere, doch das Gestohlene kaufe und unterbringe.

Sicher ist, daß nicht alles Fleisch was er zu Markte führte, im Stall gemästet worden, und als nun auch gar einmal, und vor nicht so sehr langer Zeit, ein Forstgehülfe, in Ausübung seiner Pflicht, erschossen worden, wurde die Aufsicht über den schwarzen Steffen, dem man aber doch nicht zu Kragen konnte, so scharf geführt, und diesem zuletzt so unerträglich, daß er schon ein paar Mal mit den Forstbeamten im Wirthshaus Streit gesucht und gefunden, und ihm zuletzt von der Herrschaft, nach lange geübter Nachsicht, der Befehl zugestellt wurde, das auf den Abbruch damals erstandene Haus, von dem übrigens kein Ziegel mehr sein gehörte, zu räumen und abzutragen oder stehen zu lassen, wie es ihm gefalle, seinen Wohnsitz aber, wider ihn eingelaufener Klagen wegen, wo anders zu nehmen, vom ersten des nächsten Monats an.

Steffen war heute einmal ausnahmsweise den ganzen Tag zu Haus geblieben, und hatte manche von seinen Sachen, wobei ihm die Frau half, zusammengetragen und in einen Ranzen gepackt. Die Kinder aber achteten wenig darauf; sie waren gewohnt daß der Vater oft fortging, und dann immer mehre, manchmal sogar acht Tage fortblieb, ehe sie ihn wieder zu sehen bekamen, oder auch nur von ihm hörten. Fragen, wohin er ging, durften sie nie.

Der Vater war übrigens mürrischer heute als je – er sprach fast kein Wort, trank aber oft aus der Flasche, die zum ersten Mal offen in der Stube stand, und woraus sich auch die Mutter zweimal einschenkte, und sich dann zu dem jüngsten Kinde setzte, und es auf den Schoos nahm und küßte.

»Weshalb weinst Du, Mama?« sagte das zweite Kind, ein Junge von etwas über fünf Jahren – »hat Dir Jemand 'was zu Leid gethan?«

»Weil sie eine Närrin ist«, brummte der Vater, der die Frage gehört hatte, und jetzt einen ärgerlichen Blick nach der Frau schoß – »ich dächte wir hätten nun genug darüber geschwatzt und die Sache wär' abgemacht.«

»Nun ja – ich sage ja auch kein Wort mehr dagegen«, erwiederte die Frau – »es – es überkommt Einen nur noch manchmal so – nachher wird's besser und – es geht ja doch nun einmal nicht anders«, setzte sie still und schwer vor sich hinseufzend, hinzu.

Steffen entgegnete nichts weiter darauf, schickte aber bald darauf, unter irgend einem Vorwand, die Kinder mitsammen hinaus in den Garten, und sagte dann, als er sich mit der Frau allein sah, mürrisch und finster.

»Du flennst und flennst, und wirst die Bälge noch zuletzt aufmerksam und ängstlich machen mit Deiner Heulerei – kannst Du sie hier ernähren, so bleib da, ich habe Nichts dagegen; kannst Du's aber nicht, dann sei auch vernünftig und mach' jetzt keine dummen Streiche – es wär' ein Spaß, wenn sie uns abfaßten, und Du weißt am Besten was uns nachher bevorstünde.«

Die Frau war schlank und voll gewachsen, mit besonders kleinen Händen und Füßen, mußte auch einmal in früheren Jahren wirklich schön gewesen sein, und mehr noch als nur die Spuren war ihr davon geblieben, hätte sie eben etwas gethan sich das zu erhalten. Aber in ihrem ganzen Äußeren ging sie, wenn nicht geradezu unreinlich, doch vernachlässigt; die ungeordneten Haare wurden durch einen zerbrochenen, ächten Schildpatkamm, und durch ein schwarzes abgescheuertes Sammetband, in dem vorn eine große bronzene Broche mit einem unächten Turquis saß, gehalten; in den Ohren hingen ihr ebenfalls lange emaillirte unächte Ohrringe, die mit dazu beigetragen hatten ihr bei ihren bescheidenen und einfachen Nachbarn den Namen der »stolzen Jule« zu geben, und das Kleid von gutem Stoff und nach neuem Schnitt gemacht, zeigte unausgebesserte Risse, und Spuren von Fett, in Streifen und Flecken, die schlecht zu dem blitzenden falschen Schmucke paßten.

Auch in den Augen selber lag etwas Keckes, Unweibliches, das aber doch jetzt einem mächtigeren Gefühl gewichen war, denn nur manchmal, bei den rauhen Worten, blitzte es an gegen den Mann, und um die Lippen zog sich dann ein eigener fester Zug von Trotz und Zorn.

»Ich hab' Dir genug zu Willen gethan, daß ich mit Dir gehe und die Kinder zurücklasse«, sagte sie dann nach kleiner Weile – »wenn's mir das Herz dabei zusammenzieht, wärst Du schlimmer wie ein Thier, wolltest Du's mir wehren. Der Wolf läßt seine Brut nicht im Stich, und wir wollen fort – «

»Der Wolf hat auch draußen zu leben, und für die Jungen Milch – wer giebt's uns?« zischte der Mann zwischen den zusammgebissenen Zähnen durch – »wir könnten krepiren hier im Nest, keine Katze miaute deshalb im ganzen Kreis.«

»Ich weiß es, ich weiß es«, sagte die Frau, »und das ist das Einzige was mich freut, daß wir ihnen jetzt einen Streich spielen – den Lumpen. Und wie sie schreien und schimpfen werden – aber ernähren müßen sie sie doch, davon hilft ihnen kein Gott. Leid thut's Einem freilich immer, die armen Dinger, die noch Nichts von der Welt wissen und begreifen, so allein zurückzulassen – wenn ich das Jüngste nur mitnehmen dürfte – « setzte sie leise hinzu.

»Komm mir nur jetzt nicht wieder mit dem alten Gewäsch«, rief aber der Mann finster und ärgerlich – »ich dächte das hätten wir über und genug besprochen und überlegt, und wären einig darüber.«

»Überlegt gar nicht«, sagte aber die Frau, die Brauen fest zusammenziehend – »wenn ich davon anfing hast Du mich immer grob angefahren und ausgezankt, und Deinen Willen gehabt dabei, wie bei allem Anderen. Ich weiß daß ich nicht zu den Weichen gehöre, aber – Mutter bleibt doch Mutter, und – 's ist immer ein häßlich unnatürlich Ding.«

»Papperlapapp!« sagte der Mann den Kopf herüber und hinüber werfend – »unnatürlich – natürlich ist's allerdings nicht daß die Scheunen ringsherum voll liegen, und das reiche Lumpenpack das Geld mit vollen Fausten zum Fenster hinauswirft, während wir hier trocken Brod nagen sollen, und das nicht einmal immer kriegen – schöne Natürlichkeit das.«

»Wenn Du nur nicht den dummen Streich mit dem – «

»Halt's Maul!« brummte aber der Mann mürrisch – »ich sollte mich wohl erwischen und anzeigen lassen, daß ich jetzt im Zuchthaus säß und spänn – Gott verdamm mich, ich schösse eher die ganze Bande über den Haufen, einen nach dem anderen – bist Du nun fertig mit Deinen Sachen?«

»Ja!« sagte die Frau leise und unwillkürlich zusammenschaudernd – »es kann fort gehn.«

»Wir wollen aber doch warten bis es dunkel ist«, sagte Steffen nach kleiner Pause; »besser ist besser, und der Märtens unten an der Straße braucht nicht gleich zu wissen daß wir fortgefahren sind, beide zusammen, seine Nase hineinzustecken vor der Zeit; er ist mir so schon ein paar Mal hier oben herumgekrochen, wo er Nichts zu suchen hatte.«

»Aber wenn sie uns nun doch vor der Zeit vermissen?« sagte die Frau, »und unserer Spur nachgehn; wenn's jetzt schlimm ist, nachher wird's erst bös, und wir dürften dann nur gleich mit Sack und Pack abziehn.«

»In's Arbeitshaus, eh? – nein, eine Weile halt' ich sie uns schon von den Hacken, und Gefahr daß sie uns finden, hat es auch nicht. Wo wir zur Eisenbahn kommen bin ich bekannt, und habe schon manchmal Vieh da gekauft, wenn sie auch eben meinen Namen nicht wissen, und wenn wir fortgehn, lasse ich einen alten Hut von mir und das gelbe Tuch von Dir unten an dem tiefen Wasserloch unter den Erlen. Sobald Jemand hier in der Gegend vermißt wird, suchen sie dort immer zuerst, und der Schulze im Dorf hat das Pulver nicht erfunden, dem ist leicht was aufgehängt. Bis sie eine Weile stromab geangelt haben, sind wir hoffentlich unterwegs, und wenn nicht unter, doch über dem Wasser. Aber ich will jetzt noch einmal hinunter zum Märtens gehn und Mehl holen; es ist auch heute der gewöhnliche Tag, und hierher kommt nachher keiner so leicht, nimm Du indeß die Kinder vor, und instruire sie wie sie sich zu verhalten haben.«

Und seine Mütze aufgreifend steckte Steffen die Hände in die Taschen, und schlenderte langsam den Hang hinunter dem nächsten, eine gute Viertelstunde entfernten Hause zu, während die Frau die Kinder zu sich hereinrief, das Jüngste, ein kleines liebes Mädchen von anderthalb Jahren, auf den Schoos nahm, und sich damit still und lautlos in die Ecke setzte.

Die Sonne neigte sich indessen ihrem Untergang, und der Vater kam nach etwa einer Stunde, als es schon völlig dunkel geworden war zurück – die Mutter saß noch immer mit dem Kind auf dem Schoos, das bei ihr eingeschlafen war, und hielt es fest an sich gedrückt.

»So Jule, es ist Zeit«, sagte der Mann, seine Arbeitsjacke abwerfend und den Rock anziehend, »weiß die Albertine was sie zu thun hat?«

Die Frau zitterte am ganzen Leib, aber sie erwiederte kein Wort, stand auf, küßte das Kind das sie auf dem Arm trug, und legte es in sein Bettchen – einen Kasten, der in der Ecke der Stube stand.

»Albertine«, sagte sie dann zu der Ältesten, und wandte sich von der düster brennenden Öllampe, die Steffen auf den Ofen gestellt hatte, ab, daß die Tochter ihr nicht in die jetzt wirklich todtenbleichen Züge schauen sollte – »ich gehe mit dem Vater heute Abend eine Weile fort – den Karl bring ich erst noch zu Bett – sollten wir morgen früh nicht bei Zeiten da sein, so – so zieh die Kinder an und gieb ihnen zu essen – der Brodschrank ist offen, und Milch steht unter der Diele in der Schüssel – Du paßt mir auf daß den Kleinen Nichts passirt – Du – Du bist ja schon ein großes Mädchen.«

»Und geht mir nicht vor die Thür morgen, bis wir nicht wieder da sind«, sagte Steffen, »wie ich heut Abend drunten gehört habe, ist hier ein toller Hund herumgelaufen. Das Beste wird sein Ihr haltet die Hausthür zu, daß er nicht etwa gar herein kommt.«

Die Frau hatte dabei das etwa dreijährige Mädchen das indeß gar schläfrig geworden war, ausgezogen und in sein Bettchen gelegt – und der Junge, Carl, saß auf der Bank am Fenster, noch auf sein Abendbrod wartend. Aber er sah auch erstaunt dabei die Eltern an, die noch nie so spät Abends fortgegangen waren, und auch wohl noch nie, oder doch nur selten gar so freundlich mit ihnen gesprochen hatten.

»Was für ein Hund ist es, Vater?« frug er jetzt, da der Gedanke an den tollgewordenen Hund ihn besonders interessiren mochte – »Märtens' Bello? der kennt mich, und beißt mich nicht.«

»Nein, der große Türk aus dem Dorfe unten«, sagte Steffen – »der den Müller auch schon einmal gebissen hat.«

»Oh der ist schlimm!« rief der Knabe erschreckt – »da geh' ich gewiß nicht hinaus.«

»Geh' nun zu Bett Carl, es ist spät«, sagte der Vater.

»Ich habe mein Abendbrod noch nicht«, brummte der arme kleine Bursch.

»So? – dann wird Dir's Albertine geben – und – seid brav und folgt ihr – «

Er gab dem Knaben und ältesten Mädchen die Hand, und ging zu den Bettchen der Kleinen die er küßte; dann aber als ob er sich einer solchen Regung schäme, richtete er sich rasch wieder auf, drückte den Hut in die Stirn, und sagte, das Zimmer verlassend, und noch in der Thür sich umdrehend:

»Ich warte auf Dich unten am Wasser – mach schnell!«

»Sei ein gut Kind Albertine, und hab mir gut auf die Kleinen Acht«, flüsterte die Frau jetzt dem Mädchen zu, das eben dem Bruder ein Stück Brod und Salz gegeben hatte, an dem der aß und verwundert dabei hinter den Vater her aus der Thür, und nach der Mutter schaute, die lange – o lange Zeit nicht so freundlich mit ihnen gesprochen hatte.

»Aber Mutter wo geht Ihr nur hin?« – frug das Mädchen, der das Benehmen der Eltern ebenfalls auffiel, verwundert.

»Auf's Amt«, sagte die Frau, auf die Frage schon vorbereitet – »wir müssen morgen früh mit Tagesanbruch in der Stadt sein, und wollen gehn so lang's kühl ist.«

»Und wann kommst Du wieder?«

»Hoffentlich morgen gegen Abend – wenn wir fertig werden; auf dem Amt sind sie aber gar weitläufig – manchmal dauert's länger als man denkt. Geht mir aber nicht vor die Thür, Ihr habt zu essen genug – jedenfalls sind wir morgen Abend um die Zeit wieder da – und acht' mir auf die Kleinen, Tine – sei ein vernünftig gutes Mädchen – Du bist groß genug. Und – wenn Jemand nach uns fragen sollte, so sag nur wir wären in den Wald gegangen, und kämen gleich wieder – es wird aber wohl Niemand fragen«, – setzte sie leise, und wie zu ihrer eigenen Beruhigung hinzu.

Sie sah sich im Zimmer um, ob sie Nichts vergessen habe – ihr Bündel lag aber versteckt draußen vor der Thür, wie der Mann seine gepackte Jagdtasche ebenfalls draußen verborgen gehabt und jetzt mitgenommen hatte. Ihr Blick überflog auch nur flüchtig den kleinen Raum, und haftete dann auf dem Bettchen des jüngsten Kindes – sie konnte nicht widerstehn, und trat noch einmal zu dem schlummernden Kind.

»Geh doch hinaus Tine, und hole ein paar Stücken Holz herein, so lang ich noch hier bin, daß Du morgen früh Kaffee kochen kannst – ich bleibe so lang bei den Kindern«, setzte sie langsam und ohne das älteste Mädchen dabei anzusehn, hinzu. Dieses ging, und in wilder, fast ängstlicher Hast küßte die Frau jetzt die kleine, schon sanft schlummernde Line, und hob dann das Jüngste aus seinem Kasten, auf dessen rosige Lippen sie den eigenen Mund in wilder Heftigkeit preßte, bis es schrie. Die Thränen – die Mutter *konnte* sich nicht ganz verleugnen in dem Augenblick – liefen ihr dabei voll und schwer die Wangen hinunter, und erst als sie das Älteste mit dem Holz zurückkehren hörte, legte sie das leicht beruhigte Kind wieder auf sein Lager, und küßte den Jungen, dem die Thränen auch anfingen in die Augen zu steigen. Er wußte freilich nicht recht weshalb, und nur vielleicht weil er die Mutter weinen sah, wurd' es ihm auch so weh und weich um's Herz.

»Aber Mutter, was ist Dir nur heute Abend?« sagte das Mädchen, dem die außergewöhnliche Bewegung derselben unmöglich entgehen konnte – »was habt Ihr nur, Du und der Vater?«

»Bah – der Vater war garstig mit mir, und wir haben uns gezankt«, sagte die Mutter, das Gesicht abwendend von dem Kind.

Ein scharfer Pfiff von draußen her schlug an ihr Ohr, und sie fuhr erschreckt in die Höhe.

»Ja – ich komme schon!« murmelte sie, kaum hörbar, vor sich hin, »so adieu Albertine – hab auf die Kinder Acht, und – *behüt Euch Gott*!« und mit dem, wie scheu geflüsterten und vielleicht seit langer, langer Zeit nicht ausgesprochenen Segen, verließ sie rasch das Zimmer und das Haus.

»Was zum Teufel trödelst Du denn da drin, und läßt mich eine Stunde hier warten?« rief der Mann mürrisch, als sie ihn endlich an der verabredeten Stelle traf – aber die Frau erwiederte kein Wort, und die fieberheiße Stirn in die Hand pressend, folgte sie dem, jetzt ebenfalls finster und schweigend Voranschreitenden, durch die Nacht.

Zweiter Teil

1. Die Seestadt

Am 29. August Abends zehn Uhr rasselten zwei Droschken durch die engen, noch ziemlich belebten Straßen Bremens, und hielten, dicht hintereinander, vor dem offenen Thorweg des »Hannoverschen Hauses« aus dem ein paar geschäftige Kellner sprangen, die Neuangekommenen in Empfang zu nehmen.

»Um wie viel Uhr fährt morgen früh die Haidschnucke ab?« frug ein ältlicher Herr, der in einen weiten Mantel gewickelt hastig aus dem ersten Wagen stieg, indeß aus dem anderen ein paar Damenhüte schauten, als ob sie noch unschlüssig wären hier auszusteigen oder weiter zu fahren.

»Haidschnucke?« sagte der Oberkellner etwas verblüfft den Fremden und dann den ebenfalls herzugekommenen Hausknecht anschauend – »Haidschnucke?«

»Weet ick nich« erwiederte dieser, kurz angebunden, und fing an, ohne weiter zu fragen die verschiedenen, vorn auf dem Bock aufgehäuften Koffer und Hutschachteln von diesem herunter zu ziehen.

»Das Schiff Haidschnucke, Capitain Siebelt, nach New-Orleans bestimmt«, erklärte der Fremde – ein alter Bekannter von uns, Professor Lobenstein – dem Kellner indeß; »der Abgang war auf morgen früh bestimmt, und ich wollte schon gestern hier sein, bin aber um einen Tag aufgehalten worden.«

»Ach Sie meinen ein Seeschiff«, sagte der Kellner beruhigend, »da brauchen Sie keine Angst zu haben; die gehen selten so pünktlich – befehlen Sie zwei oder drei Zimmer?«

»Ja selten so pünktlich«, wiederholte der Professor ungeduldig – »darauf kann ich mich nicht einlassen – He! – Sie da – wo laufen Sie denn mit den Sachen hin? lassen Sie mir das erst Alles einmal auf der Hausflur stehn, bis Sie weiteren Bescheid bekommen. Wo wohnt denn wohl der Rheder der Haidschnucke?«

»Der Rheder der Haidschnucke?« wandte sich der Oberkellner wieder fragend an den Hausknecht – »wer hat denn die Haidschnucke eigentlich?«

»Weet ick nich« sagte der Hausknecht wieder wie vorher kurz angebunden.

»Ferdinand Hessburg« kam ihm der Professor hierbei zu Hülfe, »die Firma heißt, glaub' ich, Hessburg und Sohn.«

»Ach ich weiß schon« erwiederte der zweite Kellner jetzt – das Geschäft ist in der Seemannsstraße, aber Hessburgs wohnen am Wall.«

»Kann ich Jemand bekommen der mich dorthin begleitet?« frug der Professor.

»Es ist zehn Uhr vorbei« sagte der zweite Kellner, achselzuckend.

»Ich *muß* Jemanden aus dem Geschäft noch diesen Abend sprechen« beharrte aber der Professor in der einmal gefaßten Furcht, daß er die Abfahrt des Schiffs versäume, »können Sie nur Jemand von hier mitgeben, so mögen meine Damen so lange in das Gastzimmer gehn und sich ein wenig restauriren. Ist es dann nöthig, so nehmen wir nachher Extrapost und fahren nach Bremer Hafen hinaus.«

Die Damen waren indeß ausgestiegen, und die verschiedenen Collis in dem Gastzimmer, an dessen Abendtafel es ziemlich lebhaft herging, neben dem Ofen aufgethürmt worden zu augenblicklicher Weiterbeförderung, falls diese nöthig werden sollte, bereit zu sein. Der Professor Lobenstein aber ging raschen Schrittes, mit dem einsylbigen Hausknecht als Führer, die Straßen entlang, dem bezeichneten Stadtviertel zu, bis Jahn, wie der Hausknecht hieß, vor einem sehr eleganten Hause Halt machte und dort auch, ohne weiter ein Wort zu sagen, mit solcher Gewalt an dem Messinggriff der Klingel riß, daß das ganze Haus von dem so plötzlich geweckten Geläute wiederschallte.

»Aber um Gottes Willen« rief der etwas rücksichtsvolle Fremde erschreckt.

»Dat sollen se woll 'hört hebben« meinte aber Jahn ruhig und schob seine Hände, wie vollständig mit sich zufrieden in die Taschen, während drinnen im Haus ängstlich bestürzte Stimmen laut wurden, und Leute hin und wieder liefen. Oben in der ersten Etage öffnete sich aber auch gleich darauf ein Fenster, und eine ziemlich ärgerliche Baßstimme frug herunter wer da wäre, und wo es brenne?

»Ich bitte tausendmal um Entschuldigung« sagte aber der Professor, unwillkürlich in der Dunkelheit seinen Hut abnehmend, »mein Führer hier hat so entsetzlich an der Klingel gerissen.«

»Zu wem wollen Sie?« frug der Baß oben, die Entschuldigung unten kurz abschneidend – »hier wohnt kein Doktor.«

»Habe ich das Vergnügen mit Herrn Hessburg zu sprechen?« frug aber der Professor zurück.

»Mein Name ist Hessburg«, sagte der Baß.

»Dann sind Sie wohl so freundlich mir zu sagen, um welche Tageszeit die Haidschnucke morgen segelt« sagte der Professor, froh endlich an den rechten Mann gekommen zu sein, »und ob ich noch zur rechten Zeit komme, wenn ich jetzt Extrapost nehme und die Nacht durch nach Bremerhafen fahre – ich habe mich um einen Tag verspätigt und möchte das Schiff nicht versäumen.«

»Extrapost nehmen?« frug die Stimme oben erstaunt; »morgen früh um sechs und Mittags um elf geht ja ein Dampfboot nach Bremerhafen, warum wollen Sie denn nicht mit dem fahren?«

»Aber komme ich dann noch zur rechten Zeit?«

Die Stimme oben murmelte etwas, das der Professor unten nicht verstehen konnte – »sind Sie ein Passagier der Haidschnucke?« sagte es dann wieder lauter.

»Aufzuwarten – Professor Lobenstein aus Heilingen.«

»Ah – bitte um Entschuldigung Herr Professor, daß ich Sie habe so lange da unten stehen lassen. Marie machen Sie einmal unten die Thüre auf.«

»Bitte, bitte« rief aber der Professor – »ich will Sie keineswegs mitten in der Nacht belästigen – also komme ich noch früh genug wenn ich morgen um sechs Uhr mit dem ersten Boot abfahre?«

»Die Haidschnucke wird wohl kaum vor Abend in See gehn – der Wind ist noch nicht ganz günstig« sagte der Baß oben – »wenn Sie um 11 Uhr fahren haben Sie vollkommen Zeit – das Schiff liegt vor Brake und wird morgen früh noch einige verspätete Fracht an Bord nehmen.«

»Vor Brake?« wiederholte der Professor, mit der Geographie der Weser noch nicht so weit bekannt.

»Der Hafen diesseit Bremerhafen« sagte der Baß – »die Leute auf dem Dampfboot kennen den Ort und das Schiff –«

»Ich bin Ihnen sehr verbunden –«

»Bitte Herr Professor – Sie werden entschuldigen –«

»Bitte sehr – ich habe um Entschuldigung zu bitten –, Sie in so später Nachtzeit noch gestört und belästigt zu haben.«

»Oh – war mir sehr angenehm Ihre werthe Be –« das übrige verschwamm in einem dumpfen, unverständlichen Murmeln, unter dem sich das Fenster oben langsam wieder schloß, und der Professor bedeutete seinen Führer, ihn so rasch als möglich, zu dem Hotel zurückzubringen.

Lobensteins hatten dort indessen, so gut das in dem ziemlich besetzten Speisesaal eben gehen wollte, einen der Ecktische in Besitz und Platz daran genommen, und sich Thee und Butterbrod geben lassen, auf eine mögliche Nachtfahrt mit Extrapost wenigstens in etwas vorbereitet zu sein. Die beiden jüngsten Kinder, Carl und Gretchen mußten dabei im Schlaf in die Stube getragen und konnten kaum munter erhalten werden, noch etwas zu sich nehmen, und legten sich dann mit den Köpfchen, Carl auf den Tisch und Gretchen in Mutters Schooß – weiter zu schlafen.

Der Aufenthalt in dem großen, heißen Saale, mit den vielen Menschen, dem lauten Reden und Lachen und dem fast undurchdringlichen Tabacksqualm, die ganze fremde Umgebung dazu mit dem unbestimmten Gefühl das Schiff, mit dem ihre sämmtlichen Sachen befördert worden, am Ende gar schon versäumt zu haben, auch das übernächtige einer späten Fahrt, auf der mit bleierner, peinlicher Schwere der kaum überstandene Abschied aus der Heimath lag, das Alles vereinigte sich sie niederzudrücken und ernst und traurig zu stimmen, und das einfache Abendbrod wurde still und schweigend verzehrt. Jedes war mit seinen eigenen Gedanken viel zu sehr beschäftigt sich dem Andern mitzutheilen.

Nur Eduard, Professor Lobensteins ältester Sohn, der einzige vielleicht von der ganzen Familie, der sich wirklich auf die Reise freute und gern das regelmäßige, ihm entsetzlich langweilig vorkommende Schulwesen verlassen hatte, einem anderen, freieren Lebensberuf zu folgen, gab sich in dem Reiz der Neuheit, der die Jugend über so Manches hinwegsetzt, den fremdartigen Eindrücken selbst mit einigem Behagen hin. Die Rücklehne seines Stuhles gegen die Wand lehnend, überschaute er die bunten, sich vor ihm wie auf einem aus der Erde heraufbeschworenen Theater bewegenden Gruppen, und lauschte den sich fast sämmtlich um Amerika und die Reise drehenden Gesprächen der ihm nächsten Gäste und Fremden, bis sein Blick endlich auf einen kleinen Mann fiel, der ihnen gerade gegenüber und das Gesicht ihnen zugewendet, seinen Platz genommen hatte, und sie auf das aufmerksamste zu betrachten schien.

Der Fremde saß verkehrt auf seinem Stuhl, die Arme auf die Lehne desselben und sein Kinn wieder auf diese stützend, und schien sich in der That von der übrigen Gesellschaft ganz zurückgezogen oder abgewandt zu haben, und die neuangekommene Familie auf das Genauste zu betrachten.

Es schien übrigens, wie er *so* da saß, ein kleines schmächtiges Männchen von vielleicht vierzig bis vierundvierzig Jahren, mit grauer runder Mütze und schwarzem vorn fast spitz zulaufendem Schild, grauem Frack, grauer Hose, grauer Weste, grauem Halstuch und grauen Zeugstiefeln, in der linken Hand, lang zusammengefaltet, ein paar graue Zwirnhandschuh. Die kleinen lebhaften Augen funkelten dabei scharf und forschend unter dem spitzen ziemlich tief niedergezogenen Mützenschilde vor, und hafteten so lang und so forschend erst auf dem jungen Mann, dann auf der Mutter und auf den Töchtern, bis er Eduards Auge ebenfalls auf sich zog und dann, als ob er fühle daß sein Betragen vielleicht auffällig wäre, sich weiter mit seinem Stuhl zurückzog und sich mehr seitwärts setzte. Seine Blicke schweiften aber dennoch fortwährend, und wie fast unwillkürlich, nach dem Tische hinüber, an welchem die fremden Damen saßen, und hafteten dann hauptsächlich – Eduard, als er erst einmal aufmerksam wurde, konnte das deutlich erkennen – auf seiner Mutter.

Die Frau Professorin war jedoch viel zu sehr mit ihren Kindern und der Sorge um ihr Gepäck beschäftigt, den kleinen grauen Mann auch nur zu bemerken, viel weniger denn zu finden daß sie selber von ihm so scharf beobachtet wurden, bis sie Eduard endlich darauf aufmerksam machte und sie frug, ob sie den Fremden vielleicht schon früher einmal gesehen habe. So wie sie aber zu dem hinüber sah, stand er, wie verlegen, von seinem Sitze auf, zog die Mütze vorn womöglich noch weiter herunter, steckte dann beide Hände hinten in seine Fracktaschen, und verließ, leise vor sich hin pfeifend, das Zimmer.

»Sie, Kellner!« rief aber jetzt Eduard, den der Mann an zu interessiren fing, einem der um sie beschäftigten aber ebenfalls ziemlich schläfrig aussehenden Kellner zu – »kennen Sie den Herrn der da eben hinausging?«

»Eben hinausging?« sagte der Kellner, einen faulen Blick nach der Thür werfend – »ich habe nicht darauf geachtet.«

»Der mit der grauen Mütze und dem grauen Rock.«

»Ach – die Nachtigall?« sagte der Kellner, und ein breites, etwas dummes Lächeln zog ihn den Mund fast von einem Ohre bis zum andern.

»Die Nachtigall?« wiederholte Eduard etwas verdutzt.

»Nun Sie meinen doch den kleinen grauen Mann mit dem spitzen Mützenschilde?« lachte der Kellner.

»Ja wohl, denselben.«

»Nun ja, das ist ein sonderbarer Kautz, der schon acht Tage bei uns wohnt. Er heißt Schultze und will mit der Haidschnucke nach Amerika.«

»Mit der Haidschnucke? – mit der wollen ja auch wir fort« – rief Eduard rasch – »also segelt sie noch nicht morgen in aller Früh?«

»Ich glaube nicht« sagte der Kellner, »sonst wäre die Nachtigall doch schon längst nach Bremerhafen hinauf – auf wann war sie denn angezeigt?«

»Auf morgen früh – bestimmt.«

»Ah da haben Sie noch Zeit genug«, gähnte der Kellner – »*unter* acht Tagen gehn Sie dann gewiß noch nicht in See.«

»*Acht* Tage?« rief Eduard erschreckt – »das wäre eine schöne Geschichte wenn wir hier noch acht Tage im Wirthshaus liegen sollten.«

»Lieber Gott« meinte der Kellner, eine Parthie abgegessener Teller von einem der Nachbartische aufnehmend und damit fortgehend – »die Auswanderer liegen hier manchmal vier und sechs Wochen, ehe ihr Schiff segelt.«

»Das wären traurige Aussichten« sagte Anna, die nicht weit von Eduard saß, und des Kellners Bemerkung gehört hatte – »da hätten wir uns freilich die letzten Tage in Heilingen nicht so entsetzlich abzuhetzen brauchen.«

»Was weiß der Kellner davon« tröstete sie aber Eduard; »apropos, der kleine graue Mann, der uns da gerade gegenübersaß und Mutter immer so anstarrte, geht auch mit der Haidschnucke nach New-Orleans?«

»Um Verzeihung«, fiel hier ein anderer Fremder, der an einem benachbarten Tisch saß, ein, sich im Stuhl etwas zurückbiegend – »habe ich recht gehört und gehen Sie wirklich mit der Haidschnucke nach New-Orleans?«

»Allerdings« erwiederte ihm Eduard – »wir haben unsere Passage auf dem Schiff genommen.«

»Ah, das ist mir doch ungemein angenehm« erwiederte der Fremde sich rasch vollständig gegen die Damen herumdrehend; »da bin ich so frei mich Ihnen als künftigen Reisegefährten gehorsamst vorzustellen.«

Die Damen verbeugten sich leicht gegen den sich selber Einführenden, und Frau Professor Lobenstein wollte ihn eben fragen ob er etwas Bestimmtes über die Abfahrt des Schiffes wisse, er ließ sie aber gar nicht zu Worte kommen, und fuhr rasch, seinen Stuhl jetzt vollständig zu ihrem Tische rückend, fort:

»Ist mir doch wirklich sehr angenehm; wunderbares Zusammentreffen das, ebenfalls, eh? – wie sich die Leute doch so auf der Welt finden; kommen hier in *einem* Gasthaus, an *einem* Tisch zusammen und sind, unbewußt, im Begriff eine so ungeheure Reise mit einander zu machen und die Gefahren des Oceans zu theilen. Liegt ungeheuer viel Poesie in dem Gedanken.«

Der gesprächige Fremde machte hier zum ersten Mal eine Pause, indem er seine ziemlich geleerte Weinflasche und sein Glas von dem Tisch an dem er vorher gesessen, herüber nahm, und vor sich hinstellte, und sein Glas dabei wieder füllte und mit einer Verbeugung gegen die Damen trank.

Es war ein Mann ziemlich hoch in den Dreißigen, sehr sorgfältig angezogen, mit einem großen Siegelring an dem Zeigefinger der rechten und drei oder vier anderen Ringen an dem kleinen Finger der linken Hand. Er trug sein Haar dabei *à la malconte*, vollkommen kurz abgeschnitten, und wie es schien dem Bart zu Liebe, dem er desto volleres und unbeschränkteres Wachsthum gestattete. Die Tuchnadel, die seine schwarzseidene, kunstgerecht gefaltete Cravatte zusammenhielt, war ein kleiner goldener Bacchus auf einem Faß, der einen, wahrscheinlich unächten Diamant als Glas in die Höhe hielt und sein ziemlich starkes Uhrgehänge bestand aus einer Unmasse kleiner goldener oder vergoldeter Werkzeuge, Hammer, Korkzieher, Pistolen, Flaschen, Musikinstrumente etc. etc. Sein Gesicht machte dabei gerade keinen angenehmen Eindruck; die Stirn war sehr niedrig und etwas zurückgehend, mit einer ziemlich tiefen Falte queer darüber hinziehend, und die kleinen blauen Augen flogen unruhig umher, während er sprach, indeß der Zug um den Mund eine merkwürdig stark ausgeprägte Zuversichtlichkeit, wie vielleicht auch Eigenliebe verrieth; dennoch ließ sich ein gutmüthiger Ausdruck darin nicht verkennen, und das ganze Gesicht war entschuldigt, sobald man erfuhr, daß es einem Weinreisenden gehörte.

»Und können Sie uns vielleicht genau die Abfahrt des Schiffs sagen?« frug die Frau Professorin endlich, die erste mögliche Pause benutzend; »es hieß daß es schon morgen früh in See gehen sollte.«

»Wind und Wetter *permitting* wie die Engländer sagen« lächelte der Weinreisende, sehr zufrieden dadurch zugleich seine nautischen wie auch sonstigen Kenntnisse der englischen Sprache gezeigt zu haben.

»Was heißt das?« sagte die Frau Professorin, etwas verlegen.

»Ah, daß ein Schiff nicht segeln kann, wenn der Wind nicht günstig ist«, lächelte der Weinreisende nach den beiden jungen Damen hinüber. »Übrigens wird die Haidschnucke keineswegs vor morgen Abend in See gehn« setzte er beruhigend hinzu; »ich bin mit dem Capitain sehr eng befreundet – wir haben schon manche Flasche zusammen ausgestochen, und er hat mich versichert daß er morgen Abend um sechs Uhr, mit eintretender Ebbe, seinen Anker lichten und seine Segel spannen würde. Sie wissen wohl, gnädige Frau – »Segel gespannt und den Anker gelichtet«, wie wir Seeleute singen.«

»Also vor morgen *Abend* nicht? oh das ist mir *sehr* lieb« sagte die Frau beruhigt; »dann brauchen wir auch nicht die Nacht durchzureisen und ich kann die Kinder zu Bett bringen, sobald der Vater zurückkommt. Sie wissen es doch ganz gewiß?«

»*Parole d'honneur*!« sagte der Weinreisende, sich, mit der rechten Hand und den Siegelring auf dem Herzen, verbeugend. »Übrigens« fuhr er lebhafter fort, »wird, nach Goethe, wie bekannt, durch zweier Zeugen Mund, überall die Wahrheit kund, und hier an dem Tisch sitzt noch ein Reisegefährte von uns, der ebenfalls seine Passage auf der Haidschnucke genommen hat und erst wahrscheinlich morgen früh um elf Uhr mit dem zweiten Dampfboot nach Brake fahren wird, an Bord zu gehn – Herr Mehlmeier, dürfte ich Sie bitten sich einen Augenblick hierherüber zu bemühen und – Sie erlauben mir doch daß ich ihnen Herrn Mehlmeier vorstellen darf?«

»Wird uns sehr angenehm sein« sagte die Frau Professorin etwas verlegen; es war ihr eben *nicht* angenehm, in der Abwesenheit ihres Mannes mit so vielen fremden Menschen hier zu verkehren.

Herr Mehlmeier, der indessen still und regungslos, und ohne auch nur den Kopf nach jemand Anderem umzuwenden, vor seinem wieder und wieder gefüllten Glas Bier gesessen hatte, war bei dem Ruf seines Namens aufgesprungen, als ob ihn was mit einer Stecknadel an irgend einem empfindlichen Theil gestochen hätte. Es war eine große, fast übermäßig starke Gestalt, die des Herrn Mehlmeier, mit einem vollen runden gutmüthigen Gesicht, sehr breiten Schultern und stattlichem, etwas bauchigem Körper, Marie aber sowohl wie Eduard, und selbst Anna konnten sich kaum eines Lächelns erwehren, als er den Mund öffnete, und mit einer ganz feinen weichen, fast weiblichen Stimme ausrief:

»Was befehlen Sie Herr Steinert?«

»Ach lieber Herr Mehlmeier«, rief aber Herr Steinert – »ich wollte mir vor allen Dingen die Freiheit nehmen, Sie den Damen hier, die wir so glücklich sind künftige Reisegefährtinnen von uns zu nennen, nach aller Form vorzustellen – Herr Christian Mehlmeier von Schmalkalden – und – aber ich weiß wahrhaftig Ihren eigenen Namen noch nicht, meine Damen –«

»Die Familie des Professor Lobenstein aus Heilingen« nahm hier Eduard das Wort, der sich jetzt besonders für den dicken Mann mit der feinen Stimme interessirte.

»Professor Lobenstein?« rief Herr Steinert, rasch nach dem jungen Mann herumfahrend – »Familie des Professor Lobenstein – *corpo di Bacho!* da sind wir ja alte Bekannte – habe das Vergnügen schon früher gehabt mit Ihrem Herrn Vater in einer sehr angenehmen Geschäftsverbindung zu stehn – ich machte in Weinen für das Haus Schwartz und Pelzer in Frankfurt am Main – und der Herr Professor machten ebenfalls die Reise mit.«

»Wir erwarten ihn jeden Augenblick« sagte die Frau Professorin, sich dabei ungeduldig nach der Thüre umsehend, denn die Bekanntschaft des Herrn Steinert, der mit seiner lauten Stimme schon die Aufmerksamkeit sämmtlicher übrigen Gäste auf sie gezogen hatte, fing an ihr drückend zu werden.

»Er ist eben fortgegangen sich über die genaue Abfahrt des Schiffes Gewißheit zu holen«, ergänzte Eduard.

»Ah ja, unser Schiff« rief Herr Steinert, sich plötzlich wieder der Sache erinnernd, wegen der er Herrn Mehlmeier eigentlich herbeigerufen. »Sie haben ja selber heute mit den Rhedern gesprochen, nicht wahr lieber Mehlmeier?«

»Ja wohl« sagte der dicke Mann mit seiner feinsten Stimmlage, während er dabei stark mit dem Kopf schüttelte.

»Dann ist also keine Gefahr daß wir das Schiff versäumen, wenn wir bis morgen früh hier bleiben?« frug die Frau Professorin. Herr Mehlmeier nickte ihr aber sehr bedenklich zu und sie frug rasch – »Sie glauben doch?«

»Bitte um Verzeihung – Gott bewahre« sagte der dicke Mann erschreckt. – Das Gespräch wurde aber hier durch den Professor selber unterbrochen, der in diesem Augenblick den Saal betrat und noch unter der Thür zwei Zimmer für sich und die Seinen mit den nöthigen Betten, bestellte. Der Oberkellner war ihm darin aber schon zuvorgekommen, und trotzdem daß Herr Steinert jetzt mehre Anläufe nahm ein Gespräch mit Professor Lobenstein anzuknüpfen, und sich ihm als alten Bekannten vorzustellen, hatte dieser doch zu wenig Zeit sich, außer einigen höflich gewechselten Worten, mit ihm näher einzulassen. Die Frauen waren müde und erschöpft, und das Gepäck mußte nach oben geschafft werden, wo der Professor selber seinen Thee trinken wollte; so jede weitere Unterhaltung auf den nächsten Morgen verschiebend, empfahlen sich die Neugekommenen, und verschwanden gleich darauf mit den voranleuchtenden Kellnern in den Gängen der ersten Etage.

In dem Gastzimmer des Hannöverschen Hauses begann aber jetzt erst, trotz der späten Stunde, ein reges geselliges Leben. Viele der Passagiere der Haidschnucke, wie noch mehrer anderer Schiffe deren Abreise theils auf morgen, theils auf die nächsten Tage angekündigt worden, hatten sich hier zusammengefunden und feierten unter Lachen und Singen, mit Bier oder Champagner, und lustigen fröhlichen Plänen für »da drüben«, den »letzten Tag in der Heimath« wie sie's nannten.

»*Den letzten Tag in der Heimath*« – wie leicht, wie lustig sie das sprachen, und wie laut und fröhlich die Gläser dazu klirrten, und die Stimmen einfielen in den donnernden rauschenden Chor ihrer heimischen Lieder. Den letzten Tag in der Heimath; und für wie Viele war es der *letzte* Tag – wie Wenige von allen denen, die jetzt jauchzend das neue fremde Leben begrüßten, und die Erinnerung in Strömen Weins verschwemmten, sollten die Heimath wirklich wiedersehn, nach der doch alle Fasern ihres Herzens zurück sich sehnten viele Jahre lang. »Der letzte Tag in der Heimath« oh es denkt sich leicht, mit all den wundertollen Bildern, die unsere Phantasie sich aufgebaut, gewissermaßen schon in Sicht – in Arms Bereich. Mit dem alten Leben abgeschlossen hinter sich, voll Ungeduld dem Augenblick entgegensehend wo sie das neue beginnen dürfen und können, ist ihnen das Vaterland nur noch das letzte Sprungbret, von dem aus sie mit keckem fröhlichem Satz einer neuen Welt in die Arme fliegen, und sie *feiern* den Tag und die Stunde, vor deren Nahen sie Jahre lang gebebt – oh daß sie nie den Tag beweinen müßten.

Die Fröhlichkeit der Auswanderer ist aber in solchen Fällen auch selten eine ruhige, meist eine wilde, ausgelassene, wie das auch wohl kaum anders der Fall sein kann; sie *wollen* nicht zurückdenken an das was hinter ihnen liegt, und das Nöthigste was sie dabei zu thun haben, ist die Gedanken zu betäuben, die ihnen oft dennoch ins Hirn steigen, sie mögen sie eben haben wollen oder nicht.

Eine Menge der jungen Leute waren an dem Abend noch einmal im Theater gewesen, in der fremden Stadt irgend ein altes bekanntes Stück aufführen zu sehen, und saßen jetzt bei ihrem Abendessen und Wein, und sprachen und stritten sich über die Aufführung, als ob sie nur eben deretwegen allein nach Bremen gekommen wären. Dort in der Ecke rechneten ein paar, die wahrscheinlich gemeinsame Casse mit einander hatten, und jetzt ihre gehabten und zu habenden Auslagen wohl durchsahen; die meisten aber lachten und plauderten mit einander und tranken und sangen noch, heimische Weine und Lieder bis spät in die Nacht hinein.

Ganz still und geräuschlos war indessen ein alter polnischer Jude in seiner Nationaltracht, dem langen schwarzen schmutzigen seidenen Kastan, mit einem Knaben von vielleicht zwölf oder dreizehn Jahren hinter sich, ebenfalls in das Gastzimmer gekommen, und hatte sich an einem der leer gewordenen Seitentischchen ein Glas Bier geben lassen, von dem er in langsamen, durstigen Zügen trank. Der Knabe trug ein, in ein rothbaumwollenes Tuch eingeschlagenes Packet unter dem linken Arme, das er neben sich auf den Tisch legte und sich dann zurück auf seinen Stuhl setzte, den Kopf auf die Lehne desselben lehnte, und die Augen ermüdet schloß. Das grelle Licht der Lampen fiel voll auf die bleichen, von schwarzen vollen Locken umwogten Züge, und der sonst wirklich schöne Kopf des Kindes bekam, auch vielleicht mit in der unnatürlichen zurückgeworfenen Lage, etwas unheimlich Krankhaftes, ja fast Leichenartiges.

»Komm Philipp« sagte der Alte, als sie eine Weile so gesessen hatten, mit unterdrückter Stimme, indem er den jungen Burschen mit dem Fuße anstieß – »es werd spät, pack die Harmonika aus und laß uns anfange. Die Leut' hoben hier viel getrunken und sind guter Laune; werd auch 'was für uns dabei abfalle.«

Der Knabe öffnete die großen schwarzen Augen und sah den Mann ein paar Secunden starr an, als ob er nicht recht begriffen hätte was er sagte.

»Na, werd's bald?« rief aber dieser, ärgerlich aufbrausend, aber doch so leise daß es selbst die an den nächsten Tischen Sitzenden nicht verstehen konnten – »ist es dem jungen Herrn gefällig, oder soll ich ihn etwa aufwecken?«

»Ja ja, Vater!« rief der Knabe jetzt, rasch und erschreckt emporfahrend – »wollen wir denn noch singen heute Abend?« setzte er aber langsamer und fast wie ängstlich hinzu.

»Wolle wir denn noch singen?« wiederholte der Alte spöttisch und ärgerlich, »Gottes Wunder, glaubt der junge Herr daß ich ihn Abends in die Wirthshäuser führe zu seinem Vergnigen? – wolle wir denn noch singen? Abraham und Jacob, was ist das for a Frog.«

Der Knabe war übrigens schon bei den ersten ärgerlichen Worten des Alten von seinem Stuhle aufgesprungen, und sich die Locken aus der Stirn streichend, machte er sich eifrig daran, das auf dem Tisch liegende Packet aufzuknüpfen, und den Inhalt auf der Tafel desselben auszubreiten. Hierbei war ihm der Alte behülflich, und ordnete jetzt selber eine Masse mit einander leicht verbundener Stöcke oder Stäbe von weichem Holz, die, manche stärker, manche schwächer, mit einer Unterlage von dünn- aber festgedrehten Strohseilen auf den Tisch an beiden Enden auf- und in der Mitte hohlzuliegen kamen.

»Hallo was ist das?« rief Steinert, der dem Tische zunächst saß und die wunderlichen Vorbereitungen bemerkte – »eine Holzharmonika, wahrhaftig – ah, meine Herren, jetzt werden wir etwas zu hören bekommen; die klingt famos, wenn sie der alte Bursche da nur zu spielen versteht.«

»Werd' er sie nicht zu spielen verstehn – spielt sie schon fünfundzwanzig Jahr« schmunzelte der Alte vergnügt vor sich hin – »nu Philippche, mei Jingelche jetzt paß auf, und fall mer ein zur rechten Zeit mit der Flöte.« Zugleich die beiden, ihm zur Hand liegenden Klöppel ergreifend, fuhr er mit rascher geübter Hand über die eigenthümlichen Tasten hin, denen er dabei einen nicht zu lauten, aber wunderbar harmonischen vollen Ton entlockte. Wie Glockenspiel klangen die Laute, die entfernteren Räume mit ihrem Wohlklang füllend, und die Gäste, nach allen Richtungen hin horchten hoch auf, vergaßen von was sie gesprochen, und kamen heran, den Tisch umdrängend, an dem der alte Jude spielte.

»So Philippche, nu fang an!« nickte er aber jetzt dem Knaben zu, der bis dahin still und regungslos neben dem Tisch gestanden und sich kaum der Leute hatte erwehren können, die ihn umpreßten; dabei fiel er in die englische Volkshymne *God save our gracious queen* ein, die der Knabe jetzt in der zweiten Stimme mit der Kehle, aber so täuschend den vollen weichen Laut der Flöte nachahmend, begleitete, daß die Zuhörer wirklich in den ersten Minuten ganz die Harmonika vergaßen und noch näher hinanwollten, nur um zu sehen ob der junge Bursche nicht wirklich eine Flöte habe auf der er spiele, und das Alles allein aus der eigenen Kehle herausbringe.

Der alte Mann, den der Zudrang freute, denn er bewies ihm die Theilnahme der Hörer und ließ ihn auf gute Einnahme rechnen, fuhr dabei mit großer Leichtigkeit und Sicherheit über die fibrirenden Tasten, und seine ganze, erst so ruhige in sich gesunkene Gestalt schien mit den Tönen Leben zu gewinnen, und aus sich herauszugehn. Es war eine kleine schmächtige, aber zähe und knochige Gestalt, der Mann in dem schwarzen, schmutzigen Kastan; über die scharf gebogene Nase zog sich ihm eine tiefe dunkle Falte, und zwei schwarze Gruben in den hohlliegenden Wangen hoben die dunkelglühenden, unstet umherblitzenden Augen nur noch mehr hervor, und verloren sich in dem fuchsigen, sorgfältig gekämmten langen und spitzen Bart, der nur am Kinn in den schon weiß gewordenen Haaren das Alter des Mannes verrieth.

Der Knabe war, wie schon gesagt, etwa zwölf bis dreizehn Jahre alt, trug aber nicht die polnische Tracht, sondern einen gewöhnlichen Rock und eine blaue Mütze, die er neben sich auf dem Tisch liegen hatte, während der Mann sein altes schmutziges abgegriffenes Sammetmützchen aufbehielt. Das zwar bleiche doch wirklich schöne asiatische regelmäßige Gesicht des Kindes – denn es konnte kaum über die Kinderjahre hinaus sein, blieb aber kalt und theilnahmlos bei den weichsten, ergreifendsten Tönen seiner eigenen Brust und, ohne Seele, beherrschte er mit wunderbarer Gewalt fast, die mächtige Stimme, die sich oft zu einer Stärke hob, daß die Umstehenden ihr lautes Erstaunen nicht zurückhalten konnten, und dann in stürmischen, donnernden Beifall ausbrachen. Mit unnatürlicher Gewalt mußte der Knabe dabei seine Stimme, die Töne der Flöte nachzuahmen, zu ihrer höchsten Lage hinaufzwingen, und der Schweiß stand ihm auf der weißen Stirn in großen Tropfen, solche Anstrengung kostete es ihm. Aber der Alte spielte unverdrossen fort – jetzt »Lützow's wilde verwegene Jagd« wie es Einzelne der Gesellschaft wünschten, und dann »des Deutschen Vaterland« nach Anderer Ruf; dann den Jägerchor, und die neueste Polka, und Trinklieder zuletzt, zu denen sie ihm und dem Knaben Wein brachten, bis spät in die Nacht hinein.

Zuletzt konnte aber der Knabe nicht mehr – die Stimme schlug ihm mehrmals über, und wenn ihn gleich der Alte ärgerlich dabei ansah, ließ es sich nicht erzwingen. Philipp schaute bittend zu ihm auf und schüttelte mit dem Kopf, und der Alte legte plötzlich seine Klöppel bei Seite und fing an die Hölzer wieder zusammenzupacken, während welcher Zeit der junge Bursch einen Teller nahm und in dem Zimmer sammelnd umherging. Die Gäste schienen allerdings mit dem frühen Aufbruch, wie sie's nannten, gar nicht zufrieden, und Steinert besonders verlangte noch einige Lieblings- Trink- und Weinlieder, die kein Mensch weiter kannte, der alte Mann schüttelte aber mit dem Kopf und meinte es sei genug, sein Junge würde ihm sonst krank und könnte nicht mehr pfeifen, und der Ertrag der Sammlung fiel dabei über alles Erwarten reich und günstig aus.

Auswanderer, vorzüglich die in den Hotels wohnenden, haben meist immer noch eine Menge »deutsches Geld« in den Taschen, das sie, wie sie sagen »doch nicht mit auf das Schiff nehmen können« und sind gewöhnlich sehr freigebig mit dieser kleinen Münze, so lange sie eben dauert. Sehr zu ihrem Erstaunen müssen sie dann aber auch freilich nicht selten schon eingewechseltes amerikanisches Geld wieder »in den Markt« bringen, und die ewige Klage ist nachher »oh die theueren Seestädte.«

»Von woher seid Ihr denn, Alter?« frug ihn jetzt Steinert, der, noch am sparsamsten, nur einige Grote auf den Teller geworfen hatte – »doch nicht aus Bremen?«

»Gott der Gerechte, nein!« lächelte der Gefragte, mit einem flüchtigen aber zufriedenen Blick den Haufen eingesammelter Münzen, unter denen sich nicht ein einziges Kupferstück befand, überfliegend – »bin ich doch von Bromberg.«

»Von Bromberg? Donnerwetter das ist weit« sagte der Weinreisende – »und was thut Ihr hier in Bremen?«

»Was wir in Bremen thun?« frug der Jude, die Augenbrauen in die Höhe ziehend – »Gottes Wunder was thun *Sie* in Bremen?«

»Ei *wir* wollen auswandern, Alter« lachte der Reisende, einen vergnügten Blick im Kreis herumwerfend.

»Als ich aach nicht hierbleiben mag, werd' ich aach auswandern« erwiederte aber der Israelit, die Schultern in die Höhe ziehend.

»Was? – auch auswandern?« riefen aber viele der Umstehenden wie aus einem Mund.

»Na?« – sagte aber der Jude, sich erstaunt im Kreise umsehend – »ist's etwa wohl zu hibsch hier für uns Jüden, heh? wer sollen uns wohl glicklich schätze, daß mer derfe unsere Steuern zahle und nachher getreten werden wie die Hunde?«

»Aber wo geht Ihr hin?« rief Einer der Umstehenden, »nach New-York?«

Der Alte schüttelte mit dem Kopf.

»Nach New-Orleans.«

»Und mit welchem Schiff?« rief Steinert schnell.

»Mit der Haidschnucke.«

»Hurrah der Alte soll leben« jubelten aber die Passagiere der Haidschnucke um ihn her – »das ist prächtig, das ist ein Reisegefährte der uns die Zeit vertreiben wird«, und von verschiedenen Seiten wurden noch Flaschen Wein bestellt den Spielmann zu traktiren, der jetzt kaum hörte wie die Sache stand, und das Viele der Anwesenden auf ein und demselben Schiff die Überfahrt mit ihm machen würden, als er auch augenblicklich sein erst halbgeleertes Glas Bier zurückschob und sich mit augenscheinlichem Behagen dem Genuß des wahrscheinlich lange entbehrten Weines hingab. Der Knabe aber trank sein Glas aus, und setzte sich dann still und weiter nicht beachtet, in die eine Ecke, lehnte den Kopf zurück gegen die Wand, und schloß die Augen – vielleicht schlief er – bis die späte Nachtstunde auch die Übrigen mahnte aufzubrechen, und ihn sein Vater abrief, ihr eigenes Lager in einem kleinen billigen Wirthshaus in der Neustadt aufzusuchen.

2. Der Weserkahn

Der nächste Tag war ein gar geschäftiger für die Passagiere zweier Seeschiffe, die noch an demselben Abend expedirt zu werden hofften, und – der Aussage der Rheder wenigstens nach – segelfertig und bis auf einige unbedeutende Kleinigkeiten vollständig gerüstet, vor Anker lagen. Tausenderlei Sachen mußten noch besorgt und eingekauft werden, die man theils für nöthig, theils selbst für unentbehrlich hielt; Wein und Branntwein wurde dabei angeschafft, Zucker und Zwieback, eine ganze Ladung von Heringen und Sardellen eingelegt, den schlimmsten Feind der Reisenden, die Seekrankheit, wenn nicht zu bannen, doch damit in ihren Wirkungen zu schwächen. Auch mit Blech und anderem Geschirr, mit Messer, Löffeln und Gabeln als auch verschiedenen Gewürzen, hatten sich besonders die Zwischendeckspassagiere zu versehn, denen etwas Ähnliches vom Schiffe aus nicht geliefert wurde. Und wie viel vergaßen sie noch, was sie nachher gern auf dem Schiff mit dem Doppelten bezahlt hätten, wo es freilich nicht mehr zu bekommen war, und wie viel auch wurde überflüssig als geglaubtes Bedürfniß mitgeschleppt, nachher eine Weile unbenutzt im Weg herumzufahren und zu verderben, und dann über Bord geworfen zu werden.

Wer aber kann es den Leuten verdenken, daß sie nicht gleich wissen und verstehn, sich auf eine so lange mühselige und mit Entbehrungen und Gefahren verknüpfte Reise in wenigen Tagen, oft fast nur Stunden ordentlich und vollständig vorzubereiten? Meist aus dem inneren Land, mit der See kaum dem Namen nach bekannt, schwimmt ihnen Alles was sie vielleicht über eine erste Einschiffung gelesen, nur wie in wirren Bildern im Hirn herum, die sie dann nicht fassen und halten können, sobald sie das zum ersten Mal jetzt praktisch ausführen sollen, was sie sich Monate vorher vielleicht schon einstudirt.

Der Deutsche ist überhaupt, wo es ins praktische Leben eingreift, das ungeschickteste Menschenkind auf der weiten Gottes Welt. Viel thut freilich dabei die Erziehung, und gegängelt und am Leitseil geführt nicht allein bis ins Schwabenalter, sondern oft auch bis ins Grab, wird ein so vortrefflicher Staatsbürger aus ihm (den alle anderen, fremden Regierungen nicht genug zu rühmen wissen) daß er eben zu Nichts weiter zu brauchen ist, und eben nur so *ver*braucht werden muß. Reißt er sich aber einmal los aus den alten Verhältnissen, läßt er die Leute die bis dahin so aufmerksam und väterlich für ihn gesorgt – zurück, dann macht er auch im Anfang gewiß eine Menge dummer Streiche, tritt anderen Leuten auf die Zehen oder wird von ihnen getreten (in beiden Fällen regelmäßig um Entschuldigung bittend) und verstößt gegen Alles was ihm in den Weg kommt, am meisten aber gewiß gegen sich selbst. Später wird er gescheut, aber es dauert eine lange Zeit.

Hier aber hat er noch manche Entschuldigung für sich; eben erst aus seinem heimischen Boden gerissen, die Augen noch von, wenn auch heimlichen, Thränen roth, das Herz zum Brechen voll und den Kopf wüst und wirr in der Erinnerung an das kaum überstandene; was Wunder daß er da *die* Tage gerade, wo er die Sinne recht beisammen haben sollte, wie im Traume herumgeht, und trotz allen Büchern und Rathgebern die er vorher gelesen, erst wieder an das Nöthigste denkt wenn er »zu Ruhe kommt«, d. h. wenn das Schiff in See und die Seekrankheit vorüber ist – weit weit draußen im Ocean – allerdings etwas zu spät.

So sieht man Schaaren von Auswanderern die Straßen der Seestädte den ganzen Tag über durchziehn in Gesellschaft und einzeln, die Männer mit ihren grauen Filzhüten auf und Blousen über die Röcke gezogen, die kurzen Pfeifen im Mund – die Frauen Kinder an der Hand und auf dem Arme, in kleinen schüchternen Trupps vor jedem aufgeputzten Laden stehen bleibend und die Sachen darin bewundernd, oder weiter schlendernd und die Aushängeschilder buchstabirend, die über den verschiedenen Thüren hängen. Es ist das die »leere Zeit« in ihrem Leben, der erste Ruhepunkt vielleicht, so lange sie denken können, eine Zeit in der sie Nichts zu thun haben – Nichts weniges für *andere* Leute, wenn auch eigentlich genug für sich selbst. Wie eine Reihe von Sonntagen, jeder immer länger werdend als der Vorgänger, schleichen die Stunden an ihnen hin und bieten erst wieder Stoff zu Gedanken und Betrachtungen draußen in See.

Die Cajütspassagiere, wie solche der Zwischendeckspassagiere, die noch über einiges Geld zu verfügen hatten, wohnten indessen in den besseren Gasthöfen Bremens, und benutzten zum Hinausfahren nach ihrem Bestimmungsort, wo das Schiff vor Anker lag auf dem sie ihre Überfahrt bedungen, eines der kleinen Dampfboote, die täglich zweimal in wenigen Stunden nach Bremerhafen hinausfahren, und überall an den Zwischenstationen anlegen; die meisten der Zwischendeckspassagiere aber, und besonders solche, die von den Rhedern auf einen gewissen Tag angenommen waren, von dem aus sie beköstigt werden mußten, waren schon an Bord gegangen,[1] ihr Geld nicht weiter in der theueren Stadt zu verzehren. Die jedoch, die sich noch in der Stadt befanden und auf freie Passage nach Bord zu mit ihrem Gepäck, Anspruch machten, da sie sich das gleich in ihrem, mit früheren Agenten abgeschlossenem Schiffscontrakt festgestellt hatten, waren am 20sten Morgens um sechs Uhr an die Ausmündung einer bestimmten Straße, unten an die Weser bestellt, wo der Kahn Nr. 67 – Kahnführer Meinert – lag, von diesem gratis an Bord der Haidschnucke geschafft zu werden.

Dort versammelte sich denn auch an dem schönen sonnigen Morgen, dem nur im Westen dunkel aufsteigende Wolken ein kurzes Ende zu machen drohten, eine Masse Menschen verschiedenartigsten Alters und Geschlechts, um sich mit dem, versprochener Maßen »bedeckten Flußschiff« an den Ort ihrer Bestimmung baldmöglichst befördert zu sehn. Kisten und Kasten, an denen Karrenführer schon seit zwei Stunden herbeigeschafft, lagen an der bezeichneten Landung bunt aufgestapelt, und Hutschachteln, Reisesäcke, Körbe mit Victualien etc. etc. wuchsen von Minute zu Minute an Masse und Gewicht.

Die buntgemischteste Gesellschaft, die sich dabei nur denken läßt, sammelte sich um die Effecten, junge und alte Männer, ihren Taback in die freie Luft hinausqualmend und ungeduldig dabei am Ufer auf- und abgehend, und Frauen und junge Mädchen, fest in ihre Umschlagetücher eingehüllt, die doch etwas frische Morgenluft abzuhalten. Die Leute waren aber noch nicht recht bekannt mit einander geworden; die Gespräche drehten sich bis jetzt nur um das Gepäck und das »bedeckte Flußschiff« das sich noch immer nicht zeigen wollte. Damit hatten sie aber auch vor der Hand übrig genug zu thun, denn dem fehlte ein Koffer, dem war ein Schloß von seiner Kiste abgerissen, oder der Deckel eingedrückt worden; der Eine hatte noch dies in der Stadt vergessen einzukaufen und mochte nicht mehr hinauslaufen, aus Furcht die Abfahrt zu versäumen, der Andere das im Gasthaus liegen lassen und die Menschenmenge wogte und drängte durch einander hin, schimpfend und fluchend hier, lachend und pfeifend oder singend da, während neue Karren mit Gepäck noch jeden Augenblick dazu kamen, die Verwirrung, wenn das überhaupt möglich gewesen wäre, zu vergrößern.

Die einzige, vollkommen unbewegliche Person in diesem Chaos von Menschen und Gepäck saß auf einem Haufen von Kisten die zuerst hergeschafft und übereinander gethürmt waren, mit unterschlagenen Beinen regungslos oben darauf, und schien die Confusion unter und um sich mit ordentlichem Wohlgefallen, jedenfalls mit vollständiger Gemüthsruhe zu betrachten.

Es war eine, was man so von unten erkennen konnte, vierschrötige derbe und untersetzte Gestalt, jedenfalls den unteren Volksklassen zugehörig, und doch auch wieder mit einem gewissen Selbstbewußtsein in den rauhen, nichts weniger als schönen Zügen, als auch in der ganzen Haltung, wie man es nicht immer bei diesen findet. Der Mann mochte ungefähr fünf- bis achtundvierzig Jahre alt sein, und der Ausdruck seines lederartigen faltigen Gesichts hatte, gleich auf den ersten Blick eine so merkwürdige und auffallende Ähnlichkeit mit einem großen Affen, der mit unerschütterlichem Ernst vor einer Menagerie sitzt, und das Wogen und Treiben der Menge unter sich betrachtet, daß wenige der Passagiere, so viel sie heut Morgen mit sich selber zu thun haben mochten, an ihm vorübergingen, ohne überrascht ein paar Secunden vor ihm stehn zu bleiben und ihn zu betrachten, oder sich gegenseitig ein paar erstaunte Bemerkungen zuzuflüstern. Die Mädchen besonders warfen oft verstohlene Blicke zu ihm hinauf, und kicherten dann miteinander. Jedenfalls mußte er das bemerken, aber er verzog keine Miene, oder wandte auch nur einmal den Kopf nach einer der Gruppen um, sondern paffte in kurzen, regelmäßigen Zügen den Rauch aus einer kleinen schmutzigen, abgegriffenen Pfeife, mit einem großen Porcellankopf, und glich, dies einzige Lebenszeichen abgerechnet, wirklich einer ausgestopften und dort oben zur Verzierung des Ganzen hingesetzten Figur. Er trug dabei einen einmal grün gewesenen, Ziemlich abgescheuerten Rock, der besonders auf den Schultern ordentlich grau und glänzend aussah, als ob er da oben ganz vorzüglich benutzt worden; eine erbsgelbe, bis an den Hals hinauf zugeknöpfte gesprenkelte Weste, ein schwarzes Halstuch, das eifersüchtig auch den geringsten Schimmer von Wäsche verdeckte, braun und grün gewürfelte Hosen, große nägelbeschlagene Schuh und einen, in eine Unzahl von Formen hineingedrückten alten haarlosen und an den Rändern hellgrau gescheuerten Filzhut, unter dem nur hie und da dünne, straffe und blonde Haare hervorschauten. Rasirt hatte er sich ebenfalls, wahrscheinlich seit seinem Entschluß nach Amerika auszuwandern, nicht, und die weißgesprenkelten Stoppeln die sein breites vorgehendes Kinn umgaben, paßten vollkommen zu der flachen, wie eingedrückten Nase, den kleinen grauen Augen, vorgehenden Backenknochen und der niederen Stirn, die

1 Das in neuerer Zeit in Bremerhafen errichtete *Auswanderungshaus* existirte damals noch nicht

sich scharf nach rückwärts, wie scheu unter den Hut hinunterzog.

So ruhig und anscheinend theilnahmlos aber auch dies Individuum dem allgemeinen Wirrwarr zuschaute und sich vollkommen geduldig in Zeit und Umstande geschickt hatte, so ungeduldig wurden die übrigen Passagiere, als es jetzt vom Dome her sechs Uhr dröhnte und das, eine Strecke weiter oben liegende Dampfboot, sein Deck mit Passagieren gefüllt, an ihnen vorbeipuffte. Dabei ließ sich noch nicht die Spur von einem »verdeckten Flußschiff« wie es sich die Passagiere gedacht, an der Landung blicken, und nur ein kleiner Weserkahn, wie sie dort überall zum Waarentransport gebraucht werden, lag gerade quervor an der bezeichneten Straße, dem Platz genau gegenüber wo ihre Waaren aufgestapelt worden, und der Kahnführer, ein hagerer dünner Gesell, mit furchtbar langen Armen und großen Händen, von denen man gar nicht begriff wie er sie je durch die Ärmel seiner Jacke gebracht oder, da sie nun einmal darin waren, wie er sie wieder herausbringen wollte, ging auf dem Deck seines kleinen Fahrzeugs auf und ab. Mehrmals versuchte er dabei die Hände in die Taschen seiner dunkelblauen sogenannten Lootsenjacke zu bringen, aber umsonst, sie gingen nicht hinein, und er schlenkerte sie dann wieder »zu beiden Borden« herunter und spuckte, seinen Taback dabei kauend, den braunen ekelhaften Saft regelmäßig einmal über Stürbord und dann über Backbord ins Wasser hinüber.

»Sie da – lieber Freund« redete ihn endlich Einer der Passagiere an, der, in einen grauen weiten Überrock geknöpft, bis jetzt seiner Ungeduld in einer verwirrten Masse von Flüchen und Verwünschungen Luft zu machen gesucht, und das kleine Fahrzeug schon lange ärgerlich betrachtet hatte.

Der Matrose, oder was er sonst war, warf einen Blick über die Schulter nach ihm hinüber, aber ob er nun glaubte daß die Anrede ihm nicht gelte, oder sie nicht beachten *wollte*, kurz er setzte seinen Spatziergang an Deck ruhig fort und gab keine Antwort.

»Sie da – heh – Sie Langer mit der blauen Jacke und der hübschen Mütze – hören Sie nicht?«

»*Und*?« sagte der Mann jetzt und blieb, den Kopf halb über die Schulter zurückgedreht, stehn, während er jedoch den Frager nicht dabei an-, sondern nach den Dächern der nächsten Häuser hinaufsah, als ob ihn von dort her Jemand gerufen hätte.

Steinert, denn der Mann in dem grauen Überrock war Niemand anderes als unser alter Bekannter, der Weinreisende von gestern Abend, der übernächtig und mit schwerem Kopf gerade übler Laune genug schien sich über die geringste Kleinigkeit zu ärgern, murmelte etwas von »Dickschädel« und »Holzkopf« in den Bart, fuhr aber doch in der begonnenen Anrede fort und rief, nur noch mit lauterer Stimme als vorher:

»Sie da – Sie werden mit Ihrem Dings da von einem Schiff aus dem Weg fahren müssen, wenn das andere Schiff kommt, unsere Sachen und uns selber an Bord zu nehmen. Sie hätten sich wohl nirgends anderswo grad' in den Weg hinlegen können?«

Der Matrose oder Kahnführer glitt mit seinen Augen langsam vom dritten bis zum zweiten und von da bis zum ersten Stock und dann quer über die Hausthür weg nach dem Fremden nieder, der ihn angeredet hatte und öffnete dann den Mund – aber blos um ein neues Priemchen Taback hineinzustecken, wonach er, ohne auch nur eine Sylbe zu erwiedern, seinen Spatziergang an Deck in der alten Weise und Ruhe fortsetzte. Steinert übrigens, der sich jetzt ernstlich an zu ärgern fing, war nicht gesonnen sich so leicht abfertigen zu lassen, und bis an den Wasserrand hinangehend, bis wohin eine schmale Planke vom Bord des niederen Fahrzeuges aus reichte, schritt er diese hinan und stieg keck an Deck des »fremden Schiffes« wie die Übrigen meinten.

»Guten Morgen« sagte er hier vor allen Dingen, als er sich auf dem fremden Boden fand, und doch fühlte daß er mit Höflichkeit bei dem sonderbaren, einsylbigen Mann weiter kommen würde, als mit Grobheiten.

»Morgen« sagte der Schiffer übrigens, ohne, gerade wie vorher, weitere Notiz von ihm zu nehmen.

»Sagen Sie einmal Freund« nahm aber hier Steinert wieder das Wort, und suchte sich dem Mann auf seinem Spatziergang entgegenstellen – »wie ist denn das eigentlich, wollen Sie heute hier liegen bleiben?«

»Nee!« sagte der Schiffer.

»Und wann fahren Sie ab?«

»Sobald wie laden hebben« lautete die Antwort.

Steinert, der nur einen unbestimmten Begriff von Plattdeutsch hatte, begriff nicht recht was der Mann sagte, und suchte ihm selber jetzt begreiflich zu machen, wie sie mit jedem Augenblick ein »verdecktes Flußschiff« erwarteten, das sie und ihre Sachen an Bord der Haidschnucke schaffen sollte.

»Hm – wo sall'n dat herkomen?« frug der Schiffer aber jetzt mit einem verschmitzten Lächeln nach dem Frager hinüberblinzelnd.

»Herkommen?« wiederholte Steinert erstaunt – »nach unserem Contrakt mit dem Rheder müssen wir unentgeltlich mit unserem Gepäck von hier aus an Bord des Seeschiffes geschafft werden.«

»Op en *Flußschiff*?« sagte der Matrose mit starker und etwas humoristischer Betonung des hochdeutschen Wortes.

»Jawohl« sagte Herr Steinert.

»Un wie heet *dat* hier?« sagte der Matrose auf das eigene Fahrzeug niederdeutend, auf dem sie standen.

Ein böser Verdacht stieg in dem Weinreisenden auf, daß sie etwa gar in einem solchen »Kasten« transportirt werden sollten. Dessen Bestätigung blieb auch nicht lange aus, denn nach ein paar Fragen herüber und hinüber stellte es sich wirklich heraus, daß dies kleine unansehnliche Fahrzeug das identische »bedeckte Flußschiff« Nr. 67, und der lange Matrose der Kahnführer Meinert sei, mit dem sie und ihre sämmtlichen Sachen »nach See zu« geschafft werden sollten. Ein wilder Ausruf des Erstaunens, den der erschreckte Weinreisende nicht unterdrücken konnte, zog einen Theil der übrigen Passagiere herbei, und das Deck des kleinen Fahrzeugs schwärmte plötzlich von einer Masse verblüffter und wirr durcheinander schreiender Menschen, daß die Leute oben in der Straße stehen blieben oder auch mit zum Ufer herunterkamen, in der freundlichen Hoffnung, einer möglichen Prügelei der Auswanderer beiwohnen zu können.

Kahnführer Meinert, denn diese würdige Person war es wirklich selbst, ließ sich indessen nicht im Mindesten aus seiner Fassung bringen, und beantwortete alle Fragen seiner neuen ungeduldigen Passagiere mit einer Ruhe und Gleichgültigkeit, die diese fast zur Verzweiflung brachte.

»Wie viel mal er zu fahren gedächte bis er die Masse Gepäck und Menschen im Stande sei an Bord abzuliefern.«

»Ein Mal.«

»Ein Mal? – und wenn er sie Einer über den Andern packe gingen sie nicht Alle hinein.«

»Noch einmal so viel, mit *Bequemlichkeit*, wenn es sein müßte.«

»Wie lange die Reise dauere?«

»Mit gutem Wind sechs Stunden.«

»Und mit schlechtem?«

»Unbestimmt.«

Manche der Passagiere hätten jetzt gern Passage auf dem Dampfboot genommen, das aber war schon fort – das nächste ging erst um elf Uhr ab und kam erst Nachmittag nach Brake, bis dahin konnten sie lange dort sein, und sie fingen an sich in das Unvermeidliche zu fügen. Aber weshalb wurde da nicht wenigstens ihr Gepäck eingeladen? – auf was warteten sie noch, da die Abfahrt doch auf sechs Uhr bestimmt worden.

Kahnführer Meinert, oder »*Capitain*« Meinert wie er sich gern nennen ließ, wartete noch auf »seine Mannschaft«, einen Matrosen, den er in die Stadt hinaufgeschickt hatte ihm einen frischen Vorrath von Taback, Rum und einigen anderen Kleinigkeiten einzuholen – sobald der kam, um die Sachen im »unteren Raume fortzustauen« konnte die Sache beginnen.

Endlich kam der Bursche, ein schmutzig aussehendes, theerbeschmiertes Individuum, mit einem Arm voll Packeten und zwischen den Zähnen eine Anzahl Papiere haltend. Diese nahm ihm sein Principal vor allen Dingen heraus, wischte den Tabackssaft davon ab und schob sie dann, ohne sie weiter eines Blicks zu würdigen, in seine eigene Tasche.

Die Passagiere wurden jetzt aufgefordert »ihre Sachen an Bord zu liefern« und folgten diesem Aufruf mit lobenswerther Bereitwilligkeit. Sie glaubten nämlich nicht daß der kleine unansehnliche »Kahn« Alles würde einnehmen können, und Jeder wollte wenigstens *sein* Eigentum mit der *ersten* Fahrt befördert haben. Ein paar der stämmigsten, oldenburger Bauern, die auch die größten Kisten hatten, wurden dabei ersucht »im Raum« ein wenig mit zu helfen, »damit sie auch sähen daß nichts beschädigt würde«, und diese unterstützte der Matrose, während »Capitain Meinert« an Deck stand, die Kisten oder Koffer mit einem Tau umschlang, und in den unteren Raum, oder vielmehr nur unter Deck, hinunterließ, denn das kleine Fahrzeug hatte nur den einen Raum.

Während die Leute aber solcher Art beschäftigt waren, trafen immer noch andere, verspätete Passagiere ein, die ebenfalls mit befördert werden wollten und mußten. Unter ihnen der alte polnische Jude mit seinem Knaben, der jetzt auch mit Hand anlegen sollte das Gepäck an Bord zu schaffen. Der alte Bursche schien aber kein Freund von solcher Beschäftigung und merkte kaum wie die Sachen standen, als er an zu hinken fing, und die rechte Hand vorn in seinen Kaftan legte – er wollte sich an dem Morgen weh daran gethan haben, und konnte sie nicht gebrauchen.

Das Gepäck wurde übrigens rascher beseitigt als man im Anfang geglaubt hatte, und merkwürdiger Weise faßte dabei das kleine unansehnliche Fahrzeug eine solche Unmasse von Sachen, die in seinem Bauch ordentlich verschwanden, daß, wenn auch gerade kein bequemer Platz, doch Raum genug blieb, auch die Passagiere aufzunehmen, die sich schon ein paar Stunden solcher Art glaubten behelfen zu können. Lieber Gott, man ging ja jetzt in See, und da konnte man nicht Alles haben wie zu Hause. Vor acht Uhr erklärte aber »Capitain Meinert« nicht im Stande zu sein abzufahren, da dann erst die Ebbe einträte, mit deren ausströmender Fluth er bei dem schwachen Winde hoffen durfte vorwärts zu kommen, und es blieb den Passagieren, die Anfangs allerdings darüber murrten, aber sich in das Unvermeidliche fügen mußten, noch etwa eine halbe Stunde Zeit sich zu beschäftigen wie es ihnen gerade gefiel. Schon vor acht Uhr waren sie aber sämmtlich wieder am Ufer, jetzt ernstlich auf endliche Abfahrt ihres »Schiffs« dringend.

Ein junger Bursche, vielleicht achtzehn oder neunzehn Jahre alt, der auch an denselben Morgen, mit einem ledernen Tornister auf der Schulter und einem leinenen zerrissenen Staubhemd über einem sehr abgetragenen Röckchen, an das Ufer gekommen war und sein »Gepäck« zu dem übrigen gestellt hatte, war dann noch einmal fortgelaufen und in Schweiß gebadet wiedergekommen, und schien über irgend etwas in großer Angst und Sorge. Die Leute hatten aber sämmtlich zu viel mit sich selber zu thun, der Noth und Sorge eines ihrer vermutlichen Mitpassagiere nachzufragen, und der arme junge Bursch, als schon sämmtliches Gepäck an Bord geschafft worden, saß noch immer auf seinem Tornister am Ufer, das bleiche Antlitz in die Hand gestützt, und schien wirklich in stummer Verzweiflung der Einschiffung der Übrigen zusehn zu wollen, ohne selber daran Theil zu nehmen.

Unter den Juden war Einer Namens Wald, ein Mann in den vierzigen, mit einer ansetzenden Glatze, aber scharfgeschnittenem klugen Gesicht und lebhaften schwarzen Augen, der sich bis dahin von den Übrigen ziemlich fern gehalten. Neugierig gemacht übrigens, durch das Wesen des jungen Burschen, ging er jetzt zu diesem hin, und frug ihn was er hätte oder was ihm fehle. Der arme Teufel klagte ihm da mit Thränen in den Augen sein Leid – es fehlten ihm wirklich noch fünfzehn Thaler an seiner Passage nach Amerika, und die Rheder wollten ihn nicht mitnehmen, ehe er die volle Summe gezahlt habe; aber er *müsse* mit fort, und wenn ihn das Schiff nicht mitnähme sei er rettungslos verloren.

Wald wollte ihn trösten, daß er denn wohl noch ein anderes fände, der junge Mensch schien aber so in Angst, und überhaupt noch etwas anderes auch auf dem Herzen zu haben, worüber er nicht recht mit der Sprache herauswollte, sah aber dabei so treuherzig und fast noch kindlich aus, daß der Mann den Kopf herüber und hinüber schüttelnd, endlich sagte:

»Nu Gottes Wunder, sind wir doch Menschen hier genug die paar Thaler zusammenzubringen – wart einmal a Bisle, ich werd' an zu sammeln fangen.«

»Aber das Schiff fährt fort –«

»Wird nich so schnell fahren« sagte der Mann gutmüthig, und zu dem polnischen Juden gehend hielt er dem seine Mütze hin und sagte:

»Kamerad, ich brauch ein paar Thaler Geld für einen armen Teufel, den wir nich dürfen zurücklassen in Deutschland.«

»Armer Teufel?« sagte der Israelit – »wie haißt? bin ich doch selbst en armer Teufel – wo ist er her?«

»Kann Dir einerlei sein wenn er arm ist« meinte Wald.

»Der Mann hat Recht« sagte aber jetzt der Alte, und griff in seine Tasche.

»Wie viel braucht's?«

»Je mehr desto besser« sagte Wald – »funfzehn Thaler Geld müssen werden.«

»Hier is a Thaler« sagte der Alte und warf das Geld in die Mütze.

Der nächste zu diesem war Steinert, an den sich Wald mit seiner Sammlung wandte. Dieser zeigte sich aber nicht so rasch mit Geldgeben wie der alte Jude, sondern wollte erst genau wissen wozu und weshalb, wer der Bursche sei, wo er herkomme, wo er wohne und was er treibe. Wald rief ihn herbei, als er sah daß er auf keine andere Art zu seinem Zweck kommen könne, und der junge Bursch gab jede nur mögliche Auskunft, bis Steinert endlich in seine Tasche griff, einige Groote herausnahm und dem Alten, nachdem er sie mehrmals durchgesehn, zwölf davon reichte.

»Aber wir brauchen fünfzehn *Thaler*« sagte dieser, »und zweiundsiebenzig machen erst einen.«

»Leider« erwiederte ihm Steinert, »ich brauche aber noch mehr wie fünfzehn Thaler und mir giebt Niemand etwas.«

Wald sah daß alles weitere Zureden umsonst sein würde, um deshalb nicht mehr Zeit zu versäumen ging er weiter, und einige der jungen Mädchen, die der arme Bursch dauerte, nahmen sich jetzt auch der Sache an, legten selber zusammen so viel sie konnten, und collectirten bei den Anderen. Es war gut für sie daß sich viele Juden unter den Passagieren befanden; diese gaben fast alle und – so geizig sie sonst sein mochten – gaben reichlich, ohne weiter zu fragen wie der Mann heiße und woher er sei, während die Christen, von denen Viele es dem Anschein nach weit eher entbehren konnten – erst Alles auf das Genaueste wissen wollten, und dann noch jede Ausflucht suchten, wenigstens mit einigen Groten abzukommen.

Nichtsdestoweniger brachte Wald, von den jungen Mädchen unterstützt, das Geld in kaum einer halben Stunde richtig zusammen; der junge Bursch, jetzt überglücklich seine Reise gesichert zu sehn, flog mehr als er ging, in die Stadt zurück, seinen Schein zu bekommen.

Der einzige der sich bei der ganzen Sammlung *nicht* betheiligt, denn *alle* übrigen hatten wenigstens eine Kleinigkeit gegeben, war der wunderliche alte Bursche, den wir im Anfang auf den Kisten sitzend fanden, und der auch nur erst in der That seinen Platz geräumt hatte, als die weit ungeduldigeren Reisegefährten das Gepäck anfingen unter ihm selber wegzuziehen. Er aber war auch wieder der Erste, der sich eine gute Stelle an Bord aussuchte, dort eine der überall herumliegenden Matratzen, die fast Jeder bei sich führte, aufrollte, und sich, keine Rücksicht auf etwa später Nachkommende nehmend, behaglich unter Deck darauf ausstreckte.

Das Segel wurde jetzt, von den beiden Seeleuten, die noch eine Art Schiffsjungen bei sich hatten, gehißt, und die mit schwarzer Farbe darauf gemalte Nummer 67 sichtbar. Das galt den Passagieren aber auch als Zeichen der Abfahrt, und Alles drängte an Bord, einen bequemen Platz für die Hinausfahrt zu bekommen.

Unter den Passagieren, die mit dem Weserkahn befördert werden wollten, befand sich auch ein alter Bekannter von uns; ein junger sehr anständig und reinlich gekleideter Mann in schwarzem Tuchrock und eben solchen Hosen, mit blankgewichsten Stiefeln und Glacéhandschuhen, ein reizendes Frauchen, ganz einfach aber höchst geschmackvoll gekleidet, am Arm und einen Knaben, einen lieben kleinen Burschen von kaum mehr als drei Jahren an der Hand. Der Mann mußte sich aber wohl schon früher genau nach der Abfahrt des Kahnes erkundigt haben, denn er war erst kurz vor acht Uhr gekommen und mit Frau und Kind, ohne sich mit Einem der Übrigen in ein Gespräch einzulassen, am Ufer auf- und abgegangen.

Der Violinist Eltrich hatte das Geld zur Überfahrt für sich und die Seinen, nachdem er vergebens gesucht seine Passage abarbeiten zu dürfen, mit schweren Opfern und besonders durch den Verkauf fast aller seiner Habseligkeiten, zusammengebracht, und war im Begriff sich ebenfalls mit der Haidschnucke nach Amerika einzuschiffen – freilich im Zwischendeck, und das Herz schlug ihm recht weh und ängstlich, wenn er die Leute sah mit denen er gemeinschaftlich, in einem Raum die lange Reise machen sollte, und der Entbehrungen, der Beschwerden dann gedachte, denen sein zartes junges Weib, denen sein Kind dabei ausgesetzt sein mußten. Adele aber, die liebe kleine Frau, die in dem gramumwölkten Blick des Gatten wohl all die Sorge, all den Kummer lesen mochte, den er sich ihretwegen machte, und ihretwegen doch auch gerade wieder sein ganzes Leben daran setzte, sie aus den Sorgen zu reißen, in denen sie im alten Vaterland gelebt, hing sich an seinen Arm und lachte ihm die Falten von der Stirn. Auf all die komischen wunderlichen Gestalten machte sie ihn dabei aufmerksam, die sie umgaben; auf den langen Kahnführer mit seinem spitzen Gesicht und den polnischen Juden mit dem schönen bleichen Knaben, und freute sich wie ein Kind über das rege Leben und Treiben, das um sie her drängte und wogte, und sie jetzt mit fortnehmen sollte in eine neue Welt. Sie hatte Nichts das sie hier zurückließ, und das sie an das alte Vaterland noch hätte fesseln können; eine Waise stand sie in der Welt und ihr Mann, ihr Kind war die für sie.

Und dennoch schrack sie fast unwillkürlich zurück, als sie, an des Gatten Arme, der den Knaben selber jetzt aufgenommen hatte ihn an Bord zu tragen, das kleine Fahrzeug betrat das sie stromab führen sollte, dem Seeschiffe zu. Der warme Dunst der sie von unten herauf anwehte, der Theergeruch, das feuchte schmutzige kleine Fahrzeug selber – sie schmiegte sich fester an den Gatten an, wie um Hülfe zu suchen gegen dies erste peinliche Gefühl, und nur erst als dieser leise aber tief und schmerzlich aufseufzte und die Scene vor sich mit ängstlich forschendem Blick überflog, denn er sah nicht ein stilles, geschütztes Plätzchen, wo er Weib und Kind hätte unterbringen können, der ungewohnten Umgebung nur in etwas zu entgehn, da zwang sie mit Gewalt jedes andere Gefühl zurück. Die Notwendigkeit gebot hier daß sie sich fügte; nicht durfte und wollte sie des Gatten Herz noch schwerer machen als es schon war, und selbst mit einem Lächeln auf den bleichen Lippen sagte sie, sich flüsternd zu ihm biegend.

»Ach Schade, Paul, daß Du kein Maler bist; das wäre ein Stoff hier für ein prachtvolles Genrebild.«

»Arme Adele« flüsterte Eltrich leise.

»Arme Adele?« wiederholte aber die junge Frau, jetzt ernstlich entschlossen das Unvermeidliche auch fest und freudig zu ertragen – »wie Viele gäben Gott weiß was darum dies nur zu sehn, und da wir endlich, wonach wir die langen Jahre und immer umsonst gestrebt, erreicht, bedauerst Du mich?«

»Wie wirst Du es nur ertragen auf dem Schiff?« seufzte der junge Mann.

»Wie ertragen es so viele Tausend?« entgegnete ihm aber die kleine wackere Frau, »und bin ich nicht jung und gesund? – was Andere können kann auch ich.«

»Aber Du warst von je ein anderes Leben gewohnt.«

»Und Du nicht? – Ach Paul, quäle Dich doch um Gottes Willen nicht jetzt unnützer Weise mit solchen

Gedanken, und sieh lieber daß Du ein Plätzchen irgendwo für uns findest, die paar Stunden hinzubringen. Ich glaube wir blieben am Besten an Deck.«

»Ich traue dem Wetter nicht« sagte Eltrich kopfschüttelnd – »dort im Westen liegt es dunkel und schwer, und kommt mit Macht herauf. Jetzt ist auch für uns noch Hoffnung einen Platz unter Deck zu bekommen, denn Viele scheuen sich hinunter zu gehn, ehe sie müssen; nachher drängt denn Alles hinein und die Leute hier sehen mir gerade nicht aus, als ob sie viel Rücksicht auf einander nehmen würden.«

»So such' uns ein Plätzchen« sagte die junge Frau, »und wir richten uns dann häuslich ein, ich und Luz, und wenn wir einmal wieder auf festem Grund und Boden sind, in Amerika drüben, dann werden wir noch oft über die Zeit lachen die wir hier verlebt, und was wir da Alles gesehn und gehört.«

»Und gerochen« seufzte Eltrich in komischer Verzweiflung – »lieber Gott, qualmen die Leute einen nichtsnutzigen Taback.«

»Man gewöhnt sich an Alles« sagte die kleine Frau; »aber geh nun hinunter und sieh Dich um, ich bleibe dann noch oben an der freien Luft bis es wirklich an zu regnen fängt.«

In dem Kahn sah es indessen in der That wild und wunderlich genug aus. Die Erstgekommenen hatten sich, nach Umständen, vortrefflich eingerichtet und alle vorgefundenen und meist noch zusammengebundenen Matratzen benutzt, Lager- oder Sitzplätze für sich herzurichten, und die später Eintreffenden suchten jetzt ihre »Betten«, über Alles dabei hinwegsteigend was ihnen im Wege lag. Jeder that zugleich sein Bestes den Nachbar zu überschreien, nur um selber gehört zu werden, und Steinert besonders, der sich aus irgend einer unbegreiflichen Ursache für schändlich behandelt und hintergangen hielt, machte einen Heidenlärm.

»Das also nennen diese Herren Rheder ein »verdecktes Flußschiff« – einen Aufenthalt für Menschen – für Auswanderer? Ein Kasten ist's, mit einem Loch darin, Mehlsäcke etwa wegzupacken und Fleischfässer – eine Vorbereitung zur Galeere für Mörder und Diebe – ein schwimmendes Zuchthaus. »Verdecktes Flußschiff.« – daß sie der Böse einmal später in einem solchen »verdeckten Flußschiff« nach seinen höllischen Regionen abführe, dort mit des Geschickes Mächten einen ew'gen Bund zu flechten.«

»Ach was« unterbrach ihn da Einer vom Stamme Juda – »lassen Sie das Geschwafele und gehn Se mit Ihre dreckige Fißche von meine Matratze herunter – Gott der Gerechte wo sieht der Mensch um die Fiße aus und stellt sich mich Nichts dich Nichts auf's Bettzeug!«

»Meine Herren!« – rief Steinert dagegen, konnte aber seine Rede nicht zu Ende bringen, da der Mann den einen Zipfel der also mißhandelten Matratze mit beiden Händen gefaßt hatte, und sie dem Weinreisenden mit einem plötzlichen Ruck so rasch unter den Füßen fortriß, daß dieser das Gleichgewicht verlor und rückwärts in einen Korb voll Blech und anderes Geschirr hineinfiel, den die Familie Rechheimer, Mann, Frau und zwei erwachsene Töchter eben zu etwas genauerer Inspection hervorgezogen. Der Lärm wurde jetzt allgemein, denn Steinert wollte thätliche Rache nehmen, und bat die Umstehenden daß sie ihn halten möchten, weil er sonst den Elenden über Bord würfe.

»Frieden, lieben Freunde« sagte da eine tiefe aber sehr weiche, fast etwas singende Stimme, und ein junger Mann von vielleicht drei- oder vierundzwanzig Jahren mit vollem Bart und langen glatt herunterhängenden, in der Mitte gescheitelten Haaren, modern, wenn auch etwas vernachlässigt gekleidet, trat zwischen die Streitenden und fing an ihnen zu beweisen daß sie Beide Unrecht hätten, daß sie nicht verständen das Romantische ihrer Lage zu begreifen und anstatt, wie die Biene aus *jeder* Blume Honig zu ziehen, sich von dem ersten bitteren Geschmack abschrecken und verblenden ließen.

»Ja – eine kleine Biene flog« rief Steinert noch immer entrüstet dazwischen, »aber ziehn Sie einmal hier Honig heraus, wenn ich bitten darf – das wäre ein Kunststück.«

»In einem solchen Kunststück bewährt sich gerade der Mann!« entgegnete die kleine schmächtige Gestalt des Passagiers mit der tiefen Stimme – »das Edle wollen und das Gute thun!«

»Ich brauche mir aber meine Matratze nich einschmieren und mich schimpfen zu lassen – brauch ich nich –« schrie jedoch der Israelit, noch keineswegs beruhigt, dazwischen, und Steinert wollte ebenfalls wieder heftig erwiedern, als von einer anderen Ecke des halbdunklen Raumes her ein neuer Lärm vorbrach, dessen Mittelpunkt diesmal der Mann mit dem affenähnlichen Gesicht zu sein schien. Dieser hatte ebenfalls, wie es sich jetzt herausstellte, auf einer fremden Matratze Platz genommen und weigerte sich nicht sowohl ihn zu räumen, als daß er ihn, ohne auch nur ein einziges Wort zu erwiedern, ruhig gegen einen ganzen Schwarm von Frauen und Mädchen behauptete. Die einzige Antwort die man aus ihm herausbringen konnte, war eine ordentliche Wolke des schändlichsten ordinärsten Tabacks der sich nur denken ließ, und je ärger der Lärm um ihn her wurde, desto mehr verschwand er in dem, immer dicker aufsteigenden Nebel, und nur die kleinen grauen, von dichten und dunklen borstigen Brauen beschatteten Augen blitzten daraus hervor, daß es den Frauen ordentlich unheimlich zu Muthe wurde, wenn sie den Mann anschauten.

Wer sich übrigens um all den Lärm da unten nicht bekümmerte war der Kahnführer selber, »Capitain Meinert«, der indessen, da die Ebbe jetzt wirklich eintrat, mit seines Matrosen Hülfe den leichten Anker an Bord, und vorn auf den Bug hob, und als das kleine Fahrzeug, nicht mehr vorn gehalten, mit der Strömung langsam herumschwang, an's Steuer trat und es weiter hinaus in den Fluß lenkte, klar von den übrigen Kähnen zu werden und freies Fahrwasser zu bekommen.

Die Passagiere waren übrigens hierbei selber zu sehr interessirt, es so ganz gleichgültig mit anzusehn, wie sie, zum ersten Mal in ihrem Leben »flott« wurden, und kaum fühlten sie unten die Bewegung des »Schiffs« wie sie den Kahn unverdrossen nannten, als auch die Mehrzahl rasch an Deck kletterte. Viele von ihnen hatten dabei eine unbestimmte Ahnung daß sie jetzt bald das Land »aus Sicht« verlieren und direkt in die offene See hineinsteuern würden, das große Schiff nach irgend einer gegebenen, unbekannten Richtung aufzusuchen; Andere glaubten daß *Brake* wahrscheinlich um die nächste Landspitze herum läge, und sie dort spätestens zum Mittagsessen eintreffen müßten; jedenfalls gewann Eltrich indessen unten Zeit ein Eckplätzchen für Frau und Kind herzurichten, wo er eine von seinen Matratzen ausbreitete, und die andere, gegen die Kahnwand hin hoch aufstellte, als Rücklehne zu dienen. Adele hatte auch kaum mit dem Knaben darauf Platz genommen, als die Wolken, die sich den ganzen Morgen schon hoher und höher gezogen, begannen Ernst zu machen. Es fing gegen neun Uhr an erst zu tröpfeln und dann ordentlich zu regnen, und die Passagiere drängten wieder mit Macht nach unten, unter Dach. Nur Einzelne von den Männern blieben oben, die, in ihre Mäntel gehüllt, oder mit Regenschirmen, die Nässe, dem Dunst und der Hitze unten vorzogen.

So scharf und frisch die Luft aber auch im Anfang, mit dem ersten Regen einsetzte, und so rasch das kleine, ziemlich gut segelnde Fahrzeug dabei die Fluth durchschnitt und die Thürme Bremens bald zurückließ, so bald schlief der Wind wieder ein, und wenig mehr als die ausfluthende Strömung trieb den Kahn zuletzt noch weiter, der kaum mehr seinem Steuer gehorchte, und langsam und schläfrig an dem grünen Ufer niederschwamm. Die Luft war dabei schwül und drückend, und der Regen goß dermaßen in Strömen nieder, daß selbst die Luke, wenn auch nicht dicht verschlossen, doch mit getheerter Leinwand verhangen werden mußte, und die Luft in dem beengten Raum nur noch dumpfiger und schwüler machte.

Ein Theil der Passagiere amüsirte sich indeß ganz gut – hie und da hatten sich kleine Gruppen gesammelt und spielten, mit einer Kiste zwischen sich als Tisch, Karten; dort machten ein paar junge Burschen – und der Mann mit der tiefen Stimme und den gescheitelten Haaren befand sich leider zwischen ihnen – den jungen Mädchen die Cour und suchten auf solche Weise nicht allein ihre Zeit zu vertreiben, sondern auch gleich Bekanntschaften für die Reise anzuknüpfen. An rohen Scherzen der Ungebildeten fehlte es dabei nicht, über die ein Theil ein wieherndes Gelächter aufschlug, während es den anderen verletzte, und Eltrich seufzte oft tief und schwer auf, seine arme Frau in solche Umgebung jetzt vielleicht Monate lang gebannt zu wissen, und nicht im Stande zu sein sie daraus zu befreien.

Adele beschäftigte sich indessen theils mit dem Kind, theils suchte sie, den Knaben im Arm und den Kopf gegen die Matratze zurückgelehnt, dem häßlichen Aufenthalt nur kurze Zeit Schlaf abzuringen; aber der Lärm war zu groß, die Luft zu schwül und ungewohnt, und besonders der häßliche Tabacksqualm zu nah und scharf, daß sie kaum im Einnicken, immer wieder husten mußte und munter wurde.

So schlich der Vormittag langsam und schläfrig hin; die Brise wurde gegen zwölf Uhr etwas frischer, aber der vielen Biegungen des Stromes wegen war sie ihnen fast eben so oft entgegen als zu Gunsten, und um zwei Uhr, als »Todt Wasser« wie es die Schiffer nennen, eintrat, d. h. die Zeit des Stillstandes zwischen Ebbe und Fluth, wenn die eine aufhört und die andere noch nicht begonnen hat, setzte Capitain Meinert seine Passagiere ungemein in Erstaunen, als er seinen Anker plötzlich fallen ließ und sogar erklärte, hier wieder sechs volle Stunden liegen bleiben zu wollen, »bis die Fluth hinauf sei.«

Wie weit Brake noch sei, war an dem Morgen wohl tausendmal gefragt worden, und der Schiffer, der es endlich müde wurde wieder und wieder darauf zu antworten, sagte dem Einen fünf und dem Andern eine Meile, kurz Jedem verschieden, und unten stritten sich dann die Partheien darüber, weil jede behauptete, ihre Nachricht aus bester Quelle zu haben.

Der größte Ärger stand aber den Passagieren noch bevor als auch das zweite, um elf Uhr von Bremen abgegangene Dampfboot, kurz vorher ehe sie wieder

Anker geworfen, an ihnen vorbeirauschte. Jetzt kam auch noch die Angst dazu daß sie das Schiff am Ende zu spät erreichten, und wenn sie auch der Schiffer darüber beruhigte, sahen sie ihm doch, oh wie sehnsüchtig nach.

Um acht Uhr wurde der Anker nun allerdings wieder »gelichtet«, wie Steinert mit etwas heiser gewordener Stimme sang, aber wie es vollkommen dunkel wurde mußten sie dennoch wieder beilegen, und zwar jetzt wieder in der trostlosen Hoffnung nicht vor acht Uhr nächsten Morgens auf's Neue unter Wegs gehn zu können. Capitain Meinert hatte sich aber vorgesehn noch ein Dorf zu erreichen, ehe er seinen Anker wieder auswarf, und stellte den Passagieren sein kleines Boot zur Verfügung an Land zu gehn und dort zu übernachten, wo sie allerdings mehr Bequemlichkeit haben würden als an Bord. Die Meisten machten auch wirklich davon Gebrauch und traten, mit aufgespannten Regenschirmen, durch Schmutz, Wasser und Dunkelheit, die Reise nach dem flachen Ufer an, wo sie in einem Nichts weniger als freundlichen und fast eben so dumpfigen Saal ihr theueres Geld für etwas schlechtes Essen und eine Streu bezahlen mußten. Die Passage auf dem Dampfboot hätte sie nicht mehr, wenn gar so viel gekostet.

Eltrich wollte seine Frau auch, trotz allen jedenfalls daraus erwachsenden Kosten, an Land nehmen, sie weigerte sich aber entschieden den Kahn zu verlassen, verzehrte lächelnd mit ihm ihr frugales Abendbrod, und wickelte sich dann mit dem Kind in ihre wollene Decke, in der jetzt wenigstens eingetretenen Ruhe der Nacht so viel Schlaf als möglich abzugewinnen.

Und es war eine traurige unfreundliche Nacht; der Wind heulte in den einzelnen Bäumen am Ufer, der Regen schlug prasselnd auf Deck, und der Mast und das Takelwerk knarrte und ächzte, den Passagieren an Bord nur wenig Ruhe gönnend, in den fremden, ungewohnten Lauten. So kalt und häßlich der Morgen aber auch hereinbrach, so freudig wurde er von den an Bord Befindlichen, die ihn wie lange schon ersehnt, begrüßt. Jede Stunde hatten die so oft gezählt, jede Minute fast, und das Morgengrauen herbeigewünscht unzählige Mal. Ein trüber Anfang war das auch für ihre Seefahrt, und Mancher, der sich am vorigen Tag damit getröstet, welche Strapatzen und Beschwerden er im Stande wäre zu ertragen, saß jetzt kalt und fröstelnd, niederschlagen und mißmuthig in einer Ecke, und überlegte vielleicht jetzt schon, freilich etwas früh, die Gründe die ihn eigentlich zu einer Auswanderung bewogen. Wunderliche Gedanken steigen da in dem Menschenherzen auf, und eine einzige solche Nacht, wenn sie nur etwas früher gekommen wäre, hätte manche romantische Erzählung, manchen glühenden Bericht über Amerika, weit, weit aus dem Felde geschlagen.

Jetzt war das freilich zu spät und ein Rücktritt nicht mehr gut möglich; mit den Effekten und dem Passagegeld hätte es sich vielleicht noch einrichten lassen; lieber Gott, ein kleiner Verlust zur rechten Zeit ist oft ein großer Gewinn für's ganze Leben, aber das Lachen zu Hause, das böse, böse Lachen – viele Menschen wollen lieber, wenn sie die Wahl haben, verachtet oder bemitleidet als ausgelacht und verspottet werden, und die Wenigen deshalb, an deren Grundsätzen die kalte unfreundliche Nacht doch gewaltig gerüttelt, bissen die Zähne fest aufeinander und gingen dem Unvermeidlichen – eben weil es unvermeidlich war – entgegen.

Aber solch ein Morgen, auf einem solchen Weserkahn! Erst in solchen Verhältnissen merkt auch der Mensch an wie viel Bequemlichkeiten er gewöhnt ist, wie viel Bedürfnisse er schon hat, mag er sonst noch so einfach leben das ganze Jahr hindurch. Schon das erste Gefühl des Aufstehens widert ihn an. Ungestärkt, unerquickt, und schon fertig angezogen, hebt man sich von seinem Lager; man möchte sich jetzt ausziehn und sich waschen – aber wo? – Wasser ist da im Überfluß, aber kein Waschbecken, kein Handtuch, weder Seife noch Zahnbürste – nicht einmal ein Platz die unentbehrlichste Abwaschung von Gesicht und Händen vorzunehmen, denn im innern Raum ist jeder Zoll breit besetzt, und draußen an Deck schütten die Wolken wieder Ströme Regens nieder. Wie grau und bleiern da der dämmernde Morgen auf der Welt liegt, und wie still und einsylbig selbst die Lautesten und Unruhigsten der Schaar geworden sind. Nur die Kinder schreien – rücksichtslose kleine Gesellschaft, die die Welt nur erst von der einen Seite kennt und jetzt auf das eifrigste dagegen protestirt auch auf der anderen ihre Bekanntschaft zu machen.

Selbst Steinert war ruhig geworden und saß, durch das Weinen eines solchen kleinen ungeduldigen Nachbars aus einem leichten und unerquicklichen Morgenschlaf geweckt, fröstelnd in seine wollene Decke gehüllt auf der Ecke einer fremden Matratze und blickte finster und verdrossen um sich her.

»Eine Tasse Kaffee – ein Königreich für eine Tasse Kaffee« brummte er zuletzt indem er den Hut abnahm, einen kleinen Taschenkamm aus seiner Brusttasche hervorholte, und langsam die kurzen Haarstummel und den etwas struppig gewordenen Bart zu ordnen begann – »Himmeldonnerwetter, daß ich des pipigen

Mehlmeiers Rath nicht folgte und mit auf das Dampfboot ging; jetzt sitz ich hier zwischen heulenden Bälgern und schnarchenden anderen Individuen und blase Trübsal in alle vier Winde. »Verdecktes Flußschiff« – daß dich die Pest hole mit deinen ›verdeckten Flußschiffen‹.«

Hie und da hob sich jetzt ein Kopf in die Höh, schaute sich schlaftrunken um und sank wieder in die alte Lage zurück, noch eine Weile die Augen schließen zu können und gar nicht sehn zu müssen was vorging in dem ungemütlichen Aufenthalt. Nur der Mann mit der tiefen Stimme und den mitten auf dem Haupt gescheitelten Haaren erhob sich jetzt ebenfalls und sagte, kopfschüttelnd die um ihn her gelagerten Gruppen überschauend:

»Guten Morgen Herr Steinert – ausgeschlafen?«

»Ja – danke – auf der einen Seite wenigstens« brummte Steinert, »denn die andere schläft noch und die Sehnen und Muskeln sind mir ordentlich verklommen – Himmel war das eine Nacht. Und sehn Sie sich einmal den Platz hier an – Wallensteins Lager, beim Zeus, und die Hälfte Marketenderinnen. Apropos – Sie sind ja wohl Literat, wie Sie mir gestern gesagt haben – da ist Stoff für Sie eine ganze Bibliothek zu schreiben – da ziehn Sie sich Ihren *Honig* heraus, wenn Sie so gut sein wollen; wäre mir lieb zuzusehn wo Sie ihn finden?«

Der junge Schriftsteller schien aber heute Morgen keine Lust zu haben über derlei Sachen zu debattiren; ihm war selbst zu unbehaglich zu Muthe seine gestrige Äußerung zu vertheidigen, und mit ein paar leise gemurmelten Worten, die recht gut irgend eine höchst unromantische Verwünschung sein konnten, brummte er:

»Ich möchte nur wissen wer sich da ein Vergnügen gemacht und die halbe Nacht an Deck bei dem Wetter Holz gesägt hat – die Leute wählen eine vortreffliche Zeit ihren Winterbedarf einzulegen.«

»Holz gesägt?« entgegnete aber Steinert erstaunt – »meinen Sie etwa meinen Nachbar hier, den dicken Unbeweglichen, der über Tag den guten Taback raucht, und seit ein Uhr geschnarcht hat, als ob er im Akord arbeitete?«

»Das ist ein Schnarcher?« rief der Literat im höchsten Erstaunen aus – »aber warum stoßen Sie ihn da nicht einmal in die Rippen?«

»Weil ich mit keinem passenden Werkzeug versehen bin, auch bis jetzt, in dieser egyptischen Finsterniß, nur nach der ungefähren Richtung zu hätte stoßen können« sagte Steinert – »Sie da, Herr Moses oder Aaron wie Sie gerade heißen – bitte knuffen Sie da doch einmal Ihren Nachbar in meinem Namen, und fragen Sie ihn ob er nicht Meier hieße und aus Stollberg sei.«

»Gottes Wunder, so frih?« sagte der eben Angeredete, der auch gerade munter geworden und den Kopf in die Höhe gehoben hatte. Nichtsdestoweniger leistete er dem Wunsche Folge, und der Schnarcher fuhr, ziemlich unsanft angestoßen, erschreckt in die Höh.

»Habe ich nicht das Vergnügen mit Herrn Meier zu sprechen?« wandte sich Steinert jetzt verbindlich gegen ihn, die Antwort aber die er bekam, benahm ihm jede weitere Lust zur Conversation mit dem Manne, der sich, noch innerlich knurrend, seinen abgefallenen Hut in die Stirn zog, und dann auch ohne weiteren Zeitverlust wieder zurückfiel, noch einmal einzuschlafen.

Wie das plötzliche Stillstehn einer Mühle die müden Knappen weckt, so fuhr ein großer Theil der übrigen Passagiere in die Höh, als das regelmäßige donnernde Schnarchen des Mannes aufhörte, und schlaftrunkene Gesichter frugen nach der Zeit und dem Wetter und wo sie wären, und murmelten halblaute Flüche in den Bart, als sie sich ihres Zustandes klarer bewußt wurden.

Eltrich war einer von den Ersten an Deck, zog sich Wasser in einem Eimer herauf, und badete sich Gesicht und Hände darin, das eigene Taschentuch zum ersten Mal als Handtuch gebrauchend. Den Schiffsjungen fand er dabei beschäftigt auf einem kleinen, an Deck befindlichen verdeckten Heerde, Wasser zu kochen, zu eigenem Gebrauch, und hatte die Genugtuung von diesem, für ein paar Grote, einen Theil desselben zur Mitbenutzung zu erwerben. Etwas Kaffee und Zucker führte er selber bei sich, auch eine Flasche Milch für den Knaben, und seine kleine Frau lächelte ihm dankbar entgegen, als er sie weckte und ihr den einladend dampfenden Blechbecher zum Morgengruße brachte.

»Kaffee – bei Gott!« rief es jetzt aber auch von mehren Seiten des engen Raumes, als der aromatische Duft des heißen Trankes ihre Nasenlöcher traf – »da oben giebt's Kaffee!« und was keine Überredung sonst vielleicht vermocht hätte, war der Glaube im Stande. Allerdings sahen sie sich getäuscht, und nur Einigen gelang es noch für Geld und gute Worte von dem mürrischen Burschen einen halben Becher gemachten Kaffee's zu erlangen, die Übrigen mußten mit dem Boot an Land, dort eine Erfrischung zu erhalten, und Andere suchten den Capitain, die Abfahrt des Kahnes von ihm zu verlangen. Capitain Meinert ließ sich aber erst kurz vor acht Uhr, wo die Fluth sich staute, blicken, tröstete übrigens seine ungeduldigen Passagiere mit der guten Nachricht, daß sie, wenn der Wind so günstig bliebe, Brake in etwa zwei bis drei Stunden erreichen würden.

3. Das Schiff

Weit besser befanden sich die Passagiere, die mit den, die Weser befahrenden Dampfbooten ihrem Ziele rasch und bequem entgegeneilten. So hatte die Familie des Professor Lobenstein, mit dem größten Theil der im Hannöverschen Haus einquartirten und für die Haidschnucke bestimmten Auswanderer, schon um sechs Uhr Morgens Bremen verlassen, und der kleine rasche Dampfer legte sich bald nach 9 Uhr an Bord des mächtigen Seeschiffes, dem sie ihre Leben für die weite Fahrt anvertrauen wollten. Dort wurden schon Kisten und Kasten, Schachteln und Koffer rasch an Deck gehoben, und die Reisenden sahen sich plötzlich wie mit einem Schlage, aus allen ihren bisherigen Verhältnissen herausgerissen, in einer neuen unbekannten, fremden Welt.

Das Schiff! Wie viel hatten sie darüber gelesen, wie viel sich davon erzählen lassen: von den Cajüten und Decks, von den Masten und Segeln, von den Matrosen selbst, und dem Leben an Bord; wie hatten sie doch, als sie erst einmal den Gedanken an Auswanderung fest gefaßt, und mit den Verhältnissen im alten Vaterlande zerfallen, ihre ganze Hoffnung auf das neue gesetzt, den Augenblick herbeigesehnt, in dem sie an den hohen Seitenwänden des Schiffes, das sie nach Amerika hinüber bringen sollte, hinaufklettern, und die Hüte schwenken würden, den stolzen Bau zu begrüßen. Tausend wunderliche und bunte Bilder hatten sie sich dabei ausgemalt, Jeder in seiner Art, auf seine Weise. Der Capitain stand dann auf seinem Deck und winkte dem nahenden Boot schon von weitem seinen Willkommen zu, die Matrosen jubelten und ein paar Böller wurden gelöst, den Passagieren zu Ehren. Die Flaggen und Wimpel wehten dabei, und im Hintergrund rauschte das Meer mit seinen mächtigen Wogen gewaltig darein, in die Harmonie dieses einen seligen Augenblicks –

So hatte sich die Phantasie eben diesen Augenblick gemalt, und jetzt? gerade vor neun Uhr fing es, höchst prosaischer Weise, an zu regnen, als ob sie da oben die Wolken mit Eimern ausschöpften und ohne richtige Ortspolizei das Wasser mitten in die Welt hineingössen. Das auf Deck liegende Gepäck war freilich mit getheerter Leinwand überspannt, wie aber das Boot an das Schiff hinanrauschte, wurde dieselbe hinweggezogen, und die Sorge der Auswanderer nahm das so ausschließlich in Beschlag, daß sie fast an weiter nichts Anderes dachten, oder denken konnten, und Jeder nur das Seinige so rasch als möglich unter Dach und Fach zu bringen suchte.

Das Tau, das ein Matrose vorn am Bug des Dampfbootes zum Wurf zusammengerollt in der Hand trug, flog aus und wurde an Bord der Haidschnucke, von rasch zuspringenden Leuten befestigt, die Räder arbeiteten langsam vorwärts, das Boot eben gegen die Strömung, gegen die es aufgedreht war, festzuhalten, und eine von Bord niedergelassene, bequeme Treppe, mit niederhängenden Tauen (*fallreeps*) an der Seite sich festzuhalten, diente den Passagieren zum Aufsteigen auf das höhere Deck.

Dort befand sich aber schon ein Theil der Frühergekommenen, die es für zweckmäßig gefunden hatten sich zeitiger einzufinden, und dadurch die Wahl eines Platzes zu haben. In der Cajüte waren nun allerdings die einzelnen *staterooms* oder Cajütenplätze schon von den Rhedern selber für die Passagiere nach ihrer Anmeldung bestimmt, und eine Beschlagnahme des einen oder anderen Platzes konnte da nicht stattfinden; im Zwischendeck gab es aber dafür desto verschiedenere Plätze, die allerdings den Erstgekommenen zur Wahl frei lagen, und die Cojen unter den beiden Luken nach vor und aft wären jedenfalls zuerst vor allen anderen belegt worden, hätte der Steuermann, die zweite Person an Bord, den zuerst gekommenen Passagieren nicht dadurch die Wahl wieder schwergemacht, und Manche sogar dazu bestimmt sich einen Mittelplatz zu wählen, daß er ihnen sagte die, welche sich gerade in der Mitte des Schiffes befänden, wären der Bewegung desselben auch am wenigsten ausgesetzt, und würden deshalb auch am wenigsten von der Seekrankheit zu leiden haben.

Es hat das etwas für sich; die Bewegung des Schiffes ist dort allerdings am geringsten, aber trotzdem noch stark genug dem, der nur irgend zu diesem Leiden inclinirt, nicht den geringsten Schutz zu gewähren, und der davon verschont bleibt wird sie auch an den entfernteren Enden nicht bekommen. Jedenfalls haben die Plätze unter den Luken die meiste frische Luft, und wer je zur See war, wird die zu schätzen wissen.

Einige, wie schon gesagt, ließen sich aber doch dazu bereden Mittelplätze zu belegen; unter diesen Mehlmeier, der von Steinert beauftragt worden, falls er früher an Bord kommen sollte, einen Platz für ihn aufzuheben, und der selber die Seekrankheit mehr als Cholera und gelbes Fieber fürchtete. Zu diesem hatte sich noch der kleine graue Herr mit dem spitzen Mützenschild gesellt, den der Kellner in Bremen die »*Nachtigall*« genannt und der ebenfalls seine Passage im Zwischendeck genommen; Drei und Drei bekamen eine Coye zusammen, von denen immer zwei übereinander lagen, Steinert war also »im Bunde der Dritte« wie er sich ausdrückte, als er die Einrichtung erfuhr, und der kleine graue Herr, der Schultze hieß, hatte sich, wogegen Mehlmeier allerdings im Anfang protestirte, dann aber nachgab, die obere Coye ausgesucht. Die untere Coye nahm der polnische Jude mit seinem Knaben ein, dem später noch der junge Bursche, für den an der Landung in Bremen gesammelt worden, zugegeben wurde, da Niemand Anderes ein Logis mit dem langbärtigen, nicht eben reinlich aussehenden Manne inne haben wollte.

Im ersten Augenblicke wußte aber Niemand wohin er gehöre, noch sah irgend Jemand die Möglichkeit ein sich oder sein Gepäck an irgend einem nur erträglichen Ort unterzubringen. Alles schrie und lief durcheinander; sämmtliche Bagage wurde vorläufig an Deck aufgestapelt, und dann durch die Matrosen, nur um die Sachen aus dem Regen fortzubekommen, in das Zwischendeck hinuntergelassen, wo in der Dunkelheit des Raumes an ein Sortiren der verschiedenen Eigentumsrechte nicht zu denken war. Vergebens blieben auch alle Protestationen der Passagiere, die *diese* Kiste nicht auf den Kopf gestellt, *jene* nicht gedrückt oder gestoßen haben wollten; die Matrosen thaten gerade so, als ob sie eine ganz andere Sprache redeten, und kein Wort von allen Bitten und Vorwürfen verständen, schlugen ein Tau um das erste beste Stück, das ihnen unter die Hände kam, und mit einem »*heave!*« und »*lower away*« den englischen Ausdrücken des Einladens, hoben sich die Kisten in die Luft, schaukelten einen Moment hin und her, und verschwanden dann in der Tiefe, unten zu einem Chaos von Dingen aufgestapelt zu werden, in dem Niemand mehr das Mein und Dein unterscheiden konnte. Auch von den Cajütspassagieren wurden eine Menge Sachen dort versenkt, und diese ebenfalls protestirten vergeblich dagegen. Die Sachen mußten »aus dem Weg geschafft werden« – wie es die Matrosen nannten, indem sie es den Zwischendeckspassagieren gerade *in* den Weg warfen – und wer nicht zufällig einen Theil seiner Sachen oben auf entdeckte und selber faßte und wegtrug, konnte dann sehn wie und wo er es später wiederfand.

Die Cajütspassagiere bekamen indessen, sobald sie sich bei dem Steuermann meldeten, ihre resv. Plätze sofort angewiesen; in der That waren die verschiedenen Thüren, die alle nach innen in den großen Saal führten, schon mit den verschiedenen Namen bezeichnet worden, und die Lobenstein'sche Familie, die drei nebeneinanderliegende Räume, die Hälfte der Cajüte einnahm, sah sich bald, so gut es den Umständen nach nur irgend ging, in zwar kleinen aber ziemlich geräumigen und besonders nett und reinlich gehaltenen Cajüten untergebracht. Der Vater und Eduard bewohnten eine von diesen, Anna und Marie die zweite und die Mutter mit den beiden jüngsten Kindern die dritte.

Ihnen gegenüber war die eine Eckcoye oder Cajüte von Herrn Henkel und seiner jungen Frau, die übrigens noch nicht eingetroffen, belegt worden, die zweite hatten zwei fremde Herren in Besitz, ein Baron von Benkendroff und ein Herr von Hopfgarten, die mittlere bewohnte schon seit acht Tagen, sehr zum Ärger des Steuermanns der dadurch vielfältig genirt worden, ein Fräulein von Seebald mit einer alten würdigen Dame (einer Frau von Kaulitz), die ungemein gern Whist spielte und die ersten Tage in einem gelinden Grad von Verzweiflung gelebt hatte, nicht den dritten »Mann« zu einer Parthie bekommen zu können. Die beiden Herren Hopfgarten und Benkendroff erschienen ihr als eben so viele Engel in der Noth, und Herr von Hopfgarten besonders, war, seitdem er an Bord gekommen, erst im Stande gewesen sich einen einzigen Nachmittag der unausweichlichen Parthie zu entziehen.

Noch war, der Cajüte der beiden Steuerleute gerade gegenüber, ein anderer, etwas schmalerer *stateroom* frei, dessen unterer Theil von Schiffswegen zu einer Art Vorratskammer für neues Segeltuch und Garn benutzt wurde. Der obere Theil war dagegen einem Mittelding zwischen Passagier und Schiffsoffizier, dem »Doktor« wie er kurzweg genannt wurde, zugetheilt, sich darin, so gut wie das eben gehen wollte, häuslich niederzulassen.

Im Zwischendeck befanden sich indessen die Leute fast eben so behaglich und zufrieden wie in der Cajüte. Nachdem nur der erste Sturm der eintreffenden Mitpassagiere abgeschlagen, und diese mit ihrem Gepäck beseitigt worden, hatten sich die Leute in den verschiedenen Coyen vertheilt und Raum übrig genug. Allerdings ging das Gerücht daß noch Passagiere mit einem Weserkahn eintreffen würden, und fünf oder sechs konnten, ihrer Meinung nach, auch noch mit Bequemlichkeit untergebracht werden, – einige Coyen standen sogar noch ganz leer, – vielleicht kamen die aber auch *nicht*, trösteten sich Andere, und dann versprachen sich die Meisten eine sehr angenehme Reise. Lieber Gott, das Zwischendeck versagte ihnen manche am Land gewohnte Bequemlichkeit, aber dafür war man ja doch auch an Bord, und mußte sich die kurze Zeit schon behelfen. Die Belohnung lag über dem Wasser drüben, und hieß *Amerika*.

So verging der zur Einschiffung bestimmt gewesene Tag, der 20ste August, an dem noch, trotz dem Regen, fortwährend Fracht in Fässern, Kisten und Ballen eintraf, und in den unteren Raum weggestaut wurde. Die erste Nacht an Bord ging auch ruhig und ohne weitere Störung vorüber; das Schiff, ein großes stattliches Fahrzeug, lag still und regungslos auf der glatten Wasserfläche, und in dem weiten Raum des Zwischendecks, mit den beiden Luken geöffnet, über die ein Dach von getheerter Leinwand gespannt worden, während ein Windfang den Tag über noch frische Luft hinunter führte, ließ es sich schon aushalten – die Leute waren auf Schlimmeres vorbereitet gewesen. Auch die Provisionen waren leidlich, Butter und Schwarzbrod konnte sogar gut genannt werden, und mit dem frischen Fleisch und grünen Gemüse, was sie, so lange sie an Bord lagen, statt der Schiffskost geliefert bekamen, durften sie wohl zufrieden fein; *Viele* von ihnen hatten es in der eigenen Heimath lange nicht so gut gehabt.

Nur das Wetter wollte und wollte nicht besser werden, der Himmel hing in düsteren Wetterwolken über der schon vollgesogenen Erde, und der Herbst meldete sich in den kalten, unfreundlichen Schauern als ein viel zu zeitiger, unwillkommener Gast. So verging der Morgen des 21sten, und während ein großer Theil der schon an Bord befindlichen Passagiere einsah, daß er sich keineswegs hatte so zu übereilen gebraucht, wurde ein anderer schon ungeduldig, behauptete das Versprechen der Abfahrt für den 20sten zu haben, und verlangte vom Capitain die Abfahrt. Sie hielten *ihren* Contrakt, und meinten deshalb, daß der Capitain den seinigen ebenfalls halten müsse. Die Erwiederung der Seeleute daß ein großer Theil der Passagiere noch gar nicht an Bord sei, hielt ebenfalls nicht Stich. »Wer nicht da wäre dem würde der Kopf nicht gewaschen« meinte Herr Schultze, »und wenn die Leute bis Weihnachten nicht kämen, sollten sie wohl auch daliegen bleiben und auf sie warten? – Alle Vögel« setzte er dabei hinzu – »hielten die richtige Zeit in ihrer Wanderung, und sie wollten die ihrige ebenfalls nicht unnöthig versäumen.«

So rückte der Mittag heran, und der Koch hatte eben zum »*Schaffen*« gerufen, ein eigenes wunderliches Wort, das in unserer norddeutschen Sprache »Essen« bedeutet, als der Steuermann, der schon den ganzen Morgen oft und ungeduldig den Fluß hinaufgeschaut hatte, nach der Nummer des Segels und der aufgezogenen kleinen Privatflagge des Rheders, den so lang erwarteten Kahn mit dem Rest der Passagiere erspähte, und die Ordre gab das Deck für den Empfang der neuen Gäste *klar* zu machen. Glücklicher Weise hatte, seit einer Stunde etwa, der Regen wenigstens nachgelassen, und die Nachricht verbreitete sich rasch über Deck, daß ihre neue Einquartierung anrücke. Eben so stand das ganze Deck des kleinen Weserkahns gedrängt voll Menschen, die sehnsüchtig ihrer endlichen Erlösung von dem trostlos engen Fahrzeug entgegensahen und das Schiff jetzt, dem sie sich rasch näherten, mit einem dreimaligen donnernden Hurrah begrüßten. Keineswegs so freudig wurden sie hier empfangen.

»*Den* Schwarm Menschen sollen wir hier noch an Bord bekommen?« lief der Schreckensruf durch das ganze Schiff – »wo wollen sich die denn unterbringen? – das ist ja gar nicht möglich!« – und kein einziger Zuruf antwortete dem grüßenden Hurrah. Aber der Steuermann hatte indessen die Bremer Flagge am Heck und des Rheders Zeichen am Fockmast, wie ein Tuch, mit dem weit auswehenden Namen des Schiffs am Top des großen Mastes gehißt, als Merkmal für den Kahn, der auch jetzt direkt auf das Schiff zulief, scharf gegen den Wind anluvte, und als er seinen Bug ziemlich nahe zum Bugspriet der Haidschnucke gebracht hatte, voll in den Wind hineindrehte. Während das Segel niederfiel fing »Capitain Meinert« ein nach vorn ihm zugeworfenes Tau, das er rasch an seinem eigenen Bord befestigte; der Matrose hatte im Hintertheil des Kahns ein anderes zugeworfen bekommen, und wenige Minuten später lag er wohlbehalten langseit der Haidschnucke seine »lebendige und todte Fracht« an deren Bord zu *löschen*.

Unmöglich wäre es jetzt die Verwirrung, den Lärmen zu schildern, der in diesem Augenblick entstand – der Steuermann schrie seine Befehle über Deck, aber die ganze Mannschaft, wie sämmtliche Passagiere schrien mit, und der Mann hätte sich eben so gut ruhig in die Cajüte setzen und seinen Teller voll Suppe essen können der drinnen auf dem Tische kalt wurde, als hier zu versuchen Ordnung in dies Babel von Stimmen und Koffern und Hutschachteln, Matratzen, Kisten, wollenen Decken, kleinen Kindern und Körben mit Provisionen zu bringen.

Jeder der Passagiere wollte natürlich seine Sachen zuerst hinaufgereicht haben, Jeder wollte aber auch zuerst an Bord des Schiffes sein, und die Einen schrieen hinauf, die Anderen hinunter, bis sich die Mannschaft der Haidschnucke endlich in einer festen Masse sammeln und das Übertragen des Gepäckes selber in die Hand nehmen konnte. Hei wie die

Schachteln und Körbe da flogen, und wie die Frauen kreischten wenn irgendwo in einem Korb eine Flasche zerbrach und auslief, oder irgend ein Topf oder Geschirr knackte und splitterte.

»Nehmen Sie sich in Acht da ist Glas drin – Sie stehn ja in meiner Hutschachtel – passen Sie auf, das Bett fällt über Bord – Herr Gott da sind meine sämmtlichen Provisionen drinnen!« – und tausend ähnliche Aufkreische der Angst und Sorgfalt, eben so oft vergebens, denn die Seeleute kümmerten sich den Henker um alle Warnungen und Ermahnungen, füllten die Luft, bis die Unmasse Gepäck, indeß die Passagiere ihre eigenen Personen wenigstens in Sicherheit brachten, glücklich an Deck gelandet war, und jetzt eben so rasch und rücksichtslos in das Zwischendeck hinunter befördert wurde. Da hinein regnete es ordentlich Hutschachteln, Reisesäcke und Matratzen, mit riesigen kistenähnlichen Holzkoffern, und um die Verwirrung, wenn das irgend möglich gewesen wäre, noch größer zu machen, riß inmitten dieser Beschäftigung der eiserne Henkel eines solchen Colli's aus, die Kiste fiel auf der Lukenwand auf, brach, und streute jetzt ein Hagelwetter von Kleidern, Wäsche, Schuhwerk, Zwieback, Würsten und allen möglichen und unmöglichen anderen Effekten über die unten schon aufgehäuften Sachen über die sich der glückliche Eigenthümer jetzt mit einem lauten Gebrüll der Verzweiflung warf, um gleich darauf von nachfolgenden Hutschachteln und Matratzen im wahren Sinn des Worts bedeckt zu werden.

War die Verwirrung aber an Deck schon groß gewesen, so wurde sie es jetzt im inneren Raume des Zwischendecks noch weit mehr. Die Neugekommenen wollten natürlich gleich auch ihre Coyen wissen und belegen, fanden aber alle besetzt, wenn auch hie und da nur von einzelnen Personen, die sich jedoch hartnäckig weigerten noch irgend Jemanden in einem Raume aufzunehmen in dem sie, wie sie erklärten, kaum selber Platz hätten. Hier wie überall sollte der Steuermann entscheiden, von allen Seiten aber gerufen und gequält, ging dem sonst ruhigen Mann auch endlich die Geduld aus. Er fluchte und schwor er wolle verdammt sein wenn er solch ein Gelärm schon in seinem ganzen Leben gesehn, und erklärte endlich sie möchten sich erst einmal ordentlich durcheinander schütteln und würgen, und wenn sie dann ein wenig zu Verstande gekommen, wolle er hinuntergehn – eher aber keinen Schritt.

Er that auch zuletzt, was er gleich zu allem Anfang hätte thun können und ging, so wie nur erst einmal sämmtliches Gepäck an Bord genommen und der Lichter klar geworden war, in die Cajüte zurück, sein Mittagsessen zu verzehren. Unterdessen kam ein Bote nach dem andern, daß sie sich unten im Zwischendeck prügelten und mit Messern und Pistolen drohten; er ließ sich nicht stören und antwortete nur vollkommen gleichmüthig, es wäre das Beste wenn sie erst eine Weile einander todtschlügen, denn dann bekämen die Anderen gewiß Platz – die Todten würfen sie über Bord, und die Mörder steckten sie ins Zuchthaus. Der Mann hatte aber derlei Einschiffungen schon in den letzten zwölf Jahren, jedes Jahr wenigstens zweimal mit durchgemacht, und wußte daß eine gewisse Zeit dazu gehörte bis sich die Masse erst setzen und ordnen konnte. Der erste Ansturm mußte vorüber sein, eher war kein vernünftiges Wort mit ihnen zu reden, dann ging aber auch Alles leicht und ruhig von statten, und da für Jeden Platz da war, fand sich auch für Jeden zuletzt der rechte.

Im Zwischendeck sah es indessen wirklich bös aus, und einen ernstlichen Zusammenstoß der verschiedenen Partheien verhinderte wohl nur der Umstand, daß Niemand einen bestimmten Gegner fand an den er sich halten konnte. Dann war der Capitain selber nicht an Bord, der ein Endurtheil fällen sollte, und der Steuermann hatte, wie schon gesagt, noch nicht bewogen werden können hinunter zu gehn. Zugleich hinderte das, einem Wall gleich aufgeschichtete Gepäck die freie Bewegung der Leute, von denen sich die, die schon Coyen inne hatten, nicht daraus zu entfernen wagten, weil sie wußten daß sie augenblicklich von Anderen in Besitz genommen würden, während die Neugekommenen ihr Augenmerk auf eine oder die andere bestimmte Coye gerichtet hielten, und diese förmlich belagerten.

Nur einige Wenige der Letztgekommenen waren so glücklich gewesen schon einen Platz für sich zu erbeuten. Zu diesen gehörte Eltrich, der trotz seiner sonstigen Bescheidenheit hier doch für Frau und Kind zu sorgen, und diese gleich im Anfang mit seinem Gepäck auf dem Kahn zurückgelassen hatte, vor allen Dingen eine gute Coye für sie zu finden. Daß immer drei Personen eine Coye bekommen mußten wußte er, sein Kind bezahlte halbe Passage, mußte aber einen ganzen Schlafplatz erhalten, und eine untere Schlafstelle, in der Nähe der Luke noch frei findend, legte er sich ohne weiteres vorn in diese hinein und blieb da liegen, bis seine kleine Frau mit dem Kind, die er vorher ermahnt hatte sich aus jedem Gedränge fern zu halten, den Weg zu ihm finden würde. Es war das Klügste was er hätte thun können.

Steinert fand ebenfalls den für ihn belegten Platz, und zu gleicher Zeit, und so wie er nur den Fuß in das Zwischendeck gesetzt, hatte sich auch der wunderliche Mann mit dem affenähnlichen Gesicht, sein Gepäck ganz rücksichtslos im Stich lassend, eine obere Coye ausgefunden, in der allerdings schon Betten lagen, die er aber doch für sich geeignet hielt, und wohinein er auch augenblicklich kletterte. Allerdings ertappte ihn noch, im Akt des Hineinsteigens die Besitzerin der Coye, Rebecca, Frau des ehrsamen Krämers Moses Löwenhaupt, am Rockschooß, und wollte ihn, mit einer Fluth von Verwünschungen zurückziehn, der Mann wandte aber nur den Kopf nach ihr um, und blitzte sie mit seinen kleinen stechenden grauen Augen unter den buschigen Brauen vor so feindlich an, und zeigte ihr dabei die beiden Reihen weißglänzender und fehlerfreier Zähne, daß sie ihn erschreckt wieder losließ. Der Usurpator saß denn auch, keine halbe Minute später, mit untergeschlagenen Beinen und etwas nach vorn gebogenem Kopf, der niedrigen Coye wegen, gerade in deren Mitte, und blies den Qualm aus seiner kurzen Pfeife, die er jedenfalls schon brennend mußte in der Tasche gehabt haben, in solchen Stößen um sich her, daß ihn derselbe in kurzer Zeit ganz verhüllte, und wie eine Wolke, unheimlich und schwer die Coye füllte.

In fast gleicher Zeit hatte sich der Mann mit den gescheitelten Haaren in die andere Coye, dicht unter den Raucher hineingebohrt, ohne jedoch von dem Besitzer derselben, einem kurzhaarigen mürrischen und finsteren Gesell, der ihm schweigend dabei zusah, weiter belästigt zu werden. Der Mann schien sogar mit dem neuen Einzug vollkommen zufrieden; drehte sich wenigstens auf die andere Seite, und ließ ihn sogar ungehindert einen kleinen Handkoffer den er bei sich führte, und in der ersten Eile vor die Coye gestellt hatte, nachziehn. Der Mann mit den gescheitelten Haaren hatte dadurch vollständig Besitz ergriffen.

»Nun sind wir aber genug hier drin und nehmen keinen mehr herein« brummte der Erstbewohner des Schlafplatzes übrigens, als der junge Literat, der sich Theobald nannte, nach außen hin mit einigen seiner Bekannten vom Kahn her ein Gespräch anknüpfte.

»Also bekommen immer zwei und zwei eine Coye?« frug dieser rasch, und wie es schien sehr befriedigt.

»Nein, drei –« erwiederte der Mann.

»Drei? – und wer ist der Dritte hier drin?«

»Meine Frau!« lautete die lakonische Antwort, die aber auch jedes weitere Gespräch abschnitt, denn Theobald war zu bestürzt darüber, auch nur noch eine Sylbe erwiedern, oder weiter fragen zu können.

Endlich, nach einem Zeitraum der den dabei Betheiligten eine Ewigkeit geschienen, kam der Steuermann, in Abwesenheit des Capitains die oberste Behörde an Bord eines Schiffs, langsam die neben dem großen Mast in das Zwischendeck führende Treppe hinunter, blieb aber noch auf den mittleren Stufen stehn, als ihm hier schon sämmtliche Passagiere mit ihren Klagen und Forderungen laut durcheinander schreiend entgegendrängten.

»Hier Herr Obersteuermann – die wollen mich in keine Coye lassen – Herr Obersteuermann wir haben unsern Platz so gut bezahlt wie die Anderen – Und meinen Koffer haben sie wieder raus geworfen – ich schlage dem Hund ein Bein entzwei, wenn ich nur erst zu ihm komme – Und meine Frau ist krank und muß einen guten Platz haben – Gottes Wunder was geht uns die Frau an, wir haben Alle gleiche Rechte auf einen guten Platz; wie haißt kranke Frau – Hier Herr Obersteuermann kommen Sie nur einmal her und sehn Sie, wie sie meine Hutschachtel zertreten haben – Mir muß der Capitain den Schaden ersetzen, meine Hemden liegen im Schmutz, und mein Taback und mein Zwieback sind alle untereinander gekommen.«

So schrie und tobte es um ihn her, und der Steuermann hielt sich die Ohren zu und schloß die Augen und blieb, halb abgedreht von den Wüthenden, so lange regungslos stehn, bis diese doch einsahen daß sie auf solche Art ihren Zweck unmöglich erreichen konnten, und sich wenigstens in etwas beruhigten.

»So –« sagte der Steuermann, als er endlich hoffen durfte den Lärm mit der eigenen Stimme übertönen zu können; »hat nun Jeder seinen Platz?«

»Nein – nein!« schrie es wieder von allen Seiten.

»Gut, dann haltet auch einmal zum Teufel die – Frieden« lautete die Antwort – »oder ich gehe an Deck zurück und Ihr mögt Euch hier meinethalben die Köpfe blutig schlagen, nach Herzenslust.«

Die Passagiere, denen daran gelegen war daß der Steuermann ihre Angelegenheit in Ordnung bringe, sahen endlich selber ein, daß sie ihn gewähren lassen müßten, machten ihm also Platz, und Einzelne, die Vernünftigeren der Schaar, baten ihn, ihnen eine Stelle anzuweisen wo sie ihre Matratzen unterbringen, oder die, die Familie hatten, mit diesen zusammen einquartirt werden konnten. Das war nicht mehr als billig, und der Steuermann, auf dessen Wink jetzt noch zwei Matrosen mit Laternen herunterstiegen, trat die wenigen Stufen noch nieder, und begann die verschiedenen Coyen, an der rechten Seite anfangend, zu visitiren.

»Wen haben wir hier?« begann er gleich mit der ersten, Eltrichs Coye, in welche dieser jetzt die junge Frau mit dem Kind placirt hatte, und so lange Wache davor hielt, bis Alles geregelt sein würde.

»Mann, Frau und Kind!« erwiederte der junge Mann – »ich heiße Eltrich.«

»Alles in Ordnung!« sagte der Steuermann, mit einem Stück Kreide das er in der Hand hielt eine 1 über die Coye malend – »So, und nun wollen wir die Geschichte gleich einmal richtig in Ordnung bringen« setzte er hinzu, seine Brieftafel mit der Passagierliste aus der Tasche nehmend, und zu dem Licht der Laternen haltend – »Coye 2 – wer ist hier drin?« –

Auch diese Coye war durch die Familie des Tischlermeister Leupold besetzt. Anders sah es aber mit Nr. 3 aus, wo sich zwei Oldenburger Bauern einquartirt hatten, und keinen weiteren Zuspruch gestatten wollten. Der eine, ein breitstämmiger Bursch, mit ledernen Hosen und nägelbeschlagenen Schuhen, der vornweg der Länge lang darin lag erklärte auch dabei ganz ruhig und bestimmt das sei ihr Platz, sie wären zuerst gekommen, brauchten was sie hätten, und gedächten es zu behalten.

»Wer hat noch keinen Platz?« frug der Steuermann ohne weiter etwas darauf zu erwiedern, die Passagiere – »halt nicht Alle auf einmal schreien – es muß eine einzelne Person sein.«

Wald meldete sich und der Steuermann sagte ruhig, nachdem er sich den Namen des neu Zutretenden bemerkt:

»So, da rückt einmal zu, Ihr da; drei und drei gehören immer in eine Coye, und dann habt Ihr noch übrig Platz.«

»Wenn der nirgendwo anders unterkommen kann, nachens is es noch immer Zeit«, erwiederte aber der eine Bauer trotzig.

»Wollt Ihr in Frieden Platz machen?« frug der Steuermann vollkommen freundlich.

»Ne« lautete die einzige Antwort.

»Smiet mi mal den Döskopp da ruth« lautete da der eben so ruhig gegebene Befehl an die beiden Matrosen, die zuerst vorsichtig ihre Laternen bei Seite setzten, und dann so plötzlich und mit so eisernem Griff den Widerspenstigen packten, daß dieser auch im Nu aus seiner Coye und auf die Erde flog. Hier sprang er aber eben so rasch in die Höh, und schien nicht übel Lust zu haben sich auf den Steuermann zu werfen; oben durch die Luke schauten aber noch drei oder vier stämmige Burschen von Matrosen, die nur eines Winks bedurft hätten, mit einem Satz unten bei ihren Kameraden zu sein, und der Steuermann sagte freundlich:

»Wullt Du *noch* wat?«

Widerstand unter solchen Umständen war hoffnungslos, und der Bauerbursche brummte nur eine halbtrotzige Drohung in den Bart, daß er sich über solche Behandlung bei dem Capitain beschweren würde.

»Dat stat Di frie, myn Junge!« sagte aber der Steuermann, der stets platt sprach wenn er grob wurde, gleichgültig, und wies jetzt Wald an, seinen Platz einzunehmen, wie seine Sachen, die er unterwegs bei sich zu behalten wünsche, vor die Coye zu stellen.

Das Beispiel, gerade an einem der stärksten und stämmigsten der Schaar gegeben, hatte aber geholfen; in den nachfolgenden Coyen zeigten sich nicht die geringsten Schwierigkeiten mehr, und wo noch Platz war, fügten sich die Leute, nach Angabe ihrer Namen, ohne weiteren Widerspruch in das Unabänderliche. Nur den polnischen Juden mit seinem schmutzigen Kaftan wollten sie nirgends einnehmen, und selbst einer seiner Glaubensgenossen, der gerade unter Steinerts, Mehlmeiers und Schultzes Schlafplatz eine Coye für sich selber in Beschlag genommen, und jetzt mit dieser Einquartierung bedroht wurde, zog es vor auszuräumen und sich wo anders Raum zu suchen. Zu dem dritten Platz in des Polen Coye fand man Niemanden als den armen jungen Burschen, für den an der Landung in Bremen noch gesammelt worden, daß er sein Reisegeld zusammen bekam. Der wagte keine Widerrede, und ließ sich hinstecken, wo es den Anderen gefiel.

Ziemlich zu Ende mit der ganzen Anordnung, kam der Steuermann auch jetzt endlich zu Löwenhaupts Coye, von der »der große Unbekannte« wie ihn Steinert nannte, Besitz genommen, und aus seiner Tabackswolke auch noch nicht wieder zum Vorschein gekommen war.

»Hallo Mosje! – Sie da drin in dem Qualm« schrie der Steuermann, »stecken Sie das Schiff nicht in Brand – Dusendslag, wo hett denn de Permission kregen syn Dunnerwehers stinkigen Toback to smöken?«

Die Wolke stand einen Augenblick, und nicht weiter genährt, zog sie sich allmählig nach oben, jetzt zum ersten Mal die Gestalt des wunderlichen Mannes enthüllend.

»Harpunen und Seekrebse« brummte aber der Steuermann, der sich niederkauerte einen Blick unter dem Qualm fort in das Gesicht des Mannes zu bekommen, gegen den schon, wie er kaum den Fuß an Bord gesetzt, eine Menge Klagen eingelaufen waren, »wo heet den de Heer hier in de smallkragigen Rock mit de grooten linnen Taschen – Sie da Wo heet hey?«

»Sehr würdiger Seemann« erwiederte ihm aber hierauf mit großer Ruhe und in wohlgesetzter Rede der Gefragte, »es thut mir unendlich leid daß ich keine Sylbe dieser nordischen Sprache, die Sie hier wenn ich nicht irre, plattdeutsch nennen, verstehe, und durchaus in reinem Hochdeutsch angesprochen werden muß, befriedigende Antworten zu erwarten.«

»Na nu wird's Tag!« rief der Steuermann verwundert, »dei spreekt wie en Buk – Sie da also mit den empfindlichen Ohren, wie heißen Sie und wo sind sie her?«

»Zachäus Maulbeere aus Halle.«

»Maulbeere« – murmelte der Steuermann, den Namen auf der Liste suchend – »Maulbeere – Maulbeere –«

»Nein, nur einmal Maulbeere!« sagte Zachäus. Einzelne lachten, die Familie Löwenhaupt aber, deren Herr und Stamm sich in einem kleinen winzigen Männchen, mit einer furchtbar großen, wie eingehakten Habichtsnase zeigte, begann wieder auf's Neue ihre Klagen über den Einbruch in ihre Rechte.

»Ruhe da!« rief aber der Steuermann – »und Sie da, wer hat Ihnen denn eigentlich Erlaubniß gegeben im Zwischendeck zu rauchen, und noch dazu solchen Giftknaster – wenn Sie das Schiff wirklich nicht in Brand stecken verpesten Sie es.

»Der Eine liebt Rosen der Andere Teufelsdreck« sagte Zachäus ruhig, »ich liebe Rosen.«

»Kann ich mir denken« meinte der Steuermann – »wer aber hat die Coye von allem Anfang an inne gehabt?«

»Ich – wir –« schrieen die Eheleute Löwenhaupt.

»Wie viel sind Sie?«

»Nu wie viel sollen mer sein?« frug Madame Löwenhaupt beleidigt – »ich und der Itzig.«

»Ja dann kann ich Ihnen nicht helfen« sagte der Seemann achselzuckend, »dann müssen Sie noch irgend Jemand darin aufnehmen.«

»Aber doch nich *den* Menschen?« rief Herr Löwenhaupt rasch und erschreckt.

»Bieten Sie mir einen Tausch an, vielleicht lasse ich mich bewegen und ziehe aus!« sagte Zachäus, dem die Gesellschaft als er sie etwas näher besah, vielleicht selber nicht gefallen mochte.

»Na das machen Sie unter sich aus« sagte aber der Steuermann, sich mit seiner Laterne wieder den Anderen zuwendend – »immer drei gehören eben in eine Coye, und je friedlicher Ihr Euch hier darin vertragt, desto besser ist es für Euch. Geraucht wird aber hier unten *nicht*«, wandte er sich noch einmal gegen die Coye um, aus der Zachäus schon wieder dicke Wolken blies; »wer rauchen will geht mit seinem Stummel an Deck, verstanden?«

Ein dumpfes Brummen tönte als einzige Antwort von der Coye herüber, die Frauen aber besonders dankten Gott, daß sie den »Qualm und Gestank« wie sie's nannten, da unten in dem überdies engen Raum los würden.

Die Regulirung der Coyen war übrigens hiernach bald beendet, und wie nur erst Jeder einmal seinen Platz angewiesen bekommen und bestätigt hatte, durften sie auch daran denken ihr Gepäck zu ordnen, damit es die Matrosen dann um die Mittelstützen herum und an den verschiedenen Coyen befestigen konnten.

Mit dem Gepäck fand sich übrigens hier ebenfalls eine Schwierigkeit, die besonders in der unzweckmäßigen Verpackung der Sachen lag, und von den Auswanderern, trotzdem daß sie ihnen so oft an das Herz gelegt, doch so selten beachtet wird. Leute aber, die mit der Einrichtung eines Schiffes nicht bekannt sind, können sich auch gewöhnlich gar keine Idee machen wie beschränkt der Raum doch natürlich in einem Fahrzeug sein muß, das Hunderte von Personen in Monate langer Reise über See schafft, und für diese Zeit nicht allein Wasser und Proviant mitnehmen muß, sondern mit seinem Haupterwerb auch auf die *Fracht* angewiesen ist. Dabei denken die Auswanderer gewöhnlich nur an sich selbst, der Nachbar und Reisegefährte existirt nicht für sie, und sie müssen dann erst eine Weile durcheinander geschüttelt werden und eigne Erfahrung sammeln, bis sie lernen sich an Bord zu behelfen.[2]

2 Es ist leicht einzusehen daß nicht Jeder sein ganzes Gepäck, was er aus dem alten Vaterland mitnimmt, auch bei sich im Zwischendeck behalten kann, bald in der, bald in jener Kiste herumzustöbern, je nachdem er gerade dies oder jenes braucht, oder zu brauchen glaubt. Wo der Raum für einen Jeden nach einer bestimmten Anzahl von Kubikfuß eingetheilt wird, darf der Eine nicht mehr beanspruchen als der Andere, und die Räumlichkeit eines Schiffes ist nicht die eines Hauses mit so und so viel Stuben, Kammern und Boden. Hat der Auswanderer also *viel* Gepäck, so suche er sich vor allen Dingen das, was er *unterwegs notwendig* bei sich führen *muß* (und je weniger das ist desto angenehmer ist es für ihn und die Anderen) und packe das in eine kleine Kiste, die am bequemsten drei Fuß lang, zwei Fuß breit und anderthalb oder zwei Fuß hoch sein kann und mit einem verschließbaren Deckel (weniger zweckmäßig sind Vorlegeschlosser, die leicht unterwegs abgestoßen werden können) versehen ist. Die Coyen sind gewöhnlich nur sechs Fuß und vielleicht

Sobald sich also die Passagiere, in Cajüte wie Zwischendeck, nur erst halbwege eingerichtet hatten, und jetzt erfuhren daß sie heute noch gar nicht, sondern erst morgen früh in See gehn würden, verlangte ein großer Theil derselben, mit dem heimischen Boden dicht neben sich, auch noch einmal festes Land vor dem Abschied vom Vaterland zu betreten. Die meisten, besonders der Zwischendeckspassagiere, hatten dabei auch noch so Manches einzukaufen vergessen, was ihnen auf der Reise gute Dienste leisten konnte und hier, wie sie hörten, zu bekommen war, daß sie sich in Masse übersetzen ließen, noch eine Menge Geld, oft höchst unnöthiger Weise zu verschwenden. Die noch »deutsches Geld« hatten, meinten dies hier zweckmäßig verwenden zu können, und solche, die das schon in Bremen möglich gemacht, wechselten sich erst einen und dann mehre Dollare wieder ein, den »allerletzten« Tag in der Heimath würdig zu feiern. Nur die Frauen wollten nicht mehr von Bord, sie hatten mit dem alten Leben abgeschlossen, den Schmerz der Trennung einmal überwunden, und sie verlangten keine Zerstreuung, ja fürchteten sie eher. Für sie begann auch hier an Bord wieder eine neue Welt, in der sie schaffen und wirken mußten, fast wie zu Hause – die Cajütspassagiere natürlich ausgenommen, denen geliefert wurde was sie brauchten – hatten die Frauen im Zwischendeck, sich wieder eine gewisse Häuslichkeit herzurichten, um die sich die Männer wenig oder gar nicht kümmerten. Ihre Betten mußten gelüftet und in Ordnung gebracht, ihr Geschirr mußte gereinigt, die Wäsche die sie für den Schiffsgebrauch bestimmt nachgesehn werden. Die Sachen mußten auch einen Platz bekommen, und der Mann hätte eben so gut an Bord bleiben, und ihnen kleine Nägel in die Coyen schlagen können, Alles daran aufzuhängen, was sie zum täglichen Bedarf gebrauchten, und tausend andere Kleinigkeiten herzurichten.

Und wie sah es noch unten im Zwischendeck aus – überall standen Kisten und Kasten umher, um die sich ihre nachlässigen Eigentümer nicht bekümmert hatten; an Auskehren war natürlich gar kein Gedanke, einige kleine Plätze abgerechnet, und selbst heißes Wasser, das bei dem späten Mittag gebrauchte Geschirr aufzuwaschen, wollte der mürrische Koch nicht hergeben.

So kam der Abend heran, der die Cajütspassagiere um den gedeckten Tisch versammelte, und den Zwischendeckspassagieren dünnen Thee, ohne Zucker und Milch brachte – Brod und Butter war ihnen an dem Nachmittag schon gut und reichlich geliefert worden. Die wenigsten machten aber Gebrauch davon; die Männer waren fast noch sämmtlich an Land, viele schliefen sogar noch dort, und zahlten schweres Geld für ein schlechtes Bett, dem Gewirr an Bord, und dem ungewohnten Dunst des Zwischendecks so lang als irgend möglich zu entgehn, und die Frauen hatten, mit wenigen Ausnahmen, noch nie in ihrem Leben Thee getrunken, außer wenn sie krank waren Camill oder Pfeffermünz, aber wohl viel davon gehört daß es die Leute in der Stadt, oder die Reichen tränken, und wunderten sich jetzt kopfschüttelnd wie die Leute Geschmack daran finden könnten. Schiffsthee ohne Milch und Zucker aus einem Blechbecher getrunken schmeckt auch in der That nicht besonders.

Das Wetter hatte sich übrigens wieder aufgeklärt, auch war die Fracht sämmtlich eingeladen, und die untere Luke geschlossen worden, das Schiff lag mit geräumtem Deck vor seinem Anker, und als am nächsten Morgen, mit Tagesanbruch, die Decks gewaschen wurden, begann ein reges Leben an Bord, das auf die baldige, und in der That auf den Morgen angesetzte Abfahrt schließen ließ. Der Weserlootse, der das Schiff in See bringen sollte, kam an Bord, einzelne, bis jetzt noch fehlende Segel wurden aufgeholt und an die Raaen geschlagen und gleich nach dem Frühstück begann die Mannschaft ihre Arbeit an der Ankerwinde. Die Passagiere waren ebenfalls an Bord gerufen worden, aber immer noch fehlte der Capitain wie die letzten Cajütspassagiere, die aber mit dem nächsten Dampfboot erwartet wurden. Dieses kam endlich puffend den Strom herunter, legte sich langseit, und die sehnsüchtig Erwarteten, das endliche Signal zur Abfahrt, kamen mit ihm.

Der Capitain, eine vierschrötige ächt seemännische Gestalt, mit fast braunem Gesicht, entsetzlich großen, sehnigen sonngebräunten Händen, und einem großen Packet Papiere unter dem Arm, sah freilich etwas wunderlich in seinen »Landkleidern«, dem schwarzen auch nicht mehr modernen Frack und dem Zylinderhut (Schwalbenschwanz oder Nagelhammerrock und

einige Zoll lang, und hat man nur drei Fuß lange Kisten, die aber, der unteren Coyen wegen, nicht zu hoch sein dürfen, bei sich, so können vor der eigenen Coye zwei neben einander stehn, dienen, wenn geschlossen, zum Sitz, und nehmen nicht viel Raum, in dem ohnedies engen Zwischendeck ein. Das andere Gepäck muß aber in den *unteren* Raum und aus dem Weg »weggestaut«, und was oben bleibt durch Taue und vorgenagelte Holzkeile so befestigt werden, daß es bei noch so starkem Schaukeln des Schiffs nicht im Stande ist zu weichen oder überzuschlagen, und Gliedmaßen wie selbst das Leben der Passagiere zu bedrohen.

Schraube, wie die Matrosen diese Kleidungsstücke nennen) aus, schien sich auch nicht besonders wohl darin zu fühlen. Er grüßte seine Passagiere nur flüchtig und zog sich dann in die eigene Cajüte zurück, in die hinein ihm gleich der Steward oder Cajütendiener folgen mußte; der zweite Steuermann aber, ein trockener komischer Kauz, der gerade vor der Thür stand als es drin ein wenig laut herging, und des Capitains Stimme den Jungen schimpfte, meinte ruhig zum Steuermann, als er an diesem vorüber und an Deck ging:

»De Captein kann wedder syn Swalbenswanz nich uht kreegen – wat de Jong vor Arbeit het.«

Mit dem Dampfboot waren auch Henkels mit Hedwig Loßenwerder in ihrer Begleitung eingetroffen, und Lobensteins, die sich schon ziemlich häuslich an Bord eingerichtet hatten und mit der ganzen Einrichtung ziemlich zufrieden schienen, begrüßten sie, wie Hedwig, auf das Herzlichste.

Während sich Clara aber, mit dem Bewußtsein ihre Eltern ja schon in kurzen Monaten wiederzusehn, dem Fremden und Neuen was sie überall berührte, mit ganzer Seele und leuchtenden Blicken hingab, und sich wie ein fröhliches glückliches Kind selbst auf die Reise und all die kleinen Unbequemlichkeiten freute, die in so grellem Gegensatz zu dem bisher geführten ruhigen aber auch vollkommen gleichförmigen Leben standen, betrat Hedwig nur schüchtern und ängstlich das Deck des Schiffes, und blickte wie scheu und furchtsam umher, auf die ihr so gänzlich fremde Umgebung, auf die fremden Menschen. Sie hatte sich leicht entschlossen das Vaterland zu verlassen, das ihr in der Erinnerung ja nur traurige, schmerzliche Scenen bot, und sogar mit innigem Dank das Erbieten angenommen die liebe junge Frau auf ihrer Reise zu begleiten; jetzt aber, da sie den Schritt gethan, da sie wirklich in das neue Leben eintrat, fühlte sie erst das Gewaltige desselben, fühlte erst wie abhängig sie geworden sei von anderen fremden Menschen, und fürchtete für sich selbst, ob sie auch würde dem Allem genügen können was sie unternommen, und was man von ihr zu erwarten berechtigt sei. Ihre eigenen Kräfte kannte sie ja noch gar nicht, und wie dann, wenn sie diese überschätzt hatte, und die, die jetzt freundlich zu ihr waren, ihre Hand zurückzogen von ihr – in Amerika – drüben – weit drüben über dem Meere? Dann stand sie ganz allein, und was – was sollte da aus ihr werden?

»Du darfst nicht solch ein bös und ernsthaft Gesicht machen, Hedwig«, sagte da Marie Lobenstein, ihre Hand nehmend und ihr lächelnd mit der eigenen über die Stirn streichend, »jetzt fahren wir bald hinaus in's Meer, nach dem weiten, großen Amerika, und wenn wir da traurig und verdrießlich ankommen, schicken uns die Leute am Ende wieder fort.«

»Sie sind so gut, Fräulein Marie« sagte Hedwig leise, die ihr gebotene Hand innig drückend – »ich will auch mein Möglichstes thun jede thörichte Furcht zu überwinden.«

»Fürchtest Du Dich?« lachte aber das leichtherzige fröhliche Mädchen zurück – »vor dem Wasser? – das kann ja gar nicht zu uns herauf, siehst Du wie hoch wir darüber stehn?«

»Ich weiß selbst nicht wovor«, seufzte das arme Kind – »es ist wohl auch nur die neue fremde Welt in die ich jetzt getreten, und die mir das Herz beklemmt; das wird schon bald vorübergehn.«

»Es muß« lachte Marie, »wenn wir nur erst in See sind, werden wir uns auch vortrefflich amüsiren; wir haben Bücher zum Lesen mit, und können stricken und nähen und sticken auf dem Schiff, was wir wollen; und dann lehnen wir Stunden lang über Bord, und schauen in die herrliche blaue See, von der uns Herr Henkel schon so viel erzählt.«

So plauderte das fröhliche Mädchen dem armen Kind die Sorgen aus der Stirn, bis der Steuermann kam sie abzuholen, und ihr den eigenen Schlafplatz zu zeigen, der ihr im Zwischendeck, bei zwei anderen jungen Mädchen und weitläufigen Verwandtinnen der Familie Rechheimer angewiesen wurde. Sie sollte im Zwischendeck essen und schlafen, hatte aber die Erlaubniß über Tag, oder wenn sie sonst von ihrer jungen Herrin gebraucht wurde, mit in der Cajüte und auf dem Quarterdeck zu sein.

Der Capitain hatte aber doch endlich seinen »Schwalbenschwanz über die Hände« bekommen, wie der zweite Steuermann meinte, und kam jetzt, in blauer Tuchhose und Jacke, in der er sich vor Behagen ordentlich schüttelte, mit einer grauen Tuchmütze auf und die Füße, wie es an Bord gebräuchlich ist, in Strümpfen und Schuhen, an Deck, die nöthigen Befehle des Unterwegsgehens selbst zu geben. Der Anker, der indessen von den Leuten nur gelüftet worden, kam, unter dem fröhlichen Singen der Mannschaft, denen eine Menge der Deckpassagiere bereitwillig half, nach oben, die Raaen wurden herumgebraßt, die Segel fielen gelößt nieder und faßten, wie die Schoten ausgeholt wurden, den Wind, und langsam bewegte sich zum ersten Mal der mächtige Bau durch die trübe Weserfluth stromab.

Die Passagiere standen dicht gedrängt an Deck, und vorn auf der Back des Vorcastles die Leute, hie und da noch Bekannten am Ufer zuwinkend, und Grüße für Andere hinüberrufend. Viele der Frauen schwenkten dabei, als sie das Ufer mehr und mehr verließen, ihre Tücher, aber sie wußten nicht wem, und es galt auch wohl mehr dem Lande selbst, als den Menschen die darauf standen, und ihnen ziemlich theilnahmlos und gleichgültig nachschauten; sie sahen täglich so viele Schiffe mit Auswanderern in See gehn – das war eins mehr, weiter Nichts.

Eine alte Frau stand auch an Deck, hielt sich mit der linken Hand an der Schanzkleidung und sah hinüber nach dem Land, dessen Häuser und Baumgruppen sie hinter sich ließen und langsam an dem niederen kahlen Ufer hinglitten. Es war die alte Mutter des Webers aus Zurschtel, und sie winkte mit der rechten Hand hinüber und murmelte halblaut und mit dem Kopf dazu nickend und schüttelnd vor sich hin:

»Adje Leberecht – adje Zurschtel und die alte Linde, das Haus und der Garten und die Astern – s'ist vorbei – s'ist Alles vorbei, und sie sollten mich alte arme Frau nur lieber hier gleich in's Wasser werfen, ehe sie mich noch mit hinausschleppen auf das große Meer – Amerika krieg' ich doch nicht zu sehn, und der Leberecht muß jetzt allein unter der Linde liegen.« Und tief aufseufzend setzte sie sich auf eine der Nothspieren die dort, langseit der Schanzkleidung befestigt waren, zog die Schürze über den Kopf und weinte bitterlich.

Ihre Tochter stand daneben, das kleinste Kind auf dem Arm, aber konnte die Mutter nicht trösten; das Herz war ihr selber zum Brechen voll, und die großen hellen Thränen liefen ihr dick und schwer die bleichen, abgehärmten Wangen hinunter.

Auf einem der an Deck befestigten Wasserfässer, dicht bei ihnen, saß der Mann mit den kurzgeschnittenen Haaren; die Sonne schien ihm hell und voll auf das scharfmarkirte Gesicht, dessen oberer Theil wetterbraun und hart aussah, während der untere Theil, wo jedenfalls ein jetzt abrasirter Bart gestanden, weiß und bläulich dagegen abstach. Wenig kümmerte der sich aber um das Land, die dunklen, finster genug dreinschauenden Augen hafteten nur eine Zeit lang wie forschend auf den Gestalten der beiden Frauen, dann aber pfiff er gleichgültig ein Lied vor sich hin, und trommelte mit den Fingern den Takt dazu auf dem Faß.

Diese erste Abfahrt war aber noch keineswegs ein wirklicher Abschied vom festen Land; die schwache Briese trieb das Schiff mit der günstigen Ebbe nur langsam vorwärts, und als die Brise später stärker wurde, trat die Fluth bald ein, die ihnen fast so viel schadete als jene nützte, und sie bald darauf zwang wieder vor Anker zu gehn. Sie befanden sich übrigens jetzt ganz in der Nähe von Bremerhafen, an dem sie die Masten der im Hafen liegenden Schiffe, ja die am Lande auf- und abgehenden Leute deutlich erkennen konnten.

Aber die Passagiere ärgerte das wieder Ankerwerfen; das Abschiednehmen vom Vaterland dauerte ihnen zu lang – »das Vaterland nahm gar kein Ende« wie Steinert meinte, der ungeduldig auf Deck auf- und abschritt, und die langweiligen Ufer der Weser um sich her betrachtete, denn einmal an Bord, wollten sie nun auch hinaus in See und das auf dem Flußherumfahren war ihnen – besonders den mit dem Kahn Gekommenen, fatal und langweilig genug geworden. Ändern ließ sich aber an der Sache auch nichts, und die Leute schlenderten theils an Deck herum, und sahen nach dem Lande hinüber, ob sie dort irgend etwas Interessantes erkennen könnten, oder lagen lang ausgestreckt auf den Wasserfässern oder im großen Boot und rauchten ihre Pfeife. Nur in der Cajüte hatte die alte Frau von Kaulitz eine Parthie Whist arrangirt – ihre Aiden *konnten* ihr nun nicht mehr ausweichen – und kümmerte sich dabei weder um Land noch See, um Anker oder Segel, ja wenn nur Jemand von irgend etwas auf das Schiff Bezügliche spruch, wurde sie ungeduldig, und verlangte die ungeteilte Aufmerksamkeit auf das viel wichtigere Spiel.

Von den Zwischendeckspassagieren schien sich aber besonders Herr Schultze, der ein kleines Taschentelescop in der Hand trug, mit ganzem Eifer einem anderen Studium, und zwar dem der Seemöven hinzugeben, die hier theils auf dem Wasser schwammen, theils das Schiff umkreisten, und dann und wann blitzschnell nach einem Fisch hinunterstießen. Er folgte dabei ihrem Flug mit dem Glas so gut er konnte, und achtete weder auf seine Umgebung, noch das nahe liegende Ufer.

»Merkwürdige Vögel« murmelte er dabei, »ich gäbe etwas darum, wenn ich einen von ihnen lebendig an Deck haben könnte – äußerst merkwürdige Vögel – aber eine Ähnlichkeit bin ich noch nicht im Stande herauszustellen – sie fliegen zu schnell.«

»Ist das ein gutes Glas, was sie da haben?« redete ihn jetzt Herr Steinert an, der vor Langerweile schon gar nicht mehr wußte was er angeben sollte.

»Ein vorzügliches Glas« sagte Herr Schultze, ihm artig dasselbe überreichend – »ein Plössel; es vergrößert ungemein und mit außerordentlicher Schärfe.«

Steinert nahm das Glas und richtete es nach Bremerhafen zu, wo er in diesem Augenblick ein abkommendes Boot zu erkennen glaubte, das am Ufer herauf hielt.

»Wahrhaftig« rief er dabei, »das ist excellent – wo war denn das Boot gleich – ah da – ein Boot mit Soldaten, die am Lande hinaufrudern.«

»Mit was?« sagte der Steuermann, der gerade an ihm vorüberging und die Hand wie unwillkürlich nach dem kleinen Fernglas ausstreckte.

»Mit Soldaten« sagte Herr Steinert, ihm das Glas überreichend durch das der Seemann einen Augenblick nach dem Ufer hinübersah und es dann, ein paar unverständliche Worte dabei in den Bart murmelnd, wieder zurückgab. Ohne das Boot aber dann weiter eines Blickes zu würdigen, ging er nach vorn zu, den Leuten einige nöthige Befehle zu geben.

»Was sagten Sie daß da am Ufer heraufgerudert käme?« wandte sich jetzt der junge Bursche, für dessen Passage die Zwischendeckspassagiere noch an der Landung gesammelt, und der bei dem polnischen Juden einquartirt worden, an Herrn Steinert – »ein Boot mit Soldaten?«

»Ja, da drüben, mein Bursche –«

»Das hierherzu kommt?« frug der junge Mann mit ängstlicher Stimme.

»Nun sie thun uns Nichts«, lachte Steinert – »die Zeit der Piraten ist vorüber, und ihr Schiff streicht blos so durch die Wellen, Fridolin.«

Der Bursche schien aber keineswegs aufgelegt, auf einen Scherz einzugehn; er suchte nur mit den Blicken das Boot, das er auch bald mit bloßen Augen erkennen konnte, und stand eine Weile rathlos wie vor einer noch unbestimmten, aber doch gefürchteten Gefahr. Das Boot ruderte indessen noch eine kleine Strecke am Ufer hinauf und hielt jetzt, mit bloßen Augen ließ sich das schon erkennen, in die Mitte des Stromes hinaus und mehr nach ihnen herüber.

Der Obersteuermann kam wieder von vorn zurück, an ihm vorbei und blieb stehn, noch einmal nach dem Boot hinüberzusehn.

»Kommen sie hierher?« frug da der junge Bursch mit kaum hörbarer angsterstickter Stimme den Seemann.

»Wer?« sagte dieser, sich nach ihm umdrehend.

»Die Soldaten« stöhnte der junge Mann.

»Hallo mein Bursch« sagte aber der Steuermann, ihn jetzt von oben bis unten aufmerksam betrachtend – »Du bist ja so weiß wie ein altes Segel; was hast Du denn ausgefressen, daß Du Dich vor den Soldaten zu fürchten brauchst? Das ist allerdings Polizei die wahrscheinlich hier an Bord zu uns kömmt.«

»Dann bin ich verloren« hauchte der arme Teufel und barg sein Gesicht in den Händen.

»Nu nu, was giebt's denn?« sagte der Steuermann, während sich die Nächststehenden, die wissen wollten was da verhandelt wurde, noch mehr herandrängten – »hast Du was verbrochen, so wirst Du auch jetzt dafür büßen müssen. Gesteh es aufrichtig, vielleicht kann's Dir nützen.«

Es lag in dem Ton mehr Gutmüthigkeit als Drohung, und der junge Bursche, vielleicht eben so in der Angst seinem Herzen Luft zu machen, als auch einen falschen Verdacht von sich abzuwälzen, sagte rasch:

»Nein nein, Nichts verbrochen – nichts Schlechtes habe ich gethan, aber ich bin – ich bin –«

»Nun? – was bist Du?« frug der Seemann jetzt selber neugierig.

»Ein Deserteur« stöhnte der Unglückliche und sank bleich und zitternd in die Knie.

»Hm« sagte der Steuermann mit dem Kopf schüttelnd, während das Wort von Mund zu Munde lief, und mitleidige Stimmen überall laut wurden – »das ist eine böse Geschichte, und dann bekommen wir die Rothkragen da drüben auch jedenfalls an Bord – ja mein Junge, da kann ich Nichts für Dich thun.«

»Retten Sie mich, um Gottes und des Heilands Willen retten Sie mich« bat der Unglückliche, und suchte in der Angst des Steuermanns Hand zu fassen, dieser aber, der einen flüchtigen Blick nach dem, jetzt immer näher kommenden Boote geworfen hatte, machte sich von ihm los und ging rasch zurück in die Cajüte. Mehre der Passagiere folgten ihnen dahin, und baten ihn dringend den Unglücklichen nicht auszuliefern, aber er wies sie kopfschüttelnd ab und zog rasch die Thüre hinter sich in's Schloß.

Wie ein Lauffeuer flog aber indeß das Gerücht, ein Deserteur sei an Bord und der Capitain wolle ihn den Soldaten ausliefern, von Mund zu Mund, und nicht allein die Passagiere nahmen Parthei für den armen Teufel, sondern auch die Matrosen, die sich bis jetzt noch ziemlich fern von ihnen gehalten, mischten sich zwischen sie und traten zu dem zitternd da Sitzenden, ihm Muth einzusprechen und ihn nach dem und jenem zu fragen. Von den Zwischendeckspassagieren hatten sich aber indessen schon Einige rasch entschlossen, den Capitain selber aufzusuchen und ihm die Sache an's Herz zu legen, als der Untersteuermann aus der Cajüte kam, sich durch die an Deck geschaarten Leute drängte und zu dem jungen Burschen hintrat.

»Ach das arme junge Blut!« riefen die Frauen – »schon an Bord und nun noch all den Jammer, all das

Elend. Und dann seine Eltern zu Hause; die Schande und das Herzeleid.«

Der Untersteuermann hielt sich aber nicht mit langen Redensarten auf.

»Wie heißt Du?« frug er den jungen Burschen, indem er ihn eben nicht sanft an der Schulter faßte und schüttelte.

»Carl Berger« lautete die Antwort des Erschreckten.

»Carl Berger? – hm« murmelte der Untersteuermann vor sich hin, ein Papier das er in der Hand hielt, mit den Augen dabei mehrmals durchlaufend – »Carl Berger – Du stehst ja aber gar nicht mit in der Passagierliste – woher kommt das?«

»Ich hatte das Passagegeld noch nicht bei der Abfahrt« stammelte der junge Bursch – »gute Leute an Bord schossen es für mich zusammen, und als ich zum Rheder zurückkam und es bezahlte, hatte er die Liste nicht mehr und gab mir nur einen Zettel mit für den Capitain, daß ich hier an Bord nachgetragen würde.«

»Hm, so?« sagte der Untersteuermann, und sah über Bord – das Boot mit den Soldaten, das jetzt gerade auf das vor Anker liegende Schiff zuhielt, war noch kaum zweihundert Schritt von diesem entfernt, und es ließen sich schon die einzelnen Gesichter der im Boot stehenden Bewaffneten unterscheiden. Von dem was an Deck vorging, konnten diese aber nicht das Mindeste erkennen, da die über fünf Fuß hohe Schanzkleidung, die das Deck als Schutz umgab, alle darauf Befindlichen den Blicken der unten Heranfahrenden vollständig entzog. Der Untersteuermann wußte das auch, und wieder zu dem Deserteur hinantretend frug er, seinen Kautaback aus einem Mundwinkel in den anderen schiebend, die Umstehenden so phlegmatisch, als ob er eben nach der Zeit oder etwas anderem höchst Gleichgültigen früge.

»Könnt Ihr die Mäuler halten?«

Berger, der mit todtbleichen Wangen und ängstlich klopfendem Herzen den näher, immer näher kommenden Ruderschlägen gelauscht, ohne daß er gewagt hätte einen Blick hinauszuwerfen auf den Feind, sah rasch und kaum seinen Ohren trauend zu dem Manne auf. Lag in der Frage Hoffnung, Trost für *ihn*?

»Ach Herr Steuermann schaffen Sie ihn fort – schaffen Sie ihn fort« flüsterten aber die ihm Nächststehenden rasch und ängstlich – so nahe war das Boot schon daß sie fürchteten die Soldaten könnten unten verstehen, was hier oben gesprochen und verhandelt würde – »wir bissen uns eher die Zunge ab, ehe wir den Geyern da unten ein Wort verriethen.«

»Hm« sagte der Untersteuermann und sah sich etwas mißtrauisch im Kreise um; viel Zeit war aber auch nicht mehr zu verlieren, denn von unten herauf tönte schon die Stimme des Unteroffiziers oder Polizeibeamten, was er gerade war, der das Schiff anrief, und der Capitain selber erschien gleich darauf auf dem Quarterdeck und sah über Bord.

Carl Berger faltete in Todesangst die Hände, der Untersteuermann aber, zu dem er jetzt noch, wie in letzter Verzweiflung Hülfe suchend aufsah, blinzte ihm zu und winkte ihm, fast nur mit den Augen und einer kaum bemerkbaren Bewegung des Kopfes, ihm zu folgen. Ohne sich dann weiter nach ihm umzusehn schritt er rasch das Deck entlang, vorn der Logiskappe[3], zu, in die er gleich darauf verschwand, und wohin ihm der junge Bursche mit zitternden Gliedern folgte.

»Hallo das Schiff!« rief die Stimme indeß aus dem Boot, die, wie sich später ergab, einem der Polizeisergeanten gehörte.

»Hallo das Boot!« lautete die seemännische Gegenantwort des Capitains, als er das Deck erreicht hatte.

»Werft uns ein Tau herunter, daß wir an Bord kommen können« rief es wieder, mehr wie Befehl als Bitte klingend.

Die nöthige Ordre dazu wurde gegeben, und die Mannschaft, von den Passagieren jetzt dicht umdrängt, von den Matrosen aber keines Blickes gewürdigt, kletterte an Bord.

Der Unteroffizier, mit zwei Polizeidienern, ging jetzt, die Leute zurücklassend, nach dem Quarterdeck hinüber, wo der Capitain, die Hände in den Taschen, stand, übergaben dort ihre Legitimation, daß sie beauftragt seien das Schiff nach einem Deserteur zu durchsuchen, und forderten dem Capitain die Passagierliste ab, die einzelnen Passagiere dann selbst zu revidiren.

Capitain Siebelt wußte recht gut daß er sich dem nicht weigern konnte; so wenig sich aber Matrosen, und Seeleute überhaupt, aus einem *Soldaten* machen, so sehr interessiren sie sich für einen Deserteur, dem gewiß jeder Matrose, wenn es nur irgend in seinen Kräften steht, Vorschub leisten wird. Der Capitain ging indessen langsam in die Cajüte zurück, holte die Liste und gab sie dem Bevollmächtigten, seinem Steuermann zugleich die Weisung ertheilend »die Herren gewähren zu lassen und sämmtliche Zwischendeckspassagiere an Deck zu schicken.« Das war bald geschehn, zwei von den Soldaten besetzten indessen die Luken, und während der Polizeisergeant oben die Passagiere nach Namen aufrief, und die Aufgerufenen

3 Logis wird der Aufenthalt der Matrosen, vorn im Vorcastle unter Deck genannt, und die Kappe (sogenannte Logiskappe) ist ein kleiner Unterbau über dem Eingang nach unten, der Regen oder Spritzwellen verhindert hineinzuschlagen.

an sich vorbei defiliren ließ, untersuchten zwei Andere unten die verschiedenen Coyen, und stöberten überall herum wo sich nur irgend ein Kind hätte verstecken können. Zwei Andere wurden zu gleicher Zeit vorn in das Logis zu den Leuten geschickt, die jetzt ebenfalls an Deck mustern mußten, während diese bei ihnen unten visitirten.

Aber auch selbst da ergab sich Nichts und die, bis dahin abgesperrte Cajüte, wurde nun ebenfalls rücksichtslos von oben bis unten untersucht; ja der Steuermann mußte, auf Verlangen des Sergeanten, den unteren Raum öffnen, und dieser kroch selber, hier aber von dem Untersteuermann gefolgt, der darauf sehen sollte daß kein Unglück mit dem Licht geschähe, in das fast vollgestaute untere Deck. Zwischen den Kisten und Fässern aber, die auch fast überall dicht zusammen lagen, und in der heißen schwülen Atmosphäre konnte er mit seiner enganschließenden Uniform und dem Seitengewehr, das überall hängen blieb, nicht lange aushalten. Nach einer halben Stunde etwa kehrte er in Schweiß gebadet und unverrichteter Sache an Deck zurück, und schlug eine Einladung des Untersteuermanns aus, der ihm anbot auch noch durch die vordere Luke eine ähnliche Promenade zu machen.

Der andere Polizeibeamte hatte indeß die Vorrathskammern und verschiedenen »Spintges« mit nicht besserem Erfolg, durchsucht, und an Deck zurückgekehrt wandten sich die Beamten noch einmal an den Steuermann und verlangten von diesem die »Auslieferung des Verbrechers« der sich jedenfalls an Bord befinden *müsse*. Der Steuermann behauptete aber noch keine Schiffsliste überliefert bekommen zu haben, da er zu viel mit dem Schiffe selber zu thun gehabt, sich auch nur im Mindesten um die Passagiere zu kümmern, und der Capitain wurde grob als sie von ihm noch weitere Auskunft forderten.

»Da sei die Liste und da die Passagiere« sagte er, »das ganze Schiff hätte er ihnen ebenfalls zur Verfügung gestellt, ob sie nun etwa noch von ihm verlangten daß er selber mit herumkriechen solle, oder ob er dazu da sei sich nach den Familien- oder staatlichen Verhältnissen der Leute zu bekümmern, die er einfach überliefert bekommen habe sicher und wohlbehalten nach Amerika hinüber zu schaffen?«

Er war darin in seinem vollen Recht, die Liste ebenfalls vollständig und in Ordnung: Keiner der darauf Angegebenen fehlte, aber auf keinen von diesen paßte auch das Signalement, und die Polizei, mit ihrer Militairunterstützung sah sich endlich wieder genöthigt das Schiff, wie sie gekommen, zu verlassen.

4. In See

So ungeduldig die Passagiere aber schon vorher gewesen waren, das Schiff nun endlich einmal in vollem Lauf seinem Ziel entgegengehen zu sehn, so peinlich wurde ihnen jetzt jeder Augenblick, den sie, mit dem Bewußtsein unter den Kanonen des hannöverschen Forts zu liegen, und noch im leichten Bereich einer neuen Durchsuchung zu sein, hier unthätig, angeschlossen an die Ankerkette, verbringen mußten. Sie zählten die Minuten die noch bis zum Einsetzen der Ebbe verlaufen mußten, und tausendmal sahen sie nach allen Richtungen über Bord, ob sich die Strömung nicht endlich stauen würde.

Endlich kam auch *der* Augenblick, die Zeit fliegt mit nur zu raschen Schwingen über uns hin, und wie bald liegt die Stunde weit, weit hinter uns, die wir so lang herbeigesehnt, so heiß erhofft. Das Wasser stand, die Brise wurde frischer, und – wenn sie wenigstens erst den Ellbogen hinter sich hatten, den die Weser bei Bremerhafen macht, günstiger und jetzt – die Thatsache war außer jedem Zweifel – schwang das Schiff vor der *rückkehrenden* Fluth vor seinem Anker herum und lag, den Bug stromauf, dem immer stärker strömenden Wasser die scharfe Stirn bietend. Aber noch keine Anstalt wurde an Bord gemacht Fluth und Wind zu benutzen, noch lagen die Segel festgeschnürt auf ihren Raaen, und selbst die Matrosen blickten verwundert nach ihren Offizieren hin, den Kopf schüttelnd über den unbegreiflichen Aufenthalt; wenn sie noch lange hier zögerten kamen sie heut Nacht gar nicht mehr in offene See, und konnten nur gleich da vor Anker liegen bleiben zwölf volle Stunden länger.

Der Capitain ging indessen mit auf dem Rücken gekreuzten Armen, selber wie ungeduldig, mit raschen Schritten an Deck auf und ab, und beantwortete alle an ihn gerichtete Fragen der Cajütspassagiere gar nicht, oder so kurz abgebrochen und mürrisch, daß ihnen zuletzt die Lust verging ihn weiter zu behelligen. Fortwährend sah er dabei nach der Sonne hinüber, die sich mehr und mehr dem Horizont neigte, und dann wieder nach seiner Uhr, als ob er der ersteren nicht glaube, daß es so früh noch sei, und endlich halb sechs Uhr, heute früher als gewöhnlich, kam der Koch nach hinten mit seiner stereotypen Frage:

»Captein, beleeft tu schaffen?«[4]

»Ja Kock, schaff man!« lautete die Antwort und »Schaffen« brüllte der Koch, wie er sich kaum von dem Capitain abgewandt hatte, über Deck, daß es von einem Ende bis zum anderen dröhnte.

4 Ist es dem Capitain gefällig daß gegessen wird?

Einer der Matrosen hatte indessen schon die riesige blecherne Theekanne aus der Cambüse (Schiffsküche) geholt, und nach vorn auf die Back getragen, auf der die Schiffsmannschaft lagerte; die »Jungen« brachten jetzt in großen hölzernen Schüsseln den Schiffszwieback und Schwarzbrod, wie kaltes, von Mittag übriggebliebenes Fleisch, und die Leute langten tapfer zu ihr einfach Mahl zu beenden.

Auch die Zwischendeckspassagiere waren durch den Ruf beordert worden ihren Thee zu »fassen«. Noch hatte aber nicht die Hälfte derselben der Aufforderung genügt, und selbst einzelne der Matrosen kauten noch ihren kaum aufgeweichten Zwieback, als der willkommene Ruf ertönte die Ankerwinde zu bemannen. Im Nu war das geschehn, wenigstens zwanzig Passagiere hingen sich mit daran, und der Anker kam rasselnd empor, wie die Kette nur aus dem Weg geholt und wieder umgeschlagen werden konnte. Zu gleicher Zeit war ein Theil der Matrosen nach oben geschickt die leichten Segel zu lösen, die Raaen flogen herum, die Schoten aus, die frische Brise legte sich hinein, und mit dem scharf aufgeholtem Ruder fiel der Bug vor dem Winde ab. Die Leute hingen jetzt sämmtlich an den Brassen, den rasch auf einander folgenden Befehlen zu gehorchen, und zehn Minuten später schoß das wackere Fahrzeug an Bremerhafen vorbei in das breite Fahrwasser hinein, und vor dem Winde dahin, daß der Schaum – ein willkommener und lang ersehnter Anblick – sich vorn am Buge kräußte.

Noch aber waren lange nicht alle Segel gesetzt; nichtsdestoweniger machten sie trefflichen Fortgang, und bald lag Bremerhafen mit seinem darüber hinausdehnenden Mastengitter, wie das runde Fort mit seinen drohenden Kanonen weit, weit hinter ihnen.

»Aber der Deserteur?« wo war der junge Bursche geblieben und warum kam er nicht zum Vorschein, die Gratulationen seiner Mitpassagiere zu empfangen? – oder wußte der Capitain wirklich nichts von ihm, und mußte er noch versteckt gehalten werden, daß dieser nicht gar etwa noch umkehre und ihn an die Behörden abliefere? – sonst war doch wahrlich keine Gefahr mehr für ihn vorhanden. Die Passagiere frugen das unzählige Male unter sich, wagten aber nicht, selbst den Untersteuermann deshalb anzureden. Der wußte doch wohl am besten was er zu thun oder zu lassen hatte, und daß er dem armen Teufel freundlich gesinnt war brauchte er nicht mehr zu beweisen.

Der Lootse, der erst wieder an Deck gekommen war als die Leute anfingen den Anker zu lichten, stand jetzt vorn auf der Back des Schiffes, dicht am Bugspriet, und rief von da seine Befehle dem Mann am Steuerruder zurück, die dieser, zum Beweis daß er sie richtig verstanden habe, und damit kein Irrthum möglich sei, laut zu wiederholen hatte.

Die Sonne war schon längst hinter dem Horizont verschwunden, und die Haidschnucke hielt in der jetzt merklich einbrechenden Dämmerung gerade auf das Feuerschiff zu, das in der Mündung der Weser vor Anker liegt, aus oder einsegelnden Schiffen die Richtung anzudeuten, die sie zu nehmen haben. Auf dem Vortop der Haidschnucke wurde aber eine kleine rothe Flagge, irgend ein verabredetes Signal, aufgehißt, und gleich darauf kam von dem Leuchtschiff, das eben sein rothes Licht entzündet hatte, ein Boot ab, in dem zwei Mann ruderten, zwei hinten im Stern des Bootes, und drei vorne im Bug saßen.

Die Zwischendeckspassagiere hatten indessen meist das obere Deck verlassen, vor völliger Dunkelheit ihre Schlafstellen unten in Ordnung zu bringen, was nachher immer mit einiger Schwierigkeit verbunden war. Nur Einzelne standen noch oben, die mit gespanntem Interesse den Bewegungen des neu anrudernden Bootes entgegensahen, in dem sie kaum etwas anderes erwarteten, als eine zweite Visitation.

»Verdammt will ich sein« brummte dabei der Mann mit den kurzen Haaren, der bis dahin besonders aufmerksam das Mannöver mit den Flaggen und dem abkommenden Boot betrachtet hatte, »wenn uns die nicht nochmals ihre Spürhunde herüber schicken; hol sie der Teufel, sie becomplimentiren uns wohl so hinaus bis in die offene See.«

»Nun, wenn sie am hellen Tage Nichts gefunden haben, werden sie wohl dießmal auch mit langer Nase abziehn« sagte Steinert, der dicht neben ihm stand. »Jetzt kann ich mir aber auch denken, weshalb der Capitain mit der Abfahrt von unserem letzten Ankerplatz so lange gezögert hat.«

»Nun?« sagte der finstere Bursch und sah ihn von der Seite an.

»Er hat gewußt, daß ihm die Rothkragen hier noch einmal an Bord steigen würden« flüsterte Steinert geheimnißvoll »und deshalb gewartet, daß er hier erst mit schummrig werden einträfe – so ist's.«

»Für so gescheut hätt' ich ihn gar nicht gehalten« brummte der Erste wieder »aber da sind sie« setzte er dann hinzu, indem er sich vom Bord abdrehte und nach dem Eingang des Zwischendecks zu ging – »hol sie der Teufel, ich mag sie nicht sehn; wenn sie 'was von uns wollen, können sie zu uns herunter kommen.«

»Mag wohl seine Ursache haben, daß er die Polizei nicht leiden kann« lachte der Untersteuermann leise dem einen Matrosen zu, der neben ihm stand und ein zusammengerolltes Tau in der Hand hielt, es dem nahenden Boote zuzuwerfen.

»Futter für Amerika« sagte der Mann, verächtlich den Kopf auf die Seite werfend – »*der* kommt durch –«

»Ja Hans, wenn er nicht mit dem Kopf darin stecken bleibt«; meinte der Untersteuermann, dem Passagier nachsehend, wie er eben in das Deck hinunter stieg. Das Gespräch der Beiden wurde aber in diesem Augenblick durch das Boot selber abgebrochen, das langseits kam. Des Lootsen Ruf hatte indeß die Fock und die Vormarssegel backbrassen lassen, daß das Schiff in diesem Augenblick keinen Fortgang weiter, als mit der Strömung selber machte, und wenige Minuten später kletterten fünf Männer an Deck und wurden, auf die Frage des Einen von ihnen, nach dem Capitain auf das Quarterdeck gewiesen.

»Steht bei hier und nehmt die Kisten herauf!« tönte indeß der Ruf des Steuermanns, und Taue wurden in das Boot hinuntergelassen – drei gewöhnliche Seemannskisten an Bord zu heben, die indessen oben an Deck stehen blieben.

Der Capitain stand mit Professor Lobenstein und dem Lootsen allein auf dem Quarterdeck, als die fünf Männer die kleine Treppe, die dazu hinaufführte, erstiegen. Auf ein paar Worte des ersten blieben dreie von ihnen, denen der vierte fast wie zur Bewachung beigegeben war, an der Treppe stehn, während Jener auf den Capitain zu ging und mit militärischem Gruße an sein Mützenschild griff. Der Mann war übrigens in Civil gekleidet, und trug einen dunklen langen Rock und eine einfache Tuchmütze, aber mit steifem großen Deckel, die etwas uniformsmäßiges an sich hatte.

»Habe ich das Vergnügen mit dem Capitain dieses Schiffes zu sprechen?« sagte er artig, als er sich ihm näherte.

»Ich bin der Schiffer, ja« sagte Siebelt, den Gruß sehr kurz erwiedernd – »Sie bringen mir die bewußten Passagiere?«

»Ja wohl Herr Capitain – hier ist meine Legitimation; dürfte ich Sie bitten mir die Quittung für richtige Ablieferung zu schreiben.«

»Auch noch« – brummte Siebelt mürrisch – »kommt einmal her Ihr Burschen!«

»Ihr sollt vortreten; habt Ihrs nicht gehört?« sagte der andere, der bei den dreien stehn geblieben war, barsch, und die Leute folgten rasch dem Befehl. Es waren drei ziemlich kräftige untersetzte Gestalten, zwei von ihnen, von etwa achtundzwanzig bis dreißig Jahren; der dritte nur schien älter zu sein, doch ließ sich das in dem ungewissen Dämmerlicht kaum noch erkennen. Sie waren Alle in graue kurze ganz neue Röcke von groben Tuch und in eben solche Hosen gekleidet, und trugen Mützen von derselben Farbe in der Hand; ihre starkmarkirten und eben nicht einnehmenden Züge waren aber bleich, und die Augen, die scheu den Boden suchten, oder unruhig über Deck umherschweiften, lagen ihnen tief in den Höhlen.

Der Capitain sah sie, Einen nach dem Anderen, still und forschend an und sagte endlich:

»Hört einmal, ich habe Euch hier an Bord bekommen, um Euch mit nach Amerika hinüberzunehmen; ich hoffe, daß Ihr Euch an Bord gut betragen werdet; wenn Ihr's nicht freiwillig thut, ist's Euer eigener Schade, denn thun *müßt* Ihr's. Übrigens werdet Ihr wohl wissen was Euch selber gut ist, und nun nehmt Euere Sachen und macht daß Ihr damit unter Deck kommt; der Untersteuermann wird Euch Euere Coye anweisen. Daß Ihr die Mäuler haltet brauch' ich Euch wohl nicht erst zu sagen – schon gut, ich weiß schon, macht jetzt daß Ihr nach vorn kommt« – und dem Fremden den Zettel aus der Hand nehmend ging er in die Cajüte hinunter.

»Können wir aufbrassen Capitain?« rief der Lootse hinter ihm her als er hinunter ging; »es wird zu spät wenn wir noch länger hier Zeit vertrödeln.«

»Braßt nur auf Lootse« rief der Capitain zurück, »ich bin gleich wieder oben.«

Die Raaen fuhren herum, die Vorsegel faßten den Wind wieder, und das Schiff bewegte sich rascher vorwärts auf seiner Bahn.

»Hallo« sagte der eine Mann, der den Oberbefehl über das Boot zu führen schien, indem er über Bord sah – »nehmen Sie uns nicht etwa mit.«

»Habt keine Angst Kamerad« sagte der Untersteuermann, der eben an ihm vorüberging, den Neugekommenen ihre Plätze anzuweisen – da blieben wir eher hier die ganze Nacht liegen.«

»Danke« sagte der Mann –

»Keine Ursache, ist gern geschehen«, der Untersteuermann, als er seinen Tabackssaft – die Seeleute kauen meistentheils – über Bord spritzte, und langsam die kleine Quarterdeckstreppe hinunter stieg.

Der Capitain kam übrigens nach sehr kurzer Zeit schon wieder zurück, und übergab dem Manne seinen Zettel – die Quittung für richtige Ablieferung von drei Verbrechern, denen im Boot erst *die Eisen* abgenommen waren, und die sich in Amerika bessern, oder doch jedenfalls allein füttern sollten.

»Danke Capitain« sagte der Mann, indem er das Papier zusammenfaltete und in die Tasche schob – »Nichts für ungut – Sie wissen wohl« –

– »Schon gut« sagte der Seemann mürrisch – »das ist übrigens das letzte Mal, daß ich derlei Geschichten besorge, und wenn ich mein Schiff verlieren sollte – Sie können das den Herren meinetwegen sagen.«

»Derlei Bestellungen bringen Nichts ein« meinte aber der Mann trocken, »so, gute Fahrt Capitain, wir sind wahrhaftig schon ein ganz Stück am Leuchtschiff vorbei und werden tüchtig rudern müssen gegen den Strom an.«

Der Capitain drehte sich ab und ging auf die andere Seite des Schiffs hinüber, während die Fremden rasch in ihr Boot hinunter kletterten.

Der Lootse zeigte aber jetzt, daß es ihm Ernst war aus der Weser zu kommen; Segel auf Segel wurde gesetzt vor der immer frischer und kräftiger einsetzenden Brise, bis sich das Schiff unter der Last derselben bog, und schäumend seine Bahn dahin schoß. Im Osten hob sich indessen der Mond, und goß sein funkelndes Licht über den weiten Strom, bei dem sich eben noch die ausgelegten Tonnen erkennen ließen, das Fahrwasser zu halten. Das Wasser war ebenfalls noch vollkommen ruhig, aber der Strom doch hier schon so breit, daß die Brise ihren Einfluß darauf ausüben konnte, und das Schiff begann sich mit der schwellenden Dünung leicht zu heben.

Bei dem wundervollen Abend, der warm und licht auf dem Wasser lag, hatten sich indessen die meisten Passagiere wieder auf Deck gesammelt, und in kleinen Gruppen erst eine lange Weile das Geheimniß des zweiten Bootes, aus dem sie nicht klug geworden, besprochen. Auch neue Passagiere, von deren Ankunft man schon in Brake gewußt, und eine Coye für sie zurückgehalten hatte, waren damit gekommen, Niemand konnte sagen woher, noch sich, so lange es dunkel blieb, über ihr Aussehn in's Klare stellen; die Leute selber aber standen Niemandem Rede; Steinert hatte das schon lange versucht. Des glücklich durchgebrachten Deserteurs Erscheinen lenkte zuerst den Strom der Unterhaltung wieder in einen anderen Canal; der junge Bursche war aber noch scheu und schüchtern; er konnte es sich noch gar nicht denken, daß er der für ihn furchtbaren Gefahr so glücklich entgangen sei, und forschte durch die Dunkelheit nach allen Seiten hin, bei dem schwachen Licht des Mondes ein irgendwo nahendes Boot zu erkennen. Die in der Weser vor Anker liegenden Tonnen, die das Fahrwasser bezeichnen und zum Theil weiß angestrichen sind, hielten ihn dabei fortwährend in Alarm, und er frug die Matrosen unzählige Male, ob er denn nun wirklich nicht mehr zu fürchten hätte, daß in der Nacht ein Boot mit Polizeibeamten an Bord kommen könne.

Steinert zeigte sich indessen unter den Lebhaften als den Lebhaftesten. Das Gespräch war durch das Polizeischiff auf ähnliche Fälle gekommen, wo diesem achtbaren Institut eine Nase gedreht worden, und sprang dann, in einem natürlichen Ideenflug auch auf das Pasch- und Schmuggelwesen hinüber, in dem der Weinreisende, wenn sich Alles so verhielt wie er es erzählte, seiner Zeit Außerordentliches geleistet hatte und er wurde nicht müde davon zu erzählen. Mitten in einer prachtvollen Anekdote aber schwieg er plötzlich still, und sah sich nach allen Seiten um.

»Suchen Sie wen, Herr Steinert?« frug ihn der junge Literat, der ein eifriger Zuhörer der Geschichten gewesen war und sich immer dann und wann gegen den Mond drehte, auf ein kleines Zettelchen mit Bleistift einzelne Worte – wahrscheinlich die Pointen der Erzählungen – zu notiren.

»Ich? nein – ich weiß nur nicht« sagte Steinert – »das Schiff fängt sich an so fatal zu bewegen – immer so auf und nieder; ich glaube – ich glaube die Leute haben zu viele Segel aufgesetzt.«

»Ja, irgendwo ist es doch wohl nicht in Ordnung« bemerkte auch jetzt Herr Mehlmeier mit seiner feinen Stimme, der schon seit einigen Minuten ganz still gesessen, nicht mehr gelacht, oft die Augen geschlossen, und dann auf einmal sehr tief Athem geholt hatte.

»Oh, es fängt ein wenig an zu schaukeln« sagte Herr Theobald, der sich durch die Bewegung noch nicht incommodirt fühlte, »bitte erzählen Sie nur weiter.« –

»Ja – wo war ich doch gleich stehn geblieben?«

»Wie Sie mit dem Mauthbeamten in der Schenke saßen und die Wette mit ihm machten« – unterstützte ihn der junge Literat.

»Ach ja so – ja da – das schaukelt wirklich unangenehm« sagte aber Herr Steinert, der den Faden nicht wieder finden konnte – »ich sitze auch hier auf einem höchst fatalen Fleck – viel zu hoch; das ist doch ein göttlicher Abend – wir wollen ein wenig auf Deck spazieren gehn.«

Das Spazierengehn half aber auch Nichts, die Bewegung des Schiffs wurde merklicher, je mehr sie sich der offenen See näherten, und je weiter sie vom Lande abkamen, wo der Wind mehr Gewalt auf das Wasser hat und die Wellen weiter rollen können und größer werden. Schon standen hie und da Einzelne über Bord gelehnt, und thaten als ob sie hinaus auf's Wasser sähen, immer aber in einer sehr verdächtigen Stellung, dem belästigten Magen Luft zu machen, bis sich bei Manchem das Faktum nicht mehr verheimlichen ließ, und die ersten Seekranken durch einen Jubelruf der noch Gesunden proklamirt wurden.

Es ist dabei eine sonderbare Thatsache, daß sich die meisten Menschen schämen seekrank zu werden, und es so lange verheimlichen wie nur irgend möglich; wie denn auch Niemand weniger an Bord eines Schiffes auf Mitleid zu rechnen hat, als eben ein von diesem Feind Befallener. Was auch sein Leiden sein mag, wie ihn die Krankheit mitnimmt und nach und nach entkräftet und herunterbringt, ja während er daliegt und den Tod herbeiwünscht, um nur endlich von seinem entsetzlichen Jammer befreit zu werden, die Gesunden stehn dabei und lachen und spotten über den armen Teufel, und das einzige Gute nur dabei ist, daß er sie nicht hört, oder wenn er es hört, sich Nichts daraus macht. Gegen Alles abgestumpft auf der Welt, wo es ihm selbst gleichgültig wäre, wenn man ihn bei den Beinen faßte und über Bord zöge, was macht er sich da aus dem Hohn irgend eines Anderen.

Seekrank, für den den es betrifft, ein entsetzliches Wort, und doch eine Krankheit, an der noch kein hundertstel Procent der Leidenden gestorben. Was für Mittel sind nicht schon dagegen empfohlen, wie viel tausend Ärzte haben nicht schon gethan, als ob sie das Heilmittel dagegen gefunden und dies und das angerathen, den furchtbaren Gegner entfernt zu halten. Aber es giebt kein Mittel dagegen; wer etwas braucht und sie nicht bekommt, hat nicht nöthig das Heilmittel weiter zu empfehlen, denn er selber hätte die Krankheit auch ohnedies nicht bekommen, und dessen Magen ihn in den Bereich derselben bringt, mag sich nur getrost in sein Schicksal *ergeben*, er muß durchmachen was über ihn verhängt ist, und hat nur die einzige Genugtuung später, wenn er dem tückischen Gott sein Opfer gebracht, eben so über Andere lachen zu dürfen, wie Andere früher über ihn gelacht haben.

Das Schiff bewegte sich nun allerdings noch sehr wenig, doch aber genug, den meisten der daran gar nicht gewöhnten Passagiere, wenn sie auch nicht Alle krank wurden, Unbehaglichkeit zu verursachen, und trotz des herrlichen Abends wurde das Deck gar bald von ihnen geräumt. So fatal ihnen die Luft unten im Zwischendeck war, fanden sie doch im Niederlegen einige Erleichterung, und suchten früh das Lager. Was kümmerte sie jetzt der Lootse, den sie hatten wollen von Bord gehen sehen, was der Mondschein auf dem zitternden wogenden Wasserspiegel; es zitterte und wogte eben und das mochten sie nicht sehn, und schon der Gedanke daran war ihnen fatal.

Noch vor zehn Uhr erreichten sie indeß die letzte Wesertonne, die Grenze der Nordsee, auf ein Zeichen von Bord aus, durch aufgehangene Lichter gegeben, kam der dort kreuzende Lootsencutter heran, seinen Lootsen von Bord zu nehmen, und wie als ob der Wind nur darauf gewartet hätte, sich nun einmal recht voll und ernstlich in die Segel legen zu können, nahm er beide Backen voll, und kam so scharf und heulend von Nordost herunter, daß der Capitain die Oberbramsegel nieder und die schon zu Starbord gesetzten Leesegel wieder einnehmen ließ. Die See wurde dabei natürlich nur immer unruhiger, und die kleinen kurzen Schlagwellen der Nordsee, die überhaupt die unangenehmste Bewegung machen, überwürzten sich schon mit ihren weiß schäumenden Kämmen, und jagten wie im tollen Spiel hinter und neben dem durch sie hinbrausenden Schiffe her.

Arme Passagiere – und in der Cajüte sah es nicht besser aus als im Zwischendeck. Wenn Schiffe bei vollkommen ruhigem Wasser in See gehn, und der Wind erst allmählig wächst, daß sie die Bewegung so nach und nach gewohnt werden, und die Körper es lernen derselben nachzugeben, so bleiben oft viele Reisende von der Krankheit ganz verschont. Der Magen gewöhnt sich an das Schaukeln, und selbst ein kleiner Sturm bringt sie später nicht mehr aus dem Gleichgewicht; wo aber der Wind, so wie hier, gleich am ersten Tage, wenn auch gar nicht gerade scharf einsetzt, wenn nur die kleinen kurzen Wellen erst einmal einen Kamm bekommen, dann bleiben wenige verschont, und der Koch darf ein paar Tage lang die Schweine mit den Erbsen und Bohnen füttern, die er für die Passagiere in den Kessel gethan; die Leute denken gar nicht daran sich ihr Essen zu holen, und schon das Wort *Schaffen* verursacht ihnen Ekel.

In der Cajüte war wirklich nur der junge Henkel, der schon mehre Seereisen gemacht, verschont geblieben, jedenfalls der Einzige, der mit dem Capitain und den Steuerleuten am Frühstückstisch erschien und tapfer zulangte; die Anderen ließen sich unwohl melden, und nur der Herr von Hopfgarten, ein kurzer, kleiner Mann, aber sonst voll Feuer und Leben, behauptete einzig und allein keinen Appetit zu haben, sonst aber sich vollkommen wohl zu befinden.

Einzelne Charaktere entwickelten sich auch in dieser Krankheit im Zwischendeck auf wunderbare Weise. Herr Mehlmeier z. B. lag ausgestreckt auf dem Gepäck mit von sich geschobenen Armen und Beinen, als ob er so wenig wie möglich von seinem Körper um sich herum haben möchte. Er ließ sich dabei schütteln und stoßen und rufen und schimpfen, wenn er irgend Jemandem im Wege lag, und verhielt sich so vollkommen regungslos, daß er einmal schon zu dem Gerücht Veranlagung gab, der Schlag hätte ihn gerührt. Aber auch das war wieder den Anderen gleichgültig, und nur Herr Theobald, der bis jetzt noch verschont geblieben war, notirte sich den Fall, und ging dann hin sich selber zu überzeugen.

Steinert war nach ihm das beklagenswertheste Subjekt die Familien Rochheimer und Löwenhaupt lagen in einem Zustand, der sich kaum denken, auf keinen Fall aber beschreiben läßt.

Theobald hielt sich, wie gesagt, noch ziemlich tapfer, und lachte die Kranken aus nach Herzenslust; das viele Umhergehn im Zwischendeck aber vielleicht, mit der doch stärker werdenden Bewegung des Schiffes, übte auch auf ihn zuletzt seine Wirkung aus. Er steckte auf einmal sein Taschenbuch dahin wohin es gehörte, schob die Hände nach, und stellte sich ganz still an die Railing an, bis auch diese ihm nicht mehr Stütze genug schien, und er nun, in der Angst daß seine Mitpassagiere merken könnten wie ihm zu Muthe würde, auf eine eigene Idee fiel, den traurigen und nicht mehr wegzuläugnenden Zustand zu verbergen. Er band sich sein Halstuch um die Ohren, hielt die Hände an den Backen und legte sich endlich, nicht mehr im Stande auf seinen Füßen zu bleiben, mit dem Kopf auf eine der Nothspieren mitten in den Gangweg hin, wo die Matrosen fortwährend vorüber, und jetzt über ihn wegsteigen mußten.

Der erste der über ihn weg*fiel*, war der kleine Löwenhaupt, dem er noch vor kaum einer halben Stunde einen Teller mit fettem Fleisch unter die Nase gehalten, und dadurch den armen Teufel fast zur Verzweiflung, dessen Krankheit aber jedenfalls zu vollem Ausbruch gebracht hatte.

»O sehn Sie 'mal an, bester Herr Theobald« sagte dieser, als er sich wieder aufgelesen und, mit todtenbleichem Gesicht, seinen Arm auf eines der Wasserfässer stützte, das Gleichgewicht zu halten – »Sehn Sie 'mal an; jetzt werde ich Ihnen wohl können en Tellerche mit Fleisch unter die Nasen halten und fragen, ob Sie Appetit hätten, heh? – Das kommt davon, wenn man andere Leute cugginirt.«

»Ich habe furchtbare Zahnschmerzen« sagte aber Theobald, die Nase fester an die Nothspiere drückend – »lassen Sie mich zufrieden.«

»Zahnschmerzen? – so?« sagte der kleine Mann mit einem total verunglückenden Versuch über ihn zu lachen – »vielleicht hülfe *Ihnen* dagegen en Stückchen Speck.«

»Halten Sie's Maul!« rief aber Theobald, dem der Ekel über die angebotene Mahlzeit den Mund breitzog.

»Jawohl –« sagte aber der unverwüstliche Löwenhaupt, der nach vollständiger Ausleerung einige Erleichterung verspürte, »der Zahn wird wohl gleich mit der Wurzel herauskommen, ganz von selber, kann ich mir etwa denken – nur a kleines Stückle fettes Fleisch.«

Er konnte nicht weiter reden, denn Theobald sprang in die Höhe und war kaum im Stande den Schiffsrand zu erreichen und über Bord zu sehn; bei dem Anblick wurde es aber Löwenhaupt auch wieder weh und weich um's Herz, und er leistete dem Dichter treue Gesellschaft.

Die einzigen, die im Zwischendeck vollständig, wenigstens für jetzt von der Seekrankheit verschont blieben, waren Maulbeere, seines Gewerkes ein Scheerenschleifer wie sich endlich herausgestellt, Georg Donner, des Pastors Sohn aus Waldenhayn, der mit einem der Oldenburger Bauern und einem langen Schneider eine Coye bekommen hatte, der Mann mit den kurzgeschnittenen Haaren, und vier oder fünf von den Frauen, unter ihnen Hedwig. Die anderen mußten alle mehr oder weniger davon leiden, und selbst von den Gesunden bewahrte der Scheerenschleifer fast allein seinen unverwüstlichen Appetit, und saß entweder an Deck und rauchte seinen nichtswürdigen Taback, daß es Niemand unter dem Wind von ihm aushalten konnte, oder er hockte, zusammengedrückt wie ein großer ungeschlachter Affe, in seiner Coye, und knapperte den halben Tag lang an dem trockenen Schiffszwieback. Dabei sprach er kein Wort und schnitt allen, die an ihm vorübergingen, solche Gesichter, daß sich die Frauen schon vor ihm fürchteten und ihm auch später immer scheu aus dem Wege gingen.

Daß unter solchen Umständen selbst Frau von Kaulitz nicht an ihre Parthie dachte, versteht sich von selbst, und die nächsten Tage bekam sie nur der Cajütenjunge, ein Mulatte von zwölf oder dreizehn Jahren zu sehen, der immer kopfschüttelnd die verschiedenartigsten Waschbecken aus und ein schleppte, und jedesmal, wenn er die Cajüte verließ, dem Steward mit den merkwürdigen Grimassen eine Menge Geschichten erzählte, über die sich dieser dann todt lachen wollte. Der Steward hatte dabei eine so sonderbare Art zu lachen, daß er immer die Augen schloß, und es einmal auch richtig möglich machte, mit einem ganzen Korb voll Theegeschirr die halbe Treppe in die Cajüte hinunter zu fallen. Der Rheder mußte das Geschirr später wieder ersetzen, und der Mulatte bekam indessen dafür die Prügel.

Mit einem prachtvollen Nordoster brauste das wackere Schiff seine Bahn entlang, durchschnitt die grünen Fluthen unseres vaterländischen Meeres, der Nordsee, und lief dann, mit Leesegeln an beiden Borden zwischen Dover und Calais hindurch in den Canal ein. Wohl glühten an dem Abend die Leuchtfeuer der englischen und französischen Küste wie Meteore durch die Nacht herüber, und der nordische Himmel funkelte seinen schönsten Glanz in Myriaden Sternen nieder, aber Niemand achtete darauf; die Seeleute hatten das Alles schon, wie oft, gesehn, und die Passagiere lagen in ihren Coyen, viele ihren Blechtopf im Arm, und stöhnten und ächzten – wie mancher mit bitterer Reue im Herzen, daß er je thöricht genug gewesen das feste Land zu verlassen, selbst Amerikas wegen. Die wenigen Gesunden hatten mit ihren kranken Freunden zu thun, und nur der junge Arzt, Georg Donner, lag vorn zwischen den Lauftauen des Bugspriets und schaute träumend hinaus in die stille Nacht, der Lieben daheim gedenkend.

Das Licht was dort herüberblinkte vom fernen fremden Ufer, glich es nicht dem Schein der Abendlampe, die in des Vaters Zimmer brannte? – Oh wie oft hatte er, Abends heimkehrend, den freundlichen Strahl sich entgegen leuchten sehen und dort, das Haupt in die Hand gestützt, saß der Vater und arbeitete an seiner Predigt, und die Mutter da drüben, auf dem Sopha dicht neben dem Ofen, mit der kleinen grünen Lampe dicht herangerückt, las in der Bibel und folgte den so wohl bekannten Zeilen mit dem Finger die ganze Seite nieder – Aber nein, sie las nicht – die Brille legte sie ins Buch, wischte sich die Augen mit der Hand und schaute still und seufzend über das Buch hinaus. Ihre Gedanken waren nicht dabei – sie flogen weit, weit hinaus über das Meer dem fernen Schiffe nach, das ihr den Sohn entführte, das Kind – das liebe, liebe Kind.

Matter und immer matter glühte das ferne Licht herüber – Georg sah es schon lange nicht mehr und die Augen mit der Hand bedeckt, im Dunkel der Nacht, nur mit den Sternen über sich, weinte er still, und ihm war, als ober die Thränen niederfallen hörte auf das vergriffene Buch, in dem die Brille lag.

5. Die Passagiere

Fünf Tage waren so vergangen; durch die schwere westliche Dünung die fast stets vor dem Canal steht, hatte das wackere Schiff, von kundiger Hand geführt, seine Bahn gefunden, und der atlantische Ocean schaukelte es auf seiner tiefblauen, weit wogenden Fluth. Auch die Passagiere thauten auf; ihre Körper gewöhnten sich an die schaukelnde, und bei dem guten Wetter doch mehr gleichmäßige Bewegung des Schiffs, und als am sechsten Tag der Wind schwächer und schwächer wurde, und die Wogen sich legten und beruhigten kamen sie vor aus ihren Coyen, bleich und hohläugig zwar wie Leichen aus ihren Gräbern, aber doch meist geheilt von der furchtbaren Qual. Sie lernten auch wieder essen und trinken, der Magen *behielt* was ihm geboten wurde, und selbst der Frühstückstisch in der Cajüte belebte sich.

Fräulein Amalie von Seebald lehnte an der Railing des Quarterdecks – es war Morgens um zehn Uhr, und die meisten der übrigen Damen noch nicht sichtbar – und schaute, mit den weißen Fingern der linken Hand in ihren Locken spielend, träumerisch über das Meer hinaus. Der Untersteuermann hatte die Wacht und saß, ein Leesegel ausbessernd, auf einer niederen Bank kaum drei Schritte von ihr.

»Wie wundervoll ist doch die See«, sagte die Dame, ein Gespräch mit dem Seemann anknüpfend, dem ja das Meer Beruf geworden, und der es sich nicht gewählt haben würde, wenn nicht sein Herz an den blauen Wogen hing – »wie herrlich schatten sich jene dunklen Tinten gegen die leisen lichten Kräuselwellen ab, die von ihnen, wie zarte Kinder getragen, in dem Kuß des Zephyrs zu vergehen scheinen.«

Der Untersteuermann sah die Dame mit einem halbscheuen Seitenblick an; er hatte keinesfalls verstanden was sie sagte, auch keine Idee dabei daß sie ihn angeredet, und glaubte wahrscheinlich sie spreche mit sich selber, Fräulein Amalie aber fuhr langsam und schwärmerisch fort:

»Wie weich und duftig liegt des Äthers Halle auf dieser Fluth, und wölbt sich zum Dom über der unerforschten Tiefe – oh ist es nicht schön – nicht gottvoll auf der See, Steuermann?«

Elkig, wie der Untersteuermann hieß – also bei seinem Titel und direkt angesprochen, mußte wenigstens eine Antwort geben, drehte also den Kopf halb nach der Dame um, daß er einen Blick auf das Wasser bekam, spuckte seinen Tabackssaft über Bord und sagte, sich mit dem Rücken der linken Hand die Lippen wischend.

»Ach ja, s'ist recht hibsch.«

»Welchen kalten Ausdruck gebrauchen sie dafür«, verwies ihn aber die Dame – »wie läßt sich das Erhabene dieses Anblicks in solche Sylbe fassen, *hübsch*; aber die Gewohnheit stumpft uns selbst gegen das Gewaltige ab, und ich habe mir erzählen lassen, daß z. B. am Niagara-Fall Menschen wohnen, die nicht einmal mehr das donnernde Brausen des Riesensturzes hören.«

»Werden wohl taub davon geworden sein« meinte Elkig in unzerstörbarer Ruhe, indem er sich zugleich einen neuen Drath einfädelte.

Fräulein Amalie hatte glücklicher Weise diese Bemerkung überhört, ihr Geist schweifte über der Tiefe, und ihre Gedanken nahmen einen anderen Flug.

»Wie die Möve dort mit dem Kreisschlag ihrer Flügel die flüchtige Woge streift, und dann fortzieht, weit und allein über die endlose Fläche – ihre Heimath – welche Ähnlichkeit hat doch das Bild mit dem Seemann selbst, der auch über die blauen Wogen seine Furchen zieht – seine Heimath das Meer.«

Der Untersteuermann nähte ruhig weiter; die Geschichte war ihm griechisch und er verstand keine Sylbe davon; übrigens war das keine direkte Frage gewesen, und er brauchte also auch nicht darauf zu antworten.

»Und wenn er nun die zurückläßt die ihm lieb sind« fuhr die Dame fort, ein trübes Bild jetzt vor sich heraufbeschwörend, »wenn sein Weib, seine Kinder daheim sein harren; mit ängstlich klopfenden, fast erstarrten Herzen dem grollenden Donner lauschen, der seinen Strahl hineinschmettern kann in das Schiff das den Geliebten trägt – oh schrecklich – schrecklich. – Sind Sie verheirathet?« fuhr sie dann nach kleiner Pause, während sie das Gesicht in den Händen geborgen hatte, wieder gegen den Seemann gewandt fort.

Dieser, der indeß mit dem Mann am Steuer, einem alten sonngebräunten Matrosen, ein paar nichts weniger als andächtige Blicke gewechselt hatte; sah sich wieder halb nach der Fragenden um, sich erst zu überzeugen daß er auch wirklich gemeint sei.

»Wer – ich?« frug er nach kleiner Pause.

»Ja – ich meine Sie.«

»Ne!« lautete die, von einem entsprechenden Kopfschütteln begleitete, sonst jedenfalls bündige Antwort, und wieder spuckte der Mann seinen Tabackssaft über Bord.

»Aber Sie haben doch gewiß eine Braut – eine Geliebte zurückgelassen von der Sie der Abschied geschmerzt und traurig gemacht?«

Der Untersteuermann horchte hoch auf, und der Mann am Steuer, dem die Dame den Rücken zudrehte, sah seinen Vorgesetzten mit solch trocken komischem Blicke an, daß dieser sich nicht mehr helfen konnte und gerade hinauslachte.

»Recht hätten Sie« sagte er aber dann, etwas verlegen – »einen Schatz soll ich woll haben.«

»Nicht wahr ich hab es errathen?« rief die Dame rasch, das Lachen gern in der Freude übersehend einem romantischen Verhältniß auf die Spur zu kommen – »und den mußten Sie verlassen?«

»Ja lieber Gott« sagte der Untersteuermann, dem nicht wohl bei dem Gespräche wurde, denn er konnte noch immer nicht herausbekommen ob die Dame wirklich ernsthaft sei, oder ihn nur zum Besten haben wolle – »das ist mit uns Seeleuten nun einmal nicht anders – wer kann's helfen.«

»Und sehnen Sie sich denn recht nach ihr zurück?«

Der Mann am Steuerrad sah mit einem unbeschreiblichen Blick gerade über sich in die Wolken, und kratzte sich mit der rechten freien Hand hinter dem Ohre.

»Ach ja« sagte der Untersteuermann mit einem unbeschreiblichen Blick, und einem noch viel unbeschreiblicheren Ausdruck in der Stimme.

»Und Sie Armer müssen jetzt nach New-Orleans?«

»Ach, da krieg ich woll wieder eine Andere« sagte in aller Unschuld der Seemann, ohne von seiner Arbeit aufzusehn; aber es war gut für ihn daß in diesem Augenblick der Capitain an Deck erschien und ihn nach vorn sandte, eine der Vorstengenpardunen nachzusehn, die durch das Segel »schamfiehlt« worden. Fräulein von Seebald blieb indeß wirklich stumm vor entrüstetem Erstaunen über die herzlose Bemerkung eine ganze Weile stehn, und zog sich dann mit ihrer schmerzlichen Enttäuschung in ihre innerste Cajüte zurück.

Das Leben an Bord des Schiffes hatte indeß seinen geregelten Gang begonnen und der Gesundheitszustand der Passagiere sich so gebessert, daß mit nur wenigen Ausnahmen Alle ihre bestimmten Mahlzeiten »faßten«, und die verschiedenen Coyen sich, so unbequem ihnen das auch wohl im Anfang vorgekommen, endlich einrichteten die regelmäßige Vertheilung der Lebensmittel unter sich vorzunehmen. Die Leute müssen unter solchen Verhältnissen erst ordentlich mit einander bekannt werden, und werden das auch in der That leicht an Bord eines Schiffes. Dann stehen auch noch im Anfang eine Menge Sachen umher und im Wege, die später einen Platz bekommen; das ganze Schiff »schüttelt sich durcheinander« und man findet zuletzt daß man da existiren, und endlich sogar verhältnißmäßig bequem existiren kann, wo früher Alles über- und durcheinander lag.

Den Passagieren selber that aber diese jetzt eintretende Ruhe wohl; bis jetzt waren sie sich ihrer kaum bewußt geworden, und von dem Abschied aus der Heimath theils, theils von der Sorge um ihr Gepäck, und zuletzt der Seekrankheit so in Anspruch und mitgenommen worden, daß diese ganze Zeit fast wie ein böser, schwerer Traum hinter ihnen lag, über den sie wohl noch den Kopf schüttelten, der aber doch glücklich überstanden war. Nichts an Bord erinnerte sie auch mehr an das Vergangene, und was für Vergleiche sie auch wohl später im Stande sein mochten anzustellen über das was sie *verlassen*, über das was sie dafür *wiedergefunden*, diese Zeit jetzt gehörte sich selbst und lag außer aller Verbindung mit Vergangenheit und Zukunft.

Das Wichtigste und wirklich Schwierigste für die Mehrzahl der Passagiere war dabei, eine richtige Zeiteinteilung zu finden. *Zeit* – die Leute hatten damit auf einmal etwas bekommen, das sie früher in ihrem ganzen Leben nicht gekannt, und wußten jetzt in der That nicht was sie damit machen sollten. Sich mit sich selber zu beschäftigen – auch keine so leichte Kunst – verstanden die Wenigsten von ihnen, und wo sie früher ihre bestimmte Beschäftigung und Arbeit von Tagesgrauen bis Nacht gehabt, und Abends dann, erschöpft und matt das Lager gesucht, um am nächsten Morgen wieder zu neuen Anforderungen gestärkt zu sein, fanden sie sich jetzt plötzlich in einer ununterbrochenen Reihe von Sonntagen, denen selbst Morgens »das Bischen Kirchenschlaf« und Abends der Trunk in der Schenke fehlte.

Die ersten Tage ging das aber immer noch; sie standen an Deck umher, und sahen über Bord in die See, oder den verschiedenen Arbeiten der Matrosen zu, bis die Essenszeit – der jetzt willkommene Ruf zu »Schaffen« kam, und dann schliefen sie ein wenig, oder spielten auch wohl eine gewaltsam arrangirte Parthie Solo oder Scat – bis es dunkel wurde; wie aber Tag nach Tag dasselbe und immer wieder dasselbe brachte, die See ihnen etwas Gewöhnliches, Langweiliges wurde, und das Bedürfniß nach einer Thätigkeit, das nur wenig Menschen gänzlich fehlt, wieder in ihnen erwachte, wandten sie sich, freilich nur allmählig und immer noch mit keiner Lust, verschiedenen Beschäftigungen zu, die sie aufgriffen und wieder wegwarfen, etwas Anderes zu versuchen.

Die Frauen vor allen Anderen, fanden sich am ersten hinein; ein Theil von ihnen verstand sich bald dazu dem Koch zu helfen, Kartoffeln zu schälen und sonst kleine Dienstleistungen für ihn zu thun – (selbst die Männer halfen bei der ersteren Arbeit, da ihnen angekündigt wurde daß sie ihre Kartoffeln selber schälen müßten, wenn sie eben geschälte Kartoffeln zum Mittagsessen haben wollten, und wechselten dabei unter einander ab) dann hatten sie ihr Geschirr zu reinigen und nach den Kindern zu sehn, und endlich selber in *Seewasser* ihre Wäsche zu besorgen; damit verging der Tag und die Zeit verflog ihnen rasch genug.

Schwerer wurde es den unverheirateten oder einzelnen Männern sich in das Waschen zu finden, und sie schoben das so weit hinaus als möglich. So Steinert und Mehlmeier z.B., die an kleinem und großem Geld in dem Hafenplatz ausgegeben hatten, was sie nur irgend verfügbar bei sich trugen, und sich jetzt doch nicht dazu entschließen konnten die Ärmel selber aufzustreifen. Nichtsdestoweniger kleideten sie sich immer mit großer Sorgfalt und reiner Wäsche, ihren ganzen mitgenommenen Vorrath erschöpfend, und setzten sich nicht selten dem Gespötte der Seeleute und übrigen Passagieren aus, wenn sie mit ihren »Geh zur Kirche« Kleidern, gewichsten Stiefeln und den Cylinderhut auf, an Deck erschienen.

»Nun Herr Steinert, wollen Sie an Land?« tönte dann die unermüdliche Frage von jeder Lippe, und Herr Mehlmeier wurde gewöhnlich beauftragt irgend verschiedene Kleinigkeiten zu besorgen, und um Gotteswillen die Zeitung nicht zu vergessen. Mehlmeier hatte dabei die wunderliche Eigenthümlichkeit, daß er zu seiner Rede consequent die falschen und sehr gewöhnlich die genau verkehrten Gesticulationen machte; so nickte er, wenn er nein sagte regelmäßig mit dem Kopf, und schüttelte diesen bei ja, und wenn er sich mit Jemandem zankte, was in dem Zwischendeck eines Schiffs etwa keineswegs selten vorkömmt, so faltete er dabei die Hände und sah den, dem er manchmal die größten Grobheiten sagte, so bittend und freundlich an, daß sich der Streit jedesmal in ein lautes Gelächter auflöste, und die Partheien sich versöhnen mußten, sie mochten wollen oder nicht.

Die Weberfamilie aus Zurschtel ging den Anderen übrigens vorzüglich mit gutem Beispiel voran; der Mann, wie nur die ersten Tage an Bord mit Krankheit und deren Nachwehen überstanden waren, arbeitete von früh bis spät, half dem Koch in der Küche und den Matrosen wo er nur konnte an Tauen und Segeln, und war freundlich und gefällig gegen Jedermann, während die Frau die erste war, die ihren Waschtrog herrichtete und sich den Cajütspassagieren anbot ihre Wäsche für ein Billiges so gut zu waschen und herzustellen, wie es eben an Bord eines Schiffes möglich war. Lobensteins machten auch zuerst Gebrauch davon; die Frau Professorin besonders wurde die erste Kunde der wackeren Frau, und ihr schlossen sich die anderen Damen an, das getragene Zeug wenigstens auswaschen zu lassen und rein hinzulegen, bis es in New-Orleans mit frischem Wasser und Bügeleisen ordentlich in Stand gesetzt werden konnte. Auch Fräulein von Seebald fand Gefallen an der Frau und stellte sich manchmal neben sie, ihr bei ihrer Arbeit zuzusehn. Sie mußte ihr dann von sich und ihrem Leben zu Hause erzählen, was sie dort getrieben und wie sie existirt, und das poetische Fräulein schöpfte dabei ein süßes Gift aus dem »Zauber des Landlebens« wie sie es nannte, und dem sie sich ja auch in dem freien schönen Amerika ganz hinzugeben gedachte.

Die Unterhaltung mit der Webersfrau zog aber noch, schon am zweiten Tage, einen Dritten in das Gespräch; der Dichter Theobald, der unfern davon auf einem Wasserfaß, mit dem Rücken an die Hühnerkasten gelehnt saß, und sein offenes Taschenbuch vor sich an einem Bleistift kaute, wurde aufmerksam gemacht durch einige bilderreiche Bemerkungen der jungen Dame, schloß sein Buch und näherte sich ihr schüchtern. Sie hatten bis jetzt noch kein Wort, höchstens einen stummen Gruß, wenn man sich Morgens zuerst sah, gewechselt, denn den Zwischendeckspassagieren war das Betreten der Cajüte oder selbst des Hinter- oder Quarterdecks nicht gestattet; ja sogar von den Cajütspassagieren sehen es die meisten Capitaine nicht gern, wenn sich diese mit dem »anderen Theil« in ein Gespräch einladen oder gar öfter zusammenkommen wollten. Capitain Siebelt war übrigens nicht so streng, und wenn ihm nur die Zwischendeckspassagiere vom Quarterdeck wegblieben, wohin sie ihm aber unter keiner Bedingung kommen durften, ließ er seinen Cajütspassagieren ziemlich freien Willen.

»Sie sehnen sich nach dem Land, mein gnädiges Fräulein, wie ich höre« mischte sich also Theobald in das Gespräch – »bietet ihnen denn die See nicht des Großen, des Erhabenen so unendlich viel, dem dürstenden Geist wenigstens Nahrung zu geben auf Monate?«

»Sie haben recht« sagte Fräulein von Seebald mit leichtem Erröthen – »wir Menschen sind ungenügsam, und verdienen eigentlich gar nicht all das Schöne und Große, was uns von unserem Schöpfer in so reichem Maße geboten wird, aber dennoch, trotz dem großartigen, bewältigenden Eindruck den das Meer auf mich gemacht, und der mich in den ersten Tagen so erschütterte daß ich ihm gar nicht zu begegnen wagte und mich in meinem stillen Kämmerlein erst langsam auf das Ertragen dieser Größe vorbereiten mußte, fühle ich manchmal eine Leere, die ich nicht auszufüllen im Stande bin.«

Theobald dachte unwillkürlich an seine Zahnschmerzen, sagte aber seufzend:

»Wohl kann ich mir Ihre Gefühle versinnlichen, gnädiges Fräulein. Der zartdenkende Mensch empfindet anders als der rohe; er genießt aber auch dafür mehr und würdiger, und das Bewußtsein desselben ist ihm zugleich der Lohn; nur sich da nicht mittheilen zu können, das Bewußtsein mit sich herumzutragen das Alles allein genießen zu müssen ist dem Guten oft drückend, und nur wieder und wieder zurückgestoßen von der Masse die ihn nicht versteht – nicht verstehen *will*, sieht er sich zuletzt gezwungen allein, mit seinem Schatz im Herzen seine Bahn zu gehn.«

»Sie sind Dichter« rief Fräulein von Seebald rasch und mit einem überzeugten Blick zu ihm aufschauend.

»Gnädiges Fräulein« sagte der Dichter bescheiden.

»Sie sind Dichter« wiederholte diese aber bestimmt, und

»Ich *bin* es –« sagte Theobald mit einer Resignation, als ob er sich in diesem Augenblick zu einem Mord bekannt hätte.

»Ich habe es mir gedacht« flüsterte Amalie leise vor sich hin – »ja, dann genügt Ihnen das Meer« setzte sie dann aber lauter hinzu, »dann begreife ich, wie Sie in dem Gefühle, auf dünner Planke über der »purpurrothen Finsterniß« hingetragen zu werden, sich *allein* in dieser Wasserwüste zu wissen, über die der blaue Äther seinen Bogen spannt, schwelgen, sich glücklich fühlen können. Der Dichter ist ja der willkommene Gast des Olymp, und des Geistes Schwingen tragen ihn rasch und leicht empor aus allem Irdischen. Auch ich« – und tiefes Erröthen färbte ihre Stirn und Wangen – »auch ich« – die Stimme wurde so leise daß Theobald die flüsternden Laute kaum verstehen konnte – »habe mich auf diesem Feld versucht, aber die Schwingen« setzte sie wärmer werdend hinzu »sind noch nicht stark genug mich hinauf zum Parnaß zu tragen.«

»Ihre Bescheidenheit täuscht Sie vielleicht nur darin« sagte Theobald, selber dabei, er wußte nicht weshalb, erröthend.

»Ach nein« seufzte die Dame, langsam und traurig den Kopf schüttelnd – »aber das schadet auch Nichts« fuhr sie lebendiger, sich selber tröstend fort – »wir können nicht Alle Nachtigallen sein, und auch die bescheidene Lerche, die ihr einfaches Lied dem Schöpfer dankend entgegenwirbelt füllt ihren Platz in dem Weltenall, so klein, so bescheiden er sein mag, aus.«

»Gewiß thut sie das, gewiß« mischte sich in diesem Augenblick, ehe Theobald noch etwas darauf erwiedern konnte, eine dritte Stimme, allerdings unaufgefordert, in das Gespräch, und die Augen forschend auf Fräulein von Seebald geheftet, während er jedoch mit einer artigen und verbindlichen, fast ängstlichen Verbeugung sie begrüßte, fuhr er, langsam mit dem Kopf dabei ihr zunickend fort – »und dem lieben Gott die liebste Sängerin ist die Lerche, denn ihr schmetterndes Lied steigt mit dem ersten Blumenduft zu ihm empor, des Frühlings schönstes Opfer.«

»Sie sind *auch* Dichter?« rief Fräulein von Seebald überrascht aus.

»Ich? – nein, bitte um Verzeihung – ich heiße Schultze und bin Cigarrenfabrikant« sagte der kleine Mann verlegen, während Theobald eben im Begriff war ihn als seinen Coyennachbar, Herrn Schultze aus Hannover vorzustellen.

»Cigarrenfabrikant?« wiederholte Fräulein von Seebald mit einem getäuschten, beinah halbvorwurfsvollen Ton – »Ihrer Äußerung nach glaubte ich daß –«

»Herr Schultze hat ungemein viel Phantasie« nahm hier Theobald in Verteidigung des kleinen Mannes, von dem er ein gewisses unbestimmtes Gefühl hatte, daß er ihn seines Geschäfts wegen entschuldigen müsse, das Wort; »wir haben uns schon mehrfach über ein System, das er sich gebildet, unterhalten, und ich muß gestehen daß er mir in manchen Beziehungen merkwürdige Aufschlüsse gegeben, und Gedanken in mir erweckt hat, auf deren Basis sich wirklich weiter bauen ließe.«

»Herr Theobald« sagte der kleine Cigarrenfabrikant, »ist Einer von den wenigen Menschen, die für das Wahre empfänglich sind, und der Überzeugung ihr Ohr nicht gewaltsam verschließen.«

»Sie sprechen in Räthseln« sagte Fräulein von Seebald, »dürfte ich Sie um deren Auflösung bitten?«

»Nichts ist leichter als das«, erwiederte Theobald – »Herr Schultze geht von der Idee aus daß wir *Alle*, wie wir diese Erde jetzt in menschlicher Form bewohnen, schon früher einmal existirt haben, und zwar als *Vögel*.«

»Als Vögel?« rief Fräulein von Seebald erstaunt – »welcher sonderbare Gedanke.«

»Sonderbarer Gedanke?« wiederholte aber der kleine Mann, rasch den Kopf gegen den halben Zweifel emporwerfend – »Nichts auf der Welt ist leichter zu beweisen als das, und Sie werden staunen, mein gnädiges Fräulein, wenn ich Ihnen, in einfacher Weise den Schlüssel zu den jetzt Ihnen vielleicht räthselhaft scheinenden Worten gebe. Es ist das Ei des Columbus – unmöglich unserem noch umnachteten Blick, und ein Kinderspiel in der Lösung.«

»Aber ein Vogel –«

»Ist Ihnen die Ähnlichkeit fremd, die das Menschengesicht mit dem Vogelkopf hat?« unterbrach sie aber der kleine Mann der jetzt auf seinem Steckenpferde ritt und die Zügel fest und sicher faßte, »haben Sie noch nie derartige Vergleiche angestellt, und wirklich täuschende Ähnlichkeiten dabei gefunden?«

»Allerdings« sagte Fräulein von Seebald, sich mit dem dritten und vierten Finger der rechten Hand leise die Stirn streichend, wie um ihrem Gedächtniß zu Hülfe zu kommen; »eine Freundin von mir hat, wenn man mit der flachen Hand den oberen Theil ihres Gesichts von dem unteren trennt, eine frappante Ähnlichkeit mit dem Staar, und ein Vetter von mir, ein junger Offizier, mit einem Adler.«

Des Kleinen Augen leuchteten im Triumph.

»Sehn Sie daß ich recht habe?« rief er, rasch und heftig dabei mit dem Kopf nickend – »sehn Sie daß wir Menschen, selbst ohne es zu verstehen, uns dessen bewußt geblieben sind was wir einst gewesen, und dessen Grundzüge selbst eine vollkommene Umwandlung unserer ganzen Gestalt, unseres ganzen Seins, nicht im Stande war vollständig zu vertilgen?«

»Aber kann das nicht zufällig entstanden sein?« sagte Fräulein von Seebald, von dem ernsten Wesen des kleinen Mannes zwar eigenthümlich ergriffen, sich aber dennoch gegen solche Theorie auch unwillkürlich sträubend – »ja finden wir nicht auch Ähnlichkeiten manchmal zwischen vierfüßigen Thieren und Menschen? – frappante Ähnlichkeiten, die ja dann auch eben zu solcher Schlußfolgerung nach dorthin uns berechtigen müßten?«

»Sie berühren da allerdings ein Thema« sagte der kleine Cigarrenfabrikant mit ernster Miene, »das mir selber schon manche schlaflose Nacht gemacht hat; aber ich glaube Ihnen auch selbst das widerlegen zu können. Der Mensch ist, wie die Gelehrten behaupten, das vollkommenste lebendige Wesen der Schöpfung durch seinen *Geist*, aber nicht durch seinen Körper.«

»Nicht durch seinen Körper?« rief aber hier auch Theobald erstaunt aus – »Ihr System reißt Sie hin, mein guter Herr Schultze, denn welches Wesen der Schöpfung könnten Sie ihm selbst in körperlicher Hinsicht wohl vergleichen?«

»Viele – sehr viele, mein guter Doktor« sagte aber der kleine Mann, keineswegs durch den Einwurf beirrt; »das Pferd ist stärker und schneller, das Wild hat schärfere Geruchssinne, schärfere Seh-, schärfere Gehörwerkzeuge – der Mensch ist auf den festen Grund und Boden, und zwar auf dessen Oberfläche angewiesen, einzelne Thiere dagegen bewegen sich auf dem Lande sowohl mit Leichtigkeit, wie in der Luft als auf dem Wasser. Das Vorzüglichste von allen ist z. B. die Ente, die nicht allein vortrefflich taucht und schwimmt, sondern auch ausgezeichnet fliegt, und ziemlich rasch auf festem Boden vorwärts schreitet. Auch ein hülfloseres Geschöpf giebt es nicht auf dem weiten Erdball als ein Kind, während die Thiere, mit nur wenigen

Ausnahmen, sehr kurze Zeit nach ihrer Geburt fast, schon den Gebrauch ihrer sämmtlichen Glieder erlangt haben. Gleichwohl nennen wir uns die Herren der Schöpfung, und kriechen noch mit dem Fallhut herum, während der Habicht schon in gleichem Alter auf seine Beute aus hoher Luft herniederstößt, und der Tiger in seinem Dickicht dem Büffel und Hirsch auflauert.«

»Das hat Alles viel für sich« sagte Theobald achselzuckend – »aber damit werfen Sie ja schon einmal vor allen Dingen die ganze biblische Geschichte über den Haufen.«

»Das thut mir sehr leid um die biblische Geschichte« sagte Herr Schultze, »aber ich kann ihr nicht helfen, denn gerade das Einzige, womit wir wirklich der Thierwelt überlegen sind, und was also den ersten Fortschritt auch bildet zwischen ihr und uns, ist unser Geist, und der selber, mit seiner Schwester, der Erinnerung, mahnt uns an die vergangene Zeit und läßt uns nicht irren.«

»Ich verstehe Sie nicht« sagte Fräulein von Seebald.

»Ich werde mich deutlicher ausdrücken« erwiederte der kleine Cigarrenfabrikant. Ist es Ihnen, mein verehrtes Fräulein, noch nie vorgekommen, daß Sie in der Nacht geträumt haben Sie flögen, oder *wollten* fliegen?«

»Oh wie oft!« rief Fräulein von Seebald rasch – »unzählige Male schon, und wie lebhaft dabei.«

»Und nachher ist es einem immer als wenn man von irgend einem alten Kirchthurme herunterfällt, der Einem unter den Füßen fortgeht«, sagte Theobald; »ich muß gestehn daß ich in der That die Angst habe Jemand, der eine recht lebhafte Einbildung hat, könnte sich nur allein dadurch wirklich einmal den Hals brechen.«

Herr Schultze rieb sich in aller Freude über die Anerkennung seines Hauptschlusses die Hände, Fräulein von Seebald aber, die sich leicht und gern solch neuen Eindrücken hingab, und alles Andere darüber vergaß, sagte, freilich immer noch nicht überzeugt, kopfschüttelnd.

»Aber ich begreife nur nicht wie Sie dadurch Ihre Behauptung beweisen oder auch nur daraus herleiten wollen; ein Traum ist ein Traum.«

»So?« sagte aber Herr Schultze, plötzlich wieder ernster werdend und fast ein wenig piquirt – »warum träumen wir denn da nie daß wir wie die Fische im Wasser schwimmen und untertauchen, oder wie das Wild draußen im Wald herumlaufen? warum *fliegen* wir nur im Traum? – weil unserem Geist, wenn der Schlaf den Körper in Ruhe gelegt und ihn dadurch gewissermaßen von der störenden Außenwelt entfernt hat, allein in seinen *Erinnerungen* leben kann, und die führen ihn zu dem zurück was er war. Sie werden glauben ich gehe zu weit, aber ich gebe Ihnen mein Ehrenwort, verehrtes Fräulein, daß ich neulich geträumt habe ich wäre in der Mauser.«

Fräulein von Seebald und Theobald lachten gerade heraus, der Gedanke war ihnen zu komisch, aber der kleine Mann fuhr, mit dem Kopfe nickend, ganz ernsthaft und ohne sich irre machen zu lassen, fort.

»Ja lachen Sie nur, lachen Sie nur; wir lachen über Manches das uns später als nackte Wahrheit ganz entschieden in's Leben tritt. Wir *lernen* täglich; der Mensch lernt nie aus, und in früheren Zeiten sind Menschen für das als Hexen und Teufelsbündner verbrannt worden, was jetzt zu alltäglicher Wahrheit geworden ist, und von Niemandem mehr bezweifelt werden *kann*. Ich brauche Ihnen dafür keine Beispiele aufzuführen.«

»Haben Sie einen Blick dafür« frug Fräulein von Seebald jetzt den kleinen Mann, von einem neuen Gedanken ergriffen, »die Ähnlichkeit zwischen Menschen und Vögeln oder anderen Thieren herauszufinden?«

»Wenn ein Jahre langes, unausgesetztes fleißiges Studium dazu berechtigt, ja!« sagte Herr Schultze mit inniger Überzeugung.

»Gut – welchem Thier – oder wenn Sie so wollen, welchem Vogel gleich ich dann?« frug die Dame, und hielt dabei die flache Hand vor ihren Mund, daß nur der obere Theil ihres Gesichts, und zwar im Profil, sichtbar blieb.

»Eben so entschieden« erwiederte der kleine Cigarrenfabrikant nach kurzem forschenden Blick, »wie Herr Theobald hier einem Habicht gleicht, gleichen Sie der *Lerche*!«

»Der Lerche?« rief die Dame rasch und erstaunt.

»Allerdings der Lerche, und ich selber müßte mich sehr irren, wenn Sie sich nicht auch zu dem Vogel besonders hingezogen fühlen.«

»Das ist allerdings und merkwürdiger Weise der Fall« bestätigte Fräulein von Seebald – »aber – aber Sie haben das gehört, was ich vorhin über die Lerche sagte, und ziehen daraus Ihre Schlußfolgerung.«

»Umgekehrt kommen Sie der Wahrheit näher« erwiederte Herr Schultze freundlich – »wie ich schon sämmtliche Physionomieen unserer Reisegefährten studirt und überhaupt keine liebere Beschäftigung habe, als die Physionomieen meiner Umgebung genau zu beobachten, und in der deutlichen Schrift, die ihnen die Natur in die Züge gegraben, zu lesen, was sie einst in früherer Zeit gewesen, war mir gleich im Anfang Ihre frappante Ähnlichkeit mit jenem liebenswürdigen

Singvogel aufgefallen, und Ihre Bemerkung vorhin, die ich zufällig hörte, traf mich deshalb um so mehr, und machte mich so kühn mich in das Gespräch zu mischen, was ich sonst nie gewagt haben würde.«

»Es wäre doch wunderbar, wirklich wunderbar« meinte Fräulein von Seebald nachdenkend, »aber lieber Gott, die Natur ist ja so reich an noch unerforschten Geheimnissen, daß uns selbst das Unglaublichste wenigstens nie unmöglich scheinen darf – doch« – unterbrach sie sich hier und hielt ihr Taschentuch vor die Nase, »wo um Gottes Willen kommt der entsetzliche, widerliche Tabacksqualm her; er benimmt mir fast den Athem. –«

Das bisher geführte Gespräch hatte dicht vor dem großen Mast, gewissermaßen auf neutralem Grund und Boden zwischen Cajüte und Zwischendeck statt gefunden, wo des Webers Frau an der Leeseite des Schiffes[5] ihren Waschtubben aufgestellt und, nur manchmal kopfschüttelnd dem wunderlichen Gespräche lauschend, rüstig fortarbeitete. Fräulein von Seebald stand ihr gegenüber, mit ihrer linken Hand auf die Nagelbank des großen Mastes gestützt, und die beiden Herren Schultze und Theobald, nach dem inneren Deck zu, vor der Zwischendecks-Luke, die hier hinunter führte. Auf die Nagelbank selber aber, und zwar zu windwärts, hatte indessen, von den in ihr Gespräch Vertieften gar nicht beachtet, den Rücken an die straffangespannten Marsfalle gelehnt, Zachäus Maulbeere Platz genommen, und blies den Qualm aus seiner kleinen schmutzigen Pfeife in dichten Wolken gerade auf die, in so interessantem Gespräch begriffene Gruppe.

»Dem Geruch nach ist das Maulbeere« sagte Herr Schultze auch, ohne nur den Kopf nach ihm zu wenden, »der raucht einen abominabelen Knaster, meiner Meinung nach ein Gemisch von gehackten Tabacksstengeln und Knoblauchsblättern.«

Fräulein von Seebald warf einen flüchtigen Blick dort hinüber, wo der allerdings richtig bezeichnete Mann in unzerstörbarer Ruhe saß, und ohne die Erwähnung seiner auch nur durch eine Bewegung des Kopfes zu beachten. –

»Himmel, welche merkwürdige Gestalt und Physionomie« setzte sie dann leise, gegen Herrn Schultze gewendet, hinzu, »das ist das merkwürdigste Gesicht, das mir in meinem Leben begegnet ist, und ich wäre neugierig, mit welchem Vogel Sie da die Ähnlichkeit fänden.«

»Mit welchem Vogel?« erwiederte aber Herr Schultze rasch, und ebenfalls mit etwas unterdrückter Stimme, von ihrem Nachbar nicht gehört oder verstanden zu werden, »mit dem Amerikanischen Kasuar auf das frappanteste, ja sogar mit einer eigenen wunderlichen Mischung des jetzt ausgestorbenen Geschlechts der Dodos – betrachten Sie nur das Unterkinn.«

»Bah – *so*viel für Ihre Vergleiche« überraschte sie aber ganz unerwartet der Gegenstand ihrer heimlichen Betrachtungen, der jede Sylbe ihres Gesprächs gehört und selbst die letzte Bemerkung des Cigarrenfabrikanten verstanden haben mußte, mit seiner Antwort; – »ich weiß nicht für was Sie sich selber halten, wahrscheinlich für eine Grasmücke oder für einen Spatz, so viel kann ich Ihnen aber sagen, daß ich vor der Seelenwanderung ein Stieglitz gewesen bin, denn ich hole mir noch mein Wasser und Freßnäppchen von unten herauf wenn ich's brauche, und was Ihre beiden Begleiter anbetrifft, so sieht der eine frappant so aus wie ein unausgewachsener Pfefferfresser, und die Dame hat täuschende Ähnlichkeit mit einer Ente. Das Bischen Räuchern wird Ihnen übrigens miteinander Nichts schaden, denn da wir die Cholera an Bord haben, und wahrscheinlich nach acht Tagen jeder, der noch da ist, eine eigene Coye für sich selber bekommen kann, soll das, wie behauptet wird, als ein treffliches Mittel dagegen gelten.

»Die Cholera an Bord?« rief Fräulein von Seebald vor Schrecken erbleichend, »das wäre ja furchtbar – aber seit wann?«

»Glauben Sie nur kein Wort von dem, was Ihnen dies unglückselige Menschenbild sagt« fiel hier Theobald ein, »Herr Maulbeere spricht wenig, aber wenn er ja einmal den Mund aufthut, ist es gewiß eine Lüge.«

»Sie sollten g'rade dankbar sein« rief aber Zachäus, »daß ich Ihre Ähnlichkeit nur so obenhin berührt habe; bei Ihnen hat man's aber bequem, Sie besorgen das selbst. *Habicht*« setzte er dabei wie mit sich selber redend und vor sich hin lachend hinzu – »schöner Habichtskopf – Kuckuck – Kuckuck!«

5 Obgleich schon oft wiederholt, will ich doch noch einmal zur Verständnis des mit nautischen Ausdrücken nicht bekannten Lesers hier bemerken, daß die Leeseite eines Schiffes immer die dem Wind entgegengesetzte ist. Starbord oder Stürbord ist, wenn man am Steuerruder steht und nach vorn sieht, die rechte Lar- oder Backbord, die linke Seite des Schiffes. Kommt also der Wind mehr von der Starbordseite, so ist Backbord zugleich in Lee oder die Leeseite. Wenn der Wind genau von hinten kommt, hat daher das Schiff keine Leeseite. Die Luvseite, oder die zu windwärts, ist der Leeseite entgegengesetzt.

Fräulein von Seebald, die vielleicht nicht mit Unrecht einen Zank zwischen den Männern fürchtete, und selber nicht gewillt war, sich hier beleidigen zu lassen, zog sich, mit einer leichten Verbeugung gegen Herrn Schultze und Theobald, die diese ehrfurchtsvoll erwiederten, rasch in die Cajüte zurück. Die beiden Passagiere dachten aber gar nicht daran sich mit dem groben Menschen in einen Wortkampf einzuladen, sondern gingen, ohne ihn weiter eines Worts oder Blicks zu würdigen, von ihm fort nach vorn zu. Ebenso war des Webers Frau zuletzt genöthigt ihren Stand zu verändern, weil sie es in dem jetzt voll nach ihr herüber ziehenden stinkendem Qualm des Scheerenschleifers nicht aushalten konnte, während dieser, innerlich lachend über den vollständig errungenen Sieg, auf behauptetem Schlachtfeld sitzen blieb, und wie ein Diminutivdampfer den Qualm seiner Pfeife in regelmäßigen, und kurz abgebrochenen Stößen von sich bließ.

Nicht weit von dort saßen die drei, erst von dem Leuchtschiff bei Nacht und Nebel an Bord gekommenen Passagiere, die sich bis jetzt noch immer still und zurückgezogen von den anderen gehalten, und fast mit Niemandem ein Wort gesprochen hatten. Der eine schnitzte eine zusammenhängende Kette aus einem Stück weichem Holz, der andere flocht ein Uhrband aus Pferdehaaren und der dritte lehnte, den Kopf in beide Hände gestützt, auf der oberen Reiling und schaute ziemlich theilnahmlos über Bord hinaus ins Meer.

Es waren drei, eben nicht einnehmende Gestalten, mit finsteren verschlossenen Gesichtern, der Jüngste sogar mit frechen breiten Zügen, über die sich nur manchmal ein leichtes hämisches Lächeln stahl, wenn er seinem Kameraden irgend eine Bemerkung über die, vor ihnen auf und abgehenden theils beschäftigten theils unbeschäftigten Passagiere mittheilte. Ihre Röcke schienen dabei aus *einem* Stück groben, aber ganz neuen Tuches gefertigt, mit gleichem Schnitt und gleichen Knöpfen, und der Ort, aus dem sie gekommen, war bald auch den übrigen Passagieren kein Geheimniß mehr – das Zuchthaus stand ihnen zu klar und deutlich an der Stirne geschrieben. Freilich ließ sich ihnen darüber Nichts beweisen; als Passagiere an Bord hatten sie dieselben Rechte mit den anderen, und den stämmigen untersetzten Gestalten gegenüber wagte auch Keiner etwas davon gegen sie selber zu äußern; aber untereinander flüsterte man sich seinen Verdacht erst schüchtern, dann offener zu, und Steinert besonders sprach, aber immer außer Hörweite der drei dabei besonders interessirten Personen, offen seine Entrüstung darüber aus, daß ihr Schiff wie ihre ganze Gesellschaft durch solche Kameraden entehrt würde, und sie sich das eigentlich gar nicht brauchten gefallen zu lassen. Was aber dagegen thun? – Das Schiff war unterwegs, von Land keine Spur mehr zu sehen, und in einem offenen Boot hätte man die Leute, sie mochten nun sein was sie wollten, auch nicht aussetzen können und dürfen. Aber die Zwischendeckspassagiere zogen sich von ihnen zurück, die über ihnen befindliche Coye weigerte sich mit ihnen zugleich »Fleisch zu fassen« was immer für doppelte Coyen ausgetheilt wurde, während der Untersteuermann, der die Austheilung des Proviants unter sich hatte, auch nicht den geringsten Anstand nahm ihnen eine besondere Abtheilung zu gewähren.

Die drei Burschen fühlten dadurch wohl, daß man sie als das erkannt was sie waren – Verbrecher, die man hatte zu Hause los sein wollen und jetzt nach Amerika schickte – schienen aber nicht böse darüber und hielten sich, wie schon gesagt, still und abgesondert für sich selbst.

»Das ist künstliche Arbeit und lernt sich nicht alle Tage« redete sie da von einem der Passagiere eine Stimme an, und der Mann mit den kurz abgeschnittenen schwarzen Haaren, dessen Gesicht jetzt noch überdieß die schwarzen Stoppeln eines etwa vierzehntägigen unrasirten Bartes trug, nahm auf einem der Wasserfässer dicht vor ihnen Platz und sah, die Ellbogen auf seine Knie gestemmt, ihrer Beschäftigung ruhig zu – »wie lang habt Ihr gebraucht bis Ihr's so weit brachtet?«

Der junge Bursch sah etwas überrascht zu ihm auf, und mit einem flüchtigen Blick über die Gestalt hin brummte er: –

»Wer weiß ob Ihr's nicht besser könnt wie wir – Zeit genug es zu lernen werdet Ihr gewiß schon gehabt haben.«

»Doch nicht« schmunzelte der Mann, der die Anspielung vollkommen gut verstand – »doch nicht mein Junge – ich habe nie Geld genug gehabt, die Universität zu bezahlen.«

»Manche Menschen haben Glück« sagte der Andere, auch nur mit einem Seitenblick auf den Sprecher – »und Glück geht vor Verdienst.«

»Wo kommt Ihr eigentlich her?« frug der Erste wieder, der auf der Schiffsliste unter dem Namen Meier eingetragen stand – »wenn man eben fragen darf« –

»*Fragen* darf man schon« sagte der Jüngste mürrisch – »aber Ihr kennt wohl das alte Sprüchwort.«

»Thuts Euch Noth es zu wissen?« frug der zweite.

»Nein« sagte Meier kopfschüttelnd »war nur Neugierde, und die Wahrheit erführ ich doch wohl nicht – ich habe aber einmal Jemanden gekannt, der wie Euer Kamerad da«, auf den Alten deutend – »aussah und *Pelz* hieß – aber 'sist lange her.«

Der Alte drehte sich bei dem Namen rasch um, und den Zudringlichen finster und aufmerksam betrachtend sagte er:

»Und wie heißt *Ihr*?«

»Meier« – erwiederte vollkommen ruhig der Mann und nahm seine kleine Thonpfeife aus der Tasche, die er sich stopfte und anzündete.

»So heiß ich auch« brummte der Alte, und drehte sich wieder in seine alte Stellung um; der Kurzhaarige rauchte noch eine Weile still vor sich hin, stand dann auf und ging, ohne ein Wort weiter zu äußern nach vorn zu, wo er sich auf die Back setzte, und die Füße vorn über Bord hängen ließ.

Das Schiff verfolgte indeß mit lustig geblähten Segeln seine Bahn; der Wind war vortrefflich und die fast vierkant gebraßten Raaen, die Leesegel zu Starbord und der rasch vorbeifliegende weiße Schaum kündete auch selbst dem Laien an Bord, wie sie ihrem Ziele rasch entgegenflogen. Das monotone Leben wurde aber sonst auch durch Nichts unterbrochen; höchstens einmal zeigte sich ein Segel am fernen Horizont, und Capitain Siebelt ermangelte dann nicht, noch einen aufmerksamen Blick durch das Fernrohr, seinen Cajütspassagieren zu erklären, daß es entweder ein Amerikaner oder Engländer, Franzose oder Deutscher sei, wie er nach der Stellung der Masten und Segel es erkannt hatte. Er betrachtete sich als eine Autorität in solchen Dingen, und gewöhnlich verschwand dann auch das Segel wie es gekommen und er mußte, aus Mangel eines Gegenbeweises, recht behalten; ein paar Mal geschah es freilich, daß der erklärte Engländer oder Franzose Deutsche oder Amerikanische Flagge zeigte; dadurch aber keineswegs irre gemacht hatte Capitain Siebelt immer seine weitere Schlußfolgerung rechtzeitig bei der Hand; nun kannte er auf einmal das Schiff ganz genau; es hieß so und so und war richtig in England oder Frankreich gebaut – das konnte man ja mit bloßen Augen unterscheiden, aber später eben an ein Deutsches oder Amerikanisches Haus verkauft, unter dessen Flagge es jetzt natürlich segeln mußte. Capitain Siebelt behielt immer recht, und da Henkel, der schon mehre Seereisen gemacht, sich nie in einen Streit mit ihm einließ, und die anderen gar Nichts davon verstanden, konnte das auch nicht anders sein.

Die glücklichste, munterste von Allen an Bord, war aber Henkels kleine liebenswürdige Frau, Clara, der, wie sie nur erst einmal die böse Seekrankheit überstanden hatte, jeder Tag einen neuen Genuß in der wundervollen Fahrt brachte, und die sich nicht satt sehen konnte an der wogenden, herrlichen See. Mit keiner Sorge dabei, die ihr Herz beengen durfte, das glücklich Weib eines innig geliebten Mannes, war ihr die ganze Reise nur eine fröhliche sonnige Lustfahrt, von der sie mit jeder Minute geizen mußte, und Niemand an Bord verstand es besser, auch der unangenehmsten Lage die heitere Seite abzugewinnen, wie gerade sie.

Die liebste Gesellschafterin dabei war ihr die fröhliche Marie, deren junges Herz sich auch leicht und rasch über Alles wegsetzen konnte, was etwa noch trüb und traurig für sie im Schoos der Zukunft verborgen lag. Anna war schon zu ernst; die Sorge um der Eltern Wohl, das Bewußtsein, was diese Alles in der Heimath aufgegeben, und manche Befürchtung die Kellmann, sie betreffend, zu Hause ausgesprochen, wollte sie nicht verlassen, und lag oft wie ein trüber Schatten auf ihrer Stirn, und auch Hedwig, die fast den Tag über immer bei ihnen war, konnte noch nicht vergeben was sie gelitten, was verloren, und mußte oft gewaltsam die ihr vielleicht unbewußt aufsteigende Thräne zurückzwingen, das Auge der fröhlichen jungen Frau nicht zu trüben, die ja Alles that, was in ihren Kräften stand, das arme Kind für das Gelittene zu entschädigen – lieber Gott, ungeschehen konnte sie ja nicht machen, was die Vergangenheit gebracht.

Henkel selber war meist ernst, zu ernst nach Clara's Sinn, und konnte Stundenlang mit verschränkten Armen und in tiefen Gedanken das Quarterdeck begehn, wenn ihn die junge Frau nicht manchmal gewaltsam aus seinen Träumen riß, und ihn so lange quälte und neckte, bis er sich lächelnd ihrem Willen fügte. Einen besseren Gesellschafter aber hatten sie in dem kleinen munteren Herr von Hopfgarten, der, wenn er sich nur irgend von dem fast unvermeidlichen Nachmittags-Whist, wo Henkel manchmal seine Stelle einnahm, losmachen konnte, die Seele der ganzen Cajüte wurde, Gesellschaftsspiele angab und ausführte, an denen dann selbst Lobensteins und das schwärmerische Fräulein von Seebald Theil nehmen mußten, oder auch Geschichten und Anekdoten erzählte, über die sich Clara oft todtlachen wollte. Mit Thränen im Auge vor Lachen erklärte sie dabei mehrmals, es sei ihr unendlich leid, den thörichten Schritt schon gethan und sich in Deutschland mit dem mürrischen Herrn Henkel verheirathet zu haben, wäre das nicht geschehn, sie nähme keinen anderen als Herrn von Hopfgarten, denn ein besser zu einander passendes Paar gäbe es doch nicht auf der weiten Gottes Welt, und Herr von Hopfgarten betheuerte dann ebenfalls, er sei der Unglücklichste der Sterblichen, ein wahrer lebendiger Tantalus, dem sein Glück jetzt, in Gestalt der liebenswürdigsten jungen Frau, vor der Nase herumliefe, ohne daß er selbst den Arm danach ausstrecken dürfe, es fest zu halten. In komischer Verzweiflung holte er dann gewöhnlich eine Chokoladen-Pistole, von denen er mehre Dutzend an Bord haben mußte, denn sie schienen unerschöpflich, aus der Tasche, setzte sie sich vor die Stirn und ließ sie sich von Marien wegnehmen, die sie, wie sie sagte, um Unglück zu verhüten zerbrach, und den jüngeren Geschwistern zum essen gab.

Viel zu ihrer Erheiterung trug, wenn auch sehr oft absichtslos, der »Doktor« bei, wie er schlichtweg an Bord genannt wurde, dem von dem Rheder die halbe Passage erlassen worden, unterwegs etwa vorkommende Krankheiten der Passagiere zu behandeln, und dadurch die andere Hälfte, mit Hülfe der an Bord befindlichen Medicinkiste, abzuverdienen.

Doktor Hückler war eine höchst unscheinbare Persönlichkeit, die ihr Diplom nur eigentlich den Herren Heßburg und Sohn verdankte, von denen sie an Bord zum *Doktor* gestempelt worden. Chirurg und ein armer Teufel, wünschte er nach Amerika auszuwandern, und besaß nicht die nöthigen Mittel; die Firma Heßburg und Sohn wünschte aber, des Geredes der Leute wegen, einem Schiff mit so vielen Auswanderern auch einen *Doktor* beizugeben, ohne zugleich besondere Kosten für einen solchen zu haben. So war beiden Theilen geholfen, und da man im gewöhnlichen Lauf der Dinge annahm, daß auf der kurzen Überfahrt nach Amerika gerade keine schweren Krankheiten, oder doch nur sehr selten vorkommen, konnte alles das, was man ja sonst sogar dem Capitain allein überließ, auch dem Herrn Hückler anvertraut werden, der als junger Mensch den älteren Herrn Heßburg schon mehre Jahre rasirt und ihn von Hühneraugen frei gehalten hatte, wie auch im Hause des reichen Handelsherrn seines stillen demüthigen Betragens wegen sehr gern gesehen und protegirt worden war. Von inneren Krankheiten verstand Hückler allerdings wenig oder gar Nichts, alles Versäumte aber jetzt mit möglichstem Fleiß nachzuholen, machte er sich, so wie er selber die Seekrankheit überstanden, mit großem Eifer darüber her, das kleine, der Schiffs-Medicinkiste[6] beigegebene Receptbuch zu studiren, bei nöthigen Fällen wenigstens gleich die richtige *Nummer* zu wissen und zu verabfolgen.

Den Schlüssel zur Medicinkiste behielt sich aber trotzdem der alte Capitain Siebelt vor, der erst seit kurzer Zeit »mit Auswanderern fuhr« und immer noch der festen Meinung war, er müsse das, was er in seiner Cajüte hatte, auch viel besser, oder doch eben so gut zu verabreichen verstehn, wie »so ein Doktor.« Die Passagiere überließ er ihm aber doch, eben weil es »blos Passagiere« waren, behielt sich übrigens die Behandlung seiner Leute vor.

»Herr Capitain, ich möchte Sie um den Schlüssel zur Medicinkiste bitten« sagte am Morgen des dritten Tages, als sie in den Atlantischen Ocean eingelaufen waren, der Doktor zu dem Selbstherrscher der Haidschnucke.

»Na, wat is nu all wedder?« frug »de Captein«, der nur gezwungen mit seinen Passagieren hochdeutsch sprach, und wenn er böse oder recht guter Laune war, am liebsten in das ihm weit geläufigere und natürlichere Platt zurückfiel, nur dann und wann, wenn es ihm gerade wieder einfiel ein paar hochdeutsche Worte mit einmischend.

»Einer der Leute klagt über Schmerzen in der Brust, und ich fürchte fast, daß da vielleicht ein chronisches Leiden –

»Ah papperlapapp« brummte der alte Seebär, »in de Krone sitzt's em nich – in de fulen Knoken. Ene richtige Porschon Soalts un en reguleres Bräkmiddel ver vor un achter ut, nachens fall e woll spudig beter wern.«

Kein Protestiren half dagegen; Capitain Siebelt hatte den festen Glauben daß ein Matrose gar nicht krank werden könne, keinenfalls aber krank werden *dürfe*, so lange er sich auf die Reise »verakkordirt« hätte und

6 Auf allen Schiffen befindet sich eine sogenannte Medicinkiste, der ein kleines »Receptbuch« beigegeben ist. Die Medicinen sind sämmtlich in numerirten Flaschen und Gläsern und das Buch enthält hinter der Nummer die Angabe des Inhalts wie noch außerdem einen, vielleicht aus dreißig bis vierzig Seiten bestehenden Anhang, in welchem die Behandlung der verschiedenen Krankheiten mit Angabe der Nummer der dabei zu verwendenden Medicinen gegeben ist. Auf Kauffartheischiffen, auf denen sich keine Passagiere befinden, hat der Capitain die Medicinen »nach bestem Wissen« auszutheilen, falls Einer von seinen Leuten krank werden sollte, ja selbst auf vielen Auswandererschiffen befand sich, bis in die neueste Zeit, kein angestellter Arzt. Am liebsten helfen sich dabei die Rheder damit, irgend einen jungen Arzt oder Chirurgen für »halbe Passsage« mitzunehmen, der, selbst auf den längsten Reisen, dann die Unglücklichen, die ihm unter die Hände fallen, »behandelt.« Eine Controlle darüber findet, so viel ich weiß, nicht statt, wenn aber, scheint sie vollkommen ungenügend zu sein.

daß also Alles, was die Kerle davorn von »Krone oder Bunk praalten, man blaue Dunst wäre.« Sobald sich also ein Matrose bei ihm krank meldete, bekam er als erste Dosis eine Handvoll Glaubersalz und keinen Schnaps zum Frühstück; das half schon gewöhnlich, und die Leute kamen selten das zweite Mal, wollte er dann noch immer nicht besser werden, d. h. blieb er »verstockt« dann mußte er ein Brechmittel schlucken, und zwar gleich in der Cajüte, nicht etwa die Medicin mit nach vorn nehmen, wo sie eben so sicher über Bord gegangen wäre. Das half dann jedesmal, denn die dritte Kur war Glaubersalz und Brechmittel zusammen und die hatte sich nur erst ein Einziger geholt, der war aber ein solcher »Cujon wehst«, daß er sich aus lauter »Cunterdikschen« hingelegt hatte und gestorben war.

Doktor Hückler war keiner von den Leuten, die einer praktischen Erfahrung ihr Ohr verschließen; er ließ sich überzeugen und der Capitain curirte die Leute nach wie vor auf seine eigene Hand und Manier.

Um also auf das gesellschaftliche Leben an Bord zurückzukommen, so war Hieronymus Hückler hier zum ersten Mal in einen Umgangskreis gekommen, der ihm bis dahin fern gelegen, und in dem er sich im Anfang – die Seekrankheit ganz abgerechnet, – auch nicht recht wohl fühlte. Seine Verlegenheit würde er selber auch wohl schwer, und gewiß nicht schon auf der Reise überwunden haben, wären ihm darin nicht die jungen Damen, von Herrn von Hopfgarten redlich dabei unterstützt, freundlich entgegengekommen. Diese brauchten aber Alles, was sie nur von verfügbaren Personen in ihrem Bereich fanden, zu ihrer Unterhaltung, und da sich Capitain Siebelt, so gefällig er ihnen in jeder anderen Beziehung war, auf das Hartnäckigste weigerte, einigen der gebildeten Zwischendeckspassagieren den Zutritt zu dem Quarterdeck zu gestatten, die langen Stunden an Bord zu verkürzen, so wurde Doktor Hückler aus Mangel an besserer Beschäftigung, bald das Stichblatt aller unschuldigen und fröhlichen Scherze der kleinen munteren Gesellschaft. Bei den Gesellschaftsspielen, die Herr von Hopfgarten unermüdlich und in der erfinderischesten Weise anstellte, bekam er fast alle Schläge mit dem Plumpsack und verfiel bei den Räthselspielen, bei denen er nie im Stande war auch nur das leichteste zu errathen, den unerbittlichsten, aber auch eben so geduldig und gutmüthig ertragenen Strafen.

Ein anderer Mitpassagier, der nur sehr schwer zu bewegen war sich in etwas dem *geselligen* Leben an Bord anzuschließen, war der Coyenkamerad des Herrn von Hopfgarten, ein junger Mann von vielleicht vierbis fünfundzwanzig Jahren, und jedenfalls aus sehr guter Familie.

»Ich bin der Baron von Benkendroff – mein Vater ist der wirkliche Geheimrath von Benkendroff« hatte er sich gleich am ersten Tage Herrn von Hopfgarten vorgestellt – »und ich reise nur zu meinem Vergnügen nach Amerika, um mich von den nichtswürdigen republikanischen Zuständen jenes Landes nach eigener Anschauung zu überzeugen. Ich *weiß*, was ich dort finde, habe auch schon in der That einige Artikel über die dortigen Verhältnisse geschrieben, aber trotzdem gehe ich doch hinüber und betrachte die Reise gewissermaßen als eine Kur, als ein Schlammbad, das ich meinem Geist auferlege, ihn von allen doch noch vielleicht darin befindlichen Scrupeln und Zweifeln vollständig zu heilen.«

Den Spielen der jungen Damen schloß er sich allerdings manchmal an, aber dann immer mit einer gewissen vornehmen *nonchalance*. Er war überzeugt, daß er ihnen dadurch eine Gefälligkeit erweise, und wußte auch in der That selber manchmal nicht, was er mit sich anfangen solle. Am liebsten noch spielte er mit Frau von Kaulitz und Herrn von Hopfgarten Whist, wobei er es liebte, mit seiner sehr weißen, fast weiblichen und reich mir Ringen besteckten Hand zu coquettiren. Außerdem sprach er nie mit den Steuerleuten, höchst selten selbst mit dem Capitain, den er wunderbarer Weise *monsieur* nannte, und der ihn deshalb auch nicht leiden konnte, und hatte noch mit keinem Fuß die Grenze der strengabgeschiedenen Cajüte überschritten.

6. Leben an Bord

Es war ein schwüler Nachmittag gewesen, und die ziemlich starke günstige Brise, mit der sie bis dahin so vortrefflichen Fortgang gemacht, schwächer und schwächer geworden, bis die See, deren Wellen sich ebenfalls nach und nach beruhigten wie ein stillwogender Spiegel blank und ungebrochen lag, und den Rumpf des Schiffes mit seinen langsam schwankenden Masten treulich im Bilde wiedergab. Matt und lässig schlugen dabei die schweren Segel, von keiner Luft mehr gebläht, gegen die Takellage, füllten auf, wenn das Schiff schwerfällig nach hinten niedersetzte, und trafen dann wieder mit mattem Schlag das Tauwerk, das sie dadurch, wie auch sich selbst, mehr scheuerten und angriffen, als es der ärgste Sturm gethan haben könnte.

»Reepschläger und Segelmacher prügeln sich« sagen die Matrosen wenn bei Windstille die Segel gegen das

Takelwerk schlagen, und der Seemann sieht es nicht gern. Desto willkommener ist aber gewöhnlich den Passagieren eine solche erste Ruhe, wenn sie natürlich nicht zu lang anhält, die ihnen das Meer von einer ganz neuen, noch nicht einmal geahnten Seite zeigt, und selbst den Kränksten Gelegenheit giebt sich zu erholen und auf Deck zu ergehn.

Klar und wolkenrein spannt sich der Himmel aus über der dunkelblauen, mattglänzenden Fluth, und das Auge schwindelt wenn es in die durchsichtige Tiefe niederschaut, die sich plötzlich seinem Blicke öffnet. Reges geschäftiges Leben herrscht dabei an Bord, hier schwimmt eine in schillernden Farben wunderlich gefärbte Blase auf dem Wasser und hebt und senkt sich nach eigener Willenskraft – das sogenannte »portugiesische Kriegsschiff« wie der kleine Segler heißt[7] – dort streicht die dunkle Flosse eines Fisches langsam und träge durch die Fluth, und der Ruf »ein Hai, ein Hai« lockt selbst den Untersteuermann aus seinem Morgenschlaf auf, die gefräßige Bestie, diesmal vergeblich, mit einem ausgeworfenen und an einem Haken befestigten Stück Speck zu fangen. Lässig kreist dabei die schlanke Möve hoch in der Luft, und ganze Schaaren munterer Seeschwalben, »Mutter Kareys Küchelchen«, wie sie der Seemann nennt, suchen um das Schiff herum ausgeworfene Nahrung, und tauchen ellentief unter nach den wegsinkenden Stücken Fleisch und Speck.

Und nicht den mindesten Fortgang macht das Fahrzeug dabei; das alte Kartoffelfaß, das der Koch an dem Morgen über Bord geworfen, treibt noch in kaum hundert Schritt vom Schiff, von den neugierigen Schwalben immer und immer wieder besucht, umher; Kartoffelschalen und Rübenabfälle die die Frauen ausgeschüttet, schwimmen auf dem Wasser und sinken langsam tiefer, in der Fluth buntfarbige weißschillernde Lichter mit prismatischen Farben annehmend. Wergflocken und Stückchen getheerten Segeltuches, Federn von für die Cajüte gerupften Hühnern, und Streifen Papier und Zeug sprenkeln nach allen Richtungen hin die Oberfläche, und geben den Müssigen an Bord Gelegenheit zu rathen was es sei, oder dem versinkenden mit den Augen zu folgen tief, tief hinunter, dem Abgrund zu.

Aber nicht Alle schauen müßig über Bord; hier sitzen fleißige Gruppen, ihre Wäsche waschend und sich endlich einer Arbeit fügend, der sie sich eben nicht mehr länger entziehen können; dort hängen Andere die gewaschene an den Wanten und Tauen auf und ärgern die Matrosen damit, die den Leuten nicht begreiflich machen können daß sie das »laufende Tauwerk« dazu nicht benutzen dürfen.[8] Hie und da hat auch Einer ein Buch genommen, und studirt halblaut vor sich hin die unbegreifliche Aussprache englischer Wörter nach, irgend einem trostlosen Rathgeber in Redensarten und Gesprächen, quält sich mit dem w und th, und steckt das Buch endlich wieder, so klug als vorher und nur vielleicht noch mehr verwirrt, in die Tasche.

Die Arbeiten der Matrosen gehn indessen ruhig fort, denn es ist gewöhnlich ein irriger Glaube der Leute an Land, daß die Matrosen in See, wenn das Schiff nur erst in Gang wäre, nichts weiter zu thun haben als zu segeln, daß heißt das Schiff eben ruhig laufen zu lassen. Das Segelausbessern hört nicht auf an Bord, eben so muß das Takelwerk fortwährend nachgesehn, hier wieder neu gespließt, dort umwickelt, da neu getheert werden, und wäre wirklich gar nichts anderes vorzunehmen, dann muß ein Theil der Leute, zu späterer Verwendung bei neuen Tauen, altes getheertes Werg zerzupfen, und ein anderer Schiemanns Garn daraus spinnen, so daß es den Leuten nie und nimmer an Beschäftigung fehlt. Ein Schiff in See ist der letzte müßige Platz auf der Welt, und nur die Passagiere haben das Recht darauf zu faullenzen.

Auf Deck war solcher Art Alles in seinem gewöhnlichen stillen Gang geblieben, als die Cajütspassagiere, die auf dem Quarterdeck auf- und abgingen, plötzlich ein Hindrängen der Massen nach einer Stelle sahen, und eine laute Stimme hörten, die zu den um sie Versammelten sprach. Herr von Hopfgarten, ein wenig neugierig, und keineswegs so prude wie sein »Stubenbursch« Baron von Benkendroff, gab sich alle mögliche Mühe von dem etwas höher liegenden Quarterdeck

7 Heinrich Schmidt hat eine reizende kleine Erzählung »*the man of war*« in seinen »Seemannssagen und Schiffermärchen« darüber geschrieben.

8 Das »laufende Tauwerk« im Gegensatz zu dem »stehenden« (Pardunen und Stagen) werden die Taue genannt, mit denen die Raaen und Segel gerichtet und gestellt, und aus- und eingezogen werden. Hängt man, und den Passagieren auf Auswandererschiffen kann da in der That nicht streng genug aufgepaßt werden, Wäsche an diesem »laufenden Tauwerk«, und kommt plötzlich einmal eine Bö auf, bei der es davon abhängt daß die Segel rasch geborgen werden, wenn sie nicht zerreißen, ja in einzelnen Fällen den Mast, oder doch wenigstens eine Stenge mit über Bord nehmen, so klemmen sich Hemden und Strümpfe in die Blöcke ein, die Taue können nicht arbeiten, und die gefährlichsten Folgen allerdings dadurch entstehn.

aus das, was vorn an Deck vorgehe, zu erkennen; der Sprecher stand aber gerade auf der Back des Schiffes, und die lose niederhängende Fock verhinderte ihn etwas von ihm zu erkennen. Er stieg deshalb rasch auf das Deck nieder, dem Platz zuzueilen, von wo ihm jetzt schon lautes schallendes Gelächter entgegendröhnte.

»Hurrah, Maulbeere soll leben – Zachäus vivat hoch!« jubelte eine Menge lachender Kehlen, und die Zwischendeckspassagiere drängten jetzt in so festem Keil nach vorn, daß selbst die Schiemannsscheibe außer Thätigkeit gerieth, und die Matrosen ebenfalls dem was da vorging mit schmunzelnden Gesichtern lauschten.

Der Urheber dieses plötzlichen Lärmens sowohl, wie der wilden rauschenden Fröhlichkeit war, aber wirklich niemand Anderes als Zachäus Maulbeere, der sonst so mürrische, einsylbige Patron, der jetzt, aber ebenfalls mit dem ernsthaftesten Gesicht von der Welt, und selbst während dem Jubeln und Jauchzen der Menge, keine Miene verzog, den Mund nur, als wenn er die Pfeifenspitze darin hielt, etwas mehr zusammendrückte, und die großen buschigen Augenbrauen womöglich noch höher emporzog, als er das sonst gewohnt war zu thun.

»Aber um Gottes Willen, was geht denn hier vor?« frug Herr von Hopfgarten, auf's Äußerste erstaunt einen der Nächststehenden – »was macht denn der Mensch da oben?«

»Maulbeere?« sagte dieser, es war der polnische Jude der sich mit dem vergnügtesten Gesicht von der Welt nach ihm umdrehte – »Maulbeere? – Gottes Wunder er predigt, und *was* vor a Predigt – es is a Traktement ihn zu heren, und sind'er zwa ihn zu sehn.«

Der Pole hatte allerdings recht; es *war* der Mühe werth Maulbeere zu sehn wie er da oben, im vollen Triumph einer ihm zujauchzenden Menge, unbeweglich und fest wie ein Fels im Meer stand, und gerade so that, als ob ihn die ganze Sache auch nicht das Mindeste anginge oder kümmerte. Er trug seinen gewöhnlichen abgebleicht grünen, langschößigen Rock mit dem schmalen Kragen, die gesprenkelte Weste und die schmutzig grauen, etwas kurzen Hosen, aber den Hut hatte er neben sich auf der Back, und vor sich einen kleinen niederen Tisch stehn, der dem polnischen Juden gehörte, und auf dem ein dickes aufgeschlagenes Buch mit einer Brille, wie seine Dose lag, während er in der linken Hand – die rechte hatte er in die Seite gestemmt – sein roth- und gelbgemustertes baumwollenes Taschentuch gefaßt und zusammengedrückt hielt.

Er machte eben eine kurze Pause, zu der ihn der Jubel der überraschten und immer noch mehr herbeidrängenden Zuschauer gezwungen hatte, und schien in voller Gemüthsruhe das endliche Schweigen des stürmischen Publikums zu erwarten.

»Aber was ist denn hier los?« riefen Einzelne dazwischen, die eben erst von unten heraufpreßten, zu sehn was es gäbe; »wie kommt denn Maulbeere da oben hin – Zachäus als Prediger – hat die ganze Reise den Mund noch nicht aufgethan und fängt auf die Art an?« – »Er ist übergeschnappt« jubelten Andere – »und giebt uns jetzt die Nutznießung seines verschobenen Gehirns« – »Ruhe – laßt ihn sprechen – still da – Ruhe – Zachäus hat das Wort!« hieß es dazwischen.

Die Passagiere hatten übrigens Ursache erstaunt zu sein, denn Maulbeere, der in der That die ganze bisherige Reise über noch mit keinen drei Menschen auch nur ein Wort gewechselt, und still und mürrisch vor sich hingebrütet hatte Tage lang, war auf einmal mit dem kleinen Tisch, den er im Zwischendeck gefunden und mitgenommen, an Deck und auf die Back gestiegen, wo er, ohne weitere vorherige Warnung, ganz im Styl einer wirklichen Predigt, aber diese parodirend, mit Thema und Einleitung und citirten Sprüchen nach Capiteln und Versen, dem Schnaps (über dessen schlechtere Qualität die Zwischendeckspassagiere seit drei Tagen etwa Ursache zu haben glaubten sich zu beklagen) eine Lobrede hielt.

»Ruhe – gebt Frieden – Zachäus fahr fort!« schrieen indeß die Stimmen durcheinander, und als sich der Lärm ein klein wenig gelegt, der indeß so arg geworden war daß der Capitain an Deck kam, zu sehn was es gebe, begann Maulbeere wieder:

»Wir haben drittens gesehn daß der Schnaps auch in seinen Wirkungen das Gemüth des Menschen sänftiget, und ihm die zum Guten nöthige Kraft verleiht auf der Bahn der Gerechten zu wallen! Schnaps – geliebte Zuhörer, welcher Wohllaut liegt schon in dem einen kleinen Wort. Wie sanft und feurig zugleich durchströmt er uns die Adern, kitzelt uns den Gaumen und vertreibt die bösen Dünste. Er auch war es, der schon vor tausenden von Jahren viele jener merkwürdigen Wunder vollbracht, die eine thörichte Welt jetzt, und irrthümliche, oft böswillige Übertragungen, anderen Wirkungen zugeschrieben haben. Schnaps ist *Geist* – wer aber brachte den Geist über die Propheten, die mit fremden Zungen redeten und nachher in alle Welt gingen alle Völker zu lehren? – wer anders als jener heilige Geist –«

»Das ist Gotteslästerung!« schrie da eine Stimme aus der Menge – »herunter von dort Du nichtswürdiger Mensch daß Dich nicht der Arm dessen trifft, den Du verhöhnst.«

Es war der Weber aus Zurschtel, der sich mit Mühe zwischen die Menschenmasse gedrängt hatte, zu sehn was da vorgehe, und jetzt in ehrlicher Entrüstung etwas entweihen hörte, an dem seine ganze Seele mit gläubiger Ehrfurcht hing.

»Ruhe da – Frieden! laßt den Mann ausreden!« rief aber mit Donnerstimme der Gesell mit den kurzgeschnittenen Haaren, der sich selber Meier genannt hatte – »halt's Maul Weber bis Du gefragt wirst!«

»Nein, er hat recht, das geht nicht – das dürfen wir nicht leiden!« riefen aber jetzt auch Andere dazwischen.

»Hurrah Maulbeere soll leben! fahr fort Maulbeere, laß Dich nicht irre machen!« jubelten ihm wieder Andere zu – »fort mit den Störenfrieden, steckt sie in's Zwischendeck hinunter.«

Der einzige Ruhige bei dem ganzen Sturm blieb Zachäus, der, ohne auch nur eine Miene zu verziehn, oder mit einer Muskel zu zucken, dem Toben geduldig zuhörte, langsam eine Prise nahm, sich schnaubte, und dann sein Taschentuch wieder wie einen Ball zusammendrehte. Sobald aber ein Augenblick Ruhe eintrat, fuhr er auch eben so unverwüstlich in seiner Predigt fort, sang, mit näselndem Ton, als er diese beendet hatte, die Litanei ab, die Worte dabei so verdrehend daß sie ein Lob des Schnapses bildeten, und schloß dann seine Predigt, unter dem wiehernden Gelächter der Passagiere, mit dem »Es sind auch noch einige Personen vorhanden, welche Willens sind in den Stand der heiligen Ehe zu treten«, wobei er eine Reihe unanständiger Namen von einem Papier ablas, und dann zum Gebet schreiten wollte, als der Steuermann von dem Capitain, bei dem sich Einzelne über den Unfug beschwert hatten, nach vorne geschickt wurde demselben zu wehren.

»Avast da!« rief er dem parodirenden Prediger auf seine derbe Art zu – »avast da mein Bursche und herunter von der Kanzel; der Unsinn hat jetzt lange genug gedauert, und die Leute da unten, die ihre Wacht zur Coye haben, wollen schlafen. Verstehst Du Hochdeutsch, oder soll ich platt mit Dir sprechen?«

»Laßt den Mann seine Rede halten, so lang's ihm gefällt« nahm hier wieder Meier seine Parthie – »wir reden Euch auch nicht hinein wenn Ihr sprecht.«

»Wenn Du einmal gefragt wirst mein Bursch, darfst Du antworten!« rief ihm aber der Seemann keck und zornig entgegen – »wenn ich hier befehle er soll herunterkommen, so kommt er oder – ich lasse ihn holen.«

»Faßt Einen von uns hier an!« schrie aber der, über Anrede wie Ausdruck gereizte Mann – »legt Hand an Einen von uns, und seht dann was aus Euch und dem Schiff wird. Gott verdamm mich!«

Die drei letztgekommenen Passagiere, die höchst aufmerksame und vergnügte Zuhörer der Predigt gewesen waren, standen dicht hinter ihm, und ihre Blicke begegneten ebenfalls in finsterem störrischem Trotz denen des Steuermanns; dieser aber, ohne sich im mindesten irre machen zu lassen, griff eine, gerad' auf der Ankerwinde liegende Handspeiche auf, und während die an Deck befindlichen Matrosen, die recht gut wußten wie nothwendig es für sie war in einem solchen Augenblick zusammenzuhalten, sich rasch und geräuschlos neben und hinter ihren Oberen drängten, und ebenfalls schon in der Eile Alles aufgefaßt hatten was ihnen bei einem möglichen Handgemenge von Nutzen sein konnte, rief der Steuermann, die Handspeiche zum Schlag fertig, und das Gesicht von Zorn und Wuth fast dunkelroth gefärbt.

»Hinunter mit Euch sag ich – und Ihr drei da besonders mit Euren grauen Kitteln, hinunter von Deck wohin Ihr gehört, oder der Erste, bei Gott, der mir noch mit einem Wort widerspricht, oder die Hand aufhebt gegen mich ist eine Leiche.«

Meier warf einen wilden tückischen Blick im Kreis umher, zu sehn auf wen von der Schaar er sich wohl allenfalls noch verlassen konnte, aber die drei Graurröcke hatten wohl ihre ganz besonderen Ursachen es nicht zum Äußersten kommen zu lassen, noch dazu solcher Lappalie wegen, und von den Anderen bezeugte ebenfalls Niemand Lust mit dem wilden Burschen, dem Steuermann, so aus freier Faust anzubinden.

»Wir haben ein Recht hier an Deck zu stehn und dafür bezahlt« murrte er da, als er sah wie er nicht hoffen durfte Schutz und Beistand bei den Anderen zu finden gegen die Schiffsmannschaft.

»Das könnt Ihr auch« sagte der Steuermann, verächtlich seine Handspeiche neben sich zu Boden werfend – er wußte daß er jetzt keine weitere Widersetzlichkeit mehr zu fürchten hatte – »Niemand wehrt's Euch, so lange Ihr nicht im Wege seid, wer aber dann nicht geht wird *gestoßen*, und darf sich nachher beklagen, wenn es ihn freut. So also herunter jetzt mit dem Prediger – na, wo ist der Mosje denn auf einmal hingekommen?«

Zachäus war allerdings verschwunden; sobald nämlich der Wortstreit einen ernsten Charakter anzunehmen schien, hatte er sich, keineswegs gewillt daran Theil zu nehmen, seitab von der Back hinunter und nach hinten gedrückt, wo er jetzt schon wieder auf seiner Lieblingsstelle am großen Mast kauerte, und den Dampf seiner Pfeife in die blaue Luft hineinqualmte.

Herr von Hopfgarten stattete indessen in der Cajüte Bericht über das Gehörte und Gesehene ab, freute sich aber ebenfalls daß solch gemeiner Blasphemie an Bord gesteuert worden, und erzählte nun den Damen in seiner komischen und lebendigen Art, wie der Steuermann dazwischen gesprungen sei und die Debatte mit der Handspeiche aufgenommen habe.

»Und was hatten *Sie* dazwischen zu thun, *chèr ami*?« frug Herr von Benkendroff über ein Buch weg das er in der Hand hielt (wahrscheinlich mehr der Hand als des Buches wegen) – »was haben Sie davon sich zwischen die Canaille zu mischen; wenn es nun wirklich zu Thätlichkeiten kam?«

»Ich hatte die stille Hoffnung« schmunzelte der kleine Mann – »alle Wetter, ein Seegefecht, Baron, das wär ein famoses Abenteuer gewesen, und ein prächtiger Beginn für meine Fahrt. Sie wissen noch gar nicht daß ich nur auf Abenteuer reise?«

»Auf Abenteuer – bah« sagte Herr von Benkendroff achselzuckend – »ich hoffe daß Sie vernünftiger sind; es giebt nichts Ungentileres als ein Abenteuer, ein galantes vielleicht ausgenommen, und ich hasse selbst diese, weil sie den Menschen unnöthig aufregen, und aus seiner gewohnten Ruhe bringen.«

»Aber was für Abenteuer wollen Sie erleben?« frug lachend Marie.

»Was für Abenteuer?« wiederholte der kleine Mann, sich rasch nach ihr herumdrehend – »alle – jedes nur erdenkliche – Räuber, Platzen eines Dampfbootes, Zusammenstoß mit einer Lokomotive, Überfall von Indianern, selbst unter Gefahr meines Scalpes«, und er nahm dabei seine Mütze ab, und zeigte seinen etwas kahlen Kopf – »nächtliche Attaque von Bären und Panthern, Entführungen, Verhaftungen, Lynchgesetz und wie all jene tausend und tausend interessanten vorherzusehenden und unvorhergesehenen Fälle heißen, denen man in dem Lande unserer Sehnsucht ausgesetzt ist, oder die man, wenn sie Einem nicht gleich gutwillig aufstoßen, mit Leichtigkeit aller Orten und Enden aufsuchen kann.«

»Dann reis' ich gewiß nicht mit Ihnen« rief Clara rasch und lachend – »Sie wären im Stande solche Dinge vom lieben Gott, als ganz besondere Zeichen von Wohlwollen zu erbitten.«

»Allerdings« sagte Herr von Hopfgarten mit größtem Ernst, »und ich schwankte lange zwischen einer Reise in das Innere von Afrika und den Vereinigten Staaten, aber allen gelesenen Beschreibungen nach halte ich die Union doch noch für das passendste Land dazu, und freue mich unendlich darauf seine werthe Bekanntschaft zu machen.«

»Sie könnten Einem die Lust zur Auswanderung verleiden« sagte lächelnd Professor Lobenstein, sich in das Gespräch mischend, »wenn man eben noch eine Wahl behalten hätte. Jedenfalls ist es ein interessantes Factum Sie, mit *diesen* Ansichten, an Bord eines Auswandererschiffes zu haben, dessen sämmtliche Passagiere, mit Ihrer alleinigen Ausnahme, gerade hinübergehn um Ruhe und Frieden zu finden, und sich eine, nicht so leicht von äußeren Einflüssen gefährdete Existenz zu gründen.«

»Ich die alleinige Ausnahme?« rief aber der kleine Mann rasch und lebhaft aus – »lieber Professor, da schwimmen Sie in einem gewaltigen Irrthum herum. Gehn Sie einmal durch das ganze Schiff und sehen Sie sich die einzelnen Physiognomien, die einzelnen Gestalten der Leute an, wie ich es wieder und wieder gethan habe, und wenn Sie dann nur irgend in den Zügen eines Menschen zu lesen verstehn, dann sagen Sie mir nachher, ob sich alle die Leute nach einer ruhigen Existenz sehnen, und ob überhaupt nur die Hälfte von ihnen weiß, was sie dort mit sich anfangen soll.«

»In mancher Hinsicht mögen Sie recht haben« sagte der Professor lächelnd, »aber derartigen extraordinären Fällen sollte man dann doch eher aus dem Wege gehn, als sie gerade muthwillig aufsuchen.«

»Nein« sagte der kleine gemüthliche Mann, dem sich ein wunderliches Behagen über die runden Züge legte, und sie mit einer eigenthümlichen Gluth und Freude überstrahlte, indem er vor seinem fruchtbaren inneren Geist wahrscheinlich schon einige der erhofften Scenen heraufbeschwor – »nein lieber Professor, an aus dem Wege gehn ist nun einmal schon gar kein Gedanke – wird auch nicht gut möglich sein« setzte er sich, wie in innerem Behagen die Hände reibend, hinzu – »man müßte denn wie eine Schlange dazwischen durchschlüpfen können. Vor allen Dingen befahre ich den Mississippi auf den dortigen Dampfbooten, und lasse mich erst zwei- oder dreimal in die Luft blasen, oder in den Grund rennen; dann existirt dort noch, wie ich aus ganz sicheren Quellen weiß, die Morrelsche Bande, die mit allen Pferdedieben und falschen Spielern der Union in Verbindung steht, und in der That über die ganzen Vereinigten Staaten ihre Auszweigungen hat. Wenn ich nur irgend Glück habe falle ich denen in die Hände. Dort finde ich ebenfalls die beste Gelegenheit einer Bärenjagd beizuwohnen, und in den Sclavenstaaten müßte es mit dem Bösen zugehn, wenn man nicht wenigstens die Woche einmal, so einem armen Teufel von Schwarzen zur Flucht verhelfen, und durch das Interessante der Situation manche müßige Stunde ausfüllen könnte.«

»Sie bauen darauf, lieber Hopfgarten« sagte hier, während die Anderen lachten, Herr von Benkendroff, wieder über sein Buch hinüber nach seinem kleinen Freund sehend, »daß Sie gar keinen Hals haben an dem man Sie aufhängen kann – sonst scheinen Sie mir auf dem besten Wege dazu.«

»Bah, aufhängen« rief Herr von Hopfgarten verächtlich – »darin bewährt sich gerade der Mann, den Kopf in schwierigen Situationen aus der Schlinge zu halten.«

»Jedenfalls sollten Sie sich dann den langen Menschen aus dem Zwischendeck, ich glaube es ist ein Schneider« sagte Herr von Benkendroff ruhig »zum Begleiter, gewissermaßen als Sancho Pansa mitnehmen; Ihr Zug würde dadurch einen gewissen historischen Werth bekommen.«

»Spotten Sie nur« lächelte aber Herr von Hopfgarten gutmüthig – »Jeder sucht sein Vergnügen auf seine eigene Weise, und Don Quixote, einige verrückte Marotten abgerechnet, war ein ganz achtungswerther Charakter – seine Kurzsichtigkeit muß übrigens Vieles bei ihm entschuldigen, und ich habe ein Auge wie ein Falke.«

»Im Zwischendeck ist allerdings ein Mann der für Sie passen würde Herr von Hopfgarten«, fiel aber hier das Fräulein von Seebald ein, »ein junger Dichter, der ebenfalls noch nicht in dem Alltagsleben der Welt zu Grunde gegangen, und keineswegs daran zu zweifeln scheint, dem Leben auch noch eine poetische Seite abzugewinnen. Nur in der That bewährt sich der männliche Charakter«, setzte sie mit einem Seitenblick auf Herrn von Benkendroff hinzu, der aber an diesem vollkommen abprallte.

»Vortrefflich!« rief da die muntere Clara – »Herr von Hopfgarten kann dann die amerikanischen Riesen und Ungeheuer bekämpfen, und sein Begleiter gleich die Thaten besingen; ich subscribire von vornherein auf ein Exemplar.«

»Ihnen, meine gnädige Frau« lachte aber der kleine Mann, »dedicire ich das Werk, und werde mir von Ihnen noch ganz besonders eine Schleife oder einen Handschuh ausbitten, nach ächter Ritterart am Hut zu tragen.«

»Ein Wort ein Mann« rief die junge Frau, ihren linken Handschuh lachend abziehend und dem neuen Ritter zuwerfend – »hier ist das Pfand, und bedenken Sie, daß ich es nur mit dem Blut der Feinde getränkt zurückerwarte.«

»Gnädige Frau!« rief da der kleine Mann, begeistert von seinem Stuhle aufspringend – »nur mit meinem Leben trenne ich mich wieder von dieser Gabe, bis ich sie in würdiger Weise zurückerstatten kann, und hier unser bequemer Freund Benkendroff selber –«

Seine weitere Rede wurde durch das Heraufstürmen der Matrosen auf das Quarterdeck unterbrochen, die, so ehrerbietig sie sonst dasselbe betraten, jetzt ohne weiteres Ceremoniell und in größter Eile anfingen die aufgerollten Falle von den Nägeln herunter auf Deck zu werfen, wobei sie den überrascht aufspringenden Passagieren sehr ungenirt die Sessel aus dem Weg rückten. Zu gleicher Zeit sahen diese wie ein Theil der Mannschaft, gelenk wie Katzen, an den Wanten[9] hinauflief; die leichteren Segel flatterten dabei aus, und wurden eingeholt und befestigt, die leeren Raaen[10] queer gebraßt, und auf den Marsraaen, dessen Segel in der frischer werdenden Brise schlug und flappte, lagen die Leute mit der Brust auf, die Füße gegen das scharfangespannte Lauftau gepreßt und mit dem Oberkörper in freier Luft hängend, das ausschlagende schwere Segeltuch zu fassen und einzuziehen, um es in die Reefbänder zu schlagen, und kleinere Fläche der Leinwand einem jedenfalls erwarteten Sturm zu bieten.

Die Passagiere sahen allerdings im Anfang erstaunt auf und umher, denn das Wetter war, bei fast völliger Windstille, mild und warm gewesen, und eine leichte Brise, die sich nach und nach erhoben und das Schiff wieder langsam durch die klare, fast spiegelglatte Fluth trieb, von ihnen wohl freudig begrüßt worden, aber keinem als irgend Gefahr drohend erschienen. Der erste überraschte Blick umher überzeugte aber bald alle, selbst die größten Laien in der Wetterkunde, daß der sonnige Morgen einem stürmischen Mittag werde weichen müssen. In Nord-Westen stiegen schwere dunkle Wolkenmassen auf, die dem Wasser schon ihren fahlen Bleiglanz mitzutheilen begannen, über die See zog es in dunkelstreifigen, flüchtigen Kräuselwellen, wie die Vorboten des nahenden Wetters, und als die schwache Brise endlich wieder vollständig erstarb, die

9 Wanten ist das, was der Landmann im gewöhnlichen Leben und sehr unrichtig *Strickleitern* nennt, und sie bestehen aus den Pardunen welche die Maste fest und unbeweglich auf ihrer Stelle halten, daß sie nicht nach Starbord oder Larbord hinüberschwanken können, und sind durch dünne Seile »*Wevelien*« genannt, mit einander leiterartig verbunden. Jeder Mast hat seine Wanten zu Starbord und Larbord.

10 Raaen sind die Querbalken an den Masten an welchen die Segel befestigt werden.

düstere Wolkenmasse aber, die bis jetzt fast auf dem Horizont gelegen, mit rasender Schnelle höher und höher stieg, da bat der Capitain, der bis dahin an Nichts anderes gedacht hatte, als sein Schiff auf das kommende Wetter vorzubereiten und seine Segel zu bergen, die Passagiere dringend, hinunter in die Cajüte und dem Unwetter aus dem Wege zu gehn, daß sich die Mannschaft frei bewegen könne. Fast alle fügten sich auch dem Wunsch nur zu bereitwillig, die meisten selber froh unter dem schützenden Dach der Cajüte den Ausbruch des Sturmes erwarten zu dürfen; nur Herr von Hopfgarten holte sich rasch seine geölten Seemannskleider, die er sich zu diesem Zweck besonders angeschafft, hervor, zog sie an, setzte seinen Südwester[11] auf, und stieg, die Hände in die Taschen schiebend, wieder an Deck, dem Sturm »die Wetterseite zu bieten.«

Diese unheimliche, und einem heftigen Orkan sehr oft vorhergehende Stille dauerte aber nicht lange; im Nord-Westen nahm der Meeresspiegel eine vollkommen dunkle Färbung an, wie sich die Kräuselwellen da vor der heranbrausenden Windsbraut hoben, und als die Windsbraut herankam und das Schiff faßte, durch die Blöcke und Taue pfiff und über die nackten Raaen heulte, fegte sie auch schon die oberen Tropfen von den aufspritzenden, wie ängstlich zuckenden Wellen, und lehnte sich jetzt hinein in das Meer, das ruhige aufzurütteln aus seinem Schlaf.

Hui wie es da drängte und bohrte und die Segel faßte und schüttelte, die es noch wagten ihm Trotz zu bieten, während es dem stöhnenden Schiff pfeilschnell die bäumenden Wogen entgegenjagte; wie die Masten ächzten und sich elastisch der furchtbaren Kraft beugten, und die schweren Raaen in ihren Ketten klirrten und die Falle, und Taue zum Zerspringen spannten. Aber machtlos griff der Sturm in das künstliche Gebäu, das des kecken Menschen Hand, selbst seinen Schrecken zum Trotz, muthig und sicher über die brausenden Wogen führte; zur rechten Zeit waren alle überflüssigen Segel geborgen und die nöthigsten dicht gereeft, dem Orkan so kleine Fläche als möglich zu bieten, und was noch stand, an dem konnte er rütteln und reißen und seine Kraft versuchen; die Leinwand war stark und neu und die Taue hielten seinem wildesten Sprung und Drang.

Aber die Passagiere hatte er überrascht, denn sie waren bis jetzt an ruhiges Wetter und ziemlich gleichmäßigen Wind gewöhnt, der es den Leuten erlaubte ihre Segel in Ruhe zu setzen oder einzunehmen. Die nöthigen Befehle waren dabei auch natürlich in aller Ruhe gegeben, und von den Leuten eben so ausgeführt worden; das aber änderte sich jetzt wie mit einem Zauberschlag, und in dem wüsten Lärm der Seeleute, dem sich das Toben der Elemente gesellte, schien dem Laien jede Ordnung im Schiff gerade in dem Moment gelöst und aufgehoben, wo die Gefahr zum ersten Mal mit eiserner Faust an ihre Planken schlug. Die Offiziere schrieen ihre Befehle, jedem Ohr unverständlich und in dem Heulen des Sturmes wild und ängstlich klingend, über Deck, die Matrosen selber stürzten herüber und hinüber, die Segel hingen eine Zeitlang gelöst und schlugen an die Masten, die Taue fuhren wirr durcheinander, und die Hast, mit der die zum Reefen aufgeschickten Leute nach oben eilten, nach rasch ausgeführtem Befehl wieder an den Pardunen niederglitten, und die Raaen dann unter dem schrillen Ruf des Steuermanns und dem ihnen so ängstlich klingenden Taktsang der Matrosen aufgezogen wurden, bestätigten bei Vielen den schlimmsten Verdacht, und machte ihre Herzen rascher klopfen.

Die Cajüte konnte sich da noch eher Raths erholen; besorgte, an die Steuerleute oder den Capitain gerichtete Fragen der Damen, wurden beruhigend beantwortet, und die Gewißheit gerade, mit der die Offiziere den Sturm vorausgesehn, und die nöthigen Vorkehrungen dagegen getroffen, hatte schon an sich etwas Trost und Vertrauen Erweckendes. Schlimmer sah es dagegen im Zwischendeck aus, wo eine Menge Frauen und Kinder, in den engen dunklen Raum gebannt, über dem sie nur das unheimlich rasche Laufen der Seeleute und das Heulen des Sturmes hörten, durch ihr Jammern und Stöhnen und Wehklagen die Verwirrung, die überdieß schon unten herrschte, noch arg vermehrten.

Wie dabei der Wind über die See tobte, hoben sich die Wellen höher und höher, das Schiff fing an zu stampfen und in den anstürmenden Wogen herüber und hinüber zu schlingern, daß in dem dumpfigen Raum hie und da schon wieder die Seekrankheit ihren Arm nach einzelnen unglücklichen Opfern ausstreckte. Die um die Mittelstützen des Zwischendecks befestigten Koffer und Kisten schurrten dabei, so weit es ihnen die nach und nach locker gewordenen Taue gestatteten, mit der Bewegung des Schiffes bald nach dieser bald nach jener Seite, und drohten in der That sich nach und nach völlig loszuarbeiten aus ihren Banden, wie einzelne Schachteln mit unvorsichtig dort aufgespeicherten Vorräthen, Stücken Fleisch und Zwieback,

11 Südwester heißen die aus Leinwand gemachten und steif getheerten Seemannskappen, deren breites und langes Schild im Nacken sitzt, diesen gegen den Regen zu schützen.

Zwiebeln und Kartoffeln, oder auch nachlässig aufbewahrte Gefäße und Flaschen, plötzlich laut wurden und hervorpolterten, den Passagieren dadurch einen ungefähren Begriff gebend, was sie zu erwarten hätten, wenn sich das *schwere* Gepäck losscheuere und mit seinem Gewicht und den scharfen Ecken und Kanten über sie hereinbreche und herüber und hinüber schleudere.

Einige der Zwischendeckspassagiere machten sich nun zwar bereitwillig daran, einer solchen Fatalität durch festes Schnüren der Taue in Zeiten vorzubeugen; bei dem immer stärkeren Schaukeln des Schiffs wurde das aber mehr, als sie auszuführen vermochten; das Arbeiten in dem niederen dumpfen Raum machte sie schwindlich und übel, und Matrosen mußten zuletzt zu Hülfe gerufen werden, die gelösten und nicht wieder ordentlich befestigten Taue, die jetzt hie und da nachgaben, auf's Neue zu verbinden und Unglück zu verhüten.

Was übrigens im Anfang selbst dem Capitain nur als ein eben so rasch wie es gekommen, vorübergehendes Gewitter geschienen, artete zuletzt wider Erwarten in einen ordentlichen Sturm aus, der mit der untergehenden Sonne neue Kraft gewann. Die Segel blieben dicht gereeft, die Luken wurden, des niederströmenden Regens wegen, mit getheerter Leinwand überhangen, und die Wellen wuchsen natürlich, durch ihre eigene Schwere von Stunde zu Stunde, bis sie die weisgekrönten Kämme, wie funkelnde Mähnen, im Ansturm gegen den starken Bug des Schiffes trugen, und ihre Stirnen wild und dröhnend, immer und immer wieder vergebens, dagegen schmetterten.

Die Haidschnucke kämpfte sich indessen still und unverdrossen ihre Bahn, während der Widderkopf, den sie als Brustbild auf der Gallion vorn trug, ihr alle Ehre machte. Den starken Nacken gebogen, einem wirklichen Widder gleich, setzte er zum Stoß ein, den anprallenden Wogen gegenüber, und wenn sich die hochaufbäumenden an ihm brachen, und schäumend und brausend ihre Sturzseen über Deck warfen, stieg er fest und trotzig, von dem glühenden Meeresschaum hell erleuchtet, daraus empor, den wilden wüsten Schlachtplan überblickend, und es war fast, als ob er sich einen neuen Gegner herausfordernd suche, zum Kampf auf Leben und Tod.

In der Nacht gab es wieder viele Kranke an Bord, und Stöhnen und Ächzen, Beten und Fluchen tönte aus dem niederen dunklen und dumpfigen Raum empor, dem nur manche mal eine bleiche, sich überall krampfhaft anhaltende Gestalt entstieg, den Schiffsbord zu suchen, sich daran festzuklammern, und was sie drückte, hinüber zu werfen in die boshafte tückische See. Wehe dem Armen dann, wenn er mit schwindelndem Hirn, und von dem ihn umrasenden Sturm betäubt, die Leeseite, nach der er sich zu wenden hatte, mit der Luvseite verwechselte, und gegen den Wind seinem Leiden Luft machen wollte; der boshafte Sturm warf ihm das dann gewiß erbarmungslos wieder zurück und entgegen, und eine nachstürzende See spühlte den Armen vielleicht mitleidig dem nach, nach Lee hinüber, von wo er sich triefend und betäubt die Bahn wieder nach unten suchen mußte, seiner dunklen Coye zu.

Oh wie lang, wie entsetzlich lang dauerte die Nacht, in der selbst den Gesunden das Kreischen der Kinder, das Jammern der Frauen, das Stöhnen und Ächzen der Seekranken, wie das Werfen der Falle und das Stampfen der Matrosen an Deck, jeden Augenblick Schlaf raubte oder verkümmerte. Dabei peitschte draußen die Fluth, die schwachen Planken, die sie allein von der Unendlichkeit trennten, und die furchtbaren Stöße, mit denen der scharfe Bug des Schiffes den anprallenden Wogen begegnete, während ganze Fluthen von vorn nach aft über Deck strömten, machten den mächtigen Bau bis in den Kiel hinab erzittern, und füllten oft die Herzen selbst der Unerschrockensten mit jenem eigenthümlich unbehaglichen Gefühl, daß Holz und Eisen doch am Ende nicht auf die Länge der Zeit solchen unermüdlichen, unausgesetzten Anprallen werde widerstehen können. Und wenn es brach? – wenn sich die tolle Fluth die Bahn erzwang in die jetzt Leben gefüllten Räume, wenn die gierigen, donnernden Wogen nur einen Zollbreit Raum gewannen, nur daß sie Halt bekamen an dem Mark des Schiffs, was dann? – ein wilder Todeskampf, ein Angstgeschrei, der den inneren Raum erfüllte, und mit den Wogen machtlos kämpfend rangen hunderte von Wesen, deren Herzen jetzt noch warm und hoffend schlugen – rangen und versanken, der nächsten Sonne nur in wenig einzeln treibenden Hölzern den Ort verrathend, an dem die Tiefe sie verschlang.

Mit vollkommen ruhigem und kaltem Blut betrachtet indessen der Seemann den Aufruhr der Elemente. An das Schiff denkt er dabei, daß er es sicher und unbeschädigt durch die Wogen führe, nicht an sein Leben, das dem Schiff gehört. Gewohnheit stumpft den Menschen auch zuletzt gegen eine wieder und immer wieder kehrende Gefahr ab, sei sie noch so groß; und fast mechanisch thut er Alles, was ihm der Augenblick eben zu thun gebietet. Sind dann die Segel dicht gereeft, ist Alles an Deck so gut befestigt wie es geht, jede Luke geschlossen und keine drohende Küste in Lee, von der abzukreuzen, sonst alle Kräfte angespannt werden müßten, dann hat der Schiffer gethan was eben in seinen Kräften steht, und auf gutem, seetüchtigem Schiff, vertraut er das und sein Leben ruhig dem Schutz des Höchsten.

Auf offener See ist die Gefahr auch lange nicht so groß; es muß da ordentlich wehn, und eine furchtbare See muß stehn wenn es dem wirklich guten Schiff verderblich werden soll. Reißen die Wellen auch dann und wann einmal ein paar Ellen Schanzkleidung[12] über Bord, oder waschen sie gar das Deck rein von Kambüse[13] und Wasserfässern, trotz ihren Tauen und eisernen Klammern, der Sturm kann nicht ewig währen, und ein paar Stunden ruhigen Wetters geben dem unerschrockenen Seemann bald wieder Zeit, den gehabten Schaden, so gut das eben auf offener See geht, auszubessern. Nur wenn er Land in Lee weiß, das bedrängte Schiff kaum im Stande ist, sich gegen den Anprall von Wind und Wellen zu halten und die Strömung vielleicht gar noch dem Sturm die Hand bietet; wenn er wieder und wieder über Stag[14] muß dem Wind in die Zähne hinein zu segeln und trotz dem das dämmernde Land immer deutlicher, immer furchtbarer zu ihm herüberstarrt, die Brandung immer drohender, immer furchtbarer an sein Ohr schlägt, dann mag ihm das Herz pochen, und das Auge ängstlich am Horizont nach Rettung suchen, ob sich die Wolken nicht lichten, die wilden Böen nicht legen wollen, dann allerdings lauert der Tod in den dunklen starrenden Klippen, die gierig die Häupter herausstrecken aus der schäumenden Brandung, denn das *Land* ist des Seemanns Feind, nicht das *Meer*.

In dieser Nacht legte sich der Sturm aber nicht, und wenn er auch gegen Morgen etwas in seinem Grimm nachzulassen schien, nahm er vor Sonnenaufgang auf's Neue die Backen voll und tobte toller als vorher. »S'ist eine frische Hand am Blasbalg« sagen in dem Fall scherzhafter Weise die Matrosen, denen »eine Mütze voll Wind mehr oder weniger« nicht viel verschlägt. Im Gegentheil; der Lohn geht fort; hält sie der Sturm ein paar Tage länger auf See, gut, desto mehr Geld haben sie zu fordern, wenn sie das Land betreten, und können desto mehr verthun; ja bei schwerem Wetter fallen sogar die lästigen Arbeiten, wie Schiemanns-Garn drehen und Werg zupfen fort, mit denen sie in ruhiger Zeit doch außerdem genug geärgert werden. Die Leute sitzen dann auch meist – mag das Wetter toben so arg es will – ganz ruhig und vergnügt im Lee vom großen Boot und erzählen sich Geschichten und Anekdoten. Sind die Segel dicht gereeft, und haben die Leute genug Taback, dann verlangen sie keine bessere Zeit und sind munter und vergnügt. Nur bei Windstille flucht der Matrose, denn das ist die Zeit, in der er am meisten beschäftigt ist.

Nur wenige von den Passagieren hatten sich aber die Nacht über hinauf getraut an Deck, dem Sturm und den noch fataleren Sturzseeen kühn die Stirn zu bieten. Die aber, die es gewagt, waren auch reichlich durch den wundervollen großartigen Anblick der zürnenden See entschädigt worden. Zischend und schäumend wälzten die phosphorglühenden Wogenmassen herum, mit ihrem geisterhaften Licht die Masten hellend, bis hinauf zu den nackten tanzenden Spieren. Wie von silberblitzenden Adern durchzogen, quollen die mächtigen Wellen am Schiff vorbei, das träge und störrisch nur hindurchzudringen schien, und die See, die sich zu windwärts über dem Buge brach, goß tausend und tausend glimmende Funken über das nasse Deck und schmückte es wie mit blitzenden Edelsteinen. Die Windsbraut hatte dabei den Himmel rein gefegt; mit der Tiefe wetteifernd funkelten die Sterne ihr flammendes Licht herab, und als der Mond dem Horizont endlich entstieg, sandte er seine zuckenden Strahlen wie matte Blitze über die erregte Fluth.

Die Noth im Zwischendeck hatte indeß ihren höchsten Grad erreicht, denn die überstürzenden Seeen, die ihre plätschernde Fluth um die Vorderluke spühlten, schlugen einmal sogar die Leinwand fort, und gossen einen Strom hinab in den unteren Raum. Die Matrosen sprangen allerdings gleich zu und schlossen die Luke mit den Lukenklappen, weiterem Eindringen des Seewassers, weniger der Passagiere, als der unter ihnen eingestauten Fracht wegen, zu wehren, aber der Angstruf der Zaghaftesten, »das Schiff hat einen Leck – wir sinken – wir sind verloren« zuckte mit dem Nothschrei von Lippe zu Lippe, und Alles, was sich noch auf den Füßen halten konnte, drängte jetzt wild zurück, der hinteren Luke zu, den Weg von da an Deck zu finden. Ein gewisser Instinkt trieb die Schaar an die freie Luft, wo eben so wenig Rettung für sie war, als dort unten, wäre ihr furchtbarer Verdacht wirklich begründet gewesen – aber sie wollten nicht im Dunklen sterben.

12 Die Schutzwand, die das Deck rings umgiebt.

13 Küche

14 Über Stag gehn, wenden, kreuzen.

»Na nu setz mich mal an Land!« rief der Steuermann verwundert, als die Passagiere plötzlich, wie Bienen aus ihrem gestörten Haus, an Deck quollen, und nach dem Boot und um Hülfe schrieen, »Dösköppe, seid Ihr verrückt geworden oder was fällt Euch ein? – wollt Ihr machen, daß Ihr wieder hinunter kommt, oder ich lass' Euch hier oben noch einmal begießen!«

Die Drohung half aber Nichts, Andere preßten nach, von unten herauf, den Erstgekommenen den Rückzug abschneidend, und eine gerade wieder über das Schiff herüberschlagende See vermehrte die furchtbare Verwirrung der zum Tod Erschrockenen.

Unten im Zwischendeck schrie eine einzelne Frauenstimme mit markdurchschneidenden Tönen nach Hülfe, und unheimlich klang der gellende Laut selbst durch das Gewirr von Stimmen und das Toben der Elemente.

»Aber so nehmt doch nur um Gottes Willen Vernunft an – zurück da mit Euch oder ich lasse die Luke hier ebenfalls dicht machen und keiner Mutter Sohn wieder an Deck herauf« – bat und fluchte der Seemann – aber Alles umsonst; ein panischer Schrecken hatte sich der unglückseligen Passagiere bemächtigt und Einzelne, die von der überstürzenden See fortgewaschen an Deck herumschwammen, und wie sie nur den Mund wieder frei bekamen, nach Rettung brüllten, setzten der heillosen Verwirrung die Krone auf, und trieben jetzt auch die Cajütspassagiere in Todesangst aus ihren Coyen.

Es bedurfte wohl einer halben Stunde Zeit, in der die Matrosen die, die am meisten schrieen, und sich am unsinnigsten geberdeten, anfassen, schütteln und erst wieder zur Vernunft stoßen mußten, bis die Leute nur anfingen zu begreifen, daß ihnen keineswegs eine unmittelbare Gefahr drohe, und der Sturm eben nicht ärger das noch vollkommen tüchtige und dichte Schiff umtobe, als am Abend, wo sie sich ruhig in ihre Coyen zum Schlafen niedergelegt. Die Vernünftigsten der Schaar, die sich doch auch ihres Kleinmuths wegen zu schämen begannen, wollten deshalb eben wieder hinunter in das Zwischendeck steigen, wo der Lärm noch ärger als vorher tobte, auch dahin die tröstliche Nachricht zu bringen, und die Verzweifelnden zu beruhigen, als sich von dort herauf der Tischler Leupold wild und ängstlich die Bahn brach, und nach dem Arzt – dem Doktor schrie, um Gottes und des Heilandes Willen seiner Frau zu Hülfe zu kommen.

»Was ist – was giebts?« riefen die Leute durcheinander, und der Steuermann faßte den halb Rasenden und frug ihn, was geschehen sei; dieser aber riß sich los und bat und flehte, nur den Arzt aus der Cajüte zu holen, damit dieser der Unglücklichen beistehn könnte, die plötzlich *wahnsinnig* geworden wäre.

Wahnsinnig, es ist ein furchtbares Wort, und der Sturm heulte seine tolle Weise darein, die Masten knarrten und ächzten und durch die Blöcke pfiff es wie in wilder unheimlicher Luft.

»Der Arzt – wo ist der Doktor!« riefen die Leute jetzt durcheinander, den Sturm fast vergessend über die augenblickliche, dringendere Noth des Mitpassagiers – »der Doktor!« und selbst der Steuermann, der sich sonst wahrlich nicht beeilte, wenn ein Zwischendeckspassagier oder ein Passagier überhaupt, einen Wunsch aussprach, sprang in die Cajüte hinein, den »Doktor« herauszuklopfen, damit er helfen könne, wenn hier überhaupt menschliche Hülfe noch möglich war.

Der Doktor lag angezogen in seiner Cajüte auf dem Bett, und sprang bei dem ersten Ruf schon rasch und bereitwillig auf, aber er sah selber todtenbleich aus, und ein neuer Angriff der Seekrankheit, mit der Angst um das eigene Leben, hatte ihm jeden Blutstropfen zum Herzen zurückgejagt.

»Doktor machen Sie rasch – eine Frau ist im Zwischendeck wahnsinnig geworden – Sie müssen helfen!« rief der Steuermann.

»Eine Frau wahnsinnig?« stöhnte der unglückliche Sohn Äsculaps – »das ist ja entsetzlich, das ist ja gar zu traurig – was werden – was werden wir ihr denn da gleich eingeben –«

»Sehn Sie sich die Kranke nur erst einmal an« rief aber der Steuermann ungeduldig, als der Doktor in allen seinen Taschen nach seinem Besteck an zu suchen fing – »bis Sie hinunterkommen kann sie todt sein, wenn Sie so lange machen.«

»Ja wenn das aber *so* schnell geht« sagte der arme Hückler in Verzweiflung, »dann werde ich ihr mit meinem Besuch auch nicht mehr viel helfen können – das ist eine verzweifelte Geschichte und indessen der Sturm« – murmelte er vor sich hin, als er die niedere halbe Treppe an Deck hinaufstieg und sich oben gleich anhalten mußte, auf dem spiegelglatten Deck, nicht nach Lee zu geworfen zu werden – »heilige Dreifaltigkeit, Steuermann, das Deck geht Einem ja unter den Füßen fort – das Schiff ist zu schwer auf der einen Seite.«

»Hätte bald was gesagt«, murmelte aber der alte Seebär zwischen den Zähnen durch, während er ihn auf der linken Seite stützte, daß er nur rascher vorwärts kam.

Unter Deck hatte sich indessen eine Gruppe von Frauen meist um die unglückliche Tischlersfrau gesammelt, die sich den Händen der sie haltenden Männer fortwährend zu entwinden suchte, und dabei laut lachte und schrie, und wunderliche, verslose Lieder sang. Der junge Donner, während er sich mit der linken Hand selber fest an der nächsten Coye hielt und seinen linken Fuß zwischen die dort befestigten Kisten eingeklemmt hatte, hielt sie mit dem rechten Arme umschlungen, daß sie sich nicht selber von ihrem Stand herunterstürzte, und Leupold, mit Herrn Mehlmeiers Hülfe, suchte sie auf der anderen Seite zu stützen und zu beruhigen und sie nur zu bewegen, daß sie sich erst einmal wieder in ihre Coye lege.

Über dieser von einer gewöhnlichen Schiffslaterne beleuchteten Gruppe, oben an der steilen, in das Zwischendeck niederführenden Treppenleiter, erschien jetzt der Doktor, und mußte mit Gewalt den Ekel bezwingen, der ihm bei dem furchtbaren Schaukeln des Schiffs, und dem warmen, von unten zu ihm aufströmenden Dunst des inneren Decks zu erfassen drohte. Gerade aber, als er sich umdrehte um niederzusteigen, sah und erkannte ihn die Frau und schrie auf, als ob sie einen Geist erblickt »Er will mich würgen – er will mich würgen.« Der arme Doktor, überdieß nicht auf festen Füßen, drehte sich bei dem Schrei halb um, rutschte auf seinem schlüpfrigen Stand aus und glitt halb, halb fiel er mitten zwischen die Gruppe hinein.

»Hahahaha!« lachte da die Unglückliche hell und laut auf – »hahahaha, er hat den Hals gebrochen, er hat den Hals gebrochen« und sank besinnungslos zurück in Georg Donners Arm, während ihr Mann kaum noch Zeit behielt, sie mit zu unterstützen.

Hückler hatte sich indessen rasch und erschreckt wieder erhoben, und während er sich an der Treppe und den Kisten zu der Patientin hinfühlte, riß Hedwig ihre Matratze aus dem eigenen Bett, sie der Frau vor der Coye unterzubereiten, und kauerte dann neben ihr nieder, ihren Kopf zu unterstützen. Dem Doktor wurde indessen mit kurzen Umrissen die mögliche Ursache des Unglücks mitgetheilt, das der arme Tischler von einem Sturz herrührend glaubte, den die Frau an dem Morgen gethan. Sie war dabei mit dem Hinterkopf gegen eine Kistenecke geschlagen, und trotzdem, daß sich kein Zeichen äußerer Verletzung deutlich machte, viele Minuten lang bewußtlos liegen geblieben; hatte auch nachher, als sie wieder zu sich kam, über Kopfschmerz geklagt, sich jedoch sonst wohl befunden, bis der Sturm an dem Abend überhand nahm, und nun die Angst, vielleicht das Übel verschlimmernd, die frühere Verletzung des Hirns zum Ausbruch drängte.

Dr. Hückler hatte indessen den Puls der Kranken in seiner Hand gehalten, und befand sich in größter Verlegenheit, was ihm in diesem Fall zu thun oder zu lassen bliebe. Der Wahnsinn, weder in seinem Ursprung, noch seiner Wirkung, stand nicht in dem Medicinbuch mit angegeben, und so viel und sorgsam er sich auf fast alle übrigen Krankheiten und Zustände vorbereitet, so wenig hatte er einen solchen Fall für möglich gehalten, ja in der That nicht einmal daran gedacht. Aderlassen! das blieb das Einzige – er hatte auch eine wirkliche Schwäche für Aderlassen, und es befand sich nicht eine Person an Bord, die seine Hülfe in Anspruch genommen, sei es für was auch immer, und ohne einen Aderlaß davongekommen wäre. Keinenfalls konnte der schaden. Sein Besteck also, das er, als er die eigene Coye verließ, fast instinktartig zu sich gesteckt, herausnehmend, ging er auch ohne weiteres daran, die Operation mit gewohnter Fertigkeit vorzunehmen. Georg Donner unterstützte ihn dabei nach besten Kräften und Doktor Hückler, der dadurch wieder seine ganze frühere Zuversichtlichkeit erlangt hatte, verordnete noch, ehe er das Zwischendeck verließ, und als die Kranke wieder Zeichen zurückkehrenden Bewußtseins gab, sie jetzt fest in ihre Coye zu packen, mit Kissen wohl zu verwahren, damit sie nicht herausfallen könne, und sie die Nacht durch ordentlich und fest schwitzen zu lassen.

Georg Donner wollte hiergegen Einspruch thun, Doktor Hückler aber, dem durch den langen Aufenthalt im Zwischendeck selber wieder der Schweiß auf die Stirn trat, und dem es wüst und unbehaglich zu Muthe wurde, hatte seine Instrumente schon zusammengepackt, und verließ rasch den dumpfigen Raum. Donner aber stieg, ohne weiter ein Wort zu verlieren, ebenfalls an Deck, holte einen Eimer voll Seewasser herunter, den er an einen der in den Queerbalken befestigten Haken hing, ließ sich dann von Leupold ein reines Handtuch geben, das er mit dem kalten Wasser netzte, und rieth ihm, die Frau vor der Coye auf der Matratze liegen zu lassen, und ihr fortwährend kalte Umschläge auf die fieberglühende Stirn zu legen, die Hitze daraus zu bannen. Hedwig, die nicht von der Seite der Kranken wich, übernahm das Amt, die Umschläge zu erneuern, und trotz dem furchtbaren Stampfen des Schiffes, das gegen die mit jeder Stunde höher wachsende See fortwährend anzukämpfen hatte, wurde endlich Ruhe im Zwischendeck. – Die Passagiere fanden, daß die Gefahr nicht so nah sei wie sie geglaubt, und ergaben sich endlich – was sie hätten gleich von Anfang an thun sollen – ruhig in ihr Schicksal.

Der nächste Morgen brach trüb und eben noch so stürmisch an; mit der ersten Dämmerung war es fast, als ob sich der Wind etwas legen wollte, wie aber die Sonne roth und flammend aus dem schäumenden Wogenkessel sich hob, gewann der Sturm neue Kraft und heulend und rasend fegte er die See. Hei wie er die mächtigen, mit durchsichtigen Kronen überworfenen Wogen faßte, die Schulter dagegen stemmte, und die bäumenden Kämme aufgriff und in Silberperlen über die grollende See hinaus streute; wie er sich in die fliegenden Berge wühlte und ihnen den Boden unter den Füßen wegriß, neue zu bauen mit *einem* mächtigen Hauch; wie er sie tanzen ließ die gewaltigen Rosse der See, die in unabsehbaren Reihen sich stürzend und drängend, vor ihm flohen, und seine starke Faust doch immer und immer wieder im Nacken fühlten, wie Sporn und Peitsche, sie zu wilderem Lauf zu treiben, zu rascherem Sturz. Ha wie das kochte und gohr in den Kesseln und Schluchten, und die Schaumesadern zu wirbelnden Trichtern in die Tiefe zog. Schlag auf Schlag donnerte dabei der Wogen Schaar gegen den zerpeitschten Bug des wackeren Schiffes an, doch Stoß um Stoß erwiedernd hob sich das wie mit wachsendem Muth, als der grimme Feind ihm wuchs, auf dessen Nacken, die klare perlende Fluth von den Schultern schüttelnd, dem neuen Gegner keck die Stirn zu bieten. Wie die Wolken über den mattblauen Himmel jagten, als ob sie die Sonne verscheuchen wollten in ihr tobendes Bett und die Möve mit schrillem Ruf ihre Kreise zog in Lee des Schiffs, ein böses Zeichen für den Seemann, der dann wohl sicher weiß daß er noch schweres Wetter zu überstehen hat, trotz Sonnenschein und Licht.

Die Kranke im Zwischendeck hatte die Nacht indessen ziemlich ruhig verbracht; der starke Blutverlust, wie die kalten Umschläge um Stirn und Schläfe, die Hedwig ihr ununterbrochen aufgelegt (denn Leupolds eigene Mutter war selber so seekrank daß sie den Kopf nicht in ihrer Coye heben konnte) schienen ihren Zustand, wenn auch noch nicht ganz gehoben, doch wesentlich verbessert zu haben. Auch die übrigen Passagiere, mit Ausnahme vielleicht von sechs oder acht, wurden das Schaukeln nach und nach gewöhnt, und ängstigten sich nicht weiter über die Sturzseeen, die ihnen wohl ein paar Tons Wasser über Deck schleuderten, aber weiter eben keinen großen Schaden thaten, viel weniger denn die Sicherheit des Schiffes selbst gefährdeten.

Am wackersten hielt sich bei diesem Unwetter die Cajüte, deren Passagiere aber auch luftigere und geräumigere Lager und bessere und leichtere Kost hatten, der Seekrankheit zu begegnen. Nur Fräulein von Seebald hütete an dem Tage noch ihr Bett, heftiger Kopfschmerzen wegen wie sie sich entschuldigen ließ, sonst waren Alle munter und auf den Füßen, und selbst der Mittagtisch versammelte sie heute, wie in stiller Zeit.

Böse Arbeit aber gab es dabei für den Steward und Cajütenwärter, Geschirr und Speisen nicht allein glücklich von der Cambüse über Deck in die Cajüte zu schaffen, sondern auch dort so zu stellen und zu befestigen, daß sie durch das tolle Springen des Schiffs nicht vom Tisch heruntergeworfen wurden. Ein eigenes Gestell, das Herr von Benkendroff gerade nicht unpassend das *Marterholz* nannte, da es sich nur bei unruhigem Wetter zeigte, und eine Masse für ihn fataler Unbequemlichkeiten mit sich brachte, wurde über dem, auf dem Tisch ausgebreiteten, nicht übermäßig reinlichen Tischtuch festgemacht. Dieses, durch etwa drei Zoll hohe Querhölzer verbunden und in Quadrate getheilt, schloß durch seinen hohen Rand den Tisch vollkommen ein, und hielt Teller und Schüsseln so ziemlich fest, daß sie wenigstens nicht hinunterrutschen konnten, war aber natürlich nicht im Stande das Überlaufen der Schüsseln und gefüllten Teller zu verhindern, wenn man sie hätte vor sich auf den Tisch stellen wollen. Diese forderten deshalb auch gebieterisch die ungeteilte Aufmerksamkeit der Essenden, und die geringste Unachtsamkeit blieb gewiß nicht ungestraft.

Herr von Hopfgarten hatte indeß von dem Krankheitsfall im Zwischendeck gehört, war gleich hinuntergegangen sich selber zu überzeugen, und erfuhr dort was Doktor Hückler der Kranken nach dem Aderlaß verordnet habe, und wie diese gerade durch das Gegentheil wenigstens so weit hergestellt worden, sie für jetzt außer Gefahr zu halten. In die Cajüte zurückgekehrt hatte er dann aber auch nichts Eiligeres zu thun, als die Damen davon in Kenntniß zu setzen, und während diese der Leidenden *Eau de Cologne* zum Einreiben und leichten Zwieback für eine mehr passende Nahrung als die schwere Schiffskost, hinunterschickten, nahm Herr von Hopfgarten den Doktor bei einem Knopf, zog ihn in die nächste Ecke und machte ihm hier die ungeheuersten Elogen wegen der fabelhaften Kur die er in dieser Nacht vollbracht, und womit er jedenfalls das Leben der Frau auf die eclatanteste Weise gerettet habe. Der arme Teufel von »Doktor« wußte freilich im Anfang nicht wohin er aus Verlegenheit sehen sollte, war auch von dem kleinen Mann schon so oft zum Besten gehalten worden, um ihm in diesem Fall gleich zu trauen, daß er es wirklich ehrlich meine; Herr von Hopfgarten verzog aber keine Miene dabei, ja rief zuletzt selbst den Capitain und die übrigen Cajütspassagiere herbei, und gratulirte sich und ihnen einen so wackeren Arzt an Bord zu haben, der mit Kopf und Herz auf der rechten Stelle, eine große Beruhigung für eine, von jeder weiteren Hülfe abgeschnittene Schiffsgesellschaft sein müßte.

Dem Chirurgen Hückler that aber das Lob, das so offen gespendet auch aufrichtig gemeint sein mußte, nicht allein unendlich wohl, sondern er bekam sich auch wirklich selber in Verdacht, in letzter Nacht eine höchst schwierige Kur mit seltener Geistesgegenwart und richtigem Urtheil aufgefaßt und behandelt zu haben, und doch am Ende von der Medicin mehr zu verstehen, als er sich selber zugetraut. Durch dieses Selbstvertrauen aber fühlte er sich gehoben, wurde gesprächig, und fing nun an, wie das leider überhaupt seine Gewohnheit war, einzelne andere, mitunter höchst merkwürdige Kuren zu erzählen, die er in früheren Zeiten gemacht, und wodurch er das Leben schon von anderen Ärzten aufgegebener Patienten mehrmals gerettet haben wollte. Herr von Hopfgarten ging darauf ein sich das Alles aufbinden zu lassen, und Hückler schwamm in einem Meer von Wonne.

Die Suppe wurde indessen aufgetragen, und der Steward, in der linken Hand die Klingel schwingend, mit der er die Passagiere herbeirief Platz zu nehmen, hielt mit der rechten die auf den Tisch gestellte Terrine, in der die heiße Hühnersuppe qualmte, sie vor dem Überschwappen zu bewahren. Des Doktors Geschäft war es übrigens bei Tisch die Suppe auszutheilen, und überhaupt vorzulegen, ein Amt das sich der Capitain, mit seinen unangenehmen Consequenzen bei einem stark besetzten Passagierschiff, gern vom Hals geschafft; er saß dabei zu Starbord an der Mitte des Tisches, neben ihm zur Rechten Eduard Lobenstein, und zur Linken Herr von Hopfgarten, während ihm gegenüber Frau von Kaulitz mit Herrn von Benkendroff die Sitze inne hatten. Professor Lobenstein mit Frau und den jüngsten Kindern nahm den vorderen Theil des Tisches ein, und die jungen Damen hatte der Capitain so placirt, daß sie gerade um ihn selber herum zu sitzen kamen. Das Schiff lag dabei fast vollständig auf der Larbordseite, den an diesem Bord bei Tische Sitzenden eine keineswegs bequeme Stellung gewährend, obgleich die Mahagony- und mit geflochtenem Rohr überzogenen Bänke, auf denen sie saßen, wohl befestigt waren, und nicht wanken und weichen konnten.

So wie Doktor Hückler am Tische Platz genommen, und die Terrine mit der linken Hand gefaßt hatte, ließ der Steward sie los, um weitere Bedürfnisse der Tischgäste herbeizuholen, und während sich die übrigen Passagiere ebenfalls setzten, füllte der Doktor jedem seine Portion auf den dargereichten Teller. Das Schiff schwankte dabei nach allen möglichen Richtungen hin, und die Damen besonders hatten im Anfang beide Hände voll zu thun, nur ihren Teller mit der Suppe zu balanciren, daß er nicht bald da bald dort überlaufe. Es gehörte auch erst in der That einige Übung dazu, dies Geschäft der linken Hand allein anzuvertrauen, und, mit den Augen fest auf den Tellerrand geheftet, der geringsten Bewegung augenblicklich zu begegnen, mit der rechten Hand indessen nach dem Löffel herumzufühlen, bis man den glücklich fand, und nun mit äußerster Vorsicht daran zu gehen sein Theil dem Munde zuzuführen. An ein Hinsetzen des Tellers auf den Tisch durfte, ehe abgegessen war, gar nicht gedacht werden. Die einzige Schwierigkeit für den Doktor selber war indessen, daß er, als er Allen ausgefüllt hatte, seinen eigenen Teller nicht bedenken konnte, ohne die Terrine preiszugeben, das Schwanken des Schiffes hatte jedoch für den Augenblick ein wenig nachgelassen, die Terrine selber war auch fast ganz geleert, und sie deshalb zwischen eine Schüssel mit Kartoffeln und das Querbret so fest als möglich einzwängend, daß sie ziemlich sicher stand, begann er seine eigene Portion, denn Hühnersuppe war ein Leibgericht von ihm, zu verzehren.

»Herr Capitain« sagte er dabei, »Sie erlauben mir wohl daß ich nachher der Kranken einen Teller von dieser Suppe in's Zwischendeck schicke; die wird ihr gut thun.«

»Ja woll Doktor, man tau« sagte Capitain Siebelt, der mit dem Doktor, sehr zu dessen Ärger, am liebsten platt sprach – »wo geiht et denn?«

»Oh gut, Capitain, ich denke wir sollen sie durchbringen, und heute Abend will ich ihr wieder eine Portion Schröpfköpfe setzen. Das Blut gestern sah dick und trübe aus, und kam faul und schleimig aus den Adern, aber ich denke wir bringen sie durch.«

Herr von Benkendroff sah den Sprecher, der ihm durch solche Beschreibung das Essen zu verderben drohte, mit einem höchst mißvergnügten Blicke an, sagte aber kein Wort, und der Doktor, dem das heraufbeschworene Bild andere, ähnliche seiner früheren Praxis vor die Seele rief, fuhr in dem vergeblichen

Versuch ein Hühnerbein zu bewegen auf dem Löffel liegen zu bleiben, schmunzelnd fort:

»Wissen Sie Capitain, in Bremerhafen der Matrose, der im vorigen Sommer an Bord des Gellert von der Raanocke herunter und auf den Anker des daneben liegenden »Alexander White« fiel, und sich auch den Hinterkopf so bös dabei verletzte, der brach zwei Stunden lang die reine Galle, und lag drei volle Tage besinnungslos, ehe er wieder zu sich kam. An dem haben wir was herumgeschröpft und Adergelassen.«

»Aber ich bitte Sie um Gottes Willen Doktor, schweigen Sie doch nur ein einziges Mal, wenigstens über Tisch, von ihren abscheulichen Operationen und Krankheiten« bat ihn da Henkels junge Frau, »Sie verderben uns jedes Mal das Essen.«

»Aber beste Madame Henkel« entschuldigte sich der Geschäftseifrige – »es sind das so natürliche Sachen, und was mit unserem eigenen Körper in Verbindung steht, sollte uns eigentlich nie Ekel verursachen – Hautkrankheiten vielleicht ausgenommen, besonders mit feuchten –«

»Ich verlasse den Tisch, wenn Sie nicht aufhören!« rief aber die junge Frau, jetzt ernstlich böse gemacht.

»Sie thäten überhaupt besser sich mehr mit Ihrem Teller zu beschäftigen« bemerkte jetzt auch Herr von Benkendroff, »Sie haben schon zweimal übergegossen, und die ganze Geschichte kommt hier nach uns herüber.«

»Halten Sie die Terrine!« schrie in demselben Augenblick der Capitain, halb von seinem Sitze emporfahrend, als das Schiff plötzlich scharf nach Starbord überlegte; der Tisch stand in dem Moment fast ganz gerade, ja lehnte eher noch etwas nach rechts hinüber, trotzdem daß das Schiff auf der Larbordseite lag. Der Doktor sah sich deshalb, so von allen Seiten zugleich ermahnt, auch bestürzt nach dem Capitain um, aber kaum wandte er den Blick von dem eigenen Teller, als dieser seinen Inhalt auch auf das Tischtuch ausleerte, und wie er ihn rasch und erschreckt, wenn gleich etwas zu spät, auskippte, holte das Schiff zurück.

»Die Terrine!« schrie nochmals der Capitain, aber das donnernde Getöse einer über Bord schlagenden See, die das Schiff bis in seine innersten Rippen erzittern machte, und an Deck prasselte, als ob sie Breter und Planken in Atome schmettern müßte, ließ seine Warnung, mit der Verwirrung die ihr folgte, ungehört verhallen. Die ganze Tischplatte stand in dem furchtbaren Wurf fast senkrecht, und die Terrine mit allem was sie noch an heißer Hühnerbrühe enthielt, mit Kartoffeln und Erbsen, und sämmtlichen Messern und Gabeln wie sämmtlichen Suppentellern der Starbordlinie kam in dem Augenblick, wo sich die Passagiere nur an den Bänken halten mußten nicht selber fortgeworfen zu werden, nach Lee hinüber, und zwar erhielt Frau von Kaulitz, die nie außer in einem seidenen Kleide bei Tische erschien, den Vortheil der ganzen Suppe, von der nur noch höchstens ein Teller voll der Weste und den Beinkleidern des Herrn von Benkendroff zu Gute kam, während die Erbsen und Kartoffeln ziemlich gleichmäßig über die anderen beiden Flanken vertheilt wurden. Selbst der Tisch, gegen den sich der Doktor mit seinem ganzen Gewicht warf, drohte aus seinen Klammern und Schrauben herausgerissen zu werden, und wäre auch richtig gefolgt, hätte der eben in die Cajüte kommende Steward nicht mit vieler Geistesgegenwart die Sauce der Frau Professorin in den Schooß, und sich selbst, indem er die Füße gegen die Wand stemmte, mit der Schulter gegen die Tischplatte geworfen, wenigstens das noch daraufstehende Geschirr zu retten, das jetzt in den Querhölzern des Aufsatzes hängen blieb.

Überall in der ganzen Cajüte klirrte und klapperte es dabei, in dem Vorrathsspintge fielen die auf solchen Wurf nicht vorbereiteten Flaschen und Gläser durcheinander, in den verschiedenen Coyen stürzten Bücher, Cigarrenkisten und andere Sachen zu Boden nieder, und schurrten dort, mit der späteren Bewegung des Schiffes herüber und hinüber, und in der Coye des Fräulein von Seebald klirrte es und brach's, und das Fräulein stieß einen durchdringenden Schrei aus.

Der Doktor trug übrigens die ganze Schuld, und kaum hatten sich die Passagiere nur wieder in etwas zusammengelesen und das Schiff einen ruhigeren, wenigstens nicht mehr so kopfüberen Gang angenommen, als Alle über den armen Teufel herfielen und ihm die bittersten Vorwürfe machten die Terrine nicht gehalten, den Tisch nach vorne übergestoßen, und mit beiden Ellbogen noch sämmtliches anderes Geschirr nachgeworfen zu haben. Frau von Kaulitz war dabei außer sich, und gerieth noch in größeren Zorn, als sie sich in ihre Cajüte zurückziehen wollte, und deren Thüre verschlossen fand. Die Mitbesitzerin weigerte sich dabei sogar hartnäckig zu öffnen, und fügte sich erst nach langem Parlamentiren, der gerechten Forderung, während sie im Inneren den erlittenen Schaden wahrscheinlich wieder so gut das eben anging zu verbessern suchte. Herr von Benkendroff verließ ebenfalls den Tisch, oder vielmehr die Trümmern desselben, und nur Henkels junge Frau, trotz den Flecken die auch ihr Kleid von Wein und Erbsen bekommen, wollte sich todtlachen über die Scene, wie die darauf folgende Confusion, und hörte nicht auf den armen

Doktor, als gerechte Strafe für seine ewigen und entsetzlichen Krankheitsbeschreibungen, zu necken und zum Besten zu haben.

An dem Nachmittag legte sich der Sturm. Die See ging allerdings noch hohl, und wie der Druck nachließ, den der Wind selber auf das Schiff ausgeübt, daß dieses sich mehr emporrichten konnte, wurde auch die Bewegung desselben, das Schlingern und Stampfen, eher noch heftiger; aber die Wogen selber beruhigten sich doch mehr, wenn es auch längere Zeit bedurfte ehe diese riesigen Wasserberge, die sich jetzt nur noch durch die eigene Schwere hoben, und mit zerfließendem Kamm in sich zusammenbrachen, vollständig in ihr altes Bett zurückkehren konnten.

Der bis dahin so ungünstig gewesene Wind, der das Schiff mehr zurückgeworfen, als in seinem Cours vorwärts gebucht hatte, räumte mehr und mehr auf[15], die Reefen wurden ausgeschüttelt, die Raaen aufgebraßt, die leichteren Segel wieder gesetzt, und am nächsten Morgen flog das wackere Fahrzeug fast vor dem Wind, und nur noch etwas gegen die schwere See ankämpfend, rasch und flüchtig seine Bahn entlang, dem fernen Ziel entgegen.

7. Leben an Bord

Vierzehn Tage waren nach dem, im vorigen Capitel beschriebenen Sturm verflossen, und nichts Besonderes in der Zeit an Bord der Haidschnucke vorgefallen. Der Wind blieb ihnen aber, wenn auch nicht besonders stark, doch ziemlich günstig, daß sie wenigstens fortwährend Cours anliegen oder steuern konnten[16], und bei dem herrlichen und schönsten Wetter den ruhigen Passat benutzen durften. In jenen Breiten weht die Luft so gleichmäßig, daß sogar eine Veränderung an den Segeln nur selten nöthig war, und die Passagiere, die auch wohl sahen daß sie tüchtig dabei vorwärts rückten, fingen schon an ungeduldig zu werden, frugen unaufhörlich die Steuerleute und Matrosen wann sie wohl »nach Amerika« kommen würden, und kramten den ganzen ausgeschlagenen Tag in ihren Kisten und Kasten herum ihre »Uferkleider« wieder vorzusuchen, Stiefeln und Schuhwerk von Schimmel zu reinigen, Wäsche auszuwaschen, und Tuchröcke und Hosen an die Luft zu hängen und auszusonnen.

Eine eigenthümliche Veränderung war aber doch mit manchem der Passagiere, während der langen Seereise, vorgegangen. Besonders die Männer, die sich im Anfang noch, als ihnen das Schiffsleben fremd und ungewohnt vorkam, wenigstens sauber und reinlich gehalten, und regelmäßig ihre gewöhnliche Kleidung angelegt hatten, als ob sie an Land gehen wollten, fingen an nachlässig zu werden, und ließen ihrer Bequemlichkeit in dem Schmutz des Zwischendecks den Zügel schießen. Diesen voran waren Steinert, und selbst Mehlmeier, die schon lange ihre Tuchkleider in die Kisten gepackt, und nur noch in den ersten Wochen angefangen hatten zwei und drei Hemden wöchentlich auszuwaschen. Das machte ihnen aber bald auch zu viel Müh'; wozu sich vor den Anderen geniren? – mit der Cajüte, so oft sie das auch versucht, kamen sie doch in keine Berührung, denn das nicht unbegründete Gerücht daß sich Ungeziefer im Zwischendeck gezeigt, hielt jetzt selbst Herrn von Hopfgarten ab sich noch zwischen die Leute zu mischen, und für ihre gewöhnliche und alltägliche Gesellschaft waren sie auch so gut und reinlich genug. In zertretenen Pantoffeln und abgerissenen Staubhemden und Hosen, Steinert ein rothgesticktes sehr schmutziges Sammetkäppchen, Mehlmeier eine einfachere aber

15 Man sagt auf See, wenn der Wind günstiger wird, »er räumt auf«, im entgegengesetzten Falle aber »er schrahlt weg!«

16 Es läßt sich denken, daß auf See nicht immer ein günstiger Wind weht, den Schiffer gerade dahin zu treiben, wohin er eben will. Wenn die Schiffe also nicht ihren gewünschten Cours steuern, oder (auf dem Compaß) »anliegen« können, so müssen sie eben *laviren* oder gegen den Wind aufkreuzen. Dies ist aber nur durch die verschiedene Stellung der Segel möglich und der Raaen, an denen die Segel festsitzen können deshalb nach den verschiedenen Seiten hin angeholt (gebraßt) werden. Das Princip des Segelns, unter diesen Verhältnissen, ist ungefähr das der schräggestellten Windmühlenflügel; die Windmühle steht aber fest, und das Schiff würde durch einen Seitenwind zu viel abgetrieben werden (Abdrift machen) wenn es eben nicht so tief im Wasser ginge, und der scharfe Kiel so stark wiederhielte. Das Steuer hilft dabei ebenfalls mit, das Schiff trotz ungünstigem Winde gegen diesen anzuhalten, und den Segeln Gelegenheit zu geben es vorwärts zu treiben, was selbst geschehen kann, wenn der Wind nicht einmal mehr blos von der Seite, sondern sogar mehr von vorn kommt. Der Compaß ist in 32 Striche getheilt, und es wird angenommen daß ein mit Querraaen versehenes Schiff mit *sechs* Strichen in den Wind liegen kann d. h. wenn der Wind z. B. von Norden weht, im Stande ist nach West-Nord-West oder nach Ost-Nord-Ost zu liegen. Das, bald nach der einen bald nach der anderen Richtung hinüberhalten nennt man eben laviren oder aufkreuzen; das Schiff gewinnt dabei jedesmal etwas in seinem Fortgang nach Norden, und was es über den einen Bug zu viel nach Osten hinüberkommt, macht es, wenn es über den anderen Bug nach Westen liegt, wieder gut. Es ist klar daß ein Schiff, je dichter es im Stande ist am Wind zu liegen, auch desto leichter und erfolgreicher laviren und sich zu luv- oder windwärts hinaufarbeiten wird.

nicht reinlichere östreichische Mütze auf (wobei der vergoldete Knopf vorn, wie der gelbe Streifen darum ihm das Ansehn eines heruntergekommenen Beamten gaben) trieben sie sich den Tag über an Deck herum, und warfen sich den Abend meist unausgezogen auf ihr Lager. Steinert trank dabei; aber der Wein, den er sowohl wie Mehlmeier zu ihrer Stärkung unterwegs mitgenommen, war lange verbraucht, und der Weinreisende sah sich genöthigt seiner durstigen Kehle den leichter zu bekommenden aber auch gefährlicheren Branntwein zu gönnen. Er betrank sich allerdings nicht, aber er wurde sehr lustig und laut, und Mehlmeier, der ihm gerade nicht regelmäßig, aber doch sehr häufig Gesellschaft dabei leistete, setzte sich dann zu ihm und sang mit ihm, bis sie gewöhnlich Abends von dem wachthabenden Steuermann zur Ruhe verwiesen wurden, weil die zur Coye gegangenen Matrosen nicht schlafen konnten.

Noch immer der Alte war und blieb Zachäus Maulbeere, der Exprediger des Zwischendecks, der aber nichtsdestoweniger, und trotzdem daß es ihm an Deck verboten worden, im unteren Raum noch mehrmals Reden, und zwar meist in der angefangenen Art gehalten, und immer eine bereitwillige Schaar Zuhörer gefunden hatte. Die Bessergesinnten wollten es freilich auch unten nicht dulden, und der fromme Weber meinte der damalige Sturm sei unmittelbar der Gotteslästerung gefolgt, ja ihr ganzes Schiff würde noch dem Zorn des Allmächtigen verfallen, wenn sie den schlechten Menschen seine nichtsnutzigen und teuflischen Reden unter sich halten ließen, die Mehrzahl war aber gegen ihn, und die Steuerleute mochten sich nicht in das mischen was unter Deck vorging, so lange es nicht das Schiff selber betraf und schädigte. Übrigens trug er noch – und kein Mensch an Bord hatte ihn je ohne den gesehn – denselben verblichenen grünen Oberrock mit den glatt und glänzend gescheuerten Schultern, den er an dem Morgen getragen, als er den Weserkahn zuerst betrat. Selbst Nachts that er ihn nicht von sich, und anstatt sich überhaupt vor Schlafengehn, wie man es im gewöhnlichen Leben doch eigentlich thut, zu entkleiden, zog er im Gegentheil zu dieser Zeit noch einen alten einmal blau gewesenen Mantel mit drei oder vier Kragen, *über* seinen Rock, brachte die Kragen dann durch einen plötzlichen Ruck nach oben unter den Kopf, schob sich mit einem der nägelbeschlagenen Schuhe, die er ebenfalls nie von den Füßen that, die wollene Decke zur Hand, zog sie bis an sein Kinn, und war dann meistens schon nach wenigen Minuten fest und schnarchfähig eingeschlafen. Die Wäsche hatte ihn dabei noch Niemand an Bord wechseln sehen, und war es, so mußte es heimlich in der Nacht geschehen sein, wie eine Sache wegen der man sich zu schämen hätte. Den Rock trug er übrigens seit den letzten 14 Tagen bis oben an den Hals hinauf zugeknöpft, oder vielmehr mit Bindfaden zugebunden, da der oberste Knopf der ununterbrochenen anstrengenden Beschäftigung erlegen war. Nicht einmal die gesprenkelte Weste kam mehr zu Tage.

Die einzige Person auf dem ganzen Schiff, mit der Maulbeere je verkehrte und sich manchmal unterhielt – wenn das Gespräch der Beiden überhaupt eine Unterhaltung genannt werden konnte, – war der Mann mit den kurzgeschnittenen Haaren, der sich selber Meier genannt, seine Frisur aber keineswegs beibehalten, sondern der Natur, seit er auf dem Schiffe war, völlige Freiheit gelassen hatte, ihm Kopf, Kinn und Oberlippe wieder nach Herzenslust mit schwarzen struppigen dichten Haaren zu überziehen. Er sah auch äußerlich dadurch ganz anders aus, als wie er vor so viel Wochen das Schiff betreten hatte, in seinem Betragen änderte das aber Nichts, und fest und verschlossen gegen Alle, blieb der eben so schweigsame Scheerenschleifer wirklich der Einzige an Bord, den er für würdig hielt manchmal eine oder die andere seiner Bemerkungen hingeworfen zu bekommen, wonach es diesem dann vollkommen frei stand, irgend etwas darauf zu erwiedern oder nicht. Seine Frau, eine schlanke, nicht unschöne aber etwas abgelebte Gestalt, schien am allermeisten von sämmtlichen Passagieren des ganzen Schiffes an der Seekrankheit gelitten zu haben, die sie wirklich nur in den windstillen Tagen gänzlich verlassen hatte. In der übrigen Zeit lag sie in ihrer Coye fest eingehüllt und zugedeckt, fröstelnd und gegen den unerbittlichen Feind ankämpfend, und ließ sich fast nur in der Dämmerung auf Deck sehn. In der Zeit ging sie etwa eine Stunde oben zwischen dem Haupt- und Fockmast ganz allein auf und ab, und sprach und verkehrte mit Niemandem. Nur mit den Kindern gab sie sich gern und viel ab, redete sie freundlich an, gab ihnen Zucker und Zwieback, und nahm wohl auch eins der kleineren, wenn sie es sich gefallen ließen, auf den Schooß, und hätschelte und küßte es dann, und wollte es fast nicht wieder aus den Armen lassen. Aber die Kinder fürchteten sich, sonderbarer Weise vor ihr, und nur selten, höchst selten konnte ein oder das andere einmal bewogen werden die Liebkosungen der fremden Frau standhaft zu ertragen. War es aber wirklich geschehn und hatten sie ihren Zwieback oder Zucker bekommen, dann schossen die kleinen Dinger auch gewiß so rasch sie konnten zu den Eltern zurück, drückten sich in deren Nähe, und es war fast als ob sie nun dort das unheimliche Gefühl erst abschütteln müßten, das ihnen bis jetzt die Kindesbrust beengt.

Am besten jedenfalls von allen Zwischendeckspassagieren hatte sich bis jetzt die Weberfamilie in das Schiffsleben hineingefunden. Er wie sie waren auch nicht einen Augenblick müßig an Bord, so lange die Sonne schien, und während die Frau für die Cajütspassagiere wusch und nähte, und besonders von Lobensteins eine Menge Arbeit bekam, die sie mit größter Sorgfalt und Gewissenhaftigkeit ausführte, dann nebenbei auch noch ihre Kinder beaufsichtigte und, ein Muster den Übrigen, sauber und reinlich hielt, half er dem Koch in der Küche das Geschirr auswaschen und scheuern, und wenn das beendet war, dem Zimmermann an Bord die verschiedenen nöthigen Arbeiten verrichten. Besonders eifrig zeigte er sich bei dem letzteren, die verschiedenen kleinen Handgriffe seines Geschäfts zu erlernen, und mit gutem Willen, von dem Zimmermann selber gern dabei unterstützt, gelang ihm das auch bald fast über Erwarten.

Wenig oder gar nicht mit seinen Mitpassagieren verkehrte der junge Donner, der still und abgeschlossen sich die meiste Zeit mit Lesen beschäftigte, oder auch wohl hinauf in die Marsen stieg, und Stunden lang hinaussah auf das weite wogende Meer. Nichtsdestoweniger war er von Allen gern gelitten, und wie Einzelne der Passagiere nach und nach erkrankten zeigte er sich vielen auch als wahrer Freund, verabreichte ihnen kleine Mittel und stellte sie wieder her. Das wurde dabei um so dankbarer angenommen, als es sich gar bald herausstellte daß der eigentliche »Doktor« an Bord wenig mehr von seinem Geschäft verstand als eben Aderlassen und Schröpfen, und die Zwischendeckspassagiere nannten ihn schon gar nicht mehr anders als den »Blutegel«. Der Frau des Tischlermeister Leupold hatte sich Donner ganz besonders freundlich angenommen, ohne freilich ihren Zustand wesentlich verbessern zu können. Der Fall an dem Tag, mit den Schrecken der Nacht, hatte gleich bös auf ihr Gehirn wie ihre Nerven gewirkt, und wenn ihr Leiden auch nicht gerade wieder in Tobsucht, wie an jenem furchtbaren Abend, ausbrach, lag sie doch jetzt in theilnahmloser Stumpfsinnigkeit, ohne sich um Mutter oder Gatten zu kümmern oder auch nur nach ihnen zu fragen, auf ihrem Lager, und hielt Stunden lang die Hände fest gegen die fiebrische Stirn gepreßt. Leupolds Mutter, so wie sich diese nur in etwas von dem erneuten Anfall der Seekrankheit erholt, und Hedwig, die sich jeden Augenblick Zeit abstahl bei der Kranken zu sein, pflegten sie unermüdlich, und thaten Alles was in ihren Kräften stand, ihren Zustand zu erleichtern, aber auch das war nur sehr wenig, und dieser selbst von dem jungen Donner – denn Hückler hatte ihn lange aufgegeben – für hoffnungslos erklärt. Übrigens bekam sie, auf Georg Donners ernstliche Vorstellungen an den Capitain, der im Anfang nicht darauf eingehen wollte, ihre Kost jetzt einzig und allein aus der Cajüte. Lieber Gott, es war wenig genug was sie davon genießen konnte.

Leupold selber hatte bis jetzt das Unglück das ihn betroffen mit großer Standhaftigkeit ertragen, und war nicht von dem Lager der Kranken gewichen Tag und Nacht; hatte er ja doch noch immer eine Hoffnung, daß sich sein Weib erholen könne, und ihm erhalten bliebe. Als aber auch diese ihn zuletzt verließ, und sich ihm die Gewißheit des unersetzlichen Verlustes endlich aufzwang, da brach die Kraft des starken, besonnenen Mannes auch zusammen, und er weinte wie ein Kind. Vergebens blieben alle Tröstungen der übrigen Passagiere, die, mit wenigen Ausnahmen, innigen Antheil an seinem Schmerze nahmen; was er sich selber vorzuwerfen hatte, oder zu haben glaubte, fühlte er auch allein und am schärfsten, und vermochte dem über ihn hereingebrochenen Unglück nicht die Stirn zu bieten. Laut klagte er sich jetzt selber an, leichtsinnig und thöricht sein Glück in der Heimath von sich geworfen und mit Füßen getreten, ja *durch* seinen Leichtsinn die eigene Frau die ihm nur mit Widerstreben gefolgt, getödtet zu haben, und saß dann wieder halbe Tage lang dumpf vor sich hinbrütend an Deck, den Kopf auf die Reiling gelehnt, und aß und trank nicht, antwortete nicht wenn man ihn fragte, und schaute stier und unverwandt in's Meer.

Am glücklichsten von allen Zwischendeckspassagieren schien der junge Dichter und »Schriftgelehrte« Theobald – wie ihn Steinert nannte – die Zeit an Bord zu verleben. Seinem eigenen Ausdruck nach flog er wirklich wie eine Biene von Blume zu Blume Honig einzusammeln, d. h. er machte sich nach der Reihe an alle verschiedene Mitpassagiere, die im Bereiche seines Armes waren, und suchte ihre Lebensverhältnisse und Schicksale zu erfahren, die er sich dann unverweilt in sein Taschenbuch unter verschiedene Rubriken eintrug und im Stillen zugleich bestimmte, was davon zu Prosa, was zu poetischen Ergüssen benutzt werden sollte. Manche fand er nun allerdings höchst bereitwillig ihm alles das zu erzählen was sie von sich eben wußten, bei denen lohnte es sich dann aber auch selten der Mühe, denn sie hatten gewöhnlich nur Alltägliches mitzutheilen, und Theobald bekam von ihnen nicht einmal *Wachs*. Die aber, die wirklich etwas des Erzählens Werthes erlebt, rückten nie gern mit der Sprache heraus, ja die interessantesten Persönlichkeiten an Bord, unter ihnen Maulbeere, Meier und zwei der letztgekommenen Passagiere wiesen ihn sogar schnöde und grob genug ab, und sagten ihm, mit noch einigen anderen, schwer wieder zu gebenden Bekräftigungen, er solle sich zum Teufel scheeren und andere ehrliche Leute mit seinen langweiligen und naseweisen Fragen in Ruhe lassen.

Maulbeere besonders, der ihm die frühere Charakteristik noch nicht vergessen und ihn außerdem im Verdacht hatte daß er ihn zeichnen wolle (etwas Schlimmeres hätte Maulbeere gar nicht passiren können) fertigte ihn am gröbsten ab. Sobald deshalb Theobald, oft nur zufällig ihm gegenüber Platz und sein unausweichliches Buch zur Hand nahm, veränderte er stets die Stellung, drehte den Kopf von ihm fort und ihm den Rücken zu, und schnitt ihm dabei von Zeit zu Zeit über die Schulter hin die grimmigsten Gesichter. Er brachte es auch in der That zuletzt dahin daß ihm Theobald wie einen bösgemachten Kettenhund, aus dem Wege ging, und jede weitere Annäherung an ihn, als total erfolglos, aufgeben mußte.

Humoristischer faßte der älteste von den drei geheimnißvollen Passagieren die Sache auf, denn dieser kam einer Annäherung Theobalds, von der er bald den wahren Grund vermuthete, auf halbem Wege entgegen, ließ sich mit ihm, ganz gegen seine sonstige Gewohnheit, in ein wirklich vertrauliches Gespräch ein, und willfahrte auch zuletzt sogar dessen Wunsch, ihm einige Daten aus seiner eigenen Lebensgeschichte mitzutheilen. Theobald vertraute ihm dabei, wahrscheinlich um *sein* Vertrauen zu erwecken, daß er an einer Biographie berühmter Charaktere arbeite, und, natürlich unter strenger Verschweigung des Namens, wirklich erlebte Scenen interessanter Persönlichkeiten zu sammeln suche. Der Alte sträubte sich, nach dieser offenen Erklärung, allerdings ein wenig, aber Theobalds Überredungskunst wußte seine letzten Zweifel und Bedenklichkeiten endlich zu beseitigen, und er begann jetzt dem staunenden Dichter eine Kette von Schicksalen zu erzählen, deren erster Beginn schon diesen mit Staunen und Bewunderung erfüllte, und ihm ganze Schätze von Material für spätere Arbeiten versprach.

Der Mann war, seiner eigenen Aussage nach, der natürliche Sohn eines Fürsten, dessen Namen zu geben er sich hartnäckig weigerte, in seiner Jugend ganz wie Caspar Hauser auf einer wüsten Insel in der Nordsee erzogen worden, und dann später nach Afrika geschafft, dort wahrscheinlich dem, Europäern so verderblichen Klima zu erliegen. Seine gute Natur hatte ihn aber nicht allein gesund und am Leben gehalten, sondern seine persönliche Tapferkeit wie die mitgebrachten Feuerwaffen, ihn auch bald dem König des dortigen Reiches so unentbehrlich gemacht, daß er die Hand dessen einziger Tochter mit der Bestätigung erhielt, einstens, nach dem Ableben des alten Fürsten die Regierung zu übernehmen, als eine Palastrevolution seiner Heirath wie seinen glücklichen Aussichten ein rasches und grausames Ende machte. Der alte Fürst wurde von einem nahen Verwandten, ermordet, und während dieser die Prinzessin selber heirathete nähte man den Fremden, den man beschuldigte durch schändliche Zaubermittel das Vertrauen des alten wackeren Königs erschlichen zu haben, in einen gewöhnlichen Kaffeesack, und warf ihn in's Meer. Wunderbarer Weise lag dort gerade ein europäisches Schiff vor Anker, das aus Furcht mit in die politischen Wirren verwickelt zu werden, seinen Anker lichtete, und mit diesem zu gleicher Zeit den unglücklich Gerichteten, eben noch am Leben, heraufzog. Er blieb jetzt eine Zeit lang an Bord des englischen Schiffs, das bestimmt war den Sklavenhandel an der afrikanischen Küste zu überwachen, bis dieses mehre reiche brasilianische Prisen genommen hatte und nach Hause zurückkehrte.

Unverhofft und wohl auch unerwünscht wurde sein Wiedererscheinen in Europa von seinem unnatürlichen Vater begrüßt, der aber doch jetzt nicht umhin konnte für den Sohn zu sorgen. Er verschaffte ihm also eine Stelle an der Bärenburger Staats-Eisenbahn, wo er ein sehr ruhiges und zufriedenes Leben hätte führen können, wenn sich nicht eine junge russische Gräfin auf der Durchreise in ihn verliebt, und ihn zu dem thörichten Schritt verleitet hätte sie zu entführen, oder sich vielmehr von ihr entführen zu lassen. Der Telegraph war schneller als ein genommener Extrazug, sie wurden eingeholt, die Gräfin kam, allem Vermuthen nach in ein sibirisches Kloster, und er selber auf die Festung nach Torgau wo er drei Jahre lang in Einzelhaft schmachtete. Seine Drohung endlich, wichtige Familiengeheimnisse eines deutschen Königshauses zu verrathen, verschaffte ihm die Freiheit wieder, und er ging jetzt als geheimer östreichischer Consul nach den Vereinigten Staaten dort – doch er durfte nicht indiscret sein, und wollte von seinen Instructionen Nichts verrathen.

Theobald war dem Beginn der Erzählung in freudiger, man könnte fast sagen gieriger Aufregung gefolgt; je weiter sich der Bursche aber in seine romantische Schilderung verlor, desto stutziger wurde er, hörte auch auf, sich die einzelnen Daten zu notiren, und betrachtete den Erzähler mit einem allerdings noch immer aufmerksamen, doch etwas mißtrauisch gewordenen Blick, der offenem Mißmuth Raum gab, als Jener ihm auch noch den östreichischen Consul aufbinden wollte.

»Lieber Freund« sagte er dabei, während er von dem Wasserfaß auf dem er gesessen, aufstand, und sein kleines Notizbuch in die Tasche zurückschob – »Sie glauben vielleicht daß Sie sich einen Spaß mit mir erlauben können –«

Furchtbares Gelächter unterbrach ihn aber in jeder weiteren Protestation, denn oben in der, mitten auf Deck aufgestellten Berkasse, hatten von ihm ganz unbemerkt die beiden Kameraden des Burschen gelegen, und der ganzen Erzählung mit unbeschreiblichem Behagen zugehört, dem sie erst jetzt Luft machten, als sie merkten daß der »Langhaarige« wie er auf dem Schiffe hieß, doch nicht länger anbeißen wollte.

»Hahahaha!« schrie dabei der Jüngste – »ob er sich nicht Alles dabei aufgeschrieben hat wie ein Polizeispion –«

»Daß ich ein afrikanischer Prinz wäre hat er geglaubt« lachte nun auch der Alte – »aber der östreichische Consul blieb ihm in der Kehle stecken.«

Theobald war entrüstet, und eben im Begriff dem profanen Menschen in voller Verachtung zu erwiedern, besann sich aber noch eines Besseren, drehte sich scharf auf dem Absatz herum, und verließ mit einem durchbohrenden Blick auf die Gruppe, der von einem lauten Hurrah der Übrigen erwiedert wurde, rasch den Platz.

»Guten Morgen Herr Theobald« sagte in diesem Augenblick Meier der jedenfalls auch ein heimlicher Zeuge der Scene gewesen sein mußte, zu dem entrüsteten Dichter, dem er auf dem anderen Gangweg begegnete – »wünschten Sie nicht vielleicht jetzt auch *meine* Lebensgeschichte in Ihr kleines grünes Büchelchen zu notiren? – ich stünde Ihnen mit Vergnügen zu Diensten.«

»Gehn Sie zum Teufel!« rief aber Theobald, der den in dem Anerbieten enthaltenen Hohn nicht mißverstehen konnte, in voller Entrüstung, und warf beinah den Waschtrog über den Haufen, an dem des Webers Frau beschäftigt war, nur um dem fatalen Menschen so rasch als möglich aus dem Weg zu kommen. Meier blieb aber stehn, sah ihm erst lächelnd eine Weile nach, und dann sich zu dem Weber wendend, der unsern davon an des Zimmermanns Hobelbank stand und arbeitete sagte er, während er mit dem Daumen seiner rechten Hand über die Achsel hinter dem Fortstürmenden her deutete:

»Ein liebenswürdiger junger Mann das, Kamerad; den müssen wir uns zum Freunde halten, oder er streicht uns rabenschwarz an, wenn er einmal in Amerika unsere Reise beschreibt«, und sich vor heimlichem Lachen ordentlich schüttelnd, ohne daß jedoch sein Gesicht einen freundlicheren Ausdruck dadurch bekommen hätte, stieg er durch die hintere Luke in's Zwischendeck hinab.

Der Weber sah ihn an während er sprach, und hobelte dann eine Zeit lang ruhig weiter; endlich aber, als ob er mit seinen Gedanken doch nicht recht einig werden könne, legte er den Hobel hin, ging die paar Schritte zu seiner Frau hinüber und sagte, sich das Kinn mit der linken Hand streichend, und nachdenklich in die Luke hinab hinter dem Manne herschauend:

»Wenn ich nur wüßte wo ich das Gesicht von dem da schon früher einmal gesehen habe – vorgekommen ist mir's schon, darauf wollt' ich das heilige Abendmahl nehmen, und jetzt zerbrech ich mir schon seit drei Tagen den Kopf wo ich ihn hinthun soll.«

»Wen? – den finsteren schwarzen Burschen, der sich jetzt den großen schwarzen Bart stehn läßt seit er auf dem Schiff ist?« sagte die Frau, ebenfalls in ihrer Arbeit ruhend – »das ist ein mürrischer Gesell, und je weniger man mit ihm zu thun hat, desto besser.«

»Vater« sagte da Hans, des Webers ältester Junge, der für die Mutter die Wäsche ausgerungen und in einen trockenen Kübel gelegt hatte – »der hat beinah so ein Gesicht wie der Fleischer, der an dem Tage bei uns war als es so furchtbar stürmte und regnete.«

»Gott sei mir gnädig ob der Junge nicht recht hat!« schrie die Mutter da, und ließ vor Schrecken die Seife fallen. »Das ist der rohe Mensch der so häßlich von den Kindern sprach; darum ist mir das finstere Gesicht auch immer so fatal und unheimlich gewesen. Herr Du mein Gott, ist mir der Schreck doch ordentlich in die Glieder gefahren« – setzte sie nach einer kleinen Pause tief aufseufzend hinzu – »wo er nur herkommt und weshalb er von daheim fort sein mag?«

»Wegen was Gutem nicht« sagte der Mann mit dem Kopfe nickend, und umsonst hat er sich nicht den dicken Bart und die langen schwarzen Haare kurz abgeschnitten gehabt, wie er von zu Hause fort ist, der Patron. Aber Ihr habt recht, es ist wahrhaftig der Gesell, der damals in dem Unwetter zu uns kam und dann nach der Schenke hinaufging, sich einen Schnaps zu holen. Nun was kümmert's uns – er hat *uns* nicht wieder kennen wollen, die wir uns nicht entstellt haben, und das können wir ihm nur Dank wissen – ich werde mich ihm nicht aufdringen, davor ist er sicher, aber wissen möcht' ich schon was mit ihm los ist.«

»Das ist also seine Frau, die lange hübsche Person, die immer krank in der Coye liegt?« frug die Frau.

»Er sagt's wenigstens« meinte der Weber – »und sie gilt dafür.«

»Aber wo sind denn seine Kinder?« fuhr die Frau rascher fort – »weißt Du nicht daß er uns damals sagte er hätte so viel – zum Abgeben? – ich hab' es nicht vergessen, denn das gerade hat mir den Mann gleich von allem Anfang an so verhaßt gemacht.«

»S'war wohl auch nur eine Prahlerei« brummte der Weber achselzuckend – »und er that sich groß mit seiner Gleichgültigkeit. Leider Gottes rühmen sich die meisten Menschen nur gewöhnlich etwas, dessen sie sich eher schämen sollten, wenn sie Verstand wie Herz auf dem rechten Fleck hätten. Ich bin übrigens nur froh daß ich herausbekommen habe wohin ich des Burschen Gesicht thun sollte – der Hans hat doch ein gutes Gedächtniß –«

Und damit ging er zurück zu seiner Hobelbank, wo er gleich darauf die hingelegte Arbeit wieder aufnahm, und rüstig daran fortarbeitete, bis der Koch zum »Schaffen« rief, und der Zimmermann kam, sein Handwerkszeug für die Nacht fortzupacken.

8. Die Entdeckung

Auf dem Quarterdeck hatten sich indessen an dem Nachmittag, sehr zum Ärger der alten Frau von Kaulitz, die heute selbst nicht Herrn von Benkendroff an den Spieltisch fesseln konnte, sämmtliche Passagiere versammelt, den herrlichen warmen und sonnigen Tag sowohl zu genießen, als auch eine Freudenbotschaft des Capitains zu feiern. Dieser hatte ihnen nämlich nach seiner um 12 Uhr genommenen Observation erklärt, daß sie morgen, wenn der Wind so aushielte, oder eher noch ein wenig besser würde, und die Strömung sie nicht zu weit nach Norden versetze (Schiffscapitaine haben in einem solchen Fall immer eine Masse *wenns*, sich die nöthige Hinterthüre aufzuhalten) möglicher Weise, aber noch keineswegs ganz bestimmt, Land sehen könnten.

Land – das Wort, so leise und vorsichtig wie es auch gesprochen, zuckte doch wie ein Lauffeuer durch das ganze Schiff. *Land – Amerika*, die Passagiere strömten in Schaaren herauf aus ihrem dunklen Raum, des Worts Verheißung auch gleich erfüllt erwartend, und schauten nach allen Richtungen hinaus in See, nach Nord und Süd, nach Ost und West, die Küstenreihe zu erkennen, wie sie sich ihre Phantasie bis dahin wohl gedacht und ausgemalt.

»Wo ist es? – dort hinten – ich habe es den ganzen Morgen schon gesehn – oh Gott bewahre, das ist nur ein schwarzer Schattenstreif auf dem Wasser – nein *dort* hinüber liegts, es muß doch nach Westen sein – aber ich sehe ja Nichts – ja ich auch nicht –« rief und schrie es unter den Passagieren durcheinander, und die Matrosen machten sich ein Vergnügen daraus, die Leute nur wo möglich noch immer mehr irre zu führen. Wenn die Passagiere nun aber auch nach und nach erfuhren, daß das verheißene Land keineswegs schon in Sicht, sondern erst auf morgen angesagt sei, kam doch jetzt auf einmal ein reges, geschäftiges Leben in die Leute, und die selbst, die sich die ganze Reise hindurch kaum geregt, und oft nur mit Gewalt aus ihren Coyen gebracht waren, dem Zwischendeck unten eine Zeitlang frische Luft zu gönnen, krochen hervor aus ihrer Höhle, wie lichtscheue Dachse, und sonnten sich in dem behaglichen Gefühl nun bald wieder festen Grund und Boden betreten zu können, und dem fatalen ewigen Schwanken und Schaukeln enthoben zu sein.

Am lautesten in ihrer Freude waren ein paar Oldenburger Bauernfamilien, die sich besonders unzufrieden auch unterwegs schon über die Schiffskost gezeigt und den Capitain und die Steuerleute fortwährend mit Klagen und Beschwerden bestürmt und geärgert hatten. Bald war ihnen das Fleisch zu fett, bald zu mager gewesen, bald das Brod zu hart, bald nicht genug davon, und fortwährend hatten sie dabei ihren Contrakt zur Hand, nach dem ihnen gute und nahrhafte Kost zugesagt worden für die Dauer der Reise, während sie jetzt das sämmtliche Zwischendeck zu Zeugen aufriefen, ob das, was sie bekämen, gute und nahrhafte Kost genannt werden könne. In *ihrem* Lande füttere man die Schweine damit, und hier wolle man es Leuten, die ihre schwere Passage bezahlt hätten, als contraktmäßige Kost aufzwingen. Die Leute sahen dabei ärmlich und kümmerlich genug aus, und es war die Frage, ob sie es daheim so gut gehabt, wie sie es wirklich an Bord bekamen; gerade derartige Passagiere sind aber gewöhnlich auf den Schiffen die am schwersten zu befriedigenden, während Andere, die an ein besseres Leben daheim gewöhnt waren, die Dinge gewöhnlich nehmen wie sie sie finden, sich dabei mit Recht denken, daß an Bord eines Schiffes, auf einer langen Reise, nicht eben Alles nach Wunsch gehen könne, und der Reisende gleich von vornherein auf ein gewisses Maaß von Entbehrungen und Unbequemlichkeiten gefaßt sein müsse.

Morgen Land – das Wort verschlang aber in dieser Stunde alle anderen Gedanken, wenn auch das versprochene noch nicht in Sicht war, und viele, viele Meilen Seeraum noch zwischen ihm und dem, mit vollen Segeln dorthin strebenden Schiffe lagen. »Morgen Land« – die meisten Passagiere verwechselten dabei, in dem Freudenrausch des neuen Gefühls, den ersten Anblick, der dann jedenfalls noch sehr fernen Küste mit dem wirklichen Betreten derselben, und dringende Rufe nach dem Steuermann wurden laut, ihnen, wie ihnen das in Bremen versprochen worden, den unteren Schiffsraum jetzt zu öffnen, und von dem und jenem verlangte Kisten vorzuholen, nothwendige Kleidungsstücke und Wäsche herauszunehmen aus dem bis jetzt verschlossenen Gepäck. Vergebens suchten die Steuerleute den Ungeduldigen begreiflich zu machen, daß sie mit dem Land sehen, – und sie sähen es noch nicht einmal – nicht auch schon im Hafen wären, und Schiffe in der That schon in Ruf's Nähe vom Land gewesen, durch ein plötzlich eintreffendes Wetter aber wieder in See hinausgetrieben wären, und dort noch hätten Wochenlang umherkreuzen müssen, ehe sie ihr Ziel erreichten.[17] Es blieb Alles vergeblich, die Leute ließen nicht mit Quälen nach, und theils ihr lästiges Drängen los zu werden, theils auch, weil das Wetter wirklich vortrefflich und eine baldige Landung möglich war, befahl der Steuermann endlich einigen seiner Leute, die untere »Achterluke« aufzumachen, und von dem darunter befindlichen Passagiergut herauszuholen, was verlangt würde, und was sie eben möglicher Weise erreichen konnten.

Die erste Kiste gleich, die zu Tag kam, gehörte den beiden Schwestern, Rechheimers Verwandten, die mit Hedwig eine Coye theilten, und besonders laut schon gejammert hatten, daß sie einige Sachen nothwendig daraus haben *müßten*, um anständig an Land zu erscheinen. Die Kiste wurde also auf ein paar andere hoch in die Luke gehoben, und dort gleich von dem Zimmermann aufgeschlagen.

Die Passagiere drängten indeß auf dem von der Luke zurückgeschobenen Gepäck umher; wer seine Coye dort hatte, stieg hinein, um von dort die Verhandlung zu überschauen, und wer nicht so glücklich war, suchte auf den aufgestapelten Kisten und Koffern, oder am oberen Lukenrand einen Platz und Überblick zu gewinnen, als ob da unten wirkliche Sehens- und Merkwürdigkeiten gezeigt, und nicht eben nur ein paar Auswandererkisten geöffnet und durchstöbert werden sollten, die keinesfalls etwas anderes enthielten, als Wäsche und Kleider. Auf See wird aber auch selbst das Unbedeutendste zum Ereigniß, wenn es eben das alltägliche Leben unterbricht und irgend eine Veränderung bringt, und die Passagiere geben sich dem nicht selten wie Kinder hin, die nur nach einem bunten neuen Spielwerk greifen, um es im nächsten Augenblick wieder bei Seite zu werfen. So war denn auch hier kaum der Deckel von der Kiste gehoben, Rebecca, die eine der Schwestern, ein junges, allerliebstes schwarzäugiges Mädchen von vielleicht sechzehn oder siebzehn Jahren, hatte eben die oberste Schicht Leinen abgenommen, und ein etwas buntes Kattunkleid herausgehoben, als von den Lippen der nächst Sitzenden ein bewunderndes »Ah!« laut, und der Scherz von den Übrigen augenblicklich aufgefaßt wurde.

»Ah!« tönte es fast von jeder Lippe, die Anderen, die nicht in Sicht der vorgehenden Dinge kommen konnten, aus Neugierde fast zur Verzweiflung treibend – »ah wie schön, ah wie wunderschön – ja Fräulein Rechheimer – na das wird ein Staat werden, in New-Orleans – Donnerwetter, die Amerikaner werden wir einmal verblüffen« – »Ah!« tönte es dann wieder in lautem Chor, als ein roth und grünseidenes, hochgelb geflammtes Tuch zum Vorschein kam – »ah wie wunderschön!«

»Oh höre Se auf mit Ihre Dummheite« sagte die ältere Schwester Sarah, halb lachend, halb ärgerlich, aber der Chor stimmte ein, und während die Mädchen roth wurden und nicht wußten ob sie lachen oder böse werden sollten, mußten sie doch all ihre Herrlichkeiten den Blicken des dankbaren Publikums preisgeben, das mit einem Beifallssturme jedes neue Stück von Schmuck oder Putz begrüßte.

Madame Löwenhaupt ließ gleich darauf eine von ihren Kisten öffnen, erklärte aber dabei von vornherein, sich dergleichen Verhöhnung für ihre eigene Person nicht gefallen zu lassen; das machte jedoch das Übel wo möglich noch ärger, denn wenn das leichtsinnige Völkchen des Zwischendecks erst im Anfang gejubelt hatte, so erhob sich jetzt, als das hochrothe Staatskleid, und zuletzt sogar ein Feder- und Blumenbesteckter Hut der kleinen, keineswegs mehr hübschen Frau zum Vorschein kamen, ein wahrer Beifallssturm und solcher Heidenlärm, daß der Steuermann wirklich nach vorn geschickt wurde, zu sehen ob vielleicht irgend ein Unglück vorgefallen wäre. Madame Löwenhaupt wollte nun allerdings bei diesem Klage über die

17 Ein Auswandererschiff erreichte vor einer Reihe von Jahren eines Abends den Hafen von New-York, aber die Nacht brach ein, es wurde dunkel und die Brise heftiger, so daß der Capitain lieber den Morgen abwarten wollte, einzulaufen. Die Nacht erhob sich ein Nord-Wester, das Schiff wurde wieder in See zurückgeworfen und brauchte nachher noch drei volle Wochen, ehe es im sicheren Hafen Anker werfen konnte.

»nichtswürdige Behandlung« wie sie es nannte, führen, und als dieser nicht darauf einging, sich in die »Privatverhältnisse« der Passagiere zu mischen, wurde Herr Löwenhaupt selber bei Allem beschworen, was er seiner Frau schuldig sei, dieß schändliche Betragen nicht zu dulden. Herr Löwenhaupt wußte aber auch selber am besten was ihm gut sei; er dachte gar nicht daran Streit mit sämmtlichen Passagieren anzufangen, sondern stand vielmehr seiner Ehehälfte bei, ihre Sachen rasch aus dem Weg und Gesichtskreis der sie Umlagernden zu bringen – das Gescheuteste zweifelsohne, was er in diesem Fall zu thun im Stande war.

Die Aufmerksamkeit der Passagiere wurde aber auch selbst hiervon abgelenkt, als ein anderes Schauspiel vor ihnen auftauchte. »Ein Handwerksbursch – ein armer Handwerksbursch!« schrie es von Deck aus, und lauter schallender Jubel begrüßte hier einen jungen Burschen, einen Schuhmachergesellen, der sich, als Alle ihre Sachen vorholten, zum Spaß seinen »Landrock« herausgesucht, den großen ausgeschweiften Hut aus der Kiste, den mit schwarzer Wäsche ausgestopften Tornister mit ein paar eingebundenen Reservestiefeln auf den Rücken, und den Knotenstock in die Hand genommen hatte, und nun mit großen geschäftigen Handwerksburschenschritten unter dem Zujauchzen der Passagiere und Matrosen, auf dem Starbordgangweg auf und ab paradirte. Der Jubel wurde aber noch größer, als der Schustergesell das Privilegium, das ihm als Handwerksburschen zustand, benutzend, seinen Hut abnahm und bei den verschiedenen Passagieren des Zwischendecks, die gegen ihn zudrängten, anfing zu fechten, und Steinert zuletzt, der sich geschwind einen alten Überrock holte, bis oben hinauf zuknöpfte und dann ein Seitengewehr umhing, das er Gott weiß wo gefunden, den fechtenden Handwerksburschen als Gendarme arretirte und unter dem Hurrahgeschrei der sämmtlichen Mannschaft nach unten transportirte. Dieser arbeitete sich aber doch wieder an Deck, und selbst der alte Capitain Siebelt, der wie schon erwähnt sein Deck eifersüchtig von Zwischendeckspassagieren frei hielt, sagte kein Wort und schmunzelte sogar, als er die hier gar nicht herpassende Gestalt aus dem innern Lande zuletzt mit abgezogenem Hut bis auf das Quarterdeck hinaufsteigen sah. – Er dachte auch an zu Hause, an Frau und Kind, wo er, wenn er einmal auf kurze Zeit daheim saß, nie einen armen Handwerksburschen unbeschenkt entlassen hatte; ja er würde dem hier mit größtem Vergnügen ein Sechsgrotenstück in den Hut geworfen haben – und lieber mehr wie weniger, nur der alten Erinnerungen wegen, aber – die Autorität litt das nicht, der durfte er Nichts vergeben, und dem Handwerksburschen war schon Ehre genug geschehn, daß er das Quarterdeck betreten; das hätte gefehlt daß er auch noch Geld dazu bekam.

Die Cajütspassagiere hatten sich aber auch schon über das rege geschäftige Leben, das heute am Deck herrschte, amüsirt, und Clara besonders lachte mit Marie, das ihnen die Thränen in die Augen traten, als der allerdings wunderlich genug aussehende Handwerksbursch an Deck erschien und seine Runde machte; wie er aber seinen Hut abzog, und zum Quarterdeck fechten kam, bestand sie darauf, daß er nicht umsonst ihre Mildthätigkeit in Anspruch nähme.

»Wir können doch wahrhaftig nicht sagen« rief die muntere junge Frau lachend, »daß wir von derartigen Leuten überlaufen werden, und eine Schande wär's für ewige Zeiten, wenn wir den ersten armen reisenden Handwerksburschen, der uns auf offener See anspricht, unbeschenkt entließen. Du mußt mir etwas kleines Geld geben, Joseph.«

Der junge Henkel, der wahrscheinlich auch mit den Vorbereitungen der baldigen Landung beschäftigt, den ganzen Tag schon in seiner Coye geordnet und umgepackt hatte, und jetzt auf einer der Quarterdecks-Bänke saß und in seinem Taschenbuch rechnete und notirte, hatte sich bis jetzt auch nicht im Mindesten um das bekümmert was im Zwischendeck vorging, und selbst nicht auf das Lachen und den Jubel um sich her weiter, als mit einem gelegentlichen theilnahmlosen Blick geachtet. Nur die direkt an ihn gerichtete Bitte machte ihn aufschauen, und Clara mußte sie wiederholen, ehe er sie nur verstand.

»Kleines Geld, liebes Kind, habe ich nicht mehr« antwortete er dann, die Achseln zuckend und seine Papiere wieder vornehmend. »Deutsche Grote nutzen uns doch Nichts mehr in Amerika, und ich habe nicht allein die letzten in Brake ausgegeben, sondern auch schon, wie Du recht gut weißt, Deine Waschfrau im Zwischendeck neulich in Amerikanischen Dollarn bezahlen müssen.

»Ja lieber Gott, so geht es uns auch« rief Marie, die ebenfalls ihr Portemonnaie herausgeholt hatte und es vergebens durchsuchte, »all unser kleines Geld ist ausgegeben und wir sind des Webers Frau, der Frau Brockfeld, noch außerdem eine kleine Summe schuldig, die ihr der Vater versprochen hat in Amerikanischem Gelde zu bezahlen sobald wir an Land kommen.«

»Armer reisender Handwerksbursch – seit drei Tagen keinen warmen Löffel im Leibe gehabt!« sagte in diesem Augenblick der junge Bursch, indem er sich halb schüchtern, als ob er nicht wisse wie der Scherz aufgenommen werde, den Damen mit vorgehaltenem Hute und tiefem Kratzfuß näherte – »möchte gern das Handwerk begrüßen, aber habe keinen einzigen Schuster hier vorgefunden.«

»Lieber Joseph« bat die junge Frau schmeichelnd, »bitte, laß doch nur einen Augenblick Deine alten häßlichen Papiere und sieh Dir den armen Handwerksburschen mit den bestaubten Stiefeln an – er kommt direkt von der Landstraße, und – ah mir fällt etwas ein – Du hattest neulich kleines Englisches Geld, das Du mir zeigtest – Du hast das noch, nicht wahr? – warten Sie einen Augenblick« wandte sie sich dann rasch zu dem verlegen stehen bleibenden Burschen – »Sie sollen gleich bekommen – nicht wahr, Du giebst mir ein paar von den kleinen Stücken; die gelten auch in Amerika.«

»Aber liebes Kind, ich weiß wirklich nicht wo sie sind, und bin auch in diesem Augenblick gerade mitten im Rechnen drin.«

»Aber der Handwerksbursch« sagte die muntere, kleine Frau in komischer Verzweiflung – »thatest Du es nicht damals in Dein Toilettkästchen?«

»Ich glaube, ja« sagte Henkel zerstreut, und froh damit abzukommen – es steht unten auf meinem Bett.«

»Hedwig mag es holen« rief Clara rasch – »Du weißt Hedwig, das kleine Lederetui mit dem goldenen Schloß« – auf dem oberen Bett in der Coye –

Hedwig, die eben aus dem Zwischendeck heraufgekommen war, zu sehen ob ihre junge Herrin etwas bedürfe, sprang rasch in die Cajüte hinab, und kam gleich darauf mit dem verlangten Kästchen zurück.

»Aber es ist verschlossen« sagte Clara, damit zu dem, wieder ganz in seine Papiere vertieften Manne tretend »hast Du den Schlüssel?«

»Du quälst mich mehr wie mein Geld, Herz«, sagte dieser halb lächelnd, halb ungeduldig in seine Westentasche greifend, aus der er ihr gleich darauf einen kleinen gelben Schlüssel überreichte.

»Danke, danke« rief Clara, es rasch und freudig öffnend, »und nun, Marie, bekommen wir Geld –«

»Halt – gieb mir das Kästchen – ich will es Dir selber geben« – rief da, plötzlich von seinem Sitze rasch emporspringend daß die Papiere selber unbeachtet zu Boden fielen, Henkel, und eilte auf sie zu.

»Ich habe es schon« sagte die Frau lächelnd, ohne seine plötzliche Aufregung zu bemerken – »hier ist ein Stück und hier – heiliger Gott – da ist ja –«

Sie vermochte nicht mehr zu sagen, denn Henkel hatte in demselben Moment das Kästchen ergriffen; aber seine Hand zögerte es fortzunehmen, und sein Auge begegnete in demselben Moment fast bewußtlos dem stieren, fest und entsetzt auf ihm haftenden Blick seines Weibes.

Henkel war todtenbleich geworden, aber er nahm jetzt das Kästchen fast mechanisch aus Clara's Hand, verschloß es und steckte den Schlüssel wieder in die Tasche, während er sich abwandte, die niedergefallenen Papiere aufzulesen.

»Hast Du das Geld, Clara?« rief Marie lachend, die in dem Augenblick gerade nach dem Rande des Quarterdecks gesprungen war, die Ursache eines neuen Lärmes zu erkunden, der von der Zwischendecksluke heraustönte – »ich glaube dort unten schlagen sie sich.«

»Hier ist es« sagte Clara, sich gewaltsam sammelnd und ihr das Geldstück, das sie noch in der Hand hielt, reichend – »gieb es dem Mann.«

»Gott vergelt's tausendfach« sagte der Handwerksbursch, der indessen bei den anderen Passagieren, mangelnden kleinen Geldes wegen, ebenfalls mit sehr geringem Erfolg gesammelt hatte, und jetzt ebenfalls ungeduldig nach dem Zwischendeck hinabschaute – »da unten schmeißen sie sich aber, glaub' ich, und da möcht' ich dabei sein« – und seinen Tornister mit einem plötzlichen Ruck höher auf die Schultern bringend, und einer nicht ungeschickten Verbeugung gegen das ganze Quarterdeck, drückte er sich den großen ausgeschweiften Hut wieder fest und etwas seitwärts auf den Kopf, spukte in die Hand, faßte seinen Prügel fester, und sprang dann rasch die kleine Treppe, die auf Deck hinabführte, nieder. Marie und die Übrigen traten indessen ebenfalls an den Rand des Quarterdecks, der mit einem dünnen eisernen Geländer eingefaßt war, und von wo aus der Capitain schon nach dem Steuermann rief, dem Unfug da unten ein Ende zu machen und die Ruhestörer auseinander zu bringen. Nur Clara blieb mit dem Gatten allein zurück, und einige Schritte von ihnen entfernt stand der Mann am Steuerrad.

»Joseph« sagte die Frau mit leiser, kaum hörbarer Stimme, während sie zu ihm ging und seinen Arm erfaßte – »Joseph, – in – dem – Kästchen – lag – Heiland des Himmels und der Erde, ich glaube, ich werde oder bin wahnsinnig – in dem Kästchen lag meiner Schwester Broche – der blaue, dreieckige Turquis. – Wie – wie um Gottes Willen kam – kam der Stein –«

»Ich habe ihn gefunden« sagte Henkel, der jetzt wenigstens äußerlich seine ganze Fassung wieder gewonnen hatte, mit gezwungener Gleichgültigkeit – »am Tage, ehe wir abreisten – er lag unten im Haus, und ich wollte Nichts davon erwähnen, die alte Geschichte nicht noch einmal aufzurühren.«

Er sprach die Worte vollkommen ruhig, nur mit etwas unterdrückter Stimme, daß der Mann am Steuer sie nicht hören sollte, aber sein Gesicht hatte jeder Blutstropfen verlassen, und sein Blick schweifte wild und unstät umher. Ihm gegenüber stand die Frau – bleich, kalt und regungslos, wie ein wunderschönes, aber todtes Marmorbild; nur der Blick, den sie stier und fest auf den Gatten geheftet hielt, lebte; – aber sie sprach kein Wort – that keine Frage weiter, und als sie hörte – denn sie wandte das Auge nicht dorthin, – daß die anderen Passagiere wieder zurückkamen, drehte sie sich langsam ab, und stieg an der hinteren, am Steuerruder abwärts führenden Treppe in die Cajüte und ihren eigenen *stateroom* nieder, den sie hinter sich verschloß.

Die Sonne ging unter und der Steward rief zum Souper; aber Clara ließ sich entschuldigen. Sie hatte Kopfschmerzen und die Augen thaten ihr weh. Marie wollte sie nach dem Essen besuchen, um zu sehen was ihr fehle, aber die Thür war noch immer verschlossen, und wurde auch nicht geöffnet, und erst spät ließ die junge Frau Hedwig noch einmal zu sich rufen.

Hedwig, das arme Kind, hatte jetzt auch eine schwere Zeit, denn des Tischlers Frau war heute über Tag wieder so krank geworden, daß sie Georg Donner keinen Augenblick verlassen wollte, und das Schlimmste zu fürchten schien. Die alten Phantasieen stellten sich dabei wieder ein, der Lärm den Tag über mochte sie auch aufgeregt und beunruhigt haben, und das Brennen und Pochen im Kopfe war ärger als je geworden. Hedwig hatte auch schon die ganze vorige Nacht bei ihr aufgesessen, und eben war die Kranke, zum ersten Mal wieder seit acht und vierzig Stunden, in einen kurzen, unruhigen und oft unterbrochenen Schlummer gefallen, als sie zu ihrer jungen Herrin gerufen wurde, und zugleich hörte daß diese ebenfalls krank sei.

Rasch und ängstlich eilte sie zurück in die Cajüte, und klopfte an der beiden Gatten enges, aber sehr freundlich eingerichtetes Gemach. Ein leises »Herein« antwortete, und sie fand Clara schon auf ihrem Lager, das Antlitz fest in ihr Kissen gedrückt, von dem aus sie der Eintretenden, ohne zu ihr aufzusehn, nur die Hand entgegenstreckte.

»Liebe, liebe Frau Henkel, was fehlt ihnen?« flüsterte das Mädchen, neben der niederen Coye knieend, und die ihr gebotene Hand mit Küssen bedeckend – »sind Sie krank? – was um Gottes Willen ist vorgefallen?« –

Aber Clara vermochte kein Wort zu erwiedern – sie hatte sprechen wollen, aber sie fühlte daß es in diesem Augenblick ihre Kräfte überstieg, und nur schweigend hielt sie eine lange, lange Zeit die Hand des Kindes fest und krampfhaft in der ihren.

»Liebe, liebe Frau Henkel« wiederholte Hedwig bittend – was ist Ihnen? – kann ich Ihnen helfen?« –

»Ja Hedwig – ja –« hauchte die Kranke mit kaum hörbarer Stimme – »Du allein – aber nicht heute mehr – komm morgen – morgen früh –«

»Aber wenn Sie mir indessen ernstlich krank werden?« bat das junge Mädchen, die nicht begreifen konnte was die räthselhaften Worte bedeuteten – »Soll ich nicht lieber doch Herrn Donner rufen, den jungen Arzt, den wir im Zwischendeck haben, und der, wie die Anderen sagen, viel mehr versteht als der Doktor in der Cajüte.«

»Ich bin nicht krank« flüsterte aber die Frau – »wenigstens nicht so, daß mir ein Doktor Mittel dagegen verordnen könnte – nur Ruhe brauche ich – Ruhe – so bitte, Hedwig – laß mich jetzt allein.«

»Darf ich nicht bleiben?«

Die Leidende schüttelte, ohne weiter ein Wort zu sagen, den Kopf, und Hedwig, gehorsam dem gegebenen Befehl, stand langsam auf, zögerte noch einen Augenblick in der Thür, ob die Kranke nicht den Befehl doch wohl widerrufen könne, und verließ dann, so geräuschlos wie sie es betreten, aber mit einer schweren Sorge mehr im Herzen, das Gemach.

»Was fehlt nur Clara, Herr Henkel?« frug Marie den jungen Mann, der mit verschränkten Armen und langsamen Schritten oben auf dem Quarterdeck auf und ab ging, und bei ihrer Anrede rasch und wie erschreckt emporschaute; »das muß ganz plötzlich geschehen sein, denn vorhin war sie ja noch so munter und ausgelassen, wie ich sie fast noch gar nicht gesehen.«

»Heftiger Kopfschmerz, weiter Nichts« erwiederte ihr Henkel, jetzt vollkommen ruhig – »sie klagte schon letzte Nacht darüber, und es schien sich über Tag vollständig gelegt zu haben kehrte aber den Abend plötzlich und weit stärker wieder. Ruhe allein ist was sie braucht, der Schmerz geht dann von selbst vorüber.«

»Wie Schade daß das gerade heute ist« klagte das junge fröhliche Mädchen; »wissen Sie, daß wir heute Abend Concert haben?«

»Wirklich« erwiederte Henkel zerstreut – »und wer musicirt?«

»Der alte Polnische Jude mit dem schmutzigen schwarzen Kaftan; er darf aber nicht auf das Quarterdeck kommen« setzte sie lachend hinzu – »er sieht gar so verdächtig aus, und wird seine Vorstellung unten vor dem großen Mast geben.«

»*Vor* dem großen Mast liegt die Barkasse, mein Fräulein« fiel hier Herr von Hopfgarten verbessernd ein, »und wenn er dort spielte, würden wir ihn weder sehn noch hören können.«

»Oder dahinter« sagte das junge Mädchen, halb lachend halb ärgerlich den Kopf schüttelnd – »Sie wissen recht gut, daß ich Ihre Schiffsausdrücke nicht verstehe, noch weiß ob man vor oder hinter dem großen Mast sagen muß; aber leid thut mir's daß Clara nicht dabei sein kann.«

»Ist Ihre Frau wirklich krank?« frug da der kleine Mann rasch und besorgt – »davon habe ich ja kein Wort gewußt.«

»Nur unbedeutende Kopfschmerzen – aber was für ein Instrument wird denn gespielt?« frug Henkel, der das Gespräch nach anderer Richtung zu lenken wünschte, »wohl eine schreckliche Violine und Flöte.«

»Dießmal nur eine Holzharmonika« versicherte Hopfgarten, »der Jude ist ein armer Teufel, der sich ein paar Thaler zu verdienen wünscht ehe er an Land geht. Er hatte mich schon lange um meine Verwendung bei der Cajüte gebeten, aber sein Sohn war immer nicht bei Stimme, die ganze Reise lang, und dessen Hals wahrscheinlich durch die Seekrankheit zu sehr afficirt worden; jetzt soll er sich jedoch wieder vollständig erholt haben, und das erste Concert heut' Abend stattfinden. Die Kosten sind auch schon durch unser Whistkränzchen gedeckt, und eine kleine Sammlung wird noch nachher stattfinden. Der alte Bursche ist, wie mir gesagt wurde, ein wahrer Virtuos auf dem unscheinbaren Instrumente, das eigentlich nur aus einzelnen Stücken Holz besteht.«

»Ich freue mich darauf ihn zu hören« sagte Henkel.

»Ja wohl, es giebt endlich einmal wenigstens eine kleine Abwechslung in unsere doch eigentlich schauerlich monotone Existenz« rief von Hopfgarten – »Ihre Frau Gemahlin darf aber nicht dabei fehlen; sie allein bringt ja meist Leben und Bewegung in das stehende Wasser unserer Geselligkeit. Wenn es ihr irgend möglich ist, laß ich sie recht schön bitten von der Parthie zu sein, und wenn sie auch nur in ihrem Neglige eine halbe Stunde an Deck kommt.«

»Ich werde es sie wissen lassen« sagte Henkel und drehte sich ab, seinen Spatziergang an Deck fortzusetzen.

Der Polnische Künstler hatte indeß seine Vorbereitungen getroffen, seinen kleinen Tisch hinter die Pumpen gestellt, daß er mit dem Rücken gerade gegen die Nagelbank des großen Mastes zu stehen kam, und während sich die Passagiere dicht um ihn her schaarten, und mit der Mannschaft oben auf der Barkasse, auf der Nagelbank selber, und in den den Platz gerade übersehenden Wanten hingen, sammelten sich die Cajütspassagiere wie auf einer Gallerie, auf dem Quarterdeck dem Genuß zu folgen. Henkels junge Frau war aber nicht an Deck erschienen, und Henkel bat sie zu entschuldigen, da die Musik ihr Übel eher verschlimmern könne.

Er hatte sie übrigens noch gar nicht wieder gesprochen; wie aber die Cajütspassagiere oben versammelt waren, und selbst der Steward und Cajütsjunge dem Drang nicht widerstehen konnten, die »neue Musik« zu hören, verließ er unbeachtet seine Mitpassagiere, und stieg mit langsamen aber festen Schritten die Treppe hinab in die Cajüte. Einen Moment zwar zögerte er, als er die Klinke berührte die seinen eigenen Raum erschloß, aber es war auch nur ein Moment, und mit fester Hand öffnete er die Thür, die er wieder hinter sich in's Schloß drückte.

Die junge Frau hatte ihr Lager verlassen und saß, das Taschentuch fest gegen die Augen gepreßt, den linken Ellbogen auf den kleinen Tisch gestützt, regungslos da. Sie mußte auch den eintretenden Gatten gehört haben, denn ihr ganzer Körper zitterte vor innerer Aufregung, aber sie bewegte sich nicht und blickte nicht empor.

»Clara!« sagte Henkel mit leiser, doch fester Stimme – »was hast Du nur? – was ist Dir? – ich glaube wahrhaftig, Du hast Dir in toller Einbildungskraft irgend eine fixe Idee, mag sie noch so absurd und wahnsinnig sein, in den Kopf gesetzt.«

Die Frau antwortete nicht, aber das Zittern ihres Körpers wurde heftiger, und sie preßte das Tuch wie krampfhaft an die Augen.

»Clara! – Dein *Mann* spricht mit Dir!« sagte Henkel, jedenfalls entschlossen das einmal Begonnene zu einer Entscheidung zu bringen. Das Wort bannte aber auch den Starrkrampf, der bis dahin wie ein böser Zauber auf den Gliedern der Unglücklichen gelegen; so den Arm sinken lassend, der mit dem gehaltenen Tuch ihr Antlitz bis dahin verhüllt hatte, schaute sie zu dem Gatten auf, und richtete sich dabei langsam empor, bis sie ihm gerade gegenüber stand. Sie war todtenbleich, aber keine Thräne netzte ihren Blick, die Augen lagen hohl und trocken in ihren Höhlen, und nur die Lippen zitterten, als sie wie widerstrebend den Klang der Worte nachhallten:

»*Dein Mann!*«

»Sei vernünftig, Clara!« sagte aber jetzt Henkel mit ruhigerer begütigender Stimme, denn der Anblick der Frau, die Veränderung, die nur die wenigen Stunden in ihren Zügen hervorgebracht, traf ihn wie ein Stich in's Herz – »quäle Dich vor allen Dingen nicht mit einem albernen Verdacht, der Dir nur das Leben verbittern, und doch Nichts nützen könnte. Was hast Du, sprich es frei heraus, daß ich im Stande bin mich zu vertheidigen, aber fasse Dich dann auch und zeige Dich wieder an Deck, denn die Leute fragen nach Dir, wollen wissen, was Dir fehlt, und was Dich so plötzlich betroffen haben könnte.«

»Und hast Du es ihnen nicht gesagt?« frug die Frau, während ihr Blick sich in seine innere Seele zu bohren schien, mit tonloser, kaum hörbarer Stimme.

»Ich? – was soll ich ihnen sagen – sei keine Thörin Clara, und vor allen Dingen *vernünftig*. Du bist alt genug zu wissen wie weit Du gehen kannst, – wie weit nicht –«

»Mit *Dir* keinen Schritt weiter in diesem Leben« rief aber die Frau jetzt in wilder ausbrechender Heftigkeit – »und wenn ich mein Brod vor den Thüren der fremden Stadt erbetteln sollte.«

»Du bist ein *Kind* Clara« sagte Henkel mit ärgerlichem ungeduldigem Kopfschütteln, während er die Thür der innern Cajüte öffnete, hinaus sah ob Niemand draußen sei und wieder schloß.

»*Leugnest* Du die That?« frug die Frau in zorniger Verachtung zum ersten Mal ihm einen Schritt entgegentretend – »leugnest Du den armen unglückseligen Menschen der meinem Vater Jahre lang treu und ehrlich gedient, und durch *Dich* sein ehrloses Grab fand, mit kaltem Blute *gemordet* zu haben? O barmherziger Gott« fuhr sie, ihr Antlitz in den Händen bergend fort – »mir reißt der Gedanke daran das Herz in blutigen Stücken entzwei, und *ich* – ich bin das *Weib* eines solchen Verbrechers – und *mich* hat er aus meiner glücklichen Heimath fortgeschleppt – Verloren – verloren.«

Ein lindernder Thränenstrom brach sich in diesem Augenblick die Bahn, und in sich zusammengeknickt sank die Frau auf den Stuhl zurück und schluchzte laut.

Henkel blieb volle Minuten lang mit unterschlagenen Armen und finster zusammengezogenen Brauen vor ihr stehn; zwei- oder dreimal öffnete er auch den Mund, aber kein Laut kam über seine Lippen, bis draußen in der Cajüte, durch die sie nur durch eine dünne Bretterwand geschieden waren, Stimmen laut wurden. Es war Frau von Kaulitz mit Herrn von Benkendroff und dem armen Hopfgarten als Nachtrab, da sich die Dame unter keiner Bedingung länger ihr Whist wollte entziehen lassen.

Henkel richtete sich gewaltsam auf, strich sich die Haare aus der Stirn und sagte mit unterdrückter, aber fester entschlossener Stimme:

»Du wirst wissen Clara, wie Du Dich hier an Bord zu benehmen hast – ich lasse Dich jetzt allein und hoffe Dich morgen früh wieder *vernünftig* zu finden.«

Eine abwehrende Bewegung der ausgestreckten Hand war Alles was die Frau darauf erwiederte, die sonst regungslos in ihrer Stellung blieb, und Henkel verließ rasch den kleinen Raum und betrat die innere Cajüte, zugleich den Gesellschafts- und Speisesaal, wo Herr von Benkendroff eben den Spieltisch in Ordnung brachte, und Herr von Hopfgarten indessen als Opfer auf dem schon bereit gerückten Stuhle saß, und mit vor sich auf dem Tisch gefalteten Händen die Daumen umeinander jagte.

»Hallo Herr Henkel« rief er aber diesem sich rasch nach ihm umdrehend entgegen, als er ihn aus seiner Cajüte treten sah, »nun wie geht's meiner verehrten Dame, Ihrer lieben Frau, noch nicht wieder munter?«

»Es geht besser« erwiederte Henkel ihm zunickend, mit vielleicht absichtlich lauter Stimme – »ich bin fest überzeugt daß sie morgen wieder wohl genug sein wird, am Frühstückstisch zu erscheinen.«

»Nun das freut mich herzlich« sagte der kleine gutmüthige Hopfgarten – »aber, apropos lieber Henkel« setzte er rasch und lauter hinzu, *dürfte* ich Sie vielleicht bitten hier ein kleines halbes Stündchen meine Stelle einzunehmen? – ich möchte gern –«

»Es thut mir wirklich leid das heute Abend nicht im Stande zu sein – ich muß doch dann und wann nach meiner Frau sehn« erwiederte aber Henkel, die äußere Cajütsthüre öffnend, während Hopfgarten, mit einer gewissen Resignation auf seinem Stuhl, aus dem er sich schon in halber Hoffnung erhoben hatte, zurücksank, und die jetzt vor ihn hingelegten Karten an zu mischen fing.

9. Land

Der nächste Morgen dämmerte; weit im Osten drüben färbte sich der Horizont mit einem mattlichten Streif, der einen weiten dunklen Schatten auf das Wasser warf, und die Sterne im Westen schienen noch einmal so hell und lebendig zu funkeln, ehe der feindliche Tag sie vom Himmel trieb. Öde und kaum sich bewegend in kleinen rollenden, fahlgrauen Wogen lag das Meer – ein schlummernder Koloß, gewaltig selbst in seiner Ruhe, und furchtbar, entsetzlich in seinem Zorn, und mit eben geblähten Segeln, wie ein Schwan auf stiller Fluth, zog das Schiff langsam dahin auf seiner Bahn. Aber in seinem Innern regte und trieb geschäftiges Leben, der frühen Morgenstunde zum Trotz, denn heute war ihnen, was sie gestern nicht zu sehn bekommen, versprochen worden – *Land* – und Jeder wollte der Erste sein der es entdeckte, den Reisegefährten die frohe, so heiß ersehnte Kunde zujauchzen zu können – »Land!«

Vorn auf der Back bis an den Clüverbaum[18] hinauf stand schon, noch bei völliger Dunkelheit, ein kleiner Trupp, in den Wanten des Fock- und Hauptmastes hingen sie, und die kecksten und gewandtesten der Schaar, unter ihnen Carl Berger und der junge polnische Bursche, waren sogar in die ersten Marsen, und der letztere bis auf die Vor-Marsraae hinaufgestiegen, von da aus den Horizont weiter zu erspähn.

Und mehr und mehr im Osten lichtete sich der Himmel, über dessen weiten Bogen zuckende weißliche Strahlen heraufschossen und den kleinen zerstreuten Wolken einen rosigen Schimmer gaben; breiter und lichtgelber wurde der Streifen, den das Meer jetzt schon in seinem Glanze wiederspiegelte, und dort – wie ein glühender Berg in blendender Majestät stieg sie empor des Tages Königin – und dort –

»Land! Land!« jubelte es von den Masten und Raaen, wo hinauf auch schon Matrosen gestiegen waren, mit weit geübteren Blicken den westlichen Horizont zu erspähen – »Land! Land!« jauchzte es vom Deck ein Echo dem Freudenruf, und nur mitten hinein in den Rausch der Glücklichen, denen das ersehnte Ziel vor Augen lag, stieg ein einzelner wilder Klageruf, wie ein Mißton dieser Harmonie, wild und gellend aus dem Zwischendeck heraus.

»*Todt – todt!*« jammerte eine Stimme in herzzerreißenden Tönen; und die Leute aus den Masten glitten schweigend nieder, und die vorn über das Schiff postirten Männer drängten lautlos oder mit leisen, scheuen Fragen zurück, der dunklen Luke zu, aus der der wilde Weheruf noch immer schallte.

»Was ist geschehn – wer ist todt? wer klagt da unten?« drängten und flüsterten die Leute durcheinander.

»Leupolds Frau ist eben gestorben« klang aber die Antwort zurück, und die Gruppen, von denen nur einige neugierig in das Zwischendeck hinabstiegen, während die Übrigen sich mitleidig flüsternd an Deck über den traurigen Fall unterhielten, sammelten sich um die Luke und warfen nur manchmal scheu den Blick nach unten, wo Leupold neben der Leiche saß, ihre kalte Hand zwischen seinen Händen hielt, und sich selber laut anklagte der Mörder der Dahingeschiedenen zu sein, die er gegen ihren Willen aus dem Vaterland, und in Verhältnisse gerissen habe, denen das zarte Leben unterliegen mußte. Vergebens suchte ihn die Mutter, suchten ihn seine Freunde zu trösten daß Gott es so gewollt, und er ja nur ausgewandert sei, weil er gehofft habe für die Seinigen in dem neuen Vaterland besser sorgen zu können. »Nein, nein!« schrie er immer wieder – »es ist nicht wahr – es ist nicht wahr – reiner Übermuth nur war es von mir – reiner toller Übermuth daß ich, von habgierigen Menschen verlockt, mein sicheres Brod verließ und dem Versucher folgte. – Ich habe sie gemordet, mit kaltem Blut gemordet und Gott wird mich dafür strafen, Gott wird mich dafür strafen.«

»Was der Bursche da unten für ein Gewinsel macht daß ihm die Frau abgefahren ist« brummte der älteste von den drei an Bord geschafften Verbrechern halb mit sich selber redend, halb zu Meier gewandt, der nicht weit von ihm auf einem der Wasserfässer saß und ohne weder Notiz von dem in Sicht gekommenen Land, noch von dem Todesfall zu nehmen, ein Stück Holz in die Form eines Schiffes zu schnitzen suchte. Die beiden Männer hatten übrigens, seit dem vor Wochen kurz abgebrochenen Gespräch noch kein Wort wieder mit einander gewechselt.

»Die Hälfte von uns Menschen weiß nie wann's ihr am wohlsten ist« sagte Meier ebenfalls ohne von seiner Beschäftigung aufzusehn.

»Mancher hielt's für ein Glück« meinte der Erste wieder.

»Für Manchen wär's eins« brummte Meier, und die Unterhaltung kam hier wieder für eine Weile in's Stocken; dem sonst so schweigsamen Passagier schien aber heute daran gelegen mit dem Anderen das Gespräch fortzusetzen, und er sagte nach ein paar Minuten wieder, in denen Jeder still und mit seinen eigenen Gedanken beschäftigt vor sich nieder gesehn:

»Kommen nun bald nach Amerika.«

»Ja« erwiederte Meier lakonisch – »wird ein Vergnügen werden.«

»Ihr versprecht Euch nicht viel davon?«

»Müßt' es lügen.«

»Ein Geschäft?«

»Fleischer« –

»Hm« –

»Und Ihr?«

»Ich?«

18 Clüverbaum ist das was die Stenge auf den Masten ist, die Verlängerung des Bugspriets, an der die vorderen dreieckigen Segel (Clüver) befestigt sind.

»Ja« –

»Schlosser!« sagte der Alte und warf dabei einen flüchtigen Seitenblick nach dem Mitpassagier, ohne dessen nach ihm hinübersuchendem Auge zu begegnen.

»Gutes Geschäft und nährt seinen Mann« sagte Meier endlich nachdenklich – »muß aber recht betrieben werden – Kein Werkzeug?«

»Steht nicht zu erwarten« sagte der Mann.

»Hm, nein« –

»Schon eine Idee wohin Ihr geht drüben?« frug der Alte endlich wieder nach einer zweiten Pause.

»Drüben? – wo?«

»Nun dort« – und er deutete mit dem verkehrt gehaltenen Daumen über die Schulter hin der Richtung zu, in der das Land lag. Meier schüttelte aber den Kopf und knurrte:

»Zum Teufel wahrscheinlich, wenn's mir nicht besser glückt wie in Deutschland.«

»Da können wir vielleicht zusammengehen« lachte der Alte.

»Oder treffen uns wenigstens da später« sagte Meier, ausweichend.

»Wahrscheinlich« brummte der Alte, mit dem Erfolg seiner Annäherung nicht recht zufrieden, blieb noch eine Weile auf dem Faß sitzen und stand dann langsam auf nach vorne zu gehn, wo er mit seinen beiden Kameraden wieder zusammentraf. Meier aber sah ihm, ohne seine Stellung zu verändern oder auch nur den Kopf auf die Seite zu drehn, so lange nach, wie er ihm mit den Augen folgen konnte, und pfiff dann leise und mit einem halb spöttischen Grinsen vor sich hin, als er in seiner Selbstbetrachtung plötzlich durch ein von oben niedertönendes heiseres Lachen gestört wurde. Rasch sah er empor, und erkannte den Scheerenschleifer, der oben in der Barkasse lag, über deren Rand er gerade mit dem halben Oberkörper herüberschaute, daß sich die Sonne an den blankgescheuerten Schultern des unverwüstlichen fahlgrünen Rockes spiegelte.

»Gratulire zum Compagniegeschäft« sagte er lachend, als er des Fleischers Blick begegnete – »Meier und Compagnie wird gar nicht so schlecht klingen in New-Orleans.«

»Danke« brummte Meier vor sich hin – »der Contrakt ist noch nicht unterzeichnet – Du scheinst Dir da oben aber Dein stetes Quartier genommen zu haben, Kamerad.«

»Schade daß ich so bald ausziehn muß« sagte der Scheerenschleifer, den Dampf aus seiner Pfeife dabei in weißen kurzen Wolken von sich stoßend.

»Schade? – ich danke Gott daß ich das verfluchte Schiffsleben bald hinter mir habe – die Hände wachsen Einem ja zusammen.«

»Bah« sagte der Scheerenschleifer – »was verlangt ein Mensch mehr auf der Welt, was kann er mehr verlangen, als drei Mal zu essen den Tag, und Nichts zu thun, ohne weitere Expensen. Ich wünschte mir mein Lebtag nichts Besseres als auf solche Art hin- und herzufahren, wenn ich nur irgend etwas wüßte wozu sie mich, ohne besondere Beschäftigung, an Bord gebrauchen könnten.«

»Zur Verzierung etwa« meinte Meier.

»Ja, für den Schafskopf vorn« sagte der Scheerenschleifer trocken, ohne die Anspielung übrigens übel zu nehmen – »gehst Du heute mit zur Leiche?«

»Ich habe meinen schwarzen Frack nicht draußen« sagte Meier.

»Ist schade« erwiederte der Scheerenschleifer – »geht mir aber auch so.«

»Wir werden uns überhaupt bald anziehn müssen an Land zu gehn« fuhr Meier fort – »wenn das Schiff einmal anlegt, wird uns der Capitain schnell genug hinaustreiben, und gewiß nicht daran denken uns länger zu füttern, als er unumgänglich nöthig hat.«

»Kann ich ihm auch gar nicht verdenken« sagte Maulbeere; »ich gehe aber vor allen Dingen erst einmal im Negligé hinüber, und werde mich vor der Hand beim Präsidenten entschuldigen lassen, daß ich ihm nicht gleich meine Visite machen kann. – Füttern werden wir uns übrigens jetzt wieder selber müssen.«

»Nun zum Teufel, man wird doch in dem Amerika wenigstens zu leben haben« – fluchte Meier.

»Amerika soll verdammt sein« brummte der Scheerenschleifer, und qualmte ärger als vorher.

»Warum bist Du denn da herübergekommen, wenn Du's so gut leiden magst?« frug ihn Meier.

»Weil ich wenigstens die Condition einmal wechseln wollte; aber in dem Hundeleben selber wird verwünscht wenig Veränderung sein – Die Frage ist außerdem, ob sie hier überhaupt Scheeren zu schleifen haben – sollte mich gar nicht wundern wenn ich den alten vermaledeiten Drehkarren am Ende ganz zu meinem eigenen Vergnügen im Lande umherführe« –

»Und weiter kannst Du Nichts?«

»Hm, wer weiß« sagte Maulbeere – »es liegt noch vielleicht Manches bei mir verborgen, hat sich aber noch nicht entwickelt.«

»Nun in Deutschland drüben hätten wir auch auf der Landstraße verhungern können ohne daß sich Jemand anders als vielleicht ein Gendarme theilnehmend nach unserem Passe erkundigt hätte« sagte Meier – »die sind wir doch wenigstens los.«

»Haben mich noch nie genirt« meinte Maulbeere trocken – »wer sich nicht einmal einen guten Paß verschaffen kann ist selbst zum Stehlen zu dumm.«

»Mit *den* Grundsätzen wirst Du hier im Lande wohl auch nicht verhungern« lachte Meier – »aber ich glaube da kommen sie aus dem Zwischendeck mit der Leiche herauf« unterbrach er sich da plötzlich, indem er von seinem Sitze aufstand; »ich gehe nach vorn – mag nicht gern Leichen sehn.«

»Habe auch keine Passion dafür« brummte Maulbeere, und verschwand gleich darauf hinter dem Rand der Barkasse, in der er sich der Länge nach behaglich ausstreckte, von dem unten Vorgehenden nichts weiter sehn zu müssen.

Meier war langsam nach vorn geschritten, seinen Lieblingsplatz auf einem der auf der Back liegenden Anker einzunehmen, als er dort dem jungen Donner begegnete, der eben von da niederstieg.

»Hört einmal Freund«, sagte dieser, als er ihn einen Augenblick scharf fixirt hatte, und dann bei ihm stehen blieb – »wir haben doch einander schon früher einmal gesehen, aber ich kann mich nicht gleich besinnen *wo*? – seid Ihr nicht aus Waldenhayn?«

»Waldenhayn?« wiederholte der Mann, kopfschüttelnd, »was für ein Waldenhayn?«

»An der Hart –«

»Kenn' ich nicht« – sagte Meier, ohne sich auf weitere Auseinandersetzungen einzulassen, und drehte dem jungen Mann den Rücken zu, die Back hinaufzusteigen. Georg Donner sah ihm noch ein paar Momente wie zweifelnd und ungewiß nach, verzichtete jedoch auf weitere Fragen, da ihm das Resultat auch ziemlich gleichgültig sein konnte, und ging nach dem mittleren Theil des Decks zurück, wo sich indessen die meisten der Zwischendeckspassagiere an zu sammeln fingen.

Die Leiche der Frau wurde jetzt nämlich aus dem engen unteren Raum hinauf an Deck geschafft, und dort in Lee mit ihrer Matratze auf ein paar über die Wasserfässer gedeckte Breter gelegt. Doktor Hückler, der sich jetzt sehr geschäftig zeigte, öffnete ihr dann beide Adern, sich von dem wirklichen Hinleben der Kranken, da man die Leiche nicht an Bord behalten konnte, auch fest zu überzeugen. Als aber auch der letzte Zweifel beseitigt, und der Tod fest und unerbittlich constatirt worden, wurde der Segelmacher beordert, die Verschiedene in ein Stück Segeltuch, wie das auf Schiffen gebräuchlich ist, einzunähen. Nur das Gesicht sollte noch bis zum letzten Augenblick der Bestattung frei und offen bleiben.

Es ist ein häßlich unangenehmes Gefühl eine Leiche an Bord zu wissen, und selbst in der Cajüte, die doch in keine Berührung mit der Gestorbenen gekommen war, ja von deren Passagieren sich nur ein paar erinnerten sie überhaupt je an Deck bemerkt zu haben, hatte es die fröhliche Stimmung die das nahe Land hervorgebracht, wenn nicht ganz gestört, doch merklich gedämpft. Wesentlich zu dem Unbehagen trug aber auch der Doktor Hückler bei, der sich vor dem Frühstück, das die Passagiere heute außergewöhnlich zeitig in der Cajüte versammelt hatte, in seinem unglückseligem Geschäftsstolz nicht enthalten konnte, dem Professor Lobenstein genau den erfolglosen Aderlaß an der Todten, die Umständlichkeiten ihrer letzten Augenblicke und den wahrscheinlichen Zustand ihres Gehirns, das einer Entzündung erlegen wäre, zu beschreiben. Der Professor suchte dabei vergebens ihm zu entgehn, eben so beschwor ihn Herr von Benkendroff ihm nicht wieder das Frühstück mit seinen verzweifelten Beschreibungen zu verderben. Umsonst, der Fall interessirte ihn selber viel zu sehr, ihn ruhig und unausgesprochen bei sich tragen zu können, und er *mußte* seinem Herzen Luft machen.

Indessen war Hedwig, die an dem Morgen schon zweimal vergebens an ihrer jungen Herrin Thür geklopft, durch den Cajütenwärter dorthin beschieden worden, und flog jetzt dem willkommenen Befehle Folge zu leisten. Die junge Frau hatte sich ihr stets so mild, so freundlich gezeigt, war besonders gestern Abend in ihrem Schmerz so herzlich mit ihr gewesen – und diese Güte that dem armen, verwaisten Kind so wohl – daß es sie trieb und drängte ihr Leiden zu erfahren. Konnte sie auch nicht helfen, mittragen konnte sie es doch, und Alles, Alles thun was in ihren Kräften stand, ja selbst was über ihren Kräften lag, es zu erleichtern.

Sie fand Clara heute schon auf, und vollständig angezogen in ihrer Cajüte, und als sie die Thüre öffnete streckte ihr die junge Frau die Hand entgegen. Hedwig erschrack aber über das todtenbleiche schmerzdurchzuckte Antlitz der geliebten Herrin, und wollte die gebotene Rechte in ängstlicher Hast an ihre Lippen führen, als sie sich von Clara emporgezogen, von ihren Armen umschlossen und einen heißen Kuß, heißere Thränen auf ihrer Stirne fühlte.

»Um Gottes Willen liebe – gnädige Frau« –

»Nenne mich Clara fortan und Schwester« – flüsterte aber die Frau unter gewaltsam zurückgedrängten Thränen – »denn ich will es Dir sein bis zum Tode, Du armes – liebes Kind. Aber ruhig jetzt – keine Frage weiter, kein Wort«, bat sie, als Hedwig sich halb erschreckt, halb schüchtern aus ihren Armen loszuwinden suchte – »in wenigen Tagen – Stunden vielleicht, betreten wir das Land, und die uns fremd hier sind brauchen nicht zu ahnen daß uns *ein* Schmerz, *ein* Leid gedrückt. Komm mein Kind« setzte sie dann ruhiger hinzu, während sie die Spuren der Thränen von ihren Wangen zu tilgen suchte, »komm Hedwig, wir wollen hinaus unter die Leute gehn, aber Du bleibst bei mir, nicht wahr mein liebes Kind, Du gehst jetzt nicht wieder von mir fort? – Schon gut – schon gut, ich weiß daß Du mich liebst, wenn ich es auch nicht verdiene, denn auch ich – aber das später – das später« flüsterte sie, ihr Herz mit beiden Händen deckend, als wenn sie es halten und bändigen wollte in der Brust – »Und nun die Maske vor zum *ersten* Mal!«

Hedwig, nicht im Stande den, für sie räthselhaften Sinn der dunklen Worte zu verstehn, wagte auch nicht zu fragen und zu forschen, hätte ihr die Frau selbst Zeit dazu gelassen. Diese aber öffnete rasch die zur Cajüte führende Thür, und betrat den inneren Raum, wo sie sämmtliche Passagiere am Frühstückstisch bereits versammelt fand.«

»Heilige Mutter Gottes!« rief aber Marie, die auf sie zu lief, und sie umarmte und küßte, »wie bleich und angegriffen Du aussiehst Clara; Du bist *recht* krank gewesen – bist es noch, und mußt Dich unendlich schonen und in Acht nehmen, daß Du Dich ja recht bald wieder erholst. Draußen ist ja schon das Land in Sicht – soll ich es Dir zeigen?« –

»Nachher, nachher meine liebe Marie«, lächelte Clara, ihren Kuß und den Morgengruß der Übrigen erwiedernd.

Herr von Hopfgarten begnügte sich aber nicht mit der kalten Verbeugung, sondern ging auf sie zu, um den ganzen Tisch herum, schüttelte ihr die Hand, und sagte ihr daß es ihn unendlich freue sie wieder wohl und munter zu sehn, denn sie hätte ihm die ganze Zeit lang gefehlt, und er wäre selbst nicht einmal über das Land froh geworden.

Marie neckte ihn deshalb, aber des Capitains Ruf nöthigte die Passagiere sich zu setzen, und das Gespräch wurde jetzt allgemein.

Mit der Sonne wurde die Brise indessen etwas lebendiger, und das Land lag schon, ein deutlicher dunkler niederer, aber doch selbst dem bloßen Auge leicht erkennbarer Streifen am fernen westlichen Horizont, dem das Schiff jetzt mit vollgeblähten Segeln entgegenstrebte. Rechts und links kamen dabei noch andere Segel in Sicht, kleine Küstenfahrzeuge wie größere Schiffe, die theils gegen den Wind aufkreutzten, theils mit ihnen gleiche Bahn gingen der amerikanischen Küste zu, und die Passagiere hätten des Neuen und Fremdartigen zu sehen genug gehabt, wäre ihre Aufmerksamkeit nicht bald auf das Begräbniß der Frau gelenkt worden. Der Capitain trieb nämlich, die Leiche über Bord zu lassen, einer Masse Umständlichkeiten zu entgehen, die er sonst noch bei der Landung hätte haben können.

Der Steuermann ging jetzt zu Leupold, machte ihn damit auf seine rauhe aber nichtsdestoweniger herzliche Weise bekannt, und forderte ihn auf sich zu sammeln und dem, was er nun doch einmal nicht ändern könne, männlich in's Auge zu schaun. Leupold aber wollte im Anfang Nichts davon wissen, bat nur um – einen Tag, dann um wenige Stunden noch Aufschub – man könne die Gestorbene doch nicht, fast noch warm, schon begraben wollen. Seine Freunde aber redeten ihm zu sich dem Unvermeidlichen zu fügen, selbst Georg Donner, auf den er am meisten hielt, bat ihn es geschehen zu lassen; die Frau sei todt, und unter den nun einmal bestehenden Umständen jedenfalls das Beste, den leblosen Körper ohne Zeitverlust den Wellen – ihrem stillen Grab, zu übergeben.

Der Mann fügte sich endlich darein, küßte noch einmal die bleichen Lippen der Dahingeschiedenen, barg dann das Antlitz in den Händen und weinte laut. Der Steuermann winkte indeß dem Segelmacher, den Körper vollständig einzunähen. Er selber befestigte dabei einen Sack schon bereit gehaltener Steinkohlen zu ihren Füßen, und die Zwischendeckspassagiere wurden aufgefordert der Todten die letzte Ehre zu erweisen. Von allen Seiten drängten sie still und schweigend herbei, und umstanden den Platz mit entblößten Häupten, wo vier Matrosen die Planke auf der die Leiche lag, aufhoben und mit dem Fußende auf die Railing hinausschoben; zwei Mann hielten sie dort im Gleichgewicht.

Der Capitain war indessen auf den Gangweg herunter gekommen, und seine Mütze abnehmend trat er zu der Leiche hinan, und sagte mit lauter einfacher Stimme.

»Ich habe versprochen gehabt alle meine Passagiere sicher und wohlbehalten nach Amerika hinüberzuführen. Gott der Herr hat es anders gewollt, und diese eine Seele abgefordert zu Seiner himmlischen Herrlichkeit. Sein Name sei gelobt und gepriesen, Er führt Alles zum Guten aus, und des Menschen Kraft ist wie ein Hauch vor Seinem Willen. Aber Er hat uns auch Seine ganze weite Welt zum Trost dafür gegeben, in der jede schwellende Woge, jeder blinkende Sonnenstrahl ein Zeichen und Merkmal Seiner Macht und Gnade ist – Ihm wollen wir vertrauen. Des Herren

Name sei gelobt!« Und dann das Haupt neigend begann er mit leiserer Stimme das »Vater unser« zu beten, in das die Passagiere lautlos mit einstimmten – mit den letzten Worten aber und auf ein leises Zeichen des Capitains, hoben die beiden Matrosen die die Planke hielten, diese langsam an dem inneren Ende in die Höh; die Leiche wurde dadurch mit dem Kopfende mehr aufgerichtet und glitt rasch, von dem Gewicht des Steinkohlensackes nach vorn gezogen, hinab.

»Louise – Louise!« rief der Mann mit einem herzzerreißenden Ton und streckte die Arme nach ihr aus, aber im nächsten Momente schlug die Fluth über ihr zusammen, und während das Schiff rasch über die Stelle glitt, sank der Körper tiefer und tiefer hinab, und verschwand in der bläulichen Nacht.

Vorbei – über der Leiche wogte die See so still und ruhig als vorher, und das gewaltige Grab von Millionen wälzte seine munter plätschernden Wellen rasch und lebendig dem näher und näher rückenden Lande entgegen.

Dritter Teil

1. Die Mündung des Mississippi

Die Brise wurde stärker, und die Passagiere hatten bald alles Andere in dem einen Gefühl der Landung vergessen. Das niedere Ufer, an dem sich freilich noch immer keine Berge entdecken ließen, so viel auch die Leute mit bewaffneten und unbewaffneten Augen danach spähten, trat dabei mehr und mehr heraus. Dort ließ sich schon die Einfahrt selbst unterscheiden, wo der gewaltige Mississippi in den Golf von Mexico mündet, und »süßes Wasser« kam ihnen von da wieder aus dem Land ihrer Sehnsucht entgegen – ein Fluß war es, der sie bald mit beiden Armen liebend umfangen sollte, und die See, die weite öde See lag hinter ihnen, wie ein schwerer Traum.

Selbst die Cajütenpassagiere gingen jetzt ernstlich daran ihre Sachen zu packen und sich auf eine baldige Landung vorzubereiten, und die Matrosen waren unter der Leitung des Untersteuermanns emsig damit beschäftigt die beiden, auf der Back liegenden Anker »klar« zu machen, und die große mächtige Kette gliederweis heraufzuheben aus ihrem dunklen Bett, und an Deck auszulegen.

Die meisten der Zwischendeckspassagiere glänzten heute in ihrem Sonntagsstaat, und selbst Steinert und Mehlmeier waren wie buntfarbige Tagfalter aus ihrer, allerdings etwas unscheinbaren und schmutzigen Verpuppung hervorgegangen. Steinert besonders war das Erstaunen der übrigen Passagiere, obgleich sie die Verwandlung hatten Stück für Stück vor sich gehen sehn. Er trug vor allen Dingen ein schneeweißes geplättetes Hemd, das er sich für diesen Moment besonders aufgespart, dann eben solche Hosen mit Strippen, spiegelblank gewichste Stiefeln, eine sehr buntfarbige helle Piquéweste mit rothen Glasknöpfen, einen blauen Frack mit blanken Metallknöpfen, eine sehr dicke blau- und rothseidene Cravatte mit entsprechenden Vatermördern, und einen höchst modernen, sorgfältig gebürsteten Seidenhut auf dem Kopf, den er nur manchmal abnahm, sich in dem darin befindlichen kleinen Spiegel anzusehn, dann die steinbesetzten Hemdknöpfchen ein wenig mehr zurecht rückte, die goldene Uhrkette mit dem großen Carniol als letzte Vollkommenheit etwas weiter herauszog, und schließlich vollständig mit sich zufrieden war.

Die Frauen und Mädchen kicherten mit einander – das Begräbniß war lange vergessen – und manche der Männer amüsirten sich gerade so über ihn, wie sie sich vorher über den improvisirten Handwerksburschen gefreut hatten. Steinert aber schien mit dem blauen Frack auch einen vollkommen neuen Menschen angezogen, und seine frühere Gesellschaft von sich geschüttelt zu haben, denn er sprach, Mehlmeier ausgenommen, mit Niemandem mehr, und ging nur, den Blick oft und ungeduldig nach dem Quarterdeck hinüber werfend, als ob er dort Jemanden suche oder erwarte, mit raschen Schritten den Gangweg zu luvwärts auf und ab. Der Einzige der ihn dabei ärgerte war Maulbeere.

»*A la bonheur* Herr Steinert« sagte dieser, als er ihm zuerst in solchem Glanz und Schmuck begegnete – »*sehre* schön – ganz außer ordentlich sehre schön.«

»Lieber Maulbeere lassen Sie mich zufrieden, ich habe Nichts mit Ihnen zu thun« sagte Steinert, und drehte sich von ihm ab.

»Ne wahrhaftig Herr Steinert« sagte aber Maulbeere in höchstem Ernst, und mit beruhigender Handbewegung, »das thut kranken Augen ordentlich wohl Sie nur anzuschauen – und das feine Tuch zum Frack – wie Sammet.«

»Rühren Sie mich nicht an, wenn ich bitten darf« rief aber jetzt der Weinreisende, ernstlich böse gemacht, als der Scheerenschleifer, der heute womöglich noch struppiger und ungewaschener aussah wie je, mit dem Zeige- und dritten Finger der rechten Hand vorsichtig und bewundernd an dem linken Ärmel des ihn eben wieder Passirenden niederstrich.

»Bitte tausendmal um Entschuldigung« sagte Maulbeere aber in spöttischer Devotion, rasch und erschreckt den Arm zurückziehend – »hatte keine Idee daß es abfärbte. – Und die schöne Uhrkette – ist doch vortrefflich gearbeitet, sieht genau so aus als ob es wirkliches Gold wäre – ja das machen sie jetzt famos.«

Steinert warf den Kopf auf die Seite und ging, dem fatalen Menschen den Platz räumend, auf den anderen Gangweg hinüber, seinen Spatziergang fortzusetzen; Maulbeere aber, ohne sich dadurch irre machen zu lassen, kroch und kletterte auf Händen und Füßen, wie ein großer ungeschlachter Orang Utang dem er in diesem Augenblick merkwürdig ähnlich sah, ebenfalls auf die andere Seite hinüber, glitt dort auf eines der Wasserfässer, wo die Leiche noch vor kaum einer Stunde gelegen hatte und fuhr, als Steinert jetzt wieder an ihm vorüber mußte, ganz unbefangen in seinen drüben begonnenen Bemerkungen fort.

»Strupfen sind freilich unbequem unter den Hosen an Bord – platzen leicht wenn man sich bückt, aber hübsch sehn die Beine damit aus – schade daß Sie etwas eingebogene Knie haben.«

Steinert mußte seinen Spatziergang aufgeben; denn von den übrigen Passagieren sammelten sich schon Manche, die schadenfroh die Bemerkungen des alten Maulbeere mit anhörten, und auch laut darüber lachten.

Auf dem Quarterdeck ging aber der junge Henkel, seine graue Reisemütze fest in die Stirn gezogen, den Rock bis oben hin zugeknöpft, und die rechte Hand vorn in der Brust, die linke auf dem Rücken liegend, allein und mit seinen eigenen Gedanken beschäftigt auf und ab, und Steinert, der auf ihn gewartet zu haben schien, erstieg mit raschen Schritten den ihm verbotenen Platz.

Gerade in dem Augenblick kam der Capitain von unten aus der Cajüte, sah den Zwischendeckspassagier auf dem geheiligten Boden der Cajüte, und frug ziemlich kurz angebunden den sich zierlich gegen ihn Verbeugenden, ohne den Gruß auch nur mit einem Blick zu erwiedern:

»Wen suchen Sie?«

»Ich habe mit dem Herrn dort etwas von Wichtigkeit zu reden, Herr Capitain« sagte Steinert, den seine gewohnte Zuversichtlichkeit, dem stets ernsten und strengen Capitain gegenüber doch in etwas verließ, noch dazu da er wußte, daß er sich auf verbotenem Grund befand, ungemein artig und zuvorkommend.

»Mit Herrn Henkel?«

»Ja wohl Herr Capitain.«

Henkel hob, als er seinen Namen hörte, rasch den Kopf und fixirte den in der neuen Kleidung nicht gleich Erkannten scharf und mißtrauisch. Der Capitain gab übrigens dem gar so stattlich angezogenen Zwischendeckspassagier, wenn auch nicht gerade mit eben freundlichem Gesichte Raum, und dieser kam jetzt, den Hut in der Hand, auf Henkel zu und sagte verbindlich:

»Herr Henkel, ich habe schon lange nach dem Vergnügen getrachtet Ihre werthe persönliche Bekanntschaft machen zu dürfen – Convenienzen die uns bis jetzt getrennt haben, wissen Sie – hatte auch keine Ahnung dabei daß die Schiffsordnung so streng sei – »D'rum prüfe wer sich ewig bindet« – würde sonst jedenfalls selber Cajütspassage genommen haben. Doch das ist jetzt zu spät, und da wir nun dem Lande der Gleichheit und allgemeinen Freiheit so nahe sind, ja uns eigentlich nach völkerrechtlichen Grundsätzen auf deren Gebiet *quasi* Ankergrund befinden, habe ich mir die Privatfreiheit genommen – wenn ich Sie nicht störe, heißt das – Ihre Zeit, wenn auch nur für wenige Minuten zu beanspruchen – die Zeit ist kurz die Reu ist lang.«

»Womit kann ich Ihnen dienen?« sagte Henkel mit einer leisen wie zustimmenden Verbeugung – »Sie sehen daß ich jetzt nicht beschäftigt bin – darf ich Ihnen einen Sitz anbieten?«

»Bitte« sagte Steinert, und ließ sich ohne weiteres auf der nächsten Bank nieder, während Henkel vor ihm, an die eiserne Railing gelehnt, stehen blieb. »Was mich hierher treibt zu Ihnen?« fuhr Steinert endlich fort, nachdem er den ungewohnten Hut bald aus der einen in die andere Hand genommen, und immer vergebens gesucht hatte ihn in die richtige Lage zu bringen, bis er ihn endlich neben sich auf die Bank stellte – »ist der Wunsch etwas Gediegenes, Wahres über das Land zu hören, dem wir uns jetzt, von den Flügeln des Windes getragen, nähern; »Eilende Wolken« wissen Sie wohl, »Segler der Lüfte«. Sie kennen es von eigener Anschauung, Sie vor Allen scheinen mir auch, Ihrem ganzen Äußern nach der Mann zu sein, der im Stande ist ein richtiges und allgemeines Urtheil zu fällen, und um das komme ich, Sie zu ersuchen.«

»Und in welchem Fach?« frug Henkel, einen leichten Seufzer dabei unterdrückend, aber sich doch mit einer gewissen Geduld der langweiligen Einleitung fügend; von Hopfgarten war indessen ebenfalls an Deck gekommen, und ging hinter ihnen langsam auf und ab – »für welchen Geschäftszweig wünschen Sie – «

»Erlauben Sie mir« fiel ihm aber Steinert rasch in's Wort, »daß ich Ihnen vorher noch eine kleine Bemerkung vorausschicke, eine Bemerkung die Sie überzeugen mag, wie ich nicht eben in das Blaue hinein einen Plan zur Auswanderung gefaßt, sondern mich ziemlich genau nach Allem erkundigt, und besonders Alles gelesen habe, was je darüber geschrieben worden. Amerika ist ein Land wo Einem die gebratenen Tauben *nicht* in's Maul fliegen, so viel steht fest, das ist Thatsache, und Sie mögen deshalb versichert sein, daß ich nicht mit extravaganten Erwartungen, unmöglich zu erfüllenden Hoffnungen etc. hinübergehe – ankomme, könnte man jetzt fast sagen. Meine früheren Schicksale können Ihnen gleichgültig sein – »weit in nebelgrauer Ferne, liegt mir das verlass'ne Glück« – es ist vorbei, und ich muß Ihnen jetzt nur vor allen Dingen sagen daß ich Kaufmann bin, und es für vortheilhaft halten würde eine kurze Zeit erst, ehe ich mich selbstständig etablirte, in irgend eine Condition zu treten, sei es auch nur auf zwei oder drei Monat, die Verhältnisse dort vor allen Dingen durch Augenschein genau kennen zu lernen.«

»Conditionen« begann Henkel, als ihm der Weinreisende wieder in die Rede fiel:

»Sind vielleicht nicht so ganz leicht gleich zu bekommen, ja das glaub ich; auch das habe ich schon mehrfach gelesen; aber wissen Sie, ich bin auch zugleich *Geschäftsmann*, und Ihnen, Herr Henkel, brauche ich nicht zu sagen daß Amerika gerade das Land der wirklichen Geschäftsleute ist – Sie wissen das ja am besten aus eigener Erfahrung. Übrigens stehe ich auch noch mit dem Haus für das ich in Deutschland gereist bin: Schwartz und Pelzer, eines der bedeutendsten Häuser in Frankfurt in selbst intimer Verbindung. Der Mensch muß so viel Eisen als möglich im Feuer haben, wenn er in dieser Welt reussiren will, und ich habe es für zweckmäßig gehalten keine Brücke hinter mir abzubrechen, so lange ich sie mit Bequemlichkeit gangbar halten konnte. Sie werden mir darin Recht geben Herr Henkel. Auch darüber sind Sie vielleicht im Stande mir Auskunft zu ertheilen, verehrter Herr, ob und wiefern ich auf einen Absatz in diesem Geschäft, wenn alle übrigen Stricke rissen, und günstigen Erfolg wohl rechnen könnte.«

»Um deutsche Weine in Amerika zu verkaufen?« frug Henkel.

»Allerdings – freilich kann ich mir denken« fuhr Steinert rasch fort, ohne dem Gefragten Zeit zu einer direkten Antwort zu geben, »daß der amerikanische Markt zu Zeiten mit solchen Vorräthen überfüllt sein mag, denn es werden enorme Massen von Wein auch wohl von anderen Ländern hinübergeschickt, *gute* Waare hält aber doch, wie ich *Ihnen* nicht zu sagen brauche, ihren Werth, und wenn die Leute erst einmal merken daß sie prompt und reell bedient werden, dann sind sie gar nicht mehr wegzutreiben aus der Kundschaft; ich habe darüber unendlich viel Erfahrungen gesammelt, in meinem Leben, und Sie sind darin gewiß ganz meiner Meinung. Übrigens habe ich einige vortreffliche Empfehlungen, an sehr bedeutende Häuser in New-Orleans; glauben Sie nicht daß *die* mit etwas nützen können? – Ich baue nicht etwa zu viel, oder gar einzig und allein darauf«, fuhr er dabei rasch fort, als ob er fürchte daß ihm Herr Henkel die Hoffnung über den Haufen werfen könne, und ehe dieser auch nur im Stande war eine Sylbe darauf zu erwiedern – »*selbst* ist der Mann und die Empfehlung die man im eigenen Kopfe trägt ist immer die Beste, und man kann sich am Festesten auf sie verlassen, aber jedenfalls sind es doch immer Einführungen in gute Häuser – so zu sagen gestempelte Visitenkarten. Ein Freund von mir hat zum Beispiel eine brillante Parthie, nur durch solch einen einfachen Empfehlungsbrief gemacht, er mußte zwar seine Braut – seine jetzige Frau – entführen und die Eltern waren außer sich darüber – haben die Tochter auch enterbt, aber was wollen Eltern in einem solchen Fall machen, wenn der Priester erst einmal seinen Segen darüber gesprochen hat – dann ist die Geschichte aus, und das Klügste was sie thun können ist, daß sie ebenso thun als ob sie selber damit zufrieden wären. – O zarte Sehnsucht süßes Hoffen; der ersten Liebe goldne Zeit – «

»Aber Sie wünschten, soviel ich verstanden habe, irgend etwas Specielles über Amerika zu erfahren« sagte Henkel, dem das Gespräch mit dem Mann anfing unbequem zu werden.

»Allerdings, mein verehrter Herr Henkel« sagte Steinert, einen flüchtigen Blick in den Hut werfend, ob seine Frisur auch noch nicht durch den Wind gelitten habe – »ich möchte ungemein gern einen Blick in das Verhältniß thun, in dem in Amerika der Commis z. B. zu seinem Principal, und die Geschäftswelt im Allgemeinen zu der politischen Welt, von einem rein menschlichen Standpunkte aus genommen, steht. – Ich muß Ihnen dabei voraus bemerken« setzte er wieder rasch hinzu, als er sah daß Henkel etwas darauf antworten wollte, »daß ich schon von einem dort lebenden Freund einige sehr werthvolle Briefe über Amerika besitze, in denen er mir das dortige Leben flüchtig – mehr allerdings in Anekdoten die in unser Fach schlagen – schildert. Es ist aber Nichts gefährlicher als sich auf einseitige Urtheile, die doch immer hie und da durch ein gewisses Verhältniß bestimmt sein können, zu verlassen, und ich habe mir deshalb besonders die Freiheit genommen Sie aufzusuchen. Glauben Sie übrigens nicht« fuhr er ohne weiteres fort, »daß ich, wie viele meiner Landsleute, den höchsten Werth gerade in jene so oft herausgehobene Gleichheit der Amerikanischen Bürger setze – ich weiß recht gut daß ein allgemeiner Leiter des Geschäftes nicht allein unbedingt nöthig, sondern auch für die Engagirten höchst angenehm und bequem ist; der vernünftige Mann fügt sich dabei leicht in das, was ihm selber als nothwendig erscheint, aber gerade diese Gleichberechtigung des einen Standes selbst der höchsten Aristokratie gegenüber, hat doch auch wieder, wie sich nicht leugnen läßt, etwas sehr Angenehmes und Verlockendes, darf aber natürlich, wie Sie gewiß auch der Meinung sind, unter keinen Umständen gemisbraucht werden.«

»Allerdings« sagte Henkel, der es jetzt aufgegeben hatte irgend etwas Selbständiges zu äußern, und den Mann eben ausreden ließ.

»Das steht also auch fest« sagte Steinert, mit einer verbindlichen Verbeugung für die Anerkennung, »daß eben unser Stand, der uns die freie Bewegung nach allen Seiten läßt, einer der angenehmsten im ganzen weiten Reiche sein müßte, und man, wenn man nicht gerade mit zu großen Erwartungen hinüber geht, ja eigentlich eher auf einzelne kleine Enttäuschungen gefaßt ist, eines ziemlich sicheren Erfolges, natürlich den einzelnen Fähigkeiten entsprechend, auch gewiß sein könne, nicht wahr? – Ich versichere Sie, Herr Henkel, daß es mir eine große Beruhigung gewährt, diese Ansicht auch von Ihnen, der das Land doch durch und durch kennt, vertreten zu sehn, und ich bin Ihnen in der That ungemein verpflichtet, verehrter Herr, für Ihre gütige Bereitwilligkeit, mir darin Auskunft zu geben.«

»Wenn Ihnen das Wenige genügt« sagte Henkel, der trotz seiner sonst ernsten Stimmung doch ein Lächeln nicht verbergen konnte, indem er sich von der Railing, an der er gelehnt, aufrichtete.

»Oh bitte« rief aber Steinert, »guter Rath kommt oft vor guter That, und wer nur ein wenig Auffassungsgabe hat, für den ist ein Wink soviel, wie eine ganze Predigt für einen minder Begabten. Entschuldigen Sie nur daß ich Sie vielleicht indeß von einer angenehmeren Beschäftigung abgehalten habe.«

Er war indessen ebenfalls aufgestanden und, seinen Hut in der Hand, im Begriff das Quarterdeck wieder zu verlassen.

»Ganz und gar nicht« sagte Henkel, froh so billigen Kaufs davongekommen zu sein, setzte aber mit leiser Ironie im Ton, die jedoch an Steinert gänzlich verloren ging, hinzu – »und wenn Sie wieder eine Auskunft wünschen sollten, die ich im Stande wäre Ihnen zu geben, so stehe ich mit Vergnügen zu Diensten.«

»Zu gütig – zu gütig in der That« sagte der Weinreisende, seinen Hut in der Hand herumdrehend, »aber – aber *eine* Frage möchte ich mir doch noch, und zwar mehr vom particularistischen Standpunkte aus erlauben. Sie sind in New-Orleans ansässig, mein verehrter Herr Henkel?«

»Allerdings.«

»Werden sich dort etabliren?«

» – Ja.«

»Dürfte ich mir in dem Fall erlauben« sagte Herr Steinert, indem er seinen Hut unter den linken Arm drückte und seine Brieftasche aus der linken Brusttasche nahm, »Ihnen unser Haus, in allen Arten von feinen und leichten Rheinweinen, Rheinischen Champagnern und Pfälzer Weinen zu empfehlen – hier die Adresse mit Preiscourant und der Versicherung billiger, rascher und prompter Bedienung.«

»Aber ich weiß nicht ob ich – «

»Bitte« unterbrach ihn Steinert rasch, »ist auch für den Augenblick gar nicht nöthig – für später vielleicht – ist auch nicht etwa des Nutzens wegen, verehrter Herr, nur wirklich der Annehmlichkeit wegen, mit Ihnen in eine angenehme Geschäftsverbindung zu treten. Ich bin auch dabei so von der Solidität unseres Hauses überzeugt, daß ich in diesem Augenblick wirklich nicht weiß Ihnen meine Dankbarkeit auf eine bessere und würdigere Weise dazuthun. Werde mir dann schon die Freude machen Sie in New-Orleans wieder aufzusuchen, wozu ich Sie noch ersuchen möchte, mir gefälligst Ihre dortige Adresse zukommen zu lassen.«

»Meine Adresse?« sagte Henkel, den Mann indessen einige Secunden scharf fixirend – »schön – ich werde Ihnen meine Adresse geben. Sie ist für die ersten Tage im St. Charles Hotel – sollte ich da ausgegangen sein, bin ich bei diesem Herrn« – er nahm zugleich eine Karte aus seiner eigenen Brieftasche – »zu erfragen. Es ist nicht unmöglich daß wir ein Geschäft zusammen machen.«

»Sie haben mich zu doppeltem Danke verpflichtet« sagte Steinert, »nun erlauben Sie aber daß ich mich entferne« setzte er dann mit etwas leiserer Stimme und einem Seitenblick auf den, immer noch unfern davon stehenden Capitain hinzu, »denn der alte Seearistokrat dort wird schon ungeduldig über mein langes Hierobensein – *eh bien*, wir kommen bald an einen Ort, wo das ganze Land ein einziges Quarterdeck ist, und der Unterschied der Stände fällt, bis dahin, mein bester Herr Henkel, habe ich die Ehre mich Ihnen gehorsamst zu empfehlen und zeichne mich indessen als Ihr ergebenster Adalbert Steinert.«

Mit einer halbrunden Verbeugung dabei, die Herrn Henkel in der Mitte, mit Herrn von Hopfgarten und den Capitain an den Flanken zugleich einschloß, verließ er das Quarterdeck und stieg wieder in sein Territorium hinab, wo er aber noch nicht drei Schritte gethan, als er schon wieder von Maulbeere, der ihm hier jedenfalls aufgelauert haben mußte, begrüßt wurde.

»Nun, Herr Steinert, schon Geschäfte gemacht auf Amerikanischem Grund und Boden – das ist recht, die stolzen Burschen, die sich mit uns Zwischendeckspassagieren nicht abgeben wollten, müssen mit saueren Weinen angeschmiert werden; darin liegt Charakter.«

»Herr Maulbeere, ich verbitte mir alle Anzüglichkeiten.«

»Ne wahrhaftig« sagte aber der unverwüstliche Scheerenschleifer, »das geschieht ihnen ganz recht, und ich wünsche den Hochnasen nichts Besseres, als daß sie *Ihnen* in die Klauen fallen.«

Steinert setzte seinen Hut auf, steckte die rechte Hand vorn in die Brust, und ging, einen verächtlichen Blick auf den Scheerenschleifer schleudernd, nach vorn.

»Nu Gott sei Dank« sagte der Capitain, als der Zwischendeckspassagier das Quarterdeck verlassen hatte, zu Henkel tretend, »der hatte aber ein Maulwerk am Kopf; das ging ja wie geschmiert. Ich glaube der könnte Einen in einem halben Tage todt reden.«

»Die Aufschlüsse die Sie ihm ertheilten, waren in der That werthvoll« lachte aber auch von Hopfgarten, zu den Beiden tretend – »es wunderte mich nur daß Sie ihm Ihre Karte gaben.«

»Um ihn los zu werden« sagte Henkel – »übrigens« setzte er mit einem leichten Lächeln hinzu, »war es nicht *meine* Karte, sondern eine fremde die ich zufälliger Weise bei mir hatte – er wird mich in New-Orleans nicht geniren.«

»Hahahaha, das ist prächtig« lachte von Hopfgarten, »das ist eine famose Ausflucht; der wird schön schimpfen.«

»Da kommt unser Lootse!« rief in diesem Augenblick der Capitain, der das Glas genommen und ein paar Secunden damit nach dem Land hinübergeschaut hatte, das sich noch immer vor ihnen hinzog und keinen Hügel, kein Landhaus verrathen wollte. Flach und öde zog sich der schmale Streifen am Horizont hin, und nur nach der Richtung, nach welcher der Capitain deutete, ließ sich eine kleine Wolke leichten Qualms erkennen, die zuerst wie über dem flachen Lande lag, und dann, als der Blick der Passagiere fester darauf haftete, sich zu bewegen, und näher zu kommen schien.

Herr von Hopfgarten war indessen rasch in die Cajüte hinab gestiegen, den Damen zu melden daß das Lootsenschiff, wozu in den Mississippimündungen meist Schleppdampfer gebraucht werden, in Sicht käme, und die Zwischendeckspassagiere, die aus dem Leben auf dem Quarterdeck wohl gemerkt hatten daß irgend etwas Außerordentliches vorgehe – wenn sie auch noch nicht herausbekommen konnten was, kletterten wieder in die Wanten und auf alle einigermaßen hohe Stellen an Bord, nach der Richtung hin, wohin die Fernröhre des Capitains und der Cajütspassagiere gerichtet waren, zu entdecken was etwa in Sicht käme.

Über den Dampfer, dessen Rauch sich bald mit bloßen Augen erkennen ließ, sollten sie aber nicht lange in Zweifel bleiben, denn er kam merklich näher. Deutlich ließen sich schon die Umrisse seines oberen

Decks, bald sogar einzelne Gestalten an Bord unterscheiden, und die wehende Bremer Flagge an der Gaffel der Haidschnucke wurde jetzt kaum mit dem antwortenden Signal des Lootsen, den Amerikanischen Sternen und Streifen[1] begrüßt, als lauter Jubel an Bord des Auswandererschiffes losbrach, und ein donnerndes, wieder und wieder erneutes Hurrah den Farben des neugewonnenen Vaterlands entgegenjauchzte.

Von jetzt an war alles Andere in dem einen Gefühl des endlich erreichten Zieles, für das ihnen der Amerikanische Lootsendampfer volle Bürgschaft leistete, vergessen; Jeder hatte nur Augen und Gedanken für das heranbrausende Dampfschiff, dessen Räder sie jetzt schon über das stille Wasser des Golfes konnten arbeiten hören, dessen einzelne Matrosen sie an Bord erkannten, und wie es sie endlich erreicht, einen engen Kreis um sie beschrieb und an ihrer Seite hinfuhr, und der Amerikanische Capitain, der auf dem Radkasten seines Fahrzeugs mit dem Sprachrohr in der Hand stand, seinen Anruf herüberschrie, da brach sich der Jubel von Neuem Bahn, und der Amerikaner, der sein Sprachrohr erstaunt absetzte, sah ein paar Secunden die Schreier ruhig an, drehte sich dann nach seinem Steuermann um und lachte. Die Matrosen an Bord des Schleppdampfers glaubten aber indessen den Gruß ebenfalls erwiedern zu müssen, und antworteten, während die beiden Fahrzeuge jetzt in etwa hundert Schritt Entfernung neben einander hinliefen, mit drei kräftigen »*Hip hip hip hurrahs!*« das auf der Haidschnucke wieder sein Echo fand.

Ehe sich das Geschrei legte ließ sich natürlich an ein gegenseitiges Verständniß nicht denken, den ersten Ruhepunkt aber benutzend, setzte der Amerikaner wieder das Rohr an die Lippen, und der, dem Laien zum ersten Mal gewiß unverständliche Seeruf, der durch den wunderlich dröhnenden Schall des metallenen Rohres nur noch verworrener wird, tönte herüber.

»*Where do you hail from?*«[2]

Nun hatte aber Steinert, besonders in der letzten Zeit, nicht allein unter seinen näheren Bekannten, sondern auch im Zwischendeck überhaupt, viel mit seiner Kenntniß der Englischen Sprache geprahlt, die ihm dort allerdings von keinem bestritten werden konnte oder wurde. Diesen Anruf hielt er aber für eine allgemeine, an das ganze Schiff gerichtete Höflichkeitsformel, die er nicht glaubte unbenutzt vorübergehn lassen zu dürfen, ohne seine Kenntnisse zu zeigen. Ehe deshalb der eigene Capitain, der jetzt ebenfalls auf seinem Quarterdeck mit der »Sprechtrompete« in der Hand stand, auch nur das Geringste darauf erwiedern konnte, sprang er auf die, an der Railing befestigte Nothspieren, hielt beide Hände trichterförmig an die Lippen, und schrie in höchst mittelmäßigem fremdartigen Englisch:

»Danke Ihnen Herr Capitain – wir sind Alle wohl!«

»Halten Sie's Maul davorne!« brüllte aber Capitain Siebelt auf's Äußerste indignirt, als er einen Zwischendeckspassagier in sein Geschäft hineinfallen hörte, während der Amerikaner erstaunt dorthin sah von woher die unverständliche Stimme tönte, und von wo aus er allerdings keine Antwort erwartet haben konnte.

»Wenn man gefragt wird, Herr Capitain, darf man antworten« rief aber Steinert, der hier in seinem guten Recht zu sein glaubte und sich als freier Amerikanischer Bürger zurückgesetzt und beleidigt fühlte – »übrigens verbitte ich mir alle Anzüglichkeiten.«

»*Where do you hail from!*« tönte aber des Amerikaners Ruf noch einmal herüber.

»Ich würde mich noch einmal bei ihm bedanken, Herr Steinert« sagte Maulbeere, der seine innige Freude an dem Zwischenfall gehabt, ermunternd; »er wird Sie wahrscheinlich nicht verstanden haben.«

Steinert war aber zu klug Maulbeeres Rath – den er in dem sehr gegründeten Verdacht hatte, *sein* Bestes eben nicht zu wollen, zu folgen, und Capitain Siebelt konnte die nöthigen Antworten auf diese, wie die späteren Fragen: »wie lange Reise?« – »Alles wohl an Bord?« gehörig beantworten.

Der schnaubende Dampfer hielt jetzt mehr auf sie zu und Matrosen sprangen an Bord der Haidschnucke mit bereit gehaltenen Tauen hin, sie in Wurfs Nähe an Deck des Schleppschiffs zu schleudern, während sie dort rasch aufgefangen und befestigt wurden. Die Zwischendeckspassagiere, die jetzt natürlich überall im Wege standen, stieß man dabei bald hier bald da zur Seite, aber sie ließen sich heute Alles gefallen, war doch das Schiffsleben überhaupt bald überstanden, und das hier nur noch eine kleine, leicht zu ertragende Unbequemlichkeit, für die sie in wenigen Stunden – sie zählten nicht einmal mehr nach Tagen – das ganze Amerikanische Reich entschädigen sollte.

Festgeschnürt an Bord des viel niedrigeren kleinen Dampfers lag jetzt das Segelschiff, das ihnen noch nie so groß erschienen war wie in diesem Augenblick; alle

1 Die Amerikanische Flagge ist weiß und roth gestreift mit einem blauen Viereck in der oberen Ecke am Fahnenstock, das weiße Sterne führt. Im Beginn der Union war deren Zahl 13, nach Anzahl der Staaten, aber mit jedem neu hinzukommenden Staat wurde auch ein Stern hinzugefügt.

2 »Von wo kommt ihr her?«

Segel schlugen aber, in ihren Schoten gelöst, an den Raaen, und an den Tauen hingen die Matrosen sie aufzugeyen, während ein Theil schon wie Katzen an den steilen Wanten emporkletterte und an den Raaen hinauslief, die Segel überhaupt vollständig einzuziehn und festzuschnüren auf ihren Hölzern.

Der Wind war indeß, wie die Seeleute sagen, fast vollständig eingeschlafen, und die Hitze schwül und drückend, nichts destoweniger setzte das Schiff mit Hülfe des Dampfers, seine Fahrt weit rascher, als sie die letzten Tage zu segeln gewohnt gewesen waren, fort, und die Küste, oder das wenigstens was sie bis jetzt für festes Land gehalten, rückte ihnen rasch näher. Das aber was ihnen bis dahin eine weite grüne Wiesenfläche geschienen, auf der sie, freilich umsonst, nach grasenden Heerden umhergesucht, zeigte sich jetzt, wie sie es endlich erreichten, als ein weiter trauriger Schilfbruch, dessen dunkelgrüne schlanke Halme aus der, ihnen nun entgegenquillenden schmutziggelben Fluth des mächtigen Mississippi, dessen untere Ufer sie bildeten, herausschauten, und in der starken Strömung zitterten und schwankten.

»*Das* ist Amerika?« rief da eine der Frauen, die mit vorn auf der Back stand, und deren Blicke bis dahin nur ängstlich und erwartungsvoll an dem näher und näher kommenden Lande gehangen – »lieber Gott, da kann man ja nicht einmal an's Ufer gehn.« Manche der übrigen Passagiere schauten jetzt ebenfalls, mit keineswegs mehr so zuversichtlichen Mienen als sie noch an dem Morgen gezeigt, auf die wüste Fläche von Schilf und Wasser hinaus, die sie schon zur rechten und linken Seite umgab, und, der Aussage des zweiten Steuermanns nach, das *Ufer* des Mississippi bildete. Es war ein beengendes erdrückendes Gefühl das sie erfaßte – die *erste* getäuschte Hoffnung in dem neuen Land, das sie sich mit allem Zauber südlicher Zonen, wenn auch heimlich doch nur zu eifrig ausgeschmückt, und das jetzt vor ihren Augen wie ein stehender endloser Sumpf begann.

»Aber wo um Gottes Willen wohnen die Menschen?« riefen Andere aus – »hier kann man ja doch nicht leben in Wasser und Schilf?« –

»Dort sind Häuser – dort hinten – wo? – dort wo der dunkelgrüne Streif hinaufläuft und die Sonne auf das Wasser blitzt; gleich rechts davorn. Ja wahrhaftig – da stehn Häuser – das ist New-Orleans!« riefen und flüsterten zaghafte Stimmen durcheinander und Steinert selbst war auf einmal ungemein kleinlaut geworden, und saß, mit auf den Knieen gefalteten Händen vorn auf dem Bugspriet die ihn umgebende Scenerie schweigend zu betrachten.

»Das New-Orleans? – Unsinn« lachten aber einige der Matrosen, die jene Bemerkung gehört, und schon früher einmal die »Königin des Südens« – wie New-Orleans von den Amerikanern genannt wird, besucht hatten – »das ist hier nur eine der Mündungen des Mississippi und die Häuser dort sind La Balize; das hohe Land aber liegt weiter oben.«

»*Weiter oben*« das war ein neuer Hoffnungsstrahl in die Nacht des Zweifels, der die armen Auswanderer eben zu erfassen drohte – »weiter oben.« Aber noch immer ließen sich keine Berge erkennen; die öde Fläche schien sich viele viele Meilen weit auszudehnen und der Fluß wälzte trüb und reißend seine schmutzige Fluth an ihnen vorüber.

»Dort liegt ein Schiff – dort noch eins – « ging jetzt der Ruf über Deck, »ha dort oben kommen eine ganze Menge – ich kann die Masten erkennen« zeigten Einzelne den Anderen ihre Entdeckung. *Die* kamen *von oben* herab, ja *die* wußten wie es dort aussah, und mit einer gewissen Ehrfurcht hingen ihre Blicke an den fernen Fahrzeugen, deren Umrisse sie noch nicht einmal deutlich unterscheiden konnten.

Bis sie aber die immer deutlicher werdenden Häuser erreichten, wollten manche der Zwischendeckspassagiere gern von den Matrosen, die schon erklärt hatten daß sie in New-Orleans gewesen waren, etwas Näheres über die Stadt und deren Umgegend wissen; die Leute waren aber viel zu sehr beschäftigt ihren Fragen Rede stehn zu können, und sie mußten sich zuletzt darein finden eben abzuwarten, wie sich ihnen die Stadt selber zeigen würde. Ewig konnte das ja nun doch nicht mehr dauern.

Ziemlich langsam gegen die starke Strömung rückten sie indessen vorwärts, die schon in Sicht gekommenen Gebäude, in den Windungen des Flusses bald rechts bald links lassend, und erreichten endlich den Platz wo eine Anzahl hölzerner Gebäude auf Pfählen, und nur von Schilf und Schlammwasser umgeben mitten in diesem entsetzlichen Sumpfe standen und in der That auch nur durch hochgelegte Planken unter sich verbunden waren.

Dieß Lootsendorf, die sogenannte Balize, bot in der That einen traurigen Anblick, und man begriff nicht wie Menschen dort überhaupt existiren konnten. Die weite Fläche der See selbst that dem Auge, in Vergleich mit dem öden Sumpfe wohl, der sich hier nach Norden, Osten und Westen ausdehnte, und die Passagiere erschraken als die Glocke des Dampfschiffs läutete, denn sie fürchteten jetzt das, was sie noch an dem Morgen so heiß ersehnt – gelandet zu werden. Das Signal galt aber einem, noch eine kleine Strecke weiter oben liegenden Segelschiff, das jetzt seine Flagge aufhißte und zur Freude der Auswanderer die Hamburger Farben zeigte. Dort waren halbe Reise- und ganze Leidensgefährten, und als die Haidschnucke, mit der Bremer Flagge noch immer auswehend, dem Hamburger Schiffe näher kam, grüßte sie von dort, wie sie erst selber den Amerikaner bewillkommt, ein donnerndes Hurrah, das sie allerdings, aber lange nicht mehr so kräftig wie heute früh, beantworteten.

Sie erfuhren jetzt auch, daß der Dampfer das andere deutsche Schiff ebenfalls in's Schlepptau nehmen würde, aber sie freuten sich nicht besonders darüber, denn nicht mit Unrecht fürchteten sie dadurch nur soviel langsamer von der Stelle zu rücken. Das kümmerte jedoch den Amerikaner wenig, der sich für die Fahrt den doppelten Verdienst natürlich nicht entgehen ließ, und das Hamburger Schiff, Orinoko wie es hieß, erst hierher gebracht und vor Anker gelegt hatte, noch ein zweites aus dem Golf dazu zu holen, ehe er es nach New-Orleans hinauf zog.

Der Hamburger hatte indeß, unter dem lauten taktmäßigen Singen der Matrosen, seinen Anker aufgeholt, als der Dampfer an ihn hinanlief und ihn an den anderen Bug nahm, die Taue wurden befestigt, wie sie früher an der Haidschnucke befestigt waren, und wenige Minuten später schnaubt das kleine aber kräftige Boot mit seiner doppelten Last, aber nicht viel langsamer als vorher, den mächtigen Strom hinauf.

Die Zwischendeckspassagiere der Haidschnucke hatten nun allerdings nichts Eiligeres zu thun als einen Versuch zu machen, von ihrem Schiff hinunter, über das Dampfboot hinweg, an Bord des Landsmannes zu klettern, und dort Bekanntschaft mit dessen Passagieren zu machen. Darin sollten sie sich aber getäuscht sehn, denn die Steuerleute verboten es ihnen nicht allein auf das Entschiedenste, sondern die Wacht des Dampfers selber hatte strenge Ordre Niemanden hinunter auf ihr Deck oder hinüber zu lassen, und weder Bitten noch Protestiren half, die Capitaine zu einer Änderung der Maaßnahme zu bewegen. Die angegebene Ursache war nicht allein Unordnung zu vermeiden, sondern auch ihren eignen Schiffahrtsgesetzen nachzukommen, nach denen sie keine Communication mit fremden Schiffen, ehe sie den Hafen erreicht hätten, unterhalten durften.

Das aber verhinderte Steinert nicht eine sehr lebhafte, und natürlich außerordentlich laut geführte Unterhaltung von der Back der Haidschnucke aus, mit einigen Passagieren des Orinoko, über das Dampfschiff weg, anzuknüpfen, sich nach Zeit der Abfahrt und Erlebnissen der Reise zu erkundigen, und seine einzelnen Ansichten über die Haidschnucke, die nicht immer zu Gunsten derselben ausfielen, einzutauschen. Andere schlossen sich dem an, und die Conversation, von allen hohen Theilen des Schiffs und selbst den Wanten und Marsen ausgeführt, wurde bald allgemein; bis die Scenerie auf dem Strome selbst diesem ein Ende machte.

Schon seit einiger Zeit hatte ein Theil der Passagiere *Bäume* wirkliche Bäume voraus entdeckt, denn das einzige was sich ihnen bis jetzt an Vegetation außer dem Schilf und alten eingeschwemmten und versenkten Baumstämmen gezeigt hatte, waren nur niedere Weidenbüsche gewesen, und wie sie jene erreichten sahen sie auch den ersten festen Boden aus der gelben Fluth hervorragen.

»Da ist Land – da ist Land!« jubelte es in dem Augenblick vom Deck, als ob die Leute in der That geglaubt hätten daß Amerika im Wasser liege – »da sind Bäume, da ist Gras. Hurrah für Amerika.«

»Hurrah für Amerika!« jauchzte das Schiff nach und die Matrosen des Schleppdampfers hatten Nichts dagegen in den ihrer eignen Heimath gebrachten Jubelruf mit einzustimmen.

Es war indessen ziemlich spät am Tag geworden; während das Ufer aber zu beiden Seiten einen festeren Charakter annahm, mit hohen Bäumen besetzt und nur noch hie und da von Schilf durchwachsen, ließen sich noch immer keine menschlichen Wohnungen, hie und da eine kleine unansehnliche Hütte abgerechnet, erkennen; das Land schien eine unbewohnte Wildniß, die von den Passagieren schon mit Bären, Panthern und Büffeln belebt wurde, und die cultivirte Gegend lag jedenfalls noch *weiter oben.* Einzelne Schiffe begegneten ihnen jedoch jetzt, und zweimal sogar eine ordentliche kleine Flotte, von einem einzigen Dampfer stromab bugsirt, der an jedem Bord ein großes Schiff führte, und drei kleinere noch hinten an langen Leinen im Schlepptau hatte. Auch kleine Küstenfahrzeuge segelten und ruderten auf dem Strom, manche von ihnen mit farbigen Leuten bemannt, ihre kleinen Fahrzeuge bunt bemalt, und herüber und hinüber kreuzend gegen die starke Strömung des »Vaters der Wasser«.[3]

Aber die Sonne neigte sich ihrem Untergang, und was Manchem von ihnen schon auf der See aufgefallen war, die kurze Dämmerung, machte sich hier, wo sie das schattige Laub der hohen Bäume an ihrer Seite hatten, nur noch mehr bemerkbar. Kaum war das Taggestirn hinter dem dunkeln Waldstreifen, der das

3 Der Mississippi heißt in der bilderreichen Sprache der Indianer der »Vater der Wasser.«

jenseitige ziemlich ferne Ufer deckte, verschwunden, als die Nacht mit einer Schnelle anbrach, von der sie bis jetzt wirklich keine Ahnung gehabt. Sie hielten dabei dem linken Ufer des Stromes zu, dort Holz für den Dampfer, dessen Kohlen auf die Neige gingen, einzunehmen, und die Passagiere freuten sich schon das Ufer betreten und die wunderliche Vegetation des neuen Landes beschauen zu dürfen, dessen riesige Bäume hier alle mit wehendem silbergrauen Moos bis hinab auf den Grund behangen schienen; doch hatten sie dasselbe noch lange nicht erreicht, als es schon unter den Bäumen dunkelte und das Licht der einzelnen dort wie versteckten Hütte, seinen rothglühenden Schein herüberschickte.

Das Einnehmen von Holz zeigte mit den tiefgehenden Schiffen seine Schwierigkeit, da der Dampfer mit diesen nicht so dicht an Land fahren konnte, und die Capitaine nicht gern vor Anker gehen wollten. Der Eigenthümer des Holzes war aber schon darauf eingerichtet, und hatte eine Anzahl Klafter in einem niederen und sehr breiten Boote mit flachem Boden aufgestapelt, mit dem er, auf den Anruf des Capitains eine Strecke in den Fluß hinaus fuhr und sich queer vor dem Bug des Dampfers legte. Von hier aus wurden die Scheite, während die Maschine wieder an zu arbeiten fing, und alle vier Fahrzeuge doch wenigstens gegen die Strömung stemmte, rasch an Bord geworfen, die Taue der Haidschnucke aber dann gelößt, damit das entladene Holzboot zwischen ihnen durch mit der Strömung zurücktreiben konnte, und der Schleppdampfer setzte seinen Weg jetzt wieder, in der Nacht ziemlich die Mitte des Stromes haltend, den zahlreichen im Flußbett angeschwemmten Stämmen auszuweichen, langsam fort.

Es war ein wundervoller Abend, der Mond hob sich, als sie kaum eine Stunde gefahren waren, über die Bäume, und goß sein silbernes Licht auf den breiten Strom, und die Passagiere der verschiedenen Schiffe hatten sich vorn auf Deck gelagert, und sangen wechselsweise in volltönenden oft harmonischen Chören ihre heimischen Lieder, die meist ernsten, schwermüthigen Inhalts gar wunderbar ergreifend über den stillen Strom klangen.

Frau von Kaulitz hatte unter der Zeit versucht ihre gewöhnliche Whistparthie zu Stande zu bringen, heute jedoch nicht einmal Herrn von Benkendroff bewegen können daran Theil zu nehmen, und saß jetzt, eine Patience legend, allein in der Cajüte. Es war ihr ein verlorener Abend den sie ohne Karten zubrachte. Die übrigen Passagiere saßen und standen in schweigenden Gruppen auf dem Quarterdeck umher, oder flüsterten leise mit einander, so eigen berührt waren sie selber von den heimischen Klängen denen sich das Herz, mag es das Vaterland noch so lang verlassen und es fast vergessen haben, doch nie verschließt.

Es liegt ein eigener Zauber in den Tönen die wir als Kind gekannt, geliebt, und die nicht selten schon Wurzel in der Kindesbrust geschlagen. Alte Gedanken, liebe und trübe Erinnerungen wecken sie dann wo wir sie wieder hören, und das Herz lauscht ihnen wollte selbst das Ohr den lieben Lauten den Eingang weigern.

»Wie das so reizend klingt auf dem stillen Strome« sagte Marie, die den Arm um der Schwester Schulter gelegt, neben Clara und Hedwig unfern der Quarterdeckstreppe stand, und nach dem Mond hinüberschaute – »ich könnte den Liedern die ganze Nacht lauschen, und doch habe ich sie schon so oft, so oft gehört.«

»Das ist es ja gerade was sie uns so lieb macht« lächelte die Schwester sich freundlich zu ihr neigend – »weißt Du noch wie wir daheim in unserem Gärtchen saßen, und die Zimmerleute unten vom Bauplatz, Abends, wenn sie an unserer Mauer vorbei zu Hause gingen all diese Lieder sangen, und wir sie weit weit noch hören konnten durch den stillen Abend.«

»Unser liebes Gärtchen« seufzte leise Marie, und auch der Schwester Brust hob sich in der schmerzlichen Erinnerung an das Zurückgelassene, aber sie wollte jetzt nicht jene Bilder heraufbeschwören und sagte rasch, der Schwester Arm berührend und dann nach dem Nachbarschiffe hinüber deutend, wo sie eben wieder ein anderes Lied begannen.

»Kennst Du das, Marie?«

»Noah« lachte die Schwester, »Herrn Kellmanns Leiblied, ei wenn er jetzt bei uns wäre, wie er da einstimmen würde nach Herzenslust. – Was er jetzt wohl treibt?«

Anna schwieg und lauschte den Tönen, bis sie in der Nacht verklungen waren.

Die Passagiere der Haidschnucke antworteten dem letzten Lied mit »Schweizers Heimweh«. Wenn aber die einzelnen Schiffe bis dahin allein gesungen, und so gewissermaaßen einen Wechselchor gebildet hatten, dessen einer immer erst begonnen wenn der andere geendet, und dem die Mannschaft des Schleppdampfers mit lautlosem Schweigen lauschte, so waren die ersten Töne dieses alten lieben heimischen Sanges kaum angeschlagen, als das Hamburger Schiff ebenfalls mit einstimmte, und der volle Chor weich und klagend durch die Nacht drang.

Herz mein Herz, warum so traurig,
und was soll das ach und weh,
S' ist ja schon im fremden Lande –
Herz mein Herz, was willst Du mehr.

Still und lautlos lauschten die Mädchen den lieben, schwermüthigen Klängen, und leise, leise, mit kaum bewegten Lippen fielen sie endlich mit ein in die Melodie, bis sie mehr Muth gewannen, und mit lauterer Stimme, aber innigem Gefühl dem Liede folgten. Wie aber der Schluß verklang, »*doch zur Heimath wird es nie*«, schwiegen beide Chöre – lautlose Stille legte sich über Deck – Keiner hatte mehr das Herz, nach diesen Strophen noch ein anderes, vielleicht gar triviales Lied zu beginnen. Dem neuen Vaterland hatten sie heute ein donnerndes Hurrah gebracht, als sie dessen Flagge zum ersten Male in der Brise wehen sahen, dem alten brachten sie das Lied, mit mancher heimlich zerdrückten Thräne, mit manchem, gewaltsam in die Brust zurückgedrängten Seufzer.

Auch die Cajütenpassagiere waren recht still und nachdenkend geworden, Herr von Hopfgarten, der sich anfänglich mit dem Professor in einen großen ökonomischen Streit eingelassen, hatte den und die ganze Verhandlung in dem Lied vergessen, und horchte ihm noch viele Minuten, als es schon längst in dem Rauschen des Stromes und dem monotonen Klappern der neben ihnen arbeitenden Maschine verschwommen war.

Herr Henkel ging indeß auf der einen, Herr von Benkendroff auf der anderen Seite des Besahnmastes spatzieren, während Frau Professor Lobenstein, ihre beiden jüngsten Kinder an sich geschmiegt am Fuße desselben auf einer Bank saß, und der Nacht dankte die ihr die einzeln niederrollenden Thränen verbarg vor dem Auge der Menschen.

Nur Doctor Hückler lag behaglich der Länge nach ausgestreckt auf der Scheilichtklappe, dampfte seine Cigarre in den wundervollen Abend hinein, und trommelte zu den Liedern den falschen Takt auf dem Holz, auf dem er ruhte.

Eine Zeitlang hatte ununterbrochenes Schweigen an Bord geherrscht; es war fast, als ob sich Jeder scheute den Zauber zu brechen der auf den Schiffen, durch diese einfachen vaterländischen Weisen heraufbeschworen lag, als plötzlich vom vorderen Theil der Haidschnucke, ja fast wie von dem jetzt ziemlich nahen Lande kommend, an das sie das Fahrwasser des mächtigen Stromes gebracht hatte, der volle glockenreine klagende Ton einer Nachtigall herüber drang.

»Was ist das?« rief Marie fast erschreckt auffahrend – »giebt es hier Nachtigallen in den Wäldern?«

»Das ist nicht im Wald, das ist an Bord« sagte aber Anna, sich hoch empor richtend – »doch zum ersten Mal schlägt sie, seit wir in See sind.«

»Du lieber Gott, sie hat die nahen Bäume gespürt und sehnt sich nach dem Lande« sagte Marie tief aufseufzend, – »ist es uns doch selbst ganz weh und weich um's Herz geworden, als wir wieder die rauschenden Bäume hörten. Oh weißt Du, Clara, noch die Nachtigall, die immer so wundervoll vor Deinem Fenster schlug – aber – um Gottes Willen was ist Dir – Clara – liebe Clara!«

Der Ausruf galt der jungen unglücklichen Frau, die schon, von den heimischen Liedern aufgeregt, nur mit Mühe ihre Fassung bewahrt hatte, jetzt aber bei der so wohlbekannten so heißgeliebten Weise der Nachtigall, die mit furchtbarer Kraft die Erinnerung an die verlassene Heimath – an ihr jetziges Elend zurückrief in das gequälte Herz, das mächtig ausbrechende Gefühl nicht mehr zurückdrängen konnte und das Antlitz an Hedwigs Schulter bergend, heftig weinte. Marie hatte ihren Arm um sie gelegt und suchte sie emporzurichten und zu sich herüberzuziehen; sie wehrte ihr leise, behielt aber ihre Hand die sie wie krampfhaft preßte, in der ihren.

»Liebe, liebe Clara!«

»Laß mich, mein liebes Kind – es wird gleich besser sein« flüsterte die Frau – »nur eine Art von Weinkrampf ist's, der wohl mit meinem Unwohlsein zusammenhängt.«

»So will ich Deinen Mann rufen – es muß doch wohl – «

»Nein – nein!« rief Clara aber rasch und fast heftig – »nicht – nein, es ist nicht nöthig« setzte sie langsamer hinzu, »und wird gleich vorüber gehen ja ist schon vorbei. Mir ist schon wieder besser Marie, so ängstige Dich nicht meinethalben.«

»Du solltest doch einmal einen Arzt fragen liebes Herz« sagte aber auch jetzt Anna, die zu ihr getreten war und ihren Arm leise berührte »Du siehst seit einigen Tagen bleich und krank – recht krank aus, Clara, viel kränker wie Du es vielleicht selber denkst, und darfst nicht zu fest auf Deine, sonst so kräftige Natur trotzen. Auch das Plötzliche Deines Zustandes hat etwas beunruhigendes, das nicht vernachlässigt werden darf.«

»Was kann ihr *der* Doctor helfen« flüsterte aber Marie, von dem, unfern von ihnen ausgestreckt liegenden Stiefsohn Äsculaps nicht gehört zu werden – »der ließe sie höchstens zur Ader und erzählte uns bei Tisch wieder ein paar blutige Geschichten.«

»*Der* Doctor soll ihr auch Nichts helfen« erwiederte Anna, »aber im Zwischendeck ist, wie mir Hedwig erzählt, ein recht tüchtiger junger Arzt, der schon viele dort, rasch und anspruchslos wieder hergestellt, und den zu fragen, da wir ihn doch jetzt bei der Hand haben, gewiß Nichts schadete.«

»Nein, nein« bat aber Clara jetzt »ich weiß selber besser, wie nur ein Arzt, und wäre er der geschickteste, mir sagen könnte was mir fehlt. Es ist Nichts wie Erkältung mit vielleicht einiger Aufregung dazu, die mir der Abschied von zu Hause doch gemacht, und die sich, wenn auch etwas spät, in den Folgen zeigt. Ruhe ist das Einzige was mir helfen kann. Laßt mich still meinen Weg gehen, und wenige Tage haben mich vollkommen wieder hergestellt.«

»Oh wenn die Nachtigall nur noch einmal schlagen wollte« sagte Marie – »es war gar so schön – wenn ich nur wüßte wer sie mit auf See genommen.«

Während sie sprach war sie vorn an die Reiling des Quarterdecks getreten, an der Fräulein von Seebald stand und nach dem Mond hinaufschwärmte. Unten in Sicht auf dem niederen Deck saß nur eine einzige Person, und das helle Licht des Mondes fiel voll auf die ebenfalls andächtig erhobenen Züge des jungen Dichters.

Der zweite Steuermann kam jetzt von vorn und ging zu dem, seit das Schiff im Schlepptau hing, befestigten Steuer, die Taue nachzusehn.

»Oh wie wundervoll das war« seufzte in diesem Augenblick Fräulein von Seebald, mit dem Taschentuch eine Thräne von der Wange entfernend – »wie das Herz und Seele ergreift und mit den weichen, liebevollen Klängen alle Nerven nachfibriren läßt.«

»Ja, Schultze pfeift recht hübsch« sagte der Seemann, der gerade die kleine Treppe heraufkam und an ihnen vorbei wollte – »er macht seine Sache ausgezeichnet – es klingt ordentlich natürlich.«

»*Wer* pfeift recht hübsch?« rief Fräulein von Seebald entsetzt, die gegen den prosaischen Menschen seit jenem Gespräch einen Widerwillen hatte, den sie kaum so weit bezwingen konnte nicht unartig gegen ihn zu sein.

»Ih nu Schultze« sagte der Untersteuermann lachend – »er sitzt vorn auf der Back und pfiff wie eine Nachtigall; wie sie aber von allen Seiten auf ihn zu kamen, schwieg er still und will das Maul nicht mehr aufthun.«

»Das war *keine* Nachtigall?« rief Marie erstaunt, und Fräulein von Seebald seufzte nur leise und mit innerster Entrüstung.

»*Schultze!*«

»Ach das ist der Mann!« rief die lebendige Marie, die in der neuen Entdeckung bald die Nachtigall vergaß, »von dem Sie uns erzählten daß er den sonderbaren Glauben hätte, wir Menschen seien alle früher Vögel gewesen, und meine Mama eine Nachtigall. Eduard war er schon in Bremen aufgefallen, wo er sie scharf beobachtet hatte, wahrscheinlich mit der Entdeckung der Ähnlichkeit beschäftigt.«

»Jede Enttäuschung schmerzt« sagte aber Fräulein von Seebald, »und ich hatte mir das schon so reizend ausgemalt, es war ein so hochpoetischer Gedanke, daß wir in den waldigen Schatten Amerikas durch eine heimische Nachtigall begrüßt werden sollten – es ist vorbei – der Traum ist verschwunden und wir sind erwacht.«

Ein tief ausgeholter Seufzer vom untern Deck antwortete – es war Theobald, der ihre Worte gehört und schmerzlich mit empfunden hatte – er saß still und regungslos, den Kopf auf die Hand gestützt, an der Nagelbank des großen Mastes, und wie ihm die dunklen Locken fast unheimlich die bleiche Stirn umspielten, schaute er voll und lange in den Mond und nach dem Deck hinauf, auf dem die beiden Damen standen, und schloß dann die Augen, das Bild in seinem Inneren fest zu halten.

Der Untersteuermann kam wieder zurück (Fräulein von Seebald trat, den Kopf abwendend, von ihm fort) stieg die Treppe hinunter und wollte eben wieder nach vorn gehn, wo Leute postirt waren nach etwaigen Gefahren im Strom selber auszuschaun; da fiel sein Blick auf das bleiche Antlitz des Dichters und zu ihm hinantretend und ihn derb an der Schulter schüttelnd rief er gutmüthig:

»Sie da, Sie wollen wohl ein schiefes Gesicht kriegen, daß Sie hier im Monde liegen und schlafen.«

»Ich habe nicht geschlafen – lassen Sie mich zufrieden!« rief Theobald, entrüstet aufspringend.

»Nu, nu, Fiepchen biet mi nich« sagte der Steuermann lachend weitergehend – »es ist doch hoffentlich kein Unglück geschehn.«

Marie, die wie Fräulein von Seebald Zeuge der Scene gewesen war, lachte heimlich vor sich hin, aber ihre ältere Freundin sagte seufzend:

»Das ist ein entsetzlicher Mensch, dieser Untersteuermann, roh an Geist und Gemüth, wie an Gestalt.«

»Mich amüsirt er« lachte Marie, »und was kann man von ihm viel verlangen. Er ist Seemann, und scheint sein Geschäft aus dem Grunde zu verstehen; daß er derb ist, gehört mit dazu.«

»Ich werde schlafen gehn« sagte Fräulein von Seebald – »dieser Abend hat meine Nerven furchtbar angegriffen, und eine lange Zeit wird dazu gehören das wieder gut zu machen. Gute Nacht!«

Sie sprach die letzten Worte ziemlich laut, und ein Seufzer klang fast wie antwortend vom Fuß des großen Mast's herauf. Marie sah sich danach um, aber ihre Mutter rief sie in dem Augenblick; es wurde feucht an Deck in dem Flußnebel, und die Damen zogen sich in ihre Cajüten zurück.

2. New-Orleans

Waren die Passagiere der Haidschnucke schon am vorigen Tage früh aufgewesen, Land zu entdecken, so zeigten sie sich heute noch viel zeitiger an Deck, denn was sie vom Land gestern Abend gesehn, hatte ihre Neugierde nur noch mehr und gewaltiger geweckt. Sehr zum Ärger der Seeleute also, die heute Morgen das Deck besonders sauber zu waschen hatten und jetzt die Passagiere überall im Wege fanden, kletterten die meisten schon mit Tagesanbruch aus ihrer Luke vor, und die Matrosen theilten manchen Eimer Seewasser mit gut gezieltem Wurf unter sie aus, wo das nur irgend mit einer Entschuldigung von »nicht gesehen haben« oder »nicht wissen können« zu ermöglichen war. Viele staken dabei schon in ihren besten Kleidern, und Manche bereuten in der That ihren »Sonntagsstaat« nicht bis zum entscheidenden Augenblick aufgehoben und solcher Art vier und zwanzig oder gar noch mehr Stunden zu früh, preisgegeben zu haben.

Steinert besonders, kam mit seinen weißen Hosen am schlechtesten weg, denn nicht allein daß ihnen der letzte Tag an Deck keineswegs zuträglich gewesen, und einige lange und runde Theerstreifen und Flecken nur zu deutlich die Stellen verriethen, wo er sich leichtsinniger oder vergeßlicher Weise angelehnt, nein er bekam auch heute Morgen, als er vor der Cambuse stand und dem Koch unter falschen Versprechungen eine vorzeitige Tasse Kaffee abzulocken suchte, einen vollen Eimer Seewasser angegossen, dessen Urheber sich später allerdings nicht ermitteln ließ, dessen Wirkung aber total die Frage entschied, ob er möglicher Weise noch mit der Hose New Orleans betreten konnte oder nicht.

Ein leichter dünner Nebel lag übrigens auf dem Wasser, der die angestrengteste Aufmerksamkeit der Lootsen erforderte, während er die Ufer bis ziemlich zu den Wipfeln der Bäume mit einer feinen Art von Hehrrauch füllte. Wie die Sonne aber höher und höher stieg sanken die weißen Schwaden, einem Schleier gleich zu Wasser nieder, und die armen seemüden Auswanderer konnten einen Jubelruf kaum unterdrücken, als, wie mit einem Zauberschlag die prachtvollste, herrlichste Landschaft vor ihren Augen lag, die sie sich in dem Schmuck fremdartiger Vegetation, nur je gedacht.

Verschwunden war der dunkle Wald mit seinem wehenden Moos, oder zurückgedrängt wenigstens, weit zurück zu einem niedern Streifen am Horizont, zu einem Rahmen des Gemäldes, das sich jetzt ihren Blicken entrollte, und wie aus dem Boden mit einem Schlage herausgewachsen schien. Reizende Landhäuser mit wunderlich ausgezweigten Bäumen schauten mit ihren dunklen Dächern und weißen Mauern, luftigen Verandahs und kühl verwahrten Fenstern aus dichten Bosquets blühender Tulpenbäume und fruchtschwerer Orangenhaine vor, und weite, regelmäßig angelegte Colonieen niederer aber reinlicher und vollkommen gleichmäßig gebauter Häuser – die zu den Plantagen gehörenden Negerwohnungen – schlossen sich ihnen an und trennten sie von weiten wogenden Zuckerrohr- und Baumwollenfeldern; Schaaren geschäftiger Neger in ihren weißen Anzügen arbeiteten in diesen, und auf der breiten Straße, die dicht am Ufer des Stromes hinaufzuführen schien, rasselten leichte bequeme Chaisen, und gallopirten stattliche Reiter mit breiträndigen Strohhüten und leichten lichten Sommerkleidern auf und nieder.

Und so belebt wie das Ufer war der Strom; Massen von kleinen Segelbooten glitten herüber und hinüber zu den sonnigen Ufern, breite Dampfer schnaubten hinab, die Produkte des üppigen Landes fernen Zonen zuzuführen, und mächtige Seeschiffe lagen hie und da am Ufer vor Anker, ja oft mit Tauen an irgend einen Baum befestigt, am Land hoch aufgestapelte Baumwollenballen und lange dunkle Reihen von Zucker- und Syropsfässern an Bord zu nehmen, und zu kälteren Welttheilen hinüber zu tragen.

Und daran vorbei keuchte das wackere kleine Dampfboot, die beiden Kolosse aufschleppend gegen den mächtigen Strom, und so dicht am Ufer streiften sie nicht selten hin, daß sie die Neger konnten in den Feldern singen hören, und die weißen Frauen erkannten, die in luftiger Morgenkleidung auf ihren Blumen geschmückten Verandas saßen und auf den Fluß und das rege Leben und Treiben um sich her hinausschauten.

Die Passagiere der Haidschnucke waren außer sich, und so niedergeschlagen sie durch den alleinigen Anblick der flachen Sumpfstrecke an der Mündung geworden, so scharf gingen sie jetzt, und mit verhängten Zügeln zum anderen Extrem über. Die Leute sangen und tanzten und schrieen und lachten und jauchzten, wie ebensoviele dem Irrenhaus Entsprungene, und jubelten Einer dem Anderen zu, da drüben lägen die Farmen in die sie jetzt hineinziehn würden, das sei das Land, von dem der ganze Acker nur 1¼ Dollar koste, und Einzelne redeten sogar davon sich gleich Papier und Feder und Dinte geben zu lassen und nach Hause zu schreiben, daß ihr ganzes Dorf nur gleich herüber käme über's Wasser, und Theil nähme an der Herrlichkeit.

Die Oldenburger waren die übermüthigsten, und vorn auf der Back, wo sie sich auf den Starbord-Anker gesetzt hatten und einander immer auf neu entdeckte Herrlichkeiten des Ufers aufmerksam machten, brach sich ihr Jubel endlich in einem Liede Bahn, das sie schon den ersten Tag auf der Weser einmal gesungen, dann aber ganz vergessen zu haben schienen, und dessen Schlußvers, von der ganzen Schaar als Chor gesungen lautete:

»In Amerika können die Bauern in den Kuts-chen fahren
In den Kuts-chen mit Sammet und mit S-e-i-de.
Und sie essen dreimal Fleisch, und sie trinken Wein dazu
Und das ist eine herrliche Freu-i-de!«

Das Wort Kuts-chen sprachen sie dabei so aus, das sie das s vollkommen vom ch trennten, während das letzte Wort »Freude« mit aller Kraft der Stimmen herausgeschrieen wurde, vielleicht den empfundenen Grad von Seligkeit dadurch anzudeuten.

Je mehr sie sich aber der Hauptstadt von Louisiana, dem prächtigen New-Orleans näherten, desto lebendiger wurde der Strom; die Fahrzeuge, welche die Verbindung der einzelnen kleinen Städtchen und Plantagen mit der »City« unterhielten, wurden häufiger – Dampffähren kreuzten herüber und hinüber, eine Anzahl kleiner Segelboote führte die Produkte des Landes nach der Stadt, und überall an den Ufern, an denen reizende Pflanzerswohnungen unter Blüthenbüschen und Fruchtbäumen versteckt lagen, ankerten volle Schiffe, Brigs, Barquen und Schooner, die letzteren meist mit Negern und Mulatten bemannt, und die bunten Flaggen im Winde flatternd.

Aber weiter, immer weiter schnaubte das Boot; hie und da tauchten weiße Häusermassen auf, aus dunklen Streifen bis zum Ufer des Stromes reichender Waldung immergrüner Magnolien und mächtiger Cottonbäume; aber das war noch lange nicht New-Orleans, – die Villen wuchsen zu Städten an, und immer noch vorbei schäumten sie, aufwärts, aufwärts den Riesenstrom, dessen Fluth gewaltige nackte Stämme mit sich führte, die er sich oben im Norden losgerissen aus ihrem Bett und sie nun hinabführte dem Golfstrom zu, tausende von Meilen weit, damit sie der durch den Ocean hinüberwälze, einem anderen Welttheil zu.

So kam Mittag heran und ging vorüber, während die Passagiere schon vollständig seit mehr als vier und zwanzig Stunden gerüstet an Deck auf- und abliefen, und ungeduldig den Zeitpunkt kaum erwarten konnten, der ihnen erlauben würde dieses wundervolle Land zu betreten.

»Dort liegt New-Orleans!« sagte da der Steuermann, der vorn auf die Back kam, die dicht gedrängt von Passagieren stand, nach dem Anker und dessen Befestigung zu sehn. Er deutete dabei mit der Hand nach rechts hinüber, wo ein weites dünnes, fast spinnwebartiges Mastengitter den Horizont begrenzte.

»Wo? – wo?« riefen eine Menge Stimmen durcheinander, und Einer frug – es war Löwenhaupt – »dort drüben, wo das lange Staket ist?«

Der Steuermann warf ihm einen mitleidsvollen Blick zu glaubte aber schon überflüssig Auskunft gegeben zu haben, und stieg, ohne irgend eine der tausend an ihn gerichteten Fragen weiter zu beantworten, wieder an Deck hinunter, nach hinten auf seinen Posten zu gehn. Aber die Leute bedurften keiner weiteren Weisung; nur erst das Auge in etwas gewöhnt die fernen Gegenstände in ihren einzelnen Umrissen von einander zu trennen, und zu erkennen, unterschieden sie bald selbst klar und deutlich die Masten unzähliger Schiffe, und Kirchthürme und Kuppeln, die sich scharf gegen den rein blauen Horizont abzeichneten, und bald auch den letzten Zweifel zerstreuten daß sie sich der Stadt, daß sie sich dem Ziel ihrer Reise näherten.

Von dem Augenblick an schienen aber auch alle Bande der Ordnung gelößt zu sein und New-Orleans war vergessen, wie das rege bunte Leben um sie her, an denen noch vor wenig Minuten ihr Blick mit Entzücken und stummem Staunen gehangen. *An Land:* jeder andere Gedanke erstarb in dem einen bewältigenden Gefühl, und jeder einzelne Passagier schien es jetzt ganz besonders und allein darauf angelegt zu haben, durch Vorziehn seines Koffers wie sonstigen Gepäcks, seiner Kisten und Hutschachteln, Körbe und Betten, allen Übrigen den Weg auf das gründlichste zu versperren, und die schon ohnedieß im Zwischendeck herrschende Confusion zu ihrem möglich höchsten Grad zu treiben. Vergebens blieb alles Schimpfen und Befehlen der Steuerleute; vergebens blieben die Flüche und Verwünschungen der Matrosen, die bald hier bald da über an Deck geschleppte Kisten und Kasten stürzten und wegfielen, die Passagiere thaten als ob sie fürchteten man würde sie nicht von Bord lassen, wenn sie landeten, und nun Alles vorbereiteten zu schleunigster Flucht. Der Capitain ging endlich sogar, was er die ganze Reise über noch nicht ein einziges Mal gethan, zu ihnen, und erklärte ihnen daß es sehr die Frage sei, ob sie diese Nacht noch überhaupt an Land dürften, denn die Gesundheits-Policey in New-Orleans visitire erst das Schiff und bestimme dann, ob den Passagieren eine augenblickliche Landung gestattet werden könne; sie möchten deshalb sich nicht überall Platz und Weg verstellen, da zehn gegen eins zu wetten sei, daß sie Beides noch nothwendig brauchen würden, ehe sie das Schiff verließen. Niemand glaubte ihm.

»*Jetzt* kommt der alte Hallunke nun wir von Bord wollen« rief Steinert besonders, doch natürlich erst als der Capitain außer Hörweite war, »und denkt sich noch beim Abschied einen weißen Fuß bei uns zu machen; redet süß und dreht den Kopf bald so, bald so herüber. Er soll zum Teufel gehn, wir brauchen ihn jetzt nicht mehr, und thun was wir wollen.«

Der kleine Dampfer hatte indessen wacker die Strömung gestemmt, und seine beiden Schiffe dem bestimmten Landungsplatz merklich näher gebracht. Höher und höher tauchten dabei die Masten aus dem flachen Lande auf, und dehnten sich in unabsehbarer Reihe am linken Ufer des Stromes hinauf. Auch gewaltige Häusermassen wurden sichtbar, die in geschlossenen Colonnen den Mastenwald umzogen und die untere Grenze der Stadt, wenigstens eine langgestreckte Reihe von Häusern die mit ihr in unmittelbarer Verbindung stand, lag ihnen, wie sie den Strom hinaufschauten, schon gerade gegenüber, von dort ankernden Schiffen wie mit einem festen Damm umzogen.

Clara Henkel hatte indessen eine furchtbare Zeit verlebt, und mit keinem Herzen, dem sie sich und ihr entsetzliches Schicksal anzuvertrauen wagte, die Last allein getragen, bis sie drohte sie zu Boden zu drücken. Mit dem Bewußtsein welches entsetzliche Verbrechen der Mann verübt, in dessen Hand sie die ihre am Altar gelegt, war auch der feste unerschütterliche Entschluß in ihr gereift, von diesem Augenblick an das Band als zerrissen zu betrachten, das sie an ihn gebunden. Aber was jetzt thun? – in dem fremden Lande allein und freundlos; was beginnen, wie handeln? – Zurück zu ihren Eltern kehren? – alle Pulse ihres Herzens zogen sie dorthin und es blieb fast kein anderer Ausweg für sie; aber was würde die Stadt dann sagen, wie würde das müßige Volk die Köpfe zusammenstecken und lachen und spotten über die »reiche Amerikanische Braut« die so rasch und allein gebrochenen Herzens zurückgekehrt in das Haus, das sie in Glück und Glanz verlassen? – Was kümmerte sie die Stadt, was herzlose Menschen, die mit kaltem Blut und lachendem Munde Ruf und Glück einer Welt unter die Füße treten, wenn sie sich eine Viertel Stunde die Zeit damit vertreiben können, und doch bebte sie davor zurück – doch malte sie sich mit grausamer Phantasie alle die einzelnen kleinen Gruppen aus, alle die Märchen und Erdichtungen, alle die schlauen und nur zu furchtbar wahren Combinationen die auf ihr Haupt allein dann fallen würden. Und doch, blieb ihr eine andere Wahl?

Aber noch eine andere Sorge füllte ihr die Brust – konnte sie so, unmittelbar in das väterliche Haus zurück? mußte nicht erst ein Brief wenigstens die armen Eltern vorbereiten auf das Schreckliche? – Oh wer rieth – wer half ihr da? Und ja, *ein* Wesen war an Bord dem sie ihr Elend klagen, die sie um Rath um Trost bitten konnte in ihrem Schmerz. *Trost*? allmächtiger Gott wo lag ein Trost für die Vernichtete – doch Rath, doch Mitgefühl – ein freundlich, theilnahmvolles Wort als Tropfen Lindrung in das Meer von Jammer. Die wackere Frau Professor Lobenstein, die sich ihr stets als mütterliche Freundin gezeigt, der durfte sie vertrauen was sie zu Boden drückte, was sie nicht mehr allein zu tragen im Stande war, und ihrem Rath wollte sie folgen – gehorchen wie ein Kind der Mutter folgt. Aber nicht an Bord ging das an, die einzelnen Cajütenwände bestanden nur aus dünnen Planken, die nicht einmal bis oben hinauf fest anschlossen, sondern dort einen offenen Rand hatten – die Nebencoye konnte jedes gesprochene Wort verstehn, und auf dem Quarterdeck selbst waren sie nie allein. Und konnte sie warten bis sie in New-Orleans gelandet? – wie sollte sie denn von Bord kommen wenn sie nicht gerade mit Lobensteins das Schiff verließ, und bat sie diese, sich ihrer Sachen, ihrer selbst anzunehmen, ehe sie sich der Frau entdeckte, was hätten sie von ihr denken, was ihrem Gatten gegenüber selber da thun können?

In Angst und Verwirrung konnte die Unglückliche zu keinem festen Entschluß kommen, und überließ der Zeit, dem Augenblick, das Weitere – ja sie fing endlich an, als ihr die quälenden Gedanken Tag und Nacht das Hirn zermartert hatten, gleichgültig gegen Alles zu werden, was sie von jetzt ab noch betreffen konnte. – Das Schrecklichste – das Furchtbarste war geschehn, was konnte sie noch schlimmer treffen als *der* Schlag. Nur das eine stand fest und unerschüttert in ihrer Seele – mit *ihm* keinen Schritt weiter in diesem Leben.

Auf dem Schiffe herrschte indessen ein wildes reges Leben; überall hatten sich kleine Gruppen gebildet, die das Neue, das sie umgab anstaunten und bewunderten, und einander auf frisch auftauchende Merkwürdigkeiten mit Hand und Mund aufmerksam machten. Und wie die Kinder lachten und jubelten sie dabei, und streckten die Arme danach aus, als ob sie den Augenblick nicht erwarten könnten, der sie endlich, endlich in wirklichen Besitz all dieser Herrlichkeiten bringen sollte. Da gab der Dampfer ein plötzliches Zeichen mit der Glocke, die Taue an beiden Borden wurden losgeworfen, und das kleine schwarze Fahrzeug glitt im nächsten Augenblick, seine Wellen schäumend gegen ihren Bug anwerfend, zwischen den beiden Kolossen die er herauufführte vor. Zu gleicher Zeit fast sprangen die Matrosen der beiden deutschen Auswanderer-Schiffe nach vorn an ihre Anker.

»Steht klar da von der Kette – zurück da – fort aus dem Weg!« schrieen die Seeleute durcheinander, und stießen die Passagiere die nicht gleich begriffen was sie sollten, und wem sie eigentlich im Weg standen, unsanft zur Seite; »Alles klar – laßt los« kreischte eine Stimme und alles Weitere verschwand in dem Schlag auf's Wasser, den der Anker that, und dem furchtbaren Gerassel der ihm, durch die Klüsenlöcher nachsausenden Kette, die gleich darauf um die Ankerwinde geschlagen das Schiff bis in seinen Kiel hinab erschütterte und – hielt.

Der Capitain kündigte indessen den jetzt unruhig werdenden Passagieren an, daß sie hier zu liegen hätten bis das Sanitäts- und Policeyboot an Bord gewesen wäre, was sehr wahrscheinlich bald kommen, und ihnen dann völlige Freiheit lassen würde, so rasch an Land zu gehn wie sie eben wünschten. Dagegen ließ sich Nichts thun, und die Leute behielten jetzt wenigstens Zeit sich ihre Umgebung zu betrachten, die sich mannigfaltig und bunt genug erwieß.

Auf der Straße die sich dicht am Ufer hinzog, wimmelte es von Menschen und Wägen; Karrenführer brachten auf zweirädrigen Karren mit einem kräftigen Pferd bespannt, in fast ununterbrochenem Zuge Waaren herab gefahren, große Omnibusse fuhren auf und ab, Passagiere an allen Ecken absetzend und wieder aufnehmend, Neger mit schweren Lasten auf den Schultern eilten vorüber, oder standen in lachenden Gruppen an den Werften. Reiter gallopirten die Straße nieder, kleine Chaisen und Wägen kreuzten sich herüber, und hinüber, und Negerinnen mit Körben oder großen Blechkannen auf den Schultern boten von Haus zu Haus, von Schiff zu Schiff ihre Waaren feil. Und das laute taktmäßige Singen dort drüben, mit dem »Ahoy-y-oh!« der Matrosen dazwischen? Ein Trupp von halbnackten Negern lud dort ein französisches Schiff mit großen Zuckerfässern, ein Vorsänger gab dabei Takt und Versmaas an, und während sechs kräftige Burschen mit dem rollenden Coloß den hohen Damm der das Ufer einfaßte herunterliefen, den Aufschlag gegen die schräg zum Schiff emporliegende Planke zu bekommen, tanzten und sprangen die Neger, das Faß jedoch umgebend, daß sie der geringsten Abweichung steuern konnten, darum her, und warfen sich dann alle zugleich, aber immer im Takt ihrer Melodie, und diese nicht einen Moment unterbrechend, mit den Schultern dagegen, es eben so rasch die Planken hinauf an Bord zu rollen, als es den Damm allein herunter gekommen. So geschickt benahmen sich die Leute dabei, und so anscheinend leicht lief ihnen das kolossale Faß unter den Händen fort, daß die Arbeit wie Spiel aussah; hätten sie aber die furchtbar schweren und nicht einmal ganz gefüllten Fässer, in denen der rohe Zucker immer wie Blei nach unten fiel, langsam rollen wollen, kaum doppelt die Zahl würden sie dann an Bord gebracht haben.

Und wie mit Fahrzeugen belebt war der Strom; wohin das Auge blickte ein reges Drängen und Treiben von Dampf- und Segelschiffen, und schwerfälligen breitmächtigen Ruderbooten und Flößen, die mit der Strömung hinab, tiefer gelegenen Plantagen oder Ortschaften zuschwammen. Was für Colosse trug dabei die Fluth und die Deutschen staunten, und hatten Ursache dazu, als breite Dampfboote den Strom nieder kamen, die schwimmenden Bergen aufgethürmter Baumwollenballen glichen, aus denen oben, während sie bis unmittelbar über die Oberfläche des Wassers reichten, nur eben die beiden schwarzen qualmenden Schornsteine herausschauten. Ballen auf Ballen war da gepackt, regelmäßig wie Backsteine in einer Mauer, von dem Rand des unteren Verdecks gerade und steil emporlaufend, daß selbst das kleine, vorn oben auf dem höchsten Deck stehende Lootsenhaus nur eine Öffnung zum Durchschauen hatte, und Cajüte wie Zwischendeck von einer unerbittlichen Baumwollenwand umschlossen blieb.[4] Die Erndte brachten sie nieder aus den reichen Plantagen der südlichen Staaten, aus Tenessee und Arkansas, Mississippi und Louisiana, hier in Schiffe gestaut und über die Welt

4 Es giebt Dampfboote auf dem Mississippi, die solcher Art 4000 Amerikanische Ballen Baumwolle tragen.

versandt zu werden, während die gewaltigen Boote schon nach wenigen Tagen wieder mit Seesalz, Reis, Kaffee und den Produkten der Tropenländer beladen, ihre Salons und ihre Zwischendecks mit Passagieren gefüllt, die Rückreise nach den nördlichen Staaten antraten.

Aber das nicht allein – gerade auf sie zu kam ein kleiner scharfgebauter Dampfer, das untere Deck mit Rindern und Schaafen gefüllt, die in Pensylvanien, zweitausend englische Meilen von hier entfernt, in voriger Woche eingeschifft wurden und jetzt bestimmt sind den New-Orleans Markt auf einen Tag mit frischem Fleisch zu versehn. Die Passagiere der Haidschnucke hatten übrigens volle Muße dieß Boot zu beobachten, das dicht an ihnen vorbeilief, eine kleine Strecke weiter dem Lande zu hielt, sein Boot mit vier Matrosen und dem Steuermann darin aussetzte, und dann plötzlich die Planken losschlug die am hinteren Theil oder *steerage deck* das Vieh bis jetzt verhindert hatten über Bord zu springen. Es dauerte auch gar nicht lange, so fingen sich die Rinder, wahrscheinlich im Inneren gestört, an zu drängen, und kamen der Öffnung oder dem Bord, der etwa noch immer zehn Fuß über der Oberfläche des Stromes lag, näher und näher, bis ein Stier, der die Hörner gegen einen Kameraden einsetzte von diesem zurück und dem Bootrand zugepreßt wurde, über den er mit den Hinterbeinen glitt, sich mit den Vorderbeinen, ängstlich brüllend, noch einen Augenblick hielt, und dann kopfüber in den Strom hinunterstürzte. Wie er aber wieder nach oben kam, und sich von dem Boot verhindert sah stromab zu gehn, hielt er rasch dem Lande zu, wo dieses sich an einer schmalen Stelle zwischen zwei dort vor Anker liegenden Schiffen zeigte, und das war gerade der Punkt wohin ihn die Burschen haben wollten, und wo die Käufer schon eine kleine Umzäunung hergestellt hatten, die an Land schwimmenden Thiere in Empfang zu nehmen. Einer nach dem anderen wurde so, wenn sie nicht gutwillig gehn wollten, von Bord hinuntergeworfen, und ihnen folgte, als auch der letzte in Sicherheit war, in Masse die Schaafheerde, der man nur einfach den Leithammel voran hineinwarf, als sich die ganze Heerde auch in größter Eile und Hals über Kopf ihm nachstürzte.

Dieß außergewöhnliche Schauspiel hatte die Aufmerksamkeit der Passagiere so in Anspruch genommen, daß sie im Anfang gar nicht bemerkten, wie ein paar Fruchtboote indessen an das Schiff herangekommen waren und dieses jetzt, mit ihrer delicaten Last umkreisten. Ziemlich vorn im Boot saß eine sonngebräunte Gestalt mit breiträndigem Strohhut, nur mit Hemd und Hose bekleidet und ein buntfarbiges Seidentuch locker um den Hals geschlagen, in jeder Hand ein leichtes kurzes Ruder mit denen er das zierlich schlanke Fahrzeug rasch und behende vorwärtstrieb, und durch die geringste Bewegung herüber und hinüber lenkte. Von der Mitte des Bootes ab aber, bis hinten zum Spiegel desselben lagen, in entzückender Fülle die Schätze der Tropen, wie dieses sonnigen Landes aufgestapelt und zum Genuß bereit, während in dem Spiegel des einen Boots ein kleiner Capuziner-Affe, in dem des anderen ein buntfarbiger Papagei dem reizenden Bild zur Staffage zu dienen schienen. Duftige Ananas mit den grüngezackten Kronen, rothbäckige Granatäpfel, goldene Apfelsinen, saftige Pfirsiche, Cocosnüsse in ihrer braunen Schaale, mehlige Bananen, mit nordischen Äpfeln und Birnen und schwellenden Trauben, mit Granat- und Orangenblüthen überworfen lagen in wilder Mischung bunt und wirr und doch sinnig geordnet, durcheinander, und die Hände der armen, Salzkost gewöhnten und gequälten Auswanderer, streckten sich nur soviel sehnsüchtiger nach den gezeigten Schätzen aus, als fast den meisten die Mittel fehlten, sich augenblicklich in Besitz derselben zu setzen.

Kleines Geld – oh wer jetzt kleine Amerikanische oder Englische Münzen hatte, sich einen Theil des Reichthums da unten zuzueignen – nur ein einziges Stück den lechzenden Gaumen zu letzen. Und wie sie durch einander liefen und in den Taschen suchten, und borgen wollten, Einer vom Anderen, und Keiner, wie ihnen das wohl auch oft in der alten Heimath geschehn sein mochte, die landesübliche Münze zu zeigen hatte. Hie und da tauchte aber doch ein Spanischer Dollar auf, Früchte *mußten* gekauft werden, die erste Landung auch würdig zu feiern, und der Steward wurde dann ebenfalls hinunter geschickt, für die Cajüte ein reiches und willkommenes Desert zur Abendtafel einzukaufen. Die beiden Spanier in den Fruchtbooten machten glänzende Geschäfte an den beiden deutschen Schiffen.

Endlich kam auch das Sanitätsboot und das Schiff wurde, nach sehr flüchtiger Untersuchung, als vollkommen gesund erklärt, wie den Passagieren von Obrigkeitswegen gestattet, sobald sie wollten oder könnten an Land zu gehn. Es war aber indessen auch beinah Abend geworden, und der Capitain erklärte seinen Cajütspassagieren daß er selber allerdings augenblicklich an Land müsse, und gern von ihnen mitnehmen wolle wer zu gehen wünsche, daß er ihnen aber rathe die Nacht noch an Bord zu bleiben, und dann morgen früh ihre Ausschiffung in Muße und mit Ruhe vorzunehmen. Mit den Zwischendeckspassagieren wurden schon weniger Umstände gemacht, und ihnen eben nur einfach angekündigt, daß es für heute zu spät sei sie auszuschiffen, und sie morgen früh, wenn sie es wünschten mit Tagesanbruch befördert werden sollten. Übrigens hätten sie heute Abend noch einmal Abendbrod und morgen Frühstück zu erwarten – wonach zu richten.

Von den Cajütspassagieren hatten sich aber eben der Professor und die Herren Benkendroff, Henkel, und der Doktor entschlossen mit an Land zu fahren, als von dort aus ein Boot abstieß in dem ein Herr und eine Dame saßen und auf die Haidschnucke zuhielten. Frau von Kaulitz, die schon seit einer Stunde ungeduldig auf dem Quarterdeck auf- und abgegangen war, und diesen Besuch in der That erwartet hatte, trat an die Reiling und winkte mit dem Tuch, und das Zeichen wurde von der Dame im Boot, die in großer Aufregung zu sein schien, beantwortet. Desto ruhiger blieb aber die alte Dame, die schon an dem Nachmittag ihre Whistberechnung mit ihren bisherigen Aiden gemacht und ihren Gewinn eingestrichen hatte, während ihre Koffer gepackt und zum Abholen fertig standen.

»Wer mögen nur die Fremden sein die uns dort besuchen wollen?« rief die lebhafte Marie, die sich nicht satt sehn konnte an ihrer neuen Umgebung und Augen für Alles hatte, was um sie her vorging. »Sie kommen wahrhaftig hierher, gerade auf das Schiff zu!«

»Das ist meine Tochter, mein Kind« sagte aber die alte Dame mit unendlicher Ruhe, »die sich vor einem Jahre von einem jungen Engländer Namens Bloomfield hat entführen und heirathen lassen, ohne mein Wissen und gegen meinen Willen. Das junge Ehepaar flüchtete damals nach Amerika und ich habe ihnen jetzt, da der Mann sonst brav und ordentlich zu sein scheint und sehr vermögend ist, verziehen und bin gekommen sie zu besuchen.«

Es waren dieß die ersten Worte die Frau von Kaulitz je über ihre Familienverhältnisse, wie überhaupt den Zweck ihrer Reise geäußert hatte, und Marie blickte lächelnd zu ihr auf, denn sie konnte natürlich nicht anders glauben, als daß die alte Dame sich einen Scherz mit ihr mache, obgleich das sonst nicht eben ihre Gewohnheit war. Sie sah aber auch jetzt so ernst und trocken aus wie nur je, und hatte noch dazu ihre Brille aus ihrem großen sammetgestickten Strickbeutel herausgeholt, die sie aufsetzte und die Herankommenden aufmerksam und forschend damit betrachtete. Es war eben noch hell genug die Gesichter unten zu erkennen.

Das Boot lag jetzt langseit und die alte Dame ging zweimal auf dem Quarterdeck auf und ab als der Capitain, der an die Fallreepstreppe getreten war der Dame hereinzuhelfen, mit den beiden Fremden den Starbordgangweg herauf kam und sie zur Quarterdeckstreppe führte. Die junge Dame, ein reizendes kleines zartes Frauchen von vielleicht zweiundzwanzig Jahren, aber jetzt mit vor innerer Aufregung bleichen und erregten Zügen, eilte voran, dicht hinter ihr folgte ihr Gatte, eine ebenfalls noch jugendliche, aber edle, männliche Gestalt. Frau von Kaulitz war mitten auf dem Deck stehn geblieben sie zu erwarten.

»Mutter – liebe – liebe Mutter!« rief die junge Frau, flog auf die alte Dame zu und barg, der Fremden die sie umstanden nicht achtend, ja sie wohl nicht einmal bemerkend, schluchzend ihr Antlitz an ihrer Brust.

»Mein Kind – mein liebes Kind!« sagte Frau von Kaulitz, mit einem unverkennbaren Anflug von Rührung und hob sie zu sich auf, küßte sie und streckte dann ihre Hand dem wenige Schritte hinter ihr stehen gebliebenen Gatten entgegen.

»Liebe – beste Mutter!« rief aber jetzt auch dieser, tief ergriffen ihre Hand fassend und an seine Lippen ziehend – »können Sie uns verzeihn?«

»Bst Kinder – keinen Auftritt hier« sagte aber Frau von Kaulitz, rasch wieder gefaßt, »komm Pauline – komm, richte Dich auf – sieh nur die fremden Leute hier um uns her. Ach bitte William haben Sie die Güte und sehen Sie nach daß meine Koffer und Hutschachteln hinunter in das Boot kommen.«

»Ich werde Ihnen das schon besorgen, gnädige Frau« sagte aber der Capitain freundlich – »ist das all Ihr Gepäck was hier oben an Deck steht?«

»Das ist Alles – halt Steward meine Whistmarken liegen noch unten auf meinem Waschtisch, in dem kleinen grünen Etui.«

»Hier Jahn – hier Jacob!« rief der Capitain ein paar seiner Leute an – »hinunter mit den Sachen da in's Boot – macht rasch, aber geht mir vorsichtig damit um – hier die drei Koffer und die drei, vier, fünf Schachteln mit den zwei Reisesäcken.«

»Wartet Kinder, meine Marken kommen gleich« sagte Frau von Kaulitz, als die junge Frau sie unter Thränen lächelnd noch einmal geküßt hatte und dann mit sich fortziehen wollte – »apropos William, spielen Sie Whist?«

»Nein liebe Mutter« – sagte der junge Mann, verlegen lächelnd über die etwas abgebrochene Frage.

»Kein Whist?« – rief Frau von Kaulitz, fast erschreckt stehen bleibend – »wo bekommen wir denn heute Abend den dritten Mann her? – Pauline spielt.«

»Mein Compagnon spielt vortrefflich und wird heute Abend bei uns sein« sagte ihr Schwiegersohn, jetzt wirklich verlegen.

»Ah, das ist schön!« rief Frau von Kaulitz, sichtlich beruhigt, »und nun kommt Kinder – *adieu, adieu!*« sagte sie dabei freundlich ihren bisherigen Mitpassagieren, von denen sie sich in diesem Augenblick wahrscheinlich auf immer trennte, zunickend – »*adieu,*« und von dem Capitain geführt, der sie, jetzt schon wieder in seinen entsetzlichen Schwalbenschwanzfrack mit den engen Ärmeln hineingezwängt, sehr artig bis an die Fallreepstreppe begleitete, verließ sie das Quarterdeck.

Der junge Mann folgte ihr, seine Frau am Arm, die Cajütspassagiere an denen er vorüberging, freundlich grüßend, als sein Blick auf den, gerade an Deck kommenden Henkel fiel. Fast unwillkürlich blieb er einen Moment stehn und sah ihn starr an, wie es oft geschieht daß uns ein Gesicht plötzlich auffällt, dem wir nicht gleich Namen und Stelle zu geben wissen in unserem Gedächtniß. Auch Henkel begegnete, wie es schien ebenso überrascht dem Blick; beide Männer verbeugten sich dann leicht gegeneinander und der Engländer verließ, seine Frau am Arm das Schiff.

Das Boot stieß ab von Bord, und die beiden Seeleute die es führten legten sich kräftig in ihre Ruder, waren aber noch keine vier Längen in den Strom hinausgehalten, als Frau von Kaulitz ein ängstliches »*Halt*« rief.

»Ach bitte William, ich habe meinen Regenschirm an Bord vergessen!«

Der junge Mann, der am Steuer saß, lenkte den Bug des Bootes rasch wieder herum dem kaum verlassenen Schiffe zu, an dessen Railing der Steuermann schon stand und mit einem vergnügten Gesicht – er war an derlei gewohnt – hinunter rief:

»Etwas vergessen, Madame?«

»Meinen Regenschirm – er steht unten in der Coye – schwarze Seide mit Elfenbeingriff« –

»Nun natürlich« lachte der Seemann leise vor sich hin, und rief dann laut – »Steward, den Regenschirm von Frau von Kaulitz« –

»Und mein rothsaffian Brillenfutteral muß auch noch unten liegen!« rief die Dame hinauf.

»Steward – rothsaffianen Brillenfutteral« repetirte der Steuermann – »sonst noch etwas, Madame?«

»Nein – nicht daß ich jetzt wüßte.« –

Die Sachen wurden durch einen Matrosen, der die Fallreepstreppe niederlief, hinunter gereicht, und das Boot stieß zum zweitenmale ab.

»Liebe Mutter, jener Herr Soldegg, den ich auf dem Quarterdeck fand, ist doch nicht mit Ihnen von Deutschland, sondern wahrscheinlich erst hier an Bord gekommen?« frug der junge Mann die alte Dame, als sie wieder eine kleine Strecke vom Schiff ab waren.

»Soldegg? – ich weiß nicht« sagte Frau von Kaulitz, »ich kenne die Zwischendeckspassagiere nicht, und habe den Namen nie gehört.«

»Er sah nicht aus wie ein Zwischendeckspassagier, und stand auch auf dem Quarterdeck bei den Damen« sagte Bloomfield.

»Soldegg – Soldegg? – kenne ich nicht – vom Land ist aber auch Niemand herüber gekommen, den Steuerbeamten ausgenommen.«

»Dort drüben steht er, etwas rechts vom Besahnmast – den meine ich, der jetzt gerade den Hut aufsetzt.«

Die alte Dame, die ihre Brille noch aufbehalten hatte, drehte den Kopf dorthin und sagte dann:

»Das ist ein Herr Namens Henkel, der sich eine junge hübsche Frau von Deutschland geholt hat, aber nicht mit ihr durchgebrannt ist, wie gewisse Leute.«

»Liebe – liebe Mutter« bat Pauline, tief erröthend, und die Hand nach ihr ausstreckend –

»Schon gut, schon gut« lächelte die alte Dame, die Hand ergreifend und streichelnd –

»*Henkel?*« sagte Bloomfield, dem die eben gesehene Persönlichkeit selbst in diesem Augenblick nicht aus dem Sinne wollte – indem er still vor sich hin mit dem Kopf schüttelte.

»Haben Sie die auffallend schöne junge Frau nicht bemerkt, die mit auf dem Quarterdeck stand?« frug Frau von Kaulitz.

»Dieselbe die so außerordentlich bleich aussah?«

»Dieselbe – das ist seine Frau – aber nehmen Sie sich um Gottes Willen in Acht. Sie fahren uns ja mitten auf das Schiff hinauf!«

Bloomfield lenkte den Bug des Bootes noch zur rechten Zeit zur Seite, der Rudernde warf seinen Riemen rasch aus der Dolle, und das schlanke Boot schoß, den Augen der ihm nachschauenden Passagiere der Haidschnucke entzogen, zwischen die dort ankernden Schiffe hinein an Land, wo schon ein leichter eleganter Wagen sie erwartend hielt.

Des Capitains Jölle war indessen ebenfalls auf das Wasser niedergelassen und bemannt worden, und der Capitain noch einmal in seine Cajüte gegangen seine Schiffspapiere, die in einer langen, festschließenden Blechbüchse staken, mitzunehmen, wie Geld und abzugebende Briefe zu sich zu stecken.

Schon vorher war ein Mauthbeamter an Bord gekommen, der aber die Koffer der Passagiere, nach flüchtiger Öffnung, passiren ließ. Einwanderern wird darin viel nachgesehn, und wo nicht durch zu große

Massen oder zu geschäftsmäßige Verpackung gegründeter Verdacht vorliegt daß sich Sachen zum Verkauf darin vorfinden, läßt man sie keineswegs selten uneröffnet, oder wenigstens nach ganz oberflächlichem Darüberhingesehn, passiren.

Clara ging, als Frau von Kaulitz das Schiff verlassen hatte, in ihre Cajüte hinab, wohin ihr, wie des Capitains Boot auf das Wasser niedergelassen wurde, Henkel folgte.

»Clara« sagte da ihr Gatte mit leiser unterdrückter Stimme, als er den kleinen Raum betrat – »ich gehe heut Abend an Land und kehre vielleicht erst spät, vielleicht erst morgen Früh zurück. Du wirst wohl thun Alles indeß zu ordnen daß wir das Schiff dann gleich verlassen können – ich werde indeß Quartier für uns besorgen.«

Clara hatte ihn ruhig angehört, aber ihr Körper zitterte während er sprach und sie brauchte Minuten sich soweit zu sammeln daß sie ihm nur erwidern konnte, dann aber sagte sie mit leiser, doch von innerer Heftigkeit fast erstickter bebender Stimme, indem sie ihm fest und entschlossen in das scheu abweichende Auge sah.

»Für uns? für *uns*? – unsere Bahnen trennen sich hier – mein Herr – ich kenne Sie nicht mehr und *wagen* Sie es mich zu zwingen.«

»Du bist eine Thörin, Clara« – sagte Henkel ungeduldig – »was helfen Dir die unnützen Reden – wer soll Dir hier Beschuldigungen, die Du etwa vorbringen könntest, glauben. Sei vernünftig« setzte er dann ruhig hinzu – »laß den wahnsinnigen Verdacht, den Du nun einmal kindischer Weise gegen mich gefaßt zu haben scheinst, fahren, und füge Dich in das Unvermeidliche. Du kennst die Amerikanischen Gesetze nicht.«

»Und *Du* wagst es *mir* mit dem Gesetz zu drohen?« rief aber jetzt Clara, in furchtbarer Aufregung selbst den Ort vergessend an dem sie sich befanden, und wie leicht sie von Anderen in dem belauscht oder gehört werden konnten was sie sprachen – »Du zitterst nicht, nur vor dem Namen des Richters, dem Dein *Kopf* verfallen wäre, wenn Gerechtigkeit nicht eine Lüge hieß.«

»Du bist wahnsinnig!« zischte der Mann, in scheuer Furcht daß die Worte draußen zu dem Ohr eines Dritten gedrungen wären, durch die zusammengebissenen Zähne – »ich will Dir Zeit geben Dich zu sammeln«, und die Thüre öffnend, die er wieder hinter sich ins Schloß drückte, verließ er rasch die Cajüte. Clara aber blieb wie sie der Gatte verlassen, die Augen in grimmem Zorn fest auf die Thüre geheftet durch die er verschwunden, stehn und wollte sich dann umdrehen ihren Sitz wieder einzunehmen. Die Aufregung jedoch und Alles was das arme Herz in den letzten Tagen bedrängt und jetzt in furchtbarer Gewalt wieder über sie hereinbrach, war zu viel für sie gewesen, sie fühlte wie ihr die Sinne schwanden – sie wollte rufen, aber vermochte es nicht mehr – einen Moment hielt sie sich an der Coye neben der sie stand, aber vor ihren Augen dunkelte es, die Cajüte drehte sich mit ihr und bleich und lautlos brach sie ohnmächtig zusammen.

»Nun meine Herren, wer mich begleiten will« sagte der Capitain der wieder in seinen unbequemsten »geh zu Ufer« Kleidern, mit der »Schraube« auf dem Kopf an Deck stand und die Arme ausdehnte seinen Ellbogen nur einigermaßen Luft zu gönnen – »es ist Alles bereit.«

»Mit dem größten Vergnügen Herr Capitain« rief der Doktor, der, von Herrn von Benkendroff und dem Professor gefolgt, voransprang, damit wenigstens nicht auf ihn gewartet würde. Henkel, eine breite Geldtasche umgehangen stieg langsam nach.

»Aber wo ist Ihre Frau?« rief ihm Hopfgarten nach, »die sollten Sie doch jedenfalls mit an Land nehmen, und wenn es nur wäre einen kleinen Spatziergang auf festem Grund und Boden zu machen – die Landluft würde ihr auch gewiß gut thun.«

Henkel gab eine ausweichende Antwort, und die Cajütspassagiere verließen, von ihren Zwischendecks-Reisegefährten beneidet, das Schiff.

Die Nacht war indessen vollständig angebrochen, die Cajütslampe angesteckt und der Thee für die wenigen zurückgebliebenen Cajütspassagiere, während Herr Hopfgarten die Honneurs machte, servirt worden.

»Aber Clara fehlt wieder« sagte Marie, von ihrem Sitze aufstehend, und an die Thür der Freundin tretend, an die sie mit dem Finger klopfte – »Clara, der Thee ist servirt, hast Du die Klingel nicht gehört?« –

Keine Antwort.

»Clara – bist Du wieder krank?« frug das junge Mädchen lauter und ängstlich – Alles blieb todtenstill in dem kleinen dunklen Gemach, und vorsichtig und leise die Thür öffnend stieß sie einen Angstschrei aus, als sie die Freundin ausgestreckt und besinnungslos auf dem Boden ihrer Cajüte liegen sah.

Der Schrei machte aber sämmtliche Passagiere von ihren Sitzen aufspringen und zu ihr eilen, der Steuermann hakte rasch die in der Cajüte hängende Lampe aus und folgte, und während Marie und Anna die Ohnmächtige aufhoben, rief Hopfgarten:

»Es ist nur ein Glück daß der Doktor nicht an Bord ist« und sprang, so schnell er konnte die Cajütstreppe hinauf in das Zwischendeck nieder, dort den jungen Arzt zu ersuchen einen Augenblick in die Cajüte zu kommen – gleichzeitig rief er Hedwig, ihrer Herrin beizustehen.

Die Mädchen hatten indeß die junge Frau auf ihr Bett gelegt, und ihr das Kleid geöffnet als Georg Donner, von Hopfgarten eingeführt und von Hedwig gefolgt erschien und durch leichte Mittel die Kranke bald wieder zu sich brachte. Schwerer aber wurde es ihm zu bestimmen was ihr eigentlich fehle, denn ihr Blut ging ruhig, von Fieber war keine Spur, und ihr Blick doch so stier und dann wieder unstät, wie ängstlich und scheu nach Jemand forschend den sie zu suchen schien; das Antlitz dabei so todtenbleich, das Auge eingefallen und trüb, daß er zuletzt fast fürchtete diese Schwäche sei die Vorbotin einer größeren, schwereren Krankheit, die noch unausgesprochen in ihr ruhe. Er bat sie deshalb sich für jetzt nur ruhig in ihrem Bette, neben dem Hedwig die Nacht schlafen sollte, zu verhalten, ihm selber aber zu erlauben sie noch einmal nach Mitternacht zu besuchen etwaigen, dann vielleicht deutlicher ausgesprochenen Symptomen rasch begegnen zu können. Die übrige Gesellschaft ersuchte er die Kranke am Besten sich selber und der Sorge Hedwigs zu überlassen, und zog sich wieder, nach einem herzlichen Händedruck Hopfgartens, dem der junge Mann ungemein gefallen, in das Zwischendeck zurück.

3. An Land

Die Nacht war still vergangen, die Kranke aber erst mit anbrechender Dämmerung in einen ruhigen wohlthätigen Schlaf gefallen, in dem sie der junge Arzt unter keiner Bedingung gestört haben wollte. Dazu hätte es aber freilich keinen unglückseligern Tag an Bord geben können, wie gerade heute, wo das Schiff mit Tagesanbruch eben an Land gelegt werden sollte, und die damit verbundenen Arbeiten das ganze Fahrzeug bis in den Kiel hinab erschüttern machten. Jedenfalls mußte die Kranke je eher desto besser, an das Ufer geschafft werden, dort die nöthige Ruhe und Pflege zu erhalten, wo sich hoffen ließ daß sie sich auch bald erholen würde, und Georg Donner beschloß deshalb selber mit Herrn Henkel zu reden, sobald dieser zurück an Bord kommen würde.

Das geschah bald nach Sonnenaufgang und Henkel, der aber sehr ruhig über den Fall und fest überzeugt schien, daß es als ein leichtes Unwohlsein bald vorüber gehen würde, versicherte ihn er habe schon ihr Quartier und Alles in Ordnung gebracht, und gab ihm dabei zu verstehn daß ein sehr intimer Freund von ihm einer der ausgezeichnetsten Ärzte der Stadt sei, der, sollte das Unwohlsein wirklich bedeutendere Folgen haben, mit den klimatischen Verhältnissen hier bekannt, die Kranke bald wieder herstellen würde. Übrigens dankte er ihm für die seiner Frau geleisteten Dienste und schien einen Augenblick sogar unschlüssig ob er ihm ein Honorar dafür anbieten dürfe oder nicht; Donner jedoch, der etwas Ähnliches fürchten mochte, und zu stolz war seine Hülfe weiter aufzudrängen, schnitt die Unterredung kurz ab, und rüstete sich jetzt selber so rasch als möglich das Land betreten zu können.

An Bord herrschte indessen ein reges, geschäftiges Leben. Schon mit Tagesanbruch hatten die Seeleute den Anker gelichtet und zu gleicher Zeit mit dem Boot ein Tau nach dem nächst liegenden Schiff gebracht, wohin sie sich jetzt mit dem vorderen Gangspill bugsirten, und um acht Uhr etwa lag die Haidschnucke mit ausgeschobenen und wohl befestigten Planken, ihre Fracht und Passagiergüter bequem ausladen zu können, dicht an der Levée – ein Platz den ich dem Leser später näher beschreiben werde – und der Vorstadt von New-Orleans, dem zum großen Theil von Deutschen bewohnten Lafayette gerade gegenüber. Etwa zwanzig Schritt unterhalb, an derselben Stelle lief zu gleicher Zeit das Hamburger Schiff an, das mit ihnen zugleich, und von einem Dampfer geschleppt, aus dem Golf von Mexico heraufgekommen war. Welche Mühe hatten sich die Passagiere dabei vorher gegeben dieß Schiff zu betreten; wie hatten sie den Steuermann und Capitain gequält, und als es ihnen die nicht erlaubten, geflucht und geschimpft. Jetzt hätten sie es ungemein bequem haben können, ihre halben Reisegefährten zu besuchen – jetzt, wunderbarer Weise, dachte aber Niemand von ihnen mehr daran, auch nur mit einem Schritt hinüber und an Bord zu gehn, und Jeder drängte und trieb nur, hinauszukommen an Land, Amerika erst einmal unter den Füßen zu fühlen, und sich dem wohlthuenden Bewußtsein hingeben zu können endlich – endlich, nach allen ausgestandenen und erlittenen Drangsalen und Beschwerden das heiß ersehnte Ziel *erreicht* zu haben.

Ein Theil der Männer hatte sich übrigens schon mit Tagesanbruch, und zwar mit dem Boot welches das Tau an Bord des anderen Schiffes brachte, an's Ufer setzen lassen die dortigen Verhältnisse von einzelnen, gewiß anzutreffenden Landsleuten zu erfahren, und sich gleich zu erkundigen ob nicht irgendwo in der Nähe Arbeit zu bekommen wäre. Sie mußten doch erst einmal ein Unterkommen für die Familie und ihr Gepäck haben, wonach sie sich dann weiter und bequemer umschauen konnten. Unter ihnen waren die Oldenburger, (die besonders drängten und trieben, damit ihnen »die von dem Hamburger Schiff« nicht zuvorkämen) Steinert, Löwenhaupt, Rechheimer, Wald und Eltrich, der ebenfalls ein Quartier für seine kleine Familie zu suchen hatte, da er beabsichtigte New-Orleans zu seinem nächsten Wohnsitz und Aufenthalt zu wählen, und noch einige der Handwerker und Bauern an Bord. Sie wollten die Zeit benutzen, bis ihre Sachen gelandet werden konnten.

Es war noch die frühste Morgenstunde, nichts destoweniger schwärmte die Levée[5] schon – da in dem warmen Klima fast alle Geschäfte Morgens beendet werden, von thätigen Leuten, die sich Alle in größter Eile durcheinander drängten, und die Neugekommenen kaum eines Blickes würdigten. Schwergepackte zweirädrige und eigenthümlich gebaute Karren, mit *einem* kräftigen Pferd bespannt, zogen in fast ununterbrochener Reihe den verschiedenen Schiffen zu oder in die Stadt hinein, und abgeladene trabten, mit dem Führer vorn darauf stehend, rasch wieder zurück, neue Fracht zu holen. Kleine einspännige Milchkarren, mit einer Masse blechener Kannen bepackt, rasselten über das Pflaster; wunderhübsche Mulatten, und Quadroonmädchen, schlank und voll gewachsen, mit elastischem Gang, ein buntfarbiges Tuch kokett um das dunkle Haar geschlagen, boten Blumen und Früchte aus; Männer und Knaben, mit Körben und kleine Glaskasten umgeschnallt in denen eine Masse verschiedener Kleinigkeiten zum Verkauf auslagen, standen an den Ecken oder wanderten an den Schiffen entlang, ihre Waaren mit ungemeiner Zungenfertigkeit und meist in einer schauerlichen Mischung von Englisch-Französisch und jüdischem Deutsch feil bietend.

Dann die Kaufläden, die wunderlichen großen Schilder mit den riesigen Buchstaben, die Heerden von Vieh, die sich, hier in der Vorstadt, mitten durch die Menschenschaaren drängten, oder gedrängt wurden, ihrem Bestimmungsort, dem Schlachtplatz zu, die Masse von Negern und Mulatten, Mestizen, Quadroonen, mit allen nur erdenklichen Schattirungen von Weiß und Gelb zu Schwarz und Braun, die eleganten Cabriolets neben den schmutzigen Marktwägen die Früchte und Gemüse aus dem Inneren zur Stadt bringen; es war ein Gewirr von Sachen daß die Einwanderer, von denen sich nur Eltrich getrennt hatte seine eigenen Geschäfte desto rascher besorgen zu können, nicht Augen genug zu sehen, nicht Ohren genug zu hören hatten, und im Anfang wirklich wie von einem wilden, hirnverdrehenden Traum befangen an der Levée hinauf, der eigentlichen Stadt zugingen, und herüber und hinüber gestoßen, denn sie schienen *allen* Menschen heute im Weg, endlich unfern von da stehen blieben wo eine Anzahl Männer und Frauen, neben aufschichteten Kisten und Koffern auf der Levée saßen und das Wogen und Drängen der Weltstadt still und die Hände in den Schooß gelegt, an sich vorüber strömen ließen.

»Das sind Deutsche!« rief Steinert, mit der Hand nach ihnen hinüber deutend – »die können uns auch vielleicht Auskunft geben wohin wir uns am Besten wenden, mitten in die Stadt zu kommen; wir wollen sie jedenfalls fragen.«

»Und wo wir hier Arbeit kriegen« sagte da ein Oldenburger, »Donnerwetter, seit wir hier auf dem Damm herum laufen ist mir ganz wunderlich zu Muthe geworden; ich glaubte erst wir würden den Fuß nicht an Land setzen können, ohne daß die Amerikaner auf uns zukämen, und uns frügen was wir den Tag oder Monat für Lohn haben wollten, und jetzt bekümmert sich keine Menschen-Seele um uns, und die Leute thun gerade so, als ob wir gar nicht in der Welt wären.«

»Guten Tag Landsleute« sagte Steinert als sie sich den Leuten näherten, und die Männer und Frauen drehten rasch den Kopf nach ihm um, und erwiederten den Gruß.

»Auch erst angekommen?« frug der eine Oldenburger den ihm nächst sitzenden, einen alten Mann mit braunledernen kurzen Hosen, baumwollenen langen

5 Die Levée von New-Orleans ist von New-Orleans selber nicht zu trennen, denn sie macht den Hauptbestandtheil der Stadt aus und ist ihr einziger Schutz gegen den oft 12-15 Fuß höher steigenden Strom. Das ganze Ufer des Mississippi ist nämlich so niedrig, und war den jährlichen Überschwemmungen des gewaltigen Stromes so ausgesetzt, daß die Ansiedler, das werthvolle Land urbar zu erhalten, einen hohen Damm am ganzen Ufer des Stromes hin errichten mußten. Die Franzosen, unter deren Regierung dieser Damm besonders angelegt wurde, gaben ihm den Namen Levée, den die Amerikaner später adoptirten, und die Levée von New-Orleans, die jetzt an der ganzen Stadt über acht Engl. Meilen weit herunter läuft ist, mit einer durchschnittlichen Breite von 100 Fuß und 15 Fuß über niedriger Wasser-Höhe angelegt, ein eben so langer Landungs- und Stapelplatz der ungeheuren Waarenmassen, die dort täglich aus dem Inneren und für das Innere bestimmt, gelandet und geschifft werden, und läuft nach der Stadt zu in einem sanften Abhang nieder, während nach dem Strom hin, wo dieser selber eine nicht unbedeutende Strecke neuen Alluviallandes angespühlt hat, hie und da schon hölzerne Werfte errichtet werden mußten, die Waaren trocken und leicht landen zu können.

Strümpfen, eine blaue Jacke mit bleiernen Knöpfen darauf, weiß und blaugesprenkelte Weste und eine Pelzmütze auf.

»*Jes*« sagte der Mann, »seit gestern Morgen.«

»Und spricht schon Englisch?« lachte Steinert.

»*Jes* a Bisle« sagte der Mann wieder, aber mit einem wehmüthigen Zug um den Mund, als ob es ihm leid thue.

»Und weshalb sitzt Ihr hier und verpaßt die schöne Zeit?« rief Steinert, »oder wartet Ihr auf ein Dampfboot, den Fluß hinauf zu gehen?«

»Wir sitzen hier, weil uns der Capitain nicht länger an Bord behalten und nicht wieder mitnehmen wollte« sagte der Mann finster.

»Wieder mitnehmen? – nach Deutschland?«

»*Jes.*«

»Aber um Gottes Willen weshalb?«

»Weil wir nicht gern gleich die erste Woche verhungern möchten in Amerika« sagte der Mann und die Frau die neben ihm saß preßte ihr Kind fester an sich und wandte den Kopf ab, daß die Fremden die Thränen nicht sehen sollten, die ihr in den Augen standen.

»Ist es so schlecht hier?« frug der andere Oldenburger rasch.

»Schlecht? – das weiß ich nicht« sagte der Mann – »aber wir sind unserer sechse gestern den ganzen Tag von Morgen bis Abend herumgelaufen Arbeit zu suchen und Brod zu finden, und Niemand hat uns haben wollen, und Geld haben wir auch nicht mehr uns Provisionen zu kaufen. Gestern hatten wir noch Schiffszwieback den wir vom Bord mitgenommen – heute werden wir von den halbfaulen Apfelsinen und Äpfeln leben können, die die Obstweiber fortwerfen.«

»Aber sollen denn Eure Sachen hier im Freien liegen bleiben?« frug sie Steinert kopfschüttelnd; »es wird doch wohl gewiß Plätze geben wo Ihr die unterbringen könntet.«

»Ja es gibt so Häuser, die sie hier Bordinghäuser nennen« sagte ein Anderer – »aber die verlangen gleich Geld, oder die Sachen in Versatz, weil wir mit Frauen und Kindern ankamen, und sie die überdieß nicht gern einnehmen wollen. Das ist nun Amerika – *jetzt sind wir da!*« und der Mann stützte seinen Kopf in beide Hände, holte tief Athem, und sah still und starr vor sich nieder eine ganze Weile lang.

»Seid Ihr auch eben erst angekommen?« frug der Erste wieder.

»Ja« sagte der eine Oldenburger, aber sehr kleinlaut – »heute Morgen – vor einer halben Stunde etwa.«

»Und habt Ihr auch Frauen mit?« frug die eine Frau mit leiser Stimme, aber es lag ein solcher Schmerz darin, daß es selbst Steinert unbehaglich zu Muthe wurde, und er rasch sagte:

»Ihr müßt nicht verzagen Leute; Wetter noch einmal, die gebratenen Tauben fliegen Einem nicht in's Maul, und Ihr sitzt hier gerade so, als ob Ihr darauf wartetet. Ihr seid gesund und kräftig, und allen Solchen fehlt es in Amerika nicht, das ist eine allbekannte Sache.«

»Wenn man aber nun Nichts zu essen, und auch Niemanden hat der Einem was giebt?« sagte einer der Anderen wieder. »Ihr habt klug reden – vielleicht die Taschen noch voll Geld und keine Weiber und Kinder, aber lauft erst einmal in der ganzen Stadt in der Hitze herum von Haus zu Haus, und fragt nach Arbeit, und werdet überall fortgeschickt, und wißt dann daß Eure Kinder am Fluß sitzen und nach Brod schreien. – Ich bleibe jetzt hier ruhig hocken«, setzte er dann mit finsterem Trotz hinzu, »und will eben einmal sehn ob uns die Amerikaner hier auf der Straße verhungern lassen oder nicht.«

»Und seid Ihr allein mit dem Schiff gekommen?« frug ihn Wald, der indessen heimlich in die Taschen gegriffen und einen halben Dollar herausgenommen hatte.

»Nein, wir sind ihrer noch mehr« sagte der Erste – »die Anderen sind wieder ausgegangen heut Morgen und suchen Arbeit oder Brod – wenn wir nur Milch für die Kinder hätten.«

»Da hab' ich gerade vorhin einen halben Dollar auf der Straße gefunden« sagte Wald, das Geldstück der Frau hinhaltend – »Euch thuts hier wahrscheinlich mehr Noth, denn ich habe keine Familie – nehmts!«

Die Frau zögerte, – die Hand zuckte ihr nach dem Silber, aber unschlüssig sah sie dabei nach dem Mann hinüber, ob sie es nehmen dürfe; da warf ihr Wald das Geld in den Schooß und ging rasch die Straße hinunter, in deren dichten Getümmel er im nächsten Augenblick schon verschwunden war.

»Du – hast *Du* gesehn daß der Jude den halben Dollar gefunden hat?« frug der eine Oldenburger den andern leise, als sie die Straße wieder hinaufgingen.

»Ne« sagte der.

»Ich auch nicht – paß man ein Bischen auf, vielleicht finden wir auch was« meinte der Erste wieder und betrachtete von da an die Levée mit höchst mistrauischen Blicken.

Auf Steinert hatte diese Begegnung aber einen höchst unangenehmen Eindruck gemacht, und Amerika ungemein viel in seinen Augen verloren. Da waren Leute – gesund, kräftig und stark, die *Arbeit* suchten und keine finden konnten, und sich vor dem Hungertode fürchteten – zu Hause aber hatten ihm die Auswanderungs-Agenten ganz andere Geschichten erzählt, und in Büchern konnte er sich auch nicht erinnern, schon etwas Ähnliches gelesen zu haben.

»Verfluchte Geschichte das«, murmelte er dabei vor sich hin »ich weiß nicht was soll es bedeuten, daß ich so traurig bin« – »ganz verfluchte Geschichte das. – Aber die Leute haben keine Empfehlungsbriefe, *das* ist die Sache, und keine Lebensart – wissen sich nicht zu benehmen, nicht in die Schwächen und Fehler ihrer Mitmenschen zu schicken oder diese zu benutzen – vertrauen zu wenig auf ihre eigene Kraft – bitte um Entschuldigung« unterbrach er sich in dem Augenblick selbst, als er von einem riesigen Irländer, der sich aber nicht weiter um ihn kümmerte, fast über den Haufen geworfen wurde – »hm, der Weg war doch breit genug« brummte er dann hinter ihn her und setzte, immer noch kopfschüttelnd aber doch jetzt etwas vorsichtiger, seinen Weg in das Innere der Stadt fort.

Wald hatte sich indeß in das dickste Gedräng geworfen, wo er plötzlich voll und breit gegen einen hölzernen, mit kleinen Glasscheiben versehenen Kasten anlief, über dem er zu seinem nicht geringen Erstaunen ein bekanntes Gesicht entdeckte.

»Rosengarten – Gottes Wunder wo kommst *Du* her?« rief er überrascht aus, während er den Kasten mit beiden Händen festhielt und dem Träger desselben, der ihn an ein paar breiten ledernen Riemen über die Schultern gehängt trug, in das Gesicht schaute.

»Wald! als ich gesund will bleiben – *tri 'scaleng a piece trois bits* drei Real 's Stück, bester Qualität *werry fine bong!*« rief der junge Bursche in einem Athem den Freund begrüßend und in allen möglichen Sprachen seine Waaren zugleich ausbietend, keine unnöthige Zeit zu versäumen – »*wer you come from? tri 'scaleng – only tri bits* Schentelman, *werry fine bong!*«

»Hallo« – lachte aber Wald in das Gewirr von Ausrufen hinein, die nicht allein von dem neu gefundenen Freund, sondern von allen Seiten und allen Arten von Ausrufern und Ausruferinnen in seine Ohren schwirrten und ihn taub zu machen drohten »mit mir mußt Du schon noch deutsch reden, sonst verstehe ich keine Sylbe.«

»Just *from* Schermany gekommen?« rief aber der kleine Jude ihn erstaunt ansehend »und was mache se in Bamberg? stehen die vier Thirmle noch?« – »*tri scaleng a piece – only tri bits, trois scaleng werry bong! who will puy?*«

Wald sah wohl daß mit dem Burschen hier auf offener Straße, wo er jeden Menschen in Verdacht hatte seine Waaren kaufen zu wollen, Nichts anzufangen sei, so also, ohne weiter ein Wort an ihn zu verlieren, kroch er ihm unter dem Kasten weg, faßte ihn hinten am Rockschoß, und zog ihn, während dieser noch unverdrossen ausschrie, rückwärts aus dem dichtesten Gewirr hinaus einer verhältnißmäßig stilleren Straße zu, die gerade dort wo sie sich befanden auf die Levée ausmündete. Diese Straße mit ihm hinaufgehend kamen sie bald zu einem Haus an dem auf weißem Schild mit grünen Buchstaben »Deutsches Kosthaus« geschrieben stand, und da Beide noch nüchtern waren, verständigten sie sich leicht dort hinein zu gehn und während der Mahlzeit eine Viertelstunde mit einander zu plaudern. Rosengarten war um so eher damit einverstanden, als er dabei auch nicht so viel Zeit unnöthig zu versäumen brauchte, denn essen mußte er doch.

»Aber um Gottes Willen was hast Du nur heute Morgen gerade so viel zu thun?« frug ihn Wald – »so früh wird Dir doch Niemand etwas abkaufen.«

»So früh?« rief aber der kleine Bursche – »so früh, und so viel zu thun? – kein Mensch kann das wissen, und Geld muß der Mensch hier machen, wenn er leben will; jede Viertelstunde also die man versäumt, macht man kein Geld, und die ist verloren, kommt nicht wieder.«

Er kauderwelschte dabei das wenige was er sprach so furchtbar in dem nichtswürdigsten Englisch und Französisch, mit sogar einigen spanischen Brocken, wie eben so schlechtem Deutsch durcheinander, daß sich Wald wirklich die größte Mühe geben mußte, nur zu verstehen was er im Ganzen sagen wolle, denn die einzelnen Sätze hatte er schon lange aufgegeben. Der Bericht aber, den der kleine Bursche von sich selber und seinen Erfolgen gab, war ungefähr kurz der folgende. Vor kaum einem Jahr von Bamberg ausgewandert hatte er, hier angekommen, zuerst Monate lang vergebens gesucht bei irgend einem Landsmann und Glaubensgenossen in ein Geschäft aufgenommen zu werden. Was in einem solchen zu thun war, besorgten die Leute Alles selbst, und als er das letzte Geld, wenige Gulden die er noch mitgebracht, verzehrt, wußte er in Verzweiflung wirklich nicht was er beginnen sollte. Ein Landsmann, den er endlich um Unterstützung anzugehn gezwungen war, gab ihm kein Geld, sondern *borgte* ihm ein Dutzend baumwollene Hosenträger, mit denen er ihm ganz ernsthaft rieth ein Geschäft *selber* zu beginnen, und er folgte dem Rath. Die Hosenträger bezahlte er nicht, sondern borgte bei einem Anderen einige Kämme, Zahnbürsten, Band und Stecknadeln, etc. Auch diese trugen gute Früchte, und in drei Monaten konnte er sich einen Glaskasten mit solch werthvollen Gegenständen anschaffen, daß er sich jetzt zu einem drei Real[6] pro Stück Krämer emporgeschwungen hatte, und goldene Ringe und Tuchnadeln, Messer, Dolche, kleine Pistolen, Uhrketten, Ohrringe und überhaupt Byjouterieen in den Straßen der Stadt, als wandernder Tabulettkrämer feil bot. Amerika war übrigens das Land »Geld zu machen« *seiner* Aussage nach, und die Leute die drinnen *hungerten*, deren eigene Schuld sei es, und sie verdienten es eben nicht besser.

Die Mahlzeit hatte indessen begonnen und Wald fand sich hier ebenfalls in einer fremden ungewohnten Welt, der das bisher ertragene Schiffsleben nur einen noch höheren Reiz verlieh. Der lange Tisch, an dem eine Masse Menschen saßen und, ohne mit einander ein flüchtiges Wort zu wechseln, ihr Essen mehr einschlangen als verzehrten, so rasch als möglich wieder fertig zu werden, die Quantität der Speisen selber, und frisches Brod, frisches Fleisch, gekochte Eier, und Milch und Zucker im Kaffee, lauter Luxusartikel die man auf dem Schiff im Anfang schmerzlich vermißt, und später fast vergißt, daß sie überhaupt existiren, bis sie mit einem Male sämmtlich wieder in Armes Bereich auftauchen, hatten einen viel zu großen Reiz für ihn, nicht selbst seine Amerikanische Zukunft für den Augenblick in den Hintergrund zu drängen, und als Rosengarten – dem der Boden unter den Füßen an zu brennen fing, bis er wieder hinauskam auf den Schauplatz seiner Thaten – ihm die Adresse des eignen Kosthauses gegeben hatte, wo sie sich heute Abend wieder finden wollten, und dann fortgeeilt war sein Ausschreien auf's Neue zu beginnen, blieb er noch eine ganze Weile an dem Tisch sitzen und gab sich dem behaglichen Gefühl hin, wieder einmal nach langer Entbehrung, von einem ordentlichen Stuhl aus seine Beine unter einen Tisch strecken zu können, auf dem es der Mühe werth war einen Teller stehn zu haben, und nicht mehr, wie bisher, mit einem Blechnapf voll Erbsen und einem Stück salzigen Fleisch auf den Knieen so lange zu balanciren bis das Bischen Essen nur des Hungers, nicht des Wohlgeschmacks wegen hinuntergewürgt war.

Von den übrigen Passagieren hatten sich übrigens die wenigsten schon dem Genuß einer ordentlichen Mahlzeit hingeben können, denn jetzt auf ihre eigenen Kräfte angewiesen einen Beginn in dem neuen Land zu finden, mußten sie vor allen Dingen einen Platz suchen, von dem sie ausspringen konnten, eine Stelle ihren Hebel aufzulegen für ihre künftigen Hoffnungen. Das aber war ein schwieriges und wichtiges Geschäft, da von dem einen Schritt vielleicht ihr ganzes künftiges Glück oder Unglück abhing, und die Folgen, wie sie den Anfang nahmen, segensreich oder verderblich werden mußten.

Professor Lobenstein besonders mit seiner zahlreichen Familie und den, an Entbehrungen noch nicht gewohnten Frauen, wie mit einer enormen Masse Gepäck (die ihn doch jetzt etwas besorgt machte, da er sie von dem Schiff nehmen sollte ohne genau zu wissen wohin) war gezwungen einen Entschluß zu fassen, ob er in New-Orleans eine Zeitlang bleiben, oder mit einem der Flußdampfer, von denen an jedem Tag drei oder vier, oft noch mehr, stromauf gingen, einem anderen, etwas mehr nördlich gelegenen Klima zueilen wolle.

Henkel, dessen Meinung er darüber ganz besonders schon unterwegs eingeholt, und der außerdem seine eigenen Gründe hatte den Professor mit seiner Familie so rasch als möglich von New-Orleans zu entfernen, rieth ihm unbedingt zu dem letzteren Weg. Louisiana war nicht allein ein Sclavenstaat, sondern ein fast nur Zucker und Baumwolle zum Export producirendes Land, in dem sich ein neuer Ansiedler, wenn er nicht mit bedeutenden Mitteln und mit einer Anzahl Negern auftrat, den Boden in Angriff zu nehmen, kaum über Wasser halten konnte. Der Norden bot ihm dafür sicherere Hülfsquellen und ein besseres, dem Europäer mehr zusagendes Klima, wo sie ihre eigenen Kräfte verwerthen konnten, und mit einem weit geringeren Capital im Stande waren zu beginnen. Er hatte ihm dazu Wisconsin, oder wenn er nicht so weit nördlich gehen wollte, Illinois, selbst Kentucky oder Missouri vorgeschlagen, denn trieben die beiden letzten Staaten auch Sclaverei, so waren doch schon so viele nordische Einwanderer, besonders Deutsche in ihnen angesiedelt, die ihre eigene Arbeit verrichteten, daß die eigene Arbeit auch eben mit der Sclavenarbeit concurriren konnte, während der Ansiedler zugleich in einem nicht zu kalten Klima, alle Vortheile eines äußerst fruchtbaren Bodens, und außerdem verhältnißmäßig gesunden Landes genoß. Selbst Arkansas, obgleich schon etwas nah an Louisiana gelegen, war da zu empfehlen, noch dazu da dieß junge Land einmal eine große Zukunft hätte; wolle er aber ganz sicher gehn und hätte er ein paar tausend Thaler an einen Anfang zu wenden, so riethe er ihm die mehr östlichen Staaten, Indiana oder Ohio zu wählen, wo er gewissermaßen schon in eine civilisirtere Nachbarschaft komme, und nicht mitten im Wald zu beginnen brauche; Boote für den Ohiostrom gingen überdieß an jedem Tag ab und er habe

6 Etwa ein halber Thaler.

die Erleichterung sein Gepäck, was je eher desto besser geschehe, gleich von Bord der Haidschnucke fort an Bord des Dampfboots schaffen zu können, das ihn in die nächste Nähe, vielleicht vor die Thür seiner nächsten Heimath trüge.

Es ist immer eine schwierige Sache sich zu der Wahl eines Platzes zu entschließen, besonders wenn man das Land noch nicht kennt und Familie hat. Alle Beschreibungen und Schilderungen die wir da hören und lesen, schwimmen uns in wüsten, undeutlichen Bildern vor der Seele herum, und dem Trieb, das eine zu greifen und zu halten, mischt sich die Furcht – die oft nur zu gegründete – das Alles nicht so zu finden, nicht etwa wie es erzählt wird, sondern wie wir es uns denken, und dann einen Schritt gethan zu haben, der eben gethan *ist*, und nicht mehr zurückgenommen werden kann. Der Auswanderer weiß dabei, daß von diesem Entschluß sein ganzes künftiges Leben, Glück oder Unglück abhängt; sind dann die Würfel wirklich in seine Hand gegeben, so zittert er vor dem Wurf zurück, denn nicht allein seine Kraft und Ausdauer, sein Fleiß und guter Wille sind es mehr, die hier allein den Ausschlag geben, nein der Zufall hat viel dabei zu entscheiden ob er das rechte trifft, und nicht vielleicht später einsehn muß Geld und Zeit an ein *Experiment*, an eine viel zu theuer erkaufte Erfahrung weggeworfen zu haben, wie gezwungen zu sein noch einmal, und wie viel schwerer *dann*, von vorne zu beginnen.

Das Schlimmste dabei ist, daß er sich in Amerika selber wenig auf den Rath fremder Leute verlassen darf, denn überall ist er der Gefahr ausgesetzt solchen in die Hände zu fallen, die eigener Nutzen treibt ihm diesen oder jenen Landstrich ganz besonders zu empfehlen. Die Leute brauchen nicht gerade selber irgend einen gewissen Platz verkaufen zu wollen, aber sie haben meist Alle irgendwo in den Staaten oder Städten der Staate Land, oder einen Bauplatz, das nur dadurch im Preis steigen und für sie selber einen Gewinn abwerfen kann, wenn sich eben andere Ansiedler in dessen Nähe niederlassen, das Land bebauen und die Produkte durch eine größere Cultur im Werthe steigen machen. Ihr Rath braucht deshalb nicht schlecht zu sein, aber die Frage bleibt immer ob der Einwanderer nicht doch noch einen besseren Platz hätte finden können für seine Niederlassung – wenn ihm eben nur Zeit gegeben wäre sich den selber zu suchen.

Henkel hatte nun allerdings keine solchen Beweggründe, die ihn trieben dem Professor eine Strecke Landes zu empfehlen, wenn er auch in ruhigerer Zeit wohl vielleicht nicht versäumt haben würde die Unerfahrenheit des Fremden zu benutzen. Für jetzt lag ihm nur Alles daran ihn und seine Familie, an die sich sein Weib näher angeschlossen hatte als ihm lieb war, so rasch als möglich von ihr zu entfernen; *wohin* er dabei den Professor mit den Seinen schickte war ihm ziemlich gleichgültig nur fort mußte er von New-Orleans.

Der Professor hatte sich aber in seinem ganzen Leben noch nicht so rath- und thatlos gefühlt als in dem Augenblick, wo er am vorigen Abend und gleich nach seiner Landung, in Henkels und seiner übrigen Reisegefährten Begleitung, festen Grund und Boden betrat, und nun für sich selber *handeln* sollte. So viel hatte er allerdings bis dahin über Amerika gelesen und studirt, daß er mit größter Leichtigkeit selber hätte eine sehr ausführliche Abhandlung darüber schreiben können, wie sich eben der Auswanderer, gleich nach seinem ersten an Land treten zu benehmen, und welche Schritte er zu thun habe, am raschesten zu einem günstigen Ziel zu kommen; nun er aber selber da stand und das auch an sich selber ausführen sollte was er anderen mit fester Überzeugung gerathen haben würde, da wirbelte ihm der Kopf von alle dem Neuen, Fremden das ihn umgab, und er fühlte eine Befangenheit, die er früher nimmermehr für möglich gehalten hätte, und sich jetzt am allerwenigsten selber eingestehen mochte. Die Häusermassen schienen ihn zu erdrücken, die fremde Sprache, deren er Herr zu sein geglaubt, und deren Wortgewirr ihm jetzt die Ohren mit einem Chaos von unbegriffenen Tönen füllte, machte ihn schwindeln, der Angstschweiß trat ihm auf die Stirn, und er mußte mehrmals stehen bleiben um Athem zu schöpfen und sich zu besinnen was er eigentlich wolle, was ihn hierher geführt.

Die übrigen Passagiere zerstreuten sich indessen bald nach verschiedenen Richtungen, mehr ihrer Neugierde, als irgend einem bestimmten Geschäft nachgehend, und der Professor zitterte wirklich schon vor dem Augenblick, wo er sich selber überlassen bleiben würde, wenn er sich gleich noch immer nicht gestehen wollte, daß es doch ein ganz anders Ding um die Praxis als die Theorie sei. Ein Stein fiel ihm da vom Herzen, als sich ihm Henkel, wenn er irgend ein bestimmtes Ziel vor Augen habe, zum Führer in der ihm wohlbekannten Stadt anbot, und er hing sich ordentlich krampfhaft an dessen Arm, als ob er fürchte daß er ihm wieder entschlüpfen könne.

Henkel ersah bald seinen Vortheil; der Professor war ihm unter den Händen wie weiches Wachs geworden, und verlangte schon gar keinen Rath mehr, sondern nur eine bestimmte Richtung von Jemand angegeben zu bekommen, der er, scheinbar freiwillig, folgen könne. Der junge Mann erzählte ihm jetzt von seinem früheren Aufenthalt in Indiana, welch gesundes, vortreffliches Land dort liege, wie er selber da viele Freunde habe und diesen Staat, so er sich dazu entschließen könnte Ackerbau zu treiben, jedenfalls zu seinem bleibenden Wohnsitz wählen würde, und wußte die Vortheile desselben, die glückliche Lage, die ausgezeichneten Communicationsmittel, die Produktionsfähigkeit, die reizende Scenerie, die fleißigen stillen Menschen dort mit solch lebendigen Farben zu schildern, daß es dem Professor nach und nach wie eine Last von der Seele rollte, und er freier, fröhlicher zu athmen begann. Eine Stunde später hatte er denn auch richtig – wenn auch noch keine Farm gekauft, denn ein gewisser glücklicher Instinkt ließ ihn davon zurückschrecken baar Geld aus den Händen zu geben, ehe er mit eigenen Augen sähe was er dafür bekäme, aber doch einen Empfehlungsbrief an einen bedeutenden Kaufmann in Grahamstown am Ohiofluß, Staat Indiana, in der Tasche, und sogar höchst unnöthiger Weise schon seine Passage für sich und die Seinen an Bord des Dampfers Jane Wilmington bezahlt, der am nächsten Morgen um zwölf Uhr nach Cincinnati bestimmt, die Levée von New-Orleans verlassen sollte, und ihn in Grahamstown absetzen konnte.

Seine Aussichten hatten sich dadurch nicht um ein Jota geändert oder gebessert, er wußte so wenig von seinem künftigen Schicksal als vorher, und der Ort Grahamstown klang ihm so fremd und unbekannt, wie es jedes andere kleine Städtchen des ungeheueren Reiches gethan haben würde; aber von dem Augenblick an wo er ein festes Ziel bekommen hatte, dem er von jetzt an zustreben durfte, von dem Moment wo ihm, ob durch fremden Einfluß oder eigenen Entschluß, ein bestimmter Punkt gegeben worden, den er für jetzt nur zu erreichen, und dann auf dem Begonnenen weiter zu bauen hatte, fühlte er plötzlich eine Zuversicht und Sicherheit in seinem ganzen Wesen, wie er sie seit langen Jahren selbst nicht gekannt. Er war nicht mehr fremd in Amerika – er gehörte nach Grahamstown im Staat Indiana an dem Ohiofluß, er konnte mit dem Finger auf der Karte genau die Stelle bezeichnen wohin er wollte, und der Schritt mit dem er gegen zehn Uhr Abends an Bord zurückkehrte, schwankte nicht mehr und zögerte unschlüssig, wie wenige Stunden vorher, als er das Land zuerst betreten hatte, sondern war leicht und elastisch geworden, wie in früheren, glücklicheren Tagen.

Eine einzige Schwierigkeit blieb jetzt noch zu überwinden, und zwar das Gepäck sämmtlich vor der bestimmten Abfahrt des Dampfbootes aus dem unteren Raum herauf und an Land zu bringen, wo es auf Karren dann leicht nach der fast drei englische Meilen weiter oben liegenden Dampfbootlandung geschafft werden konnte. Der Steuermann aber, an den er sich deshalb noch gleich an dem Abend wandte, glaubte ihm das versprechen zu können, da es ziemlich oben auf, und zwar alles zusammen unter die Vorderluke gestaut war, und wenn die Leute mit Tagesanbruch daran begannen, und der Professor eben keine weiteren Schwierigkeiten mit den Mauthbeamten hatte, so ließ sich das schon bis zu der bestimmten Zeit in's Werk richten.

Henkel war, wie schon vorerwähnt, erst am frühen Morgen an Bord zurückgekehrt, wo er jetzt freilich mit Ungeduld den Aufbruch der übrigen Passagiere erwartete. Er fürchtete nicht mit Unrecht daß Clara sich ernstlich weigern würde nach dem Vorgefallenen mit ihm zugleich das Schiff zu verlassen, mehr als das aber noch, daß sie sich irgend Jemanden, und von allen vorzüglich der Frau des Professors anvertrauen, und eine Sache zur Sprache bringen könne, die jetzt – was auch immer später geschehen mochte – jedenfalls noch Geheimniß bleiben mußte. Daß etwas derartiges noch *nicht* geschehen sei, konnte er leicht aus dem freundlichen, unbefangenen Wesen der übrigen Frauen entnehmen; es zu verhindern daß es jetzt noch, im letzten Augenblick, geschehen könne, mußte seine Hauptsorge sein. Ebenso hatte er aber auch die Waaren, die unter einem falschen Namen verschifft worden, in Sicherheit zu bringen, war das geschehen konnte er jeder etwaigen Anklage lachen; er selber war zu bekannt auf dem Terrain, auf dem er sich jetzt befand, etwas für seine persönliche Sicherheit fürchten zu dürfen.

Das Anholen des Schiffes an die Landung nahm allerdings eine ziemliche Zeit in Anspruch, und die übrigen Passagiere wenigstens ein großer Theil von ihnen, drängte ebenfalls seine Sachen aus dem unteren Raum zu bekommen, das Schiff zu verlassen; Professor Lobenstein hatte aber das Versprechen des Steuermanns, und die Leute, denen er ein tüchtiges Trinkgeld zusagte wenn sie sich beeilten, arbeiteten »*with a will*« wie sie an Bord sagen, und Kiste nach Kiste, Koffer nach Koffer entstieg dem dunklen Raum, und wurde an Deck gehoben, rasch geöffnet, von dem Mauthbeamten flüchtig angesehn, wieder zugeschlagen und über die ausgeschobenen Planken an Land geschafft. Die Effekten waren für eine Farm in's Innere, für eine große Familie und eigenen Gebrauch bestimmt; neue Sachen ebenfalls nicht dabei, lagen wenigstens nicht oben auf, und die Steuerbeamten hatten mit der *Fracht* schon genug zu thun, sich eben mit *Passagiergut* viel abzugeben.

Um elf Uhr war sämmtliches Gepäck des Professors, dem sich von Hopfgarten angeschlossen und ihm erklärt hatte die Reise nach Indiana in seiner und seiner Familie Gesellschaft machen zu wollen, gelandet und revidirt, und zum großen Theil auch schon auf den dort gebräuchlichen *drays* (zweirädrigen Karren mit einem Pferd) abgegangen, an Bord der Jane Wilmington geschafft zu werden. Henkel drängte aber jetzt den Professor, seine Familie hinauf zu führen sich dort an Bord einzurichten, und zugleich mehr Sicherheit zu haben daß der Dampfer wirklich nicht eher abführe, bis sämmtliches Gepäck auf ihm eingeladen sei; Eduard konnte indeß bei dem kleinen Rest der Sachen zurückbleiben, und mit der letzten Ladung nachfolgen.

Die Damen hatten ihre Sachen schon voraus geschickt, und hielten es ebenfalls für nöthig daß sie sich dort ihre Coyen vor Abfahrt des Bootes ein wenig einrichteten. Allerdings bedauerten sie, so nahe an New-Orleans nur eben *vorbei zu gehen*, ohne mehr von der Stadt zu sehn als die dem Wasser zunächst gelegenen Häuser, der Professor tröstete sie aber damit daß sie, wenn ordentlich eingerichtet, leicht einmal eine Vergnügungstour hierher machen konnten, wo sie täglich, an ihrem Hause vorbei, drei-, viermal Schiffsgelegenheit haben würden. Dann waren sie auch im Stande das Leben in New-Orleans mehr zu genießen als jetzt, wo sie die Sorge um ihre nächste Zukunft, ihre nächste Heimath doch nicht ruhig ließe, und außerdem der Aufenthalt in einem Hotel, zu dem dann erst ihre sämmtlichen Sachen geschafft werden mußten, ein böses Geld gekostet hätte.

Henkel hatte indeß einen viersitzigen Wagen besorgt der, von einem Mulattenknaben gefahren, dicht unter der Levée herankam und den ausgeschobenen Planken gegenüber hielt.

»Aber wir müssen erst von Clara Abschied nehmen« sagte Marie, als der Vater sie rief und aufforderte sich zu eilen, damit der Wagen nicht so lange zu warten brauche – »lieber Gott es ist so traurig genug daß wir sie jetzt krank zurücklassen, und ihr nicht beizustehen suchen in dem fremden Land.«

»Ich sagte ihr gern Adieu« versicherte die Frau Professorin, »wenn ich nicht fürchtete sie vielleicht gerade in ihrem jetzigen Zustand noch mehr aufzuregen.«

»Sie würden mich unendlich verbinden« erwiederte Henkel mit einem bittenden Blick auf die alte Dame, »wenn Sie Alles vermieden Clara zu beunruhigen; sie ist so nervös, daß das Geringste sie in Thränen ausbrechen macht.«

»Aber ich begreife nicht was ihr um Gottes Willen so plötzlich kann zugestoßen sein« sagte Anna – »Clara war, so lange ich sie kenne, stets so gesund und wohl, und heiter und vergnügt, und jetzt auf einmal ist sie in einem Zustand von Schmerz und Aufregung, den ich mir nicht zu erklären weiß.«

»Laß nur mein Kind« sagte die Frau Professorin freundlich, »das wird, und hoffentlich bald, vorübergehn. Gern hätt' ich sie freilich selber noch einmal gesehen, Herr Henkel hat aber ganz recht, wir vermeiden am Besten jede Aufregung, und ich bitte Sie nur Ihre liebe Frau noch recht herzlich von uns zu grüßen, und ihr alles Gute und Liebe zu wünschen was sie sich nur selber wünschen kann.«

»Die Jahreszeit ist noch früh und der Herbst bringt gewöhnlich das schönste Wetter in Nordamerika, oft bis tief in December hinein« sagte Henkel rasch und freudig, »hat sich dann Clara erholt, und erlauben es nur irgend meine Geschäfte, wie ich nicht den mindesten Zweifel habe, dann besuchen wir Sie, vielleicht eher als Sie glauben, auf Ihrer Farm. Ich kenne die Gegend wohin Sie ziehen, und werde Sie dort schon finden.«

»Oh das wäre herrlich, das wäre wunderhübsch« rief Anna – »Clara wird gewiß recht bald besser werden.«

»Aber ohne ihr Adieu zu sagen gehe ich nicht vom Schiff« rief Marie jetzt entschlossen – »ich will sie nicht stören – wenn sie schläft, sie nur leise küssen – nur ihre Hand wenigstens – sie braucht auch gar nicht zu wissen daß wir fortgehn, aber sehn muß ich sie noch einmal; ich habe eine Angst, der ich nicht Worte zu geben vermag, und weiß gewiß, ich würde nicht froh werden, hätte ich sie so ohne Abschied zurückgelassen.«

»Du bist ein Kind« sagte die Mutter freundlich, »so geh, wenn es Dir Herr Henkel erlaubt, und grüße und küsse sie von uns; aber bleib nicht lange« setzte sie rasch hinzu, »denn der Vater winkt dort schon wieder vom Land, und wir wollen indessen hinuntergehn, und uns in den Wagen setzen.«

Henkel biß sich die Unterlippe; der letzte Moment noch konnte vielleicht Alles verderben, aber er durfte dem jungen Mädchen auch die Erlaubniß nicht weigern, und sie deshalb nur noch bittend, Alles zu vermeiden was die Kranke auch nur im Geringsten erregen konnte, stieg er ihr voran, in die Cajüte hinunter.

Clara war erwacht – sie lag, völlig angezogen in ihrer Coye, mit Hedwig, an ihrer Seite knieend, als

Henkel dieselbe leise öffnete, hinein sah und dem jungen Mädchen dann den Vortritt ließ.

»Clara – meine liebe, liebe Clara wie geht es Dir?« rief Marie auf sie zueilend, und den Arm um ihren Nacken legend – »Du siehst besser aus heute Morgen, und gewiß wirst Du Dich jetzt recht bald und schnell erholen, wenn Du nur erst einmal festes Land betrittst. Die alte häßliche Seefahrt hat so lang gedauert.«

»Du gehst an Land?« frug Clara rasch und wie erschreckt, die Freundin mit ihrem Arm leise von sich drückend, ihren reisefertigen Anzug zu betrachten – »Du gehst fort von hier – und – und Deine Mutter auch?«

»Nein, Clara noch nicht mein Herz – wir bleiben noch kurze Zeit zusammen« erwiederte Marie, aber sie mußte sich zwingen daß sie die Thränen zurückdrängte, die ihr in's Auge pressen wollten.

»Wo ist Deine Mutter?« frug Clara, noch immer nicht beruhigt – »bitte sie zu mir zu kommen ich – ich möchte sie sehen.«

»Du darfst Dich jetzt nicht aufregen mein Herz« antwortete das junge Mädchen ausweichend – »nachher, wenn Du wieder wohl und auf bist – ich soll Dich jetzt von ihr grüßen und küssen.«

»Weshalb kommt sie nicht selber? – sie ist fort!« rief die Kranke und suchte sich selbst emporzurichten.

»Quäle Dich nicht mit solchen Gedanken, Clara – was hast Du nur?«

»Fräulein Marie sollen nach oben kommen – der Wagen wartet« rief in dem Augenblick der Steward in die Cajüte hinunter.

»Der Wagen? – was für ein Wagen?« rief Clara, rasch aufmerksam geworden, indem sie versuchte ihre Coye zu verlassen. Marie verhinderte sie daran.

»Bleibe liegen mein süßes Herz« bat sie in Todesangst, »bleibe liegen – ich muß jetzt fort; bald – bald komme ich wieder – Gott schütze Dich« und ihre Lippen auf die heiße Wange der Freundin pressend, richtete sie sich rasch empor und floh aus der Cajüte.

»Marie!« schrie Clara, die Arme nach ihr ausstreckend – »ich muß – «

»Mich *mäßigen*« sagte Henkel ernst und finster, der in diesem Augenblick in der noch offenen Thür erschien und mit einem warnenden Blick diese wieder schloß.

»Teufel!« stöhnte die Unglückliche und sank, ihr Antlitz in den Händen bergend, erschöpft, gebrochen, auf ihr Lager zurück.

4. Abschied der Passagiere

Unten am Wagenschlag an der Levée, während Professors noch auf die zurückgebliebene Marie warteten, stand Fräulein von Seebald, Abschied von den bisherigen Reisegefährten zu nehmen, und ihnen das Geleit zu geben, so weit als möglich.

»Und was ist *Ihr* Ziel hier, mein liebes Fräulein?« frug die Frau Professorin, als ihr die junge Dame wieder und wieder, mit Thränen im Auge, die Hand geschüttelt hatte, »werden Sie in New-Orleans bleiben, oder gehen Sie ebenfalls in das Innere?«

»Mein Ziel liegt weit von hier« sagte Fräulein von Seebald mit dem ihr eigenen Anflug von Schwärmerei, »weit im fernen Westen, in dem jungen Staate Arkansas, wo noch die wilden rothen Krieger und Jäger das Land durchstreifen, und die Büffel und Bären fällen.«

»Nach Arkansas? – und ganz allein?« rief Anna erschreckt, »aber was um Gottes Willen zieht Sie dorthin?«

»Familienbande – die Bande des Herzens« lächelte aber Amalie, »eine liebe Schwester lebt mir dort, an einen tapferen Polen, einen Grafen, der sein Vaterland nach jenen unglücklichen Kämpfen verlassen mußte, verheirathet.«

»Und wie kommen Sie dorthin?« frug die Frau Professorin.

»Morgen, wie ich aus den Zeitungen ersehen habe, die mir der Capitain freundlich mitgebracht hat, geht ein Dampfboot den Arkansasstrom hinauf, und ihre Heimath ist nur wenig englische Meilen von dessen Ufern entfernt.«

»Das nenne ich Geschwisterliebe« sagte die Frau Professorin freundlich mit dem Kopf nickend, und die Hand der jungen Dame herzlich pressend – »einen so weiten Weg allein zu gehn.«

»Nennen Sie es Eigennutz – Selbstsucht liebe mütterliche Freundin« rief aber Fräulein von Seebald lächelnd aus – »das prosaische Leben Deutschlands ekelte mich an, und ich konnte der Sehnsucht nicht länger widerstehn das freie herrliche Land selber aufzusuchen, in der die Schwester ihren Herd gebaut.«

»Und es geht ihr gut dort?«

»Gewiß, Graf Olnitzki hat dort eine eigene Farm, und zahlreiche Heerden – aber sie hat lange nicht geschrieben, und ich werde sie jetzt überraschen.«

»Sie weiß gar nicht daß Sie kommen?«

»Nicht ein Wort.«

»Das wird ein Jubel sein« sagte die gute Frau – »lieber Gott, wenn man sich nach so langen Jahren wieder sieht – wie lebhaft kann ich mir die Freude denken.«

In diesem Augenblick kam ein kleiner Trupp ihrer Reisegefährten aus dem Zwischendeck, über die ausgelegte Planke an Land – sie hatten Neger bei sich die ihr Gepäck trugen.

Voran ging Eltrich, seine kleine Frau am rechten, sein Kind auf dem linken Arm, und ihnen folgte ein stämmiger Schwarzer mit einem großen Holz- und einem kleineren Lederkoffer mit zwei Hutschachteln und einem Reisesack dem Violinetui und ihren Betten auf einem zweirädrigen Handkarren – eine kleine Tasche trug noch Adele am Arm. Als sie an dem Wagen vorbeigingen grüßten sie freundlich die Damen, und wandten sich dann der nächsten Querstraße zu, die hinauf in die Stadt führte.

»Welch ein liebes freundliches Gesicht die junge Frau hat« sagte Anna, die den Gruß herzlich erwiedert hatte und ihnen nachschaute »ein so zartes Wesen und hat die ganze Reise im Zwischendeck ausdauern müssen – ich habe sie oft bewundert; und sie war immer froh und heiter.«

»Ich wäre gestorben«; seufzte Fräulein von Seebald.

»Da kommen noch mehr Zwischendecks-Passagiere!« rief Anna, nach der Planke zeigend, wo in diesem Augenblick Herr Mehlmeier die Hände in den Taschen, und einen rothseidenen Regenschirm unter den linken Arm gedrückt, von einem Mulatten begleitet, der einen nicht eben schweren Koffer auf der Schulter trug, leise ein Lied vor sich hinpfeifend die Planke hinunterstieg, und dicht an dem Wagen vorüberging. –

»Wünsche Ihnen eine recht glückliche Reise meine Damen« murmelte er dabei mit seiner feinen Stimme, während er keine Miene verzog und sie eher mit einem Gesicht anschaute als hätte er sagen wollen, »Na *Ihr* könntet auch zu Fuße gehn.«

»Ist das ein grober Mensch« lächelte die Frau Professorin hinter ihm her – »sind nun so lange auf *einem* Schiff gewesen, und soweit mitsammen über das Wasser gekommen, und er grüßt nicht einmal, hat uns auch nie an Bord gegrüßt, und uns nur immer steif und hölzern angesehn.«

»Mir war es fast als ob er Ihnen glückliche Reise wünschte« sagte Fräulein von Seebald – »aber ich konnte es nicht deutlich verstehen.«

»Nein gewiß nicht« lachte Anna, »er verzog ja keine Miene dabei – aber da kommt auch der Dichter – wenn das sein ganzes Gepäck ist, wird er nicht viel Umstände damit haben.«

Es war allerdings Theobald, dem ein junger Mulattenbursch mit einem sehr schmächtigen gelben Lederkoffer unter dem linken Arm, und einem kurzen Reisesack auf dem ein Pegasus gestickt war in der rechten Hand, voran lief. Theobald selber trug ein pappenes, etwas mitgenommenes Hutfutteral in der rechten Hand und einen schwarzseidenen Regenschirm mit einem Fischbein-Stöckchen hineingebunden, unter dem linken Arm, faßte aber, als er die Damen an der Levée halten sah, seinen gelben Lastträger hinten in den Bund, daß er ihm nicht in dem Gewirr von Menschen abhanden kam, und bedeutete ihn mit nach dem Wagen hinüber zu gehn, und dort zu warten. Er sprach kein Wort englisch und die ganze Unterhaltung mußte durch Zeichen geführt werden.

»Meine Damen, ich habe die Ehre – ich möchte fast sagen den *Schmerz* – mich Ihnen gehorsamst zu empfehlen« sagte er, hier angekommen mit einer besonders bedeutungsvollen Verbeugung gegen Fräulein von Seebald, und einen Ausdruck in den Zügen, der mehr sagen sollte als die kalten Worte.

»Und wohin trägt Sie Ihr Flug?« frug Amalie mit einem leichten, vielleicht kaum bewußten Erröthen.

»Wohin?« rief Theobald stehen bleibend und in der Begeisterung des Augenblicks die Hand mit dem Hutfutteral emporhebend, »in den Strudel der sich hier vor uns öffnet, in die Charybdis dieses weiten Reichs spring ich hinein, ein kühner Schwimmer. Ob mich die Wasser tragen werden? – ich weiß es nicht – ob ich darin untergehe? – « die Hand mit dem Hutfutteral kam wieder herunter – »wer mag den dunklen Schleier der Zukunft lüften – nur ein Gott.«

Er stak fest – die Frauen waren in Verlegenheit was sie ihm darauf erwiedern, ob sie ihn trösten oder bewundern sollten, und Theobald selber hatte den Faden verloren, als der kleine Mulatte beide Theile aus der Verlegenheit riß. Da dieser nämlich nicht den mindesten Grund sah weshalb er hier stehn bleiben und seine schöne Zeit versäumen solle, während er, wenn er rasch zurückkam, leicht noch eine Passagierfracht von demselben Schiffe aus befördern konnte, so setzte er plötzlich, ohne weiter auf den Eigenthümer des Koffers und Reisesacks Rücksicht zu nehmen, seinen Weg queer über die Fahrstraße fort.

»Sie da! – Sohn Afrikas – hallo!« rief Theobald, in der Sorge um sein Eigenthum plötzlich wieder auf die Erde herabkommend – »hallo da – warten Sie bis ich mit komme!«

»Sie werden schon eine Laufbahn finden, die Ihrer würdig ist« sagte mit leisem tröstenden Ton Fräulein von Seebald – der Koffer drohte aber in dem Gewirr von Menschen zu verschwinden.

»Sie werden entschuldigen meine Damen!« rief Theobald, die Schnur des Hutfutterals in die Finger der linken Hand pressend, die rechte zum Hutabnehmen frei zu bekommen – »ich hoffe jedenfalls noch das Vergnügen zu haben Sie wieder zu sehn« und sich den Hut fest in die Stirne drückend folgte er raschen Schrittes seinem viel zu eiligen Mulatten.

Anna lachte, Fräulein von Seebald aber sagte sinnend.

»Wie wir nun Alle hier, die wir bis jetzt nur einer Bahn gefolgt, am Scheidewege stehn und hinausziehen nach Nord und West und Süd und Ost. *Wo* werden wir uns wiedersehn, und wird das überhaupt wohl je geschehn?«

»Gewiß – und mit Gottes Hülfe froh und glücklich« sagte die Frau Professorin herzlich – »aber da kommt Marie, Kind, Kind, Du hast Dich, und wahrscheinlich auch Clara furchtbar aufgeregt!«

»Nein, meine liebe Mutter« betheuerte Marie, sich die großen hellen Thränen aus den Augen trocknend; »ich bin ihr davon gelaufen, ehe sie nur ein Wort sagen konnte.«

»Und nun fort!« rief der Professor, der sich bis jetzt von der Levée ab den Arm fast ausgeschwenkt hatte, die gar zu lang an Bord zögernde Tochter zurück zu winken »Kinder wir haben noch furchtbar viel zu thun. Eduard Du besorgst Alles ordentlich und notirst Dir besonders die Nummern der Karren, denen Du die Fracht überlieferst, und giebst ihnen jedesmal den Zettel mit der darauf verzeichneten Anzahl mit; ich denke zwei Karren werden den Rest bequem mit fortbringen, und dann kommst Du augenblicklich nach – *Jane Wilmington*, hier mit der Adresse der Straße an deren Fuß sie liegt. Ah Fräulein von Seebald. Sie entschuldigen.«

»Recht, recht glückliche Reise.«

»Danke – danke herzlich – Capitain ich sehe Sie noch ehe das Boot abgeht?«

»Ich bin gleich oben, habe nur noch etwas mit dem Steuermann zu reden – auf Wiedersehn. Ich komme dann gleich mit Herrn Henkel nach.«

»So Kutscher – wir haben doch Nichts vergessen?«

»Nein Alles in Ordnung.«

»Also *go ahead*! – vorwärts und mit Gott!«

»Adieu – adieu!«

Der Wagen bog in die Stadt ein, da an der Levée das Gedräng der Karren und Fußgänger zu groß war, und fuhr in scharfem Trabe den nächsten Weg nach der Dampfbootlandung, während Eduard jetzt rasch das noch zurückgebliebene Gepäck beförderte, mit dem letzten Karren den Eltern nachzufolgen.

Der junge Eltrich, der an dem Morgen mit Hülfe eines mitten in der Stadt aufgegriffenen Deutschen ein kleines Logis (Stube und Kammer wenigstens) gefunden hatte, war rasch zurückgeeilt seine Frau und sein Kind aus dem entsetzlichen Zwischendeck zu befreien. Mit ihrem Gepäck hatten sie, da Alles oben vor ihrer Coye stand, gar keine Umstände, Lastträger gab es zu hunderten an allen Theilen der Levée mit Hand- und Pferdekarren, und so stand ihnen denn Nichts weiter im Weg das Schiff, wo seine arme Frau besonders eine schwere Zeit verlebt, so rasch als möglich zu verlassen. Der Neger kannte übrigens die Straße und das Haus wohin sie wollten, und als er die Sachen auf seinen Handkarren geladen, nahm Eltrich sein junges Weib an, sein Kind auf den Arm, und zog, das Herz voll Jubel und froher Hoffnung mit ihnen in eine neue Welt, in ein neues Leben ein.

Das war *Amerika*, der feste Grund den sie unter den Sohlen fühlten – das endlich erreichte Land ihrer Sehnsucht, für das sie gedarbt und gespart daheim, und die hellblitzende Sonne schien ihnen freundlich zuzuwinken im neuen Vaterland – der wolkenleere reine Himmel ein frohes Omen zu sein, all ihrer Hoffnungen und Träume. Freilich ringen und kämpfen mußten sie auch hier; eine Bahn galt es erst sich hier zu brechen, vielleicht wieder mit Sorgen und Entbehrungen, wie vordem, aber dafür bot ihnen auch das ungeheure Reich einen freien ungehinderten Spielraum für ihre Thätigkeit, und Eltrich fühlte die Kraft in sich, fühlte daß er im Stande war alle Hindernisse zu besiegen und sich den Weg zu bahnen, zu einer selbstständigen sorgenfreien Existenz. Seine Ansprüche an das Leben waren dabei mäßig; auf seinem Instrument aber war er Meister, und die aufblühende Kunst in Amerika mußte dem Künstler endlich ein Feld bieten zu wirken und den Lohn dafür zu erndten. War das aber auch nicht, nun so scheute er sich hier keiner Arbeit, die in dem freien Lande ihn nicht schändete und ihm nicht, einmal begonnen, die Bahn verschloß zu einer edleren Thätigkeit, wie blinde Vorurtheile das im alten Vaterland gethan. Jung und kräftig brauchte er nicht zu fürchten Hunger zu leiden, und wo so viele Tausende ihr Glück – eine Heimath fanden, durfte auch er der Zukunft mit froher Zuversicht entgegensehn.

»Was für ein reges wunderliches Leben das hier ist, meine Adele« sagte er, den Arm der Gattin pressend, der in dem seinen hing, und lächelnd zu ihr niederschauend – »sieh nur allein die wunderlichen Farben, an der Tausende, die hier herüber und hinüber eilen – nicht zwei haben gleiche Schattirungen und es ist fast, als ob der ganze Erdball seine Bewohner hierher geschickt hätte, die eine Stadt zu füllen.«

»Aber was für häßliche Gesichter diese Neger haben« lächelte die Frau, in komischer Angst über die Schulter zurück nach dem Schwarzen sehend, der ihnen die Sachen nachführte, »besonders jener Bursche da hinter uns; was für böse Augen und entsetzliche Lippen. Und so höhnisch und tückisch sehn sie dabei aus.«

»Was können sie für den Ausdruck ihrer Race« lachte Eltrich, »aber es sollen vortreffliche Arbeiter sein, und meist guten Humors – sehr oft guten Herzens. Was kümmert uns ihre Farbe und der Schnitt ihres Profils; wer weiß überdieß, ob wir ihnen nicht eben so häßlich erscheinen, wie sie uns.«

»Oh die herrlichen Früchte!« rief da Adele, als sie vor einem Stand vorbeikamen, der mit Ananas, Orangen, Bananen und Cocosnüssen bedeckt war – »oh der gottvolle Duft! ach das thut wohl *solche* Luft zu athmen nach so langer Zeit – und Blumen da drüben – oh sieh die lieben herrlichen Blumen an, Paul; nicht wahr, so wie wir uns nur ein klein wenig eingerichtet haben, gehen wir mit dem Kind hinaus in's Freie und pflücken uns viele viele Blumen – ich freue mich selber wie ein Kind darauf.«

»Gewiß mein Herz gewiß – aber die Blumen hier in Amerika sollen keinen Duft haben wie die unsrigen, wie man den Vögeln auch hier nachsagt daß sie nicht singen könnten.«

»Verleumdung Paul – böse Verleumdung!« rief die kleine fröhliche Frau, die vor dem Blumenstand stehn geblieben war und sich zu den vollen, zierlich gebundenen Bouquets die ein reizendes Quadroonmädchen feil bot, niedergebogen hatte – »hier überzeuge Dich selbst was für einen zarten herzigen Duft das kleine weiße Blümchen hat – und Luz muß auch riechen – nicht wahr Herz das riecht anders, wie da unten in dem bösen dunstigen Schiff, wo mein armer kleiner Bursche so lange gesteckt hat, und sich nicht herumtummeln konnte auf grünem Rasen.«

Das Mädchen bot ihnen Sträuße zum Verkauf an, doch Adele schüttelte erröthend den Kopf, drängte von dem Korbe fort, und bat den Gatten mit leiser Stimme kein Geld an solche Sachen zu wenden, wo sie es vielleicht zum Leben nöthig in der ersten Zeit gebrauchten.

»Es sind die ersten Blumen die uns geboten werden« sagte aber lächelnd der junge Mann, »laß sie uns nicht zurückweisen. Sie mögen uns ein gutes Zeichen sein. Was kosten die Blumen Kind?« frug er dann auf Englisch das junge Quadroonmädchen das sie feil bot.

»Nichts« sagte dieses aber, jetzt selber tief erröthend in reinem Deutsch – »die junge Frau und das Kind mögen sie nehmen!«

»Du sprichst deutsch?« rief Eltrich im höchsten Erstaunen aus, »und bist doch nicht über dem Wasser drüben geboren.«

»Nein« sagte die Sclavin ernst den Kopf schüttelnd – »aber mein Master ist ein Deutscher, und in seinem Hause wird deutsch gesprochen, da habe ich es schon als Kind gelernt.«

»Wie heißt Dein Master?«

»Messerschmidt.«

»Aber dürfen wir da die Blumen nehmen?«

»Ich darf sie geben« sagte das junge Mädchen, und das Blut drohte ihr in dem Augenblick die Schläfe zu zersprengen, »denn ich habe heute Morgen schon mehr, weit mehr für meine Blumen gelößt als mein Master von mir verlangt – ich bitte Sie recht herzlich darum sie zu behalten.«

»Recht herzlichen Dank dann für Dein freundliches Geschenk, Du liebes Kind« sagte Adele, ihr die Hand hinüber reichend, die sie nur schüchtern nahm – »es mag uns Glück bringen in dem neuen Land.«

»Sie sind noch nicht lange hier?«

»Erst seit heute.«

»Du lieber Gott!« sagte das junge Mädchen die Hände faltend.

»Aber liebes Kind wir müssen fort« unterbrach hier Eltrich das Gespräch, indem er zurück und dann um sich her schaute, den Neger zu sehn, der ihre Koffer fuhr – »der Bursche ist wahrhaftig wohl schon voran gegangen und ich weiß jetzt nicht einmal ob ich den Weg wieder so rasch finden kann.«

»Er wird doch ehrlich sein« rief Adele mit jähem Schreck – »guter Gott, sein Gesicht sah nicht darnach aus. Hast Du einen Neger jetzt ganz kürzlich hier vorbei gehn sehn, mein Kind, der einen Wagen zog auf dem zwei Koffer mit anderem Gepäck standen?«

»Es gehn so viele vorbei, man achtet nicht darauf« sagte das Mädchen – »fast war mir's aber, als ob gleich hier unten Einer vor kurzer Zeit in die Quergasse eingebogen wäre. Das schadet aber Nichts« setzte sie rasch und beruhigend hinzu – »die Leute haben meist alle ihre Nummer, und wenn Sie die gemerkt haben kann er mit den Sachen hingehn wohin er will, die Policey schafft sie Ihnen gleich wieder.«

»Die Nummer?« – sagte Eltrich, etwas bestürzt vor sich hinsehend »ja – ich glaube er hatte eine Nummer, aber welche, wahrhaftig und wenn ich sterben sollte, ich wüßte es nicht.«

»Barmherziger Himmel wenn alle unsere Sachen – « rief Adele in Todesangst – »es wäre furchtbar – was fingen wir nur an?«

»Thorheit, liebes Herz« suchte aber der Mann ihr die Sorge von der Stirn zu lachen – »er weiß das Haus und ist vorangegangen wo er auf uns warten wird. – Ah, hier ist der Zettel, – straße Nr. 43.«

»Der Weg führt hier gerade hinauf« sagte die junge Sclavin, »und oben am fünften Square von hier – der fünften Querstraße die Sie treffen, biegen Sie links ein, Sie können nicht fehlen.«

»So adieu mein Kind, und nochmals schönen Dank für Dein Geschenk!«

Auch die Frau nickte ihr noch freundlich zu, aber die Sorge für Alles was sie jetzt auf der Welt noch das ihre nannten, nahm für den Augenblick ihre Sinne und Gedanken zu sehr in Anspruch, an etwas Anderem mehr als momentan zu haften. Die Läden an denen sie vorbeigingen, die wunderlichen Charaktere und Menschen, denen sie begegneten, die ausgestellten Waaren, die eigenthümliche Bauart der Häuser, mit all dem Neuen und Interessanten um sie her, das eine fremde Welt ihr bot, lockte sie nicht mehr oder vermochte ihr Auge zu fesseln, das nur einen Punkt zu suchen schien in der weiten fremden Stadt – das häßliche Gesicht des Negers. So eilten sie, Eltrich selber weit ängstlicher als er der Frau gestehen mochte, ihre eigene Sorge nicht noch, vielleicht nutzlos, zu mehren, die Straßen entlang, so rasch sie eben mit dem Kind vorwärts kommen konnten, immer noch in der Hoffnung den doch wohl nur vorangegangenen Schwarzen zu überholen.

»Ha dort geht er!« rief Eltrich plötzlich – »Gott sei Dank wir haben uns geirrt!« und der Seufzer den er dabei ausstieß bewieß wie sehr er selber das Schlimmste gefürchtet.

»Nein, das ist er nicht!« rief aber Adele, deren schärferes Auge leicht den Unterschied in Neger wie Gepäck entdeckt hatte – »das sind nicht unsere Koffer.« –

Es war nur zu wahr – ein fremdes Gesicht blickte sie an als sie daran vorüber eilten und ihm forschend in's Auge sahen, fremdes Gepäck lag auf dem kleinen Karren, und fast im Lauf flohen sie jetzt die Straße hinauf, bogen um die bezeichnete Ecke und standen wenige Minuten später vor der Nummer des Hauses – wo *kein* Karren sie erwartete.

»Er ist noch nicht da« stöhnte Eltrich – »wir sind zu rasch gelaufen und haben ihn übersehn.«

Adele zitterte am ganzen Körper – sie *wußte* das war nicht geschehn, sagte aber kein Wort.

»Oder er ist vielleicht in eine andere Straße eingebogen wo er ungestörter fahren konnte – die vielen Wagen hier. – «

»Er kann noch nicht dagewesen sein« sagte Adele endlich leise, so leise als ob sie fürchte der unwahrscheinlichen Vermuthung auch nur Raum zu geben.

»Er hätte gewartet!« – sagte aber auch Eltrich jetzt mit einem tiefen, angstvollen Seufzer – sein Blick flog die Straße auf und nieder – umsonst, der Neger ließ sich nirgends sehn, und die Gewißheit drang sich ihm immer furchtbarer auf daß er Alles – Alles – nein es war ja nicht möglich – Gott konnte nicht wollen daß sie *so* von allem entblößt was sie noch das ihre bis dahin genannt, in der fremden Stadt in der fremden *Welt* ein Leben beginnen sollten – es war nicht möglich; aber auch schon diese Ungewißheit, eine Höllenqual.

Er bat jetzt sein Weib mit dem Kind einen Augenblick an der Thüre stehn zu bleiben, während er hinein in das Haus lief dort in ihr Zimmer zu sehn – der Neger konnte die Straße heraufkommen während er im Inneren war. Er kehrte nach wenigen Minuten zurück. –

»Er ist *nicht* oben?«

Traurig, verzweifelnd schüttelte er mit dem Kopf.

Nur noch eine Hoffnung blieb ihm jetzt – er wollte noch kurze Zeit warten – noch war es möglich daß der Bursche, in eine andere Straße vielleicht eingebogen, sich da aufgehalten und verspätet hatte – er *konnte* noch kommen, kam er aber *nicht*, dann wollte er rasch auf die Policey und dort die Anzeige des Geschehenen machen. Lieber Gott es war das eine schwache, trostlose Hoffnung – ohne Nummer oder Namen des Negers konnte er der Policey selbst keinen Halt geben an irgend etwas; große Augen und aufgeworfene Lippen hatten alle die Tausende von Negern die sich in New-Orleans herumtrieben und er wußte ja selber nicht, ob er sogar zu dem Mann würde schwören können, wenn er ihn jemals wieder angetroffen. Adele aber mußte erst mit dem Kind in ihrem Zimmer untergebracht werden, daß er selber freie Hand behielt; er führte sie hinauf. Es war ein kleines Gemach, das auf den engen Hof hinaus sah; die Thür stand offen, denn zu stehlen war Nichts darin, und das Meublement bestand in einem Tisch, drei Rohrstühlen und zwei leeren Bettstellen.

»Habe nur ein klein wenig Geduld Adele, ich bin bald wieder zurück – und – quäle und ängstige Dich nicht zu sehr – noch ist Hoffnung da; ein trauriger Anfang macht oft ein fröhliches Ende, liebes Herz.«

Er küßte sie auf die Stirn, nahm das Kind auf und herzte es ab, und verließ dann rasch das Zimmer; Adele aber legte die Blumen vor sich auf den Tisch, barg, darüber gebeugt, ihr Antlitz in den Händen, und weinte still und trostlos.

Auf der Haidschnucke waren indessen die drei, bei dem Leuchtschiff in der Weser an Bord gekommenen Passagiere in die Cajüte zum Capitain gerufen worden, dort entlassen zu werden. Sie traten, die Mützen in der Hand herein, und blieben an der Thür mit dem Untersteuermann neben sich stehn, den Capitain zu erwarten, der in sein eignes Zimmer gegangen war, und nach einer Weile mit einigen Papieren und ein paar kleinen Packeten in der Hand, zurück kam.

»Na Ihr seid fertig an Land zu gehn?« rief er, nach einem flüchtigen Blick auf die Leute – »Stürmann, sin here Sahken ruut schafft.«

»All's klaar Captein – « antwortete der Seemann.

»Gut, dann könnt Ihr jetzt gehn wohin Ihr wollt. Hier Pelz, da hast Du Deinen Zettel – hier Du Deinen Alper, und da Du den Deinen Mooswerder.«

»Ne ich bin Mooswerder, Capitain – « sagte der zweite.

»Schon gut, Ihr könnt sie Euch an Land dann aussuchen – es steht drinn daß Ihr Euch in Deutschland gut aufgeführt hättet – Ihr werdet das schriftlich brauchen, denn auf Euer Gesicht glaubt's Euch doch hier Niemand.«

»Muß das ein *Jeder* hier haben?« frug der älteste der drei, das Papier etwas mistrauisch betrachtend.

»Ich soll *Dir* wohl auch noch eine Erklärung geben«, fuhr ihn der Capitain barsch an – »da hier« setzte er dann ruhiger hinzu, »sind auch für jeden noch fünf Dollar Amerikanisches Geld, daß Ihr die ersten Wochen was zu leben habt; für 3 Dollar die Woche könnt Ihr hier in den billigsten Gasthäusern Kost und Logis bekommen, und habt Zeit Euch nach *Arbeit* umzusehn; verstanden? Daß Ihr Euch gut zu betragen habt, brauch ich Euch nicht erst noch zu sagen, wohlmeinend warnen möcht ich Euch aber doch keine dummen Streiche zu machen, denn sie verstehn hier keinen Spaß; aber Ihr werdet selber am Besten wissen was Euerer Haut gut ist.«

»Denke so, Capitain« sagte der Alte, die Hand nach dem Geld ausstreckend – »sind doch alt genug dazu.«

»Schön – weiter hab' ich mit Euch Nichts zu thun – Eure Kisten stehn oben an Deck, in einer halben Stunde müßt Ihr an Land sein.«

»Vielleicht wäre es gut, Herr Capitain« sagte da der Alte mit einem eigenthümlich versteckten Lächeln, »wenn Sie sich von den hiesigen Behörden eine Quittung über *richtige Ablieferung* geben ließen.«

»Geht zum Teufel!« rief aber Capitain Siebelt ärgerlich, »oder ich lasse Euch die Quittung noch vorher auf den Rücken schreiben.«

»Nun Nichts für ungut« lachte der Alte, »war nur so eine Meinung von mir; übrigens sind wir hier *freie Bürger*« setzte er mit einer Art verstecktem Trotz hinzu.

»Ja, sobald Ihr an Land seid« sagte der Capitain – »nicht bei mir an Bord.«

»Danke für den Wink« lachte der Alte, »und glückliche Rückfahrt. – *Grüße* brauchen wir Ihnen doch wohl nicht aufzutragen?«

Die Andern lachten, der Capitain aber winkte dem Steuermann ungeduldig die Burschen hinauszuschaffen, die übrigens gar nicht daran dachten den Mann noch böse zu machen, und rasch dem Befehl gehorchten.

An Deck oben standen ihre Kisten schon bereit, die Jeder von ihnen – sie waren leicht genug – schulterte, und damit, ohne sich weiter um irgend einen der anderen Passagiere zu kümmern, das Schiff verließ.

»Capitain!« sagte Henkel, der in demselben Augenblick die Cajüte betrat, als die drei Männer sie verlassen hatten, »dürfte ich Sie bitten mein Gepäck nach oben schaffen zu lassen, ich möchte es, noch ehe wir an Bord der Jane Wilmington fahren, gern befördern.«

»Aber was eilen Sie?« frug der Capitain, der eben seinen Hut und Stock genommen hatte, seinen Passagier zu begleiten, »Ihre Fracht wird auch noch nicht oben sein, und für Ihre Frau Gemahlin ist es doch am Ende besser daß sie noch ein paar Tage ruhig in ihrer Coye bleibt, bis sie sich vollständig erholt hat. Der Arzt kann sie ja auch hier besuchen.«

»Meine Ballen kommen eben herauf« sagte Henkel aber, »und ich habe schon Jemanden dabei, der mit ihnen auf das Steueramt geht und dort Alles berichtigt, und meine Frau wird sich jedenfalls besser an Land erholen. Unsere Wohnung ist nicht weit von hier.« –

»Gut, wie Sie wollen, ist Alles herausgesetzt?«

»Ja, hier von der Cajüte – ein Drayman steht schon oben und wartet, das Gepäck in Empfang zu nehmen.«

»Und weiter ist Nichts?«

»Noch zwei Koffer die in der Coye stehn, mit Kleidern und Wäsche meiner Frau.«

»Dürfen die Leute hinein?«

»Ich werde sie selber heraussetzen.«

»Gut« sagte der Capitain, »dann will ich nach oben gehn und den Steward mit einem von den Matrosen hinunter schicken; aber machen Sie rasch, wir haben nicht viel Zeit zu verlieren und ich muß selber um halb zwölf in Canalstraße sein.«

Er verließ die Cajüte und wenige Minuten später folgte ihm Henkel, aber er sah bleich und erregt aus – seine Lippen zitterten und er strich sich mit der Hand ein paar Mal heftig die Stirn. Selbst dem Capitain, sonst gerade kein scharfer Beobachter, fiel das Aussehn seines Passagiers auf, und er rief überrascht:

»Hallo Sir, Sie sehn ja aus als wenn Ihnen ein Gespenst begegnet wäre – was ist Ihnen?«

»Mir? – o Nichts« erwiederte Henkel, sich gewaltsam sammelnd – »nur unwohl wurde mir plötzlich unten – ich weiß nicht wovon; der Kopf schwindelte mir und es wurde mir so schwarz vor den Augen; aber es ist vorbei jetzt« setzte er ruhiger hinzu, »ich habe auch schon früher etwas Ähnliches gehabt – ein leichtes Unwohlsein, das eben so rasch entsteht wie verschwindet.«

»Hier zu Lande muß man vorsichtig mit solchen Dingen sein« meinte Capitain Siebelt kopfschüttelnd – »Sie sahen wie eine Leiche aus, als Sie an Deck kamen.«

»Wirklich?« lachte Henkel, aber das Lachen klang hohl und unheimlich »ah da kommen die Sachen« unterbrach er sich rasch, als der Steward mit einem der Matrosen, jeder einen Koffer tragend, an Deck erschien – »dort dem Mann Leute, überliefert das Gepäck; Nr. 477 er weiß wohin es kommt.«

»Ist Alles herausgesetzt unten?«

»Ja; – nein – zwei Koffer stehn noch in der Cajüte, aber meine Frau wird selber darüber bestimmen, wann die fortgeschafft werden sollen. Doch bald hätte ich ja vergessen – hier Steward, ist etwas für Ihre Bemühungen.« –

»Oh ich bitte, Herr Henkel – war gar nicht nöthig; nun ich danke auch recht viel tausendmal.«

»Und hier Steuermann, haben Sie die Güte das von mir den Leuten an Bord zu geben.«

»Danke herzlich, Herr Henkel, in deren Namen – werden sich einen guten Tag damit machen können – aber das hätte ja Zeit gehabt, Sie kommen doch wieder an Bord.«

»Ich? – ja – allerdings – aber ich könnte es vergessen.«

»Sind Sie fertig?« frug der Capitain, der indessen langsam vorangegangen war und schon unten auf der Levée stand, herüber.

»Ich komme Capitain – also Steuermann, ich verlasse mich auf Sie, daß der Mann da rasch befördert wird – die Karrennummer ist 477.«

»Er soll in zehn Minuten die Sachen an Bord haben« sagte der Seemann, »so wahr ich Köhler heiße.«

Der Steuermann stand oben an der Reiling, mitten auf den ausgeschobenen Planken, und sah den fortfahrenden Männern nach, als er vom Schiff aus angeredet wurde.

»Herr Obersteuermann, wenn ich bitten darf?«

»Ja wohl, was giebts? – ah Herr Maulbeere – nun auch zum Abmarsch fertig? das ist ja schnell gegangen.«

»Freut mich, wenn meine Bereitwilligkeit Ihr angenehmes Schiff zu verlassen, Ihren Beifall hat – wäre gern noch länger geblieben, aber Sie wissen wohl, Geschäfte müssen immer den Vergnügungen vorgehn.«

»Ja wohl Herr Maulbeere und was für Geschäfte haben Sie? wenn ich fragen darf?«

»Scheerenschleifen mit Ihrer Erlaubniß Herr Obersteuermann; die Scheeren in hiesiger Stadt sollen sich, neueren Nachrichten zufolge, in einem höchst traurigen und vernachlässigten Zustand befinden, es ist demnach die höchste Zeit, daß ich an Land komme.«

»Ich hoffe nicht« lachte der Seemann trocken, »daß Ihnen in diesem löblichen Vorsatz irgend Jemand an Bord etwas in den Weg gelegt hätte.«

»Müßte es lügen« sagte Maulbeere ruhig, »der Herr Untersteuermann hat mich schon dreimal ersucht, zu machen daß ich fort käme.«

»Nun so eilig ist's nicht« lachte der Steuermann, »Mittag können Sie immer noch bei uns machen. Die Familien dürfen sogar noch über Nacht bleiben; wir wollen die Leute nicht Hals über Kopf auf die Straße setzen.«

»Höchst christliche Grundsätze und wirklich verführerisch genug« versetzte Maulbeere »Jemanden, der nicht in gar zu großer Eile wäre, zu veranlassen seinen Magen noch einmal mit Bremer Erbsenbrüh zu ärgern.«

»Nun es zwingt Sie Niemand« meinte der Steuermann kurz.

»Danke Ihnen« sagte Maulbeere.

»Und was wünschen Sie von mir?«

»Daß Sie die Gnade hätten« sagte Maulbeere mit ironischer Devotion, »mir meine Werkstätte zu Tag fördern zu lassen.«

»Ihre Werkstätte?«

»Den Schleifsteinkarren, der im unteren Gefache Ihres Schiffes liegt, wenn Ihnen das deutlicher ist.«

»Ach den überwachsenen Schiebbock?« sagte der Seemann, »der gehört Ihnen?«

»Ich bin der glückliche Eigenthümer, und es ist Alles was mich noch an Bord fesselt.«

»Nun da kann geholfen werden« rief der Steuermann, von der Planke herunter und zur offenen Luke tretend, »Du Jahn, smiet mal dat Tüg da rup, vor de Scheerenslieper; de ole scheepe Kaar met en Raad dervör!«

»Dat Donnerslagse Ding; ick hebb mi all min Schen dran verstoten« fluchte eine Stimme von unten herauf.

»Nu? kommt se vorn Tag?«

»Ja, gliek – hahl op! – «

»Staat by hier – oh – aho-y-oh!«

Der Karren, ein ungeschlachtes Ding, mit einem Kasten dabei, in den wahrscheinlich die Steine gepackt waren, denn die Leute die ihn heraufwanden fluchten über das Gewicht, kam bald darauf zu Tage, und Maulbeere nahm ihn in Empfang, untersuchte ihn erst auf das Sorgsamste, und begann dann, ihn zum augenblicklichen Gebrauch in der Stadt, vollständig in Ordnung zu bringen.

Als er noch damit beschäftigt war kam Meier mit seiner Frau aus dem unteren Deck herauf; Beide schienen ebenfalls gerüstet das Schiff zu verlassen, aber die Frau sah todtenbleich und abgemagert aus, und war so schwach daß sie sich kaum auf den Füßen halten konnte. Maulbeere kauerte neben seinem Kasten, und sah die Beiden vorüber gehn, unterbrach aber seine Arbeit nicht dabei, und hämmerte und schraubte ruhig fort.

Das Gepäck der Beiden war schon heute morgen früh an Land und durch Meier selber nach einem billigen Boardinghause in – Street geschafft worden; die Frau trug nur ein kleines in ein rothbuntes seidenes Tuch eingeknüpftes Bündel, und wankte hinter dem Mann her, der den Hut etwas auf einer Seite, die Hände in den Hosentaschen und einen ziemlich derben Stock unter den linken Arm gedrückt, ohne weiter Notiz von irgend Jemand an Bord zu nehmen, im Begriff war das Schiff zu verlassen. Nur als er vor Maulbeere vorüber ging blieb er stehn, sah zu ihm nieder und sagte:

»Auch fertig?«

»Bald« erwiederte der Scheerenschleifer, eben im Begriff eine etwas schwergehende Schraube einzuziehn, was seinem Gesicht eine fast dunkelrothe Färbung gab.

»Ist hübsch in Amerika.« –

»Sehr!« sagte der Scheerenschleifer.

»Schon Aussichten?«

»Siebzehn!«

»Guten Morgen.« –

»Morgen!« lautete die trockene Antwort, und der Mann ging, dicht von der Frau gefolgt, ohne sie aber zu führen oder zu stützen auf dem schwanken Bret, über die Planke an Land. Der Scheerenschleifer aber, in seiner Stellung mit dem eingestemmten Schraubenzieher bleibend, und nur mit den Augen dem wunderlichen Paare folgend, sah ihnen eine Weile nach, bis sie über die Levée verschwunden waren, und wollte dann eben wieder in seiner Arbeit fortfahren, als der Untersteuermann zu ihm trat, und hinter dem fortgegangenen Passagier herdeutend sagte:

»Ein hübsches Pärchen, wie? – scheint sich recht wohl zusammen zu fühlen.« –

»Scheint so« sagte Maulbeere, wieder an der Schraube beginnend.

»Ihr wißt nicht wo sie her sind?«

»Ja.«

»Und was der Bursche drüben gewesen ist?« frug der Seemann neugierig. –

»Ja wohl« sagte Maulbeere.

»Umsonst ist der nicht weggegangen von zu Haus.«

»Das weiß Gott« meinte der Scheerenschleifer – »er hat für zwei Personen theuere Passage zahlen müssen?«

»Also Ihr wißt was Näheres über ihn?«

»Näheres? – ich kann Ihnen den Fleck zeigen wo er die letzten sieben Wochen geschlafen hat, Herr Untersteuermann.«

»Bah, ich meine von drüben.«

»Oh von drüben meinen Sie.«

»Was war er denn drüben?«

»Glücklicher deutscher Staatsbürger.«

»Ich meine was er sonst getrieben hat.«

»Ich werde nachher den Herrn Obersteuermann um die Schiffsliste ersuchen, und Ihnen dann mit größtem Vergnügen das Nähere mittheilen.«

»Gehn Sie zum Teufel!« sagte der Untersteuermann ärgerlich.

»Danke Ihnen«, Maulbeere, vollkommen ruhig an seiner Arbeit fortfahrend.

Maulbeere, der mit unerschütterter Gemüthsruhe, den Matrosen dabei fortwährend im Weg, seine Arbeit beendet, das Rad eingeschlagen und vier oder fünf Schiebladen in seinem Gestell mit allerhand Dingen aus einem kleinen Kistchen gefüllt hatte, stand jetzt auf, setzte seinen Hut auf, nahm den breiten ledernen Tragriemen über die Schultern des unverwüstlichen grünen Rockes – (dessen Glanz dort oben auch dadurch seine Erklärung fand) und war im Begriff das Schiff zu verlassen indem er seinen Scheerenschleiferkarren vor sich her, über den Gangweg hin, der Planke zuschob.

»Nun Herr Maulbeere glückliche Reise!« sagte der Obersteuermann, der ihn kopfschüttelnd die letzten Minuten beobachtet hatte – »aber was soll mit dem

Kistchen hier geschehn?« – Der weiße kleine Kasten war an Deck zurückgeblieben.

»Den vermach ich dem Schiff!« sagte Maulbeere, den Karren etwas mehr nach der linken Seite werfend, das Gleichgewicht herauszubekommen.

»Und Ihr anderes Gepäck?«

»Gegenwärtig.«

»Was? – keine Kleider mehr? – wo ist denn Ihre Wäsche?« lachte der Seemann.

»In der Wäsche Herr Obersteuermann« sagte Maulbeere, und war eben im Begriff mit einem plötzlichen Ruck über eine im Wege, und queer über den Gangweg liegende Handspeiche hin zu fahren, als Frau Henkel mit Hedwig die Cajütstreppe heraufkam und auf den Obersteuermann zuging.

Sie sah todtenbleich aus, war aber vollständig angezogen, mit ihrem Hut auf und einen weiten Shawl um ihre Schultern geschlagen; eben so Hedwig, die eine Tasche in der Hand trug, und stark verweinte Augen hatte.

»Halt Maulbeere!« rief der Obersteuermann – »wartet einen Augenblick, ich glaube die Damen wollen an Land gehn, daß Ihr ihnen nicht mit Eurem gefährlichen Karren da in den Weg kommt.«

»Werde ihnen Bahn machen« sagte jedoch Maulbeere, eben nicht gesonnen Rücksichten auf Jemand zu nehmen, wer es auch sei; der Seemann trat ihm aber in den Weg, und zwang ihn dadurch zum Stillhalten, während Clara Henkel auf ihn zutrat und freundlich sagte –

»Dürfte ich Sie bitten mir zwei von Ihren Leuten mitzugeben und meine beiden Koffer tragen zu lassen?«

»Sie wollen doch nicht zu Fuß in die Stadt gehn, Madame?« sagte der Steuermann – »ich glaubte erst, Sie wünschten nur einmal frische Luft wieder zu schöpfen, aber da besorg ich Ihnen doch lieber einen Wagen.«

»Ich danke Ihnen« sagte die Frau mit leiser, doch entschlossener Stimme – »wir werden gehn – aber ich möchte die Koffer mit mir nehmen.«

»Sie sehen noch so blaß und angegriffen aus« sagte der Seemann auf seine derbe doch herzliche Weise – »wenn Sie mir folgen, lassen Sie sich einen Wagen holen.«

Clara schüttelte mit dem Kopf, und sich umsehend auf Deck sagte sie endlich:

»Hat Herr Henkel sein ganzes Gepäck fortschaffen lassen?«

»Alles, bis auf das was in der Coye stand.«

»Ist nicht ein kleiner gelber lederner Koffer mit schwarzen Riemen zurückgeblieben?«

»Nicht daß ich wüßte, aber ich kann fragen.«

»Nein Madame« mischte sich hier aber einer der Matrosen in das Gespräch – »ich habe selber die Sachen mit auf den Karren und den kleinen gelben Lederkoffer mit hinausgetragen; der Koffer fiel mir noch auf weil er so hübsch gearbeitet war und eben die schwarzen Tragriemen hatte.«

Clara seufzte tief auf, aber sie sah freudiger dabei aus – es war als wenn eine Last von ihrer Seele genommen wäre.

»Ich weiß selber nicht einmal wohin die Sachen geschafft sind« sagte der Steuermann wieder, »und die Leute wissen auch nicht Bescheid.«

»Wir werden uns schon zurecht finden« sagte Frau Henkel – »ich bitte Sie recht sehr mir zwei Leute mitzugeben.«

»Von Herzen gern, wenn Sie es denn absolut wollen – heh Jahn und Görg – loopt mal gau daal in de Cajüt, und sackt die beiden Koffers op. – Sind sie herausgestellt, Madame?«

»Sie stehen vor unserer Thür.«

»Also flink Jungens, und dann gaat Jü mit Madame in de Stadt. – Kann ich Ihnen sonst noch mit etwas dienen?«

»Ich danke Ihnen Steuermann« sagte die Frau freundlich, aber gar wehmüthig lächelnd – »ich brauche *Nichts* weiter – leben Sie wohl. Vielleicht aber sehn wir uns recht bald wieder – wann wird Ihr Schiff fertig sein zur Rückfahrt?«

»Ja das hängt von der Fracht ab, Madame, aber ich denke doch *spätestens* in vier Wochen.«

»Ich danke Ihnen leben Sie wohl!« Sie ging, von Hedwig jetzt unterstützt, auf deren Schulter sie sich lehnte, langsam über die Planke an Land, und die Matrosen folgten ihr, mit den beiden Koffern auf den Schultern.

Maulbeere hatte seinen Karren hingesetzt, und war ein stummer, doch sehr aufmerksamer Zeuge der letzten Scene gewesen; jetzt aber, wieder unter das Lederband duckend, sagte er sehr förmlich zu dem Seemann, der noch auf der Planke stand und den Damen nachschaute.

»Erlauben mir *jetzt* der Herr Steuermann daß ich *auch* hinaus darf?«

»Oh mit Vergnügen Herr Maulbeere«, rief der Seemann, lachend auf die Seite tretend – »thut mir unendlich leid Sie aufgehalten zu haben.«

»Bitte mich dem Herrn Capitain gehorsamst zu empfehlen« sagte der Passagier, ohne eine Miene zu verziehn, indem er an dem Steuermann vorbeischob. –

Die Matrosen die in der Nähe standen lachten, der Scheerenschleifer kümmerte sich aber nicht weiter um sie, fuhr in einen kurzen Trab die etwas schräg nach dem Land liegende Planke nieder, an der anderen Seite mit kräftigerem Anstoß hinauf, und verschwand bald darauf in dem am Lande wogenden Gedräng von Menschen.

5. Der Mississippi

Die *Jane Wilmington* einer jener mächtigen Mississippi-Dampfer, von denen hunderte die Wasser jenes riesigen Stromes befahren, lag zur Abfahrt fertig an der Levée von New-Orleans, mitten zwischen einigen dreißig anderen, ihr ganz ähnlichen Booten.

Keinen lebendigeren, geschäftigeren Platz giebt es auch wohl auf der Welt, so weit Handel und Schiffahrt Länder und Menschen mit einander verbinden, als die Dampfbootlandung von New-Orleans, besonders in dieser Jahreszeit. Die Stadt ist neuverjüngt; das gelbe Fieber das alljährlich im Spätsommer, bis Ende September, oft sogar bis in die ersten Tage des Oktober, New-Orleans fast entvölkert, die wohlhabenderen Bewohner nach dem gesünderen Norden hinaufscheucht, die Fremden decimirt, und der ganzen Stadt das Ansehn eines großen Leichenhauses giebt, von dessen tausenden von Leichen sich zuletzt selbst die Aasgeier in Ekel abwenden, hatte schon lange seine letzten Opfer gefordert, und der bis dahin gewaltsam zurückgehaltene Handel, der seine natürliche Strömung nach dieser mächtigsten Hafenstadt des Südens hat, brach sich jetzt wie gewaltsam wieder Bahn. Ganze Flotten von Dampfern, die scheu und ängstlich in der schweren Zeit den Platz gemieden, und sich mit geringer Fracht, und der ungeheueren Concurrenz wegen nur mit wenigen Passagieren begnügend, zwischen den oberen Staaten herumfuhren, und wenn sie ja Mannschaft nach der »Peststadt« bekommen konnten und es wagen wollten, nur eben hinunter fuhren, an Bord nahmen was Geld hatte seine Passage zu zahlen, und dann schnaubend und in Ballast wieder zurückeilten nach Norden auf, führten jetzt die tausende zurück in ihre verlassene Heimath, die der »Gelbe Jack« wie die Epidemie spottweise heißt, daraus vertrieben, und brachten zugleich die Schätze des Nordens den verödeten Waarenhäusern der Stadt.

Boot nach Boot kommt, die gelbe Fluth vor sich aufspritzend, den Strom nieder – noch ist es nicht elf Uhr Morgens, und das siebzehnte ist schon gelandet; gewaltige Fahrzeuge mit von vier bis acht Kesseln an Bord, viele mit einer Mannschaft von 50-60 Leuten, die breiten *guards*[7] bis hoch hinauf selbst über das höchste Deck mit einer ordentlichen Wand von Baumwollenballen umthürmt, andere, ihre oberen Decks wenigstens frei, aber doch *bis* zu den *guards* im Wasser gehend, die gesalzenes Schweinefleisch in tausenden von Fässern von Cincinnati, Mehl von Ohio und Pensylvanien, Whiskey von eben daher, Blei von Missouri, Vieh von Kentucky, und feines Salz und Tabak aus Virginien herunter bringen.

Die Levée selbst liegt schon fest gepreßt unter einer riesigen Last all solcher Produkte, die der Norden hier hernieder schickt, baar Geld oder die Erzeugnisse der Tropen dafür einzutauschen – Baumwollenballen so weit das Auge reicht; Fleisch und Mehlfässer und *whiskey barrels* mit ihren rothen Böden und dem Cincinnati-Stempel; Kaffee- und Reissäcke zu tausenden als neue Fracht für die eingetroffenen Boote; Blei in schweren kurzen Barren; Syrop- und Zuckerfässer; Salzsäcke und dichtgeschnürte Ballen kostbarer Felle vom Norden; ein stehendes Waarenmagazin unter freiem Himmel von kaum berechenbarem Werth, Nachts unter dem Schutz von vielleicht ein oder zwei schläfrigen Wachen, seine Masse behauptend, während hunderte von Karren ununterbrochen daran arbeiten es abzutragen.

Und das Gewimmel von Menschen auf dem Platz, über den hie und da kleine Austerbuden wie gesprenkelt stehn, die Hungrigen zu erquicken, während die Häuser der ganzen Front ihre unteren Hallen verlockend öffnen den Durstigen jene Unzahl Mischungen geistiger Getränke zu bieten, wegen denen Amerika berühmt ist. Die Karrenführer selbst, meist Irländer und Neger mit wenigen Deutschen, eine wilde thätige, rauflustige Bande, die tausende von Bootsleuten der verschiedenen Dampfer, Feuermänner und Matrosen, die schwere Fässer vor sich her die Levée hinaufrollen,

7 Die Amerikanischen Dampfboote erhalten durch diese breiten *guards* etwas sehr Eigenthümliches, da sie von dem eigentlichen, oft – etwa sehr schmalen Rumpf des Bootes ab, eine Art Vorbau rings um dieses selber bilden, wodurch es nicht selten *über* dem Wasser fast die doppelte Breite seines *unter* Wasser befindlichen Rumpfes bekommt. Von dem äußersten Rand der *guard* ab laufen dabei die unteren Stützen des Zwischen-Decks, in dem sich auch *über* dem Wasser, die Maschine mit den Kesseln befindet, und auf diesen ruht die Cajüte – der große oft prachtvoll eingerichtete Salon, mit den Schlafplätzen der Passagiere und oberen Officiere des Bootes.

oder gewichtige Kaffee- und Reissäcke auf den Schultern niedertragen, oder mit stumpfen Handhaken, Stiefelziehern nicht unähnlich, riesige Baumwollenballen in Schwung bringen und herüber und hinüber werfen, als wären es Körbe mit Federn gefüllt – wie sie da schaffen und arbeiten, und lachen und fluchen. Und zwischen den kräftigen sonngebräunten Burschen mit aufgestreiften Ärmeln und offenen Hemdkragen, denen der Schweiß in hellen dicken Tropfen auf den rothen Stirnen perlt, und deren Sehnen wie Stricke an den markigen Armen herunter liegen, seht Ihr jene kleinen schmächtigen Gestalten in seidene Fracks oder lichte Oberröcke gekleidet, mit gewichsten Stiefeln und gegen die Sonne gespanntem Regenschirm, kleine Bücher in der Hand, und den gespitzten Bleistift mit den dünnen Lippen feuchtend? das sind die »*clerks*« oder Buchhalter der Kaufleute aus der Stadt, oder die der verschiedenen dortliegenden Dampfboote, Waaren überliefernd, oder übernehmend, und den Kopf voll Zeichen und Zahlen.

Passagiere drängen dabei herüber und hinüber, denen sich die Bewohner der Stadt, in Geschäften oder Müssiggang, zu gesellen; der lebendige Franzose dessen Stamm ziemlich den vierten Theil der ganzen Stadt bevölkert, und sich selbst dem, im Besitz befindlichen Amerikaner gegenüber das Recht seiner Muttersprache in den Gerichtshöfen neben dem Englischen gesichert hat; der ruhige Spanier mit seinem breiträndigen *sombrero*; der geschäftige Yankee, an der langen ungelenken Gestalt, dem knochigen Gesicht und den grauen lebendigen Augen kenntlich; zwischen ihnen der reiche Creole[8] mit seiner sonngebräunten Haut und der thätige Deutsche, der schweigsame Engländer und der feurige Italiener, durch ein Gewühl von Negern und Mulatten drängend, die mit Fracht auf und ab die Levée steigen, oder hin und her geschäftig laufen, und dabei lachen und singen, schreien und zanken.

Und da hindurch pressen die Züge der ankommenden Einwanderer, meist Deutsche in ihren Nationaltrachten, wie sie daheim den Bauerhof verlassen, auch viele Irländer in ärmlichen Kleidern, aber mit entschlossenen, fröhlichen Gesichtern, die meist ihr Gepäck selber den Dampfschiffen zuschultern, auf denen sie im Begriff sind die Fahrt in's Innere anzutreten.

Die Deutschen besonders tragen schwere hölzerne Kisten, gewöhnlich zwei und zwei zusammen; alte Truhen mit buntgemalten Kränzen von unmöglichen Blumen, und frommen Sprüchen geziert, über die hin keck und rücksichtslos der Name des Eigenthümers und das Wort *Amerika*, mit schwarzer Farbe seinen Platz gesucht, während die Frauen, Kinder auf dem Arm und an der Hand, in weitbauschigen Ärmeln und kurzen Röcken, die braunen Stirnen der Sonne vertrauend preisgegeben, den Männern folgen. Jetzt stehn sie und suchen den Namen des Bootes für das sie sich bestimmt, von »Läufern« indeß überrannt, die sie dem oder jenem Dampfer werben wollen. Kleine Seelenverkäufer in ihrer Art, diese Burschen, und eigentlich wilde Schößlinge der Überseeischen Agenten, die auch ihre Procente haben *pro* Kopf, für alle die sie als Passagiere sicher auf ein Dampfboot liefern. Ob dann die Leute dorthin kommen wohin sie gerade wollen, und ob sie dort glücklich sind oder zu Grunde gehn, was kümmerts die; nur so und so viel Köpfe sicher an Bord, so und so viel *escalins*[9] dafür eingestrichen, aus dem fremden Volk mag dann werden was da will.

Die Deutschen geben sich aber am wenigsten mit den Leuten ab; wieder und wieder schon im alten Vaterland vor ihnen gewarnt, lassen sie sich wenigstens nicht mehr soleicht auf der Straße von ihnen abfangen, fallen ihnen aber sonst doch noch in die Hände. Haben sie jedoch erst einmal den Namen eines bestimmten Bootes, dann halten sie sich auch hartnäckig an dem fest, mögen die Bequemlichkeiten darauf sein wie sie wollen, schaffen ihre Sachen selber an Bord, und richten sich dann wieder, das alte Zwischendecks-Leben frisch im Gedächtniß, gar bald für die Tage die sie auf dem Wasser noch zubringen müssen, häuslich ein.

Das Alles wogt und drängt über die Levée von New-Orleans, und auf dem Strome herrscht gleiches reges Leben. Hier kommt ein schnaubender Dampfer, die Thüren vor den Kesseln weit aufgerissen daß die Hitze da ausströmen kann, und das Boot aussieht als ob es einen glühenden Rachen geöffnet habe, pfeilschnell

8 Es ist ein ziemlich allgemeines Vorurtheil in Deutschland, daß man unter dem Wort Kreole sich einen von Indianischen Blut Entsprossenen denkt. Creole bedeutet in Amerika und Westindien, wo das Wort besonders gebräuchlich ist und (wahrscheinlich von *criar*, erschaffen, herstammend) einen im Lande selber aber von rein Europäischen Eltern Geborenen. Die Halbabkömmlinge der Indianer, Mischlinge von Europäern (oder Creolen) und Indianern heißen Mestizen.

9 *Escalin* wird der spanische Real genannt, der in Nord-Amerika noch andere Namen hat; so heißt er, besonders in den Südlichen Staaten *bit*, in New-York *Shilling*. Es ist Spanisches Geld von 12½ *cent* oder ein Achtel Dollar Werth. Das wirklich Amerikanische Geld nach Decimaleintheilung kennt nur als kleinere Silbermünze *dimes* (10 *cent*) und *half dimes* (5 *cent*).

bergab, zieht einen weiten Bogen in der schäumenden Fluth, und gleitet, von kundiger Hand geführt, genau in die Lücke ein die jenes andere Boot gelassen, das eben noch in Sicht, langsam stromauf dampft. Dort stößt ein anderes ab – seine Planken sind eingezogen, die die Verbindung mit dem Lande unterhielten, aber sein Deck schwärmt noch von Fremden aller Farben, die Geschäfte oder Neugier an Bord getrieben. Die Leute legen sich indessen unter dem gellenden Ho-y-oh! der Matrosen in lange ausgeschobene Stangen, den Bug zurückzuschieben, die Maschine beginnt zu arbeiten, und wie das breitmächtige Boot langsam nachzugeben beginnt und, die *guards* der beiden Nachbar-Dampfer reibend, sich rückwärts hinausdrängt aus der langen Reihe, springen an beiden Seiten die Müßiggänger und nicht an Bord Gehörigen hinüber auf andere Boote, nicht mit hinaus in den Strom genommen zu werden, denn der Capitain hielte wahrlich keine Secunde an ihretwegen, und der erste Landungsplatz wäre wahrscheinlich erst dreißig oder vierzig Miles[10] stromauf gewesen, wo er das erste Holz einnehmen mußte. Jetzt hat sich das schnaubende Boot frei gemacht und schießt mit vermehrter Kraft, über sein Steuer fort, eine Strecke in den Strom hinein – nun drängt sich der scharfe Bug hinauf, nach vorne ein, die Räder schlagen, die Wasser kräuseln, brechen sich unter der Gallion, und werden zu Schaum geschlagen von den peitschenden Radplanken, und fort schießt das gewaltige Fahrzeug von der ungeheueren Kraft getrieben, auf seiner Bahn. Die Schaar von Menschen aber, die eben dem einen Boot entsprang, eilt jetzt flüchtigen Laufs an Land das andere, eben gekommene Boot zu gewinnen; Kofferträger und Verkäufer, Boardinghaus-Wirthe und Taschendiebe – oft beide zu einer Klasse gehörend – Käufer und Zwischenhändler von jeder Farbe, jedem Stand, und das Drängen und Treiben beginnt von vorne an.

Die *Jane Wilmington*, eben so überladen von Menschen wie alle übrigen abgehenden Boote, hatte das Zwischendeck dabei von Deutschen und Irischen Auswanderern mit ihren Kisten so vollgedrängt, daß an ein Hindurchgehn schon gar nicht mehr zu denken war, und wer wirklich hindurch oder hinein *mußte*, konnte sehen wie er eben über die Kisten und Koffer hin eine Passage fand. Und nicht um eine Idee besser sah es oben in der Cajüte aus, wo sich, als Lobensteins die schmale Treppe zum Boilerdeck hinauf gestiegen waren, die Männer, ihre Cigarren im Mund, die Hüte auf dem Kopf, Schulter an Schulter herumdrängten, hier in kleinen Gruppen standen und plauderten, dort an der *bar* (dem Schenkstand) ein Abschiedsglas mit irgend einem Bekannten leerten, oder auch eben nur, die Hände in den Taschen, müßig, und sehr zum Ärger einer Zahl von Kofferträgern umherschlenderten, die ihre Lasten auf Schulter oder Kopf, mit einem ununterbrochenen »*please Sir – beg your pardon gentlemen*« aus einem Knäuel in den anderen preßten, durchzukommen.

Lobensteins konnten kaum die für sie bestimmten, sehr elegant eingerichteten Cajüten erreichen, und der Professor hätte ohne Henkels Hülfe durch das Gewühl von Menschen im Leben nicht sein Gepäck zusammengefunden. Endlich war aber Alles glücklich an Bord, Eduard mit den letzten Koffern angekommen, und Capitain Siebelt hatte schon lange Abschied genommen und seinen bisherigen Passagieren eine glückliche Weiterreise gewünscht, als sich auch Henkel dem Professor wie den Frauen empfahl, seinen »eigenen Geschäften« wie er sagte, nachzugehn.

»Und grüßen Sie uns nur noch recht herzlich Ihre liebe Frau« bat ihn die Frau Professorin, als er auf dem Gangweg, vor der Damencajüte die hinter dem Radkasten liegt, sich verabschiedete, »und sie soll sich ja recht schonen – ich lasse sie herzlich darum bitten.«

»Und tausend Grüße und Küsse noch von uns« rief Anna – »lieber Gott, es wäre doch recht traurig wenn sie ihren Eintritt in das fremde Land gleich mit einer Krankheit beginnen sollte.«

»Und Sie besuchen uns also mit Clara noch diesen Herbst!« frug Marie, ihm scharf dabei in's Auge sehend – »Sie haben es versprochen.«

»Gewiß« sagte Henkel, ihr lächelnd die Hand entgegenstreckend.

»Ein Wort ein Mann!« rief Marie, zögernd ihre Hand in die seine legend.

»Sie haben doch die Adresse die ich Ihnen gegeben Herr Professor?« frug Henkel jetzt noch einmal – »dort draußen läutet die dritte Glocke und ich werde am Ende noch mit fortgeschleppt.«

»Und Claras Angst dann!« rief Anna.

»Es wäre allerdings fatal, aber noch kann ich abkommen.«

»Die Adresse habe ich, und denke daß ich ein Geschäft mit dem Herrn mache, wenn mir das Land nur irgend convenirt«, sagte der Professor.

»Es ist ein Ehrenmann, Sie können sich auf sein Wort verlassen.«

»Desto besser – also auf Wiedersehn!«

»Auf Wiedersehn!« rief Henkel und hatte wirklich nur noch eben Zeit die *guards* des nächsten Bootes zu

10 Englische Meilen, etwas über vier auf die deutsche.

erreichen, ja mußte schon zu dem Zweck hinauf auf den Radkasten laufen und von dort hinüber springen, als die wackere Jane das Freie suchte, und wenige Minuten später lustig den vorangelaufenen Steamern nachdampfte.

Eine solche Menge von Menschen, alle nicht zum Boot gehörig, hatte sich dabei empfohlen, daß die wirklichen Passagiere mit Erstaunen, aber auch großer Befriedigung sahen, wie sie Raum genug behielten, und keineswegs gedrängt waren, und nur mit der ersten Stunde überstanden, die sie allerdings gebrauchten ihr verschiedenes Gepäck einiger Maßen in Ordnung zu bringen, konnten sie sich ganz dem Genuß der reizenden Gegend hingeben, an der das wackere Boot sie rasch hinaufführte.

Es giebt wohl kaum ein wunderlieblicheres Bild, so im Vorbeifliegen gesehn, als die Ufer des Mississippi überhalb New-Orleans. Mit Plantagen dicht besäet, deren reizende Pflanzerwohnungen aus einem Dickicht von Blüthenbüschen und fruchtschweren Orangenbäumen lauschig und still hervorschauen, schmiegen sich die kleinen, colonienähnlich gebauten Negerwohnungen dicht an diese an, und geben der ganzen Gegend einen so wohnlichen, geselligen Charakter, daß das Auge mit Entzücken auf ihnen weilt. Berge fehlen freilich im Hintergrund, den nur ein einziger dunkler Streifen Wald bildet – der Mississippi-Sumpf – aber die üppigen Felder, die sorgsam eingefenzt, so weit das Auge reicht dem Blick begegnen, die geschäftigen Schaaren weiß gekleideter Neger in den Feldern, theils beschäftigt Zuckerrohr zu schneiden, oder Baumwolle zu pflücken, die munteren Heerden auf den Weiden dazwischen, das rege Leben auf dem breiten bequemen Fahrweg, der zwischen der sich am ganzen Strom hinauferstreckenden Levée und den Fenzen der Plantagen hinläuft; die kleinen freundlichen Städtchen dabei am Ufer, die Kirchen mit ihren schlanken Thürmen, die gewaltigen Waarenhäuser, und dahinter die hohen dunklen Schornsteine der Zuckerfabriken, die aus dem dichten Laub der Fruchtbäume herüberschaun; das Alles fesselt das Auge des Fremden rasch genug, und hält ihn ordentlich an Deck gebannt, keinen Moment, keinen Punkt dieses freundlich sonnigen Bildes zu versäumen. Alles ist hier neu, alles eigenthümlich, und fehlen dem Fremden auch die Palmen, die seine Phantasie wohl meist dem Süden der vereinigten Staaten (oft selbst dem Norden) giebt, so bietet ihm doch auch die Vegetation schon des Neuen und Südlichen viel, ihn dafür wenigstens in etwas zu entschädigen. Stattliche Pecanbäume am Ufer, mit ihren schlanken Stämmen und schattigem Laub, und weiter drinnen im Land die riesigen hochwüchsigen Cypressen mit ihrer rothen Rinde und dem prachtvoll wehenden grauen Moos, die fruchtbedeckten Orangendickichte, die freundlichen Blumen geschmückten Gärten, mit ihren Tulpenbäumen, Rosenranken, und Granatbüschen, das Alles zeugt für die heiße Sonne dieser Breite, wäre nicht schon das wehende Zuckerrohr am Ufer und die eigenthümliche Baumwollenpflanze selbst Beweis genug auch ohne das.

So lichtbeschienen liegt das weite, wunderschöne Land dort ausgebreitet – ein Paradies, wenn man's so flüchtig sieht und auf bequemem raschem Boot daran vorübergleitet – aber es ist das nur die äußere Rinde des Ganzen, die blitzt und glänzt und in die Augen scheint, nicht alles ächt und Gold. Wie lieblich liegen jene acht oder neun Reihen gleichmäßig gebauter reinlicher Häuser mitten in diesem »Paradies« – dort wo wir gerade vorüber fahren sind große weitästige Feigenbäume vor die Thüren gepflanzt, kleine sauber gehaltene Gärtchen schließen sich daran, und vor den Thüren spielen Kinder – kleine schwarze, braune und gelbe lachende Gestalten mit frohem Jubel herüber und hinüber, von alten Leuten dabei beaufsichtigt die, zu alt zum Arbeiten, von ihren Herren jetzt das Gnadenbrod bekommen, und ihre übrige Lebenszeit, die ihnen Gott noch giebt, in Ruhe und Frieden verleben dürfen. –

Ruhe und Frieden! – dem alten Manne da, der das Kind auf dem Schooße hält und hätschelt und es küßt – Ihr könnt vom Boot aus die Thränen nicht sehn, die ihm die dunklen, tiefgefurchten Wangen hinunter rollen – ist vor drei Tagen seine Enkelin, ein bildhübsches Mädchen von achtzehn Jahren, nach Kentucky hinauf verkauft, und ein anderer Enkel von ihm, ein junger Bursch von zwölf Jahren, wurde blutig gepeitscht, weil er die Ruthen nicht selber, wie es der Aufseher befahl, von den Weiden schneiden wollte, mit denen die eigene Mutter geschlagen werden sollte. Der Knabe liegt jetzt da drinnen – in demselben freundlichen Haus vor dem der alte Feigenbaum steht – auf seinem harten Lager, mit blutigen, geschwollenen Gliedern und ächzt und stöhnt, und der Alte hat das kleine Kind auf dem Schooß, und küßt es und herzt es, und sieht im Geist schon die Peitsche gehalten, hört die scharfen entsetzlichen Streiche, die auf die zarte Haut des Lieblings niederfallen werden.

»Seht die reizenden Wohnungen an« haben viele Reisende geschrieben – »wie behaglich und warm sind eben diese *Sclaven* hier gebettet, und möchten sie mit den unglücklichen Armen unseres eigenen Vaterlandes tauschen, die mit fröstelnden Gliedern, in erbärmlichen zugichen Hütten ihre trockene Brodrinde oder faule Kartoffeln kauen, und sich das Haar raufen wenn ihnen die Kinder die Ärmchen entgegenstrecken und *umsonst* nach Nahrung schreien?« – Ich weiß es nicht; aber *ein* Elend wird nicht durch das andere gehoben, und tausende und tausende von ihnen würden lieber die letzte Brodrinde mit dem Kind theilen und mit ihm hungern, als daß sie es aus ihren Armen gerissen sähen, einem anderen, nicht geringeren Elend entgegengeschleudert zu werden. Die Weißen, die den lockeren sittlichen Verhältnissen jener Staaten nach, und in dem ungestörten unantastbaren Recht des *Herrn* schon alle Familienbande ihrer Sclaven außerdem mit Füßen treten, zerreißen diese auch nach Gutdünken durch Verkauf der einzelnen Glieder – der kleine Kreis der Sclaven, der nach schwerer Arbeit um das Feuer seiner Hütte sitzt, kann er selbst dieses Glück in Ruh genießen, wo er nicht sicher ist, ob nicht des Herren Wille schon morgen, schon heute Nacht, das liebste Kind aus ihrer Mitte nimmt – das vom Bord des Dampfers noch einmal die Hände nach ihnen hinüberstreckt, und todt – verloren ist für sie auf immer?

Die Sclaverei, das Brandmal der Civilisation, wird immer ihre Vertheidiger finden, die aus Eigennutz oder Unwissenheit diesem Fluch der Menschheit das Wort reden, und den faulen giftigen Kern mit der hie und da glatten Rinde entschuldigen wollen, wer aber in ihrem Kreis gelebt, die zitternden Geschöpfe unter dem Hammer des eisblütigen Tabakskauenden Auktionators gesehn, und die Thränen gezählt hat, wer dem Elend gefolgt ist, mit dem der Eigennutz hier unter dem frechen Schutz *christlicher* Gesetze *Menschen* foltert, der wird sich nur mit Abscheu von dem Elend wenden, dem er nicht steuern kann und darf – ob's ihm auch fast das Herz manchmal zerreißt.

Aber vorbei – vom Dampfboot aus sehen wir Nichts von alle dem; nur die freundlichen Dächer blitzen zu uns herüber aus dem Grün des Buschwerks, und die geschäftigen regen Gruppen, klein und zierlich mit scharfen Umrissen in der reinen Luft wie auf dem Spiegelbild einer *camera obscura*, geben der Scene ihren heiteren lebendigen Charakter.

Das Boot schießt und schäumt jetzt dicht am Ufer hin, und seine wildtanzenden Schlagwellen die hinter den Rädern drein tanzen, waschen und schleudern an dem so schon genug unterwühlten Ufer auf, und hetzen vergeblich hinter dem davonbrausenden Fahrzeug drein. Dort auf der Levée spielt ein munterer Trupp Creol-Poneys; die kleinen lebhaften Thiere halten, wie sie das riesige Fahrzeug herankommen sehn, wiehern und schnauben ihm mit offenen Nüstern entgegen, und stampfen den weichen Boden mit den unbeschlagenen Hufen, bis es ihnen fast gegenüber ist – Wetter noch einmal wie sie da die dicken langen Mähnen und die Schweife emporwerfen, und klappernd und tollend geht's die Levée entlang in wildem Lauf. – Hier treiben sich kleine Negerkinder am Ufer auf und ab; ein ganzer Schwarm ist's, und sie suchen Stücken schwimmenden Holzes aus der Fluth zu fischen, die der Strom zu ihnen niederführt. Eine alte Negerin sitzt dabei und paßt auf die unbändigsten, daß sie sich nicht zu keck hinauswagen an den tückischen Uferrand, der oft nur noch oben den dünnen Rasen über einen verrätherisch darunter kochenden Wirbel spannt. Selbst ihre alte Haut wäre vor Strafe nicht sicher, wenn sie eines der Kinder verunglücken ließe, denn sie sind fast so werthvoll wie die glatthaarigen feurigen Poneys dort.

Wie die kleine Bande schreit und singt und tanzt und jauchzt, als das Boot in Steinwurfs-Nähe an ihnen vorüber rauscht – glückliche Kinderzeit, in der die ganze Welt noch im rosigen Lichte liegt – selbst dem Sclaven.

Vorüber wühlt sich das Boot seine Bahn – ha was ist das? – was liegt da so gestreckt und glitternd in der Sonne mit seiner Schuppenhaut, blinzelt mit den kleinen tückischen Augen halb scheu halb trotzig herüber, und hebt den langen häßlichen Kopf empor? – ein Alligator ist's, ein tüchtiger Bursch, der seine fünfzehn Fuß wohl mißt, und sich hier sonnen wollte auf dem weichen feuchten, warmen Rasen, bis ihn die keuchende Maschine aufgestört. Das Boot will vorbei, aber er traut dem Frieden nicht; müßige Gesellen an Bord haben ihm schon ein paar Mal im Vorüberfahren die scharfen Kugeln auf den Pelz gebrannt und wenn es ihm auch gerade nicht schadete, war's ihm doch auch nicht eben angenehm. Jetzt regt er sich – es ist Zeit, denn der eine Cajütenpassagier ist richtig schon hineingesprungen in seine Coye seinen Reifel[11] zu holen für das bequeme Ziel.

»Dort liegt er!« zwanzig Arme deuten hinüber und freuen sich auf den Schuß, aber wie ein Stein rollt die schwerfällige Gestalt hinein in's Wasser, und die ihm etwas zu spät nachgeschickte Kugel zischte in die Fluth die über ihm zusammenschlägt.

Weiter – weiter – der Dampfer hält mehr in die Mitte des Flusses hinaus, einer Sandbank zu entgehen die sich an dieser Stelle hin gebildet hat, und dem

11 *Rifle* heißt im Allgemeinen die Amerikanische lange Büchse, obgleich *rifled* eigentlich nur »gezogen, mit Zügen versehn« bedeutet.

tiefgehenden Boot gefährlich werden konnte. Ha was schwimmt dort im Strom – ein großer Vogel, der die Reise zu Floß nach New-Orleans macht? – es ist ein Aasgeier, der auf einem ertränkten und häßlich angeschwollenen Rinde sitzt, an dem er sich über und über gesättigt hat, und nun zu faul oder zu vollgefressen ist hier aus der Mitte des Stromes das feste Land wieder zu erreichen; er wartet ruhig bis sein ekles Fahrzeug näher zum Ufer kommt, oder treibt auch wohl noch mit bis zum anderen Morgen, den guten Bissen nicht sogleich zu verlieren.

Und da drüben? – Pilot um Gottes Willen ist das nicht eine menschliche Leiche die da schwimmt? – Wo? – dort? wohl möglich, das kommt oft vor und treibt wohl von Vicksburg oder Natchez oder aus Arkansas und dem Redriver nieder – »Aber wollen Sie nicht das Boot hinüberschicken? –« – »Boot hinüber schicken wegen dem Cadaver? – Bah, da hätten wir viel zu thun; der ist gut aufgehoben.«

Weiter – weiter – was das für wunderliche Boote oder Fahrzeuge sind, denn Boote kann man sie nicht nennen, die mit vier oder fünf schläfrigen Gesellen an Bord, ohne Räder, ohne Segel langsam den Strom niedertreiben. Unförmlichen Kasten gleich, viereckig, von sechzig bis achtzig Fuß lang, und zwanzig Fuß breit, fünf oder sechs Fuß hoch mit einem rohen Gestell von Bretern von denen queerübergebogene auch das Dach bilden, aufgerichtet. Ein langes Ruder (von denen eines vorn und eines hinten angebracht ist, denn es bleibt sich gleich wie sie treiben), dient dazu es wenigstens in etwas zu steuern, und ein paar, oft auch zwei paar eben solche lange Seitenruder *sweeps* genannt, die finnenähnlich an den Seiten sitzen und nur aus einem kurzen Bret an einer Stange schräg genagelt bestehn, dienen dazu manchmal das schwerfällige Fahrzeug einem drohenden *snag*,[12] einer Sandbank, oder einer unbequemen Gegenströmung aus dem Weg zu schieben. Die Arbeit ist aber anstrengend, und wenn nicht ein *muß* da ist, rühren sich die faulen Burschen gewiß nicht.

Aber diese Archen – und sie werden in der That oft so genannt – so unscheinbar und roh sie aussehn, führen nicht selten kostbare Ladungen den Strom hinunter; Mehl und Fleisch, Whiskey, Äpfel, Mais, Butter, Hühner, Schmalz, wildes Heu, Tabak, getrocknetes Obst, Faßdauben und Reifen und lebendiges Vieh, Rinder, Schaafe, Schweine, Pferde, Maulthiere. In den Städten des Südens dann angekommen, landen sie ihr Boot, dessen vorderer Theil gleich zu einer Art Verkaufslokal, ziemlich frei von Waaren gelassen ist, und verkaufen nicht allein ihre Ladungen sondern auch das ganze Fahrzeug, dessen Planken auseinander geschlagen und wieder benutzt werden. Die Verkäufer aber, die Monate lang dazu gebraucht aus den verschiedenen Flüssen, Ohio und Missouri, Arkansas und Redriver, ja selbst aus den nördlichsten Strömen des großen Reiches, aus dem Illinois und Foxriver niederzuschwimmen, fahren an Bord der Dampfer in wenigen Tagen jetzt wieder zurück in ihre Heimath, vielleicht ein neues Boot bauen zu helfen und dieselbe Fahrt von vorne zu beginnen.

Wie sich so leise der blaue Rauch aus den flachen nieder geduckten Booten stiehlt, und langsam und gerade in die Höhe wirbelt – die Leute kochen ihr Abendbrod, und wenn es Nacht wird fahren sie an das nächste Land, werfen ein Tau um einen irgendwo eingestürzten oder selbst noch stehenden Baum, und liegen daran, bis ihnen Tageslicht wieder die freie Bahn zeigt, und sie nicht mehr der Gefahr ausgesetzt sind im Dunkel irgendwo auf den Strand zu treiben oder von einem, wenig darnach fragenden Dampfer überrannt zu werden.

Weiter – weiter der Abend naht – über den Strom streichen lange Züge von Wildenten und Gänsen – dort drüben an der kleinen Insel die mitten im Fluß liegt – der Mississippi zählt deren einige achtzig – hat sich ein großes Volk Pelikane auf der Sandbank zu Ruh gesetzt – sie schauen dem weit von ihnen ab vorbeibrausenden Dampfer ruhig nach, und nur manchmal ärgerlich nach einem unfern von ihnen auf einem alten Stamm sitzenden Loon oder Wassertruthahn hinüber, der ihnen mit seinem monoton melancholischen Schrei zu viel Lärmen an dem stillen Abend macht. Dort in den Wipfeln jener Cypressen geht ein Volk weißer und blauer Reiher zu Ruh; schlanke langhalsige Burschen, die sich die höchsten Spitzen der Bäume aussuchen, darauf zu schaukeln. – Und die Nacht, wie sie so still durch den Wald zieht, erst die Büsche und Dickichte füllt und die Schluchten, dann weiter und weiter preßt und sich zuletzt erst, wenn der Wald schon in tiefem Schweigen ruht, mit weißlichem Hauch auf den Strom legt, der jetzt noch einmal so rasch zu laufen, noch einmal so laut zu rauschen scheint.

Wie die Maschine da klappert, die Räder schlagen und schäumen, und der Dampf so scharf und zischend aus den schlanken Röhren fährt. Und die Fluth quirlt so dick und tückisch darunter hin, und hebt sich und springt hinten nach, wie ein bissiger Köter, der

12 Im Flußbett festsitzende Stämme.

schnappend nach dem stolz vorbeitrabenden Roß hinüber fängt.

Die Arbeiter an den Plantagen ziehn zu Haus, muntere Lieder tönen von dort herüber wo die kleinen Feuer sichtbar werden, die Leute haben einen Arbeitstag hinter und eine freie Nacht vor sich, warum sollen sie nicht fröhlich sein? – bis die Negerglocke morgen früh um 4 Uhr tönt dürfen sie ruhen.

Und vorwärts wühlt und klappert und schnaubt das Boot; die Gluth der unter den Kesseln geschürten Feuer wirft einen rothen unheimlichen Schein links und rechts hinaus auf die Fluth, und vor den Kesseln, mit langen Schürstangen in der Hand, mit nacktem Oberleib, an dem der Schweiß in Strömen niederträuft, die Gesichter und Arme geschwärzt, und die Stirnen so heiß und glühend fast wie der Heerd an dem sie arbeiten, stehen die Feuerleute des Boots, rühren die flammenden Scheite durch- und ineinander, und werfen neue ein in die kleine Öffnung die zu dem Zweck über den Thüren gelassen. Es sind Neger und Weiße – meist freie Schwarze, oft aber auch Sclaven und zwischen ihnen die Söhne aller Stände, fast aller Welttheile, die mit der Schürstange und dem heißen Schweiß sich ihr Brod verdienen müssen im Lande der Freiheit. Manche Hand, die sich sonst nicht ohne glacirtes Leder der Luft preisgab hat hier den eisernen Schürer geführt, und mit dem Eimer die schmutzige Fluth heraufgezogen, einen frischen Labetrunk zu thun; manches Muttersöhnchen, das zu Hause gehätschelt und gepflegt und verzogen wurde, und den Zug meiden mußte und die kalte Nachtluft, hat hier eingeholt, was es daheim versäumt, und ist mit triefender Stirne und von der schweren Arbeit zitterndem Körper, hinausgesprungen auf den offenen Gangweg, von dem kalten einigen Luftstrom der sich dem Boot entgegenwarf die fieberheißen Glieder kühlen zu lassen und dann von Neuem in das Gluthenmeer der Kessel einzutauchen. Grafen und Barone, Referendare und Lieutenants haben neben und mit dem zäheren Neger hier schon oft geheitzt, mit ihm aus einer Schüssel gegessen, in einem Raum geschlafen, wie er behandelt und bezahlt und – sind nicht schlechter dadurch geworden; aber kräftiger und gesunder – wer von ihnen es eben aushielt und nicht vielleicht in New-Orleans im Pottersfield[13] oder an irgend einer Holzladung im Mississippi-Sumpf abgeladen und eingescharrt wurde.

»*Flatboot ahead – look out to starbord!*« schreit der Mann der ganz vorn oben auf das oberste Deck (*hurricane deck*) gestellt ist, dem Lootsen, der in dem kleinen Glashaus oben aufsteht, Nachricht zu geben wenn er irgend etwas im Strom sieht, das dem Boot gefährlich werden könnte, oder das sie vermeiden müssen – das Steuerrad dreht sich rasch, den Bug des Dampfers nach Larbord hinüber zu werfen, und dicht an ihnen vorbei, so dicht daß das Radhaus den einen auf Decke gelegten *sweep* des unbehülflichen Fahrzeugs faßt und abreißt, und die dunkle schwerfällige Masse wie ein Schatten an ihnen vorüber fliegt, schießt das Boot vorbei. An Deck des Flatboots aber rennt die erschreckte und für Fahrzeug und Leben nicht mit Unrecht besorgte Mannschaft wild und kopflos durch einander, und schreit und flucht noch drohend nach, wie die Gefahr schon lange für sie vorüber ist, und die nachschäumenden Wellen den ungelenken Kasten nur noch tanzen und schaukeln machen.

Wie der Mond jetzt dort so still und freundlich über den niederen dunklen Waldstreifen heraufsteigt, und sein mildes Licht über die lauschigen Plätze am Ufer, über das matt glitzernde Wasser des Stromes gießt; dicht am Land schnauben wir wieder hin, und können jetzt das Rauschen der hohen stattlichen Bäume, das Quaken der Frösche hören, die in den Sümpfen drin ihre Nacht feiern. Und dort? – o wie so süß der leise Flötenlaut des *mocking bird* klingt, der sich im niedern Busche sein Nest gebaut hat, und jetzt die Kleinen in Schlaf singt, die auf den Zweigen träumen – die Amerikanische Nachtigall nennen ihn die Creolen, und er verdient's. Wie sich das so heimlich fährt, so dicht am Ufer hin, wenn man die Wellen an den Damm plätschern und das Lachen und Sprechen von Menschen am nahen Lande hört, in Sprunges Nähe fast an ihnen hingleitet und doch in einer ganz anderen, ganz verschiedenen Welt als jene lebt. Wie es dem Luftschiffer zu Muthe sein mag, der in stiller Nacht langsam und tief über dem großen Ameisenhaufen, den wir Menschen eine Stadt nennen, hingleitet, nieder in die erleuchteten Fenster, auf die rauchenden Schornsteine sieht, und dem Summen und Treiben der lebendigen Welt unter sich, der er in diesem Augenblick nicht mehr gehört, dann lauscht; so braust das Boot, eine kleine abgeschlossene Welt in sich selber mit seiner staatlichen und bürgerlichen Einrichtung, dem Ufer fremd an dem's vorüberschießt, dicht an dem dunklen Lande hin. Am Ufer drüben grünt's und blüht's, die Blumen duften stärker in der Nacht dort, im traulichen Familienkreis sammeln sich die Glieder um den geselligen Tisch – Hunde bellen – Gänse schnattern und die regelmäßigen Schläge der Axt, die

13 Pottersfield wird in New-Orleans der Begräbnißplatz genannt, auf den die Armen kommen, die kein Grab in den gemauerten Behaltern bezahlen können.

Brennholz in die Küche liefert, tönen noch, selbst durch die Nacht im Takt herüber – Alles fremde Laute, und nicht dieser Welt gehörig, in der die Schürstange die blitzenden Funken zum schwarzen hohen Schlot hinaus gegen den dunklen Himmel jagt, und das Rasseln und Klappern der Maschine, das dumpfe Brausen der Räder, den Sang der Nachtigall vertreten muß.

Weiter – weiter – dort drüben leuchtet ein Feuer am Ufer, von einem Neger geschürt, der hier den Mosquitos zum Trotz die Wache hat. Es ist das ein Zeichen für die Dampfboote daß dort Holz zu verkaufen liegt, und die Landung gut ist, und der Neger, wenn er auf solche Art ein Boot in der Nacht zum Landen bringt, hat einen Viertel Dollar Prämie von seinem Herrn – dafür muß er sich aber den Schlaf selber abstehlen und zündet manches Feuer vergebens an. Die Glocke läutet jetzt, die Heizer werfen die Thüren auf, aus denen eine Gluth herausströmt Blei schmelzen zu machen, und die ihnen oft auf viele Schritte Entfernung die Kleider am Leib versengt, und Blasen in die Haut zieht. Der breite Bug dreht sich dem Lande zu, von dessen Levée aus Hunde klaffen, und Stimmen, auf die Frage von Deck aus, Preis und Art des Holzes herüberschreien. Vorn zu Starbord, ein zusammengerolltes Tau in der Hand, steht ein Matrose zum Wurf bereit, und sobald das Ende nur das Ufer erreichen kann, springen Neger, von denen indessen eine Menge zusammengelaufen, hinzu es zu fangen. Jetzt fliegt es aus, wird gefaßt, in Land gezogen dort in Hast um einen Baum oder Stumpf geschlagen und »*hawl in!*« tönt der Ruf; die *deckhands* an Bord fassen zu, und holen das Tau zurück an Bord so weit es reicht, es dort zu festigen, Planken werden ausgestoßen und die Bootsmannschaft mit einem Theil der Zwischendeckspassagiere, die ihre Passage billiger bekommen wenn sie sich verpflichten mit Holz zu tragen, strömen hinaus, schichten die einzelnen Scheite der lang aufgestapelten »Korde« auf die Schultern, und eilen damit an Bord zurück.

Wie eigen doch das aussieht – die hellen Feuer die auf der Levée jetzt zu lichter Gluth geschürt werden, daß sie hoch aufflammen und den Platz erleuchten, die neugierigen Gesichter der Neger mit den großen blitzenden Augen und hellen prachtvollen Zähnen, in ihren weißen Jacken und Röcken, Männer, Frauen und Kinder, die den Ort mit einem gewissen Wohlbehagen umdrängen auch einmal weiße Leute arbeiten zu sehn – eben wie Neger; der Verkäufer des Holzes selbst, gewöhnlich der Oberaufseher der Plantage, in lichtgestreifter Jacke und Hose, den breiträndigen Hut auf und das Pferd, von einem der Sclaven geführt, gesattelt hinter sich, mit den wildmalerischen Gestalten der Dampfbootleute, die sich neues Material holen für ihr nächtiges Werk. Rechts davon der stille Frieden des Landhauses mit seinen lauschigen Schatten, links das weißgemalte Boot mit den vielen hellerleuchteten Thüren und Fenstern, den buntgekleideten und gemischten Gestalten auf seiner Gallerie, und den riesig dunklen Schornsteinen, wie es da innerlich kochend und brausend aber festgebunden liegt, und nur mit den Rädern noch langsam, fast wie ungeduldig, gegen die Strömung anarbeitet, einem gefesselten Stier nicht unähnlich der mit den Füßen scharrt, und den Augenblick nicht erwarten kann der ihm wieder den Gebrauch seiner mächtigen Glieder giebt.

Wieder tönt die Glocke! »Alle an Bord« schallt der, den Leuten willkommene Ruf des Steuermanns – was noch am Lande ist und dort nicht hingehört eilt zurück, die Planken werden eingeholt »*let go!*« das Tau am Ufer losgeworfen, der Bug vom Lande mit langen dazu besonders gehaltenen Stangen abgestoßen, und schärfer schlagen die Räder ein – höher kräuselt die Fluth am Bug; der Koloß ist frei und arbeitet wieder, seine Bahn verfolgend, in den Strom hinaus.

6. Leben an Bord des Dampfers

Aber wir müssen uns auch zu dem Inneren des gewaltigen Bootes wenden, denen tausende unserer Landsleute Leben und Eigenthum auf Tage und Wochen anvertrauen, ihr weit im Lande d'rin gelegnes Ziel, sei es, in welchem Staat es wolle, zu erreichen.[14]

In der Cajüte, einem sehr geschmackvoll eingerichteten geräumigen Salon, der an beiden Seiten seine bequemen *staterooms* oder Einzelcajüten für zwei Passagiere zusammen hatte, war die größte Zahl der Reisenden um die lange Tafel versammelt, die in der Mitte stand, und bei den Mahlzeiten zum Eßtisch, später in ihren einzelnen Theilen auseinander genommen, meist zu Spieltischen verwandt wurde. Hie und da hatte sich auch schon ein kleines Spiel arrangirt, und sich drei und drei zu einer Parthie Whist oder Eucre, oder zwei zu einem Schach oder Domino zusammengefunden; die Leute waren aber noch nicht recht bekannt mit einander geworden. Das unbehagli-

14 Die Beschreibung des Bootes selber mag mir der Leser erlassen, ich habe derartige Fahrzeuge schon flüchtig in meinen Streif- und Jagdzügen, ganz ausführlich aber in den Mississippibildern 2ter Band in der Erzählung »Sieben Tage auf einem Amerikanischen Dampfboot« geschildert, und muß ihn darauf verweisen.

che Gefühl, sich selber fremd an einem Ort zu wissen, den man auf kurze Zeit zu seiner Heimath machen soll, hatte sich noch nicht überwinden lassen, und Manche gingen auch, theils allein, theils in Gesellschaft, in der Cajüte auf und ab, miteinander plaudernd und eben Bekanntschaft knüpfend.

Hopfgarten allein hatte noch eine Zeitlang volle Beschäftigung seine Coye, wie er sich das schon früher gedacht und ausgemalt, ordentlich herzurichten. Ein *life preserver* (Lebenserhalter) ein großer Ring von luftdichtem Zeug zum Aufblasen, hing vor allen Dingen über seinem Bett; er war dabei so fest überzeugt daß sie auf dieser Fahrt irgend ein – *Unglück* konnte er es eigentlich nicht nennen, – aber irgend einen Zufall haben würden, daß er dem Professor schon die bittersten Vorwürfe gemacht hatte, sich nicht besser auf etwas derartiges vorgesehn, und besonders für die Damen die nöthigen Vorkehrungen getroffen zu haben. Außerdem hatte er aber, auch nach anderer Seite hin gerüstet zu sein, einen zweischneidigen Dolch und ein paar Pistolen bei sich, von denen der erste vorn unter seiner Weste, dem Auge verborgen, der Hand aber erreichbar, ruhte. Aber das nicht allein; er führte auch eine kleine Taschenapotheke mit, in der Heftpflaster, Charpie, Wundbalsam etc. etc. einen sehr vorragenden Platz einnahmen; ebenso war er mit Lanzetten, Verbänden, Bandagen etc. versehn, und besaß in der That Alles, einen menschlichen Körper nach allen Arten von Hieb-, Stich- und Schußwunden, Quetschungen, Brüchen etc. etc. wieder soviel nur irgend möglich auf die Beine zu helfen.

Nachdem er dieß nun Alles, soweit sich das hier thun ließ, sorgsam geordnet und zum augenblicklichen Gebrauch bereit gelegt, trat er durch die allgemeine Cajüte auf das vorn liegende Boilerdeck hinaus, wo Professor Lobenstein, die Hände auf dem Rücken, dem Gewirr von Sprachen und Menschen ein klein wenig entzogen zu sein, still und allein spazieren ging, sich aber nicht besonders wohl darin zu fühlen schien. Unbehaglich dabei war ihm schon die, allerdings sonst höchst wohlthätige Einrichtung an Bord, die Herren und Damen, außer der Tischzeit in abgesonderte Räume verwiesen und getrennt zu sehn. *Den* Herren allerdings die Damen ihrer Verwandtschaft an Bord haben, ist es gestattet unter Umständen die Damencajüte zu betreten, aber die Menge *fremder* Damen verleidete ihm das bald, während es Herrn Hopfgarten den Besuch direkt abschnitt und unmöglich machte. Er konnte sich nur bei dem Professor nach ihrem Wohlbefinden erkundigen, und wie er darüber gute Auskunft erhalten, gingen die beiden Männer, jeder mit seinen Gedanken beschäftigt, eine Weile nebeneinander auf und ab, als Hopfgarten, jedenfalls seinen bis dahin verfolgten Ideeen Worte gebend, plötzlich sagte:

»Aber ich weiß doch nicht – sein Betragen in der letzten Zeit hat mir gar nicht gefallen.«

»Wessen Betragen?« frug der Professor erstaunt.

»Wessen Betragen? Henkels.«

»Aber wie kommen Sie denn jetzt auf Henkel?«

»Sprachen wir denn nicht von ihm?«

»Wir haben nicht daran gedacht; aber wie so – wie verstehn Sie das? sein Betragen in gesellschaftlicher Beziehung da weiß ich doch nicht; er hat sich immer höchst anständig benommen.«

»Oh das dank' ihm der Teufel!« rief Hopfgarten rasch, »nein ich meine sein Betragen gegen seine Frau.«

»Ich habe Nichts bemerkt was mir aufgefallen wäre« sagte der Professor gutmüthig.

»Das ist sehr leicht möglich« meinte Hopfgarten, »auffällig war aber jedenfalls, daß die beiden Leutchen die letzten Tage gar nicht mehr zusammen an Deck erschienen sind, oder wenn es geschah, kein Wort mit einander gewechselt haben. Was ich nicht gleich an Bord bemerkte oder beachtete, ist mir nachher, bei ruhigerem Nachdenken erst wieder ein- und aufgefallen und es muß etwas, kurz vor unserer Landung zwischen den beiden Gatten vorgefallen sein, was sie uns übrigen Passagiere eben nicht wollten merken lassen.«

»Wenn das wirklich der Fall war, so hatten sie da aber auch vollkommen recht« lachte der Professor – »es muß nicht Alles gleich an die große Glocke geschlagen werden, was zwischen Eheleute tritt und sie vielleicht auf kurze Stunden entzweit – das Alles gleicht sich dann bald wieder aus.«

»Ja das ist allerdings richtig« sagte Hopfgarten nachdenkend, »aber die plötzliche Krankheit der Dame dann nachher, das furchtbar bleiche Aussehn – das stille Wesen, sie die noch kurz vorher die lebendigste heiterste Frau unseres ganzen Schiffs gewesen war. Es kam uns nur das Land und die Landung und all das Neue dazwischen, und es thut mir jetzt wahrhaftig leid, nicht noch kurze Zeit in New-Orleans geblieben und der Sache besser auf die Spur gekommen zu sein. – Es war ein gar zu liebes nettes Weibchen«, setzte er nach kurzer Pause, wie mit sich selber redend, hinzu.

»Bah, junge Eheleute haben auch manchmal einen kleinen Tanz miteinander« sagte der Professor kopfschüttelnd, »und wenn das zum ersten Mal kommt, nimmt sich's die junge Frau gewöhnlich um so mehr zu Herzen, weil sie vielleicht bis dahin geglaubt hat, daß so etwas in *ihrer* Ehe gar nicht vorfallen könne, und solche Enttäuschung ist immer schmerzlich. Das giebt sich aber bald, und sind nur Gewitterwolken, die um so rascher wieder dem schönsten blauen Himmel weichen müssen.«

»Hm – ja – ich will es hoffen – wenn ich aber nur eine Idee hätte, daß der Mann *die* Frau schlecht behandelte oder unglücklich machte, wahrhaftig, ich kehrte mit dem nächsten Dampfboot wieder nach New-Orleans zurück und – «

»Und?« – frug der Professor ihn lachend dabei anschauend – »und was wollten Sie dann nachher thun? wie und auf welche Art könnten Sie sich in die Familienverhältnisse irgend eines Hauses mischen?« –

»Ich forderte ihn!« rief Hopfgarten entschlossen.

»Bah« sagte aber der Professor kopfschüttelnd, »damit würden Sie nicht einmal der Frau, noch weniger aber sich selber einen Gefallen thun – sich *mit* dem Mann *für* dessen Frau schlagen, hahahaha, das wäre wahrhaftig nicht so übel. Übrigens« setzte er hinzu, als Hopfgarten mit fest verschränkten Armen finster und schweigend neben ihm auf- und abging »haben Sie sich da nur selber irgend etwas in den Kopf gesetzt, was wahrscheinlich nichts weiter ist als eine Geburt Ihrer Phantasie. Meine Töchter sind doch auch viel mit ihr zusammengewesen, und haben Nichts gemerkt.«

»Sie haben wahrscheinlich noch gar nicht mit ihnen darüber gesprochen?«

»Nein, allerdings nicht.«

»Nun sehn Sie – die Sache geht mir furchtbar im Kopf herum, aber es läßt sich in diesem Augenblick freilich Nichts dagegen thun, und in einigen Wochen denke ich so wieder unten in New-Orleans zu sein.«

»So rasch?«

»Vielleicht etwas später, das kommt eben auf Verhältnis an; jedenfalls werde ich einige Zeit das nördliche Land durchkreuzen und den Mississippi nach verschiedenen Richtungen befahren.«

»Ihrem alten Projekte nach?« lächelte der Professor.

»Zum Theil« lachte Hopfgarten, »aber doch auch in der Absicht das Land kennen zu lernen und dessen Charakter; ich bin deshalb besonders nach Amerika gekommen, und habe mir eben nur ein paar tausend Dollar zu der Reise ausgesetzt – sind die verthan, so gehe ich wieder nach Deutschland zurück.«

»Weshalb ist Herr von Benkendroff eigentlich nach Amerika gegangen?« frug der Professor.

»Gegründete Ursache zu haben über Amerika schimpfen zu können« lachte Hopfgarten – »ich bin fest überzeugt er hat keinen andern Grund. Ich freue mich schon darauf ihn nach einigen Wochen wieder zu sprechen.«

»Sie werden ihn dann aber schwerlich finden, denn er durchreist doch gewiß ebenfalls das Land.«

»Kommt aber auch sicher wieder nach New-Orleans zurück, und hat mir für dort schon seine Adresse gegeben. Doch es wird kühl, wir wollen hineingehen; Sie spielen ja Schach, da können wir uns die Zeit mit einer Parthie vertreiben.«

In dem großen hellerleuchteten Saal herrschte eine angenehme Temperatur; an den verschiedenen Tischen saßen jetzt mannichfaltige Gruppen spielend oder plaudernd, mit einer Flasche Wein oder gemischten spirituösen Getränken zwischen sich; es wurde gelacht und erzählt und das Ganze, mit den dazwischen herumgehenden Aufwärtern die neuen Vorrath von Getränken herbeitrugen, oder gebrauchte Gläser fortschafften, gab der Cajüte fast das Ansehn eines großen geräumigen und sehr eleganten Cafés in irgend einer bedeutenden Stadt – nur daß es über einen Krater gebaut stand, unter dem die Maschine hämmerte, die Räder wirbelten, die Kessel siedeten, und oft schon gerade ein solches sorgloses Stillleben mit *einem* furchtbaren Schlag in Tod und Vernichtung geschleudert haben. *Ein* dumpfer Knall – ein Prasseln und Brechen, ein gellender Schrei, und die zerstückten Leichname der fröhlichen lebenslustigen Menschen, die vergoldeten und mit Bildern behangenen, hellerleuchteten Wände flogen zerrissen, zerfleischt, zerstückt hinaus, und der gierige tanzende Strom spielte mit den entsetzlichen Resten.

Aber was thuts? – wir können deshalb nicht langsamer fahren, weil das und jenes Boot einmal seinen Kessel sprengte, und eine Anzahl Passagiere zu früh in die Ewigkeit sandte – auf dieser Fahrt wird es nicht gleich platzen lautet der gewöhnliche Trost der Reisenden, und kaum eine Stunde an Bord, vergessen sie die Gefahr, ja reizen sie wohl sogar noch selbst in dem oft still gedachten, oft laut geäußerten Wunsch, das oder jenes Boot was eben in Sicht vorausläuft, zu überholen. Niemand will auf einem langsamen Dampfer fahren, an die Möglichkeit einer Zerstörung wird kaum noch mehr gedacht, und das Völkchen lacht und plaudert und trinkt und schläft so sicher und ruhig *über* dem Vulkan, wie – die buntere, wild gemischtere Schaar, die *hinter* der Maschine, im sogenannten Zwischendeck ihr *Lager* im eigentlichen Sinn des Wortes aufgeschlagen.

Was für ein Unterschied zwischen den beiden Plätzen, die nur durch eine Reihe Planken und dünner Balken voneinander getrennt liegen. – Oben Luxus und Bequemlichkeit, Alles vergoldet und tapezirt, mit Teppichen belegt und blank polirt, Licht und Glanz den ganzen Raum durchströmend, und elegant und reinlich gekleidete Leute im behaglichen Bewußtsein ungestörter Ruhe das Alles genießend – unten, nur rohe und unbehobelte Breter zu Verschlägen angeschlagen – Kisten und Koffer überall im Weg, der ja freie Boden von Tabakssaft schlüpfrig gemacht; eine Masse Volk, zusammengewürfelt aus allen Schichten der Gesellschaft, selbst bis zur letzten nieder, und in der letzten gar nicht selten am häufigsten vertreten, durch einander drängend und fluchend und schreiend – Niemand mit einem gewissen Platz, die Wenigen ausgenommen, die zuerst gekommen waren, und einen der Verschläge für sich besetzen konnten. Hier ein Trupp Bootsleute, schon halb betrunken, die vollen Flaschen noch zwischen sich auf einer Auswandererkiste, gleichviel wem sie gehört, die Nacht durchzuschwelgen und zu toben, weil sie doch keinen Platz haben sich hinzulegen; dort ein paar andere bei einem schmutzigen laufenden Talglicht – Privateigenthum – über einen Kasten und ein altes Spiel kaum erkennbarer Karten gebückt. Dort weinende und schreiende Kinder, die von ihren Müttern mit eben so gellender Stimme in Schlaf gesungen werden sollen, und dort drüben ein Bursche, der trotz allem Lärm und Toben, mitten in dem Gewirr ruhig an einem Pfeiler lehnt, und zum Besten seiner Bootsmannschaft, mit der er auf einem Flatboot den Strom herabgekommen, wie aller Anderen die es hören und nicht hören wollen, eine alte wahnsinnige Violine mishandelt.

Ein fast glühender Ofen, in solcher Temperatur gehalten die verschiedenen Töpfe und Geschirre mit Wasser zum Kochen zu bringen, in denen sich die verschiedenen Familien nach der Reihe ihr Abendbrod selber kochen müssen, wird besonders von den Frauen mit rothheißen Gesichtern umlagert, und verbreitet drückende Schwüle und einen fatalen Fettgeruch durch den ganzen, schon ohnedieß vollgedrängten und dunstigen Raum. Eine trübe mattbrennende Laterne wirft zu gleicher Zeit ein unsicheres zuckendes Licht über das Drängen und Treiben unter sich, und das Rasseln und Klappern und Schleifen und Schütteln der dicht daneben befindlichen Maschine donnert den Chor zu dem ganzen Lärm.

Ha was war das? – die hellen reinen glockenähnlichen Töne die da plötzlich das dumpfe Murmeln und laute Schreien, sogar die gellenden Kinderstimmen und scharfen Discorde der Violine überwältigen, und plötzlich aus all dem Wirrwarr herauszittern, sind sie nicht wie Öl in die stürmische See gegossen, dem sich die bäumenden Wellen selber, im Aufruhr der tobenden Elemente schmiegen? Selbst zum Ingenieur, der vorn an den Kesseln steht und eben den Stock gehoben hat die Dampfstärke zu proben, sind sie gedrungen, und er bleibt in der Stellung und biegt den Kopf zurück, dem ungewohnten, fremden Ton zu lauschen – das Toben und Kreischen vorher hatte er gar nicht mehr gehört. Und in dem Zwischendeck selbst – welch wunderbare Veränderung brachte der leise schwimmende Laut. Die Violine schweigt mitten in einer Parodie auf Alles was nur Harmonie und Takt genannt werden konnte, der Spieler vergißt seine Karten zu mischen, die Frauen den siedenden Topf vom Feuer zu nehmen, die schwatzenden, lachenden, singenden, brüllenden Gruppen öffnen sich und drängen, und suchen dem einen Orte zuzukommen. Selbst die Trinker stoßen nur noch ein wildes »Juch!« aus, und horchen der neuen wunderlichen Musik, die jetzt in weichen aber wunderbar harmonischen Tönen gerade aus dem Mittelpunkt des Zwischendecks herüber tönt, und von Niemand Anderem herrührte als unserem alten Bekannten, dem Polnischen Juden Veitel Kochmer.

Mit weiter keinem Gepäck als einem kleinen, mit altem Seehundsfell überzogenen Kistchen, das neben der Holzharmonika alle seine wie des Knaben irdische Habseligkeiten enthielt, hatte sich Veitel Kochmer, der aus Gott weiß welchem Grunde mehr Vertrauen zum Norden gefaßt zu haben schien Geld zu verdienen, oder sich vielleicht auch noch in der warmen Jahreszeit fürchtete ein so heißes Klima für seinen gefütterten Kaftan zu wählen, als New-Orleans um diese Zeit noch war, auf dem ersten besten Dampfer eingeschifft der stromauf ging, und hielt die Zeit jetzt für vollkommen passend, den Grund zu dem in Amerika zu erwerbenden Vermögen zu legen.

Auf einer gerade dort stehenden breitdeckeligen Kiste, die sich vortrefflich zum Resonanzboden eignete, breitete er bei dem Schein eines dazu geborgten Stückchen Lichts, seine Hölzer aus; die Umstehenden, neugierig was der wunderliche Fremde beginnen würde, gaben ihm gern Raum, und Veitel ließ jetzt die ersten Töne erschallen, die mit ihrer wunderbaren aber doch durchdringenden Weise, bis in die entfernteren Räume drangen, nur erst einmal die Aufmerksamkeit der Passagiere auf sich zu lenken. Das gelang ihm auch vollkommen, und von allen Seiten ergingen jetzt Aufforderungen an ihn zu spielen, und sein Instrument hören zu lassen. Veitel Kochmer war aber nicht der Mann der etwas umsonst gethan hätte, wo Aussicht auf Gewinn sich zeigte; so also einen Landsmann, den er sich schon unter den Passagieren aufgefunden und der vollkommen gut englisch sprach, in der Geschwindigkeit eine große Geschichte aufbindend, erzählte er ihm, daß er, der Musikus, ein armer eingewanderter Pole sei, der den politischen Verfolgungen in Europa entflohn, im Canal Schiffbruch gelitten und fast Alles verloren habe was er sein nannte, und nun gezwungen wäre sein Brod in dem neuen Vaterland, dem Lande der Freiheit, mit Musikmachen zu verdienen. Der Deutsche mußte das den Amerikanern übersetzen und hinzufügen, der arme Mann habe nur sein Instrument gestimmt und in Ordnung gebracht, und wolle damit, wenn es der Capitain erlaube, in die Cajüte hinauf gehn, um sich dort bei den Cajütspassagieren ein paar Dollar einsammeln zu können.

»Verdamm die Cajütspassagiere!« rief aber da Einer der Bootsleute dazwischen, der, die Taschen voll Geld von verkaufter Ladung, sich in seinem Stolz gekränkt fühlte, weniger gelten zu sollen als die »*Swells*« – »wir haben hier ebenso viel Geld wie die da oben, wenn nicht noch mehr, ob wir gleich im Zwischendeck fahren; sind eben so gut *gentlemen* wie die »*fine folks*« in der Cajüte, und wenn Musik eben für Geld zu haben ist, können wir's gerade so gut bezahlen.«

»Ja wohl, ja wohl!« schrieen Andere dazwischen, froh irgend etwas zu haben, ein paar Stunden der langweiligen Nacht zu vertreiben »spiel auf Pole, spiel auf, und was *die* Dir da oben geben, geben wir Dir auch.«

Veitel Kochmer verlangte gar nicht mehr; die Cajüte lief ihm überdieß nicht weg, und er war gern bereit dem allgemeinen Verlangen zu willfahren. Der Knabe trat jetzt ebenfalls an seinen Platz, und die Zwischendeckspassagiere jauchzten und jubelten, als sie die merkwürdig reinen Flötentöne des Kindes hörten, wollten es auch im Anfang gar nicht glauben daß er es mit der Stimme allein mache, und drängten sich dicht um ihn her, und sahen ihm starr in's Gesicht, ob er nicht doch noch eine heimliche Flöte irgendwo versteckt habe. Die Sammlung fiel dabei viel reichhaltiger aus, als der Alte je gedacht haben mochte; Viertel Dollar regnete es von allen Seiten und Veitel füllte seine ganze Tasche mit Silber. Nach der Sammlung mußte er aber wieder spielen, und die Bootsleute besonders, die den Ton hier anzugeben schienen, verlangten jetzt auch ihnen bekannte Lieder, wie Lord *Howes hornpipe*, Washingtons Marsch, Napoleons Retirade, *the star spangled banner* und besonders den *Yankee doodle*. Die Melodieen kannte aber der Alte nicht, und ein langer Yankee setzte sich vor ihn hin auf eine Kiste, spitzte den Mund und begann ihm die einzelnen Melodieen vorzupfeifen.

Die Unruhigsten der Schaar fingen aber schon an sich über das viele Musiciren, das ihnen überhaupt nicht laut genug war, und dessen fremden Melodieen sie, wie sie sich ausdrückten, »nicht verstanden«, zu ärgern und langweilen, und wie der Yankee die ihnen bekannten Weisen zu pfeifen begann, stimmten sie, jeder nach seiner eigenen Tonart, mit ein. Nicht einmal den Beginn eines ganz anderen Liedes respektirten sie dabei, und nach kaum einer Viertelstunde wogte ein Gewirr von Mistönen durch den Raum, daß der alte Polnische Jude sein Instrument in Verzweiflung einpackte und wegstellte.

Ein neuer Lärm, der am anderen Ende des Decks stattfand, lenkte aber auch die Aufmerksamkeit der Leute wieder nach anderer Richtung. Zwei Irländer waren sich über ihr Kartenspiel in die Haare gerathen, der Eine sollte betrogen haben und suchte jetzt seine Unschuld dem Andern mit der Faust zu beweisen; das aber war ein Spiel was dieser auch verstand, und die beiden stämmigen Burschen flogen in voller Wuth gegeneinander an, bald mit ordentlichem Boxen, wobei sie einander die Augen schwarz schlugen, bald wieder in einander gehakt mit Armen und Beinen, daß ihre Köpfe gegen Pfeiler und Kistenecken anschlugen, den Kampf zu entscheiden. Die Weiber kreischten, die Kinder schrieen dazu und die Männer jauchzten und jubelten, brüllten Hurrah und klatschten in die Hände.

Der Eine von ihnen bekam die Sache aber, da sich Niemand weiter hinein mischte, doch endlich satt, und schrie »genug!« wonach ihn sein Gegner für vollständig überzeugt hielt, und wurde von seinen Freunden halb besinnungslos fortgeschleppt; der Andere aber erging sich in seiner Freude in allerlei ungewöhnlichen Capriolen, schlug sich mit den flachen Händen auf die Lenden, krähte wie ein Hahn, sprang dann in tollem Übermuth im Deck herum, und bot Jedem der »*gentlemen*« fünf Dollar, der sich mit ihm prügeln wollte. Es dauerte lange ehe der, von Whiskey halbtolle Mensch konnte beruhigt und zu Ruhe gebracht werden. Der Abend war aber indessen auch weit vorgerückt, das Holztragen vorüber, und die Passagiere mußten daran denken Plätze zu suchen, wo sie sich für die Nacht nur einiger Maßen unterbringen konnten.

Viele hatten sich das weit leichter gedacht als es sich auswieß; die unverhältnißmäßig wenigen Coyen, da ein Dampfbootcapitain an Zwischendeckspassagieren aufnimmt was er eben bekommen kann, waren sämmtlich besetzt und in Beschlag genommen, die einzelnen Kisten zu kurz sich darauf auszustrecken, und der Boden selber so von Tabakssaft der kauenden

Amerikaner verunreinigt, daß selbst ein solches Lager zur Unmöglichkeit wurde. Manche krümmten und rollten sich doch noch auf Kisten und Koffern, oft in den verdrehtesten Stellungen zusammen, Andere kauerten sich in eine Ecke, und suchten auf diese Art der Nacht eine Stunde Schlaf abzupressen. Wer so glücklich war irgend eine Art Rücklehne zu finden, setzte sich auf was er eben kam, und ein Theil versuchte sogar mit Auf- und Abgehen in dem vollgedrängten Deck die Nacht hinzubringen, mußte das aber bald aufgeben, und drückte sich nun in dem Maschinenraum auf dort aufgespeicherte Zuckerfässer, oder selbst auf die *guards* hinaus, trotz der feuchten Nachtluft, wo der Zimmermann des Bootes eine Hobelbank stehen hatte, und die beiden Plätze, darunter und oben drauf, den vollen Werth einer Coye bekamen. Es war ein entsetzliches Gewirr von Gliedmaßen, das hierdurch, über- und ineinander lag.

Ein paar deutsche Familien, und unter ihnen die mit der Haidschnucke erst nach New-Orleans gekommenen Webersleute, hatten sich, so gut das gehen wollte, in die eine Ecke ihre Kasten zusammengerückt, wenigstens für die Frauen und Kinder einen in etwas geschützten Ort zu bekommen, und unfern von ihnen kauerte auf seinem kleinen Kistchen, den Knaben zu seinen Füßen, an einer Stelle, von der sie erst eine größere Kiste weggeschoben, Veitel Kochmer. Das an dem Abend eingenommene Geld hatte Veitel aber in einen leinenen Beutel gesteckt, und in eine Seitentasche seines Kaftans geschoben, die neben ihm ihrer Schwere wegen, mit auf dem Kistchen stand. Nicht vermeiden ließ es sich dabei, daß mehre der anderen Passagiere dicht um ihn herum ihren Platz nahmen, wie es der Raum gerade gestattete, und kaum ein wild gemischteres Bild ließ sich auf der Welt denken, als dieß Deck mit seinen bunt und toll zusammengewürfelten, halb liegenden, halb kauernden, über und durch einander gestreckten Gestalten, über welche das matte Licht der Laterne nur seinen ungewissen zitternden Schein warf, und hie und da dichte Schatten ließ, aus denen in der und jener Ecke ein paar Beine oder Arme, oder ein unnatürlich zurück gebeugter Kopf hervorschauten.

Es war indessen, im so schrofferen Gegensatz zu dem früheren Toben, still und ruhig hier geworden; nur hie und da tönte das regelmäßige Schnarchen eines der Glücklichen vor, die eine Coye erbeutet hatten und auf dem Rücken, wenn auch auf harten Planken, doch ausgestreckt liegen konnten, und Brust und Lunge frei behielten. Auch ein leise gemurmelter, aber darum nicht minder herzlich gemeinter Fluch theilte da und dort die Lippen Einer der ineinander gekrümmten Gestalten, wenn sich der Gegenmann oder Antipode im Schlafe streckte und ihm vielleicht mit den rauhen Füßen über Gesicht oder Brust fuhr. Die Maschine allein klapperte und schleifte dabei regelmäßig fort und der Ingenieur, der mit der Öllampe daran herumging, die einzelnen Gelenke derselben anzufeuchten, schien das einzige lebendige, bewußte Wesen in dem ganzen unteren Raum.

Philipp, der Knabe des Polen, war nach der Anstrengung des Abends fest eingeschlafen und lag, halb zurück an den Vater gelehnt, mit weit nach hinten gebeugtem Kopf und offenem Mund, die bleichen schönen, aber jetzt verzerrten Züge von der Laterne matt beleuchtet, da, und der Alte saß, den Kopf auf seinen schmutzigen Kaftan vorn stützend, in unruhigem Schlummer, in dem er auf- und niedernickte und das schwere, von seinem Hut voll beschattete Haupt bald auf die, bald auf jene Seite sinken ließ.

Zu seiner Rechten kauerte eine, in ein blaues kurzes Oberhemd, wie es die Bootsleute trugen, gekleidete Gestalt, deren Gesicht von einem breiträndigen Hut ebenfalls ganz bedeckt wurde. Halb über sich herüber, wenigstens die linke Schulter und einen Theil der Brust bedeckend, hatte der Mann einen alten hellen, aus einer wollenen Decke zugeschnittenen Rock, gleichsam als Schutz gegen die frischere Nachtluft gezogen, obgleich es in dem untern Deck noch warm genug war, das entbehren zu können, und auch er schien zu schlafen, und im Schlaf eben mehr und mehr, wie um ein bequemeres Lager zu bekommen, sich an seinen Nachbar anzulehnen. Der Pole, dem das unbequem wurde, sträubte sich im Anfang dagegen, aber in solchem Fall hören alle Rücksichten auf, und der schläfrige Gesell, drei, vier Mal angestoßen, knickte doch immer, so wie er wieder in Schlaf kam, nach seinem etwas höher sitzenden Nachbar hinüber, der ihn zuletzt mußte gewähren lassen, oder auch selber endlich darüber einschlief.

Aber der Bursche schlief *nicht*, denn unter dem breiten Rand des Hut's heraus blitzten von Zeit zu Zeit ein paar kleine stechende Augen scheu und forschend hervor, überflogen wie suchend den weiten Raum, und hafteten dann wieder mistrauisch und prüfend an der ruhigen Gestalt des Polen. Nach und nach, aber so langsam und allmählich, daß es kaum zu erkennen war, brachte er dabei den rechten Arm mehr und mehr unter seinen übergeschobenen Rock, und die kaum sichtbare aber geschäftige Thätigkeit seines Ellbogens verrieth, daß er ihn nicht nur zum Ausruhen dort hingehoben habe.

Veitel Kochmer nickte und schwankte indessen im Schlaf herüber und hinüber, als er auf einmal, den Kopf auf die Brust gesenkt, den rechten Arm an seiner Seite herunter hängend, daß der Ellbogen jedoch leicht auf dem Beutel mit Geld auflag, oder ihn wenigstens berührte – still und regungslos sitzen blieb. Seinem Nachbar, der jedenfalls ein bedeutendes Interesse dabei hatte ihn in Schlaf zu halten, mochte das verdächtig vorkommen, denn auch er rührte von diesem Augenblick kein Glied mehr, und athmete schwer und regelmäßig, ja schloß selbst unbewußt die Augen unter dem tiefen Schatten des Hutes, als ob das hätte sein Athmen bekräftigen können. So mochten die Beiden wohl etwa zehn Minuten gesessen haben, und kein Laut sonst als die schon vorerwähnten hatte die Stille bis dahin unterbrochen, da fing Veitel wieder an mit dem Kopf zu nicken, schwankte erst etwas rechts, dann etwas nach links hinüber, lehnte den Kopf zurück an das Mittelbret der hinter ihm befindlichen Coye, und fing an leise zu schnarchen. Aber der Bursche an seiner Seite traute dem Frieden noch immer nicht, und den eignen Kopf langsam emporhebend, wie in tiefem Schlaf unbewußt nach einer bequemeren Stellung suchend, blinzte sein Auge scheu nach dem bleichen bärtigen Angesicht des Nachbars auf. Das aber lag regungs- und ausdruckslos an der Bretwand an, und mit dem Drängen der Zeit, denn jeden Augenblick konnte irgend ein Lärm die Schläfer wecken, begann der bis dahin ruhig gebliebene Arm seine Thätigkeit wieder.

Wie die Maschine so still und ruhig mit ihren gewaltigen Armen und Hebeln hämmerte – wie das *flywheel* schlug und schwirrte, und das Rauschen der mächtigen Räder, mit den rasch und regelmäßig einschlagenden *bucketplanks*[15] zum Takt dazwischen die Wellen peitschte, und sie schäumend hinter dem Boot hinauswarf. Wie so ruhig der Strom da draußen lag, daß man das Murmeln selbst der kleinen Wogen hören konnte, und die schlummernden Gestalten hier im Deck, von dem schon halb verlöschten Lichte der Laterne kaum noch beleuchtet, so ruhig und friedlich schliefen, als lägen sie daheim in ihren weichen Betten, und nicht über Kistendeckel und Fässer, Körbe und Schachteln hin, mit eingezwängten Gliedern. –

»Diebe! Mörder! Diebe!« ein gellender, kreischender Aufschrei schmetterte durch das Zwischendeck die Schläfer wach, und jagte sie, fertig angezogen wie sie ringsum lagen, so rasch empor, als ob sie von einem Zauberstab berührt, aus dem Boden heraufgesprungen wären.

»Hallo! wer ist todt? – wo brennts? – aufgeblasen – bei *Gott!*« schrieen verschiedene Stimmen, von denen einzelne schon befürchteten, daß dem Boot irgend ein Unglück zugestoßen sei, wild und erschreckt durcheinander.

»Diebe – Mörder! Diebe – Diebe!« dröhnte aber Veitel Kochmers Stimme in gutem Polnischen Deutsch unverdrossen und gellend dazwischen, und die noch halb Schlaftrunkenen sahen wie der Mann mit dem wunderlich spitzen Bart und dem langen seidenen Rock, den sie schon vorher unten mit einer Frau, und oben mit einem Affen verglichen hatten, einen Andern, der sein Möglichstes versuchte von ihm wegzukommen, beim Rockschoß gefaßt hielt und die Hülfe der Übrigen anrief. Allein war er aber nicht im Stande den Mann länger im Griff zu behalten, und ehe die Übrigen sich besinnen und zuspringen konnten, riß der seinen Rockschoß aus dem krampfhaften Griff des Polen, und wollte mit einem Satz hinaus auf die offenen und vollkommen dunklen *guards* des Bootes springen, als sein Fuß in einem der anderen Schläfer, die hier queerüber der Passage lagen, hängen blieb, und er der Länge nach, mit einem lauten Aufschrei niederschlug. Im nächsten Moment hatten sich auch ein paar stämmige Kentuckier, die unfern von dort ebenfalls gelegen und jetzt aufgesprungen waren, über ihn geworfen und hielten ihn fest, und während er mit Armen und Beinen um sich schlug und austrat, schrie Veitel in einem fort, und ohne irgend eine der von allen Seiten an ihn gerichteten Fragen zu beantworten, »mein Geld – mein Geld – Gott der Gerechte mein Geld!«

»Aber zum Donnerwetter was ist los? – was brüllt der Bursche hier? – was hat der da verbrochen?« schrieen die Amerikaner durcheinander, die wohl eine undeutliche Ahnung haben mochten was geschehen sei, die Sache aber auch genauer erfahren wollten, und von dem Schreien des deutsch Redenden keine Sylbe verstanden.

»Mein Geld – mein Geld!« brüllte aber Veitel und warf sich über den Gefangenen, seine Hände und Taschen zu untersuchen, während sein früherer Dolmetscher den Übrigen die gerufenen Worte übersetzte. Alles drängte jetzt gegen den Gefangenen an, vor allen Dingen das *corpus delicti* zu finden, und den Verbrecher dadurch zu überführen; dieser aber hatte sich indessen, von den ihn Umdrängenden jedoch noch immer festgehalten, wieder aufgerichtet, und fing nun auch seinerseits an eine eigene Meinung über die Sache zu bekommen.

15 Die einzelnen Schaufeln am Rad.

»Was, im Namen von Hölle und Verdammniß habt Ihr mit mir?« schrie er mit lauter trotziger Stimme, »seid Ihr toll oder betrunken, daß Ihr einen Menschen, den die verrückte Bestie von einem Halbaffen da aus dem Schlafe geschrieen, überfallt und festhaltet, als ob er irgend etwas verbrochen hätte? Was wollt Ihr von mir, was soll ich – weshalb preßt Ihr mir die Arme zusammen, als ob sie von Eisen wären – wer zum Teufel hat ein Recht mich so zu behandeln?«

»Nur ruhig, *honey*!« rief ihm aber Einer der Irländer, der jetzt seinen Rausch so ziemlich ausgeschlafen hatte, freundlich zu, »nimm's nur kaltblütig mein Herzchen, und wenn Du's nicht kaltblütig nehmen kannst, nimm's doch so.«

»Was wollt Ihr? – weshalb haltet Ihr mich? weil der verrückte Schuft da im Schlafe brüllt? – Da, such, was willst Du von mir, Canaille, *ich* habe Nichts.«

»Mein Geld! mein Geld!« schrie aber der Israelit, mit zitternden Händen an dem Mann, freilich vergebens, herumfühlend – »er hat mein Geld gestohlen.«

Die nächsten Minuten war es kaum möglich ein weiteres Wort zu verstehn; Alles schrie, tobte, lachte und fluchte durcheinander, und der Ingenieur verließ seine Maschine, die Mannschaft vorn ihre Posten, und was noch wach an Bord war, drängte nach dem Zwischendeck zurück, zu sehn und zu hören was es da gebe. Veitel Kochmer war aber in der Zeit auch nicht müßig gewesen, und das Geld nicht an dem vermeintlichen Dieb findend, suchte er dort, von wo dieser aufgesprungen, und fand da den Sack auf der Erde liegen, mit einem kleinen scharfen und geöffneten Federmesser dicht daneben; rasch an seinen Kaftan fühlend entdeckte er dort zugleich einen breiten Schnitt, der diesen mit der Tasche vollständig offen gelegt, und sogar noch in den leinenen Sack hineingeschnitten hatte, so daß die Thatsache selber Allen, die ihn beim Suchen unterstützten, klar genug wurde. Der Mann mit dem blauen Überhemd leugnete aber Schnitt und Messer ab, wie überhaupt irgend etwas von dem Juden oder seinem Geld zu wissen; er habe dagesessen und fest geschlafen, und sei durch das Brüllen seines Nachbars aufgeschreckt worden, ja im Anfang der Meinung gewesen die Kessel wären geplatzt, und nur im Instinkt der Selbsterhaltung aufgesprungen.

»Ja wohl *honey*«, lachte der Irländer dabei, während Veitel sein Geld wieder barg und erstaunt von einem zum anderen der Männer sah, ohne ein Wort von dem was sie sprachen zu verstehn, »das glaub' ich Dir schon, daß Du die Geschichte im Instinkt hast, denn es mag nicht das erste Mal sein, daß Du in Gedanken oder im Instinkt in anderer Leute Taschen kommst – wie war also die Sache, Langbart da, woher weißt Du, daß dieser *gentleman* hier Dein Geld im Instinkt forttragen wollte?«

Andere, die deutsch sprachen, übersetzten dem Polen die Frage, und dieser erzählte jetzt wie er im Schlaf seinen rechten Arm auf dem Geldsack habe liegen gehabt, einmal aber, halb munter geworden, sei es ihm vorgekommen, als ob Jemand langsam daran ziehe. Nicht recht sicher, sei er ruhig sitzen geblieben, bis auf einmal das Geld ihm unter dem Arm fortgeglitten und der Bursche da, als er rasch und erschreckt emporfuhr, in dem Augenblick auch auf und fortgesprungen wäre.

Der Dieb leugnete natürlich Alles, und schrie über Gewalt und Unrecht, das einem Bürger der Vereinigten Staaten auf die schlaftrunkene Anklage eines fremden Juden angethan würde. Das fremde unnütze Gesindel sei überdieß nur da, und komme von Europa herüber sie, die Amerikaner, auszusaugen, ihren Arbeitslohn herunter zu drücken und den Eingeborenen *(natives)* das Brod vor dem Munde wegzuschnappen.

»Hör' einmal mein Junge!« fiel ihm da Einer der langen Kentuckier in die in Zorn ausgesprudelte Rede – »es will mir beinah vorkommen, als ob Dir die Fremden noch verdammt wenig Arbeitslohn heruntergedrückt hätten. Außerdem wissen wir noch gar nicht einmal ob Du ein Amerikaner bist oder nicht.«

»Ich bin im »alten Staat«[16] geboren!« rief der Gefangene trotzig.

»Kein Compliment für den alten Staat« sagte der Kentuckier ruhig, »doch das bleibt sich jetzt gleich. Wir sind hier verdammt, eine Woche mitsammen auszuhalten »in Freud und Leid« wie die Friedensrichter bei den Trauungen sagen, und müssen uns also auch die Luft frei und die Taschen zu halten vor derartigem Gesindel das daran herumschneiden will.«

»Aber was wollt Ihr da von *mir?*«

»Wirst es gleich hören mein Herz.«

»Werft den Lump über Bord und laßt ihn an Land schwimmen« schrie der Irländer dazwischen.

»Frieden da!« rief aber der Kentuckier, »wir dürfen einen Mann nicht strafen, ohne ihn gehört zu haben; wählt einmal einen Richter unter Euch, Kameraden, und zwölf Geschworene; zu schwören brauchen sie weiter nicht, da wir keinen wirklichen Richter haben, und dann wollen wir der Sache gleich auf den Grund kommen.«

»Hurrah für den Kentuckier!« schrieen eine Masse Stimmen, froh jetzt irgend etwas zu haben die lange

16 Virginien.

Nacht durchzubringen, »wählt eine Jury – wählt einen Richter!«

»Wir wollen den Steuermann zum Richter nehmen!« rief eine feine Stimme durch den Lärm – der Steuermann war mit den übrigen Neugierigen ebenfalls herbeigekommen, zu sehn was es gäbe.

»Was schiert uns der Steuermann!« schrie aber ein langer Bootsmann aus dem Staat Mississippi dazwischen – »wir sind hier Passagiere und was wir untereinander haben, machen wir auch untereinander aus.«

»Ja wohl, ja wohl!« riefen Andere – »der Kentuckier soll Richter sein; Hurrah für den Kentuckier!«

Unter Lärmen, Lachen und Schreien, während der ertappte Dieb jetzt freigelassen war, sich aber so von Wachen umstellt sah, daß an ein Entrinnen nicht zu denken war, wurde jetzt auch eine Jury aus den Passagieren gewählt, wozu man jedoch nur Amerikaner nahm, und den Angeklagten dann frug ob er mit der Wahl zufrieden sei. Dieser aber, dem doch nicht wohl dabei wurde als die Leute Ernst machten, protestirte gegen ein solches Verfahren, verschwor sich noch einmal hoch und theuer daß er von der ganzen Geschichte Nichts wisse, neben dem Juden ruhig geschlafen habe, das Messer gar nicht kenne und ein ehrlicher Mann sei, und verlangte den Capitain zu sehen, der ihn vor einer solchen Behandlung wie sie ihm hier widerfahre schützen müßte, oder er verklage ihn selber in der ersten Stadt an der sie anlegten, wegen Mishandlung seiner Passagiere.

Das half ihm übrigens Alles Nichts, die Leute im Zwischendeck hatten Langeweile, brauchten etwas, das ihnen die Nacht hindurch die Zeit vertriebe, und die Bootsleute selber, Capitain und Steuermann, hüteten sich schon da einzugreifen, wo sie doch recht gut wußten daß ihnen die Macht fehlte, noch dazu da es hätte zu Gunsten eines Burschen geschehen müssen, gegen den doch ziemlich gegründeter Verdacht wenigstens beabsichtigten Diebstahls vorlag.

Dem Angeklagten nun hätte es frei gestanden gegen sechs aus der Jury, Amerikanischen Gesetzen nach, Protest einzulegen, wofür dann andere gewählt worden wären; da er aber gegen die ganze Jury protestirte, und ihr das Recht abstritt über ihn zu urtheilen, wurde sie ganz beibehalten, und das Verhör begann. Veitel Kochmer, der sich jetzt übrigens gern von der ganzen Geschichte zurückgezogen hätte, bekam einen Dolmetscher, und mußte besonders *in figura* wieder zeigen wie sie Beide gesessen hatten, während man noch alle übrigen Zeugen vernahm, die vorher die beabsichtigte Flucht des Angeklagten mit angesehn.

Als die vernommen worden, wurde der Angeklagte aufgefordert Zeugen für sich selber zu stellen, und ein anderes Individuum, das sich aber weit besser ruhig verhalten hätte, trat jetzt freiwillig auf, und erklärte den Angeklagten schon seit einer Reihe von Jahren als einen braven, in seiner Heimath geachteten, und sonst in jeder Beziehung ehrenwerthen Mann zu kennen. *Dem* Burschen stand das Wort »Gauner« aber mit so deutlichen Zügen auf der Stirn geschrieben, daß die ganze Jury laut lachte als er von Ehrlichkeit und Achtung sprach, und der Angeklagte selber schien nicht sehr mit der Fürsprache zufrieden zu sein. Es war ein langer hagerer Gesell, der neue Zeuge, mit einer hellgrünen Flanelljacke an, die sehr kurz in den Ärmeln, seine Gelenke und dünnen Armen weiter zeigte als gerade schön sein mochte; auf dem einen Auge schielte er dabei, und da das andere nicht eine Secunde auf ein und demselben Menschen haftete, konnte sich keiner an Bord rühmen dem Blick des Burschen auch nur ein einziges Mal begegnet zu sein. Einen alten zerknitterten Fitz, den er bis dahin auf dem struppigen Haar gehabt, drückte er, so lang er mit der Jury sprach, in den Händen herum.

Der Staatsanwalt, zu dem sich ebenfalls ein junger, ganz ordentlich gekleideter Mann an Bord für diesen einzeln Fall gemeldet hatte, trat jetzt auf und versicherte der Jury, unter dem schallenden Gelächter sämmtlicher übrigen Passagiere, nur nicht der beiden Freunde, daß dieser Zeuge die Sache des Angeklagten eher verschlimmert als verbessert habe, hob dann noch einmal in sehr glücklich gewählten, meist humoristischen Wendungen das ganze Entsetzliche dieses Falles an einem Ort hervor, wo Alle so zusammengedrängt waren daß sie schon ohnedieß Einer die Hände in den Taschen des Anderen haben mußten nur stehen zu können, und eröffnete schließlich den geehrten Geschworenen, daß ihnen kaum etwas anderes übrig bleiben würde als den Mann zu – hängen, wie seinen Freund Landes zu verweisen.

Ein lautes Hurrah! antwortete diesem Vorschlag, der von Allen natürlich als ein Scherz aufgenommen wurde, nur nicht von dem Angeklagten selber, der vielleicht schon früher Zeuge gewesen war, wessen eine Bande müssiger Bootsleute, in Übermuth und Langerweile fähig sei. Die Jury zog sich jetzt auf die Außenguards zurück dort miteinander den Fall zu berathen, kehrte aber nach sehr kurzer Zeit wieder, und erklärte kein Urtheil abgeben zu wollen, bis man nicht weitere Beweise gegen den Mann habe, der zu diesem Zweck zu visitiren sei, ob er nicht irgend etwas Verdächtiges bei sich trage was seine jetzige böse Absicht noch mehr bekräftigen könne.

Dagegen sträubte sich aber der Angeklagte auf das Entschiedenste, machte sogar Miene sich ernsthaft zur Wehr zu stellen und schrie, als ihn ein paar von den baumstarken Flatbootmen unterliefen und hielten, aus Leibeskräften um Hülfe und Feuer und Mord. Das Alles half ihm aber nicht allein Nichts, sondern machte die Leute nur noch mistrauischer gegen ihn, die jetzt ohne weiteres, während ihn Einige festhielten, seine Taschen umdrehten und ihn aufforderten sein Gepäck auszuliefern das er an Bord habe.

Wider Erwarten entdeckte man bei ihm ein mit Geld sehr wohlgespicktes Taschenbuch, in dem sich einige zwanzig ganz neue Banknoten der »*White water canal banking company*« mit einigen einzelnen Mississippi-Dollar-Noten und einige kleine Münzen vorfanden. Hiervon erregten aber die neuen Noten Verdacht, von denen eine im Kreis herumging, bis sie zu den Händen des Staats-Anwalts, jedenfalls eines jungen Handlungscommis der irgend eine Anstellung im Norden suchte, kam. Dieser erklärte sie nach kurzer Besichtigung für *counterfeit money* (falsches Geld), und erbot sich sehr freundlich und bereitwillig selber zu hängen, wenn er nicht die Wahrheit gesagt habe und das Geld genau kenne. Mit diesem Ausspruch allein begnügten sich aber die Passagiere nicht, und eine Deputation wurde hinauf in die Cajüte geschickt, zu sehen ob noch Einer von den Buchhaltern wach wäre, dessen Urtheil über die Banknoten zu hören.

Der zweite Buchhalter war kurz vorher vom Steuermann geweckt worden, da das Boot wieder anlegen mußte Holz einzunehmen. Noch halb im Schlaf wollte der freilich die Passagiere erst unwirsch wieder abweisen, ließ sich aber doch endlich bewegen, einen in Neu-York herausgegebenen *counterfeit detector*, in dem allmonatlich sämmtliche falsche Banknoten veröffentlicht werden, nachzusehn, und erklärte die Banknote dann ebenfalls nach kurzer Untersuchung für falsch. Das war genug und die Sache im Zwischendeck, die bis jetzt mehr in Scherz und Übermuth getrieben worden, drohte einen ernsteren Charakter zu bekommen.

Der Kentuckier nahm vor allen Dingen das als falsch erkannte Geld in Beschlag, zerriß es in Stücken und steckte es unter dem wüthenden Heulen und Schreien des Angeklagten in den Ofen, wo es bald hell aufloderte, das übrige Geld wurde ihm jedoch zurück gegeben, und die Jury ging dann noch einmal auf die *guards* hinaus, das Endurtheil zu fällen, als die Glocke draußen – das Zeichen zum Landen und Holztragen – ertönte.

»*Wood pile, wood pile boys!*«[17] schrie der Mate oder Steuermann, froh eine Gelegenheit zu haben den Skandal zu unterbrechen, in das Deck hinein – »hinaus mit Euch wer nicht bezahlt hat, Eure Albernheiten könnt Ihr nachher abmachen – *Wood pile!*«

Das Boot landete, die Planken wurden ausgeschoben, und die Zwischendeckspassagiere, die sich eben zum Holztragen verpflichtet hatten, konnten sich dessen nicht weigern; der Delinquent sollte indessen unter der Aufsicht von drei oder vieren, die nicht mit zu tragen brauchten, zurückgelassen werden; das aber duldete der Mate nicht, der erklärte daß er den Mann nothwendig zum Holztragen brauche; wenn sie was von ihm wollten, könnten sie das ebensogut nachher abmachen, hier in Nacht und Nebel und einem wildfremden Staat würde er ihnen nicht fortlaufen. Die Anderen trauten ihm jedoch nicht, und zwei von den Kentuckiern erboten sich draußen an seiner Seite zu bleiben, und jeden etwaigen Versuch zur Flucht unmöglich zu machen.

Der Bursche, der aber jedenfalls ein böses Gewissen hatte, und vielleicht nicht mit Unrecht fürchtete auch noch andere Sachen an den Tag gebracht zu sehn, schien das Resultat der Jury nicht abwarten zu wollen, denn als er, einmal im Freien, seine zweite oder dritte Ladung aufgenommen, wußte er seine Gelegenheit zu benutzen, warf dem Einen von seinen beiden Wachen den ganzen Stoß Holz auf den Leib, sprang über ihn fort, und war im nächsten Augenblick über die Fenz hin, in einem Baumwollenfeld verschwunden, das Boot wie seine bezahlte Passage im Stich lassend.

7. Die Ufer des Mississippi und Ohio

Der Dampfer verfolgte indessen rasch seine Bahn, und erreichte am nächsten Nachmittag die Grenze der Plantagen; die Grenze nämlich insofern, als diese kein geschlossenes Ganzes, Fenz an Fenz mehr bildeten, und den Urwald erst in schmaleren, dann immer breiter werdenden Streifen zum Ufer des Stromes heranließen, bis zuletzt Wald, dichter finsterer mächtiger Wald an beiden Seiten lag, und nur hie und da eine größere Lichtung den Ort verrieth, wo die Axt des Menschen thätig gewesen war sich in das Herz der Wildniß einzuwühlen, und den überreichen Boden sich zinsbar zu machen.

Der Strom gewann hier einen ganz anderen Charakter; noch war das graue wehende Moos an den Bäu-

17 Holztragen, Holztragen meine Burschen.

men sichtbar, aber es hing nicht mehr in solch gewaltigen prachtvollen Massen von den höchsten Wipfeln bis zur Erde nieder, die Riesen des Waldes in einen weiten Schleier hüllend. Dichte Schilfbrüche füllten dabei den Unterwald bis zum äußersten Rand des eingebrochenen Ufers, von dem ab zahlreiche unterwaschene und niedergeschwemmte Stämme die Verheerung nur zu deutlich verriethen, die hier von den ungestüm reißenden, und noch täglich weiter in das feste Land hineinfressenden Wassern angerichtet worden.

Wieder kamen dann weite, Plantagen bedeckte Flächen, wie die ganze Strecke von Point-Coupée, bis fast zum Atchafalaya – einem Abstrom des Mississippi der sich auf eigene Faust in den Golf von Mexiko ergießt – hinauf; aber das Zuckerrohr wurde hier schon seltner, Mais nahm dessen Stelle ein, und nur die Baumwollenfelder dauerten noch fort.

Weiter und weiter arbeitete das Boot – die Lichtungen wurden schmäler und seltener, auch die Gebäude unansehnlicher, die an den Ufern standen, bis sie zuletzt zu niedere fensterlose, in Sumpf und Rohr gebaute Blockhütten zusammenschrumpften, mit mächtigen Reihen Klafterholz an der Seite, den auf- und abgehenden Dampfern das so nöthige Material zu liefern, und kaum einen halben Acker urbar gemachten Landes dabei, für die Bewohner der Hütte etwas Mais und einige Kürbisse und Melonen zu ziehn.

Mitten aus dem Wald heraus leuchteten den Reisenden dann wieder plötzlich die hellen und oft ganz stattlichen Gebäude eines bald größeren bald kleineren Ortes entgegen, und nirgends läßt sich der Unternehmungsgeist der Amerikaner gerade besser erkennen, als an den Ufern der westlichen Ströme, wo sich der Mensch ordentlich in die Öde mit seinen Bedürfnissen hineinbohrt, weiter und weiter um sich greift, und aus dem Wald heraus, von Wölfen Nachts umheult und von der rauschenden Wildniß dicht begrenzt, seine Städte mit ihrem Handel und Verkehr, Dampfmaschinen und Banken heraufzaubert. Im Anfang sind diese denn auch natürlich nur auf den Strom selber angewiesen, dessen Schiffahrt sie entstehen ließ; nach und nach aber siedeln sich Nachbarn an, Plantagen und Farmen entstehn, Mühlen und Fabriken werden gebaut, Wege angelegt, und das Holz verschwindet unter den unausgesetzten Schlägen der gefräßigen Art.

So passirten sie Natchez und Vicksburg, beide Städte mit prachtvollen massiven Gebäuden, scheinbar an der Grenze der Civilisation gegründet, und ließen die Mündung des gewaltigen Redriver an ihrer Linken, der seine rothen Fluthen, ein fast ebenso mächtiger Strom als der Mississippi selber, in diesen wälzt, ohne dessen Ufer auch nur eines Schrittes Breite auszudehnen. Ebenso hat der »Vater der Wasser« den stattlichen Arkansas, den White River, den breiten Ohio, mit einer Unzahl kleinerer Flüsse aufgenommen, ohne die Breite seines Bettes, von der Mündung des fast noch bedeutenderen Missouri auch nur im mindesten zu ändern. Aber tiefer und reißender wird er, je weiter er sich wühlt, und je größere Kräfte er in sich aufnimmt; weiter hinein in den Grund reißt er sich seine furchtbare Bahn, und die größten Kriegsschiffe würden ihn tausende von Meilen befahren können, dämmte seine Mündung nicht die, den meisten großen Flüssen gefährliche Queerbank, die gerade über sein Fahrwasser wegliegt, und tiefgehenden Schiffen den Eingang hartnäckig weigert.

Weiter, weiter schäumen wir stromauf; dort drüben zu unserer Linken mündet der Arkansas seine Wasser, eine kurze Strecke weiter oben ein Arm des White River, und der kleine Ort, in die Spitze, die beide Ströme miteinander bilden, hineingebaut, heißt Montgomery.

Unser Lootse weiß aber von dem Ort da drüben, und von dem Mann der hier das erste Haus gegründet, viel zu erzählen. Er selber ist früher lange Jahre auf dem Arkansas gefahren und oft an der Spitze die Montgomerys Point hieß und noch heißt gelandet; der aber, der hier den ersten Axtschlag gethan, war Einer jener wilden Charaktere wie sie der Westen leider noch in Masse liefert – Männer die nur das eine Ziel im Auge tragen – *Geld* – deren Herz und Seele, wenn sie Beides wirklich haben, nur dem einen Trieb sich weiht und eigen giebt, und die selbst Raub und Mord zu Brücken brauchen, das zu erreichen. Wenn nur die Hälfte von dem wahr ist, was er dem an das Lootsenhaus gelehnten Passagier halblaut, und mit einem scheuen Blick dort hinüber in's Ohr flüstert, daß es dem Mann eine Eishaut über den ganzen Leib jagt, so hat das Land da drüben Ursache fruchtbar zu sein, denn es ist mit Menschenblut gedüngt.

Wald dehnt sich jetzt zu rechts und links – weiter endloser Wald mit furchtbaren Sümpfen die nur, das Ufer des Stromes verlassend, der Jäger betritt, den Bär in seinem Schlupfwinkel aufzusuchen, oder die hier ziemlich zahlreichen Hirsche zu jagen. Selbst Büffel haben sich, noch etwas weiter zurück vom Mississippi, in diesen furchtbaren Dickichten gehalten, und es ist das der einzige Platz in den, in die Union aufgenommenen Staaten, wo sie noch zu finden sind.

Auch die Vegetation nimmt hier wieder einen etwas anderen Charakter an; das graue Moos ist ganz verschwunden, selbst die Cypressen kommen schon vereinzelter vor als weiter unten, und der mächtige *cotton* oder Baumwollenholzbaum, nach einer weißen Flocke in der sein Saamen sitzt, so genannt, hat den Ehrenplatz am Ufer, und füllt das flache sumpfige Land mit seinen wahrhaft riesigen Stämmen. Aber während der rastlos schaffende und vernichtende Mississippi an dem einem Ufer den Boden unterwäscht und wühlt, und oft ganze Acker Land, mit hunderten von Stämmen in sein Bett herniederreißt, wirft er am andern wieder weite Sandbänke aus, deckt sie und düngt sie mit dem fruchtbaren Schlamm, den ihm der Missouri aus den weiten Steppen des Westens hernieder führt, und läßt sich vom Wind dann, in den leichten fasrigen Flocken, den Saamen des Baumwollenbaumes niederstreuen auf den jungen Grund. Jedes Jahr legt er sich der Art einen kleinen Streifen um den neugegründeten Besitz, und während das erst besäete Stück schon die jungen Cottonbäume bis zehn und fünfzehn Fuß Höhe trägt, die sich mit den saftgrünen jungen Kronen dicht und fest an den alten Urwald selber anschmiegen, werden sie kleiner und kleiner je weiter sie dem Ufer selbst sich nähern, bis sie in kleinen, kaum sichtbaren Schößlingen, noch von dem Schaum des Stromes bespühlt, nur eben erst die schwachen grünen Keime zeigen, und damit eine förmliche grüne Stufenleiter bilden, bis zum Wasser nieder.

Auch die Alligatoren sind jetzt verschwunden und zeigen nicht mehr die dunklen zackigen Rücken und Stirnen, verbranntem Holze gleichend, über der trüben Fluth; statt dessen sonnen sich weichschalige Schildkröten in Masse auf dem gelben Sand und den in den Strom geschwemmten Stämmen, strecken die langen Köpfe neugierig und scheu herauf, wie sie das heranschnaubende Boot hören, und lassen sich dann schwerfällig nieder gleiten in die Fluth, dem fremden unheimlichen Feinde zu entgehn.

Auch die weißstämmige Sycamora, mit ihrem schweren rothen Holz das nicht im Wasser schwimmt, drängt sich bis zum Ufer vor, gar seltsam gegen die dunklen Stämme der übrigen Waldung abstechend, während bis zu ihren ersten Ästen hinauf, in dreißig und vierzig Fuß Höhe, eine feste grüne Wand emporsteigt, das Mississippi-Rohr (*cane*) das seine Bambusähnlichen Wurzeln bis in den neben ihnen hinwaschenden Strom hinunter hängt, und eine fast ununterbrochene Mauer bildet gegen das offene Flußbett zu.

Als ob ein einzelner Baum umgeschlagen wäre und da hinein hie und da eine kleine, kaum bemerkbare Lücke gerissen hätte, so sehen die kleinen Lichtungen aus, in die sich ein Holzhauer gedrängt und sein Lager da mitten im furchtbarsten Sumpf, von Wasser und Schlamm rings umgeben, aufgeschlagen hat mit Frau und Kind. Gegen das Gesetz der Vereinigten Staaten, das dem Einzelnen verbietet Holz auf Grund und Eigenthum der Union zu schlagen, macht er ein anderes Recht der Squatter, das *preemption right* für sich geltend, das dem armen Ansiedler erlaubt Land, ohne es gleich zu bezahlen, so lange zu occupiren und zu bebauen und dann darauf das Vorkaufsrecht zum Congreßpreis (*1¼ Dollar pr. acre*) zu behalten, bis es vermessen und zum Verkauf dann ausgeboten wird. Dem Staat gegenüber erklären diese Leute, wenn sie je darum gefragt werden sollten, daß sie die Bäume hier fällen um das Land urbar zu machen, und es für sich selber, zu ihrem bleibenden Wohnsitz zu wählen, in Wirklichkeit aber bleiben sie nur bis sie sich eine gewisse Summe baaren Geldes durch den Holzverkauf an die Dampfboote verdient haben, und ziehen dann weiter westlich in gesündere Gegenden, sich dort erst anzukaufen – wenn sie nicht früher schon durch den Verlust von Frau oder Kindern oder durch eigene Krankheit in den bösen Miasmen der Sümpfe verscheucht und gezwungen werden die Hügel aufzusuchen, das eigene Leben zu retten. Von kaltem Fieber geschüttelt, von Mosquitos zerstochen, an Stellen die von giftigen Schlangen wimmeln, vor denen sie die Kinder kaum genug hüten können, verleben die armen Frauen besonders dort eine traurige Existenz. Ja diese wird oft selbst durch den Strom bedroht, der in seinen furchtbaren Überschwemmungen das ganze Land überfluthet, das geschlagene und mühsam aufgeschichtete Holz und nicht selten die niederen Blockhütten selber faßt, und weit hinabschwemmt dem Meere zu, so daß diese Holzhauer, besonders an den niedrigst gelegenen Stellen, stets gezwungen sind ein Boot oder Canoe an ihrem Haus zu haben, in der Zeit der Gefahr wenigstens ihr Leben vor der Gewalt der Wasser schützen zu können, und stromab den Hügeln zuzuflüchten.

S'ist eine traurige Existenz die tausende von Menschen auf solche Art führen, und bezeichnend dabei, daß fast nur Amerikaner selber, die abgehärteten und die Wildniß gewohnten Kinder der Pioniere und ersten Vorkämpfer der Civilisation, sie freiwillig wählen. Selten oder nie findet man in diesen Hütten und Sümpfen Deutsche, oder andere fremde Einwanderer, die fast alle geringeren Verdienst und gesünderen Boden vorziehn, auch wohl dieß Klima mit seinen Entbehrungen nicht so ertragen könnten als der Amerikaner.

Weiter wühlt sich das Boot, an Hütte und Wildniß vorbei und was ist das dort drüben, das so weiß und breit da aus dem Wasser ragt? – Ein versunkenes Dampfboot, das in Nacht und Nebel gegen ein *snag* rannte und sank – »aber die meisten Passagiere wurden gerettet« – und da drüben, das mit den schwarzen Rippen? – das ist ein anderes Boot das mitten auf dem Strom in Brand gerieth und unglücklicher Weise, ehe es das feste Ufer erreichen konnte, auf eine Sandbank lief. Der Steuermann weiß eine furchtbare Geschichte davon zu erzählen, denn er war an Bord, und man hat nie erfahren wie viel Unglückliche ihr Leben dabei einbüßten.

Und weiter da drüben? – lieber Freund das sind auch die Überreste eines Wracks; es ist hier gerade eine etwas gefährliche Stelle, aber überhalb der Mündung des Ohio ist's noch viel ärger, denn dort haben die Bootsleute einem Theil des Stromes den Namen, »Dampfers Kirchhof« gegeben, und manches Menschenleben hat der schon gekostet.

Es ist wahr, auf keinem Strom der Welt ist mit Dampfbooten schon soviel Unglück geschehn, wie gerade auf dem Mississippi mit seinen Nebenflüssen; auf keinem wird dabei trotzdem leichtsinniger gefahren, auf keinem werden, neben den prachtvollsten, besteingerichtetsten Fahrzeugen, schlechtere, untüchtigere Kasten benutzt Waaren und Menschen zu transportiren wie gerade hier, denn der Amerikaner *will* und *muß* Geld verdienen, und so lange ein Dampfboot nur eben noch auf dem Wasser schwimmt, so lange die wieder und wieder geflickten Kessel nur noch möglicher Weise halten, wird ihm seine Ladung anvertraut, und drängen sich die Passagiere selber an Bord, nur keine Zeit zu versäumen, und vielleicht einen halben Tag länger warten zu müssen mit einem besseren, neuen Boot dieselbe Fahrt zu machen. Aber wir müssen auch gerecht sein; auf keinem Strom der Welt fahren und kreuzen sich eine solche Masse von Dampfern jeder Größe, jeder Gattung wie hier, von dem stattlichen Boot an das mit acht Kesseln an Deck und jeder ordentlichen Bequemlichkeit ausgestattet, von drei bis vier tausend Ballen Baumwolle im Stande ist zu tragen, bis zu dem kleinen Diminutiv-Boot nieder, das kaum zwölf Zoll im Wasser gehend die zahlreichen kleinen Nebenflüsse befährt und explorirt, mitten in Wald und Wildniß hineindampft allen Gefahren zum Trotz, und nicht selten den Bären und Panther überrascht die zum Trinken herabkamen, und scheu und entsetzt jetzt vor dem fremden Ungethüm zurück fliehen in Dickicht und Gestrüpp. Die Nebenflüsse mitgerechnet, von denen ab die einzelnen Dampfer den Mississippi immer wieder berühren, beträgt die Zahl derselben jetzt weit über sieben hundert, und im Verhältniß ist die Zahl der Unglücksfälle dann noch immer nicht gar so entsetzlich, wie es von solchen, die nur die dunklen Seiten jenes Landes aufzudecken suchen, oft geschildert und beschrieen, nicht beschrieben wird.

An Bord war indessen, seit der Flucht des Diebes, der sich doch nicht hatte der Gefahr aussetzen wollen einen Urtheilsspruch der übermüthigen Reisegefährten abzuwarten, und lieber seine schon gezahlte Passage (Gepäck hatte er gar nicht) im Stich ließ, Alles ruhig und friedlich abgegangen, und Veitel Kochmer besonders hatte seine Zeit gut benutzt, auch oben in der Cajüte mit der Holzharmonika und der Kehle des Kindes Geld zu verdienen.

Professor Lobenstein redete ihn da, als alten Reisegefährten an, frug ob noch andere Passagiere von der *Haidschnucke* an Bord seien, und erfuhr von ihm, daß sich auch die Weberfamilie auf der Jane Wilmington eingeschifft habe nach Cincinnati zu gehn, dort unter den vielen Deutschen leichter Arbeit zu finden. Nun war es aber dem Professor, jemehr sie sich dem Orte näherten wo er selber ein neues ungewohntes Leben beginnen und Arbeiten unternehmen sollte, die sich doch in der Praxis ganz anders herausstellten als in Büchern, schon mehrfach im Kopf herum gegangen, wo er Jemand passenden gleich herbekam ihm wenigstens in der ersten Zeit zur Hand zu gehn. Auch seine Frau, seine Töchter brauchten eine Hülfe, denn waschen, scheuern, das Vieh besorgen etc. waren ebenfalls Dinge an die er noch nie so sehr gedacht hatte wie gerade jetzt, und die er den Seinigen kaum zumuthen konnte, vom ersten Augenblick gleich an zu übernehmen. Von Hopfgarten, mit dem er darüber Rücksprache nahm war sogar entschieden dagegen, daß den an etwas derartiges gar nicht gewohnten Frauen je dergleichen Beschäftigungen obliegen dürften, und betrachtete es als eine Sache die sich von selbst verstände, daß er Leute engagiren müsse, die eben die gröberen Arbeiten für ihn verrichteten. Da aber solche, wie sie vielfach gehört, in Amerika nicht immer gleich und leicht zu bekommen wären, könnte er auf der Gotteswelt nichts Besseres thun, als gerade die ganze Weberfamilie, die er als ordentliche, rechtschaffene, fleißige Leute kennen gelernt hatte, wenn sie irgend zu bekommen wären, in Dienst zu nehmen.

Der Professor fühlte daß er recht hatte; freilich gehörte das, als schwere Ziffer, zu den »nicht gerechneten Ausgaben«, die er sich bis dahin immer noch eingeredet sie umgehen zu können; so viel Hände mehr verdienten aber auch mehr im Feld – auch der deutsche

Landmann hielt ja seine Knechte und Mägde und befand sich wohl dabei – warum nicht er.

Zu solchem Entschluß, zu dem die Weberfamilie auch noch ihre Zustimmung zu geben hatte, war dann aber auch keine Zeit mehr zu verlieren, und um es besser mit ihnen besprechen zu können, ging er gleich am nächsten Morgen zu ihnen hinunter in's Zwischendeck. Hier machte er den beiden Leuten gerade zu den Vorschlag, gegen einen entsprechenden Gehalt über den sie sich einigen wollten, auf ein Jahr bei ihm in Dienst zu treten, wo sie ein kleines Haus für sich bekommen, und ihre Familie, von der der älteste Knabe schon wacker mit zugreifen konnte, bei sich behalten sollten.

Auch für den Weber war übrigens dieser Vorschlag gut und annehmbar, denn er genoß dadurch jedenfalls den sehr großen Vortheil nicht allein in der ersten Zeit das wenige was er an baarem Geld sein nannte, zu sparen, sondern sogar noch etwas dazu zu verdienen und nebenbei, das Wichtigste von Allem, das Land in dem er sich später selber niederlassen wollte, aus eigner Erfahrung kennen zu lernen. Auch für die Kinder hatte er dabei ein Unterkommen, wie für die alte Mutter, die sich auf der Seereise merkwürdig gekräftigt und gestärkt, jetzt aber in dem neuen ungewohnten Leben und Treiben an Bord, still und ängstlich in ihrer Ecke saß, aber doch nicht mehr jammerte und wehklagte, sondern mehr betäubt von all dem Neuen das sie umgab, ruhig abwartete was ihr und den ihrigen die nächste Zukunft bringen würde.

Nun war es dem Mann freilich ein ungewohntes und auch fast drückendes Gefühl hier in Amerika, wo er seine Lage gegen Deutschland hatte verbessern wollen, in *Dienst* zu treten, während er im alten Vaterland, wenn auch arm und kümmerlich, doch selbstständig, und von Niemandem abhängend, gelebt hatte; aber er sah auch wohl daß er hier in eine ganz fremde ihm vollkommen neue Welt gerathen sei, in der er vor allen Dingen lernen und Erfahrung sammeln mußte, und mit der Schüchternheit sich gleich von vorn herein ein selbstständiges Handeln zuzutrauen, die unseren armen Klassen nur zu sehr eigen ist, mochte er die Hand nicht zurückweisen, die sich ganz unerwartet ausstreckte ihn zu unterstützen. Auch die Frau, die vor Nichts solche Angst gehabt als gerade vor dem ersten Beginn, griff mit Freuden nach diesem Anerbieten – arbeiten, lieber Gott das wollte sie ja gern von früh bis spät, hatte auch noch nichts Anderes gekannt seit sie kaum alt genug geworden die jüngeren Geschwister umherzutragen, und selber wieder ein eignes Haus? ja lieber Himmel, das ging nicht im Handumdrehen, und das was ihnen jetzt und zwar von einer Familie geboten wurde, die sie schon auf dem Schiff hatten achten und lieben lernen, durften sie nicht zurückweisen, wenn sie sich nicht später die bittersten Vorwürfe hätten machen wollen.

Der Lohn freilich, den ihnen der Professor bei weiterer Unterhandlung bieten konnte war gegen das, was sie früher von den Arbeitslöhnen in Amerika gehört, nicht hoch, und betrug für beide Eheleute nur zwölf Dollar monatlich an baarem Gelde, aber sie bekamen auch dabei für sich und ihre Familie die Kost, und hatten in sicherem Verdienst, nach Abschluß des Jahres zu dem was sie schon ohnedieß besaßen und jetzt nicht anzugreifen brauchten, noch eine hübsche runde Summe von 144 Dollar übrig, mit der sich schon etwas anfangen ließ. So schlugen sie denn nach kurzem Besinnen ein, ließen ihre überaus sehr schwankenden Aussichten in Cincinnati fahren, und beschlossen in Grahamstown mit an Land zu gehn – die Passagezahlung blieb sich überdieß nach beiden Orten gleich.

»Du bist doch auch dümmer wie's eigentlich erlaubt ist«, wandte sich übrigens, wie der Professor nur kaum den Rücken gedreht hatte und wieder nach oben gegangen war, ein anderer deutscher Bauer, der ebenfalls erst vor einigen Wochen mit Frau und Kindern von Deutschland gekommen, nach Cincinnati hinauf wollte, an den Weber – »läßt Dich da von dem Breimaul beschwatzen, Dich für sechs Thaler den *Monat* zu schinden und zu plagen, wo Du so viel die *Woche* kriegen könntest, und bedankst Dich auch nachher noch bei ihm daß er so gut ist und Dich umsonst arbeiten läßt. Herr Jeses, *mir* sollte so Einer so etwas bieten, den wollte ich heimschicken.«

Der Mann war aus Kurhessen und sah dürftig aus, hatte auch in der That schon fast alles Mitgebrachte aufgezehrt, und eben noch die Passage für sich und die Seinen auf dem Dampfboot erschwingen können, aber er wußte was ihm die Agenten in Deutschland für Lohn versprochen, und war nicht gesonnen, wie er meinte, für einen Dreier weniger zu arbeiten.

»Aber warum hast Du mir das nicht früher gesagt, wie ich noch mit dem Herrn sprach« meinte der Weber, durch den so bestimmt ausgesprochenen Vorwurf doch etwas kleinlaut geworden.

»Was gehts mich an« brummte der Hesse – »Jeder muß am Besten selber wissen was er zu thun hat.«

»Aber Du weißt auch nicht gewiß, was Du im Ohio zu erwarten hast« sagte der Weber kopfschüttelnd.

»Nun *sechs Dollar* laufen mir da nicht weg« lachte der Andere, »und überdieß hab' ich's schwarz auf weiß, und zwar von Leuten zu Hause, die die Sache verstehn. Soviel weiß ich aber, ehe ich für sechs Dollar den Monat arbeite, hungre ich lieber, denn *mit* sechs Dollar könnte ich auch eben nicht mehr thun als mich satt essen, und so spar' ich doch meine Knochen. Übrigens hast Du ja gar keinen festen Contrakt gemacht, und kannst deshalb noch immer thun was Dir am Besten scheint.«

Dem Weber war es ein unbehagliches Gefühl, sich von Jemanden, der schon beinah so viel Wochen im Land war wie er Tage, so direkt tadeln zu lassen, aber er konnte es auch jetzt nicht mehr ändern, denn er hatte sein Wort gegeben, was er wenigstens für ebenso bindend hielt wie einen Contrakt. Dann aber stieß ihn auch seine Frau heimlich an, und flüsterte ihm zu sich nicht irre machen zu lassen von dem Menschen. Sie seien nicht herüber nach Amerika gekommen in einem Jahr reich zu werden – das möchte manchmal glücken, aber auch nicht immer – sondern sich und ihren Kindern nach und nach, aber dann auch gewiß, eine feste Stätte zu erbauen, daß sie glücklich und unabhängig leben könnten, und mit jedem Jahre weiter vorwärts kämen, nicht zurück wie in Deutschland. Damit aber hätten sie jetzt den Anfang gemacht, und wenn es der Andere da drüben, mit dem zerrissenen Rocke und der bleichen kranken Frau, besser wisse und verstehe, so solle er nur hingehn und es versuchen, sie selber wollten lieber »den Sperling in der Hand, wie die Taube auf dem Dache.«

Fünf Tage und Nächte fuhren sie so stromauf, immer in vierundzwanzig Stunden etwa 200 englische Meilen, den Windungen des Stromes nach, zurücklegend, und erreichten endlich die Mündung des Ohio, der, von Osten kommend, seine klaren Wasser mit starker Strömung, deutlich unterscheidbar bis über die Mitte hinaus in die schmutzig gelbe Fluth des Mississippi drängt, und sich erst eine lange Strecke weiter unten mit diesem ganz vermischt. Die Staaten Missouri an der linken, Kentucky an der rechten und Illinois gegenüber, laufen hier in ihren Grenzspitzen zusammen, während der Ohio selber, durch seinen Strom von Ost nach West, die freien und Sclavenstaaten von einander trennt.

Aber die Ufer selber bekommen hier einen ganz anderen Charakter; schon Kentucky zur rechten zeigte hohes Land, das mit seinen nordischen Kiefern dem Auge unendlich wohl that, und wenn auch die Spitze von Illinois, auf der ein kleines dem Mississippi zehnmal abgetrotztes, und zehnmal wieder von ihm überschwemmtes und vernichtetes Städtchen liegt, noch flach und öde ausläuft in den Strom, hebt sich doch auch bald an dieser Seite das Land, und mit dem durchsichtig klaren Wasser, das vorn den Bug beschäumt, mit selbst kaum halb so starker Strömung gegen sich als im Mississippi, braust das Boot lebendiger voran, und das Auge hängt mit Wohlgefallen an den freundlichen Ufer-Bergen.

Der Ohiostrom ist schon von vielen Amerikanern mit unserem deutschen Rhein verglichen worden, und nicht ganz mit Unrecht; der breite klare Strom, die meist wellenförmigen, oft schroffen, nicht zu hohen Hügel, die sein Ufer bilden, und mit dem herrlichsten Grün bekleidet sind, haben allerdings viel Ähnliches mit unserem deutschen Strom; auch viele trefflich angelegte Farmen und kleine blühende Städte, die überall den Unternehmungsgeist der thätigen Amerikaner bekunden, geben dem Bild etwas Liebes und Freundliches, im Gegensatz zu dem, von Sumpf und wildem Urwald begrenzten und trüb und reißend dahin strömenden Mississippi. Aber die Burgen fehlen ihm, und nicht allein als Schmuck in der Scenerie, nein auch mit ihnen die alten historischen Erinnerungen, die Sagen und Legenden, die jedem Fels am Vater Rhein, dem Hügelhang, der Waldesschlucht, jeder Thurmspitze und Mauer ihren eigenen, wunderbaren Reiz verleihn. Der Schmuck der Berge, selbst wenn sie in all den wundervollen herbstlichen Tinten prangen, die gerade jener Zone eigen, kann diesen Reiz und Zauber nicht ersetzen – sie bleiben todt und kalt, so schön sie sind, und der Reisende, besonders der Deutsche, wird sie anschaun und sich freun darüber, aber nie sein Herz mit solchen Banden zu ihnen hingezogen fühlen wie zu dem eigenen heimischen Rhein, selbst wenn das eigene Vaterhaus weit, weit von diesem stand.

Rasch fliegt indeß das wackre Boot die klare breite Bahn entlang, und andere Ufer grüßen den Fremden wieder, der mit neugierigem Blick hinüber schaut auf das fremde Land. Cypressen wie Baumwollenholzbäume sind lange in dem mehr südlichen Klima zurückgeblieben und nur die weißstämmige Sycamore begrenzt noch, von Eichen und Kiefern überragt, mit Erlen und Weiden die Ufer des Stromes, und neigt sich oft weit hinaus über die murmelnde, spiegelhelle Fluth.

An diesem Abend, dem ersten im Ohiostrom wollte Veitel Kochmer, der sich indessen wacker auf alle die Amerikanischen Melodieen eingeübt hatte, wieder eine Vorstellung geben. Der gute Gewinnst lockte ihn, und er schien nicht gesonnen eine solche Gelegenheit eben unbenutzt vorüber zu lassen; der Knabe aber, der sich die Tage über zu sehr angestrengt und blaß und leidend aussah, klagte über Schmerzen im Hals und weigerte sich zu singen. Veitel glaubte indeß auch ohne ihn das Publikum befriedigen zu können, und ließ die Leute durch Einen der Englisch redenden Deutschen wieder einladen ihm zuzuhören. Ob diese aber der Holzharmonika schon überdrüßig waren, die den meisten mit ihren weichen sanften Tönen auch außerdem nicht viel Befriedigendes bot, oder ob sie kein Geld mehr an eine Sache wenden wollten, die sie am Ende ebenso gut umsonst zu hören bekamen, da der Pole, wenn er nur für sich selber etwas spielte, das eben an Bord nicht geheim thun konnte, kurz sie erklärten ihm, ohne Flöte mache ihnen die Sache keinen Spaß. Wenn der Knabe nicht wohl sei, möge er das Spielen lieber lassen, oder spielen wenn er Lust hätte, aber sie zahlten ihm Nichts dafür.

»Siehst Du Philippche!« flüsterte da Veitel dem jungen Burschen zu, der in einer Ecke kauerte, und bog sich dabei über ihn und stieß ihn in die Seite – »siehst Du mein Söhnche – Nichts zahlen wollen se – *werst* Du nu singen?«

»Aber ich *kann* nicht Vater.«

»Wie heißt, *kann* nicht, werd ich Dir gleich beweisen, ob Du kannst oder nich; kenn ich doch Deine Mucken, mai Philippche und werd ich Dir kommen mit en Stock – werst Du wohl kennen.«

»Mir brennt der Hals, als wenn ich glühende Kohlen darin hätte.«

»Ich werd' se Dir löschen«, sagte aber der Alte boshaft, »Gott der Gerechte, glaubt das Jingelche, ich soll's fittern vor's reine Vergnigen. Werst Du singen, frag ich Dich jetzt zum letzten Mal, oder werste nicht?«

Der Knabe also getrieben, und in scheuer Furcht vor dem finstern Mann, der ihm wohl schon oft bewiesen haben mochte, daß er im Stande sei seine Drohungen auszuführen, stand langsam auf, wischte sich furchtsam die hellen Thränen aus den Augen und trat zu der Kiste, an der der Alte sein Instrument schon aufgestellt und geordnet hatte.

»Hallo Freund, was fehlt dem jungen Burschen?« frug da ein alter Pensylvanier in seinem wunderlichen Pensylvanisch-Deutsch den Polen, der dem Knaben jetzt mürrisch zuwinkte sich bereit zu halten. Der Pensylvanier saß unfern von ihnen auf einem Koffer, die Ellbogen auf die Knie gestützt, und schaute mit den scharf geschnittenen aber grundehrlichen Zügen und den kleinen blauen lebendigen Augen bald den Knaben, bald dessen Vater an.

»Was ihm fehlt? – ene Tracht Prügel werd ihm fehlen«, knurrte aber Veitel mürrisch – »faul ist er und will nich singen.«

»Ich bin nicht faul, Vater«, sagte aber der arme junge Bursche, dem das Blut bei der Anklage in Stirn und Schläfe stieg, »ich bin nicht faul, sondern krank, und Du wirst mich so lange zum Singen zwingen, bis ich unter der Erde liege, wie – «

Er schwieg und wandte sich ab, der Alte hatte aber in rücksichtslos ausbrechender Wuth eine Flasche ergriffen, die neben ihm stand, und wollte damit einen Schlag nach dem Kinde führen, holte wenigstens dazu aus, als der Pensylvanier auf und dazwischen sprang, dem Juden die Flasche entriß, und ihn selber fünf oder sechs Schritt zurückschleuderte, daß er taumelte und sich an den nächsten Coyen halten mußte, nicht zu fallen.

»Nichtswürdiger Hallunke!« rief der alte Mann dabei, während ihm edle Entrüstung das Blut in die Wangen jagte, »schämst Du Dich nicht der paar Dollars wegen, Dein eigenes krankes Kind zu quälen und zu mishandeln? untersteh Dich und leg Hand an ihn, so lange wir hier an Bord zusammen sind, und sieh was wir dann mit Dir selber machen.«

»Es ist *mein* Junge, und ich kann mit ihm machen was ich will«, rief der Alte halb scheu, halb trotzig vor dem unvermutheten Angriff, dem er nicht zu begegnen wagte – »wer hat mer was in mei eigene Familie zu reden?«

»Ich will Dir was sagen, Kamerad«, redete ihn aber jetzt der Pensylvanier an, der mit ein paar flüchtigen Worten den ihm nächst Stehenden und neugierig Herandrängenden die Ursache des Streites erzählt hatte, »wenn Du gescheut bist, dann beträgst Du Dich wenigstens so lange vernünftig, wie wir hier zusammen an Bord sind; was Du nachher thust, mußt Du mit Deinem eigenen Gewissen abmachen. Soviel sag ich Dir aber, wenn Du Deinen Jungen schlecht behandelst und er *läuft Dir hier fort* – so darfst Du Dich nicht darüber beklagen, und käme er zu *mir* – und ich wohne im nächsten Haus am Indian Hill bei Cincinnati und heiße Brower – und suchte da Schutz, so wärst Du der letzte, der ihn wieder bekäm. Hast Du mich verstanden?«

»Was hab ich mit Euch zu schaffen?« sagte Veitel, aber er packte sein Instrument verdrießlich wieder ein, da er wohl sah daß jetzt keine Zeit sei zu spielen und einzusammeln. Der Knabe, den Zorn des alten Mannes fürchtend, drückte sich indessen wieder zurück in seine Ecke, ihn wenigstens nicht durch seinen Anblick mehr als nöthig auf sich aufmerksam zu machen, blieb jedoch für jetzt mit jedem Zwang verschont.

Die wackere Jane Wilmington verfolgte indessen rasch, und ohne sich irgendwo aufzuhalten, ihre Bahn.

Hie und da wurde wohl manchmal am Tag ein Tuch, oder Nachts ein Feuerbrand am Ufer geschwenkt, das bekannte Zeichen daß Passagiere an Bord wollten, und das Boot setzte dann die Jölle aus, oder lief, wenn es der Platz erlaubte, selber dicht an das Land hinan, die Fremden aufzunehmen. Manchmal aber auch, wenn der Capitain mit seinem Fernrohr dem äußeren Aussehn nach vermuthete, daß er nur Zwischendecks-Passagiere zu erwarten habe, schwieg auch wohl die Glocke und das Boot brauste, herzlich von den am Land Harrenden verwünscht, vorbei ohne anzuhalten.

Aber das Ufer an beiden Seiten verrieth auch jetzt weit größere Cultur, als sie, seit sie den unteren Mississippi verlassen, an diesem Strom gesehen. Überall wo ein unbedeutender Fluß oder auch nur ein Bach in den Ohio mündete, lagen kleine Städtchen, die mit ihren neuen, hell gemalten hölzernen Häusern, manchmal noch von dem Wald aus dem sie entsprungen umschlossen, oft aber auch von gut bebauten Farmen dicht umgeben, gar eigenthümlich gegen den dunklen Hintergrund abstachen. Fabrikgebäude standen am Ufer, Kohlengruben sandten ihre Schätze auf improvisirten kleinen Eisenbahnen bis dicht an den Rand des Stromes hin, die Kohlen von überbauten Werften gleich in die darunter gelandeten Boote zu werfen; Heerden weideten auf gelichteten Grasplätzen, Getraide und Heuschober standen aufgespeichert, den Reichthum des Bodens bekundend. Massen von kleinen und größeren Dampfern lagen dabei theils an den besiedelten Plätzen oder kamen den Strom herab, tief mit den kräftigen Produkten des Nordens geladen. Die aufgehenden Dampfer brauchten zugleich ihre Zeit nicht mehr damit zu versäumen an Land zu fahren, ihren Holzbedarf einzunehmen, denn die Holzverkäufer hatten die Klaftern schon in offenen breiten Booten aufgespeichert und fertig liegen. Nur ein Tau wurde ihnen zugeworfen, das befestigten sie an Bord, und während das Dampfboot mit ihnen stromauf lief, wurde das Holz auf seine *guards* geworfen, der Eigenthümer ging in die Cajüte, sich sein Geld geben zu lassen und steuerte dann sein etwas schwerfälliges Fahrzeug wieder mit der Strömung zurück, dem eigenen Landungsplatze zu.

So liefen sie zwischen Illinois und Kentucky hin, und erreichten am siebenten Tag nach ihrer Abfahrt von New-Orleans die Mündung des ebenfalls schiffbaren Wabasch, der von Michigan herunter kommend und oben queer durch den Staat Indiana durchströmend weiter unten die Grenze bildet zwischen diesem und dem Nachbarstaat Illinois, bis zum Ohio nieder. Kentucky dehnte sich jetzt noch an ihrer Rechten aus, aber zu ihrer Linken lag Indiana.

Herr von Hopfgarten hatte sich indessen entschlossen, ebenfalls mit in Grahamstown an Land zu gehn; er kam noch früh genug nach Cincinnati, und bekam hier zugleich Gelegenheit das innere Land wie die Verhältnisse des Ankaufs, welche der Professor jetzt durchmachen mußte, näher kennen zu lernen. Außerdem waren sie doch nun auch hier ein tüchtiges Stück in Amerika hineingekommen, ja befanden sich in der That ziemlich im Mittelpunkt der ganzen Vereinigten Staaten, die sich hier jedenfalls eher mußten in ihrem urthümlichen Charakter erkennen lassen, als in den großen, volkreichen Städten.

Nun sie übrigens ihr Ziel bald erreicht hatten, und die Passagiere, selbst die Damen, durch die längere Dampfbootfahrt zuversichtlicher und sicherer geworden waren, begann Marie, wenn sie bei Tische oder Abends manchmal auf der hinteren Gallerie zusammen kamen, den Reisegefährten zu necken, daß ihre Reise so ganz ruhig und ohne Zwischenfall abgelaufen sei, und Herr von Hopfgarten nun wahrscheinlich wieder den ganzen Weg werde zurück machen müssen, noch einmal von vorn anzufangen. Hopfgarten war aber auch wirklich nicht so ganz mit dem bis jetzt erzielten Resultat zufrieden, denn nicht allein war die Reise bis jetzt so glatt und still vor sich gegangen, als ob sie auf einem Europäischen Dampfer gefahren wären, sondern er hatte auch selbst unter seinen Mitpassagieren noch nicht das geringste Außergewöhnliche entdeckt. Nirgends boxten sich die Leute – als einmal im Zwischendeck und das hatte er versäumt – nirgends sah er Pistolen oder Bowiemesser[18] gegen einander gezogen, und wie oft hatte er doch in Deutschland gelesen, daß diese beiden Waffen von Amerikanern bei den geringsten Streitigkeiten aufeinander gezückt würden. Es war ein verzweifelt langweiliges Leben an Bord, und wenn ihn nicht die bunt zusammengewürfelte Gesellschaft der Passagiere selber amüsirt hätte, er würde nicht gewußt haben was mit sich anzufangen.

Die Cajüte eines Mississippi-Dampfboots ist aber auch wirklich für Jemanden, der Charakterstudien zu

18 Das *Bowieknife* (sprich Buih), nach seinem Erfinder so genannt, ist ein schweres Messer etwa 12 Zoll lang und drei am Heft breit, mit einer Stärke im unteren Rücken von reichlich ein Viertel, oft ein Drittel Zoll, was ihm zum Hieb eine furchtbare und gefährliche Wucht giebt. Die Spitze ist gebogen und nach hinten etwas ausgeschnitten, aber an beiden Seiten haarscharf, und dieß Messer, selbst in der Hand eines ganz schwachen Menschen, eine entsetzliche Waffe.

machen wünscht, der beste Platz der sich nur denken läßt. Im Zwischendeck geben sich die Leute wie sie sind, und sind wie sie sich geben, meist rohes Bootsvolk, das sich nicht wohl in anständiger Gesellschaft fühlt, oder die ärmere Klasse der Einwanderer, die still und anspruchslos alle Unbequemlichkeiten und Entbehrungen dieses Platzes ertragen, weil sie eben wissen, daß sie nicht für mehr bezahlen können.

In der Cajüte ist das anders; die Passagepreise auf den westlichen Dampfbooten sind der ungeheueren Frequenz und des wohlfeileren Brennmaterials, wie der billigen Lebensmittel wegen so niedrig gestellt, daß Jeder, der nicht wirklich zur arbeitenden Klasse gehört, und sich sein Brod im Schweiß seines Angesichts verdienen muß – und selbst von diesen Mancher – in der Cajüte bei guter Kost und bequemem und reinlichem Aufenthalt seine Reise macht. So finden wir neben dem reichen Pflanzer aus dem Süden und dem Crösus aus den östlichen Städten, der in die theuersten und feinsten Stoffe nach elegantem Schnitt gekleidet Passage genommen hat seine Freunde im Norden zu besuchen, den rauhen Backwoodsman oder Hinterwäldler gerad' aus dem Wald heraus, in seinem blauwollenen oder ledernen Jagdhemd, der seine lange Büchse in die Ecke der Cajüte zwischen die seidenen Regenschirme und Fischbeinspatzierstöcke gelehnt hat, und seinen Tabackssaft zwischen den Zähnen durch über Bord spritzt wie – der beste Gentleman der Union; finden den langen Yankee-Sclavenhändler mit grell buntgestreiftem Hemd und unvermeidlichen Frack, den Hut nach hinten in den Kopf gedrückt; finden, dicht neben dem salbungsvollen Gesicht und breiträndigen Hut, dem braunen Rock mit Stehkragen und der weißen Cravatte des Reverend So und So, den Abschaum der Menschheit – den Spieler von Profession – der mit falschen Karten »sein Leben macht« und zu Mord und Straßenraub eher seine Zuflucht nehmen würde wie zu ehrlicher Arbeit; finden den Vieh- und Mehlhändler, und den »Stadt-Speculanten«, der seine Bauplätze irgend einer imaginären Stadt an den Mann zu bringen sucht; den weichlichen Creolen aus Louisiana, und den zähen, derbknochigen Yankee-Uhrenhändler; den Spanischen Kaufmann aus New-Orleans, der nach Cincinnati geht seine Einkäufe in Manufakturwaaren zu machen, und den Ohio-Schweinefleischhändler, der seine gesalzenen Heerden in der Königin des Südens gegen Spanische Dollar vertauschte; finden mit einem Wort den ganzen bunten Extrakt der wunderlich gemischten Bevölkerung Amerikas, mit einer einzigen Ausnahme; wir finden keine Neger oder von farbigen Blut Entsprossene, bis zum Quadroon[19] hinunter, in der Cajüte eines Dampfers – außer den Dienern natürlich, Steward, Koch und Aufwärtern – denn dem farbigen Blut ist der Aufenthalt dort zwischen *Weißen* verboten, und wenn sie über Millionen zu gebieten hätte. Wie würde es einem Weißen einfallen sich mit dem Abkömmling der verachteten Race an *einen* Tisch zu setzen, oder gar *eine* Coye mit ihm zu theilen. – Mit den Zwischendeckspassagieren ist das eine andere Sache – Vieh wird auch oft im Zwischendeck befördert, und zwar mitten zwischen den übrigen Passagieren – dasselbe Recht haben die *Nigger.*

Kaum minder interessant – das Wenige gerechnet was er davon zu sehn bekam – war für unseren Freund Hopfgarten die Damencajüte, in der er gewiß vortreffliche und höchst angenehme Studien Amerikanischen Familienlebens hätte machen können, wenn nicht die magischen Worte *no admittance,*[20] die auf einer rothen Tafel mit goldenen Buchstaben darüber standen, jedes Eindringen in das Mysterium dieser mit rothseidenen Vorhängen verschlossenen Halle unmöglich, oder doch zu einem sehr gewagten Unternehmen gemacht hätten. Manchmal war er allerdings im Stande einen flüchtigen Blick in das sehr elegant ausgestattete und mit weichen Teppichen belegte Gemach zu gewinnen, wenn ein oder die andere Dame, vielleicht absichtlich, einmal den Vorhang hob herauszuschauen, oder wenn die Kammerjungfer, ein allerliebstes Quadroon-Mädchen aus- und einging, ihren nöthigen Beschäftigungen nach. Es ließen sich dann wohl ein paar reizende Gestalten, nachlässig in einen Schaukelstuhl hingegossen, erkennen, die sich, ein Buch oder Kind auf dem Schooß um nur etwas in der Hand zu haben, behaglich herüber und hinüber wiegten; viel mehr war aber nicht davon wegzubekommen, und er selbst zu schüchtern sich irgendwo einzudrängen wohin er nicht gehörte, und wo er glauben konnte vielleicht nicht gern gesehen zu sein.

19 Die von der reinen Afrikanischen Race Abstammenden heißen Neger; Abkömmlinge von Weißen und Negern – Mulatten, und von Weißen und Mulatten – Quadroonen – Alle, in den Vereinigten Staaten unter dem allgemeinen Begriff *Farbige* oder dem Spottnamen Nigger begriffen. Die Kinder von Weißen und Quadroonen – da sich die Quadroonen selber oft kaum von Weißen in Farbe und Haar unterscheiden lassen, sind, selber wenn die Quadroonin Sclavin wäre, *frei.*

20 Kein Zutritt.

Des Neuen bot der Strom überhaupt genug, nach jeder Seite hin, und die Zeit verging ihnen, sie wußten selbst nicht wie.

8. Die Farm in Indiana

Die Schiffsglocke läutete wieder, und der Platz wo sie jetzt landeten, ein Holzboot in's Schlepptau zu nehmen, lag wie der Farmer sagte, der das Holz an Bord brachte, gerade drei Miles (engl. Meilen) unter Grahamstown; es war für die Passagiere die dort auszusteigen gedachten, die höchste Zeit ihr Gepäck in Ordnung zu bringen.

Über das Wort *town* (Stadt) hatte der Professor indeß unterwegs seine überseeischen Ansichten in etwas geändert, denn den Fluß entlang, besonders am Ohio, waren ihm schon eine Menge kleiner Nester mit ein paar zerstreuten hölzernen Wohnungen, aber immer unter diesem Titel, vorgestellt worden, daß er eben auch nicht sehr erstaunte – wenigstens nicht *so* überrascht war, wie er es sonst wohl gewesen wäre – als sie etwa eine halbe Stunde später in Grahamstown einen eben solchen kleinen Fleck begrüßten, den er anderen Falls, beim bloßen Vorbeifahren, gewiß nur für eine gut und bequem angelegte Farm gehalten haben würde. Lange Zeit zu Betrachtungen blieb ihnen aber nicht; wieder hämmerte der Steuermann gegen die Glocke, die Leute standen vorn am Bug mit den zusammengerollten, zum Wurf bereiten Tauen, ein paar Neger am Ufer – aber hier freie Leute, keine Sclaven – sprangen bereitwillig, die Köpfe vorsichtig geduckt daß sie nicht von dem schweren Tau getroffen wurden – herbei es aufzufangen, die Klingel des Ingenieurs, vom Lootsen gezogen, ertönte und gab das Zeichen zum Halten, der Dampf strömte mit einem scharfen jähen Schlag in's Freie, die Räder standen und wenige Secunden später lag die Jane Wilmington fest an Land, ihre Passagiere abzusetzen. Die Planken wurden zu gleicher Zeit ausgeschoben und während die Deckhands und Feuerleute Alles faßten, hinübertrugen und *abwarfen*, was ihnen gepäckartig in den Weg kam, hatten die letzten der Passagiere kaum das Boot verlassen, als ihnen die langen Breter schon wieder unter den Füßen fortgerissen wurden. *Go ahead!* tönte der Ruf des Capitains vom Hurricane-Deck aus, und die große Schiffsglocke läutete zum Zeichen daß Alle, die noch an Bord wären und nicht dahin gehörten, das Boot verlassen sollten – aber es war das eine bloße Formalität, denn das Boot war faktisch schon wieder im Strom, gegen den es wenige Secunden später an und – weiter brauste.

Die Passagiere der Haidschnucke schienen die einzigen an Bord der Jane Wilmington die Grahamstown zu ihrem Ziel gewählt; nur noch zwei Amerikaner, die ihr ganzes Gepäck, einen winzigen Lederkoffer, in der Hand trugen und damit ohne weiteres die Uferbank hinaufklommen, waren mit ihnen ausgestiegen. Die ganze Landung ging dabei so rasch und fast möchte man sagen gewaltsam von Statten, daß sie nicht einmal Zeit behielten sich zu erkundigen ob dieß auch wirklich Grahamstown sei. Die kleine Stadt lag übrigens auf einem hier zum Wasser niederlaufenden, etwa zwei hundert Schritt hohen und vollkommen baumleeren Hügelhang; eine sehr ausgefahrene Straße lief schräg an dem Hang hinauf zu den ersten Häusern, und einzelne kleine Holzgebäude, ohne eigentlichen sichtbaren Zweck und Nutzen, standen zerstreut unter dem höchsten Rand. Oben konnte man auch, nachdem die beiden Amerikanischen Passagiere in ihren schwarzen Fracks hinter den Häusern verschwunden waren, hie und da einen Mann erkennen der, die Hände in den Hosentaschen, an einer Fenzecke lehnte und hinunter sah, oder eine Frau mit ihrem großen, den ganzen Kopf verhüllenden Bonnet, die ein paar Stücken Wäsche aufhing, um die Fremden da unten mit ihrem Gepäck, einer ordentlichen Burg von lauter Kisten, Kasten, deutschen Ackergeräthschaften, Koffern und Hutschachteln, schien sich keine Seele zu bekümmern, auch kein Fuhrwerk war zu sehn, mit dem sie hätten hoffen können ihr Passagiergut hinauf zu befördern.

»Lieber Gott wie öde das hier aussieht« sagte Marie, die sich mit der Mutter und den übrigen Geschwistern auf ihre Koffer gesetzt hatte, während der Weber mit seiner Familie, und der Professor mit Eduard und Herrn von Hopfgarten noch eifrig beschäftigt waren, das dicht an den Wasserrand, und hie und da selbst in den nassen Sand und Schlamm geworfene Gepäck ein paar Schritte weiter hinauf, wenigstens auf trockenen Boden zu schaffen. –

»Und kein Mensch zu hören und zu sehn« sagte Anna kopfschüttelnd, »große Freude scheinen die Einwohner eben nicht zu haben daß neue Ansiedler kommen.«

Die Mutter sagte kein Wort, aber sie hielt ihr jüngstes Kind auf dem Schooß, und schaute sich dabei still und mit einem unbeschreiblich unheimlichen Gefühl die ganze ziemlich öde unversprechende Umgebung an.

Nichts macht auch wohl einen so traurigen, beengenden Eindruck auf den Fremden, als das erste Betreten einer neuen »*clearing*«,[21] eines neu angefangenen Platzes in den weiten Wäldern Amerikas. Alles ist noch neu und unfertig, überall liegt Baumaterial und Holz; gefällte Bäume, abgehauene Wipfel, ausgerodete Wurzeln trifft das Auge wohin es fällt; Straßen existiren auch nicht, nur zerfahrene Wege, bald hier bald da hinaus ausweichend, natürlichen Hindernissen des Bodens zu entgehn; Nichts hat noch einen Platz, Niemand selbst von den schon Angesiedelten fühlt sich heimisch, und die zertretenen, zerstampften Plätze um die Wohnungen selbst herum, mit nicht einem Baum stehn gelassen der Schatten gäbe, oder Abwechslung in diese Wüste der Civilisation brächte. Wohl hatten die Eingeborenen recht als sie, die ersten Ansiedlungen der Weißen sehend behaupteten, der Indianer sei der einzige rechtmäßige und von dem großen Geist für sein Vaterland bestimmte Eigenthümer, »denn er *entstelle* den Platz nicht, auf dem er sich niederlasse«, und nur den Jahren ist es dann vorbehalten das auszugleichen; die Natur selber muß wieder schaffen und wirken auf dem mishandelten Platz, bis es da wohnlich, bis es heimisch wird.

Die Männer hatten indessen ihre Arbeit unten vollendet, als Hopfgarten, sich mit dem seidenen Taschentuch den Schweiß von der Stirn trocknend, zu den Damen trat.

»Das wird Appetit machen« sagte er lachend, »Wetter noch einmal, nach einem so müßigen Leben, kommt einem die Arbeit ordentlich ungewohnt vor; die Bootsleute hätten sich auch ein wenig mehr Zeit lassen dürfen – ich habe ordentlichen Hunger.«

»Ja, wenn wir hier nur überhaupt etwas bekommen können« meinte Marie neckend – »Sie und Papa werden jedenfalls erst einmal recognosciren gehn müssen, um irgend ein Unterkommen zu entdecken, oder wir werden genöthigt sein die Nacht hier zu campiren und von dem Zwieback zu leben, den Mutter für die Kleinen mitgenommen hat.«

»So weit wird es hoffentlich nicht kommen« sagte der Professor, der jetzt ebenfalls zu ihnen getreten war, »aber – aber ich muß gestehn – *etwas* Anders habe ich mir den Platz, nach Herrn Henkels Beschreibung doch auch gedacht und, was mir das Auffallendste ist, die Leute scheinen hier auf fremde Einwanderung gar nicht vorbereitet zu sein und – brauchen uns entweder nicht, oder – oder glauben vielleicht daß wir gar nicht zu ihnen wollen.«

»Das läßt sich bald erfahren« rief aber Hopfgarten – »wir Beide wollen, wie eben Fräulein Marie vorgeschlagen hat, einmal hinaufgehn und den Herrn aufsuchen, an den Sie, lieber Professor, adressirt sind; jedenfalls werden wir dort gleich erfahren woran wir sind, und was wir hier in diesem *Embryo* Städtchen zu hoffen haben. Ich für mein Theil trete den Weg mit sehr geringen Erwartungen an, und brauche kaum zu fürchten selbst in denen getäuscht zu werden.«

»Gut« sagte der Professor »dann mag Eduard als Beschützer der Frauen zurückbleiben, und dem Weber indessen helfen das kleinere Gepäck etwas mehr zusammenstellen; hoffentlich hat die Stadt da oben auch ein besseres Aussehn, als wir von hier unten erkennen können. Spätestens sind wir in einer Stunde etwa zurück und bringen Bescheid.«

»Aber sollten wir die Damen nicht doch lieber mitnehmen, als sie allein hier in der Sonne sitzen lassen?« wandte Hopfgarten ein.

»Wir bleiben lieber hier« sagte die Frau Professorin rasch – »ich möchte nicht gern den Platz betreten, ehe ich nicht weiß daß unsere Kinder und das Gepäck ein sicheres Unterkommen finden.«

Der Professor hielt das auch für das Beste, denn ihre Familie war durch die Weberleute natürlich sehr angewachsen, und die beiden Männer machten sich jetzt auf den Weg vor allen Dingen den Mr. Goodly zu finden, an den sie empfohlen waren, wie auch Grahamstown selber, das sich bis jetzt noch sehr passiv verhielt, etwas näher in Augenschein zu nehmen. Sie kletterten also vor allen Dingen den etwas steilen und unbequemen Landungsplatz, den schmutzigen schräg anlaufenden Weg dabei vermeidend, hinan und erreichten bald die ersten, schon von unten auf bemerkten Häuser, wo sie das aber, was sie von der Landung aus für einen freien, noch nicht bebauten Platz, als eine breit in den Wald hineingehauene Straße erkannten, an der allerdings Fenzen entlang liefen und in regelmäßigen Zwischenräumen kleine niedere theils Blocktheils *frame*[22] Häuser standen, in der aber auch nur erst die Bäume, die hier ursprünglich den Wald gebildet, gefällt und die Klötze zu den Gebäuden benutzt, die Wipfel zu Feuerholz verbrannt, die Wurzeln und Stümpfe aber noch keineswegs entfernt waren, und der Straße, die ein breites Schild als *Mainstreet* verkündete, etwas ungemein urthümliches gaben.

Die Straße – in der nur zwei Menschen sichtbar waren, der eine mit einer Axt beschäftigt einen knor-

21 Die ersten Anfänge einer Farm, das eben erst urbar gemachte Land.

22 *frame* Häuser heißen in Amerika die von einem hölzernen Gestell gebauten und auswendig mit Bretern übernagelten Gebäude.

rigen Eichenast zu Feuerholz zu spalten, der Andere auf einem umgeworfenen Stamm sitzend, auf dem er, mit einem Zeitungsblatt in der Hand, eingeschlafen schien – bot aber doch etwas, dessen Entdeckung ihnen nicht geringe Freude machte – ein Wirthshaus, auf das sie jetzt rasch und entschieden lossteuerten, dort natürlich an der Quelle alle nöthigen Erkundigungen einzuziehn.

Das Zeichen, das ihnen der Platz verkündete, bestand in einem roh von Stangen aufgerichteten Gerüst, zwischen dem schwebend, an zwei eisernen knarrenden Haken ein Gemälde mit der Unterschrift »*Inn*« (Wirthshaus) hing. Das Bild allein wäre nun schon hinreichend gewesen die Aufmerksamkeit der beiden Reisenden zu fesseln, und Hopfgarten konnte es sich auch nicht versagen, ein paar Secunden davor stehn zu bleiben und diesen, hier dem Wetter preisgegebenen Kunstschatz, zu bewundern. Es stellte allem Vermuthen nach eine Meerjungfer dar, die höchst sinnreich mit dem zur Kufe ausgebogenen sehr schuppigen Fischschwanz über die jedenfalls gefrorene Oberfläche der See hinlief, und dabei eifrig beschäftigt war mit einem siebenzinkigen riesenhaften Kamm, – das Ding sah aus wie das abgebrochene Wurfeisen einer Harpune – die allerdings sehr struppigen rothen Haare zu kämmen. Sie war dabei gewissenhaft nackt, und außerordentlich kräftig gebaut, ob aber der Maler dadurch das Diabolische ihres Charakters am Besten zu geben glaubte, oder ob es nur Phantasie von ihm war, kurz er hatte der Gestalt, die ihre linke, etwas verdrehte und den Daumen auswärts gehaltene Hand unter den Erfolg des Kammes hielt, mit einer so scheußlichen Galgenphysionomie versehen, daß sie als die Urmutter des ganzen Geschlechts gelten konnte, und wohl kaum einem armen »Schiffer in seinem Kahne« der vielleicht den Ohio herunter kam, gefährlich geworden wäre.

»Nun, wie gleicht ihr das Bild?« sagte da plötzlich, in dem sogenannten Pensylvanisch deutschen, aber eigentlich Amerikanisch deutschen Dialekt, da ihn sehr Viele annehmen die nie Pensylvanien gesehen, eine vierschrötige Figur, die in einem blauen Frack von selbst gewebten Zeug und eben solchen pfeffer- und salzfarbenen nur etwas zu kurzen Hosen, die Hände in den Taschen derselben, und den Cylinderhut auf dem Kopf, in der Thür stand, und die beiden Fremden theils, theils die andere Seite seines Schildes die genau dieselbe Figur darstellte, wohlgefällig betrachtet zu haben schien.

»Oh vortrefflich« sagte Herr von Hopfgarten rasch, und etwas erstaunt über die deutsche Anrede – »aber Sie sprechen deutsch?« –

»*Y-e-s*« sagte der Pensylvanier langsam und selbstbewußt.

»Aber Sie sind kein Deutscher?«

»No – denke nicht.«

»Und woher wußten Sie daß *wir* Deutsche sind?« frug der Professor, dem es ein eigenthümliches Gefühl war trotz seiner, keineswegs auffälligen oder außergewöhnlichen Kleidung gleich als Fremder, nicht zum Land Gehöriger erkannt zu sein.

»Well, ich weiß nicht« sagte der Pensylvanier schmunzelnd, »aber Ihr Deutsche seht immer so artlich aus, daß man Euch gleich wie die schwarzen Schaafe unter den Weißen herausfinden kann. Aber wollt Ihr nicht hereinkommen und ein Glas Cider trinken? es ist heiß heute.«

Die beiden Fremden folgten gern der Einladung, weniger des in Aussicht gehenden Äpfelweins als der gehofften Nachrichten wegen, und folgten dem Mann, der sie in den unteren, eben nicht sehr gemüthlichen Raum seines Schenk- und Gastzimmers führte, dort ohne weiteres hinter seinen Schenktisch trat, ein paar Gläser vor sie hinsetzte und ihnen dann eine gelblich trübe Flüssigkeit eingoß die er ihnen als »*first rate*«[23] und honigsüß anprieß. Er lehnte sich dann mit den beiden Ellbogen auf seinen Tisch und sah ihnen freundlich zu wie sie die Flüssigkeit, ein sauersüßes etwas fade schmeckendes Gebräu, mit der bestmöglichsten Miene verschluckten.

»Capitaler Cider das – hat mein Junge selber gemalt, alle beiden Seiten.«

»Was?« sagte Hopfgarten rasch, über sein halbgeleertes Glas hinwegsehend.

»Das Bild draußen mein ich« sagte der Pensylvanier – »die *Mermaid* – verfluchter Junge, hat es Alles von sich selber gelernt.«

»Oh das Schild draußen – ja, ist wirklich vortrefflich gemacht« stimmte ihm Hopfgarten bei, nur nicht in die Möglichkeit versetzt zu werden den Cider ebenfalls loben zu müssen – »verräth sehr viel Talent.«

»*Yes*« – sagte der Pensylvanier schmunzelnd – »und noch dazu ohne Pinsel, blos mit einer Zahnbürste.«

Das Gemälde gewann durch diese Nachricht allerdings an artistischem Werth, dem Professor, der sich sonst vielleicht sehr über das Gespräch amüsirt hätte, gingen aber doch in diesem Augenblick zu viel andere Dinge im Kopf herum, und er schnitt die Unterhaltung durch eine direkte Frage nach dem Mann ab, an den

23 erster Klasse.

er hierher adressirt worden, und für den er freundschaftliche Briefe bei sich trug.

»Mister Goodly – so? – « sagte aber der Pensylvanier, dessen Name Ezra Ludkins war, seine beiden Gäste Einen nach dem Anderen rasch aufmerksamer als vorher von oben bis unten betrachtend – »und Ihr wünscht Mister Goodly zu sprechen und habt Briefe für ihn?«

»Ja mein Herr« sagte der Professor, der sich aber noch immer nicht recht an das Pensylvanische *Du* gewöhnen konnte, »und Sie würden uns einen großen Dienst erweisen, wenn Sie uns zu ihm führen wollten.«

»So? – hm?« sagte der Wirth wieder, mit den Fingern der linken Hand dabei den Yankeedoodle auf dem Tisch trommelnd – »Mr. Goodly? Und Ihr seid Freunde von Mr. Goodly? –«

»Wenigstens durch einen Freund an ihn empfohlen; und wo können wir ihn wohl finden?«

»Darum hätte der Sheriff viel Geld gegeben wenn er das wüßte« sagte Ezra.

»Der Sheriff? – wie so – ist er nicht mehr hier?« frug der Professor rasch und erschreckt.

»Ich denke nicht« erwiederte der Pensylvanier, mit unzerstörbarer Ruhe – »könnten hier auch nicht *care* auf ihn tähken,[24] denn wir haben noch keine *penitentiary*.«

»Kein Zuchthaus?« rief Herr von Hopfgarten – »hat Herr Goodly irgend etwas verbrochen?«

»Well ich weiß nicht ob Ihr das etwas verbrochen nennt, aber er hat erstlich ein halb Dutzend Menschen mit falschem Spiel ruinirt, und dann einer alten Frau, die hier allein in einem Hause wohnte und viel *Cash* (baar Geld) haben sollte, blos den Hals abgeschnitten. Nachher hat er sich *scarce* gemacht und bis jetzt haben sie ihn noch nicht wieder ketschen[25] können.«

»Aber das ist ja gar nicht möglich!« rief der Professor, »das kann *der* Goodly nicht sein – Mr. Goodly hat hier eine Farm dicht bei Grahamstown am *blue creek*, etwa eine halbe Meile von hier – ausgedehnte Rinder- und Schaafheerden, und zieht hauptsächlich Schweine für den Cincinnati-Markt.«

»Well« sagte der Pensylvanier mit dem Kopfe nickend, und ein Glas für sich selber von dem Gesims herunter nehmend, das er sich mit *brandy* – er selber trank keinen Cider – anfüllte, und auf einen Schluck austrank – »das trifft. Seine kleine *cabin* stand am *blue creek*, wie der Platz heißt – er hielt zwei Kühe, und das Weibsbild das er die letzten drei Monate bei sich hatte, und die mit ihm durchgebrannt ist, kaufte sich von Bill Owen ein zahmes Schaaf zur Unterhaltung.«

»Aber das sind keine Heerden – «

»Bah, wenn er's eine Heerde nennt – Grahamstown ist auch noch keine Stadt, wenn wir so wollen.«

»Und Mr. Goodly war wirklich – «

»Der nichtswürdigste Schurke, den je die Welt getragen«, unterbrach ihn der Pensylvanier ruhig, »und ich will Euch wünschen, Leute, daß Ihr noch bessere Empfehlungen mit nach Grahamstown gebracht habt wie an den.«

»Allerdings keine weiter«, sagte der Professor, mit einem aus tiefster Brust herausgeholten Seufzer, denn wie ein Wetterschlag schmetterte diese Nachricht all seine Hoffnungen zu Boden. Was jetzt thun, was machen, wohin gehn? – und seine Familie, rathlos ohne einen Freund in dem fremden Lande, mit seinem Gepäck im Freien und dem Zufall preis gegeben.

»Apropos Fremder«, sagte da der Pensylvanier plötzlich von einem neuen Gedanken ergriffen, »Ihr sagt, Ihr habt einen Brief von einem Freund von Goodly – vielleicht wäre da Auskunft darin über ihn zu finden, wo er jetzt steckt – setze nun den Fall wir machten den Brief einmal auf.«

»Der Gedanke ist vortrefflich«, rief Herr von Hopfgarten, »und ich wäre ungemein gespannt zu sehn was Herr Henkel an ihn schreibt.«

»Ich darf doch keinen Brief von einem Fremden öffnen«, sagte der Professor – »überdieß konnte Henkel Nichts über seine Flucht wissen, sonst hätte er mir den Brief nicht mitgegeben.«

»Nun, vielleicht wünscht ihn der Sheriff zu sehn«, sagte der Pensylvanier, ruhig die eben gebrauchte Flasche wieder zurückstellend, »wäre jedenfalls interessant auch den *Freund* kennen zu lernen.« Der Mann hatte die beiden Fremden, seit er sie mit jenem anerkannten Gauner in Verbindung gebracht, ziemlich kalt und mistrauisch fortwährend betrachtet, und ein Verdacht war jedenfalls in ihm aufgestiegen, ob es mit deren Ehrlichkeit nicht am Ende ebenso schwach beschaffen sein könne, wie mit der des Burschen nach dem sie frugen, und dessen Abwesenheit besonders den Einen – wie ihm keineswegs entgangen – augenscheinlich in Verlegenheit setzte. Herr von Hopfgarten übrigens, der seine eigenen Beweggründe dabei hatte, drang jetzt selber in den Professor das Schreiben, von dem ihm ja auch Henkel gesagt daß es nur eine Empfehlung sei, zu erbrechen. Henkel selber konnte

24 *to take care* Sorge für etwas tragen.

25 *to catch* fangen.

nicht wissen, daß Mr. Goodly in der Zeit solche Streiche gemacht, und würde, wenn er es später erführe, gewiß sehr damit einverstanden sein, daß sein Brief geöffnet und von ihm selber der Verdacht entfernt worden, in unehrenhafter Beziehung zu dem Entwichenen gestanden zu haben. Der Professor sträubte sich aber noch lange dagegen, und nur erst als sie das Papier gegen das Licht gehalten und dadurch gesehen, daß es wirklich nur wenige Zeilen enthalte, und selbst in der Hoffnung für sich vielleicht einen Fingerzeig zu weiterem Handeln zu finden, entschloß er sich endlich dazu dem Wunsch des Pensylvaniers zu willfahren. Dieser schien außerdem nicht übel Lust zu haben ihm den Sheriff auf den Hals zu schicken, wodurch er am Ende noch in eine ganze Masse unangenehmer Geschichten verwickelt werden konnte, und er hatte von Deutschland her noch einen ganz besonderen Respekt vor jeder Berührung mit den Gerichten, dachte auch nicht daran seinen ersten Schritt in Amerika gleich mit einer ähnlichen Verlegenheit zu beginnen. So endlich öffnete er das Siegel und überlas flüchtig die Zeilen, die er dann achselzuckend an Hopfgarten, während diesem der Pensylvanier neugierig über die Schulter schaute, gab. Der Brief lautete einfach.

»Lieber Goodly.«

»Ich sende Dir hier einen Freund, der Land zu kaufen wünscht – womöglich gleich eine eingerichtete Farm – ich habe nicht den geringsten Zweifel, daß Du ihm das besorgen wirst. Er hat Geld und ist ein Professor. Es wäre mir *sehr* angenehm, wenn er einen passenden Platz im Norden fände – ich brauche Dir nicht mehr zu sagen.«

»Ich bin seit einigen Tagen wieder in Amerika – habe sehr gute Geschäfte gemacht und hoffe Dich *jedenfalls* im Laufe des nächsten Monats in New-Orleans zu sehn. Du *mußt* kommen. Meine Adresse kennst Du. – O..... ist auch hier und immer noch der Alte. Es grüßt Dich bestens

Dein

Soldegg *Henkel.*«

»*Soldegg* Henkel?« sagte Herr von Hopfgarten, als er den Brief einmal flüchtig, den Inhalt nur überfliegend, dann langsamer durchlesen hatte – »*Soldegg*, was für ein sonderbarer Vorname; hieß denn Henkel nicht anders?«

»Ja ich weiß es wahrhaftig nicht«, sagte der Professor, »ich habe nie darauf geachtet, und soviel ich weiß seinen Vornamen auch nie gehört – vielleicht ist dieser hier in Amerika gebräuchlich.«

»Soldegg?« sagte der Pensylvanier, an den diese Bemerkung halb als Frage gerichtet war, indem er hinter seinen Schenktisch ging und sich den Namen aufschrieb, »nicht daß ich wüßte; s' ist aber möglich, die Methodisten und Baptisten geben ihren Kindern manchmal ganz artliche Namen, von denen man nie weiß wo sie her sind, aber – wie ich da eben aus dem Brief sehe, habt Ihr die *intention* Euch hier zu settlen, und eine Farm zu kaufen; ist das wahr?«

»Das war allerdings meine Absicht«, sagte der Professor kopfschüttelnd im Zimmer auf und abgehend, während sich Hopfgarten mit dem Brief in eine Ecke gesetzt hatte, und ihn wieder und wieder durchstudirte, »damals hoffte ich aber keine weiteren Schwierigkeiten dabei zu finden, sondern gleich Jemanden in diesem Herrn Goodly zu haben, der mir mit Rath und That an die Hand gehen könnte. Ich wäre sonst wahrhaftig nicht nur so auf gerathewohl mit Weib und Kindern, Dienstboten und Gepäck hier heraufgekommen.«

»Well, wenn Du bei Allem solch Glück hast, als daß Du den Schuft von Goodly nicht mehr hier findest und in dessen Klauen gefallen bist«, meinte der Pensylvanier trocken, »dann kannst Du es noch zu 'was bringen in den States. Aber Deine Familie hast Du wohl in Cincinnati?«

»In Cincinnati? – *hier* – unten am Fluß, mit Kisten und Kasten.«

»*The devil!*« rief der Pensylvanier überrascht aus – fügte aber dann, indem er sich ohne weitere Schwierigkeit auf seinen Schenktisch setzte und sein rechtes Knie zwischen die zusammengefalteten Hände nahm, langsamer und wie überlegend hinzu, »hm – da befindest Du Dich *anyhow* in einem *fix*[26] – seid heute Morgen mit dem Dampfer gelandet, heh?«

»Ja wohl, mit der Jane Wilmington.«

»Ahem, calculirte so; und wollt eine Farm wirklich *kaufen*?«

»Wenn ich etwas passendes fände.«

»Mit Vieh und Einrichtung?«

»Wäre mir allerdings das Liebste.«

»Und Gebäuden?«

»Versteht sich von selbst.«

»Und wie theuer äbaut?«

»Ja lieber Herr, das hinge allerdings von Umständen ab, und müßte sich doch entschieden nach der Farm selber richten.«

»Well, vor allen Dingen können wir die Ladies nicht unten an der Landung sitzen lassen«, meinte der

26 *to be in a fix*, sich in schwieriger Lage befinden.

Pensylvanier, »und es wird das Beste sein sie hier heraufzumuven – Unterkommen haben wir schon für sie; wir müssen wenigstens sehn, daß wir 'was auffixen – aber so recht bequem wird's freilich nicht werden.«

»Ja ich weiß aber gar nicht«, sagte der Professor unschlüssig, indem er sich an den noch immer den Brief studirenden Herrn von Hopfgarten wandte, »ob ich unter solchen Umständen überhaupt hier bleibe, oder nicht lieber gleich direkt nach Cincinnati gehe. Was meinen Sie dazu lieber Hopfgarten – lassen Sie doch den unglücklichen Brief, Sie lernen ihn wohl auswendig?«

»Auswendig nein«, sagte der kleine Mann aufstehend, »obgleich er's am Ende verdiente, denn ich fange an zwischen den Zeilen zu lesen und ich versichere Sie, lieber Professor, mir wird angst und bange dabei zu Muthe.«

»Aber wie so? – was haben Sie?«

»Lassen Sie nur jetzt, davon nachher; jetzt müssen wir doch wohl an das Ihnen näher Liegende denken.«

»Ja nach Cincinnati wieder fahren«, sagte der Pensylvanier achselzuckend, »das ist so eine Sache. Natürlich könnt Ihr das thun, denn Steamboote dorthin laufen fast alle Tage hier vorbei; heute sind aber schon drei aufwärts gegangen, es ist also sehr die Frage, ob über Tag noch eins kommt, und die Ladies dürfen doch die Nacht nicht gut unten am River bleiben. Außerdem seid Ihr einmal hier, das Land ist hier auch billiger wie um Cincinnati herum, und ich calculire, daß Ihr doch am Ende besser thätet, Euch hier erst einmal ein paar Tage umzusehen; nachher könnt Ihr ja *anyhow* doch noch immer thun was Ihr wollt.«

In dem Rath lag sehr viel Vernünftiges; das ewige Gepäck herumschleifen bekam der Professor auch satt, und die Passage nach Cincinnati, so gering die Strecke sein mochte, hätte für seine wie des Webers Familie, »*a smart sprinkle* Geld« gekostet, wie sich der Pensylvanier ausdrückte, da sich die »Steamboote« das Anlegen schon besonders zahlen lassen. Zu dem kam dann noch das Hinaufschaffen der Fracht in ein Gasthaus, der Aufenthalt dort, das Wiederwegschaffen – die Masse Personen – auch von Hopfgarten rieth ihm jedenfalls erst die Umgegend hier einmal in Augenschein zu nehmen; gefiel es ihm dann wirklich *nicht*, so hatte er doch ein Stück vom Lande gesehen, die Preise und Verhältnisse etwas kennen gelernt und – Erfahrung gesammelt, ohne eben mehr wie ein paar Tage, mit nicht größerem Kostenaufwand als doch nicht mehr zu umgehen war, versäumt zu haben.

Der Pensylvanier ging jetzt vor allen Dingen mit ihnen an die Landung hinunter, dort das Gepäck in Augenschein zu nehmen, um es nachher mit seinem Geschirr heraufzuholen, und die Damen in sein Haus einzuführen. Er war, nachdem er die Absicht der Fremden gehört, und nun doch auch wohl gesehen hatte, daß sie mit jenem übel berüchtigten Goodly in nicht dem geringsten Verhältniß standen, wieder sehr freundlich und zuvorkommend, wenn auch immer auf seine sehr trockene ungenirte Weise geworden. Gegen die Damen aber war er besonders artig, und bot sogar der Frau Professorin, die er in Indiana mit den jungen Ladies willkommen hieß, den Arm an und führte sie den Berg hinauf, und die Männer nahmen Jeder ein Stück des leichteren Gepäcks und folgten. Des Pensylvaniers Wagen wurde dann augenblicklich nach unten geschickt die übrigen Sachen, bei denen des Webers Frau mit den Kindern so lange als Wache bleiben mußte, ebenfalls hinauf und unter Dach und Fach zu bringen – hatte aber dreimal zu fahren, ehe er sämmtliche Kisten und Collis an Ort und Stelle schaffen konnte.

Für diesen Tag war nun allerdings nicht viel mehr zu unternehmen, am nächsten Morgen aber, sobald es den Herren gefiel, erbot sich der Pensylvanier sehr bereitwillig mit ihnen in das Land zu reiten, wo er ihnen sogar, nur neun Miles von Grahamstown und etwa vier oder fünf vom Ohiostrom entfernt, eine kleine reizende Farm offeriren könne. Diese, jetzt von einem seiner Söhne bewohnt, wäre ihm vielleicht feil, »wenn er seine Auslagen bezahlt bekäme«, indem er selber keinen Gebrauch mehr dafür hätte. Die Wirthschaft sagte ihm, seiner Aussage nach, mehr zu als das Farmerleben, und Grahamstown würde und müßte sich in sehr kurzer Zeit so heben, daß sich seine jetzt unscheinbare Inn zu einem Hotel umgestalten könnte. Wenn besonders *der* Plan verwirklicht würde, an dem das *County* jetzt arbeitete – den Platz mit der nach St. Louis führenden und schon fast beendigten Eisenbahn zu verbinden, hoffe er das Fabelhafteste für Grahamstown. Er gab dabei nicht undeutlich zu verstehn, daß ein paar hundert Thaler für Bauplätze in der Stadt selber ausgelegt, leicht in drei oder vier Jahren zu ebenso vielen Tausenden werden könnten, und wie er für die Zukunft sogar an dem Bestehen Cincinnatis zweifelte, das mit der weit vortrefflicheren Lage dieses Platzes, *unterhalb* den bei Louisville gelegenen Stromschnellen, kaum werde auf die Länge der Zeit concurriren können. Er mochte es sich dabei nicht versagen die Fremden, wahrscheinlich um sie noch mehr zu überzeugen, auch in die Anlage des »beabsichtigten« Grahamstown hinauszuführen, und Mainstreet hinuntergehend, was einige Schwierigkeiten der weiter oben häufig queerüberliegenden Bäume wegen hatte, kamen sie etwa 500 Schritt von dem oberen Rand des kleinen Platzes zu dem ausgesteckten und hier und da selbst schon »geklearten« Marktplatz, wo allerdings noch sämmtliches gefälltes Holz wie Kraut und Rüben durcheinander lag, nichts destoweniger aber doch schon der Platz für die Bank, für das Theater und für die Börse – das Court oder Gerichtshaus stand schon in Gestalt eines breiten überwachsenen Blockhauses an der nämlichen Stelle, an der es sich später von massivem Sandstein oder Granit erheben sollte – ausgemessen, und an den noch stehenden Bäumen durch kleine hölzerne Tafeln bezeichnet worden.

Der Professor hätte unter anderen Umständen gewiß über dieß großartige Planmachen, in dem die Amerikaner überhaupt berühmt sind, gelächelt, und sich damit amusirt, denn seinen eigenen Ansichten von Städtebauen nach, soviel er auch Amerikanischer Triebkraft dabei zu Gute schrieb, konnte und mußte wohl ein halbes Jahrhundert vergehn, ehe die Hälfte dessen wahr geworden, über das der Pensylvanier sprach als ob es sich im nächsten Frühjahr ereignen würde. Jetzt aber, mit in den Wirbel schon halb und halb hineingezogen, der hier Alles drehte und mit sich fortriß, schon ein halbes Glied des Ganzen, und doch noch eigentlich nicht dazu gehörig, noch ganz fremd auf dem Boden, den er unterwegs schon gewissermaßen als seine Heimath betrachtet, erfüllte ihn das Alles mit einem unbehaglich drückenden Gefühl, so daß er manchmal ordentlich tief aufathmen mußte, wie eine schwere Last von seiner Brust zu wälzen.

Der Amerikaner dagegen ritt auf seinem Steckenpferd, und die *improvements* des Bodens und der Stadt, der Wachsthum der Einwohnerzahl, die Erbauung von Kirchen, Schulen, Universitäten, Bibliotheken etc. etc. riß ihn mit einer Phantasie und Einbildungskraft fort, die so innerste Überzeugung schien, daß sich selbst der Professor, trotz seiner niedergedrückten Stimmung, doch zuletzt nicht enthalten konnte wenigstens einen kleinen Theil des in soliden Luftschlössern aufgebauten Bildes für möglich zu halten, und sich in der That, noch ehe sie das Gasthaus wieder erreichten, dabei erwischte wie er eine Zuckerfabrik – den Runkelrübenbau in Amerika einzuführen war eine Lieblings-Idee von ihm – an der *blue creek* errichtete, mit derselben Wasserkraft eine Säge- und Mahlmühle trieb, und weiter unten eine Talgsiederei anlegte von den Überbleibseln der Heerden, die er nach St. Louis und New-Orleans schickte, den größtmöglichsten Nutzen zu ziehn.

Der Abend ging trotzdem sehr still vorüber – das drückende Gefühl der Heimathlosigkeit, das auf ihnen Allen lag, sie mochten ankämpfen dagegen wie sie wollten, ließ sich nicht so rasch bewältigen, und wenn auch der Pensylvanier Alles that ihnen die Eigenschaften des Landes, auf dem sie sich jetzt befänden, herauszustreichen, und seine Frau, ein freundliches Weibchen aus Louisville, ihre öden Zimmer so behaglich herrichtete wie es unter den Umständen nur möglich war, sie blieben still und einsylbig und selbst Marie, die munterste sonst von Allen, hätte sich am allerliebsten in irgend eine versteckte Ecke gedrückt und recht herzlich ausgeweint – so weh, so eigenthümlich war ihnen zu Allen zu Muthe.

»Apropos«, rief da plötzlich Herr von Hopfgarten, als sie sich gerade für die Nacht trennen wollten (der Pensylvanier hatte ihnen nur drei Zimmer zur Verfügung stellen können – eins für die Damen, eins für die Weberfamilie und eins für die Herren) »was ich Sie noch fragen wollte – kennt eine von den Damen vielleicht den Vornamen unseres gemeinschaftlichen Freundes Henkel?«

»Ja wohl«, rief Marie rasch – »er heißt Joseph; warum?«

»Ganz recht – jetzt fällt es mir auch ein, Joseph!« sagte Hopfgarten schnell; »wie man doch so etwas vergessen kann, ich habe selber den Namen mehr wie hundert Mal gehört.«

»Joseph – ja wohl«, sagte auch jetzt der Professor, »da muß das wirklich sein Amerikanischer Beinamen sein.«

»Sein *Amerikanischer* Name?«

»Der Brief, von dem ich Euch sagte, ist mit *Soldegg* Henkel unterschrieben und es war auch mir so, als ob seine Frau wenigstens ihn mit einem anderen Vornamen, nicht Soldegg, genannt hätte.«

»Soldegg – Soldegg – ich habe den Namen nie, auch selbst nicht in Heilingen gehört«, sagte Anna – »lieber Gott was mag Clara jetzt machen; es ist mir immer ein recht trauriges, wehmüthiges Gefühl, daß wir sie krank zurücklassen mußten.«

Herr von Hopfgarten war aufgestanden und ging, mit auf den Rücken gelegten Händen unruhig im Zimmer auf und ab, aber er sagte kein Wort weiter, und da die Frau Professorin etwas über Kopfweh klagte, und die Kinder auch unruhig wurden, verabschiedeten sich die Männer bald, und suchten ebenfalls ihr Lager.

Der andere Morgen brach an, und mit ihm ein wichtiger Tag für die neuen Ansiedler, der vielleicht entscheidend für sie sein sollte, für ihr ganzes Leben und Glück, denn eine neue Heimath sollte gesucht, ein Platz gefunden werden, auf dem sie ihre neue Laufbahn nicht allein beginnen, sondern für den sie auch die Mittel, die sie zu ihrem Fortkommen mit herüber gebracht, auslegen wollten, daß ein Rückschritt nachher ohne bedeutende Verluste nicht möglich gewesen wäre. Und entsprach etwa Alles, was sie bis jetzt von dem Lande gesehen, ihren Erwartungen? durfte der Professor hoffen in dieser Gegend gleich einen solchen Platz zu finden, an dem er es vor sich und seiner Familie verantworten konnte zu bleiben? Er wagte gar nicht sich die Frage vorzulegen, denn der erste Eindruck von Grahamstown war ein gar zu beengender, ja enttäuschender gewesen. Allerdings befanden sie sich in einem neuen Land, und da, wo noch Ackerbau und Cultur in der Wiege lagen und eben deshalb auch dem, der sie weckte und in's Leben rief, so wacker lohnte, durfte und konnte man nicht erwarten ein Land zu finden wie man es daheim verlassen hatte; es war eben eine halbe Wildniß, in der erst gerade *durch* die geweckte Cultur der Segen aufkeimen sollte, den sich die Auswanderer von Amerika versprachen. Das Alles hatte man sich daheim auch wohl wie oft selber gesagt, und war allem Anschein nach vollkommen darauf vorbereitet gewesen; und doch jetzt da es wirklich so aussah wie man es – innerlich gewiß mit manchem Vorbehalt – aber doch äußerlich nicht anders erwartet, mit den wild umher gestreuten Stämmen, den niederen, jeder Bequemlichkeit mangelnden Holzhäusern, den fremden Menschen, da fühlte sich die Brust beklemmt und sorgenschwer, und der Blick suchte wohl gar einen Augenblick halb unbewußt und scheu nach dem verlassenen Ufer zurück. Aber lieber Gott, das lag weit, weit dahinten; mit der abgerissenen Brücke hinter sich standen sie an dem fremden Strand, und wenn auch keinen Trost doch wenigstens Beruhigung gab ihnen das Bewußtsein jetzt: »Du *mußt*!« Ein Rückweg war nicht mehr möglich, wenn sie das selbst gewollt hätten, und mit *dem* Gefühl kehrte auch wirklich mehr Ruhe, jedenfalls mehr Entschlossenheit, in ihr Herz zurück.

Viel gleichgültiger betrachtete der Weber das neue fremde Land, in dem er durch seine Anstellung bei dem Professor schon gewissermaßen festen und sicheren Fuß gefaßt, ehe er es nur betreten. Er war neugierig allerdings, wie er es finden würde, und ob die Erzählungen, die er davon zu Hause gehört und gelesen, jetzt sich als wahr erweisen sollten; aber vor der Hand in seiner und der Seinigen Existenz gesichert, fürchtete er eben Nichts, und konnte die Zeit mit dem, wie sie sich entwickeln würde, ruhig und sorglos erwarten. Seine Ansprüche an das Leben waren auch geringer; Vieles, was der in anderen Kreisen erzogenen Familie des Professors Entbehrung schien, wenn sie sich auch nicht darüber aussprachen oder gar beklagten, war ihm selbst schon eine Verbesserung seines bisher gewöhnten Zustandes, und die Gewißheit nicht allein seine Familie auf ein volles Jahr untergebracht und versorgt zu haben, sondern auch sogar an baarem Geld mehr zu verdienen, als er bis jetzt in seinem ganzen Leben im Stande gewesen war zu erübrigen, ließ ihn dem neuen Leben mit freudiger Zuversicht entgegengehn.

Seine Frau theilte das Gefühl, wenn sie sich auch noch in der fremden Welt gedrückt und unbehaglich fühlte; nur die alte Mutter, der ihre gewohnte Ecke mit dem Spinnrad fehlte sich darin niederzuhocken, der die Sonne an der verkehrten Stelle auf- und unterging, und die Bäume nicht dahin den Schatten warfen wohin sie sollten, der die Vögel nicht zwitscherten wie daheim und die Blumen – ihre Astern – nicht blühten, und die schon zehnmal in Gedanken vor die fremde Thür getreten war die Linde zu besuchen, unter der der Leberecht ruhte, dann immer nur um so viel niedergeschlagener, so viel mürrischer zurückzukehren zu dem selbst nicht gewohnten Sitz, stöhnte und klagte den ganzen Tag und saß, die Hände müßig im Schooß gefaltet, und still und langsam dazu mit dem zitternden Haupte nickend und schüttelnd, auf ihrem Stuhl. Sie fühlte daß sie dem heimischen Boden, den Gräbern ihrer Lieben, der alten Dorfkirche und dem stillen Plätzchen, das sie so lange, lange Jahre das ihre genannt, entrissen, für ewig, und auf Nimmerwiedersehn entrissen sei, und sie glaubte jetzt das Herz müsse ihr brechen.

Der Professor hatte sich übrigens, wogegen der Pensylvanier erst einige Schwierigkeiten machte, dazu entschlossen den Weber auf ihrer heutigen Excursion mitzunehmen, sein Urtheil über das Land dabei zugleich zu hören und seine Meinung über den ganzen Kauf an Ort und Stelle zu haben. Der Wirth schien nicht recht damit einverstanden; er hatte im Anfang kein Pferd mehr für ihn da, dann dauerte es zu lang bis eins geholt werden könnte; der Professor aber, der klug genug war in einer Sache mistrauisch gegen sich selbst zu sein, die doch jetzt über alles Theoretische hinausging und in das praktische Leben direkt eingriff, vielleicht auch in der unbestimmten Furcht vor einem doch möglichen Fehlschlagen, in dem er nachher die Schuld nicht ganz allein zu tragen hätte, ließ keine Ausrede gelten und erklärte, dann lieber noch einen

Tag warten zu wollen bis die Pferde gefunden wären, ehe er eben *ohne* den Weber, dem er vielleicht mehr zutraute als er verstand, die Farm in Augenschein nähme. Als der Pensylvanier endlich sah daß der Fremde von diesem Entschluß nicht abging, waren auch die Pferde nach kaum einer Viertelstunde gesattelt und bereit, und die kleine Gesellschaft, von der sich der Professor selber am unbehaglichsten »an Bord« des etwas hohen Pferdes fühlte, setzte sich in einem scharfen Schritt in Marsch, dem freien Lande zu.

Die hölzernen, mit Fenzen eingefaßten Gebäude ließen sie bald hinter sich, und folgten der sogenannten *county*-Straße, die noch eine Strecke weit durch den breit ausgehauenen Wald hinführte, wobei ihnen der Pensylvanier mit dem größten Ernst immer noch die schon ausgelegten aber noch nicht einmal »urbar gemachten« Straßen von Grahamstown zeigte. Dort, in das dicke Gebüsch von Hickory und Eichen sollte einmal später das Waisenhaus kommen – da drüben an dem etwas feuchten Fleck wo die Sycomore und Erlen standen war der Platz für den Gasometer ausgelegt – die Telegraphenstation mit der Post mußte unten am Fluß selber sein, in dem Centralpunkt des Handels und Verkehrs, der sich natürlich in den ersten zehn Jahren, und bis die Eisenbahnen von hier aus nach allen Richtungen auszweigten, jedenfalls in der Nähe des Wassers halten müßte. Er selber hatte sich aber auch zwei Bauplätze hier an der Grenze des Weichbildes reservirt, einen an dem nächst zu erwartenden St. Louis, den anderen, an dem Cincinnati-Bahnhof. Wo die Eisenbahn die einmal später nach New-Orleans und Charlestown führte, auslaufen sollte, darüber hatten sich die Bürger noch nicht geeinigt, und es war einer späteren Versammlung vorbehalten worden darüber zu entscheiden.

Der Mann sprach dabei mit solcher Ruhe und Sicherheit, und schien selber von dem rasenden Wachsthum der Stadt so fest überzeugt zu sein, daß sich der Professor nicht allein mehr und mehr mit dem Gedanken vertraut machte sich in der Nähe eines so bedeutenden Platzes, jetzt da das Land noch billig zu haben sei, niederzulassen, sondern sogar schon unbestimmte Wünsche in sich aufsteigen fühlte, selber ein paar Bauplätze in den bestgelegensten Theilen der Stadt – nur nicht zu nahe am Gasometer – zu erstehen. Ezra Ludkins hatte ihn dabei schon aufmerksam gemacht, daß gegenwärtig die passendste Zeit dazu sein würde, da mit dem Winter besonders ihre, nur für jetzt noch aus Holz bestehenden Bauten gewiß am Stärksten in Angriff genommen werden würden, und der Preis der Lots (Bauplätze) mit jedem neu errichteten Hause an Werth gewinnen und steigen *müßte.*

Der Weber daneben, der ziemlich sicher auf seinem Pferde saß, war ganz Ohr bei der fabelhaften Beschreibung des Landes, und dankte im Stillen seinem Gott und dem Professor, daß er nicht in völliger Blindheit an diesem merkwürdigen Platz vorübergefahren, sondern mit Sack und Pack ausgestiegen sei, und nun natürlich auch im Stande sein würde mit zuzulangen, wenn es hier einmal Brei oder Goldstücken regnete, denn weiter blieb, nach des Amerikaners Beschreibung und Aussichten, wirklich nicht viel mehr übrig.

Am wenigsten achtete von Hopfgarten darauf der, nicht in der Absicht sich hier niederzulassen, wenig Interesse dabei fand in wie fern die Stadt den Hoffnungen, die ihr neuer Freund dafür hegte, entsprechen würde, und mehr darauf achtete das sich jetzt rasch vor ihnen aufrollende Land mit seinen Eigenthümlichkeiten zu beobachten. Das aber fesselte auch bald die Aufmerksamkeit der beiden Anderen, und als sie eine Strecke lang im Wald, durch den sich die Straße um Sumpflöcher und Baumwurzeln hinwand, fortgeritten waren, die erste Lichtung, und mit dieser eine Farm – eine wirkliche Farm im Inneren von Amerika – erreichten, hielten sie wie auf gemeinsame Verabredung ihre Pferde an, und schauten still und schweigend, jeder mit seinen eigenen Gedanken beschäftigt, den Platz an, der sich hier vor ihnen ausbreitete. –

Aber wie anders hatten sie sich eine Ansiedlung in Amerika gedacht, wie freundlich sich das ausgemalt, und die stille Wohnung im Walde, mit all dem Zauber geschmückt, den die Natur fähig ist einem solchen Bilde zu geben. Das rege Schaffen der Menschen dabei, muntere fette Heerden, ein freundlicher Garten, schattige fruchtschwere Obstbäume, unter denen die lauschigen Fenster freundlich und versteckt hervorschauten; der reinliche Kies oder Rasenplatz dann vor der Thür, auf dem die Kinder spielten, und die niederen Nebengebäude mit Ställen und Scheunen, die sich dicht an das Wohnhaus schmiegten – Lieber Gott, wie anders sah das hier aus.

Eine sogenannte Wurmfenz – die langgespaltenen Hölzer ohne weitere Befestigung untereinander, nur im Zickzack immer Enden über Enden gelegt – umschloß ein Stück von etwa zehn Acker »geklearten« Landes, wie sich der Pensylvanier ausdrückte, d. h. ein Theil der Stämme vor etwa drei Fuß vom Boden, je nach Bequemlichkeit des Fällers, theils umgeschlagen und das überflüssige Holz auf große Haufen geschafft, verbrannt zu werden, theils standen die übrigen Bäume noch eingeringelt oder »getödtet« dürr und trocken die nackten Arme gen Himmel streckend, einzeln zerstreut über den Plan. Der Wald begrenzte an der Rückseite diese Rodung, aber noch war ihm keine Zeit gegeben da, wo er erst kürzlich seines Schmuckes beraubt worden, wieder frisch auszuschießen, und die grüne Wand die er bildete sah zerrissen, rauh und wüst aus, eben wie der Boden, der mit dem Pflug gelüftet ein wildes trostloses Gewirr und Chaos von Wurzeln, Schollen und zackigen Furchen bot, daß es dem Fremden gar nicht so schien, als ob er je im Leben im Stande sein würde eine ordentliche Erndte zu tragen.

Die Straße die hindurchlief und an beiden Seiten von Fenzen eingefaßt war hatte man, kein besonderes Zeichen für den *Werth* des Landes – fast vierzig Schritt breit gelassen, und der Fuhrweg zog sich, sumpfigen Stellen, Klötzen und Stümpfen aus dem Weg gehend, herüber und hinüber in ausgefahrenen Gleisen, während einzelne niedere Blockhäuser, mehr Ställen als Wohnungen gleichend, zerstreut über den Platz weglagen, und mit dem Rauch der aus ihren Schornsteinen stieg nur zu wohl verriethen wie sie bewohnt seien.

Und nichts – gar nichts Freundliches boten sie, kein Gärtchen schmiegte sich an sie an, kein Fruchtbaum verrieth die sorgsame Hand des Gärtners – keine Blume blühte, kein Grashalm fast war hier soweit das Auge reichte zu sehn, die Einzackungen der Fenzen ausgenommen, die Pflug- oder Wagengleis nicht hatte erreichen können; Alles war umgewühlt und roh, und einzelne Schweine die in den Pfützen arbeiteten und mit dem Rüssel den Schlamm aufschaufelten, schienen hier in der That den Ton anzugeben und auch die einzigen Wesen zu sein, die sich wirklich wohl und behaglich fühlten.

»Und das ist eine Farm?« sagte Herr von Hopfgarten, der zuerst die Sprache wieder gewann, und mit keineswegs freudiger Überraschung die Scene um sich her betrachtete; »guter Gott, die Geschichte habe ich mir doch eigentlich anders gedacht.«

»Das ist eine Farm Gentlemen« sagte aber Ezra Ludkins freundlich – »oder soll vielmehr erst eine werden, denn die Leute haben erst vorigen Winter angefangen den ersten Baum zu fällen und es sieht noch eher ein Bischen wild und unbehaglich aus; die Sache kriegt aber ein anderes Ansehn, wenn hier erst das *corn* (Mais) zwölf und vierzehn Fuß hoch mit seinen armstarken Kolben und wehenden grünen Blättern steht, wenn ordentliche Cabins gebaut und Obstgärten angelegt sind, und die Leute erst beginnen sich ein wenig comfortabel zu fühlen – nachher »schwätze mer anders« und die *railroad* (Eisenbahn) wird keine zweihundert *yards* von hier vorbeilaufen.«

»Es ist das der erste Beginn« sagte aber auch jetzt der Professor seufzend, »der erste Kampf der Civilisation gegen die Wildniß; die erste Verschmelzung, wie man beinah sagen könnte, des Waldes mit der Cultur, in der der Mensch wieder mit zurück in seinen Urzustand gezogen wird, und ein Stadium, das wir allerdings ebenfalls gezwungen sein werden durchmachen zu müssen. Wie gefällt es Ihnen, Brockfeld?«

»Mir?« sagte der Weber, wie überrascht durch die Anrede, »ih nu – es ist – es ist recht hübsch hier – scheint gutes Land zu sein und – und recht viel Platz; nur noch ein Bischen wild. Tüchtiges Stück Arbeit noch, die Baumstümpfe alle herauszukriegen, ehe man mit dem Pflug hinein kann.«

»Mit dem Pflug hinein?« sagte der Pensylvanier sich erstaunt nach ihm umdrehend – »das *ist* ja hier schon gepflügt.«

»Das hier?« rief der Weber, sich erstaunt im Sattel aufrichtend, »aber wahrhaftig es sieht so aus, als ob hier Jemand mit einem Pflug drin herum gekratzt wäre – nun das ist ein Kunststück? wie kommt man denn damit einem Pflug *durch*? Da muß unser Einer freilich wieder von vorn anfangen zu lernen.«

»Aber kommt Gentlemen, kommt« sagte der Amerikaner, »wir verlieren hier zu viel Zeit und haben noch einen guten Ritt vor uns.«

»Sollten wir uns nicht einmal lieber hier die Häuser im Inneren ansehn?« sagte der Professor.

»Verdammt wenig, was wir da würden zu sehn kriegen« lachte Ludkins; »so kahl wie's von außen ist, sind auch die Wände im Innern, und die Leute haben höchstens einen Kasten oder *gum*[27] zum draufsitzen, und einen roh zusammengenagelten Tisch, ein paar Blechbecher, einen Kaffeetopf und ein *skillet* (Bratpfanne). Das finden wir auch wohin wir kommen; wer aber Lust dazu hat, kann sich das selber bald ganz anders und viel behaglicher einrichten – diese *squatter* wissen es eben nicht besser.«

Er hatte dabei seinem Pferd langsam den Zügel gelassen, und die Männer ritten durch die lange »*lane*« oder eingefenzte Straße hindurch, wieder in den Wald hinein, bis sie zu einer anderen, eben solchen Lichtung kamen. Die nächste Farm stand aber schon etwas länger, und zum Theil wenigstens mit Mais bepflanzt der reif und abgetrocknet noch im Feld gelassen war, bot sie ein freundlicheres Bild. Die Gebäude freilich

27 *gum* von Gumbaum nennt man in den ersten Ansiedlungen abgesägte Stöcke hohler Gumbäume, die von den »Settlern« theils zum Aufbewahren von Salz und anderen Sachen, wie auch als Stühle benutzt werden.

sahen eben nicht viel besser aus und aus den Thüren schauten, als sie vorüberritten, das etwas bleiche Gesicht einer jungen Frau in einem lichten baumwollen Kleid, und vier oder fünf blondhaarige sonst aber sehr vernachlässigte Kinderköpfe heraus.

Ezra Ludkins begann jetzt, freilich mit sehr geringem Erfolg, ihnen die Grenzen der verschiedenen Besitzungen, ja sogar hie und da die Bäume zu zeigen, an denen die Ecken der Sectionen mit Buchstaben und Zahlen angemarkt waren; er besaß darin eine außerordentliche Ortskenntniß der verschiedenen Stellen, und wurde nicht müde ihnen die Vortheile der einzelnen Sectionen, mit ihrem Fruchtboden und ihren Weidegründen auseinanderzusetzen. Die Krone der Ganzen war aber seiner Aussage nach doch die Farm, die er für sie bestimmt hatte, ebenso in Lage, wie in Boden, Gebäuden und Baumwuchs, wenn sie auch jetzt noch, wie er übrigens vorsichtig dazu setzte, ein wenig *unpromising* (wenig versprechend) drein schaute, und der Verbesserungen noch manche bedürfe ehe sie *vollkommen* wäre.

So waren sie eine Strecke recht eigentlich mitten im Walde, der nur hie und da von kleinen Lichtungen mehr gestört als belebt wurde, hingeritten, ohne selbst von diesem mehr gesehn zu haben, als in ihrem Wachsthum gestörte grüne Wände, die ihre zerbrochenen Zweige und mishandelten Stämme wie anklagend gen Himmel streckten; als sie endlich durch dünnes Kiefergebüsch und über dürren Boden fort, für den selbst der Pensylvanier keine Entschuldigung fand, vielleicht eine englische Meile berganreitend den Kamm eines Hügels erreichten, und hier ihren Pferden überrascht in die Zügel fielen.

»Mein Gott wie schön!« rief der Professor fast unwillkürlich, als sich ein weites sonniges Thal, im Ganzen dicht bewaldet und nur hie und da von freundlichen grünen Lichtungen unterbrochen, vor ihren Blicken soweit das Auge reichte ausspannte, und nur im Hintergrund von blauen, wellenförmigen, aber ebenfalls holzbedeckten Hügeln begrenzt wurde. Die Wildniß lag hier in aller Pracht und Herrlichkeit vor ihren entzückten Blicken, und der Herbst, der in keinem Lande der Welt den Bäumen solchen Farbenschmuck verleiht wie in Amerika, hatte den Wald mit seinen wundervollen Tinten förmlich übergossen. In roth und grün in gelb und braun und lilla schmolzen die Lichter, hier in blitzenden Flächen glühend, dort in sanften Schatten verschwimmend abscheinend durch einander, und während die jungen schlanken Hickorystämme wie flammende gelbe Lichter aus dem dunkleren Hintergrund hervorstachen, prangte Ahorn und Eiche in so wundervollem Purpur und saftigem Braun, das nur von dem hindurchgeflochtenen in allen Farben schillernden wilden Wein fast noch übertroffen wurde, und zitterten die Pappeln mit ihrem silberleuchtenden Schmuck in dem blitzenden Sonnenlicht, daß das Auge, geblendet von der Pracht, die Wunder dieser neuen Welt kaum zu fassen, zu begreifen vermochte.

»Nun? – wollen wir nicht weiter?« frug der Pensylvanier der diesen Farbenreichthum zu oft gesehn, etwas Außerordentliches darin zu finden, und jetzt nicht recht begreifen konnte weshalb die Fremden gerade hier anhielten, wo eben gar Nichts zu sehen und zu bewundern war, nicht einmal ein Eckbaum irgend einer Viertelsection mit zierlichen, auf der abgeschlagenen Rinde gemalten Buchstaben – »hier haben wir allerdings Nichts wie Wald, aber ein kleines Stückchen weiter unten kommen wir wieder zu einer Farm, und dann ist's genau noch eine Quartersektion bis zu dem Platz wohin wir heute wollen.«

»Welches wundervolle Farbenspiel in dem Laub hier« rief aber der Professor, die Mahnung kaum hörend – »sehn Sie nur Hopfgarten, jene Gruppe dort hinten, mit dem mächtig dunklen Baum zum Mittelpunkt, aus dem die Lichter ordentlich wie Strahlen nach allen Seiten schießen.«

»Und jene schillernden Festons die sich um jene Eiche schlängeln, mit den Gold und Purpur durchwirkten Blättern« rief von Hopfgarten, »und den Massen dunkelblauer, daran niederhängender Trauben – oh wie schön, wie wunderbar schön ist dieß Land!«

»Ja, 's ist *putty considerable* hübsch« sagte der Amerikaner, der Nichts dagegen hatte daß die Fremden den blanken Wald schön fanden, während er sein rechtes Bein, der Bequemlichkeit halber nach links mit über den Sattel legte und den rechten Arm darauf stemmte, »'s läßt sich ansehn, und famoser Boden dazu. Da unten wachsen Zucker-Ahorn und wilde Kirschen in Masse, nur ein Bischen viel Holz steht d'rauf, sonst wär' es ebenfalls schon lange gekleart worden. Aber das wird schon noch hübscher, wenn die Eisenbahn erst hier durchgeht; seht Ihr Leutchen, gerade über die kleine Ridge[28] da drüben wo die vielen Hickorys stehn – sie sehn jetzt alle gelb aus – da soll sie weg gehn, und ein Bruder von mir hat sich da oben schon angekauft – aber 's ist jetzt noch ein Bischen einsam da.«

Die Männer konnten sich kaum von dem wundervollen Schauspiel, über dem sich der Himmel jetzt klar und rein ausspannte, losreißen, als Ezra Ludkins

28 Hügelrücken.

aber glaubte daß sie sich nun lange genug die »Blätter« angesehn, warf er sein Bein wieder zurück, angelte ein paar Secunden damit nach dem schlenkernden Steigbügel, und ritt dann langsam voraus den Hang hinab.

Eine halbe Stunde später, und immer noch in dem prachtvollen Wald hinreitend, wobei sie die ziemlich schlechte Straße ganz übersahen, erreichten sie endlich die Marken des bezeichneten Platzes, und Ezra hatte von dem Augenblick an das Wort. Hier kannte er jeden Baum, gezeichnet und ungezeichnet, auf jede Senke in der die Bäume stärker und laubiger standen, machte er sie aufmerksam, auf den sprudelnden Bach und den lehmig sandigen Boden, auf jede einzelne Pflanze die gern auf üppigem Boden wächst, auf die stämmigen Maisstengel endlich als sie die kleine Rodung erreichten, auf die guten und hohen Fenzen, auf den vortrefflichen Weideboden und die gesunde Lage, auf die netten Häuser – die sich allerdings nur wenig oder gar nicht von den früher gesehenen unterschieden, auf das kräftige Vieh, von dem sie einige Stücke im Wege trafen, bis sie zuletzt vor der Hütte selber hielten, und ein junger, etwas bleich aussehender Mann der nicht weit davon arbeitete, mit der Axt ein Ochsenjoch auszuschlagen, auf sie zukam, sie zu begrüßen und ihnen, mit Hülfe eines anderen etwa zehnjährigen Knaben die Pferde abzunehmen.

Der Pensylvanier, der dem jungen Mann zurief indessen, bis sie wieder zurückkämen »etwas zu essen« für sie bereit zu halten, führte die Fremden jetzt vor allen Dingen in das Maisfeld selber, wo die Kolben noch nicht gepflückt und eingesammelt, aber zum großen Theil nieder geknickt waren, damit Spechte und Raben nicht oben hineinpicken konnten, und einfließender Regen dann die Frucht anfaulte. Die Stengel standen aber in der That kräftig und stämmig da, die Kolben selber waren groß und stark, und mächtige Kürbisse lagen, mit dem Mais gepflanzt, durch das ganze Feld. Der Boden mußte hier allerdings fruchtbar sein, und der Weber besonders konnte sein Erstaunen und seine Freude über das herrliche Land kaum zurückhalten.

Auch die Gegend war reizend; die Farm lag in einem kleinen, rings von bewaldeten Hügeln eingeschlossenen Kessel, ein nicht großer, aber sehr klares Wasser haltender Bach lief munter plätschernd hindurch, und eine nicht unbedeutende Anpflanzung von jungen Äpfel- und Pfirsichbäumen, die allerdings noch keine Früchte trugen, aber für spätere Jahre reiche Erndten versprachen, gaben dem ganzen Platz auch schon eher etwas freundliches, wohnliches, und konnten einen guten Anfang bilden zu späterer Obstzucht und Gärtnerei. Die Verhältnisse mit dem Land waren ebenfalls annehmbar, und vierzig Acker die, wie ihnen der Pensylvanier sagte, schon von ihm als Eigenthum vom Staat erworben worden, während leicht noch mehr Land, wenn auch nicht gerade mehr zum Congreßpreis, in der Nähe zu kaufen lag. Nur die Wohnungen sahen noch wild und unbehaglich aus, und nachdem sie einen langen Spatziergang um das ganze Grundstück herumgemacht, und auch noch zu einer anderen Rodung geführt waren, wo der jetzige Eigenthümer eben begonnen hatte weitere fünf Acker urbar zu machen, sein Feld zu vergrößern, gingen sie langsam zu dem Haus zurück, in deren Thüre sie eine junge schlanke Frau in die einfache aber geschmackvolle selbstgewebte Tracht der Waldestöchter gekleidet, freundlich begrüßte.

Es war eine schlanke, fast edle Gestalt mit wundervollem Haar und Auge, aber wieder störten den Professor die bleichen Gesichtszüge, störte ihn die fast durchsichtige Haut – nur die Kinder, ein kleiner Bube von drei und ein Mädchen von zwei Jahren, sahen frisch und munter aus.

Das Haus war übrigens nur eine der gewöhnlichen Blockhütten, ohne Fenster und Ofen, mit einem riesigen Camin der fast die ganze hintere Wand einnahm, und ein paar eingetriebene Plöcke auf denen ungehobelte Breter lagen, die wenige Wäsche wie ein paar Bücher zu tragen, bildeten mit drei ordinairen Rohrstühlen und einem mit der Axt zugehauenen Tisch, das ganze Hausgeräth. Auf dem Tisch lag aber ein schneeweißes Tuch ausgebreitet, blanke zinnerne Teller und Blechbecher, die ihnen ordentlich entgegen blitzten, standen darauf, und eine riesige Kaffeekanne wie ein großer steinerner Krug voll Milch schienen die Gäste schon lange erwartet zu haben.

»So Kitty, trag auf was Du hast« sagte Ezra Ludkins in englischer Sprache, ohne sich auch nur die Mühe zu geben der Frau guten Tag zu bieten, »die Herren hier sind schon seit Tagesanbruch auf und draußen, und werden Hunger haben – keine süßen Kartoffeln?«

»Ja wohl Mr. Ludkins« sagte die junge Frau – »wenn die Herren niedersitzen wollen, es ist Alles bereit.«

Der Professor hatte wirklich Hunger bekommen, und ein braunes kuchenartiges Gebäck, das ihm aus der einen Schüssel warm entgegenduftete, sah so einladend aus, daß er selbst die Examination des inneren Hauses bis auf weiteres verschob, und der freundlichen Einladung, von Hopfgarten gefolgt, rasch nachkam. Nur der Weber blieb verlegen in der Thür stehn und betrachtete sich höchst aufmerksam das große Baumwollen-Spinnrad das unfern davon, mit der weißen

Flocke noch am aufgewickelten Garn hängend, in der Ecke stand. Er dachte gar nicht daran sich mit dem Professor, seinem jetzigen Herrn, und dem Herrn Baron aus der Cajüte, an einen Tisch zu setzen.

»Nun Mister?« sagte der Pensylvanier – »keinen Hunger? kommen Sie her und fallen Sie zu; hier ist Ihr Platz.«

»Oh ich bitte – ich kann ja warten« stammelte der Mann.

»Warten? – weshalb; hier haben wir alle Platz.«

»Aber die Madame« meinte Brockfeld, denn es war allerdings nur noch ein Sitz am Tisch frei.

»Kitty? – die ißt nachher – kommen Sie nur es wird kalt.«

»Machen Sie doch keine Umstände lieber Brockfeld« sagte ihm aber auch jetzt der Professor freundlich – »hier sind wir nun einmal in Amerika, und wo uns da etwas geboten wird müssen wir zulangen.«

»Nun wenn Sie denn befehlen« sagte der Weber, dessen Weigerung fehlender Appetit keineswegs verschuldet hatte, und über ein rundes wunderliches Gestell, das wie ein abgesägtes Stück Baumstamm aussah und mit einem dünnen Bret übernagelt war hintretend, setzte er sich darauf und langte tüchtig mit zu.

Den Mittelpunkt der Mahlzeit bildete übrigens ein groß mächtiges Stück warm aufgetragener Speck, von dem Ludkins jetzt, der hier förmlich zu Hause zu sein schien, große dicke Scheiben abschnitt und jedem vorlegte; eine dunkle Sauce wurde dabei herumgegeben, von der sich alle nahmen, und der Professor, der sich besonders viel von dem Brode zugelangt, dem ihm etwas zu fetten Braten damit nachzuhelfen, hatte seinen Speck kaum in die Brühe getunkt und zum Munde geführt, als er die Gabel auch erschreckt wieder absetzte, niederlegte und an zu lachen fing.

»Ich habe aus Versehn *Syrup* zu meinem Fleisch genommen«, sagte er dabei schmunzelnd, »das hätte doch curios schmecken sollen.«

»Du hast noch keinen Syrup? – oh, *beg your pardon*, hier steht er«, sagte Ezra freundlich.

»Essen Sie Syrup zum Speck?« frug der Professor, eben nicht angenehm von der neuen Kost überrascht.

»Thust Du das *nicht*?« frug der Pensylvanier mit einem halb ungläubigen Lächeln.

Die Fremden glaubten sich aber keine Blöße geben zu dürfen und langten von da an, ohne irgend eine Einwendung zu machen, wacker zu; aber auch das wunderschön aussehende Gebäck mit dunkelgelber krustiger Rinde, das dem schönsten Sandkuchen glich, erwieß sich als etwas sehr trockenes, bröckliges Maisbrod, das genau so schmeckte als ob wirklicher Sand dazwischen wäre, und nur auch in der That mit dem sehr fetten Fleisch genießbar schien. Auch gegen die sogenannten *süßen* Kartoffeln hatten sie, schon des Namens wegen, eine Art Widerwillen zu überwinden, und der *gebratene* Speck, den die Amerikaner zum *Gekochten* aßen, konnte den nicht zerstören.

Nichts destoweniger ging die Mahlzeit besser vorüber als sich den Umständen nach erwarten ließ. Die Leute waren eben *hungrig*, und da schmeckt Manches gut, was der gesättigte Magen selbst mit Widerwillen zurückweisen würde; so mit dem heißen Kaffee dazu, standen sie auch gesättigt vom Tische auf, ohne übrigens von der Amerikanischen Farmerskost, von der sie hier die erste Probe bekommen, sonderlich erbaut zu sein.

Vor allen Dingen besichtigten sie jetzt die Gebäude, fanden da aber allerdings noch viel zu wünschen übrig, denn die kleine Hütte, in der sie gegessen, mit einer Art Speisekammer daneben machte den Hauptbestandtheil derselben aus. Dann stand noch ein Maisschuppen etwa dreißig Schritt vom Haus entfernt, und eine Entschuldigung für einen Stall, ein offenes Gestell, eben nur nothdürftig gedeckt und kaum im Stande das dahineintretende Vieh gegen einen Nordweststurm zu schützen, da es jedem anderen Winde preisgegeben blieb. Aber die Summe für das Ganze war auch, wenigstens nach Europäischen Begriffen nicht hoch. Das schon vom Staat gekaufte Land sollte nur sieben Dollar der Acker kosten, wobei allerdings das Urbarmachen selbst wie die errichteten Fenzen und Hütten besonders zu bezahlen waren. Aber auch die Erndte selber mit dem dazu gehörigen Vieh, einige zwanzig Rinder, vielleicht vierzig Schweine und zwei Pferde nebst vier Zugochsen erbot sich ihm der Amerikaner billig zu überlassen – einzig und allein nur weil sein Sohn »nach dem Westen« zu ziehn beabsichtige, und er selber von der Stadt aus die Bebauung des Platzes nicht leiten könne, auch wirklich zu viel mit seinen städtischen Einrichtungen zu thun habe, und zu viel Geld dort brauche zu allen beabsichtigten Anlagen.

Die für Vieh und andere Einrichtungen geforderten Preise kamen dem Professor, wie auch Herrn von Hopfgarten und dem Weber mäßig vor; jedoch wollte der Erstere keinesfalls abschließen ohne mit seiner Frau vorerst darüber gesprochen und ihr den Platz ebenfalls gezeigt zu haben; überdieß konnte er gar nicht dort einziehn ehe noch ein anderes Blockhaus dicht neben dem schon stehenden errichtet wäre, dem man dann zwei Abtheilungen geben, und die Familie wenigstens so lange darin unterbringen konnte, bis er selber im Stande war ein bequemes, und seinen

Wünschen wie Bedürfnissen entsprechendes Wohnhaus aufzurichten.

Nach allen Einrichtungen, die er sich übrigens schon im Geist machte, schien der Professor mehr als halb gewillt die Farm, die er jedoch noch zu einem mäßigeren Preis zu bekommen hoffte, zu kaufen. Er konnte ja doch auch nicht mit seiner ganzen Familie und der nun einmal engagirten Dienerschaft im Lande herumziehn, wo er jedenfalls beinah soviel verzehrt hätte, als das ganze Land hier, mit Wohnungen und Vieh kostete – und die Familie hier lassen, während er allein reiste, war fast eben so mislich. Das Bedürfniß einen Platz zu haben den er sein nannte, und wo er anfangen konnte zu wirken und zu schaffen, kam dazu, und als er auf dem Heimweg, während der Pensylvanier mit dem Weber vorausritt, mit Herrn von Hopfgarten darüber sprach, und dieser ihm rieth doch am Ende nicht zu rasch in einer so wichtigen Sache zu handeln, vertheidigte er den Kauf schon, selbst nur den dritten Theil der Hoffnungen angenommen die der Amerikaner mit solcher Zuversicht über den Wachsthum der kleinen Stadt ausgesprochen hatte, auf das Lebendigste.

Von dem Kaufpreis wollte nun aber Ezra Ludkins Nichts herunter lassen; er behauptete schon die billigste Summe angegeben zu haben. Dem Professor aber zu beweisen wie er gern erbötig sei Alles in seinen Kräften stehende zu thun ihn zufrieden zu stellen, erbot er sich ihm, wenn sie sich über den Kauf einigten, noch ein solches Blockhaus an der bezeichneten Stelle *unentgeldlich* neu aufzurichten, wie ebenfalls ihn so lange bis das hergestellt sei mit der eigenen Familie, während der Weber gleich hinaufziehen sollte mit arbeiten zu helfen ohne weitere Bezahlung dafür zu nehmen, zu verköstigen.

Das war ein Vorschlag zur Güte, und am zweiten Tag, nachdem die Frau Professorin – zum ersten Mal in ihrem Leben im Sattel – auf dem vollkommen gutmüthigen Pferd ihrer Wirthin, mit ihrem Mann und dem Pensylvanier nochmals hinübergeritten war den Platz in Augenschein zu nehmen, wurde der Handel zwischen Ezra Ludkins und Professor Lobenstein abgeschlossen, und der Professor – war Farmer in Indiana.

Von Hopfgarten konnte im Ganzen nicht viel dagegen einwenden, obgleich es ihm – er wußte eigentlich selber nicht recht weshalb – doch ein gewissermaßen unbehagliches Gefühl war, die Damen in *den* Häusern, die sie da oben gefunden, als Bewohnerinnen zurückzulassen. Die Wirklichkeit war doch, so sehr er sich dagegen sträubte einzugestehn er wäre mit zu poetischen Ansichten nach Amerika gekommen, hinter seinen Erwartungen zurückgeblieben, und die blanke Thatsache der Blockhäuser mit dem schauerlichen Speck und Syrup ließ sich eben nicht fortphantasiren. Er selber hatte sich aber auch schon länger hier aufgehalten, als es im Anfang seine Absicht gewesen, denn er wollte vor allen Dingen nach Cincinnati, von da nach den Seen hinauf und den Niagarafall besuchen, und dann zurück nach New-Orleans, wo er sein meistes Gepäck gelassen, um von dieser Stadt eine weitere Tour nach dem Westen zu unternehmen. Jetzt war hierzu, besonders die nordische Reise abzumachen, die günstigste Jahreszeit, denn der sogenannte Indianische Sommer, der in Nordamerika ziemlich den ganzen Herbst umfaßte und einen wolkenleeren blauen Himmel über October und November, ja nicht selten bis über die Hälfte des December spannte, lag mit seiner wundervollen Reine und Frische auf dem Land. Konnte er in diesem seine nördliche Tour beendigen, so blieb ihm der ganze Winter für die südliche Reise, und er war dann vielleicht im Stande im nächsten Frühjahr – der erste Eindruck mußte doch kein so günstiger gewesen sein, daß er schon wieder an die Abreise dachte – nach Europa zurückzukehren.

Vorher aber hatte er noch etwas auf dem Herzen, dessen er sich erst vor allen Dingen entledigen mußte, und zwar Befürchtungen, die in ihm – er wußte sich selber keinen bestimmten Grund dafür anzugeben – gegen Henkels Charakter aufgestiegen waren, und ihn mit Sorge für das Glück der jungen Frau erfüllten. Aber er scheute sich diesen in Gegenwart der Damen, die er vielleicht unnöthiger Weise ängstigte, Worte zu geben, hätte er nicht gerade ihrer Hülfe bedurft, Gewißheit zu erhalten. Den letzten Abend also, wie sie in Ludkins Inn beisammen saßen, brachte er zuerst das Gespräch auf die beiden jungen Gatten, und die auffällige Veränderung in dem ganzen Wesen der jungen, sonst so munteren und lebenslustigen Frau während der letzten Tage an Bord, und erst als ein Wort das andere gab, und Marie zuletzt gestand, daß der Abschied von der Freundin ihr einen unendlich schmerzlichen, ja unheimlichen Eindruck hinterlassen, rückte er selbst mit seiner Furcht heraus, und gab dadurch dem Verdacht, der in Mariens wie Annas Herzen bis dahin fast unbewußt gelegen, gleichfalls Worte.

Vermuthungen und Combinationen halfen ihnen aber Nichts, sie mußten sich eben Gewißheit darüber verschaffen, und das war für jetzt nur schriftlich möglich. Es ließ sich auch denken, daß sich Clara, wenn ihr irgend etwas das Herz bedrücke, schriftlich eher gegen die Freundin aussprechen würde, als mündlich, Marie sollte ihr also deshalb schreiben –

Stoff und Grund hatte sie ja genug dafür, und rechtfertigte ihre Antwort dann den Verdacht, dann wollte von Hopfgarten, wenn er wieder nach New-Orleans hinunter kam – ja *was* er dann thun wollte, wußte er eigentlich selber noch nicht, aber Clara sollte doch wenigstens nicht ganz ohne Freund, von Allen vergessen, in der fremden Welt da stehn, und war Hülfe und Beistand nöthig, dann fand sich auch vielleicht ein Mittel ihn zu leisten.

Henkel hatte dem Professor Lobenstein seine Adresse gegeben, die sich von Hopfgarten jetzt ebenfalls in sein Taschenbuch schrieb, und nicht allein versprach auf seiner Rückreise aus dem Norden hier wieder anzuhalten, sondern sogar seinen Koffer bei ihnen zurückließ, und nur seine Reisetasche mitnahm, durch überflüssiges Gepäck bei möglichen Abstechern bald dort bald dahin, nicht zu sehr behindert zu werden. Er wollte dann auf dem Rückweg, bis wohin jedenfalls eine Antwort von New-Orleans eingetroffen war, wieder Briefe mit hinunter nehmen, was ihm zugleich eine doppelte Einführung gab, und versprach selber auf das Ausführlichste zu berichten, wie er die Verhältnisse gefunden.

Am liebsten wäre er nun freilich von hier zu Lande nach Cincinnati gegangen, das Innere mehr und besser in Augenschein nehmen zu können, die von Ezra Ludkins im Geist angelegten Schienenwege bestanden aber noch nicht; die Tour zu Pferde zu machen, dazu war er nicht Reiter genug, fürchtete sich auch, aufrichtig gestanden, nicht etwa vor Gefahren, die hätte er eher aufgesucht, nein vor dem Maisbrod und Speck der Farmer, was ihm gar nicht gemundet hatte, und beschloß also mit dem nächsten stromaufgehenden Dampfboot seine Reise rascher und bequemer fortzusetzen.

Das kam aber schon am nächsten Morgen kurz nach Sonnenaufgang, und ehe Hopfgarten selber im Stande gewesen war seine Toilette ordentlich zu beenden und sich bei den Damen zu empfehlen. Versäumen durfte er es aber auch nicht, und so, während der älteste Knabe des Pensylvaniers nach unten gelaufen war das Boot, das sie schon eine Zeitlang hatten stromauf dampfen hören, anzurufen und zum Beilegen zu bringen, stopfte er die schon bereit gelegten Sachen schnell in die Reisetasche, ließ sich durch Eduard, der ihn hinunter begleitete, noch seinen Eltern und Schwestern auf das Freundlichste empfehlen und wenige Minuten später Grahamstown mit all seinen Hoffnungen künftiger Größe hinter sich.

Als das Boot eben um die nächste Biegung, oberhalb der Stelle wo die Stadt lag, einlenken wollte, sah er noch wie ihm Jemand mit einem weißen Tuche vom Hügelkamm aus nachwinkte, aber er konnte schon nicht mehr erkennen wer es war.

9. Das deutsche Wirthshaus zu New-Orleans

Die »Haidschnucke« hatte indessen, wie schon vorher erwähnt, ihren Passagieren gleich am ersten Tage angekündigt, daß sie sich nun, je eher desto besser, ihr Unterkommen an Land selber suchen sollten, da das Schiff nicht weiter verpflichtet sei für sie zu sorgen. Fast alle waren auch, so rasch sie nur ihr Gepäck bekommen konnten, von Bord gegangen, selber froh, dem Schiffsleben mit seiner groben monotonen Kost endlich enthoben zu sein; nur einige der ärmeren Familien, und unter ihnen wunderbarer Weise die Oldenburger, die unterwegs gerade am meisten und lautesten über Kost und Behandlung raisonnirt, und sogar häufig davon gesprochen hatten die Schiffsrheder, wenn sie nur erst in New-Orleans wären, für nicht erfüllte Versprechungen zu verklagen, zeigten noch nicht die mindeste Lust sich durch Hinüberschaffen ihrer Kisten an Land von dem Fahrzeug zu trennen.

Sie waren, der Sprache natürlich nicht mächtig, von dem sie überall umwogenden Menschen-Gewühl wie betäubt, den ganzen Tag in den Straßen der ungeheueren Stadt förmlich umher getaumelt, und nur hie und da mit anderen Deutschen, in gleichen Verhältnissen zusammengetroffen, die auch Arbeit suchten und ebenso wie diese der Meinung schienen, daß man sie ihnen auf der Straße anbieten würde. Hie und da fanden sie dabei irgend ein deutsches Schild über einer Thür, das entweder einem Wirthshaus oder Kleiderladen gehörte, und dort sprachen sie dann vor, wollten sich nach den Verhältnissen des Landes erkundigen und wurden, wenn sie in dem einen Nichts verzehrten, oder in dem andern Nichts kauften, wenn auch nicht mit groben, doch sehr kurzen Worten abgefertigt. So verging der Tag, und kleinlaut und niedergeschlagen kehrten sie Abends an Bord zurück.

Capitain Siebelt dachte aber viel zu menschlich und vernünftig die Leute, besonders da sie Familien hatten, wirklich gleich hinauszujagen; auf die paar Mahlzeiten, die ihnen noch gegeben wurden, kam es nicht an, der Koch war an dem Tag auch noch darauf eingerichtet, und Abendbrod und Frühstück wurde ihnen gern und ohne weiteres Wort gegeben; aber der nächste Morgen brachte ihnen keine besseren Aussichten. Vergebens wandten sie sich an Alles was nur deutsch sprach und ihnen in den Weg lief, Arbeit zu bekommen. »Vor drei Monaten, ja«, so wurde ihnen fast überall die

Antwort, »wie die Krankheit Alles hinaustrieb aus New-Orleans, was eben nicht zu bleiben gezwungen war, da hätten sie Arbeit bekommen können, Arbeit und Lohn, so hoch sie ihn nur fordern sollten – bis man sie selbst nach Pottersfield hinausgefahren – aber jetzt waren die Tausende mit anderen Schaaren aus dem Norden wieder zurückgekehrt, und Arbeit war schon noch zu bekommen, aber eben nicht mehr so leicht; man mußte Geduld haben.

Geduld – ja das ist ein ganz gutes Wort, wenn die Gewißheit eines Erfolgs dahinter sitzt, und der Mensch eben bis dahin, neben seiner Geduld *Brod* hat, davon zu zehren; wo das aber fehlt, und der fremde Einwanderer sich zum ersten Mal in seinem Leben ganz allein auf sich selber angewiesen sieht, und mit Schrecken fühlt daß er sich eben auf sich selber, ohne andere Hülfe, gar nicht verlassen kann, da ist's dann freilich eine misliche Sache um die Geduld, und das Menschenherz verzagt da nur zu oft, und glaubt sich gleich vom ersten Ansprung ab verloren.

Der Capitain hätte die Leute aber selbst am nächsten Tag noch nicht fortgetrieben, und ihnen, wenn auch nicht mehr besonders für sie gekocht werden konnte, doch wenigstens Schiffszwieback und etwas kaltes Fleisch geben lassen, wenn sie nicht gleich ein Unterkommen finden konnten; der Steuermann aber, der sich gerade über diese Burschen die ganze Reise hindurch am meisten geärgert, weil ihnen auch gar Nichts recht gemacht werden konnte, und kein Essen gut genug war, selbst wenn sich niemand Andres darüber beklagte, ließ sich am dritten Morgen auf keine weiteren Unterhandlungen mit ihnen ein, befahl den Matrosen die Kisten und Kasten, die schon an Deck standen, da das Zwischendeck abgebrochen wurde, ohne weiteres auf die Levée zu schaffen, und erklärte dann den bisherigen Passagieren daß sie von diesem Augenblick an nichts weiter von der Haidschnucke zu erwarten hätten – »er wolle ihnen nicht zumuthen ihr faules Brod und stinkiges Fleisch, den ranzigen Speck und den dünnen Thee noch länger zu kauen und hinterzuschlucken.«

Das war wenigstens deutlich, und die Frauen weinten und baten den Capitain, als er von Land zurück kam, um Gottes Willen sie nicht hier im Elend sitzen zu lassen, sondern lieber wieder mit zurück nach Deutschland zu nehmen, wo sie arbeiten wollten Tag und Nacht, ihre Passage abzuverdienen – nur daß sie hier nicht in dem fremden Land auf der Straße verderben und umkommen müßten.

Schiffscapitaine haben sonderbarer Weise sehr häufig eine höchst ungünstige Idee von dem Inneren Amerikas, das sie nur in sehr seltenen Fällen zu sehn bekommen, denn da ihnen häufig Matrosen desertiren, sind sie so daran gewöhnt diesen das schrecklichste Schicksal und Hunger und Elend zu prophezeihen, daß sie ihre eigenen Prophezeihungen zuletzt wirklich selber glauben. Sie fühlen dabei nicht selten ordentlich eine Art von Mitleid mit all den unglücklichen Schlachtopfern, die sie in das fremde Land transportiren müssen, und die ihrem Elend da höchst wahrscheinlich schnurstracks entgegenlaufen; sie aber wieder mit zurückzunehmen, so weit lauten ihre Instruktionen nicht, und die Leute, die vorher alles Mögliche gethan haben nur von Deutschland nach Amerika hinüber zu kommen, müssen nun auch sehen wie sie hier drüben »fertig werden.«

Es ist ein schmerzlich, wehmüthiges Gefühl, in Deutschland die langen Züge armer Auswanderer zu sehn, die, das Herz wohl voll frischer Hoffnungen, aber dabei nur zu oft mit Mangel und Noth kämpfend, die Heimath mit Frau und Kindern verlassen, in die Fremde zu ziehn. Unpraktisch dabei bis zum Äußersten, scheu und schüchtern vor Jedem, der einen besseren Rock trägt wie sie, herumgestoßen und geprellt, so lange noch etwas aus ihnen herauszupressen ist, in der dritten oder vierten Klasse der Eisenbahn, wenn sie so viel Geld erschwingen können, oder zu Fuß mit den schweren Packen auf den Rücken oder den Kindern auf dem Arm, *arbeiten* sie sich dem Hafenplatz zu, das Schiff zu erreichen; und wenn sie dann dort am Strande sitzen und des Bootes harren, das sie hinüber führen soll zum großen Schiff, möchte man weinen über die Unglücklichen, die die Gräber ihrer Väter verlassen haben in Schmerz und Kummer, und die Scholle jetzt meiden müssen, an der ihr Herz mit allen Fasern hängt.

Und doch ist *der* Augenblick, so schrecklich das auch klingt, beneidenswerth und glücklich im Vergleich mit dem, wo sie das neue Vaterland betreten haben, und rathlos – trostlos, verzweifelnd an seinem Ufer stehn – Fremde, Ausgestoßene an einer Küste, von der es keinen Rückweg für sie giebt.

Als sie die Heimath verließen, und wenn das auch in Sorg' und Noth geschah, ihr Herz war doch voll Hoffnung und schlug dem neuen Vaterland in freudiger Zuversicht entgegen. »Wir wandern aus!« in dem Bewußtsein lag ihnen reicher Trost für Alles was sie hier traf und niederdrückte. Alle Beschwerden, die sie ertragen mußten, der Schmerz der Trennung von ihren Lieben, von dem eigenen noch so kleinen Heerd, verschwand nur in dem einen Wort: *Amerika!* und hinter ihnen lag aller Gram und Kummer, wenn nicht vergessen oder leicht und herzlos abgeschüttelt, doch gemildert von dem frohen Licht, das ihre eigene Phantasie, die Zuversicht, mit der sie hoffend dem neuen Leben entgegen gingen, darüber warf.

Viele malen sich dann noch das Land mit bunten Farben aus, Luftschlösser steigen empor mit Zauberschnelle, die eigenen wie der Freunde Herzen tröstend, betäubend – Amerika, oh nur den Fuß erst dort an Land gesetzt und Alles, Alles ist vorbei, was sie da noch mit Sorge, Ängsten füllen könnte.

Und dort? – zerknirscht, gebrochen, mit *jeder* Hoffnung geknickt, da ihnen nicht beim ersten Landen gleich der Amerikaner froh die Arme öffnet, von den Fremden unbeachtet, von ihren Landsleuten verlassen, zurückgestoßen, stehen sie da, jedes Trostes baar, Enttäuschung, Reue, Angst in den bleichen Zügen, und die wogende kalte Menschenmenge sehn sie vorüber drängen, wie der Schiffbrüchige, der sich auf nackten Felsen gerettet vor dem augenblicklichen Tod, die blitzenden Wellen vorbeiströmen sieht, und nicht den Muth hat, mit starkem Arm und mit entschlossenem Muthe sich dahineinzuwerfen und die Fluth zu theilen. Oh es zerreißt Einem das Herz, die Unglücklichen so da stehn zu sehen, und nicht helfen zu können *aller* Noth.

Wenn sie aber unrecht hatten, im alten Vaterland sich blind und leichtsinnig zu wilden überspannten Hoffnungen hinzugeben, so haben sie das doppelt jetzt, wo gleich beim ersten Anlauf der erste Sprung nicht etwa schon misglückt ist, nein wo sie noch gar nicht einmal zum Sprunge angesetzt, und nun jenen schmalen Küstenstreifen, auf dem fast täglich hunderte von Auswandern landen und in dem Menschenstrom spurlos, unbeachtet verschwinden, für das Land selber halten.

Der Hafenplatz ist erst die Brandung der neuen Welt, die Bank an der sich alle Wellen brechen, wild und toll aufschäumend dabei, einander überstürzend, wieder hebend. Durch die hindurch muß erst der Auswanderer den schwanken Kahn zum Ufer führen, und darf sich nicht durch das wilde Tosen derselben betäuben, entnerven lassen; ruhig nur das Steuer in der Hand, und fest den stürzenden Wellen auf den Kamm geschaut, der Gefahr zu entgehn, den günstigen Moment zu benutzen, muß er stehn, nicht blos vorn im Bug sitzen, die Hände im Schooß, und die Blicke verzweifelnd in die Wolken gerichtet. Hat er den Muth gehabt sich von der Heimath loszureißen, darf er sich jetzt auch nicht davor fürchten ein wenig herüber und hinüber gestoßen zu werden. Das ist ein Übergang, und ein Jahr später nur und er stößt selber mit.

Ein Bild trostloser Niedergeschlagenheit saßen die Oldenburger aber, so gewaltsam hinausgestoßen in die Welt, auf ihren Kisten an der Levée, die Männer mit den Händen in den Taschen, an die Hessen denkend, die sie weiter oben in ähnlicher Lage gesehn, und gleich verzweifeltes Loos für sich erwartend, die Frauen ihre Kinder im Arm, die Augen voll Thränen, die Herzen voll Kummer und Sorge für die Zukunft.

»Hallo Ihr Leute, Ihr sitzt ja da als ob Euch die Petersilie verhagelt wäre« sagte da plötzlich eine freundliche Stimme, in rein deutschem Dialekt – »ist Euch Jemand gestorben oder habt Ihr Euer Geld in den Strom fallen lassen?«

»Gestorben ist Niemand, und unser Geld fällt schon nicht weg; dafür sind wir sicher!« sagte der eine der Leute den Fremden finster und mistrauisch betrachtend, denn was sie bis jetzt von ihren Landsleuten gesehn, war gerade nicht geeignet sich sehr nach ihrer weiteren Bekanntschaft zu sehnen. Nur die Frauen schauten rasch und halb voll Hoffnung zu dem *Deutschen* auf, der sie so freundlich angeredet, und dabei so anständig in feiner weißer Wäsche und breiträndigem Strohhut, mit einer großen goldnen Uhrkette über die feingestreifte Weste, gekleidet ging.

»Oh Ihr wartet wohl auf einen Wagen, Euer Gepäck in die Stadt hinauf zu bringen« sagte aber der Deutsche wieder – »habt Ihr schon ein Kosthaus?«

»Kosthaus« – wiederholte der eine der verheiratheten Männer mit einem kaum unterdrückten Seufzer und einem halbscheuen Blick nach Frau und Kind – »Kosthaus – ich möchte wissen was uns ein Kosthaus helfen sollte – wenn wir nur erst einen Platz wüßten wo wir überhaupt Kost bekämen, das Haus wollten wir ihnen gern schenken.«

»Oh, *so* stehn die Sachen?« lachte der Deutsche wieder – »Ihr habt kein Geld? – ja dann müßt Ihr freilich arbeiten.«

»Habt Ihr Arbeit?« riefen die Männer rasch und zugleich.

»Ich gerade nicht« lachte der Deutsche, »aber wenn Ihr *die* haben wolltet, die wäre leicht genug zu bekommen.«

»Aber wo?« rief der Erste von den Oldenburgern wieder, »wir haben uns schon fast die Schuhsohlen abgelaufen durch die Stadt, und Niemand hat uns haben wollen.«

»Haben wollen« sagte der fremde Deutsche kopfschüttelnd – »Ihr seid nicht an die rechte Schmiede gegangen, das ist die ganze Geschichte; da möcht' ich die größte Wette eingehn, daß ich Euch alle miteinander in drei Tagen unterbrächte. Was habt Ihr für ein Geschäft?«

»Geschäft? – wir sind Bauern.«

»Bauern? – hm, das ist allerdings schon schwieriger, aber für eine Weile könntet Ihr auch schon einmal was anderes angreifen. Wenn der Mensch Lust hat geht Alles.«

»Hier werden wir auch wohl noch gefragt werden ob wir Lust haben« brummte der Erste wieder.

»Aber wo ist die Arbeit zu kriegen?« frug jetzt eine der Frauen, »lieber Gott wir wollen ja gerne arbeiten, wenn wir nur für uns und die Kinder Brod haben.«

»Brod?« lachte der Fremde, »um Brod allein wird man auch hier eine Hand regen – wenn nicht Fleisch und Gemüse und Kaffee wie das sonst Nöthige dabei ist, soll's der Henker holen; für Brod allein würden wir hier wenig Arbeiter bekommen. – Aber hier auf der Straße könnt Ihr doch nicht liegen bleiben« setzte er dann hinzu, indem er seine Uhr aus der Tasche nahm und nach der Zeit sah; »es ist jetzt eben halb zwölf, wenn Ihr Euch dazu haltet, könnt Ihr noch gerade zum Mittagsessen im Gasthaus sein.«

»Mittagsessen« seufzte aber eine der Frauen – »die paar Groschen die wir noch haben, dürfen wir nicht für Mittagessen hinauswerfen, wer weiß ob nicht Einer von uns krank wird in dem fremden Land, und dann brauchen wir sie nöthiger.«

»Ja krank – jetzt wird Niemand hier mehr krank« lachte der Deutsche, »jetzt haben wir hier die gesunde Zeit, da ist's in New-Orleans besser wohnen wie in New-York. Aber Ihr braucht kein Geld um in ein Wirthshaus zu gehn.«

»Na, umsonst werden sie uns auch nicht hier füttern.«

»Nein – das würdet Ihr auch gar nicht verlangen« sagte ihr neuer Freund ganz unbefangen, »aber Ihr geht ganz einfach in das erste beste Gasthaus, stellt Eure Sachen dort ein, eßt und trinkt was Ihr braucht, und zahlt so bald Ihr könnt. Glaubt Ihr denn nicht daß so etwas alle Tage hier vorkommt?«

»Ja aber wo würden sie uns denn da so aufnehmen?« frug der Mann verwundert.

»Wo? ich sage Euch ja im ersten besten Gasthaus – ich gehe mit Euch die nächste Straße hinunter, und ich wette wir sind noch keine tausend Schritt gegangen, so seid Ihr zu Haus und könnt Euere Beine unter einen gedeckten Tisch strecken.«

»Du, das ist Einer von denen wo sie uns in Deutschland von erzählt haben« flüsterte der eine dem anderen Bauer zu, »daß sie den Deutschen auflauern und sie seelenverkaufen.«

»*Schaafskopf* verkaufen hätte ich bald gesagt« brummte aber der Andere eben so leise – »ein gedeckter Tisch wird unseren Seelen wahrhaftig keinen Schaden thun – ich glaube nur nicht daß er's kann.«

»Aber wenn es nun doch Einer von denen ist, die einem armen Auswanderer auch das Letzte abjagen was er mitgebracht hat?«

»Und was soll er *uns* denn etwa abjagen, unser Geld? – da wird er sich schneiden, und unsere Sachen? – die dürfen sie uns nicht nehmen, das leidet die Regierung nicht.«

»Ja die Regierung wird sich was d'rum kümmern« meinte der Erste wieder.

»Na adieu Ihr Leute« sagte der Mann jetzt, indem er sich den Hut etwas fester in die Stirn drückte, und sich abdrehte, als ob er gehen wollte, »ich sehe es gefällt Euch hier auf der Levée, und hier in Amerika kann Jeder thun was er will; hier sind wir Alle freie Leute.«

»Aber warten Sie doch nur noch einmal einen Augenblick« rief die eine der Frauen ängstlich und besorgt – »lieber Gott, wenn Sie uns Arbeit verschaffen könnten, die wollen wir ja doch gar so gerne haben; sagen Sie uns nur *wie*.«

»Ja Kinder aus dem Ärmel kann ich sie auch nicht schütteln« lachte der Fremde, »aber ich habe eine Menge Bekannte hier, die viel Leute brauchen, und am liebsten Deutsche anstellen, und wenn Ihr Euch eben, wie ich das wohl glaube, keiner Arbeit scheut, so sollt Ihr da bald untergebracht sein, und zwar nicht etwa wie in Deutschland mit sechzehn oder achtzehn Thaler Lohn *jährlich*, und einer Kost die man hier kaum seinen Schweinen vorwerfen würde, sondern mit drei Mal Fleisch täglich, wie es überall Sitte ist, und mit Kaffee Morgens und Abends Thee.

»Und da sollen wir so lange in das Wirthshaus gehn?«

»Wenn Ihr lieber hier auf der Levée sitzen bleibt kann's mir auch recht sein« lachte der Mann, »wenn Euch aber Euere Kinder hier krank werden, könnt Ihr einem Doktor eben so viel bezahlen nach ihnen zu sehn, wie Ihr in Deutschland das ganze Jahr verdient habt – nachher ist Euer Geld gut angelegt. Aber wie gesagt, Jeder thut hier was ihn freut. Ich will mich aber doch für Euch nach Arbeit umsehn, und wenn Ihr hier bleiben wollt, so komme ich morgen oder übermorgen wieder her, und sage Euch Antwort.«

»Darf denn einmal Einer von uns mit Ihnen gehn?« frug da der Erste wieder, »daß wir nur erst einmal den Platz finden wo sie uns aufnehmen, denn unsere

Sachen möchten wir nicht in Versatz geben; man weiß nachher nicht wie's wird.«

»Aber Euere Sachen müßt Ihr doch unter Dach und Fach bringen« lachte der Mann, »seid Ihr närrische Burschen! die könnt Ihr doch nicht derweile vor die Thür setzen, und wenn Ihr eine ganze Woche alle zusammen im Wirthshaus läget, zahlte die nächste Woche Arbeitslohn Euere sämmtlichen Schulden.«

»Und was bekommt man hier den Monat?«

»Das geht hier nicht Monatweis, das geht nach dem Tag; die Leute die an der Levée und auf den Dampfbooten arbeiten, bekommen einen Dollar *pr.* Tag.«

»Ja, aber da brauchen sie Niemanden mehr.«

»Seid Ihr überall an der Levée gewesen?« frug der Mann, »die Levée ist wohl sieben englische Meilen lang.«

»Überall wohl nicht, aber doch an *vielen* Plätzen.«

»Nun ja, *vielen*, das will Nichts sage; nein ich werde Euch gleich eine *dray*[29] wie man hier sagt, oder einen Güterkarren besorgen, Euere Sachen in die Stadt zu schaffen, und dann sind wir in zehn Minuten untergebracht.«

»Oh dazu brauchen wir keinen Karren« riefen aber die beiden; »die packen wir auf und tragen sie selber, wenn's weiter Nichts ist – die Frauen tragen die zwei da, und wir die hier, mein Junge bleibt bei den Übrigen zurück und die holen wir dann nachher.«

»Gut, wie Ihr wollt; aber Leute das muß ich Euch gleich sagen, lange Zeit kann ich hier nicht mehr stehn bleiben, denn ich habe noch viel zu thun, und hier schon mehr Zeit versäumt als ich vor meiner eignen Familie verantworten möchte. Wir haben hier ein Sprichwort in Amerika »Zeit ist Geld« und das werdet Ihr wohl noch ebenfalls kennen lernen.«

Es bedurfte übrigens keines weiteren Zuredens von seiner Seite, denn den armen Teufeln, die sich noch vor wenigen Minuten vor Hunger und Noth gefürchtet hatten, stak der versprochene gedeckte Tisch jetzt im Kopf, auf dem sie im Geist jetzt schon alle geträumten Herrlichkeiten der neuen Welt aufgestapelt sahen, und nach kurzer Berathung untereinander griffen sie ihre großen, mit eisernen Henkeln versehenen Koffer auf und baten den Fremden, hinter dem sie gleich darauf herkeuchten, ihnen den Weg zu zeigen.

Sie hatten nicht weit zu gehn; gleich die nächste Straße hinauf, die nach der Vorstadt Lafayette hineinlief, über die zweite Queerstraße hin, leuchtete ihnen schon von fern ein großes weißes Schild entgegen, auf dem mit großen schwarzen Buchstaben die Worte »*Deutsches Gasthaus zum deutschen Vaterland*« standen.

»Dort ist gleich ein deutsches Wirthshaus; wollen wir anfragen?« frug sie ihr Führer.

»Ja wenn Sie glauben« meinte der eine Oldenburger.

»Eins ist so gut wie das Andere«, sagte Jener achselzuckend – »setzt nur erst einmal Euere Kiste vor die Thür, und wir wollen hinein gehn und mit dem Mann sprechen; nachher könnt Ihr ja dann noch immer thun was Euch gut dünkt.«

Dagegen ließ sich Nichts sagen, und die Männer betraten gleich darauf einen kleinen, ziemlich engen Saal, der als Schenkzimmer benutzt und durch einen etwas schmutzigen weißen Vorhang von dem nächsten Gemach, in dem sie viele Stimmen hörten, getrennt wurde. Ein Schenktisch war hier an der einen Seite aufgestellt, auf dem eine Masse umgedrehte leere Gläser und einige kleine Flaschen standen, während dahinter, auf langen Regalen, drei oder vier Reihen mit verschiedenen Spirituosen gefüllte gläserne Karaffen geordnet und mit dazwischengelegten Orangen und Citronen verziert waren. Hinter dem Schenktisch, oder der »*bar*« wie ein solcher Platz in Amerika genannt wird, stand ein junger stämmiger Bursche von vielleicht fünf oder sechs und zwanzig Jahren, mit glatt zurückgekämmten blonden Haaren, fast auffallend großen Ohren, stieren, aus dem Kopf ordentlich herausstehenden blauen Augen, und einem sehr runden, halb geöffneten Mund, was ihm ein sehr erstauntes überraschtes Aussehn gab, sonst aber so leicht und bequem an- oder vielmehr ausgezogen, wie das nur irgend möglich war. Er trug Sommerhosen und Weste, aber weder Rock noch Jacke, und die Hemdsärmel bis hoch über die Ellbogen aufgekrempelt, wobei er die sehnigen muskulösen Arme auf dem Schenktisch, etwas weit auseinander, aufgestemmt hatte, und mit vorgebeugtem Körper die Neuangekommenen gerade so anstarrte, als ob er sich nur erst einen von ihnen aussuchen und diesem dann augenblicklich auf den Hals springen werde.

»Hallo Jimmy« rief der Fremde in ziemlich vertraulichem Ton, als er zwei von den Männern, die verlegen an der Thür stehn blieben, hier eingeführt hatte – »wie gehts Mann, immer noch frisch und munter?«

»Ja wohl Schentelmen« sagte Jimmy, drei frische Gläser auf dem Tisch umdrehend und die Frage etwa so beantwortend, als ob sich der Mann erkundigt hätte ob er noch etwas zu trinken habe – »was Ihr Herz begehrt – was solls sein?«

29 Die kleinen Güterkarren.

»Nun ich nehme einen Gin cocktail«[30] sagte der Führer – »und was trinkt Ihr, Leute? – kommt nur herein, das geht jetzt in Einem hin, und trinken müssen wir doch.«

Die Deutschen bedurften erst noch einer Nöthigung, während sie der Ausschenker oder *barkeeper,* wie diese Leute sämmtlich heißen, mit immer höher steigenden Augenbrauen und immer stierer werdenden Augen, ohne einen Blick von ihnen zu verwenden, anstarrte. Endlich entschlossen sie sich nach einem Glas Bier zu fragen, das sie durch eine ihnen merkwürdig erscheinende Vorrichtung aus einem Zinnrohre eingeschenkt bekamen, das mit einem niedergebogenen Schlauch versehn aus dem Schenktisch auflief, und durch ein hinter demselben angebrachtes Pumpwerk aus dem Keller, oder wenigstens dem in die Erde gegrabenen Faß herauf, gespeißt wurde.

»Nun Jimmy trinkst Du Nichts?« sagte der Fremde.

»*Thank you*«[31] sagte Jimmy, füllte sich in ein Glas ein paar Tropfen Brandy, und goß es auf einen Schwung hinter, fuhr dann mit den geleerten Gläsern blitzschnell unter den Schenktisch in einen dort angebrachten Kübel mit Wasser, schwenkte und trocknete die Gläser, die wieder auf ihren alten Platz kamen, und seinen Händen dann eine gleiche Gefälligkeit erweisend stemmte er die Arme wieder wie vorher auf den Tisch und sagte:

»*Two bits!*«[32]

Der Fremde rief ihm aber auf Englisch ein paar Worte zu, welche die Auswanderer nicht verstanden und der *barkeeper,* der sie jetzt noch viel stierer ansah als vorher sagte plötzlich.

»Hier boarden?«

»Die Leute verstehn noch kein Englisch Jimmy, und wissen nicht was boarden ist – *wohnen* wollen sie hier allerdings – habt Ihr Platz?«

»*Lots*« lautete die lakonische Antwort.

»Gut, dann zeigt ihnen einen Platz wo sie ihr Gepäck unterbringen und wohin wir die Frauen mit den Kindern schaffen können – wie viel macht es die Woche *à person?*«

»Drei Dollar ohne Bitteres – «

»Unsinn, Bitteres, wenn sie trinken wollen zahlen sie's apart; sie werden auch schwerlich eine Woche hier sein, sondern gleich auf Arbeit gehn – hier Nichts im Hause, Jimmy?«

»Arbeit?« lachte der Barkeeper mit einem breiten Grinsen wobei ihm die Augen fast aus dem Kopf herausfielen – »wir sind froh daß wir selber Nichts zu thun haben.«

»Nun macht Nichts, wollen das schon besorgen – Also schafft die Sachen nur hier herein, der Mann da wird Euch gleich eine Stelle zeigen, wohin Ihr sie bringen könnt, und Jimmy, seid so gut notirt es Euch – sieben Personen« setzte er dann auf Englisch hinzu »und die vier Kinder können wir zwei rechnen.«

»Alles in Ordnung Mr. Messerschmidt« antwortete ihm der *barkeeper* ebenso – »doch Alles sicher?«

»Alles – « sagte der Mann, der sich der Deutschen so freundlich angenommen, und dann sich wieder in ihrer Sprache zu ihnen wendend, setzte er hinzu – »Euere Tochter da, werde ich wahrscheinlich selber bei einer entfernten Verwandten von mir unterbringen können, darüber bringe ich Euch aber erst morgen Antwort; unter der Zeit laßt es Euch übrigens wohl sein und macht's Euch bequem. Ihr habt hier ein eben so gutes Recht zu wohnen wie jeder Andere und bezahlt eben so gut dafür, ob nun das gleich baar auf den Tisch oder erst in drei oder vier Wochen ist, bleibt sich ganz gleich. So *goodbye* Jimmy – adieu Ihr Leute – ich werde morgen einmal wieder nachfragen wie es Euch geht.«

Der Mann verließ mit einem freundlichen Kopfnicken gegen die Leute das Schenkzimmer, und die Oldenburger, von dem Barkeeper dazu angewiesen, vor dem sich die Kinder aber fürchteten, weil er ihnen heimlich Gesichter schnitt – schafften bald ihre großen hölzernen Koffer mit Geschirr und Allem, seitwärts von der Hausthüre über einen engen Hof, eine schmale wacklige Stiege hinauf und in ein kleines Käfterchen, das der Mann ein Zimmer nannte, und wo fünf Betten so dicht neben einander aufgestellt waren, daß sie auch eben so gut als eines gelten konnten. In die mittelsten mußte man auch in der That über die beiden Eckbetten hin oder über ihre Fußenden hinübersteigen.

Ungemüthlich genug sah der Platz ohne dem aus; die Betten waren noch nicht einmal gemacht, und das Bettzeug sah gelb und gebraucht aus, mit kleinen Blutflecken hie und da wie gesprenkelt, ein böses Zeichen vorhandenen Ungeziefers. Die Fenster waren ebenfalls seit Jahren nicht gewaschen, und die Spinn-

30 Eine eigene Mischung von Genevre, Wasser, Zucker und bitteren Tropfen.

31 Dank Euch.

32 Zwei Bit – der Bit eine Amerikanische, im Süden der Vereinigten Staaten sogenannte Geldmünze von 12½ Cent, etwa 5 Silbergroschen an Werth.

weben füllten die Ecken mit ihren Generationen. Zwischendeckspassagiere sind aber in der Art gerade nicht eigen, und an solche »Unbequemlichkeiten« wie sie es gewöhnlich nennen, noch vom Schiff aus viel zu sehr gewöhnt, wenigstens gleich in den ersten Tagen dagegen zu protestiren, besonders wenn sie wenig oder gar kein Geld bei sich haben, und sich dadurch gedrückt und nur geduldet fühlen. Die Oldenburger nun gar dachten nicht daran sich auch nur über das Geringste zu beschweren, hatten sie doch ein Dach gefunden unter dem sie gegen Regen geschützt lagen, und ein gedeckter Tisch war ihnen ebenfalls versprochen worden. Was konnten sie mehr verlangen, wo sie noch wenige Stunden vorher in Verzweiflung an der Levée draußen gesessen, und keinen Platz gewußt hatten ihr Haupt hinzulegen.

Noch waren sie übrigens mit dem Ordnen ihres Gepäcks nicht einmal fertig, als eine Klingel unten tönte, und der Barkeeper wieder in das Zimmer stierte und ihnen ankündigte es wäre »zu Dinner gebellt worden.«[33]

»Dinner gebellt?« rief der eine von den Männern erstaunt – »*wir* haben keinen Hund mit.«

»Hund mit? – wer spricht denn von einem Hund?« brummte aber der Barkeeper, »zu Dinner ist gebellt – das Essen ist fertig und Ihr müßt Euch bereit halten; wenn's wieder läutet wird gegessen; aber die Männer kommen zuerst dran, und nachher die Weibsen mit den Kindern – s'ist wegen dem Platz.«

»Ja so« sagte der Mann, »nun versteh' ich's – wir können noch kein englisch.«

Der Barkeeper sah sie wieder eine ganze Weile, ohne eine Miene zu verziehen stier an, drehte sich dann um, schnitt dem jüngsten Kind ein so furchtbares Gesicht daß dieses laut aufschrie, und schlug dann die Thür hinter sich in's Schloß daß die Scheiben klirrten.

»Ist das ein sonderbarer Mensch« rief die eine Frau, »und wie er spricht – aber wir sollen jetzt zum Essen hinunter gehn – ich fürchte mich ordentlich.«

»Fürchten? – vor dem Essen? na ja« sagte ihr Mann – »ich möcht' mir lieber die Ärmel dazu aufstreifen, so 'nen Hunger hab' ich; aber kommt nur, da bimmelts schon wieder – was der nur mit dem *Bellen* wollte?«

Es blieb ihnen indeß keine lange Zeit zu weiteren Betrachtungen, denn die Glocke unten läutete allerdings schon wieder, und die Männer schlugen sich deshalb rasch den Staub ein wenig mit den Händen von den Ärmeln, dem Rockkragen und den Hosen vorn herunter, und stiegen die Treppe nieder, wo ihnen das merkwürdige Gesicht des Barkeepers, der seine Nase an einer der Fensterscheiben des vorderen Gebäudes breit und weiß drückte, und dadurch nur noch wunderlicher aussah, schon zunickte sie sollten machen daß sie herein kämen. Das ließen sie sich denn auch nicht zweimal sagen, und betraten gleich darauf einen ziemlich geräumigen Speisesaal, in dem eine lange Tafel aufgestellt, mit Speisen bedeckt, und schon auch fast vollständig von Gästen besetzt war.

»Hallo die Oldenburger!« rief ihnen da eine bekannte Stimme vom anderen Ende der Tafel, wo noch ein paar freie Sitze waren, entgegen, »wo kommt *Ihr* her, vom Schiff?«

Die Leute schauten überrascht dorthin, und erkannten jetzt zu ihrem Erstaunen eine ganze Menge bekannte Gesichter an der Tafel, die, so wenig sie sich an Bord um sie bekümmert hatten, jetzt doch freundlich grüßend nach ihnen herübernickten, und ganz zufrieden damit schienen unter den vielen Fremden um sie her ebenfalls Bekannte zu treffen.

In der That hatten sich aber wirklich ein paar ganze Coyen von den Zwischendeckspassagieren der Haidschnucke hier versammelt, von denen die meisten schon am ersten Morgen nach ihrer Ankunft, und zwar durch einen in der Stadt gefundenen Deutschen herrecommandirt, eingezogen waren.

Herr Messerschmidt mußte in dieser Zeit ungemein thätig gewesen sein, und die Oldenburger sahen die Leute hier richtig wieder Coyenweis, alter Gewohnheit nach, neben einander sitzen und erkannten die Herren Steinert, Mehlmeier und Schultze, und neben diesen den schwärmerischen Theobald, während nur ein paar Stühle weiter, durch ein paar fremde Gesichter getrennt, auch Herrn Theobalds anderer Coyengenosse und Schlafkamerad der finstere schwarze Gesell der sich Meier an Bord nannte, Platz genommen. Aber seine Frau saß nicht neben ihm, obgleich mehrere andere Frauen zugegen und keineswegs, wie der Barkeeper gegen die Oldenburger angedeutet hatte, von der ersten Tafel ausgeschlossen waren.

Diese ließen sich aber immer noch mit einer gewissen Scheu an dem, für ihre Begriffe kostbar besetzten Tische nieder; das verlor sich jedoch schon bedeutend nach der Suppe, und verschwand gänzlich wie sie die rege Geschäftigkeit der um sie her Essenden bemerkten, bis sie eben so tapfer zulangten als irgend Einer der Übrigen.

Das Gespräch bei Tisch führte indessen fast allein ihr früherer Reisegefährte Steinert, der hier schon so

33 *Dinner* Mittagessen *bell* die Glocke in dem schauerlich verderbten Dialekt der Amerik. Deutschen »zum Mittagsessen geläutet.«

zu Hause schien, als ob er seit Jahren Stammgast gewesen, und mit allen Leuten bei Tisch auch bekannt geworden sein mußte, denn er nannte sie sämmtlich bei Namen, und lachte und erzählte nach Herzenslust. Mehlmeier amüsirte sich dabei am meisten über seine Witze, die er aber etwas schwer begriff, und gewöhnlich erst dann an zu lachen fing, wenn die Übrigen das Erzählte schon beinah wieder vergessen hatten. Da er aber bei seinem Lachen ein sehr weinerliches Gesicht schnitt, merkten das nur seine nächsten Bekannten.

Schultze beobachtete wieder nach seiner gewohnten Weise die ganze Tischgesellschaft, hielt, wenn das heimlich und unbemerkt geschehen konnte, seine aufgehobene und breitgedrehte Hand halb unter die verschiedenen Physionomieen und Profile und fuhr dann, wenn sich Einer der also auf's Korn genommen zufällig nach ihm umdrehte, so zusammen und griff rasch nach Messer oder Gabel oder seinem Glase, als ob er irgend etwas Böses begangen hätte und dabei erwischt wäre.

Theobald auf der einen Seite und Meier auf der anderen sprachen bei Tisch kein Wort und beendeten, wie die meisten der Gäste, so rasch als möglich ihre Mahlzeit, und als Alle aufgestanden waren, wurden die Teller und Messer und Gabeln gewechselt, dann die Frauen und Kinder mit den Hausgenossen in den indeß von den Übrigen geräumten Speisesaal gerufen, und die zweite Tafel hielt, unter dem Vorsitz des Barkeepers der einen mächtigen Rinderbraten unter sie vertheilte, ihre Mahlzeit.

Nach Tisch zerstreuten sich fast sämmtliche Gäste durch die Stadt, ein Theil seinen Geschäften nachgehend, ein anderer, der noch keine hatte, zum Vergnügen oder aus langer Weile durch die Straßen zu schlendern, die für sie des Neuen und Eigenthümlichen auch genug boten. Das Abendessen war auf sechs Uhr angesetzt worden, und verlief dann in eben der Ordnung wie der Mittagstisch, nur mit dem Unterschied daß die meisten der Gäste nicht mehr ausgingen, oder nach einem kürzern Spatziergang durch die Stadt oder über die Levée, die um diese Tageszeit den Sammelplatz der vornehmen Welt von New-Orleans bildet, wieder in das Gasthaus zurückzukehren, und dort bei einem Glase gutem französischen Wein oder schlechtem Cincinnati-Bier die Erlebnisse des Tages zu besprechen.

Heute aber ging es besonders lebhaft in der kleinen, hinter dem Schenkzimmer gelegenen Gaststube her, denn der Dampfer von New-York war mit neuen deutschen Zeitungen eingetroffen, und den eben erst angekommenen Passagieren, die seit ihrer Abfahrt von dort auch keine Sylbe aus der Heimath gehört, war es besonders ein ganz eigenthümliches Gefühl, Berichte von Monate alten Daten als eben Geschehenes zu erhalten, und sich darüber zu freuen.

Vor allem Anderen wurde die Politik durchgenommen – die Leute durften sich hier eine Güte thun und frei und ungescheut über Verhältnisse schimpfen, denen sie dort entgangen waren; dann kamen die Hofnachrichten aus einem Königlichen Blatt, in dem die Privatnachrichten über die hohen und höchsten Herrschaften, und wann allerhöchst dieselben zu speisen geruht etc., etc., etc., laut vorgelesen und mit Jubel begrüßt wurden. Die Ordensverleihungen wurden ebenfalls laut und gewissenhaft vorgelesen bis die Leute die spaltenweisen Austheilungen satt bekamen und Anderes hören wollten.

»Oh hören Sie auf mit dem Unsinn«, rief Herr Schultze endlich, sich die Hände reibend, »wir sind hier froh, daß wir nichts mehr damit zu thun haben; Herr Steinert, lesen Sie uns etwas Gescheuteres vor.«

»Etwas Gescheutes verlangen Sie aus einer deutschen Zeitung sehr verehrter Herr Reisegefährte?« rief aber der Weinreisende über das Blatt nach ihm hinüber lachend, »da thut es mir leid Ihnen nicht willfahren zu können, ich müßte Ihnen sonst hinten die Subhastationen oder Steckbriefe vorlesen, von denen ich da drüben in der Weserzeitung eine ganze Menge gesehen habe.«

»Apropos Steckbriefe«, rief Mehlmeier mit seiner feinen Stimme, »haben Sie wohl schon nachgesehn, ob sie dem armen Jungen keinen hinterher schicken, der mit der Haidschnucke so glücklich fortgekommen ist? – wie hieß er doch gleich, Berger glaub ich?«

»Ja wohl Carl Berger«, rief Steinert, »da wollen wir doch gleich einmal sehen, bitte – erlauben Sie einen Augenblick« sagte er dabei, seinem Nachbar, einem kleinen dürren Männchen mit einer Brille, der ungeheuere Ähnlichkeit mit einem kleinen deutschen Beamten hatte, sich aber schon längere Zeit in New-Orleans aufhielt, die Zeitung, in der dieser gerade las, ohne weiteres aus der Hand nehmend.

»Bitte tausend Mal um Entschuldigung«, sagte der kleine Mann sehr artig, »ich glaubte sie würde nicht gebraucht.«

»Bitte – bitte« – murmelte Steinert zerstreut, mit den Augen dabei die klein gedruckten Spalten der gerichtlichen Ankündigungen überfliegend – »Über den Nachlaß des am 12. Februar verstorbenen Fuhrmanns; – das ist Nichts – auf den herrschaftlichen Gütern zu Hellbhausen sollen am 5. nächsten Monats – auch

Nichts – hier kommen die Steckbriefe – der Korbmacher Carl Christoph Hinterleben von Ehlstein – der war's nicht, aber halt wahrhaftig« – rief er plötzlich, mit der linken Hand dabei auf den Tisch schlagend – »hier haben wir ihn« –

»Der unten signalisirte Lohgerber, Carl Eduard Berger, zwanzig Jahr alt, hat sich seiner Militairpflicht heimlicher Weise durch die Flucht entzogen, und werden sämmtliche Justiz- und Polizeibehörden ersucht – ja wohl – versteht sich von selbst – alle Justiz- und Polizeibehörden ersucht den besagten Carl Eduard Berger zu arretiren und hierher abzuliefern!«

»Dem fuhr es damals übrigens verdammt dicht am Leder vorbei; wenn sie ihn erwischt hätten wär es ihm schlecht gegangen. Wetter noch einmal es muß doch ein ganz wundervolles Gefühl sein, wenn man irgendwo was ausgefressen hat, mit den Rothkragen auf der Ferse am Ende glücklich Salzwasser erreicht, und nun draußen frank und frei, mit *einem* Schlage jeder Furcht vor Verfolgung enthoben, ›durch die Wellen streicht, Fridolin‹.«

»Nun sogar gefährlich sind die Leute doch auch nicht immer«, lächelte Herr Schultze freundlich vor sich hin, »wissen Sie die Gesellschaft, die uns die Herrn mit den egalen Mützen selber noch im Hafen an Bord brachten?« –

»Oh Doris, wärst Du nur verschwiegen«, citirte Steinert seinen Lieblingsschriftsteller; »was hilft es solche Sachen an die große Glocke zu schlagen.«

»Nein, das seh ich aber gar nicht ein«, sagte Herr Schultze, »wenn die Regierungen indiscret genug sind ehrlichen Menschen zuzumuthen mit solchem Gesindel eine solche Reise zusammenzumachen, weiß ich auch nicht warum *wir* so discret sein sollen nicht darüber zu sprechen, oder vielmehr darüber zu schimpfen.«

»Aha«, sagte ein anderer Deutscher, der ebenfalls mit ihnen an einem Tisch saß und bis jetzt den Gesprächen der Einwanderer aufmerksam zugehört hatte, indem er immer die Sprecher mit seinen kleinen lebendigen Augen fest und stechend ansah; der Mann trug einen großen rothen Schnurrbart, hatte sonst aber, außer einer rothen Nase und etwas bramarbasirend zusammengezogenen Stirnfalten, viel Gutmüthiges im Gesicht – »aha«, sagte dieser jetzt, »wieder eine Sendung von Correktionsfleisch mitgekommen? – könnte es der Regierung der Vereinigten Staaten wahrhaftig nicht verdenken, wenn sie Gleiches mit Gleichem vergälte und auch einmal eine Sendung *ihres* Auswurfs mit guten Pässen versehn nach Deutschland hinüberschickte. Drüben schimpft das Gesindel auf unser Land, und thut dabei alles Mögliche was in seinen Kräften steht die Bevölkerung hier zu vergiften – hilft ihnen aber doch Nichts, den Neidpilzen, die sich über unsere freie Verfassung ärgern, und denen es ein Dorn im Fleische ist daß wir hier in einer *Republik* glücklich leben; es ist als ob sie den Ocean mit ein paar Eimern Schmutz trüben wollten.«

»Sie sehn die Sache zu schwarz an, verehrter Herr«, nahm Steinert das Gespräch auf, »den Leutchen daheim liegt weniger daran hier in Amerika eine wesentliche Veränderung hervorzubringen, als nur die einzelnen Individuen los zu werden. Ihr Vergleich mit dem Meer ist aber vortrefflich. Amerika nimmt diese Körper in sich auf, verarbeitet sie, theilt ihnen seine Reine mit und läutert sich selber – halb zog sie ihn, halb ging er mit, und ward nicht mehr gesehn.«

»Papperlapapp!« rief aber der Mann mit dem großen Schnurrbart, dem an Steinert's Beistand in seiner Ansicht gar Nichts gelegen schien, »das klingt auswendig vernünftig, und ist inwendig baarer Unsinn – läutert sich – ja wohl läutert es sich, nimmt aber »diese Körper«, wie Sie das Gesindel nennen, nicht in sich auf, sondern hängt sie an Galgen oder Baum, was gerade am bequemsten und nächsten ist.«

»Hängen«, sagte Steinert, der sich durch die Bemerkung beleidigt fühlte, unwillig mit dem Kopfe schüttelnd – »Nürnberger – hat sich was – für *einen* Schurken liefert Deutschland auch dafür dem rohen Lande hier *tausend* ehrliche Hände und *geistreiche Köpfe* dazwischen, die Schwung hier in die Geschäfte bringen, die den Amerikanern zeigen müssen, wo Barthel eigentlich den Most holt.«

»Die haben *Sie* wohl mit herüber gebracht?« sagte der Rothbart wieder mit einem boshaften Blick auf den Weinreisenden; dieser aber hielt es unter seiner Würde sich mit dem »ungebildeten Menschen« in weiteres Gespräch einzulassen und nahm, ohne etwas auf die Frage zu erwiedern, und indessen Herr Schultze aus einem anderen Blatte jetzt einige politische Neuigkeiten vorlas, seine Zeitung wieder vor.

»Beim Obertribunal kam kürzlich folgender interessanter Proceß in Kassationsinstanz« – las Schultze – »zur Entscheidung – Kläger war das Handlungshaus J. M. Oppenheimer in Rodach am Main – Verklagter der Justiz Commissar Ohnewetter in – «

»Scheußlich – niederträchtig!« unterbrach Steinert da plötzlich, ohne sich weiter um die Vorlesung zu kümmern, den erstaunt zu ihm aufsehenden Schultze, »nein das ist nichtswürdig.«

»Was ist denn, was giebts?« frugen die Andern dazwischen, neugierig durch die Ausrufungen gemacht.

»Nein abominabel!« rief aber Steinert noch einmal, »ha das Schrecklichste der Schrecken, das ist der Mensch in seinem Wahn.«

»Na, wer ist nun wieder todt, Herr Steinert?« frug Mehlmeier aus seiner Ecke vor, in der er sich ganz gemüthlich mit einem Glas Eierpunsch niedergelassen hatte – »war er lange krank?«

»Nein hören Sie nur«, rief aber Steinert in gerechter Entrüstung dem Mann, dem er vorher die Zeitung weggenommen hatte, jetzt auch das Licht vor der Nase wegziehend und vor sich hin rückend, »man sollte wirklich kaum glauben, daß etwas derartiges möglich wäre.«

»Aber zum Teufel so schießen Sie doch einmal los!« rief Herr Schultze, der endlich ungeduldig wurde, und über seine Brille, die er beim Lesen aufsetzen mußte, mit seitwärts gehaltenem Kopfe nach dem Besitzer der Weserzeitung hinüber sah, »was ist denn vorgefallen.«

»Man sollte doch wirklich nicht denken daß die menschliche Natur einer derartigen Scheußlichkeit fähig wäre«, sagte aber Steinert, also aufgefordert, die Zeitung jetzt etwas näher zu dem occupirten Licht herüberziehend, »da steht von Hannover aus, über dem Steckbrief von zwei Menschen – es ist nur gut daß sämmtliche Steckbriefe gerade so eingerichtet sind, daß sie immer gleich auf eine ganze Gemeinde passen – ein Bericht, den ich Ihnen einmal vorlesen werde. – Von einem Greise will ich singen, der neunzig Jahr die Welt gesehn, – also passen sie auf.«

»Waldenhayn den 29. August. Am Dienstag Abend den 18. August ds. J. verließen der unfern des Dorfes an einer etwas vom Wege abseits gelegenen alten Försterswohnung, zur Zeit nicht mehr ansässige und schon gekündigt seiende, auch schon seit längeren Jahren in keinem guten Ruf, und die letzten sechs Monate sogar unter polizeilicher Aufsicht stehende – hah – erlauben Sie erst einmal meine Herren daß ich absetze, um Athem zu holen – der Canzleistyl kann einem Schnellläufer die Lunge zuschnüren – polizeilicher Aufsicht stehende Carl Heinrich Steffen, von den Dorfbewohnern seines schwarzen Haares und Bartes wegen gewöhnlich »der schwarze Steffen« genannt, und unter diesem Namen auch in dortiger Gegend überall bekannt, mit seiner Frau der Johanna, Julie, Gertrude Steffen, geborene Melzer, heimlicher Weise seine mit ihr in rechtmäßiger Ehe erzeugten drei Kinder wie ein unehelich erzeugtes Mädchen, indem sie dieselben Abends unter dem Vorwand auf das Amt citirt zu sein verließen, und allem Vermuthen nach ihren Weg nach Amerika oder sonst in das Ausland genommen haben, und bis jetzt aber noch nicht ermittelt werden konnten. Die Kinder wurden von den nächsten, etwa eine Viertelstunde von dem entlegenen Haus wohnenden Nachbarn, erst am fünften Tag halb verhungert gefunden, da sich dieselben durch eine vorgeschobene Lüge der unnatürlichen Eltern, die ihnen erzählt hatten, daß ein toller Hund die Gegend draußen unsicher mache, nicht getraut hatten – der Satz nimmt wieder kein Ende – nicht getraut hatten den äußeren Weg zu betreten. Die Kinder sind in den Altern von 9, 5, 3 und 1½ Jahr alt – es ist scheußlich, wahrhaftig und kaum zu glauben – 1½ Jahr und einstweilen von der Gemeinde von Waldenhayn theils, theils von dem dortigen Geistlichen versorgt und vor augenblicklichem Mangel geschützt worden. Donnerwetter der junge hübsche Bursche der Georg Donner, das war ja der Sohn von dem Pastor in Waldenhayn.«

»Na und nun weiter?« frug der alte Soldat mit dem rothen Schnurrbart, »kreuz Element sie werden die schurkischen Eltern doch wohl erwischt haben.«

»Ja erwischen«, sagte Steinert, unwillig mit dem Fuße stampfend, »da hier drunter steht der Steckbrief von den Beiden, mit einer freundlichen Bitte an alle Polizei- und Justizbehörden die beiden unnatürlichen Eltern im »Betretungsfalle«, ja, hat sich was – im Betretungsfalle nach dem Amt Ohnleben zurück- und abzuliefern.«

»Das ist ja furchtbar, wenn man sich das so bedenkt«, sagte der kleine ängstliche Mann neben Herrn Steinert, indem er die eigene Brille abnahm und auswischte und dann halb schüchtern die Hand nach der Zeitung ausstreckte, die Steinert neben sich hingelegt hatte, sie aber rasch und wie erschreckt wieder zurückzog, als dieser, ohne seiner Bemerkung einer Antwort zu würdigen, noch einmal danach griff.

»Ich begreife nur nicht daß sie ihn nicht wieder erwischt haben«, sagte Herr Schultze.

»Er wird sich wohl *heimlich* fortgemacht haben«, meinte Mehlmeier und sah sich erstaunt um, als die Übrigen lachten.

»Und solche Scheusale kommen dann alle nach Amerika«, rief der Mann mit dem rothen Schnurrbart, »und nachher soll man's den Amerikanern verdenken, wenn sie von uns Fremden Nichts wollen.«

Die Unterhaltung wurde hier plötzlich durch den etwas ungestümen Eintritt eines anderen Reisegefährten und zwar des Dichters Theobald unterbrochen, der übrigens in einem sehr außergewöhnlichen Zustand, mit zerrissenem Rock, blutigem Gesicht und außerdem noch in furchtbarer Aufregung die Thüre hinter sich zu, sich selber in einen Stuhl warf, und ein

Glas Punsch von dem aus dem Schenkzimmer ab- und zugehenden Barkeeper forderte.

»Hallo Herr Theobald?« sagte Mehlmeier, der der Thür am nächsten saß und die jedenfalls mishandelte und bös zugerichtete Gestalt des kleinen schmächtigen Mannes etwas erstaunt betrachtete – »wie sehn Sie denn aus? was haben Sie denn angefangen und wo sind Sie gewesen?«

»Ha Rache – Rache!« knirschte aber nur der Poet als einzige Antwort durch die Zähne – »Rache will ich haben und wenn ich mir Blitze vom Himmel dafür borgen sollte.«

»Würden Sie schwerlich eine Leihanstalt dazu finden«, sagte der Mann mit dem rothen Schnurrbart, »übrigens sehen Sie gerade so aus, als ob Sie einem Irischen Draymann unter die Fäuste gerathen wären, was neu eingewanderten Deutschen manchmal passirt. Sie können wahrscheinlich noch nicht boxen.«

»Boxen?« wiederholte Theobald aber entrüstet, »boxen Sie einmal, wenn eine halbe Straße über Sie herfällt und Sie mishandelt – boxen – ha wenn mir die Canaillen freien Raum mit dem Schuft gegeben hätten, er *lebte* jetzt nicht mehr – «

Und *Sie* säßen dann in der Calabouse und könnten Betrachtungen über die innere Polizei Louisianas anstellen«, sagte der Rothbart trocken.

»Aber so erzählen Sie doch nur«, rief Steinert; er hatte die Zeitung bei dem trostlosen Anblick ihres Reisegefährten zur Seite geworfen, die sich jetzt der Mann mit der grünen Brille rasch herüber nahm, die augenblicklich freie Zeit zu benutzen – »was ist geschehn, was ist vorgefallen? Donnerwetter Mann, Sie haben famoses Glück. Sie kamen hierher Schicksale zu erleben und darüber schreiben zu können, und sind da gleich in eine Goldquelle hineingefallen, die Ihnen reichhaltigen und kostbaren Stoff zu Ihren Versen liefern kann.«

»Ich danke Ihnen für die Goldquelle«, rief Theobald, »die man mit der eigenen Haut bezahlen muß; aber Stoff hab' ich allerdings gefunden *Bände* zu schreiben, und bei Gott, ich werde ihn benutzen.«

»Aber ich bitte Sie um Gottes Willen« –

»Gut, so hören Sie; ich gehe oben in der Stadt über einen großen freien Platz, auf dem ein höchst ungeschicktes steinernes Gebäude, ein großes Dach eigentlich nur von viereckigen steinernen Pfeilern getragen steht.«

»Oh das ist ein Markthaus«, sagte der Rothbart.

»Schön«, fuhr Theobald fort, »also in diesem Markthaus, wo aber nicht viel zu verkaufen war« –

»Da müssen Sie Morgens hinkommen.«

»Bitte, unterbrechen Sie mich nicht alle Augenblicke – also in diesem Markthaus reizten meine Aufmerksamkeit einzelne, hell erleuchtete Stände, auf denen große Messing- und Kupfer-Maschinen mit Hähnen unten daran zum Ausschenken standen, wie auch die kleinen, reinlich gedeckten Tische mit deliciösem Backwerk und Kaffee- und Theegeschirr bedeckt waren. Allerliebste junge Mädchen« –

»Na erzählen Sie uns nicht die alte Geschichte«, unterbrach ihn der Rothbart da wieder, »um das zu sehn, brauchen Sie nur um die nächste Ecke zu gehn; da stehn auch welche.«

»Aber *wir* kennen es noch nicht, verehrter Herr«, sagte Schultze, »bitte fahren Sie fort lieber Theobald, und lassen Sie sich nicht irre machen von – von dem Herrn da.«

»Allerliebste junge Mädchen standen daneben und credenzten den Spatziergängern, die an ihren Tischen stehen blieben, Kaffee, Thee oder Chokolade, und ich war auch zu einem der Tische gegangen, an dem ein reizendes Kind mit etwas dunkler Haut aber wundervollen Augen und langen kastanienbraunen Locken –

Die freie kühne Stirn von ihnen überwallt
Und in dem Blick, mit zauberischer Gewalt,
Den ganzen weiten Himmel offen,
Auf mich hernieder sah. – Betroffen,
Ja zitternd fast von Lust und Liebeswahn
Betrete ich des holden Mädchens Nähe
Und frage – stammle halb verzückt
Von solcher nie geahnten Schöne
Oh Holde sprich – «

»Ich bin verrückt«, fiel hier der Rothbart trocken ein, den Reim completirend; während sich aber Theobald stolz und indignirt von ihm abwandte, erklärten sich die übrigen Gäste sämmtlich über den ewigen Störenfried entrüstet, und Steinert besonders, der aufstand und in einer wohlgesetzten Rede den Mann zu vernichten suchte, wandte sich dann wieder an den Dichter und sagte –

»Lassen Sie sich nicht irre machen Herr Theobald – Sie wissen wohl – ein dicker fetter Mops ging einst im Mondenschein spatzieren – erzählen Sie nur weiter; fahren Sie fort in Ihrer treulich begonnenen Improvisation – Sie haben aufmerksame, theilnehmende Zuhörer – da ist auch Ihr Punsch, der wird Ihnen gut thun.«

Theobald trank einen tüchtigen Schluck, aber den poetischen Anlauf, den er genommen, fand er nicht wieder, und erzählte nun den Reisegefährten mit prosaischen aber dadurch auch kürzeren Worten, wie er über den Markt gegangen, bei einem wunderhübschen, etwas dunkelhäutigen Mädchen stehen geblieben und in Gedanken eine Tasse dünnen Kaffees nach der anderen, jedesmal für 6¼ *cent* die Tasse, getrunken habe, als eine arme, abgerissene alte Frau, vor Fieberfrost schüttelnd, herangekommen sei, und sich dicht neben den Kaffeestand an einen Pfeiler gekauert habe. Das junge Mädchen erkundigte sich theilnehmend bei ihr was ihr fehle und schenkte ihr dann eine Tasse heißen Kaffee ein, die die kranke Alte mit zitternden Händen nahm und austrank, und mit innigem Dank wieder zurückreichen wollte, als ein Mann, derselbe der ihm dieß Gasthaus recommandirt habe, als er ihn am ersten Tag zufällig auf der Straße traf, über den Weg wegsprang, der Frau die Tasse aus der Hand riß und auf die Steine warf, daß sie in tausend Scherben zersplitterte, und dann auf das holde, vor Angst jetzt zitternde Kind lossprang, sie zweimal mit aller Kraft auf die furchtgebleichten Wangen schlug, und sie in *deutscher* Sprache mit den nichtswürdigsten Worten ausschalt und schimpfte, weil sie den Kaffee, der ihrem Herrn gehöre, verschenke, und die Tassen, aus denen kein Gentleman dann wieder werde trinken wollen, solch schmutzigem alten Drachen zum Gebrauch in die Hände gebe.

»Das war zu viel« rief Theobald, in der Erinnerung an die erlebte Schandthat noch einmal von seinem Stuhle aufspringend; »ein deutsches Mädchen, denn dafür mußte ich die Unglückliche jetzt halten, vor meinen Augen also mishandelt zu sehn, konnte ich nicht ertragen, und mit zwei Sätzen auf den Elenden zuspringend, faßte ich ihn bei der Brust, schleuderte ihn zurück und schwur ihm, daß ich ihn zu Boden schlagen würde, wenn er noch eine Hand gegen das Kind aufhebe, das ich von diesem Augenblick an unter *meinen* Schutz gekommen.« – »Was?« schrie da der Bube, zu feige mir selber männlich entgegen zu treten – »was? – wollen *Sie* sich hier einmischen wenn ich meine *Sclavin* züchtige, – Sie Abolitionist Sie?« – Und wie er das Wort sprach, und dann noch einer Zahl vorübergehender Menschen etwas in Englischer Sprache zurief, das ich nicht verstehen konnte, schrieen die plötzlich »Ein Abolitionist – ein Abolitionist« und noch eine Masse anderes Zeug und fielen über mich her, rissen mir den Rock in Stücken, schlugen mich über den Kopf, und hätten mich, glaub' ich, erwürgt, wenn nicht glücklicher Weise ein paar Policeydiener zu meiner Rettung herbeigekommen wären, die mich in Schutz nahmen und der Rotte aus den Händen rissen.«

»Scheußlich – nichtswürdig – niederträchtig!« schrieen die Deutschen in gerechter Entrüstung, nur der Mann mit dem rothen Schnurrbart drehte diesen langsam in die Höhe und sagte:

»Sie können sich gratuliren daß Sie dießmal so weggekommen sind; wer unter den Wölfen ist muß mit ihnen heulen, und wer in einem Sclavenstaat leben will und nicht das Maul halten kann, dem wäre wohler er hätte das Land nie gesehen!«

»So, meinen Sie?« rief aber Theobald, noch von der vorigen malitiösen Bemerkung entrüstet – »ich werde ihnen aber hier beweisen was ich zu thun im Stande bin – sie haben mich gereizt und sie sollen meine Rache fühlen.«

»Gefährlich ist's den Leu zu wecken« sagte Steinert.

»Und was können Sie thun?« frug der Rothbart achselzuckend.

»Was ich thun kann?« rief Theobald, den Rest seines Punsches auf einen Zug leerend – »ich habe eine Waffe die sie zu Boden schmettern, und den Zorn der Völker auf sie niederrufen, nein noch schlimmer, die sie der eigenen Schaam und Verachtung preis geben soll.«

»Und wenn's eine Kanone wäre mit lauter Spitzkugeln geladen« sagte der Mann kopfschüttelnd, »und wenn sie mit Dampf gefeuert würde, können Sie Nichts gegen diese Masse und gegen Gewalt ausrichten.«

»Es ist mehr wie das!« rief aber Theobald mit freudigem Selbstbewußtsein – »es ist meine *Feder*!«

»Bah« sagte der Rothbart, trank sein Glas aus, stand auf und verließ das Zimmer.

»Wer ist denn der unverschämte Gesell?« frug Steinert, als jener die Thür hinter sich zugemacht hatte und draußen mit dem Barkeeper abrechnete – »wo kommt er her und was treibt er?«

»Wenn Sie mir erlauben verehrter Herr« sagte der kleine Mann mit der grünen Brille, indem er diese abnahm und sich entschuldigend gegen Herrn Steinert verbeugte, »so ist dieser Herr, so unscheinbar er da saß und aussah, Einer der reichsten Leute in der Stadt, der vier Häuser in Canalstreet und einen halben *square* in *Tchapitoulas street* besitzt.«

»Den Teufel auch« rief Steinert.

»Meine beiden Ohren stehen Ihnen zu Diensten wenn ich nicht die Wahrheit rede«, bekräftigte aber der Höfliche seine Worte, »der Herr mit dem langen rothen Schnurrbart weiß kaum wie reich er ist, besucht aber regelmäßig sämmtliche deutsche Wirthshäuser in denen Auswanderer einkehren, unterhält sich mit ihnen und hat, wenn sie ihm gefallen, schon Manchens Glück gemacht.«

»Ja zum Donnerwetter Herr, warum haben Sie denn das nicht gleich gesagt?« fuhr ihn Steinert an, während sich der kleine Mann mit einem schüchternen Achselzucken etwas weiter von ihm fort und wieder hinter seine grüne Brille zurückzog, Theobald aber, durch die schlechte Behandlung und den starken Punsch erregt, schwor daß der Mann, und wenn er ein Millionair wäre, kein Herz im Busen und keine Ader für Poesie habe, und verließ nach dieser anatomischen Behauptung rasch das Zimmer sein eignes Lager zu suchen, oder sich wenigstens der beschmutzten und zerrißnen Kleider zu entledigen.

Die übrigen Gäste blieben noch eine Zeitlang, theils politisirend, theils über die hiesigen Verhältnisse plaudernd, zusammen, bis endlich Einer nach dem Anderen sein Glas austrank, entweder zu Bett zu gehn, oder die eigene Wohnung aufzusuchen. Nur ein einzelner Mann, der den ganzen Abend still und lautlos in der dunkelsten Ecke des Zimmers gesessen und seinen Grog für sich allein getrunken hatte, ohne mit Einem der Übrigen zu verkehren, blieb noch zurück und bestellte, als der großäugige Barkeeper vor ihm stehen blieb, als ob er ihm ebenfalls andeuten wolle daß es Zeit sei zu Bett zu gehn, noch ein letztes Glas als Abendtrunk.

Als der Bursche hinaus in das Schenkzimmer ging, wo er sein heißes Wasser stehen hatte, ihm das zu bereiten, trat der Fremde (es war ein alter Bekannter von uns, und der Mann der sich an Bord der Haidschnucke Meier genannt hatte) langsam zu dem Tisch an dem die Zeitungen lagen, griff sich die Weserzeitung heraus, suchte ein paar Secunden darin, und riß dann den Theil des Blattes, auf dem der vorgelesene Steckbrief stand, ab.

»Hallo Sir – das sind neue Zeitungen« schrie ihn aber der Barkeeper an, der in diesem Augenblick mit dem bestellten dampfenden Grog wieder zurück in's Zimmer kam – »wer hat Euch erlaubt da ein Stück herauszureißen?«

»So?« sagte der Mann vollkommen ruhig; indem er das Stück zusammendrehte und über dem Licht entzündete, sich seine Pfeife anzubrennen – »ich glaubte es wären alte.«

»Na ja, und nun verbrennen Sie's noch – «

»Was kostet denn so eine Nummer – «

»Was kostet so eine Nummer? – die sind hier gar nicht wieder zu bekommen.«

»Das thut mir sehr leid« sagte der Mann achselzuckend, nahm das Glas, während der Fidibus ihm in der Hand bis auf den Stumpf verbrannte, trank es auf einen Zug aus, und verließ dann ebenfalls das Zimmer.

Vierter Teil

1. Die Fahrt durch Arkansas

Den Mississippi hinauf brauste das kleine, aber tüchtige Dampfboot *Little Rock*, nach Fort Smith, dem Grenzort des Indianischen Territoriums bestimmt, aber auch an allen Zwischenorten, wo eben Passagiere aussteigen oder an Bord kommen wollten, oder wohin Fracht von New-Orleans aus eingeladen war, anlegend.

Passagiere hatte es aber nicht sehr viele an Bord, denn der große Menschenstrom der Einwanderung geht vorzugsweise den Mississippi hinauf bis St. Louis und zu den nördlicher gelegenen Staaten, Iowa oder Wisconsin, oder den Ohio hinauf, wohin wir der Jane Wilmington mit unseren Bekannten gefolgt waren. Den Arkansas aufwärts war der Zug der Einwanderung noch nicht so stark, denn die Fremden fürchteten die kalten Fieber, die in den östlichen Theilen des Staates herrschen, und scheuen sich ebenso sehr nach dem Westen zu gehen, den ihre Phantasie nicht selten auf viel zu poetische Weise mit Bären, Panthern und Gott weiß was sonst noch für reißenden Thieren bevölkert.

Nichts destoweniger haben die dort gelegenen Städte zum Theil schon recht wackere Fortschritte gemacht, und blühen und gedeihen in dem jungen Land, das Fruchtboden aufzuweisen hat, wie kaum ein anderer Staat der Union, und in seinen westlichen Bergen dabei so gesunde und trefflich gelegene, überall von schönen Strömen durchzogene Flächen bietet, wie es der Farmer nur wünschen kann. Freilich war es noch wild in dem Squatterstaat, noch entsetzlich wild, und als der Little Rock, der nach der Hauptstadt von Arkansas seinen Namen bekommen, und auch in der That einem Kaufmann dort gehörte, den lebendigeren Mississippi verließ, und bei dem kleinen Städtchen Napoleon links in die Mündung des Arkansas selber einbog, schien Wald, endloser Wald die Ufer zu decken, aus denen nur hie und da kleine urbar gemachte, oder von den Holzhauern gelichtete Waldblößen die Wildniß nicht etwa unterbrachen, sondern nur die Färbung derselben in etwas veränderten. Dicht und unmittelbar dahinter nahm sie wieder ihre dunklen Schatten an, und die mit wehenden Schlingpflanzen in schwingenden Festons behangenen Zweige streckten sich oft weit über das Ufer und den daran hinschäumenden Strom hinaus.

Breite, helle Sandbänke füllten dabei die äußeren Biegungen des in dieser Jahreszeit ziemlich niedrigen Stromes, auf denen Schwärme von Wildenten und

Gänsen saßen, beim Nahen des heranbrausenden Bootes die langen dunklen Hälse hoch emporreckten, mit den Flügeln schlugen, und dann aufstrichen in ihren schnurgeraden Reihen, bis sich der Führer hoch oben in blauer Luft seinen Zug keilförmig ordnete, und queer über den Wald weg hielt, einem stilleren Sumpf oder Binnensee zu.

Überall ragten hier häßliche *snags* und *sawyers* (in Sand oder Schlamm unten festsitzende Stämme und Äste) aus der Fluth empor, den Lootsen in dem nicht so breiten Fahrwasser zu doppelter Vorsicht mahnend, und auch die Ufer dieses Stromes, wie die des Mississippi, verriethen die Verheerungen, die er hier angerichtet am bewaldeten Ufer. Ganze Strecken der hohen, aus dem herrlichsten Fruchtboden bestehenden Bänke waren unterwühlt, hunderte von mächtigen Stämmen hineingerissen in die um ihre Äste jetzt quirlende Fluth, und wieder und wieder bohrte und wusch die Strömung unter den schon halb blos gelegten Wurzeln der nächsten Bäume, auch sie nachzuholen in ihre gelben Strudel.

Sycamoren, Baumwollenholzbäume, Eschen und Cypressen, mit stämmigen Weiden am unmittelbaren Ufer, der Unterwald, wie am Mississippi, oft von dichten fast undurchdringlichen Schilfbrüchen gefüllt, bilden die Vegetation des Flußlandes, wenigstens die, die vom Fluß selber aus dem Vorbeifahrenden sichtbar ist, und hier allerdings schleicht der scheue Panther Nachts zum Strome nieder, seinen Durst zu löschen, oder dem schlanken Hirsch aufzulauern, der das Wasser des Arkansas, seines Salzgehaltes wegen, eifrig sucht; in diesen Schilfbrüchen schlägt sich der Amerikanische gelbnasige Bär sein Lager zurecht, mit den Tatzen, der wilde Truthahn bäumt in die hohen Baumwollenholzstämme, und sucht von deren Gipfel aus mit schwerem, leicht ermattetem Flug das andere Ufer zu erreichen, und das Catamount, ein Mittelding zwischen Panther und wilder Katze, duckt sich dicht am Ufer in stiller Nacht, als es das Dampfboot mit den regelmäßig klappenden Radschlägen und dem scharfen Keuchen stromauf arbeiten hört, und flieht mit flüchtigen Sätzen die steile Uferbank hinan, als die gegen das Land geworfenen Wellen nach ihm aufspritzen und züngeln.

Es ist ein wunderbares, nicht zu beschreibendes Gefühl, auf raschem Boot zwischen diesen stillen rauschenden Wäldern dahinzugleiten, und füllt die Brust des Fremden besonders, dessen Blick vergebens in des Waldes Tiefe einzudringen sucht, mit einem halb zagenden Verlangen jene Wildniß zu betreten. Wie die Wipfel so leise flüstern und so geheimnißvoll, und im Winde schwanken, herüber und hinüber, und ihren duftigen Schleier über das zitternde Dunkel des Urwaldes breiten – wie es da drinnen knarrt und stöhnt und seufzt, und hindurch schleicht, durch das gelbe, Jahre und Jahre lang aufgehäufte gelbe Laub mit leisem, scheuem Schritt, und in den Blättern raschelt, und durch die Büsche hin. – Hui – vorbei – was war das? – wie ein Phantom glitts an dem Rand der Waldung hin, und ein paar glühende Augen blitzten einen Moment von dort herüber. Ein Wolf? – vielleicht; die schwarzen tückischen, mordlustigen Burschen haben dort ihren Tummelplatz, und wenn die Nacht kommt, tönt noch der wunderbar klagende, unheimlich hohle Laut der Eule von dort heraus, mit dem neckenden Schrei der Nachtschwalbe,[1] die den Gespielen ruft – »*whip poor will – whip poor will.*«

Der schöne – wunderschöne Wald – aber er bleibt Dir ein *verschlossenes* Heiligthum, wenn Du nicht kühn und keck vom Boote springst, mit starken Armen die Büsche theilst und den heiligen Boden betrittst, der Gottes Tempel ist, und seine hohen mächtigen Säulen trägt. – Nur sein Athmen hörst Du, wenn Du an der Pforte stehst, die Dir die Arme trotzdem weit und gastlich entgegen breitet, das stille Rauschen seiner dunklen Wipfel, und sie grüßen Dich wohl und nicken Dir zu, wie man den Fremden grüßt, den man auf der Straße trifft, aber der liebende Ton ist es nicht, mit dem sie den *Freund*, der ihrem Schutz vertraut, das Schlummerlied flüstern – leise, leise, daß es ihn nicht stört, und ihm die Mondesstrahlen von den Augen halten.

»Oh wie großartig – oh wie herrlich!« seufzte eine entzückte weibliche Stimme von den *guards* des Dampfers aus, als dieser dicht an dem wilden rauschenden Ufer vorüberbrauste – »wer jetzt hinüber könnte – dahinein, die Wunder dieser düsteren, geheimnißvollen Welt zu erforschen!«

»Ja, Mosquitos und Holzböcke würden Sie genug finden, verehrtes Fräulein«, sagte in diesem Augenblick eine Stimme, als Amalie von Seebald, die ihren Gefühlen ganz unbewußt laute Worte gegeben, die Arme fest an die Brust gepreßt, den Blick sehnsüchtig auf die rauschenden Wipfel geheftet, auf der Gallerie der Damencajüte des Little Rock stand und nach dem dunklen Wald hinüberschaute.

Fräulein von Seebald schaute überrascht empor, und sah eine kleine untersetzte, in einen grauen Überrock

1 Die Amerikanische Nachtschwalbe, ihres leise klagenden Rufs wegen, der ganz diesen Worten ähnlich klingt, *Whippoorwill* genannt.

geknüpfte und mit einem etwas abgetragenen Strohhut bedeckte Menschengestalt dicht über sich auf dem Radkasten stehen, die ein Tuch in der Hand hielt und im Begriff schien, Jemandem, der noch etwas weiter oben am Ufer in einer kleinen, kaum bemerkbaren Lichtung stand, zuzuwinken.

»Ungeheuer viel Mosquitos da drin«, sagte der kleine freundlich aussehende Mann, »enorm viel, und Holzböcke? – puh, ich bin einmal da drin gewesen, gleich unter der Post Arkansas; Tschisus Etsch Dobbeljuw Kreist, was für Holzböcke! wenn mich nicht ein Theil festhielt, hätte mich der andere aus dem Bette gezogen, und am nächsten Morgen war meine Haut wie ein Sieb, daß ich mich mit Baumharz ordentlich anstreichen mußte, um nur nicht auszulaufen – ist aber famoses Land da drinnen.«

»Sie sind hier bekannt?« frug Fräulein von Seebald mit mehr Interesse, als sie sonst wohl an dem kleinen unscheinbaren Mann genommen hätte – »kennen das Land vielleicht und die Leute?«

»Kennen?« sagte der kleine sonderbare Fremde mit einem ungemein selbstbewußten Lächeln, indem er als bildliche Darstellung seiner Antwort seine rechte Rocktasche herausdrehte und gegen die Dame hielt – »kenne ich meine Tasche? – ich bin Charley Fischer – haben Sie noch nicht von Charley Fischer in Little Rock gehört? wie? – noch nicht? – bin schon zwölf Jahre hier im Lande und habe Little Rock mit bauen helfen; war damals wirklich ein *little* Rock,[2] ist aber jetzt ein hiep bigger geworden.«

Fräulein von Seebald lächelte über die wunderliche Ausdrucksweise des Mannes, es lag ihr aber daran die genaue Situation der Farm kennen zu lernen, die dem Grafen Olnitzki gehörte und die, da sie gar nicht so sehr weite Strecke von der Hauptstadt Little Rock entfernt sein sollte, auch jedenfalls von dem Mann gekannt sein mußte.

»Dürfte ich Sie da vielleicht um eine Auskunft bitten über Jemand, der in Ihrer Nähe wohnt? frug sie ihn, und erschrak fast, als der kleine Fremde ganz zutraulich den kleinen Steg vom Radkasten nieder und zu ihr auf die Gallerie kam. Sie machte dabei eine fast unwillkürliche Bewegung zurück, und sah sich nach ihrer Cajütenthür um, Charley aber, der die Bewegung falsch verstand, sagte freundlich:

»Hat Nichts zu sagen, mein Fräulein; ich darf überall hin, der Capitain kennt mich und ist mein intimer Freund. Habe selber erst eine kleine Reise nach Napoleon gemacht, um dort nach Sachen zu sehen, die für mich von New-Orleans heraufkamen und mit denen das Boot nahe bei Napoleon verunglückte, habe aber ziemlich Alles wieder bekommen und die ganze Geschichte gleich selber mitgenommen. Und nach wem wollten Sie sich erkundigen, wenn ich fragen darf?«

»Kennen Sie einen Graf Olnitzki, der in der Nähe der *Oakland grove* eine Farm hat und dort ebenfalls schon mehre Jahre ansässig ist?«

»Graf Olnitzki – Graf Olnitzki?« sagte Charley Fischer, wie er sich selbst genannt hatte, sein Kinn dabei mit der rechten Hand streichend, während er die linke tiefer und tiefer in die entsprechende Rocktasche hineinbohrte – »Graf Olnitzki – den Namen habe ich doch oft genug gehört; er muß auch schon einmal bei mir in Little Rock gewesen sein – was hat er denn nur da gewollt – ich glaube irgend etwas zum Verkauf gebracht?«

»Wahrscheinlich seine Produkte – türkischen Weizen oder Baumwolle – « sagte Fräulein von Seebald.

»Ne, ne – es war etwas anderes«, meinte Charley.

»Oder der Ertrag seiner Jagden – Hirschhäute und Bärenschinken.« –

»Ne, ne«, beharrte der kleine Deutsche, »es war was ganz absonderliches; Jemine noch einmal, daß ich mich jetzt nicht mehr darauf besinnen kann.«

»Aber das hat ja auch gar Nichts zu bedeuten. – Sie kennen jedenfalls die Lage und können mir sagen, wo ich vom Dampfboot abgehen muß den Platz am leichtesten zu erreichen. Der Capitain meinte, ich würde bis Little Rock mitfahren müssen.«

»Jedenfalls, jedenfalls«, sagte Charley schnell, »können dann bei mir logiren, ich halte auch seit einiger Zeit ein Hotel; mein Bruder hält zwar ebenfalls eins, und wir haben dadurch gewissermaßen eine Opposition gegeneinander, aber die Opposition ist ja die Seele der Gesellschaft, der Lebenstrieb, der unsere ganzen Staaten zusammenhält; was wären wir hier alle mit einander ohne Opposition?«

»Aber ich gedenke mich gar nicht in Little Rock aufzuhalten«, sagte Fräulein von Seebald ausweichend.

»Es wird aber wohl Abend werden bis wir hinkommen«, meinte Charley – »doch das können Sie sich noch überlegen; hier haben Sie jedenfalls meine Adresse.«

»Und welchen Weg schlage ich von Little Rock ein?« frug die junge Dame, mit einer leicht dankenden Verbeugung die Karte nehmend – »der Platz liegt soviel ich weiß auf der anderen Seite des Stromes –.«

2 Little Rock – kleiner Fels – die Ansiedlung bekam ihren Namen zuerst von einzelnen kleinen Felsblöcken, die hier am Ufer liegen.

»*Oakland grove*? – ja wohl, aber an der Straße – prächtige Straße dorthin – ein Bischen naß, wenn's geregnet hat, aber sonst breit und famos durch den Wald ausgeschlagen.«

»Und wann geht die Post dorthin ab?« frug Fräulein von Seebald.

»Die Post?« – sagte Charley, sie rasch und erstaunt dabei ansehend, setzte aber, sich besinnend, hinzu: »die *Brief*post meinen Sie? – der Mailrider[3] geht die Woche zweimal nach Batesville hinauf und kommt zweimal wieder.«

»Und die Fahrpost?«

»Fahrpost, hahaha« – lachte Charley, »die Bären und Panther würden ungemein erstaunt sein, wenn sie einmal eine Fahrpost zwischen sich durchrasseln hörten. Segne Ihre Seele, mein Fräulein, dahinein geht keine Fahrpost. Nichts wie ein berittener Bote, und wenn Sie nach Oakland Grove wollen, so müssen Sie entweder zu Fuß gehen oder reiten. Ihr Gepäck können Sie indessen zu mir in's Haus stellen.«

»Das wäre ja schrecklich!« rief Fräulein von Seebald.

»Oh es steht dort ganz sicher«, sagte Charley.

»Nein ich meine den Weg zu Fuß oder zu Pferde zu machen; – ich habe noch nie auf einem Pferd gesessen.«

»Das ist ganz leicht«, sagte Charley, »der linke Fuß kommt in den Steigbügel und das rechte Knie nehmen Sie, sehn Sie, *so*, – über die Knuppe hinauf, die an dem Damensattel sitzt, dann können Sie gar nicht herunter fallen, und hängen oben wie eine Klette.«

»Und wie weit ist der Platz von Little Rock?«

»Oakland Grove?«

»Nein, wo Graf Olnitzki wohnt?«

»Ja das weiß ich wahrhaftig nicht genau«, sagte Charley achselzuckend, »ich bin nach der Richtung hin noch gar nicht gekommen; aber dahin müssen Sie sich doch einen Führer mit Pferden nehmen, und Ihr Herr Gemahl – Sie sind doch verheirathet, wenn ich fragen darf?«

Die Frage kam so plötzlich, daß Amalie von Seebald unwillkürlich darüber erröthete, aber lächelnd antwortete:

»Nein; ich bin *nicht* verheirathet.«

»Aber Sie haben doch jedenfalls Begleitung«, sagte Charley.

»Ich bin *ganz* allein«, erwiederte die Dame.

»*Ganz* allein? – und wollen ganz allein in den Wald hinein?«

»Und warum nicht?«

»Nu hören Sie, das nehmen Sie mir nicht übel«, sagte Charley, freundlich lächelnd, »das ist denn nun doch wohl blos Ihr Spaß?«

»Aber weshalb um Gottes Willen?« frug Fräulein von Seebald wirklich beunruhigt über das ganze Wesen des Mannes – »was kann mir denn im Wald geschehn? Sind noch Indianer dort?«

»Indianer? – nein; am Fluß lagern vielleicht welche, aber die stehn unter Aufsicht und sind harmlos.«

»Oder wilde Thiere?«

»Nun ja, es giebt wohl Bären und Panther da, aber man hört doch selten davon daß sie Jemanden angefallen haben.«

»Was sollte mich also sonst hindern?«

»Ih nun ja« sagte Herr Fischer – »es ist wahr, es *ginge* schon, aber – ich weiß doch nicht, ich möchte nicht alleine und ohne Gewehr nach Oakland Grove und von da noch weiter in den Wald hinein gehn, und ich bin doch nun schon zwölf Jahr in Arkansas. Überhaupt, es ist nirgends besser wie in Little Rock; das ist ein capitaler Fleck und sollte mich gar nicht wundern, wenn es einmal die erste Stadt in der Union würde. Nachher ist aber Charley Fischer am Platz, denn ich habe eine ganze Parthie Lots gekauft und die müssen einmal einen heillosen Werth bekommen.«

»Aber es hat doch ungemein viel Romantisches, so allein durch den Wald zu gehn« sagte Fräulein von Seebald.

»Romantisches, Du lieber Gott« erwiederte achselzuckend der kleine praktische Mann, »das kauf ich nicht theuer, denn das bringt Nichts ein. Habe schon mehre Leute hier gekannt – auch deutsche junge nette Kerle, die ihre Kräfte hätten an was Vernünftiges wenden können, die thaten auch eben weiter gar Nichts als im Wald mit der Büchse allein herum zu laufen, blos ein paar lumpiger Hirsche und des Bischens Romantik wegen. Was ist nachher aus ihnen geworden? – weiter hatten sie Nichts auf dem Leib als ihr ledernes Jagdhemd und ihre Leggins, dabei Moccasins an den Füßen und keinen Cent in der Tasche, ja nicht einmal eine Tasche an sich, einen Cent hinein zu thun, wie vielleicht ihren Kugelbeutel, und nachher brachten sie mit Mühe und Noth Felle genug zusammen um eben ihre Passage auf einem Dampfboot zu bezahlen, wieder fortzukommen. Der Teufel soll eine solche Romantik holen – ne da lob' ich mir Little Rock.«

»Und Sie kennen den Grafen Olnitzki nicht persönlich? – waren nie dort in der Gegend?«

3 Postreiter.

»Nein Madame – mein Fräulein wollt' ich sagen, aber wissen Sie, mit dem *Grafen* hat es hier auch nicht viel zu bedeuten.«

»Wie so, geht es ihm schlecht?« frug Amalie rasch und erschreckt.

»Wem? dem Olnitzki? ja ich weiß nicht – nein ich meine nur mit dem Titel überhaupt. Wissen Sie, hier in Amerika sind wir alle gleich – alle freie Bürger, Einer soviel wie der andere, und wenn ich mich zum Spaß Graf Charley Fischer nennen wollte, hätte auch Niemand etwas dawieder, ich wäre eben Graf Charley Fischer, und wenn die Leute zu mir kämen und ein Glas Brandy trinken wollten, würden sie mir wie jetzt auf die Schultern schlagen und sagen: ›Nu Graf Fischer, altes Haus, wie gehts, *how do you* thuts Euch?‹«

»Ich glaube auch nicht daß Graf Olnitzki Anspruch auf eine höhere Stellung macht« sagte Fräulein von Seebald.

»Ne, kann ich mir denken« sagte Charley freundlich, »würde ihm auch gar Nichts helfen; besonders hier nicht in Arkansas. Wir haben hier übrigens eine ganze Menge Polen; da ist der Graf Doraski am Red River und der Graf Potelsk – Podelscyk – na wie heißt er denn gleich, verwünschte Namen tragen die Polen manchmal, und die Amerikaner haben ganz recht wenn sie meinen, man könnte sie nur aussprechen wenn man dreimal nießte und dann *ski* sagte – na es ist einerlei wie er heißt. Sonderbar, von Polen kommen blos lauter Grafen hier her, denn wenn man einen Polen findet, kann man sich auch fest darauf verlassen daß es ein heimlicher Graf ist; es muß ungeheuer viel Grafen dort im Lande geben.«

»Wie sind aber nur die Verhältnisse der Ansiedler hier in der Nähe von Little Rock?« frug Fräulein von Seebald, die es drängte etwas Näheres über die ihr am Herzen liegenden Menschen zu hören, »kommen sie manchmal, an Sonntagen vielleicht, in die Stadt, zu Theatern oder Concerten? – haben die Deutschen untereinander nicht Bälle oder andere Festlichkeiten, bei denen sie sich zusammenfinden und vergnügt sind? das Waldleben denke ich mir wundervoll, herrlich, aber das Schönste bedarf doch manchmal einer Abwechslung.«

»Bälle? – ja, die haben wir manchmal hier unter den Deutschen« lachte Charley Fischer vergnügt vor sich hin, vielleicht in der Erinnerung mancher dabei verlebter Stunden, »und amüsiren thun sie sich dabei im Anfang und prügeln am Schluß, gerade wie bei uns zu Hause; aber wenn die Farmer, besonders die, die so weit wegwohnen, dazu hereinkommen wollten, da hätten sie viel zu thun. Die Männer ja, die reiten manchmal her, stehen[4] auch wohl ein paar Tage und verthun was sie herein gebracht haben an Produkten, manchmal auch noch das mit, was sie das nächste Mal bringen wollen, aber die Frauen bleiben zu Hause und hüten das und ihre Kinder, und haben dabei alle Hände voll zu thun.«

»Aber die Nachbarn kommen dann unter einander wahrscheinlich sehr häufig zusammen.«

»Ja, wenn sie Nachbarn haben, die Nachbarschaft in Arkansas soll aber der Henker holen«, sagte Charley – »die nennen sich so und wenn sie zwanzig Meilen von einander sitzen.«

»Das ist ein Beweis für ihre Geselligkeit« lächelte Fräulein von Seebald.

»Ja schöne Geselligkeit, wenn Niemand dazwischen wohnt« meinte Charley – »ne, da lob' ich mir Little Rock; wenn mir da mein eigener Brandy nicht mehr schmeckt, gehe ich um die Ecke herum zum Georg und trinke da anderen, und alle Wochen kommen ein paar Dampfboote den Strom herauf oder herunter, die auch Neues bringen, und wo man doch etwas zu hören und zu sehn bekommt. S'ist ein ganz famoses Leben in Little Rock.«

Fräulein von Seebald fühlte sich, obgleich ihr der fremde Deutsche gar nichts Direktes von den Ihrigen sagen konnte, und diese jedenfalls in ganz andern Verhältnissen lebten wie er sie hier schilderte, doch unangenehm berührt durch diese Beschreibung, sie wußte eigentlich selber nicht recht weshalb. Es war ihr auch erwünscht daß die Unterhaltung in diesem Augenblick durch die in der Cajüte geläutete Klingel, das Zeichen zum Mittagstisch, abgebrochen wurde, und sie zog sich mit einer leichten dankenden Verbeugung gegen Herrn Fischer, die dieser mit einem freundlichen Kopfnicken erwiederte, in die *Ladies cabin* zurück, dort den Nachmittag hindurch ihren eignen Betrachtungen und Gedanken nachzuhängen.

Das Boot setzte indessen rasch und wacker seinen Weg fort; die Scenerie blieb dieselbe – Wald – endloser Wald an beiden Seiten, der sich selbst bei kleinen einzeln zerstreuten Städten, die sie trafen, bis dicht um diese her zu ziehen schien, als ob er wieder frisch aufgewachsen sei, seit sie entstanden, und das Land zurück verlange, das sie ihm abgedrängt.

Am nächsten Tag, gegen Abend, erreichten sie Little Rock, und die breite, weit ausgehauene Lichtung verrieth schon von weitem eine größere Ansiedlung, wie sie bis jetzt getroffen. Als sie näher kamen erkannten sie große ansehnliche steinerne Gebäude, allerdings

4 stehen, der deutsch-amerikanische Ausdruck von *bleiben* von dem Englischen *to stay*.

oft neben kleinen modernen Holzhütten, und eine Dampffähre spielte über dem Strome nach dem andern Ufer hinüber. Auch der Landungsplatz, gegen den sie jetzt aufliefen, bot, wenn auch nicht mit New-Orleans zu vergleichen, doch das belebte Bild einer größeren, geschäftigen Stadt, die hier im Herzen eines sonst noch ziemlich wilden Staates entstanden; Karrenführer von allen Farben drängten sich herbei Güter und Passagiergut fortzuführen, sobald nur die Taue ausgeworfen und die Planken übergeschoben wären, und eine Menge Ungeduldiger, wie auf allen Landungspunkten am ganzen Strom hinab, warteten mit Sehnsucht auf den Augenblick, wo sie an Bord springen konnten, Neues und Neuigkeiten in Empfang zu nehmen, oder gegen die mageren Stadt-Berichte einzutauschen.

Fräulein von Seebald befand sich aber jetzt wirklich in Verlegenheit, denn in der festen Überzeugung, und gar nichts anderes für möglich haltend, als daß eine Post doch wenigstens die Woche ein paar Mal nach jener Ansiedlung, auf der ihre Schwester wohnte, hinauf laufen müsse, hatte sie ihr ganzes Gepäck, drei Koffer und mehre Hutschachteln mit noch ein paar kleinen Kisten, die Geschenke für Schwester und Schwager enthielten, mit an Bord des Dampfers genommen. Wie sollte sie die jetzt mit fortbringen, in den Wald hinein? und fort mußten sie, denn sie brauchte, wie sie meinte, dort Alles nothwendig was sie enthielten.

Charley Fischer half ihr da übrigens, als die Landung nur erst überstanden und er alle seine tausend Freunde begrüßt und mit ihnen, wie er's nannte, Hands geschäkt[5] hatte, aus der Noth, denn er war erstlich nicht der Mann irgend Jemanden, aus dem er irgend einen Nutzen zu ziehen hoffte, unbeachtet zu lassen, dann aber auch die gutmüthige Gefälligkeit gegen Damen selber, und glaubte hier noch dazu das doppelte Interesse an einer Reisegefährtin nehmen zu müssen. Kaum daher in die Stadt hinauf gekommen, sah er sich auch schon, alles Übrige indeß hintansetzend, auf das Eifrigste nach einer möglichen Gelegenheit nach *Oakland grove* um, wozu die Landung selber der beste Platz war, da dort fast alle Gastwirthe, oder doch Leute von ihnen, bei der Ankunft eines Dampfers zusammen kamen. Zufällig war in der That ein Geschirr – freilich nur ein gewöhnlicher Leiterwagen von Rosemores (einer Farm, die eine kleine Strecke überhalb der *Oakland grove* lag) in Little Rock, hatte Butter, Eier, geräucherte Hirschkeulen und andere Produkte hereingebracht, und nahm Mehl, Kaffee, Zucker, Brandy etc. etc., kurz Provisionen die dort nicht zu bekommen waren, wieder mit hinaus. Der Fuhrmann wollte am nächsten Morgen mit der ersten Fähre über den Strom gehen und, da er nur halbe Ladung hatte mit Vergnügen gegen eine mäßige Entschädigung die Sachen der Dame bis zu »*Billy Jones clearing*« mitnehmen, von wo aus ein Fuß- oder Reitpfad nach *Old Nitzkys range*, wie der Mann den Namen des Grafen Olnitzki mishandelte, hinüberlief. Wollte die Dame bis Billy Jones mit auf seinem Wagen fahren, so war sie »*perfectly welcome*«, das heißt: er stand ihr mit Freuden zu Diensten, und durch ein oder zwei Arme voll Maishülsen ließ sich auch schon zur Noth ein ziemlich bequemer Sitz herstellen.

Charley Fischer lief ungesäumt mit dieser »guten Nachricht« an Bord zurück, wo Fräulein von Seebald eben in ziemlicher Ungewißheit war, ob sie die Karte des Herrn Charley Fischer benutzen, oder ihr Gepäck in ein anderes Gasthaus sollte schaffen lassen, dessen riesige Firma sie schon über die Straße herüberleuchten sah. Des kleinen gefälligen Mannes Erscheinen entschied dies zu seinem Gunsten, die Koffer und Kisten wurden aufgeladen, und die junge Dame befand sich bald darauf in einem kleinen kahlen unbehaglichen, nicht überreinlichen Gemach auf Pinestreet, in dem sie jedoch bald von der freundlichen Wirthin selber aufgesucht und unterstützt wurde ihre Toilette zur Abendtafel, die aus einem recht guten compakten Mahl mit Thee bestand, vorzubereiten.

Charley Fischer hätte nun gar zu gern diese Gelegenheit benutzt, aus seinem Gast alles nur Mögliche über ihre Lebensverhältnisse und besonders den Zweck ihrer Reise heraus zu bekommen, denn daß eine junge Dame eine solche Fahrt *allein* unternommen, hatte jedenfalls auch etwas ganz Absonderliches zu bedeuten. Nun sagte ihm Fräulein von Seebald allerdings ganz einfach, daß sie nur nach Arkansas gekommen wäre ihre, an den Grafen Olnitzki verheiratete Schwester zu besuchen, aber das glaubte er ihr natürlich nicht, und suchte nun erst recht etwas Geheimnißvolles unter dem Besuch. Je bereitwilliger und freigebiger er dabei mit seiner eigenen Lebensgeschichte war, desto mehr verdroß es ihn natürlich, wenn Andere nicht Gleiches mit Gleichem vergelten wollten. Fräulein von Seebald war aber ermüdet von der Reise sowohl, als sie sich auch angegriffen von der Aufregung der letzten Tage, dem erhofften Wiedersehn entgegenharrend, fühlte, und suchte deshalb zeitig ihr Lager. Charley Fischer versprach ihr übrigens sie wecken zu lassen, wo sie das Frühstück bereit finden und immer noch zeitig genug zur ersten Fähre kommen sollte. Der Fuhrmann

5 *To shake hands* die Hand schütteln.

hatte dabei zugesagt, bei seinem Hause, wo er überdies seinen gewöhnlichen Morgentrunk nahm, vorzufahren, und eine Versäumniß war deshalb gar nicht möglich.

Der Morgen kam; die Sachen wurden vor das Haus geschafft, die beiden kleinen Kisten besonders mit wieder und wieder empfohlener Vorsicht, da sie zerbrechliche Sachen enthielten, Fräulein von Seebald hatte ihre Reisetoilette wie ihr Frühstück beendet, ihre nicht übermäßige Rechnung bezahlt, ein Glas Brandy und Zucker, das ihr ihr freundlicher Wirth auf das hartnäckigste gegen die rauhe Morgenluft aufzudringen suchte, wieder und wieder verweigert, der Wagen kam, die Sachen wurden aufgeladen, und Charley Fischer ließ es sich nicht nehmen Fräulein von Seebald seinen Arm zu reichen und sie zur Fähre hinunter zu begleiten.

Allerdings hätten die beiden Figuren nach unseren deutschen Begriffen vielleicht ein wenig wunderlich zusammen ausgesehen, und Fräulein von Seebald selber fühlte sich auch so unbehaglich als möglich in der Begleitung, die sie nicht gut verweigern konnte. Die Dame nämlich war ganz modern, ja sogar modisch angezogen, mit einem hellen Kleid von roher Seide, und feinem Strohhut, und einer dunkelrothen seidenen Schärpe um, während Charley dagegen in einem etwas sehr kurzen und auch nicht übermäßig reinen leinenen Röckchen prangte, unter dem ein paar ebenfalls etwas kurze gestreifte wollene Hosen hervorsahen. Er trug dabei Schuh und gelbwollene Strümpfe oder vielmehr Socken, die nicht oben blieben wie er erklärte, er mochte dagegen thun was er wollte, und der alte Strohhut deckte noch immer seinen Scheitel, wie auf dem Schiff; nur ein reines gelb und roth gestreiftes Hemd hatte er heute Morgen angezogen, und ein saftblaues seidenes Tuch darum geknüpft. In Amerika fällt etwas derartiges aber nicht auf; man sieht sogar, selbst in den größten Städten, die Damen sehr häufig an dem Arm eines Herrn, der in kurzer weißleinener Jacke geht, in Sammet und Seide nebenher rauschen; das Kleid macht dort nicht den Mann, sondern der Mann das Kleid.

Nichts destoweniger und trotz der frühen Morgenstunde war Fräulein von Seebald fest davon überzeugt, daß die Augen sämmtlicher Einwohner von Little Rock, an deren Fenstern sie vorüber gingen, in Spott und Neugierde auf sie geheftet wären, und dankte ihrem Gott, als sie das Fähr- oder Ferryboot endlich erreichten, wo sich Herr Charley Fischer auf das Angelegentlichste von ihr verabschiedete, wie sie auch ersuchte, ihn ihrer Frau Schwester, wenn auch unbekannter Weise, freundlichst zu empfehlen.

Die kleine Fähre dampfte über den ziemlich breiten Strom, auf dem noch der leichte Morgennebel in dünnen, hie und da von einem blitzenden Sonnenstrahl getheilten Schwaden lag, und auch den gegenüberliegenden Uferrand bedeckte. Nur eine Reihe niederer, hellangestrichener, viereckiger Holzhäuser wurden da sichtbar, die mit riesigen Schilden bedeckt, und wenn das möglich gewesen wäre, verunstaltet, den oberen Rand der steilen Uferbank krönten, und wieder ihrerseits von den hohen majestätischen Wipfeln riesiger Baumwollenholzbäume überragt wurden. Diese kleine Stadt hier, die dem wachsenden Little Rock ihren Ursprung verdankte, bestand fast einzig und allein aus Schenkständen – sogenannten »*groceries* und *provision stores*«, in denen, neben allen möglichen Lebensbedürfnissen, die spirituösen Getränke den Hauptbestandtheil bildeten; aber sie sah neu und häßlich aus, wie eine Schachtel frisch ausgepackter Nürnberger Spielwaaren in eine Reihe gestellt, über die der darüber wohnende Urwald den Kopf schüttelte, und seufzend dabei den Krebsschaden erkannte, der sich weiter und weiter in seine Seite fraß.

Fräulein von Seebald, von den Leuten an Bord neugierig betrachtet, die eine einzelne und dabei so elegant gekleidete fremde Dame nicht so oft und früh zwischen sich sahen, hüllte sich übrigens, ohne mit irgend Jemand zu verkehren, fester in ihren Shawl – die Morgenluft wehte frisch und kühl über den Strom – und schaute unverwandt nach dem andern Ufer hinüber, dem sie rasch entgegenstrebten.

Ha, was war das? – unten am Strand – dicht unter der hohen steilen, wohl sechzehn Fuß schroff emporsteigenden Lehmbank, und bis jetzt von dem tief streichenden Nebel verdeckt, der sich, wie sie dem Lande näher kamen, theilte, oder doch durchsichtiger wurde, breitete sich eine Scene vor den erstaunten Blicken der jungen Dame aus, wie sie ihre kühnste, romantische Phantasie nur im Stande gewesen wäre herauf zu beschwören.

»Indianer!« rief sie fast unwillkürlich laut aus, denn das ganze Ufer dort war bedeckt, belebt von einem wilden Schwarm brauner, halbnackter Gestalten, die theils unter niederen ledernen Zelten, theils nur an kleinen Feuern campirt haben mußten. Pferde wieherten und galopirten am Ufer hin, Kinder sprangen und jauchzten in und neben dem Wasser, an dem sie badeten und spielten, Frauen kochten oder trugen Holz herbei, das andere oben von der Uferbank herunter warfen, und die Männer saßen theils still und theilnahmlos an den Feuern, ihre Pfeife rauchend, oder standen am Ufer, die Ankunft des Dampfers zu erwarten.

»Leben hier noch Indianer?« frug Fräulein von Seebald erstaunt einen der neben ihr stehenden Leute, der auf dem das Deck umschließende Lattengitter lehnte, und ebenfalls nach den Eingeborenen hinüber schaute.

»Nein, Madame!« sagte der Mann, ohne seine Stellung zu verändern, »Gott sei Dank, daß wir die Rothfelle los sind; würden uns weiter Nichts als Teufels-Eier in die Nester legen. Hole sie alle mit einander der Böse.«

»Aber was thuen diese hier?«

»Die da? – die wandern aus – das sind Seminolen, die Onkel Sam[6] nach dem Territorium schickt, sich dort mit ihren Kameraden, den Creeks und Cherokesen, den Chocktaws und Kickapuhs und wie sie alle heißen, so gut zu vertragen wie sie eben können – oder noch besser, sich einander die Hälse abzuschneiden – das Gescheuteste, was sie auf der Gottes Welt thun könnten.«

»Sie lieben die Indianer nicht.«

»Ich? – nein, da ist der Himmel mein Zeuge – habe auch eben keine Ursache dazu, und weniger Lust – wenn ich etwas wüßte, die ganze Race mit einem Schlag von der Erde zu vertilgen, ich thät's.«

Der Mann richtete sich dabei aus seiner Stellung auf und ging langsam an die andere Seite des Decks, als ob er die rothen Männer nicht einmal anschauen wollte, so lange er's verhindern konnte. Er sah dabei so finster und erbittert aus, daß Fräulein von Seebald froh war, seiner unheimlichen Gesellschaft bald enthoben zu sein.

Das Boot legte indessen an seinen gewöhnlichen Landungsplatze, einem dort befestigten riesigen flachgedeckten Boote, auf das Geschirre und Pferde leicht hinaus oder an Bord gebracht werden konnten, an, und die Indianer, besonders die Kinder, halb scheu, halb neugierig den Platz umdrängend, sammelten sich dort, die fremden weißen Männer und Frauen aussteigen zu sehen. Die Kinder gingen fast sämmtlich nackt, die Erwachsenen aber trugen ein Tuch um die Hüften, und meist ein ledernes oder kattunenes Jagdhemd, die Haare dabei in einen Büschel gebunden, Einzelne mit Zierrathen, zwei mit einer Adlerfeder darin. Nur die Frauen hielten sich schüchtern zurück bei ihren Lagerfeuern, und schauten kaum um nach dem rasch den Dampf auspuffenden Boot, oder den weißen Leuten – sie hatten davon genug gesehen, mehr als ihnen wohl lieb war, und waren von ihnen aus der Heimath vertrieben und einem fremden unbekannten, kalten Lande zugeführt – wie konnten sie sich da an den verhaßten Wesen freuen. Auch die Männer schauten still und finster drein, und wo sie Einer der Weißen anredete, drehten sie sich mürrisch ab von ihnen und schritten ihrem Lager wieder zu.

Es waren edle, kräftige Gestalten unter ihnen, Manche mit schweren, kaum geheilten Wunden auf der breiten braunen Brust, und wacker schlugen sich auch diese Krieger in ihrem Vaterland, jeden Fußbreit Boden den weißen Eindringlingen mit Tomahawk und Büchse streitig machend; ja noch Jahre lang würden die Bleichgesichter, die sie oft mit blutigen Köpfen heimgeschickt und in deren Lager selbst sie so manche Nacht den Schlachtschrei getragen und die nackte Brust keck und todtesmuthig den Bayonetten entgegenwarfen, ihre Truppen vergebens gegen sie geführt haben, hätten sie dem *Verrath* so gut begegnen können wie der blanken Waffe. Aber ihr Häuptling fiel – der wackere Osceola, von den Amerikanern gegen Krieg und Menschenrecht verrätherisch gefangen genommen, wo er dem *Wort* des weißen Mann's vertraut, starb elend im Gefängniß – andere Häuptlinge wurden übergekauft, und das Banner der Staaten fügte einen blutigen Stern zu seinen weißen.

»Nun Madame, wenn Sie jetzt aufsteigen wollen«, unterbrach da der Wagenführer, der sein Geschirr glücklich von Bord und über das Flatboot weg auf festen Grund und Boden gebracht hatte, die Betrachtungen seiner Reisegefährtin – »die Pferde sind ausgeruht und können's schon ziehen, und hier hinauf geht sich's doch schlecht für so zarte Füße.«

Fräulein von Seebald wäre gern noch länger hier geblieben, das Leben und Treiben der Indianer mehr zu beobachten und sich vielleicht gar in ein Gespräch mit ihnen einzulassen; gebrochen Englisch wenigstens sollten doch Viele von ihnen sprechen. Aber allein ging das auch nicht an, und dann schien auch der Wagenführer, der noch einen weiten Weg vor sich hatte, keine große Lust zu haben länger zu warten. Sie mußte sich deshalb wirklich nicht allein entschließen, den Platz zu verlassen, der ihr zum ersten Mal in ihrem Leben eine Scene ächt wilder Romantik bot, sondern auch auf höchst unromantische Weise, und noch dazu im Beisein einer Masse fremder Menschen, die gewiß dabei ihren Spott über sie hatten, auf einen ganz gewöhnlichen Rüstwagen hinaufklettern, und sich dort in raschelnden Maishülsen, zu denen ihr ganzer Anzug auch nicht im mindesten paßte, vergraben. Es kostete ihr der Entschluß in der That eine Überwindung; aber

6 Vereinigten Staaten.

trotz ihrem oft übertriebenen Hang zur Schwärmerei hatte Amalie von Seebald, wie sie auch schon durch ihre ganze Reise bewiesen, doch viel Charakterstärke, die, mit dem Abenteuerlichen ihrer Situation, sie bald bewog sich über alles Andere hinwegzusetzen.

Der Amerikaner brachte indessen, wie überhaupt keine Nation aufmerksamer gegen Damen sein kann als diese, aus der nächsten *grocery* einen Stuhl heraus, daß sie bequemer auf den Wagen kommen konnte; lachend und verschämt nahm dabei die Dame ihre Kleider zusammen, stieg auf den Stuhl und schwang sich, von der breiten Hand des Wagenführers dabei unterstützt, auf das Rad und von da in den Wagen, ein junger Bursche trug den benutzten Stuhl in die *grocery* zurück, der Amerikaner klatschte mit der Peitsche, die Pferde zogen an, und neben hergehend, bis sie die obere Bank erreicht hatten, fuhr das ziemlich schwerfällige Geschirr, von den kräftigen Thieren gezogen, verhältnißmäßig rasch den steilen Weg, der auf das obere Ufer führte, hinan. Die Indianer stießen dabei einen gellenden Schrei aus, die Kinder jubelten, die Hunde bellten und der Wagen rasselte, während der Mann selber im Fahren aufsprang und sich neben die Dame in die Maishülsen setzte, den etwas holperigen ausgefahrenen Weg rasch entlang.

Das kleine Nest von Wirthshäusern ließen sie dabei gleich zurück, Lichtungen am Weg zeigten aber noch junge Farmen; sie fuhren eine Strecke lang zwischen Fenzen hin, die erst kürzlich urbar gemachtes Land umschlossen – auch diese hörten endlich auf; hie und da lagen noch dicht am Weg gefällte und zu Fenzstangen zerspaltete Stämme, dort waren junge Bäume zu Feuerholz abgeschlagen, und jetzt zog sich die, wohl breit ausgehauene, aber sonst sehr verwilderte und nur allein durch die Axt hergestellte Straße, durch den finsteren dichten Urwald hin, der sie in all seiner großartigen Majestät umfing.

So beengt und unbehaglich sich übrigens Fräulein von Seebald noch bei dem ersten Besteigen des Wagens, und so lange sie die vielen fremden Menschen um sich her wußte, gefühlt hatte, so wohl, so frei wurde ihr es jetzt. Das Herz ging ihr auf, und wie die letzten Fenzen hinter ihr verschwunden waren, wie jene mächtigen riesigen Bäume, die gerade zu ihrer gewaltigsten Höhe in diesen Niederungen aufsteigen, ihre Stämme wie gigantische Säulen um sie her emporreckten, und die prachtvollen Wipfel schüttelten und mit ihnen rauschten und flüsterten, als ob der Wald Leben gewonnen hätte; als sie die wunderlich geflochtenen und verschlungenen Lianen in weiten Festons den Weg überhängen, und von den höchsten Ästen der Bäume niederschaukeln sah, und ihre Phantasie dabei diese dunklen Waldesschatten mit all dem Wild und Raubzeug des weiten Landes dicht belebte, da wußte sie sich vor Glück und Seligkeit kaum zu fassen; die Thränen traten ihr in die Augen, und sie hätte laut aufjubeln mögen vor Lust und Wonne.

Ihr Ziel war jetzt erreicht, wonach sie Jahre lang gestrebt und sich gesehnt; derselbe Wald umfing sie schon, der ihrer Schwester eine Heimath, ein Paradies geschaffen, und nur ein Herz fehlte ihr jetzt, mit dem sie ihre Seligkeit theilen, dem sie das Alles zujauchzen konnte, was ihre Brust in diesem Augenblick erfüllte und erhob.

Mit dem Mann an ihrer Seite, der trocken und gleichgültig auf seinem Platz saß und nur manchmal, wenn der Weg eine kurze Strecke glatt fortging, die Pferde zu rascherem Lauf antrieb, ließ sich aber freilich nicht reden; auch war sie des Englischen kaum mächtig genug, gerade den Gefühlen Worte zu geben, die es sie trieb und drängte auszusprechen. So fuhren sie eine Zeitlang schweigend mit einander hin, wobei der Weg indeß, je weiter sie in das Land hinein kamen, schlechter und sumpfiger wurde, und die ganze Aufmerksamkeit des Wagenführers erforderte. Der großartige, wirklich herrliche Wald dieser Niederungen blieb dabei unverändert, unverkümmert, aber die Bewohner und Besitzer desselben, die Mosquitos, meldeten sich ebenfalls, und wenn sie auch gerade nicht häufig waren und durch die Bewegung des Fahrens schon abgehalten wurden, ließen sie sich doch, wenn der Wagen manchmal auf einen Augenblick hielt und der Fuhrmann absteigen mußte, irgend einen niedergebrochenen Ast aus dem Weg zu räumen, oder die Thiere um eine stehengebliebene Wurzel herumzuführen, hören und fühlen, während die zarte Haut der jungen Dame leicht unter dem scharfen Stich der kleinen scharfsäftigen Thiere anschwoll.

Dadurch wurde übrigens ihr Geist auch wieder in etwas mehr dem Irdischen zugewandt und Fräulein von Seebald begann den Wagenführer nach ihrem Weg, der Länge desselben, den verschiedenen Ansiedlungen oder »Plantagen« (wie sie es nannte, was er aber im Anfang nicht verstand) zu fragen.

Der Bursche war ein einfach schlichtes »Kind des Waldes«, wie Fräulein von Seebald bald genug fand; er wußte auch in der That nicht viel mehr, als was im Bereich seines Waldes und der Landung von Little Rock lag. Allerdings kannte er den Weg genau, jeden Stumpf und Stamm, jede »Clearing«, jedes »*improvement*« wie die allerersten Niederlassungen genannt werden; war dabei im Stande genau anzugeben, wie viel jeder »Nachbar« den Tag über »Fenzriegel« spalten könne, wie viel Hirsche Johnny Bligh in der letzten »*season*« erlegt, und wie viel *coons*[7] sie in ihrem letzten *crop* (Erndte) im Maisfelde mit den Hunden gefangen oder geschossen hätten. Auch die Pferde und Rinder der Nachbarn kannte er persönlich, wußte jeden Flecken an ihnen, jeden Brand anzugeben, zeigte ihr auch den Platz, als sie daran vorbeifuhren, wo im vorigen Jahr der Panther ein junges Füllen erwürgt und beinah auch noch gefressen hätte, wäre er nicht glücklicher Weise (freilich zu spät es vor dem Erwürgen zu bewahren) dazu gekommen, und ging dann speciell in seiner Unterhaltung auf die deutschen Einwanderer über, von denen, wie er meinte, ein »*heap*« die letzten Jahre herüber gekommen sein müßten, denn am *cashriver* hätte er zwei gesehen, und nach Little Rock wäre eine ganze Familie gekommen, der Mann, die Frau und drei oder vier Kinder. In Little Rock wären überhaupt eine Masse Deutscher, es wimmelte ordentlich davon – er allein kannte sechs oder sieben, und Charley Fischer sei der fidelste von Allen, und »*a monstrous smart hand too*!« – ungeheuer schlau und pfiffig – und hätte ihm neulich einmal (vor drei Jahren) einen ganz faulen Western Reserve-Käse aufgehangen – was er ihm aber nicht besonders übel zu nehmen, sondern sich eher darüber zu freuen schien, daß er das fertig gebracht.

Nur von dem »Grafen Olnitzki« wußte er wenig oder gar Nichts zu erzählen; seine »*old lady*«[8] kannte er gar nicht, hatte sie nie gesehn und glaubte auch nicht, daß sie viel aus der *range* (eigentlich Weideplatz, aber auch von Ansiedlungen gebraucht) herauskäme. *Old Nitzky* wie er ihn unverdrossen nannte, sollte übrigens *a powerful hand* (sehr geschickt) mit der Büchse sein, und viele Hirsche und auch schon einige Bären geschossen haben. Jetzt war er lange nicht »in die Ansiedlungen« gekommen, aber er konnte sich noch recht gut auf ihn besinnen, denn er war ein großer starker Mann und trug »das ganze Gesicht voller Haare.«

Wenn aber der Führer ihr auch keine nähern Nachrichten über die geben konnte, deren Schicksal ihr so sehr am Herzen lag, und die es sie so glücklich machte, nach so langer Trennung wieder zu sehen, so war er doch in so mancher anderen Art praktisch und unendlich gutmüthig. Er brach ihr einen Sassafrasbusch ab, sich damit der dann und wann zu ihnen kommenden Mosquitos zu erwehren, und hielt einige Male besonders an, ihr einen Hut voll saftiger, zuckersüßer Persimonen, die dort in Masse wuchsen, zu suchen und zu bringen, oder wilde Weintrauben zu pflücken, die von manchen Bäumen in schweren blauen Massen niederhingen. Auch die Muscadinebeeren, vor deren häufigen Genuß er sie des kalten Fiebers wegen warnte, mußte sie kosten, und die lange, fast widerlich süße Papaofrucht. Wie sie dann weiter in den Wald hinein und von den dem Fluß zunächst liegenden Ansiedlungen abkamen, zeigte er der Fremden hie und da die rasch erspähte Gestalt eines flüchtigen Hirsches, der stutzte, als er das Knarren der Räder hörte, und den schönen Kopf mit dem wunderlich gebogenen Geweih zurückwerfend flüchtig über die Büsche hinweg in das Dickicht setzte; oder das häßliche aber komische Opossum, das Amerikanische Beutelthier, das eigentlich, nach Australien gehörig, nur aus Versehn hier von der Natur geschaffen scheint, wie es scheu über den Weg lief, oder rasch an niederhängenden Weinreben emporklomm, einer vermutheten Gefahr zu entgehen. Manchmal hielt er sogar an, um ihr auf der Straße selber Bären-, Wolf- und Pantherfährten zu zeigen, die sie hier auf ihren nächtlichen Wanderungen in den weichen Boden eingedrückt, und that überhaupt Alles was in seinen Kräften stand, der jungen Dame den langen, etwas monotonen Waldpfad so viel als möglich zu verkürzen.

So zogen sie den ganzen langen Weg dahin; die Straße war breit ausgehauen, auf einer wie auf der andern Stelle, zeigte aber nur wenig Gleise, mehr Hufspuren und fast noch mehr die Fährten wilder Thiere. Dann und wann passirten sie eine große Ansiedlung, und gegen Mittag hielten sie sogar an einem Ort, deren drei oder vier Blockhütten den stolzen Namen einer Stadt beanspruchten. Die Leute dort, ein einziger Farmer mit seinem Bruder, der einen kleinen Laden hielt, waren aber nicht stolz auf diese Bevorzugung vor den Nachbar *clearings*, bestellten ihr Land noch selber und machten neues urbar, nicht etwa Häuser darauf zu bauen, sondern Mais hineinzupflanzen.

Dort wurde ein frugales Mittagmahl eingenommen, da fast sämmtliche Farmer in den westlichen Wäldern, wenigstens Alle die an einer Haupt- oder *county*straße wohnen, darauf eingerichtet sind Fremde zu beherbergen und zu speisen. Wirths- und Gasthäuser giebt es dort nur sehr wenige; baar Geld haben die Leute auch

7 *racoon*, der Waschbär.

8 *old man* und *old woman* werden fast alle verheirateten Leute in den westlichen Wäldern genannt, sie mögen so jung sein wie sie wollen.

sehr wenig in ihrem gegenseitigen Verkehr, da wird dann das Fremdebewirthen gewissermaßen zu einer Erwerbsquelle, der sie sich um so lieber widmen, als sie wenig mehr Auslagen dabei haben, wie ein paar Betten mit Matratzen und wollenen Decken herzustellen. Die alte westliche *Gastfreundschaft*, wie sie in früheren Zeiten Sitte war, geht dabei freilich verloren; eine Mahlzeit kostet einen Viertel Dollar, ein Pferd zu beherbergen von einem Viertel bis halben Dollar, je nach der Gegend, das Bett für den Gast einen »Bit« bis ein Viertel Dollar, oder Nachtlager mit Abendbrod und Frühstück für einen Reiter gewöhnlich einen Dollar. Daß sie Jemanden umsonst beherbergen könnten fällt ihnen nicht ein; hat aber ein armer Teufel wirklich kein Geld, und sagt er ihnen das gleich von vorn herein, ehe er etwas verzehrt und genossen hat, so wird ihm selten ein Amerikaner alles das versagen, was er ihm sonst gegen Zahlung nur gegeben hätte.

Im Wald selbst, das heißt ab von der Straße, wohin kein ausgehauener, von Geschäftsreisenden betretener Weg führt, und wohin sich nur der Jäger dann und wann verliert, ist das ganz etwas anderes. Der Wanderer theilt da Tisch und Bett mit seinem Wirth und am Morgen, fragte er wirklich was er dafür schuldig sei, lautet die Antwort: »das Wiederkommen, Fremder, für das was Ihr gehabt, war't Ihr willkommen; lieber Gott, es war wenig genug, was wir Euch bieten konnten«, setzt die Frau auch wohl hinzu.

So wenig neugierig die Leute auch gewöhnlich dabei sind, was der Reisende treibt, woher er kommt, wohin er geht, wenn sie ihn auch manchmal im Laufe des Gesprächs danach fragen, so erstaunt waren hier die Waldbewohner, eine *»lady«* im wahren Sinne des Worts in seidenem Kleid und Hut mit Handschuhen an den Händen und Ringen an den Fingern, mit einem Schleier vor, und anderen *»fixin's«* wie sie's nannten, *allein* im Wald zu sehn, und wenn sie es auch nicht wagten, die Dame selbst nach alle dem zu fragen, was sie gern von ihr wissen mochten, und was ihnen fast das Herz abdrückte vor Neugierde, so stahlen sie sich doch einzeln hinaus, wo Billy Jones's Mann die Pferde versorgte, von diesem herauszubekommen was die fremde Dame vermocht haben konnte, eine so abenteuerliche Fahrt allein zu unternehmen.

Billy Jones's Mann wußte aber auch nicht mehr, als daß die Dame mit einem Dampfer nach Little Rock gekommen sei – das verstand sich ohnedieß von selbst – und nach *Old Nitzkis* Farm irgendwo im Busch drin, Nord-Ost von der *Oakland grove*, hinüber wollte; es müßte wohl eine Verwandte von *Old Nitzki* oder seiner Frau sein.

Die Damen hätten sich übrigens die Mühe ersparen können, denn Fräulein von Seebald kam ihnen bei Tisch auf halbem Wege entgegen, erzählte ihnen, daß sie ihre Schwester aufsuchen wolle, die sie in zehn Jahren nicht gesehen, und die hier, unfern von Oakland Grove an den Grafen Olnitzki verheirathet sei, und frug jetzt selber, ob keine der Frauen sie vielleicht kürzlich gesehen habe, und wie es ihr gehe.

Niemand kannte sie – ein Mann wohnte allerdings dort oben im Wald, der so hieß, er war auch verheirathet, aber noch nie hierher zu ihnen gekommen, hatte wenigstens nie an ihrem Hause angehalten. Es sollte übrigens vortreffliches Land sein, wo er wohnte – nur ein wenig sumpfig. –

»Und wie weit war es noch bis dorthin?«

»Ih nun, nicht mehr so weit; in ganz gerader Richtung hätte es kaum vielleicht mehr als zwölf Englische Meilen sein können, aber es führte, eines dazwischen liegenden Sumpfes wegen, kein Weg direkt dorthin, nur die Jäger kamen manchmal dahinein; es war ausgezeichneter Jagdgrund. Wer sonst hinüber wollte, mußte über *Rosemores* Farm; von da führte ein ziemlich betretener Pfad hinüber nach der Richtung, wie der alte Mann, dem das Haus hier gehörte, meinte, und er glaubte auch gehört zu haben, daß ein Pole da drüben ein *»improvement«* habe.«

Fräulein von Seebald begriff gar nicht daß Graf Olnitzki, der doch von seiner Farm aus einen lebhaften Verkehr mit Little Rock, der Hauptstadt, unterhalten mußte, hier so wenig gekannt sei; oder gab es vielleicht einen andern Punkt im Innern, wohin er seine Produkte absetzte?

»Ih nun ja es sei möglich«, lautete die Antwort, »daß es ihm bequemer oder ebenso bequem nach Batesville am Whiteriver wäre, wo hinauf auch kleine Dampfer liefen.«

So mußte es auch sein; wahrscheinlich verkehrte er mit Batesville, jedenfalls auch eine bedeutende Stadt, wenn sie Dampfbootverbindung hatte. Viel Zeit zu weiteren Erkundigungen blieb ihr aber auch nicht mehr, denn »Billy Jones's« Mann hatte wieder eingespannt, Rosemores Platz noch vor Dunkelwerden zu erreichen; Fräulein von Seebald erfragte und zahlte deshalb ihre Zeche, und wenige Minuten später rasselte der Wagen wieder, jetzt auf etwas besserem Wege, durch den Wald weiter und weiter nach Norden hinauf, seinem Bestimmungsorte zu.

»Dort liegt *Oakland grove*!« sagte der Fuhrmann da plötzlich, als sie einen kleinen sandigen Hügel hinaufgefahren waren, und in der Ferne durch den Wald ein paar helle Fenzen herüberschimmern sahen.

»Haben wir von hier noch weit bis zu der Stadt?«

»Stadt? – was für eine Stadt?«

»*Oakland grove.*«

»Ist keine Stadt; unsere Farm und der Wald hier heißt so.«

»Und wo liegt die nächste Stadt?«

»Das ist Batesville; aber noch ein hübsch Stückchen Weg bis man dahin kommt.«

Bald darauf erblickten sie in der Ferne, an einer langen, ziemlich gut gehaltenen Fenz hinfahrend, zwei durch eine offene Verandah mit einander verbundene, aus gut beschlagenen Balken errichtete Blockhütten, deren ganzes Aussehn wie Umgebung einen gewissen Wohlstand verrieth. Eine Menge kleiner, dicht daran errichteter Gebäude dienten zu Ställen, Maisscheuern und Futterböden, und Hühner und Gänse um das Haus herum, wie eine Meute kleffender wohlgenährter Hunde gaben dem Platze etwas Lebendiges, Wohnliches, hier mitten in dem stillen Wald.

Dasselbe Behäbige bot auch das Innere des Hauses, und als Fräulein von Seebald, noch in der Thür, von einer würdigen Matrone, deren ganzes Äußers schon einen unendlich wohlthätigen Eindruck auf sie machte, nach kurzen einführenden Worten des Fuhrmanns, begrüßt wurde, und im Hause selbst noch zwei reizende junge Mädchen fand, die zwar sehr einfach in selbst gewebte Stoffe, aber nichts destoweniger höchst geschmackvoll gekleidet waren, und als diese auch alles Mögliche thaten es der Fremden bei sich recht wohnlich und bequem zu machen, fühlte sie sich zum ersten Male wieder frei von jenem drückenden Gefühl, das ihr den ganzen Nachmittag, sie wußte sich eigentlich selber keine Rechenschaft zu geben weshalb, auf dem Herzen gelegen. Die Häuser, die sie bis jetzt hier überall getroffen, hatten gar so ärmlich und dürftig ausgesehen, die Menschen so kränklich und das Nothwendigste selbst entbehrend, was man doch zu einem wenigstens menschlichen Leben bedurfte. Hier war das anders, und der kleine Platz wirklich nicht allein praktisch, sondern auch mit Geschmack angelegt, mit schattigen Bäumen und Sitzen vor der Thür, und, was sie bis jetzt noch bei allen übrigen Blockhütten schmerzlich vermißt, einem kleinen Gärtchen dicht daneben. Also das war doch möglich – die Wildniß bedingte nicht ein fast Indianisches Leben, die Leute konnten es sich, wenn sie den Trieb und die Lust dazu hatten, wohnlich und bequem machen, und mehr noch durfte sie das jetzt bei Olnitzkis erwarten, die sogar das Bedürfniß dazu vom alten Vaterland mit herüber gebracht.

Auch das Innere des Hauses war weit verschieden von dem der letzten Farm, wo sie Mittag gegessen. Statt der zerbrochenen Rohrstühle und umgedrehten Fässer, die dort als Sitze dienen mußten, fand sie hier ordentliche Meublen; sogar einen Secretair und ein kleines dicht besetztes Bücherbret. Große reinlich überzogene und mit bunten Decken und jetzt aufgeschlagenem Mosquitos-Netz versehene Betten füllten den hinteren Raum aus, große eiserne Holzstützen mit blankgescheuerten Messingknöpfen lagen im Kamin, neben dem, ebenfalls von Messing, Schaufel und Zange hingen; Fenster mit reinlichen Gardinen daran waren sogar in die mächtigen Stämme, welche die Wände bildeten, eingeschnitten, und der bald darauf mit dem weißesten Linnen bedeckte Tisch zeigte eine Menge von delikaten Speisen.

Der ganze Platz, mit dem freundlichen Benehmen seiner Bewohnerinnen, die ordentlich herzlich gegen sie wurden als sie erst erfuhren *weshalb* und wie weit sie hierher gekommen, heimelte sie an; das war, wenn auch mit sehr bescheidenen Ansprüchen, eine Waldwohnung, wie sie sich solche früher wohl gedacht und ausgemalt – hier in der stillen Einsamkeit des Forst's, unter dem leisen Rauschen der Waldwipfel, von keinen äußeren Stürmen getroffen und berührt, lebte ein einfach glückliches Volk – glücklich in seiner Ruhe und Freiheit, und der Traum einer solchen Existenz, von kalten egoistischen Menschen im alten Vaterlande oft verlacht und verspottet, war endlich Wahrheit geworden und lag in Wirklichkeit hier um sie her. Mit dem seligen Gefühl wuchs aber auch die Sehnsucht nach der Schwester, und sie konnte den Morgen schon kaum erwarten, der ihr wieder auf ihren Weg leuchten sollte, in die Arme der Geliebten zu eilen.

Auch die Entfernung war nicht mehr so groß; nur noch zehn englische Meilen etwa von hier – ein flüchtiges Pferd hätte solche Strecke in einer Stunde durchlaufen können, lag Olnitzkis Farm (das Wort Plantage hatte sie endlich fallen lassen) oder Olnitzkis »*improvement*« wie es die Leute auch hier nannten; wenn sie bei Zeiten aufbrachen, konnten sie den Platz recht gut um Mittag erreichen und dann. – Wie ihr das Herz so ungeduldig – so freudig und doch auch wieder so ängstlich pochte; lieber Gott, zehn Jahre sind eine lange Zeit – zehn Jahre hatte sie die Schwester nicht gesehen, in den letzten Jahren sogar nicht einmal etwas von ihr gehört, wie manches Schmerzliche ihr dabei mitzutheilen aus der Heimath, die jene, ein Kind noch fast und von dem Glück der ersten

Liebe wie berauscht, verlassen. Die Mutter war vor zwei Jahren gestorben, und wenn auch Sidonie die Trauerbotschaft bekommen, blieb das erste Begegnen der Geschwister nach *dem* Verlust doch immer schmerzlich, und mußte ja die Freude des Wiedersehens trüben. Aber fort mit solch traurigen Gedanken jetzt, wo sie so viel des Freudigen auch dabei brachte – ihr Bruder war von seinem Hofe ehrenvoll ausgezeichnet und angestellt worden, ihre jüngste Schwester die Braut eines geliebten Mannes, ihr Vater noch immer rüstig und gesund, stand seinen Berufsgeschäften wie jemals vor, nur mit dem einen Verlangen, sein Kind, sein liebes Kind, das er damals so ungern von sich gelassen, noch einmal wieder zu sehen. Wie hatte er sich in jener Zeit gesträubt seine Einwilligung zu einem Bündniß zu geben, das er allein der tollen Schwärmerei des Augenblicks zugeschrieben, und in das er nur endlich willigte, sein Kind durch eine Weigerung nicht noch vielleicht unglücklicher zu machen, als es, wie er fürchtete, durch die Verbindung werden würde. Jetzt lag *die* Zeit in weiter Ferne hinter ihnen. Sidonie war glücklich geworden, wie alle ihre Briefe ja bezeugten, und wenn sich auch die Schwärmerei der ersten Jugendliebe in ein ruhigeres und stilleres Gleis die Bahn geöffnet, so hatte sie doch auch mit keiner Zeile ja erwähnt, daß sie sich fortsehne aus dem neuen, selbst gewählten Leben, daß sie bereue den Schritt gethan zu haben, der sie aus den Armen ihrer Familie, der sie aus dem Vaterlande riß.

Viel Unglück hatte sie trotzdem gehabt – der älteste Knabe war ihr im vierten Jahr gestorben, und in dem *letzten* Brief, den sie zu Haus geschrieben – schon zwei Jahr her, schien ihr auch das jüngste Kind, ein Mädchen, schwer erkrankt. Aber seit dem, und nach dem Tod der Mutter, hatte kein Brief von ihr die Heimath mehr erreicht, und nur ein einziges Mal war mündlich Nachricht von ihnen durch einen Fremden hinübergedrungen, der den Grafen Olnitzki zufällig in Little Rock gesprochen, und von diesem erfahren hatte, daß sich die Frau vollkommen wohl befinde und in ihrem, allerdings etwas einsamen Aufenthalt von Herzen glücklich fühle.

Wunderbarer Weise behaupteten aber auch *Rosemores* nicht im Stande zu sein ihr genügende oder nähere Auskunft über die, doch nur kurze Strecke von ihnen entfernt wohnenden Leute zu geben. Olnitzki allerdings kam manchmal herüber zu ihnen, ja hatte sogar früher schon einige Mal in ihrem Hause übernachtet, die Frau dagegen sich noch nie bei ihnen blicken lassen.

»Aber sie hatte doch andere Nachbarn in ihrer Nähe?«

»Allerdings, *Jack Owen* wohnte kaum tausend Schritt von ihrem Hause entfernt an der *bearlick ridge*, und *Sam Houston*, ein anderer Farmer hatte sich, etwa eine Meile oberhalb des »*postoak hollow*« niedergelassen. – Beide waren verheirathet, und verkehrten gewiß mit einander, und besonders *Jack Owens* junge Frau war ein liebes braves Weibchen. Wunderbarer Weise wußten diese »Nachbarn« nicht einmal ob Olnitzkis Kinder hatten, und wie viel – ein oder zwei waren ihnen gestorben, aber auch das nur als Gerücht zu ihnen gedrungen, denn dort hinein führte kein bestimmter Weg, zu ihnen heraus kamen die Leute auch nicht, so bildete sich denn jeder seinen Wirkungskreis in der eigenen Umgebung, den Nachbar entbehrend und sich wenig um ihn kümmernd.«

Aber was bedurfte Amalie von Seebald auch jetzt noch weitläufiger Berichte, wo sie sich ja morgen schon – in wenigen Stunden – selber von Allem mit eigenen Augen überzeugen konnte. Nur wie sie hinüber kommen sollte beunruhigte sie noch; die Frauen vertrösteten sie aber auf die Ankunft der Männer, die jedenfalls zum Abendbrod daheim sein und schon Mittel und Wege finden würden sie mit ihrem Gepäck hinüber zu schaffen. Lieber Gott, das sei nicht mehr als ihre Schuldigkeit, dafür zu sorgen daß eine einzelne Frau, die so vertrauungsvoll hier herüber zu ihnen gekommen war, auch nicht ohne Hülfe und Beistand gelassen würde, und Billy Jones, der Schwiegersohn des alten Rosemore, oder Mr. Rosemore selber fänden da schon Rath.

Hundegebell und Pferdegestampfe kündigte die Erwarteten, die irgendwo im Walde gewesen waren nach ein paar ausgebliebenen Kühen zu sehn, auch schon vor Dunkelwerden an, und drei Reiter hielten gleich darauf vor Rosemores Thür, sprangen aus den Sätteln, die sie mit dem Zaum den Thieren abnahmen, ihre weitere Versorgung einem herbeispringenden Negerknaben überlassend, und betraten bald darauf die innere Fenz, zum Hause kommend.

»Das trifft sich glücklich!« rief da Sarah, Mr. Rosemores jüngste Tochter, die in die Thür getreten war den Vater zu begrüßen, »da ist Mr. Owen von *bearlick ridge* selber, mit Vater und Bill; der weiß Rath und geht gewiß morgen früh ebenfalls nach seinem Haus zurück.«

»Halloh Miß Sarah«, lachte der also bezeichnete *back-woodsman*, der die Worte verstanden hatte, und mit seinem Sattel über dem linken Arm, seine Büchse in der Rechten, zum Hause heran kam, »haben Sie mich erwartet?«

»Ich nicht, Mr. Owen«, lachte das junge Mädchen, »aber eine fremde *lady*, die hier im Hause sitzt, und vor Sehnsucht nach Ihnen schon fast vergangen ist.«

»Alle Wetter«, rief der Jäger, seinen Sattel rasch unter den Zwischenbau der beiden Häuser legend und die lange Büchse daneben lehnend – »eine fremde *lady*? das wäre der Teufel.«

»Nun der *Teufel* gerade nicht Mr. Owen«, sagte die Matrone, mit einem leisen Vorwurf in dem Ton, mit dem sie das Wort wiederholte.

»Bitte tausend Mal um Entschuldigung Missis Rosemore«, sagte der Mann, leicht erröthend, indem er ihr die Hand entgegenstreckte – »es fuhr mir nur so heraus; Ihr wißt ja schon, ich mein' es nicht so bös.«

Es war eine kräftige, männliche Gestalt, der Mann, in die gewöhnliche Tracht der Hinterwäldler, in ein ledernes Jagdhemd mit eben solchen Leggins gekleidet; an den Füßen trug er Moccasins von demselben Stoff, auf dem Kopf aber einen alten abgetragenen, arg mißhandelten Filz, und an der rechten Seite seine Kugeltasche, während an der Linken in dem breiten Ledergürtel, das lange Amerikanische Bowie- oder Jagdmesser stak. Das Haar war gelockt, sein Auge blau und der Ausdruck seines Gesichts entschieden ehrlich und gerade aus, nur um den Mund und die selbst fein geschnittenen Lippen lag ein etwas harter Zug, der aber ebensogut Muth und Entschlossenheit deuten konnte, und den westlichen Amerikanern, die im Wald erzogen und allen seinen Beschwerden und Gefahren von Kindheit an preisgegeben sind, besonders eigen ist.

Jack Owen war mit einem Wort ein prächtiges Urbild jener kräftigen, stählernen Menschenrace, die den westlichen Urwald der Union erst als Jäger durchziehn, und dann mit ihren keck bis weit über die Grenzen der Civilisation vorgeschobenen »*improvements*« besiedeln, dem Indianer und Bären ihre Heimath abtrotzen, und nur mit Büchse und Axt bewehrt, im Schatten der dichten Wildniß eine Heimath schaffen. Diese Race bildet den Übergang von der Rothhaut zum weißen Mann, und wie der Wolfshund, der halb dem Wolfgeschlecht noch angehörig ist, keinen ärgeren Feind kennt als gerade den Wolf, so haßt der Pionier nichts ärger auf der Welt als den, in dessen Fußstapfen er doch hier getreten, den rothen Sohn der Wälder.

Als diese Männer, die mit dem freien, natürlichen Leben um sich her, auch eben solche Sitten angenommen haben, und sich, von Anderen dasselbe verlangend und glaubend, ebenso geben wie sie sind, das Zimmer betreten hatten, gingen sie auf die fremde Dame zu, boten ihr zum Willkommen freundlich die Hand, und dann ihre Sitze am Feuer einnehmend, an dem sie ihre Moccasins auszogen, und zum Trocknen aufhingen, war ihre erste Sorge den Frauen Bericht über die entlaufenen oder ausgebliebenen Kühe, die wie es schien wieder eingefangen waren, abzustatten. Das Gespräch drehte sich jetzt ausschließlich um Kühe, Rinder und Schweine, bis zum Abendbrod, welches die beiden Töchter der alten Mrs. Rosemore indeß bereitet hatten, und alle Theile der *range*, oder des Weidegrundes, wo sich noch ein oder das andere Stück verhalten, wurden durchgenommen. Die Frauen selber interessirten sich dabei so viel dafür wie die Männer, und Fräulein von Seebald, die dabei als stille Zuhörerin mit am Kamin saß, war wirklich erstaunt so viel Ortskenntniß bei ihnen zu finden, mit der sie die nach Meilen entfernten Stellen im Wald bezeichneten, und ihre Richtung dabei nicht etwa bei bestimmten Wegen, sondern nach den Himmelsgegenden und kleineren sie durchströmenden Wassercoursen bezeichneten.

Mit dem Abendbrod, bei dem sich Alle um die im Zimmer zusammengerückten Tische sammelten, nahm aber auch das Gespräch eine andere Wendung; Jack Owen wurde der Fremden als der nächste Nachbar ihrer Schwester und jenes »Mr. Olnitzki« bezeichnet, und dann selber aufgefordert einen Rath zu geben, wie die junge Deutsche am Besten und Leichtesten mit ihrem Gepäck hinüber kommen könne.

Jack Owen schien übrigens die letzte Frage ganz zu überhören, denn wie er erfuhr daß die Fremde eine Schwester der »Missis Olnitzki« und über das Weltmeer nur einzig und allein herübergekommen sei sie zu besuchen, sah er sie mit den klaren treuherzigen Augen eine ganze Weile ernst und sinnend an, und fing dann auf einmal wieder, ohne ein Wort darauf zu äußern, von vorn an zuzulangen, als ob er bis dahin ganz vergessen habe zu essen.

»Und können Sie mir nicht etwas Näheres über die Schwester sagen?« bat Amalie, »ich habe schon so oft und oft gefragt, und wie verschollen schien sie dort im Wald zu wohnen; Niemand konnte mir Rede stehn, Niemand erinnerte sich in der That sie je gesehn zu haben.«

»Lieber Gott«, sagte der Jäger, ohne sein Essen auch nur auf einen Augenblick zu unterbrechen, »unsere Frauen kommen Alle wenig fort; manchmal zu einer Betversammlung oder irgend einem Nachbarfest beim Klötzerollen oder Decken-Steppen, und da die Nachbarn so dünn gesäet sind bei uns, fällt selbst das nicht häufig vor.«

»Aber Sie kennen sie doch?«

»Ich? – oh gewiß – wohne keine halbe Meile davon.«

»Und es geht ihr gut? – «

»Das kalte Fieber hat sie neulich einmal ein klein wenig abgeschüttelt, hatte aber nicht viel zu sagen, und ist bald vorüber gegangen.«

»Und ihr Kind? hat sich das arme kleine Mädchen erholt?«

»Das Mädchen?« – wiederholte der Mann, zum ersten Mal zu ihr aufschauend – »der Knabe, meinen Sie.«

»Hat Sidonie einen Knaben?« rief Amalie überrascht.

»Hm«, meinte der Jäger, sich ein neues Stück Wildpret auf den Teller nehmend, »seit wann haben Sie denn eigentlich keine Nachricht von ihr gehabt?« –

»Seit über zwei Jahren.«

»Lieber Gott«, sagte die alte Mrs. Rosemore.

»Dann freilich«, brummte der Jäger halb laut vor sich hin – »seit der Zeit ist das Mädchen gestorben und vor einigen Monaten ein Knabe geboren worden, und *das* Kind allerdings ist jetzt schwer krank.«

»Das Mädchen todt – du großer Gott – die arme, arme Sidonie.«

»Das Herz wird ihr wohl zu voll und schwer gewesen sein in *der* Zeit Briefe zu schreiben«, sagte die Matrone bedauernd, »ja aus*sprechen* und aus*weinen* mag man sich dann wohl gern, aber zum Schreiben zwingt man die Hand da nicht.«

»Aber wie bekommt die Fremde die vielen Sachen hinüber Mr. Owens?« fiel Sarah hier ein, Amalie zu zerstreuen, daß sie sich nicht dem traurigen Gedanken zu sehr hingebe – »es wird schwer sein das Alles zu Pferde zu transportiren.«

»Ist's denn so viel?« frug Jack Owen.

»Ei die beiden Kisten hier, dann jene Koffer dort, und diese Schachteln und Reisesäcke.«

»Hm, das allerdings – packt sich auch verd – ungemein schlecht auf ein Pferd; aber das ist das wenigste – sind es Sachen für Mrs. Olnitzki bestimmt?«

»Zum großen Theil; wie auch mein eigenes Gepäck.«

»Sehr gut, dann schaffen wir auch Rath«, sagte der Jäger gutmüthig – »solltet Ihr nicht mit Euerem kleinen Wagen über die *greenbriar ridge* hinüberkommen können, Rosemore? nachher geht's glatt und leicht durch den offenen Wald, dicht an der Bayo hin.«

»Über die *greenbriar ridge* mit dem Wagen, Mann«, sagte aber der Alte, dabei mit dem Kopfe schüttelnd, »wo denkt Ihr hin; da müßten wir erst eine ordentliche Straße durch *brushy hollow* aushauen, und blieben nachher noch immer im Sumpf an der andern Seite stecken. Nein nicht in acht Tagen brächten wir das fertig, aber mit den Thieren an der *overcup flat* hin geht es ganz gut; die Kisten und Koffer sind eben nicht übermäßig schwer, und lassen sich recht gut auf einen Packsattel laden. Freilich muß man nachher tüchtig im Wald herumlaviren mit den Thieren, freie Bahn durch die Bäume durchzufinden, aber es geht doch, und ich getraue mich sie in fünf bis sechs Stunden hinüber zu führen.«

»Aber Euer Falbe wird das nicht tragen wollen.«

»Bah, ich habe gerade Widdersons beide Maulthiere in meiner Fenz, die er von Santa Fé mitgebracht hat und nach Batesville hinaufnehmen will, die mögen ihr Futter abverdienen.«

»Das wäre vortrefflich!« rief Jack Owen, »wann wird aber die Dame nach Olnitzkis zu aufbrechen wollen?«

»Oh so bald nur irgend möglich« – rief Fräulein von Seebald – »ich ginge die Nacht hindurch, die Schwester nur eine Stunde früher zu sehen, zu begrüßen.«

»Das möchte uns durch *den* Wald doch wohl schwer werden«, lachte der Jäger gutmüthig, »aber morgen mit Tagesgrauen steh' ich zu Diensten, und bin gern bereit Sie hinüberzuführen; ich gehe doch zu Haus.«

»Aber nicht vor dem Frühstück«, fiel ihnen hier Mrs. Rosemore in die Rede, »mit leerem Magen verläßt Niemand mein Haus, wenn ich's verhindern kann, und die Mädchen werden schon früh auf sein, daß es nicht zu lange dauert.«

Amalie von Seebald fügte sich gern dem freundlichen Wunsch, noch dazu da sie ihren Führer nicht auch vor dem Frühstück fortziehen mochte, und die Männer besahen sich jetzt das Gepäck, und trafen ihre Eintheilung mit den Packen, die auf die beiden Maulthiere vertheilt werden sollten, wonach dann Jack Owen selber noch einmal mit seinem Pferd zurückkommen, und den Rest nachholen wollte. Die Maulthiere sollte Bill Jones selber mit seinem Knecht hinüber bringen, Jack Owen aber wollte rascher mit der Lady voraus nach Olnitzkis *improvement* gehn.

Der Morgen kam, und mit klopfendem Herzen hatte Amalie ihre Vorbereitungen zu dem Marsch getroffen, als Jack Owen, nach beendigtem Frühstück, einen Damensattel auf sein Pferd geschnallt, vor der Thür erschien, und die Lady einlud sein Thier zu besteigen, während er selber zu Fuß voran ging. Die junge Dame gestand jetzt freilich mit Erröthen, daß sie noch nie auf einem Pferd gesessen, der Einwand wurde aber nicht beachtet; Jack Owens Ponny war anerkannt das frömmste Thier in der *range*, ließ vor und neben sich schießen, wie der Reiter gerade Lust hatte, und ging seinen festen sicheren Schritt ruhig fort, fast wie ein Maulthier. Die Mädchen halfen ihr dabei lachend in den Sattel, ordneten ihre Kleider, gaben ihr eine kleine Gerte in die Hand, das Thier vorwärts zu treiben, und Jack Owen, mit der langen Büchse auf der Schulter, von fünf mächtigen Rüden umbellt, schritt ihr voran, in den dunklen Wald hinein.

2. Die Gräfin Olnitzka

Im Anfang hatte Amalie von Seebald genug mit ihrem Pferd und dem neuen Sitz zu thun, auf dem sie sich noch nicht sicher fühlte, und deshalb auch nicht wohl befinden konnte; das Ungewohnte der Bewegung dabei, und das öftere Anstreifen an die überhängenden Büsche nahmen ihre ganze Aufmerksamkeit in Anspruch, und ließen sie sich ängstlich dabei an den Knopf des Sattels anhalten, nicht herunterzufallen, wie sie immer noch fürchtete. Das gutmüthige Thier, das Jack Owen auf seinen Jagden schon so abgerichtet hatte ihm wie ein Hund zu folgen, ging aber einen so ruhigen sicheren Schritt, und kümmerte sich so gar nicht um die wild und fröhlich es umbellenden Hunde, nur auf den Weg und die darüber hinliegenden Wurzeln und Stämme achtend, daß sie sich bald daran gewöhnte, und nach kaum halbstündigem Ritt schon fast die bis dahin gefühlte Angst vergaß.

Jack Owen ging dabei meist vor ihr, oft neben ihr her, die Büchse auf der linken Schulter, über deren Kolben die linke Hand herunter hing, die Hunde hinter sich, die jetzt, im wirklichen Walde drin, keinen Lärm mehr machen durften, etwa irgendwo stehendes Wild nicht zu verscheuchen, und sein Blick schweifte dabei ruhig und forschend über alle offene Stellen die sie passirten, haftete oft auf einem, vom Herbst gefärbten Busch, ob sich nicht doch in den gerötheten Blättern die schlanke Gestalt eines Hirsches berge, und suchte dann wieder in dem weichen Boden des Pfads die frisch eingedrückten Fährten des Rothwildes oder Raubzeuges, die herüber und hinüber gewechselt waren.

So hatten sie schweigend einen großen Theil des Wegs zurückgelegt, und Amalie sah schon in jedem helleren Waldesfleck der vor ihnen lag, die so heiß ersehnte Lichtung von ihres Schwagers Farm; aber ein Dickicht wechselte nur mit dem anderen, der Weg, der bis dahin ziemlich breit in den Wald hinein gereicht hatte, wurde zum engen, kaum mehr begangenen Pfad, und noch immer zeigten sich nicht jene Spuren der Civilisation, die unzertrennlich von einer größeren Ansiedlung sind, und wie der dünne Rauch über einer Stadt, die Nähe des schaffenden Treibens thätiger Menschen verrathen. Kein Fuhrwerk hatte diesem Boden hier je seine Räder eingedrückt, keine Axt noch die mächtigen Stämme berührt, und selbst die wenigen Pferdespuren im Pfad waren von Hirsch- und Pantherfährten fast unkenntlich gemacht, und doch näherten sie sich mehr und mehr der Farm des Grafen, doch konnte nur kurze Strecke Waldes mehr, sie von dort trennen. Nur eins war da noch möglich, daß sein ganzer Verkehr mit jener nördlich von ihm gelegenen Stadt bestand, die ihm doch wohl näher liegen mußte als Little Rock, ja vielleicht gar durch einen Strom die Verbindung erleichterte; aber das Herz des armen Mädchens füllte sich dennoch, so sehr sie auch dagegen ankämpfen wollte, mit einer unbestimmten Furcht, und wenn sie der auch keinen Namen zu geben wußte, drängte es sie doch zuletzt, von ihrem wortkargen Führer das unheimliche Gefühl verscheucht zu sehn.

»Es ist so einsam hier und still«, brach sie das Schweigen endlich, »und doch können wir nicht mehr so weit von jener Farm entfernt sein, der dieser Weg zuführen soll.«

»In einer Stunde kann man's von hier aus, wenigstens in dieser Jahreszeit gehn«, sagte der Mann, »aber im Winter ist's weiter, denn die Gräben sind dann mit Wasser gefüllt, und man muß Umwege machen ihrem Schlamme auszuweichen.«

»Daß sich Olnitzki so tief im Walde angesiedelt hat«, sagte die Deutsche, fast mehr zu sich selbst als zu dem Führer redend.

»Ja, s' ist etwas einsam hier, für eine Frau wenigstens«, lautete die Antwort, »aber der Mann fühlt sich desto wohler unter den Bäumen, und mir ist, wenn ich's aufrichtig gestehen soll, nichts fataler auf der Welt, als wenn ich an eine Fenz komme – meine eigene ausgenommen.«

»Wie es Sidonie nur ausgehalten hat.«

»Ist das der Name Euerer Schwester?« frug der Jäger, mit etwas leiserer Stimme, und sein Blick glitt über die Gestalt der Fremden flüchtig aber doch forschend hin.

»Ja – kennt Ihr ihn nicht, als nächster Nachbar?« sagte Amalie rasch und etwas bestürzt.

»Es ist Sitte bei uns, die Frauen nur nach dem Namen ihres Mannes zu nennen«, erwiederte der Jäger, »selbst unsere eigenen; ich kann ihn aber trotzdem doch wohl einmal gehört haben, denn ich kam früher öfter mit Olnitzki zusammen.«

»Und jetzt nicht mehr?« –

»Oh doch ja, dann und wann wenigstens«, sagte der Mann ausweichend; »er ist gerade ebenso wie wir

Anderen – eben nicht umgänglicher Natur, und hält seine Büchse und Hunde für die beste Gesellschaft auf der Welt.«

»Aber die arme Frau – *sie* verkehrt doch wenigstens mit ihren Nachbarn?« frug Amalie.

»Sie? – o ja – ja wohl« – sagte der Jäger – »im letzten Winter war sie zweimal bei uns hüben, und meine Alte auch dort, und wie ihr vor zwei Jahren das Kind krank wurde und dann starb, ist wenigstens eine von den benachbarten Frauen fortwährend und abwechselnd bei ihr gewesen – sie wurde auch damals selber krank und mußte doch eine Pflege haben.«

»Lieber Gott, im letzten *Winter*«, seufzte Amalie still und kaum hörbar vor sich hin, und der Wald schien ihr ordentlich unheimlich dazu zu rauschen, in seiner öden Einsamkeit. Sie fürchtete auch von dem Augenblick an wirklich eine weitere Frage zu thun, bis ihr Führer selber wieder das Schweigen brach.

»Ihr habt die Schwester seit langer Zeit nicht gesehn?«

»Seit zehn Jahren nicht.«

»Eine lange Zeit, und wir werden alt dabei.«

»Sidonie war noch so jung wie sie die Heimath verließ.«

»Aus glücklichen, ruhigen Verhältnissen vielleicht heraus« sagte der Jäger, und sein Blick schweifte dabei wieder über den engen Waldeshorizont, der ihm da frei lag, nach einem Wilde auszuspähn.

»Aus den glücklichsten«, sagte die Schwester, seufzend der Zeit gedenkend, »lieber Gott, sie hatte Alles was das Herz begehrt, begehren kann; in Überfluß und Reichthum erzogen, wurde sie von den Ältern auf Händen getragen, und die glänzenste Zukunft hätte ihrer im alten Vaterland gelacht.«

»Hm«, sagte der Jäger, seine Büchse etwas weiter zurück über die Schulter werfend, und den Tabackssaft seines Priemchens gegen die nächste Eiche spritzend – »hm – und Mr. Olnitzki hatte auch viel Geld?«

»Der Graf Olnitzki? – nein«, sagte Amalie, »aus Polen flüchtend, wo sein Volk besiegt und zerstreut worden, waren ihm von dem Russischen Czaaren die Güter confiscirt, war ihm selbst die Rückkehr in sein Vaterland abgeschnitten worden, und jenen unglücklichen Tapferen blieb damals nichts übrig, als in der neuen Welt auch eine neue Heimath zu suchen und zu gründen.«

»Aber wie bekam er da so geschwind die reiche Frau?« frug der praktische Amerikaner, halb ungläubig dazu den Kopf schüttelnd.

»Ich weiß nicht ob Sie sich jener Zeit noch erinnern«, sagte, tief aufseufzend wieder Amalie, »weiß auch nicht ob Sie in Amerika damals unsere Gefühle getheilt; aber in Deutschland war es fast, als ob ein neuer lebendiger Geist über das ganze Volk gekommen, und die träumenden Nationen aus ihrem Schlafe aufgerüttelt habe. Ein Schrei für Polen ging durch Deutschlands Gauen, nicht bei den Regierungen zwar, die es mit dem Nordischen Koloß nicht verderben wollten, wohl aber bei den Völkern. Doch statt das Schwert aufzugreifen für den bedrohten, geknechteten Nachbarstaat, begnügten sich die Männer Sammlungen zu veranstalten, den Verwundeten und Beraubten Hülfe zu bringen, die Frauen zupften Charpie und sandten Leinwand und Bandagen in die Lazarethe, und als die letzte Schlacht geschlagen, als die ungeheueren Russischen Heere das kleine Reich mit ihren Massen überschwemmten, als Polen zertreten, vernichtet unter den stampfenden Rossen seiner Feinde lag, und die Wenigen seiner tapferen Krieger, die sich noch bis zur Grenze durchgeschlagen, fremden Boden Hülfe suchend betreten mußten, da war es Deutschland besonders, das ihnen seine Arme öffnete, das sie in seine Familien, an seinen Heerd nahm, die Kranken und Verwundeten pflegte und kräftigte, die Armen unterstützte, die Besiegten aufrichtete, mit Trost und Hoffnung und eigener That. Feste, Bälle und Concerte wurden gegeben, Summen zusammen zu bekommen und den Flüchtigen Reisegeld nach Amerika zu verschaffen, und Frauen und Mädchen besonders wetteiferten darin ihre Sympathieen für die zertretene Nationalität der Unglücklichen zu zeigen. Wir trugen in den Schleifen und Zierrathen unseres Costümes nur die Polnischen Farben, Polnische Flaggen wehten in den erleuchteten Festesräumen, und viele, viele von uns gaben was sie an Schmuck und goldenen Zierrathen besaßen willig her, die Spende für die tapferen Krieger zu erhöhn.«

»Hm, hm, hm, hm«, sagte der Jäger, der mit dem Kopf heftig dabei schüttelnd, rascher neben dem Pferde herging.

»Auch in unsere Familie«, fuhr Amalie fort, »hatten wir einen jungen edlen Polen aufgenommen, der unsere Schwelle, von Fieberfrost geschüttelt, mit einer Menge ungeheilten Wunden, mit zerrissener Uniform, dem Untergang schon nahe, betrat, und kaum ein Lager für sich eingerichtet bekommen, als ein hitziges Fieber sein Leben bedrohte, und ihn für Monate an den Rand des Grabes brachte. Sidonie und ich pflegten ihn in der Zeit wie Schwestern; Sidonie besonders wich kaum mehr von seinem Bett, und wir hatten die Freude den Unglücklichen nach langen Monden dem Leben, der Gesundheit zurückgegeben zu sehn. Vollkommen endlich wieder hergestellt, und mit Allem reichlich versehn was er zu einer so weiten Reise brauchte, wollten meine Ältern dann den Fremden entlassen – aber es war zu spät; Sidoniens Herz hing an dem fremdem Mann und konnte – wollte ihn nicht lassen. Vater und Mutter baten und beschworen sie – umsonst, der Pole durfte nicht länger auf deutschem Boden weilen, unsere deutschen Regierungen fürchteten das Misvergnügen des Czaaren zu erregen, und mit der warmen Frühlingsluft die über die Berge zog, und unsere Ströme vom Eis befreite – mit dem ersten Schiff, das den aufgethauten Strom befuhr – verließ Sidonie als Olnitzkis Gattin das väterliche Haus.«

Amalie schwieg, und Jack Owen ging wieder eine ganze Zeitlang lautlos, aber recht schwer aufathmend neben dem Pferde her – endlich sagte er leise:

»Aber Olnitzki hatte Vermögen wie er Amerika betrat.«

»Mein Vater ist wohlhabend, und wollte die Tochter nicht der Ungewißheit einer selbst zu erkämpfenden Existenz preis geben.«

Jack Owen blieb stehen und sah die Fremde überrascht und ungewiß an – er hatte augenscheinlich nicht recht verstanden was sie mit den Worten meinte.

»Olnitzki hat also sein Geld nicht mit von Polen herüber gebracht?« frug er endlich.

»So reich er dort gewesen sein mochte«, sagte Amalie, »der Krieg verschlang Alles, und jene edlen Herzen warfen nicht allein ihr Leben, nein Alles was sie auf Erden ihr eigen nannten in die Schaale, das Vaterland zu retten.«

»Hm, hm, hm, hm, hm!« sagte der Jäger wieder, und schritt rascher vorwärts, als ob er die versäumten Minuten einholen müsse; aber er erwiederte nichts weiter, schien sogar jedes fernere Gespräch vermeiden zu wollen, und beschäftigte sich ausschließlich mit dem Weg, der hier auch in der That noch eher wilder und verworrener wurde, und seine ganze Aufmerksamkeit in Anspruch nahm, der Fremden nur einiger Maßen Bahn zu brechen. Amalie aber fühlte sich beunruhigt durch das ihr auffällige Benehmen des Führers, trieb ihr Pferd, jetzt schon vollkommen an den Ritt gewöhnt, und dreist gemacht durch den sanften Schritt des Thieres, zu etwas schärferem Schritt mit der Gerte an, und sagte halb schüchtern, halb entschlossen jeder weiteren Ungewißheit ein Ende zu machen:

»Wie geht es meiner Schwester – ist sie *glücklich*, und lebt sie so wie wir es in Deutschland erwartet haben daß sie leben würde und sollte?« –

»Pst!« sagte ihr Führer aber als einzige Antwort, und bei der rasch doch vorsichtig abwärts gedrehten rechten Hand, blieb das gelehrige, aufmerksame Thier wie in den Boden gewurzelt stehn, regte sich nicht mit dem Kopf, und schüttelte weder Schweif noch Mähne. Der Jäger aber, mit der Hand langsam, keine rasche auffällige Bewegung zu machen, nach vorne deutend, zeigte der Fremden, die dem ausgestreckten Finger mit den Augen folgte, die schlanke prächtige Gestalt eines stattlichen Hirsches, der aus einem dichten Gebüsch herausgetreten war und sich, keine Gefahr ahnend, über eine kleine Waldblöße langsam hinüber äßte.

Vorsichtig nahm der Jäger die Mütze vom Kopf, ließ sie geräuschlos auf den Boden gleiten, und eine Bewegung seiner Hand, mit einem Blick den die klugen Thiere wohl verstanden, gebot den Hunden den Platz zu wahren bis er wiederkehre. Nur Einer von ihnen, Deik, ein alter, von Narben zerrissener Bursche mit ganz kurz abgeschlagenem Schwanz und eben solchen Ohren, zugestutzt, als ob sein Herr eben nicht mehr von ihm hätte haben wollen als unumgänglich nöthig war, wußte sich von dem Befehl ausgenommen, und als der Jäger jetzt, sich nieder duckend und den Schutz eines kleinen Busches benützend, rasch aber lautlos durch das feuchte gelbe, den Boden bedeckende Laub hinglitt, folgte er ihm dicht auf den Fersen, haltend, wenn jener stehen blieb, und vorsichtig ausschreitend wenn es der Jäger für rechtzeitig hielt weiter vorzuschleichen.

Amalie selbst vergaß aber in dem neuen Eindruck der Jagd, der jetzt den Wald mit einem eigenen, kaum geahnten Zauber füllte für den Moment wenigstens, alles Andere. Das edle, sich so sicher fühlende Wild; die in das Gras gedrückten klugen Hunde; die lebendige ausdrucksvolle Gestalt des Jägers mit dem schleichenden Thier an seinen Fersen; das Pferd selbst auf dem sie saß, das wie ängstlich den klugen Kopf nach dem leisen Rascheln ihres Kleides wandte; das Rauschen der mächtigen Wipfel dazu, durch das weit, weit herüber, der gellende Schrei eines Falken tönte – sie preßte fast unwillkürlich ihre rechte Hand auf's Herz, so laut kam ihr jetzt dessen Klopfen vor, und während sie in ängstlicher Sorge um das Leben des wunderschönen Thieres bangte, das so frei und glücklich dort durch den Wald schritt, mochte sie selbst kaum athmen, dem Bedrohten nicht die Nähe des Feindes zu verrathen.

Jack Owen aber war in diesem Augenblick nur noch einzig und allein Jäger; an seine Schutzbefohlene kaum denkend die er jedoch auch sicher auf dem Thiere wußte, glitt er, jetzt den Stamm einer Eiche oder eines Sassafrasbaumes benützend, jetzt einen Busch oder umgestürzten Baumstamm als Schutz gebrauchend, zugleich aber auch nicht ganz direkt auf das Wild zu, sondern etwas seitab schleichend, damit durch irgend ein vielleicht unvorsichtig gemachtes Geräusch die Aufmerksamkeit des scheuen Wildes nicht etwa auf das im Wege haltende Pferd gelenkt würde, rasch und geräuschlos über den Boden hin, bis in vielleicht noch hundert Schritt von seiner Beute. Da knickte ein trockner unter dem Laub versteckt gelegener Zweig, und ob sich der Moccasin über ihm zusammenzog, und Jäger wie Hund instinktartig zusammensanken wo sie standen, war der schwache Laut doch hinübergedrungen zu dem Hirsch, der gerade selber mit Äsen aufgehört hatte, und hinüberhorchte nach dem Schrei des Falken. Die Thiere der Wildniß haben eine Sprache untereinander, die der Mensch nicht versteht – eine Stimme zu warnen und zu rufen, zu locken und zu verscheuchen, und sie achten darauf, wenn selbst ein feindliches Geschlecht die Warnung gäbe.

Einmal aufmerksam geworden, wußte Jack Owen aber auch recht gut, daß sich das scheue Thier nicht wieder beruhigen würde, weitere Annäherung zu gestatten, so also rasch die Büchse hebend, die er in der Bewegung spannte, suchte das Auge den tödtlichen Fleck, der Finger zuckte, scharf schmetterte der Schlag durch den Wald, und wie sich der Hirsch hob und zusammenbrach, und wieder empor und mit wilden Sätzen in das Dickicht hineinschnellte, fuhren die Rüden, die sich nicht länger halten ließen, von dem Platze auf, an dem sie gekauert, und folgten heulend und kleffend der flüchtigen Beute. Jack Owen aber wischte indessen vollkommen ruhig seine Büchse mit dem, an den Ladestock geschraubten Krätzer aus, lud sie wieder, und sie dann auf die Schulter werfend, kehrte er zu seinem geduldig haltenden Pferd zurück, seine Mütze aufzuheben, und das Thier mit sich zu der Stelle zu führen wo sie das Wild verendet finden sollten.

»Er ist davongelaufen« sagte Amalie von Seebald, als der Schütze herankam, und sein Pferd ihm – ohne jedoch seine Stelle zu verlassen, freudig entgegenwieherte – halb zufrieden damit, halb in getäuschter Erwartung.

»Ja Miß« lachte der Jäger, »aber nicht weit; ich bin gut abgekommen und die Kugel sitzt, vielleicht nur ein wenig tief, auf dem rechten Fleck; die Hunde haben ihn schon.«

»Die Hunde? wo? – sie bellen ja noch.«

»Ja«, lachte der Hinterwäldler, »aber nicht mehr gegen den Hirsch, sondern gegen Deik an, der Besitz von ihm genommen, und keinen der anderen mehr hinanläßt; der alte Bursche weiß schon was sich schickt, kommen Sie jetzt mit mir, wir gehen sogar nicht einmal um, sondern schneiden dort hinüber durch die jetzt vollkommen trockene Gründorn-Ebene eher noch ein paar hundert Schritte ab bis zu Olnitzkis Fenz, die auf der anderen Seite daranstößt; ich will nur den Hirsch aufbrechen und in die Slew hängen, damit ihn die Schmeißfliegen nicht gleich bedecken; nachher hol ich ihn ab.«

Einen leisen Pfiff dabei ausstoßend, den das Poney gut genug verstand, drehte er sich, von diesem jetzt dicht gefolgt, wieder auf dem Absatz herum, und die dichtesten Plätze vermeidend, führte er die Fremde ganz unbekümmert mitten in das Herz der Waldung hinein. Näher und näher aber kam dabei das Bellen der Hunde und als sie diese endlich erreichten, war es wie Jack Owen vorher gesagt. Deik hatte seinen Platz dicht neben dem schon verendeten Hirsch genommen und sich, seiner Autorität bewußt, ruhig dabei zusammengekauert, die Ankunft seines Herrn zu erwarten, während die anderen Rüden ihn kleffend und knurrend, immer aber in achtungsvoller Ferne, umsprangen, und die Zeit nicht schienen erwarten zu können, wo ihnen ein Theil des Wildprets preis gegeben wurde. Das geschah bald; Jack hatte im Nu den Hirsch herumgeworfen, aufgebrochen und zerwirkt, und dann den vorderen Theil, die beiden Blätter mit Hals und Kopf an dem das Geweih noch saß, vom übrigen Körper trennend und in einzelnen mächtigen Stücken den verschiedenen Rüden zuwerfend, zog er ein Stück Bast von einem dicht dabeistehenden Papaobaum ab, und durch die Hessen der Hinterläufe des Erlegten, schleifte das Wildpret dann zum kaum zehn Schritt davon entfernten Wasser, dem das tödtlich getroffene Thier noch zugeeilt war, und hing es hinein, wusch sich dann selbst die Hände in der Fluth, warf die Büchse wieder über die Schulter und schritt, dem Poney ein neues Zeichen gebend, rasch mitten durch den Wald hin, einer bestimmten Richtung zu.

Diese brachte die Wanderer aber nach kaum viertelstündigem rüstigen Marsch an die Ecke eines eingefenzten, mit Mais bepflanzten, aber sonst noch ziemlich wild aussehenden Feldes, in dem die meisten Bäume nur geringelt und abgestorben oder mitten hinein in das Feld gebrochen, standen und lagen, und um das hin ein schmaler Feldweg führte.

»Da sind wir am Ziel« sagte der Jäger, als er den Arm gegen das Maisfeld ausstreckte und zugleich um die Ecke desselben bog, von der aus sie einen freieren Blick auf die kleine Ansiedlung selber erlangen konnten, »das hier ist Olnitzkis Feld, und er hat drüben auf der anderen Seite im letzten Jahr noch drei andere Acker Land urbar gemacht.«

»Und wie weit haben wir noch bis zum Haus?« frug Amalie der das Herz anfing in fast fieberhafter Aufregung zu klopfen, indem sie fast unwillkürlich den Zügel des Poneys anhielt, sich erst zu sammeln.

»Zum Haus? – dort liegt es« sagte der Jäger, und sein Blick haftete wie in Mitleid auf der bleichen, zitternden Gestalt, die in Angst und Schreck die Hände faltete, als das suchende Auge nur eine kleine niedere Hütte traf, aus der dünner Rauch in die blaue Morgenluft emporkräuselte.

»Das?« hauchte sie mit kaum hörbarer, trostloser Stimme – »*das* Olnitzkis Haus? – das der Aufenthalt meiner armen Schwester? – «

»S'ist eben nur eine Waldwohnung« sagte der Jäger verlegen lächelnd – »mein eigen Haus ist eben nicht viel besser, und Olnitzki will, glaub' ich, auch ein anderes bauen; unser Klima hier verlangt es aber kaum anders, und zum bloßen Staat wäre die Mühe hier ebenfalls weggeworfen. Doch wollen wir nicht hinangehen?«

»Nein – bitte, lassen Sie mich vom Pferd« bat Amalie – »es ist nur eine kleine Strecke – ich will von hier zu Fuß gehn – ich – ich möchte gern – «

»Ich kann mir denken daß Sie die Schwester nach so langer Abwesenheit allein zu begrüßen wünschen« sagte der Jäger freundlich, indem er dabei seine Büchse an die Fenz lehnte, und sie mit starkem Griff aus dem Sattel hob; »ist's Ihnen recht, so gehe ich indeß zurück und hole mein Wildpret. Ich weiß nicht ob Olnitzki gerade frisches Fleisch im Hause hat, und da er jetzt Besuch bekommen, wird ihm ein Theil davon vielleicht willkommen sein. Wild giebt's hier noch genug im Wald, aber es trifft sich nicht immer daß man gerade zum Schuß kommt wenn man etwas nothwendig braucht, und besser ist besser. Sie können übrigens nicht mehr fehlen; der Pfad hier führt Sie, an der Fenz entlang, bis vor die Thür; das Meiste Ihrer Sachen wird auch bald eintreffen, und das Übrige bringe ich Ihnen morgen früh.«

Er war bei den letzten Worten in den Damensattel gesprungen, und ohne einen Dank der Fremden abzuwarten, drückte er dem Thier die Hacken in die Seite und sprengte, von den Rüden gefolgt, rasch zurück in den Wald, der sich im nächsten Augenblick schon wieder hinter ihm schloß.

Fräulein von Seebald blieb allein zurück, und brauchte noch Minuten, ehe sie sich soweit sammeln konnte, der Schwester gefaßt entgegenzutreten. Aber was zögerte sie auch hier, was fürchtete sie? – hatte denn der Jäger nicht vollkommen recht, und durfte sie mitten im Wald etwas anders erwarten als die Wohnung eines Jägers? Auch Rosemores wohnten in einem eben so unscheinbaren, vielleicht etwas höheren Blockhaus, und wie freundlich, wie wohnlich sah es bei denen aus. Es war unrecht von ihr, sich solch kindischem Kleinmuth in einem Augenblick hinzugeben, wo sie ihr weitgestecktes Ziel endlich erreicht, und in den Armen der Schwester wollte und mußte sie ja bald jede solch thörichte Furcht verscheucht, vernichtet sehn.

Dort lag die Wohnung, und dorthin trug sie jetzt, in Freude und Sehnsucht zitternd, der Fuß; an der Fenz hin, manchmal noch durch niederes Gestrüpp und Unkraut das den Boden dicht bedeckte, oder auch über niedergebrochene Stämme und Äste hin, lief und kletterte sie, von den weiten Kleidern oft gehalten, in immer wachsender Ungeduld, und erreichte endlich den kleinen freien, von zahmem Vieh zertretenen und etwas schmutzigen Platz unmittelbar vor der Hütte, die in die Fenz hineingebaut lag. Hier sah sie auch das erste lebende Wesen, denn bis jetzt hatte ihr nur der blaue Rauch die Nähe von Menschen verrathen – eine Frau, in einem ordinairen weiß-baumwollenen Rock – der selbstgewebte Stoff der Backwoodsfrauen – die vor der Thür der Hütte stand und das zu Mittag wahrscheinlich gebrauchte Geschirr in einem hölzernen Troge reinigte. Gott sei Dank, da war Jemand den sie erst fragen konnte ehe sie das Haus betrat, und mit auf dem weichen Boden geräuschlosen Schritten zu ihr hinangehend sagte sie, ihre Aufmerksamkeit auf sich zu ziehn, mit lauter Stimme, aber in Englischer Sprache:

»Guten Tag *madame,*[9] könnt Ihr mir sagen ob die Gräfin – ob Mrs. Olnitzka zu Hause ist?«

Die Frau drehte sich nach ihr um und sah ihr starr und regungslos in die Augen, erwiederte aber kein Wort – sie mußte die Anrede nicht verstanden haben.

»Entschuldigt mich liebe Frau« sagte die Fremde, den Blick dabei unruhig nach der Thür der Hütte werfend, als ob sie von dort in jeder Secunde die Gestalt der Schwester zu sehn erwarte – »ich bin fremd hier – eben erst angekommen und suche die Dame der dieß Haus gehört.«

Die Frau hob langsam die Hände auf – ihr Blick erst erstaunt und erschreckt, wurde immer stierer und wilder, und während das Geschirr das sie darin gehalten ihren Fingern entfiel, streckte sie plötzlich wie

9 Alle Frauen werden dort so angeredet.

abwehrend die Arme von sich, und den bleichen Lippen entrang sich das Wort »Amalie!«

»Heiliger – allmächtiger Gott!« schrie Amalie, in diesem Augenblick von jähem Schreck getroffen, während sie ihre Stirn mit beiden Händen hielt und die vor ihr stehende Frau anstarrte, als ob ein Geist vor ihr dem Boden entstiegen wäre – »Sidonie!« und die Arme nach ihr ausstreckend umfing sie wie krampfhaft die bleiche, zitternde schmächtige Gestalt. –

»Meine Sidonie – mein liebes liebes Herz« flüsterte sie dabei in ängstlich liebkosender Hast, ihr die blassen eingefallenen Wangen streichelnd und in vergehendem Schmerze fast, die abgehärmten an sie geschmiegten Glieder fühlend, »mein armes verlassenes Kind« – aber sie vermochte nicht mehr zu sagen, und auch die Schwester hing lautlos – schluchzend in ihren Armen.

Aber Sidonie faßte sich zuerst wieder, und gewaltsam die Bewegung zwingend der sie sich im ersten Augenblick wohl unwillkürlich, unbewußt selbst, hingegeben, strich sie die Haare aus der marmorweißen und fast eben so kalten Stirn, und die Schwester leise auf Armeslänge von sich pressend, schaute sie ihr voll und zärtlich in die thränengefüllten Augen, und sagte mit leiser und so unendlich weicher Stimme:

»Amalie – oh wie Dein lieber Anblick meinen Augen so wohl thut – aber wo kommst Du her – Mädchen, um Gottes Willen, was hat Dich aus Deutschland herüber in den Wald gebracht – Du – Du bist doch nicht – «

»Herübergekommen Dich zu sehen und zu küssen« rief aber die Schwester, sie von Neuem an sich ziehend – »Du böse böse Frau schreibst ja doch nicht mehr, und da wir nicht länger ohne Nachricht von Dir leben konnten, gab der Vater endlich meinen dringenden Bitten nach und ließ mich ziehen, Dich selber aufzusuchen. – Aber Sidonie – um Gottes Willen, Du bist krank – Du siehst bleich und elend aus, und strengst Dich dann dabei noch übermäßig an mit unnützer Arbeit – was lässest Du die Magd das nicht besorgen?«

»Die Magd?« sagte die Frau verlegen wehmüthig lächelnd.

»Nun ja, Herz, oder Einen Deiner Leute – lieber Himmel ich habe Dich ja gar nicht wieder erkannt, als ich Dich traf, so blaß, so abgemagert siehst Du aus – daß wir Dich doch nie fort von uns gelassen hätten. Aber wo ist Dein Mann? – wo Dein Kind? und hier – hier drinnen in dem kleinen Häuschen wohnst Du wirklich Sommer und Winter?«

»Olnitzki ist hinaus auf die Jagd gegangen, aber ich erwarte ihn heute zurück, und mein armer kleiner Oscar schläft – es war recht schwer, recht schwer krank, das Kind. – «

»Ich hörte es schon am Weg« sagte Amalie – »aber Du erwartest Deinen Mann *heute* von der Jagd zurück? – bleibt er denn da über Nacht auch aus?«

»Selten, aber doch wohl manches Mal.«

»Und läßt Dich mit den Leuten hier ganz allein?«

»Mit den Leuten, Amalie?« sagte die Schwester leise und mit einem halb verlegenen halb schmerzlichen Lächeln zu ihr aufschauend – »wir leben hier einfacher als Ihr daheim zu glauben scheint. Der Wald erzeugt wenig Bedürfnisse, und den wenigen zu begegnen sind wir selbst genug – wir halten keine Leute.«

»Keine Leute für das Feld?« rief Amalie erstaunt – »und Dein Mann bestellt das Alles allein?«

»In der Arbeitszeit nimmt er sich manchmal einen Mann herüber ihm zu helfen« sagte die Frau – »aber komm Amalie, komm in das Haus; die Herbstsonne sengt Dir noch die Haut, und Du wirst müde von der Reise sein; auch mußt Du mir erzählen wie und mit wem Du hierher gekommen, mitten auf *oakland grove* allein und ordentlich aus dem Boden herausgewachsen. Wie ich Dich so da vor mir stehen sah, glaubt ich wahrhaftig erst, ich sähe Deinen Geist – aber Du wirst Dir Dein Kleid verderben, hier bei uns.«

»Warum verderben?« lachte Amalie unter zurückgehaltenen Thränen vor, als sie die dünne, fast durchsichtige Hand der Schwester faßte und ihren Arm um ihre Schulter legte, sie zum Haus zu führen, »und wenn es wäre, ist es ja doch für die Reise bestimmt.«

Sie hatten sich indeß der Thür genähert, und Sidonie streckte den Arm aus sie zu öffnen – aber der Arm zitterte, zögerte, und der Schwester Hand ergreifend und sie plötzlich fest, fast krampfhaft in die ihre pressend, sagte sie mit wie von innerer Bewegung erstickter hastiger Stimme:

»Amalie – meine Heimath ist nicht das was Du, trotz des ärmlichen Aussehns zu erwarten scheinst – wir leben einfach – fast ärmlich, wie der geringste Waldbewohner im weiten Reich – Du wirst – Du wirst Dich nicht wohl hier bei uns fühlen – *kannst* es nicht, denn der Abstand aus dem Leben das Du gerade frisch verlassen ist zu groß – zu – furchtbar – für Dich heißt das nur – für den nicht daran Gewöhnten, während wir es nicht besser wissen nicht besser – verlangen.«

»Sidonie, um des Heilands Willen, was ist hier vorgegangen?« rief Amalie in Todesangst, »was verheimlichst Du mir? was soll die Vorbereitung jetzt bedeuten?«

»Nichts, Amalie« sagte die Frau jetzt schon gefaßter, »als Dich eben, wie Du es nennst, vorbereiten, auf ein wildes, ungewohntes, und wie Du es ja in Deinen Briefen mir so oft beneidet, ein – romantisches Leben. Schrick aber nicht davor zurück – unter der rauhen Außenschaale birgt es doch noch oft den süßen Kern, und hunderte von Familien leben hier im Wald gerad' wie wir, und glücklich – und zufrieden.«

»Aber Du?«

»Ich gehöre zu ihnen« sagte die Frau leise – »bin eine von den ihren und – wenn mir mein Kind erhalten wird – verlange ich nicht mehr.«

Ihre Sprache war dabei fast zu einem Flüstern herabgesunken, aber ein schwacher Schrei im Inneren machte ihrem Zögern rasch ein Ende. Das kranke Kind war erwacht und die Mutter, der Schwester kaum noch gedenkend, stieß hastig die aus gespaltenen Bretern roh zusammengesetzte Thür auf, zu dem Liebling zu eilen. Über dessen Lager gebeugt, und welch ärmliches Bettchen war es für den Grafensohn, ließ sie die Schwester auf der Schwelle stehn, und Amaliens Blick überflog schaudernd das Innere der ärmlichen Hütte, die ihr, sie mochte sich dagegen stemmen wie sie wollte, gerade mit den Resten mancher Überbleibsel aus früherer, besserer Zeit, nur noch trostloser, leerer, verlassener vorkam, als das ärmlichste Blockhaus, das sie bis jetzt im Wald gesehn.

Die Wände waren kahl und überall von den unverstopften Spalten der übereinander gelegten und nur oberflächlich zusammengefügten Stämme durchbrochen; nur wo die beiden schmalen, kaum mit dem nothdürftigsten Bettzeug belegten Betten standen hatte, vielleicht die Hand der Frau, Maisstöcke und Überreste von Kleidungsstücken hineingestopft, unmittelbaren Zug wenigstens von dort her abzuhalten. An der einen Wand hing ein zerbrochener Spiegel von starkem herrlichen Glas, dessen verwitterter, einst reich vergoldet gewesener goldener Rahm durch Streifen Hickorybast zusammengehalten wurde. Dicht daneben war ein roh gespaltenes Bret durch hölzerne Pflöcke in den dicken Eichenstamm befestigt, und neben einem alten Pulverhorn und ein paar nachlässig dahinaufgeworfenen Sporen, neben Blechbechern und alten Kannen und blechernen Tellern, standen einzelne Obertassen mit abgebrochenen Henkeln und ausgebrochenen Stücken, aber vom feinsten vergoldeten und gemalten Severs-Porcellan. Nur über dem Bett der Frau hingen noch zwei Bilder aus der früheren Zeit – die ihrer Eltern – mit unzerbrochenen Gläsern; aber die Feuchtigkeit des Hauses hatte das Papier vergilbt und gefleckt, daß sich kaum noch eine Ähnlichkeit erkennen ließ.

Amalie sah nicht mehr – heißaufquellende Thränen füllten ihr den Blick, und als sich Sidonie von dem Krankenbett des Kindes aufrichtete, die Hand nach ihr ausstreckte und sie zu dem Lager des armen Kleinen zog, der in einem, aus rohen Bretern zusammengenagelten Gestell, aber auf weichem, wohl der Mutter entzogenen Kissen sein Bettchen hatte, da brach die Kraft die sie sich zugetraut in einem wilden Thränenstrom sich Bahn, und neben dem Kinde niedersinkend barg sie ihr Haupt an dem Bett und schluchzte laut.

Sidonie wollte sie aufrichten – wollte sich und den Gatten entschuldigen – wollte *lügen* daß sie sich glücklich und zufrieden fühle hier in der freilich einsamen, ungewohnten Welt, aber – sie vermochte es nicht mehr. Das Jahrelang ertragene, bestandene Weh, hielt jeden Ton, jedes Wort zurück, und bleich, zitternd, mit thränenlosem stieren Blick stand sie neben der Knieenden und schaute still und regungslos zu Boden.

Hundegebell vor dem Haus und Pferdegestampfe unterbrach die peinlich werdende Stille. Amalie richtete sich rasch und wie erschreckt empor, und auch Sidonie trat zur Thür und öffnete diese, den rückkehrenden Gatten zu begrüßen.

»Hallo *the house*!« rief dieser schon von weitem die eigene Wohnung an – »heda Dony *hupih!* komm heraus Schatz und sieh was ich Dir mitgebracht!«

Bis dicht vor die Thür sprengte dabei, von der Hand des Reiters gelenkt, das Thier, bis es mit den Hufen die Schwelle betrat, und mit dem klugen Kopf die Thür zu öffnen suchte, in der jetzt Sidonie erschien, und vor der Nähe des Pferdes erschreckend, angstvoll den Vater bat des eignen Kindes mit dem Lärm zu schonen.

»Ah paperlapapp« lachte aber der Mann, »wird ihm nicht gleich 'was schaden – sieh hier was ich Dir mitgebracht«, und in seinen Armen wand sich, mit den gebundenen Pranten vergebens arbeitend, von den Banden die ihn zusammenschnürten loszukommen, ein junger Bär, und die Hunde heulten und klefften und schnappten am Pferd hinauf, die ihnen vorenthaltene Beute zu ergreifen und zu zerreißen.

»Ruhe Ihr Bestien!« lachte dabei der Jäger vom Pferd herunter, »Ruhe und nieder mit Euch Canaillen – Dony, nimm einmal ein paar Brände heraus und wirf sie zwischen die Satansthiere, sie ziehen mich sonst wahrhaftig noch vom Pferd hinunter. – Zurück mit Euch Watch und Bull – warte Bestie, wenn ich hinunter komme dreh ich Dir den Hals um für den Biß.«

»Das Kind ist kränker geworden als es war, Olnitzki«, bat die Frau – »geh nur wenigstens mit dem furchtbaren Lärm hier von der Thüre weg; es stirbt mir ja vor Angst und Schreck.«

»Ah bah – das ist zäh und stirbt nicht«, sagte der Mann finster, »sonst wären wir den Jammer lange los«, und hinunter springend vom Pferd, das er sich selber überließ, während er den jungen Bär mit riesiger Kraft in den linken Arm gepreßt hielt, führte er mit dem scharfen Büchsenkolben wohlgezielte Stöße gegen die heranpressenden Hunde, die sie heulend zurücktrieben in sichere Entfernung. Den Gefangenen dann zu Boden werfend, nahm er eine Kette herunter, die an einem der äußeren Balken des Hauses hing, befestigte sie mit einem starken Ledergurt um den Hals des Thieres, das er zu einem der nächsten Bäume trug, schlug das andere Ende der Kette um einen der unteren Äste, und die Banden dann rasch mit dem Messer lösend sprang er zurück und rief lachend.

»So mein Bursche, nun wehre Dich selber Deiner Haut! hupih! Ihr Rüden – hupih – jetzt thut was Ihr könnt.«

Und mit dem Jagdruf warf sich die Meute in toller Wuth gegen den kaum entfesselten jungen Bär, und hätte ihn zerrissen, wäre dieser nicht rasch und gewandt, seine theilweise Freiheit benutzend, an dem Stamm, an den ihn die Kette gefesselt hielt, emporgeklettert, wo er sich dann auf dem untersten Aste festsetzte, und mit zurückgelegten Ohren und fletschenden Zähnen nach den gierig und wild gegen ihn aufspringenden Hunden hinunter hieb.

»Hahahaha, das ist göttlich, das ist kostbar!« schrie und jubelte dabei der Pole, »hupih meine Burschen, hupih! brav Watch, beinah hoch genug, aber der schwarze Bursche theilt auch dafür böse Ohrfeigen aus – hupih – hahahahaha! Aber Wetter noch einmal«, unterbrach er sich dabei, »wie er mich selber da zugerichtet hat – Dony, Dony, da wirst Du tüchtig mit Nadel und Zwirn und Heftpflaster nachhelfen müssen, alle die verschiedenen Risse an Leib und Jacke wieder in Ordnung zu bringen – hallo – wen haben wir hier?«

Der überraschte Ausruf galt der Fremden, die er nicht wieder erkannte, und in seiner Hütte fand als er die Schwelle betrat. »Wie gehts, Madame? weshalb setzen Sie sich nicht? hier ist ja noch ein Stuhl – wohl eine neue Nachbarin von uns?«

»Sie kennen mich nicht mehr, Graf Olnitzki?« sagte Amalie aber auf die englische Anrede in deutscher Sprache – »ist mein Gesicht Ihnen in den zehn Jahren so gänzlich fremd geworden?«

»Alle Wetter!« rief der Pole, überrascht einen Schritt zurücktretend und die Thür hinter sich aufstoßend, mehr Licht in den inneren fensterlosen Raum zu bekommen – »ist das nicht – ist das nicht Fräulein Amalie, meine sehr verehrte Schwägerin? aber zum Teufel, Schwägerin, wo kommen *Sie* auf einmal her, hier mitten in den Wald hinein? – Nun einerlei, das erzählen Sie mir nachher; jetzt sein Sie uns herzlich willkommen, und machen Sie es sich so bequem wie – nun wie es die Umstände gerade erlauben. Es ist gerade nicht *verdammt* bequem bei uns, läßt sich aber doch aushalten und genügt für den Wald. Gegen die Indianer leben wir noch immer wie die Fürsten.«

Er hatte ihr dabei die rechte Hand entgegengestreckt, zog sie aber lachend zurück, denn sie war mit Blut bedeckt.

»Um Gottes Willen wie siehst Du aus Olnitzki?« rief aber auch in demselben Augenblick die Frau – »zerrissen und blutig am ganzen Körper; was hast Du gemacht?«

»Du hättest dabei sein sollen Dony«, lachte der Pole, seine Mütze in die Ecke werfend und die ausgestreckten Arme, die Zeugniß des bestandenen Kampfes gaben, von sich haltend. »Wie ich schon auf dem Heimweg, mein altes Jagdunglück verwünschend, bin, und drüben an der *brushy slew* vorüber halte, sehe ich plötzlich eine alte Bärin mit einem Jungen bei sich, die mir die Hunde vorher auch nicht im mindesten gespürt oder bezeichnet hatten, aus einem kleinen Schilfbruch aufstehn und das Weite suchen. Ja wohl Weite; wir mit einem Hupih und Hurrah hinterher wie die wilde Jagd, und wenn es die Alte auch noch eine Weile ausgehalten hätte, konnte das Junge doch bald nicht mehr fort, und bäumte auf. Hätt' ich schon 'was geschossen gehabt die Zeit, wär's mir nicht eingefallen mit dem Kalbfleisch vorlieb zu nehmen, so aber dacht ich, das Ding auf dem Baum wär' sicherer wie die magere Alte im Busch drin, warf mein Pferd herum, sprang herunter und hätt' es nun bequem niederschießen können, aber so leichte Jagd wär ein Schimpf gewesen, und die Büchse deshalb unter den Baum legend, mit meinem Sattelseil umgehangen, klett're ich hinauf zu dem kratzenden schlagenden Ding, pack' es bei einer Hinterprante und will es eben, während es ein mörderisches Geschrei ausstößt, mit mir hinunterziehn auf ebenen Boden, als ich die Büsche wieder brechen und krachen höre, und straf mich Gott, wie ich mich umsehe kommt die Alte mit zurückgelegten Ohren und weit offenem rothglühenden Rachen – aber zum Donnerwetter Ruhe da Ihr Bestien, man kann ja sein eigen Wort nicht verstehn vor der Teufelsbrut –

kommt die Alte wie ein losgelassener Satan wieder durch den Wald gesaust, und auf mich zu. Das Junge loslassen und am Stamm herunter nach meiner Büchse fahren war im Nu geschehn; aber kaum hatte ich Zeit den Hahn zu spannen und zu zielen, als die schnaubende Bestie heran kam wie zehntausend Teufel. Meine Kugel traf sie mitten durchs Herz und die Büchse fortwerfend behielt ich gerade noch Zeit mein Messer aus der Scheide zu reißen als sich die Wüthende, wie unverwundet, auf mich warf, und ich fühlte wie mir Kleider und Haut in Fetzen vom Leibe flogen. Glücklicher Weise dauerte die Geschichte nicht lange; die Kugel wirkte, und die Alte brach todt über mir zusammen; aber nun ging der Spaß mit dem Jungen von vorne los, und ich glaube bei Gott es ist kein handgroßer Platz an meinem ganzen Leib, wo ich nicht einen Riß oder Biß habe, von den Satansthieren. Du wirst mich tüchtig ausflicken müssen Dony.«

Das Kind fing wieder an zu schreien; der Lärm der Hunde draußen ließ es nicht ruhen, und der Mann warf sich indessen, während die Frau nach dem Kleinen sah, erschöpft und blutig wie er war, auf das Bett.

»Nun Fräulein Schwägerin, oder *Frau* Schwägerin, ich weiß nicht einmal wie man jetzt sagen muß so lange haben wir Nichts von einander gehört, welchem glücklichen Ungefähr verdanken wir diesen Besuch, oder« – er fuhr bei einem ihn plötzlich durchzuckenden Gedanken rasch von dem Lager auf und blickte scharf nach der Frau hinüber – »hat mich Sidonie damit freundlich *überraschen* wollen?«

»Sidonie wußte so wenig von meiner Ankunft wie Sie, lieber Graf«, sagte Amalie, die mit Entsetzen den versteckten Verdacht in den Worten fühlte, und deren Blicken sich ein Abgrund öffnete.

»Graf?« lachte der Pole aber spöttisch auf – »den Grafen müssen Sie hier weglassen, Fräulein von Seebald; sieht das hier aus wie in einer gräflichen Wohnung? – da, das ist der Rest meiner Vergangenheit«, rief er, während er dort an der Wand hängende baumwollene Frauenkleider zurückschob, und einen alten mit Rost überlaufenen Cavalleriesäbel an Tageslicht brachte – »auch ein prächtiges Symbol«, setzte er mit höhnischer Bitterkeit hinzu, »denn die Lumpen hängen darüber hin, und *verstecken* die letzten Überbleibsel des *Grafen.* Wie gefällt es Ihnen bei uns, heh? – hübsch nicht wahr? – romantisch genug, nur ein Bischen zu viel davon. Ja«, setzte er dumpf brütend dazu, während er auf das Bett zurücksank und den Kopf in die Hand stützte, »früher war's Anders – besser vielleicht – vielleicht auch nicht, und ein freies, fröhliches Leben führen wir doch. Aber komm, komm Dony, sieh nur nach dem Leib, der verdammte Bär hat mir doch weh gethan, und ich glaube, ich habe viel Blut verloren, es wird mir so schwach und schwindlich auf einmal.«

Sidonie trat zu dem Bett des Gatten, mit zitternder Hand die blutigen Kleider zu lösen, und nach den Wunden zu sehn, die ihm der Bär im Todeskampf geschlagen, während Amalie, die schon Hut und Tuch abgelegt hatte, zu dem Kind ging und ihm den von der Mutter eingegossenen Trank zu geben suchte. Olnitzki hatte dabei recht gehabt; an Brust und Schultern trug er fast unzählige frische Wunden, keine aber glücklicher Weise tief oder gefährlich, nur alle in das Fleisch hineingerissen, und mit dem Verband schwand auch bald jeder Anfall von Schwäche, den Blutverlust und übermäßige Anstrengung im Halten des jungen, schon ganz kräftigen Bären auf wenige Momente herbeigezogen.

Sidonie bereitete dann rasch etwas zu essen für den erschöpften Gatten sowohl, wie für die Schwester, setzte die Kaffeekanne zum Feuer, und that Kaffee in die Mühle. Früher hätte es Amalie freilich nicht für möglich gehalten daß die Schwester, auf deren Wink sonst zahlreiche Dienstboten lauschten, allein, ohne eine einzige Hülfe einem solchen Leben, solcher Arbeit preisgegeben sei; jetzt kam kein Laut des Staunens noch des Schmerzes mehr über ihre Lippen. Sie sah, sie fühlte was, fürchtete sogar, daß noch mehr geschehen war als sie sah, und nur die Angst erfüllte jetzt ihr Herz, ob da zu helfen – *wie* da zu helfen sei.

Stimmen wurden draußen laut, die Hunde, die sich in etwas beruhigt hatten als der junge Bär seinen sicheren Platz auf dem Baumast nicht mehr verließ, und auf die unter ihm gelagerten Rüden ruhig niederschaute, schlugen wieder an, und Jack Owen's Stimme rief gleich darauf, nach Waldes Art, das Haus an, von den Bewohnern Einen in die Thür zu ziehn.

Olnitzki sprang selber, trotz Sidoniens Bitte sich zu schonen, von seinem Lager auf, zu sehn wer da sei, und blieb verwundert in der Thür stehn, als er die Masse von Sachen, Koffern und Kisten auf die Maulthiere gepackt, vor seiner Wohnung halten sah.

»Hallo Ihr Leute – guten Tag – was bringt Ihr da?« rief er hinaus – »Wetter noch einmal Rosemore, seid Ihr ein wandernder Krämer geworden, der mit seinen Packen im Lande herumzieht, Band und Stecknadeln zu verkaufen? – ah Jack, Ihr führt wohl die Provisionen mit? – nur herein mit Euch, der Kaffee wird gleich fertig sein, und ein heißer Becher voll uns gut thun.«

»Zum Henker noch einmal, Olnitzki, wie seht Ihr denn aus?« sagte Jack Owen, der indeß vom Pferde gestiegen war und das Wildpret auf der Schulter auf ihm zu kam – »wer hat Euch denn so zugerichtet?«

»Der Bursche da und seine Mutter«, lachte der Pole, auf den aufgebäumten jungen Bär deutend, »aber was solls mit dem Wilde?«

»Ihr habt Besuch bekommen«, meinte der Jäger leicht erröthend, »und da ich nicht wußte ob Ihr gerade frisch Fleisch im Hause hättet, wollte ich Euerer Frau das Stück hier, das ich an der Gründorn-Ebene drüben vor einer Stunde etwa geschossen, herüber legen – mir sind die Woche ein paar vor die Büchse gelaufen.«

»Und die Sachen da draußen?«

»Gehören der Dame – Euerer Frau, Schwester, glaub' ich, die gestern von Little Rock mit Billy Jones Geschirr herübergekommen.«

»So? – so ist die Sache? nur herein Ihr Leute – stellt die Geschichten nur indeß da vorne hin, Rosemore; kann Euch wahrhaftig nicht einmal dabei helfen, denn der verdammte Bär hat mir die Arme so zerfetzt, daß sie mir steif und matt zu werden anfangen.«

Der alte Rosemore, der mit Bill Jones und Owens Hülfe die Kisten und Koffer bis zum Haus geschafft, trat jetzt mit diesem hinein, begrüßte die Frauen, frug nach dem kranken Kind, das er sich aufmerksam betrachtete und der Mutter verschiedene Kräuter anrieth, ein Bad daraus zu bereiten, und ließ sich dann von Olnitzki sein Abenteuer mit dem Bär erzählen, wollte aber unter keiner Bedingung mit zum Essen bleiben; er sah wie beengt der Raum schon ohnedieß da war, und weigerte sich auch schon jetzt eine Bezahlung für den Transport der Sachen anzunehmen. Die Maulthiere gehörten nicht ihm, wie er sagte, und er mußte den Eigenthümer erst fragen, was er für den halben Arbeitstag für sie verlange – seinen eigenen Spatziergang verstünde es sich wohl von selbst, daß er den nicht rechnete.

Olnitzki redete den Nachbarn auch eben nicht besonders zu noch zu verweilen, und eine Viertelstunde später trabten diese wieder, auf den indeß ausgeruhten Thieren, der eigenen Heimath zu.

Sidonie hatte indessen der Schwester Hülfe für heute, da sie ja noch nicht bescheid wisse in Haus und Wirthschaft, lächelnd abgelehnt, und Kaffee gemahlen und von dem frischen Fleisch in die Pfanne geschnitten, so daß bald ein recht gutes, nahrhaftes Mahl von Maisbrod und Wildpret, Honig und Kaffee auf dem reinlich gedeckten Tische dampfte. Nur mit Sitzen, wie mit Geschirr und Messer und Gabeln sah es ärmlich aus. Amalie bekam die einzige noch ordentliche Gabel mit dem dazu gehörigen Messer, Olnitzki nahm seinen Genickfänger, mit einer einzinkigen Gabel, das Fleisch, das er schneiden wollte, damit zu halten, und Sidonie benutzte ein ausgeschnittenes Stück Rohr, das allem Anschein nach schon lange diesen Dienst verrichtet, abwechselnd des Gatten Messer dabei gebrauchend. Auch für den Kaffee bekam die Schwester eine der freilich henkellosen Tassen aus der alten Zeit, und wenn die Untertasse auch nicht dazu paßte, trank es sich doch besser daraus wie aus den Blechbechern, die von Olnitzki und seiner Frau benutzt wurden. Aber ein eigenes unheimliches Gefühl bemächtigte sich der Schwester, als sie den breiten Goldrand des zerbrochenen Geschirrs neben der blechernen Schüssel stehen sah, und dann der Zeit gedachte wo sie selber diese Tasse einst der jungen hoffnungsseligen *Braut* geschenkt.

Das Gespräch bei Tisch war ziemlich einsylbig, und Sidonie selber konnte kaum fünf Minuten hintereinander auf ihrem Platz bleiben, so nahm das kranke Kind sie noch in Anspruch; Olnitzki aber neckte Amalie dabei, daß sie so viel Gepäck mit in den Wald gebracht, wo sie so wenig brauchten, und war dann selber neugierig zu sehen was die Kisten enthielten, als ihm die Schwägerin sagte daß das Meiste darin nur für ihn und seine Frau, wie für sein todtes kleines Kind bestimmt gewesen, dessen Hinscheiden sie nicht einmal erfahren.

Einige Schwierigkeit hatte es für ihn, als das Essen beendet und das Kind in Schlaf gebracht worden, die Kisten mit seinen verwundeten Armen zu öffnen, aber es gelang ihm endlich, und Amalie suchte jetzt im Auspacken die Schwester – ja sich selber zu zerstreuen, denn Manches hatte sie mitgebracht ihr und dem Gatten eine Freude zu machen. Aber, lieber Gott, bei der Auswahl der Dinge war es ihnen daheim freilich nicht eingefallen die Lieben in dem fernen Lande sich in solchen Verhältnissen zu denken, als sie dieselben jetzt gefunden, und wunderlich nahmen sich die prachtvollen Stickereien von Cigarrentasche und Lesepult, Briefmappe und Taschenbuch, die Spitzenhauben und Glacéhandschuh, das kleine reizende Dejeuner vom feinsten gemalten Porcellan, das auf seinen Kannen und Tassen Landschaftsscenen aus Sidoniens Heimath trug, die reich verzierte Lampe, die niedlichen gestickten Pantoffeln, und alle die anderen unendlich geschmackvoll und elegant gewählten Sachen in der ärmlich wilden Hütte aus, die ihr graues Bretdach über sie spannte.

Sidonie saß mit gefalteten Händen still daneben, und wagte kaum die Gegenstände zu berühren, während sie Olnitzki langsam eins nach dem anderen in die Hand nahm, lächelnd herüber und hinüber drehte, und dann auf den, zu dem Zweck abgeräumten Tisch hinstellte.

»Hahahaha«, brach er endlich in einem wilden, unnatürlichen Humor heraus, »wie die Burschen, unsere ungeschlachten Nachbarn schauen sollen, wenn sie die wunderlichen »*fixins*« zum ersten Male sehn, wie sie staunen und sich den Kopf zerbrechen werden, zu was dieß und das, und jenes da bestimmt ist – hab' ich's doch selber fast vergessen« – setzte er leise, und unheimlich dabei lachend hinzu. – »Und wie prächtig das Dejeuner zu dem alten Blechtopf paßt, und die Glacéhandschuh hier zu *den* Fäusten; Schwägerin, Schwägerin, ich fürchte Sie haben da viel Geld nutzlos verschwendet, und uns nur Illustrationen zu dem Bilde mitgebracht, wie Sie sich, trotz allen unseren Schilderungen vom Gegentheil, unser Wald- und Jägerleben hier eigentlich ausgemalt. Es fehlte jetzt nur noch ein Kronleuchter – erinnerst Du Dich noch, Sidonie, wie so ein Ding aussieht? – unseren *Salon* würdig zu schmücken.«

»Aber Sie wollen doch nicht immer ein solches Leben fortführen, Olnitzki?« sagte Amalie mit vor Angst und innerer Aufregung fast erstickter Stimme – »wenn auch *Ihr* kräftiger Körper solche Entbehrungen leicht erträgt, sehen Sie dagegen wie die Schwester hingewelkt – denken Sie sich das junge lebenslustige glückliche Weib, das sie aus ihrer Eltern Haus mit sich hineinnahmen in die Welt, und sehen Sie *jetzt* die arme Gattin an.«

»*Arme* Gattin?« wiederholte Olnitzki, finster die Stirn runzelnd, »das Weib soll dem Mann folgen in Glück und Leid, und wo sie *zusammen* tragen, hat sich, meiner Meinung nach, kein Theil zu beklagen.«

»Aber Sidonie – « wollte Amalie erwiedern, doch ein ängstlich flehender Blick der Frau hielt das Wort auf ihre Lippen gebannt und Olnitzki, eine mit den Farben seines Vaterlands gestickte Cigarrentasche in der Hand, saß lange in dumpfem Brüten darauf niederstarrend. – Aber der böse Geist wich von ihm; tief aufseufzend strich er sich mit der Hand die Falten von der Stirn und die Tasche auf den Tisch, zu den übrigen Sachen legend, sagte er mit freundlicherem Ausdruck in den Zügen:

»Nichts für ungut, Schwägerin, die verdammten Risse, die mir der Bär heute versetzt, brennen mich, morgen ist das vorüber – herzlichen Dank für alles das was Sie uns so weit herüber gebracht; es war ja so gut gemeint, und wird Sidonie viele Freude machen; sie hängt doch wohl noch ein wenig an den alten Geschichten. Bereite der Schwester dann ihr Lager auf meinem Bett, Dony, ich lege mich hier zum Kamin – keine Umstände Schwägerin«, setzte er lachend hinzu, als er sah daß sie dagegen protestiren wollte, »Sie kommen um Nichts besser weg, denn es ist hart genug, und ich weiß wahrhaftig nicht, ob ich auf meinem alten Bärenfell hier dicht am Feuer nicht am Ende noch weicher und wärmer liegen werde, wie Sie da drüben. Jetzt aber gute Nacht, mir fängt der Kopf so wieder an zu schwindeln, und ich muß morgen früh hinaus, den Bär zum Haus zu holen, der noch draußen, eben nur aufgebrochen, im Walde liegt. So mein Kind – das thuts – das ist gut genug«, sagte er zur Frau, die ihm das Fell indeß vor das Camin gezogen und ein Kopfkissen mit einer wollenen Decke darauf gelegt hatte – »das ist gut genug, nun laßt mich schlafen, und morgen früh, soll uns die Schwägerin recht viel von zu Haus – von Deutschland erzählen.«

3. Der alte Herr Hamann

Das Kost- und Logirhaus oder »Bordinghaus« nach dem Amerikanisch-deutschen Ausdruck in New-Orleans, dessen Schenk- und Gastzimmer wir schon einmal besucht haben, war eins jener alten französischen Gebäude, welche von den ersten Ansiedlern der Stadt noch in einer Zeit errichtet worden, wo der Platz selber, auf dem es stand, wenig Werth hatte, und nahm deshalb, für seine niedrige Dachung, einen unverhältnißmäßig großen Flächenraum ein. Auch das darauf errichtete Haus sah verwittert und baufällig genug aus, mit den alten Hohlziegeln auf dem Dach und den, ihres Kalkes an vielen Stellen beraubten Wänden, der halben hölzernen Verandah oder Gallerie vor der ersten Etage, und dem entschieden in sich zusammengeknickten Giebel. Der Eigenthümer aber, ein schon einige zwanzig Jahr im Lande ansässiger Deutscher Namens Hamann, wollte das alte Nest, trotz recht guten Geboten, die ihm darauf gemacht worden, nicht verkaufen, und behauptete jedesmal, wenn wieder dazu gedrängt, so lange *er* lebe, halte es auch, ernähre ihn dabei gerade, und sei seit so langen Jahren nun eine Heimath ankommender Deutscher gewesen, daß es diese vermissen würden, wenn sie nach Amerika kämen, und das könne er nicht über's Herz bringen.

Es war etwa drei Wochen nach der Landung der Haidschnucke in New-Orleans, als der biedere Christoph Hamann in seiner eigenen Wohnstube oben saß, und emsig beschäftigt war einen ziemlich ansehnlichen Koffer mit Chirurgischen Instrumenten, der vor ihm im Zimmer stand, einzupacken und die auf dem Tisch umherliegenden Instrumente selber, wo sie hie und da etwas von Rost gelitten hatten, zu putzen und wieder herzustellen.

An einem erhöhten Pult, neben dem nächsten Fenster, stand ein junger, vielleicht vierundzwanzigjähriger Mann, der Sohn des alten Hamann, in weißer Jacke und Hose, den breiträndigen Strohhut neben sich auf dem Stuhle, und notirte die einzelnen Gegenstände, die ihm der Vater, wie er sie in den Koffer legte, diktirte.

»So« – sagte der Alte, der mit dem Einpacken ziemlich fertig war, und eben noch ein Etui mit verschiedenen Messern und Lanzetten vom Tisch nahm und öffnete – »hier noch das Besteck mit – Donnerwetter da sind eine ganze Menge Geschichten darin – mit einer Quantität Messer und Eisen und Feilen – was weiß ich wie die Dinger alle heißen – warte einmal wir können sie wenigstens zählen – fünf, acht, elf, fünfzehn, und hier noch vier sind neunzehn, und hier die drei kleinen Dinger sind zweiundzwanzig Stück. Das Leder außen sieht ebenfalls noch ganz wie neu aus – na Du wirst schon sehen was Du dafür bekommst.«

»Vater, die eine Tasche ist fast so viel werth, wie Euch der Mann im Ganzen schuldig war«, sagte der Sohn.

»Was verstehst denn *Du* davon?« brummte aber der Alte mit einem mürrischen Seitenblick auf den jungen schlanken Burschen, dessen gutmüthig offene Züge tiefes Roth in diesem Augenblick färbte – »bekümmere Du Dich da um Deine Schreiberei, und misch Dich nicht in Sachen die Dich nichts angehn, und von denen Du keine Idee hast.«

»Der Mann war bei mir und hat mir seine Noth geklagt!« sagte Franz, der Sohn.

»Noth geklagt?« fuhr aber der Alte unwillig auf, »der hat auch noch über Noth zu klagen; erst liegt er bei mir hier fünf Wochen im Haus und ißt und trinkt, ohne einen Pfennig zu zahlen, nachher geb' ich ihm noch Reisegeld und ein Gewehr, das mich selber fünfundsiebzig Dollar gekostet hat, und schicke ihn in's Innere, und nun soll ich auch noch seine Sachen wieder herausgeben und gar Nichts haben, heh? – Und ist die Zeit, in der er es abholen mußte nicht etwa schon seit acht Tagen verfallen? Hätt' er mir *vor* der Zeit gezahlt was er mir schuldig war, so konnte er seinen Bettel, der mir überdieß hier lange genug im Wege gestanden, ruhig wieder mit fortnehmen, ich wäre der letzte gewesen, der ihn daran verhindert hätte – hab' ich so vielen Deutschen fortgeholfen, würd' ich den auch nicht haben sitzen lassen, aber jetzt ist die Zeit vorbei – die ganze Sache ist ohnedieß schriftlich abgemacht, und wenn er sich im Recht glaubt, soll er mich verklagen; Christoph Hamann ist nicht der Mann, der einer gerechten Sache aus dem Wege geht.«

Der Sohn seufzte tief auf und begann wieder, ohne etwas weiter gegen den Vater zu äußern, an seiner Arbeit, bis ihn der alte Herr Hamann mit einer neuen Frage unterbrach.

»Ist der Elsasser wieder da gewesen, wegen dem Land?«

»Ja, gestern Abend.«

»Nun? – und hat das Geld nicht mitgebracht?«

»Er hatte es, verlangte aber von mir vorher eine genaue Beschreibung des Landes, wie es gelegen sei, ob sumpfig oder gesund und da – «

»Hast Du ihm doch wohl nicht etwa in Deiner Dummheit von dem Bischen Wasser darauf erzählt?« fuhr der Alte heftig in die Höhe.

»Ich mochte nicht lügen, Vater« sagte der junge Bursche entschlossen.

»Na nun wird's Tag!« schrie aber der Alte, mit der geballten Faust zornig auf den Tisch schlagend – »füttern soll ich Euch Alle hier, und die theuere Wirthschaft in Stand halten, Taxen soll ich bezahlen und Provisionen für alles mögliche Lumpengesindel, das hier herüberkömmt von Europa, und wenn sich die Gelegenheit bietet einen ehrlichen Pfennig zu verdienen, schlägt mir den der eigene Sohn vor der Nase weg.«

»Ich hielt das für keinen *ehrlichen* Pfennig, Vater« sagte Franz entschlossen.

»*Du* hieltest es nicht dafür, Holzkopf – *nun* freut mich mein Leben, *Du* also hieltest es nicht dafür. Ich will Dir einmal sagen was ich von *Dir* halte: daß Du ebenso nach Amerika paßt, wie ein wilder Ochse in eine Porcellanhandlung. Wenn *das* also Alles ist, was Du während den zwei Jahren die ich Dich zu Deiner Ausbildung in Deutschland in einem Geschäft gehabt, gelernt hast, dann kann ich mir gratuliren das Reisegeld aus dem Fenster geworfen zu haben, und je eher Du machst daß Du wieder hinüber kommst, desto besser.«

»Aber Vater diese unglücklichen Menschen die hier nach Amerika herüberkommen, sind ja so schon arm und elend genug – wir wollen uns doch nicht an ihnen bereichern.«

»Wollen wir nicht, so? – aber von was wollen wir denn *leben* heh?« rief der Alte – »der Mosje schwatzt da in's Blaue hinein und bringt mir moralische Grundsätze auf einen Amerikanischen Markt, die gerade so gute Geschäfte machen würden, wie ein

Zahnarzt bei den Indianern. Junge, Junge ich glaubte Du hättest ausgelernt, und sehe jetzt daß Du wieder ganz von vorne anfangen mußt. Die Reise nach Arkansas wird Dir übrigens gut thun, mein Geschäftsfreund dort, der einen besonders lebhaften Whiskeyhandel nach dem Indianischen Territorium treibt, ist ein höchst praktischer gewiegter Bursche, und wird Dir die deutsche Schlafmütze schon aus den Gliedern treiben, und Du mußt dann endlich einmal lernen, daß das deutsche Gesindel, das hier zu uns herüberkommt und mit seiner Überklugheit immer unser ganzes Amerika verbessern will, nicht eher Verstand bekommt, bis es seinen letzten Groschen an den Mann gebracht hat; wer also dazu beiträgt daß das recht bald geschieht, thut den Leuten nur einen Gefallen, und ist ihr wahrer Freund, und nach *den* Grundsätzen handle ich, wie sich der junge Herr merken kann, und wonach er zu achten hat – verstanden?«

»Lieber Vater« sagte Franz, der sein Pult verlassen und die Feder niedergelegt hatte, ruhig und bestimmt »Sie haben sich da einen Weg vorgezeichnet, dem ich im Leben nicht folgen kann und will. Es mag, wie Sie vielleicht recht haben, viel Gesindel aus Europa zu uns herüberkommen, aber es kommen auch viele wackere, wenngleich arme Familien herüber, und die gerade sind es dann, die von Agenten und Seelenverkäufern ausgezogen und beraubt, anstatt von dem Staat, dem sie ihre Kräfte weihen wollen, dem sie ihr Alles herüberbringen was sie auf der Welt noch das ihre nennen, unterstützt und geschützt zu werden.«

»Auch noch?« rief der alte Hamann verwundert aus – »wir sollen wohl noch überselig sein wenn sie ankommen, und sie füttern und pflegen und sie noch bitten nur um Gottes Willen Nichts zu arbeiten, daß sie sich ja nicht die faulen Knochen strapeziren. Gott verdamm mich, Junge, Du schwatzest da Zeug daß man verrückt werden möchte.«

»Ich spreche nur von etwas« rief sein Sohn, in edlem Eifer erglühend, »das mir schon lange auf der Seele brennt und das, neben der Sclavenfrage, ein Schandfleck für die Union ist – ich spreche von dem unbeschätzten Zustand, in dem sie gerade *die* Menschen an ihrer Küste berauben und plündern läßt, die das Mark ihrer Bevölkerung bilden, und ohne welche die einzelnen Staaten schon in ihren Schulden erstickt und zu Grunde gegangen wären – die fleißigen Ackerbauer die den Boden urbar machen, die den Verkehr brechen für Dampfschiff und Eisenbahn, die den Werth des Landes in den meisten Staaten um das zehnfache, in vielen um das hundertfache vermehrt haben, und anspruchslos und thätig dabei ihre stille ruhige Bahn fortgehn.«

»Und was soll der Staat mit denen anfangen? was sollte er für die thun?« sagte der Alte mit einem spöttischen, ja fast verächtlichen Lächeln, »die der Mosje da für die *Geplünderten* und *Beraubten* hält, und seinem eigenen Vater dabei gewissermaßen *Plünderung* und *Raub* unter die Nase reibt, heh?«

»Er sollte in den Haupthafenplätzen seines großen Reiches, in New-Orleans und New-York, in Philadelphia, Baltimore und wie sie heißen, Häuser errichten, in denen die Armen, wenigstens die ersten Wochen hindurch, ein Unterkommen, im Nothfall *unentgeltlich* fänden, und wo ihr Eigenthum, wenn sie in das Land hinein müssen Arbeit zu suchen, von geschworenen Beamten, sicher und vor Verfall geschützt, aufbewahrt würde, bis sie im Stande wären es zu reclamiren.«

»Könnte gleich eine Kleinkinderbewahr-Anstalt damit verbunden werden« lachte der Alte.

»Wollte Gott es geschähe« rief Franz, »tausende von Kindern, die später einmal unsere besten und kräftigsten Bürger bilden, würden dann vor Elend und Untergang bewahrt.«

»Aber was sagst Du *mir* das hier?« rief der Alte endlich ungeduldig werdend – »was hab' *ich* damit zu schaffen? warum gehst Du damit nicht zum Gouverneur oder zum Präsidenten, und stellst ihm einmal die Geschichte vor? Der wird mit dem größten Vergnügen darauf eingehn.«

»Der Präsident kann dabei noch Nichts thun«, sagte aber der Sohn, den im Spott gemachten Vorschlag ganz ernsthaft nehmend – »nein, die einzelnen Staaten müssen das aus sich selber kräftig schaffen und herstellen; die einzelnen wohlhabenden Bürger zusammentreten, und zum Besten ihrer eigenen Stadt ein solch Asyl gründen. Wie viel tausend Menschen sehen in Amerika die Hand, die sich ihnen und ihrer Noth Hülfe bietend entgegenstreckt – wie viel tausend finden aber nur daß eben die Hand, anstatt sie zu stützen und zu halten, in ihre Taschen greift, und sie des letzten beraubt was sie noch mitgebracht, sich selbst zu helfen. Oh Vater, Sie sind reich – wenn Sie den Anfang machten zu solchem großen Werk.«

»Du bist ein Esel hätt' ich bald gesagt« unterbrach ihn der Alte aber hier mürrisch, »Donnerwetter, jetzt hab' ich den Unsinn satt, nun mach daß Du fortkommst, und sieh daß Du mir vor allen Dingen den Elsasser wieder findest – schick' ihn mir nur herauf; ich will schon mit ihm fertig werden.«

»Vater!« rief Franz in edler Entrüstung sich gegen einen Auftrag sträubend, den er selber für unredlich und schlecht hielt, »Vater ich passe nicht zu dem, zu dem Sie mich machen wollen; lassen Sie mich fort, allein in die Welt hinaus und ich will mir mein eignes Fortkommen schon gründen, mir schon Bahn brechen zu einem neuen frischen Leben, und wenn ich mir mein Brod im Anfang mit der Schürstange, oder mit Axt und Schaufel verdienen sollte.«

»Und das Geld das ich für Deine Erziehung verwandt?« rief der Alte ärgerlich – »wer zahlte mir denn die Zinsen? Schöne Wirthschaft das, nicht wahr, wenn die Zeit jetzt gekommen ist, wo Du Deinen alten Vater, der Niemanden auf der Welt weiter hat auf den er sich verlassen kann, unterstützen solltest, und dann von ihm fortlaufen willst ein eignes Geschäft anzufangen? Was würde dann aus den paar Dollarn, die ich mir erspart, wenn ich die Augen einmal zudrücke, und fremde Menschen dann hier um mich her säßen, die sich die eigenen Taschen in aller Geschwindigkeit füllen würden? was würde aus dem Geschäft selbst, das ich seit ein paar Jahren endlich zu einer Art Aufschwung gebracht, und das nie, so lange ich und Du es verhindern können, in fremde Hände fallen darf? – Unsinn Franz, Du weißt gar nicht *was* Du von Dir stoßen willst, irgend einer fixen wahnsinnigen Idee, die eben unausführbar ist, nachzulaufen. Mach jetzt daß Du fortkommst und thue was ich Dir befohlen habe; ich will Nichts mehr wissen sag ich Dir«, schrie er den Sohn unwillig an, als dieser wieder etwas entgegnen wollte, und Franz verließ, tief aufseufzend, aber mehr als je entschlossen seine Hand zu Nichts zu bieten, was er nicht vor dem eigenen Gewissen verantworten könne, das Zimmer.

In diesem aber ging, die Arme auf den Rücken gekreutzt mit raschen, unruhigen Schritten der alte Hamann auf und ab, leise Flüche in den Bart murmelnd, und mit dem Kopfe dazu finster und unwillig schüttelnd.

Draußen klopfte Jemand leise an die Thür.

»Herein!« rief der Alte barsch.

»Herr Hamann zu sprechen?« frug eine freundliche Stimme.

»Ah, Sie kommen mir gerade wie gerufen, Messerschmidt« rief ihm der Alte rasch entgegen – »sind Sie meinem Jungen begegnet?«

»Herr Hamann *junior* waren eben so freundlich mich auf der, etwas dunklen Treppe, beinah über den Haufen zu rennen.«

»Er ist verrückt der Bengel!« rief der Vater.

»Verliebt vielleicht« lächelte Herr Messerschmidt.

»Gott bewahre; er will eine deutsche Kleinkinderbewahr-Anstalt, und ein *gratis* Einwanderungshaus gründen.«

»Bah«, sagte Herr Messerschmidt, »das ist eine Idee die am Besten durch dasselbe Mittel curirt wird, das sie allein in's Leben rufen könnte.«

»Und das wäre? – «

»Geld«, sagte der Agent, achselzuckend – »das ist die alte Geschichte die nur von solchen immer vorgebracht wird, die gerade kein eignes Geld zur Verfügung haben, es darauf zu verwenden. Überweisen Sie Ihrem Herrn Sohn ein Vermögen, und er wird etwas Gescheidteres damit anfangen.«

»Vermögen überweisen«, brummte der Alte – »Sie reden da hinaus, als ob ich zwei oder mehr zu vergeben hätte. *Das* ärgert mich ja gerade, daß der junge Laffe eben das ruiniren will, womit sich sein armer alter Vater das Brod verdienen muß; unter dem Leib will er mir den Stuhl fortziehn, und sein schmutziges Zwischendecksgesindel darauf setzen; es ist zum Verzweifeln.«

»Unsinn«, lächelte Herr Messerschmidt – »lassen Sie uns von etwas Vernünftigerem reden; das ist eine Idee die in schönen, wohlklingenden Redensarten verraucht, und wenn Sie mir folgen, geben Sie ihm vollkommen recht, muntern ihn noch dazu auf etwas derartiges zu beginnen und versprechen ihm ihre thätige Hülfe und Unterstützung.«

»Daß ich ein Narr wäre«, rief der Alte, »der Junge hielte mich beim Wort, und was das Schlimmste ist, er jagt mir schon jetzt die Kunden aus dem Haus hinaus, und wäre im Stande den eigenen Vater an den Pranger zu stellen.«

»Das wäre allerdings fatal«, sagte Herr Messerschmidt, die Augenbrauen in die Höhe ziehend und plötzlich ganz ernsthaft werdend, »wenn die Sache *so* steht, bester Herr Nachbar, da möchte ich Ihnen denn doch rathen, den Burschen lieber aus dem Haus zu thun, und Jemanden hinein zu nehmen, auf den Sie sich sicher verlassen können. Ich selber würde – «

»Ihnen meinen eigenen Sohn vorschlagen, heh?« fiel ihm der Alte kurz und mit einem mistrauischen Blick in die Rede – »hab' ich recht oder nicht?«

»Nun der Junge hat Talent und guten Willen.«

»Glaub' ich«, brummte der Alte, »aber mein eigen Fleisch und Blut steht mir näher, und ich werde den Jungen schon zur Raison bringen; er muß mir gehorchen, oder – aber hol's der Teufel, wir wollen von 'was Anderem reden«, unterbrach er sich plötzlich selbst, – »kommen Sie wegen der Pfandgeschichte?«

»Oh Gott bewahre«, lachte Herr Messerschmidt, »die Sache ist ganz einfach; der junge Bursche behauptet, die beiden goldenen Uhren bei Ihrem früheren Barkeeper, von dem er auch die Quittung hat, versetzt zu haben; der ist jetzt fort, Niemand weiß wohin, und ich habe ihm nun den guten Rath gegeben, einen Aufruf an ihn in dem New-Orleans Advertiser abdrucken zu lassen, daß ihm nachher Niemand darauf antwortet, versteht sich von selbst. Nein, lieber Hamann, ich wollte unsere kleine Speditionsrechnung in Ordnung bringen – brauche gerade Geld, und muß vor dem neuen Jahr meine Casse jedenfalls reguliren.«

»Und wie viel macht's im Ganzen?«

»Hundert und sieben und neunzig Dollars fünfzig Cent.«

»Seit zwei Monaten?«

»Ja, und einige Tage – Ihre Geschäfte sind brillant gegegangen, hier ist übrigens auch die specifirte Note.«

»Hm, hm«, sagte Herr Hamann, das ihm überreichte Papier öffnend und langsam durchlesend – »da steht ja der Goldschmied mit 10 Dollarn darauf, der nur acht Tage im Hause blieb und nicht einmal sein Boarding zahlte, – was fällt Ihnen denn ein? – den müssen Sie streichen.«

»Er war gestern bei mir«, sagte Herr Messerschmidt lächelnd, »und frug mich um Rath wie er wohl wieder zu der Tuchnadel kommen könne, die wohl einige achtzig Dollar werth sein soll.«

»Bah, Unsinn, der Quark war nachgemacht – fünf und siebzig Cent hat mir der Jude dafür gegeben.«

»Das hab ich ihm auch gesagt«, schmunzelte der Agent, »und ihm sogar versichert, ich würde es im Nothfall bezeugen können.«

»Nichtsnutziges Gesindel«, brummte Herr Hamann, in gerechter Entrüstung über die Schlechtigkeit der Welt, erwähnte aber weiter nichts von den zehn Dollarn. Der Agent beobachtete ihn indessen schweigend, während er las, und trommelte dabei auf dem Hut den er zwischen den Knieen hielt, einen Marsch.

»Hier ist noch ein Posten, der nicht hierher gehört.«

»Und? – «

»Die Oldenburger – ich bitte Sie um Gottes Willen, was schaffen Sie mir für Volk in's Haus. Drei Wochen füttere ich jetzt die ganze Gesellschaft, und habe ihnen heute Morgen, weil *gar* nichts aus ihnen herauszukriegen ist, gekündigt – wie kann ich Ihnen demnach zwei Dollar für den Kopf zahlen?«

»Sie haben recht, das wäre unbillig«, sagte Herr Messerschmidt freundlich – »wir wollen es dann lieber so machen – ich zahle Ihnen den »Boarding« für die Leute, ziehe aber, was sie indessen an Arbeit im Hause geleistet haben, ab, und bekomme dann ihr Gepäck so lange überliefert.«

Herr Hamann sah mit einem nichts weniger als freundlichen Blick nach ihm hinüber, faltete aber das Papier zusammen, hielt es ein paar Secunden wie nachdenkend in der Hand und sagte dann kopfschüttelnd:

»Das würde eine Masse Umstände und Rechnereien machen – da, gehen Sie an den Pult und schreiben Sie mir Ihre Quittung, ich hole Ihnen indessen das Geld.«

»Alter Gauner«, murmelte Herr Messerschmidt, dem Wirth aber unhörbar, freundlich zwischen den Zähnen durch, und ging mit einer höflichen Verbeugung zu dem Stehpult, dem Verlangen Folge zu leisten. Wenige Minuten später war dieß Geschäft zwischen den beiden Männern abgemacht. Wie Herr Messerschmidt das Geld gerade nachgezählt, die einzelnen Banknoten sehr genau betrachtet, und dann in sein Taschenbuch gelegt hatte, klopfte es wieder an die Thür, und auf das mürrische »Herein« des Hausherrn, drückte sich, ängstlich und verlegen, seinen Hut dabei unter den Arm quetschend, der eine der Oldenburger in's Zimmer und blieb an der Thüre stehn.

»Nun, was soll's«, sagte Herr Hamann, während Herr Messerschmidt aufstehend an das Fenster ging und hinaus auf die Straße sah.

»Herr Wirth«, sagte der Oldenburger mit bittendem Ausdruck in der Stimme, »Ihr Ausschenker hat uns vorhin gesagt, daß Sie uns nicht länger in Kost behalten wollen.«

»Füttern wollen, meint Ihr wohl?« sagte Herr Hamann, »wie komme ich dazu, ganze Schiffsladungen voll Menschen zu ernähren, ohne daß ich einen Pfennig Bezahlung bekäme?«

»Wir wollen ja gern gehn«, sagte der Mann, »und Ihnen später Alles auf Heller und Pfennig bezahlen, aber er will uns unsere Koffer nicht mitgeben.«

»Auch noch, nicht wahr? – erst hier Gott weiß wie lange mit den ganzen Familien zehren, und dann auch noch mit Sack und Pack abziehen – dumm seid Ihr nicht, das muß wahr sein, und blöde auch nicht.«

»Wir wollen Ihnen ja gern den Werth der gehabten Kost in Sachen zurücklassen, wenn wir nur das Übrige mit fortnehmen dürfen. Wir können doch nicht *so* in die Welt hineinziehn?«

»Das geht mich Nichts an«, entgegnete aber mürrisch der Wirth, – »ich habe hier keinen Handel mit alten Kleidern, sondern ein Gasthaus, in dem ich für jedes Pfund Fleisch, was ich haben will, baar mit meinem Gelde zahlen muß – «

»Aber was sind wir Ihnen denn eigentlich schuldig?« frug der Mann, »der Ausschenker hat uns eine Rechnung gegeben, auf der eine Menge Gläser Getränke stehn, von denen wir Nichts wissen, aber nicht einen Pfennig für die Arbeit abgerechnet, die wir in der Zeit für Sie gethan, und die Frauen haben doch Woche ein Woche aus gewaschen und wir selber all ihr Holz gespalten und gesägt, Ihren Mist gefahren, Ihre Kartoffeln ausgemacht im Feld, und hereingeschafft.«

»Die Arbeitstage sind Euch nicht mit aufgeschrieben«, sagte Herr Hamann.

»Nein, das ist wahr, aber auch Nichts dafür zu Gute, lieber Gott, wir haben uns unsere Kleider dabei herunter gerissen und tüchtig zugegriffen, das wissen Sie selber am Besten.«

»Mein Essen war auch nicht schlecht, und bei den theueren Zeiten könnt' ich's vor meinen Kindern nicht verantworten, wenn ich andere Leute umsonst fütterte; warum sucht Ihr Euch keine feste Arbeit.«

»Lieber, guter Gott«, sagte der Mann, »da der Herr, der da am Fenster steht, kann Ihnen darauf die beste Antwort geben; hat er uns nicht von Woche zu Woche hingehalten und immer und immer versprochen, und immer Nichts gebracht?«

»Na ja, nun macht *mir* auch noch Vorwürfe, daß ich mir Euretwegen die Schuhsohlen abgelaufen, ohne einen rothen Dreier dafür zu haben«, rief Herr Messerschmidt, sich rasch und ärgerlich nach dem Manne umdrehend, »kann *ich* die Leute *zwingen*, Euch Arbeit zu geben, oder habe ich mich überhaupt dazu verpflichtet?«

»Nichts für ungut«, bat der arme Teufel kleinlaut, »es war ja gar nicht so bös gemeint, und ich habe es nur erwähnt, um dem Herrn da zu beweisen, daß wir ja Alles thun wollten, was eben nur in unseren Kräften stand.«

»Gut, ich will Euch was sagen«, rief Herr Hamann nach einer kleinen Pause, in der er wie überlegend vor sich niedergesehen, »da es Euch doch zu viel Schererei machen würde die Frauen mitzunehmen, wenn Ihr Arbeit suchen geht, so mögen die beiden Frauen mit den beiden Kindern hier bei mir im Hause bleiben, und für ihre Kost die Wäsche besorgen, bis Ihr wieder kommt. Seid Ihr das zufrieden?«

»Aber würden Sie ihnen denn da nicht wenigstens einen kleinen, nur ganz geringen Lohn aussetzen?« bat der Mann, »damit wir – «

»Nun ja, reicht dem Volk einen Finger und sie greifen nach der ganzen Hand«, rief Herr Hamann sich entrüstet gegen den Agenten wendend – »geht zum Teufel mit Eurer ganzen Sippschaft, ich will meinem Gott danken, wenn ich Euch Alle los bin.«

»Aber, so war es ja gar nicht gemeint«, sagte der Mann schüchtern, »wir sehen ja ein daß sie Noth und Mühe genug mit uns gehabt haben, und die Frauen nur aus Gefälligkeit hier so lange im Hause lassen wollen – nichts für ungut, und wir Anderen wollen dann unser Mögliches thun, und finden wir nur Arbeit, gewiß unsere Schuld bald abtragen. Etwas Wäsche dürfen wir uns doch aus unseren Koffern nehmen, nicht wahr Herr Hamann.«

»Ja, meinetwegen, der Barkeeper soll Euch das nachher herausgeben; jetzt macht aber, daß Ihr fortkommt, ich habe mehr zu thun, und wenn der Barkeeper Zeit hat, soll er einmal einen Augenblick heraufkommen.«

Der arme Teufel von Bauer dankte dem Mann auf das Herzlichste, und würde ihm gern die Hand zum Abschied in aller Freundschaft gereicht haben, wenn er sich's eben getraut hätte. So verbeugte er sich nur gegen die beiden Männer, die seiner gar nicht achteten, und zog die Thür hinter sich in's Schloß, die aber gleich darauf wieder, und zwar rascher als vorher, aufflog.

Unwillig sah Herr Hamann dorthin, eine nochmalige Störung des Bauern mit Entrüstung zurückzuweisen, als er in das rothe, halb spöttische, halb kecke Gesicht Eines seiner Irischen Boarders schaute, der ihm ganz respektswidrig vertraulich zunickte, die Thür hinter sich zumachte und dann auf Herrn Hamann zuging.

»Nun, was soll's, Patrick? – was habt Ihr hier oben zu suchen?« rief ihm der Wirth, mit der Nähe des stets halbtrunkenen Burschen eben nicht recht zufrieden, mürrisch entgegen, – »weshalb hat Euch der Barkeeper hier heraufgelassen?«

»Konnt's eben nicht verhindern, mein Herzchen«, sagte Patrick lachend, »denn wie er mir in den Weg treten wollte, legte ich ihn ganz sanft – ich habe dem süßen Burschen nicht ein Bischen weh gethan, – unter den Schenktisch.«

»Was wollt Ihr denn da von *mir?*« rief Herr Hamann bestürzt aus – »was habt Ihr vor, daß Ihr mit Gewalt hier zu mir heraufbrecht, und meine Leute mishandelt.«

»Frieden, bei Jäsus mein Herzchen«, beschwichtigte ihn aber der rauflustige Ire, »Nichts *honey*, wie eine kleine Abrechnung zwischen uns Beiden, von denen Jeder glaubt, daß der Andere in seiner Schuld ist.«

»Ich in Deiner Schuld Patrick?« rief aber Herr Hamann rasch erstaunt aus – »wohl deshalb, weil Du beinah drei Wochen bei mir gegessen und getrunken hast?«

»An der *bar* ist jeder Schluck bei Cent und halbem Cent bezahlt«, betheuerte der Ire.

»Aber das Essen, wer hat das berichtet?«

»Hab ich Euch nicht den Graben um den Hof gezogen?«

»Den Graben«, rief Herr Hamann verächtlich, »Du hast Dich drei volle Tage, das heißt die Stunden abgerechnet, die Du dabei im Schenkzimmer gesessen mit dem kleinen Graben – «

»Über Mittag, Herzchen.«

»Nun ja, das wollen wir nicht untersuchen – drei volle Tage mit dem kleinen Graben herumgeschlagen, den ein tüchtiger Arbeiter in *einem* Tage beendigen würde. Doch bin ich auch Willens Dir selbst *das* zu vergüten.«

»Nun ja, *honey*, da sind wir ja schon in Ordnung«, lachte der Ire, »Dein Holzkopf von Barkeeper hätte mir mein Bündel gleich herausgeben und sich selber eine Unannehmlichkeit ersparen können.«

»Wenn Du den Rest herauszahlst.«

»Welchen Rest – «

»Der mir noch zu Gute kommt – «

»Verdammt der Cent, den Ihr da noch kriegt«, lachte der Ire – »drei Tage Arbeit pr. Tag zwei Dollar, sind sechs Dollar.«

»Drei Tage und zwei Dollar den Tag? – Ihr seid verrückt.«

»*Never mind*,[10] immer noch genug bei Verstand meinen eigenen Vortheil wahrzunehmen«, spottete der Ire – »macht also sechs Dollar, zwei eine halbe Woche für drei Dollar geboardet, bleiben anderthalb Dollar Rest, die ich dem Fischkopf von Barkeeper unten auf den Schenktisch gezählt habe, und die der Töffel nicht nehmen wollte. Natürlich steckt' ich sie wieder ein, und nun kann er sehn, wie er sie zum zweiten Mal aus Patricks Tasche kriegt.«

»Ihr könnt Euere Sachen nicht eher bekommen bis Ihr Euere Rechnung bezahlt habt«, mischte sich in diesem Augenblick Herr Messerschmidt in's Gespräch, wünschte aber auch gleich darauf gar Nichts gesagt zu haben, denn der Ire, durch den Streit unten und ein paar Gläser Whiskey erhitzt, fuhr jetzt dermaßen gegen ihn an, und drohte ihm bei der geringsten Sylbe, die *er*, den die Sache auf der Welt Nichts anginge, wieder hineinwürfe, mit einer so ungemessenen Anzahl Hiebe, daß sich der feige Bursche schon langsam nach der Thüre zurückziehn wollte. Doch auch hieran wurde er von dem aufmerksamen Iren verhindert, der nicht mit Unrecht fürchtete, der Agent würde dann unten vielleicht Lärm machen und einen Constabler herbeiholen; den beiden Männern aber dabei erklärte, daß er ihnen alles was im Zimmer stände kurz und klein schlagen und ihre eigenen beiden erbärmlichen Cadaver noch dazu vor sich her die Treppe hinuntertreten wolle, wenn ihm nicht augenblicklich sein Bündel Wäsche ausgeliefert würde.

Hamann und Messerschmidt, obgleich der letztere von derber, untersetzter Statur war, getrauten sich nicht den Burschen zum Ärgsten zu treiben und Hamann besonders sagte schnell und höflich:

»Aber so machen Sie doch nur nicht solch einen Lärm, bester Herr Patrick – wenn Sie Ihre Arbeit für so viel werth halten, habe ich auch nicht das Mindeste dagegen – lassen Sie sich nur unten Ihr Bündel geben.«

»Natürlich«, sagte Patrick, der seinen Vortheil rasch übersah, lachend, »Alles in Ordnung Mr. Hamann – geht wie geschmiert, bitte dann nur um die Quittung für bezahlte Kost.«

Hamann wollte sich noch weigern etwas Schriftliches zu geben, er sah aber auch bald daß er den Burschen nicht anders los würde, und schrieb ihm rasch ein paar Zeilen für den *barkeeper* auf.

»Danke Sir«, sagte der Ire, das Geschriebene durchbuchstabirend und dann in die Westentasche drückend – »jetzt ist's aber an mir zu traktiren – wollen Sie nicht mit hinunter gehn und eins mit mir trinken?«

»Sie haben doch jetzt Alles was Sie wollen?« sagte Herr Hamann, nun auch endlich ungeduldig werdend.

»Haha, nichts für ungut«, rief aber der Ire, »wenn ein Gentleman den andern traktiren will, ist das eine Höflichkeit und muß auch als solche betrachtet werden; aber *never mind* – wenn Sie nicht wollen, so viel besser, und nun *good bye* Gentlemen.« Und die Hände in die Tasche schiebend, während er sich eine seiner Irischen Jigs pfiff, verließ Patrick, mit vollem Grund höchst zufrieden über seinen Erfolg, das Zimmer, und eine Viertelstunde später, mit seinem Bündel unter dem Arm auch das Haus, in dem er sich fast drei Wochen Kost und Logis durch ein paar Tage leichte Arbeit ertrotzt hatte.

»Sie sollten einen Constabler rufen und den Burschen arretiren lassen«, sagte Herr Messerschmidt ärgerlich, wie der Ire das Zimmer verlassen hatte.

»Daß mir die Schufte nachher das Haus oder den Schenkstand demoliren«, knurrte Herr Hamann, »nein der Lump mag laufen, fällt mir vielleicht einmal wieder auf andere Art unter die Hände, aber eine Warnung

10 Macht Nichts aus

soll mir's für die Zukunft sein, keine Iren wieder in mein Haus zu nehmen – es ist trunknes, rauflustiges, betrügerisches Volk; da lob' ich mir die Deutschen, die nehmen Vernunft an, und haben vor der Polizei Respekt. Aber lieber Gott, mir ist der Ärger ordentlich in die Glieder geschlagen, und Sie thäten mir einen großen Gefallen, Herr Messerschmidt, wenn Sie mir durch einen der Leute unten ein Glas Wein heraufschickten.«

»Mit Vergnügen«, sagte Herr Messerschmidt, seinen Hut aufgreifend und im Begriff das Zimmer zu verlassen – »apropos Herr Hamann – die Aktien, die Sie im vorigen Jahr gekauft haben, sind ja in den letzten Wochen fabelhaft gestiegen – Sie müssen ein rasendes Geld daran verdient haben.«

»Wenn ich sie hätte behalten können«, entgegnete mürrisch der Wirth, »glauben Sie ich verdiene hier Capitalien zum Hinlegen? – Gott sei's geklagt, meine deutschen Landsleute, mit den Verlusten die ich allein an Auslagen für Proviant und Getränke habe, machen mich, wenn ich noch länger das Geschäft fortsetze, zum Bettler, und bin mehr als je gesonnen, mich ganz zurückzuziehn und es meinem Sohn zu übergeben, dem ewigen Ärger und Skandal zu entgehn. Wäre mit dem thörichten Gesellen nur ein vernünftiges Wort zu reden – bitte den Wein, lieber Herr Messerschmidt.«

»Guten Morgen Herr Hamann.«

»Guten Morgen Herr Messerschmidt« – und der Alte ging mit auf den Rücken gekreuzten Händen und fest und ärgerlich zusammengezogenen Brauen wieder in seinem Zimmer auf und ab, bis der Barkeeper, einen kleinen Präsentirteller in der Hand, auf dem eine Karaffe Rothwein und ein Wasserglas stand, herein kam und dieses auf den Tisch setzte. Hamann sah ihn an, nickte ihm zu daß es gut sei, und setzte seinen Marsch im Zimmer fort, während Jimmy jedoch auf seiner Stelle stehen blieb, und – einer leidigen Gewohnheit nach, einen seiner Finger nach dem anderen abknackte, daß es klang als ob er sich die Glieder vom Leibe bräche.

»Nun was giebt's noch?« sagte Herr Hamann, mürrisch vor ihm stehen bleibend – »was wollen Sie?«

»Verdammt feines Mädchen unten, *Sür*«, sagte Jimmy, zog die Augenbrauen in die Höhe, und streckte, die Schultern zurückpressend, den Kopf so weit nach vorn, als er nur möglicher Weise konnte.

»Verdammt feines Mädchen?« sagte Herr Hamann erstaunt, »was zum Teufel schiert denn das *mich?* – sind Sie betrunken?«

Jimmy behielt seine Stellung bei, zog aber den Mund, wie in freundlicher Anerkennung des huldreichen Scherzes, von einem Ohr bis zum andern, ohne übrigens auch nur eine Sylbe weiter zu erwiedern.

»Nun zum Wetter noch einmal, was wollen Sie denn von mir? stehn da und ziehen das Maul breit, als ob Sie eine Schlehe verschluckt hätten; glauben Sie daß ich Zeit habe Ihren Albernheiten zu folgen?«

Wie man, mit einem einzigen Ruck einen Tabacksbeutel zusammen und in zahllose Falten legen kann, so zuckte das Gesicht des eben noch so freundlichen Mannes nach dem Mittelpunkt der zu einer Spitze vorgeschobenen Lippen, von denen sich die Augenbrauen wo möglich noch weiter entfernten, und eine halbe Minute vielleicht in dieser Stellung bleibend sagte er ruhig:

»Setzt Jemand irgend etwas in irgend eine Zeitung, wenn Jemand von irgend etwas nachher nichts wissen will?«

Herr Hamann wollte noch heftiger darauf erwiedern, als ihm plötzlich einfiel daß er allerdings eine Annonce hatte in das deutsche Blatt einrücken lassen, wonach er ein junges deutsches Mädchen suchte, die Aufwartung bei Tisch, das Einschenken des Kaffee und Thee, und die Überwachung seines Geschirrs und seiner Wäsche zu übernehmen. Jimmy aber, als er merkte daß sein Principal jetzt wußte was er wollte, begann wieder seine Fingergelenke zu revidiren und überzuknacken, als ob er sich von der Brauchbarkeit derselben zu überzeugen wünsche.

»Sie bringen Einen noch zur Verzweiflung, mit Ihrem verfluchten Gesichter schneiden und Finger brechen« sagte Herr Hamann aber ungeduldig – »können Sie das nicht gleich, und gerad' heraussagen?«

»Verdammt feines Mädchen unten, *Sür!*« begann Jimmy wieder, genau wie im Anfang! seine Rede, den Principal vielleicht zu überzeugen daß er eben gar nichts anderes gleich gesagt habe.

»Wird wieder so ein Rüpel mit Holzschuhen sein, wie sich schon ein Dutzend gemeldet hat«, brummte der Alte.

»Venus!« sagte Jimmy, und drohte sich wirklich seine Finger zu verrenken.

»Esel – hätte ich bald gesagt« zischte Herr Hamann zwischen den Zähnen durch und setzte dann lauter hinzu – »und warum schicken Sie mir sie nicht herauf?«

Jimmy hielt darauf eine Antwort für unnöthig, und verschwand blitzschnell durch die noch offene Thür, wenige Minuten später mit der Angemeldeten zurückzukommen, die er aber, da in diesem Augenblick unten nach ihm gerufen wurde, allein oben mit seinem Herrn zurücklassen mußte. Aber, schon in der Thür, drehte er sich noch einmal nach dem jungen, in seiner dunklen einfachen Tracht wirklich bildhübschen Mädchen um, starrte ihr vielleicht eine halbe Minute lang stier in die Augen, und war dann in wenigen Sätzen die Treppe hinunter.

Vor Herrn Hamann indessen, mit, von der Erregung des Augenblicks, der vielleicht über ihr künftiges Schicksal entscheiden sollte, etwas gebleichten Wangen, stand Hedwig Loßenwerder, und sagte mit noch ein wenig zitternder aber bald wieder fest werdender Stimme:

»Sie haben, mein Herr, eine Wirthschafterin für Ihr Hauswesen gesucht, und ich bin gekommen mich Ihnen dafür anzubieten.«

»Hm« sagte Herr Hamann dicht vor dem jungen Mädchen stehen bleibend, und sie so, fest und aufmerksam von Kopf bis zu Füßen betrachtend, daß dem armen Kinde das Blut in Stirn und Schläfe stieg, und es verlegen den Blick zu Boden senkte – »hm – nicht übel, aber – Sie sind zu jung mein Kind – «

»Ich habe in ähnlicher Weise schon drei Jahre in Dienst gestanden« sagte sie leise.

»*Drei* Jahre? und wie alt sind Sie jetzt?«

»Ich werde im nächsten Monat sechzehn Jahr.«

Hamann schüttelte mit dem Kopf und setzte, die Fremde dabei dann und wann von der Seite ansehend, seine Wanderung im Zimmer wieder fort, während Hedwig indessen still und regungslos stehen blieb, eine entscheidende Antwort des Mannes zu erwarten.

Die letzten Wochen hatten eine große Veränderung in Hedwigs ganzem Äußeren hervorgerufen, und das ängstlich schüchterne, fast kindliche Mädchen, das sie noch an Bord gewesen, war zur ernsten, selbstständigen, selbsthandelnden Jungfrau herangereift, in der kurzen Zeit. Schwere Stunden waren es aber gewesen, die das bewirkt, schwere, herbe Stunden, in denen die selber so unglückliche Clara ihr Alles vertraut, was das eigene Herz bedrückte, von dem ersten Verdacht des Diebstahls an, bis zu dem Augenblick wo sie die Gewißheit in Mark und Seele traf, daß der eigene Gatte der Verbrecher sei, und weit schlimmer und entsetzlicher als ein bloßer feiger Dieb, nicht allein den treuen schuldlosen Diener ihres Vaters, nein auch ihr eignes Glück und Leben kalt und meuchlerisch gemordet habe.

Der Schmerz um den Bruder war damit, wenn nicht aus ihrer Brust gewichen, doch von anderen, mächtigeren Gefühlen die sie früher nie gekannt, abgestumpft, ja fast verdrängt – von einem Gefühle der Bitterkeit gegen die Menschen, die einen armen Unglücklichen kalt und theilnahmlos verderben ließen, ohne sich viel um seine Schuld oder Unschuld zu kümmern, und dem Gemordeten kaum ein einsam verachtetes Plätzchen an der Kirchhofsmauer gönnten; von einem Gefühle des Hasses gegen den Mörder selbst, der frei und ledig, in Glück und Reichthum – der Beute seines Verbrechens – unter Gottes Sonne wandelte. Nur an Clara hing sie mit aller Liebe und Aufopferung, deren ihr warmes, weiches Herz fähig war, nur in Clara sah sie die Leidensschwester – nicht mehr die Gebieterin – die mit ihr, noch stärker fast getroffen und geschlagen worden, und einem Schatten gleich, lag eine dunkle Ahnung, der sie nicht Ausdruck, Form zu geben wußte, auf ihrer Seele, daß der Verstorbene in größerem Schmerz und Weh dahin geschieden, auch von *ihr* verkannt zu sein.

»Und Sie glauben daß Sie der Sache vorstehen könnten?« – sagte Hamann endlich, wieder vor ihr stehen bleibend und ihr scharf und forschend in's Auge schauend. –

»Ich glaube es« sagte Hedwig, dem Blick fest begegnend.

»Haben Sie Zeugnisse?«

»Ja – hier.«

Der Wirth überlas die Papiere und gab sie ihr zurück.

»Ja, das klingt Alles recht schön« sagte er, »aber ist weit von hier, und irgend ein Thorschreiber oder Bäcker kann das eben so gut geschrieben haben, aber« – setzte er rasch hinzu, als er sah daß sich die Wangen des jungen Mädchens unter dem halben Verdacht tiefer färbten, und sich ihre Gestalt höher emporrichtete – »aber das kann und wird auch wohl Alles in Ordnung sein, nur darauf gehn können wir hier nicht, und müssen selber sehn und prüfen. Sind Sie das zufrieden?«

»Ich will eine Woche auf Probe meinen Dienst antreten« sagte Hedwig, »wenn Ihnen das genügt.«

»Das wäre gut« sagte Herr Hamann, leise mit dem Kopfe nickend – »und wie viel Lohn verlangen Sie?«

»Keinen.«

»Ich meine nicht für die Probewoche, sondern überhaupt.«

»Keinen« sagte die Jungfrau fest und entschieden.

»Keinen Lohn?« rief Herr Hamann, überrascht zu ihr aufschauend – »und was sonst dafür? denn um gar Nichts kann ich mir doch nicht gut denken daß Sie arbeiten wollen?«

»Nein« sagte Hedwig mit leiserer Stimme als vorher – »ich verlange vielleicht mehr dafür, als Sie gesonnen sind mir zu bewilligen, könnte aber auch nur unter der Bedingung die Stelle, die ich gewiß zu Ihrer Zufriedenheit ausfüllen würde, annehmen.«

»Und das wäre?«

»Ich habe eine kranke Schwester in der Stadt« sagte Hedwig – »das wenige was wir mitgebracht ist bald verzehrt, und ich suche deshalb einen Dienst, uns Beide zu erhalten, bis meine Schwester wieder zu Kräften gekommen ist. Alles was ich bis dahin für meine Arbeit verlange ist, daß sie mein Zimmer mit mir bewohnen, mein Lager mit mir theilen darf, und die wenige Nahrung erhält die ihr Körper verträgt.«

»Eine Kranke in's Haus nehmen?« sagte Herr Hamann, kopfschüttelnd, »nein Mamsell, das ist eine misliche Sache, davon hat man nur Schererei und Kosten, und darauf kann ich mich nicht einlassen.«

»Sie ist nicht mehr *krank*«, sagte Hedwig rasch, »nur noch schwach und erschöpft von schwerem doch *überstandenen* Leiden. Nur Ruhe bedarf sie, keiner Pflege mehr; auch verlange ich nicht daß sie mit an der Wirthstafel ißt; das Wenige was sie braucht würd' ich ihr selber bringen.«

»Wie heißen Sie?« frug Herr Hamann.

»Hedwig. – «

»Und Ihre Schwester?«

»Clara.«

»Mit Zunamen?«

»Loßenwerder« sagte Hedwig, und wie sie den Namen aussprach färbten sich ihr Stirn und Schläfe dunkelroth.

»Clara Loßenwerder?« wiederholte Hamann.

»Ich heiße *Hedwig!*« sagte das junge Mädchen, und eine eigene, ihr selbst unerklärliche Angst schoß ihr bei der Verbindung jener beiden Namen durch das Herz.

»Ja ja, Hedwig« wiederholte Herr Hamann, sie wieder dabei betrachtend, als ob er ihr mit dem Blick bis in das innerste Herz hineinsehn wollte – »nun ich will Ihnen einmal etwas sagen – Ihr Gesicht gefällt mir, obgleich man danach nicht recht gehn kann, und durch eine hübsche Firma oft genug hinter's Licht geführt wird; aber – wir könnens ja einmal mit einander versuchen. Ich brauche zwar eine derartige Wirthschafterin gerade jetzt nicht mehr so unumgänglich nöthig, und würde auch nur wenig Lohn geben können; vielleicht, wenn wir einander zusagen, ließe sich's aber auch auf die Art einrichten, erst müssen wir jedoch Beide wissen, woran wir miteinander sind; wären Sie das zufrieden?«

»Ich habe nicht mehr verlangt« sagte Hedwig.

»Gut, dann können Sie heute noch anziehn, wenn Sie wollen – aber die Schwester bringen Sie mir noch nicht in's Haus« setzte er rasch hinzu »es ist das mit kranken Leuten eine eigene Sache.«

»Aber darf ich sie in der Woche jeden Tag wenigstens einmal besuchen?« frug Hedwig.

»Zwischen dem Mittag- und Abendessen ist nicht viel Zeit« sagte Herr Hamann, »aber die Abende *nach* dem Essen, können Sie benutzen wie Sie wollen – also wann kommen Sie?«

»Noch heute Mittag finde ich mich ein« sagte Hedwig, »und hoffe recht von Herzen daß Sie mit mir zufrieden sein werden.«

Sie verließ nach kurzem Abschiedsgruß, aber Trost und Hoffnung im Herzen, das Gemach, während Herr Hamann sich aus der, bis jetzt noch nicht berührten Karaffe ein volles Glas Wein einschenkte, und dann, wieder vollkommen zufrieden mit sich selber, seinen Spatziergang im Zimmer aufnahm.

Für die Besetzung einer solchen Stelle hatte er schon gefürchtet ziemlich beträchtlichen Lohn zahlen zu müssen, denn er konnte sich eine Person dazu nicht aus dem Haufen der Auswanderer heraussuchen, und jetzt war alle Wahrscheinlichkeit vorhanden, daß er sie durch ein ganz junges hübsches Mädchen, was ihm jedenfalls eine Masse Kostgänger in's Haus ziehn würde, und für wenig mehr als Nichts, für die doppelte Kost von ein paar Frauen, die überdieß nicht viel aßen und gar Nichts tranken, bekommen konnte.

4. Verschiedene Beschäftigungen

Vor der Thüre des deutschen Wirthshauses in -- *street*, standen die armen Oldenburger, jeder ein kleines Bündel unter dem Arm, und schauten trübselig und trostlos die Straße hinauf und hinab, die nach Norden und Süden hin in die Welt, die weite Welt hinaus führte. Und immer noch hatten sie nur erst deren Schwelle betreten, immer noch hoben sie zögernd den Fuß, und wagten ihn nicht niederzusetzen, weil er nicht gleich den altgewohnten Boden unter sich fühlte, und während der eine seufzte und den Kopf hängen ließ, kratzte sich der Andere mit der rechten Hand hinter dem Ohr, und zerrieb einen halbgemurmelten Fluch zwischen den fest übereinander gedrückten Zähnen.

»In Amerika können die Bauern in den Kuts-chen fahren« sang da plötzlich eine wohlbekannte Stimme ein nur zu wohlbekanntes, aber schon lange nicht mehr angestimmtes Lied.

»In den Kuts-chen mit Sammet und mit Sa-i-de!« und als sie sich eben nicht freudig überrascht, nach dem Sänger umdrehten, rasselte eben der kleine wunderliche Karren Maulbeeres, von diesem geschoben, an ihnen vorüber, und der Dampf aus der kleinen schmutzigen Pfeife zog in zusammengedrängten kurzen Kräuselwolken, regelmäßig auspuffend wie von einer Diminutiv-Locomotive hinter ihm drein. Übrigens that er gar nicht, als ob er die Oldenburger sähe, und war auch schon an ihnen vorbei, als ihn der Ruf des Einen – »Herr Maulbeere – « erreichte und anhalten machte.

Es ist ein eigenthümliches Gefühl nach einer gewissen Zeit wieder mit früheren Reisegefährten zusammenzutreffen, von denen es sich dabei wunderbarer Weise ganz gleich bleibt, ob man sie gern gehabt unterwegs, oder gar nicht mit ihnen verkehrt hat, vielleicht die ganze Reise über. Was da unterwegs auch mag vorgefallen sein, wie man übereinander gedacht, und sich vielleicht ganz besonders danach gesehnt hat das Schiff verlassen zu können, von solcher Gesellschaft endlich einmal fortzukommen; ein kurzer Aufenthalt an Land, mit dem Fremden, Ungewohnten um sich her, hat das Alles verscheucht, wir haben es vergessen, und begrüßen mit aufrichtiger Freude den früheren Reise- und Leidensgefährten.

»Guten Tag Herr Maulbeere« sagte der eine Oldenburger, der, sein Bündel in der Linken, die paar Schritte hinter ihm hergegangen war und jetzt, neben ihm stehen bleibend, die Rechte nach ihm ausstreckte – »wie gehts hier in Amerika?«

»Hallo« sagte Maulbeere, sein Tragband von den Handgriffen seines Karrens ziehend und, indem er sich aufrichtete, die gebotene Hand, aber noch etwas zögernd annehmend – »hallo Ihr Leute – immer noch zu Fuß? – Donnerwetter, wo sind denn die ›Kutschen‹?«

»Ja Kuts-chen« sagte der Oldenburger in seinem eigenthümlichen Dialekte, »es fährt sich hier was in Kuts-chen – wir sind froh daß wir zu Fuß gehn dürfen – «

»Ich fahre«, sagte Maulbeere mit einem wohlwollenden Seitenblick auf seinen Karren.

»Soweit haben wir's noch nicht einmal gebracht«, sagte der Andere, jetzt ebenfalls hinzutretend, »guten Tag Herr Maulbeere.«

»Guten Morgen meine Herren, guten Morgen; irgend etwas zu schleifen? – Scheeren, Messer, Rasirmesser, Lanzetten, Pflugschaaren, Sensen?« rief Maulbeere, mit einer Geschäftsmiene dabei wieder auf seine Schleifsteine deutend – »stehe zu Diensten und sollen billig bedient werden – sehe mehr auf gute Behandlung, als schlechten Gehalt.«

»Ach lassen Sie das Spaßen, Herr Maulbeere«, meinte der Erste wieder, einen tiefen Seufzer ausstoßend – »die Geschichte hier ist verzweifelt ernsthaft, und wenn man nicht weiß wo man Brod hernehmen soll, ist Einem nicht gerade wie Lachen zu Muthe.«

»Hoho«, sagte Maulbeere, die Augenbrauen in die Höh ziehend, »schon drei Wochen in Amerika und noch kein Brod? – das ist Pech!«

»Ist es Ihnen denn geglückt?«

»Harte Arbeit Schentelmen«, sagte aber der Scheerenschleifer achselzuckend – »*sehr* harte Arbeit – habe im Sinn die Residenz zu verlassen.«

»Und wo gehn Sie hin?«

»Den Fluß hinauf, versteht sich; werde das Land durchziehn, hier ist wenig zu verdienen. Es giebt eben hier zu viel Mäuler die Brod haben wollen. Apropos, wo sind denn Ihre Frauen?«

»Arbeiten da drin«, sagte der Eine, mit dem Kopf nach dem Haus hinüberzeigend.

»So? – untergebracht?« frug der Scheerenschleifer, »nun da kann man ja gratuliren.«

»Aber kriegen Nichts« sagte der Andere.

»Desto längere Aussicht auf stete Beschäftigung« bemerkte Maulbeere.

»Aber wovon nachher leben?«

»Vielleicht von den großen Rosinen, die Sie früher im Kopf gehabt«, meinte Maulbeere – »ist ein merkwürdiges Land das Amerika; guten Morgen meine Herren!« und mit den Worten tauchte er wieder mit den Ösen seines Tragbands nach den beiden Griffen des Karrens, warf sie in das richtige Gleichgewicht und schob, während ihm die weiße Wolke folgte, rasch die Straße nieder, ohne sich um die beiden Bauern weiter zu bekümmern.

Die nächste Straße rechts einbiegend, die zum Fluß nieder führte, erreichte er dort die sogenannte Flatbootlandung, und das Ufer sah hier kahl, und keineswegs so belebt aus als weiter oben, wo die rauchenden dunklen Schornsteine und oberen Decks der Cajüten, oder die mit ihren wie spinnwebartig durchflochtenen Masten über die hohe, mit Gütern und Waarenballen bedeckte Levée hervorragten. Der Strom hatte in dieser Jahreszeit wenig Wasser, und die niederen flachen Boote schwammen, nur erst bemerkbar wenn man auf die Levée selber trat, tief unter der steilen schmutzigen Bank, mit Tauen an diese befestigt am Ufer. Alligator ähnlich lagen sie dabei in der trüben Fluth, hie und da mit den Vordertheilen auf dem Schlamm, und nur mit schmalen Laufplanken von diesem aus nach trockenem Boden oder Sand hinüberreichend.

Wunderbare Fahrzeuge sind aber diese *Flatboats* des Mississippi, allem Anschein nach aus den ersten Urzuständen des Schiffsbaues herrührend, und doch noch nicht, weder durch Dampf- noch Segelschiffe aus ihrer Wirksamkeit verdrängt, ja eher mit diesen anwachsend und an Zahl zunehmend.

Ein langes aus derben Planken mit hölzernen Pflöcken zusammengenageltes und mit Werg und Theer dicht gemachtes, vielleicht sieben Fuß tiefes Boot mit vollkommen flachem Boden, das, wenn geladen, fünf bis sechs Fuß im Wasser geht, ist es mit einer Art, vielleicht vier bis fünf Fuß hohem Fachwerk umgeben, und mit zölligen oder halbzölligen Bretern, die in der Mitte etwas gewölbt, quer von einem Bord nach dem andern hinübergebogen sind und ziegelartig übereinander liegen, gedeckt. Diese Boote gehen nur mit der Strömung, wie wir ihnen schon auf dem Mississippi begegnet sind, manchmal gradaus, manchmal über Steuer, nicht selten Meilen weit seitwärts, den Krabben ähnlich, ihre Bahn entlang, hier der Strömung folgend, dort, durch eine Rückströmung gehalten, daß die Leute mit den langen Finnen ähnlichen »*sweeps*« oder Rudern Stunden lang arbeiten müssen, nur wieder los und in freies Fahrwasser zu kommen. Und wie manches sinkt und verdirbt auf der langen mühseligen, und so oft gefährlichen Bahn; plötzliche Stürme und Unwetter – der *Hurricane* in Natchez 1841 zerstörte damals 112 in wenigen Meilen Entfernung – im Wasser verborgene Snags, Untiefen und festgeschwemmtes Driftholz sinken manches von ihnen, und man kann immer rechnen, daß kaum drei Viertel der Zahl ihr Ziel erreichen.

So unscheinbar dabei ihr Äußeres ist, so werthvolle Ladungen bergen sie nicht selten in dem rohen unbehülflichen Kasten, die der Führer, wo er einen Markt für seine Waaren zu finden glaubt, oder zuletzt in New-Orleans selber, mit dem Vordertheil an Land schiebt, und seinen, weder Steuer noch Abgaben zahlenden Laden gleich fix und fertig errichtet hat, den er, wenn die Waaren abgesetzt sind, auseinander schlägt und mit verkauft.

Und wie wunderlich sieht es in den Booten selber aus – hier das erste – der Weg ist etwas steil, die schlüpfrige Bank hinunter – birgt in seinem Innern ein buntes Gemisch von Allem, was das Herz eines richtigen Yankees erfreuen könnte, Butter, Schmalz, Kartoffeln, Hühner, Apfelwein und Whiskey, Heu, Zwiebeln, getrocknetes Obst, und Fässer mit Makrelen, Kisten mit Stockfisch und Traubenrosinen, Krachmandeln, Nudeln, Käse, Alles steht bunt und wild durcheinander gepackt, hier in Proben aufgestellt, dort in angerissenen Fässern und Kisten, unter Deck – daneben liegt ein Boot mit eingesalzenem Schweinefleisch von Cincinnati, und das Fett mit dem das Deck beschmiert ist, dampft in der Sonne; dort liegt ein anderes mit Baumwolle von Tennessee, da ein anderes mit Taback von Kentucky geladen; und da strecken Rinder und Schaafe den Kopf aus den offen gelassenen Luftlöchern anderer, und blöken und brüllen ihren Kameraden zu. Die Staaten Arkansas, Missouri, Texas, Tennessee, Kentucky und Illinois senden jährlich wohl dreißig tausend Stück lebendigen Hornviehs nach New-Orleans, und von Ohio werden ebenfalls hunderte solcher »schwimmenden Sauställe« mit ihren grunzenden Bewohnern der »Königin des Südens« zugeführt.

Was das für ein Leben ist, zwischen den, einen schauerlich warmen Fettgeruch und Dunst faulenden Obstes und angegangenen Fleisches ausstoßenden Fahrzeugen; wie die Eigenthümer auf der Levée stehn, oder vorn in ihren Booten sitzen, Käufer herbeizurufen, und ihre Waaren dabei ausschreien, die vorzügliche Qualität derselben anpreisend. Dazwischen durch dann das Drängen und Treiben der Arbeiter, die hier ein verkauftes Boot entladen, damit es nachher auseinander geschlagen und in seinen Planken noch verwerthet werden könne, dort eine Parthie aufgekaufter Fässer und Kisten die steile Levée mühselig hinaufschaffen, und von Fett und Schmutz bedeckt unter ihren Lasten keuchen und schwitzen, bis sie die Höhe der Levée erreicht haben, dort sich einen Augenblick die glühende tropfende Stirn abtrocknen, und dann wieder schwanken Schritts niedersteigen, ihr Werk von Neuem zu beginnen.

Maulbeere fuhr mit seinem Schleifkarren, seinem Grundsatz treu keinen Fleck unbesucht zu lassen wo er die Hoffnung hatte etwas verdienen zu können, oben an der Levée hin, dann und wann stehen bleibend, seine schon auswendig gelernten Rufe – *no knives, no scissors to grind*?[11] ertönen zu lassen. Hie und da bekam er auch wirklich zu thun; dort und da schaute ein behaubter Kopf unter einem der niederen Flatboot-Decke vor, eine rauhe Stimme rief ihm ein »*stop*!« zu, und irgend ein rothwollener Unterrock, oder auch dann und wann ein schlankes hübsches Kind in dem kleidsam eng anschließenden Mieder der Backwoodsfrauen, nur die feinen rosigen Züge von dem unförmlichen Sonnenbonnet fast verhüllt, stieg die Bank zu ihm hinauf, eine widerspenstige Scheere,

11 Keine Messer, keine Scheeren zu schleifen?

mit der der Vater oder Gatte so lange Bindfaden geschnitten hatte bis sie jeden weiteren Dienst verweigerte, wieder zu stellen und zu schärfen; oder der Flatbootman selber stieg langsam das Ufer hinan, ein riesiges langes Messer in der Hand, mit dem er Speck und Käse schneiden mußte, und das er auch gern schärfer haben wollte als es war. So lange er seinen Stein dann drehte, daß die hellen blitzenden Funken daraus vorblitzten, drängte sich ein Kreis von neugierigen Müßiggängern, von denen die Levée schwärmt, um ihn her, nicht selten fast mehr von der wunderlichen Gestalt des Mannes selber, als von seiner Arbeit ergötzt, bis er die ihm gebrachten Instrumente in Stand gesetzt, sein Geld dafür eingestrichen und sein Tragband wieder eingehakt hatte, mitten zwischen die Schaar, die ihm lachend Raum gab, mit einem deutschen »bitt' um Verzeihung« hineinzufahren.

An manchen Stellen wurde er übrigens durch die dort aufgestapelten Fässer und Waaren in seiner Bahn aufgehalten, und mußte einen Umweg machen, den Hindernissen aus dem Weg zu kommen. Eben auch war er wieder einer Anzahl fettglänzender und entsetzlicher duftender Porkfässer ausgebogen, als er eine lachende Stimme seinen Namen nennen hörte. Wie er aber stehen blieb und sich überall vergebens nach einem bekannten Gesicht umschaute – denn auf die Arbeitsleute, von denen ein großer Theil gerade Mittag gemacht, während das Ausladen noch nicht wieder begonnen hatte, achtete er gar nicht – rief Einer der Flatboatleute, die zwischen den heraufgerollten Pork- oder Schweinefässern standen, und von der schmutzigen Arbeit und Schweiß und Sonne in ihren kurzen blauen Oberhemden und abgetragenen oder zerdrückten Strohhüten kaum eine Physionomie erkennen ließen, indem er dem Scheerenschleifer freundlich zunickte:

»Aber Herr Maulbeere, kennen Sie mich nicht mehr?«

»Wetter noch einmal«, sagte dieser, seinen Karren niedersetzend und die Gestalt erstaunt von oben bis unten betrachtend, »die Stimme ist mir bekannt und das Gesicht auch, hat wenigstens, wie Herr Schultze sagen würde, eine merkwürdige Ähnlichkeit mit einer Nebelkrähe oder einem Schornsteinfeger.« –

»Habe ich mich denn in den paar Tagen so merkwürdig verändert«, lachte der Mann, seinen Hut abnehmend, unter dem eine Fülle kastanienbraunen lockigen Haares vorfiel, »daß mich ein Reisegefährte und Coyennachbar nicht einmal mehr kennt?«

»Herr Eltrich – so wahr ich lebe«, sagte Maulbeere, jetzt aber wirklich auf das Äußerste erstaunt, »wie um Gottes Willen sehn Sie denn aber aus, und was machen Sie hier in *dem* Aufzug und bei *der* Arbeit?«

»Mein Schicksal ist bald erzählt«, sagte der junge Mann mit lachendem Gesicht, aber doch kaum im Stand einen gewaltsam aufsteigenden Seufzer zu unterdrücken – »kaum hier in New-Orleans angekommen ließ ich mir auf leichtsinnig kindische Weise – ich war genug davor gewarnt worden – und von dem Neuen was mich überall umgab beirrt, von dem Neger, der mein sämmtliches Gepäck auf seinem Karren hatte, dieses mit allen unseren Effekten, ein paar Kleinigkeiten die meine Frau in der Hand trug ausgenommen, entführen. Von Allem entblößt, was schon der einzelne Mann, wie viel mehr dann eine Familie zu ihrem Leben braucht, sah ich, wenn ich nicht rasche Anstalt machte Geld zu verdienen, unseren Untergang, oder doch einen Zustand grenzenloser Noth vor Augen. Vergebens lief ich dabei herum in meiner Kunst Beschäftigung zu erhalten – ich konnte mich nicht einmal anständig kleiden, denn es war ja Alles zum Teufel, und mit dem etwas abgerissen aussehenden Menschen wollte sich Niemand einlassen. Wir aber brauchten auch außerdem Brod, die paar Dollar, die ich noch im Vermögen besaß, nahmen schon in der ersten Woche so rasend schnell ab, daß ich mir genau die Zeit berechnen konnte wo wir, wenn nicht irgend etwas geschah das aufzuhalten, auch ohne einen Pfennig dasitzen würden, und ich entschloß mich kurz und gut Arbeit zu suchen und zu nehmen, wo ich sie finden würde. Drei Tage lief ich auch hiernach vergebens herum; der gute Wille that es nicht allein, denn die wieder gesündere Jahreszeit in New-Orleans hatte eine wahre Unmasse von Arbeitern hierher zurückgeworfen, bis ich, eigentlich in letzter Verzweiflung diese Boote besuchend, Arbeit und guten Lohn auf einem von ihnen fand, das seine Leute, Streites halber, den sie mit dem Eigenthümer gehabt, entlassen hatte.«

»Und *die* Arbeit hier können Sie thun?« sagte Maulbeere, abwechselnd und erstaunt bald die leichte schmächtige Gestalt, und die sonst so feinen, jetzt fettbeschmutzten Hände des jungen Mannes, bald die schweren Pork- und Mehlfässer betrachtend, die um ihn her aufgestapelt lagen.

»Der Mensch kann Alles was er *muß*«, lachte der junge Mann, »früher hab' ich es freilich selber nicht für möglich gehalten, jetzt aber geht es, und Alles berücksichtigt, sogar vortrefflich, denn ich verdiene, außer der Kost, einen Dollar den Tag, und befinde mich vollkommen wohl und gesund dabei.«

»Und Ihre Frau?«

»Pflegt zu Hause das Kind und weint und lacht, wenn sie mich in diesem Aufzug ankommen sieht – ich habe sie aber noch nicht bewegen können, einmal mit dem Kleinen hier herunterzukommen und unserer Arbeit zuzusehen – sie meint es bräche ihr das Herz.« –

»Bah«, sagte Maulbeere kopfschüttelnd, »wenn *Sie* sich nicht den Rücken bei den verdammt schweren Fässern brechen, glaube ich nicht daß Gefahr für ihrer Frau Herz zu fürchten ist, aber – was Leichteres wäre mir doch auch lieber – ich weiß nicht, den Begriff Amerika habe ich mir anders gedacht, als Fässer gepökelten Schweinefleisches bergauf zu kullern.«

»Ich auch lieber Maulbeere, ich auch, aber was wollen wir machen?« lächelte Eltrich, »Hunger thut weh und ehrliche Arbeit schändet hier nicht, das ist schon ein ungeheuerer Vortheil dieses freien Landes – andere habe ich allerdings noch keine Gelegenheit gehabt kennen zu lernen.«

»Es ist eine kleine, aber doch immer eine Empfehlung«, sagte Maulbeere achselzuckend, »und ungefähr so, als ob ich Jemanden in's Wasser werfe, und erlaube ihm dann das Maul zuzumachen und zu schwimmen – und dafür 35 Thaler Gold Passage – kommt mir beinah ein wenig theuer vor – haben Sie die Fässer Pech – oder ist das etwa gar Kolophonium? auch mit heraufgewälzt?«

»Ja«, lachte Eltrich.

»Stoffverschwendung«, murmelte Maulbeere zwischen den Zähnen durch, und setzte dann lauter hinzu, »nein, zu *solcher* Arbeit möchte ich mich doch nicht verstehen; werde wenigstens suchen mich so lange davor zu bewahren als möglich. Meine Absicht ist hier in Amerika, so bald sich eine schickliche Gelegenheit dazu bietet, meinen Händen wie meinem linken Hinterbein, das nun so lange Jahre hat das Rad treten müssen, Ruhe zu gönnen, und mit dem Geist zu arbeiten.«

»Aber wie wollen Sie das anfangen Herr Maulbeere?«

»Daran arbeitet mein Geist eben noch«, sagte der Scheerenschleifer etwas geheimnißvoll, »der passende Zeitpunkt ist auch noch nicht gekommen – sollte er nahen werde ich ihn nicht versäumen.« –

»Hallo *boys* – hier, macht daß die Sachen hinaufkommen!« unterbrach da eine Stimme vom Flatboot herauf, die Unterhaltung der beiden Reisegefährten – »die Karren kommen da oben schon wieder zurück und wollen Ladung haben.«

»Ich muß fort Herr Maulbeere«, rief Eltrich rasch, dem Mann die Hand entgegenstreckend, sie aber wieder zurückziehend – »ich mache Sie schmutzig«, setzte er, dabei leicht erröthend, hinzu.

»Ich wasche mich wieder«, sagte Maulbeere, ohne eine Miene zu verziehn, nahm die nochmals dargebotene Hand, schüttelte sie weit wärmer als das sonst seine Gewohnheit war, und blieb dann, während Eltrich wieder nach dem Boot hinuntersprang, noch eine Weile oben auf der Levée, die heiß niederbrennende Sonne nicht weiter beachtend, halten, zuzusehn wie sein Reisegefährte arbeite. Eltrich war dabei vielleicht der Einzige von den Zwischendeckspassagieren gewesen, mit dem er nie ein unfreundliches Wort gehabt, der ihn nie verspottet oder geärgert; Einer der Wenigen, dem, wie seiner Frau, man es auf den ersten Blick ansah, daß sie einst in besseren Verhältnissen und größeren Bequemlichkeiten gelebt, während sie sich doch alle Beide nie, auch über die größten Unannehmlichkeiten nicht, weder über Kost noch Raum beklagten. Das besonders hatte ihnen die Achtung dieses wunderlichen Zwitterdings von Thier und Mensch, des Scheerenschleifers, gewonnen, und wenn dieses Herz überhaupt einer solchen Regung fähig gewesen wäre, würde er den jungen Mann, der sich mit seinem schmächtigen Körper jetzt gegen ein ziemlich dreihundert Pfund schweres Porkfaß legte, und es mit triefender Stirn den Hang hinaufarbeitete, bemitleidet, ja ihm vielleicht irgend eine Hülfe angeboten haben, er hätte von vornherein überzeugt sein können daß sie Eltrich nicht annahm. Maulbeere wollte etwas derartiges aber auch nicht einmal riskiren, und nur nach einer Weile auf das Entschiedenste mit dem Kopfe schüttelnd, drehte er sich um, hakte sein Tragband wieder ein, und fuhr in seinem gewöhnlichen schwankenden Gang die Levée hinauf, der Dampfbootlandung zu.

Über den freien, vor dieser Landung liegenden Platz, schritt ein Mann mit einer Frau. Der Mann trug einen Jagdranzen über der Schulter, die Frau ein, in ein rothes Tuch eingeknüpftes Bündel in der Hand, aber den Kopf blos dabei, die Haare wirr und ungemacht, und nur mit einem schwarzsammetnen Stirnband zusammengebunden, das vorn eine kleine unächte emaillirte Broche trug. Ohrringe und Halskette waren von demselben Metall, paßten aber wie das in grellbunten Farben prangende seidene Tuch, das sie um den Hals trug, schlecht zu den bleichen Wangen, den hohl liegenden stieren Augen, und die Leute die ihnen begegneten, und nicht gerade zu viel mit sich selber zu thun hatten, noch auf irgend etwas anderes zu achten, blieben stehn und schauten der wunderlichen, ja fast unheimlichen Gestalt nach, die wankenden Ganges neben dem Mann hinschritt, mit den Händen dabei focht, und einzelne unzusammenhängende Worte ausstieß.

»Sei jetzt vernünftig Jule!« flüsterte ihr da der Mann, ihren Arm zu gleicher Zeit fassend daß sie vor Schmerz einen leisen Schrei ausstieß, zu – »zum Donnerwetter noch einmal, alle Menschen, die uns begegnen, stieren uns an, und halten Dich am Ende noch für verrückt. Laß doch zum Teufel die Arme ruhig, was hast Du denn damit in einem fort in der Luft herumzufahren? Wenn Du mir nicht unterwegs wieder vernünftig wirst, weiß ich wahrhaftig gar nicht was ich mit Dir anfangen soll.«

»Unterwegs? – ja – das ist gut«, sagte die Frau, leise vor sich hinlachend, »unterwegs – wenn wir nur erst unterwegs wären – ich sehne mich danach.«

»Na dann geh auch ordentlich zu, und betrage Dich nicht so albern«, brummte der Mann, »sieh' das Boot raucht schon, wir müssen machen daß wir hinunter kommen.«

»Herr Gott!« rief die Frau da, plötzlich stehen bleibend, und sich mit der linken Hand wild über die Stirn streichend, »wir haben – wir haben etwas zu Haus vergessen!«

»Vergessen?« sagte der Mann, sie fragend anschauend, »na was ist nun wieder los – die Brieftasche? – nein die habe ich hier, und das Geld ist auch da – was hast Du denn vergessen?«

»Die *Kinder*«, flüsterte die Frau, und ergriff heftig seinen Arm, der Mann aber schleuderte sie wild von sich; wie er jedoch sah daß mehr und mehr Menschen auf sie aufmerksam wurden, und stehen blieben und ihnen nachschauten, trat er rasch an die Frau wieder hinan, zog ihren linken freien Arm in den seinen, und sie wie mit eisernem Griffe haltend und mit sich fortziehend, zischte er ihr in's Ohr:

»Bist Du denn ganz des Teufels, sinnloses Weib, hier auf offenem Platze den Unsinn auszuschreien? – oder möchtest Du etwa mit den Amerikanischen Zellengefängnissen Bekanntschaft machen? Komm – halte Dich fest an mich an und verlier Dein Bündel nicht; ein Glück daß die Leute kein Deutsch verstehn.«

»Gehn wir denn hin wo sie sind?« frug die Frau rasch, immer noch an dem einen Bild sich anklammernd.

»Mir wär's recht wenn Du's thätest«, rief der Mann in finsterem, kaum zurückgehaltenem Groll, »ich habe das Gewinsele und Geklage satt – begreife überhaupt nicht, wie ich es so lang ausgehalten, und geb' Dir meinen Segen auf die Reise.«

»Und ich *dürfte* zurück?« rief die Frau rasch und heftig bewegt zu ihm aufschauend.

»Treib' keinen Unsinn«, knurrte der Mann, »Du wärst's am Ende im Stande, ihnen gerade wieder in den Rachen zu laufen, und die Freude zu machen, daß sie Dich eine halbe Lebenszeit in's Spinnhaus stecken könnten. – Dort liegt unser Boot – alle Wetter, da geht auch ein alter Bekannter; noch von Bord her; kennst Du den, Jule?«

»Laß den widerlichen Menschen«, sagte die Frau, in sich zusammenschaudernd.

»Guten Tag Herr *Meier!*« rief in diesem Augenblick Maulbeere, der mit seinem Karren gerade an ihnen vorüber fuhr und den Hut in spöttischer Ehrerbietung tief gegen ihn schwenkte – »bitte mich Ihrer Frau Gemahlin auf das Gehorsamste zu empfehlen.«

Steffen, der seine rechte Hand in der Hosentasche stecken hatte, zog sie heraus, griff an die Mütze und ging steif und finster an dem, ihm aus mehr als einer Hinsicht verhaßten Scheerenschleifer vorüber.

»Ein nobeles Pärchen«, murmelte dieser aber vor sich hin, als er, ohne sich nach den Beiden weiter umzusehn, an ihnen vorbei gefahren war, »ein *sehr* nobeles Pärchen, das muß wahr sein. Gäbe auch was drum wenn ich wüßte was die einmal für ein Ende nehmen hier in Amerika – jedenfalls auf Staatsunkosten, oder müßte mich sehr irren.«

»Hallo Scheerenschleifer!« rief da eine laute fröhliche Stimme hinter ihm her – »halt da, hier ist Arbeit für Euch.«

Maulbeere hielt rasch still und sah sich nach dem Rufer um, der vorn auf dem Bug desselben Bootes stand, das der Mann von der Haidschnucke mit seiner Frau eben betreten hatte, und das an seinem Boilerdeck ein großes Schild mit seinem Namen *»The backwoods queen«* und dem Bestimmungsort *St. Louis* trug.

»Ist denn heute die ganze Haidschnucke über die Landung hier weggeschüttelt?« murmelte der Scheerenschleifer erstaunt zwischen den Zähnen durch, als er wieder einen seiner Reisegefährten, ebenfalls als Bootsmann gekleidet, gar nicht weit von sich entfernt stehen und winken sah, »und blaue verdammt kurze Hemden scheinen ein ordentlicher Modeartikel zu sein – hm, hm, hm, Herr Donner als Matrose auch nicht übel; Zachäus Maulbeere darf da, seinen größeren Fähigkeiten entsprechend, wohl bald erwarten Capitain zu werden.«

»Nun Maulbeere wie gehn die Geschäfte?« rief ihm Georg Donner noch einmal zu, und kam dann über die Laufplanke, seine beiden Daumen vorn in dem breiten Ledergürtel, der seine Hüften umschloß, herüber an Land – »Wetter noch einmal Mann, Ihr seht noch genau so aus wie an Bord, und habt Euch nicht im mindesten amerikanisirt.«

»Hätte bald 'was gesagt« brummte Maulbeere, die Gestalt vor sich mit einer eigenen Mischung von Spott und Humor betrachtend; »aber was thun Sie hier eigentlich, und wie sehn Sie aus?«

Maulbeere hatte allerdings Ursache so zu fragen, denn mit Georg Donner schien jedenfalls eine ganz eigenthümliche und große Veränderung vorgegangen zu sein. Schon in seinem Äußeren war er ein anderer Mensch geworden, der den dunklen Rock ab- und ein kurzes blaues Matrosenhemd übergeworfen hatte, das in der Mitte von dem schon erwähnten Ledergürtel zusammengehalten wurde. Die Beine staken in Hosen von demselben einfachen Stoff, sein blaugestreiftes Hemd hielt ein schwarzseidenes in einen Matrosenknoten geschlagenes Halstuch zusammen, und das dunkle lockige Haar deckte eine blauwollene schottische Mütze, während an dem Gürtel ein kurzes Matrosenmesser mit hölzernem Griff und in lederner Scheide hing. Aber das nicht allein – sein ganzes Wesen hatte das ernste, träumerische verloren das ihm an Bord so eigen gewesen, und war frei und entschlossen, ja fast keck geworden, ohne jedoch dadurch irgend etwas von seiner offenen Ehrlichkeit verloren zu haben.

Er lachte, als er den schmutzigen verdrossenen Burschen, der ihm immer in seinem ganzen Wesen viel Spaß gemacht, noch eben so sauertöpfisch, bis in dasselbe Knopfloch hinauf eingeschnürt, und ohne die Spur von irgend einer reinen Wäsche vor sich stehen sah, besserte aber dadurch Maulbeeres Laune keinenfalls.

»Wie ich aussehe, mein würdiger Maulbeere?« lachte Donner, »wie ein Mann der entschlossen ist seinen Weg in Amerika zu machen, und das Land zu sehn und kennen zu lernen.«

»Um das Land kennen zu lernen gehn Sie auf's Wasser?« sagte der Scheerenschleifer, seine Stirnhaut zu unzähligen Falten zusammenziehend – »auch nicht übel, und als was? – Capitain, Steuermann, Koch, Ingenieur?«

»Nichts von alle dem Kamerad« lachte der junge Mann, »zu so hohen Posten kann man erst avanciren, wenn man von der Pike auf gedient hat; vorerst mache ich eine Reise als Feuermann mit.«

»Als Heizer an Bord?« frug Maulbeere wirklich erstaunt.

»Als Heizer« bestätigte Donner lachend, »mit dreißig Dollar monatlichem Gehalt, und frei Kost und Logis, Whiskey, Zucker, Kaffee und wie die Vortheile alle heißen, die uns das wackere Boot bietet.«

»Sind Sie bei dieser Anstellung als *Lehrling* oder gleich als *Geselle* eingetreten?« frug Maulbeere, der sich noch immer nicht an dem Costüm seines früheren Reisegefährten satt sehn konnte.

»Als Geselle, Herr Maulbeere, als Geselle, und Sie sollten einmal sehn wie ich die Schürstange schwingen werde.«

»Kann ich mir lebhaft denken« betheuerte der Scheerenschleifer, sein Gesicht in einen förmlichen Knoten zusammendrückend – »kann ich mir lebhaft denken – ist auch eine recht passende Beschäftigung für einen Pastors-Sohn.«

»Schadet Nichts Maulbeere« lachte aber der junge Mann, »nur ehrlich und rechtschaffen gehandelt und sich sein Brod selber erarbeitet, auf das Übrige kommts dann nicht an; ob ich einen Frack oder ein Schurzfell trage, und *durch* komm' ich, darauf können Sie sich verlassen, so lange mir Gott meine Gesundheit und meine gesunden Glieder läßt. Übrigens sind noch ein paar Bekannte von Ihnen hier an Bord« setzte er rasch hinzu – »Carl Berger, der Deserteur, und Herr Schultze aus Hannover.«

»*Auch* Feuermann?« rief Maulbeere rasch und erstaunt.

»Der erste ja, der letzte nicht« lachte Georg Donner – »sollte sich nicht übel mit der Schürstange ausnehmen, und würde das Feuern wohl kaum vierundzwanzig Stunden aushalten; er geht als Passagier, glaub' ich, nach St. Louis.«

»Hm« brummte Maulbeere vor sich hin – »alle Welt geht fort von hier; wenn ich wüßte daß es im Lande besser wäre, schöb ich meinen Karren auch an Bord.«

»Scheeren und Messer wird's überall zu schleifen geben« sagte Donner.

»Die Möglichkeit ist vorhanden daß ich mir in Zukunft meine eignen Messer schleifen *lasse*«, sagte Maulbeere.

»Oho?« rief Donner verwundert aus, »ja wenn Sie solche Pläne haben, Freund Scheerenschleifer, dann ist doch wohl New-Orleans der beste Platz, galopirende Speculationen rasch zur Ausführung zu bringen; ich wüßte übrigens eine für Sie.«

»Eine Speculation? – und die wäre?«

»Haben Sie die riesenhaften Ankündigungen von Stiefelwichse gesehn, die überall in der Stadt an den Straßenecken kleben?«

»Allerdings – wo sich der Neger vor dem Stulpenstiefel rasirt« feixte Maulbeere, dem die Idee ungemein gefallen.

»Dieselbe!« lachte Donner, »wenn Sie Ihren Stiefeln im Stande sind halb den Glanz zu geben den das

Schultertheil Ihres Rockes hat, so ist Ihr Glück gemacht.«

»Hören Sie einmal mein lieber Herr Donner« sagte aber jetzt Maulbeere gereizt, und mit einem fast boshaften Lächeln in den entsetzlich häßlichen Zügen – »wenn Ihre Feuer nicht besser scheinen werden als Ihr Witz, so glaub' ich, käm' ich eher mit meinem Schiebkarren nach St. Louis hinauf, wie Sie mit Ihrem Dampfboot – wer weiß ob mein blanker Rock nicht noch länger hält als Ihr blaues Hemd, und Sie im nächsten Winter nicht vielleicht Gott danken würden, einen so warmen Überzieher zu haben.«

»Frieden, würdiger Greis, Frieden« lachte der junge Mann, »die Bemerkung war keineswegs böse gemeint und sollte Sie nicht beleidigen – im Gegentheil hab' ich sogar eine Bitte an Sie, mir nämlich über ein paar junge Leute von unserem Schiff Auskunft zu geben, die Sie gewiß nicht, wenigstens trau' ich das Ihrem Scharfblick kaum zu – aus den Augen verloren haben.«

»Und die wären?« – sagte Maulbeere immer noch mistrauisch den jungen Burschen dabei betrachtend.

»Was ist aus dem Doktor Hückler geworden?« sagte dieser – »ich habe ihn nicht wieder gesehn, seit er an jenem ersten Landungsabend unser Schiff verließ.«

»Wohnt jetzt in -- *street*« sagte Maulbeere, »führt ein großes Schild über der Thür *J. A. Hückler*, deutscher Doktor und Geburtshelfer« schmunzelte Maulbeere – »und rechts und links an dem Schild hat er sich ein paar große schwarz-roth-goldene Kokarden malen lassen.«

Georg Donner lachte.

»Der wird sein Brod schon hier finden« sagte er achselzuckend, »wer kann's ändern; vielleicht haben die Leute recht, die da behaupten, in Amerika *wollten* die Menschen betrogen sein.«

»*Vielleicht* haben sie recht«, brummte Maulbeere vor sich hin – »da ist gar kein vielleicht dabei, und wer hier seine *Knochen* einsetzt, muß gewöhnlich die Haut mit in Kauf geben – ich gedenke hier *Gerber* zu werden – aber nach wem wollten Sie noch fragen?«

»Haben Sie von Henkel und seiner Frau Nichts gehört?«

»Hm – « sagte Maulbeere, sich mit der linken Hand die grauen Kinnstoppeln streichend – »gehört gerade nicht, aber gesehn.«

»Gesehn? – was?«

»Nun wie sie von Bord ging« sagte Maulbeere.

»Die arme Frau – ob sie sich wohl erholt hat – «

»Wunderliche Geschichte das«, meinte Maulbeere.

»Ich glaube nicht daß die Krankheit von Bedeutung war« sagte Donner, die Bemerkung darauf beziehend – »Ruhe und nahrhafte Kost werden sie wohl bald wieder hergestellt haben. Ich hätte sie gern einmal wieder besucht und mich nach ihrem Befinden erkundigt, mochte sie aber doch auch nicht stören – wissen Sie nicht wo sie wohnen?«

»Wer? – die Frau mit dem Mädchen?«

»Henkels – «

»Möglich daß sie sich wieder zusammengefunden haben«, meinte Maulbeere trocken – »im Anfang waren sie auseinander.«

»Wie so?« frug Donner erstaunt.

»Nun die Madame ist in *ein* Hotel gezogen, und der Herr in ein anderes« meinte Maulbeere – »waren lange genug zusammen an Bord, und Amerika ist ein freies Land.«

»Unsinn« sagte der junge Mann lachend, »da haben Sie sich etwas aufbinden lassen, Herr Maulbeere – Henkel wird sich hüten und seine junge, wunderhübsche Frau in ein anderes Hotel ziehen lassen – ich möchte nur wissen ob sie sich wieder vollkommen wohl fühlt.«

»Könnten Sie am Besten wissen, wenn Sie wären zu finden gewesen« sagte Maulbeere trocken.

»Zu finden gewesen? – was wollen Sie damit sagen?«

»Daß Sie das kleine Ding – wie hieß das Mädchen doch, das in der Cajüte die Kammerjungfer spielte? – «

»Hedwig!« rief Donner schnell.

»Ja wohl, Hedwig, daß Sie die wie eine Stecknadel in der ganzem Stadt gesucht und mich, den sie zufällig auf der Straße traf, auch nach Ihnen gefragt hat.«

»Guter Gott, hätte ich nur eine Ahnung davon gehabt« rief Georg, »aber was wollte sie von mir – ärztliche Hülfe?«

»Nun was sonst? – die Frau lag lebensgefährlich krank und sie hatten, wie sie sagte, kein Vertrauen zu einem Amerikanischen Arzt; müßte mich übrigens sehr irren, wenn nicht vielleicht ebenso wenig Geld wie Vertrauen –.«

»Eben so wenig Geld? – Unsinn, ihr Vater ist Einer der reichsten Leute in Heilingen und ihr Gatte Herr oder Erbe einer halben Million –.«

»Ja – ist recht schön, aber wie mir jetzt scheint, ist die halbe Million noch nicht reif, und muß erst noch eine Weile hängen. Die junge Mamsell habe ich indessen zu Herrn Doktor Hückler geschickt, der sein Schild gerade an dem Tage aufgemacht; von dem wollte sie aber Nichts wissen und ging traurig fort.«

»Und welches Hotel war das?« rief Georg rasch.

»Ja, das weiß ich nicht mehr« sagte Maulbeere.

Das scharfe Läuten der Bootsglocke von der *Backwoods queen* unterbrach ihre Unterhaltung.

»An Bord da Ihr Leute, an Bord! Höll' und Verdammniß, was steht Ihr da draußen herum und habt Maulaffen feil. – An Bord jeder Mutter Sohn von Euch, wenn ich Euch nicht Beine machen soll –.«

»Wenn ich nicht irre« sagte Maulbeere freundlich, »so ersucht sie der Mann da drinnen doch gefälligst zum Kaffee hinein zu kommen, nicht wahr?«

»Lieber Gott!« rief Georg, die spöttische Bemerkung ganz überhörend, »daß ich jetzt hierher gebannt sein muß, und keine Zeit mehr übrig habe sie aufzusuchen.«

»Würden in dem Costüm auch außerordentlich achtbar und vertrauenweckend aussehn« bemerkte der Scheerenschleifer.

»Holla an Bord da – Ihr, Dutchman dort drüben mit der schottischen Mütze – wie heißt der Bursche gleich – heh, George, an Bord hier, hört Ihr nicht, oder soll' ich Euch Beine machen?«

»Gleich, gleich!« rief der junge Mann ängstlich und ungeduldig mit dem Fuße stampfend, »ich wollte meine acht Tage Lohn, die ich hier schon an Bord gearbeitet habe, einbüßen, wenn ich nur zwei Stunden Raum jetzt hätte die arme Dame zu suchen, und zu erfahren wie es ihr geht.«

»Haben drei Wochen Zeit gehabt und nicht daran gedacht« meinte Maulbeere ruhig, »woher kommt jetzt auf einmal die Eile?«

»Wollen Sie mir einen Gefallen thun, lieber Maulbeere?«

»*Lieber* Maulbeere« sagte der Scheerenschleifer still vor sich hin lachend – »*lieber* Maulbeere, wie zärtlich das klingt – und was wär's?«

»Wollen Sie die Frauen auskundschaften?«

»Die Mamsell meinte, Madame Henkel hätte sich schon unendlich nach mir gesehnt – wenn die Sache nur nicht zu gefährlich ist.«

»Wollen Sie ihnen sagen, daß ich keine Ahnung gehabt hätte, sie bedürften meiner Hülfe, in vierzehn Tagen aber spätestens kehre mein Boot nach New-Orleans zurück und ich stünde dann ganz zu ihren Diensten, ihre Adresse sollen sie mir unter meinem Namen auf die Post legen.«

»Ich soll doch sagen, daß Sie *Schiffsdoktor* an Bord geworden wären?« frug Maulbeere.

»Sagen Sie die *Wahrheit*«, rief Georg, »das ist immer das Beste; aber adieu Maulbeere – ich muß wahrhaftig fort.«

»Der Kaffee wird kalt« meinte dieser. –

»Sie ziehen die Planken schon ein!« rief der junge Mann, »leben Sie wohl, und wenn ich Ihnen je wieder einen Dienst erweisen kann, zählen Sie auf mich!«

»Werft das Tau da los!« rief ihm in diesem Augenblick die Stimme des Steuermanns zu, der vorn auf dem Bug stand und das in den Strom Gehen des Bootes leitete – »das Tau da vorn in dem Ring an Land, wo der Baboon von einem Menschen steht – siehst Du nicht?«

Maulbeere, der mit dem Baboon gemeint war, verstand glücklicher Weise nicht was der Mann auf Englisch rief, Georg aber warf das Springtau, an dem der Vordertheil des Bootes noch an Land befestigt war, los, wieder tönte die Glocke, die letzte Planke, auf der der junge Mann kaum Zeit behielt an Bord zu laufen, wurde eingezogen, und Georg Donner winkte noch einmal von Bord aus, dem am Ufer zurückbleibenden Maulbeere mit der Hand, was dieser, sehr zum Ergötzen der übrigen Feuerleute und Deckhands, mit einer sehr tiefen und ehrfurchtsvollen Verbeugung, bei der er den alten Hut in der Luft schwenkte, erwiederte, dann aber seinen Karren aufnehmend vor sich hinmurmelte:

»Lieber Maulbeere, ja wohl – *lieber* Maulbeere – Angenehmen spielen und Maulbeere soll Bote spielen – bah – werde ihm selber eine Adresse auf die Post legen, die ihn freuen soll –.« Und der Scheerenschleifer fuhr, von dem Gedanken ergötzt, still vor sich hinschmunzelnd die Levée entlang.

5. Literarische Bekanntschaften

In New-Orleans, in der -- Straße, an der untern Ecke des Marktes stand ein schmales hohes, aus rothen, unbeworfenen Backsteinen errichtetes Haus, das über seine ganze Breite hin ein mächtiges, weißlackirtes Schild und auf diesem die Worte:

»*Expedition der New-Orleans Biene*«

trug. An der Thüre unten war noch ein kleines deutsches Schild angebracht, das die »Office« des »Editors« oder Redakteurs als eine Treppe hoch liegend, und die Stunden von zehn bis zwölf Vormittags, wie von drei bis fünf Uhr Nachmittags als die passendsten bezeichnete, ihn zu sprechen.

Es war etwa halb vier Uhr Nachmittags Anfangs November jenes Jahres, als ein junger Mann, sehr anständig gekleidet, in schwarzem Frack, dunklen Beinkleidern und Handschuhen, seinen Hut vielleicht der Wärme wegen in der Hand, das Haus erreichte, das kleine Schild unten durchlas, sein Haar dabei etwas ordnete, und dann die ziemlich steile, noch ganz neue Treppe langsam hinanstieg. Er trug ein fest eingeschlagenes Packet, das möglicher Weise Manuscript enthielt, unter dem linken Arm, und klopfte leise an die mit einem entsprechenden Schild bezeichnete Thür.

»*Walk in!*«[12]

»Habe ich das Vergnügen mit Herrn Doktor Rosengarten zu sprechen?«

»Bitte – ich bin kein Doktor – aber mein Name ist Rosengarten; mit wem habe ich die Ehre?«

»Theobald – Fridolin Theobald – Lyrischer Dichter und Schriftsteller im Allgemeinen, aus Deutschland« stellte sich unser Freund dem kleinen, etwas schwärzlich aussehenden Manne selber vor, indem er ihm eine, gewissenhaft an der Ecke eingedrückte Visitenkarte überreichte.

»Und womit kann ich Ihnen dienen?« sagte Herr Rosengarten, einen etwas mistrauischen Blick nach dem Packet werfend, das jener unter dem Arme trug – »wohl erst ganz kürzlich von Deutschland gekommen, wenn man fragen darf?«

»Seit etwa drei Wochen« sagte Herr Theobald, indem er anfing sein Packet aus einem großen Bogen Makulatur herauszuwickeln, »und wollte mir nur die Freiheit nehmen, Ihnen hier Einiges für Ihr sehr geschätztes Blatt anzubieten.«

»Ah, Sie sind sehr freundlich« sagte Herr Rosengarten etwas verlegen, indem er nach seiner Brille auf dem neben ihm stehenden Schreibtisch herumfühlte, die gefundene aufsetzte und beide Hände dann, als ob er nicht voreilig damit zu sein wünschte, in seine Rocktaschen schob.

»Ich habe hier zweierlei«, sagte Herr Theobald mit einer leichten Verbeugung, »was Beides, wie ich kaum zweifle und wovon Sie sich auch wohl bald überzeugen werden, nicht geringes Furore beim Publicum machen wird. Ich will und möchte nicht gern unbescheiden sein, aber ich weiß, daß der Erfolg nicht fehlen kann. Sie haben doch vollständige Preßfreiheit hier in Amerika?«

»Vollständige« versicherte Herr Rosengarten, mit einem sehr entschiedenen Kopfnicken.

»Ihre Constitution garantirt es Ihnen wenigstens –.«

»Ah, und wir wissen es aufrecht zu erhalten« betheuerte Herr Rosengarten »der Präsident in seinem Weißen Hause ist nicht sicher angegriffen und seiner verborgensten Fehler wegen öffentlich an den Pranger gestellt zu werden.«

»Schön – sehr schön« rief Herr Theobald – »Gott sei ewig gedankt, daß ich endlich einmal diesen Engelsgruß, wenn ich mich so ausdrücken darf, von geweihten Lippen aussprechen hören kann. – Sie sind auch Schriftsteller, nicht wahr? – «

»Hm – ja« sagte Herr Rosengarten mit einem bescheidenen Blick nach dem breiten, halbgeöffneten Glasfenster, das ihn von der Druckerei trennte – »eigentlich Buchdrucker – die Ausstattung unserer Sachen läßt Nichts zu wünschen übrig, aber die leichten Sachen, die Leitartikel vorn im Blatt, und die Angriffe auf die Gegenparthei, schreib ich gewöhnlich selber.«

»Ihr Blatt ist rein demokratisch?«

»Diamant« sagte Herr Rosengarten, »das heißt« setzte er rasch hinzu – »Sie werden mich wohl verstehn, was man damit sagen will – Demokrat den Grundsätzen, aber nicht immer den Principien nach.«

»Das verstehe ich allerdings *nicht*« sagte Theobald erstaunt.

»Nun ich meine« versicherte der Editor der New-Orleans Biene, »daß wir grundsätzlich reine Demokraten sind, und die demokratischen Principien auch in unserem Blatt, gerade im demokratischen Sinne aber auch die allgemeinen Menschenrechte vertreten, zu denen die Whigs als unsere Brüder eben so gut gehören, und solcher Art denn eine Verschmelzung der beiden Partheien zu vermitteln suchen. Wissen Sie« fuhr er fort, als ihn der Fremde immer noch nicht zu begreifen schien, »die Demokraten sind gewöhnlich ungemein enthusiasmirt für ihre Sache, aber – nur ein sehr geringer Theil von ihnen befindet sich in hinlänglich günstigen pecuniären Verhältnissen, nicht allein eine Zeitung zu lesen, sondern auch zu halten und – was die Hauptsache ist, auch zu bezahlen, während die Whigs besonders zeitweise, auf höchst liberale Weise auch die kleinste Vergünstigung anerkennen – ich weiß nicht ob ich mich deutlich genug ausgedrückt habe.«

»Ich muß allerdings gestehn, daß ich das noch nicht ganz vollkommen begreife« sagte Herr Theobald.

»Es ist unser Princip, im ächt demokratischen Sinne« sagte Herr Rosengarten, »*beiden* Theilen *gerecht* zu werden; wir stehen, um ihnen gewissermaßen durch ein Beispiel unser Ziel anschaulich zu machen, in Fechterstellung, bei zurückgeworfenem Körper mit dem linken Fuß auf der Demokratie, mit dem rechten den Whiggismus nur allerdings leicht berührend, nur danach fühlend, aber jeden Augenblick bereit uns im Angriff momentan ganz darauf zu werfen, und dann

12 »Herein!«

nur wieder zum Schutz auf den linken Fuß zurückzufallen.«

»Aber gegen *wen* kämpfen Sie dann?« sagte Herr Theobald, wirklich selber confus gemacht durch diese Erklärung, in sehr natürlicher Frage.

»Gegen Jeden der uns angreift«, sagte Herr Rosengarten schnell – »die Biene kann auch stechen, mein verehrter Herr« – er warf einen raschen Blick auf die vor ihm liegende Karte – »mein verehrter Herr Theobald; die Biene kann auch stechen, trotz ihrem Fleiß mit dem sie Wachs für ihre Zellen, Honig für ihre Leser einträgt. Wir haben uns dabei mit den besten Kräften Amerikas verbunden«, setzte er mit innigem Selbstgefühl hinzu, »und wissen, daß wir dem Publikum etwas Gediegenes, Solides bieten können.«

»Sie bringen aber, wie ich gesehen habe, außer der Politik auch Erzählungen, Novellen und Lyrik« sagte Herr Theobald.

»Gewiß, oh sicher« betheuerte Herr Rosengarten, »nur durch Mannichfaltigkeit kann sich ein Blatt in Amerika halten.«

»Und verschmähen dabei gewiß nicht Artikel, welche auf die Verbesserung der Cultur, der Zustände hinarbeiten, und diese, wo sie unzweckmäßig oder faul sind, rügen?«

»Gewiß nicht« sagte Herr Rosengarten rasch und erfreut, »wir suchen sogar etwas darin, mit sämmtlichen Zuständen unzufrieden zu sein, und indem wir Viel, *sehr* viel verlangen, wenigstens *etwas* dadurch zu erreichen. Wenn sie Amerika näher kennen lernen, werden Sie uns ganz recht geben.«

»Ich habe schon jetzt einige Erfahrungen gemacht« versicherte ihm Herr Theobald, »die mich veranlassen Ihnen in mancher Hinsicht beizustimmen, und die Zeit die ich in Amerika zubringe, nicht allein benutzt frische Eindrücke zu sammeln und Beobachtungen und Vergleiche anzustellen, sondern auch diese Beobachtungen und Resultate niederzuschreiben. Nun muß ich Ihnen aufrichtig gestehen, daß ich bis jetzt der Tagespresse nicht solche Macht zutraute, auf die öffentliche Meinung zu wirken, indem ein Journal, ob es nun täglich oder wöchentlich erscheint, mit der nächsten Nummer schon gewissermaßen bei Seite geschoben wird und veraltet ist; der Buchhandel dagegen auf einer, von jedem anderen Lande unerreichten Stufe steht, und die Exemplare populär gewordener, oder in die Zeitumstände eingreifender Werke, in einer enormen Masse in das Volk geworfen und verbreitet werden. Ich habe in diesen letzten Tagen deshalb auch versucht meine Beobachtungen, in Verbindung mit einigen anderen literarischen – und wie ich mir schmeicheln will nicht ganz werthlosen Artikeln, als Band vereinigt, hier bei einem der ziemlich zahlreich vertretenen Buchhändler herauszugeben, aber eine solche grenzenlose Apathie bei ihnen gefunden, daß ich wirklich erstaunt bin.«

»Sie haben es nicht drucken wollen?« sagte Herr Rosengarten, etwas derb der Sache gleich auf den Grund gehend.

»Nun das will ich gerade nicht sagen«, parirte Theobald den Stoß auf seine Eitelkeit, »aber sie machten mir so viele Umstände und Schwierigkeiten, daß ich es in Widerwillen aufgab mit ihnen in irgend eine Geschäftsverbindung zu treten. Die Sache selber aber ist zu wichtig, im speciellen Fall für Louisiana, in seinem ganzen Umfang aber auch für die Vereinigten Staaten von Amerika, sie aufzugeben, und ich bin es als Schriftsteller der Welt schuldig dem Ungethüm, das seine Fittige drohend über das wunderschöne Land breitet, wenn ich ihm nicht gleich einen Stoß in's Herz versetzen kann, eine so gefährliche Wunde als möglich beizubringen, damit es unter den nach und nach auf es geführten Streichen endlich verblutet.«

»Und welches Ungeheuer meinen Sie?« frug Herr Rosengarten gespannt.

»Welches Ungeheuer? – die Sclaverei!«

»Ja mein lieber Herr Theobald«, sagte da der kleine Redakteur, sich wie verlegen die Hände reibend, und die Schultern hinaufziehend, »da sind Sie allerdings gleich auf den wundesten Fleck gekommen.«

»Nicht wahr?« rief der Dichter erfreut.

»Ja wohl, ja wohl, aber – «

»Aber?« –

»Das ist eine Geschichte«, setzte Herr Rosengarten hinzu, »an der wir uns nicht die Finger verbrennen dürfen.«

»Die Finger verbrennen? – ich verstehe Sie nicht – haben Sie mir nicht selbst gesagt daß Sie hier vollständig freie Presse – «

»Ja, vom Staat aus«, unterbrach ihn der Redakteur, »aber was will ich machen, wenn mir ein Haufen zügellosen Gesindels hier in meine Officin bricht, meine Pressen zerstört, meine Buchstaben aus dem Fenster wirft, und mich selber mishandelt oder gar todt schlägt?«

»Aber ich bitte Sie um Gotteswillen, so etwas kann doch in einem gesetzlich organisirten Staat nicht vorkommen?«

»*Kann* nicht vorkommen«, wiederholte Herr Rosengarten achselzuckend, » *ist* aber vorgekommen, und zwar schon diverse Male in den civilisirtesten Staaten, in Philadelphia und New-York, in Cincinnati und hier selbst in New-Orleans. Lassen Sie hier Jemanden leichtsinnig, oder ich möchte fast sagen *wahnsinnig* genug sein den Beinamen *Abolitionist* zu verdienen, und er wird finden daß es etwa denselben Erfolg hat, als ob man irgend einem ausreißenden Köter das Wort »toller Hund« nachruft; wer irgend etwas Werfbares in der Geschwindigkeit aufraffen kann, wirft es nach ihm, und haben sie ihn dann todt geschlagen, geben sie sich vielleicht die Mühe sich zu erkundigen ob er auch wirklich toll, oder was hier dasselbe sagen will, ein Abolitionist gewesen.«

»Aber das können sie ja dann doch keine freie Presse nennen?« rief der Dichter in Verzweiflung aus.

»Warum nicht?« sagte Herr Rosengarten achselzuckend, »wir dürfen über Alles schimpfen was vorkommt. Lesen Sie die verschiedenen Zeitungen der Gegenparthei bei einer Präsidentenwahl, und sein Sie versichert daß Sie glauben würden der Candidat für diese erste Würde der Vereinigten Staaten verdiene eher lebenslängliche Zuchthausstrafe, als den Ehrensitz im weißen Hause zu Washington, so wird über ihn los gezogen. Alle unsere Institutionen dürfen Sie angreifen, jede Magistratsperson nach Herzenslust, natürlich vorausgesetzt daß Sie sich außer dem Bereich einer Privat-Injurienklage halten, und Sie werden durch Niemanden darin beschränkt werden.«

»Nur nicht die Sclaverei darf man bei ihrem Namen nennen?« rief Theobald in gereizter Bitterkeit.

»Beileibe nicht«, sagte der Redakteur, »das ist der wunde Punkt der südlichen Staaten, die recht gut wissen welchen Makel sie dadurch auf sich haften haben, aber auch nicht Aufopferung genug besitzen ihn mit einem Schlage von sich abzuschütteln, und nun ängstlich wachen daß Niemand an die schon so oft berührte und allerdings etwas schadhaft gewordene Geschichte stößt, sie nicht am Ende doch einmal über den Haufen zu werfen. Aber lassen Sie das gut sein, damit werden Sie, nur erst einmal ein halbes Jahr bei uns, schon noch vertrauter werden, und dann wohl einsehn wie recht ich heute habe Ihnen das zu sagen. Für jetzt zeigen Sie mir einmal was Sie sonst noch – das heißt *nicht* die Sclavenfrage, selbst nicht im Gedicht berührend – bei sich haben, und wir wollen dann sehn was wir davon gebrauchen können. Ich weiß schon, junge Schriftsteller wünschen ihre Sachen gern gedruckt zu haben, und man muß sie darin unterstützen.«

»Sie sind unendlich freundlich, bester Herr Doktor, Herr Rosengarten wollte ich sagen – aber sollte es denn gar nicht möglich sein auf irgend eine Weise gerade dieser Frage beizukommen?«

»Thun Sie mir den einzigen Gefallen und bleiben Sie mir mit allen solchen Sachen vom Leibe«, rief aber der Redakteur ganz entschieden, indem er seine Hand in Erwartung des Manuscripts dem jungen Mann entgegenstreckte; »lassen Sie uns sehn was sie sonst haben, und Alles was sich auf Sclaverei etc. bezieht schließen Sie, wenn Sie meinem Rath folgen wollen, so lange Sie sich in irgend einem Sclavenstaat aufhalten, in Ihren Koffer, oder noch besser, stecken es in das erste beste Kamin das Sie erreichen können; da sind Sie sicher daß es Ihnen weiter keine Unannehmlichkeiten über den Hals bringt. Also was haben wir denn hier?« fuhr er, die überreichten Papiere durchblätternd, fort, »ein kleines Bändchen Gedichte.«

»Werden wir in des Lebens Wirren
Manchmal fehlen, manchmal irren,
Oder giebt unsres Sternes Sichtung
Unserem Dasein andere Richtung,
Blüht uns doch in des Herzens Tiefen,
Wo die Gedanken ruhend schliefen,
Neues Gebären, neues Entstehn –
Neues Erwachen – neues Vergehn!«

»Sehr brav – vortrefflich – wirklich neue Gedanken und ganz originell ausgedrückt; hm – da sind ja eine ganze Menge; auch an Amerika –

»Ein Fels im Meere – und doch so warm,
Den Fremden, Bedrückten, politisch Todten
Die helfende Hand und den starken Arm
Gastfrei zu ehrlichem Schutz geboten,
so entsteigst Du dem Meere, so liegst Du da,
Gegrüßt und gesegnet – Amerika!«

»Sehr brav, ganz vortrefflich – ungemein viel Gefühl – wird meinem Blatt alle Ehre machen. – Und das Andere?«

»Sind kleine Erzählungen, die mir in Deutschland die Censur gestrichen – Dorfgeschichten aus dem Jammerleben der Proletarier – Hofgeschichten aus vorzüglichen Quellen, überall mit den wirklichen Namen, für deren Wahrheit ich Ihnen garantire.«

»Vortrefflich – ganz vortrefflich – etwas derartiges können wir brauchen, apropos Herr Theobald – wo logiren Sie denn eigentlich, daß wir Ihnen ein Exemplar unserer Biene regelmäßig zusenden können?«

»Oh Sie sind zu freundlich«, sagte Herr Theobald, »ich habe die ersten vierzehn Tage im »deutschen Vaterland« gewohnt, bin aber da so furchtbar und auf so raffinirte Weise geprellt worden, daß ich, selbst mit

Aufopferung eines Theils meiner Wäsche, die mir abgeleugnet wurde, auszog, und jetzt in einem anderen deutschen, etwas besseren Kosthaus, bei Herrn Weiß, logire.«

»Ah ich weiß schon – nicht weit vom unteren Markt; werde mir Ihre Adresse notiren, und wenn ich Ihnen sonst mit etwas dienen kann, bin ich mit Vergnügen dazu bereit.«

Herr Rosengarten war aufgestanden und Theobald fühlte daß der Redakteur der Biene mehr zu thun hatte, als sich den halben Tag mit ihm zu beschäftigen. Nichts destoweniger lag ihm noch eine schwere und jedenfalls unangenehme, aber auch nicht zu umgehende Frage auf den Lippen, die er lieber von der anderen Seite hätte angeregt gehabt. Da das aber nicht geschah mußte er es selber thun.

»Und wie halten Sie es mit dem Honorar, wenn ich fragen darf, verehrter Herr Rosengarten?« sagte er schüchtern.

»Mit dem Honorar?« wiederholte Herr Rosengarten ungemein überrascht.

»Für diese Sachen hier mein ich – honoriren Sie Gedichte und Prosa in *einem* Verhältniß, oder machen Sie einen Unterschied darin?«

»Honoriren? – ja so, Sie verlangen *Honorar* für Ihr Manuscript?« sagte Herr Rosengarten, allem Anschein nach ungemein überrascht.

»Ja mein bester Herr« bemerkte Theobald, sich verlegen lächelnd die Hände reibend – »wenn wir *kein* Honorar bekämen, wovon sollten wir Schriftsteller denn da eigentlich leben?«

»Ah? – leben Sie wirklich *nur* vom Schreiben?« frug der Redakteur mit unverstellter Überraschung.

»Allerdings – Sie doch auch.«

»Ich? – doch nicht so ganz« bemerkte der Redakteur, wieder mit einem Seitenblick auf die im Nebenzimmer befindliche Druckerei »ich habe auch durch jene meine Beschäftigung und – meinen Verdienst – mit Schreiben allein wird sich wohl kaum Jemand hier in Amerika ernähren und über Wasser halten können.«

»Aber es giebt doch eine Menge Amerikanischer Schriftsteller und Dichter. – «

»Ja Amerikaner, die haben auch ein großes Publicum, aber wir Deutschen, mein guter Herr Theobald, sind wiederan gerade nur auf die Deutschen angewiesen, und wenn Sie *die* erst einmal hier in Amerika näher kennen, werden Sie mir vollkommen recht geben wenn ich Ihnen sage, daß man die eigentlich gar nicht für deutsche Literatur in Anschlag bringen kann. Die Englisch verstehn, oder sich wenigstens den Anschein geben wollen als ob sie es verstünden, lesen kein Deutsch mehr, und buchstabiren sich lieber ihre Englische Nachrichten sylbenweis zusammen, und die, die eben erst angekommen sind und von Englisch noch gar keine Idee haben, lesen auch gewöhnlich gar Nichts, oder kaufen sich noch weniger ein Buch oder eine Zeitung.«

»Wer aber, um Gotteswillen hält da die deutschen Blätter?« frug Theobald erstaunt.

»Ja lieber Herr Theobald« versicherte Herr Rosengarten »ich gebe Ihnen mein Ehrenwort, daß mir das manchmal selber ein Räthsel ist. Kaffeehäuser, selbst Amerikanische, halten allerdings dann und wann deutsche Zeitungen, und die deutschen Kosthäuser *müssen* sie haben; einzelne gehen auch in das innere Land und nach den kleinen Städtchen am Mississippi hinauf, die mit New-Orleans in lebhafter Verbindung stehn und in denen Deutsche wohnen, wie Natchez, Vicksburg, Bayou-Sarah, St. Franzisville, Baton-Rouge etc., der Hauptabsatz geschieht aber auf oft räthselhafte, jedenfalls sehr geschickte Weise durch die Colporteurs oder Zeitungsjungen, Individuen von zehn bis dreißig Jahren, die bei unseren Blättern interessirt sind, d.h. gewisse Procente für jedes Exemplar bekommen, das sie absetzen. Jemehr die also unterbringen, desto größer ist ihr eigener Nutzen, und es ist mir gesagt – selber darum bekümmern thun wir uns natürlich nicht – daß sie manchmal zu den wunderlichsten Listen ihre Zuflucht nähmen, und sei es auch nur halbjährige Abonnenten zu bekommen; das nächste Semester muß ihnen dann, wenn ein Theil von diesen abfällt, andere bringen.«

»Nun ich will glauben« sagte Theobald, der auf Kohlen stand, »daß Sie bei so unsicheren Einkünften nicht gerade im Stande sind ein, wenigstens nach hiesigen Begriffen, sehr bedeutendes Honorar zu zahlen; wie viel könnten Sie mir also versprechen, wenn ich mich zugleich dabei verpflichtete, regelmäßiger Mitarbeiter der Biene zu werden. Meinen Namen werden Sie sicher schon von Deutschland aus gelesen haben; ich kann mit aller Bescheidenheit sagen, daß er dort einen guten Klang hat.«

»O gewiß Herr Theobald, gewiß« versicherte Herr Rosengarten, und fuhr dann, in's Blaue hinein rathend, rasch fort: »Sie haben glaub' ich vor ganz kurzer Zeit wieder ein paar Bände Novellen herausgegeben.«

»Allerdings.«

»Ich habe sie gesehn – vortrefflich – ganz vortrefflich – doch – so leid es mir thut, aber – ich bin in der That nicht im Stande Ihnen irgend welches Honorar für Ihre literarischen Beiträge zuzusagen. Ja wenn wir jetzt nur etwas bessere Zeiten hätten, aber die ältesten

Leute in New-Orleans erinnern sich wirklich nicht eine so gedrückte, schwierige Stimmung in New-Orleans je erlebt zu haben. – Wenn Sie übrigens noch ein oder selbst zwei Exemplare der Biene wünschten – ich möchte gern Alles thun was in meinen Kräften steht Sie zufrieden zu stellen. – «

»Aber wo bekommen Sie Manuscript her Ihre Spalten zu füllen« rief Theobald erstaunt aus, »wenn Sie kein Honorar dafür bezahlen – Sie können doch nicht Alles selber schreiben?«

»Um Gottes Willen – nein!« rief Herr Rosengarten, »das wäre ich allerdings nicht im Stande, schon des Zeitverlustes wegen; aber wir helfen uns da vortrefflich mit, vor längerer Zeit in Europa gedruckten Sachen. So hat mir im vorigen Frühjahr ein Freund von dort vier oder fünf alte Jahrgänge der Didaskalia geschickt, in denen allerliebste kleine Erzählungen und Gedichte stehn – unsere Leser sind ordentlich versessen darauf. Die drucken wir so eine nach der anderen ab, und füllen damit aus, was die politischen Nachrichten der Grenzboten, der Kölnischen Allgemeinen und Weserzeitung, die wir nun leider einmal halten müssen, an Raum gelassen haben.«

»Aber bester Herr Rosengarten!« rief Theobald, der bei so bewandten Umständen doch einsah daß er hier auf keine Einnahme rechnen konnte, und in einer Art von Verzweiflung sich das letzte Bret unter den Füßen fortgehen fühlte – »Sie nehmen mir das nicht übel, aber das ist ja doch eigentlich, nach unseren deutschen Begriffen wenigstens, ein reines Plünderungssystem, das Sie hier befolgen, ein reiner Nachdruck, eine mechanische Vervielfältigung schon vorhandener Sachen, worauf Sie ja von den respectiven Zeitungen verklagt werden könnten.«

»Hier in Amerika? nein« lächelte Herr Rosengarten gutmüthig »das nicht – nicht einmal *verklagt*, einen ungünstigen Ausfall eines solchen Processes ganz abgerechnet, denn für deutsches literarisches Eigenthum besteht hier nicht der geringste Schutz, und kein Amerikanischer Gerichtshof würde selbst nur eine solche Klage annehmen.«

»Das ist allerdings eine Freiheit« flüsterte Theobald, »auf die ich nicht ganz vorbereitet war; aber – nicht wahr es ist *noch* eine deutsche Zeitung in New-Orleans.«

»Allerdings« sagte Herr Rosengarten mit einem eigenen Lächeln, das allerlei bedeuten konnte – »allerdings existirt hier noch ein Blatt das mit deutschem Druck herauskommt, nach einem nur oberflächlichen Vergleich würden Sie aber bald finden, daß es sich mit der *Biene* nicht messen kann.«

»Und seine Expedition? – können Sie mir die vielleicht angeben?«

»O warum nicht« sagte Rosengarten, nach dieser Bemerkung jedenfalls fest entschlossen das Gespräch sobald als möglich abzubrechen – »Sie können nicht fehlen – Ecke von Fulton und Renaissance-Straße – großes Schild über der Thür wie für eine Wirthschaft – hier Ihr Manuscript Herr Theobald – war mir ungemein angenehm Ihre werthe Bekanntschaft gemacht zu haben.«

Theobald drückte sein Manuscript unter den Arm, machte eine stumme Verbeugung, und befand sich wenige Augenblicke später wieder vor der Thür der Officin auf der Straße. Diese sah er eben unschlüssig hinauf und hinunter, welchen Weg er von hier aus einzuschlagen hätte, als ein Fremder, in einem blauen Überrock, und mit einer eben solchen Tuchmütze auf, mit einem vollen, aber etwas krankhaften fleckigen Bart, die Straße herunterkommend an ihm vorbeiging, stehn blieb, ihn ansah, und dann wieder zurück und auf ihn zukam.

»Sie sind ein Deutscher« redete er den jungen Mann, der ihn etwas verblüfft betrachtete, an, »nicht wahr ich habe recht?«

»Allerdings bin ich ein Deutscher.«

»Und eben erst angekommen?«

»Wenigstens erst vor einigen Wochen.«

»Bleibt sich gleich, ist dasselbe« lachte der Fremde – »ich bin der Advocat Heindel, jetzt etwa drei Viertel Jahr hier, und eben im Begriff wieder zurück nach Deutschland zu gehn – und Sie? – «

»Theobald ist mein Name.«

»Und Beschäftigung? – Schullehrer?«

»Literat« sagte Herr Theobald. –

»Ah so – brodlose Kunst hier, lieber Herr« bemerkte ziemlich ungenirt, Herr Heindel »na werden das auch noch selber hier ausfinden; waren wohl gar da oben um Manuscript zu verkaufen?«

»Ich? – o nein« sagte Theobald, und fühlte daß er bis weit hinter die Ohren roth wurde. Herr Handel sah das aber nicht; er hatte beim ersten Begegnen zwar zu seiner neuen Bekanntschaft aufgeschaut, war dann aber an dessen Blick immer wieder wie scheu heruntergefahren, und ließ den eigenen bald auf Theobalds Westenknöpfen, bald auf dessen Halstuchschleife oder Hemdkragen haften, was bei diesem aber auch zuletzt ein unangenehmes, fast nervöses Gefühl erzeugte, und ihn selber wünschen ließ einen Blick auf die so scharf aufs Korn genommenen Gegenstände zu thun, ob der Fremde irgend etwas außergewöhnliches – Fleck oder Riß daran entdecke.

Herr Heindel hatte übrigens andere Sachen im Kopf, als Herrn Theobalds Vatermörder oder Westenknöpfe, und nur einen derselben, nach dem der junge Mann rasch hinunterschielte, fassend und festhaltend, sagte er, indem er die Augenbrauen in die Höhe zog und bedenklich mit dem Kopfe nickte:

»Würde Ihnen auch wenig helfen, verehrter Herr, würde Ihnen verdammt wenig helfen – ich habe selber darin verwünscht bittere Erfahrungen gemacht. Ja stehlen – stehlen thun sie; diese nichtswürdigen Hallunken von Zeitungsredakteuren, wo sie die Hand an irgend etwas Gedrucktes legen können, aber Manuscript *bezahlen*, irgend etwas selbstständig Vernünftiges mit baarem Gelde *kaufen?* – Gott bewahre!«

»Es sind das eigenthümliche Verhältnisse« stammelte Theobald, der nicht mit Unrecht um seinen Westenknopf besorgt war, und mit Schrecken daran dachte daß er hier in Amerika nicht einmal wieder einen passenden zu dem ausgesucht schönen halben Dutzend bekommen würde. Aber trotzdem hatte er nicht den Muth sich von der arbeitenden Hand des wunderlichen Fremden zu befreien, der ihm wieder unverwandt auf den Rockkragen sah – er *mußte* da irgend einen Fettfleck, oder wenigstens eine Spinne sitzen haben.

»Eigenthümliche Verhältnisse?« rief aber Herr Heindel entrüstet, und stieg mit seinen Augen bis zu Theobalds Halsbinde auf – »Spitzbübereien sind's, nichtswürdige erbärmliche Gaunereien, unter denen ordentliche, anständige Menschen aus ihrer Heimath fort nach dem vermaledeiten Amerika gelockt werden, bis sie hier sind, in der Falle drin sitzen und nicht wieder hinaus können. Hol der Teufel das ganze Amerika, so viel sag ich, und alle die Canaillen dazu, die dicke Bücher zu dessen Lobe schreiben – ich wünsche ihnen weiter Nichts als daß sie wieder herüber müßten.«

»Aber sollte es denn wirklich so schlecht hier sein?«

»Schlecht? – erbärmlich, hundsföttisch sag ich Ihnen« rief der Mann, ganz eifrig über das Thema werdend, »arbeiten, immer nur arbeiten ist die Losung, und zwar arbeiten mit den Fäusten, als ob alle Menschen als geborene Holzhacker auf die Welt gekommen wären – Kopfarbeit wird hier gar nicht gerechnet, Gott bewahre, und die Deutschen hier, sind nun gar die erbärmlichste Nation die sich ein Mensch auf der Welt denken kann. Glauben Sie daß das Volk in irgend einer Proceßsache einen *deutschen* Advocaten anstellt, so lange sie einen Amerikanischen Lumpen bekommen können? – Gott bewahre, nicht d'ran zu denken, und dabei quälen sie sich mit ihrem nichtswürdigen Englisch ab, radebrechen, daß man glaubt die Kinnladen gehen ihnen dabei entzwei, und lassen sich nachher anschmieren nach Noten.«

»Ja, das hab' ich auch gehört« seufzte Theobald, durch seine bisherigen regelmäßig verunglückten Versuche seine Manuscripte in Geld zu verwandeln, doch nach und nach ängstlich gemacht, »daß man unvernünftig arbeiten müsse um hier ehrlich in Amerika durchzukommen.«

»Ja und *was* für Arbeit« rief Herr Heindel, »draußen im Wald Büsche ausroden und Bäume umschlagen, an denen ein einzelner unverheiratheter Mann eine halbe Woche hacken kann, und hier in der Stadt Straßen fegen, hinter der Bar stehn und Schnaps ausschenken, Zeitungen herumtragen, Zettel ankleben, bei irgend einem schmierigen Handwerker als Handlanger in Dienst gehn, oder gar unten an der Levée Fracht mit helfen aus- und einladen, Porkfässer heraufrollen und Kaffee- und Reissäcke wieder hinunterschleppen bei 32 Grad Hitze; das sind so die verschiedenen Beschäftigungen, denen die Holzköpfe den Namen *ehrliche Arbeit* geben. Arbeit schändet nicht sagen sie dabei; das dank' ihnen der Teufel; auch noch schänden – wenn sie nicht schändet ruinirt sie aber die Knochen, und unter *Arbeit* verstehen gebildete Leute nicht bloß mit der Mistgabel und der Schaufel wirthschaften, sondern eher noch sein Gehirn zum Besten der Menschheit anstrengen, und für das Volk, jenes tollpatschige Ungeheuer das nun einmal seine halbe Lebenszeit an den Tatzen leckt, zu denken, zu überlegen. Glauben Sie daß neulich so ein erbärmlicher Schuft von Amerikanischem Advocaten, dem ich ein Compagniegeschäft anbot und ihm meine deutsche Praxis dafür einzubringen versprach – *ich* habe sie *auch* bis jetzt nur erst versprochen bekommen – mir die Compagnieschaft vor der Nase abschlug, aber die Frechheit hatte mir eine *quasi* Schreiberstelle bei sich anzutragen?«

»Es ist doch kaum denkbar« sagte Theobald, dessen Gedanken übrigens mehr bei seinem bedrohten Knopfe, als bei der dem deutschen Advocaten gemachten schändlichen Zumuthung geweilt hatten.

»Allerdings« rief Herr Heindel – »aber« fuhr er dann in allem Eifer und jetzt jedenfalls auf seinem Steckenpferde reitend fort – »was ist denn auch Amerika für ein Land, *für* wen ist es und zu was? für unsere tölpischen Bauerjungen von daheim, die sich nicht anders glücklich fühlen, als wenn sie mit aufgestreiften Ärmeln den ganzen Tag in Schmutz und Arbeit wühlen können, und es nicht besser haben wollen und dürfen. Wenn *die* Canaillen nur ein oder zwei Mal Fleisch den Tag und keine Schläge kriegen, sind sie oben auf, und lassen sich mit Vergnügen politisch knechten und unter die Füße treten. Das Gesindel ist zu *Allem* zu gebrauchen, und glauben Sie daß da *ein* Deutsches oder Amerikanisches Blatt ein Einsehn hätte, und ein paar hundert Dollar daran wenden möchte dieses Volk einmal aufzuklären über ihre Pflichten als Staatsbürger, wenn sie nun doch einmal in einer solchen leidigen Republik leben wollen und müssen? fällt ihnen nicht ein – besser wissen wollen sie, was man ihnen sagen könnte – besser wissen und gescheuter sein wie Leute, die ihre Lebenszeit darauf verwandt haben ein staatliches Leben zu übersehen und in die Speichen mit kundiger Hand einzugreifen. Arbeiten – arbeiten – es thäte bei Gott Noth daß man sich noch zwischen den Irländern als Straßenkehrer anstellen ließe, und mit dem Besen in der Hand umherliefe, sein »tägliches Brod« auf den Trottoirs zusammenzukehren. Na lassen Sie mich nur erst wieder einmal nach Deutschland zurückkommen, *das* Amerika werde ich ihnen anstreichen; eine Lebenszeit verwende ich darauf es schlecht zu machen. Aber kommen Sie Freund« brach er plötzlich kurz ab, und faßte Theobald unter den Arm, »wir wollen uns nicht über diese Amerikanischen Jämmerlichkeiten und Lumpereien unnützer und thörichter Weise ärgern; ändern können wir's doch nicht, und bessern wollen sich die Lumpe ja nicht lassen. So gehn Sie da drüben mit in das Kaffeehaus hinein, daß wir ein Glas auf bessere Bekanntschaft und bessere Zeiten trinken.«

Theobald hatte Nichts dagegen; er bedurfte selber einer kleinen Aufregung, der niederschlagenden Erfahrung von heute Morgen etwas entgegenzuarbeiten, und Herr Heindel bestellte zu dem Zweck, gleich wie sie den Saal des sogenannten Cafés, wo aber fast nur Spirituosen feil gehalten wurden, betraten, eine Flasche Champagner.

Es war Theobald, der darin viel Ehrgefühl besaß, unangenehm, sich von einem so gänzlich fremden Mann gleich an Champagner traktiren zu lassen; gleichwohl hatte er so viel schon von Amerikanischem Leben gesehn daß er wußte, es wäre eine Unhöflichkeit gewesen mit Jemand mit dem man, von ihm aufgefordert, ein Schenkhaus betreten hat, nicht zu trinken. Ebenso bezahlt auch stets der, der die Getränke fordert, für sich oder für so viele wie mit ihm trinken. Das Einzige was ihm zu thun übrig blieb war, sich bei einem nächsten Begegnen zu revangiren – aber auch hierbei genirte ihn der Champagner.

An der Sache ließ sich aber für jetzt Nichts mehr ändern; die Flasche war gebracht und mußte getrunken werden, und Theobald, selbst in einiger Aufregung über das was er bis jetzt von Amerikanischem Leben, von seinem Standpunkt aus betrachtet, gesehn, goß mit einem gewissen Wohlbehagen ein Glas nach dem anderen des feurigen Tranks hinunter.

Sein neuer Bekannter machte sich selber indessen ein Vergnügen, und zog über die Vereinigten Staaten los, von denen er dem armen jungen Dichter ein Bild entwarf, daß diesem angst und bang zu Muthe wurde. Seiner Beschreibung nach, und er behauptete das Land durch und durch zu kennen, bestand die eine Hälfte der Bewohner aus Räubern, und die andere aus Spitzbuben, die nicht allein wie die Mosquitos gemeinschaftlich über die armen Einwanderer herfielen, und sie aussögen so lange sie noch einen Blutstropfen in sich trügen, sondern auch, wenn sie mit denen fertig wären, einander selber angriffen und auffräßen. Gesetze gab es dabei gar nicht, die Geschworenen Gerichte waren nur zum Schein da, und die, die ihnen in die Fäuste liefen, gleich von vorn herein verloren – das deutsche Gerichtsverfahren war Gold gegen diesen Auswurf der Menschheit. Bestechlichkeit herrschte dabei bis zum äußersten, wobei er selber als glänzendes, mit Füßen getretenes Beispiel da stand, indem er nur aus dem einzigen Grund keine brillante und seinen Fähigkeiten angemessene Stellung erlangt, weil er es verschmäht, für unter seiner Würde gehalten, einen einzigen Dollar zu einem solchen Zwecke auszugeben. Und selbst die Bauern waren übel dran, trotz den lügenhaften Berichten, die Amerika freundliche, das heißt demokratische, rothrepublikanische Zeitungen in Deutschland darüber ausstreuten. Wenn die »Schaafsköpfe« hätten in Deutschland so arbeiten wollen, wie sie hier arbeiten *mußten*, so würden sie es – seiner Meinung nach – auch zu 'was gebracht haben, aber jetzt, da sie gezwungen wären die faulen Knochen zu regen, nur um nicht zu verhungern, thäten sie auf einmal als ob ihnen der Staar gestochen wäre, und sie nun das gelobte Land gefunden hätten – Brummköpfe die es wären, wenn sie die Lüneburger Haide oder sonst einen noch brach liegenden anständigen Fleck in Deutschland so in Angriff nähmen, könnten sie sich auch Farmen darauf gründen und dann, statt hier vogelfrei zu sein, unter glücklichen Gesetzen, unter einer väterlich für sie sorgenden Regierung darauf leben.

Herr Dr. Heindel hatte sich so in Gift und Bitterkeit hineingesprochen, daß er sich den Rest der Flasche in sein Glas stülpte, und dieses auf einen Zug leerte, dann aufstand und seinen Hut ergreifend in die Tasche fühlte die Flasche zu bezahlen, wegen der sich ihm der *barkeeper* schon freundlich genähert hatte.

»Ja mein junger Freund«, sagte er dabei, an Theobald wieder hinuntersehend bis sein Blick an dessen Knieen haftete und diesen ebenfalls dort hinunterschielen machte – »ja mein junger Freund, nehmen Sie sich besonders vor diesen verwünschten Amerikanern in Acht, und wenn Sie es irgend können, wenn es Ihnen Ihre Mittel nur halbwege erlauben, so schiffen Sie sich wieder so rasch Sie können nach Deutschland ein; lieber trockene Brodrinde dort, mit vaterländischem Quell- oder Brunnenwasser, als Champagner hier, in diesem Gottvergessenen Lande – Donnerwetter«, unterbrach er sich dabei in alle seine Taschen fühlend, »jetzt habe ich mein Portemonnaie zu Hause auf meinem Schreibtisch liegen lassen – ei das ist mir doch ungemein fatal – ah lieber Freund, bitte legen Sie diese Flasche doch einmal bis heute Nachmittag für mich aus; – Sie logiren?« –

»Im Weißeschen Kosthaus«, sagte dieser etwas überrascht und verlegen.

»Sehr schön – ich kenne das Weißesche Kosthaus, da sind wir ja halbe Nachbarn – wohne kaum drei Thüren von Ihnen entfernt; desto besser – und nun was ich Ihnen noch sagen wollte« – er hatte wieder denselben schon vorher in Beschlag genommenen Westenknopf gefaßt – »stecken Sie Ihr Manuscript in den Ofen – «

»Aber mein bester Herr Doktor – «

»Stecken Sie Ihr Manuscript in den Ofen«, rief aber Herr Dr. Heindel in einiger Aufregung, »die Lumpe hier sind nicht werth daß sie einen ordentlichen deutschen Originalaufsatz bekommen – hol sie der Böse – sie glauben daß sie einem Schriftsteller noch einen Gefallen thun, wenn sie ihre Setzer nur nach einem Manuscript arbeiten lassen, da diese gewohnt sind fast nur schon Gedrucktes zu setzen. Und dann schiffen Sie sich ein – schiffen Sie sich ein so rasch Sie können« – er war mit seinen Augen wieder bis zur Weste in die Höhe gefahren. – »Amerika ist ein vortreffliches Land für Taback und Baumwolle, für Mosquitos und Alligatoren, für Räuber und Diebe; aber für einen gebildeten Mann, für Jemand, der weiß was er sich und seiner Nationalehre als deutscher Bürger schuldig ist, paßt Amerika gerade so gut, wie – wie der Knopf hier«, setzte er hinzu, als er das unglückliche Stück Perlmutter endlich wirklich abgedreht hatte, »zu dem Kehrichthaufen da« – und mit den Worten schleuderte er, ehe Theobald danach greifen konnte, oder in der That eine Ahnung hatte was der exaltirte Mensch damit anfangen wollte, den besagten Knopf wirklich auf einen, unfern der Thür liegenden Kehrichthaufen in der Straße; dann aber Theobalds Hand rasch ergreifend und freundlich schüttelnd rief er ihm noch zu: »Guten Morgen lieber Freund – guten Morgen – ich komme heut' Nachmittag hinüber zu Ihnen, die Kleinigkeit mit Ihnen abzumachen«, und verschwand gleich darauf um die nächste Ecke.

»Aber mein Knopf«, rief Herr Theobald, und wollte auf den Kehrichthaufen zueilen, sein Eigenthum wiederzusuchen, als ihm der Kellner den Weg vertrat und freundlich sagte:

»Nicht wahr, *Sie* bezahlen die Flasche?«

Theobald hatte eine unbestimmte Idee, was der junge Mann in Hemdsärmeln, mit der Englischen Anrede meinte, nickte deshalb, in aller Verlegenheit mit dem Kopfe und sagte *Yes* und mußte endlich wirklich die zwei und einen halben Dollar für den Champagner »auslegen« wie sein neuer, etwas zweideutiger Freund gemeint hatte.

Als er das, wenn auch nicht zu seiner eigenen, doch zur Zufriedenheit des *barkeepers* abgemacht, ging er hinaus vor die Thür, nach seinem Knopf zu sehn, hatte aber kaum eine halbe Minute auf der Erde da herumgesucht, als sich schon sechs oder acht Menschen um ihn sammelten und ebenfalls, in Erwartung irgend eines bedeutenden Fundes, umhersuchten. Alle Vorübergehenden blieben jetzt stehn und drängten herbei, und Theobald, wenn er nicht einen Straßenauflauf veranlassen wollte, mußte sich rasch zurückziehn und den Knopf – das halbe Dutzend war schändlich verdorben – seinem Schicksal überlassen.

6. Der Feuermann

Es war Nacht, und die »Backwoods-Queen« schnaubte den Strom hinauf. Das Boot hatte vor kurzer Zeit die nördliche Grenzlinie Louisianas hinter sich gelassen, und auf dem linken Stromufer, im Staat Mississippi Holz eingenommen. Es mochte elf Uhr vorbei sein, und die Feuerleute und Deckhands der »Hundewache« (von 12-4), die aus ihrem kurzen Schlaf aufgestört worden die Feuerung mit an Bord zu tragen, mochten sich, der halben Stunde wegen, nicht wieder niederlegen, und saßen und lagen jetzt bunt gruppirt vor den Kesseln auf dort nachlässig hingeworfenem Klafterholz, dem letzt an Bord gekommenen, das hier nur so ohne Ordnung hingeschüttet worden, gleich mit verfeuert zu werden. Vor den Kesseln, unter denen die mächtigen Thüren geschlossen waren und die langen Scheite, über diesen, durch kleine dazu angebrachte Klappen hineingeschoben wurden, standen die Feuerleute, die ihre Wacht von acht bis zwölf hatten, mit den unten rothheißen Schürstangen in den rußgeschwärzten

Händen, und wühlten die flammenden Scheite durch- und ineinander, daß sie wieder Raum bekamen frische oben hineinzuwerfen, als Nahrung für die Gluth.

Mitten zwischen der Gruppe stand eine riesige blecherne Kanne, die wohl einen halben Eimer Kaffee fassen mochte, daneben eine bauchige Kruke mit Whiskey gefüllt, und Einer der Leute kam eben vom Bug vorn, wo ein halb Dutzend gewaltige Zuckerfässer, die nicht mehr in den Raum gingen, frei auf Deck lagen, und brachte eine große Blechschaale voll Zucker herbei, die er mit einem gespaltenen Schilfstück aus den großen, der frischen Luft wegen darin angebrachten Bohrlöchern der Fässer herausgepurrt hatte.

Es war dieß ein vielleicht dreiundzwanzig Jahr alter wunderhübscher junger Bursche, mit einem leichten dunklen Schnurrbart auf der Oberlippe, und langem wie seidenem, fast mädchenhaftem Haar; auch das Gesicht, wo es Rußflecke nicht bedeckten, war zart und weiß, und die langen Wimpern schatteten ein paar dunkle, aber keck und entschlossen umherblitzende Augen, die jetzt besonders von einem eigenen lebendigen Feuer leuchteten.

»Hallo Wolf, was bringen Sie?« rief ihm Georg Donner lachend entgegen – »hat's Brei geregnet draußen?«

»Brei nicht«, lachte der junge Mann, »aber Zucker! Wetter noch einmal, wir werden doch diese Unmasse guten Stoffes nicht den Mississippi hinaufführen, ohne wenigstens so viel Zoll davon zu erheben, als wir in unseren Whiskey brauchen; kommen Sie her Donner, nehmen Sie eine von den kleinen Blechschaalen dort, ich will uns einmal einen richtigen Feuermannstrank zusammenbrauen.«

»Bei Golly«, lachte Einer der andern Feuerleute, ein Neger, der mit zwei andern Landsleuten oder wenigtens doch gleichfarbigen Kameraden, an der Larbordseite des Bootes, das sechs Feuerleute auf Wache hatte, heitzte, »was die Bukras[13] da für Zeug zusammenschwatzen, keine Kuh wird d'raus klug.«

»Aber was der da ineinander gießt werden wir schon verstehn«, schmunzelte der Andere. – »Oh Jimminy das riecht gut.«

Der junge Deutsche hatte indessen die gereichte Schaale halb voll Whiskey gefüllt, dann Kaffee dazu gegossen, fast so viel als das Gefäß halten wollte, und warf nun, mit dem gespaltenen Rohr, mit dem er auch die Mischung ordentlich umrührte, Zucker hinein, es süß zu machen.

»So«, sagte er, als er es erst langsam gekostet, und dann einen tüchtigen Zug gethan, »das wird gut sein – brennt wie Feuer und treibt die Hitze hier von den Kesseln wieder hinaus aus dem Körper. So lange wir das haben, brauchen wir nicht zu fürchten krank zu werden.«

»Ist doch ein wunderliches Leben hier an Bord«, sagte Georg, der ebenfalls einen tüchtigen Zug that, und zurück zu den Kesseln trat, die Scheite, die nur wenige Minuten ruhen dürfen, wieder frisch aufzuschüren, »großer Gott, wenn man bedenkt wie wir von zu Hause gewohnt waren zu existiren, und jetzt dieß Dasein damit vergleicht – und darum nach Amerika«, setzte er langsam mit dem Kopf schüttelnd hinzu.

»Geht es mir besser?« lachte Wolf, der mit Georg Donner, drei Negern und einem Irländer ein und dieselbe Wacht hatte, während Carl Berger ebenfalls mit drei Negern, einem Amerikaner und einem Franzosen feuerte – (die dritte Wacht, die erst um vier an die Reihe kam, war gleich nach dem Holztragen wieder zu Coye gegangen) »geht es mir etwa besser? – wenn Sie meine Geschichte kennten, Georg, würden Sie mehr als einmal den Kopf schütteln über den Wahnsinn, der mich, z.B. hierher über das Meer getrieben.«

»Lieber Gott, es wird die Geschichte von Tausenden von uns sein« sagte Georg – »sehn Sie dort den jungen Burschen an, der sich da kaum auf die Scheite geworfen hat, und schon wieder so sanft und süß eingeschlafen ist, als ob er im weichsten Bette läge; das ist ein deutscher Deserteur, den die Soldaten noch wieder vom Schiff holen wollten, und den der Untersteuermann, wir wissen selbst nicht wie, auf so geschickte Weise versteckt hatte, daß ihn die Policey nicht finden konnte, und ihn aufgeben mußte. Jetzt arbeitet er sich nun tüchtig in's Leben hinein und wer weiß, ob er nicht in einigen Jahren, anstatt die Muskete in Deutschland herumzuschleppen, hier seinen eignen Heerd gegründet hat. Ich selbst – wer hat es mir an der Wiege gesungen, daß ich einmal hier auf dem Mississippi, nachdem ich in Deutschland studirt, die Kessel eines Dampfboots, mit Negern und Mulatten zusammen, heitzen sollte, und doch bin ich jetzt scharf dabei, und noch sogar froh eine derartige, wenigstens lohnende Beschäftigung gefunden zu haben. Kommt Zeit kommt Rath, und nur erst einmal vollkommen der Englischen Sprache mächtig, findet sich dann auch schon etwas anderes, besseres für uns.«

»Das ist Alles recht schön und gut« lachte Wolf, »aber lange nicht so romantisch oder – toll wenn Sie wollen, wie mein eignes Schicksal, das es vielleicht recht gut mit mir gemeint, dem ich aber im wahren Sinne des Wortes durch die Lappen gegangen bin.«

13 Weißen Männer.

»Die Romantik hat an unserer jetzigen Beschäftigung allerdings nur einen ganz geringen Theil« sagte Donner lächelnd.

»Ja und nein« rief Wolf, seinen Strohhut auf das Holz und seine dunklen Locken mit einer raschen Bewegung des Kopfes aus der Stirn werfend; »auch ich betrachte es als Mittel zum Zweck, und muß, so prosaisch das klingen mag, Geld dabei verdienen.«

»Da ist die Romantik schon zum Teufel« sagte Georg.

»Und doch nicht« rief Wolf, »ja wenn ich es thäte zu *leben*, aber mein Vater ist reich.«

»Dann begreife ich freilich nicht, weshalb Sie sich hier in den *untersten* Schichten der Gesellschaft auf solche Art herumtreiben« sagte Georg, »zum Vergnügen doch wahrhaftig nicht.«

»Wäre wenigstens ein wunderbarer Geschmack« lachte der junge Mann, »wüßten Sie aber meine Geschichte, würden Sie mir recht geben.«

»Sie sind jedenfalls aus guter Familie« sagte Georg.

»Meine Freunde in Deutschland – bah, *Freunde*, das Wort ist zu gut für sie – meine *Bekannten* in Deutschland würden allerdings nicht sowohl lachen als die Nase rümpfen, wenn sie den einzigen Sohn des Grafen vom Berge hier als Feuermann auf einem Dampfboot, mit Negern aus einer Schüssel essen, in einem Feuer schüren sähen!«

»Aber was um Gottes Willen hat Sie da zu diesem verzweifelten Entschluß getrieben?«

»Die Liebe« lachte der junge Mann, seinen Schürer wieder ergreifend, die kleine Thür oder Klappe öffnend, und mit dem langen Eisen die Scheite durcheinander rührend – »die Liebe, Georg, und die Sache ist ungeheuer einfach und rührend. Ich liebte und liebe ein bürgerliches Mädchen, mein Vater, noch ein ächt Pommerscher Graf von altem Schrot und Korn, drohte mich zu enterben, wenn ich dem Mädchen nicht entsagte, und ich arbeite jetzt daran ihm zu beweisen, daß ein Graf vom Berge keine hinterlassenen Schätze braucht, sich selber einen eignen Heerd zu gründen. In Deutschland wäre mir das nicht möglich gewesen, hier bietet sich die Aussicht dazu. Schon ein Jahr arbeite ich jetzt wie ein Sclave – aber nur um ein ganz kleines Capital zusammenzuhaben; mit harter Arbeit allein wird jedoch Niemand hier im Stande sein rasch Geld zu verdienen, die Speculation muß ihm dabei helfen, und dieß wird deshalb die letzte Reise sein, die ich auf einem Dampfboot mache, dann gehe ich nach dem Westen der Vereinigten Staaten in das Indianische Territorium, dessen Verhältnisse ich schon recognoscirt habe, und fange einen Schweinehandel an. Lachen Sie nicht, das Geschäft ist, wenn richtig betrieben, vortrefflich und wenn ich sieben Jahre, wie Jacob um seine Rahel dienen müßte, ich habe meinen Kopf darauf gesetzt, und setze ihn durch – oder gehe darüber zu Grunde.«

»Und Ihr Vater?«

»Wenn ihm der *Sohn* mehr am Herzen gelegen als sein Wappenschild, hätte er mich gar nicht ziehen lassen.«

»Und haben Sie sich das ganze Jahr in solchem Leben schon herumgetrieben?« frug ihn Georg erstaunt.

»Gott bewahre« rief Wolf, wieder neue Scheite ergreifend und durch die enge Öffnung in den inneren, glühenden Raum stoßend – »lieber Himmel, was habe ich nicht schon Alles getrieben seit ich in Amerika bin. Zeitungsaustragen war mein erstes Geschäft, um nicht zu hungern, aber das rentirte schlecht und widerstrebte mir auch, einer Masse Sachen wegen die drum und dran hingen; dann wurde ich Holzschläger am Mississippi, auch das war nicht schlecht, aber ich bekam es satt; ging dann wieder in die Stadt und wurde Mäkler. Dabei aber fühlte ich das Mangelhafte meines Englisch und zog in den Wald, mir mit der Jagd Geld zu verdienen. Das war die schlechteste Speculation; wo es Wild gab, galt weder Wildpret noch Haut viel, und wo Nichts mehr zu schießen war, versäumte ich Wochen oft vergebens. Da brach das gelbe Fieber in New-Orleans aus, Alles flüchtete von dort und *das* schien mir der geeignete Platz rasch zu einer kleinen Summe zu kommen und meinen Plan, den ich als Jäger im Westen von Arkansas gefaßt, in's Werk zu setzen. Bald sah ich daß ich mich nicht geirrt – zwischen Leichen und Gräbern eine Zeit durchlebend, die mir noch jetzt das Blut in den Adern gerinnen macht, wenn ich daran zurückdenke, erreichte ich aber meinen Zweck und verdiente *Gold*. Arbeiter waren fast gar nicht mehr zu bekommen, und die wenigen, die aus Noth oder Gleichgültigkeit der Seuche trotzten, wurden mit Geld überschüttet. Neben mir fielen dabei meine Kameraden, Burschen von allen Farben und Nationen, wie die Fliegen, ich selber blieb, Dank meiner guten Natur, oder wenn Sie wollen von jenem unerforschten Wesen beschützt, gesund und kräftig. Jetzt aber ist die Zeit in New-Orleans vorbei; das Fieber hat seine letzten Opfer für dieses Jahr gefordert, Arbeiter strömen, so rasch sie eine Unzahl von Dampfbooten den Strom nieder oder aus Europa herüberführen kann, in ordentlichen Schaaren dahin, und ich selber bin jetzt im Stand einem anderen, besseren Leben entgegenzugehen. Ich hätte als Passagier fahren können, aber es liegt ein eigner Reiz, den ich früher nie gekannt, darin, ein kleines, selbsterworbenes Capital nicht unnöthiger Weise wieder zu verringern, sondern eher zu vergrößern; so schür' ich mich denn nach St. Louis hinauf, verlasse dort das Boot, und beginne meinen Handel, der mich ein freies prächtiges Jägerleben dabei führen läßt. Werden Sie mir nun einräumen, daß auch in diesem Beruf auf solche Weise Romantik liegen kann?«

»In dem Beruf darum doch nicht, Herr – ich weiß jetzt wahrhaftig nicht wie ich Sie nennen soll« – unterbrach sich Georg lächelnd.

»Wolf, bei meinem Vornamen« rief der junge Mann rasch, »das Andere paßt nicht zur Schürstange und zu der Umgebung hier, hab ich mir den *Titel* einst wieder verdient, darf ich ihn tragen, *hier* klänge er wie Spott.«

»Vorwärts *boys*, vorwärts« rief da des Ingenieurs Stimme, der um die Kessel herum nach vorn gekommen war, das Heitzen zu überwachen. »Steht nicht da wie die Schlafmützen und laßt mir das Feuer ausgehn; die Pest auch, es sieht ja ordentlich schwarz unter den Kesseln aus.«

»Geht nicht mehr hinein Massa« lachte ihm der eine Neger entgegen, »hahaha bei Golly, wenn wir noch mehr feuern, blasen wir das süße Ding von einem Boot in die Luft hinein!«

»Blaßt sie zum Teufel!« rief der Ingenieur, »aber, gebt ihr Hölle – verdamm' meine Augen, wenn ich nicht die Kessel noch rothheiß haben will – zu *boys*, zu, macht daß wir von der Stelle kommen, das alte faule Boot kriecht ja nur so am Land hinauf!«

»Alle Wetter« rief Georg, als der Mann wieder zurück zu der Maschine gegangen war, »der Bursche scheint selber »rothheiß« zu sein, wie er es nennt, und dem Whiskey mehr als gerade zweckmäßig zugesprochen haben; wenn er nur keine dummen Streiche macht.«

»Ah bah«, sagte Wolf, »so ist er jedesmal auf seiner Wacht, aber sonst ein guter Kerl, und sorgt dafür daß seine Feuerleute ebenfalls nicht Durst leiden – er weiß am Besten wie das thut – heda Scipio, Du gießt ja den Whiskey hinein als ob's Wasser wäre – laß noch 'was in der Kruke Gesell.«

»Genug Wulfy, genug« lachte der Schwarze, die fast gefüllte Schaale, die reichlich eine halbe Flasche des starken Trankes halten mochte, auf einen Zug leerend, »und andere Wacht mag wieder für sich selber sorgen – dieß Kind«, auf seinen eigenen Magen deutend, »macht's genau ebenso.«

Der Mate oder Steuermann stieg in diesem Augenblick die kleine steile Treppe vom Boilerdeck nieder, ging nach der vorn hängenden Glocke und schlug darauf nach Schiffsart, acht Glasen (12 Uhr).

»Feierabend!« rief Wolf seine Schürstange aufgreifend, den Raum unter den Kesseln, wie das Sitte ist von der abziehenden Wacht, noch einmal frisch aufzufüllen.

»Das ist recht Jungens, das ist recht!« nickte ihnen der wieder zurückkommende Ingenieur Beifall zu, indem er auf der »*guard*« stehen blieb und nach dem nahen Lande – sie passirten eben eine der größeren, mitten im Mississippi liegenden Inseln – hinüberdeutete – »hurrah wie das geht; jetzt soll uns einmal eines der anderen schuftigen Boote versuchen nachzukommen. Feuert Jungens, feuert, daß sich die andere Wacht die faulen Knochen wärmen kann, wenn sie dran kommt.«

»So – wieder auf acht Stunden Ruhe« rief Wolf, seine Schürstange zu Boden werfend, »nun können sich unsere Kameraden ein Vergnügen machen – hallo Berger? – auch schon munter? – wie der Bursche verschlafen aussieht – «

»Oh – i« sagte dieser, der die kurze Zeit benutzt hatte, noch auf dem rauhen Holz ein halb Stündchen zu schlafen, indem er sich langsam streckte und dehnte – »ist das ein Leben, aber – zum Teufel auch – ich habe einen furchtbaren Traum gehabt, wie ich da auf dem verwünscht scharfen, eckigen Holze lag.«

»In der kurzen Zeit?« rief Wolf.

»Mir träumte« sagte der junge Bursch, in sich selber dabei zusammenschaudernd – »die Rothkragen hätten mich in Bremerhafen vom Schiff geholt, ich läge drin in der Festung auf scharfen Latten, und sollte mit Tagesanbruch Spießruthen laufen. Wie die Glocke dort tönte, knarrte die Thür und – ha« – er schüttelte sich in Furcht und Entsetzen bei dem Gedanken – »der Henker kam herein, mich abzuholen – Gott sei Dank, daß es nur ein Traum war.«

»Dickes Blut, Kamerad« lachte Wolf – »da steht noch Kaffee und Whiskey – nehmt einen Schluck, der wird Euch gut thun. Nun gute Wacht! – aber trinken möcht' ich noch einmal – haben Sie den Wassereimer da, Georg?«

»Hier liegt er« sagte dieser – »warten Sie, ich zieh' es selbst herauf – habe auch Durst!«

Carl Berger hatte eben die Schürstange aufgegriffen, nach dem Feuer zu sehn, während die beiden jungen Leute auf die *guards* hinausgingen, einen Eimer Wasser heraufzuziehen, als ein wilder gellender Schrei von Deck heraustönte:

»Thüren auf – um Gottes Willen – Feuer aus!«

Die Feuerleute fuhren empor und horchten, den Befehl nicht gleich begreifend, auf, als ein grell und dröhnend schmetternder Schlag das Boot bis in den Kiel erschütterte. Kochend heißer Dampf füllte zugleich einen Theil der unteren Räume, während Wolf und Georg entsetzt einen weißen zischenden Strahl über sich hinausschießen sehen, dem Trümmer und Balken, wie von dem Ausbruch eines Vulkans hinausgeschleudert, folgten. Ein Moment todtenähnlicher Stille folgte diesem Knall, aber im nächsten Augenblick schon schlugen die ausgeworfenen Stücke auf das Wasser nieder, während jammernde Menschenstimmen nach allen Richtungen hin laut wurden.

»Die Kessel sind geplatzt!« gellte der schrille Weheruf über die Fluth und die, durch die geborstenen Thüren hinausgeschleuderten brennenden Scheite Holz vermehrten nur noch die Verwirrung.

In diesem ersten Augenblick war sich auch, die schwer Verwundeten ausgenommen, noch Niemand bewußt, welches Unglück sie am Meisten bedrohe, ob das Boot sinke oder brenne oder ein zweiter Schlag sie vielleicht Alle zerstückt in die Ewigkeit senden würde – keinen Schritt weit konnte man dabei vor sich hinsehn, oder selbst den nächsten Nebenmann erkennen, so füllte dicker weißer zischender Qualm den ganzen Raum und lag wie ein dichter, undurchdringlicher Schleier auf dem Boot.

Bald aber änderte sich das Schauspiel – ein scharfer Windzug der über den Strom herüber strich, fegte wie mit einem Schlag den Nebel über Bord, und als Georg und Wolf zurück vor die Kessel sprangen, bot sich ihren Augen ein Anblick, der ihnen das Blut in den Adern starren machte.

Von den Leuten, die dort noch vor wenigen Minuten gesund und kräftig gestanden, lagen vier todt und zerstückt über das Holz hingeschmettert, das von glühenden Scheiten bestreut, zu brennen begann. Durch das Boilerdeck und in die obere Cajüte hinein, war ein mächtiges Loch geschlagen, aus dem Winseln und Hülferufen wiedertönten, und beide Schornsteine – riesige wohl dreißig Fuß hohe Röhren von schwarzem Eisenblech mit fünf Fuß im Durchmesser hingen zerrissen über Deck, und neigten das Boot nach der Seite, während aus dem Zwischendeck ebenfalls schrilles und markdurchschneidendes Hülfegeschrei hervorgellte.

Die beiden jungen Leute, ohne für den Augenblick an einen der Verwundeten zu denken, griffen nur rasch die brennenden Scheite auf und warfen sie über Bord – noch größeres Unheil von dem Boote und seiner übrigen Mannschaft abzulenken, als ein neuer Schreckensruf auch diese Arbeit unnöthig machte.

»Wir sinken – wir sinken!« schrie es von der anderen Seite herüber »wir sind verloren!«

Wolf sprang wieder an den Rand des Bootes, sich von der Wahrheit des Rufs zu überzeugen, und fand hier wirklich daß die Guards kaum noch einen halben Fuß von der Oberfläche des Wassers entfernt waren, ja konnte den gurgelnden stillgrollenden Ton sogar hören, mit dem die gierige Fluth sich in einem irgendwo nicht weit von dort entfernten Leck sog. Dicht unter ihnen, denn das Boot, das jetzt keinen Fortgang mehr machte, trieb mit der Strömung wieder abwärts, ragten aber Bäume und dunkle Stämme aus dem Wasser – sie befanden sich gerade oberhalb derselben Insel, an der sie vorhin hinaufgelaufen, und wenige Minuten noch mußten ihr Schicksal entscheiden.

Georg hatte sich indessen über die Unglücklichen gebeugt, die der erste Schlag des platzenden Kessels getroffen, und erkannte mit Schaudern unter ihnen Carl Bergers Gestalt, der mit zerschmetterter Schulter, blutend und bewußtlos über die Scheite hingeworfen lag. Wohl athmete er noch, aber wie war ihm hier Hülfe zu bringen?

Ein heftiger Stoß traf zu gleicher Zeit gegen das Boot, unter dem die eine, das Boilerdeck tragende und stark gesplitterte Decke zusammenbrach, während ein Theil des vorderen Decks ihr nachfolgte. Die Frauen kreischten, die Verwundeten stöhnten und winselten, die Männer fluchten wild durcheinander, und hie und da sprangen Einzelne in Todesangst über Bord, die dort aus dem Wasser ragenden Äste versenkter Bäume zu erfassen, und sich dadurch vor dem, ihnen gewiß scheinenden Untergang des Bootes zu retten. Von dort aber konnten sie nirgends an Land; die dunkle Fluth quirlte und gurgelte dabei um sie her, und als ihre Kräfte erschlafften, und das kalte Wasser ihre Glieder mit Fieberfrost schüttelte, schrieen sie von dort herüber, wieder an Bord geholt zu werden.

Aber das Boot sank *nicht*, und ob auf den Sand, oder irgend einen schützenden, unter Wasser liegenden Stamm gelaufen, wohin es durch die mächtige Strömung gedrängt worden, blieb es sitzen, und nur das Vordertheil, gegen das die volle Fluth anpreßte, drückte sich halb unter Wasser, und ließ das schäumende Element darüber hinspritzen.

Wohl eine halbe Stunde verging, ehe nur einiger Maßen der erlittene Schaden übersehn, und Ordnung in das durcheinander Schreien und Stürzen der zum Tode erschreckten Menge, unter der sich auch mehre Frauen aus Cajüte und Zwischendeck befanden, gebracht werden konnte. Georg Donner hatte indessen den schwer verwundeten Landsmann mit Wolf's Hülfe zurück in das höher liegende Zwischendeck gebracht, wo jetzt auch die übrigen Todten und Verwundeten auf aus den Coyen gerissenen Matratzen gebettet wurden, und die beiden jungen Leute gingen dann daran, das Terrain zu untersuchen, auf dem sie sich befanden.

Mit einer über Bord geschobenen Planke, von denen der Zimmermann eine Menge auf dem hinteren Deck liegen hatte, fühlten sie daß das Wasser dicht hinter dem Boot und nach der Insel zu kaum vier Fuß tief war, und von übereinander gestürzten und dort anschwemmten Stämmen fast überdeckt wurde. Durch diese hin arbeiteten sie sich bis zu der, höchstens zwanzig Schritt entfernten Sandbank, die an dichtes Gestrüpp und Unterholz hinanlief. Wolf watete dann zum Boot zurück und ließ sich von dort unter den Kesseln vor, ein brennendes Scheit herüber reichen, das an seinem unteren Ende mit einem rasch aufgegriffenen Kopfkissen aus dem Zwischendeck, umwickelt wurde, um es in der Hand halten zu können. Dieß trug er zum Ufer, und bald loderte dort, von hinzugeschleppten, niedergebrochenen dürren Ästen reichlich genährt, ein helles Feuer auf, das die unheimliche Scene des gestrandeten Bootes mit seinem rothen Lichte übergoß.

Nun wünschte der Capitain besonders, an Bord zu bleiben und den Tag zu erwarten, damit sie von einem vorbeikommenden Boot konnten abgeholt werden; der Steuermann aber, der vorn am Bug das Wasser untersucht und es dort weit tiefer gefunden hatte als das Boot war, erklärte jetzt daß dieses nur auf irgend einen Stamm oder Ast aufgeritten sei, und jeden Augenblick von diesem abrutschen oder ihn niederdrücken könne, wo sie dann gar nicht sicher wären das ganze Boot dem einsinkenden Bug nachfolgen zu sehn; je eher sie daher das Wrack verließen, desto besser.

Die Leute gingen denn auch, unter des Steuermanns Leitung, rasch daran eine sogenannte »*stage*« von zusammengebundenen Bretern zu bauen, die eine Brücke bis an Land bilden sollte, denn die Jölle war, bis Bahn gehauen werden konnte, in den verworrenen Ästen nicht zu brauchen. Diese halfen ihnen aber vortrefflich den rasch hergerichteten Plankenweg, oder die ihn haltenden Taue, zu tragen, und das beendet, wobei sie noch durch einen plötzlichen Ruck, den das Boot gab, zu größerer Eile angetrieben wurden, trugen sie vor allen Dingen die Verwundeten hinüber auf den Sand und neben das wärmende Feuer, wo ihnen die unverletzt gebliebenen Passagiere ein so gutes Lager als möglich herrichteten, während die Mannschaft dann beordert wurde zu retten was irgend anging.

Dazu aber behielten sie keine Zeit; der Steuermann hatte nur zu recht gehabt als er trieb das Boot zu verlassen, denn durch das in den Raum gedrungene Wasser, das besonders die Zuckerladung gleich sättigte, war der Rumpf so furchtbar schwer geworden, daß ihn der Stamm, auf den er jedenfalls aufgesessen, nicht mehr zu tragen vermochte, jetzt ein Stück nachgab, und dann, vielleicht mit der Wurzel ausgehoben, den Vordertheil des Boots niedergleiten ließ.

Die kecksten der Matrosen und Feuerleute, und unter ihnen der junge Wolf, denn Georg war mit den Verwundeten beschäftigt, ließen sich allerdings nicht durch das erste Sinken abhalten, sprangen nur zurück auf das hintere Deck, wo sie sich festhielten, und erwarteten das Weitere, ob dieser Theil des Bootes über Wasser bleiben, oder dem vorangegangenen Gewicht nachfolgen werde. Einen Augenblick schien es auch als ob es sich setzen wolle, aber ein neuer Stoß warnte sie bald auf ihre eigene Sicherheit bedacht zu sein; noch einen Moment schwankte das große mächtige Boot, das jetzt halb seitwärts gegen die Strömung angedreht war, dann preßte diese es auf die Seite; das was es bis dahin noch gehalten gab nach, und schwerfällig die Fluth von sich abstoßend, die vor der andringenden Masse zurückwich, um gleich nachher nur so viel gieriger über die Beute herzufallen, glitt das Wrack in so tiefes Wasser hinein, daß nur der obere Theil seiner Cajüte an der Larbordseite daraus hervorsah, und die schmutzig gelbe Fluth gar unheimlich mit den weiß und gelben Zierrathen der blitzenden Fensterreihe spielte.

Die Leute hatten dabei wirklich kaum Zeit gehabt sich über die Planken hin an Land zu retten, und standen jetzt, ihres Alles beraubt, halbnackt, naß, erschöpft, Einzelne davon selbst ohne Hut und Schuhe, auf dem kahlen Sand der Insel.

Über den Kameraden hinüber gebeugt, der gerade die Augen zu ihm aufschlagen und die Lippen wie zum Sprechen bewegt hatte, stand Georg.

»Wie ist Ihnen, Berger, haben Sie viel Schmerzen?« frug er theilnehmend.

»Wasser«, stöhnte der Unglückliche.

Wolf sprang zum Wasserrand und brachte den gefüllten Hut zurück; der Verwundete that ein paar Züge, dann ließ er den Kopf zur Seite sinken. »Mein Traum«, flüsterte er, »sie – sie – holen – mich« – und sank todt in die Arme des Kameraden.

Über die Leiche gebeugt, mit gefalteten Händen, stand ein anderer Reisegefährte von ihm, Schultze, der auf demselben Boot nach St. Louis Passage genommen.

»Guter Gott« stöhnte er leise vor sich hin – »wie unerforschlich und dunkel sind Deine Wege; wie jubelte der junge Mensch als er sich frei, seinen Verfolgern entzogen sah, und wenige Monate nur, und todt und verstümmelt liegt er auf demselben Boden, dem er mit solch freudiger Hoffnung und Zuversicht entgegenstrebte!« –

»Hülfe – Wasser – « jammerten Andere daneben, und füllten mit ihren Wehklagen die Luft – »oh mein Gott – oh mein Gott! Hülfe, Hülfe!« und die Feuer loderten dazu hoch und glühend auf, und warfen ihren blutrothen Schein über diese Scene des Schreckens und des Jammers.

»Das ist die Vergeltung – das ist Gottes Gericht!« murmelte da dicht neben Georg, der mit Einem der anderen Verwundeten schon beschäftigt war, und dessen Schmerzen zu lindern suchte, eine leise, heisere Stimme in deutscher Sprache, und als er sich dorthin wandte, erkannte er überrascht die Frau von der Haidschnucke, die auf der damaligen Überfahrt fast fortwährend krank in ihrer Coye gelegen und jetzt, nicht weit von dem einen Feuer auf den Sand gekauert, die beiden mageren Arme um ihre Knie geschlagen saß, und vor sich hin in die Flamme stierend, mit dem Kopfe kalt und unheimlich dazu nickend, murmelte: »das ist die Strafe für begangenen Frevel von dem alten Mann da oben, der mir das Gewissen schon fast in Stücke zerrissen hat auf der langen Fahrt – die *Kinder* sind uns nachgekommen – die todten Kinder, und haben sich mit auf das Boot gesetzt – *die* zogen's hinab auf den Grund – tief, tief hinab – ha!« rief sie da plötzlich lauter und zusammen schaudernd – »sie haben ein furchtbar entsetzliches Gewicht.«

»Du wirst Dir das Maul noch verbrennen mit den tollen, wahnsinnigen Reden« flüsterte ihr da der Mann, der sich über sie gebogen, finster und mürrisch in das Ohr – »denk' wenigstens nicht laut, wenn Du denn einmal solch albernes Gewäsch fortwährend im Kopf herumtragen mußt, oder, Gott verdamm' mich, ich – ich kriege die Geschichte einmal satt, und gehe meiner Wege.«

»Wie das Kleine da im Bettchen liegt, mit den rothen gesunden Backen« fuhr die Frau aber fort, ohne auf die Drohung des Mannes zu achten, ja ohne sie wahrscheinlich zu hören – »ich *mußte* es noch einmal küssen, brach mir doch so beinah das Herz, und gleich wieder schlief es ein und schlief so sanft – so süß.«

»Beim ewigen Gott!« rief da Georg Donner, dem keines der Worte entgangen war, während er zugleich in das von der Flamme hell beschienene bärtige Gericht des Mannes geschaut hatte, indem er aufsprang und auf diesen zutrat – »Ihr stammt aus Waldenhayn, heißt Steffen und seid derselbe, der mit der Frau flüchtig geworden und die eigenen Kinder der Noth, ja dem Hungertode preis gegeben, zurückgelassen hat!«

»Geht zum Teufel – was wollt Ihr von *mir?*« rief der schwarze Steffen aber ärgerlich »ist Euch auch der Dampf in den Kopf gestiegen? – ich heiße Meier und nicht Steffen.«

»Was ist, was giebts?« rief auch jetzt Wolf, aufspringend und zu dem Kameraden tretend – »was ist mit dem Manne?«

»Das ist der Schuft der seine Kinder verlassen hat?« rief aber auch jetzt Herr Schultze sich gegen den Verbrecher wendend – »das ist der Bursche den sie in Deutschland mit Steckbriefen verfolgt, und den wir auf unserem eignen Schiff mit herüber gebracht haben nach Amerika?«

»Hallo – wo brennts nun wieder?« riefen aber die Amerikaner, die mit um das Feuer standen und kein Wort von der ganzen Verhandlung begriffen hatten, wirr durch einander; »was zum Henker kauderwelscht Ihr da jetzt zusammen?«

Da schilderte ihnen Georg, in edler Entrüstung das Verbrechen der Beiden, und zornfunkelnde wilde Blicke hafteten dabei auf der Gestalt des Mannes, der ihnen finster und trotzig gegenüber stand.

»Tod und Teufel!« schrie ein langer Bootsmann, »da ist's kein Wunder wenn wir, mit solcher Fracht an Bord, aufgeblasen sind – der Schuft verdiente seine Hände zusammengebunden zu haben und hier in's Wasser geworfen zu werden, wo es am tollsten wirbelt.«

»In's Wasser nicht; der würde die Fische vergiften« schrie da ein Kentuckier, sich durch die Übrigen Bahn machend, auf den Burschen zu, »aber an einem der Bäume hier sollte er hängen, zur Verzierung der Insel.«

»Zurück da!« rief aber der Mann, einen Schritt bei Seite springend, als der Amerikaner nach ihm herüberdrängte – »was wollt Ihr von *mir?* – es sind Lügen und Verläumdungen!«

»Was sagt er?« riefen Andere wieder, die ihn nicht verstanden – »und das da ist die Frau? – eine schöne Mutter!«

»Wie sie geschaut haben werden« flüsterte aber diese, das Toben und Schreien um sie her gar nicht beachtend, indem sie, in derselben Stellung als vorher, sich herüber- und hinüberwiegte – »wie sie geflucht haben werden, als sie am anderen Morgen kamen und die Alten vom Neste geflogen fanden, die Jungen zu füttern hatten – aber – was ist denn das?« – setzte sie unruhiger, sich scheu überall umsehend hinzu – »sie kommen *nicht* – nicht den ersten Tag – nicht den zweiten – nicht den dritten – das Mehl ist aufgezehrt – die Milch sauer geworden für das Kind – wie es schreit und die Händchen nach der Mutter ausstreckt – großer barmherziger Gott, ich muß zurück – ich *muß*, ich *muß* zurück!«

Sie war aufgesprungen, und hatte beide Hände, zwischen denen die matten glanzlosen Augen stier und wild umherschauten, fest gegen die Schläfe gepreßt. Georg, der wohl fühlte wie ihr Geist von den letzten Schrecken, mit dem nagenden Wurm des verübten Verbrechens am Herzen, angegriffen und erschüttert sei, trat da zu ihr, legte ihr die Hand auf die Schulter und wollte sie beruhigen.

»Fort« sagte sie aber leise, ohne sich nach ihm umzusehn – »an Deiner Hand ist Blut – mich schaudert wenn ich Dich anschaue.«

»Sie ist übergeschnappt« riefen jetzt die Bootsleute, die sich um sie drängten, und ihr halb scheu halb neugierig ins Gesicht sahen – »bei Gott sie ist verrückt!« Die Frau aber, ohne sich weiter um die Männer zu kümmern, sank wieder an ihrem vorigen Platz zusammen, zog sich ihr weißes Tuch über, daß es den Kopf völlig bedeckte, und blieb so, still und regungslos neben dem Feuer kauern. Als sich die Übrigen jetzt aber wieder nach dem Manne umsahen, war er in dem dichten, die Sandbank umgrenzenden Unterwuchs und Rohr der Insel verschwunden.

Allerdings wollte ein Theil der Leute den Burschen, der durch seine Flucht sein böses Gewissen hinlänglich bekundet hatte, aufgesucht, und den Amerikanischen Gerichten übergeben haben, die Insel war aber groß, und so lange es dunkel blieb an etwas derartiges gar nicht zu denken. Dann aber nahm auch die eigene Lage ihre Aufmerksamkeit viel zu sehr in Anspruch, sich mit dem Fremden viel länger zu beschäftigen, als man ihn eben sah, und Alles drängte sich jetzt um den zweiten Ingenieur her, der ebenfalls schwer verwundet am Feuer lag, und gerade wieder ein erstes Lebenszeichen gab. Donner sprang zum Wasser hin, tauchte dort sein Tuch ein, es wieder anzufrischen, und legte es dem noch halb Bewußtlosen um die Schläfe, während ihm Wolf die Lippen netzte, und etwas Wasser in das Gesicht spritzte.

Der Mann kam endlich wieder zu sich, und seine Wunden erwiesen sich glücklicher Weise nicht so schwer, an seinem Aufkommen zweifeln zu lassen; andere aber, und unter ihnen zwei Passagiere, ein Deutscher und ein Amerikaner waren von dem heiß ausgeströmten Dampf furchtbar verbrüht worden, und jammerten und stöhnten, und baten um Gottes Willen ihren Leiden ein Ende zu machen.

Während Alles für diese geschah, was der Augenblick nur zu thun erlaubte, hatte sich der Ingenieur wieder so weit erholt, um wenigstens einige Fragen zu beantworten, die der Capitain über die Ursache des Unglücks an ihn richtete.

Was der arme Teufel noch aussagen konnte stimmte mit dem Zeugniß der Feuerleute überein. Er war kurz vorher, ehe die Explosion erfolgte, zu seiner Wacht geweckt worden, und hinunter in den Maschinenraum gegangen, wo ihm das schon auffiel, daß er Niemanden dort antraf. Über die Guards hin rasch den Feuerleuten zugehend, begegnete er hier dem andern Ingenieur den er augenblicklich für halb betrunken erkannte. Er bat ihn jetzt um das Holz, das dieser noch in der Hand hielt, die Stärke des Dampfes zu prüfen, der aber weigerte sich lachend ihm das zu geben, sich noch dabei äußernd daß er ihm dann seinen besten Dampf hinausließe, und das Boot gerade jetzt gegen den Strom anlief wie ein durchgehendes Pferd. Zurückgehend zur Maschine sah er da zu seinem Schrecken, daß die Sicherheitsvalve auf eine Weise beschwert war, die die Sicherheit des Bootes auf das höchste bedrohen mußte – rasch sprang er zu, die Gewichte fortzureißen, und rief dabei nach vorn die Thüren zu öffnen als er, wie er sich zu erinnern glaubt, auf dem Maschinenholz, in der Hast und Angst ausrutschte und in demselben Augenblick zu Boden stürzte, wo der eingepreßte Dampf sich endlich mit Gewalt seinen Weg in's Freie bahnte und die Kessel sprengte. Das allein rettete ihn jedenfalls, er wäre sonst, wie der andere Ingenieur der neben ihm, aber aufgerichtet stand, zu Atomen zerschmettert worden.

Mächtige Feuer waren indessen auf der Sandbank und dicht am Holzrand entzündet worden, Gesunden wie Verwundeten ein nur einiger Maßen erträgliches Nachtquartier zu bieten, und vorzüglich hatten die Amerikaner schon für die Damen aus der Cajüte, an einem besondern Feuer, ein dichtes Dach von Zweigen hergerichtet, sie gegen den Nachtthau und die kalte, über den Strom herüberstreichende Zugluft zu schützen; an Schlaf war aber, selbst für die gar nicht Verletzten, kaum zu denken, denn die Unglücklichen stöhnten und winselten in ihrem Schmerz bis an den hellen Morgen. Donner gab sich dabei jede nur erdenkliche Müh' ihre Schmerzen zu lindern, zerriß sein leinenes Hemd, das letzte das ihm geblieben, Verbände zu machen, und suchte vor allem die Fiebergluth der Armen zu kühlen. Aber menschliche Mittel, selbst wenn er Alles zu Händen gehabt hätte was er bedurfte, reichten da nicht mehr aus, und die beiden Verbrühten, die im Maschinenraum als die Kessel explodirten, auf dort aufgestapelten Kaffeesäcken geschlafen hatten, starben ihm unter den Händen, noch ehe die Sonne aufging und die traurig wilde Gruppe beleuchtete.

Bald nach Sonnenaufgang kam ein Boot stromauf, und dicht an der Insel vorbei – das noch zum Theil aus dem Wasser ragende Wrack, wie die Menschen am Ufer verriethen ihm deutlich genug was hier vorgefallen, und es schickte sein Boot an Land Mannschaft und Passagiere aufzunehmen und nach der nächsten Stadt zu bringen, wo sie Hülfe bekommen konnten. Die Verwundeten wurden zuerst an Bord geschafft, in Memphis wieder ausgeschifft zu werden, und nur die Frau, die noch immer regungslos am Feuer saß, weigerte sich ihnen zu folgen. Sie wollte keinen Schritt weiter mit dem Manne gehn, der Fluch und Elend über sie gebracht, und erst als ihr Georg, der die Unglückliche nicht in dem Zustand ihrem Schicksal überlassen mochte sagte, daß Steffen in den Wald entsprungen und nicht zurückgekommen wäre, stand sie endlich auf, strich sich die langen wirren Haare aus der Stirn, und folgte dem jungen Mann von da an willenlos, wohin er sie brachte.

In Memphis angekommen, wurden die Verwundeten gelandet und ärztlicher Pflege dort übergeben, und der Capitain der »Mississippi-Belle« wie das Dampfboot hieß das sie aufgenommen, erbot sich freundlich Passagiere und Mannschaft der Backwoods-Queen die sämmtlich ihr Gepäck mit dem Untergang des Bootes verloren hatten, unentgeltlich mit nach St. Louis zu nehmen, wohin auch er bestimmt war. Die meisten nahmen dieß großmüthige Anerbieten an, obgleich fast Alle, wie auch Wolf und Georg, ihr baares Geld bei sich trugen und gerettet hatten, nur Wolf verlangte seine Passage als Feuermann abarbeiten zu dürfen, wobei sich ihm Donner anschloß. Der Capitain lachte freilich über die eigensinnigen Burschen, ließ sie aber gewähren, und Wolf wie Georg wurden Feuerleute auf der Mississippi-Belle.

Die Frau brachte Georg, kurz vor der Abfahrt des Bootes, in ein deutsches Kosthaus, und bat die Leute dort sich ihrer anzunehmen, bis sie sich erholt habe; er selber wolle dann auf dem Rückweg wieder vorsprechen, und gern die Kosten, zu denen er schon einige Dollar da ließ, tragen.

Die Frau sprach dabei kein Wort – sie dankte ihm nicht, sie sah nicht auf, und saß still und regungslos, wie sie am Feuer gesessen hatte, in der Ecke, als er das Haus verließ.

7. Die Deutschen in Cincinnati

Herr von Hopfgarten, den wir auf seiner Fahrt nach Cincinnati verlassen haben, hatte sich indessen in der »Königin des Westens« wie sie ernsthaft, oder *Porkopolis* – wie sie der ungeheueren Masse Schweine wegen, die dort jährlich geschlachtet und verschickt werden, scherzhaft im Lande heißt, einige Wochen aufgehalten, um sich mit dem Leben und Treiben einer der inneren Städte Amerikas bekannt zu machen.

Die Lage Cincinnatis, das den Centralpunkt aller dort gelegenen deutschen Ansiedelungen bildet, ist reizend; der wunderschöne Ohio (schon von den Indianern *O-hy-o* – der schöne Strom genannt) bespühlt ihren Fuß und bietet ihr eine treffliche Landung, an der die größten Mississippi-Dampfer ihre Frachten ein- und ausladen können, während freundliche, jetzt schon vielfach mit Reben bepflanzte Hügel die Stadt im Rücken umschließen. Es kam ihm dabei so vor, als ob fast der dritte Theil der Einwohner Deutsche wären, und einzelne Viertel besonders schienen nur von Landsleuten bewohnt, ja auf dem trefflich bestellten Markt hörte man kaum etwas anderes als Deutsch sprechen, und besonders amüsirte es ihn dabei die Verschmelzung der Trachten, den Übergang des deutschen Bauers, der nur erst nach hartnäckigem Widerstand in *jeder* Hinsicht den deutschen Bauer auszieht, in den Amerikaner zu beobachten.

Wunderliche Transformationen kamen da vor, nicht unähnlich denen, wie man sie überall an wilden Stämmen beobachten kann, und unser deutscher Bauer hat wirklich einige Ähnlichkeit, so sonderbar das klingen mag, mit dem Indianer. An seinen alten Sitten mit einer Zähigkeit hängend die ihres Gleichen sucht, betrachtet er Jeden der ihm daran rütteln will mistrauisch, eifersüchtig selbst – sein Vater hat das so und so gethan und so war's gut, warum sollt's jetzt wohl anders werden – etwa weil »Stadtmenschen mit Brillen auf, die das aus Büchern gelesen haben« – meinen sie könnten es besser machen? *die* hatten jedenfalls ihre Absichten, suchten ihren Vortheil dabei, das war Alles. So gehn sie auch nach Amerika, nicht etwa weil sie sich dort ein freieres, ungebundeners Schaffen versprechen, sondern weil ihnen Steuern und Abgaben im alten Vaterland zu drückend werden, und Briefe auf Briefe von dort herüberkommen, die ihnen mit goldenen Schilderungen den Mund so lange wässrig machen, bis sie eben nicht länger widerstehen können und nun auswandern. Und nicht um dort zu lernen, und sich den Sitten und Gebräuchen der neuen Heimath zu fügen, betreten sie das fremde Land, sondern fest überzeugt daß sie den Leuten dort noch zeigen müssen wie man ackert und säet. Ihre eigene Sitten, ihr eignes Ackergeräth und Handwerkszeug, so unpraktisch das sein mag, so wenig es den dortigen Bedingnissen entspricht, ändern sie auch deshalb nicht, bis nicht ihre Kinder herangewachsen und den Bettel aus dem Hause werfen, oder die Noth sie zwingt das eine oder andere zu verbessern.

So mit ihrer Kleidung; mit den langen blauen Zimmermannsröcken mit fingerbreiten Kragen, und riesigen, zwischen den Schößen zeitweilig herausfahrenden weißleinenen Taschen, mit dem ausgeschweiften Hut und den kolossalen Schuhen, und die Frauen mit ihren kurzen Röcken und weiten Ärmeln, den wunderlichen Hauben, dick wattirten, wulstigen Jacken und tausendfach gefalteten Röcken, wie lange währt das, bis sie auch nur das kleinste daran ändern, und thun sie's selbst, legen sie das und jenes ab, und dieß und das dafür an, die Art wie sie's tragen bleibt dieselbe, und der Deutsche ist im Nu herauszufinden.

Herr von Hopfgarten hatte Briefe an ein paar deutsche Kaufleute mit. Der Eine, den er zuerst besuchte, hielt einen Laden im Mainstreet, und schien durch Importiren deutscher Waaren ein ziemliches Vermögen erworben, sein Deutsch aber dabei vergessen zu haben. Er sprach nur Englisch – wenn auch freilich mit traurigem Accent – selbst mit seinen deutschen Dienstleuten, die sich abquälen mußten ihn nur zu verstehen – kleidete sich ganz Amerikanisch, d.h. er coquettirte damit einen sehr feinen, aber an dem einen Ellbogen zerrissnen Rock zu tragen, besuchte den ganzen Sonntag Amerikanische Kirchen und – kaute Taback.

»Wie er sich räuspert und wie er spuckt,
Das habt Ihr ihm glücklich abgeguckt.«

Das vernachlässigte, Widerliche des Amerikanischen Charakters nehmen diese Art Leute an, das aber, was seinem ganzen Wesen die innere Triebkraft giebt, das Bewußtsein seiner Freiheit, sein Nationalstolz, mit dem er sein Vaterland wachsen und gedeihen sieht, wie noch kein Beispiel die Geschichte je geliefert, das leider Gottes liegt ihnen unerreichbar fern. Sie sagen sich nicht allein los vom deutschen Vaterland – das ist gut, das Vaterland kann sie verschmerzen und hat des Gelichters noch leider mehr als genug – nein sie schämen sich auch Deutsche zu sein, schimpfen nicht auf das was Deutschland so niedergedrückt hat und zu Boden gehalten, sie haben das nie begriffen noch gefühlt, nein auf den deutschen Stamm, dem ihre eigene Mutter angehörte, und spreitzen sich in ihrem fremden Wesen, mit dem gewonnenen Reichthum, von dem ordentlichen Amerikaner ausgelacht, von dem wackeren Deutschen verachtet, in einem kleinen Raum herum, den ihr eigener Dunstkreis bildet, und den sie für die Welt halten.

Hopfgarten konnte sich nicht wohl bei diesen Menschen fühlen; diese vornehme Gemeinheit widerte den wackeren Mann an, und er suchte sich eine andere Schicht der Bevölkerung unter den Deutschen.

Er wurde bei einem Landsmann, der eine Apotheke in -- *street* hatte eingeführt und sehr freundlich aufgenommen, und lernte hier einige Doktoren, Advocaten und Geistliche kennen, aber ein steifer Ton herrschte auch in diesen Zirkeln; von einem herzlichen Verstehen war zwischen ihnen nicht die Rede. Die Doktoren waren natürlich nur solche die zur Ausführung ihrer Recepte die Patienten nach *seiner* Apotheke schickten, die Advocaten und Pastoren »gute« Patienten von beiden, aber auch hier wurde kein freundliches Wort über die *Landsleute* gesprochen. Alle diese Männer befanden sich noch nicht in den Verhältnissen ihren Beruf aufzugeben und von ihren Zinsen zu leben, ja Manche waren erst seit kurzer Zeit von Europa herübergekommen und suchten sich erst eine Carriere oder Stellung zu gründen. Der Apotheker *protegirte* Manche von diesen, und war außerdem, seiner Äußerung gegen Herrn von Hopfgarten nach, *stolz* darauf ein »Bürgerlicher« zu sein.

Hopfgarten lachte damals über diese etwas wunderliche Bemerkung, und meinte darauf, Herr Hohlziegel habe dazu wohl eben so wenig Grund, als wenn *er* auf seinen Adel stolz sein wolle, da sie als vernünftige Männer doch wüßten wie des Menschen Handeln seinen Werth bestimme – aber wohl konnte er sich dennoch nicht zwischen den Leuten fühlen. Es war auch dabei von Nichts die Rede als von Geschäften, und wenn ein Mann genannt wurde, mußte die Zahl seines Vermögens den Zunamen bilden – das ganze Geschlecht wurde in *gut* und *nicht gut* geschieden. Selbst der Geistliche, der neu angekommen, in den nächsten Tagen eine Probepredigt zu halten hatte, damit sich dann die Gemeinde entscheiden könne ob sie ihn haben wolle oder nicht, sprach nur von dem *Effekt* seiner Rede, von dem »Packen der Menge« und von seinem *Gehalt.*

Diese Leute verschmähten es, oder hielten es vielmehr unter ihrer Würde in ein deutsches Bierhaus zu gehn, und tranken mit kleinen Stückchen sehr trockenen, staubig schmeckenden Confekts, einen nichtswürdig saueren Amerikanischen Wein, der das Einzige zu seiner Entschuldigung hatte, daß er auf Herrn Hohlziegels eigenem Weinberg gereift war, und dieses Meinung nach, einmal ein »famoses Gewächs« werden mußte.

Hopfgarten stand eines Abends, nach einem schrecklich verlebten Nachmittag in Verzweiflung unten in der Apotheke und beschloß schon Cincinnati mit seiner prachtvoll gebauten Unterstadt, und den Holzbaraken des Canalviertels in Mismuth zu verlassen, als der Provisor, ein behäbig aussehender Mann, mit fettem Unterkinn und kleinen lebhaften Augen, seinen Hut aufsetzte, dem anderen jungen Mann in der Apotheke zurief daß er mit dem »fremden Herrn« ausgegangen sei, und diesen dann sehr zu dessen Erstaunen ohne weiteres unter den Arm nahm und hinaus auf die Straße führte.

»Wenn Ihr Magen von dem verdammten Grüneberger Ausbruch noch nicht ruinirt ist«, sagte er dabei, »und Sie noch eine halbe Stunde aufsitzen können ohne einzuschlafen, wie es die »Honoratioren« gewöhnlich machen, so denk' ich Sie zu einem guten Glas Bier zu führen, wo wir auch muntere Gesellschaft finden. Gemischtes Publicum allerdings, aber nette Kerle, und Cincinnati Bier mit Limburger Käse.«

»Oh Sie scherzen«, rief Hopfgarten rasch, »Limburger? ächter Limburger? Herr, das ist eine schwache Seite von mir.«

»Sie werden ihn *riechen* sobald wir in's Haus kommen«, sagte Bohle, der Provisor. Überhaupt aber ziemlich schweigsamer Natur, ließ er sich auch unterwegs auf kein großes Gespräch weiter ein, sondern beantwortete alle an ihn gerichteten Fragen so einsylbig als irgend möglich.

Sycamorestreet hinauf und in eine der Queerstraßen, die mit dem Strom parallel laufen, einbiegend, erreichten sie endlich ein Haus, das nicht mit dem entsetzlichen »Deutsches Coffe-Haus« wie fast alle Schnapskneipen die Überschrift tragen, versehen war, sondern wo ein weiß und blaues Schild – ein Stückchen Heimweh des bairischen Bierbrauers – dem durstigen Wanderer mit lakonischen aber zum Herzen sprechenden Worten kündete, daß hier ein gutes Bier verzapft werde. Es war keine Prahlerei mit dem Worte Bairisch dabei, kein Coquettiren mit der Zugabe »Amerikanisch« – es hieß nur »gutes Bier« und ein kleines hölzernes Täfelchen was darunter hing trug, anscheinend mit dem in Stiefelwichse getauchten Finger geschrieben, die Worte:

Limburger Käse!
Schweizer Käse!
Rettiche!

Der Platz bedurfte weiter keiner Empfehlung, und Hopfgarten betrat mit einer gewissen Art von heimischem Wohlbehagen den kleinen niederen, schon von zahlreichen Gästen belebten Raum, wo sie kaum seinen Begleiter erkannten, als ihnen auch an einem der Tische Raum gemacht und sie freundlich eingeladen wurden sich dort niederzulassen.

»Meine Herren«, begann da Bohle seinen Gast vorzustellen, »ich bringe Ihnen hier ein Opfer der Etikette, einen Unglücklichen, den Hohlziegel mit Cincinnati-Ausbruch vergiftet und der Doktor Held außerdem aus der Haut getrieben hat vor langer Weile. Der Herr hier ist erst vor kurzer Zeit von Deutschland herübergekommen, heißt von Hopfgarten und würde Cincinnati mit der moralischen Überzeugung verlassen haben, daß es der ekelhaft langweiligste Platz unter der Sonne sei, und die Deutschen darin nicht einmal deren Scheinen verdienten. Ich habe ihn gerettet, unter den Arm genommen und bin mit ihm hierher an Land geschwommen – bitte meine Herren, stellen Sie sich jetzt eigenhändig vor, damit unser neuer Freund weiß woran er ist, und in welch anständiger Gesellschaft er sich eigentlich befindet. – Sie Lochhausen, fangen Sie einmal an; aber hallo hier Brand, bringen Sie uns doch Bier, zum Donnerwetter, sollen wir denn an der Quelle verschmachten. Zwei Quart Bier und einen halben Limburger Käse! also Lochhausen.«

»Ich heiße von Lochhausen«, sagte der junge Mann, der dicht neben Herrn von Hopfgarten saß, ein junger blondhaariger Bursche mit blauen treuen und doch lebendigen Augen, »und bin Zeitungsträger beim Volksblatt, wie auch Exzeitungsträger des Christlichen Apologeten, habe aber die Hoffnung, wenigstens das Versprechen der betreffenden Behörden, denen ich durch meine Familie dringend empfohlen bin, eine feste Anstellung als Straßenkehrer für Sycamore und Wallnutstreet zu bekommen.«

Hopfgarten sah seinen Führer von der Seite an, denn unwillkührlich stieg der Verdacht in ihm auf, daß man sich vielleicht auf seine Kosten amüsiren wolle, und ihn für »grün« genug halte zu glauben was man ihm eben aufbinde. Bohle, der aber etwas Ähnliches vielleicht vermuthen mochte, sagte freundlich:

»Fürchten Sie nicht, lieber Herr, daß Ihnen Einer der Leute hier eine Unwahrheit erzählt, sie würden *Alle* über ihn herfallen; die ganze Geschichte soll Ihnen auch eigentlich nur einen Beweis liefern, wie uns das

Schicksal hier zusammengewürfelt hat, und was wir treiben. Am Tag müßten Sie Gott weiß wo überall umherkriechen uns anzutreffen, Abends finden wir uns aber gewöhnlich hier von selber zusammen; nicht aus freiem Willen übrigens, sondern durch die Nothwendigkeit zu einander getrieben, einen Anhalt in uns selber gegen das praktische Leben draußen zu haben. Jetzt kommen Sie Höfner.«

»Meinen Namen haben Sie eben gehört« sagte der also Aufgerufene, mit einer leichten freundlichen Verneigung gegen den Fremden; »ich bin der Sohn des früheren Justizministers Höfner aus – seit zwei Jahren in Amerika und im ersten halben Jahr in einer Kohlengrube in Pennsylvanien beschäftigt gewesen. Die Arbeit war mir zu hart, ich ging deshalb als Koch auf ein Dampfboot, wurde später Bäcker in Dayton und drehe jetzt Cigarren, in welchem Geschäft ich mir schmeichle ziemliche Fertigkeit erlangt zu haben.«

»Ich heiße Sorgfeld«, sagte der Dritte, »war früher Officier in Braunschweigischen Diensten, kam vor drei Jahren nach Amerika, wurde Farmer, d.h. diente anderthalb Jahr als Ackerknecht, bekam Streit mit einem Amerikanischen Advokaten in der Nachbarschaft, und flüchtete in Folge eines Duells nach Ohio, wo ich jetzt Bilderrahmen in der Spiegelfabrik von *Hoppe & brothers* vergolde.«

Der vierte war eine etwas schwammige, eben nicht übermäßig reinliche, in einen grauen Sommerrock eingeknöpfte Gestalt mit einem dicken aufgedunsenen Gesicht, in dem aber Humor und viel Gutmüthiges lag, trug eine Brille schief auf der Nase, daß er über das eine Glas hin und unter dem anderen weg sah, und hatte eine Gewohnheit sich mit den Fingern durch das lange dünne feuchte Haar zu fahren.

»Ich heiße Müller«, sagte er, dabei still vor sich hinlächelnd, »und bin Redakteur des Volksboten – ultra demokratischer Würgengel und Hackklotz des Christlichen Apologeten wie »Wahrheitsfreundes«[14] – Principal jenes jungen blondhaarigen Menschen da, dem ich etwas mehr auf die Finger sehen muß, da ich nicht begreife wie er mit dem geringen Absatz meines Blattes so viel Biertrinken vereinigen kann – habe früher in Deutschland *jura* studirt und eine Zeitlang hier Recht verdreht, dann, als das nicht mehr gehn wollte, und die Eisenbahnspeculation begann, bei der ich mich auch in etwas betheiligen wollte, zwei Monate an der St. Louis-Bahn mit geschaufelt und gegraben, bin dann, da die Arbeit meiner Constitution nicht zusagte, hierher nach Cincinnati gekommen, wo ich eine Zeitlang für einen hiesigen Kürschner, meinen Nachbar hier, Felle zupfte, und habe nachher, einem »dringenden Bedürfniß« abzuhelfen, den »Volksboten« gegründet, an dem mich jetzt meine Zeitungsträger und Setzer ruiniren.«

»Ich bin der Kürschner Helfich«, sagte ein kleiner Mann mit einem großen Höker auf der linken Schulter, mit dem er nicht viel mehr als eben auf den Tisch hinauf reichte. »Habe hier in Amerika eine Ladung Pelze gekauft, dieselben nach Deutschland hinüber zu schaffen, litt dicht vor dem Hafen Schiffbruch, bekam, da die Assecuranzcompagnie einfach bankerott machte, nur fünf Procent, etwas über meine Einzahlung vergütet, und begann nun hier, da ich solcher Art nicht zurückkehren mochte, ein kleines Geschäft ganz von vorn; habe auch Clavierunterricht und Zeichenstunde gegeben, und werde mich im nächsten Frühjahr einer Gesellschaft anschließen, eine Reise mit der Pelzcompagnie in die Felsengebirge zu machen.«

»Ich bin Doktor Eberhard«, sagte der nächst ihm Sitzende, »meine Geschichte ist bald erzählt; vor zwei Jahren als Schiffsdoktor herübergekommen, habe ich mir die wenigen Patienten, die mir Glück oder Zufall geliefert, selber todt gemacht – wenigstens behaupten meine Freunde so«, sagte er, als die Übrigen lachten, »und würden einen Mordscandal erhoben haben, hätte ich etwas anderes erzählt. Jetzt habe ich einen Cigarrenladen errichtet, an dem mein Freund Höfner da Mitarbeiter ist.«

»Ich habe Theologie studirt« nahm der letzte am Tisch, der neben Bohle saß, die Reihenfolge auf, »und heiße Tanne. Glaubte auch meinen Beruf hier in Amerika, nach Allem, was ich früher darüber gehört, sehr bequem fortsetzen zu können, fand aber nach Jahresfrist daß ich mich darin geirrt. Von einer Gemeinde in Pennsylvanien engagirt, wöchentlich ein Mal zu predigen und sämmtliche Festtage zu halten, wofür ich 30 Dollar monatlich bekam, war ich den Orthodoxen bald nicht orthodox, den Freisinnigen nicht freisinnig genug. Darin vereinigten sich beide Partheien, daß ich nicht für sie tauge und ich ging nach Ohio, wo ich in Columbus eine Zeitlang der deutschen Gemeinde predigte. Umtriebe, die von einem andern »Pfarrer« dort gemacht wurden, ließen mich meine dortige Stellung freiwillig aufgeben, und ich zog die ruhigere Beschäftigung eines Constablers – quasi Nachtwächter – in Dayton vor, wo ich gleichen Gehalt wie als Prediger bekam. Die Nachtluft sagte aber meiner Constitution nicht zu – ich wurde dann in Covington, über dem Ohio drüben, Schullehrer, ärgerte mir da fast den Tod an den Hals und machte

14 Methodisten und ultramontanes Blatt.

dann zwei Reisen als Koch auf einem Dampfboot, bis ich mich jetzt endlich als Pillenfabrikant hier zu Ruhe gesetzt habe, und jetzt ziemlich einträgliche Geschäfte, besonders nach dem Westen der Union mit blutreinigenden sogenannten Tanneschen Pillen mache.«

»So« sagte Bohle, »haben Sie nun die Güte und introduciren Sie sich ebenfalls.«

»Lieber Gott, das ist bald geschehen« lachte Hopfgarten »und ich komme mir, diesen Mannigfaltigkeiten gegenüber, hier ordentlich klein vor. Ich heiße von Hopfgarten, und reise durch die Vereinigten Staaten von Nord-Amerika, das Land selber kennen zu lernen und einen richtigen Begriff davon zu bekommen – sonst bin ich hier noch weiter Nichts gewesen als – Passagier.«

»Aller Ehren werth« rief da Müller lachend, »wenn Sie wirklich noch weiter Nichts gewesen sind; die meisten Fremden sind gewöhnlich in der ersten Zeit auch noch »Hühnchen« und werden gerupft.«

Hopfgarten lachte und meinte, das stünde ihm wohl noch bevor. Von jetzt an wurde das Gespräch allgemein; dadurch übrigens, daß sich alle selber persönlich aufgeführt und vorgestellt hatten, war ein heiterer, ungenirter Geist in das Ganze gekommen; der Fremde war ihnen nicht mehr fremd, und fühlte sich zum ersten Mal, seit er Amerika betreten hatte, wirklich wohl in einer fremden Umgebung. Die Gesellschaft bestand nur aus gebildeten Leuten, die sich schon in der Welt etwas umgesehn und ihre Kräfte versucht hatten, es herrschte ein höchst anständiger, aber vollkommen zwangloser Ton, und trotz ihren verschiedenen Beschäftigungen, die Alle vielleicht wieder in den nächsten Monaten wechselten irgend etwas anderes ihnen mehr zusagendes oder mehr einträgliches zu ergreifen, sah man daß sie einander achteten und gern hatten.

»Und es gefällt Ihnen in Amerika?« hatte Hopfgarten im Lauf der Unterhaltung gewissermaßen die Frage an die ganze Gesellschaft gerichtet; »Sie fühlen sich wohl und zufrieden hier?«

»Ich will Ihnen etwas sagen, mein lieber Herr von Hopfgarten«, nahm hier Tanne die Frage auf – »die Antwort kann nicht einfach mit ja oder nein gegeben werden. Von gefallen oder nicht gefallen kann überhaupt nicht die Rede sein irgend einen Maasstab anzulegen, denn das richtet sich auch großentheils nicht allein nach den Ansichten des Einzelnen, sondern auch nach dem, was er in der alten Heimath zurückgelassen hat. Das Vaterland liegt uns noch *Allen* in den Gliedern, und wird darin liegen, so lange wir einen Tropfen *menschlichen* Blutes in uns laufen haben, und nicht solche erbärmliche nichtsnutzige Schwachköpfe – ja ich möchte fast sagen, *Schufte* geworden sind wie jenes Gesindel, das, ohne irgend eine Vergangenheit, ohne ein Gefühl von Liebe oder Dankbarkeit sich *schämt Deutsche* zu sein. Eigentlich ist das übrigens nur ein Irrthum von ihnen, sie geben dem Gefühl der Schaam, die ganz richtig in ihnen besteht, nur einen falschen Namen, sie sollten sich überhaupt schämen daß sie auf der Welt sind, und reduciren das auf das Vaterland. Doch um auf unser Thema zurückzufallen – die Galle läuft mir immer über, wenn ich auf das Gesindel zu sprechen komme – so meine ich mit dem *Gefallen*, daß es sich besonders danach richtet, was wir im alten Vaterland zurückgelassen haben. War das viel Liebes und Gutes, dann freilich wird es Manchem schwer werden, hier in ganz anderen, fremden, ja kalten Verhältnissen – denn Jeder sorgt hier nur für sich selbst, und Gott für uns alle – zurecht zu finden, oder wohl zu fühlen. War das nicht der Fall, gingen wir mit leichtem Herzen fort, ist es freilich etwas anderes, und wir werden auch im Stande sein, uns hier leichter einzurichten. Es sind dann nicht zu viel alte Herzensfasern, beim Herausreißen aus dem Mutterboden darin zurückgeblieben, und die Pflanze kommt besser fort und gedeiht – wenn ich auch gerade nicht weiß, ob ich *die* Leute beneiden soll« – setzte er ernster hinzu. »Überhaupt ist es mit dem *ubi bene ibi patria* eine eigene Sache, es klingt recht gut im Lied, und singt sich ganz erträglich, ist aber doch nicht wahr – zur Ehre des Menschengeschlechts nicht wahr, und in melancholischen Stunden, die fast jeder Staatsbürger einmal hat, und die sich bei den hiesigen Deutschen gewöhnlich am auffallendsten zur Weihnachtszeit einstellen, sing' ich die Geschichte manchmal verkehrt.«

»Also das Heimweh existirt doch auch in Amerika« sagte Hopfgarten.

»Moralischen Katzenjammer nennen sie's hier« sagte Müller, »und gebrauchen Bier und Cognac dagegen.«

»Zeitweise existirt's« fuhr Tanne fort, »aber *Amerika* ist da nicht die Ursache, sondern die Fremde überhaupt, und so wunderlich es mir hier schon gegangen, ja so erbärmlich oft und miserabel, wär' ich der Letzte der über das Land klagte. Es ist ein großes, herrliches Reich dieß freie Amerika, von tüchtigen edlen Männern gegründet, die einen Grundstein für die Ewigkeit gelegt. Nachfolgende Generationen haben daran unverdrossen weiter gebaut, und wenn auch hie und da einmal ein Miston, durch die *vielen* Baumeister hineingekommen, wenn auch hie und da ein wilder Schnörkel oder Knauf die massenhafte Hoheit des

Ganzen unterbricht und stört, andere Stellen noch roh und unbehauen liegen und der Arbeiter harren, die *Harmonie* des Ganzen kann's nicht stören, das wächst und steigt und breitet sich nach Nord und Süd und West ein Asyl den Bedrückten, den Nothleidenden, ein weiter Hafen für die ganze Welt.«

»Ja« sagte Hopfgarten, »das klingt nicht so übel, ist aber die alte Geschichte von der romantischen Seite aufgefaßt; mir läge daran das *Praktische* zu hören.«

»Darin kann *ich* Ihnen vielleicht dienen« sagte Müller, sein Glas wieder vollschenkend und austrinkend, und das geleerte Blechmaas dem Wirth um »neuen Stoff« zurückreichend. »Tanne hat die schwache Seite daß er manchmal Verse macht, und es wird ihm sogar hier nachgesagt, er hätte in Pennsylvanien einmal eine »gereimte« Predigt gehalten – *das* konnten die Leute nicht vertragen und er mußte fort. – «

»Ihr reitet nur immer auf *uns* herum« lachte Tanne – »wenn Ihr die Geistlichen nicht hättet –

»Und keinen Löffel, so müßten wir unsere Suppe *trinken*, ja wohl, das ist ganz in der Ordnung«, sagte Müller trocken, »die kommen aber hier gar nicht in Betracht, sondern unser Amerika, in dem wir nun einmal existiren, und wenn vielleicht wenig Menschen weniger Ursache haben günstig davon zu denken, so wär' ich es, wollte ich eben ungerecht sein und die ganze Geschichte nur nach mir selber beurtheilen. Wenig Deutsche in Amerika haben aber gerade so viel Gelegenheit das Wirken und Schaffen, das Fortschreiten und Wachsen ihrer Landsleute zu beurtheilen, wie gerade wir Zeitungsredakteure, deren *Beruf* es eben ist, sich, indem sie für sich selber sorgen, um Andere zu bekümmern. Wir gerade lernen dabei eine Menge Menschen kennen, die herüber kommen, hören am häufigsten was sie darüber sagen, weil wir eben *darauf* hören, lesen was sie darüber schreiben, und fühlen zuletzt, wie wir nur zu häufig die Triebfedern durchschauen, die sie zu dem oder jenem Urtheil geleitet.«

»So zum Beispiel – um Ihnen die Sache etwas handgreiflicher zu machen – ist seit lange nicht so viel Volk vom alten Vaterland herübergekommen, wie in den letzten zwei Jahren, und zwar meistens aus einer Klasse, die Sie zwar hier im Zimmer und an diesem Tische besonders vertreten finden, die wir aber gerade hier in Amerika am allerwenigsten gebrauchen können, und die auch in der That hier am allerwenigsten mit sich selber anzufangen weiß. Ich meine eben die mittellose gebildete Klasse, die für ihre Schulbildung hier keinen Markt findet, und nur zu häufig dann auch noch zu faul ist da mit den Händen zuzugreifen, wo sie mit dem Kopf nichts ausrichten kann. Hierzu gehören Juristen, Geistliche – wenn sie sich in die bestehenden Eigenthümlichkeiten nicht fügen können oder wollen – Philologen und Philosophen, die unglückseligsten Menschenkinder von Allen zwischen den praktischen Amerikanern – und jene Unmasse von »falschen Doktorn« wie man sie hier nennt, solche nämlich, die Doktoren heißen, aber keine Ärzte sind, und deren Schicksal Einen manchmal wirklich dauern könnte, wenn es nicht gerade auch oft wieder so komisch wäre. Eine Masse Advokatengesindel, *present company always excepted*[15] kommt daher, radebrecht Englisch auf eine schauerliche Art, kennt die hiesigen Gesetze nicht, will nichts Anderes ergreifen, und schimpft und raisonirt dann über das Land, nimmt das Maul voll und thut als ob ihm das größte Unrecht geschehen wäre; Ladenschwengel, die in Deutschland in einer »angenehmen Condition« gestanden, finden hier nicht gleich Jemand, in dessen Laden sie mit gekräuselten Locken und faden Redensarten den Angenehmen spielen können. Daß sie nun ihre *Fäuste* brauchen, die ihnen der liebe Gott nicht allein zum Kattunausmessen gegeben hat – Gott bewahre, nein, Amerika ist ein gesetzloses, nichtsnutziges Land, gesetzlos, weil sie irgendwo in einer Kneipe, wo sie sich unnütz gemacht, oder an Plätzen herumgekrochen, wo sie Nichts zu suchen hatten, hinausgeworfen wurden; nichtsnutzig, weil man ihnen keine, »ihren Fähigkeiten entsprechende Stellung« anweißt.«

»Eine Menge von diesen Leuten suchen sich dann in hiesigen Blättern zu expectoriren, theils in Versen, theils in Prosa, schreiben Bogen lange Artikel über das Land, das sie nicht kennen, über die Verhältnisse, von denen sie Nichts verstehn, und verlangen dann auch noch Honorar dafür. Nehmen wir es nun nicht – denn wenn man all den Unsinn drucken wollte, hätten *zehn* Schnellpressen Arbeit – dann schicken sie die Wische, weil sie doch einmal geschrieben sind, nach Deutschland, und dort gelten sie dann als »Stimmen aus Amerika« – der Schreiber des und des Artikels muß ja die Sache verstehn, **er ist ja selber drüben** – daß sie der Teufel hole. – «

»Ein Glück für uns, daß von dem Gelichter es doch manchmal ein oder der Andere möglich macht nach Deutschland zurückzukommen; dort schlägt er Feuerlärm, schildert uns als Tabackkauende, betrügerische Ungeheuer, das ganze Land als eine gesetzlose Wildniß – eine Falle leichtgläubige Menschen zu fangen, zählt alle Mordthaten und Diebstähle, die in dem ganzen ungeheueren Reiche, und *wenigstens* in der Hälfte

15 Gegenwärtige Gesellschaft immer ausgenommen.

durch *Fremde* ausgeübt werden auf, und hält dadurch doch wenigstens viele Andere seines Gelichters ab herüberzukommen.«

»Der fleißige Arbeiter – der Ackerbauer, der Handwerker, dem es hier gut geht, der sich glücklich und wohl fühlt, der schimpft nicht, und schreibt auch keine albernen Artikel über Amerika, höchstens Briefe in die Heimath, seine Anverwandten, und die die er lieb hat, herüberzurufen. Still und unverdrossen geht der seine Bahn fort; sieht sein Land sich mehr und mehr verwerthen, mit jedem Tag seine Heerden wachsen, seine Felder blühen, und segnet die Stunde, in der er den Entschluß gefaßt auszuwandern.«

»Daß es nicht Allen glückt – wenigstens nicht gleich in der ersten Zeit und Manche viel Böses und schwere Zeit durchzumachen haben, versteht sich von selbst – es fiele mir auch nicht ein, Allen anzurathen hierherzukommen, das wäre Wahnsinn. Man wirft dem Amerikaner vor daß er kein Gemüth hat, und ich glaube fast der Vorwurf ist gerecht, wenigstens im Allgemeinen; auf ein *gemüthliches* Leben darf man hier im Land denn auch nicht rechnen, außer man hat *sehr* viel Geld, und in dem Fall kehrt der Deutsche doch am liebsten wieder nach Deutschland zurück. Amerika paßt auch wirklich nicht für eine Menge Leute, und wem es halbwege gut in Deuschland geht, wem die Verhältnisse dort nicht zu drückend auf den Schultern liegen, der soll bleiben wo er ist; dort weiß er was er hat, hier weiß er nicht was er kriegt, und das ist, das Wenigste zu sagen, eine unangenehme Geschichte.«

»Wenn man nur einmal so einen richtigen deutschen Farmer über Amerika könnte sprechen hören« sagte Hopfgarten »das wäre mir in der That ungemein interessant.«

»Nichts leichter als das« lachte Helfig »Ohio wimmelt davon, und wohin Sie hinein in's Land gehn, finden Sie deutsche Ansiedlungen. Sie brauchen auch nicht zu fragen wo Deutsche wohnen, Sie sehn es schon an den reinlichen massiv errichteteten Gebäuden, den steinernen Scheunen, dem ordentlich aufgestellten Ackergeräth, den sorgfältig urbar gemachten Feldern.«

»Aber es fällt doch noch manches Außergewöhnliche in den Städten vor« sagte Hopfgarten, in wirklicher Besorgniß jetzt, daß sie ihm die ganze Romantik des Landes über den Haufen würfen; »in Cincinnati besonders habe ich mir sagen lassen, daß Raubanfälle keineswegs zu den Seltenheiten, und zwar in den besten Theilen der Stadt gehörten.«

»Ah Papperlapapp«, lachte von Lochhausen, »ja es kommt vor, aber im Verhältniß zu der Unmasse von Proletariat, das uns die alte Welt herüberschickt, doch unverhältnißmäßig selten, außer in den Fällen wo sich die Leute selber an Orte begeben in die sie nicht gehören, wie Müller sagt. Mancher ist in liederlichen Häusern bestohlen worden, und macht nachher ein Geschrei daß er angefallen und beraubt wäre – er mag natürlich nicht sagen *wo* er sein Geld verloren hat; Andere erzählen solche Geschichten, wie sie von Abenteuern mit Tigern und Bären erzählen, sobald sie nur den Fuß in Wald oder Busch gesetzt. Einbrüche und Raubanfälle kommen vor, ja, aber nicht mehr wie in jeder andern großen Europäischen Stadt, London gar nicht gerechnet. – Lieber Gott, wir Alle die wir hier sitzen, fürchten uns nicht vor der Nachtluft, und sind schon manchmal Abends spät zu Hause gegangen, und ist schon Einer von uns Allen angefallen worden? und so wird es Ihnen schwer werden Jemanden zu finden, der Ihnen etwas derartiges aus eigener Erfahrung bestätigen kann, wenn er die Wahrheit reden will – aber es fällt vor!«

»Nun laßt aber Amerika«, rief Sorgfeld dazwischen, »die Geschichte wird langweilig; wenn der Herr da noch länger hier bei uns bleibt, wird er sich seine Meinung schon selber bilden; uns Allen wie Tausenden, ja Millionen unserer Mitbrüder hat das wackere Land die Arme freundlich geöffnet und uns seine Schätze geboten nach allen Richtungen hin; wer blöde war und nicht zulangte, oder nicht wußte wie er es anfangen sollte, dessen eigene Schuld war's – und vielleicht lernt er's noch – Amerika soll leben – *hoch!*« und das Glas erhebend standen die meisten Deutschen von ihren Sitzen auf, stießen mit den Gläsern an, und stimmten in das Hoch ein. – Einzelne blieben auch sitzen.

Das Gespräch ging von da an wieder auf allgemeine Gegenstände über; es wurde dabei gelacht und erzählt bis zum Abend; und als Herr von Hopfgarten ziemlich spät an den Aufbruch dachte, mußte er sich gestehen daß dieß eigentlich der erste Abend sei, an dem er sich in Amerika wirklich amüsirt habe. Durch das Gespräch war aber auch der Wunsch um so mehr in ihm rege geworden, einen Theil des inneren, cultivirten Landes hier zu sehen, denn die Umgegend von Cincinnati sollte einem Garten gleichen; so schon am nächsten Morgen miethete er sich ein Pferd in der Stadt, und ritt Mainstreet hinauf über den Canal durch die deutsche Vorstadt hin, wo jedes Schild fast einen deutschen Namen trug, und ganze Schaaren frisch eingewanderter Staatsbürger, in ihren Nationaljacken und Röcken die Straßen durchwanderten.

Die Hügel, welche die Stadt umgeben, und zu denen sie hinaufsteigt, und die sie in gar nicht so langen Jahren wird erstiegen haben, lagen zum Theil mit Gärten, zum Theil mit Rebenpflanzungen bedeckt, und eine treffliche Straße wand sich dort hindurch. Oben auf dem Hügel aber hielt Hopfgarten still, das Thal zu überschauen das er eben verlassen, und das sich jetzt in wundervoller Herrlichkeit vor ihm ausbreitete.

Drüben den Hintergrund bildeten die eben nicht sehr hohen, aber freundlichen Hügel Kentuckys, theilweise noch mit Wald, meist aber mit wohl umfenzten Feldern überzogen, bis zu dem Häuserbedeckten Ufer des Ohio, der seine klaren Fluthen schlängelnd durch das reizende Thal wand. Haus an Haus aber drängte an dieser Seite des Stromes die junge Riesenstadt, ein wundervolles Panorama regen thätigen Lebens, das hier, mit tropischer Keimkraft fast, dem Boden wie entsprungen liegt.

Im Jahre 1788 standen hier in dem Thal, in einer Wildniß, die von Bären und Büffeln nur bewohnt, von den leichtfüßigen Söhnen der Wälder auf ihren Kriegszügen durchstreift wurde, drei einzelne Blockhütten, aus den Stämmen des Waldes aufgebaut – fünfzig Jahr später zählte die Stadt Cincinnati 40000 Einwohner,[16] und von da an vermehrte sich die Zahl fast mit jedem Jahre um 6-7000. Der Strom, den damals fast nur das schlanke Canoe des Indianers durchfurchte, wimmelte jetzt von mächtigen Dampfbooten, die mit dem dünnen weißen Schaumstreifen hinter sich, auf- und niederglitten, und überall streckten qualmende Riesenschornsteine die langen Hälse empor, thätiges schaffendes Leben bekundend. In den Straßen der Stadt selber wogte die rastlose Menge auf und ab, zahlreiche Wagen mit Früchten und Gemüsen, dem reichen Herbstsegen, schwer beladen, kamen die breite vortrefflich macadamisirte Landstraße nieder, und wie der Blick weiter schweifte, über die Hänge und Flächen dort umher, haftete er überall an reizenden Villen, schattigen Gärten, fruchtbaren Feldern, auf denen Gottes Segen ruhte, und über die sich der reine wolkenleere Himmel in durchsichtiger Bläue spannte.

»Welch wundervolles Land!« rief Hopfgarten da unwillkührlich aus, »welche Lebenskraft – welche Zukunft liegt für dich noch in der Zeiten Schooß – wie das gährt und kocht und keimt und sproßt und Blüthen treibt und Früchte reift – und über dem Allen *ein einziges Banner* – *ein* Schlachtschrei im Krieg für ein einig Volk, *ein* Ziel im Frieden, für das ganze Reich – armes Deutschland«, setzte er dann seufzend hinzu, als er sein Thier wieder wandte und der Straße weiter folgte, »kein Wunder daß ein solches Volk mit solchen Resultaten, solcher Zukunft vor sich, manchmal über die Stränge schlägt oder ein klein wenig übermüthig wird, wie ein junges kräftiges Füllen – hat es doch Ursache dazu, und darf sich freuen zu seines Schöpfers Lob. – Wir Deutschen sind freilich ruhig und gesetzter, springen und schlagen nicht und gebehrden uns nicht so unanständig; singen keinen Yankeedoodle – haben auch keine Ursache dazu, und keine Flagge, sondern nur ein Flickwerk von bunten Lappen; nicht einmal ein gemeinsames Vaterland, das wir das unsere nennen dürfen. Aber das Alles möchte sein, schlimmer und schlimmer uns drücken was uns drückt – knechten was uns knechtet in Religion und Gewissens-Freiheit und politischer Meinung; die Hoffnung wäre ja da, daß auch uns vielleicht einmal ein Washington erstände, wie er den Amerikanern erstanden ist, gerade als sie seiner am nöthigsten bedurften. Das aber ist ja eben das Verzweifelte unserer Lage – *wir*, könnten ihn gar nicht gebrauchen, wir würden gar nicht wissen was wir mit ihm anfangen sollten, denn wenn er nicht in allen acht und dreißig Ländern *zugleich* geboren wäre, würde ihn ja doch keiner der Nachbarstaaten anerkennen. – Ich wollte ich wäre ein Amerikaner«, setzte er leise seufzend hinzu als er, kaum noch auf den Weg achtend, die breite Straße entlang ritt – »ich wollte ich wäre ein Amerikaner und könnte *so* Deutschland beneiden, wie ich jetzt Amerika beneiden muß.«

Der kleine Mann, der sich einen weit anderen Eindruck von dem freundlichen Ritt versprochen, war ganz schwermüthig geworden bei den trüben Bildern, die sich seine Phantasie heraufbeschwor, ja vergaß fast, zwischen Fenzen und Hecken, und einzelnen reizend gelegenen Häusergruppen durchreitend, den Zweck seines Ausflugs, bis das Pferd, dessen Zügel er nur ganz locker in der Hand hielt, plötzlich rechts einbog, das Gebiß, als er es rasch umlenken wollte, zwischen die Zähne nahm, und sporenstreichs mit ihm in einen Hof, über diesen weg auf eine offene Thür zu und so direkt in den dort befindlichen Stall hineinfuhr, daß der Reiter kaum noch Zeit behielt sich in der Thür zu bücken und nicht gegen den oberen Balken und aus den Sattel geschlagen zu werden.

»Hallo, so eilig?« rief da eine lachende Stimme in deutscher Sprache hinter ihm drein, und in Holzpan-

16 Sie hat jetzt nahe an 130000.

toffeln schlurrte eine etwas schwerfällig aber sonst behäbig und gutmüthig genug aussehende Gestalt in gelber unten um die Knöchel gebundener, kniefettiger Lederhose, mit rother Weste auf der zwei Reihen silberner Knöpfe funkelten und in Hemdsärmeln, auf dem Kopf aber eine große unförmliche braune Pelzmütze, über den Hof, und blieb in der Stallthür stehen, neben der sich Hopfgarten eben aus dem Sattel geschwungen und den Zügel über den Kopf des Pferdes geworfen hatte, das er jetzt aus Leibeskräften, aber ebenfalls ohne den geringsten Erfolg, wieder aus dem Stall hinauszuziehen suchte.

»Laßt den Braunen nur stehn« lachte aber der Bauer, »der kennt die Krippe und hat da schon manche Metze Hafer gefressen. Guten Morgen Landsmann, Ihr seid doch ein Deutscher.«

»Allerdings, Herr Landsmann«, sagte der höfliche Hopfgarten, mit einem eben nicht ganz freundlichen Seitenblick auf den Braunen, »aber es ist doch immer fatal, wenn man nur eben da halten muß, wo es dem Pferde gerade einfällt zu bleiben.«

»Deshalb braucht Ihr Euch aber keine Sorge zu machen« sagte der Deutsche schmunzelnd – »er macht's seinem Herrn oder allen Anderen die ihn reiten, nicht besser, und seit den letzten drei Jahren kann sich Niemand rühmen auf *dem* Pferd, ohne bei mir anzuhalten, hier vorbeigeritten zu sein. – Seid Ihr schon lang in Amerika?«

»Erst wenige Wochen.«

»Und Ihr gleichts?«

Hopfgarten wußte daß dieß der deutsch-amerikanische Ausdruck für »gefallen« sei und sagte »Sehr.«

»Nu das ist hübsch – da seid Ihr wohl Landkaufen gekommen – aber hier im Stall wollen wir doch nicht stehen bleiben« unterbrach er sich rasch, »Ihr ruht Euch nun doch schon ein halb Stündchen bei mir aus, und seht Euch einmal mein Feld und meine neue Scheune an – seid wohl kein Bauer?«

Hopfgarten mußte dieß, während der Mann einem Jungen pfiff, und ihm befahl »Bless«, (wie der Braune nach einem kleinen weißen Fleck vorn an der Stirn hieß) zu besorgen, und ihm ordentlich Futter zu geben, verneinen. Bless hatte ihm aber, durch seinen Entschluß sich hier etwas aufzuhalten, wirklich einen Gefallen gethan, denn von Hopfgarten fand bald, daß er in dem Mann gerade gefunden was er suchte: einen richtigen deutschen Bauer, der seit vier Jahren hier im Land angesiedelt war, und sich in der Zeit eine allerliebste, wohleingerichtete Farm hergestellt hatte.

Der Mann war aber entsetzlich neugierig, und er selber, ehe er irgend etwas von ihm herausbekommen konnte über sein Leben und Treiben, genöthigt *ihm* erst Alles zu sagen was ihn selber betraf: wo er her sei, mit welchem Schiff er gekommen, wie viel Passagiere es an Bord gehabt, wo gelandet, ob Krankheiten unterwegs, ob sie gute Kost an Bord gehabt hätten, ob er nicht in New-Orleans Jemanden Namens Schmidt kennen gelernt habe, der »in der Nähe vom Wasser« wohne und einen kleinen Schenkstand oder einen Kleiderladen habe, und was *Corn* (Mais) jetzt in New-Orleans koste. – Nur nach Deutschland frug er nicht, weder aus welcher Gegend der Fremde stamme, noch wie es dort aussehe jetzt, im alten Vaterland. Es waren gerade vier Jahre, daß er die Heimath verlassen, und als ihn von Hopfgarten später danach frug stellte sich heraus, daß er noch nicht ein einziges Mal an seine Verwandten drüben, Geschwister und Schwäger geschrieben habe. Die hatten zu leben, es ging ihnen gut, das wußte er, wenigstens hätten sie es ihm sonst wohl gemeldet (sie konnten nicht einmal eine Ahnung haben, wo er angesiedelt sei) und ihm selber fehlte auch Nichts; seine Farm gedieh, sein Vieh wuchs heran, seine Erndten waren vortrefflich – was hatte er da groß zu schreiben?

In der Stube d'rin bei ihm sah es genau so aus wie in den Bauerstuben daheim; das Amerikanische Kaminfeuer verschmähend, hatte er sich einen tüchtigen, ächt deutschen Ofen, dessen Tafeln jedenfalls von Europa herübergeschafft worden, eingesetzt, hinter dem die Familie in Winterszeit gewiß eben so geschmort, wie daheim. An der Seite auf dort befestigten Bretern prangten die alten deutschen irdenen Schüsseln und Teller, mit ihren frommen Sprüchen und Phantasieblumen, mit Jahreszahl und Datum, in der Ecke der Stube stand eine blaugemalte, und ebenfalls mit großen hellen, durch die Chablone gemalten Blumen verzierte Kiste, auf der noch mit weißen Buchstaben jene bedeutungsschweren Worte »Auswanderer-Gut – Cincinnati Ohio, für Johannes Rohrberger aus Sohlfeld« obgleich später einmal mit dünner blauer Farbe übermalt, doch noch deutlich sichtbar waren, und am Fenster in der Ecke saß eine alte, aber noch rüstige Frau an ihrem alten Spinnrad – jeder Zoll eine Deutsche. Der aber lag manche Frage wohl schwer auf dem Herzen, als sie den Landsmann bei sich eintreten sah; dennoch mochte sie ihn selber nicht anreden, und als die Frau des Bauers, ein hübsches rundes Weibchen, ebenfalls in ihrer heimischen Tracht mit dem mit Knöpfen und Zierrathen besetzten Mieder und dem dickgefalteten Rock, in die Stube kam, und schneeweißes Waizenbrod, und Butter mit einem Kleeblatt in der Form, und guten deutschen Käse auftrug, und ein paar blitzende Gläser daneben setzte, zu denen der Mann einen selbst gebrauten dunkelrothen Kirschschnaps aus dem kleinen Schranke holte (den Schlüssel dazu trug er selber in der Westentasche) mußte sich Hopfgarten an den Tisch setzen, und vor allen Dingen essen und trinken. Nachher wollten sie hinaus in das Feld gehn »damit der Herr auch sähe daß es bei den *Deutschen* nicht etwa so liederlich gearbeitet würde wie bei denen Amerikanern.«

Hopfgarten sah nun dort allerdings nicht sehr viel, denn er verstand zu wenig vom Amerikanischen Ackerbau und besonders von den Schwierigkeiten, mit denen ein erster Ansiedler zu kämpfen hat, sein Land nicht allein urbar, sondern auch *holzrein* zu bekommen (zwei sehr von einander verschiedene Sachen) die hier gethane Arbeit gehörig würdigen zu können. Der Amerikaner nämlich – beiläufig gesagt ein furchtbarer Holzverwüster so lange ihm nur ein Stück im Wege ist – schlägt, wie bekannt, die Bäume um, rollt die kurz abgehauenen Stämme auf Haufen, brennt sie an, und läßt dabei die Stümpfe stehn, um die er indeß herumackert, und die in zehn Jahren etwa genug abfaulen mit dem Pflug stückweis herausgerissen zu werden. Die Deutschen lernen ihnen diese bequeme Art zu arbeiten bald ab; Viele aber, und besonders in der Nähe von Städten wo das Holz auch schon eher einen Werth hat, gehen sparsamer mit dem um, was ihnen Gott auf ihrem Land bis dahin hat wachsen lassen, und scheuen sich der Arbeit nicht auch das Geringste darauf zu verwerthen.

So lagen Johannes Rohrbergers Felder frei von all diesen fatalen Stümpfen, glatt und eben als ob sie schon Jahrzehnde dem Pfluge dienstbar gewesen da; keine Holzverschwendenden Zickzack- oder Wurmfenzen umgaben sie, sondern Eichen-Pfosten waren ringsum eingeschlagen und durch breite, unten dicht schließende Queerhölzer, den Ferkeln den Eintritt zu verweigern, geschlossen, und nicht weit davon aufgeschichtete, selbst gesägte Breter, Planken, Rafters und Stützen bewiesen, wie der Deutsche einen besseren Gebrauch für sein treffliches Holz gewußt habe, als es eben zu verbrennen. Hinter dem Haus lagen außerdem einige achtzig Klafter, aus dem sich im Winter guter Nutzen in der Stadt ziehen ließ, und die im Feld errichteten Getraidefeimen gaben zugleich auch Zeugniß von der Thätigkeit des Mannes nach dieser Richtung hin.

»Sie sind fleißig hier gewesen« sagte Hopfgarten, als ihn der Bauer auf das Alles aufmerksam gemacht, »und müssen jetzt wackeren Nutzen von ihrem Lande ziehen.«

»Ach ja es geht« schmunzelte der Mann; »die ersten Jahre freilich kam's mir ein Bischen hart an; ich kaufte die Farm von einem Amerikaner, der nach Arkansas übersiedeln wollte, um einen eben nicht zu hohen Preis, aber es sah auch furchtbar darauf aus – wüste holzgefüllte Felder, zerfallene Blockhäuser, von Scheunen und Ställen kein Gedanke, die Hälfte Boden noch mit Busch bewachsen. Da ging ich mit meinen drei Jungen an's Werk, und wie wir es erst einmal so weit gebracht hatten daß wir unser deutsches Handswerkszeug, was wir mitgeschleppt, wegwarfen, und uns Amerikanische Äxte und Pflüge anschafften, förderte es auch. Wir haben zwar gearbeitet wie die Pferde, das ist wahr; vor Tag heraus, und hinein bis in die späte Nacht. Die Amerikaner lachten uns dabei noch aus, und meinten daß wir es uns unnöthig schwer machten; und in mancher Hinsicht mochten sie recht haben, denn wir wußten eben noch nicht ordentlich wie wir die Sache anzufangen hatten, und mußten noch lernen. Aber schon nach zwei Jahren kriegte der Platz ein anderes Ansehn; ich nahm mir noch Amerikanische Arbeiter dazu, und *wir* setzten uns ebenfalls nicht in die Stube, sondern arbeiteten tüchtig mit; da förderte es denn freilich. Nicht allein daß uns die Amerikaner, die doch wenigstens eben so zufassen mußten wie wir selber, ein ordentlich Stück Arbeit fertig machten, sondern wir lernten auch von ihnen ihre Handgriffe und ihr praktisches Wesen, denn das muß man ihnen lassen. Ich hätte sie auch gerne noch ein halb Jahr länger bei mir behalten, wäre mir meine Alte nicht in einem hin in den Ohren gelegen sie fortzuschicken. Die konnte sie nicht leiden, weil sie nicht verstand was sie sagten, und weil sie ihr die reingescheuerten Stuben überall vollspuckten – immer freilich in die Winkel hinein, wo sie vielleicht glaubten daß man nicht hinkäme, aber meine Alte kam doch hin, und es wurde nicht eher Frieden im Haus bis sie weg waren.«

»Und jetzt geht es Ihnen gut? – Sie befinden sich wohl hier?«

»Ich glaub's« sagte der Bauer schmunzelnd – »ich hatte in Deutschland ein kleines ärmliches Gütchen, das seinen Mann freilich eben nährte, aber ich mußte mich abquälen und plagen, wie ich eben nur hier die beiden ersten Jahre gearbeitet habe, ohne, was vor mich zu bringen. Mein Grundstück fiel dabei eher im Werth als daß es stieg, Abgaben und Steuern, von denen die Herren im Gericht zuletzt gar nicht mehr wußten wie viel sie fordern sollten, eine Masse unnützes Gesindel zu füttern die wir nicht brauchten, die uns aber haben mußten zum Zahlen, und dann noch holzgrob dabei waren, wuchsen von Jahr zu Jahr, und wenn's mir und der Alten auch schwer wurde von daheim fortzugehn, jetzt gereut mich's doch nimmermehr, und ich möchte nicht wieder zurück.«

»Und was haben Sie für Ihre Farm gezahlt?« frug Hopfgarten.

»Viertausend Thaler hab' ich, nach Abzug meiner Passage, mit herüber gebracht« sagte der Mann, »um zweihundert etwa hatten sie mich noch in Deutschland geprellt beim Geldwechseln, und vierhundert bin ich nachher hier an meine Landsleute losgeworden. Für die Farm, mit achtzig Acker Land, und dem Bischen Vieh was drauf war, und den Gebäuden, in denen aber ein Christenmensch gar nicht existiren konnte, zahlte ich dann dreitausend fünfhundert *Dollar*, zweitausend gleich baar an, und das übrige in jährlichen Raten, und dabei befinde ich mich vortrefflich, denn mit noch eben so viel beinah, was ich jetzt nach und nach hineingesteckt habe, ist der Platz in der Zeit das vierfache werth geworden, und selbst dafür gäb' ich ihn jetzt nicht wieder her. Aber Land genug ist noch hier herum zu bekommen« setzte er dann rasch hinzu, »wenn Ihr Euch etwa hier ansiedeln wolltet. Die Amerikaner, mögen sie einen noch so guten Platz haben, wenn sie einen Profit bekommen, verkaufen *Alle* aus; einem Amerikaner ist auch Alles feil was er an sich hat. Es sind Euch närrische Kerle, sie verkaufen das Hemd vom Leibe, wenns Einer haben will, die Stiefel von den Füßen, und beim Pferdehandel betrügen sie den eigenen Vater – wenn er nicht selber klug genug ist – ohne daß sie sich gerade, was Böses dabei denken.«

»Hm hm« sagte Hopfgarten nachdenkend vor sich hin, als er mit ihm zum Haus zurückging – » *Sie* befinden sich nun hier so wohl, Ihnen geht es so gut, und Sie sehen dabei wie sich Alles vorwärts arbeitet und besser wird, und andere Leute klagen wieder über das Land, schimpfen darüber und warnen vor Auswanderung.«

»Das sind die Hungerleider« lachte der Bauer, »ich habe auch schon ein paar Mal solche bei mir gehabt; die kommen herüber und wollen Anstellungen haben, wo sie eben so wenig dabei zu thun brauchen wie in Deutschland, und vom Bauer dabei gefüttert werden, und wenn's damit nachher nicht geht, wenn das Geld alle ist, und die Kosthäuser nicht weiter borgen wollen, dann heißt's »wir müssen arbeiten« und dann kommen sie in Handschuhen heraus und fragen nach »Beschäftigung« wie sie's nennen. Von denen schick' ich aber *keinen* fort«, schmunzelte er dabei, »die stelle ich nur an einen richtigen Baumstumpf zum Ausroden, und nach drei Stunden haben sie solche Blasen in den Händen, daß sie keine Radehacke mehr heben können. Nachher essen sie bei mir zu Mittag, ziehen ihre Handschuh wieder an, gehen nach Cincinnati zurück und schreiben Bücher über Amerika.«

»Apropos, was ich Sie fragen wollte« rief da Hopfgarten, »Sie haben doch freie Jagd hier überall – schießen Sie viel?«

»Schießen? – ich möchte wissen was« sagte der Bauer – »es giebt ja hier Nichts wie so eine kleine Art Rebhühner, ein Bischen größer wie bei uns die Wachteln, und Kaninchen und Eichkätzchen. Die Eichkätzchen thun im Felde viel Schaden und hinter die machen wir manchmal Feuer, und die Rebhühner fangen wir im Winter in Schneehauben, wie wir's in Deutschland manchmal heimlich gemacht haben; sonst sollte Einer schöne Zeit versäumen, wenn er mit der Flinte draußen herumliefe und meinen Jungen mache ich das schon gar nicht weiß. Ein Bauer der auf die Jagd geht ist immer schon ein halber Lump.«

Hopfgarten mußte noch die neuaufgeführten und in der That trefflich gebauten Scheunen und Ställe bewundern, wohin ihn Rohrberger »den nächsten Weg« über eine frisch geackerte Stürze führte, damit der Fremde doch auch sähe was er für wackere Pferde hätte, und wie brav seine Jungen ackerten, dachte aber dann auch wieder an den Aufbruch, um noch mehr vom inneren Land zu sehn, und seinen Ritt so auszudehnen, daß er wenigstens erst gegen Abend nach Cincinnati zurück kam.

Als er seinen freundlichen Wirthen für ihre Gastfreundschaft gedankt hatte, und in der Thür von ihnen Abschied nahm, kam auch die Alte hinter dem Spinnrad vor, gab ihm die Hand, sah ihm eine Weile scharf und forschend in's Gesicht und sagte dann:

»Ihr seid wohl nicht in der Gegend von Sohlfeld zu Hause?«

»Nein liebe Frau, ich weiß nicht einmal wo der Ort liegt.«

»Seid auch in Muschenberge nicht bekannt?«

»Auch nicht im mindesten.«

»Hm, hm« murmelte die Frau vor sich hin und humpelte langsam, ohne weiter ein Wort zu sagen, zu ihrem Spinnrad zurück.

Der Junge hatte »Bless« indessen wieder vorgeführt, und Rohrberger gab dem Fremden die Richtung an, die er am bequemsten nehmen könnte einen hübschen Ritt zu machen, und doch zu Abend wieder in der Stadt zu sein. Dort würde er auch unterwegs noch eine Menge deutsche Farmen und Gärten finden, und »wenn er sein Pferd am sieben Meilen-Haus vorbeibrächte« wo er aber wahrscheinlich wieder auf kurze

Zeit halten müßte, des Braunen wegen, sollte er auf der nächsten Farm die rechts am Wege läge einsprechen.

Hopfgarten grüßte noch einmal freundlich zurück, und sprengte dann rasch auf seinem jetzt vollkommen zufrieden gestellten Braunen, die Straße hinauf.

8. Professor Lobenstein als Farmer

Herr von Hopfgarten fühlte sich nur halb befriedigt durch seinen Ritt. Das Land selber ließ allerdings nichts zu wünschen übrig, und war in einer Art cultivirt die er »soweit westlich« wirklich kaum für möglich gehalten hatte. Reges Leben herrschte dabei auf den Straßen, Fuhrwerke gingen nach allen Richtungen, überall waren Bauten im Werk, wurden Schienenwege gelegt, das Land auch vom Strome ab in seinen Hauptplätzen mit einander zu verbinden, und ein rastlos thätiges Leben herrschte wohin das Auge traf, aber von Romantik war auch keine Spur dabei zu finden. Alles ging seinen festen praktischen Gang, Hals über Kopf zwar, aber in gleichen Bahnen fort, als ob das ganze Amerika schon ein einziger Schienenweg geworden, und selbst die Gespräche der verschiedenen Leute mit denen er verkehrte, drehten sich um Nichts anderes als Handel und Geschäfte, Preise der verschiedenen Produkte, Eisenbahnaktien, und wo wirklich einmal irgend etwas Außerordentliches, Außergewöhnliches geschehen war, so wurde der »ferne Westen« als der Ort genannt.

Der *Westen* genirte ihn überhaupt; nach der Landkarte hatte er sich schon Cincinnati als einen ungemein *westlich* gelegenen Punkt gedacht, einen Binnenort Amerikas, der gewissermaßen schon den Charakter der Backwoods vertreten müsse; hier angelangt fand er aber zu seinem Erstaunen, daß von *backwoods*, wie die Wälder des Westens genannt werden, auch nicht die Spur mehr zu finden sei, und selbst da wo noch Wald existirte, kleine Farmen überall hindurchgestreut lagen, und Wege ihn überall durchkreuzten.

Weiter *westlich* beschloß er also zu ziehen; der Osten interessirte ihn nicht weiter, denn um große Cultur aufzusuchen war er nicht nach Amerika gekommen; ihm lag daran, die noch wenig civilisirten Stellen kennen zu lernen, er wollte *das* Amerika aufsuchen das *er* sich gedacht, und das fand er in und um Cincinnati und überhaupt in einem Staat nicht, wo die Cultur schon solche Fortschritte gemacht, daß es wirklich nur noch der schon fast beendeten Eisenbahnen bedurfte, sie vollkommen zu nennen.

Hierbei so wenig als möglich Zeit zu versäumen, beschloß er nach Lobensteins Farm zurückzukehren, dort seinen Koffer zu lassen den er sich, in New-Orleans wieder angekommen, jede Woche konnte nachschicken lassen, und nur seinen Reisesack mit auf die nächste Wanderung zu nehmen, wodurch er in den Stand gesetzt wurde im Wald zu Wagen oder auch zu Pferd, ja wenn es möglich war in einem *Canoe* seine Reise, unbehindert durch Gepäck, fortzusetzen.

Einmal einen Entschluß gefaßt, und der kleine energische Mann ließ mit der Ausführung auch nicht lange auf sich warten; Dampfboote, den Strom hinunter, gingen jetzt an jedem Tage fünf oder sechs ab, und eins derselben benutzend, landete ihn dieses bald wieder am Fuß des Grahamstown Werftes, das noch eben so still und öde in der Sonne lag, als an dem Tag wo sie es zuerst betreten.

Ezra Ludkins war aber nicht zu Hause, sondern wie man ihm eben sagte, nach St. Louis in Geschäften gegangen, er hielt sich auch deshalb gar nicht in der Stadt auf, sondern miethete nur ein Pferd, das ihn selber trug, wie einen Mann, der ihm sein Gepäck nach »Lobensteins« – oder wie sie den Platz hier schon nannten, der »deutschen Farm« hinausschaffen sollte, und galopirte bald darauf die ihm wohlbekannte Straße entlang, sein Ziel noch vor Sonnenuntergang zu erreichen.

Er fand Lobenstein's auf ihrem neuen Besitzthum, und wurde von ihnen mit einer Herzlichkeit begrüßt, als ob er selber mit zur Familie gehörte. Sie hatten sich hier schon so gut eingerichtet, wie das eben in der kurzen Zeit möglich gewesen; aber das Innere des Hauses, mit seinen kahlen, rohbehauenen Balken, der unbedeckte Erdboden, nur theilweise mit Stücken alten Teppichs belegt, die zum Umpacken gedient hatten, die noch zur Hälfte ungeöffneten Kisten, die in dem anderen Gebäude nicht hatten sämmtlich untergebracht werden können, und hier zum Theil mit zu Bettstellen benutzt wurden, sahen keineswegs wohnlich und behaglich aus. Dazu paßte der schöne Mahagony-Flügel ebenfalls nicht, der mit den Messing-Rollen in die Erde hineingegraben in der einen Ecke stand, und den knappen Raum der Wohnung nur noch mehr beengte; aber man hatte ihn nirgends anders trocken unterbringen können, und seine obere Decke mußte jetzt, wo an *Spielen* doch nicht gedacht werden konnte, zum Sammelplatz aller leichteren, Raum wegnehmenden Dinge, wie Hutschachteln etc. dienen, von denen ein ganzer Berg auf ihn gehäuft war.

Mit den Arbeiten ging es dagegen, wie ihn der Professor versicherte, rüstig vorwärts; er hatte außer der Weberfamilie noch acht eben von »drüben herüber« gekommene Deutsche gemiethet, ihm die nöthige Einrichtung, den nächsten Hausbau wie das Bestellen der Felder beenden zu helfen – die Leute campirten jetzt alle zusammen mit in der Hütte des Webers, dessen Frau für sie kochte – und nur das eine vermißte er bis jetzt noch, daß er kein deutsches Dienstmädchen bekommen konnte, ihnen in den Hausarbeiten, die meistentheils auf den Töchtern lasteten, beizustehn. Mit den Amerikanerinnen war Nichts anzufangen, sie machten enorme Forderungen und wollten Nichts arbeiten, und der Professor äußerte sich, daß er gesonnen sei in nächster Woche selber nach Cincinnati zu fahren, um sich von dort ein paar Dienstboten zu holen. Wenn er das vorhergewußt, hätte ihnen Herr von Hopfgarten gleich eine oder zwei von dort mitbringen können.

»Aber des Webers Frau?« –

»Lieber Gott, die hatte jetzt alle Hände voll mit Kochen und Waschen zu thun.«

»Und wo war Eduard?« Hopfgarten hatte ihn noch nicht gesehn.

»Eduard – oh, der fühlte sich ganz glücklich in diesem neuen Leben und hatte, das Land und die Umgegend ein wenig kennen zu lernen, die Doppelflinte und Botanisirtrommel auf den Rücken genommen, und war schon seit zwei Tagen 'im Innern', mußte aber jetzt jeden Augenblick zurückkommen.«

Dem Professor gefiel es ungemein hier, wo er ein ganz neues frisches Feld für seine Thätigkeit gewonnen, und in Stand gesetzt war, das, was er bis dahin in Deutschland nur theoretisch betrieben, endlich einmal im praktischen Leben ausführen zu können. Er versprach sich dabei Außerordentliches von den hier neueinzuführenden Systemen, mit denen er den Amerikanern, die nur so oberflächlich in's Blaue hineinarbeiteten, einmal beweisen wollte wie man eine solche Farm, nach allen Zweigen und Richtungen hin, ausbeuten und verwerthen könne. Er hatte großartige Pläne in dieser Mannigfaltigkeit, über die er sich aber jetzt noch nicht näher auslassen und Herrn von Hopfgarten damit überraschen wollte, wenn derselbe sie im nächsten Sommer, wie er das fest versprochen, wieder besuchen würde. Bis dahin mußte schon viel in Angriff genommen und geschehn sein.

Die Frau Professorin war leidend; sie hatte sich in dem ungewohnt luftigen Aufenthalt sehr erkältet. Dazu war der Ärger mit einem kürzlich in's Haus genommenen und gleich wieder fortgeschickten Amerikanischen Mädchen gekommen, dessen Eltern sich jetzt gekränkt glaubten, und dem Vater schon einige unangenehme Auftritte gemacht hatten; sie hütete deshalb das Bett, um sich in dem jetzt eintretenden kälteren Wetter keinem Rückfall auszusetzen.

Hopfgarten beabsichtigte, als er Cincinnati verließ, ein paar Tage bei Lobensteins zuzubringen, ehe er seine Reise fortsetze; er hatte die Familie lieb gewonnen, und nahm wirklich Theil an ihrem Wohlergehn. Wie er aber jetzt hier die Zustände fand, mit kaum Platz für sich selber die Nacht zu schlafen, hielt er es doch für besser schon am andern Tag wieder aufzubrechen, und seinen Besuch lieber das nächste Mal, wenn sie vollständig eingerichtet sein würden, länger auszudehnen.

Zu gleicher Zeit konnte er sich aber auch eines unbehaglichen Gefühles, dem er trotzdem keinen rechten Ausdruck zu geben wußte, nicht erwehren; die ganze Art, wie der Professor seine Ansiedlung in Angriff nahm, schien ihm nicht die rechte; die vielen *deutschen* Arbeiter, die so wenig von der hiesigen Art zu bauen und Feld zu bestellen wußten, und nebenbei ein schmähliges Geld kosten mußten; die *vielen* Pläne, die der gewiß sehr gelehrte, aber vielleicht gar nicht so praktische Mann auf einmal hatte; das Spatzierengehn des Sohnes selbst, eine Kleinigkeit an und für sich, aber doch von Bedeutung hier, wo es im Hause eben noch *Alles* zu thun gab – er sträubte sich gegen das Gefühl so viel er konnte, aber es war ihm immer als ob da nicht Alles so in Ordnung sei, wie z.B. bei dem deutschen Bauer Rohrberger, den er bei Cincinnati getroffen, und konnte nur jetzt hoffen daß er sich irre, und Professor Lobenstein die Sache viel besser verstehe als er es ihm, wenn er recht aufrichtig sein wollte, zutraute.

Nur Marie war heiter wie immer, lachte über die Masse von kleinen Unbequemlichkeiten die sie auszustehen hatten, und freute sich wie ein Kind auf die nächste Zeit, wo ihre Hühnerzucht heranwachsen und ihr Garten erst in Ordnung sein würde. Bis dahin hatte sie freilich noch ein wenig zu thun; aber der nächste Sommer mußte das, nach Vaters Versicherung, auch Alles beendet sehn. Wenn nur erst einmal das Haus stand, denn das war für jetzt die Hauptsache, und in der That auch der Punkt, um den sich jede weitere Hoffnung für Bequemlichkeit und Wohnlichkeit drehen mußte.

Marie hatte übrigens, trotz all dem Wirwarrr in dem sie Hopfgarten antraf, doch Zeit gefunden den versprochenen Brief an Clara Henkel zu schreiben. Eine nähere Adresse wußte sie freilich nicht darauf anzugeben, als das St. Charles Hotel, das Henkel selber dem Professor als sein nächstes Domicil, bis er eine eigene Wohnung würde in Stand gesetzt haben, bezeichnet hatte; das genügte aber auch, und war er von da wirklich schon ausgezogen, so konnte er weiter erfragt werden. Überhaupt mußte ja auch die Firma selber leicht aufgefunden werden können.

Übrigens wünschte Hopfgarten die Reise nach St. Louis nicht gern, wie er gekommen, zu Wasser fortzusetzen; es lag darin etwas gar zu monotones, und er bekam auch auf die Weise das Land wirklich gar nicht zu sehen; aber wie das anders anfangen? Reiten sagte seiner Constitution nicht besonders zu; er hatte sich an dem einen Tag bei Cincinnati schon einen solchen Denkzettel im Sattel geholt, daß er drei Tage danach nicht ordentlich gehen konnte, und war deshalb auch nicht im Stande eine längere Tour auszuhalten – zu Fuß wäre noch viel weniger möglich gewesen und Eisenbahnen existirten noch nicht; was nun anfangen? – Der Professor erzählte ihm da, daß er unter anderen Annehmlichkeiten seines Platzes auch die hätte rühmen hören, in kaum fünf Meilen von der Farm eine nach St. Louis vorbeigehende Postverbindung zu haben, die eben all die kleinen, im Inneren liegenden Orte berührte, und eigentlich nach Vincennes am Wabasch bestimmt schien, von wo aus sie dann weiter durch Illinois, gerade West nach St. Louis lief, und auch wohl, wenn er nicht sehr irre, schon theilweise mit einer Eisenbahn in Verbindung stand.

Hier war eine Aushülfe, auf einer Amerikanischen Post zu fahren überdieß schon etwas Neues und Interessantes, und ging dieselbe vielleicht gar mehrmals die Woche, konnte man auch leicht an einem, des Bleibens werthen Platz ein paar Tage anhalten, von da kleine Ausflüge in die Nachbarschaft machen, und mit der nächsten Post weiter fahren. Die nächste Post*station* war also Hollowfield, etwa fünf Meilen von Lobensteins Farm gelegen; die Postkutsche selber lief, als Speculation eines Privatunternehmers, von irgend einer kleinen Stadt am Ohio nach Vincennes hinauf, wo sie mit der Vereinigten Staaten Post, die von Cincinnati nach St. Louis ging, zusammentraf und wieder zurück fuhr, während die letztere die mitgekommenen Passagiere weiter zu befördern hatte. Sein Koffer konnte indeß, wie er sich das auch gedacht, hier stehen bleiben bis er selber wieder in New-Orleans angekommen war, die nothwendigsten Sachen hatte er auch schon in einen Reisesack gepackt, und der Professor, der ihn unter den jetzigen Umständen gar nicht nöthigen konnte länger bei ihm zu bleiben, versprach ihm am nächsten Morgen zwei Pferde mit einem Mann zu besorgen, der ihn, nebst seinem Reisesack sicher nach Hollowfield geleiten konnte.

Als Hopfgarten am nächsten Morgen nach eingenommenem Kaffee die Farm verließ, sah er die Deutschen draußen beschäftigt theils im Wald abgesägte Stämme mit Ochsen herbeizuschaffen, theils schon hergebrachte zu behauen. Er blieb, bis die Pferde gebracht wurden, bei ihnen stehn und schaute ihnen zu, aber Alles was sie anfaßten ging ihnen nur langsam von Händen; sie arbeiteten, wie es schien, sehr akkurat, aber mit keiner Idee von dem Werth der Zeit hier in Amerika. Es waren Tagelöhner, die nur eben auf anständige Weise ihren Tag von Mahlzeit zu Mahlzeit durchzuschleppen hatten, und jede Anstrengung, die sie dabei ihrem Körper ersparen konnten, galt natürlich für reinen Gewinnst; daß der Professor ihnen dabei ihren *vollen* Lohn bezahlte, verstand sich von selbst.

Der Weber, als auf dem Schiff gelernter Zimmermann, hatte die Leitung des Ganzen überkommen und that allerdings sein Möglichstes; der Professor hielt mit Recht große Stücken auf ihn. Dem Weber waren aber auch im Anfang die vielen verschiedenen Arbeiter nicht recht gewesen, die Einem ja, seiner Äußerung nach, »die Haare vom Kopf fräßen« – wann hätte aber da das Haus fertig werden sollen? –

Als Hopfgarten endlich im Sattel saß, und sein Führer den Eingang zur Fenz niedergelegt hatte, daß die Reiter hinauskonnten, standen Lobensteins in der Thür ihres Hauses, und winkten ihm noch ein letztes Lebewohl nach. Marie war schon an der Arbeit gewesen und stand hochaufgeschürzt, mit aufgestreiften Ärmeln, neben dem kleinen Viehhof in dem ihre Melkkühe eingesperrt waren.

»Und grüßen Sie mir Clara viel tausendmal!« rief sie ihm nach.

»Und sie soll recht, recht bald schreiben«, bat Anna noch.

»Ich werde Alles bestellen«, winkte Hopfgarten zurück, schwenkte noch einmal den Hut gegen sie, und galopirte dann, seinem Thiere die Sporen eindrückend, rasch den schmalen Weg entlang, der gen Hollowfield führte.

Der Brief Mariens, den er in seiner Brieftasche für Clara mit sich trug, lautete:

»Meine liebe gute Clara!«

»Wenn Dich diese Zeilen erreichen, hast Du Dich hoffentlich ganz wieder erholt, und bist wieder das frohe, heitere Wesen, das Du warst, als wir zusammen das Schiff betraten.«

»Uns geht es hier recht gut; Vater hat eine Farm in Indiana, nur einige englische Meilen von dem schönen

Fluß Ohio gekauft, und wenn wir uns auch jetzt noch ein wenig behelfen müssen, wird es später desto freundlicher werden.«

»Früher hatten den Platz Amerikaner inne, aber Du glaubst gar nicht, Clara, wie ihn die zugerichtet hatten; mit Körben und Schaufeln haben wir den, überall in die Ecken gekehrten Schmutz zum Hause hinaus und auf das Feld getragen, und unter dem Dach auf den Queerbalken, wo einzelne Breter lagen, fanden wir den Staub fingerdick und schon ganz hart geworden. Vater läßt aber jetzt ein anderes bauen; von den Arbeitern, die wir angenommen haben ist Einer Maurer, und will uns das Ganze ordentlich herstellen.«

»Wir besitzen jetzt schon zwei Pferde, vier Zugochsen, acht Kühe, drei Kälber, elf Hühner und vier Truthühner; Anna, die das Milchwesen überkommen, hat schon einmal gebuttert, und in vierzehn Tagen denken wir unsere erste Butter nach der Stadt – freilich ein kleines erbärmliches Nest – zu verkaufen. Wir haben zwar noch eine andere Stadt, Hollowfield – die erste heißt Grahamstown und liegt am Ohio – irgendwo im Lande drin in der Nähe, die wird aber auch nicht besser sein als die erste, und der Weg dorthin soll sehr schlecht sein. Wir arbeiten jetzt aber sehr viel; um fünf Uhr wird aufgestanden, und da haben wir vollauf zu thun bis es dunkel wird; ja die Tage vergehn uns dabei nur immer noch zu schnell. Anna hat sich hier recht erholt und ist munterer als sie auf dem Schiff war, auch Camilla wird dick und fett, und muß ebenfalls schon mit zufassen, die Hühner füttern, in der Küche mit aufwaschen helfen, und allerlei kleine Arbeiten thun. Wir haben allerdings die Webersfamilie, die zufällig auf demselben Dampfboot mit uns stromauf ging, in Dienst genommen, und auf ein Jahr engagirt, und eigentlich sollte uns die Frau die Küche besorgen; die hat aber jetzt so viel mit den Arbeitern zu thun, und mit Scheuern und Waschen, daß sie noch nicht dazu kommt. Wenn wir nur erst einmal weniger Arbeiter brauchen wird das schon besser werden.«

»Eduard fühlt sich ganz glücklich hier; er ist jetzt auf einen Entdeckungszug, wie er es nennt, in das Innere; wenn er aber zurückkommt muß er auch tüchtig mit zufassen; denn faule Leute können wir hier nicht brauchen – hier muß Alles arbeiten.«

»Die Lage unserer Farm ist reizend; in einem kleinen Thalkessel, von nicht sehr hohen aber dicht bewaldeten Hügeln umgeben, liegen wir wie mitten in der Wildniß, und sind doch ganz dicht an civilisirten Gegenden. Ein kleiner Bergbach mit klarem Wasser läuft kaum zwanzig Schritt am Haus vorbei. In dem allerdings sehr verwilderten Garten stehen dabei eine Menge junger Pfirsich- und Quitten- und Apfelbäume, die einmal später gute Früchte tragen werden, im Walde wachsen eine Unmasse wilder Brombeeren, und überhaupt viele andere Fruchtbäume mit wildem Wein, die ich Dir in meinem nächsten Briefe näher beschreiben werde, denn jetzt hab' ich sie selber noch nicht aufsuchen können.«

»Mit unserem Englisch geht es noch sehr schwach, und die Nachbarn, der Eine in Grahamstown ausgenommen der uns den Platz verkaufte und ein Pennsylvanier ist, sprechen gar nichts Anders wie Englisch, und wir radebrechen dabei schön mit ihnen herum; da wir aber lauter deutsche Arbeiter haben, können wir das Englisch jetzt noch eine Weile entbehren.«

»Mutter ist leider die letzten Tage unwohl gewesen und hat das Bett hüten müssen; das ganz neue fremde Leben hat sie auch wohl mehr angegriffen als uns, die wir noch jung sind und uns gerade keine Sorgen machen. Im Anfang hat sie sogar immer verweinte Augen gehabt – wenn sie es auch vor uns verbergen wollte, wir haben es doch gemerkt. Jetzt aber, da sie sieht daß es vorwärts geht, findet sie sich schon besser hinein, und im nächsten Jahre wird hoffentlich Alles gut sein.«

»Vater ist jetzt ganz glücklich; er ist von früh auf bei der Hand, und zeichnet und mißt aus und ordnet an, und wenn er sich auch manchmal mit den Leuten zankt, die Vieles nicht so machen wollen wie er es für gut befindet, so bekommt ihm die kleine Aufregung doch ganz gut, denn er wird dick und fett dabei, und sieht wohl und munter aus.«

»Aber jetzt genug von uns; mich und uns Alle drückt die Sorge wie es Dir in Deinem neuen Leben geht, mein Herz, und ob Du Dich von Deiner Krankheit vollständig erholt. Herr von Hopfgarten, der Dir viel von uns erzählen wird, hat uns freilich versprochen Dich selber aufzusuchen, und uns genauen Bericht abzustatten, aber wir möchten auch von Dir selber es schriftlich sehn daß es Dir gut geht, bis Dein lieber Mann sein Wort hält, und Dich zu uns bringt. Wir freuen uns unendlich darauf, und bis dahin sind wir auch schon besser eingerichtet als jetzt. Unsere Adresse schreibe ich Dir hier unten ganz genau. Wie geht es denn Hedwig, ist sie froh und gesund?« –

»Doch ich muß jetzt schließen, draußen kommen die Leute mit der einen Kuh, die uns fortgelaufen war, und nach der sie schon den ganzen Tag gesucht haben, in der Küche ist auch so viel zu thun, daß ich nicht länger hier sitzen darf; ich wollte Dich nur wenigstens wissen lassen wie es uns geht. So lebe recht wohl, grüße Deinen lieben Mann und Hedwig recht freundlich von uns Allen, wie mir auch Alle für Dich viel tausend Grüße aufgetragen haben, und gedenke manchmal freundlich

Deiner Marie.«

9. Herrn von Hopfgartens Abenteuer

Hopfgarten erreichte nach einem kurzen und nicht unangenehmen Ritt das kleine Städtchen Hollowfield, von dem er aber im Anfang wirklich glaubte er sei wieder nach Grahamstown gekommen, so glich eins dem anderen. Nur das Wirthshausschild war anders: das scheußliche Brustbild irgend einer menschlichen Figur mit großer Allongenperrücke und in eine blaue Uniform eingeknöpft, dessen Unterschrift, den innerlich gewiß sehr verehrten, hier äußerlich aber traurig mishandelten Namen »George Washington« trug.

Zur rechten Zeit war er übrigens eingetroffen, denn die *mailcoach* oder Postkutsche stand gerade ausgefahren vor dem »Washington Hotel«, und in ein ledernes Behältniß, das hinten an dem etwas unbehülflich aussehenden Fuhrwerk angebracht war, wie vorn in den Kasten unter dem Kutschenbock (von den Engländern *Stiefel* genannt) waren ein paar junge Burschen eben beschäftigt kleine Koffer, Reisesäcke, Hutschachteln und andere Passagierübliche Gegenstände einzuschieben, und – wenn sie sich nicht gutwillig dem beschränkten Raum fügen wollten – mit den Füßen hineinzutreten.

Diese Postkutsche hielt in ihrem Innern neun Personen; acht Passagiere waren schon eingeschrieben, von denen jedoch außer ihm, nur zwei bis Vincennes fuhren, und nachdem der Deutsche sein Passagegeld bezahlt, hatte er die Genugthuung seinen eigenen Reisesack auf dieselbe Art und Weise behandelt zu sehn, wie das Gepäck seiner Postgefährten.

Mit etwas mistrauischen Blicken betrachtete er übrigens gleich von Anfang an dieses ihm noch neue Amerikanische Beförderungs-Mittel, das allerdings, mit seinen Schwestern in Europa verglichen, Manches zu wünschen übrig ließ. Stark genug schien übrigens der Kasten gebaut, auch den schwersten Wechselfällen ihrer Fahrt wacker zu begegnen. Die »Federn« bestanden aus Streifen roher Haut, und die Kutsche selber hatte nur, wie Herr von Hopfgarten bei näherer Besichtigung fand, eine einzige Thüre in der linken Seite. Drei Sitze waren im Inneren angebracht, jeder für drei Personen, wobei die mittelsten Passagiere auf eine bewegliche und ebenfalls in Rohhaut hängende Bank zu sitzen kamen, und ihre Rücken gegen einen anderen breiten ledernen Riemen legen durften. Statt der Polster in den Ecken – die Thür hatte eine Glasscheibe – hingen an den Seiten lederne Gardinen herunter, die nach Gefallen der Passagiere auf- und niedergelassen werden konnten.

Soweit war Alles gut, beim Einsteigen, was natürlich für sämmtliche Passagiere nur durch die eine Thür geschah, fand sich aber daß Hopfgarten, als letzter Passagier, den mittelsten Platz auf der mittelsten Bank bekommen hatte, und dadurch natürlich jedes Anhaltepunktes für seinen Kopf beraubt war. Er mußte denselben fortwährend in der Schwebe halten, und durfte nur hoffen in eine Ecke zu kommen, wenn einige der anderen Reisenden, die nicht ganz mit bis nach Vincennes fuhren, ausstiegen. Die Pferde waren vorgespannt, die Passagiere kletterten in ihre Sitze, der Deutsche als Vorletzter, der Schlag wurde zugeworfen. »*All right!*« rief der Hausknecht, oder ein dem ähnliches Individuum, das sich aber sonst sehr unabhängig zu fühlen schien, die vier munteren, ziemlich gut gehaltenen Rappen zogen an, und mit einem furchtbaren Stoß, der schon die Güte des ledernen Rückbandes probte, in Gang gebracht, rasselte der Wagen plötzlich unter dem Jubel der jugendlichen Bevölkerung von Hollowfield in voller Flucht zu dem kleinen Ort hinaus und in den Wald hinein.

Dem Leser, der noch nie in einer Amerikanischen Postkutsche gefahren, auch nur einen Begriff der stoßweisen Bewegung, selbst nur stoßweise beizubringen, wäre unmöglich, und Hopfgarten dankte schon nach der ersten Viertelstunde Gott, daß ihm in Hollowfield keine Zeit gelassen worden eine ordentliche Mahlzeit zu sich zu nehmen, er hätte sonst Höllenqualen ausstehen müssen.

Einer anderen Unannehmlichkeit entging er aber *nicht*; das Ausspucken der Amerikaner hatte er schon seit seiner ersten Dampfbootfahrt bemerkt, und es war ihm fatal gewesen, ohne daß es ihn weiter belästigte; hier aber, in dem engen Raum des Kutschkastens kam er mit den Leuten in so nahe Berührung, daß er dem ekelhaften Gebrauch nicht mehr aus dem Wege gehen konnte, und bald zu seinem Entsetzen fand, wie er sich wirklich in eine höchst fatale Lage muthwilliger Weise hineingebracht hatte. Daß die übrigen Passagiere durch das offene Fenster des Schlags ein ziemlich regelmäßiges Feuer von ausgespritztem Tabackssaft unterhielten, durfte ihn natürlich nicht in Erstaunen setzen, er war auch darauf, wenn auch nicht in dem Grade, vorbereitet gewesen. Das genirte ihn also weiter nicht, er schloß die Augen und überließ sich dabei, bis er sich etwas mehr daran gewöhnt haben würde, seinen eigenen Gedanken, aber der unglückselige Passagier zu seiner rechten, der mit ihm auf ein und demselben Bret saß, wie der in der vorderen rechten Ecke – und der letztere fast noch mehr als der erste – brachten ihn bald zur Verzweiflung. Die guten Leute nämlich, lange ungeschlachte *Hoosier*,[17] die überdieß nicht wußten was sie mit ihren Beinen anfangen sollten, mußten, da das Leder an ihrer Seite niedergeschnallt war, schräg an ihm und über ihn wegspucken, das Wagenfenster zu erreichen, und wenn auch der Mittelpassagier im Anfang versuchte zwischen ihren beiden Knieen den Boden zu treffen, so war das noch eher schlimmer als das erste. Hopfgarten konnte jedoch nie den geringsten Grund zur Klage bekommen, denn auch nicht das kleinste Spritzchen traf ihn, so geschickt dirigirten die Burschen den braunen Saft wohin sie ihn wollten. Aber trotz dieser, in der nächsten Stunde vielleicht sechzig Mal gemachten Erfahrung, mußte er unwillkürlich nach jeder neuen Expectoration an sich hinunter sehn, um sich von dem *status quo* seines Rockes und seiner Beinkleider zu überzeugen, bis er endlich – der Mensch stumpft zuletzt selbst gegen Tabackssaft ab – eine mitgenommene wollene Decke um sich her zog und diese preisgebend sich fest vornahm auf Nichts weiter zu achten.

Sämmtliche Passagiere schienen Farmer aus der Umgegend oder aus Vincennes zu sein – selbst ein Quäker, der sich zwischen ihnen befand – die theils zum Viehhandel, theils zu anderen derartigen Zwecken den Ohio und dessen kleine Ansiedlungen zwischen Cincinnati und der Mündung des Wabasch besucht hatten. Das Gespräch drehte sich dabei, zwischen dem Spucken und Rasseln und Schütteln des Wagens, einzig und allein um Rinder und Schweine, Maispreise und »was Mehl und Whiskey werth waren.« Die Gegend blieb sich ebenfalls ziemlich gleich, Wald wohin das Auge reichte, nur dann und wann von kleinen Ansiedlungen unterbrochen, die sich immer schon auf einige Zeit vorher durch den schlammigen Weg bemerkbar machten. Es mußte hier überhaupt mehr geregnet haben als am Fluß, oder regnete vielmehr noch, wie ihnen bald einzeln niederkommende Schauer bewiesen. Die Wege, die dann und wann über kleine offene und natürliche Wiesenflecke – erste Ausläufer der Prairieen – führten, wurden immer weicher und unwegsamer, und der rüstige Galop mit dem ihre Fahrt begonnen, schrumpfte zuletzt zu einem zähen Schritt zusammen, in dem die keuchenden Pferde das unbehülfliche Fuhrwerk durch den schweren Lehmboden fortschleppen mußten.

Hie und da hielten sie an kleinen dürftig genug aussehenden Wirthshäusern an, irgend eine Erfrischung die stets mit Brandy in allen möglichen Formen und Mischungen gewürzt wurde, zu sich zu nehmen, sonst aber ging die Fahrt ununterbrochen rasch vorwärts, und die verschiedenen Kutscher, mit stets guten Pferden, thaten wirklich ihr Möglichstes weiter zu kommen.

So brach die Nacht an; der Regen wurde stärker, die Straße unwegsamer; überall lagen dabei niedergebrochene Äste und Zweige, selbst umgeworfene Stämme, die zu umgehn es oftmals Viertelstunden kostete, kreutz und queer darüber hin, während schon die Hülfe einzelner Passagiere in Anspruch genommen werden mußte mit der, vorn im »*boot*« liegenden Axt, die schlimmsten Hindernisse aus dem Wege zu schlagen. Wenn sie manchmal eine tiefe Sumpfstelle in der Straße zu passiren hatten blieb ihnen sogar nichts Anderes übrig als darum hin eine neue Bahn zu haun. Hopfgarten hatte sich diesen »kleinen Hülfsleistungen« von denen die wackeren Hoosiers oft ganz durchnäßt und voll Schlamm zurückkehrten, und einen entsetzlichen Dunst im Wagen verbreiteten, bis jetzt noch immer zu entziehen gewußt, und war, trotz mehrfachen Sticheleien der Übrigen, bergauf und ab ruhig im Wagen sitzen geblieben. So lange er sich trocken erhalten konnte war die Sache auch noch zum Aushalten, und brauchten sie dann ein paar Stunden länger nach Vincennes und versäumten die Cincinnati-Post, was that's? dann blieb er einige Tage dort und besah sich die Umgegend, wie die hier beginnenden Illinois Prairieen.

Langsam rumpelte das schwerfällige Geschirr indessen, jetzt fast bei jedem Stoß von den Flüchen und Verwünschungen der ungeduldig werdenden Passagiere begleitet, durch die wilde stürmische Nacht. Der Wind heulte in den Bäumen, und der Regen schlug mit einer solchen Gewalt gegen die niedergelassenen Schutzleder an, daß selbst die Bereitwilligsten von heute den Kopf bedenklich über die Möglichkeit eines nochmaligen Aussteigens schüttelten. Wider Erwarten ging die Kutsche aber, jetzt auf besserem Wege, rasch und lebendig, dann wieder in weicheren Boden gerathend, langsam und schwer vorwärts, aber doch wenigstens vorwärts; der Wald war hier weit offener als an den Stellen, die sie am Abend passirt, und der Weg von Holz fast gänzlich frei.

So mochte es elf Uhr geworden sein; eben hatten sie wieder ein kleines Städtchen mit irgend einem

17 *Hoosiers* werden die Bewohner Indianas scherzhafter Weise in Amerika genannt.

großartigen Namen verlassen, und der abgehende Kutscher dem, ihnen neu überlieferten noch einige wohlmeinende Warnungen über den jetzt zu passirenden »*green blossom swamp*« (den grünen Blüthen-Sumpf) gegeben, als sie draußen Plätschern an den Rädern hörten. Rasch hinaussehend bemerkten sie, wie sie eben eine Reihe von Lachen oder Dümpel, die jetzt bei dem Regen einen ordentlichen kleinen See bildeten, passirten; das Land schien hier flach und eben, und die Räder schnitten tief in den schwammigen Boden ein. So fuhren sie etwa eine halbe Stunde, bis sie wieder verhältnißmäßig trockeneren Grund gewannen, das heißt Grund, der wenigstens nicht vollkommen unter Wasser stand. Hier begann auf's Neue Hügelboden, dessen ersten schlüpfrigen Hang sie sich gerade mühsam hinauf gearbeitet als der Wagen, wie sie auf der anderen Seite rascher hinunter fuhren, nach links zu auffallend tief zu gehen begann. Die von den Passagieren, die begonnen hatten ein wenig einzunicken, wurden rasch genug munter, und »Hallo *driver*! (Kutscher)« schrie jetzt Einer der Leute mit einer dünnen pfeifenden, näselnden Stimme – »was macht Ihr denn da draußen – Ihr werft doch nicht um? – ich habe nur noch etwa eine halbe Meile zu Wittwe Jones's zu fahren, bis dahin werdet Ihr doch den verdammten alten Kasten in Gang halten?«

»Verdamm Wittwe Jones's« lautete die eben nicht höfliche, halblaut gebrummte Antwort des Wagenlenkers, der allerdings in dem Wetter mit seinem Geschirr und den Pferden mehr zu thun hatte, als noch auf die Fracht, Koffer und Passagiere, Acht zu geben; »Wittwe Jones soll zu Grase gehn.«

»In der That Freund, der Wagen fängt an unverhältnißmäßig schräg zu gehn« sagte in diesem Augenblick der Quäker, der bis dahin, selbst an den Orten wo sie angehalten, noch keine zehn Worte gesprochen hatte, indem er sich, soweit das irgend möglich war, von der bedrohten Seite fort auf Herrn von Hopfgarten in einem unbestimmten Gefühl das Gleichgewicht wieder herzustellen, drängte – »Du wirst doch nicht umwerfen?«

Er hatte seinen Satz noch nicht ganz vollendet, als das rechte Vorderrad auf eine Erhöhung, einen Stein oder Ast, auflief; einen Moment noch rollte der Wagen, durch die rasch anziehenden Pferde fortgerissen, auf den beiden linken Rädern fort, um im nächsten Augenblick, unter dem Aufschrei sämmtlicher Insassen, schwerfällig nach links, und zwar auf *die* Seite überzuschlagen an der sich die einzige Thür befand.

Die Verwirrung die jetzt im Inneren entstand war furchtbar, Alles wühlte und drängte durcheinander, nur einmal erst auf die Füße zu kommen und das Geschrei nach dem Kutscher sie »aufzuknöpfen« daß sie »zu windwärts« aus dem »verdammten Kasten« kommen könnten, übertäubte alles Andere, und ließ sie natürlich in dieser ersten Zeit gar nicht hören was draußen vorging.

Der »*Driver*« der sich indessen während die Pferde glücklicher Weise still standen, wieder aus dem Schlamm, in den ihn der erste Stoß geworfen, aufgelesen hatte, trat jetzt zu dem Wagen hinan, den Nothschreien der Passagiere Folge zu leisten; nicht etwa aber diesen zu Gefallen, sondern weil er ohne deren Hülfe sein Geschirr natürlich gar nicht wieder hätte aufrichten können.

»Höll und Verdammniß« fluchte er dabei laut genug in den Bart jedes Wort zu verstehen, während er in der Dunkelheit nach den Knöpfen und Schnallen der ledernen Vorhänge fühlte, diese zu öffnen und seine Passagiere in's Freie zu lassen – »muß der Mensch da so eine verwünschte Bande müßiger Tagediebe und Faullenzer in Nacht und Nebel in der Welt herumfahren, und seinen eignen Hals, wie seine Pferde riskiren – wenn sie nur der Teufel holte, den ganzen Schwamm, wie sie dadrinn hocken. – Da Herzchen« schloß er dann seine schmeichelhafte Anrede, indem er das endlich geöffnete Leder zurückwarf, und den jetzt ordentlich nieder *fluthenden* Regen zwischen die unglücklichen Passagiere hineinließ – »jetzt könnt Ihr Euch auch eine Güte thun und einmal sehn wie's draußen ist – nun sind wir lange genug gefahren und dürfen ein Stück zu Fuße gehn.«

War der Kutscher übrigens übler Laune, so waren es die Passagiere noch mehr, und nur das Wetter und die Stockdunkelheit verhinderten vielleicht eine ernsthafte Schlägerei zwischen einem oder dem anderen der Schaar, mit dem groben Driver. Hier war aber keine Zeit zum Besinnen, denn je länger sie neben dem umgeworfenen Wagen standen, desto länger goß auch der Regen auf sie nieder und je eher sie den wieder aufhoben, desto schneller kamen sie wieder in's Trockene.

»Ungeschicktes Vieh von einem Kutscher!« schrie indessen der eine Hoosier, der letzte der im Wagen stand, und vergebens im Innern nach seinem hinuntergefallenen Hute fühlte »fährt erst in's Blau hinein, und nimmt dann auch noch das Maul voll mit Grobheiten. Wo hast Du denn Dein Fahren gelernt, Langbein, heh? – Dich möcht' ich einmal auf acht Tage unter der Hand haben.«

»*Nevermind Bill*« rief ihm ein Anderer zu »komm heraus aus der Falle und drück Deine Schulter hier mit unter, daß wir das verdammte Ding wieder in die Höhe bringen. So hier – hebt Jungens – ahoy-y – Sie da, kleiner *Dutchman* Sie sind der kürzere von uns, kriechen Sie doch einmal drunter, daß er nicht wieder zurückfällt.«

Herr von Hopfgarten, dem diese gemüthliche Anrede galt, dachte aber gar nicht daran ihr Folge zu leisten, und seinen eigenen Rücken zum Ruhestuhl des ganzen Wagens herzugeben; mit anfassen mußte er aber doch, wollte er nicht die Nacht da im Schlamm halten bleiben, und den vereinten Anstrengungen der Passagiere gelang es denn auch endlich den schweren Wagen wieder auf seine Räder zu stellen und das herausgefallene Gepäck beim Schein der einen Laterne – die andere war schon vorher ausgegangen und dann auch noch zum Überfluß im Sturz gebrochen, zusammenzusuchen. Der Kutscher hatte indeß das verwickelte Geschirr der Pferde in Ordnung gebracht und kletterte, die Sorge für das Gepäck ganz den Passagieren überlassend, mit einem »Na so packt Euch wieder hinein, Alle mit einander, bis zum *nächsten* Loch« auf seinen Sitz zurück, von wo aus er, als das Zuschlagen der Wagenthür ihm dazu das Signal gab, mit erneuten Flüchen auf die Pferde einhieb.

Der Zustand der Passagiere im Inneren war übrigens, trotzdem daß sie jetzt wenigstens vor dem Regen geschützt saßen, ein sehr mislicher, denn naß bis auf die Haut, die Hände und Füße voll Schlamm, durften sie gar nicht daran denken sich irgend einer behaglichen Ruhe hinzugeben. Des Kutschers ominöse Worte – »sie sollten einsteigen *bis zum nächsten Loch* « klangen ihnen auch dabei noch immer in den Ohren, und in der That bewieß das Schleudern des Wagens, in dem sie herüber- und hinübergeworfen wurden, daß sie die schlechtesten Plätze keineswegs überstanden hatten.

Eine halbe Stunde später hielten sie allerdings bei Wittwe Jones, und konnten ihre halberstarrten Glieder – den Quäker ausgenommen, der keine Spirituosen trank – an einem nichtswürdigen Glas Cognac, halb Wasser und halb Schwefelsäure erwärmen, aber gehalten wurde hier nicht länger, und der eine Passagier der hier ausstieg rief ihnen noch lachend nach, »wenn sie gleich unten am Hügel wieder umwürfen, sollten sie nur rufen, und er wollte dann mit der Laterne hinunter kommen und sie zusammensuchen.«

Trotz der unangenehmen Fahrt übrigens, und trotz dem Regen, der immer schärfer anfing niederzupeitschen, während die Nacht dunkler und stürmischer wurde, schien der Humor in dem engen mit Menschen vollgepfropften Kasten doch endlich die Oberhand zu gewinnen; die Passagiere beschrieben untereinander die Situationen, in denen sie sich befunden als der Wagen umschlug, lachten über die einzelnen verzweifelten Ausrufe, und selbst über die unverschämte Grobheit des Kutschers, und wurden dabei bekannter zusammen, als sie es wahrscheinlich beim schönsten Wetter geworden wären. Sie fingen schon auch wirklich an sich wieder einem wohltuenden Gefühle der Sicherheit hinzugeben, als der Wagen auf's Neue einen Alles zusammenwerfenden Ruck that – und dann festsaß. Vergebens blieben alle Peitschenhiebe und Flüche des »*drivers*«; der Wagen stak und war nicht von der Stelle zu bringen, und die Passagiere mußten, trotz dem Wetter, noch einmal hinaus.

Hier zeigte sich nun allerdings, daß das rechte Vorderrad in eine alte Wurzel hineingefahren war, aus der es leicht wieder befreit werden konnte; als man es aber näher untersuchte, erwieß sich daß zwei Speicher gebrochen seien, die unter dem schweren Gewicht von acht Passagieren keine hundert Schritt weit mehr gehalten hätten. Das nächste ordentliche Wirthshaus war zugleich noch sieben englische Meilen entfernt, und sie sämmtlich gezwungen, wenn sie das beschädigte Rad nicht wieder zusammenflicken konnten, bis dorthin zu Fuß durch die Nacht zu laufen. Dem zu begegnen gingen die jungen Farmer und Viehhändler, die mit derartigen Sachen gut umzuspringen wußten, daran, den Schaden soviel als möglich wieder auszubessern. Auf ebener Straße hätte das Rad auch wohl die paar Meilen noch gehalten, und so versuchten sie's denn und stiegen wieder ein. Lieber Gott, der erste Baumstumpf an den sie kamen, machte die immer mehr aufgeweichten Riemen nachgeben, noch hielten die übrigen Speichen, aber nicht lang; über eine Strecke steinigen Boden dahinfahrend krachte und splitterte es wieder, und ehe die Hälfte der Passagiere hinausspringen konnte, schlug der Kasten zum zweiten Mal um.

An ein wieder einsetzen war jetzt nicht mehr zu denken; eine Stange wurde nur abgehauen, vorn befestigt und quer unter die rechte Axe gelegt, den Wagen aufrecht zu halten, und dann nach einigen Versuchen selbst das Gepäck zum großen Theil für zu schwer befunden, auf diese Weise transportirt zu werden. Der Kutscher machte nun allerdings den Vorschlag, sämmtliche Koffer und Säcke hier irgendwo unter einem Baum aufzustapeln, und Einen von ihnen als Wache dabei zurückzulassen. Hierzu aber wollte sich nicht allein Niemand verstehn, sondern auch Niemand sein Gepäck zurücklassen, und der Kutscher wurde soweit überstimmt, dem Passagiergut im Wagen so lange Raum zu gönnen, bis es effektiv nicht weiter gebracht werden *konnte*; dann wollte es Jeder tragen.

Das Gepäck war aber wirklich in dem schlammigen Weg wenn auch nicht zu schwer für das gebrochene Rad und die untergeschobene Stange, doch jedenfalls für die Pferde, die den Wagen mit dem scharfeinschneidenden Hemmschuh endlich kaum noch fortschleppen konnten. Die Amerikaner hatten zwar Stangen abgehauen, die als Hebebäume dienen mußten, den Wagen, wo er stecken blieb wieder herauszuheben, und nicht ganz auf der Straße sitzen zu bleiben, aber es ging das endlich auch nicht mehr, und das Gepäck mußte heraus und geschultert werden. Die Pferde *konnten* es nicht weiter bringen. Hopfgarten wie der Quäker, die eben nur leichte Reisesäcke hatten, bekamen dazu noch eine der Stangen zu tragen, während die Amerikaner mit Axt und Hacke – Amerikanische Posten sind schon darauf eingerichtet – nebenher gingen, und dem Wagen fortwährend freie Bahn machten, Holz aus dem Weg zogen, oder auch die Hebebäume von den Schultern ihrer Leidensgefährten nahmen und die angeschleifte Stange über irgendwelche Hindernisse hinüberhoben.

Hier war es Hopfgarten, der sich zuerst widersetzte, und gegen solche Behandlung mit Erfolg Protest einlegte.

»Ich habe« sagte er zu dem erstaunt ihn ansehenden *driver* »meine volle Passage noch dazu bis *Vincennes* bezahlt; ich bin jetzt, den halben Weg fast, zu Fuß gelaufen – nicht das allein, ich habe auch mein Gepäck geschleppt, und gearbeitet wie ein Pferd den verwünschten Kasten in Gang zu halten. Ich bin dabei erbötig weiter zu marschiren und mein Gepäck selber zu schultern – *aber die verdammte Stange trag ich keinen Schritt mehr!*« und das Holz dem Mann vor die Füße werfend, stiefelte er ruhig weiter durch den Schlamm.

Die Situation hatte viel komisches, und ein paar Leute lachten, das Wetter war aber doch zu entsetzlich irgend etwas gerade sehr spaßhaft zu finden. Die kleine Caravane hatte sich indessen eben wieder in Bewegung gesetzt, als Hopfgarten zu ihrer Linken ein Licht durch die Bäume schimmern sah, einen der Mitpassagiere darauf aufmerksam machte, und ihn frug, ob er wisse wer da wohne.

»Oh hol's der Teufel« brummte der Mann, »*dort* können wir nicht bleiben, das ist ein wüster Ort, mit dem Niemand gern Verkehr hat.«

»Wie so?« frug rasch der Deutsche, neugierig gemacht durch die Bemerkung.

»Ein alter Jude wohnt dort mit seiner Mutter« sagte der Amerikaner, einen scheuen Blick nach dem Licht hinüberwerfend, »und *handelt* am Tag in der Gegend herum; die Leute sagen auch er hätte eine Masse kostbarer Waaren bei sich aufgehäuft, wo er die aber her und womit er sie bezahlt hat weiß kein Mensch, und es mag auch Niemand seine Schwelle betreten.«

Der Mann schritt weiter; während das Wetter aber immer wüthender wurde, der Regen immer toller niederpeitschte und der Sturm in den Baumwipfeln raste, als ob er die alten Riesenkronen, die ihm Jahrhunderte getrotzt, bei dem Armvoll niederwerfen wollte, zog sich der Weg wieder in eine Niederung hinab, in der sie bis an die Knie fast in Schlamm und Morast waten mußten. Das Licht kam dabei näher, obgleich man deutlich unterscheiden konnte daß es links etwas von der Straße ab lag und Hopfgarten, an solche Beschwerden nicht gewöhnt, und mit der *Möglichkeit* ihnen zu entgehn vor sich, beschloß endlich mit seinem Gepäck, das er ja überdieß auf dem Rücken trug, querfeldein auf das Haus zuzugehn, und die Gastfreundschaft der Leute, mochten sie sein was sie wollten, für diese Nacht in Anspruch zu nehmen. Morgen fand sich dann schon Gelegenheit weiter zu kommen, oder er gab auch seine ganze Reise nach Vincennes und von da mit der Post weiter nach St. Louis auf, und kehrte auf dem nächsten Weg nach dem Ohio zurück – er hatte das Postfahren satt bekommen.

Der eine Farmer rieth ihm allerdings, als er den Entschluß hörte gar eifrig ab, und tröstete ihn damit, daß sie höchstens noch fünf Miles bis zum nächsten Wirthshaus hätten; Hopfgarten war aber fest entschlossen seinen einmal gefaßten Plan auszuführen, unangenehmere Gesellschaft konnte er dort auch nicht finden, und da die Leute noch Licht hatten, also auch folglich noch auf waren, würden sie ihm doch wenigstens einen Platz am Feuer nicht versagen. Ohne sich also weiter an die Übrigen zu kehren, und Postkutsche nebst Passagieren ihrem Schicksal überlassend, wandte er sich links ab dem Lichte zu, und kam nach etwa viertelstündigem Wandern, wobei er die Post noch immer konnte durch den Schlamm rasseln und sogar das Fluchen der Passagiere hören, an eine niedere Fenz, die er mit einiger Mühe überkletterte. Er war durch die Anstrengungen der Nacht und die naßkalte bösartige Witterung ordentlich steif und gelenklos geworden, und konnte kaum hinüberkommen.

Fünfter Teil

1. Von Hopfgartens Abenteuer

Fortsetzung.

Ehe Hopfgarten das Haus erreichte, mußte er noch über ein Stück frischgepflügten und aufgeweichten Feldes, in dem er beinah stecken blieb. Dabei lag das kleine Gebäude vor ihm, so still und versteckt unter ein paar hohen düsteren Bäumen, und das Licht, oder Kaminfeuer vielleicht, funkelte so matt und todt zwischen den Spalten der Hütte durch, daß unser Freund, schon ganz in der Nähe des Hauses angelangt, an dem ihn nicht einmal das Knurren eines Hundes begrüßte, unwillkürlich stehen blieb, und nach seinen Pistolen griff, die er hinten in der Rocktasche trug, und von deren Vorhandensein er sich wenigstens überzeugen wollte. Aber lieber Gott, die Rocktasche war vollständig durchgeweicht – das Wasser lief ihm in die Hand als er daran griff, und an ein Losgehn der Waffen, hätte er sie wirklich gebraucht, war kaum zu denken. Aber Zögern half ihm auch Nichts; er war einmal entschlossen hier zu übernachten, und hatte sich bis zum Hause durchgearbeitet, also galt es auch jetzt das einmal Begonnene auszuführen. So seine wollene Decke, die er so gut das gehn wollte als Mantel gebraucht, von dem rechten Arm zurückwerfend, denselben frei zu bekommen, überkletterte er jetzt die Fenz noch einmal, nächst zum Hause, durchschritt den kleinen offenen Hofraum, der beide von einander trennte, und klopfte im nächsten Augenblick an die niedere Thür.

Es blieb todtenstill im Haus – nur war es ihm als ob er das dumpfe Knurren eines großen Hundes höre, das einem fernen Donner nicht unähnlich klang – er horchte eine halbe Minute etwa, und als dann noch Alles ruhig blieb, klopfte er wieder, und zwar stärker als das erste Mal.

Ein Hund schlug jetzt drinnen mit lauter Stimme an, und er hörte gleich darauf zu seiner großen Genugthuung Schritte, die sich der Thüre näherten und davor stehen blieben.

»Wer ist draußen?« fragte eine, wie es dem Fremden fast schien, vorsichtig gedämpfte Mannesstimme in schlechtem, vielleicht jüdischem Englisch – »Bist Du's Benjamin?«

»Ein Fremder ist's« rief aber der Deutsche, durch etwaiges Zögern den Mann da drinnen nicht vielleicht unnöthiger Weise mistrauisch zu machen – »ein Passagier der hier vorbeigehenden Postkutsche, die ein Rad zerbrochen hat und nicht mehr fortkann, und der nur für die Nacht Unterkommen zu finden wünscht – nur Schutz gegen das furchtbare Wetter draußen.«

»Seid Ihr allein?« frug die Stimme wieder – »ruhig Nero, ruhig mein Hund – was hast Du zu knurren, wenn ich Dir Nichts sage?«

»Ganz allein, aber naß wie eine Katze.«

»Wär' ein Kunststück heute trocken zu bleiben«, sagte die Stimme wieder, während oben und unten von der Thüre Riegel zurückgeschoben wurden, und diese sich dann langsam und vorsichtig öffnete. »Kommt herein«, sagte dabei der Mann – »der Hund thut Nichts, wenn ich bei Euch bin – braucht ihn nicht zu fürchten – Gott der Gerechte, ist das ein Wetter draußen – kommt zum Feuer und trocknet Euch.«

Er ging dem Fremden voran zum Kamin, störte die fast ausgebrannten Kohlen wieder auf, und warf ein paar frische Stücken Holz darauf, die Flamme heller auflodern zu machen. Von der Seite warf er dabei manchen verstohlenen Blick nach dem späten Gast, dessen Gesicht er in der Dunkelheit der Hütte bis jetzt noch nicht hatte erkennen können, und als das Feuer brannte, drehte er sich nach ihm um, bat ihn auf dem einzigen Stuhl, der am Kamin stand, Platz zu nehmen, und ging dann zu dem Reisesack, den er aufhob, einen Augenblick wie in der Hand wog, und dann ebenfalls zum Kamin trug, damit er, wie er meinte, trocken würde.

»Ihr werdet auch noch hungrig sein«, sagte er dabei, »Gottes Wunder ist das ein Vergnügen in solcher Nacht, mit solchem Fuhrwerk auf der Landstraße zu liegen, für solchen feinen und wahrscheinlich auch reichen Herrn; aber ich bring Euch gleich etwas zu essen.«

Hieran verhinderte ihn aber Hopfgarten; nur wenn er vielleicht ein Stück trocken Brod und einen Schluck Brandy hätte, möchte er ihn darum bitten; das sei vollkommen genug bis morgen früh, und er bedürfe nach der gehabten ungewohnten Anstrengung mehr der Ruhe, als irgend einer Nahrung.

Der Mann (und der Indiana-Farmer hatte ganz recht, es war jedenfalls ein Jude seinem ganzen Aussehn und Wesen nach), ging jetzt daran den Tisch, der mitten in der Hütte stand, für seinen Gast herzurichten; von einem an der Wand befestigten Bret nahm er ein kleines altes Stück Wachstuch, das er mit dem Ellbogen von alten Fettflecken oder Staub reinigte, breitete es dann auf den Tisch, legte einen halben Laib Waizenbrod daneben, nahm ein Messer aus der Schieblade, das er in das Brod hineinstieß, und ging dann zu einem kleinen Eckschrank, aus dem er eine grüne bauchige Flasche und und ein großes Glas herausholte. Hierauf füllte er einen kleinen eisernen Kessel mit Wasser, stellte ihn auf die Kohlen, und verließ auf kurze Zeit das Haus.

Hopfgarten behielt indessen Zeit sich in der niederen räucherigen Hütte etwas mehr umzuschauen, in der es ihm, er wußte eigentlich selber nicht weshalb, noch gar nicht so recht behaglich werden wollte. Wie unwillkürlich lief ihm dabei ein Schauer über den Leib – das mußte die Nässe und Kälte sein, die das Feuer aus ihm heraustrieb – und er sah sich wie scheu in dem engen Raum um, ja bereute fast in solcher Nacht ein solches Gebäu leichtsinnig betreten zu haben.

Und was für ein mächtiger Hund das war, der unfern des Kamins lag, und ihn mit den kleinen tückischen Augen so still und aufmerksam anstarrte; wie er den breiten schweren Kopf so klug und lauernd auf seinen Tatzen liegen hatte, und keinen Blick dabei von dem Fremden wandte, mit dem er noch keineswegs wußte woran er war. Die Augen des Hundes hatten ordentlich etwas Unheimliches. Und wie schwarz geräuchert die Mauern aussahen, glänzend von Fett und Ruß, und mit kleinen Schränken und Kasten ringsum die dunkle Wand umstellt, bis dort – Hopfgarten konnte einen leisen Schrei der Überraschung kaum unterdrücken, als sein Blick in diesem Moment auf die Gestalt einer alten, Mumienartigen Frau fiel, die sich aus der dunklen Ecke, in der sie gesessen und möglicher Weise geschlafen, langsam und hoch aufrichtete, und auf ihn zu, zum Feuer kam.

Es war der Typus des Häßlichen, Abscheulichen, dieß alte Weib mit den ihr wirr über die Stirn und Schläfe hängenden eisgrauen Haaren, den eingefallenen Wangen, hohlliegenden stieren Augen, und dem nackten braunen, runzeligen Hals, den Körper in einen alten Mantel fröstelnd eingehüllt, und die dürren knochigen Hände gegen das Feuer vorgestreckt.

Einen so wohlthuenden, beruhigenden Eindruck das Bild einer freundlichen Matrone auf uns macht, die über die Stürme des Lebens hinaus, mit klarer Ruhe im Blick den Frieden ihres Herzens wiederspiegelt, mag sie in einer Tracht dann auftreten wie sie will, so zurückstoßend wirkt die Gestalt einer alten Frau in Schmutz und Lumpen auch auf uns, deren Scheitel die Jahre gebleicht, und Nichts von der Ruhe, nichts von dem Frieden darauf zurückgelassen haben, die dem Alter gehören.

Hopfgarten trat unwillkürlich einen Schritt zurück, der Alten Raum zu geben, aber wie er sich nur regte, und Miene machte das Kamin zu verlassen, knurrte der Hund, und als er sich etwas erschreckt nach diesem umwandte, leuchteten ihm dessen kleine Augen so drohend, so zornfunkelnd entgegen, daß er regungslos auf seinem Platze stehen blieb, die Bestie nicht unnöthiger Weise böse zu machen.

»Schöne Situation das« murmelte er dabei vor sich hin – »sitze hier drin wie die Rose zwischen den Dornen; hm hm hm Hopfgarten, ich glaube Du bist da in eins von Deinen ersehnten Abenteuern hineingerathen – wenn sie nur nicht gleich mit dem letzten anfangen.«

Die Frau, die sich jetzt dicht zu dem hellauflodernden Feuer gedrängt hatte, und die zitternden, ausgespreizten Finger darüber hielt, drehte den von der Flamme zurückgebogenen Kopf nach ihm um, sah ihm eine Weile stier in die Augen, und flüsterte dann, wie es ihm vorkam einige ängstlich rasche Worte, aber in einer Sprache von der er keine Sylbe verstand.

»Jetzt werd' ichs bereuen können, daß ich das Hebräische in meiner Jugend vernachlässigt habe« dachte Hopfgarten und sah die Alte dabei überrascht und neugierig an, aus ihren Blicken vielleicht zu errathen was sie meine. Wieder flüsterte die ihm, scheu dabei den Kopf nach der Thür werfend, etwas zu, und deutete dabei zugleich nach dem Tisch hinüber.

»Ja, ich begreife aber nicht – «

»Bst«, sagte die Alte rasch und bestürzt, und hob warnend den Finger; in dem Augenblick aber ging die Thür wieder auf, und der zurückkehrende Mann sah kaum die Alte am Feuer, neben seinem Gast, als er auf sie zuging und ihr mit barscher Stimme einige Worte in derselben fremden Sprache zurief. Die Frau kroch scheu in sich zusammen, wickelte den alten Mantel fester um sich her, und glitt auf ihr Lager, das in der dunklen Ecke nächst dem Kamine gemacht schien, zurück. Der Mann aber sagte freundlich zu dem Fremden:

»Kehrt Euch nicht an die Alte; sie ist still und gutmüthig, nur *hier*«, setzte er leiser, mit dem Finger auf die eigene Stirn deutend hinzu, »nicht ganz richtig. Wenn wir allein sind laß ich sie ruhig gehn, nur wenn Fremde zu mir kommen, was freilich selten genug geschieht, muß sie in ihrer Ecke bleiben und darf mir sie nicht stören. Aber hier«, setzte er lauter hinzu, »ist wenigstens ein Imbiß für Euch. Da ist ein Stück Brod und Käse, den ich neulich von Vincennes mitgebracht, und ein guter Brandy, der Euch wahrscheinlich mehr noth thut als alles Andere; das Wasser wird auch jetzt heiß sein – ja es kocht sogar schon – und ich mach' Euch indessen einen Grog zurecht. Setzt Euch nur zum Tisch und langt zu.«

Hopfgarten war wirklich durch die ungewohnte Anstrengung nicht allein flau geworden, sondern hatte sogar eine Art Heißhunger bekommen, dem er etwas bieten mußte. Nur der Hund war ihm im Wege, der ihn noch immer lauernd und tückisch anschaute. Was that überhaupt der Köter hier im Haus?

»Der Hund thut Euch Nichts«, sagte der Alte ruhig, »er ist nur Fremde nicht gewohnt.«

»Wenn ich mich aber gerührt hätte, wie Ihr draußen wart, wär' er mir auf den Leib gesprungen«, sagte Hopfgarten mürrisch.

»S' ist ein alter Hund«, lächelte der Alte, »und hat keinen Zahn mehr im Maul, thut auch nur manchmal so als ob er böse wäre. Die Zeiten sind vorbei wo er Leute gebissen hat, und Ihr könnt zu ihm gehn und ihn streicheln, er wird es sich ruhig gefallen lassen.«

Hierzu bezeigte der Deutsche übrigens keine rechte Lust, folgte aber der wiederholten Einladung, am Tische Platz zu nehmen, und schnitt sich ein tüchtiges Stück Brod und Käse ab, während der alte Jude mit dem Glas zum Feuer niederkauerte, aus einem Papier etwas hineinschüttete, und dann Wasser darauf goß.

»So«, sagte er, als er es zum Tisch zurückbrachte und es dem Gast vorsetzte, »nun thut Euch selber so viel Brandy zu als Ihr mögt, macht den Grog aber ein wenig scharf, es wird Eueren Gliedern wohl thun, und böse Folgen von solchem Nachtmarsch abhalten.«

»Was habt Ihr da im Glase, Freund?« sagte Hopfgarten, dieses gegen den Schein des Feuers haltend.

»Zucker und Wasser – der Zucker ist gut, und nimmt dem Brandy die Schärfe.«

»Ich trinke nicht gern Zucker«, sagte der Deutsche, den ein eigens wunderliches Mistrauen beschlich, »wenn es Euch recht ist, misch ich mir den Trank selber.«

»Nicht gern Zucker? – ist es doch das Beste dran«, sagte der Alte, »kostet's nur erst, es wird Euch schon schmecken.«

Hopfgarten beharrte übrigens darauf, den Satz fortzugießen, und stand dann selber auf, schwenkte das Glas mit heißem Wasser aus, füllte von diesem wieder ein, und goß sich dann Brandy aus der Flasche zu.

»Mehr, Freund, mehr«, mahnte ihn der Alte, »das ist nicht halb genug, und nähme Euch nicht einmal das Frösteln vom Leib – noch mehr – lieber Gott, meine Alte da trinkt stärkeren Grog, wenn ich's ihr gebe.«

»Ich danke, ich danke«, rief aber Hopfgarten, die Flasche abwehrend, aus der ihm der Alte, als er sie hingestellt, noch selber anfing nachzugießen; »ich bin starke Getränke nicht gewohnt, und bekomme danach am andern Morgen Kopfschmerzen.«

»Für *morgen* steh' ich Euch«, lachte der Alte in sich hinein, »*der* Brandy ist vortrefflich und macht Niemandem Kopfschmerzen.«

Den Deutschen überlief es wirklich jetzt mit einem eigenen unbehaglichen Frösteln, das er freilich immer noch den nassen Kleidern zuschrieb, der Brandy schmeckte aber gut, und nach kurzer Prüfung und mit einem raschen Entschluß trank er den Inhalt auf einen Zug hinab – ha wie das brannte.

»Aber nun legt Euch auch schlafen«, mahnte der Alte, während er Brod und Brandy wieder vom Tisch abräumte, und an seine Stelle brachte, »es ist spät in der Nacht, und auf den Trunk werdet Ihr, trotz des harten Lagers das ich Euch bieten kann, gut ruhen. Hier am Feuer wird der beste Platz für Euch sein; ehe wir uns hinlegen werf ich dann noch ein paar Stücken auf, und bis die niedergebrannt sind liegt Ihr ohnedieß warm. Die Nächte werden jetzt schon recht frisch, ja kalt.«

Hopfgarten, froh endlich seine todtmüden Glieder einmal wieder ausstrecken zu können, legte seinen Reisesack, der am Feuer indeß schon etwas abgetrocknet war, so hin, daß er ihn zum Kopfkissen gebrauchen konnte, und der Alte hatte ihm eine wollene Decke und ein Schaaffell zum Lager gebracht, wobei er bedauerte ihm nicht mehr Bettzeug bieten zu können, da er selber seit gestern noch Besuch bekommen. »Aber ich bring' Euch noch 'was die Füße warm zu halten«, setzte er hinzu, »das ist die Hauptsache, und gegen Morgen werdet Ihr schon fühlen wie wohl das thut.« Er nahm dabei einen alten leinenen Sack, der hinter dem Stuhl am Feuer gelegen und, wie es Hopfgarten vorkam, eine Menge dunkler Flecken trug, ihn dann aber zu den Füßen des sich eben auf seinem etwas harten Lager behaglich ausstreckenden Gastes öffnend, forderte er diesen auf dahinein seine Füße zu stecken.

»Dahinein in den Sack?« rief Hopfgarten erstaunt. »Weshalb?«

»Ihr sollt einmal sehn wie warm Euch das die Füße hält.«

»Ich will ihn lieber darüber decken; das ist eben so gut.«

»Nicht halb so gut, nicht um hundert Procent«, rief der Alte, und versuchte den Mund des geöffneten Sacks selber um die Füße zu bringen, die Hopfgarten aber zurückzog, und sich jetzt auf das Entschiedenste weigerte der Aufforderung Folge zu leisten. Es war ihm ein gar so unheimliches Gefühl seine Füße in einem Sack zu wissen, dessen er sich in der Dunkelheit, wenn er hätte rasch aufspringen wollen, gar nicht so schnell entledigen konnte.

Auch das Drängen des finster aussehenden Mannes beunruhigte ihn – was zum Henker, lag dem Burschen so sehr daran, seine Füße in den engen Sack hinein zu bekommen? – Wie der Jude übrigens sah daß sein Gast sich dem Verlangen unter keiner Bedingung fügen wollte, ließ er nach mit Drängen, und legte ihm nur den Sack noch auf die Füße drauf, schürte das Feuer, sah nach der Thür und ging dann nicht etwa selber zu Bett, sondern setzte sich am Kamin in den niederen Rohrstuhl, legte das eine Bein über das andere und faltete die Hände um das rechte, aufgehobene Knie und starrte nachdenkend in die Flamme.

Hopfgarten schloß die Augen und versuchte zu schlafen, aber – es ging nicht; das Feuer brannte nach und nach nieder und er konnte die noch immer am Kamin sitzende Gestalt nicht mehr ordentlich erkennen, aber er *fühlte* daß ihre Blicke auf ihm hafteten, und daß jede seiner Bewegungen, daß jeder Athemzug beobachtet, belauscht wurde – weshalb? – Er lag noch eine halbe Stunde, und es wurde ihm sonderbar unbehaglich zu Muthe – und der Geschmack den er dabei im Munde hatte – der mußte von dem Brandy herrühren – wie eigenthümlich metallisch das schmeckte – und im Kopf fing es ihm an zu drehen und zu arbeiten – wie schwer und bleiern seine Augenlider wurden. Er fühlte noch einmal neben sich, wo seine Pistolen lagen, aber er hatte selber kein Vertrauen zu ihnen – sie waren naß geworden und hätten jedenfalls versagt. Wenn er sie nur vorher in Stand gesetzt – er hatte kein Mistrauen zeigen wollen und würde jetzt doch Gott weiß was darum gegeben haben, nicht so überrücksichtsvoll gewesen zu sein.

Und was hinderte ihn daran selbst jetzt noch aufzuspringen und das Versäumte nachzuholen? dem Gerüsteten, mit der Waffe Versehenen würde der Mann, was auch sonst seine Absicht gewesen, nicht gewagt haben entgegen zu treten. Er wollte aufstehn, aber er vermochte es nicht mehr – die Glieder versagten ihm den Dienst, über seine Augen legte es sich wie ein Schleier und er fühlte wie sich der Schlaf – ein gewaltsamer, nicht zurückzudrängender Schlaf – seiner bemächtigte.

Wie lange er sich in einem solchen Halbtraum befand wußte er nicht, wohl aber daß er gegen diese unnatürliche Ruhe mit allen Kräften seiner Seele ankämpfte, und ihr doch am Ende erlegen wäre, wenn nicht, vielleicht gerade zur rechten Zeit, ein Geräusch von außen, ihm geholfen hätte sie zu bewältigen.

Der Jude, der im Stuhl am Feuer saß, regte sich leise und geräuschlos nur, es ist wahr, aber er bewegte sich doch, hob sich langsam empor, und stand jetzt, das Gesicht noch immer dem Fremden zugewandt, mit dem Rücken nach den kaum noch glimmenden Kohlen hin, vor dem Kamin. Wieder schloß Hopfgarten die Augen, und suchte das fatale Bild, das ihm die dunkle Gestalt heraufbeschwor, von sich zu schütteln, als er die leisen, schleichenden Schritte des Mannes auf dem Boden *fühlte* – fühlte wie er sich ihm mehr und mehr näherte – und als er die Augen nur halb und vorsichtig öffnete, dem dunklen Gesellen nicht zu verrathen daß er wache, sah er wie dieser, nur wenige Schritte von seinem Lager entfernt, mit halb vorgebeugtem Oberkörper lauschend stand, und jedenfalls auf seine Athemzüge horchte.

Was hatte er im Sinn – was wollte er von ihm? – sollte er aufspringen, und dem Mann, falls er zum Angriff auf ihn fertig stand, im Einzelkampf begegnen? – aber der Hund dann, der noch immer im Zimmer lag. Und hatte der Jude auch wirklich eine feindselige Absicht gegen ihn? – war es nicht vielleicht Zufall – Sorge selbst um seinen Schlaf, die ihn an des Fremden Lager führte. Hopfgarten beschloß das zu ergründen, selbst auf die Gefahr hin den Burschen muthwilliger Weise zu einem Angriff auf sich zu treiben; er war *auch* kräftig, und noch in den besten Jahren, und trug der finstere Gesell da Böses gegen ihn im Schilde, ei so mochte er auch auf einen Widerstand gefaßt sein, den er sich vielleicht nicht so warm gedacht oder für möglich gehalten. So also den Mann glauben zu machen daß er wirklich sanft und fest eingeschlafen sei, damit er endlich einmal mit seinen Absichten herauskäme, fing er an laut und regelmäßig zu athmen, und blinzte jetzt nur unter den halb geschlossenen Wimpern nach ihm hinüber.

Der Jude blieb indessen noch eine Weile, halb nach ihm hingebeugt, stehn, als ob er sich erst selber von der Wahrheit dieses scheinbaren Schlafes überzeugen wolle; dann aber, als ihm jeder Zweifel genommen sein mochte, schlich er wieder leise zum Kamin zurück, warf einen Spahn auf die jetzt nur matt glimmenden Kohlen, der bald zu einer kleinen aber hell knisternden Flamme aufloderte, ging dann in die entgegengesetzte Ecke der Hütte, wo Geschirr und andere Sachen standen, und nahm dort – Hopfgarten fühlte wie ihm das Blut einen Augenblick in den Adern stockte, und dann eiseskalt den Rücken hinabrieselte – ein langes blitzendes Messer von der Wand, dessen Schneide er flüchtig mit dem Daumen prüfte, während sein Auge die Entfernung zwischen sich und seinem Opfer abzumessen schien.

Hopfgarten war nichts weniger als feige, ein gewisser kecker Muth – selbst wenn wir ihn Übermuth nennen wollten – hatte ihn sogar das Erleben gefährlicher Abenteuer herbeiwünschen, wenn auch nicht aufsuchen lassen, denn daß er den Mississippi auf dessen Dampfbooten nur befuhr um mit einem platzenden Kessel in die Luft zu fliegen, war jedenfalls mehr eine unschuldige Prahlerei als wirklicher Ernst gewesen; hier aber fühlte er doch wie er der jedenfalls *berechneten* Bosheit eines solchen Räubers gegenüber in eine Falle gegangen sei, aus der ein Entkommen, wenn nicht unmöglich, doch unwahrscheinlich war. Nichts destoweniger beschloß er sein Leben so theuer als möglich zu verkaufen. Er wußte wie wenig er sich auf seine Pistolen verlassen konnte, deren Versagen ihn ganz in die Hand des Mörders gegeben hätte, griff deßhalb rasch, und so wenig als möglich die Decke über sich bewegend, den Angriff des Feindes nicht zu beschleunigen, in seine Tasche, nahm dort den Genickfänger (sein Bowiemesser hatte er im Koffer zurückgelassen) vor, klappte ihn leise und geräuschlos auf und in die Feder, und den linken Arm dann über die Brust ziehend, einen erst dorthin geführten Stoß rasch pariren zu können, hielt er das kleine aber haarscharfe Messer, das doch wenigstens eine fünf Zoll lange Klinge führte, fest in der Faust, und erwartete mit zusammengebissenen Zähnen aber fester Entschlossenheit den Angriff.

Sein Herz schlug dabei so laut und heftig daß er zu fürchten anfing die kleine lauernde Gestalt des Juden *müsse* das hören, wie er aber diesen jetzt langsam, mit vorsichtig zurückgezogenem Stahl gegen sich anschleichen sah, ja den Fuß des Mörders schon an dem seinen fühlte, als sich dieser über ihn hinbog, und mit dem linken, ausgestreckten Arm nach der Wand fühlte, sich jedenfalls dort zu stützen und seinem Stoß mehr Sicherheit zu geben, war auch fast jede Angst, die ihn bis dahin wohl noch bedrückt, verschwunden.

Es ist eine allbekannte und oft geprüfte Wahrheit, daß eine Gefahr wirklich nur so lange existirt als sie *droht*, und die Hälfte, ja mehr ihrer Schrecken verloren hat, wenn sie, selbst mit voller, ungeschwächter Kraft, über uns hereinbricht.

Nur der Schiffer auf leckem Fahrzeug ringt verzweifelnd die Hände und sinkt in die Knie, oder starrt in dumpfem Schweigen rath- und thatlos hinaus auf die ihn umtobende See – der *Schiffbrüchige*, dem das Meer schon sein Fahrzeug zertrümmert, während die Wogen mit den zerrissenen Planken spielen, sucht sich schwimmend, und mit zum Äußersten entschlossenen Arm die Wogen theilend, treibende Bruchstücke seines Schiffs zusammen, baut sich, mit der Fluth dabei kämpfend, ein kleines Floß, und schwimmt dann keck und trotzig auf dem weiten Meer umher, von der stürmischen See an die Küste geworfen, oder von einem zufällig in Sicht kommenden Schiff aufgelesen und gerettet zu werden.

So war es mit Hopfgarten; wie auch ängstliche Gefühle, er mochte dagegen ankämpfen wie er wollte, ihm die Brust beengten, als er die jetzt vor ihm aufsteigende Gefahr näher und näher rücken fühlte, so schwand jeder andere Gedanke in seiner Brust als er den Stahl darauf gezückt wußte, und nur der einzige, der der Selbstvertheidigung, lebte noch in ihm. Der erste Stoß wurde jedenfalls nach seinem Herz geführt, aber der rasch aufschlagende Arm mit der wollenen Decke, die ihm allein schon Schutz gewährte, konnte den leicht zur Seite werfen und unschädlich machen; die aufwärts gehaltene eigene Klinge hatte er dann im Nu auch selbst befreit, und dem bübischen Verräther ein- oder zweimal in die Rippen gestoßen, ehe dieser im Stande war sich von dem ersten Schreck zu erholen, oder gar den Hund hätte rufen können. Den weit schwächeren Mann konnte er dann schon leicht bewältigen, und die Bestie – ei zum Teufel, wenn er erst auf den Füßen stand wollte er sich die wohl auch vom Leibe halten.

Aber was zögerte der Alte so lang? – den linken Fuß hatte er vorgesetzt – den linken Arm gegen die Wand gestemmt, und ganz über ihn gebeugt hob er noch immer nicht den rechten Arm zum Stoß – *wagte* er es nicht? – Hopfgarten biß die Zähne fester und trotziger aufeinander, und sehnte sich jetzt fast nach dem Augenblick, der ihn zu eigenem Handeln rufen würde, als sich der dunkle Körper des Juden wieder zurückbog – die Hand mit dem Messer hob sich *nicht*, und der Mann, auch die linke jetzt wieder zurückziehend, hielt in der rechten – Hopfgarten wußte nicht ob er wache oder träume – dasselbe Brod, das er ihm vorher schon hingelegt – trat wieder zum Kamin, schnitt sich mit dem langen furchtbaren Messer ein großes Stück ab, legte das übrige indessen auf den Kaminsims, warf noch einige Kienspähne auf die Gluth, daß sie hoch aufloderten und ein helles Licht im Gemach verbreiteten, und fing dann – keinen Blick mehr nach dem Fremden hinüberwerfend – ruhig an zu essen.

Hopfgarten holte tief Athem – es war als ob ihm ein großer Stein von der Brust fortgewälzt worden, und wie im Traum doch lag er eine ganze Weile, noch nicht im Stande, dieß völlige Gefühl der Sicherheit von der Gefahr so ganz zu trennen, in der er sich vor wenigen Secunden ja geglaubt. Aber jetzt schämte er sich vor dem Manne, der ihn so gastfrei aufgenommen und dem er, wenn auch nur noch erst in Gedanken, doch so schwarzes Unrecht angethan – ja er hätte jetzt lieber aufspringen und ihm frei und offen die Wahrheit bekennen, wie ihn um Verzeihung bitten mögen – und wäre dann ausgelacht worden. – Nein das ging nicht an; aber einen Beweis wollte er sich selber geben daß er einsähe wie Unrecht er gehabt – sich selber gegenüber etwas thun, das seinem in so schändlichen Verdacht gehaltenen Wirth dem eigenen Gewissen gegenüber sein Unrecht eingestand. Zuerst klappte er das Messer also ganz leise wieder zu und schob es in die Tasche zurück, und dann, wie aus tiefem Schlaf erwachend – diese kleine Täuschung konnte er sich nicht versagen – richtete er sich empor, warf die Decke zurück, nahm den Sack, öffnete ihn und schob seine Füße, so weit er sie bringen konnte, hinein.

»Aha?« sagte sein Wirth, der, als er das Geräusch hörte, langsam den Kopf nach ihm wandte, »hatt' ich recht? – die Füße fangen Einem gewöhnlich Nachts an zu frieren, wenn sie den Tag über naß waren; der Sack wird sie schon warm halten.«

»Ich denke auch – es ist doch wohl so besser«, sagte Hopfgarten beschämt, warf sich dann wieder zurück auf sein eben nicht besonders weiches Kopfkissen, zog die Decke bis zum Kinn hinauf, und war in wenigen Minuten sanft und süß eingeschlafen.

Als er am anderen Morgen erwachte stand die Sonne schon hoch am Himmel, und auf dem Tische dampfte ein delikat duftendes Frühstück, während ein ihm ganz gut bekanntes Gesicht, das einem wunderhübschen jungen Mädchen gehörte, in dem gestern Abend ihm so wüst und öde vorgekommenen Hause schaffte und ordnete.

»Ja wie ist mir denn?« sagte er, sich auf seinem Lager in die Höhe richtend und sich die Augen reibend, »sind Sie denn nicht – «

»Wahrhaftig Herr von Hopfgarten!« rief das junge Mädchen in deutscher Sprache überrascht aus, als sie ihm in's Gesicht sah, und ihn erkannte, »aber wie kommen Sie *hier* her – «

»Ja aber ich weiß immer noch nicht?« –

»Sie kennen mich nicht mehr?« lächelte die Kleine, »ich bin Rebecca Rechheimer, aus dem Zwischendeck der Haidschnucke, und der alte Mann ist mein Onkel, dem wir unsere Ankunft meldeten, und der mich hat zu sich kommen lassen ihm die Wirthschaft zu führen. Erst gestern Abend hat mich sein Sohn von Vincennes, wohin ich von New-Orleans aus mit dem Dampfboot gefahren bin, hierher gebracht; aber ich hatte keine Ahnung daß der Fremde, der noch so spät in der Nacht gekommen, ein so guter Bekannter wäre.«

Der alte Mann, mit dem seine Nichte nur Deutsch sprach, und der es auch verstand und ihr gebrochen darauf antwortete – er lebte seit zwanzig Jahren zwischen Amerikanern – kam jetzt auch herbei und begrüßte seinen Gast freundlich. – Hopfgarten hatte kaum das Herz ihm in's Auge zu sehn – er mußte sich dann mit zum Frühstück niedersetzen, an dem der Sohn des Alten, ein junger hübscher Bursche von vielleicht vierundzwanzig Jahren, ebenfalls Theil nahm, und erfuhr nun daß dieser auf seinem kleinen Krämerwagen noch heute Morgen nach Vincennes zurückfahre, wohin ihm, wenn er das wünsche, mit Vergnügen ein Platz zu Diensten stehe. Hopfgarten nahm das mit Freuden an und konnte dann in Vincennes die nächste Cincinnati Post erwarten, seine Reise durch die Prairieen von Illinois nach St. Louis hin mit mehr Bequemlichkeit fortzusetzen.

Als der kleine Wagen endlich vorfuhr verlangte Hopfgarten zu wissen was er schuldig sei, der Alte war aber unter keiner Bedingung zu bewegen auch nur einen rothen Cent für Mahl oder Nachtlager anzunehmen – Beides sei spärlich genug gewesen, meinte er, und Hopfgarten lag jetzt das Bekenntniß seines schändlichen Mistrauens wieder auf der Zunge – aber er schluckte es nochmals hinunter, und dankte nur mit herzlichem Händedruck dem alten, bei Tag gar nicht so übel aussehenden Burschen.

Gerade als sie abfahren wollten kroch die alte Frau aus ihrem Winkel vor, und nickte ihnen freundlich aber mit etwas stumpfsinnigem Lächeln nach, und Rebecca stand in der Thür und winkte ihnen ein Lebewohl und eine glückliche Fahrt durch den Wald zu.

Der Weg war grundschlecht, bei hellem Tag konnten sie jedoch die schlimmsten Plätze leicht umgehn. Noch waren sie übrigens keine fünf Miles gefahren, und eben erst in Sicht des nächsten Gasthauses, das die Postpassagiere am letzten Abend erreichen wollten, als sie den zusammengebrochenen Postwagen mitten in der Straße liegen fanden, und Hopfgarten dankte seinem Gott die Gastfreundschaft des alten Juden in Anspruch genommen zu haben; er hatte es nicht bereut.

Ob sie gleich auf dem jetzt weit besser werdenden Wege sehr scharf gefahren, erreichten sie doch erst ziemlich spät in der Nacht das, schon am Rand der Prairie, wenn auch noch östlich vom Wabasch gelegene Vincennes, wo der junge Mann seinen Begleiter einlud bei ihm abzusteigen, und so lange bei ihm zu bleiben als es ihm gefiele. Der Reisende lehnte das aber freundlich dankend ab; er wollte die Gastfreundschaft der Leute nicht misbrauchen, wo er ein gutes, oder doch wenigstens ein mittelmäßiges Wirthshaus haben konnte, noch dazu da er die Sitten und Gebräuche der Amerikaner hier ganz im Inneren des Landes jedenfalls in einem Hotel besser zu beobachten im Stande war, als in dem Privathaus eines Landsmanns.

Im Wabasch Hotel, wohin ihn der junge Mann daher, als dem besten der Stadt, jetzt fuhr, war noch Licht; wie aber der Wagen vor der Thür hielt, kamen nicht etwa geschäftige Kellner gesprungen dem Fremden sein Gepäck abzunehmen, und ihm die Bequemlichkeiten anzuweisen deren er bedurfte oder die er verlangte, und für die er Willens war zu bezahlen. Niemand bekümmerte sich um ihn, und er durfte seinen Reisesack und seine Decke selber in die Hand nehmen und damit in das *bar-* oder Schenkzimmer kommen, wo ein schläfriger Bursche, mit einem halbgefüllten Glas Brandy hinter der Bar stand, und eben zu überlegen schien ob er das für sich eingeschenkte Glas auch austrinken, oder vielleicht wieder in die Flasche zurückschütten solle. Als der Fremde übrigens auf ihn zukam, entschloß er sich doch zu dem ersteren, und hob das Glas.

Hopfgarten trat an den Schenkstand hinan und frug, schon etwas an den indolenten Charakter dieser Art Leute gewöhnt, ob er die Nacht da ein Bett, oder noch besser ein kleines Zimmer für sich bekommen könne. Der *barkeeper* hörte ihm, das Glas bis beinah an die Lippen gebracht, ruhig zu, trank dann langsam, erst einen kleinen Schluck, wie um die Güte des »Stoffes« zu prüfen, dann einen größeren, und dann den Rest durch ein plötzliches Überstürzen des Gefäßes, spühlte dieses in einem unter dem Tisch stehenden Kübel aus, trocknete es ab und sagte, während er es mit der Flasche wieder an seinen Platz stellte:

»Ich denke so.«

»Es freut mich ungemein Ihren Gedanken begegnet zu sein«, lächelte Hopfgarten, den die Ruhe des Burschen amüsirte, »würden Sie dann wohl auch so freundlich sein diesen Reisesack und diese Decke auf jenen mir zu bestimmenden Platz zu spediren und indessen Sorge zu tragen, daß ich vor allen Dingen ein eben solches Glas Brandy, wie Sie gerade eingegossen, und etwas Warmes zu essen bekommen könnte?«

Die ironische Höflichkeit, mit der diese Worte gesprochen wurden, machte jedenfalls einen größeren Eindruck auf den jungen Burschen – der den Fremden ganz erstaunt ansah und nicht recht wußte woran er mit ihm war – als es irgend etwas anderes gemacht haben konnte; er setzte ihm wenigstens die Flasche wie ein reines Glas rasch auf den Schenktisch, sich selber zu bedienen, nahm dann, mit weit mehr Bereitwilligkeit als er bis dahin gezeigt, die Sachen in Empfang, und wieß den Fremden an »zum Feuer zu gehn« bis er Essen für ihn bestellt haben würde.

Dem Rathe folgend schritt Hopfgarten gegen das ziemlich breite Kamin, in dem ein lustiges Feuer loderte, und an dem drei oder vier andere Fremde, oder Insassen des Hauses, Platz genommen hatten. Nur der Eine von ihnen war jedenfalls auch ein Reisender, denn er trug, was Hopfgarten im Vorübergehn flüchtig bemerkte, die bunten Kamaschen, die nur aus einem Stück um den unteren Theil des Beines geschlagenen wollenen Zeugs bestehn, und die der Deutsche schon mehrfach im Inneren des Landes an Reitern bemerkt hatte.

Mit einem freundlichen »Guten Abend«, der von den am Kamin Sitzenden, und ihm bereitwillig Platz Machenden, höflich erwiedert wurde, trat der Deutsche zur Flamme, über der er sich erst – ein höchst wohlthuendes Gefühl wenn Einen fröstelt – das Innere der Hände wärmte, und wandte sich dann zu den übrigen Zimmergenossen, wenigstens erst einmal zu sehn mit wem er zusammen war, als er auch in demselben Augenblick einen lauten Ausruf des Staunens nicht unterdrücken konnte, denn vor ihm saß – derselbe Mann mit den wollenen Kamaschen, aber gar nicht auf ihn achtend und ruhig nachdenkend in's Feuer sehend – *Henkel.*

»Herr Henkel!« rief er ganz überrascht aus, indem er ihm die Hand entgegenstreckte, »wie, in aller Welt, kommen *Sie* hierher?«

Der also Angeredete, ohne selber im Mindesten das Erstaunen des Fremden zu theilen, sah erst seinen Nachbar, und dann den Sprecher an, dessen auf ihm haftender Blick aber nicht misverstanden werden konnte, und erwiederte dann ruhig, ohne jedoch die dargebotene Hand anzunehmen, in Englischer Sprache:

»Sie irren sich wahrscheinlich in der Person, mein Herr, und halten mich für Jemand der ich nicht bin; ich wenigstens habe nicht das Vergnügen Sie zu kennen.«

»Mich nicht kennen?« rief Hopfgarten jetzt im höchsten Erstaunen aus, indem er nach seitwärts einen Schritt von dem Feuer zurücktrat, dessen Schein voll auf den Mann fallen zu lassen, »ich bitte Sie um tausend Gottes Willen – «

»Wenn mein Bruder nicht gerade jetzt, und schon seit längerer Zeit in Europa wäre«, lächelte dieser da,

»so würde ich jedenfalls glauben daß Sie mich für ihn hielten, was mir auch fast der ausgesprochene Name beweisen will – kommen Sie von Europa?«

»Herr Du mein Gott«, rief aber Hopfgarten, sich mit beiden Händen an die Stirn fühlend, aber jetzt auch in Englischer Sprache, die der Fremde immer noch beibehielt, »wach' ich denn oder träum' ich – wenn Sie nicht Henkel wären, hätten Sie einen Doppelgänger, der Ihnen in Ansehn, Größe, Gestalt, Sprache, Haltung auch auf das tz gliche – wie heißen Sie denn?«

»Soldegg!« sagte der Fremde ruhig.

»*Soldegg?*« rief Hopfgarten auf's Neue erstaunt aus, »in Europa Henkel und in Amerika Soldegg? – derselbe Name stand unter dem Brief.«

Der Fremde erröthete leicht, sagte aber noch immer ruhig lächelnd:

»Ich sehe schon wie es ist – Sie kennen meinen Zwillingsbruder, der jetzt in Deutschland lebt, und halten mich für den.«

»Sie haben einen Zwillingsbruder?«

»Allerdings – ist das etwas so Außergewöhnliches? wir Beide sind, wie Sie sich wohl denken können, schon sehr oft verwechselt worden.«

»Aber er hat nie ein Wort davon erwähnt – «

»Also Sie kennen ihn?«

»Ich bin mit ihm über See nach New-Orleans gekommen.«

»Er ist zurück?« rief der für Henkel gehaltene Mann, von seinem Stuhle aufspringend; »davon weiß ich ja keine Sylbe.«

»Seit Anfang Oktober – aber – wenn Sie denn wirklich nicht der Henkel sind, und ich gebe Ihnen mein Wort darauf, ich hätte mir noch vor ein paar Minuten ruhig den Kopf darauf abschneiden lassen, dann lösen Sie mir wenigstens ein Räthsel, und sagen mir was der Name Soldegg bedeutet?«

»Das ist einfach gelöst«, lachte der junge Mann, und Hopfgarten hätte jetzt wieder seine Seligkeit zum Pfande setzen wollen daß er seinen Reisegefährten, und nicht dessen Zwillingsbruder vor sich habe, wäre ihm nicht die vollständige Ruhe und Unbefangenheit des Mannes im Wege gewesen. »Der Kaufmann Henkel ist unser Stiefvater; meine Mutter hieß Soldegg von ihrem ersten Mann, unserem Vater; mein Bruder, der mit unserem Stiefvater in dessen Geschäft trat, nahm auch seinen Namen an, und nennt sich nur noch manchmal Henkel Soldegg oder Soldegg Henkel. Ich selber führe nur den Namen Soldegg.«

»Hm, hm, hm«, murmelte Hopfgarten, mit dem Kopf dazu schüttelnd, leise vor sich hin, »wenn man's in einem Buche läse, würde man's nicht glauben. Es ist wahr«, fuhr er dann, zu Soldegg wieder aufschauend und ihn mit den Augen messend, fort, »es liegt etwas in Ihrem ganzen Wesen das Henkel *nicht* hatte. – Sie stehen kräftiger, entschlossener, freier da, möchte ich fast sagen – Henkel hatte mehr etwas Scheues, Gedrücktes, Unsicheres – trug sich auch nicht so g'rade in den Schultern.«

»Läßt sich wohl denken«, lachte der junge Mann, »er ist an Stubensitzen gewöhnt, und hinter riesigen Büchern und dem Schreibtisch groß geworden, *ich* dagegen habe ein freies fröhliches Jägerleben im Wald dafür geführt. Er mag reicher bei seiner Beschäftigung geworden sein – aber ich tausche dennoch nicht mit ihm.«

»Sie wissen daß er verheirathet ist?«

»Er schrieb mir einmal daß er heirathen *würde;* hat er seine Frau mitgebracht?«

»Nehmen Sie mir's nicht übel«, sagte Hopfgarten, der den Fremden wieder ein paar Secunden stutzig und aufmerksam betrachtet hatte; »aber wenn wir Beide zusammen über *den* Henkel sprechen, kommt es mir bei Gott so vor, als ob wir mit einander Komödie spielten.«

Soldegg lachte.

»Ich habe schon komische Verwechselungen erlebt«, sagte er, »und das einzige Merkmal, an dem uns unsere Freunde unterscheiden konnten, war eine kleine rothe Narbe, die Joseph über dem linken Auge hat, und die *mir* fehlt.«

»Ich habe sie nie bemerkt«, sagte Hopfgarten.

»Das glaub' ich, Sie werden ihn früher nie so genau betrachtet haben – wenn Sie ihn jetzt wieder sehn wird das anders sein, aber – sehn Sie ihn wirklich wieder in nächster Zeit?«

»Ich habe einen wichtigen Brief für ihn bei mir«, sagte Hopfgarten, der sein Mistrauen doch noch nicht ganz bewältigen konnte, und dem plötzlich ein Gedanke aufstieg, den fraglichen *Bruder* auf die Probe zu stellen.

»So?« sagte dieser aber vollkommen ruhig, »dann haben Sie wohl Einige von seinen Bekannten im inneren Land gefunden?«

»Einen Mr. Goodly«, sagte Hopfgarten lauernd.

»Kenn' ich nicht«, erwiederte Soldegg kopfschüttelnd, und ohne die geringste Theilnahme zu verrathen, »aber würden Sie die Freundlichkeit haben, auch für mich ein paar Zeilen meinem Bruder übergeben?«

»Recht gern«, sagte Hopfgarten, der doch endlich überzeugt wurde, daß der wirkliche Henkel nie im Stande gewesen wäre diese Rolle so zu spielen, das ganz abgerechnet, daß er nicht den mindesten Grund dazu hatte, »aber mit der Post würde er ihn viel schneller erreichen, denn ich gehe nicht direkt nach New-Orleans zurück.«

»Es wird ihn mehr freuen die Zeilen durch Jemand zu erhalten, der mich persönlich gesprochen hat« sagte Soldegg.

»Das allerdings; wissen Sie seine Adresse?«

»Ich werde den Brief an seine Firma adressiren«, sagte Soldegg – »ist er nicht dort, mag ihn die weiter befördern. Haben Sie aber keine Zeit *die* aufzusuchen«, setzte er nach einigen Augenblicken hinzu – »so öffnen Sie nur den Brief – ich schreibe ihm keine Geheimnisse – und schicken ihn dann durch die Briefpost an das unten angegebene Haus.«

»Ich sehe ihn *jedenfalls*« sagte Hopfgarten, »und werde ihn selber übergeben; wann schreiben Sie den Brief?«

»Noch heute Abend – es kann sein, daß ich morgen sehr früh aufbreche.«

Der Barkeeper rief in diesem Augenblick den Fremden zu dem indeß bereiteten Abendbrod, die übrigen Gäste gingen großentheils zu Bett, mit ihnen Soldegg, der, als er an dem Deutschen vorüberging, ihm eine freundliche gute Nacht zurief.

»Soll mich der Böse holen«, murmelte Hopfgarten, als jene das Zimmer verlassen, zwischen den Zähnen und einem eben in Arbeit befindlichen Hühnerbein durch, »wenn mich nicht des Burschen Gesicht und ganzes Wesen auf die Länge der Zeit zur Verzweiflung bringen könnte. Solch eine Ähnlichkeit ist noch gar nicht dagewesen – aber er ist's nicht – wahrhaftig nicht, denn mit dem Brief hab' ich ihm auf den Zahn gefühlt. Wenn *da* – 'was nicht richtig war – wenn er nur mit einer Miene gezuckt hätte, dann wußt' ich woran ich war – Sie, Barkeeper« – setzte er dann lauter zu dem besagten Individuum hinzu, das sich eben eifrig damit beschäftigte die wenigen im Zimmer befindlichen Lichter – das eine was auf Herrn von Hopfgartens Tisch stand ausgenommen – auszublasen – »kannten Sie den Herrn mit dem ich vorhin sprach?«

»Den Gentleman mit den Kamaschen?« sagte der Barkeeper, ohne sich weiter nach dem Frager umzusehn.

»Denselben.«

»Nein.«

»Sie wissen nicht wo er herkommt.«

»Nein, glaube von oben.«

»Von Norden?«

»Ja – «

»Und heißt?«

»Wenn ich ihn morgen früh sehe will ich ihn fragen«, sagte der Barkeeper, schob beide Hände in seine Hosentaschen und ging pfeifend zur Thür hinaus.

Als Herr von Hopfgarten am andern Morgen zum Frühstück hinunter kam, übergab ihm der Barkeeper einen Brief, den »*Mr. Soldegg*« für ihn zurückgelassen. Er hatte noch eine Weile auf den Herrn gewartet, da er aber so lange schlief, konnte er nicht länger zögern und war fortgeritten. Die Adresse des Briefes lautete: *Joseph Henkel Esqre. care of Henkel & son 17. Canalstreet New-Orleans.*

2. Die Farm in der Wildniß

Es war Frühling geworden in dem weiten Land; der Wald hatte sich mit frischem saftigen Grün bedeckt, und tausende von Blüthen keimten an den schwellenden Zweigen und füllten die Wildniß mit ihrem süßen Duft. Der Hirsch zog zur Salzlecke Nachts, der Truthahn balzte in den Fichten Hügeln und aus dem gelben Laub hervor, das auf dem Boden wie ein dicker Teppich lagerte, drängten sich Gräser, Kräuter und Blumen heraus, und öffneten schlaftrunken ihre Kelche dem wärmenden Sonnenstrahl.

Wie die Vögel so fröhlich zwitscherten in dem jungen Laub, und die Frösche quakten, und die Heuschrecken mit ihrem wunderlich regelmäßigen Zirpen den Wald belebten; wie das Alles so neu und frisch aussah in der schönen jungen Welt, und der Thau wieder so klar und blitzend an den Halmen perlte. – So neu und frisch – auch das kleine Grab, das dort unter der schlanken Eiche aufgeworfen war, und mit der braunen Erde scharf gegen das gelbe Laub des Bodens, gegen die grünen Büsche abstach, die sich dicht darüber schmiegten.

Unter dem Hügel schlummerte Olnitzki's jüngstes Kind, und die Mutter hatte wochenlang, von der Schwester gepflegt, das Lager hüten müssen, bis sich der Körper wieder von einem hitzigen Fieber, das ihn ergriffen, und den Folgen der schlaflosen kummervollen Nächte die sie durchwachte, nur in etwas erholen konnte.

War ihr da auch seit einigen Tagen gestattet worden das Lager wieder zu verlassen, hatte sie doch noch nicht hinausgedurft in's Freie, zum Grabe des Lieblings, das Amalie jetzt pflegte, und auf das sie *deutsche* Blumen säete, das darunter schlummernde Kind lieb und sanft zu betten. Traurige Pflicht für die Blüthen, die sie daheim gehofft hatte an freundlicherer Stelle zu pflanzen und der Schwester, wenn sie in Glück und häuslichem Frieden die Heimath vielleicht vergessen hätte, durch die duftenden Kelche aus der Eltern Garten die Erinnerung an die Jugendzeit zurückzurufen, Guter Gott – gerade *die* Erinnerung war ja Alles was das arme Herz in Schmerz und Leid noch aufrecht erhalten, noch getragen hatte – was wäre sie jetzt gewesen wenn sie die verloren.

Amalie saß neben dem Grab auf einer kleinen Bank, die ihr der Nachbar Jack Owen (der ihnen damals das Kind begraben half, und seine eigene Frau mehre Wochen lang herüber geschickt hatte, ihnen in Allem beizustehn was sie bedurften) aus Zweigen und jungen Stämmen neben dem kleinen Hügel errichtet. Sie war in ein einfach wollenes Kleid, wie es die Frauen der Hinterwäldler trugen, gekleidet, und ihr Haar glatt und schlicht zurückgekämmt und in einen Zopf gebunden. Auch ihre Ohrringe und Ringe hatte sie abgethan, nur an den Wimpern hingen ihr die blitzenden Thränenperlen – ein schöner, aber ach ein schwerer Schmuck. –

Amalie von Seebald war eine Andere geworden, die langen Monate, die sie im Wald hier zugebracht; – nicht *älter* etwa durch Gram und Mitgefühl, die Schwester so leiden zu sehn, das weit natürlichere, einfachere Wesen das ihr das wirkliche Leben, das *Kämpfen* mit demselben aufgezwungen, hatte sie eher jünger und kräftiger gemacht, ihrem Auge einen eigenen Glanz, ihrer ganzen Haltung weit mehr elastisches, weit mehr kräftiges gegeben, ihr aber dagegen jenes überspannte Schwärmerische, jenes krankhaft Romantische genommen, das ihre besseren Kräfte bis dahin zurückgedrängt. Sie war aus einem schönen vielleicht, aber nutzlosen Traum erwacht, und fühlte jetzt daß sie einen *Zweck* hatte zu leben, daß sie wirken und nützen konnte in der Welt.

Wirken und Nützen – ja, mit allen ihren Kräften zu der Schwester Heil – aber wie? – *was* konnte sie hier thun, *wie* konnte sie hier helfen, wo das Schicksal seine eiserne Hand erbarmungslos auf die geworfenen Würfel gelegt und sie, wie sie der Schwester Leben jetzt erkannt, ja fast nur beten durfte daß Gott sie bald aus der Kette die sie hielt befreien, und neben die Kinder betten möge in den stillen Wald. Sie hatte einen tiefen, traurigen Blick in beider Leben gethan, und keine Hülfe sah sie da – keine Rettung, als den Tod.

In ernstem Sinnen, den Kopf in die Hand gestützt saß sie an dem kleinen Grab – es war jetzt der einzige Platz wo sie sich ungestört ausweinen, und doch der Schwester die Thränen bergen konnte, die ihr das eigene Herz ja nur schwerer gemacht, ohne im Stande zu sein ihre Last zu erleichtern – als sie Schritte im Laub hinter sich hörte, und sich rasch danach umdrehend, ihren alten Führer Jack Owen erkannte der, mit seinem Hund an der Seite, die Büchse auf der Schulter, langsam durch den Wald schlenderte.

Jack Owen war der richtige Typus des ächten, unverfälschten Backwoodsmans; schlank und kräftig gebaut mit eisernen, wetterharten und doch gutmüthigen Zügen, klaren lichtblauen Augen und jener festen entschiedenen Bildung des Mundes, die stets einen entschlossenen Charakter kündet, ging er ganz in die einfache Tracht des Westens gekleidet, mit ledernem ausgefranztem Jagdhemde, nur ohne Leggins, in langen dunkelfarbigen, unten aber durch längeren Gebrauch und die Dornen etwas abgenutzten Hosen, einen alten, sehr mitgenommenen Filzhut auf dem Kopf und die lederne Kugeltasche, an dem das, aus dem Ende eines Hirschgeweihs gebohrte Ladmaaß herunterhing, an der rechten Seite. Auf der Schulter aber ruhte die lange mächtige Amerikanische Büchse mit altem Feuerschloß, schwer von Eisen, und doch nur ein kleines Blei schießend, aber auf sechzig bis hundert Schritt ihr Ziel wohl kaum verfehlend. Die ganze Gestalt hätte malerisch genannt werden können, wäre ihr der alte zerknitterte Filzhut, der den Kopf deckte, und wohl manche Nacht schon als am nächsten Morgen wieder ausgebogenes Kopfkissen gedient hatte, nicht dabei etwas im Wege gewesen. Das Gesicht trug er, wie fast alle Amerikaner, glatt rasirt und wie erdfarben auch seine übrige Kleidung, bis auf die groben Schuh herunter, aussehen mochte, das baumwollene Hemd war schneeweiß, und zeigte vorn offen, die rothe, sonngebräunte Brust.

Der Hund den er mit sich führte, war eine Bastardart von gewöhnlichem Fleischerhund oder *cur*, und der feineren Brakenart, grau und schwarz gestreift, lichtgelbe kleine Flecken über den Augen und, wie schon erwähnt, mit ganz kurz abgeschlagenen Ohren und Schwanz – die beste Schweißhundrace, *langsam* auf der Fährte eines angeschossenen, ja selbst gesunden Wildes nachzugehn.

»Guten Tag Miß«, sagte der Mann, in seiner einfach herzlichen Art auf sie zugehend und ihr die Hand reichend und drückend – »*wieder* am Grab hier und immer so traurig?« setzte er dann mit leiserer, fast vorwurfsvoller und doch so gutmüthiger Stimme hinzu – »es muß Ihnen hier bei uns im Walde gar nicht gefallen, und die Bäume haben sich doch mit ihrem schönsten Schmuck gedeckt. Sehn Sie nur die prachtvollen Dogwoodblüthen an, die wie Schnee auf dem frischen grünen Laube liegen; und wie süß duftet es von den blühenden Weiden herüber, die dort am Bache stehn. Ach im Frühjahr ist's schön hier bei uns, und ich glaube mir würde das Herz brechen, wenn ich einmal fortmüßte aus meinem Wald.«

»Es ist wunderschön hier und der Friede Gottes ruht auf dieser Wildniß«, sagte Amalie mit zitternder Stimme – »sie könnte ein Paradies für die Menschen sein – «

Jack schwieg eine Weile wie verlegen still – er kannte das *aber* das dahinter lag, und wagte doch auch den Punkt nicht direckt zu berühren.

»Ihrer Schwester geht es besser, nicht wahr?« sagte er nach längerer, ihm endlich selber peinlich werdender Pause, seinen Gedanken weiter folgend – »sie ist doch wieder auf?«

»Seit gestern – ja; aber sie darf das Haus noch nicht verlassen.«

»Und Olnitzki ist noch nicht von Little Rock wieder zurück?«

»Nein – wir erwarten ihn schon seit mehren Tagen.«

»Hm – « sagte Jack nach einer Weile, und seinen Rifle mit dem Kolben auf die Erde stoßend, nahm er ihn in die, auf der Brust gekreuzten Arme, sich gewissermaßen daran lehnend – »ich war auch in Little Rock. – «

»Sie – jetzt?« rief Amalie schnell fast erschreckt über den Ton.

»Ja; – ich habe meine Winterbeute, Häute und Fett, was sich so angesammelt hatte, hineingebracht«, sagte der Jäger gleichgültig.

»Und haben Sie Olnitzki dort gesehn?«

»Ich war ein- oder zweimal mit ihm zusammen.«

»Aber was um Gottes Willen macht er da so lang – er weiß daß« – sie schwieg erröthend still und wandte sich von dem Jäger ab, daß er die aufsteigende Thräne in ihrem Auge nicht sehen sollte.

Jack wiegte sich indessen augenscheinlich mit etwas beschäftigt das ihm auf dem Herzen lag, von einem Fuß auf den anderen; er *wußte* daß die Fremde weinte – er wußte weshalb, und wagte doch nicht, mit dem eigenen Zartgefühl das jenen einfachen Kindern des Waldes eigen ist, das Geheimniß aufzudecken, in fremde Familienangelegenheiten ein fremdes Wort zu reden.

»Er wird wohl heute oder morgen kommen«, sagte er endlich – »seine Geschäfte waren besorgt und – nur ein paar Freunde hatte er dort getroffen, die er lange nicht gesehn – das mag ihn aufgehalten haben.«

»Und seine *Frau* ist fast gestorben in der Zeit«, sagte Amalie mit leiser kaum hörbarer Stimme.

Der Jäger erwiederte Nichts darauf, nahm aber seine Büchse auf, öffnete die Zündpfanne und sah nach dem Pulver, schloß sie wieder, ließ das Gewehr auf den Boden zurücksinken, rückte sich den Hut und kämpfte augenscheinlich mit einem Entschluß zu reden, dessen er noch nicht Meister werden konnte. Die Fremde schwieg ebenfalls – schwieg, aber konnte ihren Thränen nicht länger wehren, und mußte das Tuch an die Augen bringen, um sie abzutrocknen.

»Miß Seebald«, sagte der Backwoodsman da, ein Herz fassend, aber immer noch mit schüchterner, zögernder Stimme – »es ist nicht Alles so in der Hütte drüben, wie es sein sollte – hab ich recht?«

»Das weiß Gott«, seufzte das Mädchen, ohne das Antlitz ihm zuzuwenden.

»Miß Seebald«, sagte der Jäger wieder nach einer kleinen Pause, mit augenscheinlicher Überwindung – »es wird für schlechte Sitte bei uns gehalten, die Hütte eines Nachbars zu betreten wenn der Pflock außen vorgeschoben, und der Besitzer nicht zu Hause ist; noch weniger darf man sich in Dinge mischen, die eigentlich nie über die Schwelle hinauskommen sollten – das was zwischen Mann und Frau geschieht – aber – es giebt da eine Grenze – wo – wo ich schon Beispiele weiß – daß Nachbarn eingeschritten sind und« – er holte tief Athem, die Luft ging ihm aus zu dem, was er dem Mädchen sagen wollte – »und die Frau«, setzte er endlich mit einem gewaltsamen Entschluß hinzu, indem er sich halb von ihr abdrehte – »vor den *Mishandlungen* des Mannes geschützt haben.«

Amalie schaute nicht nach ihm um, was er vielleicht gefürchtet haben mochte, sondern brach in sich zusammen auf der Bank, im stummen furchtbaren Geständniß des Begangenen. Dadurch aber gewann Jack mehr Muth; die Hauptsache war überdieß heraus, das Eis gebrochen, und er setzte mit weit festerer und jetzt recht ernst ja fast drohend klingender Stimme hinzu: »Wir wissen es schon seit einiger Zeit; Frauen haben darin ein weit schärferes Auge als Männer, und meine Alte hat es mir schon vier Wochen vorher, ehe Sie unsere *range* hier betraten, fest versichert *daß* es so wäre, und der Pole sein armes, überdieß kränkliches Weib, die das Herzeleid mit den Kindern so schon zu Boden drücke, *wieder* – wie das schon einmal vor längerer Zeit geschehn – *schlage.* Wir kennen hier im Wald – « fuhr er nach einer kleinen Pause fort – »nichts Feigeres, Niederträchtigeres auf der Welt, als die Mishandlung einer Frau. Wenn das aber schon« – fuhr er wärmer werdend fort – »schändlich und feige und nichtswürdig ist, wo die Frau ihre Eltern in der Nähe, wenigstens im eignen Lande hat, und zu ihnen zurückkehren kann und sich schützen – so ist es noch viel schändlicher, wo die Frau dem Manne gefolgt ist über das Meer herüber – *teuflisch* aber«, setzte er mit finsterem Blick hinzu, »wo die Verhältnisse waren, wie Sie mir auf dem Herritt selbst erzählt Miß, daß das Mädchen damals den Fremden liebte, weil sie um *sein* geknechtetes, zu Boden getretenes *Vaterland* – und der Mensch hat nichts Heiligeres auf der Welt – trauerte, und die eigene Heimath, das *eigene* Vaterland verließ, dem verstoßenen Mann zu folgen und ihm Alles zu sein was er daheim verloren. Wir hier« – setzte er ruhiger hinzu – »hätten nie geglaubt, daß die Frau aus so vornehmer Familie sei, wie es jetzt doch wohl scheint, so hat sie gearbeitet, so sich dem Geringsten unterzogen was in ihre Wirthschaft fiel, und gesponnen und gewebt dabei wie unsere Frauen; aber der Mann ging dann nach Little Rock und spielte und trank – kam trunken nach Hause – und schlug sein Weib – – – Ein anderer Nachbar den wir hier früher hatten« – setzte er nach längerem Zögern wieder, und sich wie scheu dabei umsehend hinzu – »ein junger kräftiger Bursch, unverheirathet, dem das junge Weib Leid that, und das Herz immer gleich auf der Zunge lag, setzte den Polen einmal deshalb zur Rede – harte Worte folgten, und wie es bei uns nicht lange bei Worten bleibt – auch Faustschläge. Der Amerikaner war dem Polen in *der* Waffe überlegen, aber der forderte ihn auf die Büchse – unser gewöhnliches Handwerkszeug hier für solche Streitigkeiten auf vierzig Schritt Entfernung. Ich war selber dabei wie sie es ausmachten – es ging Alles ordentlich zu – wie ich *drei* zählte hoben Beide ihre Büchse, Jim Rileys Gewehr aber – es war ein etwas nasser Tag, – blitzte von der Pfanne, und in demselben Augenblick fuhr ihm auch des Polen Kugel durch die Brust.«

Wieder holte der Mann tief Athem, eine Erinnerung, die ihm wie ein dunkler Schatten vor der Seele aufstieg, niederzukämpfen und fuhr dann, seine Büchse fest und fast krampfhaft fassend, langsam fort.

»Wir begruben Jim zusammen, – der Pole und ich – kein Wort wurde dabei gesprochen, und legten den wackeren Burschen – ein besserer hat nie in Arkansas eine Fährte eingedrückt – in sein enges Grab. – Die Büchse wollte ihm der Pole mit hinein legen, aber ich zerbrach das treulose Eisen an den Baum unter dem er schläft, und warf es auf den Hügel der seine Glieder deckt. Als wir fertig waren reichte mir Olnitzki die Hand, aber ich nahm sie nicht, schulterte mein eignes Gewehr und ließ ihn allein bei dem Grab zurück. Ein recht nachbarliches Verhältniß ist seit der Zeit auch nie wieder zwischen uns aufgekommen, obgleich er mir's nicht offen nachgetragen. Auch gepackt mag ihn die That wohl haben, denn obgleich kein Wort davon in der Range weiter erwähnt wurde, und Jim Rileys Hütte ruhig im Wald verfiel, seine Großmutter und noch kleine Schwester, die jetzt Beide keinen Brodverdiener mehr hatten, zu einem Nachbar gezogen, sein kleines Feld unbemerkt jungen Baumwuchs trieb, ja selbst die Grand Jury, die solche Sachen wenn sie nicht ordentlich betrieben sind, aufzurühren hat, es nicht in der Countysession zur Sprache brachte, ging er doch dadurch etwas in sich und man hörte lange nichts Unrechtes von ihm, bis vor etwa einem Jahr der alte Teufel in ihm wieder ausbrach und – wie er's seitdem getrieben zeigt am Besten das Aussehen der armen Frau. – Mir aber zuckt es Gott ver – mir zuckt es wahrhaftig im rechten Zeigefinger wenn ich das sehn und schweigen muß, und wie ich mich bis jetzt gescheut ein Wort davon zu sagen, so halt' ich es nun für meine Pflicht davon zu reden.«

»Ich war in Little Rock und bin dort Zeuge gewesen wie Olnitzki wieder auf alte Weise wüthet und tobt. – Das was er zum Verkauf mit in die Stadt genommen ist lange verspielt und vertrunken, und als ich den Ort verließ war er schon mehr schuldig, wie er in drei Jahren im Stande ist abzuverdienen. Ich weiß zugleich« – und wieder stockte er, als ob er sich scheue das Wort auszusprechen, aber einmal im Zuge hielt er nicht länger damit zurück – »ich weiß zugleich daß seine Frau daheim am Nothwendigsten Mangel leidet – daß sie, mit Ihrer Hülfe jetzt den Mais auf der eigenen abgenutzten Stahlmühle mahlen muß, nur um zu leben – weiß daß sie gezwungen wurde die wenigen Hühner selbst, die ihr noch geblieben, zu schlachten, weil der Mann zu bequem war hinaus nach Fleisch zu gehn – weiß daß er ihr wieder das Leben schwer macht wie noch nie, und daß Menschennatur so etwas auf die Länge der Zeit nicht aushalten *kann.* Sie aber, die Sie von über dem Wasser drüben herüber gekommen sind, müßten uns hier, die wir uns zu den *Nachbarn* rechnen, für schlimmer halten als Panther und Wolf sind, wenn wir Ihnen nicht wenigstens unsere Hülfe, unseren Schutz anböten, falls Sie beides haben wollten und gebrauchen sollten. Wir können und dürfen uns nicht um das bekümmern was in der eigenen Hütte eines der Unseren vorgeht, findet aber eine Frau daß sie bei ihrem Mann nicht mehr existiren kann, ja daß vielleicht ihr *Leben* bedroht ist am eigenen Heerd, und sie will zu Einem von uns kommen – die *nächste* Hütte die *beste nur.* Miß Seebald, und Jack Owen wohnt nur kleine Strecke von hier entfernt – will sie und ihre Schwester das theilen was er und seine Familie haben, dann beim ewigen Gott sollte eine ganze Armee von Polen nicht im Stande sein ihr auch nur ein Haar weiter zu krümmen, ein rauhes Wort zu sagen. Dem Einzelnen gegenüber genügt der einzelne Mann, und rief er das Gesetz zu Hülfe – nichtsnutzige Advokaten und Landhaye – dann haben die Burschen von Arkansas wohl schon früher zusammengestanden, das zu schützen was sie für ihr Recht, was sie für rechtlich hielten.«

Wildes jubelndes Geschrei und Pferdegestampf unterbrach ihn hier und als Beide überrascht dorthin schauten, woher die fremden lustigen Töne schallten, sahen sie durch eine kleine Lichtung die da der Wald macht, Olnitzki, von einem anderen Reiter gefolgt, auf schäumendem Pferde, die Arme wild dabei um den Kopf werfend, heransprengen, und gleich darauf hinter dem Dickicht, das die mit dem Haus in Verbindung stehende Fenz umwucherte, verschwinden.

»Allmächtiger Gott, wie wird das enden«, rief Amalie, die Hände in Todesangst faltend – »in welchem Zustand kehrt der Mann zurück.«

»Der alte Teufel ist wieder ausgebrochen in ihm«, sagte Jack Owen finster, »und ich müßte mich sehr irren, oder Blut allein kann das auf's Neue enden.«

»Meiner Schwester Blut!« rief Amalie verzweifelnd aus.

»Gehen Sie zum Haus zurück«, sagte da Jack Owen, der eine Weile in tiefem Nachdenken gestanden, zu dem Mädchen, »den Mann den er da bei sich hat kenn' ich; es giebt vielleicht keinen größeren Hallunken in den Vereinigten Staaten als ihn, und doch ist es ein halber Landsmann von Ihnen, wenigstens von deutschen Eltern irgendwo in Kentucky oder Tennessee geboren. Etwas Gutes hat den Gesellen auch nicht hergeführt, denn der Boden hier brannte ihm einmal, vor drei Jahren etwa, unter den Füßen, wo nicht viel fehlte daß ihn die Bürger, dem Gesetz zum Trotz das ihn freisprach, wegen Pferdediebstahl und falschem Spiel *gehangen* hätten. Seit der Zeit hat er diesen Theil von Arkansas wenigstens gemieden, und erst seit zwei Monaten etwa tauchte er plötzlich wieder auf, ritt erst hindurch, bei alten Bekannten vorsprechend, wahrscheinlich zu sehen welchen Eindruck sein Erscheinen hier wieder machen würde, und trieb sich dann, als er fand daß man die alten Geschichten vergessen, oder sich wenigstens scheute sie wieder aufzurühren, zwischen hier und dem Indianischen Gebiet umher. Er heißt – obgleich er sich schon unter verschiedenen Namen im Lande gezeigt haben soll, Soldegg, und ich möchte Sie von vorn herein vor ihm warnen.«

»Aber was *kann* ich thun?« sagte Amalie in Todesangst – »in solcher Stimmung mit Olnitzki zu sprechen ist nicht möglich, selbst wenn er den Begleiter nicht bei sich hätte.«

»Sie dürfen Ihre Schwester jetzt vor allen Dingen nicht mit den beiden Unholden allein lassen«, sagte Jack – »ich selber will hinüber in die Gründorn Flat gehen, nach einer Kuh zu sehen, die seit acht Tagen nicht zum Melken zu Hause gekommen, und wegen der mich meine Frau schon lange gequält. Ist das geschehen, nehm ich den Rückweg an Ihrem Haus vorbei, und finde dann schon eine Entschuldigung vorzusprechen, zu sehen wie sich Olnitzki beträgt und was der andere Bursche bei ihm will. Der vermuthet überhaupt wohl kaum wie genau ich ihn kenne, und daß ich von seinen Streichen in Illinois, Indiana und Missouri weiß, und wird sich desto rücksichtsloser gehen lassen. *Brauchen* Sie dann meine Hülfe, so sagen sie es frei heraus, und Jack Owen ist der Mann sein Wort zu halten.«

»Guter Gott, ich habe die Schwester schon lange gebeten den Schritt zu thun, und mit mir nach Deutschland zurückzukehren«, sagte Fräulein von Seebald, die Hände in Gram und Sorge faltend – »aber sie weißt mich auf ihre Pflicht, die sie zwänge bei dem Gatten auszuhalten.«

»Das sieht ihr ähnlich«, sagte Jack, »und soviel mehr Ehre gebührt ihr dafür; ich wäre auch der letzte der ihr zum Gegentheil rathen würde, so lange sie eben aushalten *kann;* erst wenn *die* Zeit eintritt, und Gott gebe daß es nie geschieht, dann sollen Sie nicht sagen, daß Sie Niemand in der fremden Welt gefunden hätten der sich Ihrer annehme, und Sie gegen Willkür, gegen die das Gesetz Sie nicht schirmen konnte, schützte«, und ohne weiter eine Antwort abzuwarten warf der Jäger seine Büchse über die Schulter, rief durch ein eigenthümliches leises Zischen seinen Hund, und schritt rasch in den Wald hinein; Amalie aber eilte mit schwerem ängstlich klopfenden Herzen zum Haus zurück, von dem ihr schon, als sie noch nicht einmal die Fenz erreicht, wildes Lachen und lautes Jauchzen entgegenschallte. Sie zögerte auch in der That einen Augenblick die Schwelle zu betreten, aber es war auch nur ein Moment, und ihr Herz mit der rechten Hand fast krampfhaft haltend, daß sein Klopfen nicht die Angst verrathe die in ihm zuckte, durcheilte sie die kurze Strecke, die sie noch von der Thüre trennte.

»Hallo Schwägerin!« rief ihr Olnitzki hier, der sie zuerst bemerkte und mit all seinen Kleidern und den beschmutzten Stiefeln halb liegend halb sitzend auf ihrem Bett lehnte, in englischer Sprache entgegen, »nun ist die Familie voll, und wir können kochen und braten – Allons Ihr Weiber, die Töpfe zum Feuer und hier nun aufgetischt; wir haben Hunger wie die Bären, und Durst – heh Soldegg? – Durst wie die Fische. Nun? – was giebts?« – unterbrach er sich aber plötzlich, als er das starre Staunen bemerkte, das Amalie noch auf der Schwelle fesselte, und ihren Blick stier und erschreckt auf seinem Gast haften ließ – »kennen sich die Herrschaften etwa schon? – Mr. Soldegg, Madam, Mr. Soldegg, meine schöne Schwägerin, Amalie von Seebald, die uns das Vergnügen gemacht hat uns hier in unserer ländlichen Einsamkeit zu besuchen.« Er brachte die letzten Worte nur mit schwerer Zunge heraus, richtete sich aber doch gleich selber erstaunt in die Höh, als Amalie, kaum ihren Augen trauend rief »Herr Henkel!« und Soldegg, mit einer lächelnden Verbeugung gegen die Dame, und ihr die Hand entgegenstreckend freundlich sagte:

»Ah Fräulein von Seebald; das ist allerdings ein unerwartetes Vergnügen, auf das ich nicht gerechnet hatte; beim Himmel, die Passagiere der Haidschnucke sind von einem neckischen Geist, wie es scheint, in den wenigen Monaten schon über die ganzen Vereinigten Staaten hinausgestreut, denn überall trifft man sie an, und hat die Freude alte Bekanntschaften zu erneuern!«

»Aber wie um Gotteswillen kommen Sie *hierher*, und wo ist Ihre Frau?« rief Fräulein von Seebald, die nach der Schilderung des Jägers, einen furchtbaren Verdacht in sich aufsteigen fühlte – – »man nennt Sie *Soldegg* hier? – «

»Das sind viele Fragen auf einmal« lachte ihr früherer Mitpassagier, »aber ich kann Sie Ihnen leicht beantworten; meine Frau amüsirt sich in New-Orleans, während mich Geschäfte nach dem Norden riefen, und Soldegg ist der Name meiner Mutter – ich habe die Geschichte wahrhaftig schon sehr oft erzählen müssen – nach der ich gezwungen bin mich hier in Amerika, einer Erbschaft wegen, zu nennen.«

»Eure Frau in New-Orleans, Soldegg?« rief aber Olnitzki jetzt vom Bett aus, – »zum Teufel Mann, ich glaubte die wohnte in Missouri, wo ich Euch vor zwei Jahren ja besuchte.«

»Die erste Frau?« sagte Soldegg oder Henkel, ernster werdend, »lieber Gott, Olnitzki, wißt Ihr denn nicht daß die schon seit fast zwei Jahren in ihrem Grabe ruht? Ich habe jetzt in Deutschland zum zweiten Mal geheirathet.«

»Ihr war't in Deutschland, Mensch?« rief Olnitzki rasch wieder emporfahrend, »und davon habt Ihr mir kein einziges Wort gesagt!«

»Wir hatten wichtigere Sachen zusammen abzumachen, heh?« lachte der Mann wieder, mit einem Seitenblick auf den Polen, »aber mein gnädiges Fräulein«, setzte er mit eigenem Humor und einem komischen Achselzucken hinzu – »ich würde Ihnen mit Freuden einen Stuhl bringen, wenn – «

»Stühle da wären« – lachte Olnitzki hell auf – »Hahahaha unsere Wirthschaft ist noch nicht eingerichtet – wir leben noch in den Flitterwochen, aber in unserer nächsten Wohnung soll das besser werden. – Dort wollen wir uns standesgemäß etabliren. Hurrah Soldegg – reicht mir einmal die Flasche da vom Tisch – Texas soll leben!«

»Ist ein vortrefflicher Staat«, sagte der junge Mann, seinem Wunsch willfahrend, »gutes Land und herrliche Jagd.«

»Ach trink nicht mehr, Olnitzki«, bat da mit leiser schüchterner Stimme die Frau, die zitternd in Angst und Jammer während dem Gespräch an ihrem Bett gestanden, und sich halb darauf gestützt hatte, »Du weißt ja es bekommt Dir nicht, und morgen – «

»Gieb Frieden, Unke«, brummte der halb Trunkene, nach langem Zuge tief aufseufzend die Flasche von den Lippen nehmend – »ärgerts Dich schon, mich einmal wieder fidel zu sehn, nach langer Zeit? marsch mit Euch – fort – richtet das Essen her; zum Teufel wie oft soll ich's Euch sagen?« rief er, die Flasche dabei ärgerlich neben sich auf das Bett stoßend, und einen wilden zornigen Blick der Frau hinüberschleudernd – »wird's bald, daß ich das Feuer da im Kamin auflodern und den Kessel darüber hängen, die Kanne daran stehen sehe? – glaubt Ihr wenn Leute acht Stunden lang, wie wir, in gestrecktem Galopp auf den Pferden hängen, nicht nachher ihr Mittagsbrod verlangen, wie sich's gehört?«

»Ja, und ich fürchte, Ihr habt mir das Pferd zu Schanden geritten, Olnitzki«, sagte Soldegg – wie wir ihn doch jetzt nennen müssen – »es ist zu zart für solch schweren Körper und den scharfen Ritt.«

»*Noch* ist's mein«, brummte der Pole, mit finster zusammengezogenen Brauen zwischen den Zähnen durch, einen eben nicht freundlichen Blick nach dem Redenden schießend, »das war abgemacht.«

»Allerdings«, sagte Soldegg einlenkend; »Ihr seid in Euerem vollen Rechte, und die Bemerkung galt dem nicht; aber wir müssen den Damen doch ein wenig an die Hand gehen, Holz zu holen und das Essen zu besorgen; wir sind einmal im Wald und führen Jägers Leben.«

»Ah bah!« rief der Pole, sich wieder zurück auf das Kissen werfend, »in Texas wird's die erste Zeit noch schlimmer gehn, und ein Bischen Vorbereitung dazu kann gar Nichts schaden.«

»In Texas?« sagte die Frau, der das Wort schon vorher schwer auf das Herz gefallen war, erschreckt – »in Texas, Olnitzki? – was um Gottes Willen meinst Du damit?«

»Wirst's schon erfahren Täubchen«, lachte der Pole – »und hilf Deiner Schwester jetzt Holz hereinschaffen von draußen, daß Soldegg das nicht allein zu thun braucht – er möchte sich die zarten Hände schmutzig, oder was noch schlimmer wäre *rauh* machen, nicht wahr Soldegg? beim Kartenspielen braucht man feine Fingerspitzen?«

»Was wollen Sie damit sagen, Olnitzki?« frug der Fremde der den Rückklotz im Kamin mit einem dort liegenden Schüreisen vorgehoben hatte, während Amalie den kleinen Korb aufgriff und das Haus verließ, indem er sich hoch und finster aufrichtete, »ich hoffe nicht daß Sie mir falsches Spiel vorwerfen.«

»Falsches Spiel – hahaha«, rief der Pole, verächtlich die geleerte Flasche von sich werfend, »die ganze Welt ist ein falsches Spiel, – wir sind die Karten, die stechen und gestochen werden, auf die man setzt und gewinnt und – verliert. Heute ist der Trumpf und morgen der – heute hat der Bube Glück, morgen die Dame, hahahahahaha – eine wilde, tolle, verrückte Welt!«

»Die nur die vortreffliche Eigenschaft hat«, lachte Soldegg, »daß sie rund ist; eine Kugel auf der die Glücksgöttin steht und dreht, und sind wir heute unten, wissen wir daß wir doch einmal wieder hinaufkommen *müssen*. Aber ich werde meiner alten Reisegefährtin helfen noch ein paar große Stücken Holz zum Feuer zu bringen, wir bekommen heute sonst wirklich Nichts zu essen«, und ein paar waschlederne Handschuh aus der Tasche nehmend, zog er diese an und schritt, das Haus verlassend, über den kleinen Hofplatz hinüber, wo Fräulein von Seebald eben beschäftigt war Spähne zusammenzusuchen.

»Olnitzki, was um des Heilands Willen sollen die dunklen Worte«, bat aber die Frau indessen in Todesangst, »es ist irgend etwas Entsetzliches vorgefallen; das Du mir noch verschweigst, und Deine Reden künden Schlimmeres.«

Die Frau war ein paar Schritte auf ihn zu getreten, und stand jetzt, den zitternden Körper an dem Tisch stützend, mit bleichen eingefallenen Wangen, die Augen bittend und angstvoll auf ihn geheftet, ihm gegenüber. Zu viel des Jammers hatte sie die letzte Zeit durchlebt, und der Körper begann unter der überbürdeten Last zusammenzubrechen in Gram und Noth.

»Dunkle Worte«, murmelte der Mann ärgerlich, »hab' ich *dunkle* Worte gesprochen? – so war's nicht gemeint, ich wollte deutlich sein – ich habe Haus und Feld verkauft, und morgen magst Du, was Du an Kleidern und Geschirr hast – der ganze Bettel geht auf den kleinen Karren – zusammenpacken und Dich dann oben d'rauf setzen – wir gehn nach Texas.«

»Nach Texas?« rief die Frau entsetzt – » *ich? – jetzt?* wo ich kaum im Stande bin die Stube entlang zu kriechen, fort in die Welt? dieß Haus – so ärmlich es ist, doch unsere Heimath – das Grab meiner Kinder verlassen – weiter – nur immer weiter in die Wildniß zu ziehn in Noth und Elend? Nie – nie Olnitzki, so wahr mir Gott helfe, folg' ich Dir dahin.«

»*Du* folgst mir nicht?« rief da der, von dem übermäßigen Genuß des starken Trankes überdieß Betäubte, wild von seinem Lager und auf die ihn zitternd erwartende Gattin zuspringend, »*Du* hast einen Willen, Weib, das an meine Sohlen geheftet mir überall im Wege war, wo ich die Arme frei gebrauchen könnte? – aber ich weiß schon wo der Wind her weht – die Mamsell Schwester, die aus den Wolken hier hereingeschneit, und die Du Dir zu Hülfe gerufen wider Deinen Mann, hat Dich so keck gemacht – *Du* willst nicht?« wiederholte er sie mit einem verächtlichen Blicke messend, »Ding Du, das sich mit einem Willen brüstet.«

»Olnitzki«, sagte da die Frau, durch die verächtliche Behandlung des Trunkenen in ihrem krankhaften Zustand mehr gereizt, als sie es durch die härtesten Worte vielleicht geworden, »ich habe ertragen, was ein Mensch ertragen kann – geduldet, was zu dulden möglich ist, und den festen Willen dabei, mit Dir auszuharren in Freud und Leid, wie ich Dir bis jetzt gefolgt bin, was auch daraus kommen möge – aber das was Du jetzt von mir forderst übersteigt meine Kräfte. Ich *weiß* was mir *dort* bevorstände – ich habe es hier schon einmal durchgemacht – ich weiß daß ich es nicht ertragen würde und sage es Dir hier jetzt frei und offen – nach Texas – in die Wildniß – fort von den Gräbern meiner Kinder, einem neuen furchtbaren Leben entgegen folg ich Dir *nicht*.«

»Folgst Du mir *nicht?* – und *leiden, dulden?*« zischte der Mann verächtlich zwischen den Zähnen durch, »zu was seid Ihr da? – fort mit Dir – hinaus, daß ich Dich nicht mehr sehe; Dein Anblick vergiftet mir den schönen Tag.«

»So tödte mich – morde mich wie Du Dein Kind gemordet«, rief die Frau, der fieberhafte Röthe über die Wangen lief, während sie den fast durchsichtig weißen, von hellblauen, peinlich klar hervortretenden Adern durchzogenen Arm gegen den Gatten drohend ausstreckte.

»*She devil!*« knirschte der Bube zwischen den Zähnen durch, und die schwache Gestalt des Weibes mit seiner Faust packend, warf er sie zurück daß sie gegen den massiven Bettpfosten anstieß, und mit einem lauten Aufschrei zusammenbrach.

»Wie gefällt Ihnen das Landleben, Fräulein von Seebald«, sagte Soldegg, als er sie draußen an dem Holzplatz einholte, wo abgehauene Stücken und Klötze wild zerstreut umherlagen, »sehr romantisch, wie?«

Amalie erröthete bis in den Nacken hinab – sie fühlte den Spott, der in den Worten lag, den sie in früheren Tagen auch vielleicht verdient, der aber auch jetzt dafür um so herzloser von des Mannes Lippen klang. Keine Zeit war jedoch in diesem Augenblick für Empfindelei – irgend etwas mußte in der Stadt vorgefallen sein, das Olnitzki, und durch ihn die Schwester, traf, und das von dem Mann vielleicht zu erfahren, blieben ihr nur die wenigen Minuten, die sie allein hier mit ihm war. Ohne deshalb auf seine Frage zu antworten sagte sie rasch:

»Sie kommen mit Olnitzki jetzt von Little Rock?«

»Jetzt? – ja«, sagte Soldegg, »und freue mich wahrhaftig aufrichtig eine alte Reisegefährtin hier ganz unerwarter Weise gefunden zu haben; apropos – hahahaha – Sie hätten vor ein paar Monaten dabei sein sollen, wie ich Herrn von Hopfgarten in einem kleinen Städtchen in Indiana traf – hahahaha – ich muß jetzt noch lachen, es war zu komisch – «

»War er schon vorher in solcher Stimmung?« frug Amalie, die kaum verstand was er erzählte.

»Hopfgarten? – Gott bewahre«, lachte Soldegg wieder, ihre Frage misverstehend – »ernsthaft wie ein Quäker kam er Abends, naß und ausgehungert in ein Wirthshaus, in dem ich am Feuer saß und redete mich als seinen Reisegefährten Henkel an.«

»Sie verstehn mich nicht – «

»Sie hätten dabei sein sollen was er für ein Gesicht machte, als ich mich zum Spaß für meinen Zwillingsbruder ausgab – es war göttlich.«

»Aber ich spreche von Olnitzki!«

»Von Olnitzki? – was von dem? – er hat sich einen Rausch angetrunken«, sagte Soldegg gleichgültig, sehr vorsichtig dabei eins der Stück Hickoryholzes aufnehmend und in seinen linken Arm legend. »Lieber Himmel die Leute wollen Alle spielen, aber nicht verlieren, und wenn ihnen das auch einmal passirt, verlieren sie gleich den Kopf dazu; schreien und toben und verschwemmen sich das kleine Bischen Verstand, das ihnen noch geblieben, in Whiskey – das Albernste was der Mensch überhaupt auf der Welt thun kann.«

»Olnitzki hat gespielt, ich weiß es – ich dachte mir es wenigstens«, lenkte sie ein, »aber um was?«

»Um was?« lachte Soldegg, sich das Stück Holz auf die Schulter hebend und nach dem Hause umdrehend, »um was man gewöhnlich spielt, um Geld, und als das fort war um Schweine, und dann um Rinder, dann um Pferde, und wie das Alles fort war, um Äcker und Haus.«

»Heiland der Welt – und hat – «

»Verloren natürlich«, sagte Soldegg, gleichgültig zurück gegen das Haus zuschreitend, als ein gellender Schrei von dorther tönte. »Hallo«, rief er, einen Augenblick halten bleibend und dort hinüberhorchend, »was ist das?« Aber schon flog Amalie an ihm vorbei der Thüre zu, und während er ihr langsamer und kopfschüttelnd folgte, murmelte er leise vor sich hin: »der tolle Bursche wird noch irgend ein Unheil anrichten mit seinem verdammten Whiskeytrinken. Daß doch, sonst ganz vernünftige Leute albern genug sind, eines so erbärmlichen Gaumenkitzels wegen ein Vieh aus sich zu machen, und sich den Händen ihrer Nebenmenschen willig zu überliefern. S'ist, das wenigste zu sagen, dumm.«

Damit trat er in das Haus und trug das Holz, ohne sich weiter um das was im Innern vorging anscheinend zu bekümmern, an's Kamin.

»Was um Gottes, Jesu Willen ist geschehn, Sidonie«, rief Amalie, neben ihr knieend und die sich eben wieder Aufrichtende unterstützend, »Du blutest am Schlaf – wer hat – «

»Ich bin gefallen«, murmelte leise die Frau, »und habe – und habe mir wahrscheinlich an der scharfen Bettecke hier weh gethan – es ist Nichts – es wird gleich vorüber gehn – ängstige Dich nicht meinethalben, Amalie.«

»Zu viel – zu viel!« rief aber die Schwester, jetzt in Thränen ausbrechend, während sie neben der Unglücklichen knieen blieb und sie mit ihren Armen umschlang; »nein, nein Du darfst nicht hier bleiben, ich nehme Dich fort von hier mit mir – zurück zu Vater und Mutter – zurück zu *Menschen.* Er hat Dich elend genug gemacht, das weiß ja Gott – er soll Dich nicht auch noch morden.«

»Fräulein Schwägerin!« fuhr da Olnitzki, der mit untergeschlagenen Armen und fest und finster zusammengezogenen Brauen am Kamin stand, drohend gegen das Mädchen auf, »ich bitte Sie zu überlegen was Sie sprechen, und *verbitte* mir jedes Wort, das mich oder mein Weib betrifft, und einer Einmischung gleicht in unser Leben. Ich will Ihnen übrigens auch beiläufig bemerken«, fuhr er mit tückischem Lächeln fort, »daß wir Sie morgen auf kurze Zeit im alleinigen Besitz des Hauses lassen, dessen künftigen Eigenthümer ich Ihnen das Vergnügen habe hier in Herrn Soldegg vorzustellen.«

»Lieber Olnitzki, die Sache hat aber gar keine so entsetzliche Eile«, fiel ihm hier Soldegg, der sein Holz in das Kamin geworfen, und sich jetzt die Handschuh abklopfte, in die Rede; »ich bin nur mit herübergekommen die Pferde abzuholen; selbst die Kühe können Sie noch ein, zwei Monat ruhig hier behalten. Alles andere findet sich dann später.«

»Was um Gottes Willen bedeutet das?« rief die Frau jetzt, der die Schwester ein Tuch um die Schläfe gebunden hatte, das vorquellende Blut zu stillen.

»Er hat Alles verspielt was er sein nennt auf der Welt«, rief Amalie, in der Angst um die Schwester alles Andere, jede Gefahr der sie sich selber dabei aussetzte, vergessend, »ein *Bettler*, will er Dich fortschleppen weiter in den Wald.«

»Thut mir unendlich leid zu hören«, sagte in diesem Augenblick die ruhige ernste Stimme Jack Owens, der, auf seine Büchse gestützt, in der Thüre stand, ohne jedoch die Schwelle zu betreten, »guten Abend mitsammen – wie geht's Olnitzki, wieder von Little Rock zurück?«

»Kommt herein!« rief Olnitzki, eben nicht besonders guter Laune, aber vielleicht froh in diesem Augenblick das Gespräch abgebrochen zu sehn. – Was geschehen war ließ sich doch nicht gut lange verheimlichen, und in den nächsten Tagen mußten es die Nachbarn überdieß erfahren, Zum Henker mit ihnen, sie waren ihm so nie grün gewesen, wenigstens nicht seit der Geschichte mit Jim Riley, und er hatte sich lange mit der Idee herumgetragen, wenn auch nicht Arkansas, doch diese Gegend jedenfalls zu verlassen – wer konnte ihn daran hindern?

»Guten Tag mitsammen« sagte Jack Owen, der seine Büchse draußen am Eingang hingestellt, indem er auf die direckte Einladung hin in die Thüre trat und den Platz flüchtig, aber mit forschendem Blick überflog – »hallo Missis Olnitzki, Sie sehn heute kränker aus als gestern, und *Blut* an der Stirn? ei ei, was haben Sie gemacht?«

»Setzt Euch Jack« rief Olnitzki dazwischen – »zum Teufel noch einmal, zwei Weiber im Haus statt einer, und ob wir hier etwas zu essen bekommen können? Bei Gott, Soldegg, wir werden es uns noch selber besorgen müssen.«

»Ah Mr. Soldegg – auch einmal wieder in unserer Range?« sagte der Jäger den Fremden mit einem aufmerksamen Blick von unten bis oben musternd – »es ging einmal ein dumpfes Gerücht hier, Sie wären über dem Wasser drüben – aber was haben nur die Frauen, Olnitzki – ist etwas geschehn?«

Amalie, die bei Jack Owens Eintritt Sidonie umfaßt und zum Bett geführt hatte, lehnte ihren Kopf an ihre Schulter und flüsterte ihr rasch und leise, tröstende Worte ins Ohr, die aber die Thränen der armen Frau nur stärker fließen machten.

»Nichts – Unsinn«, brummte Olnitzki finster – »die Weiber können bei jedem Quark das Flennen, ihren alten Erbfehler nicht lassen. Jetzt aber hab' ichs satt, fort von meinem Weib!« rief er plötzlich, um den Tisch herum und auf Amalie zugehend – »ich will das Aufhetzen in meinem eigenen Haus nicht länger dulden, fort von ihr sag ich, oder ich brauche mein Hausrecht. Tod und Teufel, ist mir nicht seit ich fort bin, ein ordentliches Weiberregiment hier aufgewachsen.«

»Zurück von mir«, rief aber Amalie von Seebald und entriß ihm mit zornfunkelnden Augen den Arm, den er gefaßt hatte, sie von der Gattin Bett zu führen, »und hiemit erkläre ich es feierlich, in dieses wackeren Mannes Gegenwart – daß Sie, Graf Olnitzki, die Schwester, die Ihnen in jugendlicher Verblendung, fast ein Kind noch, folgte, elend gemacht haben – bodenlos elend, und daß Sie nicht weiter Gewalt haben dürfen über sie; ihre ältere Schwester bin ich – bin hier an Vaters und Mutters Statt für die Arme, und fordere sie zurück von Ihnen, so lange noch Leben in dem armen, mishandelten Körper ist.«

»Hoho?« rief aber Olnitzki sich jetzt plötzlich, wie der sprungfertige Panther, emporrichtend – »kommt daher der Wind? – abgemachte Sache zwischen Euch, mir das eigene Weib abspenstig zu machen in dem eigenen Haus. Hahahaha Fräulein Schwägerin, Sie haben die Krallen zu früh gezeigt; das hat Ihr Spiel verdorben. Und nun« – schrie er, während Haß und Wuth, von dem vielen genossenen Whiskey zu einer Art Wahnsinn angestachelt, mehr und mehr die Überhand gewann, und die Frau, sich auf ihrem Lager selbst emporrichtend mit gefalteten Händen ihn bittend anschaute – »hat das ein Ende was mich hier geärgert und gequält, und in die Stadt getrieben, dort in Wein und Brandy meinen Grimm zu ersäufen, und mit Kartenspiel die Zeit zu tödten. – Hinaus aus meinem Haus, Schlange Sie, die ich hier freundlich aufgenommen, und die mir die Frau gegen mich gehetzt von dem Moment an wo sie meine Schwelle betreten. *Da* ist der Bettel den Sie mitgebracht – da – da und da!« lachte er mit einem fast thierischen Aufschrei, indem er das Service, und was sonst von den Geschenken auf einem neben ihm an der Wand befestigten Brete stand, herunterriß, und der entsetzt zurück Springenden in Trümmern vor die Füße schleuderte.

»Aber Olnitzki« rief selbst Soldegg erschreckt und mahnend – »was machen Sie – besinnen Sie sich doch!«

»Besinnen? – zum Teufel auch, meine Geduld ist fort«, schrie der Rasende – »da – und da und da, sind Eure Lumpen, ich *will* von Euch nichts mehr von drüben her – ich *brauch'* Euch nicht und Gnad' Euch Gott, wenn ich je wieder Eine von Euch treffe, *wer* es sei, der auch nur frägt wie es uns geht hier, was wir treiben, was thun. Und hier – nun was soll das Mr. Owen, glauben Sie, daß ich etwa gerade in einer Stimmung bin auf einen Nachbar besondere Rücksicht zu nehmen?«

»Ich erkenne die Stimmung recht gut in der Ihr seid, Olnitzki«, sagte Jack Owen, der indeß des wirklich gefährdeten Mädchens Hand ergriffen und sie hinter sich geschoben hatte, sie mit dem eigenen Körper zu decken – »Ihr habt zu viel getrunken und wißt eben nicht was Ihr thut; ob Ihr Rücksicht auf Euere Nachbarn dabei nehmt, kann mir ziemlich gleich sein; wie weit Ihr da gehn dürft werdet Ihr selber am Besten wissen. Die junge Fremde aber, die Ihr so roh behandelt und förmlich aus der Thür geworfen habt, nehm ich mit mir, in mein eigen Haus und zu meinem Weib, und die arme kranke mishandelte Frau da auf dem Bett, ist uns ebenfalls herzlich willkommen, wenn sie uns begleiten will.«

»Teufel!« schrie Olnitzki bei den Worten in wild auflodernder Wuth nach der in der Ecke stehenden Büchse springend und sie in Anschlag reißend – »wollt Ihr mein Weib verlocken unter dem eigenen Dach? – noch ein Wort hier, und beim ewigen Gott Ihr seid eine Leiche.«

»Schwört nicht bei etwas, Olnitzki, von dem Ihr doch nichts wißt«, sagte Jack vollkommen ruhig, »daß Ihr mich nicht einschüchtern könnt, solltet Ihr lange wissen – übrigens sprechen wir über die Sache noch, und jetzt *good bye* – wenn wir uns wieder sehen, werdet Ihr hoffentlich ruhiger und vernünftiger sein.«

»Ich kann die Schwester nicht – nicht so verlassen«, klagte Amalie.

»Der Mensch kann Alles was er muß«, sagte aber Jack ruhig, und ohne weiteres ihren Arm ergreifend, an dem er sie mit sich hinaus in's Freie führte und dort seine Büchse aufgreifend, schulterte er diese und schritt, den Arm des Mädchens aber immer noch nicht loslassend, mit ihr den schmalen Reitweg entlang in den Wald.

Als die Beiden das Haus verließen lag Sidonie bewußtlos, in Ohnmacht hingesunken, auf ihrem Bett, Soldegg lehnte mit verschränkten Armen, und eben nicht erfreut Zeuge und gleichsam Mithandelnder des ganzen Auftritts zu sein, am Kamin, und Olnitzki, auf dem sein halb zürnender, halb verächtlicher Blick kalt und höhnisch haftete, stand noch inmitten des kleinen mit den zertrümmerten Fragmenten vergoldeten Porcellains und gestickter Sachen überstreuten Raums, die Büchse mit eisernen Fingern fest gepackt, und wie unschlüssig, ob er die Waffe gebrauchen solle oder nicht.

Am nächsten Morgen um elf Uhr etwa, verließ ein kleiner, mit einem Pferd bespannter Karren »Olnitzkis Farm«. Der Pole steckte den Pflock von Außen vor die Thür und schlug ihn mit der Axt, die er dann wieder in den Karren legte fest, schulterte seine Büchse und stand dann, des Begleiters harrend, der vier wackere Pferde die Olnitzki selbst gezogen, immer zwei und zwei zusammenkoppelte, und dann den eigenen Rappen bestieg. Das Pferd, das Olnitzki gestern geritten, war heute mit den Thieren zusammengekoppelt, die Soldegg an der Leine führte; ein junges braunes Pferd hatte er in den kleinen Wagen gespannt, auf dem, unter dem darüber gespannten aber vorn etwas zurückgeschlagenen Leinen ein weicher Sitz von den Betten für die Frau hergerichtet worden.

»Hast Du Alles Sidonie?« sagte Olnitzki, der heute bleich und angegriffen aussah, aber die Worte wenigstens nicht unfreundlich an die Frau richtete, »und kann ich fortfahren?«

»Olnitzki, ich beschwöre Dich bei Allem was Dir heilig ist, laß mich nicht ohne Abschied von der Schwester ziehn – raube mir nicht, wenn ich Dir denn in die Wildniß folgen *muß*, den letzten Trost – Du bringst mich doch nicht hin, und wirst mich schon unterwegs begraben müssen – oh daß ich bei meinen Kindern schlafen könnte.«

»Du denkst Dir die Sache viel schlimmer als sie ist, liebes Kind«, sagte der Mann finster – »Deine Schwester hat Dir den Unsinn wahrscheinlich eingeblasen; aber nach Jack Owens Haus, wo sie jetzt wohl steckt, könnt' ich nicht einmal mit dem Karren hinüber, selbst wenn ich wollte – es führt kein Fuhrweg hin, und – ich will auch nicht. Sie hat keinen Frieden in unser Haus gebracht und wir brauchen sie nicht zwischen uns. Nun Soldegg, zum Henker, seid Ihr denn endlich mit Eueren Thieren fertig? Ihr geht so ungeschickt damit um, als ob ihr im Leben noch mit keinem Pferdefleisch zu thun gehabt.«

»Hol der Böse die Bestien!« zischte Soldegg zwischen den zusammengebissenen Zähnen durch, indem er sich mit dem eigenen Thier zwischen den noch scheuenden und zurückschreckenden Pferden herumtummelte – »wenn ich sie nur erst in der breiten Straße habe will ich sie schon kriegen. So, das wird's thun. Fahrt nur voran, Olnitzki, die Pferde folgen dann leichter; seid Ihr in Ordnung?«

»In Ordnung!« wiederholte der Pole finster, noch einen Blick auf den Platz, der seine Heimath gewesen, zurückwerfend, und dann entschlossen sich zum Gehen wendend – »Komm Brauner, zieh – wir haben einen langen Weg vor uns, und je eher wir damit fertig werden, desto besser!«

Ein leiser Schlag brachte das Pferd zum Anziehn und Olnitzki sprang ihm vor, und schritt in dem schmalen Pfad, während das treue Thier ihm in den Fährten folgte, rasch voran. Er hatte den linken Arm, dessen Hand sein Kinn stützte, über den Büchsenkolben geworfen, und blickte in düsterem Schweigen vor sich nieder. Die zusammengekoppelten Pferde folgten auch in der That besser, als der Wagen erst einmal in Gang war, und der kleine Zug hatte eben die Gründornflat durchschnitten und auf dem höheren Land einen etwas besseren, wenigstens breiteren Weg erreicht, als Olnitzkis Pferd laut aufwieherte und der Pole emporschauend, überrascht fünf oder sechs Männer – Nachbarn von sich aus der nächsten Gegend – erkannte, die ihre Pferde am Zügel, auf ihre Büchsen gelehnt, gerade auf der Straße standen, die er passiren wollte, und ihn fast zu erwarten schienen.

Olnitzki stutzte einen Augenblick, und seine linke Hand umspannte fest den Kolben des schweren Rifles, während sein Auge rasch und forschend die Gruppe überflog – aber es war auch nur ein Moment; ein trotziges wildes Lächeln zuckte um seine Lippen und seinen Weg verfolgend, als ob die Männer eben nicht darauf ständen und ihn versperrten, schritt er rasch weiter und gerade auf sie zu bis er, ihnen fast gegenüber, durch ein lautes aber entschiedenes »Halt!« des alten Rosemore, in seiner Bahn gehemmt wurde.

Der alte Mann stand mitten im Weg, aber in keiner drohenden Stellung, nur auf seine lange Büchse gelehnt, den Zügel des eigenen Pferdes um den linken Arm, wie er da gerade abgestiegen, und neben ihm Bill Jones sein Schwiegersohn mit noch zwei oder drei andern Männern aus der Nachbarschaft. Nur Jack Owen war seitwärts, etwa zehn Schritt vom Wagen getreten, seine Büchse auf der Schulter, die rechte Hand in die Seite und auf das Heft des langen Bowiemessers gestützt, das er dort trug.

»Nun was soll das?« rief aber Olnitzki jetzt seine Büchse herunternehmend und den Kolben auf den weichen Boden stoßend; »für einen Scherz bin ich nicht aufgelegt, und im Ernst möcht ich den sehen, der mir ein Halt entgegenrufen dürfte. Was wollt Ihr von mir? – kurz, denn ich habe weder Zeit noch Lust mit Euch hier zu plaudern.«

»Wir denken nicht daran, *Euch* aufzuhalten, Olnitzki«, nahm der alte Rosemore ruhig das Wort, »Ihr seid nie ein besonderer Nachbar gewesen, und alter Zeiten gedenken könnte uns gerade nicht freundlicher gegen Euch stimmen. Geht mit Gott, und möge Euch in einem andern Staate das werden, was Ihr bei uns nicht gefunden; aber – es hat Jemand um Hülfe bei uns nachgesucht, dem wir sie nicht verweigern können – eine *Frau* – Eures Weibes Schwester hat das bestätigt was wir von Euch schon von früher wissen – daß Ihr Euere Frau mishandelt – und was mehr ist, daß Ihr die Todtkranke und durch das Hinscheiden ihres jüngsten Kindes so schon schwer geprüfte Mutter mit Gewalt von hier fort, und ohne Mittel sie zu erhalten, in eine Wildniß schleppen wollt, und da glaubten wir denn in unserem schwachen Verstand daß wir das, wenn sich die Sache wirklich so verhält, nicht dulden dürften.«

»Nicht *dulden* dürften?« lachte Olnitzki höhnisch auf – »könnt Ihr es hindern?«

»Wir könnten es wenigstens versuchen«, sagte der alte Mann ruhig; »aber die Frau hat das zu bestimmen.«

»Wir wollen auch gar nicht mit Euch unterhandeln, Olnitzki«, mischte sich jetzt Owen mit eben keinem freundlichen Blick auf den Polen, in das Gespräch – »Missiß Olnitzki wird uns vielleicht sagen ob sie gern mit auf dem Karren nach Texas fährt, der sie in ihrem Zustand kaum lebendig nach Little Rock bringen wird, oder ob sie es vorzieht unseren Schutz anzurufen.«

Sidonie, die in dumpfer Verzweiflung, ihrer Schwäche sich bewußt und erneute Mishandlungen des rohen Menschen fürchtend, ihr Schicksal entschieden geglaubt hatte, ja schon in einer Art unheimlicher Freude zu hoffen anfing, der Hand die, so kalt und erbarmungslos in ihr Leben gegriffen, bald durch den willkommenen Tod entrissen zu werden, sah hier wieder, kaum ihren Ohren trauend, eine Hoffnung aufleuchten. Hülfe zeigte sich ihr, wo sie an keine mehr geglaubt, das Bild ihrer glücklichen Heimath, der sie zurückgegeben werden sollte, tauchte plötzlich, wo Alles Nacht und Grauen gewesen, vor ihrem Auge lichtumflossen auf, und die langen Haare in scheuer Angst aus der fieberheißen Stirn werfend – halb erhoben in dem kleinen Karren und den einen, fast fleischlosen, durchsichtigen Arm den Männern entgegenstreckend, rief sie mit lauter zitternder Stimme:

»Rettet mich – rettet mich vor *ihm!*«

»Wahnsinniges Weib!« schrie der Pole, die Büchse im Anschlag emporreißend, und während er sie mit der Linken halb schußgerecht und fertig hielt, mit der rechten des Pferdes Zügel fassend »aber Dein Jammern hilft Dir Nichts, und der Bande zum *Trotz* schlepp ich Dich mit mir. *Zurück* da aus dem Weg«, donnerte er jetzt mit der vollen Kraft seiner Stimme dem Alten entgegen, »oder bei Höll' und Teufel schwör' ich's Euch, der Erste der mir nur eines Auges Zucken noch den Weg vertritt, ist eine Leiche!«

»Wenn Ihr die Büchse gegen einen von uns hebt, seid Ihr ein Kind des Todes«, rief da Jack Owen, die eigene Waffe im Anschlag emporwerfend.

»Gut daß *Du* mich mahnst!« schrie da Olnitzki, in blinder auflodernder Wuth kaum mehr wissend was er that, »Du wenigstens gehst da voran«, und mit dem Lauf emporfahrend zuckte auch schon in dem nämlichen Augenblick der scharfe Strahl aus dem Rohr, und die Kugel schlitzte Jack Owens linken Backen. –

»Jim Riley läßt dich grüßen«, sprach da der Jäger kalt und ruhig, und wie Olnitzki, die Büchse in die linke Hand fassend, blitzesschnell mit der Rechten ein Pistol aus dem Gürtel riß, hob sich das lange Rohr empor und mit dem Knall fast, brach der Pole, mitten durch die Brust geschossen, in seiner Fährte zusammen. Der Jäger aber, ohne auch nur einen Blick weiter auf die Leiche zu werfen, stieß seine Büchse auf den Boden nieder, nahm aus der Tasche den Krätzer und wischte sie aus – wie nach jedem Schuß – that frisches Pulver ein und fettete das Pflaster aus einem kleinen, dafür mit Talg gefüllten Loch im Kolben, setzte die Kugel langsam und vorsichtig auf, bis der Ladstock zweimal sprang, und die Büchse, nachdem er auch Pulver auf die Pfanne geschüttet und diese wieder geschlossen, über die Schulter werfend, griff er das Pferd am Zügel, winkte einen anderen Nachbar, Sam Houston, herbei und lenkte mit diesem den Karren seitab in den Wald, der eigenen Heimath zu.

Still und in düsterem Schweigen starrten indeß die anderen Männer auf die noch zuckende Leiche – kein Wort wurde gesprochen, kein Laut gehört und Soldegg, der ein ziemlich unfreiwilliger Zeuge des ganzen Vorgangs gewesen, ritt die wenigen Schritte noch hinan, bis sich die Pferde scheuten vor dem frischen Blut.

»Böse Geschichte das Gentlemen«, sagte er ruhig dabei, während er die Thiere einer kleinen Blöße im Wald zulenkte, den Platz zu umreiten – »sehr böse Geschichte das, und wird den Advokaten im Little Rock wieder haarscharfe Arbeit geben. Apropos, da der frühere Besitzer des Platzes dahinten jetzt nicht blos *ver*reist sondern auch *ab*gereist ist, wäre es vielleicht eben so gut Ihnen gleich hier zusammen die Nachricht zu geben, daß *ich* jetzt der Eigenthümer bin, und in diesen Tagen Jemanden herüberschicken werde das Vieh nach Little Rock zu treiben oder, wenn sich hier passende Käufer finden sollten, es gleich an Ort und Stelle zu verauktioniren. Guten Morgen, Gentlemen, *dürfte* ich Sie wohl ersuchen Mister – wie ist doch gleich Ihr Name? da vorne ein klein wenig nur aus dem Weg zu treten; die Pferde sind noch jung und scheuen gern, und könnten einander schlagen.«

Die Männer von Arkansas hatten indessen, ernst und schweigend auf ihre Büchsen gelehnt, den Körper des Getödteten angeschaut, und nur manchmal einen eben nicht freundlichen Blick nach dem Sprecher geworfen, von dem sie wußten wie genau er im Zusammenhang mit der entwickelten Catastrophe stand, aber Niemand unterbrach ihn in seiner Rede, noch schien sich weiter Jemand um ihn kümmern zu wollen, bis er die direkte Aufforderung machte ihm Raum zu geben. Da war es wieder der alte Rosemore der, ohne seine Stellung im mindesten zu verändern, nur den Kopf zu dem Reiter aufhebend, sagte:

»Mr. Soldegg, es fällt uns nicht ein Ihrer Abreise etwas in den Weg zu legen, so wenig wie wir den unglücklichen Mann da verhindern wollten seine eigene Bahn zu gehen; soweit das also Sie und Ihr Eigenthum, das Pferd auf dem Sie reiten, und auf dem Sie in die *range* gekommen sind, betrifft, haben wir nicht das Mindeste dagegen, verzichten sogar auf das Vergnügen Sie je wieder bei uns zu sehen – nur das Eigenthum der *Frau* darf ohne ihren Willen nicht fortgeführt werden; lassen Sie also die Pferde los und ziehen Sie mit Gott.«

»Die Pferde sind *mein*«, rief Soldegg trotzig, »und mehr als das, Olnitzkis Schweine, Kühe, sein Land, sein Haus, Alles ist mein, und die Papiere die mir das bestätigen trage ich in meinem Taschenbuch.«

»Hat er das Alles Euch *verkauft?*« sagte Rosemore ruhig. –

»Was kümmert Euch das *wie;* wenn Ihr die Thatsache wißt«, sagte Soldegg finster.

»Und was hat Olnitzki dafür an Werth bekommen?« frug Rosemore wieder, ohne eine Miene seines starren Antlitzes zu verziehen.

»Und wenn er's mir *geschenkt* hätte, und wenn ich's im *Spiel* von ihm gewonnen oder in einer Wette – kümmert das *Euch?*«

»Nicht, so lang' er lebte, allerdings; er konnte da über *sein* Eigenthum verfügen, wenns wirklich *sein* war und nicht der Frau gehörte, wie er wollte; aber Gott hat ihn abgefordert, und das was er hinterlassen gehört seinem *Weib*. Beweißt uns daß das Ganze im *ehrlichen* Kauf auf Euch übergegangen, und zieht in Frieden, hat es Olnitzki aber, wir wir Grund haben zu vermuthen, im Trunk und seiner Sinne nicht mächtig, verspielt, so mußte *er* auch dann, so lang' er lebte, dafür einstehn, – aber nicht sein Weib, nicht *Euch* gegenüber Soldegg, von dem es schon überdieß unklug war, Euch in einem *solchen* Geschäft *hier* wieder einzufinden. – Gut – gut – wir wollen Nichts über vergangene Zeiten reden«, sagte er ruhig und mit der rechten Hand, ohne den Arm von dem Büchsenlauf zu nehmen, langsam abwehrend, – »es ist vorbei, aber die Pferde hier, Soldegg, oder die Schweine und Kühe auf der Farm, wie die Farm selber, was sie nun eben werth ist, gehört der *Frau*, und bis Ihr uns eben nicht Beweise bringt daß Ihr die Sachen rechtlich erworben, gehören sie eben ihr – und sollen ihr bleiben«, setzte er fest und bestimmt hinzu – »so wahr ich Rosemore heiße.«

»Ich lasse die Pferde hier nicht zurück«, sagte Soldegg finster, »außer Ihr nehmt sie mir mit Gewalt, und nach dem was hier vorgegangen, kann ich mich nicht der Überzahl der mit Büchsen bewaffneten Männer widersetzen.«

»Nennt's wie Ihr wollt; der Leute hier bedürfte es aber nicht«, sagte der Alte ruhig, »ein Einziger wäre da schon genug; laßt nur die Pferde, die nicht Euch gehören, los.«

»So protestire ich hiermit feierlich gegen ein solch gewaltthätiges Verfahren«, rief Soldegg die Leine die er in der Hand hielt von sich werfend und den eigenen Zügel fester packend, – »protestire gegen solche Willkür, die in Mord ausartet wo sie ein Hinderniß findet, und werde die Sache den Gerichten in Little Rock übergeben.«

»Thut das«, sagte der alte Rosemore mit einem verächtlichen Lächeln, »schickt uns die Advokaten in den Wald, und sie mögen sehen was sie ausrichten. Und was den *Mord* betrifft, wie Ihr ihn zu nennen beliebt, so müssen wir abwarten wie wir ihn verantworten können; bei uns im Wald wehrt sich eben der Angegriffene seiner Haut, und schon nach dem Schuß, selbst wenn die Kugel nicht in einem halben Zoll an des Bedrohten Leben vorübergegangen wäre, hatte Jack Owen das *Recht*, den Burschen über den Haufen zu schießen. Doch Ihr wißt das besser als ich es Euch sagen könnte, und nun Herr Soldegg«, sagte er seinem Schwiegersohn dabei mit einer Bewegung des Kopfes winkend dem Manne freie Bahn zu lassen, »ziehen Sie in Frieden.«

Soldegg, mit der Rechten fast unwillkürlich in die Brust, nach einer dort wahrscheinlich verborgenen Waffe fühlend, zügelte das tanzende Pferd noch mit der Linken scharf zurück; es war, als ob er sich nicht gutwillig fügen, noch etwas sagen wolle, und die finster zusammengezogenen Brauen verriethen das eben als nichts Freundliches; dann aber plötzlich sich eines Anderen besinnend, ließ er den Zügel des Thieres frei, drückte ihm den linken, mit einem Sporn bewehrten Hacken in die Seite, und sprengte rasch und ohne Gruß mitten durch die ihm Raum gebenden Männer hin, den Pfad entlang, der in die Little Rock County Straße führte.

3. Vater und Sohn

Es war Frühling um New-Orleans – draußen im Walde blühten die Magnolien in voller Pracht, die China-Bäume streuten ein Meer von Wohlgeruch aus ihren Lilla-Blumen um sich her, in den Büschen und Zweigen der Niederungen flötete der Mockingbird[1] sein leise klagendes melodisches Lied, und aus dem wehenden grauen Moos der Bäume, das fahlgrau und fast winterlich die mächtigen Stämme der Pecan und Cypressen umweht hatte, quollen die jungen Maigrünen Knospen zu Tag, und streckten thaublitzend der freundlichen Sonne die schwellenden Lippen entgegen.

Oh wie die Weiden am Ufer so süß dufteten, und das Schilf im Busch so junge kräftige Schößlinge trieb, wie das in den Zweigen und Wipfeln der Bäume an zu leben, zu zwitschern und zu flattern fing – wie lebendig es auf den Flüssen und Seeen wurde, wo die Wandervögel anlangten vom tiefen Süden, und die flugmüden Schwingen streckten und dehnten, am nächsten Morgen in langen geordneten Schwärmen ihren Zug gen Norden weiter fortzusetzen; wie der Himmel sich so blau und durchsichtig wieder über das sonnige Land spannte, und die Luft so warm und lau den Wandervögeln folgte, auch oben im Norden die eisbedeckten Ströme zu befreien, und die weißen Decken von den darunter grünenden Saaten zu streifen.

Es war Frühling *um* New-Orleans, aber die Stadt selber merkte freilich Nichts davon – Dampfboote kamen und gingen, Schiffe lichteten und warfen ihre Anker, Schaaren von Menschen landeten und verließen

1 Spottvogel, die Amerikanische Nachtigall.

die Levée, Gütermassen wurden ein- und ausgeschifft, und ein Drängen und Treiben war an dem lebendigen Strand wie je; aber was kümmerte die Leute der Frühling, wo er nicht etwa in direkter Verbindung mit ihrer Zucker- und Baumwollenerndte stand; was kümmerte sie das Zwitschern der Vögel draußen und das Knospen und Keimen, was der Duft, der Schmelz der Blüthen. Das Knarren der Winden, die die Güter aus der Dampfer und Schiffe Bauch zu Tage förderten, das war ihr Vogelsang, Frühling und Sommer, Herbst und Winter durch, die Blätter ihrer Contobücher die einzigen auf deren Rauschen sie achteten; das Sonnenlicht wurde mit Gleichgültigkeit, der frischende Regen mit mürrischem Gesicht oder halb durch die Zähne gemurmeltem Fluch begrüßt, denn er näßte die Salz- und Kaffeesäcke, und that den andern Rohprodukten Schaden – was kümmerte sie die übrige Welt.

Und welch ein Leben an der Levée herrschte – siebenzehn Schiffe mit Auswanderern von Deutschland und Irland waren in der vorigen, dreiundzwanzig mit derselben Fracht in *dieser* Woche angekommen; Schaaren von Einwanderern hatte ebenfalls der vorige Monat gebracht, von denen die größte Zahl nicht einmal Geld genug mehr besaß, die Dampfboot-Passage zu zahlen und weiter in's Innere zu gehn, und zu Hunderten lagen sie jetzt bei ihrem Gepäck auf der Levée umher, in Noth und Elend das Leben der Frauen und Kinder fristend, während die Männer mit triefender Stirn, immer und immer vergebens, nach Arbeit in der Stadt umherliefen. Selbst die Agenten für Dampfboote und Wirthshäuser, die Aasgeier der menschlichen Gesellschaft, wandten sich in Ekel von ihnen ab, und das Amerika, nach dem sie die Arme hoffend und sehnend ausgebreitet, das ihre Träume erfüllt, und sie Gefahren und Mühen des langen, langen Wegs getrost und freudig ertragen ließ, hatte jetzt weder eine Brodrinde für sie, die Hungrigen zu sättigen, noch ein freundliches Wort, die Verzweifelnden aufzurichten. Die Ballen und Säcke zählten die, geschäftig an ihnen auf- und abeilenden Amerikaner, ihre Notizbücher und Bleistifte in der Hand, schützten sie gegen Nässe wenn es regnete, und bewahrten sie vor Schaden; so ein Sack kostete aber auch so und so viel Dollar, und war so gut wie baar Geld – um die Unglücklichen kümmerte sich kein Mensch – sie konnten verderben wo sie lagen – die nächsten Schiffe brachten mehr der Art, und das Land im Innern, zu dem man sie brauchte es zu bebauen, es der Wildniß zu entreißen, zu dem diese Leute ihre braven Herzen, ihre kräftigen Arme, ihren Schweiß herübergebracht – lieber Gott, das lag eben im Westen und ging *sie* Nichts an. Wenn irgend Jemand ein Interesse dabei hatte war es der Staat, und da sich der nicht darum kümmerte, was hatte der Einzelne damit zu thun – Allen hätten sie doch nicht helfen können.

Und der Staat? – die Regierung der Vereinigten Staaten von Nord-Amerika? – Vor funfzig Jahren wohnten westlich von den Alleghanie-Bergen noch nicht 300,000 Menschen, das Land war größtentheils noch eine Wildniß, vom Bär, Panther und Büffel und dem wilderen Indianer bewohnt, jetzt umschließt dieser selbe Raum eine Bevölkerung von über zwölf Millionen; der Handel des Mississippi-Thales wird zu dem Werth von 439 Millionen Dollar gerechnet, das Land hat zehn- und hundertfachen Werth gewonnen, Städte sind seit der Zeit an den äußersten Grenzen der Wildniß aufgesprungen, die jetzt den Centralpunkt blühender, reicher Distrikte bilden und ihre Einwohnerzahl nach hundert Tausenden zählen; so weit das Auge reicht decken blühende fruchtschwere Felder den Boden, Straßen und Eisenbahnen durchziehen das Land, unzählige Dampfboote schießen auf den Wassern hin, die sonst nur das Canoe des Wilden trugen, und seinen Schlachtschrei und den Lockruf wilden Geflügels hörten; Schulen und Universitäten stehen da, wo in jener Zeit noch der Bär sein Lager hatte, und der Wolf die Mitternachtsstunde heulte, und wem verdankt das weite Reich solch riesigen Umschwung? wem anders als den wackeren Einwanderern, die mit ihrem Schweiß die Felder gedüngt, mit ihrer Hände Fleiß geschaffen haben was da fertig liegt. Und *das* Land ist erst im Wachsen, denn so Unglaubliches die kurze Zeit geleistet, so viel mehr bleibt noch zu thun, so viel größere Strecken liegen noch in Wald und Sumpf und Wüste, und harren der fleißigen Hände, die sie in's Leben rufen sollen.

Die Vereinigten Staaten kennen den Nutzen dabei, den sie allein von der Einwanderung erwarten dürfen, sie wissen wie gerade der arme Bauer, der mittellos und auf seiner Hände Arbeit angewiesen dieses Land betritt, das Werkzeug ist den Boden zu verwerthen; sie erkennen und fühlen auch die Pflicht, die Wohlfahrt derer zu überwachen, deren Kinder einst den Kern des Landes bilden sollen, das beweißt z. B. das Schifffahrtsgesetz das sie gegeben, willkürlichen Überladungen gewissenloser Rheder zu wehren; aber nur erst ein einziger Schritt war das in dem was ihre Pflicht ist gegen die Tausende, nur ein Eingeständniß der übernommenen, die Menschen, die sich ihnen vertrauend genaht und ihnen Alles bringen was sie das Ihre nennen, die Schaaren, die sie zu Vorfechtern der Cultur gebrauchen, und die das weite Land mit ihrem Schweiße, wie oft mit ihren Leibern düngen sollen, nicht erst verkümmern, moralisch untergehen zu lassen gleich bei der ersten Landung.

Die Art selbst, wie sie betrügerischen Agenten, gewissenlosen Schuften *aller* Nationen – denn jede findet da Geyer unter ihren Landsleuten, die auf sie lauern – ganz freien Spielraum läßt die Unglücklichen auszusaugen, die vielleicht noch bei dem ersten Betreten des Landes so viel hatten irgend einen Zielpunkt im Innern zu erreichen, und hier und da gerupft so viele Federn lassen bis sie nicht mehr fliegen können; die Art wie sie diese armen Unglücklichen, die der Sprache und den Sitten fremd ihre Ufer betreten, preisgiebt jedem Betrug, jeder Hinterlist, macht sie zu halben Mitschuldigen an Allem was geschieht, und zieht verdienten Fluch auf ihre Häupter herab, von Tausenden.

Hier ist freilich nicht der Platz das *wie* zu besprechen, das diesen Übeln steuern könnte; aber der Weg, wenigstens einem Theil solchen Unheils vorzubeugen, ist in New-York z. B. in den letzten Jahren auch in New-Orleans, von der »deutschen Gesellschaft« angebahnt, die das begonnen was der Staat versäumt, und *weil* er es versäumte; aber nur Privatleute sind es bis jetzt, die von Mitleid für so viele Unglückliche getrieben ihre Zeit und ihr Geld opferten; der Staat sieht ruhig zu, hält Agenten, die für die verschiedenen *Staaten* Land verkaufen dürfen und glaubt damit Alles gethan zu haben. Wie auf eine nackte Sandbank hinausgeworfen findet der arme Einwanderer sich inmitten einer unermeßlich reichen und zahlreichen Bevölkerung, in dem Drängen und Treiben einer Christlichen Stadt, der Noth, ja dem Hungertode preisgegeben, wenn er sich eben nicht selber retten – helfen kann.

Das bedeutsame *Help yourself*[2] der Union hat dabei Ähnlichkeit mit dem Rufe »Schwimm!« ein vortreffliches Wort für den der es kann, und wer's *nicht* kann sinkt eben unter, mit dem besten Willen.

Wie das drängte und trieb an der Levée hin, wie die leeren Karren, von halbtrunkenen Irländern in vollem Galopp die Straße niedergetrieben, mitten hinein in die Menschenmassen jagten, und aufluden bis in die späte Nacht hinein von dem Riesenhaufen aufgestapelter Waaren, der sich meilenweit den Strom entlang hinstreckt, und diese doch nicht weniger wurden; wie sich Lastträger und Arbeiter, Krämer, Makler und Agenten, Buchhalter und Handlungsdiener, Obst- und Blumenverkäufer, Milch-, Kaffee- und Kuchenmädchen, Matrosen und Neger wild und bunt durcheinander mischten, Jeder ein Ziel vor Augen, in Beschäftigung oder Erholung, Alle dort auf- und niederwogend, rasch und geschäftig oder lachend, singend und plaudernd – nur die Einwanderer saßen still und stumm dabei auf ihren Kisten und Koffern, in der fremden, auffälligen Tracht, mit den bleichen Gesichtern und tief liegenden stieren Augen; nur an ihnen wogte das rauschende Leben vorbei, wie der munter plätschernde Bach den Kieselblock in seinem Wege trifft und umspühlt, und weiter strömt seinen wilden fröhlichen Weg.

»Wo die Leute nur Alle zu Mittag essen«, sagte der eine Mann, der ein kleines, in Lumpen eingewickeltes Kind auf dem Arme trug und ein anderes, kaum größeres an der Hand führte, zu seinem Weib, das fröstelnd in ein altes Tuch geschlagen in der heißen Sonne saß und den schmerzenden Kopf in die Hand stützte, »und wie die Häuser da alle so kalt und großartig stehn und uns anstarren mit den gläsernen Augen als ob sie fragen wollten wo gehört *Ihr* denn hin. S' ist doch ein eigenes Gefühl so *gar* keinen Platz auf der weiten Gottes Welt zu haben wo man zu Hause ist, und wo Nachts das Bett steht. Wie sie gestern Abend überall die Thüren zumachten und die Lichter auslöschten, und wir draußen bleiben mußten unter freiem Himmel, war es mir g'rad wieder zu Muthe wie daheim, als ich den Kirchweg hinunter aus unserem Dorfe auf nimmer Wiederkehren ging.«

»Wo begraben sie denn hier die Leute wenn sie sterben?« frug die Frau mit zitternder, noch immer fröstelnder Stimme, »oder werfen sie Einen hier auch in's Wasser wie draußen auf dem Meer?«

Der Mann schwieg, setzte sich wieder auf seine Kiste nieder, und hielt beide Kinder vor sich auf den Knieen; er fing an abzustumpfen gegen das Elend um ihn her – und es war nur *Einer* von vielen Tausenden.

Über Mittagszeit wurde es stiller auf der Levée – wie ein ebbender Strom drängten die Menschenmassen von dem Ufer fort – die Menge theilte sich – in die Straßen hinauf, auf die Boote selbst zog sich da Trupp nach Trupp, bis fast nur die einzelnen Wachen bei den Gütern blieben. Aber am Ufer hin, auf ihrem Gepäck, oder dem Ballast auch ruhend der in der Sonne glühte, lagen die Deutschen und Iren, an Stücken Schiffszwieback kauend, oder muldigem »Lootsenbrod«, das sie sich um ein paar Cent im »*store*« gekauft, den nagenden Hunger zu stillen. Das schmutzige Mississippi-Wasser, milchwarm im Sommer doch jetzt noch ziemlich kühl von den weiter oben treibenden Eisschollen, war ihre Labung dabei, und die Kinder – ach wie oft auch die Eltern – schauten dann wohl sehnsüchtig nach den Körben

2 Hilf Dir selbst.

hinüber, die junge Negermädchen am Ufer auf und abtrugen, als Mittagsmahl für Manchen, den Pflicht oder Geschäft an die Levée bannte durch die Mittagszeit. Den Fremden boten sie die Waare nicht einmal mehr an – »*no money, no cakey*« lachten die munteren Dinger und schritten singend weiter, und den Kindern lief das Wasser im Mund zusammen bei dem leckeren Anblick, den sie freilich nicht greifen durften, und der ihnen das trockene harte Brod um so viel trockner, so viel härter schmecken ließ.

Ei wie das drängte und lief und mit den Tellern klapperte in den Boardinghäusern von New-Orleans; was sie für Geschäfte machten die »armen Wirthe« die sich für das Wohl ihrer Landsleute, dem eigenen Ausdruck nach, nur aufgeopfert. Wie in einem Bienenstock kamen und gingen die Gäste, im Flug förmlich die Speisen hinterschlingend, nicht zu viel Zeit auf solche Nebensachen zu verwenden.

Und in den deutschen Häusern – lieber Gott, bis unter die Decke, auf der Flur, und auf dem Hof selbst unter freiem Himmel, standen die Kisten aufgestapelt, und im innern Raum saßen sie festgedrängt Mann an Mann bei Tisch, im engen heißen Zimmer, ihr Brod im Schweiße ihres Angesichts zu verzehren.

Auch in dem »deutschen Vaterland« waren die Räume bis unter das Dach, die Tische gefüllt, soviel wie Stühle daran stehen wollten – freilich nur für solche, »die Geld hatten«, wie der alte Hamann meinte. Der ging aber jetzt immer kopfschüttelnd im Hause herum, und jammerte und klagte mehr als je, daß ihn seine Landsleute, die er gefüttert und verpflegt, rein ruinirten. – Aber er konnte auch Nichts weiter für sie thun – so gern er selbst es wollte – die Zeiten waren zu schlecht, die Leute *wollten* nicht zahlen, und was sollte da am Ende aus einem armen Boardinghauswirthe werden?

Sein Sohn war auch wieder von Arkansas zurückgekommen, und wenn er auch nicht gerade so brillante Geschäfte gemacht, wie sein Vater mit dem Waarentransport vielleicht erwartet, schien er doch, seit ein paar Wochen wenigstens, und nachdem er etwa vierzehn Tage wieder im Haus gewesen, den alten Trotzkopf abgelegt und keinen solchen Widerwillen mehr vor der Wirthschaft selber zu haben, der er sich zu des Vaters inniger Freude thätig annahm – wenn dieser auch freilich die Hauptgeschäfte noch selber besorgen mußte.

Auch mit seiner jungen Wirthschafterin hatte der alte Hamann einen vortrefflichen Fund gethan, und Hedwig seine Erwartungen in jeder Hinsicht so weit übertroffen, daß er wirklich manchmal gewaltsam an sich halten mußte, sie nicht laut zu loben; das hätte sie nämlich leicht zu dem Verlangen einer Gehaltserhöhung locken können, die er wenigstens nicht selber leichtsinnig herbeiführen wollte. In dem Theil der Wirthschaft, welchem sie, bei dem sich mehr und mehr ausbreitenden Geschäft, vorstand, war auch Nichts zu wünschen übrig, und eine Sauberkeit herrschte in Wäsche und Geschirr, in Tisch- und Bettzeug, die ihn mit den wenigen Mitteln in Erstaunen setzte, und da erhielt, wo früher die Hälfte in Schmutz verdorben und untergegangen war.

Hedwig arbeitete vom frühen Morgen bis in die späte Nacht; überwachte die Beschäftigung der andern weiblichen Dienstleute, und schaffte selber mit einer Thätigkeit, die Herr Hamann wohl mit innigem Vergnügen, aber auch mit dem festen Bewußtsein sah, daß die Sache nicht lange so fortdauern würde. Deutsche Dienstmädchen werden von Amerikanern und Deutschen immer gesucht, so lange sie eben frisch von Deutschland kommen, sind sie aber erst einmal eine Weile im Lande, lernen sie die Verhältnisse näher kennen, und sehen sie besonders, wie es Andere ihres Gleichen machen, dann arten sie auch fast immer aus, verlangen höhern Lohn, machen sich ihre Arbeit leicht, fangen sich an zu putzen und ihren Dienst zu wechseln, und haben sich damit, wie sie meinen, amerikanisirt. Hedwig dachte aber nicht an etwas derartiges; glücklich in dem Bewußtsein sich jetzt nicht allein ihr Brod verdienen, sondern auch das unglückliche Opfer des Mannes, der sie selber, durch ihren armen Bruder so elend gemacht, unterstützen zu können, war ihr ganzes Streben nur darauf gerichtet, ihre Pflicht zu erfüllen. Diese Thätigkeit, mit einer, schon nach den ersten Wochen erlangten, fast selbstständigen Stellung in dem Hause, gab ihr eine unendliche Ruhe und Zuversicht, ja fast eine Heiterkeit, die das arme Kind in ihrem ganzen Leben noch nicht gekannt.

Nur eines lag ihr dabei schwer auf der Seele, ja füllte ihre Augen oft mit Thränen, und ihr Herz mit der Furcht, doch diesen Platz nicht lange behaupten zu können, und wieder in die Welt hinaus zu müssen, die sie eigentlich noch gar nicht kannte, und die sie wieder und wieder kalt zurückgestoßen hatte.

Es war das Leben und Treiben ihres Brodherrn selber, wie dessen Gehülfen, des Ausschenkers, den armen Auswanderern gegenüber, die Zufall oder Noth in ihren Bereich warf, und denen sie – es konnte ihr das bald nicht mehr entgehen – abpreßten was ihnen abzupressen war, um sie nachher von Allem entblößt auf die Straße zu werfen. Fortwährend mit den Unglücklichen in nächster Berührung, hörte sie täglich deren, meist nur immer schüchtern laut werdende Klagen, sah, wie sie Schritt für Schritt dem Verderben entgegengingen, und konnte doch nur so selten helfen.

Das Bettzeug des ganzen Boardingshauses bestand einzig und allein aus Wäsche, die von den Unglücklichen in Versatz genommen, und selten oder nie wieder an sie ausgeliefert wurde; ein Nähmädchen, das ebenfalls ihre ärmliche Kost hier abverdienen mußte, war Tag um Tag beschäftigt die alten Zeichen auszutrennen, und die Bett- und Tischtücher und Hemden neu zu marken. Die Küche wurde tagelang mit alten Auswandererkisten geheitzt, und Jimmy der Barkeeper that dabei mit allen nur erdenklichen Listen sein Möglichstes, die Männer, die sich regelmäßig und halbverzweifelt die Abende in dem Schenkzimmer umhertrieben, zum Trinken zu verlocken, wobei er nie versäumte mitzuzechen. Wenn er sich dann auch nur ein paar Tropfen in's Glas goß, denn *er* mußte wenigstens nüchtern bleiben, wurde das den armen Teufeln, die so schon nicht wußten, wie sie die Ihrigen unterbringen und vor Mangel schützen sollten, doch immer für voll angerechnet, und wie die Rechnungen dadurch aufliefen, verringerte sich die Möglichkeit für die Fremden, sie zu der bestimmten Zeit zahlen zu können, wo ihre Sachen dann dem Hause verfallen waren.

Dabei hatte Herr Hamann, von Herrn Messerschmidt und vielleicht noch von manchen anderen eben solchen Agenten unterstützt, eine Art Landagentur, wie auch selber eine Strecke Wald in der Nähe von New-Orleans, worauf fortwährend Leute arbeiteten, für die er nie einen Cent baar Geld bezahlte. Viele Amerikaner in den nördlichen Staaten standen zugleich mit ihm in Verbindung, denen er gegen eine gute Provision Pachter oder Käufer hinaufschickte, und von ihm empfohlen, »der ja das Land in dem er so viele Jahre wohnte, genau kennen mußte« und nicht wissend wohin sich zu wenden, lief Mancher, der noch ein paar Thaler und eine Menge kluger Vorsätze mitgebracht, nur zu willig in die leicht gelegte Schlinge. Wie es ihnen da später ging, ob sie zu spät einsahen, daß sie ihr gutes Geld an ein Experiment weggeworfen, und nun als Tagelöhner wieder beginnen mußten, wo sie, wenn sie ihr Geld im Anfang zu Rathe gehalten, später mit erst gesammelter Erfahrung nach eigenem Urtheil hätten etwas erwerben können; ob ihre Familien, trotz allem Fleiß, trotz aller Sparsamkeit in Noth und Mangel geriethen, was kümmerte das *ihn;* er zog von dem einem Theil seine Provisionen und brachte durch den anderen, mit nur sehr geringen Auslagen, sein eigenes Land zu einem weit höheren Werth in den Markt. Die Einwanderer betrachtete er ja überdieß nur als *Handwerkszeug*, seine eigenen Zwecke zu erreichen, Handwerkszeug das noch den ungemeinen Vortheil hatte, daß er es, wenn abgenutzt, nie brauchte schärfen zu lassen, da jede Woche fast neues von Europa kam.

Hedwig sah und durchschaute Vieles, schon nach kurzer Zeit ihres Aufenthaltes in dem Haus, aber was konnte das arme, mit den inneren Verhältnissen des Landes überdieß ganz unbekannte Mädchen dagegen thun? Sie vermochte den Unglücklichen, denen sie nicht zu helfen wußte, nicht einmal zu rathen, und mußte, obwohl ihr das Herz dabei blutete, geschehen lassen, was eben geschah.

Das war Amerika? lieber Gott, sie hatte sich das Land anders gedacht, und wenn sie wohl auch fühlte, daß sie *hier* nur die schwärzeste Seite des Ganzen kennen lernte, jammerte sie doch das Elend so vieler Tausende.

Manche Thräne weinte sie im Stillen den Unglücklichen, aber sie selber schaffte und arbeitete dabei, und half auch, wo sie konnte, mit manchem, freilich heimlich den Kindern und kranken Frauen gereichten Labsal, und mehr noch oft mit freundlichem Wort und Trost für die, die einsam und verlassen, des Trost's so sehr bedürftig, in der Fremde standen.

Eine furchtbare Zeit verlebte indessen Clara Henkel in dem kleinen heißen Hinterstübchen des »deutschen Vaterlands«, wo sie, nach Hedwigs Probewoche, von dieser einquartirt, und die erste Zeit, ehe sie sich vollständig erholt, noch von dem jungen Mädchen gepflegt wurde, wie es nur deren, den Tag über fast ganz in Anspruch genommene Zeit erlaubte. Von einem hitzigen Fieber, die ersten Tage nachdem sie Amerikanischen Grund und Boden betreten, erfaßt, und auf ihr Lager geworfen, hatte die Unglückliche viele Tage mit dem Tode gekämpft, und doch ihn herbeigesehnt, sie von ihrem Elend zu befreien. Hedwig war in der Zeit nur von ihrem Lager gekommen einen Arzt zu suchen; so viel Mühe sie sich aber auch gegeben ihren jungen Reisegefährten Donner aufzufinden, zu dem sie, was seine Kunst betraf, an Bord der Haidschnucke so viel Vertrauen gefaßt, war es ihr doch nicht möglich, und sie zuletzt gezwungen gewesen einen Amerikanischen Arzt zu nehmen. Glücklicher Weise kam sie zu einem geschickten und wackeren Mann, der die Krankheit richtig erkannte und faßte, und die Leidende nicht mit dem, bei Amerikanischen Ärzten so häufig alleinigen Heilmittel – dem Calomel – noch mehr angriff, als es die Krankheit selbst vielleicht gethan; aber der Amerikanische Arzt forderte auch Amerikanische Preise für seine Kur, und das Wenige an Geld, was Clara fast nur zufällig in ihrem Koffer gehabt (denn Alles was sie sonst an werthvollen Sachen besaß, hatte Henkel in dem kleinen, ihr gehörenden Lederkoffer mit an Land genommen) ging mit der Zahlung des Arztes und der Hotelkost auf. Da war es, wo Hedwig, als die Genesende ihr ganzes Herz öffnete, ihr Alles klagte und gestand, das ganze Geheimniß ihres Elends enthüllte, zu eigenem Handeln aufgerufen, jetzt aber auch vielleicht zum ersten Mal selber den ganzen Jammer ihres armen Bruders ahnend, aus dem Kind, in wenig Stunden zur Jungfrau reifte. Nicht mehr mit furchtsamer Scheu abhängig und unentschlossen stand sie da; Clara war ihr auch nicht mehr die Herrin, deren selbst freundliches Wesen nie das Gefühl der Niedrigkeit bei ihr im Stande gewesen zu bannen; sie war ihr *Schwester*, war ihr *gleich* geworden, und nicht etwa zu ihr dabei hinabgestiegen, sondern zu sich hinauf hatte sie das arme bis dahin so verlassene Mädchen gezogen. Wie sie mit dem thränenfeuchten Antlitz an ihrer Schulter lag und sie umschlungen hielt, und ganz den eignen Schmerz vergessend, sie ihre »arme, arme Hedwig« nannte, da drang mit dem bitteren Gefühl vergangnen Leids ein eigen ruhiges Bewußtsein in ihre Brust. Das Schwerste war geschehn und überstanden, viel leichter ließ sich jetzt das Andere tragen.

Aber auch Clara selber mußte handeln um sich aus dieser Lage, in der sie nun doch einmal nicht bleiben konnte, zu befreien. In ihrem unschuldigen Herzen hatte sie dabei keine Ahnung von der ausgedehnten Niederträchtigkeit des Mannes, in dessen Hand sie am Altar die ihre gelegt; noch war ihr nicht einmal der Gedanke aufgestiegen, daß auch sein ganzer ihr erzählter Lebenslauf, daß seine Familie ein Märchen, und er so wenig mit dem reichen Kaufmann Henkel verwandt als dessen Sohn und Compagnon sei; ja trotz alle den Beweisen, die sie gegen ihn hatte, trotzdem, daß er *sie selbst* beraubt und ihr sogar das genommen, was sie wenigstens jetzt in den Stand gesetzt hätte nach Europa zurückzukehren, *fürchtete* sie seine Wiederkehr, fürchtete, daß sie von seiner Familie aufgesucht und zurückgefordert werden könne und wagte nicht, selbst als sie sich erholt, die Schwelle des Hauses zu überschreiten, daß ihre Spur hierher nicht aufgefunden würde.

Auch einen langen Kampf kostete es sie, nach Haus zu schreiben, dem Vater zu gestehen, was geschehn – wie elend sie geworden. Großer Gott, ihre armen Eltern; was mußten sie leiden, wenn sie des Kindes Schicksal, das sie in Glück und Wonne glaubten, erführen, und die *Mishandelte* zu Hause holen sollten, wo sie die junge reiche Frau in Wohlleben schwelgend dachten. Aber was blieb ihr anders übrig, als ein solcher Schritt, denn wie sie im Anfang entschlossen gewesen, gleich mit dem nächsten Schiff die Heimfahrt anzutreten, hatte ihre Krankheit sie daran verhindert, und als das wenige Geld für Arzt und Kost darauf gegangen, blieb nicht genug Passage zu bezahlen. Auch hätte sie nicht so unvorbereitet des Vaters Haus betreten mögen – oh ihr schauderte selbst jetzt vor dem Schritt. – Und wie die Nachbarinnen flüstern und lachen würden über die »heimgeschickte *reiche* Amerikanerin«; wie sie ihr erst das vermeintliche Glück misgönnt, so war ihr jetzt ihr Spott und Hohn gewiß.

Sie schrieb den Brief – mußte sie nicht auch des armen Loßenwerders Ehre retten, der an der Kirchhofsmauer verachtet und ungerecht verdächtigt schlief? lieber Gott, es war das Wenigste was sie thun konnte, den Schatten des moralisch und physisch Gemordeten zu versöhnen. Daß ihr Vater dann weiter auch für die Schwester sorgen würde, die mit dem Bruder ja die einzige Stütze verloren hatte in der weiten Welt, konnte sie ruhig dem guten treuen Herzen desselben überlassen.

Das Geld, das er ihr schicken würde, die Heimfahrt für sich und Hedwig zu bestreiten, hatte sie ihn gebeten, unter Hedwigs Namen, *poste restante*, nach New-Orleans zu adressiren; die Zeit war aber noch zu kurz, schon Antwort zu erwarten, die, ihrer Berechnung nach, erst etwa in zwei bis drei Wochen eintreffen konnte.

Es mochte elf Uhr Morgens sein, und Hedwig war in dem großen Speisezimmer des »deutschen Vaterlands« ruhig beschäftigt den Tisch für das Mittagsessen zu decken und herzurichten. Das Tischtuch lag schneeweiß darauf ausgebreitet, und eines der Hausmädchen hatte eben die nöthigen Teller hereingebracht und auf den Nebentisch gestellt. Diese ordnete Hedwig jetzt, mit den dazu gehörigen Messern und Gabeln, und rückte die Stühle für die erwarteten Gäste, von denen aber, der Amerikanischen Sitte nach, keiner das Zimmer betrat, ehe nicht die zweite Glocke, als Zeichen daß aufgetragen, geläutet worden.

Nur Jimmy, der Barkeeper, der im Schenkzimmer um diese Zeit gerade nichts zu thun zu haben schien, hatte sich sehr behaglich und in voller Ruhe auf einen der kleinen noch leeren Ecktische gesetzt, schlenkerte dort mit den Beinen, revidirte seine Fingergelenke, und starrte dabei mit hochheraufgezogenen Brauen und immer stierer werdenden Augen nach dem jungen

Mädchen hinüber, das, seiner wenig achtend, was ihm oblag ruhig besorgte. Sie konnte den Menschen nicht leiden und es war ihr schon fatal nur in seiner Nähe zu sein; in ihrer Gutmüthigkeit mochte sie ihn aber auch nicht kränken, und war wenigstens, wo sie mit ihm unmittelbar zu thun hatte, wie gegen alle andere Menschen, freundlich und artig.

Jimmy – Niemand im Haus kannte einen weiteren Namen von ihm – hatte aber darüber andere Ansichten. Von seiner Unwiderstehlichkeit fest überzeugt, war ihm der Fleiß und das anstellige Wesen des jungen, überdieß wunderhübschen Mädchens keineswegs entgangen, und sich selber an den Punkt angelangt glaubend, wo er ebenfalls daran denken könne einen eigenen Heerd zu gründen, fing es ihm an einzuleuchten, daß er hier einen passenden Gegenstand für sein Haus – und nebenbei dann auch für sein Herz – gefunden haben möchte. Noch nie war ihm aber das Mädchen wirklich so hübsch und verlockend erschienen wie gerade heute, und indem sich über sein Gesicht ein breites, ihm eigenthümliches Schmunzeln zog, in dem das Weiße seiner Augen vollständig sichtbar wurde, sagte er plötzlich:

»Mamsell Hedwig!«

»Herr Jimmy?« antwortete das junge Mädchen, ohne von ihrer Arbeit aufzusehn, und mit dem Überwischen der einzelnen Teller noch beschäftigt.

»Verdammt gute Zeiten jetzt in New-Orleans«, sagte Jimmy.

»*Gute* Zeiten?« seufzte Hedwig – »lieber Gott, die armen Menschen füllen die Wirthshäuser und selbst Straßen, und können nicht Arbeit finden für sich oder die ihrigen – ich habe nie geglaubt, daß es so viel Elend in Amerika gäbe.«

»Bah, Unsinn!« sagte aber Jimmy auf seinem Sitz zurückrückend und sich einen Stuhl zwischen die Füße nehmend, mit dem er balancirte, »füllen die Wirthshäuser – *das* ist die Hauptsache – famose Zeiten für Boardinghäuser – waren nie besser.«

Hedwig schwieg und arbeitete ruhig weiter, Jimmy aber, dessen Gedanken jetzt eine bestimmte Bahn bekommen hatten, fuhr halb mit sich selber, halb zu dem Mädchen redend fort:

»Wenn jetzt Jemand irgendwo an einer passenden Stelle ein passendes Boarding und Lodginghaus anlegte, und Jemand die Sache aus dem Grunde verstünde – wenn Jemand gute Spirituosen, daß heißt *billige*, dabei hielte, und mit seinen Leuten umzuspringen wüßte – wenn Jemand dann eine passende Frau hätte, die ihm die Wirthschaft ordentlich führen, das Tisch- und Bettwesen besorgen, und den Leuten in der Küche auf die Hände sehen könnte, und Jemand wäre dann ein hübscher, passender Kerl und« – Jimmy schwieg einen Augenblick, und knackte seinen Zeigefinger zu gleicher Zeit so scharf und laut, daß es ordentlich klang als ob er ihn sich abgebrochen hätte, und selbst Hedwig, die kaum gehört was er sagte, rasch und erschreckt nach ihm umschaute. Aber sie mußte lachen, wie sie ihn ansah, denn auf dem Tisch, mit den hochgezogenen Brauen und dem klugen bedenklichen Gesicht, das er machte, indeß er, den Stuhl jetzt allein zwischen den Füßen hin und herschlenkernd, seine Finger in altgewohnter Weise mishandelte, sah der Bursche wirklich komisch aus. Das freundliche Lächeln in Hedwigs Zügen brachte aber auch in den seinigen eine merkwürdige Veränderung hervor, und seine Lippen wieder, wie er das ebenfalls zu Zeiten an sich hatte, nach vorn durch einen plötzlichen Ruck zu einer Spitze ausstoßend, schloß und öffnete er die Augen ein paar Mal, ließ den Stuhl dann zwischen seinen Füßen herausfallen, sprang vom Tisch hinunter und ging, die Hände plötzlich in beide Hosentaschen schiebend – er war, wie gewöhnlich, in Hemdsärmeln – auf Hedwig zu. Diese sah ihn allerdings etwas erstaunt sich nähern, hatte aber ihre Arbeit schon wieder aufgegriffen, die darin bestand, von dem nächsten kleinen Seitentisch dortstehende Wassergläser zu nehmen, auszuwischen und eines neben jedes Gedeck zu setzen. Sie war dabei gezwungen nach und nach um den ganzen Tisch zu gehn, und Jimmy folgte ihr dort herum, seine Unterhaltung wieder aufnehmend.

»Jemand könnte schmähliches Geld dabei verdienen, Mamsell Hedwig«, fuhr er fort, die linke Hand an ihrem Platz lassend, und mit der rechten dem jungen Mädchen eines der Gläser zum Abwischen reichend.

»Womit Herr Jimmy?«

»Nun mit einem Boarding und Lodginghaus.«

»Ja, aber warum fängt es da Jemand nicht an?« lächelte Hedwig, der doch nicht entgehen konnte, daß der junge Mann sich selber mit dem Jemand verstand, wenn sie auch noch keine Ahnung von den weiteren Consequenzen hatte. Jimmy aber, der sich mit der höchst unbegründeten Hoffnung schmeichelte, das junge Mädchen komme ihm auf halbem Wege entgegen, vergaß auf einmal das Gläserreichen, fing wieder an mit seinen Fingern zu knacken und sagte, halb bedenklich halb verschämt:

»Ja wenn Jemand wüßte, daß Jemand wollte – «

»Wollte? – was?« frug Hedwig.

»Jemandes Frau werden!« sagte Jimmy, indem er, seine halbe Werbung dabei zu illustriren, den rechten

Arm um die Hüfte der eben wieder an ihm vorbeigehenden Hedwig legte.

Das junge Mädchen zuckte vor der Berührung zurück und sah den, wenn nicht frechen, doch jedenfalls höchst zuversichtlichen Burschen mit einem so ernst zurückweisenden Blicke an, daß jeder Andere an Jimmys Stelle auch jeden weiteren Versuch in Verzweiflung aufgeben haben würde. Jimmy jedoch war weit davon entfernt eine wirkliche Zurückweisung, seiner Persönlichkeit gegenüber, auch nur für möglich zu halten, und einmal *so* weit gegangen, glaubte er die Sache gleich, mit einem Kuß vielleicht, zu einem allerseits zufriedenstellenden Ende zu bringen. Die Gelegenheit war jedenfalls günstig, Niemand in der Nähe, und ehe Hedwig nur eine Ahnung von dem beabsichtigten Vorhaben hatte, schlang der unverschämte Gesell seinen rechten Arm um sie, drückte mit der linken Hand rasch dabei ihr Kinn empor, und wollte eben seinen dicken schwülstigen Mund auf die zarten Lippen des Mädchens pressen, als deren kleine aber kräftige und eben so schnell geballte Faust ihn dermaßen in's Gesicht traf, daß er in Schmerz und Schreck losließ und zurückfuhr, und in gleicher Zeit auch das warme Blut an seiner Nase niedertropfen fühlte.

In demselben Augenblick fast ging die Thür auf, und ein Deutscher, der dort einige Wochen im Haus gewohnt und sich jetzt von Herrn Hamann einen Hausplatz in einer irgendwo in Ohio liegenden Stadt gekauft hatte, trat rasch herein. Er schien reisefertig und wollte auch in der That, ehe er an Bord des Dampfers ging, nur noch eine kleine Rechnung zahlen, die in der »*bar*« für ihn aufgeschrieben stand.

»Haben Sie sich gestoßen, Herr Jimmy?« frug der Mann freundlich, als er eben sah wie der Barkeeper sein vorn in der Weste steckendes Taschentuch herausgenommen hatte und einzelne Blutflecke damit aus dem Gesichte wischte.

»Jes – ein Bischen« sagte Jimmy, mit einem eben nicht liebevollen Blick nach Hedwig hinüber, die schon wieder mit den Gläsern beschäftigt war – »an der – Tischdecke da drüben.«

»Zu schnell gebückt, nicht wahr? – ja das thut schändlich weh; da hab ich mich auch neulich bös getroffen; sehn Sie mal hier, da müssen Sie noch die Narbe erkennen können.«

»Ja wohl«, sagte Jimmy, über das Taschentuch weg, nach Hedwig hinüber sehend, die jedoch nicht weiter auf ihn achtete.

»Aber ich muß fort, Herr Jimmy«, sagte der Mann, »und wollte ihnen nur noch erst die Kleinigkeit zahlen, die ich hier unten schuldig bin, – mein Boarding und Lodging ist schon abgemacht.«

»Ja so«, sagte Jimmy, der sein Taschentuch wieder in die Weste zurückschob, sich aber immer noch dann und wann an die Nase fühlte, dann seine Finger besah, und dem Mädchen aber, um ihr zu beweisen, daß er sich Nichts aus ihr mache, jetzt den Rücken zudrehte – »apropos, wie ist es denn mit unserem Handel; wollen Sie die Büchse nicht mitnehmen? – ich habe sie besonders für Sie in Stand setzen lassen.«

»Ja ich habe freilich kein Gewehr, weiß aber auch nicht ob ich in Ohio viel damit anfangen kann«, meinte der Mann.

»In Ohio?« wiederholte Jimmy auf's Äußerste erstaunt, »na das wäre mir aber lieb – in Ohio Nichts mit einer Büchse anfangen? – Sie wollen wohl die Bären mit dem Regenschirm schießen?«

»Ja aber Bären giebts doch dort nicht mehr?«

»So? – auch keine Indianer, wie? – wenn sie Jemandem nur erst einmal die Schweine wegholen, wird er's schon merken.«

»Hm – und Sie meinen wirklich, daß ich sie dort brauchen könnte?«

»Ich meine, daß Jemand *ohne* Gewehr da eben ungefähr so dran wäre, als wenn Jemand ins Feld ohne Pflug ginge.«

»Und wie war der genaueste Preis?«

»Sechzehn Dollar hat sie mich selber gekostet, und einen Dollar habe ich jetzt dem Büchsenmacher für Reinemachen und in Stand setzen bezahlt.«

»Das ist viel Geld, und die paar Dollar die ich noch habe werde ich überdieß nothwendig genug brauchen. Donnerwetter wenn ich nur daran vorher gedacht hätte; in Deutschland konnte ich so ein Ding für fünf Thaler kaufen.«

»Ja das glaub' ich, in Deutschland; hier sind wir aber in Amerika.«

Jimmy hatte indessen das Schenkzimmer geöffnet und war mit dem Mann, mit dem er drin den Handel um das Gewehr abschloß, hineingegangen, als ein anderer Mann vorn eintrat, und Herrn Hamann zu sprechen wünschte. Herr Hamann, der in der Stadt etwas zu besorgen gehabt, und jetzt ebenfalls gerade zu Hause kam, folgte ihm dicht auf dem Fuße, und frug ihn was er wünsche.

»Sie kennen mich nicht mehr Herr Hamann?« sagte der Mann, der bleich und elend aussah, indem er den Hut abnahm und sich mit dem Tuch den Schweiß von der hohen, und mit spärlichen Haaren besetzten Stirn wischte – »hab' ich mich gar so sehr verändert in den dreiviertel Jahren?«

»Ach Herr Dings da – na wie heißen Sie doch gleich?« –

»Mollwich – «

»Ach ja wohl, ganz recht, Herr Mollwich; aber bitte, kommen Sie mit in's Eßzimmer«, setzte er dann hinzu, als er den anderen Mann, mit dem er ebenfalls eine Landangelegenheit gehabt, noch mit dem Barkeeper beschäftigt sah, und vielleicht seine guten Gründe hatte, beide Geschäfte nicht zusammen zu besprechen – »Bitte treten Sie da hinein; – nun Bäcker, reisefertig?« redete er dann im Vorübergehn den Andern an, indem er ihm die Hand reichte.

»Ja wohl Herr Hamann – will mir eben hier noch eine Büchse aufschwatzen lassen.«

»Werden sie hoffentlich gut gebrauchen können. Was haben *Sie* denn wieder mit Ihrer Nase gemacht, Jimmy?«

»Gestoßen« sagte dieser, kurz angebunden.

»Sie rennen auch überall gegen; wenn der Schädel nicht so dick wäre, hätten Sie ihn schon lange eingestoßen.«

»Werde wohl mit meiner eigenen Nase machen können was ich will«, brummte Jimmy, eben nicht in bester Laune, halblaut vor sich hin.

»Nun adieu Bäcker«, sagte Herr Hamann, wieder zu diesem gewandt, »viel Glück im Lande oben, und auf der Jagd.«

»Na ja, nun kauft man sich ein Gewehr und bekommt auch noch gleich Glück dazu gewünscht; nachher freuts Einen aber«, sagte der Mann, halb lachend halb ärgerlich. –

»Ach ja so, einem Jäger darf man ja kein Glück wünschen«, sagte Herr Hamann.

»S'ist nur gut, daß es Ihnen noch zur rechten Zeit einfällt«, brummte Bäcker, während der Wirth mit dem andern Deutschen, ohne weitere Notiz von ihm zu nehmen, in das Speisezimmer trat.

»Nun wie gehn die Geschäfte Herr Mollwich – schon einen hübschen Viehstand? – Land urbar gemacht, Felder bestellt – ?«

»Haben Sie meine Briefe nicht bekommen?« frug der Deutsche, ohne auf die an ihn gerichteten Fragen weiter einzugehen.

»Ihre Briefe? – keinen einzigen«, sagte Herr Hamann erstaunt, »was haben Sie mir denn geschrieben?«

»Weiter Nichts«, meinte Mollwich mit bitterem, verbissenem Ton, »als daß der Landdeed, den ich von Ihnen bekommen, und nach dem ich den Military Grant[3] nur gleich in Besitz nehmen konnte, wenn nicht falsch, doch schon lange von Jemand Anderem besiedelt und besetzt war. Mit Gewalt ließ sich dagegen Nichts ausrichten, und ein deutscher Advokat, dem ich unglücklicher Weise in die Hände fiel, und der merkte, daß ich ein paar Thaler Geld im Vermögen hatte, beschwatzte mich einen Proceß anzufangen, wonach ich es dann endlich, nachdem ich die Sporteln zehn und zehn Dollarweis bezahlt, schwarz auf weiß bekam, daß der jetzige Besitzer jenes *military grants* in seinem vollen Rechte sei, und ich meinen Proceß verloren habe. Die Gerichte bewiesen mir das durch eine Masse Sachen die ich nicht verstand, aber ihre Geldforderung, *die* machten sie mir begreiflich. Da ich das Geld nicht missen konnte wieder nach New-Orleans zu gehn, *schrieb* ich ein paar Mal an Sie, mir die Summe, die ich Ihnen für den falschen Grant gegeben, zurück zu zahlen, erhielt aber keine Antwort, und bekam indessen in der sumpfigen Gegend auch noch obendrein das Fieber, das mich zwei volle Monat schüttelte, und verhinderte wieder auf das Wasser zu gehn, wo es ja noch immer schlimmer wird. Davon wieder genesen, mußte ich einen Theil meiner Sachen verkaufen, nur die Passage hier herunter zu bezahlen, und stehe jetzt auf Amerikanischem Boden, an Erfahrung allerdings reicher, aber sonst gerade so arm wie Einer jener armen Teufel die an der Levée lagern; und als ich vor 11 Monaten in New-Orleans landete hatte ich ein Vermögen von dreizehnhundert Thalern in der Tasche.«

»Das ist allerdings sehr schlimm«, sagte Herr Hamann, der fortwährend bei der Erzählung des Deutschen den Kopf geschüttelt und mit den Achseln gezuckt hatte, »aber mit Ihren Erfahrungen, und Fleiß und Ausdauer, werden Sie sich doch schon wieder hinaufarbeiten. Nur den Muth nicht sinken lassen; Amerika ist ein durchaus freies und betriebsames Land, und wer da arbeiten *will*, der kommt auch durch; das ist *mein* Sprichwort.«

»Das hoff' ich zu Gott«, sagte der Mann, »und wenn ich nur erst einmal ein klein wenig wieder zu Kräften gekommen bin, werd' ich schon tüchtig zufassen, wenigstens einen Theil des Verlorenen wieder einzubringen. Vor allen Dingen muß ich Sie aber jetzt bitten den Landdeed, den ich – der Himmel weiß es – kein Opfer gescheut habe zu verwerthen, wieder zu nehmen, und mir die vierhundert Dollar zurückzuzahlen, die ich Ihnen dafür gegeben?«

»Ich? – Ihnen vierhundert Dollar für etwas zahlen was Sie, als vollkommen freier Herr Ihrer Handlungen

3 Soldatenländereien, mit denen in Amerika ein nicht unbedeutender, sehr häufig aber auch höchst betrügerischer Handel getrieben wird.

von mir einmal gekauft haben? Das ist auch wohl nur Ihr Scherz, mein guter Herr Mollwich. Ich verkaufe außerdem so viele Deeds, die *alle* gut sind, daß ich nicht einmal wissen kann ob der gerade, den Sie nicht verwerthen konnten, wirklich derselbe ist, den ich Ihnen gegeben.«

»Seh' ich aus wie ein Spaßvogel«, sagte aber der arme Teufel erschreckt – »und *nicht* der Deed den *Sie* mir verkauft haben, sagen Sie? glauben Sie daß ich Sie betrügen würde Herr Hamann?«

»Gott soll mich bewahren das von einem Menschen zu denken«, sagte Herr Hamann rasch und abwehrend, »aber wie käme *ich* dazu das Geld zu verlieren?«

»Und soll *ich* Ihnen 400 Dollar für ein Papier zahlen, das ich höchstens zu Fidibus brauchen könnte?« rief der Mann empört.

»Lieber Herr, zu was Sie das Papier brauchen, wenn Sie es einmal gekauft und bezahlt haben«, sagte Herr Hamann froh eine Gelegenheit zu finden ärgerlich zu werden, »kann mir ungeheuer gleichgiltig sein; soviel erinnere ich mir aber noch sehr gut aus jener Zeit – obgleich es lange genug her wäre das auch vergessen zu haben – daß Sie damals bei drei oder vier Menschen genaue Erkundigungen über die Ächtheit des Dokuments eingezogen, und diese Ihnen sämmtlich die Ächtheit desselben versichert haben.«

»Aber wer *waren* die Männer?« rief Mollwich rasch – »der eine ein gewisser Messerschmidt, über den ich in Missouri oben böse Sachen gehört, und der schon in mehreren Fällen sogar falsches Zeugniß soll abgelegt haben.« –

»Na nu wird mir aber die Sache doch zu bunt«, rief Herr Hamann entrüstet; »jetzt beschuldigen Sie mich wohl am Ende, mir gerade in die Zähne hinein, daß ich falsche Zeugen bestochen hätte, Ihnen das Land aufzuschwatzen? – wissen Sie wohl daß ich Sie dafür hier vor Gericht belangen könnte?«

»Ich beschuldige Sie ja dessen nicht, bester Herr Hamann«, rief der Mann in Verzweiflung, der wohl einsah, daß er auf solche Art Nichts wieder von seinem Gelde herausbekommen würde, »aber ich bitte Sie um Gottes Willen, setzen Sie sich an meine Stelle, und sagen Sie selber was ich thun, was anfangen soll?«

»Arbeiten, lieber Freund, arbeiten«, erwiderte Herr Hamann immer noch heftig.

»Aber der Mensch will doch vor allen Dingen *leben.*«

»*Leben*, lieber Mann; es ist noch kein Mensch in Amerika verhungert; die Sache kommt Ihnen wahrscheinlich viel schlimmer vor als sie wirklich ist.«

»Sie werden mir zugeben Herr Hamann, daß ich Geld haben muß um meine nächste Kost zu zahlen, bis ich wenigstens Arbeit bekomme – das ganz abgerechnet, daß ich Geld genug mit herübergebracht habe selbstständig hier aufzutreten, und nun wieder zu *fremden Leuten* in Arbeit gehen soll?«

»Aber ist das *meine* Schuld?« frug Herr Hamann scharf.

»Lieber Herr – wir wollen uns nicht um das Vergangene streiten« – sagte der arme Teufel einlenkend; »es war allerdings mehr meine Schuld, wie die eines andern Menschen; ich bin genug gewarnt worden und hätte sollen klüger sein; aber, mein guter Herr Hamann, Sie werden das doch auch einsehen, daß es ungerecht – daß es wenigstens gar zu hart wäre, wenn ich den *ganzen* Verlust allein tragen sollte. Lieber Gott ich wäre ja ein geschlagner, vollkommen ruinirter Mann – und das werden Sie doch gewiß nicht wollen.«

»Ich werde mir gewiß die größte Mühe geben für Ihnen eine passende Beschäftigung zu finden«, sagte Herr Hamann.

»Einen *Theil* des Geldes geben Sie mir doch jedenfalls zurück?«

»Einen Theil des Geldes? aber lieber Freund, Sie reden da gerade, als ob ich die vierhundert Dollar von Ihnen genommen und in die Tasche gesteckt hätte«, sagte Herr Hamann.

»Aber ich habe es doch an Sie bezahlt?«

»An mich *bezahlt*, – recht schön, aber ich habe die Deeds doch nicht haufenweise in meinem Schiebfach liegen, und besorge sie doch nur, wenn ich Jemandem damit einen Dienst erweisen kann, von Anderen, denen ich sie aber so theuer, ja dann und wann noch theurer bezahlen muß«, rief Herr Hamann wieder in Eifer gerathend, »das soll mir aber eine Warnung sein, mich nicht wieder in solche Geschichten einzulassen! mein gutes Herz hat mir da schon manchen bösen Streich gespielt, und man hat doch am Ende nur Ärger und Undank davon.«

»Und können Sie mir's verdenken, daß ich mich über den Verlust beklage?«

»Beklagen? Gott bewahre, aber von *mir* sollen Sie nur kein Geld wieder heraus haben wollen.«

»Aber von wem, um des Himmels Willen denn?« rief der Mann händeringend.

»Ich will Ihnen etwas sagen«, meinte Herr Hamann, in einem anscheinenden Anfall von Gutmüthigkeit, der dem Unglücklichen schon wieder einige Hoffnung gab – »ich will mit dem Mann von dem ich den Grant habe – wenn ich ihn noch finden kann, heißt das, denn hier in Amerika bleiben die Leute nicht Jahrelang auf ein und demselben Fleck sitzen – reden, und wenn *der* sich dazu versteht etwas von der Summe wieder herauszugeben, so – «

»Aber lieber Herr Hamann, Sie wissen recht gut daß das nie der Fall sein wird«, sagte Mollwich kleinlaut.

»Nein das weiß ich gerade *nicht*«, sagte Herr Hamann, »aber Sie verlangen doch wahrhaftig nicht, daß ich *dem* erst für Sie den Grant bezahlen, und Ihnen dann nachher, wenn Ihnen die Sache nach Jahr und Tag nicht mehr convenirt, das für Sie ausgelegte und von Ihnen eben nur wieder erhaltene Geld, noch obendrein dazu bezahlen soll? Das wären schöne Geschäfte.«

»Und bis wann könnte ich da Antwort haben?«

»Ja das bin ich nicht im Stande Ihnen zu sagen; Sie wissen selber wie beschränkt meine Zeit ist; übrigens können Sie – nicht wahr, Sie haben Ihre Sachen bei sich?« –

»Es liegt noch Alles unten an der Dampfbootlandung«, sagte der Mann.

»Nun gut, dann können Sie die so lange zu mir herstellen und hier für drei Dollar die Woche – billiger bekommen Sie es überdieß nirgends – wohnen, und wenn ich etwas Bestimmtes erfahre – «

»Auch das noch, nicht wahr?« – rief aber der Mann jetzt, der zu viel von Amerika gesehen hatte *darauf* einzugehn; »dadurch würde ich nur hingehalten und käme auf's Neue in Schulden, die ich nachher mit dem *letzten* Rest meines Eigenthums bezahlen müßte. Nein, lieber Herr Hamann, geben Sie mir wenigstens *hundert* Dollar von dem an Sie gezahlten Geld; nur *ein*hundert Dollar für die *vier*, und ich will fortgehn und zufrieden sein, und keinem Menschen eine Sylbe klagen, ja die gesammelte Erfahrung, wenn auch als theuer, doch nicht als zu theuer erkauft betrachten.«

»Danke Ihnen«, sagte Herr Hamann spöttisch, »Ein Hundert Dollar baar Geld können allerdings schon ein Übriges thun, ich habe sie aber nicht in kleinen Paketen daliegen, sie einzeln aus dem Fenster zu werfen; und wenn Sie überhaupt glauben, daß ich Sie nur in Kost und Logis haben will, um Sie *hinzuhalten* und Ihnen Ihre Sachen abzunehmen, so können Sie meinetwegen hingehen, wohin Sie Lust haben; *mich* aber seien Sie so gut und lassen Sie in Zukunft zufrieden, und wenn Sie glauben irgend eine Forderung an mich zu haben, so gehn Sie hin und verklagen Sie mich – ich heiße Hamann, wohne in – Straße Nr. 36 und gehe keinem Menschen aus dem Wege.«

Mollwich wollte wieder einlenken, und vielleicht noch einmal versuchen den Mann in Güte zu bewegen, einen Theil seines Unrechtes, ohne daß er es gerade einzugestehn brauchte, an ihm gut zu machen; Herr Hamann aber verfolgte den gewonnenen Vortheil, spielte den Gekränkten und schändlich Beleidigten, und jagte den armen Teufel, der sein Alles durch ihn verloren, zuletzt auch noch zum Zimmer und Haus hinaus.

Gerade als er dieses verließ, und noch unter der Thür, begegnete ihm der junge Hamann, der durch den Schenkstand durch, ohne den hinter ihm drein Gesichter schneidenden Barkeeper auch nur eines Blicks zu würdigen, den Speisesaal betrat, und hier Hedwig, still mit ihrer Arbeit beschäftigt, und den Vater, im Auf- und Niedergehn die Hände vergnügt zusammenreibend, fand. Mollwich hatte aber so verstört und bleich ausgesehen, daß der junge Mann nicht anders glauben konnte, als es sei etwas mit ihm vorgefallen und den Vater frug, was er gehabt und weshalb der Deutsche – ein alter Bekannter, wenn er nicht irre – in solcher Aufregung das Haus verlassen.

»Aufregung? – der?« lächelte aber Herr Hamann still vor sich hin, »der hätt's auch noch nöthig sich groß aufzuregen.«

»Und was wollte er, Vater?«

»Was er wollte? – was alles derartiges Gesindel von mir will, wenn sie einmal zu mir kommen; *Geld.* Weil er sich von Jemandem hat einen verfallenen *military grant* aufbinden lassen kommt er zu mir, und verlangt ich soll ihn ihm abnehmen, dabei wäre 'was zu verdienen.«

»Ich glaubte Du hättest wieder etwas mit dem Mann gehabt«, sagte der Sohn seufzend, drehte sich ab und wollte langsam das Zimmer verlassen, als Hedwig, die mit klopfendem Herzen der ganzen vorigen Verhandlung gelauscht, und nach Allem, was sie von dem alten Hamann wußte, keinen Augenblick mehr zweifelte, wie er selber den Unglücklichen betrogen, und von sich gestoßen, vortrat und mit vor innerer Aufregung hochgefärbten Wangen und zitternder Stimme, aber mit in edler Entrüstung blitzenden Augen ausrief:

»Er *hat* etwas mit ihm gehabt Herr Hamann, und der Mann jetzt elend und ruinirt dieß Haus verlassen.«

»Ist die Dirne *verrückt?*« rief der Alte, sich rasch und erstaunt nach ihr umdrehend, denn Hedwig hatte bis jetzt fast noch nie ein Wort gesprochen, wo sie nicht gefragt worden, oder ihres Geschäftes wegen reden *mußte*, »*was* ist vorgefallen Mamsell, und was haben Sie sich in Dinge zu mischen, die Sie Nichts angehn, und von denen Sie Nichts verstehn?«

»Ich habe vielleicht Unrecht«, sagte Hedwig, der das aufquellende Blut die Stirn-Adern zu zersprengen drohte, »den Mann, der mir Brod gegeben, eines Fehlers anzuklagen; aber ich will lieber das Brod nicht mehr essen, wenn ich glauben soll, daß es aus den Thränen Unglücklicher gewachsen ist.«

»Sie können *heute* abziehn, wenn's Ihnen recht ist«, rief der Alte ärgerlich auf sie zugehend; »glauben Sie etwa Mamsell, daß ich mir von meinen *Dienstboten* etwas derartiges gefallen lasse? – marsch fort jetzt in ihre Küche, und wenn die Woche um ist, denn bis so lange müssen Sie bleiben, damit ich mich nach Jemand Anderem umsehen kann, verlassen Sie mein Haus! – Thränen der Unglücklichen – ich will Sie bethränen der Unglücklichen« – und an den Sohn gar nicht mehr denkend, der erstaunt, erschreckt, die halboffene Thüre des Schenkzimmers in der Hand, stehn geblieben war, riß er den andern Ausgang, der in das innere Haus führte, auf, und stürmte, die Thüre wieder hinter sich in's Schloß werfend, daß die Scheiben klirrten, die Treppe hinauf.

Auf dem Schenktisch aber im Barroom saß Jimmy, pfiff aus Leibeskräften den Yankeedoodle, und knackte mit seinen Fingern den Takt dazu.

Franz schloß die Thüre wieder, und dann zu dem noch immer zitternden und erregten Mädchen langsam hintretend, sagte er freundlich:

»Was ist vorgefallen Hedwig – was hat Sie so erregt – was hat mein Vater gethan, daß Sie den Zorn des alten Mannes selbst so weit gereizt haben Ihre Stellung zu gefährden? sprechen Sie offen zu mir; kann ich es ändern, soll es geschehn.«

»Wär' es nicht deshalb gerade Herr Hamann«, sagte aber Hedwig jetzt mit kaum hörbarer zitternder Stimme, während das Blut ihre Wangen verließ und sie todtenbleich färbte, »ich hätte meine Lippen nicht geöffnet; aber zu lange habe ich schweigen müssen, zu viel des Elends hier im Hause mit ansehn, mit erleben, und immer das Bewußtsein dabei mit mir herumtragen müssen, nicht helfen zu können, nicht im Stande zu sein beizuspringen und den Unglücklichen die rettende Hand zu reichen. Das ertrage ich nicht mehr länger und will ja gern dieß Haus verlassen; ich habe Schmerz und Weh genug schon gelitten auf der Welt«, setzte sie seufzend hinzu, »mein Herz sehnt sich danach auch einmal glückliche Menschen um sich zu sehn, wenn es auch selber nie glücklich werden sollte.«

Mit kurzen Worten erzählte sie jetzt, auf Franzens Bitte, diesem den Vorfall mit dem Deutschen, der jetzt von Allem entblößt New-Orleans wieder betreten habe, und Franz stand dabei, die Arme fest auf der Brust gekreuzt, die Brauen finster zusammengezogen, und hörte schweigend der Erzählung zu. Und langsam wandte er sich dabei ab – Scham und Schmerz drängten ihm eine Thräne in's Auge, die er dem Mädchen nicht verrathen wollte; aber Hedwig sah sie doch – der verrätherische Tropfen blitzte, als er fiel im Sonnenlicht und froher Jubel zog ihr dabei, sie wußte selber kaum weshalb, in's Herz.

»Der Mann soll sein Geld wieder haben«, sagte er endlich, mit kaum wieder gesammelter, aber entschlossener Stimme, »der Fluch eines Unglücklichen soll nicht auf unserem Namen haften, wo ich es hindern kann, und gebe Gott, daß meines Vaters Herz sich endlich meinen Bitten und Vorstellungen erweichen möge. Aber wo find' ich den Mann – wo in der weiten Stadt darf ich hoffen ihn zu treffen?«

»Er ist von Missouri heruntergekommen, und sagte, daß er sein Gepäck an der Dampfbootlandung gelassen – sein Name ist Mollwich.«

»Das ist genug – ich brauche den Namen nicht, ich kenne das Gesicht, und lange ehe er die Dampfbootlandung wieder zu Fuß erreicht haben kann, bin ich mit einem Omnibus an Ort und Stelle.«

Er wandte sich rasch zum Gehen, zögerte, drehte sich um und schritt wieder auf Hedwig zu.

»Hedwig«, sagte er leise und ergriff ihre Hand, die sie ihm, von einem eigenen, wunderlichen Schauer durchbebt, überließ, »ich danke Ihnen herzlich für die Gelegenheit die Sie mir heute geboten Ihnen zu beweisen, daß ich des Vaters harten Sinn so gerne mildern möchte – aber – gehn Sie nicht von uns, verlassen Sie das Haus nicht, dem Sie ein Segen werden können – wenn Sie *wollen.*«

»Und *darf* ich bleiben?« sagte Hedwig schüchtern »hat nicht Ihr Vater selbst mich fortgeschickt, und wird er mir je vergessen können was ich gethan?«

»Er wird es, weil er muß; er *kann* Sie nicht entbehren, und *darf* seine Drohung nicht wahr machen, *meinet*wegen«, rief Franz – »oh gehn Sie nicht Hedwig – schon lange habe ich gesehn, wie gut und freundlich Sie mit den Leuten sind, und manche Thräne trocknen, die nie hätte fließen sollen. Ich weiß es wohl und *kann* ihnen nicht immer helfen, und doch auch hält mich ebenfalls die Pflicht, hält mich die Überzeugung hier zurück, daß Schlimmeres geschehen und manches hier – werden würde wie es – wie es nicht werden darf und soll, so lange mein Vater noch das Mindeste auf mich selber giebt. Verließ ich ihn, so wären Consorten, wie Messerschmidt und Jimmy, bald Leiter des Geschäfts, und Gnade Gott den Unglücklichen, die *dann* in ihre Hände fielen. Helfen Sie mir ausharren Hedwig – lassen Sie uns Beide das gut zu machen suchen, was

Andere – ich will ja so gern hoffen, oft absichtslos – verderben. Schon seit Sie im Hause sind, kommt es mir vor, als ob Manches anders – besser geworden wäre; früher war es als ob mich die Räume hier erdrückten, wenn ich zwischen ihnen weilen mußte, und von Arkansas kehrte ich mit dem festen Entschluß zurück, das väterliche Haus zu meiden. Seit Sie hier sind, hab' ich das Gefühl nicht mehr; mir ist, als ob mich die Pflicht hielte, und ich dem Wunsche meines Vaters, das Geschäft aus seinen Händen zu übernehmen und, wenn auch noch unter seiner Leitung, fortzuführen, nicht länger widerstreben dürfte. Ich weiß daß Vieles dann besser werden würde – machen Sie es nicht zu einer Unmöglichkeit durch Ihr Austreten.«

»Was kann ich armes Mädchen dabei thun?« sagte Hedwig traurig.

»Viel – unendlich viel – mich selber zum Ausharren bewegen in dem schweren Stand. Mein Vater ist, wenn auch vielleicht nicht reich, doch wohlhabender als er sich mir gegenüber stellt, und hab ich die Aufsicht über das Ganze in die Hand genommen, kann und darf ich erst den einzelnen schlechten Menschen gegenübertreten, und die unschädlich machen, die jetzt der Fluch des Hauses sind, wird Vieles besser, manche Thräne getrocknet, manchem Unrecht in Zeiten vorgebeugt werden. Schlagen Sie ein, Hedwig; vergessen Sie, was mein Vater gesagt, wenn nicht um meinet, doch um der Armen willen, denen Sie Hülfe bringen können.«

Er hatte ihre Hand losgelassen und ihr die rechte wieder mit einem bittenden aber recht treuherzig ehrlichen Blick entgegenhaltend zögerte Hedwig wohl einen Augenblick, legte aber dann die Hand auf's Neue, doch immer noch schüchtern, wie unentschlossen, in die seine.

»Ich will's versuchen«, sagte sie so leise, daß er mehr an der Bewegung ihrer Lippen, wie dem Laute nach, die Worte verstand, als Jimmy die Schenkthür mit einem plötzlichen Ruck aufriß und hineinrief:

»Es wird gleich *dinner* Zeit sein.«

Hedwig fuhr von dem jungen Mann zurück – sie wußte selber nicht weshalb – als ob sie etwas Unrechtes begangen, und wieder färbte hohes brennendes Roth ihre Wangen.

»Ich danke Ihnen«, sagte aber Franz herzlich, und an Jimmy, der ihm kaum aus dem Weg treten konnte, rasch vorbeischreitend, verließ er das Haus, vor allen Dingen den Deutschen aufzusuchen.

»Nun? – zieht die Mamsell heute ab?« frug Jimmy lauernd über die Schulter zurück nach dem Mädchen hinüber. Hedwig verließ jedoch, ohne ihn eines Blicks zu würdigen, rasch das Zimmer. Der Barkeeper des »deutschen Vaterlands« sah ihr etwa eine halbe Minute in tiefem Nachdenken und mit einem recht häßlich boshaften Blicke nach, und stieg dann langsam die kleine Treppe hinauf, die zu Herrn Hamanns Zimmer führte.

4. Alte Bekannte

Es war die Mittagsstunde desselben Tages, als ein alter Bekannter von uns, der Wein- und Champagner-Reisende, Adalbert Steinert, in seinem blauen Frack mit den weißen Beinkleidern, sehr anständig und modern, aber doch auf eine Weise gekleidet, die uns solche Gestalten unwillkürlich mit mistrauischen Blicken betrachten läßt, an der Levée von New-Orleans hinaufschlenderte. Er trug sein kleines Spatzierstöckchen mit dem Elfenbeinfuß als Griff daran nachdenkend an die Lippen gepreßt, die ihm Begegnenden dabei mehr musternd als nur einfach beobachtend, den Hut übrigens keck auf einer Seite und streichelte manchmal, wie in tiefen Gedanken mit der linken Hand seinen ziemlich starken, wohlgepflegten Bart, als er plötzlich mitten auf dem Platz und ohne auszuweichen vor einem stattlichen, sehr anständig aussehenden ältlichen Herrn stehen blieb und, ihm die Hand entgegenstreckend, mit freudiger, wenn auch etwas erstaunter Stimme, ausrief:

»Ha – täuscht des Mondes Licht mich nicht – mein verehrter Herr Dollinger aus Heilingen, ein alter Kunde und Gönner aus dem lieben Vaterland? Das ist ja vortrefflich! Aber was verschafft *uns* denn hier die Ehre Ihres Besuchs, denn daß *Sie* auch ausgewandert sein sollten, kann ich mir doch nicht gut denken.«

»Ich weiß wirklich nicht mit wem ich das Vergnügen habe zu sprechen«, sagte Herr Dollinger etwas verlegen, die vor ihm stehende, und ihm in ihrem ersten Auftreten vielleicht nicht recht zusagende Gestalt mit einem flüchtigen Blick überfliegend.

»Mein Name ist Steinert, Adalbert Steinert, Reisender für das Haus Schwartz und Pelzer in Frankfurt a. M., habe ja die Ehre gehabt, mit Ihnen, mein bester Herr, seit längeren Jahren schon in angenehmer Geschäftsverbindung zu stehn, und darf mir gewiß schmeicheln, Ihnen immer gute, ja vortreffliche Waare geliefert zu haben.«

»Ah Herr Steinert – ja ich erinnere mich jetzt – Sie sind wohl schon längere Zeit in Amerika?«

»Nicht so sehr, mein bester Herr Dollinger, nicht so sehr; hatte das schätzbare Vergnügen, damals mit

Ihrer Frau Tochter die Reise zu gleicher Zeit zu machen.«

»Sie sind mit der Haidschnucke herübergekommen?« rief Herr Dollinger da plötzlich mit einem Eifer, der selbst Herrn Steinert auffiel, und ihn überrascht zu dem Herrn aufschauen machte.

»Allerdings mein verehrter Herr, wie ich Ihnen schon das Vergnügen hatte in meinem vorigen zu bemerken«, sagte er mit einer nichtsdestoweniger verbindlichen Verbeugung.

»Ah ja«, erwiederte Herr Dollinger sich rasch fassend, die vor ihm stehende Gestalt aber jetzt mit einem noch viel aufmerksameren Blick musternd – »und sind – sind viele von Ihren Reisegefährten in New-Orleans geblieben?«

»Lieber Gott«, entgegnete der Weinreisende achselzuckend – »wer zählt die Völker, kennt die Namen, die gastlich hier zusammenkamen – »New-Orleans wimmelt von fremden Einwanderern; dann und wann aber trifft man immer noch einmal auf ein bekanntes Gesicht. So habe ich neulich einen sehr intimen Freund von mir, freilich in eben nicht glänzenden Verhältnissen wiedergetroffen – Fortuna ist nur dem Kühnen hold. – Apropos, bester Herr Dollinger – bitte vergessen Sie Ihre Rede nicht – Sie können mir vielleicht einen sehr großen Dienst erweisen, wenn Sie mir die Adresse Ihres Herrn Schwiegersohnes mittheilen wollten. Aus einem unglücklichen Versehn hat er mir an Bord, wo er mich dringend einlud ihn zu besuchen, eine falsche Visitenkarte gegeben, und ich habe mir bald die Füße abgelaufen ihn hier, immer vergeblich, aufzutreiben. Die genaue Firma seines Hauses kannte ich nicht, und *ein* Geschäft Henkel und Sohn, dessen jüngerer Compagnon ebenfalls in Europa ist, wußte Nichts von dessen Ankunft und Verheirathung.«

»Herr Henkel ist gegenwärtig nicht in New-Orleans«, sagte Herr Dollinger ausweichend; »und wird auch wahrscheinlich auf einige Zeit nach Europa zurückgehn.«

»Ah das thut mir unendlich leid«, sagte Herr Steinert, dem damit freilich jede Hoffnung auf Verdienst nach *der* Richtung hin, abgeschnitten wurde, »wäre mir so sehr angenehm gewesen hier im Lande der Freiheit, die auf dem Schiff so schön begonnene, liebenswürdige Bekanntschaft erneuert zu haben. Sie sind wohl nur zu Ihrem Vergnügen herüber gekommen, mein verehrter Herr?«

»Theils Geschäfte, theils der Wunsch New-Orleans kennen zu lernen«, sagte Herr Dollinger – »aber Sie werden entschuldigen – «

»Ich verstehe – ein Jüngling, welcher viel von einer Stadt gehört«, citirte der Weinreisende, »nun es war mir wirklich sehr angenehm – ah sieh da, ein alter Reisegefährte«, sagte er plötzlich, als ein anderer Herr, der gerade auf sie zugekommen war, plötzlich abbog und seine Richtung, kaum übrigens noch zwanzig Schritt von ihnen entfernt, nach der Stadt zu nehmen wollte – »Herr von Hopfgarten, bitte Herr von Hopfgarten – nur ein Wort.«

Der Herr war in der That unser alter Bekannter, Hopfgarten, der jenen scharfen Winkel in seinem Spatziergang eigentlich nur deshalb gemacht hatte, dem gerade erkannten Weinreisenden und Reisegefährten aus dem Wege zu gehn, da er sich nicht in der Stimmung fühlte eine längere Unterhaltung mit dem redseligen Manne anzuknüpfen. Geradezu unhöflich gegen ihn zu sein, gestattete ihm aber auch sein gutes Herz nicht, und da Herr Steinert ihm auf halbem Wege entgegenkam, mußte er schon gute Miene zum bösen Spiel machen und blieb, ihn erwartend stehn. Herr Dollinger glaubte die Gelegenheit indessen günstig, von dem etwas zudringlichen Mann, von dem er doch keine der ersehnten Nachrichten erwarten durfte, loszukommen, und wollte sich mit einem kurzen höflichen Gruß entfernen. Darin hatte er sich aber wieder in Steinert geirrt, der einmal gefaßte Opfer nicht so leicht aus den Händen ließ.

»Nur noch einen Augenblick, bester Herr Dollinger«, rief er ihm nach, »ich wollte mir nur das Vergnügen nicht versagen, Sie noch mit einem andern Reisegefährten und sehr achtbaren Herrn, dem Herrn von Hopfgarten bekannt zu machen. Herr von Hopfgarten, Herr Dollinger, Herr Dollinger, Herr von Hopfgarten.«

»Herr Dollinger?« rief Hopfgarten rasch, auf den fremden Herrn zutretend. »Herr Dollinger aus Heilingen?«

»Glücklicher Vater der liebenswürdigen Madam Henkel«, bestätigte Herr Steinert, während Hopfgarten auf den alten Herrn zuging, ihm die Hand bot und mit fast bewegter Stimme sagte:

»Sie glauben nicht, wie sehr es mich freut, mein verehrter Herr, Ihre persönliche Bekanntschaft hier so zufällig gemacht zu haben.«

»Herr von Hopfgarten – ich bin Ihnen sehr dankbar«, sagte Herr Dollinger verlegen – »wie ich so eben hier erfahre, sind auch Sie mit der Haidschnucke von Europa herübergekommen.«

»Meine verehrten Herren«, unterbrach Steinert aber in diesem Augenblick das Gespräch – »da wir uns so fröhlich zusammengefunden und so jung auch nicht wieder zusammenkommen, hätte ich einen Vorschlag zu machen. Wie wäre es, wenn wir im ersten besten Hotel dinirten, und ein wenig von alten Zeiten plauderten. Lieber Gott, die Amerikaner sind ein solches gemüth- und herzloses Volk, daß man wahrhaftig ein vernünftiges ruhiges Wort mit ihnen zu reden gar nicht im Stande ist – was sagen Sie dazu, meine Herren, sind Sie dabei?«

Hopfgarten hatte indessen, aber von Steinert unbemerkt, dem Vater Clara's einen so ernsten und bedeutsamen Blick zugeworfen, daß diesem, der nur zu rasch begriff, auf was er deute, sein Herz plötzlich stillstehn fühlte, und sich halb abwenden mußte, nur erst wieder Fassung zu gewinnen und dem Weinreisenden die Bewegung nicht zu verrathen; Hopfgarten parirte indeß die Einladung des Zudringlichen.

»Es thut mir wirklich leid, mein bester Herr Steinert, der freundlichen Forderung nicht Folge leisten zu können, da ich auf ein Uhr – und wahrhaftig wir haben gar keine Zeit mehr zu verlieren«, unterbrach er sich selbst, nach seiner Uhr sehend – »bei Madame Henkel eingeladen bin. Dort wurde mir schon bemerkt, daß ich das Vergnügen haben würde Herrn Dollinger zu treffen und kennen zu lernen, welches Sie mir jetzt etwas früher verschafft haben. Wir werden nun gleich zusammen hinaufgehn können.«

»Oh das bedaure ich in der That ungemein«, sagte Herr Steinert, der doch nicht Unverschämtheit genug besaß, sich *noch* weiter anzubieten – »aber ein andermal möchte ich mir das Vergnügen nicht versagen. Wie wär' es denn, wenn wir uns vielleicht morgen im St. Charles träfen.«

»Ich will sehn, wenn es irgend möglich ist«, sagte Hopfgarten.

»Und Herr Dollinger?«

»Werde ich mitbringen«, sagte der kleine Mann; dabei legte er seinen Arm in den des Kaufmanns, und mit einer freundlichen Verbeugung gegen Herrn Steinert, führte er den Vater Clara's mit sich die Levée hinauf.

»Sie wissen wo meine Tochter wohnt?« rief aber Herr Dollinger, wie sie nur kaum außer Gehörweite des Weinreisenden gekommen waren – »Sie kennen die Verhältnisse – wissen was hier vorgefallen und welches entsetzliche Schicksal meine Tochter betroffen?«

»Ich weiß nur, daß dieser Henkel oder Soldegg wie er heißt«, sagte Hopfgarten mit fest aufeinander gebissenen Zähnen, »ein nichtswürdiger, niederträchtiger Schurke ist und, wie ich nach Allem fürchten muß, was ich selbst gesehn und später hier in New-Orleans zu meinem Entsetzen gehört, ein Bubenstück an seiner Frau begangen hat, von dessen *Möglichkeit* selbst ich früher keine Ahnung gehabt.«

»Aber wo ist meine Tochter, wo find' ich sie?«

»Und wissen Sie das nicht?« sagte Hopfgarten, erstaunt, ja erschreckt stehn bleibend und seinen Arm loslassend.

»Mit keinem Wort – mit keiner Ahnung«, rief der alte Herr, »nur einen Brief von ihr habe ich, und in dem die furchtbare Kunde erhalten, daß der Mann, in dessen Hand ich meines armen Kindes Schicksal gelegt, ein nichtswürdiger, schändlicher Verbrecher ist. In dem Brief bittet sie mich, ihr Geld genug zu schicken, mit ihrem Mädchen wieder nach Deutschland zurückkehren zu können, und natürlich ließ ich daheim Geschäfte und Alles im Stich, mein armes Kind selber abzuholen. Vergebens habe ich aber jetzt auf der Post nachgefragt, wahrscheinlich erwarten sie noch gar keine Antwort, da der Brief sowohl wie ich selber außergewöhnlich kurze Zeit gebraucht herüberzukommen; vergebens habe ich die ganze Stadt durchsucht – ich kann sie nicht finden, keine Spur von ihr ist zu entdecken. Auch von Henkel weiß Niemand etwas, selbst nicht das hiesige Handlungshaus, dessen Firma er misbraucht, und dieses konnte nur aussagen, daß sich erst kürzlich ein junger Mann, anscheinend Arbeiter auf einem Dampfboot, *sehr* angelegentlich, und schon früher mehrere Andere bei ihm nach dem Manne erkundigt hätten. Das aber war dasselbe Haus, für das ich, von diesem Henkel betrogen, eine sehr bedeutende Waarensendung von Deutschland, theils mit einem französischen Schiff, theils mit der Haidschnucke, herübergeschickt, von der natürlich kein Stück an ihre Adresse angekommen, wie sich der Bursche auch nie hat bei ihnen blicken lassen. Von meinem Kinde, das ich jetzt seit drei Tagen vergebens suche, wußte mir Niemand ein Wort zu sagen, und der alte Kaufmann Henkel, ein würdiger, wackerer Mann, rieth mir die Sache jedenfalls ohne weiteren Zeitverlust den Gerichten zu übergeben, freilich, wie er mir selber sagte, mit nur schwacher Hoffnung dem Verbrecher auf die Spur zu kommen, der sich hier, in dem ungeheuer weiten Land, nachdem er seinen Raub jedenfalls in Sicherheit gebracht, einer Verfolgung nur zu leicht entziehen konnte. Er hat mir übrigens die Adresse eines tüchtigen Advokaten aufgeschrieben, an den ich mich, mein Kind sowohl wieder zu finden, als einen Versuch zu machen mein Eigenthum wieder zu erlangen, nur ungesäumt wenden solle.«

Die Adresse lautete auf den Staatsanwalt wie Advokaten und Notar Mac Culloch, in Canalstraße, und da sie sich gerade in der Nähe befanden, beschlossen die beiden Männer ihn auch ungesäumt aufzusuchen und seinen Rath zu erholen. Hopfgarten erzählte indessen unterwegs dem alten Herrn, wie er selber ebenfalls schon seit mehren Tagen in New-Orleans vergebens umhersuche Clara's Spur zu finden, und sich Gewißheit über den fürchterlichen Verdacht zu verschaffen, der erst seit dieser Zeit – das *wie* wollte er ihm später mittheilen – in ihm aufgestiegen.

Den Advokaten fanden sie in seinem Bureau, da die Geschäftsstunden in New-Orleans meist um vier Uhr schließen und Kaufleute wie Beamte großentheils erst dann zu Mittag speisen. Herr Dollinger trug ihm hierauf den Fall ausführlich, von der ersten Rettung Claras auf dem Rhein, bis zu dem Brief von seiner Tochter vor, indeß ihn Hopfgarten nur manchmal mit lauten Ausrufungen der Wuth und Entrüstung unterbrach, bis er endlich, als dieser geendet, seinen Grimm nicht mehr mäßigen konnte, und ausrief:

»Dann wundert mich auch das nicht mehr, was *ich* von dem nichtswürdigen Hallunken später gehört und selber erfahren habe, und ich bin im Stande Ihnen eine Fortsetzung des hier eben Vorgetragenen zu liefern.«

Mit kurzen Worten erzählte er nun dem, jetzt noch weit aufmerksamer zuhörenden Rechtsgelehrten, da sich die Sache auf neuere unmittelbare Daten bezog, zuerst von dem »Soldegg Henkel« unterschriebenen Brief des Verbrechers, der nach allem Vorgefallenen den Professor und besonders dessen Familie hatte so rasch als möglich von New-Orleans entfernen wollen, lästige und gefährliche Freunde der Frau und damit Zeugen gegen sich, aus dem Weg zu schaffen; dann von seinem Zusammentreffen mit Soldegg in Vincennes und dessen unerhörter Frechheit, mit der er sich für seinen Zwillingsbruder ausgegeben. Auch den Brief den ihm Soldegg an seinen vorgeschützten Bruder eingehändigt, und den zu öffnen er ihn selber gebeten hatte, falls er Henkel nicht in New-Orleans finden sollte, trug er bei sich, und Mac Culloch lachte, trotz der ernsten Sache, laut auf, als er die kurzen, in englischer Sprache geschriebenen Worte, nicht an seinen *Bruder*, sondern an Herrn von Hopfgarten selber gerichtet, erst flüchtig überflog und dann laut vorlas.

»Lieber Hopfgarten – ich hätte wahrhaftig nicht geglaubt, daß Sie sich *so* leicht anführen ließen; wo um Gottes Willen hatten Sie nur Ihre Augen? – Sie haben uns doch soviel von ihrer *Falkenähnlichkeit* erzählt. Grüßen Sie mir meine Frau, wenn Sie dieselbe zufällig sehen sollten, und auf das *Herzlichste* meinen *Zwillingsbruder* von Ihrem alten Freund und Reisegefährten – *Soldegg Henkel.*«

Aber damit war er noch nicht zu Ende – Soldegg mußte sich von da nach Arkansas gewandt haben, da er erst gestern, seinem weiteren Bericht nach, das Fräulein von Seebald gesprochen, die mit ihrer kranken Schwester von Arkansas zurückgekommen war, sich mit derselben nach Deutschland einzuschiffen. Diese hatte ihm genaue Auskunft über jenen Menschen, der selbst in Arkansas als gefährlicher Spieler und Pferdedieb einen Namen haben sollte, gegeben. Hiernach war sein letzter Aufenthaltsort Little Rock gewesen, und das auch wahrscheinlich der Platz, wo sich Näheres und Bestimmteres über ihn erfahren ließ.

Mac Culloch notirte sich indessen, dem Bericht schweigend und höchst aufmerksam folgend, sämmtliche darin vorkommende Namen, neben die er kleine Bemerkungen schrieb, und sagte, als dieser geschlossen war, und er sich auch noch den Brief Soldeggs, einen Autographen desselben in Händen zu haben, von Herrn von Hopfgarten erbeten hatte, freundlich:

»Wir haben es hier mit einem gefährlichen, durchtriebenen Burschen zu thun, von denen es vielleicht in keinem Lande der Welt weiter, so ausgebildete durch und durch verdorbene Schufte giebt, wie gerade in den Staaten, deren freie Verfassung und besonders deren wildes, von der Cultur noch nicht überall erfaßtes Terrain, mit der Leichtigkeit der Verbindungen den Aufenthaltsort im Nu nach jeder Himmelsrichtung hin zu ändern, ihren Bubenstreichen jeden nur möglichen Vorschub leistet, und ihrer Habhaftwerdung oft unübersteigliche Hindernisse in den Weg schiebt. Es liegt aber hier jedenfalls ein so bösartiges und durchdachtes Gewebe von Verbrechen vor, daß es mir fast scheinen will, als ob der Bursche sein Gewerbe auf die Spitze getrieben hätte, wobei diese Herren dann meist so sicher und zuversichtlich werden, doch manchmal in die Falle zu gehn. Jedenfalls wollen wir thun, was in der Sache nur möglicher Weise zu thun ist, und ich habe nach Little Rock hin gerade *dazu* die beste Gelegenheit. Der Staatsanwalt dort ist ein intimer Freund von mir, ich selber kann hier von New-Orleans aus keinen Verhaftsbefehl nach einem anderen Staat hin ausstellen, aber ich will an ihn schreiben und sehen, ob wir den Herrn dort fassen und nach hierher ausgeliefert bekommen können. Vielleicht ist es dann auch möglich einen Theil der Ihnen betrügerisch abgelockten Güter wieder herauszubekommen, obgleich *das* nachher immer sehr schwer hält, denn solcher Sachen entledigen sich diese Hallunken gern so rasch als möglich. Soldegg – Soldegg« – setzte er dann nachdenkend hinzu – »ich müßte mich sehr irren, wenn ein Mann gleiches oder doch ganz ähnlichen

Namens, nicht bei einem bedeutenden Juwelendiebstahl in Mobile, vor einem Jahr etwa genannt wurde und gleich darauf spurlos verschwunden war; vielleicht zeigt sich später, daß der Herr auch bei uns im Süden schon auf der Kreide steht.«

»Glauben Sie, daß es die Sache fördern würde, wenn ich selber deshalb nach Little Rock ginge?« frug Hopfgarten rasch.

»Gewiß wesentlich«, sagte Mac Culloch – »ein so wichtiger Zeuge an Ort und Stelle würde das Ganze ungemein vereinfachen, und hat sich der Bursche von dort wieder weggewandt, so sind Sie, mit dem Fingerzeig den Sie von der vorher erwähnten Dame erhalten haben, viel eher im Stande ihm wieder auf die Spur zu kommen, als vielleicht die Gerichte selber, derer Unterstützung Sie dann gewiß wären.«

»Aber meine Tochter« – sagte Herr Dollinger – »wie soll ich das arme Kind jetzt in der ungeheuern Stadt hier wiederfinden?«

»Sie hat Ihnen geschrieben die Briefe *poste restante* unter der Adresse einer gewissen – «

»Hedwig Loßenwerder – «

»Ah ja – Hedwig Loßenwerder zu lassen – gut, legen Sie Ihre eigene Adresse unter dem Namen auf die Post; es wird dort jedenfalls nachgefragt und man sucht Sie selber auf.«

»Seit vorgestern ist das schon geschehn«, sagte Herr Dollinger traurig, »und wohl zehnmal bin ich an jedem Tag auf der Post gewesen nachzufragen, ob die Adresse abgeholt, aber noch hat sich Niemand danach erkundigt. Wenn Sie nur nicht die Stadt, in der es ihr an Mitteln fehlte zu existiren, verlassen oder krank geworden und – ich wage den Gedanken gar nicht zu verfolgen.«

»Lassen Sie den Muth da nicht sinken«, sagte Mac Culloch freundlich, »in unserer Luft liegt eine merkwürdige Lebenskraft, die den Fremden unglaublich lange Zeit über Wasser hält. Aber apropos, Sie sind aus Heilingen Herr Dollinger, nicht wahr? – ich habe da vor einiger Zeit einen Schreiber zu mir in Dienst genommen, der vor mehren Monaten von Deutschland, und wenn ich nicht ganz irre, aus derselben Stadt gekommen ist. Der Mann wohnt seit der Zeit hier in New-Orleans in einem deutschen Gasthaus, und es wäre gar nicht unmöglich, daß *er* uns über seine so specielle Landsmännin irgend eine Auskunft zu geben vermöchte; jedenfalls können wir ihn fragen.«

»Wie heißt der Mann?« frug Herr Dollinger rasch.

»Fortmann, Julius Fortmann glaub' ich.«

»Den kenne ich nicht«, sagte Herr Dollinger kopfschüttelnd.

»Das schadet Nichts, fragen können wir ihn doch«, sagte Mac Culloch aufstehend und seinen Hut nehmend – »wir brauchen nur über jenen Gang zu gehn – hier, wenn ich bitten darf – dort in der ersten Thüre rechts sitzt Herr Fortmann.«

Mac Culloch ging voran und öffnete die Thüre, die Herren eintreten zu lassen. In dem kleinen Gemach saß nur ein einziger Arbeiter, den Rücken ihnen zugedreht, ohne von seiner Arbeit aufzusehen.

»Herr Fortmann«, sagte Mac Culloch, »hier sind ein paar Landsleute von Ihnen, die eine Frage an Sie zu richten wünschten; wären Sie so freundlich ihnen Auskunft zu geben?«

Herr Fortmann stand rasch von seinem Stuhle auf und drehte sich nach den Fremden um, erschrak aber sichtlich, wurde leichenblaß und stotterte verlegen einige Worte, als Herr Dollinger, der ihn erstaunt und überrascht betrachtet hatte und aus dem starken ungewohnten Bart die sonst gut genug bekannten Züge nicht gleich wieder herausfinden konnte, in voller Verwunderung ausrief:

»Herr Aktuar Ledermann, – träum' ich denn oder wach' ich?«

»Hallo«, sagte Mac Culloch, aufmerksam werdend, »*Leder*mann statt *Fort*mann, und todtenbleich sehn Sie dabei aus, Herr? – wie hängt das zusammen?«

»Herr Dollinger«, stotterte der arme Aktuar in höchster Verlegenheit – »dieses unerwartete Zusammentreffen?«

»Aber Mann, haben Sie denn nicht Ihr kleines Erbtheil verspielt und sind aus Verzweiflung in das Wasser bei Heilingen gesprungen? Hat man denn nicht, nachdem Sie wieder und wieder gewarnt worden, sich des gefährlichen Spiels zu enthalten, Ihren Rock und Hut am Ufer und in Ihrem Zimmer einen Brief gefunden, in dem Sie von Ihrer Frau Abschied nahmen und Alles eingestanden?«

Ledermann war neben seinem Stuhl, ein Bild der personificirten Verlegenheit, die Hände fest zusammenreibend, und bald einen scheuen Blick nach seinem jetzigen Principal, bald nach Herrn Dollinger hinüberwerfend, stehn geblieben, augenscheinlich in Verzweiflung jede Vertheidigung aufgebend und seinem einmal über ihn hereingebrochenen Schicksal freien Lauf lassend.

»Hm«, sagte Mac Culloch, der genug Deutsch verstand wenigstens den Sinn der in dieser Sprache gethanen Fragen zu verstehn, »da kommen wir ja hinter ganz merkwürdige Sachen Herr *Leder*mann, und der Name *Fort*mann findet eine halbe, wenn auch ganz eigenthümliche Erklärung. Nun Sir, haben Sie kein

Wort zu Ihrer Vertheidigung, und etwa gar noch die Idee, daß ich Sie zur Fortführung *meiner* Geschäfte hier verwenden möchte und dürfte, wenn eine solche, und wie mir fast scheint *sehr* begründete Anklage auf Ihnen lastet?«

Ledermann holte tief Athem, und sah sich dabei nach allen Seiten mit einem Blick um, als ob er nur irgend eine Öffnung suche hinauszufahren, einer Situation zu entgehn, die ihm furchtbar zu werden anfing; die klaren Schweißtropfen standen ihm dabei auf der Stirn. Endlich aber, und auch wohl durch das Bewußtsein dazu getrieben *ohne* eine Erklärung hier nicht fortzukommen, faßte er sich ein Herz, holte noch einmal tief Athem, denn die Luft fing ihm an auszugehn und sagte:

»Herr Dollinger – ich bin durchgebrannt.«

»*Was* ist er?« frug Mac Culloch, der die Deutung des Wortes nicht verstand.

»Fortgelaufen«, erklärte ihm dieser.

»Aber weshalb?«

»Ich will Ihnen Alles gestehn, und urtheilen Sie dann selbst«, sagte der arme Teufel. »Sie wissen daß ich vor einiger Zeit 600 Thlr. unverhofft geerbt, und mit richtiger Anlage des Geldes meinen sehr geringen Gehalt hätte bessern und dann anständig leben können. Sie kennen aber meine Frau nicht, Sie wissen nicht in welchen Verhältnissen, welchem häuslichen Elend ich daheim gelebt, und daß sie mich trieb und trieb das Geld ihrem Bruder zu leihen, der es mir eben so sicher wie jeder Andere verzinsen würde. Hätte ich mich geweigert so war es um meine häusliche Existenz, die überdieß kaum noch dem Namen nach bestand, vollständig geschehn gewesen, und gab ich es ihm, so war ich das Geld, das mir im Alter einmal ein Nothpfennig werden sollte, los – und die Erfahrung hat gelehrt daß ich recht gehabt, denn in der neuesten deutschen Zeitung die wir herüber bekamen, steht sein Bankerott schon richtig angegeben. Gott ist mein Zeuge daß ich Alles versucht habe was in Menschenkräften steht, meine Frau zu überzeugen und zu einem vernünftigen Nachgeben zu bringen – ich hätte eben so gut den Tisch da zu etwas derartigem bewegen mögen. Mein Kind war todt, ich selber sah nur sich täglich mehrenden Zwist im Hause, eine Scheidung wurde auch schon dadurch zur Unmöglichkeit, daß ich, selbst wenn Therese darein gewilligt, nie im Stande gewesen wäre sie und mich an zwei geschiedenen Heerden zu erhalten. Die Verzweiflung gab mir da das letzte Mittel ein. Ich ging in ein Spielhaus, wo ich mit einer bestimmten kleinen Summe setzte, und es ist wohl noch kaum ein Spieler so mit dem ernsthaften Wunsch an einen solchen Platz getreten zu verlieren, als ich. Meine Freunde wurden, da sie wußten daß ich etwas geerbt und Geld in Händen hatte, aufmerksam auf mich, und warnten mich; das war Alles was ich wollte. Ich ging wieder und wieder in das Haus, und glaube von mir sagen zu können, daß ich die Rolle eines unglücklichen, endlich zur Verzweiflung getriebenen Spielers durchgeführt habe. Als ich den richtigen Zeitpunkt gekommen wähnte, schrieb ich den Brief, ging Abends an das Wasser, legte dort einen alten Rock und Hut ab und marschirte in derselben Nacht noch drei Meilen nach einem kleinen Postflecken; dort nahm ich Extrapost unter falschem Namen und fuhr nach Hannover, von da nach Bremen und schiffte mich auf einem Amerikanischen Schiffe, das zufällig im Hafen lag, nach New-Orleans ein. Ich habe vielleicht gefehlt, – « setzte er mit einem aus tiefer Brust heraufgeholten Seufzer hinzu, »ohne diesen Schritt wäre mir aber beim ewigen Gott nichts Anderes übrig geblieben, als wirklich in's Wasser zu springen. Meine Frau mag mich jetzt betrauern und wird sich trösten, denn ihre Verwandten sind wohlhabend, und ich glaube sogar daß sie noch einmal eine kleine Erbschaft zu erwarten hat, die ich ihr von Herzen gönne – verrathen Sie mich aber, bester Herr Dollinger«, setzte er mit Todesangst in den Zügen hinzu, »so bin ich verloren, denn daß mir Therese in dem Fall nach Amerika folgte, ist so gewiß, als wir hier zusammen stehen. Niemand hat jetzt ein Interesse an meinem Leben; ich bin keinem Menschen einen Pfennig schuldig, alle meine Arbeiten, als ich sie verließ, waren in größter Ordnung und ich weiß daß ich in Heilingen das Andenken eines rechtschaffenen, braven Mannes hinterlassen habe.«

»Das haben Sie«, sagte Herr Dollinger, ihm freundlich die Hand reichend, »und ich gebe Ihnen mein Wort, daß über *meine* Lippen nie ein Wort unseres jetzigen Begegnens kommen wird.«

»Aber nicht übel«, lachte Mac Culloch, der der Erzählung aufmerksam gelauscht, wieder in englischer Sprache, »läuft seiner Frau zu Hause fort, kommt nach Amerika unter einem falschen Namen, und läßt sich bei dem Staatsanwalt da anstellen; mein lieber Mr. Fortmann, das sind schöne Streiche.«

»Bester Mr. Mac Culloch«, sagte Herr Ledermann.

»Nun ich habe Nichts dagegen«, lachte dieser, »wenn weiter Nichts vorgefallen ist als das, mögen Sie Ihre häuslichen Verhältnisse mit ihrem Gewissen und Ihrer Frau Gemahlin abmachen; jetzt aber möchten wir Sie fragen ob Sie in Zeit Ihres hiesigen Aufenthalts

Nichts von der Tochter dieses Herrn, Clara Henkel, gehört haben?«

»Von Frau Henkel?« sagte Ledermann, als Dollinger noch einmal die Frage in Deutsch an ihn gerichtet hatte; »keine Sylbe – aber ich erinnere mich daß ein junger Deutscher Namens Donner, ein Arzt glaub' ich, sich schon sehr eifrig nach ihr erkundigt hat, und konnte mir schon damals nicht erklären, daß das so große Schwierigkeiten haben sollte sie aufzufinden.«

»Hm hm«, sagte Mac Culloch sich das Kinn streichend, und nachdenkend vor sich nieder sehend – »es wird Ihnen da doch wohl nichts anderes übrig bleiben, als den Erfolg des Briefes abzuwarten.«

»Ist denn etwas vorgefallen?« frug Herr Ledermann, durch das ängstliche Benehmen Herrn Dollingers aufmerksam gemacht – »doch nicht mit Herrn *Henkel?*« frug er plötzlich, den alten Herrn scharf und erschreckt fixirend.

»Sie sollen Alles erfahren lieber Ledermann«, sagte Herr Dollinger freundlich – »es ist das eine zwar schmerzliche, aber doch eine Pflicht sogar, die ich Ihnen gegenüber, einer alten Sache wegen zu erfüllen habe. Es gilt auch dabei einen armen, unschuldig verfolgten und unglücklich gemachten Menschen zu rechtfertigen.«

»Loßenwerder?« rief Herr Ledermann rasch.

Herr Dollinger nickte schweigend und langsam mit dem Kopfe.

»Nur nicht jetzt«, sagte er aber dann – »das Herz ist mir in diesem Augenblick zu voll und schwer, näher darauf einzugehn – ich habe keine Ruhe bis ich meine Tochter, mein armes unglückliches Kind wiedergefunden. Nicht wahr Herr von Hopfgarten, Sie begleiten mich nochmals nach der Post?«

Hopfgarten reichte dem armen Vater freundlich und theilnehmend die Hand, und verließ mit ihm, nachdem Sie Mac Culloch zugesagt hatten das Weitere in den nächsten Tagen zu besprechen, das Haus.

Schweigend schritten die beiden Männer Canalstreet nieder und an der Ecke des Marktes hinab, wo ein reges Drängen und Treiben von Käufern und Verkäufern herüber und hinüber wogte, als Herr von Hopfgarten plötzlich vor einem Mann stehen blieb, der in sehr dürftiger Kleidung, an einem der Markthaus-Pfeiler lehnte. An einem breiten Gurt um den Hals trug er ein mit Streichhölzchen gefülltes Kästchen, und einige Bündel derselben in der rechten ausgestreckten Hand haltend, schien er seine Waare den Vorübergehenden zu empfehlen.

»Herr Mehlmeier?« rief Hopfgarten überrascht, ja fast erschreckt aus, einen so wehmüthigen Eindruck machte die abgemagerte, niedergedrückte Gestalt des sonst so freundlichen fast behäbigen Mannes, eines der ruhigsten und ordentlichen Zwischendecks-Passagiere der Haidschnucke, »was um Gottes Willen machen Sie hier, und wie geht es Ihnen?«

»Oh ich danke Ihnen Herr von Hopfgarten«, sagte Mehlmeier, der in der ersten Überraschung und ganz unwillkürlich dem Reisegefährten seine Schwefelhölzchen entgegen hielt, aber dann auch eben so rasch und bestürzt wieder mit ihnen zurück und in sein Kästchen fuhr, dessen Deckel er schloß, als ob er sich des Inhalts schämte – »ich danke Ihnen herzlich – gut – recht gut – man darf eben nicht klagen«, und der Mann schüttelte dabei gar wehmüthig, und dießmal freilich nur zu bezeichnend mit dem betrübten Gesicht, das seine Worte ebenso Lügen strafte.

Der arme Teufel sah gar so dürftig aus; der alte fadenscheinige Sommerrock den er trug, war ihm überall, aber besonders in den Ärmeln zu eng und zu kurz, und an den Ellbogen ausgerissen, ging vorn nicht zusammen und zeigte eine eben so defekte Weste und Beinkleider; nur das Hemd war weiß und sauber gewaschen, während ein alter, arg mitgenommener Strohhut ihm ziemlich hoch auf dem Kopf saß, und mit einem, unter dem Kinn durchgehenden Bindfaden, den Verdacht rechtfertigte, nicht für den Kopf, den er jetzt gegen die ziemlich heißen Sonnenstrahlen nothdürftig schirmte, gemacht und bestimmt gewesen zu sein.

»Aber mein guter Herr Mehlmeier«, sagte Hopfgarten, dem es ein eignes wehes Gefühl war, den sonst so ordentlichen und anständigen Mann in einem solchen Zustand vor sich zu sehn, »wie um Gottes Willen sind Sie zu *dem* Handel und – zu – zu dieser Beschäftigung gekommen?«

»Zu *den* Kleidern? wollten Sie sagen, nicht wahr Herr von Hopfgarten«, sagte Mehlmeier mit einem schwachem Versuch zu lächeln – »ja, sie passen nicht recht«, setzte er mit einer ebenso vergeblichen Anstrengung hinzu, seinen Arm soweit aufzudrehen, den Ellbogen in Sicht zu bekommen – »es war ein Lohgerber, von dem ich sie in diesem Zustand überkommen. *Mir* haben sie Alles gestohlen was ich hatte.«

»*Alles* gestohlen?«

»Jawohl«, sagte Herr Mehlmeier und schüttelte dabei freundlich mit dem Kopf – »aus dem Koffer heraus.«

»Aber wie war das möglich?« rief Hopfgarten.

»Ja lieber Gott, die Leute machen hier Manches möglich«, seufzte Mehlmeier – »ich hatte den Koffer im Wirthshaus stehen, wo eben die anderen Sachen auch standen, und zwar in der nämlichen Stube in der wir schliefen. Über Nacht hat sich da, vielleicht Einer von meinen Schlafkameraden, vielleicht ein Fremder, die Mühe genommen meinen Koffer, der ihm wohl am anständigsten aussehn mochte, zu öffnen und *Alles* herauszupacken was er darin fand. Nur ein altes Paar Hosenträger und einen Pfeifenkopf hat er mir darin gelassen, und der leere Koffer, mit diesem Inventarium und sechs Hemden und eben soviel Paar Strümpfen, die glücklicher Weise in der Wäsche waren, bildeten am nächsten Morgen mein sämmtliches Besitzthum – ich konnte nicht einmal hinunter zum Frühstück gehn.«

»Du lieber Gott, das ist ja zu traurig«, sagte Hopfgarten, »und da wurden Sie Schwefelholzverkäufer?«

»Doch nicht gleich, bester Herr von Hopfgarten«, sagte Herr Mehlmeier ihm zunickend – »doch nicht gleich; zuerst versuchte ich es mit einer Handarbeit, die ich freilich nicht so rasch fand, dann aber auch nicht im Stande war durchzuführen. Ich ging nämlich an die Levée, zwischen den Negern und Bootsleuten Fracht ein- und auszuladen; bekam aber schon am ersten Abend solche entsetzliche Blutblasen in die, ähnliche Behandlung nicht gewohnten Hände, und wurde außerdem von meinen Mitarbeitern, denen ich nicht genug that, so schlecht behandelt, daß ich mehre Tage beide Hände in einer Binde und fest umwickelt tragen mußte. Geld hatt' ich auch nicht mehr – der Wirth wollte meinen leeren Koffer nicht länger als Bürgschaft für später zu leistende Zahlung annehmen, und da ich auch keinen Credit finden konnte in einem anderen Geschäftszweig irgend einen Handel zu beginnen, so warf ich mich mit meiner ganzen Energie auf die Schwefelhölzer, Herr von Hopfgarten, und verkaufe doch jetzt täglich davon so viel wenigstens, meine Kost hier auf dem Markt, die sich viel billiger wie im Boardingshaus herausstellt, zu zahlen, und zu gleicher Zeit ein kleines Capital dabei anzusetzen, wieder zu einiger Maßen anständigen Kleidern zu kommen.«

Hopfgarten wollte etwas sagen – er hätte dem Manne so unendlich gern eine kleine Unterstützung angeboten, aber er wagte es nicht – er fürchtete ihm damit weh zu thun, und hätte das um Alles in der Welt nicht mögen. Mehlmeier indessen fuhr, still vor sich nieder sehend und die Spitzen seiner Schuhe betrachtend fort.

»Das Geschäft ist wirklich nicht so übel und nährt seinen Mann – oder auch seine Frau« – setzte er mit einem Blick nach einem andern Pfeiler hinzu, »denn da drüben steht auch eine, etwas hochgelbe Concurrentin von mir, die wirklich nichtsnutzige Waare verkauft und trotzdem mehr Käufer dafür findet wie ich – wenn nur das *Stehen* hier nicht wäre; es ist so öffentlich. Ich erinnere mich aus meiner Jugendzeit, wie ich noch in die Schule ging, einmal einen Spitzbuben gesehen zu haben, der ein paar Stunden mit einer Tafel um den Hals, gerade etwa wie ich diesen Kasten trage, am Pranger stand, und von uns nachher verhöhnt und mit faulen Äpfeln geworfen wurde. Ich muß gestehn, ich habe anfänglich mit einer Art von Mistrauen gegen die Schuljugend diesen Stand hier eingenommen, kann aber nur Rühmliches von den Knaben die hier vorbei passiren, melden – sie nehmen nicht die geringste Notiz von mir, ja ich weiß sogar einzelne Fälle wo sie mir Schwefelhölzer abgekauft haben.«

»Lieber Herr Mehlmeier«, sagte da Hopfgarten, dessen Gedanken wieder zu dem übersprangen, was ihm am meisten am Herzen lag. »Sie sind doch schon ein tüchtiges Stück in der Stadt umher gekommen, können Sie mir vielleicht zufällig sagen, wo ich Frau Henkel – Sie erinnern sich gewiß der jungen liebenswürdigen Dame, die mit uns die Überfahrt hierher machte – finden könnte. Dem Herrn hier liegt sehr viel daran sie zu sehen, er hat ihr Sachen von Wichtigkeit mitzutheilen, und wir wissen ihre Adresse nicht.«

»Ja, das thut mir unendlich leid, meine verehrten Herrn Ihnen damit nicht dienen zu können«, sagte Mehlmeier, fortwährend dabei aber eine Miene annehmend, als ob er eben im Begriff wäre ihnen die vollständigste Auskunft zu geben, »in der ersten Zeit meines hiesigen Aufenthalts schwamm man in einem solchen Meer von neuen Dingen und Erlebnissen, daß man gar nicht zu Athem kam an irgend etwas Anderes zu denken – und seit ich mich in meinem jetzigen Zustand befinde«, setzte er wieder mit einem scheuen Blick auf seine Kleidung hinzu, »wäre ich doch der Dame, wenn ich sie hätte von weitem kommen sehen, jedenfalls eher aus dem Weg gegangen, als ihr hineinzutreten. Ich will gerade nicht sagen, daß ich mich meiner Beschäftigung *schäme;* es ist das eben ein *sehr* großer Vortheil dieses Landes, daß Jeder sich sein Brod verdienen darf wie er mag, und sich dessen nicht zu schämen *braucht* – aber Sie wissen wohl Herr von Hopfgarten – wir haben vielleicht Alle noch einige alte Vorurtheile von Deutschland mit herübergebracht, und bis die abgeschüttelt oder vergessen sind – «

»Hm, hm, hm«, sagte Hopfgarten nachdenklich, ohne die letzte Bemerkung auch nur zu hören, »das ist doch eine recht fatale Sache – und von dem jungen Mädchen die bei ihr war, werden Sie da auch Nichts gehört haben.«

»Von der kleinen Hedwig? – die dient hier in einem deutschen Kosthaus«, sagte Herr Mehlmeier ruhig.

»Wo? – hier in der Stadt? – in welcher Straße?« riefen die beiden Männer wie aus einem Mund zugleich, Arm und Schulter des, ruhig und erstaunt vor Ihnen stehen bleibenden Mannes ergreifend, als ob sie ihm die nächsten Worte noch ungesprochen von den Lippen nehmen wollten.

»Herr Jesus, haben Sie mich erschreckt«, sagte Herr Mehlmeier den Bindfaden seines Hutes, der ihn unter dem Kinn schneiden mochte, etwas lockerer ziehend.

»In welchem Kosthaus, bester Herr Mehlmeier«, bat ihn aber Hopfgarten, keine weitere Zeit zu versäumen.

»Im deutschen Vaterland in Fayetteville, in der – wie heißt doch gleich die Straße, – «

»Ich kenne den Platz!« rief aber Hopfgarten rasch aus, »ich habe das Schild schon gesehn – wir setzen uns in den ersten besten Omnibus der nach Fayetteville fährt, jeder Kutscher wird das Haus kennen – das deutsche Vaterland. Lieber Mehlmeier, Sie sind ein Goldmann!«

»Bitte, bitte Herr von Hopfgarten.«

»Herr Mehlmeier«, sagte aber auch Herr Dollinger jetzt, zu ihm hinantretend und seine Hand ergreifend – »Sie haben mir einen *sehr* großen Dienst erwiesen; mir – mir lag sehr viel daran ohne großen Zeitverlust die Adresse der – der Madame Henkel, oder des jungen Mädchens zu erfahren – ich danke Ihnen herzlich dafür« – und rasch Hopfgartens Arm ergreifend, der noch einmal nach Mehlmeier zurücknickte, gingen die beiden Herren mit schnellen Schritten über den freien Platz fort in die nächste, mit dem Wasser gleich laufende Straße hinein, wo sie einen der vielen, in der Stadt fortwährend auf- und abfahrenden Omnibusse halten sahen.

In einer eignen, ganz sonderbar aufgeregten Stimmung mit hochgerötheten Wangen, die Hand, die ihm Herr Dollinger gedrückt noch fest, fast krampfhaft zusammengepreßt, ließen sie aber Herrn Mehlmeier zurück. Dieser hatte nämlich in dem Druck ein Geldstück gefühlt und betroffen, fast erschreckt davon, der edlen würdigen Gestalt des alten Herrn gegenüber sich gar nicht gleich zu besinnen gewußt ob er die *Gabe* annehmen, oder mit Entrüstung von sich weisen sollte. In demselben Augenblick fast waren aber auch die beiden Männer in der belebten Straße, zwischen dem Gedräng von hundert Anderen verschwunden, und Herr Mehlmeier starrte jetzt halb wie in einem Traum auf ein blitzendes Goldstück nieder, das ihm, als er scheu den Blick hinunter senkte, von dort entgegenfunkelte. Schon hob er den Fuß und wollte den Männern nach – konnte – durfte er das Geld behalten? – er zögerte, und die Brust hob sich ihm als ob er ersticken wollte – noch hielt der Omnibus – wenn er jetzt noch hinüberlief – jetzt bewegte er sich – jetzt rasselte er die Straße hinunter, und war gleich darauf hinter der ersten Ecke verschwunden.

Noch immer stand Mehlmeier regungslos auf seiner Stelle, das Geld in seiner Hand hin- und herschiebend, als ob es ihn brenne; endlich hob er die Hand langsam empor, steckte es in seine Westentasche und ein paar große helle Thränen liefen ihm dabei die bleichen Wangen hinunter.

Vor der Thüre des »deutschen Vaterlands« von dem Barkeeper desselben, dem heute höchst mürrischen Jimmy auf das aufmerksamste beobachtet, stand ein mit zwei ungeduldig stampfenden feurigen Pferden bespannter Kutschwagen, und ging mit raschen, aber nicht ungeduldigen Schritten, den Kopf gesenkt und die Arme auf dem Rücken gekreuzt, Herr von Hopfgarten auf und ab. In dem kleinen ärmlichen Hinterstübchen desselben Hauses aber saß der alte Herr Dollinger, hielt sein bleiches abgehärmtes, aber doch noch so engelschönes Kind fest umschlungen, küßte ihm die Thränen von den Wimpern und goß leise lindernde Worte des Trostes und der Beruhigung in das arme mishandelte Herz.

Aber *hier* durften sie nicht bleiben. Clara hatte ihm Alles erzählt – Alles, bis auf die kleinsten Einzelheiten hinab was geschehen, seit sie das väterliche Haus verlassen, bis zu dem jetzigen Augenblick; ihre erste Krankheit in New-Orleans, Hedwigs treue Pflege und Aufopferung, für sie zu arbeiten bis sie selber sich soweit erholt, wenigstens mit der Nadel ihren Unterhalt verdienen zu können.

Hedwig kniete dabei, ihr Antlitz in Claras Kleid bergend, an ihrer Seite, und der alte Herr Dollinger hob das junge liebe Mädchen zu sich auf, küßte sie mit thränenden Augen auf die Stirn und Augen und versprach ihr das nie – nie zu vergessen sein Lebelang, und ihr ein Vater zu sein von jetzt an in jeder Art um ihres – um des armen Bruders Willen.

Jetzt aber drängte die Zeit – Hedwig hatte schon vorher Claras sämmtliche Sachen, die ihr noch geblieben waren und den einen Koffer eben füllten, zusammengepackt, und rief jetzt einen der im Haus wohnenden Leute herbei, denselben vor die Hausthür zu tragen und auf die dort wartende Kutsche zu stellen. Sie selber konnte jetzt natürlich das Haus, dessen wirthschaftliche Leitung sie übernommen, nicht verlassen, versprach aber jedenfalls heute Abend in das St. Charles-Hotel, wo Herr Dollinger abgestiegen, zu kommen und das Weitere ihrer Abreise mit ihnen zu bereden.

»Lieber Gott, ein alter Bekannter von Dir, Herr von Hopfgarten wird recht ungeduldig geworden sein«, sagte jetzt Herr Dollinger, nach seiner Uhr sehend – »er wartet unten im Haus, schon so lange fast als ich hier bin.«

»Herr von Hopfgarten?« rief Clara überrascht – »weiß er denn aber was geschehen?«

»Jetzt Alles«, sagte Herr Dollinger, »und *seinen* Händen werde ich wahrscheinlich das Ordnen meiner Geschäfte hier in Amerika, wie die Verfolgung des Betrügers, der unschädlich gemacht werden muß, anvertrauen. Er hat sich freundlich dazu mir angeboten, und scheint ein braver, tüchtiger Mann zu sein.«

»Er ist ein Ehrenmann«, sagte Clara, während ihr Vater ihren Arm in den seinen legte, und sie hinab zum Wagen führte. Hedwig begleitete sie bis dorthin, wo Hopfgarten stand sie zu empfangen.

Clara streckte ihm mit einem recht freundlichen, und doch recht wehmüthigen Lächeln die Hand entgegen, die er nahm und küßte.

»Meine liebe – liebe gnädige Frau«, sagte der kleine Mann, als er das bleiche Antlitz des jungen Weibes sah, mit vor innerer Rührung fast erstickter Stimme.

»Mein guter Herr von Hopfgarten – wie freue ich mich Sie wiederzusehn.«

»Kommt Kinder, kommt«, drängte aber der alte Herr – »Freund Hopfgarten wird uns jetzt begleiten, wir haben noch sehr viel mit einander zu besprechen – und Hedwig kommt heut Abend – nicht zu spät nicht wahr?«

Clara hatte Hedwig umfaßt und preßte einen heißen Kuß auf ihre Lippen, wobei der Barkeeper hinter der Glasthür des Schenkzimmers, gegen dessen Scheiben er seine Nase breit und weiß quetschte, aus Leibeskräften mit den Fingern knackte – und wenige Minuten später rollte der Wagen, von den flüchtigen Pferden gezogen, rasch die Straße hinab.

Drei Tage später ging ein französisches Packetboot nach Havre ab, auf dem Herr Dollinger Passage für sich und seine Tochter genommen; Hedwig aber hatte es, trotz allen Bitten Claras, trotz den dringenden Vorstellungen des alten Herrn selber, freundlich und mit innigem Danke, aber fest und entschieden abgelehnt, sie zu begleiten.

Sie fürchtete sich, wie sie sagte, jetzt wenigstens schon nach Deutschland, das nur schwere, schmerzliche Erinnerungen für sie trug – mehr noch in dasselbe Haus zurückzukehren, in dem ihr Bruder gelebt und gearbeitet. Waren Jahre darüber vergangen, war Gras gewachsen über dem Geschehenen und die noch immer blutende Wunde erst vernarbt, dann trug es sich leichter – dann wollte sie hinüberkommen. Hier auch hatte sie jetzt eine Stellung, einen Wirkungskreis gefunden, in dem sie fast selbstständig, gern und freudig arbeitete und schaffte. Sie hatte keine Freunde hier, den Werth solcher aber auch in ihrem ganzen Leben noch nicht gekannt. Allein und freund*los* in die Welt hinausgestoßen, war sie ihren stillen ernsten Gang von frühster Jugend an gewandelt, und sehnte sich jetzt danach etwas zu leisten, etwas selbst zu werden, und *durch* sich selbst, wie sie's von je gewohnt gewesen.

Wohl schlummerte in ihrer tiefsten Brust ein anderes Gefühl, von dem sie vielleicht selber sich noch keine Rechenschaft zu geben wußte. Nicht allein die Furcht in das Haus zurückzukehren in dem ihr Bruder so ungerecht gelitten, nicht allein der Trieb selbstständig aufzutreten in der Welt, sich selber Raum zu schaffen mit der eignen Kraft, hielt sie hier fest. Es war ein eigenes Knospen und Keimen in der jungen Brust, dem kommenden Frühling entgegen, der mit der leisen, noch unbegriffenen Ahnung einer anderen Zeit, die ersten Sonnenstrahlen ihr in's Herz geworfen. Sie stand *nicht* mehr allein – an jenem Tage hatte eine andre Hand nach ihr sich ausgestreckt, ein anderer Mund liebe und freundliche Worte zu ihr gesprochen, und ihre Unterstützung angefleht ein gutes Werk zusammen auszuführen, wenngleich der Weg dazu noch wild und dornig lag. Und durfte sie jetzt das kaum gegebene Wort schon brechen? – den wackren Franz – und der andere arme Franz lag daheim in seinem kalten Grab – der so schon einen so harten Stand mit dem bösen Vater hatte, im Stich lassen, wo er sie am nöthigsten brauchte ihn zu unterstützen? – das ging nicht an; und Gott würde ihr Kraft geben das glücklich und zum Besten auszuführen, was sie unternommen – sie dachte nicht an mehr.

5. Herr von Hopfgarten

Herr von Hopfgarten hatte nur die Abfahrt des Französischen Packetschiffes erwartet, seine Sachen dann wieder dem Wirth des St. Charles-Hotels übergeben, und sich auf einem Arkansas Steamer, die nöthigen Papiere und Instruktionen für die jetzt zu beginnende Verfolgung des Verbrechers in der Tasche, nach Little Rock eingeschifft.

Noch an demselben Tage, und eben im Begriff sich an Bord des Dampfers zu begeben, der um 5 Uhr Nachmittags seine Abfahrt angekündigt, traf er, an der Dampfbootlandung langsam nach Tisch ein wenig umherschlendernd, einen alten Bekannten und Reisegefährten, Herrn von Benkendroff, der ihn erst ganz erstaunt durch seine Lorgnette betrachtete, und dann ziemlich freundlich, ja fast herzlich begrüßte.

»Ah Hopfgarten, *by George* – wir haben uns ja in einem Menschenalter nicht gesehn – wie geht es, alter Freund und Leidensgefährte? – Aber dünner sind Sie geworden, Hopfgarten, bedeutend dünner in dem halben Jahr, Sie bekommen ordentlich Taille – was machen Sie? – womit vertreiben Sie sich die Zeit in diesem abominabelen Lande?«

»Ih nun, lieber Benkendroff«, sagte Hopfgarten nach der ersten Begrüßung, bei der er ihm warm und kräftig die Hand schüttelte – »ich kann eben nicht über Langeweile klagen; seit ich hier bin, habe ich zu thun genug gehabt, und Manches auch wohl gesehn – vielleicht erlebt.«

»Heh? – *Abenteuer?*« rief Benkendroff, sich der früheren Äußerungen seines Reisegefährten erinnernd, lächelnd aus, »Abenteuer erlebt? Sie werden ja ganz roth. Übrigens muß Ihnen das Leben hier wirklich zusagen; Wetter noch einmal! Sie haben ordentlich Kräfte bekommen – sehn Sie einmal«, sagte er, sich seinen linken weißen Handschuh abziehend und die zarte fast mädchenhafte Hand seinem derberen Freund entgegenhaltend – »sehn Sie einmal, wie Sie mir hier die Finger gedrückt – den rothen Fleck hier vom Ring werde ich vor morgen nicht wieder los.«

»Abenteuer gerade nicht«, lachte Hopfgarten, der unwillkürlich an die Nacht in der Hütte des alten Juden zurückdachte, »und doch Manches was dem gleich kommen könnte. Es ist merkwürdig, wie ruhig und gleichmäßig das Leben hier fortgeht, und wenn auch manches Interessante wohl passirt, gehört doch ungemein viel Glück dazu, gerad' dabei zu sein. Ich bin noch meist darum hingekommen, und wenn's mich einmal traf, hab' ichs immer erst zu spät selber erfahren.«

»Bei *mir* hätten Sie sein sollen, *cher ami*«, sagte Herr Benkendroff, mit bedeutsamem Kopfnicken seinen Handschuh wieder anziehend, daß er die Haut nicht zufällig den Sonnenstrahlen aussetze – »bei *mir* hätten Sie sein sollen«, wiederholte er, »Erlebnisse zu sammeln. Auf meine Ehre, ich habe Sachen mit durchgemacht, die man mir, wenn ich nach Deutschland zurückkomme und meine gesammelten Erfahrungen und Beobachtungen herausgebe, nicht einmal glauben wird.«

»Alle Wetter! da haben Sie mehr Glück gehabt wie ich«, rief Hopfgarten; »das ist aber die alte Geschichte – den Seinen giebts der Herr im Schlafe – in welchem Theil der Staaten waren Sie die Zeit?«

»In welchem Theil der Staaten? – in New-Orleans – wo sollt ich anders gewesen sein.«

»Sämmtliche sechs Monate? – sind nicht fortgekommen von hier?«

»Und mehr noch als das, gehe mit dem nächsten Englischen Packetschiff zurück nach Liverpool und von da nach Deutschland. Wo sollt' ich auch hin? – guter Gott, ich hatte gerade genug an der Stadt hier, und gebe Ihnen mein Wort, daß ich das Leben und Treiben dieser sogenannten Republik hier so durch und durch kennen gelernt habe, als hätte ich seit meiner Kindheit darin gewohnt. Sie werden staunen, wenn Sie einmal später meine Beobachtungen lesen, von denen ich manchmal selber nicht begreife, wie ich das Alles schon im Voraus so – *gewußt*, kann ich eigentlich nicht gut sagen, *geahnet* habe, und welches richtige Urtheil ich mir schon lange vorher über dieses so unendlich *freie* Land gebildet.«

»Aber was für Abenteuer haben Sie erlebt, bester Baron?« drängte Hopfgarten, der eben nicht viel Zeit hatte, und doch neugierig war, darüber etwas von seinem frühern Reisegefährten zu hören. Diesem vor allen Anderen hätte er gerade am Wenigsten das Erleben von etwas Außerordentlichem zugetraut.

»Man könnte einen Quartband damit anfüllen, auf Ehre!« sagte der Baron – »denken Sie sich, *cher ami*, daß ich gleich die erste Nacht in einem ungemachten Bett schlafen mußte.«

»Bah!« sagte Hopfgarten.

»Ja das war nur das Beginnen, bester Freund – drei Tage später zog ich, auf den Rath unseres Consuls, in ein Privatlogis, und zwar in eine Familie – eine sehr anständige, zwar bürgerliche, aber sehr anständige Familie, und fand – was meinen Sie, gleich am dritten Abend in meinem Bett?«

»Eine Schlange?« rief Hopfgarten rasch.

»Nun – nicht ganz – das fehlte auch noch – eine Wanze.«

»Hahahahaha!« brach aber jetzt der kleine Mann, der sich nicht länger halten konnte, in ein schallendes Gelächter aus – »hahahahaha! das ist göttlich; das ist himmlisch.«

»Nun lieber Hopfgarten!« sagte von Benkendroff, selbst ein wenig pikirt über diese unzeitige, wie ungerechtfertigte Fröhlichkeit – »wenn Sie eine solche Aversion vor Wanzen hätten wie ich, würden Sie nicht darüber lachen. Aber das ist noch lange nicht Alles – mir wurde sogar die Zumuthung gestellt – ich bürge Ihnen mit meiner Ehre für das was ich jetzt sage –

meine Stiefeln selbst zu wichsen und meine Kleider auszuklopfen – was sagen Sie *dazu?* Man verlangte es nicht gerade mit dürren Worten von mir, aber es kam Niemand der es that, und ich mußte effectiv bei der furchtbaren Hitze im Bett liegen bleiben, bis etwa zwei Uhr Mittags ein Neger, mit einer abominabelen Ausdünstung herbeigeschafft werden konnte, den ich von da an für meine häuslichen Bedürfnisse engagirte und *quasi* als Bedienten annahm.«

»Sie haben schreckliche Sachen erlebt, Benkendroff«, lächelte Hopfgarten – »aber Sie befanden sich wohl dabei, nicht wahr?«

»Wohl?« sagte Benkendroff achselzuckend, »was man eben wohl nennen kann – ich vegetirte. – Ich habe zugleich lernen müssen eine höchst widerwärtige schleimige Suppe zu essen, die mit rothem Pfeffer fast ungenießbar gemacht, *Gumbo* heißt und von den Creolen hier als das Delicateste betrachtet wird, was unter der Sonne existirt. Morgens arbeite ich dann gewöhnlich an meinen Skizzen, an denen ich sehr fleißig gewesen bin, und die nördlichen Staaten bis Kentucky herunter schon beendet habe; nach Tisch folgt, wie heute, ein kleiner Spatziergang, und Abends spielen wir regelmäßig unser Whist bei Mr. Bloomfield, dem Schwiegersohn der alten Frau von Kaulitz, mit dieser und ihrer Tochter, der Mrs. Bloomfield – einer reizenden kleinen Frau – wozu wir Claret mit Eis trinken.«

»Und seit Sie hier in Amerika sind, thun Sie das?« rief Hopfgarten wirklich erstaunt aus.

»Seit ich hier bin«, bestätigte der Baron.

»Und kehren jetzt nach Deutschland zurück?«

»Wenn ich nicht bis dahin diesem entsetzlichen Klima erliege, in etwa drei Wochen, bis zu welcher Zeit Frau von Kaulitz ebenfalls ihre Rückreise aufgeschoben hat; wir werden dann in ein und demselben Schiff nach Europa überfahren. Und Sie, Hopfgarten – haben Sie das Herumstreifen hier noch nicht satt? – Sie sind wirklich ein merkwürdiger Mensch, und ich wenigstens habe Sie noch nie anders, als mit dem Reisesack in der Hand gesehn. Lieber Freund, wie um Gottes Willen können Sie ein Land kennen lernen, wenn Sie fortwährend wie ein Irrwisch darin umherfahren, und sich nie Zeit nehmen, es von *einem* festen Punkt aus zu beobachten.«

»Ihr Vergleich mit dem Irrwisch ist vortrefflich, Benkendroff«, lachte der kleine Mann, »ich komme mir manchmal selber so vor, noch dazu auf meiner jetzigen Fahrt, von der ich nicht einmal eine Ahnung habe, wohin sie mich führt. Aber ich muß fort – dort unten läuten ein paar Dampfboote, und ich weiß nicht, ob das meine mit dabei ist, das ich nicht gern versäumen möchte.«

»Apropos«, – rief ihm Benkendroff nach, als er nach kurzem Abschied und beiderseitigem Wunsch einer glücklichen Reise der Landung zueilen wollte – »haben Sie denn hier gar Nichts von Henkel und seiner kleinen niedlichen Frau gehört? – Bloomfield, der Henkel aber unter einem anderen Namen kennen will, quält mich fortwährend, mich darum zu bekümmern, ich habe aber wirklich noch keine Zeit dazu finden können, und Niemand kann mir hier ihre Adresse sagen – gar Nichts gehört?«

»Kein Wort«, rief Hopfgarten zurück – »ich glaube sie sind schon wieder nach Frankreich hinüber.«

»Sehr leicht möglich; also – *à revoir* lieber Hopfgarten.«

Er winkte ihm noch freundlich und sehr graciös mit seinem weißen gestickten Taschentuch nach, und drehte sich dann langsam um, seinen unterbrochenen Spatziergang fortzusetzen.

Hopfgarten ging indeß, unterwegs noch manchmal den Kopf schüttelnd über des ebengefundenen Freundes wunderliche Weltanschauung, an Bord des Dampfers, und mit diesem noch an dem nämlichen Abend stromauf nach Little Rock.

Nach ziemlich kurzer und glücklicher Fahrt erreichten sie die Stadt, und Hopfgarten, der den noch halbwilden Staat Arkansas mit einem eigenen Behagen betrat, suchte dort augenblicklich den Staatsanwalt auf, mit diesem Rücksprache zu nehmen, und von ihm zu erfahren, ob er selber vielleicht den Burschen Soldegg kenne. Was er dort übrigens hörte, konnte ihn gerade nicht sehr über den Erfolg seiner Sendung ermuthigen.

Der Staatsanwalt kannte jenen Soldegg allerdings recht gut, und zwar als einen sehr verdächtigen Spieler und sonst auch gefährlichen und gewissenlosen Charakter, dem aber, trotz aller dann und wann gegen ihn aufgetauchten Anklagen, noch nie etwas hatte bewiesen werden können, obgleich er auch jetzt wieder in eine höchst fatale Geschichte im Innern des Landes verwickelt gewesen sei.

Von Hopfgarten, der schon die früheren Vorgänge dort aus Fräulein von Seebalds eigenem Munde kannte, erkundigte sich hier nach dem weiteren Verlauf, und erfuhr, daß Olnitzkis Frau, nachdem die dortigen Squatter sich geweigert hatten, dem anerkannten Spieler und überhaupt übel berüchtigten Menschen des Erschossenen Eigenthum auszuliefern, Vieh, Feld und Haus, mit Allem was das Letztere enthielt, der noch unmündigen Schwester wie der kranken Großmutter des von Olnitzki früher erschossenen Riley als Eigenthum hinterlassen habe. Die Nachbarn sollten dabei fest entschlossen sein, diese im Besitz zu halten und der Staat würde wahrscheinlich noch in einen unangenehmen Conflikt mit ihnen kommen, da Soldegg selber seine vollständig gültigen Wechsel und »*notes*« klugerweise und um weiter Nichts mehr mit der Sache zu thun zu haben, an einen hiesigen Advokaten um einen Theil des Werthes verkauft und – soviel er wüßte, nach Memphis in Tennessee gegangen sei. Dort sollte er auch, wie das Gerücht hier ging, heimisch und verheirathet sein, mehr aber konnte er ihm selber nicht sagen und ihm nur versprechen, falls er sich wirklich wieder hier sehen lassen würde, auf seines Freundes Brief von New-Orleans, und eigene Verantwortung den Verbrecher verhaften und dorthin abliefern zu lassen.

Hopfgarten hatte sich nun den ganzen Weg schon auf einen tüchtigen Streifzug durch das Land gefreut und von Bären-, Panther- und Büffel-Jagden geträumt, Nächte lang – das Alles schwand ihm jetzt wieder unter den Füßen fort, denn mit der frischen Spur *seines* Wildes vor sich konnte und wollte er nicht daran denken, auch nur einen Tag unnütz hier zu säumen, und den im Land umher Schweifenden vielleicht wieder durch eigene Schuld ganz aus den Augen zu verlieren.

Was aber trieb ihn, den Fremden, rastlos hinter dem Verbrecher her? – die Sucht nach Abenteuern? – hier in Arkansas wäre es mehr als irgendwo an deren Heerd gewesen – Rache für den gespielten kleinen Streich? – er lachte jetzt darüber, wenn er daran zurückdachte. Nein, etwas Anderes ließ ihm nicht Ruh noch Frieden, jetzt mehr als je, wo er noch einem anderen Verbrechen, der doppelten Heirath jenes Nichtswürdigen auf die Spur gekommen – es war *der Hand*schuh, den er auf dem Herzen trug – Clara's Handschuh, mit lachendem Munde, im Scherz damals gegeben und genommen, und jetzt seinem Herzen, er brauchte sich kein Hehl daraus zu machen, ein heilig Pfand, das einzulösen er sich selbst geschworen hatte, und wenn sein eignes Leben den Einsatz zahlen müßte.

Von Hopfgarten war ein eigenthümlicher Charakter; aus einem wackeren Geschlecht, mit noch dem alten edlen, etwas abenteuerlichen vielleicht, aber treuen ehrlichen Blut in seinen Adern, wäre er vielleicht, hätt' ihn sein Schicksal in eine andere Bahn geworfen, ein wackerer Feldherr, ein unerschrockener Entdecker geworden; so, auf sich selber angewiesen, zu Hause in Wohlleben, ja Reichthum erzogen, mit allen Wünschen, kaum ausgesprochen schon erfüllt, lebte er ziemlich sorglos in den Tag hinein, besuchte die Universität und ritt und jagte, als er diese verlassen, reiste in Bädern umher, und suchte die Zeit nach besten Kräften eben durchzubringen. Aber seinem besseren Selbst genügte das zuletzt nicht mehr; an eine Heirath hatte er nicht gedacht, und sehnte sich zuletzt etwas Anderes zu sehn und zu erleben, als eben nur das monotone Einerlei der faden *haute volée* mit ihren, in ihrem Kreislauf immer wiederkehrenden sogenannten Vergnügungen, die er satt bekam. Er sah Italien und Griechenland, sah Spanien, Schweden und Norwegen, reiste in Frankreich und England, und wieder und wieder Schiffe treffend, deren geblähte Segel gen Westen zogen, und mit überdieß nicht vielmehr Neuem in Europa aufzusuchen, faßte er den Entschluß, wie er eben im letzten Jahr zum zweiten Mal Italien besucht, Amerika zu sehen, einmal etwas Anderes doch, als ihm die alte Welt mehr bieten konnte. Dort wirkten frische Kräfte auf einem Boden, den die Natur noch unentweiht gehalten, ein junges Volk wuchs und gedieh an jenem Strand, und Tausende und Tausende von Deutschen zogen dort hinüber, den Druck des alten Vaterlandes abzuschütteln und sich die neue Heimath, den neuen Heerd »über dem Wasser drüben« zu gründen – 's war immer der Mühe werth das einmal mit anzusehn.

Mit einem, für das Schöne empfänglichen Herzen, interessirte ihn zuerst an Bord das liebe, bildschöne, freundliche Antlitz der jungen Frau Henkel, während ihr heiteres offenes Wesen ihn, je länger er mit ihr zusammen war, desto mehr fesselte und anzog. Ein ganz neues Gefühl wurde in ihm wach – ein Gefühl des Wohlbehagens in ihrer Nähe und Gesellschaft, ohne daß er einer Ursache deshalb nachgedacht. Er hatte sich auch wieder von ihr, wie von den andern Reisegefährten, leicht getrennt, im sorgenfreien Herz nur eben eine liebe Erinnerung mehr mit weiter tragend. Erst als er Henkels Bubenstreich erfuhr, und Mitleid jetzt, zusammen mit dem Wunsch, das arme, so schändlich und bübisch verrathene Weib an jenem Elenden zu rächen, ihm wieder das alte Bild herauf beschwor – als ihm die Möglichkeit sich zeigte, das Wesen, das er bis jetzt nur im Besitz eines Anderen gekannt, frei von diesen Fesseln, mit jenen Schranken fortgethan zu sehn, da wurde er zu seinem eigenen Erstaunen selber erst gewahr, daß das, was er im Anfang nur für reines Rechtlichkeitsgefühl, für jenen Drang gehalten, der Schwachen, Unterdrückten beizustehn, nicht ganz so frei von Eigennutz mehr sei.

Noch kämpfte er freilich dawider an; das alte romantische Gefühl, gegen das er, mancher nicht eben angenehmer Erfahrung wegen, begann mistrauisch zu werden, konnte ihn hier wieder auf ein Feld verlocken, auf dem er keinen Boden für sich fand. Er malte sich vielleicht Manches jetzt im Dunkeln mit allem Fleiß und Eifer aus, das, wenn er es am hellen Tage besah, dem nachher lange nicht entsprach, was er erwartet. Er fing überhaupt an praktischer zu werden in Amerika; die Luft hatte Einfluß auf ihn – oder auch die Kost – jedenfalls behielt er kaltes Blut genug, sich selbst vor irgend einem unbedachten Streiche zu warnen – bis er den alten Herren Dollinger auf der Straße traf und von diesem erst erfuhr wie furchtbar, wie entsetzlich mit kaltem, überlegten Blut von jenem Buben das Glück des Kindes gemordet worden – bis er sie selber wiedersah – freilich nicht mehr das junge blühende lachende Weib mit den klaren, treuherzigen und doch so schelmisch blitzenden Augen. Großer Gott, welche Veränderung waren wenige Monate im Stande gewesen hier hervorzubringen, und doch wie engelschön, wie lieb und rein stand sie da wieder vor ihm. Da – in dem Augenblick war es ihm, als ob sein Schicksal für ewige Zeiten besiegelt worden, und bei der Thräne, die in der Armen Auge blitzte, und schwer und langsam über die bleiche Wange rollte, schwor er es sich, sie nicht allein zu rächen, sondern auch von den Banden, die sie an den Verbrecher noch ketteten, zu befreien – und mit dem Schwur war eine eigene, wunderbare Ruhe in sein Herz eingekehrt. Er hatte ein *Ziel* gefunden, dem er zustreben durfte – sein Leben lag nicht mehr wild und planlos vor ihm – er konnte noch glücklich werden – konnte vielleicht ein Wesen dem Leben wieder geben, das Gott ja selbst für dessen schönste Sonnenzeit bestimmt und mit seinen herrlichsten Gaben geschmückt und überdeckt hatte. Er war ein anderer Mensch geworden, besser nicht – doch fröhlicher, heiterer und fester wie bisher, und was an frischer Kraft in ihm geschlummert, und nur noch wild und regellos aufgewuchert war bis jetzt, das lenkte *dieß* Gefühl zu festem Plan, und Hopfgarten war, seit er New-Orleans zum zweiten Mal verlassen, nicht allein ein anderer Mensch – er war ein *Mann* geworden.

Nach Memphis in Tennessee zurück ging an demselben Abend noch ein anderes, von Fort Gibson niedergekommenes Boot, auf dem er denn auch, ohne weiteren Zeitverlust, Passage nahm, und den vierten Tag die am Mississippi auf hohem steilem Ufer liegende Hauptstadt des Staats erreichte.

Vergebens blieb aber hier seine Nachforschung nach einem Soldegg oder Henkel. Niemand kannte den Namen, hatte ihn je gehört, und der Staatsanwalt wieder, an den er sich auch hier wandte, meinte selber achselzuckend, es wäre mehr als wahrscheinlich, daß ein solcher Bursche in den verschiedenen Staaten auch verschiedene Namen hätte. Übrigens paßte seine Beschreibung ziemlich gut auf einen jungen Mann, der eine Zeitlang, allerdings verheirathet, in Memphis gelebt, fast anderthalb Jahr abwesend und vor wenigen Wochen, wie er ausgesagt, von einem Zug nach den Felsengebirgen im Interesse des Pelzhandels zurückgekehrt war. Dieser hieß Holwich, war freilich ein Amerikaner, sprach aber vollkommen gut deutsch und sollte sich jetzt, vor acht Tagen etwa, *mit* seiner Frau auf einem stromaufgehenden Dampfboot – wohin, wußte natürlich Niemand – eingeschifft haben.

Zu spät – Hopfgarten, der keinen Augenblick zweifelte, daß er auf der richtigen Spur sei, war außer sich, denn wohin um Gotteswillen, sollte er ihm jetzt in dem ungeheuern Lande folgen, wo er nicht einmal mehr den *Namen* hatte ihn zu leiten. Und doch war die Möglichkeit da, daß der Verbrecher, so lange er mit der *Frau* zusammenblieb, schon dieser gegenüber wenigstens den Namen, den sie jetzt führte, beibehalten mußte, aber damit konnte er freilich den Ohio nach Osten oder den Missouri nach Westen, oder den Mississippi nach Norden, wie in alle die kleinen unzähligen Nebenströme eingegangen sein, die in diese Hauptkanäle des mächtigen Reiches mündeten. Ein anderer als Hopfgarten hätte die Verfolgung auch wirklich in Verzweiflung aufgegeben, er aber verlor den Muth noch nicht. Der Zufall, der ihn schon einmal mit dem Verbrecher zusammengebracht, konnte ihm wieder günstig sein, und war nicht am Ende gerade Vincennes der rechte Platz, ihn *wieder* aufzufinden. Und doch auch nicht, denn dort, unter dem Namen Soldegg gekannt, durfte er sich nicht als Holwich niederlassen. Nach reiflichem Überlegen beschloß er endlich, vorher nach dem Osten zu gehn und New-York und Philadelphia zu besuchen, ob er dort keine Spur des Gesuchten fand, dann aber jenen Theil des westlichen Landes noch einmal zu durchstreifen und Lobensteins zugleich dabei aufzusuchen; wer wußte, ob diese ihm nicht Auskunft geben konnten. Er war einmal unterwegs – wohin, blieb sich ja doch am Ende gleich.

6. In Indiana

Auf Lobensteins Farm herrschte ein reges, geschäftiges Leben und Treiben – das große Maisfeld war bestellt, und stand in voller Blüthe mit den hohen, fast tropisch aussehenden Stengeln und den wehenden Blättern, das Haus beendet, was wenigstens die äußeren Wände und Dielen und Fenster betraf, und eine Menge Hände waren jetzt noch beschäftigt es im Inneren so warm und wohnlich als möglich zu machen, dem nächsten Winter, der in den nördlichen Staaten oft ziemlich heftig auftritt, ruhig die Stirn bieten zu können. Eduard hatte es dabei übernommen, die schon getünchten Stuben auszumalen, und wurde hierin von einem anderen Herrn, einem früheren Reisegefährten, und zwar Niemand Anderem, als *dem Dichter Theobald*, freundlich unterstützt.

Theobald war nämlich viele Monate lang im Lande umhergezogen ein paar »sehr tüchtige Manuscripte« an den Mann zu bringen; obgleich er aber St. Louis und Cincinnati, Milwaukie, Buffalo und Pittsburg besucht, und dort überall deutsche Druckereien, deutsche Zeitungen, auch überall Leute gefunden hatte, die seine Manuscripte in ihren Journalen abdrucken wollten, wobei in Milwaukie nicht einmal das abolitionistische ausgenommen worden, was die übrigen sämmtlich zurückgewiesen, fiel es doch keinen der Herrn Redakteure ein *Geld*, baares Silber, für eine Sache auszugeben, die sie eigentlich *noch* bequemer schon in deutschen Blättern und Büchern fanden – Stoff nämlich ihre Zeitschriften zu erhalten, und ihrem Leserkreis »Futter« zu bieten.

Das wenige Geld was der junge Dichter mit nach Amerika gebracht, ging dabei bös auf die Neige; er hatte allerdings einmal eine Art von verzweifeltem Versuch gemacht, wirklich zu *arbeiten*, und war zu dem Zweck von Cincinnati aus hinausgegangen, wo an der nächsten Eisenbahn gegraben wurde; aber lieber Gott, das hielt er von Morgens, Tagesanbruch an, eben bis zum Frühstück aus, und zog sich unter dem Gespötte der übrigen Arbeiter, meist Deutschen und Iren, während er dem Baas oder Aufseher noch sogar sein Frühstück zahlen mußte und nicht einmal die geleisteten Schaufeln voll Erde in Abrechnung bringen durfte, mit großen Blasen in den Händen vorsichtig nach Cincinnati, zurück. Soviel hatte er dabei gelernt, daß er für schwere Arbeit nicht tauge, und wenn man ihm auch, besonders in Cincinnati, einige leichtere Beschäftigungen antrug, so sträubte sich sein literarischer Stolz dagegen, z. B. Zeitungen auszutragen, die er das Bewußtsein in sich fühlte selber redigiren zu können, oder mit einem Bücherpacket durch's Land zu ziehn und zu kolportiren. Er betrachtete die »fliegenden Buchhändler« überhaupt als eine Entwürdigung des Standes, als einen ungesunden wilden Auswuchs desselben, das ganz abgerechnet, daß es kein Spaß und Vergnügen war, einen so schweren Bücher-Packen fortwährend auf dem Rücken herumzuschleppen.

Da hörte er in Cincinnati ganz zufällig, daß sich eine deutsche Familie, die mit dem nämlichen Schiff herüber gekommen wäre in dem er gelandet, nicht weit von dort, in Indiana, niedergelassen, und der Besitzer der dortigen Farm, ein Professor, neulich einmal bei seiner Anwesenheit in Cincinnati geäußert habe, er wünsche gern einen jungen Mann bei sich zu haben, der mit der Feder umzugehn verstünde, und dem er manche zu arbeitende, und sich auf die agrarischen wie Agricultur-Verhältnisse des Landes beziehende Aufsätze dictiren möchte. Das war ein Vorschlag zur Güte, wenigstens dort vielleicht, ohne genöthigt zu sein, selber Geld auszugeben, das Land etwas mehr kennen zu lernen und sich besonders mit der Sprache, deren Kenntniß ihm noch ganz abging, vertraut zu machen. Verstand er erst einmal Englisch, und war er im Stande in dieser Sprache zu schreiben, so brauchte ihm für seine weitere Existenz nicht bange zu sein; sein Talent brach sich dann schon von selbst die Bahn, und der Name Theobald sollte noch hoffentlich in der Englischen Literatur einen guten Klang bekommen.

Von Lobensteins war er auch freundlich aufgenommen worden, und nach den ersten Tagen im Haus, während dem er allerdings Nichts weiter that, als den regelmäßigen Mahlzeiten eben so regelmäßig beizuwohnen, schwärmte er Natur, und ließ sich von dem Professor dessen Ideen über die nothwendigen Verbesserungen im Amerikanischen Landbau mittheilen, die diesem so am Herzen lagen, daß er sich selbst um den Bau des eigenen Hauses wenig kümmerte. Trotz anderen sehr drängenden Arbeiten hatte er es denn auch für unumgänglich nöthig gehalten jetzt, mit Theobald's Hülfe – denn sein Sohn Eduard war nicht dazu zu bringen – eine Arbeit zu beginnen, von der er sich einen bedeutenden Erfolg versprach, und während draußen im Feld *bezahlte* oder vielmehr zu »bezahlende« Leute den Mais pflanzten und die Furchen umackerten, die Fenzen herstellten, und neues Land, zur Vergrößerung der Felder, urbar machten, streifte Eduard im Wald umher, Eichhörnchen und kleine Rebhühner, manchmal auch ein Haselhuhn zu schießen, von denen es ziemlich viele in der Gegend gab, und saß der Professor mit Theobald in seinem kleinen Blockhäuschen, das er sich zur »Studirstube« eingerichtet, und theorisirte über das, was draußen in der Wirklichkeit und auf seine Kosten vorging.

Dieses »Werk« war aber jetzt ebenfalls beendet, und lag druckfertig, für die deutsche Schnellpost in New-York bestimmt, im Kasten, während der Professor an einem neuen Plane über die unpraktische Construktion der Amerikanischen Pflüge arbeitete – auf seinem Felde wurde noch immer mit selbst mitgebrachtem, deutschen Ackergeräth gepflügt. Theobald beschäftigte sich indeß, zu keiner anderen Arbeit angehalten, in Haus und Umgegend nach eigenem Gefallen, half Eduard, wenn dieser nicht mit der Flinte im Walde war, einem neulich einmal gesehenen Hirsche nachzustellen, die beabsichtigten Wohnzimmer mit höchst mittelmäßigen Blumen und Fruchtguirlanden zu bemalen, und hatte selber auf eigene Hand an dem nächsten, und noch zur Farm gehörigen Hügelhang, die Anlage eines kleinen Lusthäuschens begonnen, wozu ihm aber auch noch ein anderer Arbeiter beigegeben werden mußte, da er selber nicht im Stande war, mit der Axt soweit umzugehn, einen ordentlichen Baum zu fällen.

Die Frau Professorin arbeitete dagegen in Wirthschaft und Feld, sich um Verbesserungen für den Augenblick wenig kümmernd, und immer nur bedacht, das Nöthigste herbeizuschaffen und in Stand zu halten, aus allen Kräften, und oft *über* ihre Kräfte, denn mit der Besorgung des Viehs und dem Waschen für so viele Menschen, hatte des Webers Frau schon ohnedieß genug zu thun. Während Anna also, von der Mutter und jüngsten Schwester dabei redlich unterstützt, dem Hauswesen oblag, die Küche und das »Innere Ministerium«, wie sie es scherzweise nannten, besorgte, hatte Marie, neben dem fatalen Scheuern der Gefäße, das »Ministerium des Äußeren« – das heißt das Melken der Kühe und Füttern der Schweine, das Jäten und Hacken im Garten (von Anna, und zeitweise sogar Eduard dabei unterstützt) das Aufkehren des Hofplatzes und die Oberaufsicht über sämmtliche Hühner und ihre Nester – ein höchst schwieriges Geschäft in Amerika, wo die Hühner ebenfalls, nach einem ziemlich unabhängigen Charakter ihre Nester hinmachen, wo es ihnen gefällt, bald in der Maisscheuer, bald unter einen Heuschober, bald hinter einen Busch im Wald draußen, und tausend Listen und oft Indianischer Scharfsinn dazu erforderlich waren, sie herauszubekommen.

Die Hühner spielten überhaupt eine nicht unbedeutende Rolle im Verwaltungsrath, nicht allein ihres Ertrags, sondern auch ihres Besten wegen, indem sie der erste Zankapfel – allerdings nur im freundschaftlichsten Sinne – zwischen den verschiedenen Departements wurden.

Der Garten hatte nämlich noch keineswegs mit einer solchen Einschließung versehen werden können, diesem überaus geschäftigen und neugierigen Geflügel den Eingang nach allen Seiten zu wehren. Die Front nach dem Hofraum zu umzog allerdings ein mit zugespitzten Hölzern wohlgefertigtes Staket, was die ersten Tage auch vollkommen genügte den, oft sehnsüchtig danach hinaufschauenden Hühnern zu imponiren; diese fanden jedoch nirgends einen Anhaltepunkt darauf, auf dem sie hätten ruhen und drüben hinabschauen oder fliegen können, und sie blieben deshalb unten. Das dauerte aber gar nicht lange. – Ein alter Hahn, den sie von einem Nachbar mir sechs gesprenkelten vorzüglich schönen Haubenhühnern gekauft, hatte jedenfalls mit solchen Staketen schon mehr Erfahrung und bestand darauf, die Grenzen desselben kennen zu lernen. Dieser Trieb führte ihn um die nächste Ecke, und sein lautes Krähen verrieth bald dem ganzen Hofstand die glückliche Entdeckung eines Eingangs, in das bis jetzt verbotene Paradies.

Von dem Augenblick an waren die Hühner nicht mehr aus dem Garten zu halten, und als ob sie die Flecke selber gewußt hätten, brauchte der Professor nur irgend eine neue Bohne oder Erbse oder irgend einen anderen Saamen, mit dem er Versuche anzustellen wünschte, zu stecken, und durfte sich dann auch fest darauf verlassen, daß die Hühner in der nächsten Stunde schon nachgesehn hatten, ob noch Nichts aufgegangen; kam er wieder dorthin, fand er den Platz umwühlt und zerkratzt, und keine Spur mehr von dem Saamen.

Er bestand jetzt darauf, die Hühner ganz abzuschaffen; die aber hatte Marie unter ihre besondere Protection genommen, und mit dem Nutzen, den sie dem ganzen Hausstand durch ihre Eier und das zarte Fleisch der jungen Hähne brachten, schlug sich die ganze übrige Familie auf ihre Seite. Marie verlangte ihrerseits eine ordentliche Umzäunung um den *ganzen* Garten, es den Hühnern gleich von vornherein unmöglich zu machen in den ihnen verbotenen Platz einzudringen, von den Arbeitern konnte aber in dieser Zeit Niemand mehr entbehrt werden – Theobalds Lusthäuschen war noch nicht einmal fertig – und der Professor wurde jetzt oft Morgens früh, in Schlafrock und Pantoffeln, in dem linken Arm einen ganzen Haufen voll Steine und Stücken Holz entdeckt, wie er mit merkwürdigen Sprüngen hinter den kakelnden und wieder einmal auf frischer That ertappten Flüchtlingen hersprang, und sie nach dem vorderen Staket zuzutreiben suchte, dort wenigstens *ein* Opfer als abschreckendes Beispiel zu erlegen. Dem aber begegnete Marie denn immer auf das Entschiedenste und öffnete gewöhnlich den in die Ecke getriebenen und schreiend am Staket mit gespreitzten Flügeln auf- und abflatternden Lieblingen die kleine Gartenthür, aus der dann der Vater seine Wurfvorräthe ziemlich erfolglos hinter ihnen dreinschleuderte. Ein Abkommen hierüber wurde endlich so weit getroffen, daß der Professor erklärte, die Hühner auch noch ferner, aber nur unter der Bedingung dulden zu wollen, wöchentlich zweimal gebratene Hähnchen auf seinem Tisch zu sehn – an denen konnte er seinen Grimm dann auslassen.

Jedes der Kinder hatte seine eigenen Hühner bekommen und ihnen auch besondere Namen gegeben, an Schlachttagen waren aber die Lieblingsthiere gewöhnlich auf die räthselhafteste Weise verschwunden, um nach Tisch wieder unbefangen und munter, als ob Nichts geschehen sei, zum Vorschein zu kommen.

Die Familie war indessen schon zum Theil in das neue Haus eingezogen, wo ihre guten Meublen besonders luftigeren und besseren Platz hatten, als in dem alten. Eduard und Theobald schliefen aber noch in dem letzteren, wo auch Eduard begonnen hatte, eine Quantität von abgestreiften Vogelbälgen aufzustellen, deren Herbeischaffung und Completirung er sich ungemein angelegen sein ließ. Theobald wünschte ihn darin allerdings zu unterstützen, und ging einige Mal selber mit der Flinte in den Wald, richtete aber dabei nur Unheil an, und mußte es endlich aufgeben.

Das erste Mal hatte er sich nämlich, obgleich kaum fünfhundert Schritt von dem Haus entfernt, so gründlich verlaufen, daß er fünf Meilen von der Farm entfernt an den Ohio kam, und von einem dort wohnenden Ansiedler, mit Beigabe eines Führers, zurückgeliefert werden mußte. Das zweite Mal schoß er eine von Lobensteins Kühen, die hinter einem Busch gestanden, als er einen blauen Heher zu erlegen hoffte, und das dritte Mal ging ihm das Gewehr von selber los – *wie?* war nie aus ihm herauszubekommen – und nahm ihm die Spitze des kleinen Fingers an der linken Hand mit fort, wonach er den Arm vierzehn Tage in der Binde trug.

Wesentliche Dienste leistete ihnen jedoch ein anderer junger Deutscher, auch ein früherer Zwischendecks-Passagier der Haidschnucke, der sich dem Professor als Ackerknecht angeboten hatte, den hiesigen Landbau von Grund aus kennen zu lernen, und nun mit einem Fleiß dem oblag, der manchen seiner weit stärkeren Mitarbeiter hätte beschämen können. Es war unser alter Bekannter, der junge Georg Donner, der, mit zu wenig Vertrauen zu sich selbst, als Arzt hier in Amerika auf eine Weise aufzutreten, wie es fast nöthig schien, Patienten, d. i. *Kunden* zu erwerben, den beschwerlicheren, aber sicherern Weg vorzog, von der Pike auf, auf einer Farm zu dienen, und dann mit der kleinen Baarschaft, die er noch bis jetzt unberührt von Deutschland mitgebracht, selber seinen eigenen Heerd zu gründen. Sein Lieblingswerkzeug war dabei die Amerikanische Axt, zu deren Anschaffung sich der Professor endlich, aber erst nach langem Zögern, entschlossen hatte, während er ihr immer noch unverdrossen ihre Vorzüge vor der deutschen absprach. Georg Donner hatte schon eine gewisse Fertigkeit in ihrem Gebrauch erlangt, und wurde deshalb auch nicht allein der Hauptlieferant alles Feuerholzes in die Küche, sondern begann auch, wie das Feld bestellt war, mehr Wald zu lichten, und die kleinen Bäume zu fällen und in bestimmte Längen zu hauen. Der Professor wollte nämlich im Herbst eine eigene Sägemühle anlegen, und nicht allein sein Nutzholz in Breter und Planken verwandeln, sondern auch noch Fenzriegel spalten, und sein Feld vergrößern.

So zuversichtlich Theobald dabei auftrat, der eigentlich gar Nichts that, und, des Webers Meinung nach, nur »zur Verzierung« im Hause saß, so schüchtern und bescheiden hatte sich Georg von der Familie überall zurückgezogen, wo diese ihn nicht selber und fast mit Gewalt sich näher führte. So war er nur mit großer Mühe dahin zu bringen gewesen, ihren Mittags- und Abendtisch zu theilen – das Frühstück wartete er nie im Hause ab, sondern bestand im Anfang darauf, mit den übrigen Leuten, mit denen er in Lohn und Arbeit auf gleicher Stufe stand, auch den Tisch gemeinsam zu haben. Die Frauen hatten den jungen Mann aber, seines bescheidenen ordentlichen Betragens, wie seines musterhaften Fleißes wegen, bei dem er immer noch Zeit fand, ihnen in einer Menge von Sachen beizustehn und zu helfen, viel zu lieb, das zu dulden, und Georg mußte mit »im Hause« essen, während die Weberfamilie mit den übrigen Arbeitern »in der Küche«, wie ihr Blockhaus genannt wurde, tafelte.

Der Professor selber vertrug sich aber am wenigsten mit dem jungen Mann, der seinen Theorieen gar nicht folgen wollte, und die geringste praktische Erfahrung, ob sie alles Andere über den Haufen stieß, höher schätzte, wie sämmtliche Combinationen des gelehrten Mannes. Dieser gab ihm dafür freilich auch oft zu verstehen, wie er seine ganze Lebenszeit daran gesetzt habe das zu ergründen, was er jetzt als Resultat gewonnen, und sich seine Systeme nicht von einem jungen Menschen werde über den Haufen stoßen lassen, der eben erst die Nase in die Öconomie hineinstecke, und statt jetzt zu lernen, und die Gelegenheit zu benutzen, einen tüchtigen Lehrmeister gefunden zu haben, überall klüger sein und Alles besser wissen wolle. Georg hütete sich dabei auf das Sorgfältigste ihm irgend etwas anzufechten, was nicht mit der Verbesserung des Platzes im unmittelbaren Zusammenhang stand; da aber suchte er, von dem Weber meist auf das Festeste unterstützt, seine Meinung geltend zu machen und war auch der Einzige der, trotz allen Einreden des Professors, mit einem Amerikanischen Pfluge arbeitete. Nur dadurch hatte er den gelehrten Mann bewegen können, es zu gestatten, die Sache als ein Experiment zu betreiben.

Mit Theobald vertrug er sich am allerwenigsten; er wollte das Lusthaus nicht gebaut, wenigstens keinen besonderen Arbeiter dazu verwandt haben, so lange sie noch nicht einmal eine ordentliche Scheune für ihr Getreide, keinen Stall für ihr Vieh, und kein Holz gefällt hatten eine kleine Mahlmühle am Bache zu errichten, wozu der Professor schon den Plan entworfen, und die sie nöthiger brauchten als ein Lusthaus; Theobald dagegen nannte ihn einen »rein materiellen Menschen«, der fortwährend nur an Kühe und Schweine und leibliche Nahrung dächte, ohne dem Geist und dessen Ruhe einen einzigen Sonnenblick zu gönnen.

Eduard war aber der Einzige von Allen, der ihn wirklich nicht leiden konnte, weil er ihn selber stets zu ordentlicher Arbeit zu drängen suchte und alles Andere *Spielerei* nannte, was nicht darauf hinwirkte ihr nächstes Ziel zu erreichen.

So standen die Verhältnisse auf der »deutschen Farm« wie sie von den benachbarten Amerikanern jetzt ihren festen Namen bekommen, als Hopfgarten, der indeß einen vergeblichen Streifzug durch die ganzen östlichen Staaten bis Philadelphia, New-York und Boston gemacht, im July endlich wieder nach Indiana kam, nach New-Orleans zurückzukehren. Soldegg schien in den Boden hinein verschwunden, so gänzlich hatte er seine Spur verloren, und obgleich er mehrere Passagiere der Haidschnucke, besonders von dem Israelitischen Theil derselben im Norden angetroffen, und es an Erkundigungen nicht hatte fehlen lassen, war doch Niemand von Allen im Stande gewesen, ihm auch nur den geringsten Fingerzeig zu geben. Manche derselben hatten als Pedlar oder wandernde Krämer den größten Theil des Landes durchzogen, und wiederum ihrerseits von vielen alten Reisegefährten gehört, die, nach allen Richtungen auseinander gestreut, bald hier bald da sich niedergelassen oder in Arbeit standen, aber über Herrn Henkel wußte ihm Niemand Auskunft. Das Beste was Hopfgarten in diesem Fall glaubte thun zu können war, die ungesunde Jahreszeit für New-Orleans (den Herbst von August bis Ende September oder Anfang October) noch auf eine kleine Reise nach den wunderschönen nördlichen Seeen zu verwenden, und dann von den Fällen des Mississippi im Spätherbst nach New-Orleans zurückzukehren, wohin sich, als der guten Saison, der bis dahin wohl sicher gewordene Verbrecher jedenfalls einmal begeben würde; daß er ihm dann nicht wieder wie in Vincennes eine Nase drehte, sollte *seine* Sorge sein.

Wie herzlich er von Lobensteins empfangen wurde, läßt sich denken; der Freudenruf, daß er da sei, ging über den ganzen Platz, und Marie, eben mit der wichtigen Arbeit beschäftigt die Kühe zu melken, ließ für den Augenblick Alles stehn und liegen und lief ihm entgegen, ihm die Hand zu geben, und nach Briefen und Nachricht von Clara zu fragen.

An ein flüchtiges Durchreisen durfte er auch, wie ihm von Allen gleich versichert wurde, gar nicht denken, denn einige Zeit wenigstens *mußte* er bei ihnen bleiben; sie hatten ihn soviel zu fragen, ihm soviel zu erzählen, das ließ sich in einer Woche gar nicht abmachen, dazu brauchte es Monate.

Der kleine Mann lächelte dem herzlichen Willkommen freundlich entgegen; es that ihm wohl, wieder einmal nach dem langen Umherstreifen zwischen lauter fremden, gleichgültigen Menschen, liebe bekannte Gesichter zu sehn, die sich nicht verändert hatten in der langen Zeit und ihm die Hand noch eben so herzlich drückten wie vordem. Er selber aber hatte sich verändert – sehr verändert – er war nicht mehr der fröhliche, stets lachende, zu Lust und Laune stets aufgelegte Junggesell, der er auf dem Schiff, wie nach seinem ersten Betreten des Landes gewesen; er war gesetzt – er war ernst geworden, und wo er früher mit den Kindern gespielt und herumgetobt, nahm er sie jetzt auf den Schooß, küßte sie und wehrte selber, wenn auch freundlich, ihrem wilden jubelnden Muthwillen ab.

Die Mädchen merkten das zuerst; auch sein Aussehn war von dem verschieden, wie sie ihn zuletzt gesehn; er war weit magerer geworden, und sah bleicher aus als früher. – Ihre erste Frage galt auch seinem Wohlsein – ob er krank gewesen? – er verneinte das lächelnd, und sollte nun vor allen Dingen von Clara erzählen, von der sie es sich gar nicht erklären konnten, daß sie nicht geschrieben hatte. Hopfgarten gab darüber im Anfang ausweichende Antworten, als aber am Abend alle übrigen zu Bett, oder wenigstens ihren verschiedenen Schlafstellen zugegangen waren, stattete er den ihm mit todtbleichen Wangen und thränengefüllten Augen gegenübersitzenden Frauen wie dem Professor getreuen Bericht ab über das Geschehene. Du lieber Gott, ein Abgrund öffnete sich hier ihren Blicken, ein Abgrund voll Jammer und Herzeleid, wo sie Glück und Freude vermuthet hatten, und ihre Thränen flossen dem Schicksal der armen Freundin aus vollen, angst- und grambedrückten Herzen.

Am andern Tage ging Hopfgarten mit dem Professor über die ganze Farm, die Verbesserungen anzusehn, die gemacht worden, den wirklich vortrefflich stehenden Mais mit dazwischen gesteckten Wassermelonen und Kürbissen, zu bewundern, und seine weiteren Pläne für die Zukunft anzuhören.

Der Professor schwamm dabei in einem Meer von Wonne; gestand aber doch dem alten Freund, daß das Leben hier ein schmähliches, heidenmäßiges Geld koste, und der ausbezahlte Arbeitslohn, des Webers Jahrgeld noch nicht einmal gerechnet, fast schon sein ganzes mitherübergebrachtes Kapital gefressen habe. Außerdem hatten sie dieses Jahr fast noch Nichts gezogen als Kartoffeln und Gemüse, und mußten jedes Pfund Mehl nicht allein theuer bezahlen, sondern auch noch weit herholen, für die vielen Mägen.

Hopfgarten machte ihm darüber Vorstellungen – er hielt, seiner Meinung nach, viel zu viel theuere Arbeiter, und trotzdem sei eigentlich in der ganzen langen Zeit noch verhältnißmäßig wenig geschehn, auf dem Platz. Das Haus stand allerdings, wenn auch noch nicht ganz fertig, aber was Hopfgarten bis dahin von Amerikanischen Bauten gesehn, so war er fest überzeugt, und sagte das auch dem Professor, daß ordentliche Amerikanische Arbeiter ihm für denselben Lohn, wahrscheinlich aber in dem dritten Theil der Zeit das Gebäude, wie es dastand, aufgerichtet hätten, und daß es wohl recht hübsch sei Deutsche zu beschäftigen und ihnen Brod zu geben, wenn man eben das Geld dazu habe, Jeder aber auch sich selbst der Nächste sei, und mit überhaupt schwachen Geldmitteln vor allen Dingen darauf sehen müsse, Arbeitslohn zu sparen und, was man nicht eben *gleich selber* thun könne, noch ein klein wenig ruhen zu lassen, bis die Zeit dazu komme.

Der Professor lächelte stillvergnügt in sich hinein, während Hopfgarten, die Arme auf dem Rücken, langsam neben ihm her und einen schmalen Fahrweg hinschritt, der hinauf nach dem neuen Lusthäuschen führte.

»Mein lieber Herr von Hopfgarten«, sagte er aber endlich, als Jener schwieg, während er neben ihm stehn blieb, und ihm die Hand dabei auf seine Achsel legte – »das verstehn Sie nicht – Sie nehmen mir das nicht übel, aber – das zu beurtheilen, dazu fehlt Ihnen der Überblick.«

»Lieber Herr Professor, ich will mir gar nicht anmaßen. – «

»Nein, nein ich weiß schon«, lachte der Professor, wohl gutmüthig, aber doch auch wieder nicht ganz ohne Schärfe – »Sie behaupten nicht gerade unbedingt, daß Sie recht haben, aber Sie glauben nur, weil Sie so viel im Land umhergereist, und so vielen Menschen dabei über die Fenzen in die Felder gesehn hätten, müßten Sie auch nothwendig die Sache aus dem Grunde verstehn. Laien urtheilen überhaupt schnell über solche Sachen; es giebt aber wohl kaum ein Fach, oder einen Beruf in der ganzen Welt, der mehr, und fast alleinig *so* auf Erfahrung basirt ist, *als* gerade die Landwirthschaft, und wie bei einem künstlichen Gewebe, so einfach und glatt das Ganze aussieht, die einzelnen Fäden alle ineinanderschießen und sich durchziehn, und keines fehlen, oder zur unrechten Zeit darf eingesetzt werden, so müssen auch in unserem Fach die einzelnen Beschäftigungen und Gewerke ganz systematisch ineinander greifen, und sich ergänzen, sich unterstützen. Da kann nicht der Eine auf den anderen warten bis der und jener seine Arbeit vollendet; wollte der, der Mais gebaut hat, nachher erst die Scheune dazu aufrichten, wann würde die fertig werden, und was würde aus dem, indessen lang gereiften Mais? Nein, lieber Freund, das gerade tadle ich an den Amerikanern, daß sie nicht vielseitig genug sind, nicht an mehren Ecken und Zipfeln zugleich anfassen; darum kommen sie so selten, wenigstens so langsam zu was; darum wächst ihnen die Arbeit dermaßen über den Kopf, daß sie zuletzt vor Angst nicht wissen mehr wohin, und die Axt dann gewöhnlich in die Ecke, die Büchse über die Schulter werfen, und in den Wald laufen, wie sich bei uns Jemand aus Verzweiflung betrinkt. Ich habe die Sache anders angefangen, lieber Hopfgarten«, setzte er, vertraulich und wärmer werdend, und dessen Arm in den seinen ziehend fort, »ich *habe* die Sache an allen vier Ecken zu gleicher Zeit angegriffen, und während das Ausroden und Fenzriegelspalten fortging, als ob ich erst eine Niederlassung *gründen* wollte, bestellte ein Theil das Feld, ein anderer grub die Stelle aus, wo ich im Herbst die Mühle hinsetzen will, ein dritter ebnete einen Platz für meine, hoffentlich schon im nächsten Jahr zu beginnende, und nach den einfachsten Prinzipien entworfene Zuckerfabrik, ein anderer baut mir nach einer von mir selber erfundenen Construction einen Ofen,

Talg und Seife auszukochen, mit denen ich schon um Weihnachten herum einen bedeutenden Export zu bewirken hoffe, und daß wir selbst das Angenehme nicht über dem Nützlichen versäumt haben«, setzte er lächelnd hinzu, »davon mag Sie Eduard überzeugen, der mit dem jungen Theobald hier sehr fleißig beschäftigt gewesen ist eine kleine Stammburg anzulegen.«

Sie hatten indessen wirklich den Platz erreicht, wo von den beiden jungen Leuten eine Art Eremitage, aber mit hohem Balkon und einem sehr niedlich darüber angebrachten Rindendach errichtet war, und Theobald sich gerade damit beschäftigte, die letzte Bekleidung von geschälter Hickoryrinde über die Sitze und das Tischblatt zu nageln, während Eduard lange Stangen geschnitten hatte, der Treppe ein festes Geländer zu geben.

»Wir werden richtig heute noch fertig!« rief ihnen Eduard schon von weitem entgegen, »und können Morgen zu Mariens Geburtstag den Nachmittags Kaffee hier oben trinken – kommen Sie nur einmal herauf, Herr von Hopfgarten, und sehn Sie sich die wundervolle Aussicht an!«

Die beiden Männer kletterten die schmale, etwas schwanke Treppe hinauf, wo die beiden jungen Leute in der That ein reizendes Plätzchen hergerichtet hatten, das auf der einen Seite, eine durch die Wipfel geschnittene Aussicht nach den Hügeln zu gewährte, und auf der anderen, über das niedere Unterholz weg nach dem flacheren Lande hin zeigte. Im Hintergrund trat dabei noch die breite Lichtung einer Nachbarfarm, mit ihrem großen Viereck von grünem Mais, und den regelmäßig darum gezogenen Fenzen, den kleinen wie silbergrau schimmernden Gebäuden, und dem gerade und blau daraus aufsteigenden Rauch gar so freundlich hervor, und bot einen in der That wundervollen Blick dorthin.

»Das ist recht hübsch – wirklich recht hübsch angelegt«, sagte Hopfgarten, »und verräth viel Geschmack – viel Sinn für Naturschönheit; aber – «

»Und Sie glauben gar nicht was es uns für Mühe gekostet hat, die rechten Wipfel und Äste zum Ausschneiden zu treffen«, unterbrach ihn Theobald, »der Mann, den wir dazu hatten, mußte wohl zwanzig Mal in die verschiedenen Bäume hinauf, bald da, bald dort noch etwas wegzuschneiden was, im Anfang versehen, den ganzen Eindruck gestört hätte, und ein paar Bäume mußten wir zuletzt ganz fällen, um sie nur aus dem Weg zu bekommen. Wir haben uns doch über drei Wochen mit dem kleinen unscheinbaren Ding da herumgequält.«

»Die Einweihung soll aber auch feierlich genug werden; es ist prächtig, daß Sie gerade so zu rechter Zeit eingetroffen sind«, rief Eduard, »und wenn ich heute Nachmittag oder Abend noch Glück habe, schieß' ich auch den Hirsch, der nun schon seit über zwei Monaten von den Nachbarn in unserer Gegend gesehn ist, und dem ich mehr als zwanzig Mal, immer vergebens, zu Gefallen gegangen bin. Ganze Tage habe ich auf dem Anstand gesessen, und einmal hätt' ich ihn beinah bekommen. Jetzt kenn' ich aber seinen Wechsel, und diesen Abend müßte es mit was Anderem zugehn, wenn er mir nicht vor's Gewehr liefe.«

Die jungen Leute ergingen sich dann, während ihnen der Professor lächelnd zuhörte, noch in einer Menge von Plänen und Ideen, wie dieser kleine Platz, den sie ihr *sans souci* nennen wollten, nach und nach zu einem kleinen »Taschenparadies« umgeschaffen werden solle, den Amerikanern in der Nachbarschaft auch einmal zu beweisen, wie sich die *Schönheiten* des Landes, nicht nur immer die Ackerkrume, ausbeuten und verwerthen ließen. Hopfgarten, der eigentlich im Sinn gehabt hatte, sie darauf aufmerksam zu machen, daß doch wohl jetzt, im ersten Beginn einer Farm, Wichtigeres und Nothwendigeres zu thun bleibe, als auf die *Verschönerung* des Platzes zu denken, schwieg und hörte ihnen, langsam, aber lange nicht selber überzeugt, mit dem Kopfe dabei nickend zu. Der Professor, der seine eigenen Verhältnisse am Besten kannte, mußte doch jedenfalls auch am Besten wissen, ob er jetzt Zeit, Geld und Menschenkräfte, drei sehr wichtige Dinge bei einer neuen Ansiedlung und in Wirklichkeit die drei Hauptadern des Ganzen, darauf verwenden durfte, solche – er hatte nicht gleich in seinen Gedanken einen anderen Namen dafür – Allotria zu treiben.

Während die jungen Leute noch mit ihrem *sans souci* beschäftigt blieben, ging der Professor mit Hopfgarten den Weg wieder zurück, und um die Farm herum, auch die anderen Arbeiter an ihren verschiedenen Plätzen zu besuchen, und kamen zunächst zu der kleinen Lichtung, wo Georg eben damit beschäftigt war, mit einem anderen Deutschen die ersten Pfosten für die beabsichtigte Mühle einzugraben. Die Leute arbeiteten hier fleißig und aus allen Kräften, hatten das Holz schon sämmtlich behauen und herbeigeschleppt, Schindeln gespalten und aufgehäuft, daß sie vor der Benutzung nicht faulen möchten und es fehlte nur eben noch am Aufrichten, was gerade heute begonnen werden sollte.

»Es ist mir recht lieb, daß Sie herkommen, Herr Professor«, sagte Georg nach der ersten Begrüßung und als sein Principal zu den gegrabenen Löchern getreten war, ihre Tiefe anzusehn, »das Wasserrad ist doch noch nicht fertig, und das Aufrichten können wir in einigen Tagen beenden, so wollten wir Sie fragen, ob wir die Stützen nicht lieber noch ein wenig weiter hinausrücken dürften; wir haben Schindeln genug und die Querbalken sind auch noch nicht abgeschnitten.«

»Weshalb?« frug der Professor, sich rasch nach ihm umwendend.

»Mir kommt das Ganze im Innern ein wenig zu eng vor«, sagte Georg leicht erröthend.

»*Ihnen* kommt es zu eng vor, lieber Donner?« wiederholte der Professor zwar freundlich, doch mit einem leisen Anflug von Ironie im Ton, »aber ich habe den Plan gemacht und nach sorgfältiger Berechnung das Angegebene für gut befunden. Sie haben doch den Plan.«

»Allerdings, aber – «

»Nun gut, was wollen Sie mehr; richten Sie sich nur nach dem.«

»Ich verstehe allerdigs nichts von dem Bau«, sagte Georg tiefer erröthend, »als was ich eben bei Amerikanern davon gesehn, aber demnach kam es mir vor, als ob der Platz im Inneren zu sehr beschränkt würde, noch dazu, da die Mühle für den Sommer ja auch so eingerichtet werden soll, daß sie mit Pferdekraft getrieben werden kann. Überdies hätten wir nicht einmal weitere Arbeit damit, als jetzt ein paar andere Löcher zu graben, und vielleicht einen einzigen neuen Querbalken abzuschlagen, während bei einer späteren Änderung – «

»Thun Sie mir den Gefallen, lieber Donner«, sagte der Professor ruhig, »stellen Sie die Sache auf, wie ich es Ihnen angegeben, und machen Sie sich keine weitere Sorge darüber. Jeder Punkt ist berechnet, die Berechnung stimmt, was wollen Sie mehr? daß meine Mühle nicht so sein wird, wie die Amerikanischen, weiß ich vorher, das liegt aber auch gar nicht in meinem Plan; ich habe hier eben die Raum verschwendende Amerikanische Einrichtung auf ihr nöthiges aber auch hinreichendes Maaß zurückgeführt, und Sie sollen einmal sehn, die Amerikaner werden, wenn sie klug sind, meinem Beispiel folgen. Es wird übrigens bald Essenszeit sein und sie kommen lieber mit zum Hause«, setzte er freundlicher hinzu, als er sah, wie bereitwillig sich der junge Mann dem ausgesprochenen Bescheide fügte.

7. Mariens Geburtstag

Am nächsten Morgen, als einem Sonntag, mit Sonnenaufgang, wo die Frauen allerdings schon im Haus beschäftigt, aber noch nicht sichtbar waren, machte Hopfgarten einen kleinen Spatziergang allein in den Wald, seinen eigenen Gedanken wieder einmal ungestört nachhängen zu können, als er Jemanden Holz hauen hörte und den jungen Donner fand, ein paar Hickoryäste für das Kaminfeuer in Lobensteins Haus zu schlagen.

Hopfgarten hatte den jungen Mann von allen Zwischendecks-Passagieren immer am liebsten leiden mögen, und sein jetziges ganzes Benehmen bestätigte ihm die gute Meinung, die er früher von ihm bekommen, nur noch mehr.

»Nun, lieber Donner«, sagte er, sich ihm gegenüber auf einen von ihm gefällten Baum setzend, »wie ist es Ihnen die Zeit über gegangen? – wir haben noch nicht einmal ein vernünftiges Wort mitsammen reden können und – ich möchte doch Manches von Ihnen erfragen.«

»Gut, Herr von Hopfgarten«, sagte der junge Mann, sich lachend auf seine Axt stützend und zu dem früheren Reisegefährten hinüberschauend, – »gut, wenn auch manchmal ein wenig bunt. Das Amerika ist ein wunderliches Land, und wer da 'nicht mitschiebt, *wird* geschoben'.«

»Allerdings, allerdings«, lächelte Hopfgarten, »also *Sie* haben mitgeschoben?«

»Aus Leibeskräften«, lachte Georg. »Zuerst, nur um mein Brod zu verdienen, wurde ich Feuermann auf einem Dampfboot – ein Hundeleben, bei Gott, aber doch ein Leben, bei dem ich wenigstens dreißig Dollar den Monat verdiente, eben keine Ausgaben weiter hatte, und ein tüchtiges Stück von Amerikanischem Leben und Treiben, wie von dem Lande selbst zu sehn bekam. Auf die Länge der Zeit griff es aber doch meinen Körper zu sehr an, und um nicht etwa gar krank zu werden, gab ich es auf und wurde Holzschläger am Mississippi, wo ich nicht ganz so viel verdiente, denn ich bekam 75 Cent für die Klafter aufzusetzen, und mußte die Woche noch einen Dollar Kost für Speck und Brod zahlen. Aber auch hier trieb mich das Sumpffieber, das hier sogenannte *ague* oder kalte Fieber fort, und ich fuhr, dem vor allen Dingen einmal gründlich aus dem Weg zu gehn, nach Norden hinauf. Vorher wollte ich es allerdings noch erst einmal mit der Jagd versuchen, denn allerlei romantische Beschreibungen, die ich darüber gelesen, hatten den Amerikanischen Wald für mich mit einem gewissen Zauber übergossen, dem ich doch nicht ganz widerstehen konnte. Ich bin aber von je her viel zu wenig Jäger gewesen, allein in der Jagd selber auch meinen ganzen Lohn für alle die entsetzlichen Strapatzen und Beschwerden zu finden, wie ich sie da ertragen mußte; Nutzen war auch nicht daraus zu ziehen, denn wo es wirklich Wild gab, wie mir das schon früher ein Freund bestätigt, bekam man Nichts dafür, und wo ich Wildpret und Haut hätte gut verkaufen können, war ich nicht im Stande genug zu schießen, mich nur am Leben und in Kleidung zu halten. Hier eben angelangt, arbeitete ich dann ein paar Monate bei einem Amerikaner auf einer Farm, machte dabei eine sehr glückliche Kur an seiner Frau, und wäre auch dort so leicht nicht fortgegangen, wenn nicht der Mann selber, mit seinem Pferd stürzend, den Hals gebrochen hätte, wonach die Frau die Farm verkaufte, und zu ihren Verwandten nach New-York zurückging.«

»Das war etwa funfzehn Miles weiter den Ohio hinab, und dort hörte ich denn auch in jener Zeit, daß Professor Lobenstein mit seiner Familie sich hier niedergelassen, eine ziemlich bedeutende Farm gekauft habe und viel deutsche Arbeiter beschäftige. Lobensteins hatten sich an Bord immer schon so hübsch benommen«, setzte er nach einigem Zögern hinzu, »daß ich beschloß, ihnen meine Dienste anzubieten und – da bin ich.«

»Aber warum um Gottes Willen folgen Sie nicht lieber Ihrem Beruf, in dem ich Ihnen vollkommen genügende Geschicklichkeit zutraue recht Gutes zu leisten?« rief Hopfgarten; »Sie wollen doch nicht Bauer bleiben Ihr Lebelang?«

»Und warum nicht?« sagte Georg, nach einigem Zögern – »habe ich doch dabei zuerst die Hoffnung selbstständig werden zu können.«

»Weshalb practiciren Sie nicht?«

»Aufrichtig gestanden«, rief der junge Mann, »weil ich den Muth nicht dazu habe. Jeder hergelaufene Arzt, er mag seine Sache verstehn oder nicht, jeder Chirurg, der daheim Nichts anderes betrieben als Aderlassen und Schröpfen, jeder wandernde Krämer selbst, der sich für ein paar Dollar Pulver und Pillen in seinen Kasten gepackt, wird hier zum Arzt, verschafft sich auch wohl, wenn es Noth thut ein Diplom, und kurirt, unüberwacht, unbestraft darauf los nach Herzenslust. Das Publicum ist nicht mehr im Stande den guten von dem schlechten Arzt zu unterscheiden, und wendet sich dem zu, der den meisten Spektakel von sich macht oder machen läßt. Die Marktschreierei ist deshalb hier auch wirklich auf ihren Gipfelpunkt gestiegen, und man braucht nur die Anzeigen in den verschiedenen Tagesblättern zu lesen, um einen völligen Ekel davor zu bekommen. Ich selber passe nicht dazu, mich zwischen *das* Gesindel zu mengen, ich habe nicht – Selbstvertrauen genug und will lieber den sicherern, einfacherern Weg einschlagen, mir erst ein kleines Eigenthum zu gründen. Kann ich es dann später damit vereinigen, an dem Ort wo ich mich niedergelassen, und zu dem ich jedenfalls einen gut besiedelten Platz wählen würde, auch vielleicht zu prakticiren, desto besser, geht das nicht, dann weiß ich, daß ich als Farmer nicht allein durch, sondern mit Fleiß und nur etwas Glück auch *vorwärts* komme, und das genügt mir.«

»Bravo!« sagte Hopfgarten, freundlich mit dem Kopfe nickend – »recht brav – *Sie* werden auch schon durchkommen, lieber Donner, dafür ist mir nicht bange – wenn ich nur mit allen anderen Leuten so sicher wäre – « setzte er nach einer kleinen Pause recht tief aufseufzend und vor sich niedersehend hinzu.

Donner schwieg ebenfalls kurze Zeit und begann wieder langsam an dem Holz zu schlagen, das vor ihm lag, hieb dann die Axt in den Stamm, und sah Hopfgarten forschend an.

»Sie meinen den Professor«, sagte er endlich.

Hofgarten erwiederte Nichts darauf, nickte aber schweigend mit dem Kopfe und Georg fuhr jetzt lebendiger, wie selber froh, sich einer Last entladen zu können, die er auf dem Herzen habe, fort:

»Lieber Herr – Sie – Sie stehn der Familie näher wie ich – sind mit ihr befreundet und Ihr Wort gilt, ich weiß es, viel; ich bin nur Arbeiter auf der Farm und als solcher dem Professor selber, was eben die *Arbeit* betrifft, am wenigsten zugänglich. Bleiben Sie noch einige Zeit hier bei uns – beobachten Sie das ganze Wesen und Treiben, die ganze Behandlungsart, den *Aufwand*, mit dem Alles an Zeit und Arbeitskräften geschieht, und sagen *Sie* dann selber, ob ich nicht recht habe, wenn ich behaupte, das ganze Wesen der Farm, die Leitung des Ganzen sei nicht in guten Händen, und *könne* auf die Länge der Zeit so nicht fortbestehn, wenigstens nicht zu einem Resultate führen, wie *wir* es ja doch wohl Beide den sonst so guten lieben Menschen wünschen.«

»Ich fürchte, lieber Donner, Sie haben recht«, sagte Hopfgarten, der indessen mit seinem kleinen Spazierstock die in dem Gras vor ihm liegenden gelben Blätter aufgespießt und fortgeschnellt hatte – »ich fürchte, Sie haben recht; der Professor ist nicht praktisch.«

»Der unpraktischeste Mensch unter der Sonne!« rief Donner, »und jetzt von dem überspannten Gesellen, dem Dichter, noch mehr verdorben, der ihm fortwährend Weihrauch streut, und immer vor Erstaunen außer sich ist über die »Musterwirthschaft«. – Wie lange soll das aber dauern?«

»So lange baar Geld da ist«, sagte Hopfgarten, fast mehr mit sich selbst, als zu dem jungen Manne redend.

»Und auch das scheint auf die Neige zu gehn«, sagte Donner leise.

»Wie so? – was wissen Sie davon?« rief Hopfgarten, rasch zu ihm aufsehend.

»Anstatt seinen Viehstand zu vermehren, hat er wieder zwei von seinen Kühen fast *unter* dem Preis verkauft«, sagte Donner, »er hofft dabei fortwährend auf die hohen Maispreise und die baldige Erndte sowohl, wie auf den Ertrag der Mühle und seine Talg- und Seifensiederei. Was er noch an Capitalien liegen hat, weiß ich nicht; möglicher Weise sind diese bedeutender als ich jetzt glaube, und ich will es zu seinem Besten hoffen, aber seine letzte Reise nach Cincinnati hat wenigstens einen Theil davon wieder flüssig gemacht, der aber bei den jetzigen, im Verhältniß zu der Farm *viel* zu großen Auslagen, auch nicht so lange anhalten kann. Er beschäftigt eine Menge Arbeiter – das gerechnet was sie ihm leisten – für nicht viel mehr, als sie eben zu beschäftigen, und so gern ich arme Deutsche in dem fremden Lande unterstützt sehe, thut es mir doch in der Seele weh, Zeuge sein zu müssen, wie ein Haufen faules Gesindel, die Güte und – um *ganz* aufrichtig zu sein, denn lieber Gott, ich will ja dem wackern Manne nichts Böses nachsagen – die Unerfahrenheit des Professors benutzt, so wenig wie möglich zu arbeiten und seinen Lohn allwöchentlich regelmäßig einzustecken. Läßt er sich dann noch dazu nicht davon abbringen die Zuckerfabrik, von der er keinenfalls genug versteht einen Anfang in einem neuen Lande damit zu machen, zu beginnen, so bin ich überzeugt, daß er sein Vermögen dabei, und wenn er noch über viele Tausende zu gebieten hätte, geradezu zum Fenster hinauswirft, und seinen Reden nach scheint er erst von allen diesen Einrichtungen ein Einkommen, die jetzigen bedeutenden Auslagen zu bestreiten, zu erwarten.«

»Schlimm, *sehr* schlimm, wenn Sie recht hätten«, seufzte Hopfgarten, » – und ich fürchte fast, daß dem so ist.«

»Auch mit dem Ankauf der Farm ist er schmählich betrogen worden«, fuhr Donner fort – »ich habe Gelegenheit gehabt mich nach dem Preis derartiger »*improvements*«, wie man solch halbwilden Fleck noch überall nennt, zu erkundigen, und *weiß*, daß er um die *Hälfte* des Geldes, einen günstiger gelegenen Ort gefunden haben konnte wie dieser ist. Er hat sich darin übereilt, und wird noch lange hinaus dafür büßen müssen, da er, der bedeutenden Transportmittel wegen, gar nicht im Stande ist, in dem Preis seiner Produkte, z. B. mit den dicht am Ohio liegenden Farmen zu concurriren. Aber was geschehen ist, ist geschehn; wenn er denn nur *jetzt* wenigstens Alles thäte, die einmal begangene Übereilung wieder gut zu machen; doch er hört und sieht nicht, und hat sich selbst schon einige Mal mit dem Weber, der wirklich ein tüchtiger fleißiger Mann, und wenn auch gleichfalls unpraktisch, doch wenigstens Alles in seinen Kräften stehende thut, den Nutzen seines jetzigen Herrn zu wahren, ganz ernsthaft gezankt und ihm Undankbarkeit, und Gott weiß, was sonst noch, vorgeworfen. Mich selber fortzuschicken ist er schon drei oder vier Mal auf dem Punkt gewesen, während er gegen den eigenen Sohn, der seine Zeit geradezu aus dem Fenster wirft, an Blindheit grenzend, nachsichtig ist. Eduard würde ein ganz tüchtiger braver Junge werden, wenn er unter ordentlicher Aufsicht stände; *so* wird ein Vagabund aus ihm, und den zu vervollkommnen, ist jetzt Herrn Theobald's eifrigstes Bestreben. Weiß es Gott«, fuhr Georg, der einmal im Zuge war, und dem es wohlthat, sein Herz endlich einmal gegen Jemand auszuschütten von dem er wußte, daß er es auch gut mit der Familie meinte – »wäre es nicht der Frauen wegen, die von einer unbeschreiblichen Liebenswürdigkeit und Herzensgüte sind, und dabei arbeiten, als ob sie von Kindheit auf nichts Anderes gekannt hätten wie Magddienste zu verrichten, ich hätte mein Bündel schon lange wieder geschnürt, weiter zu ziehn, denn es thut mir in der Seele weh, den Professor, und sie mit ihm, wenn auch langsam, doch ganz unvermeidlich, einer recht trüben Zeit entgegen gehn zu sehn.«

»Ich will mit ihm reden«, sagte Hopfgarten, entschlossen von seinem Sitze aufstehend – »recht ernsthaft will ich mit ihm reden, und sehn, was sich thun läßt aber – ich fürchte fast, es wird vergebens sein. Der Professor, so seelensgut und rechtschaffen er sonst sein mag, ist Einer der Leute, die sich ihre Systeme selber aufbauen, und was sie einmal in einem Buch lesen, und von einem wildfremden, ihnen vollkommen gleichgültigen Menschen lesen oder hören, zehntausend Mal lieber befolgen, als was ihnen ihre besten Freunde, Menschen von denen sie überzeugt sein *müssen*, daß sie es gut mit ihnen meinen, rathen. Ich weiß über seine früheren Verhältnisse wenig oder gar Nichts, aber es sollte mich nicht im Mindesten wundern zu erfahren, daß ihn das auch von Deutschland weggetrieben hat, und es würde ihm nicht das Geringste schaden, wenn er erst einmal durch Schaden klug werden sollte – hätten die armen Frauen nicht dann gerade am Meisten darunter zu leiden; eine solche Klugheit könnte nachher am Ende, wenn *Alles* verloren ist, sogar zu spät kommen.«

»Das wollen wir nicht hoffen«, sagte Georg leise – »es wäre ja doch *zu* traurig, wenn die armen Frauen die Schuld des Vaters und Gatten büßen müßten; von vorn beginnen wieder, in Amerika – in einer Wildniß dann, auf billigem Grund und Boden und von *allen* Hülfsmitteln entblößt, von denen ihnen jetzt schon lange nicht alle früher gewohnten zu Gebote stehn, wie sollten sie es da ertragen, und welche Vorwürfe müßte sich der Mann dann selber machen.«

»Noch wollen wir das Beste hoffen, lieber Donner«, sagte Hopfgarten ernst, »aber es giebt viel, viel Elend hier in dem weiten Reich, mehr als ich früher selber eine Ahnung davon gehabt, und so kurze Zeit ich auch hier bin, hab' ich doch schon entsetzlich viel davon gesehn; und überall *kann* man doch nicht helfen. Ich baue *hier* aber viel auf Sie«, fuhr er, dem jungen Mann die Hand hinüber reichend, fort – »guter redlicher Willen kann Manches ablenken, was sich drohend heraufziehen sollte, und der Professor ist dann doch nicht *blind*. Reitet er sich mehr und mehr in Verlegenheiten hinein, wird er auch um so williger nach der Hand greifen, die sich fest und männlich nach ihm ausstreckt, und die falschen von den rechten Rathgebern wohl unterscheiden lernen.«

»Wenn er die rechten dann nur nicht vor der Zeit von sich stößt«, sagte Georg seufzend.

»Dann geschiehts ihm eben recht«, polterte Hopfgarten ärgerlich heraus – »wem nicht zu rathen ist, ist selten zu helfen, wenigstens jetzt noch nicht, und er *muß* dann eben durch Schaden klug werden.«

»Lieber Herr von Hopfgarten«, brach in diesem Augenblick der junge Mann das Gespräch ab, oder lenkte es wenigstens nach anderer Richtung, indem er zugleich seine Arbeit wieder aufnahm, das Holz fertig zu hauen und zum Haus zu schaffen – »ich glaube Sie haben Briefe von Henkels mitgebracht – wie geht es der Madame Henkel?«

»Kennen Sie Henkels genauer?« rief Hopfgarten rasch und aufmerksam werdend, denn er hoffte, hier schon wieder, und ganz unerwarter Weise, eine Spur zu finden.

»Nicht genauer als vom Schiff«, sagte aber der junge Donner ruhig – »leider hörte ich zu spät in New-Orleans, daß die arme junge Frau recht ernstlich krank geworden und mich habe suchen lassen. Ich war damals gerade im Begriff stromauf zu gehen, und habe sie, wie ich nach New-Orleans zurückkehrte, wie eine Stecknadel in der ganzen Stadt gesucht, ohne im Stande zu sein, sie aufzufinden.«

»Ich habe sie jetzt gesehn.«

»Und es geht ihr gut?«

»Besser wenigstens als früher; sie ist nach Europa zurückgekehrt.«

»So? – schon jetzt? ich glaubte nicht, daß Henkel seine Geschäfte so rasch hier beenden würde.«

Hopfgarten zögerte einen Augenblick mit der Antwort, aber er durfte auch keine Mittel versäumen Nachricht von dem Mann, wenn er irgendwo wieder auftauchen sollte, zu bekommen; so nach einigem Zögern sagte er langsam:

»Henkel selber ist noch hier – es sind – es sind Sachen vorgekommen, die – die seinen längeren Aufenthalt; – aber zum Teufel auch, ich sehe nicht ein weshalb ich Ihnen ein Geheimniß aus einer Sache machen soll, die eigentlich überdieß kein Geheimniß mehr ist. Henkel ist ein nichtswürdiger *Schurke*, der seinen Schwiegervater auf das Scheußlichste bestohlen und betrogen, seine Frau dann eben so schändlich verlassen hat, und den aufzufinden ich jetzt in den Staaten die Kreutz und Quere schon Monate lang herum gefahren bin. Da haben Sie die ganze Geschichte, und wenn Ihnen jemals dieser Schuft in den Weg laufen sollte, so wissen Sie vor allen Dingen, woran Sie mit ihm sind, und dann thun Sie mir einen ungeheuern Gefallen, wenn Sie mir augenblicklich nach dem St. Charles Hotel in New-Orleans schreiben, wo er möglicher Weise anzutreffen ist, denn *ehe* ich ihn treffe, verlasse ich Amerika nicht wieder.«

»Aber ich begreife nicht«, – rief Georg in Schreck und Staunen aufsehend –

»Wäre auch eine viel zu weitläufige Geschichte, Ihnen jetzt breit auseinander zu setzen; übrigens sollen Sie das Nähere doch noch erfahren, ehe ich diesen Platz verlasse, und Sie mögen jetzt selber urtheilen, was für ein Schurke dieser Henkel oder Soldegg oder Holwich – denn er hat Namen wie Sand am Meere, ist, und welche Scheusale auf der Welt umherwandern.«

»Die arme, arme Frau«, sagte Georg leise, »ach, daß ich sie damals doch gefunden; wie gern hätt' ich ihr beigestanden – wie nützlich ihr vielleicht sein können.«

»Das hat nicht sein sollen«, tröstete sich Hopfgarten, »und ist jetzt noch Alles gut geworden, ihr Vater hat sie selber abgeholt.«

»Von Heilingen aus?« rief Georg schnell.

»Kennen Sie ihn?«

»Recht gut – ich war oft in Heilingen – Waldenhayn wo ich zu Hause bin, liegt gar nicht so weit von dort – Apropos Waldenhayn – erinnern Sie sich des schwarzhaarigen Mannes, mit der schlanken, magern Frau an Bord, die fortwährend krank war, und im Anfang stets so große unächte Ohrringe und Halskette trug?«

»Ja wohl – was ist mit denen?«

»Ich weiß nicht, ob Sie den Steckbrief in den deutschen Zeitungen gelesen haben, nach dem ein Mann mit seiner Frau, die ihre vier Kinder – das jüngste noch fast ein Säugling in Deutschland allein zurückgelassen hatten und nach Amerika gegangen waren.«

»Ja wohl«, rief Hopfgarten rasch – »das waren doch nicht jene Beiden? Heiland der Welt, was haben wir für eine Bande von Verbrechern mit über das Wasser geschleppt, die drei Eisengefangenen gar nicht gerechnet. Der Bursche hieß Meier, wenn ich nicht irre.«

»Eigentlich Steffen, oder der schwarze Steffen genannt – er war aus Waldenhayn.«

»Und was ist aus den Beiden geworden?« frug Hopfgarten.

»Sie waren mit an Bord der Backwoods Queen, auf der ich feuerte, als wir unterhalb Memphis einen Kessel platzten und strandeten.«

»Das haben Sie erlebt?« rief Hopfgarten schnell, und ein Theil des alten Humors blitzte ihm wieder aus den Augen, »Sie Glückspilz – ich gäbe wahrhaftig funfzig Thaler, wenn ich hätte dabei sein können.«

»Mir wäre die Erinnerung um weniger feil«, sagte Georg schaudernd – »der arme junge Bursche an Bord, der von Bremen glücklich desertirt war, kam auch dabei um's Leben. Dort erkannte ich jenen Steffen, und die Amerikaner, denen ich sein scheußliches Verbrechen erzählte, wollten ihn hängen, aber er floh in den Wald einer großen Insel im Mississippi, auf der wir fest saßen, und dort ließen wir ihn zurück; ich habe nie wieder etwas von ihm gehört.«

»Und die Frau?«

»War wie tiefsinnig geworden; ich nahm sie mit bis nach Memphis und verschaffte ihr dort ein Unterkommen. Als ich aber später nach ihr frug, sagten mir die Leute, denen ich natürlich ihr Vergehen nicht erzählt, daß sie sich vollständig erholt und fleißig und unverdrossen gearbeitet, aber nie ein Wort gesprochen hätte. Nur im Anfang soll sie ein einziges Mal geäußert haben, daß sie sich Geld sparen und nach Deutschland zurückkehren wollte. Sie wusch für andere Leute und war dann, nachdem sie ihre Kost und Wohnung ordentlich bezahlt, zu Fuß stromab gegangen.«

»Durch den Wald?« rief Hopfgarten erstaunt.

»Wohin, wußte Niemand, hat sie New-Orleans aber zu Fuß erreichen wollen, so muß sie in den Sümpfen umgekommen sein.«

»Desto besser für sie«, sagte der kleine gutherzige Mann schaudernd – »großer Gott, eine Mutter, die solcher Art ihre Kinder verlassen kann, trägt den Fluch ihres Schöpfers, ihrer eigenen Eltern mit sich herum; möge ihr Gott einst gnädig sein. Aber wer kommt dort?« unterbrach er sich plötzlich, als er Jemand den schmalen Pfad herunter kommen sah.

»Das ist Theobald«, lächelte Georg – »er macht Gedichte – seine schwächste Seite – vielleicht zur Feier des heutigen Tages. Gegenwärtig betrachtet er den Landbau von der poetischen Seite, und besingt alle Pflüge und Eggen; wir wollen ihm lieber aus dem Wege gehn.«

»Ließt er manchmal vor?« rief Hopfgarten rasch und fast ängstlich – Georg lachte.

»Wenn er Schlachtopfer findet, ja; aber hier ist selten Jemand der Zeit hätte ihm zuzuhören.« Und seinen indeß abgehauenen Klotz auf die Schulter nehmend und mit der Axt stützend, trat er den Heimweg an.

»Hallo, warten Sie«, rief aber Hopfgarten rasch, »so ganz leer, mit dem Spatzierstöckchen, laufe ich auch nicht neben Ihnen her – darf ich eins von den anderen Stücken mitnehmen?«

»Wenn Sie wollen«, lachte Georg zurück, der stehen blieb und sich nach ihm umdrehte – »dort das schwächere; aber Sie werden sich schmutzig machen.«

»Ah bah, das ist trocken und staubt wieder ab – so – der hier wird's thun – ahoy – y – sehn Sie, das geht vortrefflich – nun bringen wir gleich eine ganze Ladung zusammen fort. Ah guten Morgen Herr Theobald; schon so fleißig? – Sie könnten auch ein Stück von dem Hickoryholz mit aufpacken und zum Haus nehmen, nachher hätten wir für den ganzen Tag genug!«

Leute die selten oder nie gröbere Arbeiten verrichten, können, wenn sie wirklich einmal zufassen, nicht gut einen anderen Menschen müßig sehn; es macht sie gleich ungeduldig und mürrisch und sie betrachten das gewissermaßen als ein ihnen selbst geschehenes Unrecht. Theobald aber hielt, wenn er an Wochentagen auch wenig that, die Sonntage besonders heilig, und war jetzt überdieß zu vertieft in einer anderen höheren Sphäre, viel Notiz von der freundlichen Zumuthung zu nehmen.

»Ah guten Morgen Herr von Hopfgarten«, sagte er – »Sie bemühn sich selber?« und schritt dann langsam an den Männern mit ihrer Last vorüber.

»Faulpelz«, brummte Hopfgarten, dem schon anfing warm zu werden, zwischen den Zähnen durch, »Dich sollt' ich auf *meiner* Farm haben, ich wollte Dich lehren Gedichte machen.«

Am Hause angelangt, warfen sie ihre Last ab, und wurden hier besonders lachend von den Mädchen begrüßt, die Herrn von Hopfgarten nicht genug bedauern konnten, seinen eigenen Rücken als Polster für das harte Holz hergegeben zu haben.

»Erst meinen herzlichsten Glückwunsch für den heutigen Tag!« rief aber Hopfgarten, Mariens Hand ergreifend und fest und freundlich drückend – »mögen Sie *nur* frohe Tage hier finden, meine liebe Marie, und Ihr ganzes Leben ein so milder Sonnentag sein, wie er sich heute klar und rein über Ihrem Hause ausspannt.«

Marie erwiderte den Druck, leicht erröthend und mit ihrem lieben Lächeln recht treuherzig und dankend in des Freundes Augen schauend, als Georg ihr schüchtern nahte und mit viel leiserer, fast bewegter Stimme sagte:

»Darf auch ich mich demselben Wunsche anschließen, Fräulein Marie? Andere mögen die Worte künstlicher setzen, aber sie können es nicht ehrlicher und herzlicher mit Ihrem Wohle meinen.«

»Ich danke Ihnen – danke Ihnen so herzlich wie der Wunsch geboten ist«, sagte Marie auch ihm die Hand reichend, viel tiefer aber dabei erröthend, als das eigentlich nöthig gewesen wäre – »ich weiß, daß Sie es gut meinen – mögen Sie sich *recht lange* wohl bei uns fühlen.«

»Übrigens meine Damen«, rief Hopfgarten, wieder in seiner alten launigen Weise, indem er sich den Schweiß mit seinem Tuch von der Stirne trocknete, »thun Sie gerade als ob ich zu gar Nichts gut wäre, und mir im schlimmsten Fall nicht auch mein Brod durch meiner Hände Arbeit verdienen könnte. Da sehn Sie hier meinen Geschäftsfreund an, den jungen Donner, über den wundert sich Niemand, daß er Holz schleppt, und den ganzen Tag draußen mit Axt und Pflug und Hacke und Spaten herumarbeitet, und der ist zu Hause eben so wenig daran gewöhnt gewesen; warum bedauern Sie den nicht?«

»Herr Donner ist auch eine Ausnahme von der Regel«, rief Anna freundlich, »der faßt zu, als ob er wirklich dazu geboren wäre, und hat dabei Lust und Freude an der Sache.«

»Und thun Sie das nicht selber Fräulein Anna?« sagte der junge Mann, »arbeiten nicht Sie und ihr Fräulein Schwester, die beide in weit anderen Verhältnissen erzogen sind, von Früh bis Nacht, und glauben Sie, daß ein Anderer da ruhig daneben stehn und *nicht* mit zugreifen könnte?«

»Oh ja«, lachte Marie mit einem halbverstohlenen und recht schelmischen Blick nach Georg hinüber, »Herr Theobald kann das ruhig mit ansehn.«

»Er schwärmt in höheren Regionen« lachte Anna, »und da dürfen wir es ihm schon nicht so übel nehmen. Wenn er auch einmal für *diese* Welt zu sorgen hat, wird sich das schon bei ihm ändern.«

»Wir sind ihm eben im Walde begegnet«, sagte Hopfgarten, »und wenn mich nicht Alles getäuscht hat, verbarg er wie wir ihm näher kamen, ein Papier.«

»Oh, er macht jedenfalls einen Prolog zum heutigen Feste« rief Marie – »zur Einweihung unseres Lusthauses – er wollte den Platz auch nach mir »Mariens Ruhe« nennen, Eduard aber meinte, es würde weit passender »Theobalds Schweiß« heißen, denn es sei ihm blutsauer dabei geworden, trotz den wildledernen Handschuhen.«

»Alle Wetter, wer kommt da?« rief Hopfgarten plötzlich das Gespräch unterbrechend, und den Fahrweg nieder deutend, »das ist ein alter Bekannter, so wahr ich lebe.«

»Maulbeere! – Maulbeere!« rief George – »hahahaha und noch immer in dem grünen Rock; der ist doch unverbesserlich!«

»Wahrhaftig, der wunderliche Mensch aus dem Zwischendeck!« rief Marie, lachend in die Hände schlagend, »mit seinem Karren vor sich her, da muß ich nur gleich den Vater rufen, daß der ihn auch sieht.«

Der eben Ankommende war in der That niemand Anderes als unser alter Freund Maulbeere von der Haidschnucke, der Mittel und Wege gefunden hatte sich und seinen Karren von New-Orleans aus bis hierher zu bringen.

Georg hatte aber Recht, Maulbeere sah genau noch so aus wie an Bord, mit demselben alten, bis oben hin zugeknöpften Rock – nur neue *Knöpfe* mußte er jedenfalls bekommen haben – denselben karirten Hosen, demselben alten Hut, derselben räthselhaft verborgenen Wäsche, den Zipfel eines alten roth und weiß karirten baumwollenen Taschentuches ausgenommen, der ihm vorn zwischen dem zugeknöpften Rock etwas kokett, sonst aber ganz anspruchslos herausschaute. Auch die nämliche alte Pfeife mit dem schauerlichen rothgeschmückten Frauenkopf darauf, trug er noch zwischen den Zähnen, und ordentlich dick und fett geworden, war er in der Zeit. Sein Gesicht strotzte von Gesundheit, die Backen, die er an Bord etwas eingefallen trug, hatten Fülle bekommen, während die kleinen grauen

Augen lebendiger als je unter den hochblonden und entsetzlich struppigen Augenbrauen vorblitzten.

Wie er die Gruppe übrigens vor dem Haus entdeckte gewann seine ganze Gestalt Leben; er richtete sich höher auf, bließ den Rauch in starken Puffen aus seinem kleinen Stummel, und seinen Karren vertrauensvoll dem Rückband überlassend nahm er den Hut mit der rechten Hand ab, schwenkte ihn ein paar Mal um den Kopf, und rief mit lauter fröhlicher Stimme:

»Land! Land! Hurrah noch einmal, da ist die ganze Haidschnucke versammelt, und wie die Orgelpfeifen in der Kirche stehn die Herrschaften da; drüben der Weber mit der ganzen Famile, und hier Cajüte und Zwischendeck in geschlossenem Bunde. Herr von Hopfgarten, meine schönste Empfehlung – Herr Professor ich melde mich eingetroffen.«

Die letzte Anrede galt dem, von Marie gerufenen, eben aus dem Haus tretenden Professor, der aber auch den Scheerenschleifer lächelnd begrüßte und dem Mann, mit dem er an Bord nie eine Sylbe gesprochen, jetzt freundlich die Hand entgegenstreckte, da er ihm an Land, und auf dem eigenen Land begegnete.

»Ei, ei Herr Maulbeere, das ist ja ein recht lebendiges Schiffs-Andenken, wie er da vor uns gewissermaßen aus dem Boden steigt. Wie geht es Ihnen, wo haben *Sie* sich die ganze Zeit herumgeschlagen und kommen Sie mit *der* Fuhre direckt von New-Orleans?«

»Habe die Ehre mich dem Herrn Professor ganz gehorsamst zu empfehlen«, sagte aber Maulbeere mit vieler Förmlichkeit, und einer Verbeugung, die er zugleich dazu benutzte sein Tragband von dem Karren abzuhaken, »hörte hier in der Nachbarschaft, daß ganz in der Nähe deutsche Schiffsgesellschaft zu finden wäre, und habe mir die Freiheit genommen Ihnen meine Dienste anzubieten.«

»Nun das ist schön, das ist sehr schön, lieber Maulbeere, Ihre Kunst – Sie sind Scheerenschleifer, nicht wahr?«

»Scheeren, Messer, Instrumente, Werkzeuge schleif ich zur Perfektion – «

»Nun gut, wollen wir nachher – «

»Bessere dabei zugleich defekte Töpfe und Geschirre aus – «

» – in Anspruch nehmen – für jetzt – «

» – kitte Porcellan, Glas, Steingut, Gyps, Marmor – « fuhr aber Maulbeere, ohne sich unterbrechen zu lassen fort, »reparire Stutz- und Taschenuhren – heile Pferde-, Rinder- und Schafkrankheiten – habe ein Depot vorzüglicher Pillen und Latwergen für alle nur erdenkliche Leibesschäden und Gebrechen – schneide Hühneraugen aus, bespreche Warzen, mache Flecken aus Kleidern und Wäsche – Dinte-, Fett-, Blut-, Wein-, Kaffee-Flecken – bin Besitzer eines vorzüglichen Feuer-Diamants alle Arten von Hohl-, Milch-, Cylinder-, Spiegel- und Tafelglas in allerhand beliebige Verzierungen schneiden zu können – es kommt auf die Farbe des Glases nicht an, es kann auch gepreßt, geschliffen oder gemalt sein, es schneidet allemal durch und durch – verkaufe ausgezeichnete Recepte zu Stiefelwichse und Schmiere – habe Gift für Ratten, Mäuse, Wanzen, Flöhe, Läuse, Schaben, Insektenpulver – eine vorzügliche Krätz- und Ausschlagsalbe – Schönheitstinkturen und Faltenvertilger, löthe und niete zerbrochene und auseinander gegangene Utensilien, und« – setzte er tief Athem holend hinzu, indem er einen der kleinen Schiebladen seines Kastens, ohne sich dabei zu bücken und nur mit einer geschickten Bewegung des Fußes aufzog – »*ein* vorzügliches Assortiment von Steck-, Näh- und Haarnadeln, Haarwickeln, Bändern, Kämmen, Hosenträgern, Schuhanziehern, Schnürbändern, *mit* einer Masse anderer Artikel *zu* langweilig einzeln aufzuführen – womit sich zu gütiger Kundschaft empfiehlt, einem verehrten Publicum ganz ergebenster Zachäus Maulbeere.«

»Vortrefflich – vortrefflich Herr Maulbeere«, lächelte der Professor, während die Mädchen vor Freude in die Hände schlugen, und sämmtliche Kinder sich jubelnd um ihn her drängten, »ganz vortrefflich, Sie sind ein wahres Juwel in der Wildniß, und wir werden Ihre Hülfe bei einer großen Menge von Sachen in Anspruch nehmen, die einer kundigen Hand bedürfen, sie wieder in Stand zu setzen. Jetzt aber ist das Frühstück fertig, so gehn Sie indessen hinüber in die Küche – Sie finden dort ebenfalls Reisegefährten vom Schiff her, und essen Sie erst mit den Leuten? nachher wollen wir sehn was sich thun läßt.«

»Aber Herr Maulbeere«, sagte die kleine Camilla, Mariens und Annas jüngste Schwester – die dicht neben dem Manne gestanden und aufmerksam seinen Anpreisungen gelauscht hatte, »wenn Sie alle Flecken so gut ausmachen können, weshalb haben Sie denn da so viele auf Ihrem grünen Rock?«

»Das Kind verräth jedenfalls Anlagen«, sagte Maulbeere, der mit der ernsthaftesten Miene den Kopf nach ihm hinuntergedreht hatte, »übrigens mein Fräulein, erlauben Sie mir, Ihnen zu bemerken, daß das an meinem Rock, was Sie *Flecken* zu nennen belieben, eigentlich der Urzustand, die Urfarbe desselben ist, zu dem er an diesen Stellen zurückgekehrt; das wenige Grün dagegen, was ihm geblieben, mehr einem unnatürlichen, künstlichen Zustand zugeschrieben werden muß, in dem er sich an den Stellen noch befindet, und der im Lauf der Jahre ebenfalls den vorangegangenen Bestandtheilen folgen wird.«

»Hahahahaha Herr Maulbeere!« rief die Kleine, und lief lachend in das Haus, wo die Mutter jetzt erschien und die Familie zum Frühstück rief.

»Aber Eduard und Herr Theobald fehlen noch!« rief Anna.

»Theobald?« sagte Maulbeere, der, eben im Begriff sein Tragband aufzunehmen, sich rasch wieder emporrichtete – »der Dichter Theobald *hier* und sollte beim Frühstück fehlen – unbegreiflich. Aber täuscht mich mein Sehververmögen nicht, so kommt dort schon eine Gestalt, die ihm wenigstens auf's Haar gleicht, mit *sehr* schnellen Schritten um die Ecke. Herr Theobald, ich habe das Vergnügen, Ihnen einen guten Morgen zu wünschen.«

»Maulbeere!« rief dieser voller Erstaunen stehen bleibend und nicht einmal die Familie begrüßend aus – »Zachäus Maulbeere!«

Der Scheerenschleifer hatte aber seinen Karren schon wieder aufgenommen, und fuhr langsam dem nächstgelegenen Blockhaus zu, sich selber beim Weber zum Frühstück zu melden, während die Lobensteinsche Familie ebenfalls in das Haus ging, und sich lachend über die wunderliche Erscheinung des sonderbaren Mannes unterhielt. Eduard fehlte noch; er war gestern Abend wieder dem Hirsch zu Gefallen gegangen, hatte auch auf ihn geschossen, aber vorbei, und gedachte sein Glück heute Morgen noch einmal zu versuchen. Der feierliche Einzug der erlegten Beute, falls diese noch erlangt werden sollte, war schon zwischen ihm und Theobald verabredet worden.

Der Professor wollte nun allerdings in seiner Gastfreiheit den Scheerenschleifer heute am Sonntag bei sich behalten, und ihm dann morgen erst die Arbeit geben, die er im Hause für ihn zu thun hatte, Maulbeere aber war damit nicht einverstanden, »Zeit ist Geld«, behauptete er, und »was man heute thun könne, solle man nicht auf morgen verschieben«; ließ sich auch nicht abhalten, gleich nach dem Frühstück an allen möglichen Sachen, die auf der Reise beschädigt worden und ihm jetzt gebracht wurden, zu beginnen, und erzählte dabei den übrigen Arbeitern des Platzes, die sich um her lagerten und setzten und standen, eine Unmasse Geschichten aus seinen Amerikanischen Erlebnissen, daß die Leute oft in lautschallendes Gelächter ausbrachen. Selbst der Weber, der den Burschen noch vom Schiff her, seiner gottlosen Predigten wegen nicht leiden mochte, und auch heute wieder keineswegs damit einverstanden war, daß er den Sonntag solcher Art entweihte, konnte es sich doch nicht versagen, manchmal zu den Leuten zu treten, angeblich nur nach der ihm übergebenen Arbeit zu schauen, dann aber auch zu gleicher Zeit zu hören, was denn da eigentlich so Lustiges vorgehe.

Maulbeere hatte aber auch nicht allein eine ziemliche Anzahl der Haidschnucken-Passagiere getroffen, von denen er oft die komischesten Berichte abstattete, sondern auch einen großen Theil der Staaten in den drei Viertel Jahren durchzogen und – wodurch er den Anderen besonders imponirte – wirklich erstaunlich viel Englisch, allerdings noch mit einem schlechten Accent, in der kurzen Zeit gelernt.

Im Hause selber hatten die Frauen indessen heute noch unendlich viel zu thun, ihr kleines Sommerfest, wie das erste Hinausziehn zu dem beendigten Lusthaus würdig zu feiern. Die Kinder waren in den Wald geschickt, Blumen für Guirlanden zu holen, die Frauen bucken Kuchen. Theobald war gleich wieder nach dem Frühstück unsichtbar geworden, und der Professor mit Georg Donner nach dem beabsichtigten Mühlplatz hinausgegangen, den Plan noch einmal durchzusprechen.

Hopfgarten war sich selber und seiner Zeit ganz überlassen worden, und schlenderte, mit nichts Besserem vor sich, der Gruppe zu, die sich um den Scheerenschleifer gebildet hatte, und in ihrem Lärmen und ihrer Lustigkeit immer lauter wurde. Hier brachte dabei Einer ein Messer zu schleifen, dort Kanne oder Blechbecher zu löthen, dort sogar wieder einen eisernen Topf zu flicken; da war eine Tasse zerbrochen, hier ein Teller, die verkittet werden sollten, die Theekanne hatte den Henkel, die Milchkanne den Fuß verloren, in die Stalllaterne mußten ein paar Scheiben eingeschnitten werden, Einer von den Leuten hatte Zahnschmerzen und verlangte ein Mittel dagegen, dort brachte Einer seinen Sonntagsrock, sich den Kragen reinigen zu lassen, hier wünschte Einer die rothwerdenden Knöpfe seiner blauen Jacke versilbert zu haben, dort ein Zehnter seine Uhr nachgesehn und ein neues Glas einzusetzen, kurz Zachäus Maulbeere wurde von allen Seiten auf das lebhafteste in Anspruch genommen, und schien wirklich auch zu jedem neuen Geschäft, das man ihm zumuthete, ein paar neue Hände zu gebrauchen.

Bis elf Uhr ließ sich die Weberfamilie selber, die Frauen wenigstens, nicht draußen sehn; die Tochter las der Mutter drin am Kamin ein Capitel aus der Bibel vor, und die alte Frau saß mit gefalteten Händen und geschlossenen Augen daneben und hörte andächtig zu. Wie aber die Kirchzeit etwa vorbei war, kamen auch diese aus der Hütte heraus, und die alte Mutter, der die Tochter ein weiches Kissen auf ihren gewöhnlichen Sitz, im Schatten eines breitästigen wilden Maulbeerbaumes trug, blieb dort still und freundlich mit dem Kopfe nickend sitzen und schaute, die abgemagerten Hände im Schooß gefaltet, auf das Leben und Treiben um sie her, bis das jüngste Enkelchen zu ihr hinanlief und ihr Blumen brachte, und die alte Frau dann das blonde Lockenköpfchen streichelte und sich niederbog und es küßte. Eine Thräne hing ihr dabei in den noch immer recht klaren hellen Augen, aber es war eine Freudenthräne; die alte Frau sah und erkannte, wie ihre Kinder gediehen, wie thätig sie schafften, und wie sie vorwärts kamen, und jetzt bald, recht bald hoffen durften, eine kleine Farm selber ihr eigen zu nennen. Wenn sie auch dann und wann an ihren Leberecht unter der Linde dachte und leise – ganz leise im Herzen vielleicht – eine Sehnsucht dorthin erwachte, gab sie der doch keinen Laut mehr; sie sah und fühlte, wie ihre Enkel hier, wenn sie einmal groß geworden, gedeihen und fortkommen würden, und freute sich deren Glück.

»Nun, Herr Maulbeere, wie gehn die Geschäfte?« sagte Hopfgarten, der zu der ihm freundlich Platz machenden Gruppe getreten war, und die Hände auf dem Rücken dem vielseitigen, überallhin thätigen und geschickten Burschen lächelnd zuschaute; »Sie vereinigen ja ein ganzes Stadtviertel von Arbeitern in sich selbst, und wären ein wahres Capital für jede Ansiedlung.«

»Es thut mir nur leid, daß ich das Capital nicht auf Zinsen *legen* kann«, sagte Maulbeere in den Zwischenpausen mit dem Löthrohre beschäftigt eine Uhrkette wieder in Stand zu setzen, »sondern, daß besagtes Capital genöthigt ist, seinen schweren Karren selber im Lande umherzufahren. Habe aber den Trost«, setzte er langsam und immer dazwischen blasend hinzu, »daß es mir nicht allein so geht, und andere Leute – ebenfalls ihre Glacéhandschuh – haben – ausziehn – müssen.«

»Ja die zieht hier Mancher aus, lieber Maulbeere«, lachte Hopfgarten, »aber wen zum Beispiel meinen Sie?«

»Ih nun, verschiedene«, sagte Maulbeere, – »kannten doch Herrn Eltrich?«

»Den netten jungen Mann im Zwischendeck, mit dem reizenden kleinen Frauchen? – er war Künstler, glaub ich.«

»Ja, das sah man ihm an«, meinte Maulbeere – »es sah wirklich künstlich aus, wie er die schweren Porkfässer die Levée mit den zarten Händchen hinaufrollte.«

»Lieber Gott, geht es ihm so schlecht?«

»Jetzt nicht mehr«, sagte Maulbeere – »sie hatten ihm Alles gestohlen, nun aber scheint er sich wieder genug verdient zu haben, anständige Kleider und eine Violine kaufen zu können. Da hat er denn die Zuckerfässer und Kaffeesäcke, die ihm dazu verhalfen, schmählich im Stich gelassen, und bezieht sein Colophonium wieder im Einzelnen.«

»Was heißt das?«

»Nun, er rollt es nicht mehr Fässerweis das Ufer hinauf; er hat, wie er vor ein paar Monaten sagte, eine Anstellung am Französischen Theater erhalten, und es geht ihm jetzt besser.«

»Das freut mich, das freut mich von Herzen«, rief Hopfgarten, »es waren liebe brave und sehr anständige Leute.«

»Ja«, sagte Maulbeere, »wollte mir auch eine Stellung als ersten Liebhaber dabei verschaffen, ich wieß es aber in Entrüstung von mir. Ich konnt' es nicht über's Herz bringen, jeden Abend derselben ersten Liebhaberin vorzulügen, daß ich vergehen müßte, wenn sie mich nicht gleich zum Glücklichsten der Sterblichen machte.«

Hopfgarten lachte.

»Den Oldenburgern ging's dafür desto schlechter«, fuhr Maulbeere fort, der die Uhrkette beendet, und seinen Schleifkarren wieder bestiegen hatte, eine Anzahl ihm gebrachter Messer und Scheeren in Stand zu setzen – »in Amerika können die Bauern in den Kutschen fahren – ja wohl Kuts-chen, denen ist das Singen vergangen, und jetzt blasen sie Trübsal. Dummes, starrnackiges Volk, denen die Holzschuh bis über die Ohren gingen; wollten immer klüger sein als Andere.«

»Was ist denn aus Herrn Schultze geworden?« frug da des Webers Frau, die jetzt auch herangetreten war, auf ihre Scheeren zu warten, und dem Mann indessen zuhörte. »Das war ein netter, rechtschaffener Mensch, und hatte so feine, hübsche Wäsche.«

»Schultze ist übergeschnappt«, sagte Maulbeere ruhig.

»Was? – um Gottes Willen? – ih, das ist doch gar nicht möglich – rein toll geworden?« frug der Weber und seine Frau, und auch Hopfgarten, der sich der eigenthümlichen fixen Ideen des Mannes erinnerte, sagte rasch, »das wäre doch gar zu traurig, Herr Maulbeere; ist das wirklich begründet?«

»Nun, er sitzt noch nicht im Tollhaus«, sagte der Scheerenschleifer, indeß die Funken von dem kleinen durch das Rad gedrehten Stein abspritzten, die Kinder lachend die flachen Hände dagegenhielten, und sich die naßgewordenen, sehr zum Ärger der Mütter an

Röcke und Hosen wischten, »aber er hat die besten Anlagen dazu, und wird auch jedenfalls nächstens eingesteckt werden müssen.«

»Aber wo ist er jetzt, und was hat er nur gemacht?«

»Gegenwärtig«, sagte Maulbeere, »ist er noch in St. Louis und macht Cigarren, hat aber großartige Ideen, eine neue Flugmaschine entdeckt zu haben, die er unserem System anzupassen und damit über den Mississippi und Illinois hinüberzufliegen gedenkt. Außerdem hat er neulich, unter einer Reiherart, die am Mississippi häufig vorkommt – kleine graue Vögel mit unnatürlich langen Beinen, – einen entfernten Verwandten von sich entdeckt, und treibt nun förmliche Abgötterei mit dem ausgestopften Balg.«

»Aber es ist doch nicht möglich – «

»Nicht möglich? – fragen Sie ihn einmal, was *un*möglich wäre – so, wo war denn das lange Messer von vorhin? – ah hier.«

»Hier bring ich auch etwas – « rief Marie Lobenstein in diesem Augenblick herbeispringend – »hier Herr Maulbeere, wären Sie wohl so gütig, mir diese kleine Scheere, aber ja recht recht sauber zu schleifen? – Anna wird Ihnen die Küchenmesser nachher auch noch herausbringen; denen thut es besonders Noth. Wissen Sie wohl, daß ich mir die Scheere neulich *selbst* geschliffen habe?«

»Es ist mir doch 'was Unbedeutendes«, sagte Maulbeere mit einem sehr erstaunten Gesicht.

»Hahahaha – « rief Marie – »wo haben Sie *die* Redensart gehört? – das ist ja unseres alten Drachenwirths in Heilingen stehendes Sprichwort – wie oft haben wir darüber gelacht.«

»Wie hieß der Wirth?« frug Maulbeere.

»Lobsich.«

»Und das Wirthshaus?«

»Zum rothen Drachen, bei Heilingen.«

»Ganz recht«, sagte Maulbeere, ruhig die Scheere nehmend und seine andere Arbeit bei Seite legend – »habe vor vierzehn Tagen bei ihm gewohnt.«

»Das möchte Ihnen schwer geworden sein«, lachte Marie – »aber bitte, nehmen Sie mir die Spitze recht in Acht – Heilingen ist weit von hier.«

»Aber der rothe Drachen nicht«, sagte Maulbeere, den Lederriemen wieder einhängend – »Herr Lobsich scheint seinen rothen Drachen jetzt in Milwaukie aufgeschlagen zu haben.«

»Was? – Lobsichs ausgewandert?« rief Marie in größtem Erstaunen, »das ist doch gar nicht möglich.«

»Fragen Sie einmal hier in Amerika, mein Fräulein, was da *un*möglich wäre«, sagte der Scheerenschleifer; »übrigens weiß ich nicht, ob die Lobsichs, die in Milwaukie in Michigan ein Gasthaus zum rothen Drachen mit entsprechendem Schilde über der Thüre haben, und von denen die männliche Hälfte jenes von mir reproducirte und zu ihrer Entdeckung geführt habende Sprichwort häufig gebraucht, wirklich dieselben sind, die Sie meinen, oder vielleicht Geschwister.«

»Gewiß sind sie's – gewiß«, rief Marie, »der rothe Drache und der Name könnte sich zufällig wiederholt haben, aber das Sprichwort nicht – geht es ihnen gut?«

»Recht gut«, sagte Maulbeere, »besonders ihm; er ist immer selig.«

»Was heißt das – er trinkt doch nicht?«

»Nein«, sagte Maulbeere, »er säuft.«

»Guter Gott, seine arme Frau!« rief Marie.

»Er wird ihre Armuth nächstens theilen«, meinte Maulbeere, »apropos Milwaukie – da oben stecken auch noch einige Cajütspassagiere von der Haidschnucke.«

»*Cajüts*passagiere?« rief Hopfgarten schnell, der sich indessen schon bei Marie nach jenem Lobsich erkundigt hatte, jetzt aber wieder auf den Scheerenschleifer aufmerksam wurde – »und die waren?«

»Doktor Hückler vor allen Dingen – « sagte Maulbeere still vor sich hinlachend – »wird Herrn Donner interessiren – von New-Orleans fortgegangen und hat sich in Milwaukie mit einem Gerippe etablirt.«

»Mit einem Gerippe? – was heißt das?«

»Nun, er hat einem andern Doktor einen abgeknaupelten Menschen abgekauft, und in seinem Laboratorium, wie er die Barbierstube nennt, aufgestellt; rasirt, schröpft und kurirt nicht allein was das Zeug halten will, sondern heißt auch schon der »berühmte deutsche Doktor« in Milwaukie, wo er mit Lakrizenwasser einige ganz ausgezeichnet glückliche Kuren gemacht und sich neulich, zu dem Gerippe, auch noch eine Frau genommen.«

»Er ist verheirathet?« rief Marie.

»Glücklicher Gatte und – ich hätte bald was gesagt« – versetzte Maulbeere, »die Sache hebt sich wieder – Dr. Hückler eine Frau *plus*, Herr Henkel eine Frau *minus* – *facit* gleich.«

»Sie haben Henkel in Milwaukie gesehn?« frug Hopfgarten so rasch, daß sich der Scheerenschleifer erstaunt nach ihm umdrehte und setzte dann, da er nicht gerade diesen wollte ahnen lassen, in wieweit er selber dabei interessirt wäre, langsamer hinzu – »ich glaubte, der hätte sich in New-Orleans etablirt – also Herr Henkel ist jetzt in Milwaukie?«

»Haben andere Leute vielleicht auch geglaubt«, sagte Maulbeere, seine Arbeit wieder aufnehmend – »in Milwaukie war er aber damals noch nicht. Ich traf ihn jetzt auf meinem Hierherweg von Michigan in Illinois, in einem Städtchen – Paris oder London oder so ein kleiner unbedeutender Name – wo wir in der einzigen Blockhütte, die in der Stadt stand – weiter waren überhaupt keine Häuser da – zusammen campirten.«

»In Illinois also?«

»Ja, aber er war auf dem Weg *nach* Milwaukie«, sagte Maulbeere, »und ich habe ihm einige Empfehlungen dorthin mitgegegeben.«

»Alle Wetter, da wird er sich gefreut haben«, meinte der Weber.

»Und er war allein?« frug Hopfgarten.

»Ganz allein, das heißt ohne Frau«, lautete die Antwort, »sonst hatte er noch einen Herrn bei sich, mit dem er zusammen reiste.«

»Und der hieß?«

»*Kolwel* glaub' ich, oder so ein Name – so mein Fräulein – mit *der* Scheere können Sie jetzt Butter schneiden, so scharf ist sie, sonst noch 'was? – schön – wenn Sie wieder was brauchen, ersuch' ich Sie vorzukommen – Zachäus Maulbeere steht Ihnen mit Vergnügen zu Diensten.«

Marie, die während die Männer von Henkel sprachen, Herrn von Hopfgartens Gesicht ängstlich beobachtet hatte, zog sich jetzt, von diesem gefolgt, nach dem Haus zurück, und fand bald ihre schlimmste Furcht bestätigt, als ihr der kleine Mann versicherte, daß er jedenfalls mit Tagesgrauen morgen nach Hollowfield hinüberfahren würde, seine Glieder noch einmal einer Amerikanischen Postkutsche anzuvertrauen. Die Wege waren jetzt trocken und sein Ziel lag, so rasch ihn irgend eine Beförderung, sei sie so mühselig und beschwerlich sie wolle, vorwärts bringen könne gen Milwaukie.

»Jetzt muß ich nur Ihren Vater gleich aufsuchen«, setzte er hinzu, »mit ihm Rücksprache zu nehmen – ah da kommt Georg Donner, der wird uns sagen können, wo er ist; – aber wie sieht denn der aus? – ganz roth und aufgeregt?«

Georg kam allerdings an dem Felde herunter den kleinen Waldweg gerade auf sie zu, und sah roth und verstört im Gesicht aus. Als er Hopfgarten mit Marien sah, blieb er stehn, und es war fast, als ob er umdrehen wollte, wenn so, besann er sich aber wieder, und kam langsam auf sie zu.

»Wie sehn sie denn aus?« rief ihm Hopfgarten schon von weitem entgegen – »haben Sie ein Fieber, oder sich einen Kopf am heiligen Sonntag angearbeitet, der wie Feuer glüht – fühlen Sie sich nicht wohl? – Mensch, Ihre Augen sind ja ordentlich mit Blut unterlaufen.«

»Wirklich?« sagte Georg, und versuchte dabei zu lächeln – »das hat Nichts zu sagen – allein draußen im Wald wollte ich mir ein paar Klötze zurecht rücken, und habe mich wahrscheinlich zu sehr dabei angestrengt.«

»Unsinn, Sie werden sich noch einmal Schaden thun, wo ist denn der Professor?«

»Er ging mit Theobald in der Richtung nach dem Lusthaus zu«, sagte Donner, und man sah ihm an, daß er sich Mühe gab, ruhig zu scheinen; Hopfgarten war aber viel zu sehr mit sich und seinen neuen Plänen beschäftigt, darauf Achtung zu geben, grüßte deshalb nur Marie freundlich, bat sie dem jungen Mann indessen mitzutheilen, was er beabsichtige, und schlug rasch den Weg ein, der nach dem Lusthaus hinüberführte.

»Was war es mein Fräulein, das Herr von Hopfgarten Sie bat mir zu sagen?« frug der junge Mann, als sie allein auf dem Hofe standen, und Marie indessen forschend und ängstlich zu ihm aufschaute – »er hat mich an Sie gewiesen.«

»Herr Donner«, sagte aber Marie leise und schüchtern, die an Sie gerichtete Frage ganz überhörend – »es ist etwas vorgefallen – etwas – etwas sehr Unangenehmes – vielleicht – vielleicht zwischen Ihnen und meinem Vater – «

»Nichts – nichts mein Fräulein«, sagte Georg ausweichend und fast unbewußt denselben Weg langsam einschlagend, auf dem ihnen Hopfgarten vorangegangen war, während Marie in der noch unbestimmten Angst um etwas, das man ihr verheimliche, an seiner Seite blieb – »Sie sollten mir etwas sagen.«

»Herr Donner, beruhigen Sie mich erst über meine Frage«, bat aber Marie – »Sie haben etwas – etwas sehr *Ernstes* gehabt – So roth und erhitzt Sie vorhin schienen, so bleich sind Sie jetzt; das ist nicht von Anstrengung – es ist sicher etwas, was ich schon lange gefürchtet, vorgefallen. Gestehen Sie, Sie haben sich mit meinem Vater – sagen Sie mir Nichts«, – unterbrach sie ihn aber rasch, als er sich gegen sie wandte und reden wollte, und sein ganzes Äußere dabei verrieth, wie recht sie in ihrem Verdacht gehabt – »guter Gott ich – wir Alle wissen zu gut, wie ungerecht mein Vater schon mehre Mal gegen Sie gewesen, wie er treuen Freundesrath hartnäckig und barsch von sich gewiesen hat; Sie kennen ihn ja aber auch, wie seelensgut er sonst ist, und wie ihn das hartgesprochene Wort gleich hinterher gereut.«

»Dann wissen Sie ja auch«, setzte sie wieder zögernd und schüchtern hinzu, »wie er einmal gefaßten Plänen, selbst wenn es sein eigener Schade ist, hartnäckig folgt, und Schilderungen *fremder* Leute oft nur zu viel, zu ungerecht vertraut. Sehen Sie ihm das nach – lassen Sie sich nicht zurückschrecken und seien Sie besonders jetzt, wo er gerade wieder so vielen romantischen Plänen sein Ohr leiht, und Sachen thut, die ein praktischer erfahrener Landwirth vielleicht nicht thun würde, selbst *gegen* seinen Willen, sein – und warum soll ichs nicht sagen«, setzte sie in all ihrer Verlegenheit gar so lieb und vertrauensvoll lächelnd hinzu, »sein guter Engel, der, wenn auch wieder und wieder zurückgewiesen, doch nicht ungeduldig werden darf, um – unseretwillen.«

»Fräulein Marie«, sagte Georg, und die Worte rangen sich ihm nur schwer und mühsam aus der Brust – »Sie haben mir da ein Ziel vorgezeichnet, das zu dem höchsten Streben meines Lebens gehört; vorgezeichnet in dem Augenblick, wo es – rettungslos für mich verloren ist.«

»Was meinen Sie damit?« rief Marie, rasch stehen bleibend und seinen Arm ergreifend.

»Ich wollte den heutigen Tag nicht stören, keine andere, als freudige Worte sollten zu Ihren Ohren dringen, daß sie eine *liebe* Erinnerung daran in Ihrem Herzen wahrten. Das Leben bietet Ihnen ja hier überdieß so wenig andres, als Müh und Arbeit; Sie zwingen mich selbst dazu, und ich *kann* nicht länger schweigen – ich verlasse noch heute diese Farm, und mit ihr den Staat.«

»Herr Donner – « stammelte Marie, kaum im Stande, ihre Bewegung zu verbergen – »gehn Sie – gehn Sie nicht fort!«

»Ich *kann* nicht anders Fräulein Marie – Gott da oben ist mein Zeuge, die harten Worte, die Ihr Vater heute zu mir gesprochen – ich wollte sie gern vergessen, gern dem Mann, den ich liebe und achte wie einen Vater, mehr Rechte einräumen, als ich einem anderen Mann zugestehen würde, aber – er hat mir selber befohlen, daß ich gehen soll – *kann* ich da bleiben?«

Marie wandte den Kopf von ihm ab und schwieg, und auch Georg fand nicht gleich Worte wieder; endlich sagte er mit weicher, nur gewaltsam gesammelter Stimme:

»Ich habe noch eine Bitte an Sie Fräulein Marie – eine recht große Bitte, deren Erfüllung mich recht glücklich machen würde.«

»Wenn ich sie erfüllen *kann*, – « sagte Marie doch so leise, daß die Laute kaum zu Georgs Ohren drangen.

»Den kleinen Rosenstock«, fuhr Georg fort, »den, wie Sie wissen, mir die Mutter mitgegeben, und der mir unendlich lieb und theuer ist, muß ich zurücklassen, bis ich selber eine feste Stätte habe, ihn zu pflanzen. Schon einmal war ich gezwungen, ihn in New-Orleans fremden Händen zu übergeben, und hatte gehofft – darf ich ihn Ihrer Obhut überlassen?«

»Ich will ihn treulich aufbewahren«, flüsterte Marie.

»Dank Ihnen, tausend Dank – wie weh mir selber jetzt der Abschied thut, – « fuhr er dann traurig fort, »darf ich Ihnen wohl nicht erst sagen. Ich hatte auch den heutigen Tag noch hier bleiben, Ihre Freude, wenn auch nicht theilen, doch nicht stören wollen – ich *fühle* aber jetzt, daß ich es nicht einmal gekonnt; ich habe mir mehr Stärke zugetraut, als ich besitze – leben Sie wohl mein Fräulein und – denken Sie manchmal freundlich an Ihren alten Reisegefährten zurück, der *die* Stunden zu den schönsten zählen wird, die er in *Ihrer* Nähe verleben durfte – leben Sie wohl.« –

Marie reichte ihm die Hand, ohne den Kopf nach ihm umzudrehen, nicht ein Wort brachte sie dabei über die Lippen und Georg fühlte wie die Hand die in der seinen ruhte, zitterte. Er hielt sie viele Secunden lang fest, hob sie, als ob er sie an die Lippen drücken wollte, ließ sie wieder sinken, und wie mit einem raschen, wenn auch theuer genug erkämpften Entschluß sie frei lassend, wandte er sich, und schritt den Weg zurück, der zu dem Hause führte.

Marie drehte sich nach ihm um – ihr Mund öffnete sich, aber kein Laut kam über ihre Lippen; wieder kehrte sie sich von ihm ab, und während die hellen, bittern Thränen an ihren Wangen niederrollten, schritt sie dem Walde zu.

Der Mittagstisch versammelte wie gewöhnlich die Familienglieder um die lange Tafel – nur Georg Donner fehlte. Sein Couvert lag aufgedeckt, aber Anna nahm, als sich die Gäste setzen wollten, den Stuhl fort und den Teller mit Messer und Gabel vom Tisch.

»Wo steckt denn Donner eigentlich?« frug Hopfgarten, der das Zimmer schon flüchtig mit den Augen überflogen hatte, und den jungen Mann gerade suchte.

»Er läßt sich heute Mittag durch mich entschuldigen«, sagte die Frau Professorin, einen schüchternen Blick dabei nach ihrem Mann hinüberwerfend; dieser schien jedoch die Frage überhört zu haben und fing schon an die Suppe auszuschöpfen. Nur Theobald war aufmerksam geworden, und frug die Frau Professorin ob sie nicht wisse, wo Donner sei, und ob er vielleicht nach dem Lusthaus hinausgegangen wäre. Ein dunkler Verdacht stieg in ihm auf, daß sich der junge Mann auch bei der Festlichkeit, über die er mit eifersüchtigem Auge wachte, betheiligen könne, und am Ende gar die Tischzeit, wo er wußte, daß er ungestört blieb, benutzt habe, hinauszugehn. Die Frau Professorin beruhigte ihn aber darüber, und Theobald hatte bald andere Sachen im Kopf, ihn das wieder vergessen zu machen.

Die Tischgesellschaft war aber eine recht stille heute, wo Alle sich eigentlich vorgenommen hatten recht heiter zu sein, und wunderbarer Weise fiel es Niemandem auf. Donner war noch dicht vor Tisch im Haus gewesen, von Mariens Mutter und Schwester Abschied zu nehmen, und hatte nicht einmal bewogen werden können, wenigstens noch zum Essen zu bleiben. Der Professorin selber war das aber recht schwer auf die Seele gefallen, denn sie wußte, wie treu und redlich es der junge Mann mit ihnen meinte, und wie oft er den Vater schon von Sachen abgehalten, die, wie sich später auswieß, nur zu seinem Schaden gewesen, wenn er dem eigenen Kopf dabei gefolgt. Der Professor selber fühlte sich am Unbehaglichsten – er trug das unangenehme Bewußtsein mit sich herum, einen unüberlegten, vielleicht gar ungerechten Streich gemacht zu haben, und anstatt auf den böse zu sein, der die alleinige Schuld davon trug – auf sich selber – war er es auf die unschuldige Ursache desselben. Hopfgarten hatte nun vollends seine neuen Reise- und Rachepläne im Kopf, und hörte und sah kaum was um ihn her vorging. Eduard, erst kurz vor Tisch unverrichteter Sache von seiner Hirschjagd zurückgekehrt, war ärgerlich und verdrießlich, und Theobald brütete über einen Toast in Versen, den er vorher sorgfältig einstudirt und von dem er jetzt unglückseliger Weise gerade die Pointe vergessen hatte.

Marie, die Königin des Festes war die Allerstillste, und Anna, die neben ihr saß, wagte nicht sie um die Ursache zu fragen.

Nach und nach kam allerdings ein wenig mehr Leben in die Gesellschaft – Theobald hatte die Pointe wiedergefunden und fuhr plötzlich in die Höh sich seiner Last zu entledigen, daß er die Geschichte nicht am Ende gar noch einmal verlöre. Die Männer sprachen dabei fleißig dem heute ausnahmsweise gegebenen Weine zu, und selbst der Professor, der sich glaubte zusammennehmen zu müssen, damit ihm Niemand etwas anmerke, wurde gesprächig, lachte über ein paar Anekdoten die Theobald erzählte, und neckte den Sohn über sein unverbesserliches Jagdglück.

Gleich nach Tisch brach die Gesellschaft aber nach dem neuen Lustplatz auf, diesen einzuweihen und Theobald lief mehr als er ging, voran, sie dort, wie er meinte, würdig empfangen zu können.

Das gelang ihm auch vollkommen; die kleine freundliche Stelle im Walde war mit Blumen, grünen Reisern und blühenden Lianen geschmückt, und als die Familie, von Herrn von Hopfgarten begleitet, nur erst einmal den Prolog überstanden, mit dem sie Theobald von oben aus bewillkommte, und wobei ihm der neben ihm kauernde Eduard die fehlenden Worte zuflüstern mußte, wurde dort von den Männern ein Feuer gemacht, und der Kaffee mit dem schon vorher hinausgeschafften Kuchen genossen.

»Aber wo steckt denn nur Donner?« frug Hopfgarten, wie das Gedicht endlich wirklich vorüber war, den Professor noch einmal; »bei Tisch war er nicht – hier ist er auch nicht, und vorhin sah er so verstört aus – ich habe ihn nachher gar nicht wieder gesehn.«

»Ich habe den jungen Mann aus meinem Dienst entlassen«, sagte der Professor ernst und ruhig.

»Den Teufel haben Sie!« rief Hopfgarten, von seinem Sitze aufspringend – »den jungen Donner?«

»Ich schätze seinen Fleiß wie seine anderen guten Eigenschaften, und weiß sie vollkommen zu würdigen«, erwiederte Lobenstein, »aber ich bin nicht gesonnen, mir auf meinem eigenen Grund und Boden von einem Manne, der dem Alter nach mein Sohn sein könnte, Vorschriften, ja sogar Vorwürfe machen zu lassen.«

»Professor, Professor«, sagte Hopfgarten unruhig, »ich will zu Gott hoffen, daß Sie den Schritt in Ihrem Leben nicht bereuen – Donner war ein tüchtiger Kopf und ein fleißiger Arbeiter, und würde Ihnen von unberechenbarem Nutzen gewesen sein.«

»Wenigstens glaubte er das selber«, sagte Theobald, der mit Hopfgarten darin keineswegs einverstanden war, und jetzt zu seinem innigen Vergnügen hörte, daß der junge Mann, der ihm schon oft im Weg gewesen, den Platz räumen würde.

Hopfgarten sah den jungen Dichter an, und hatte eigentlich eine recht bittere Erwiederung auf der Zunge, schluckte sie aber hinunter, und sagte Nichts weiter als – »nun ich will Ihnen in der That wünschen, daß Sie es nicht bereuen mögen; mir aber ist es für den Augenblick gerade recht, und ich habe desto dringender mit ihm zu sprechen – Sie erlauben mir da wohl, daß ich einen Augenblick zum Haus zurückgehe, ihn aufzusuchen.«

»Ich werde Sie begleiten«, sagte Anna – »ich habe so noch etwas vergessen«, und ihr Bonnet aufnehmend, schritt sie mit Herrn von Hopfgarten dem Hause wieder zu.

Dort fanden sie Georg aber nicht mehr, und als sie zum Weber hinüber gingen, hörten sie von diesem, der sich gar keine Mühe gab, seinen Ärger zu verbergen, daß der junge Mann schon, trotz allen Gegenreden von seiner Seite, vor dem Essen den Platz verlassen habe. Er hatte seinen Tornister, der bei ihm gelegen, und Alles enthielt, was er bei sich führte, auf den Rücken geworfen und war damit nicht einmal eine Straße, sondern gerade querfeldein in den Wald hinein marschirt.

»Hätt' er den anderen Faullenzer, den Gedichtemacher fortgejagt«, sagte der alte ehrliche Bursche dabei, »so wäre Vernunft d'rin gewesen, so aber schickt er den besten Arbeiter fort, den er auf dem Platze hat, und mag nun auch sehn wie er so fertig wird. Soviel weiß ich aber, wenn mein Jahr nicht ohnedieß bald um wäre, ich kündigte ihm auch auf und ging meiner Wege, denn die ganze Geschichte hier nimmt doch kein gutes Ende und wem das nicht egal ist, dem dreht sich nachher das Herz im Leibe dabei um.«

Hopfgarten selber war außer sich, und machte alle möglichen Pläne, den jungen Mann wieder zu finden, schickte auch drei von den Leuten aus, denen er eine sehr gute Belohnung versprach, wenn sie ihn fänden und, wenn auch nicht zurückbrächten, doch aufhielten, daß er ihm selber nachginge. Alle drei kehrten jedoch spät am Abend unverrichteter Sache zurück – sie hatten gar nicht auf seine Spur kommen können.

8. In Michigan

Es ist ein eigenes Gefühl für den Europäer, die Straßen einer der, wie aus dem Boden gewachsenen jungen Amerikanischen Städte zu durchwandern, und um sich her das Drängen und Treiben jener geschäftigen Menschenwelt zu sehn, die von allen Theilen Amerikas und Europas herbeigezogen, wild und bunt hier zusammen strömt, ihre Hütten baut, und keinen anderen Trieb fast kennt als eben – reich zu werden. Alles ist neu und unfertig, nur dem augenblicklichen Bedürfniß genügend, und selbst wo der Kern der Stadt, der Mittelpunkt von dem aus sie ihre Strahlen schießt, und Häuser und Straßen wie Crystalle ansetzt, stattliche neue Steingebäude bilden, stehen dicht daneben niedere, nur flüchtig errichtete Holzhütten, momentane Wohnplätze für ihre Bewohner, die im nächsten Jahr eine Etage, oder rechts und links einen Anbau treiben, und sich endlich ebenfalls zu einem mächtigen Backsteinhause bilden, das wiederum seinen Anwuchs neben sich keimen und emporsteigen sieht.

Und selbst das Älteste, wie neu; die frischbehauenen Steine vorn als Schwellen, die lichten, noch nicht wettergebräunten Schindeln auf den Dächern, die oft noch nicht einmal gestrichenen Rinnen, die frisch und hell geschmacklos angemalten Jalousien; die kleinen Holzgebäude daneben mit ihren viereckig weiß gestrichenen Fronten, mit einem Bretervorschuh obendrauf, anscheinend das Ganze größer aussehn zu machen, in Wirklichkeit aber riesigen Firmen Raum zu geben, die mit dem Nachbar Steinhaus concurriren sollen; die jungen Kirchen selbst mit dem viereckig hölzernen ungeschickten Thurm – ebenfalls Concurrenzen zwischen Baptisten, Presbyteriern, Methodisten, Unitariern, Episcopalen, Universalisten, Katholiken, Congregationalen und wie die unzähligen feindlichen Sekten unserer *einigen* christlichen Kirche alle heißen; die Wirthshausschilder selbst mit den kolossalen und oft wunderlich genug gemalten Überschriften wie: »*Experiment*« – »*Opposition*« – die aufgehäuften Waaren überall, Massen davon noch nicht einmal unter Dach und Fach gebracht, Whiskeyfässer mit rothen Böden und schwarzer Aufschrift, mit den Cincinnati-Stempeln; ebenso Pork- und Mehlfässer, Colonialwaaren, in Schuppen ungespeichert; Kleiderläden, aus rohen Bretern frisch aufgeschlagen, mit einem durch eine Kattunwand abgegrenzten Schlafplatz drinn, und oben die Firma eines deutschen Jüdischen Namens tragend; die Straßen zum großen Theil noch nicht einmal gepflastert, und einzelne Stücken Fenz sogar noch hie und da im Innern der Stadt, die wie abgeschnitten und überrascht von dem fabelhaft schnellen Bau der Häuser um sie her, vergessen scheinen in dem allgemeinen Drängen nach vorwärts.

Und dann die Menschen erst – wie das rennt und stürmt und galopirt und die Schultern gegen sein Tagwerk stemmt; diese *Hast* des Erwerbs hat kein anderes Land der Erde aufzuweisen, und mit der kecken Stirn mit der der Yankee jeden Gewinn vom Zaune bricht, der sich ihm bietet, gleichviel woher er komme, mißt sich ebenfalls kein anderer Stamm.

»Du glaubst zu schieben, und Du wirst geschoben«, ein Halten ist nicht möglich, denn der Hintermann weicht Dir nicht aus oder schreitet um Dich herum, er schiebt Dich mit sich, oder – tritt Dich noch lieber unter die Füße, selber einen etwas festeren Halt zu bekommen für den eigenen Fuß; was schiert ihn der Nachbar.

Und das Gemisch von Sprachen, von Trachten, von Sitten in solcher neuen Stadt. Der trunkene Ire, der mit der Schaufel über der Schulter durch die Straßen jubelt, in irgend einem Keller oder Brunnen sein Tagewerk zu beginnen, der glatte Franzose mit dem zierlich gekräuselten *moustache*, der Seemann wie er vom Schiff herunter kommt, den Mund voll Flüche und Taback; der sanfte *Reverend* mit der weißen glatten Halsbinde, dem viel glatteren Hut und noch glatteren Gesicht; auch auf der Jagd, wie die Anderen, nicht nach Arbeit zwar, aber nach Gewinn, Abonnenten für seine Sitze in der eigenen Kirche zu schaffen, ehe sie der Nachbar Baptist oder Unitarier für sich geangelt hat; der deutsche Bauer mit dem langen Rock und ausgeschweiften Hut, immer in Schweiß und immer zu spät kommend, wo es den Lohn zu erndten giebt für ehrlich geleisteten Dienst; der lange Yankee dazwischen, glatt rasirt und, als einer höchst lobenswerthen Eigenschaft, mit stets reiner Wäsche, sei er noch so arm, dabei aber nicht selten in zerrissenem Frack, und über kreuz und quer durch das Oberleder geschnittenen Stiefeln, den Zehen freien Raum zu geben. Der Mulatte und Neger, mit aufgestreiften Hemdsärmeln und immer freundlichem, oft gutmüthigen Gesicht, die Arme vor sich her schlenkernd und die Hände halb gekrümmt, zum Zupacken an irgend etwas; und dazwischen hinschleichend vielleicht, ein Indianer in seine Decke gehüllt, den bemalten Kopf mit Federn geschmückt und die Büchse auf der Schulter mit dem Putzstock in der rechten Hand, der staunend und scheu das dunkle Auge nach allen Seiten hinüberwirft, das wunderbare Volk der Bleichgesichter hier förmlich aus dem Boden herauswachsen zu sehn. Wie der die Brauen so finster zusammenzieht und mit den Zähnen knirscht, wenn er daran denkt, daß es *seine* Jagdgründe sind, die sie ihm verödet, daß der Boden die Gebeine seiner Väter deckt, deren Gräber entweiht und ihres heiligen Schattens beraubt wurden. Aber was hilft es ihm daß er die Büchse fester packt und die Decke halb von der rechten Schulter wirft – seine Zeit ist vorbei, und mit dem ersten Schiff, das weiße Wanderer seinem Lande brachte, brach auch der Damm, der es bis dahin geschirmt und geschützt vor Überschwemmung. Langsam und leise zwar kamen sie im Anfang heran; freundlich und bittend, wie die Fluth auch an dem erst berührten Damm ganz langsam sickernd wäscht und spühlt und einzelne Tropfen nur hinüberfließen läßt zur anderen Seite; aber der Riß weitert sich, und stärker beginnt es zu laufen. *Noch* wär' es Zeit, wenn Alles jetzt zur Hülfe spränge und sich entgegenwürfe dem gemeinsamen Feind; »aber es ist wohl nicht so schlimm«, denken die Meisten, und die im Lande drin, die kümmerts auch wohl gar nicht. »Da müßt es stark kommen und mächtig werden, wenn es *uns* hier erreichen sollte – die, denen es am nächsten auf der Haut brennt, mögen sich wehren.« Die wehren sich auch wohl, doch wächst die Fluth und hier und da reißt sie auf's Neue Bahn, stärker, immer stärker und mächtiger, und furchtbar plötzlich mit der ganzen Kraft das letzte Hinderniß zu Boden reißend, das sich ihr noch entgegen stellte. Jetzt möchten die im Lande drinnen die Arme auch gebrauchen, aber das Wasser hat sie schon erreicht – das ganze Land ist überschwemmt, der Boden weicht ihnen unter den Füßen fort. Noch schwimmen sie, das Messer zwischen den Zähnen, doch umsonst – die Strömung ist zu stark, und mit ihr treiben die letzten ihres Stammes dem Meere zu.

Hopfgarten hatte Milwaukie nach gerade nicht sehr langer, aber höchst beschwerlicher Fahrt erreicht, und schlenderte, eben angekommen, noch mit seinem Reisesack unter dem Arm, die Ost-Wasserstraße hinab, dem Mittelpunkt der Stadt zu, die sich hier, mit dem weiten herrlichen See und seinem regen Treiben zu seiner rechten, in bunter thätiger Geschäftigkeit entwickelte.

Unser alter Freund hatte sich übrigens, mit keinem weiteren Ziel der Straße folgend, als ein ihm zusagendes Hotel zu finden, ganz diesen neuen Eindrücken hingegeben, und schaute mit einer Art von Behagen auf das Gewirr und Jagen um sich her, dem er keineswegs fern stand, sondern zu dem er, gerade in seiner Ruhe und mit seinem Reisesack unter dem Arm, recht eigentlich gehörte. Daß sich dabei Niemand um den Fremden, wo Alles fremd war, kümmerte, gefiel ihm ebenfalls, und nach Bequemlichkeit die verschiedenen Schilder und Firmen lesend, wie sie jedem Ankommenden schon Straßen weit in die Augen leuchten, stutzte er plötzlich, als ihm ein bekannter Name zwischen der Unzahl französischer, englischer und deutscher Firmen, in englischer Schrift, auffiel.

»*Dr. J. A. Huckler*, praktischer Arzt und Geburtshelfer,
Operateur und Chirurg, – Besitzer der Königl. Preuß.
Verdienstmedaille etc. etc. etc. – «

während unten, neben der Thür noch ein ganz kleines Schild hing, auf dem mit winzigen deutschen Buchstaben stand »deutscher Arzt«!

»Wäre doch wunderbar«, murmelte der kleine Mann vor sich hin, ging aber auch, ohne sich weiter zu besinnen, auf das ganz frisch angemalte weiße Häuschen zu, dessen mangelnde erste Etage eben durch diese Riesenfirma vollkommen ersetzt wurde, öffnete die

Thüre und fand sich gleich darauf in dem kaum vierzehn Fuß langen und nicht breiteren Raum seinem alten Reisegefährten, dem »Doctor« Hückler, wie einem scheußlichen, dicht hinter ihm aufgestellten Skelett gegenüber.

»Guten Morgen Doctor«, rief der Reisende, unwillkürlich, aber dabei neben ihm weg nach dem Skelett hinübersehend – »wie gehts?«

»Guten Morgen Herr von Hopfgarten«, erwiederte der Doctor, so ruhig jedoch, und so ohne auch nur das geringste Erstaunen über den Eintritt eines Mannes zu zeigen, mit dem er die Seereise gemacht, und von dem er seit der Zeit Nichts wieder gehört, als ob er ihn alle Tage um dieselbe Stunde hätte bei sich eintreten sehen, »doch nicht krank will ich hoffen? sollte mir leid thun.«

»Seh' ich aus wie ein Kranker, Doctor«, lachte Hopfgarten, »nein ich sah Ihr Schild draußen, und wollte mich nur erst einmal überzeugen, ob Sie es wirklich selbst wären, der sich hier, unter der riesigen Firma und mit allen möglichen und erdenklichen vortheilhaften Eigenschaften, niedergelassen hat. Wo zum Teufel haben Sie übrigens das ekelhafte alte Knochengestell dahinten aufgetrieben? steht das zur *Verzierung* hier in Ihrer Bude?«

»*My deur Sir*«, sagte der Doctor mit einer nicht ungeschickten Amtsmiene, »in dieser Hinsicht sind Sie in unserem Fache wohl noch zu fremd, die Ursachen zu begreifen, weshalb man dem *ungebildeten* Theil der Amerikanischen sowohl, wie fremden Bevölkerung, durch die That und gewissermaßen bildlich beweisen muß, daß man sein Fach versteht, und sich nicht nur mit der Haut beschäftigt, sondern in seinen Forschungen bis auf die Knochen unseres Systems gedrungen ist.«

»Warum machen Sie solche Umstände«, lachte Hopfgarten gutmüthig, »und sagen mir nicht lieber mit einfachen Worten, »davon verstehen Sie Nichts«, – das ist mir schon mehre Male passirt. Sie mögen übrigens recht haben«, setzte er dann, indem sein Blick im Zimmer umherschweifte, hinzu; »wahrscheinlich versteh ich davon ebensowenig, wie von den eingemachten Schlangen, und Eidechsen und kleinen Kindern, die Sie hier in Gläsern herumstehn haben. Doctor das ist ein schauerlicher Nipptisch, und könnte Einem den Appetit auf eine ganze Woche verderben. Also es geht Ihnen gut, wie? nun das freut mich; nach alle dem, wie Sie die Sache hier angegriffen, zweifle ich auch wirklich nicht daran, daß Sie Ihren Weg in Amerika machen werden.«

»Lieber Herr von Hopfgarten«, sagte Hückler, sich eine Cigarre aus einem hinter ihm stehenden Kästchen nehmend, und sie anzündend, »der Begriff »Weg machen« läßt sich bei Männern unseres Fachs nicht wohl anwenden. Die Wissenschaft hat ihre eigene Bahn, auf der sie langsam aber sicher fortschreitet, und wer in *der* Bahn den Anforderungen genügt, die an ihn gemacht werden, der schwimmt oben und kann seinen Kahn ziemlich in jeden beliebigen Hafen steuern. Wer das *nicht* kann – nun der sinkt eben unter, und verschwindet in der Masse des übrigen Gelichters, das hier nach Amerika kommt, und glaubt, es brauche nur die Nase herein zu stecken, schon mit offenen Armen empfangen zu werden. Wir hier in Amerika überschauen das aber mit ziemlich ruhigem Blick, und wissen, was wir von derlei Hoffnungen zu erwarten haben.«

»*Wir* hier in Amerika? – hm«, sagte Hopfgarten, wirklich erstaunt über die Veränderung, die wenige Monate in dem sonst so stillen und oft sogar schüchternen Chirurgen hervorgebracht – »nicht so übel, Sie sprechen, als ob Sie so viele Jahre wie Monate in Amerika wären.«

»Die Erfahrungen reifen den Mann, nicht die Jahre«, entgegnete der Doctor ruhig. –

»Sehr hübsch gedacht, besonders vom medicinischen Standpunkte aus«, sagte Hopfgarten, »aber apropos – irr' ich mich, oder habe ich irgendwo gehört, daß Sie auch schon verheirathet sind? – «

»Allerdings«, sagte Hückler, den Rauch seiner Cigarre von sich blasend – »ich kam vor etwa drei Monaten nach Wisconsin, und fand das Unwesen der Ärzte hier zu einem Höhepunkt gediehen, der wirklich nicht zu beschreiben ist. Es quacksalberte eine Anzahl von Leuten hier herum, von denen selbst jetzt sogar noch ein großer Theil seine Gifte all jenen Unglücklichen verabreicht, die ihnen in die Hände fallen, und mehre sehr achtbare Amerikanische Familien besonders, waren von solchen Betrügern wahrhaft gemißhandelt, und langsam aber systematisch nach und nach ausgemordet worden. Da kam ich hierher, und wurde in verschiedenen Fällen zu, von Amerikanischen Ärzten schon aufgegebenen Kranken gerufen. Eine bedeutende New-Orleans Praxis hatte mich dabei mit den hiesigen klimatischen Verhältnissen vertraut gemacht, ein rascher Blick, der einem tüchtigen Arzt eigen sein muß, oder er ist eben kein tüchtiger Arzt, setzte mich in den Stand, die Übel, wie die begangenen Misgriffe richtig zu erkennen, mit einem Wort ich kam – ohne unbescheiden zu sein, sah und siegte. Die Tochter eines sehr wohlhabenden Farmers ganz in der Nähe, riß ich solcher Art aus den Krallen des Todes, und der Vater, der sein Kind schon aufgegeben hatte, gab es mir, zur weiteren Verpflegung.«

Hopfgarten hatte sich, ohne übrigens von dem Besitzer des »*doctor shops*« dazu besonders aufgefordert zu sein, auf dem einzigen Stuhle niedergelassen, der in dem kleinen Raum, wahrscheinlich zur Bequemlichkeit vorsprechender Patienten, stand, und hörte, beide Daumen dabei um einander jagend und die Blicke fest auf den Erzählenden heftend, diesem Schlacht- und Siegesbericht geduldig zu. Es war ihm ein eignes Gefühl, und nicht ohne Interesse für ihn, die Verwandlung zu beobachten, die in dem ganzen Wesen des früheren Hückler, jetzigen plötzlichen *M. D.* vorgegangen, und er konnte nicht umhin dabei Vergleiche zwischen ihm und den jungen Donner anzustellen, die allerdings nicht zum Vortheil seines jetzigen Gegenüber ausfielen. Hückler aber, dessen ganz unbewußt, und so fest überzeugt geworden von seinen Talenten, daß er nicht einmal mehr selber erstaunt war, plötzlich einen so ausgezeichneten Arzt in sich entdeckt zu haben, schwatzte noch eine Weile in der obigen Weise fort, und suchte besonders seinem früheren Reisegefährten eine Idee von der ausgebreiteten sowohl wie ausgezeichneten »Kundschaft« beizubringen, die er sich hier schon in der kurzen Zeit seines Aufenthalts erworben, und ersuchte ihn endlich, ihn doch einmal Abends auf seiner »Villa« in der Nähe der Stadt zu besuchen, auch seine häusliche Einrichtung in Augenschein zu nehmen. Vielleicht wollte er dadurch seinem Besuch, den er doch wohl im Verdacht hatte, früher eine nicht ganz so gute Meinung von ihm gehabt zu haben, imponiren; vielleicht aber auch – das Wahrscheinlichere – etwas pariren, was er durch Herrn von Hopfgartens Erscheinen mit dem Reisesack, freilich unbegründet, glaubte fürchten zu müssen, daß dieser nämlich die Absicht habe sich, fremd in der Stadt, bei ihm, als einem alten Reisegefährten, einzuquartiren.

Hopfgarten dachte natürlich gar nicht an etwas derartges, hielt aber gerade den hier jedenfalls ziemlich bekannten Hückler für eine passende Persönlichkeit, das, was ihm am meisten am Herzen lag, zu erfahren. Direkt nach Henkel zu fragen scheute er sich allerdings – er wollte Alles vermeiden, was den Burschen vor der Zeit warnen konnte, und besann sich deshalb eben auf eine passende Einleitung, als ihm Hückler darin schon auf halbem Wege entgegenkam.

Dieser begann nämlich damit, seine Kunden aufzuzählen, und Hopfgarten ließ ihn darin ruhig gewähren, bis er nur fortwährend Amerikanische oder fremde Namen nannte, und Hopfgarten ihn dann endlich unterbrach und sagte:

»Nun – und wie ist es mit den Deutschen? wir scheinen doch hier eine Unmasse Landsleute zu haben, und Wisconsin soll ja, wie mir in anderen deutschen Staaten erzählt ist, überhaupt zum größten Theil von Deutschen bevölkert sein; haben Sie unter denen keine Praxis?«

»*Yes*, es sind viele hier«, sagte Hückler, anscheinend sehr gleichgültig, »mit denen ist aber wenig anzufangen, mein lieber Herr von Hopfgarten. Es kommt da eine Rasse Menschen von unserem guten Deutschland herüber, daß man sich seiner Landsleute ordentlich schämen möchte, und ich selber habe nicht gern – ich muß es aufrichtig gestehn – etwas mit ihnen zu thun. Es macht Einem auch bei den Amerikanern keinen guten Namen, viel mit den *black dutch*[4] zu verkehren.«

»Nicht mit den *Deutschen*« rief Hopfgarten verwundert, und mußte dabei wirklich an sich halten, dem eingebildeten Narren, der sein eignes Vaterland verleugnen wollte, nicht das erste beste Glas an den Kopf zu werfen – »weshalb nicht, wenn ich fragen darf?«

»Ih nun«, sagte der selbstgemachte Doctor, die Nase rümpfend und mit den Achseln zuckend, »ich weiß nicht – man hat eben keine Ehre davon, mit ihnen umzugehn, noch dazu wenn man in Amerikanische Familien eingeführt und der Englischen, doch viel schentileren Sprache mächtig ist. Ich weiß nicht – ich spreche zum Beispiel, obgleich es mir noch manchmal etwas ungewohnt vorkommt, zehntausend Mal lieber Englisch wie Deutsch – es ist auch die Landessprache, und wir müssen uns darein finden. Übrigens«, setzte er rasch hinzu, als er an Hopfgartens Gesicht doch wohl sehn mochte, daß dieser mit den eben geäußerten Ansichten nicht so ganz einverstanden war, »giebt es auch Gott sei Dank einige Ausnahmen hier von der Regel, aber freilich wenige; so habe ich neulich wieder das Vergnügen gehabt, einen alten Reisegefährten von der Haidschnucke hier begrüßen zu können, der dabei auch schon mit mehren Amerikanischen Familien sehr befreundet ist, und in andern durch mich eingeführt wurde – Sie erinnern sich doch noch an Herrn Henkel – «

»Also er ist hier?« rief Hopfgarten ganz gegen seinen Willen schneller als es seine Absicht gewesen, und setzte erst dann wieder langsamer hinzu – »oh ja, ich erinnere mich jetzt gehört zu haben, daß er eine Reise nach dem Norden beabsichtigte.«

4 Schwarz-Deutsche – ein Schimpfwort der ungebildeten Amerikaner für die Deutschen.

Hückler, so sehr er auch mit sich selber beschäftigt sein mochte, bemerkte doch, und zwar mit einem etwas erstaunten Blick, die unverkennbare Erregung Hopfgartens bei dem Namen, wenn er sich auch natürlich die Ursache nicht im Geringsten erklären konnte, oder sich etwa Mühe gegeben hätte das zu thun. Rasch auch darüber hingehend, begann er wieder von seinen Verbindungen, wie ebenfalls von seinen jetzigen Einnahmen zu erzählen, die er mit einer gewissen wegwerfenden Gleichgültigkeit wahrscheinlich noch um das zehnfache übertrieb, dem früheren Reisegefährten so viel als möglich zu imponiren. Im Laufe des Gesprächs, in dem sich Hopfgarten schon entsetzlich zu langweilen begann und auf raschen Rückzug dachte, erwähnte er dabei, daß er jetzt eben im Begriff stehe, bedeutende Gelder nach Europa zu senden, und zwar einen Theil derselben seinen Eltern, einen anderen aber, um ihn in einem gewissen Papier, zu dem er besonderes Vertrauen hege, anzulegen.

»Ich muß auch nach Europa schreiben« sagte Hopfgarten, von seinem Stuhle aufstehend, »von hier aus thut man das wohl am Besten über New-York?«

»New-York wird wohl die *schnellste* Beförderung sein«, erwiederte Hückler, »ich sende auch in diesen Tagen etwas hinüber, und zwar, da mir daran liegt, es *sicher* hinüber zu bringen, durch Herrn Henkel selber, der gerade genöthigt ist, eine Geschäftsreise nach Deutschland zu machen.«

»Durch Herrn Henkel?« sagte Hopfgarten rasch und erstaunt »aber – aber um Gottes Willen, weshalb schicken Sie es denn da nicht durch die Post, oder durch einen hier ansässigen Kaufmann, der Ihnen – der Ihnen gewissermaßen eine Garantie für die richtige Ankunft bietet – «

»Ah, mein lieber Herr von Hopfgarten«, lachte Hückler, die Lippen dabei mit einem gewissen bedauerlichen Lächeln zusammenziehend – »Sie haben die alten Geschichten im Kopfe, Märchen und Sagen von Leuten, die Nichts von der Sache wissen und gerne klug reden wollen, daß man, einmal in Amerika angelangt, seinem eigenen Bruder nicht mehr trauen dürfe. Das mag recht gut sein für solche, die »grün« im Lande sind, wie wir hier sagen, wer aber da erst einmal seine Schule durchgemacht hat, mein guter Herr von Hopfgarten, der weiß schon, wem er trauen darf und wem nicht.«

»Ja, aber ich meine nur – «

»Wer *mich* leimen will, mein guter Herr von Hopfgarten«, fiel ihm Hückler wieder in die Rede, »der muß früh aufstehn, und dann findet er erst recht, daß es ihm Nichts geholfen – *ich* kenne meine Leute; wem *ich* vertraue, darauf können Sie sich verlassen, der verdient es.«

»Nun, das ist mir lieb«, sagte Hopfgarten, der sich über den Holzkopf ärgerte; »aber noch eins, Herr Hückler – Sie sind doch hier in der Stadt bekannt, und können mir gewiß ein gutes Gasthaus empfehlen, ein oder zwei Tage da zu logiren.«

»Ih nun«, sagte der Doctor, »es hat sich vor nicht gar langer Zeit ein sehr achtbarer Mann hier etablirt, dessen Frau ich behandle – ein Deutscher allerdings, und obgleich ich eigentlich nicht für die *deutschen* Gasthäuser bin, muß ich doch gestehn, daß er ein sehr gutes, besonders sehr reinliches Boardinghaus hält. Es liegt in der Westwasserstraße und heißt »der rothe Drachen« – Sie brauchen nur hier gerade auszugehn – ist auch billig; drei Dollar die Woche für Kost und Logis.«

»Dort wird auch wohl Herr Henkel logiren«, bemerkte Hopfgarten vorsichtig, der dem Burschen nicht eher zu begegnen wünschte, ehe er mit dem Staatsanwalt gesprochen hatte.

»Nein«, sagte Hückler lächelnd, »Herr Henkel wohnt in einem Amerikanischen Hause in *Prairie street* – es ist aber ein Privathaus und würde weitere Boarders«, setzte er hinzu, »nur vielleicht auf die Empfehlung eines bekannten und geachteten Mannes aufnehmen – ich habe Herrn Henkel auch dorthin empfohlen. Herr Henkel wird übrigens heute Abend oder morgen früh wieder abreisen, dann bekommen die Leute Platz, und wenn Sie es wünschen – «

»Bitte, bitte«, rief Hopfgarten rasch und abwehrend, »bemühen Sie sich nicht meinethalben – aber Sie sagen, Henkel verläßt Milwaukie so bald wieder; das thut mir leid, ich hätte ihn gern gesprochen. – «

»Er wäre schon gestern abgereist«, sagte Hückler, »und ist wirklich nur in seiner unendlichen Gutmüthigkeit einigen Deutschen Familien zu Liebe noch so viel länger hier geblieben, die ebenfalls Geld nach Deutschland schicken wollten, Verwandte herüberkommen zu lassen, und natürlich keine bessere Gelegenheit finden konnten.«

»So – deshalb?« sagte Hopfgarten, »doch ich muß es mir jetzt erst ein wenig bequem im Gasthaus machen; also guten Morgen Doctor – «

»Guten Morgen Herr von Hopfgarten – ich hoffe, daß Ihnen hier Nichts passiren wird; *wenn* es aber der Fall sein sollte so – «

»Passiren? – was soll mir denn hier passiren?« frug Hopfgarten sich, schon in der Thüre, noch ganz erstaunt umsehend.

»Nun, ich meine, wenn Sie vielleicht krank werden sollten – das Klima ist sehr gesund, aber *kleine* Übel vernachlässigt – «

»Ah so? – ei ja wohl, Herr Doctor, versteht sich von selbst, daß ich dann Ihre Hülfe in Anspruch nähme«, lachte Hopfgarten. »Wahrhaftig, wenn es nicht eigentlich sündhaft wäre, könnte ich mir, nur um das Vergnügen zu haben von Ihnen behandelt zu werden, ordentlich so ein gutartiges Nervenfieber oder einen Choleraanfall an den Hals wünschen – guten Morgen Herr Doktor.«

»Guten Morgen Herr von Hopfgarten – beehren Sie mich bald wieder.«

»Holzkopf«, brummte Hopfgarten leise zwischen den Zähnen durch, als er langsam die Straße hinaufging, aufmerksam die Schilder über den Thüren betrachtete, und die Firmen las, den rothen Drachen herauszusuchen.

Mit Hülfe von ein paar Deutschen, denen er unterwegs begegnete, und die ihn bereitwillig bis zu der Thüre des Wirthshauses begleiteten, fand er diesen endlich und trat hinein. Der rothe Drachen unterschied sich im Äußeren übrigens durch Nichts, als sein Schild – einen furchtbaren rothen Drachen, der eben einen armen Handwerksburschen oder sonst ein unglückliches Menschenkind gefangen und schon halb verschluckt hatte – von den übrigen Gasthäusern dieser Art, »Deutsches Kosthaus zum rothen Drachen« stand auf einem weißen Schild mit großen rothen Buchstaben über der Thür und die kleine *bar* (der Schenkstand) unten im Haus, hatte eben das stereotype Äußere, wie alle diese ähnlichen zahllosen Einrichtungen durch die ganzen Vereinigten Staaten. Aber gleich nach seinem ersten Eintritt merkte Hopfgarten einen fühlbaren Unterschied zwischen dem rothen Drachen und anderen, mit ihm auf gleicher Stufe stehenden Gasthäusern, die er bis jetzt betreten, und die sehr zu Gunsten *dieses* Platzes ausfielen: seine große Reinlichkeit, die hier die sorgsame fleißige Hand einer tüchtigen Wirthin verrieth, und einen wohlthätigen Eindruck auf den Fremden machte. Nicht allein das saubere Tischtuch mit *Servietten* (eine seltene Bequemlichkeit in der Union) das den Tisch bedeckte, nicht allein die blitzenden Scheiben der Fenster und Glasthüren, nein, auch der sorgsam gescheuerte, und mit weißem frischem Sande bestreute Boden, die reinlichen Gardinen an den Fenstern, das blitzende Geschirr, das hie und da stand, gaben Zeugniß davon, und Hopfgarten, sehr zufrieden mit diesem ersten Eindruck, frug den Barkeeper, ob er ein kleines Zimmer für sich allein bekommen könne – vielleicht nur auf kurze Zeit, vielleicht auf länger.

Das hatte einige Schwierigkeit; Amerikanische Gasthäuser, in deren Stuben gewöhnlich immer drei und vier Doppelbetten stehn, sind nicht oft auf derlei Bequemlichkeiten eingerichtet, und der Wirth mußte deshalb gerufen werden, das selber zu entscheiden.

Thuegut Lobsich hatte sich in der Zeit, in der wir ihn nicht gesehn haben, doch bedeutend verändert; er war schwammiger, sein Gesicht röther geworden, aber dasselbe gutmüthige Lächeln lag ihm noch in den breiten Zügen, deren sämmtliche Färbung sich in der Mitte seines Gesichts (auf der Nase) zu »concentriren« schien. Thuegut Lobsich wußte aber auch genau, weshalb das geschah, denn wo er in Deutschland *Bier* getrunken hatte, in dem vergeblichen Versuch seinen Durst zu löschen, trank er hier schwere Weine, Sherry und Madeira und Cognac und Brandy dazu, dem fehlenden Appetit unter die Arme zu greifen, oder, wie er selber sagte, »seinen Gästen mit einem guten Beispiel voranzugehn.«

»Der Mann da will gern ein Zimmer für sich allein haben«, sagte der Barkeeper – ein ziemlich ungeschlacht aussehender halb Amerikanisirter Deutscher, mit aufgestreiften Hemdsärmeln, ein gelb und rothseidenes Taschentuch über die rechte Schulter und unter dem linken Arm durchgebunden, indem er Herrn von Hopfgarten seinem Principale vorstellte, »kann er eins kriegen?«

»Guten Morgen Herr Landsmann«, sagte aber Lobsich, ohne auf seinen Barkeeper weiter zu achten, indem er auf den Fremden zuging, ihm die Hand gab und diese derb schüttelte – »wie gehts Ihnen? – schon lange im Lande? sind doch ein Deutscher, nicht wahr? – ja wohl, sieht man Ihnen gleich an – hol der Teufel die Amerikaner – wollen also bei uns wohnen? – können ein Zimmer kriegen; was trinken Sie denn?« – und mit dieser Endfrage, auf die er, schon seinethalben eine direkte Antwort haben mußte, während der Barkeeper, kaum das Stichwort hörend, hinter seinen Schenkstand sprang, trat Lobsich mit seinem Gaste, der noch gar nicht zu Worte kommen konnte, zu der Bar, und winkte nur mit den Augen nach *seiner* Flasche hinüber.

Hopfgarten mußte er freilich die ächt Amerikanische Frage »was trinken Sie« noch einmal wiederholen.

»Ein Glas Portwein, wenn ich bitten darf; also das Zimmer kann ich bekommen?«

»Kostet aber einen Dollar mehr die Woche«, sagte der Barkeeper.

»Der Herr hat ja noch gar nicht danach gefragt, Dickkopf!« rief Lobsich, sich rasch und ärgerlich nach ihm umdrehend – »ist mir doch was Unbedeutendes, was die Art Burschen sich immer in Sachen mischen, die sie Nichts angehn – na, krieg ich Nichts?« fuhr er dabei fort, sein eben ganz in Gedanken ausgetrunkenes Glas dem Barkeeper wieder hinschiebend, der es auf's Neue füllte.

»Noch nicht lange hier in Milwaukie?« nahm Lobsich die Unterhaltung wieder auf, als er auch sein zweites Glas geleert.

»Erst seit einer Stunde etwa«, sagte Hopfgarten, »aber dürfte ich Sie wohl bitten, mir das Zimmer zu zeigen; ich möchte mich gern waschen und umziehn, und vor Tisch noch einige Wege besorgen – Adreßkalender giebt es wohl hier nicht in Amerika?«

»Kalender? – ja – hier hab' ich einen *komischen*«, sagte der Barkeeper.

»Der Mensch ist zu dumm«, entschuldigte ihn Lobsich – »nein Herr Landsmann, so Dinger giebts hier nicht. Hier kommt und geht Jeder wie's ihn freut; aufgeschrieben wird Niemand dabei, und von zehn Gästen, die bei mir logiren, weiß ich oft von neunen nicht einmal den Namen.«

»Ja, wohl wahr«, sagte Hopfgarten, »apropos, können Sie mir wohl sagen, ob Sie hier in Milwaukie einen Staatsanwalt wohnen haben?«

»Staatsanwalt? – was wollen Sie denn mit dem machen?« frug Lobsich erstaunt, »hören Sie, hören Sie Freundchen, wenn Sie nicht müssen, lassen Sie sich um Gottes Willen nicht mit den Amerikanischen Gesetzen ein; die kosten eben gar kein schweres Geld – und wie haben Sie Einen gleich, wenn man sie nur ganz leise anfaßt.«

»Lieber Herr Lobsich, das ist ziemlich mit allen Gesetzen so«, sagte Hopfgarten achselzuckend, »wer nicht *muß*, soll sich mit ihnen um Gottes Willen nichts zu schaffen machen; manchmal«, setzte er lachend hinzu, »kann man das aber nicht vermeiden, und dann muß man sich wohl darein fügen – Aber mein Zimmer, wenn ich bitten darf; ich bin wirklich in Eile.«

»So gehn Sie einmal mit dem Herrn hinauf in das kleine Erkerstübchen, Schmidt«, sagte Herr Lobsich zu seinem Barkeeper, den er überhaupt in diesem Augenblick gern los zu sein wünschte, »und nehmen Sie gleich Waschbecken und Handtuch mit hinauf, sonst müssen Sie die Treppen noch einmal steigen, verstanden?«

»*Ay ay Sir!*« antwortete Schmidt, der einmal Steward auf einem, den See befahrenden Dampfboot gewesen war, und wenn es anging, noch immer gern einen seemännischen Ausdruck gebrauchte. Sich jetzt zu dem Fremden wendend, sagte er zutraulich: »Also Freund, wenn Sie mitkommen wollen, will ich Ihnen Ihren Bettplatz zeigen.« Die Hände dabei in die Taschen schiebend, stieß er die Thüre mit dem Fuße auf, und schlenderte langsam voraus, von Hopfgarten mit dem Reisesack unter dem Arme, langsam gefolgt.

Kaum hatten die Beiden die Schenkstube verlassen, als Thuegut Lobsich rasch hinter den Schenkstand ging, eine der Flaschen noch einmal herunternahm, sich ein Glas ganz vollschenkte, auf einen tüchtigen Zug hinuntergoß, die Flasche dann wieder an ihren Platz stellte, das Glas ausspühlte und abtrocknete und eben wieder hinter dem Schenkstand vortreten wollte, als er, in der Thür stehend, seine Frau erblickte, die ihn mit einem keineswegs vorwurfsvollen, aber doch recht ernstwehmüthigen Blicke still und schweigend betrachtete.

»Nun Kind, wie gehts?« rief Lobsich, der fast unwillkürlich nach einem der Gläser griff und den Staub anfing davon zu wischen, als ob sie ihn eben bei dieser Beschäftigung gestört hätte – »wir haben noch einen Gast zum Mittagstisch mehr bekommen.«

»Ich hab' ihn gesehn, Lobsich«, sagte die Frau, tiefaufseufzend, und sich mit der Hand über die Stirn fahrend, als ob sie sich den Schweiß abwischen wollte, in der That aber eine verrätherische Thräne rasch und unbemerkt von den Wimpern zu werfen. Der Mann reinigte indessen unverdrossen Gläser und Flaschen, und erst, als die Frau gar nicht wieder von der Thür wegging, legte er das Wischtuch nieder, steckte die Hände in die Taschen, und ging, leise vor sich hinpfeifend, langsam zu dem mit allen möglichen Getränken und Früchten verzierten Schaufenster, aus dem er hinaus auf die Straße sah.

»Lobsich«, sagte die Frau endlich mit leiser, bittender Stimme.

»Ja, Kind?« frug der Mann, ohne sich nach ihr umzudrehen.

»Ich habe eine rechte Bitte an Dich – «

»Und die wäre?«

»Sieh mich an, Vater; dreh Dich nicht weg von mir.«

»Nun, was hast Du denn?« lachte der Mann halb verlegen, aber sonst guter Laune, indem er sich nach ihr umdrehte und sie wie erstaunt betrachtete – er wußte freilich schon, was sie von ihm wollte. Salome Lobsich war aber nicht mehr die frühere, kräftig gesunde Frau, die von Tagesanbruch bis Mitternacht fast, im rothen Drachen zu Heilingen geschafft und gearbeitet, und die große lebhafte Wirthschaft in Ordnung, und wie in Ordnung, gehalten hatte. Sie war viel magerer und recht bleich und kränklich aussehend geworden; die Augen lagen ihr tief in den Höhlen und sahen verweint aus, und in die sonst so glatte, freie Stirn hatten sich viele schwere Falten gegraben, und ließen sie älter scheinen, als sie der Jahre wirklich zählen mochte.

»Trink heute nicht mehr«, sagte die Frau mit zitternder, tief bewegter Stimme, »laß die Flaschen stehn, Vater, und nimm Dir eine Warnung an gestern – Du weißt, was Du mir versprochen hast.«

»Unsinn«, brummte der Mann, den Kopf herüber und hinüber werfend, »was willst Du denn eigentlich, ich trinke ja gar nicht – wenn mich ein Fremder auffordert, darf ich doch nicht grob sein und ihn zurückweisen. – Das schickte sich schön von einem Wirth.«

»Ich sage ja Nichts darüber«, bat die Frau – »trink nur von *jetzt* an nicht mehr; Du machst Dich krank Vater, ruinirst Deine Gesundheit, und – und die Leute im Haus thun nachher, wenn sie merken, daß Du nicht mehr auf sie siehst, was sie wollen. – Bitte, lieber, lieber Lobsich – trink heute nicht mehr.«

Sie war während der letzten Worte zu ihm getreten, hatte ihre Hand auf seinen Arm gelegt und sah, mit ihren Thränen gefüllten Augen, die sie jetzt nicht länger verheimlichen *konnte*, recht ernsthaft, traurig zu ihm auf. Als der Mann aber schwieg, und den Kopf halb von ihr wandte in scheuem Bekenntniß, fuhr sie mit leiserer, dringender Stimme fort: –

»Nicht *meinet*wegen bitt' ich Dich darum, Lobsich – ich fühle, wie ich mit jedem Tage kränker und schwächer, Dir die ganze Wirthschaft, die ganze Sorge wohl bald werde allein überlassen müssen; aber denke wie Alles werden soll wenn ich einmal – nicht mehr bei Dir bin, *fremde* Menschen eine Angewohnheit, die bei Dir beginnt zur Leidenschaft zu werden, benutzen können – und die Gelegenheit gewiß dann nicht versäumen werden – «

»Rede nur nicht so«, sagte Lobsich, doch ergriffen, und ihr jetzt die bleiche Wange streichelnd und das Haar glättend – »rede nicht solches Zeug Salome – Du bist gar nicht so krank, wie Du selber glaubst, und wirst Dich in dem gesunden Klima hier bald genug erholen.«

»Das Klima ist wohl gut«, sagte die Frau kopfschüttelnd, »aber was ich habe, trag' ich schon in mir, und die Sorge dabei um Dich, nagt und frißt mir am Leben mehr und mehr. Ich fühle das auch stärker, als ich es Dir sagen kann, und doch ist es Dein eigner Nutzen Lobsich, Dich zu ändern – wenns wirklich nicht meinetwegen wäre – Vater – Deines eigenen Selbst wegen. Sieh«, fuhr sie lebendiger fort – »Du weißt, mit wie schwerem Herzen ich von Deutschland fortgegangen bin – wir hatten keine Ursache zu gehn, und würden uns dort immer wohl befunden haben, hätte der Mensch, der Weigel, was ihm Gott verzeihen möge, nicht immer in Dich hineingeredet, daß Du Dein Glück mit Füßen von Dir stießest, wenn Du bliebst. Aber ich klage jetzt nicht darüber; wir sind einmal hier, das alte Vaterland liegt hinter uns, und mit gutem Willen und nur einigem Fleiß, kannst und wirst Du Dir auch hier das bald wieder erschaffen, was Du in Deutschland verlassen – eine sorgenfreie glückliche Existenz. Wir haben der Beispiele hier schon mehre, wo die Wirthe solcher Gasthäuser sich ein hübsches Vermögen erworben, und es geht denen, die ihr Geschäft fleißig und ordentlich betreiben, vielleicht Allen gut. Aber etwas wird dafür auch von ihnen verlangt; sie müssen sich selber beherrschen können, und dürfen der Verführung, die rings um sie her in Flaschen und Karaffen steht, keine Macht über sich gönnen. Sonst, Lobsich – sonst sind sie verloren, und zu *späte* Reue macht das Verlorene dann nicht wieder gut.«

»S'ist mir doch was Unbedeutendes, was die Frau für ein Mundwerk hat«, sagte Lobsich, gutmüthig lächelnd – »aber Du hast recht Salome; ich will mich tüchtig zusammennehmen, Du – Du sollst einmal sehn – Du sollst noch Deine Freude an mir haben.«

»Du bist so seelensgut«, fuhr die Frau mit innig gerührter Stimme fort, »mochtest, wenn Du die bösen Flaschen nicht angerührt, gern *allen* Menschen helfen, und Deine Frau, vor allen Übrigen gewiß nicht unglücklich machen; denke nur immer daran, Lobsich. Sieh, ich bin auch früher manchmal heftig und auffahrend gewesen, und habe gefunden, daß Dich das nur noch schlimmer machte – ich habe es gelassen seit der Zeit, und mir selber Gewalt angethan, bis es nie mehr vorfiel; der Mensch *kann* sich bezwingen, wenn er nur ernstlich *will.* So lange ich lebe, werde ich Dir ja auch gern und treulich zur Seite stehn, aber – wenn ich fort von Dir bin, Lobsich – denke nur immer an *die* Zeit, wie es da werden würde, wenn Du Dir allein überlassen bliebest, und Dich nicht ändern wolltest, und keinen Menschen mehr hättest, der Dir freundlich und ehrlich riethe.«

»Du bist ein gutes Kind«, schmeichelte der Mann, »und machst Dir ganz unnütze Sorgen um mich. Hoffentlich lebst Du noch recht lange, und legst *mich* noch vielleicht hier irgend wo unter die Erde.«

Die Frau schüttelte langsam und ernst mit dem Kopf, mochte aber auch nicht weiter jetzt in den Mann dringen, und sagte, nach einer kleinen Pause, in der sie sich die Augen getrocknet und wieder ruhiger zu dem Mann aufsah:

»Ich wollte Dich noch an eins erinnern, Lobsich – Du weißt, daß heute Nachmittag die Englische Schoonerladung von Mehl und Mais verauktionirt wird, die neulich von dem Steueramt hier den Leuten, die sie hatten schmuggeln wollen, weggenommen wurde. Versäume die Zeit nicht; wir haben jetzt gerade das Geld dazu, und die Sachen werden billig verkauft werden.«

»Alle Wetter ja«, sagte Lobsich, augenscheinlich etwas verlegen, »daran hatte ich gar nicht mehr gedacht, aber – aber – Du weißt doch, der reiche junge Kaufmann, Herr Henkel, war gestern bei mir und da – «

»Um Gottes Willen Mann, was hast Du da gemacht?« rief die Frau erschreckt – »Du hattest *viel* getrunken und – «

»Nu nu, ängstige Dich nicht«, lachte der Mann, »*das* Geld ist gut aufgehoben, – ich wollte nur wir hätten halb so viel wie der – aber er brauchte gestern gerade 400 Dollar, die ihm an der Summe fehlten, eine Anzahl gekaufter Bonds zu bezahlen, und hat mir versprochen, sie mir heute Abend oder morgen früh zurück zu geben.«

»Und ist das auch gewiß?«

»Guter Gott«, lachte Lobsich, »er bekommt ja hier von einer ganzen Menge Deutschen Geld, was er für sie theils nach New-York, Colonialwaaren einzukaufen, theils nach Deutschland nehmen soll, und da er den Leuten sogar für die Zeit, die er es in Händen hält, einige Procente giebt, kann er es doch nicht indessen todt liegen lassen – er hätte ja sonst für seine Gefälligkeit noch Schaden obendrein. Bei Kaufleuten muß das Geld immer cursiren und arbeiten, und da ihm die paar Hundert Thaler gerade auf ein paar Stunden fehlten, mochte ich doch nicht so ungefällig sein und nein sagen. Nun Alte? – was hast Du noch, Du siehst ja noch so verdrießlich aus; ist Dir's nicht recht?« –

»Ich weiß nicht, Lobsich«, sagte die Frau unschlüssig und als ob sie ungern den Punkt berühre – »der Herr Henkel – er mag ein steinreicher, vornehmer und sehr braver Herr sein – ich möchte ihm nicht gern Unrecht thun, aber *mir* – mir gefällt er nun einmal nicht – *mein* Mann wär's nicht, und sein Lachen besonders hat für mich etwas Unheimliches; es kommt mir immer so vor, als ob er sich dabei über Euch lustig mache.«

»Papperlapapp«, lachte der Mann – »und noch dazu des alten reichen Dollinger Schwiegersohn, von dem er einmal eine halbe Million erbt, wenn der stirbt. Er mag seine Eigenheiten haben, aber ein tüchtiger Geschäftsmann bleibt er immer und die Wirthe sollten ihm besonders dankbar sein, denn er läßt was drauf gehn wohin er kommt.«

»Aber er hat Dich noch nicht bezahlt.«

»Die Zeche – hahaha, die paar Thaler? für die bist Du doch nicht bange?«

Die Frau zögerte mit einer Antwort und sagte endlich –

»Es wäre kindisch von mir, und doch – Du magst mich auslachen wie Du willst, hat mir der Mann etwas, das mich mistrauisch gegen ihn macht, und der Mensch der immer mit ihm geht, der Amerikaner, dem ist ein schwarzer Strich ordentlich über das ganze Gesicht gezeichnet – «

»Nun ja, *der* gefällt mir gerade auch nicht besonders«, sagte Lobsich, »aber hier in Amerika kommt man mit Manchem zusammen, von denen man sich in einem anderen Lande wohl fern halten könnte und würde, und unser Herr Gott hat uns eben nicht alle gleich hübsch gemacht; sonst ist er aber gut, denn er zahlt Alles gleich baar.«

»Da kommt der Fremde wieder herunter«, sagte die Frau jetzt, »und ich will machen daß ich in meine Küche komme – in dem Aufzug kann ich mich nicht gut vor dem Herren sehn lassen; also nicht wahr Vater – Du hältst Dein Wort?«

Lobsich gab ihr die Hand und nickte ihr freundlich zu und Salome verließ rasch, und mit viel leichterem Herzen, als sie es betreten, das Zimmer, während durch die andere Thüre Hopfgarten, dem der Barkeeper wieder langsam vorausschlenderte, hereinkam, und ohne sich weiter aufzuhalten, durch den Schenkraum hindurch auf die Thüre zu ging, die auf die Straße führte. –

»Um wie viel Uhr wird gegessen, Herr Lobsich?« sagte er hier, sich noch einmal nach dem Wirthe umdrehend.

»Um ein Uhr.«

»Schön, werde mich einfinden; – noch eins – ich wollte Sie noch fragen ob Sie nicht – aber es ist schon gut, ich werde es schon finden – danke Ihnen – « und mit dem kurz abgebrochenen Satz verließ er das Haus. Er hatte sich noch einmal nach der Wohnung des Staatsanwalts erkundigen wollen, besann sich aber eines Besseren, und hielt es für eben so gut auf der Straße den ersten Besten danach zu fragen. Die Wirthsleute brauchten nicht zu wissen daß er irgend etwas Nöthiges mit den Gerichten zu thun hatte.

Hopfgarten, auf seine erste Anfrage gleich an das Court oder Gerichtshaus gewiesen, fand bald in dessen Nähe die Wohnung des Staatsanwalts, diesen aber leider nicht zu Hause. Er war ausgegangen, wurde aber gleich nach Tisch zurück erwartet.

Das war fatal, ließ sich jedoch nicht ändern, und obgleich Hopfgarten große Lust hatte, indessen zu einem anderen Advokaten zu gehn, hielt er es doch für besser zu warten, um dann durch den Staatsanwalt gleich durchgreifende Mittel anzuwenden. Der Bursche mußte endlich einmal unschädlich gemacht, und der so reichlich verdienten Strafe überliefert werden.

Nach seiner Uhr sehend, fand er, daß übrigens nur noch eine Viertel Stunde an ein Uhr fehlte und drehte eben wieder in die Straße ein, nach seinem Gasthaus zurück zu gehn, dort rasch zu essen, und keinen Augenblick seiner kostbaren Zeit zu versäumen, als ihm, eben wie er um die Ecke bog, zwei Männer begegneten und fast gegen ihn anrannten, in deren Einen er mit nicht geringer Überraschung den so sehnsüchtig verfolgten, in diesem Augenblick aber doch nicht erwarteten oder gewünschten Soldegg oder Henkel, wie er jetzt wieder hieß, erkannte.

»Hallo Herr von Hopfgarten«, rief ihm dieser freundlich und jedenfalls ganz unbefangen entgegen – »das freut mich wahrhaftig, daß wir uns wieder einmal in den Weg laufen. Alle Wetter, ich glaube wir haben uns seit unserer Landung nicht mehr gesehn.«

Hopfgarten, keineswegs ein solcher Meister in der Verstellung als der Mann, mit dem er es hier zu thun hatte, fühlte, wie ihm im ersten Augenblick das Blut in Strömen in's Gesicht stieg, und dann wieder zu seinem Herzen zurückdrängte, wußte aber auch, daß in diesem Moment Alles von seiner eigenen Kaltblütigkeit abhänge, den Verbrecher wenigstens noch auf eine Stunde glauben zu machen, daß er sich zum zweiten Mal von ihm anführen lasse, denn jedenfalls fühlte ihm dieser erst auf den Zahn, ob er mehr von ihm wisse, als sich mit seiner Sicherheit vertrug. Rasch also gesammelt, sah er dem Mann starr in's Auge und sagte dann lachend:

»S'ist doch eine tolle Ähnlichkeit zwischen Ihnen beiden; und man sollte darauf schwören, es *könnten* nicht zwei sein.«

»Zwischen *uns* Beiden?« lachte Henkel, auf seinen Begleiter zeigend – »das ist nicht übel – übrigens hab' ich die Herren wohl erst einander vorzustellen – Herr von Hopfgarten – ein früherer Reisegefährte von mir und sehr lieber Freund – Mr. Cottonwell, ein Pflanzer aus Louisiana – «

»Nicht zwischen *Ihnen*«, rief Hopfgarten mit einer höflichen Verbeugung gegen den Fremden, »sondern mit Ihnen und Ihrem Bruder – oder *haben* Sie keinen Zwillingsbruder, Henkel?«

»Aber woher wissen *Sie* das?« rief Henkel, anscheinend erstaunt, »haben Sie ihn gesehen?«

»Er hat mir einen Brief für Sie gegeben.«

»Und haben Sie den Brief?« rief Henkel lachend – der in dem Augenblick wirklich noch gar nicht wußte, *welche* Rolle er weiter spielen müsse, und sich durch die Frage immer noch eine Hinterthür offen behielt, das Ganze auf einen Scherz hinaus zu drehen.

»Allerdings«, sagte Hopfgarten ruhig, und jetzt wieder ganz gefaßt; »ich bin in der Zeit noch gar nicht nach New-Orleans, wo ich Sie vermuthen mußte, gekommen, und wenn Sie mit mir zu Haus gehn, kann ich ihn an seine Adresse überliefern. Ich habe Ihnen überdieß noch etwas sehr Wichtiges, und für Sie höchst Interessantes mitzutheilen.«

»Und das wäre?« rief Henkel rasch und neugierig.

»Nun hier auf der Straße«, sagte Hopfgarten mit einem flüchtigen Blick auf Henkels Begleiter, »geht das doch wohl nicht; wollen Sie mit mir essen, so können wir es zu Hause abmachen?«

»Wo logiren Sie?«

»Im rothen Drachen.«

»Ah bei Lobsich – da wird ja wohl um ein Uhr gegessen.«

»Ja – «

»Hm – das thut mir leid«, sagte Henkel, nach seiner Uhr sehend, »aber ich habe vorher noch ein kleines Geschäft in der Stadt abzumachen, das sich unmöglich aufschieben läßt. Dorthin bin ich ebenfalls gerade ein Uhr bestellt; ist es Ihnen aber recht, hol' ich Sie um zwei Uhr, spätestens halb drei im rothen Drachen ab.«

»Schön«, sagte Hopfgarten, der bis dahin Zeit behielt seine eigenen Maasregeln zu treffen – keinenfalls konnte Henkel eine Ahnung haben, daß er *Alles* wisse, und der Verbrecher lieferte sich solcher Art selber in seine Hände – »also treffen wir uns um zwei oder halb drei im rothen Drachen – es ist überdieß jetzt Zeit, daß ich zum Essen gehe, und wir bereden alles Andere dort. Auf Wiedersehn Herr Henkel!«

»Auf Wiedersehn, mein lieber Herr von Hopfgarten«, rief ihm der junge Mann noch freundlich mit der Hand nachwinkend zu, nahm dann den Arm seines Gefährten, und schritt mit ihm langsam die, mit dem Wasser gleichlaufende Straße hinauf.

»Was ist denn das für eine Geschichte mit dem Zwillingsbruder, Soldegg«, sagte der Amerikaner, als dieser vielleicht hundert Schritte schweigend und mit seinen eigenen Gedanken beschäftigt neben ihm hin gegangen war –

»Lieber Goodly«, erwiederte aber Soldegg finster – »wir haben keine Zeit mehr zu Kindereien; der Bursche, der uns eben verließ, weiß mehr als *mir* und *Euch* gut ist, und die halbe Stunde, die wir zum Handeln haben, müssen wir benutzen.«

»Mir? – was weiß er von mir – Donnerwetter, er sah grün und unschuldig genug aus, und von dem sollte ich denken, hätten wir Nichts zu fürchten.«

»Er war in Grahamstown und weiß, daß ein gewisser *Goodly* wegen einem sehr albern angestellten Raub und Mord steckbrieflich verfolgt wird; und was seine Unschuld betrifft, so steckt hinter dem mehr als Ihr glaubt – mehr als mir lieb ist. Habt Ihr nicht bemerkt, wie er erst roth und dann blaß wurde, als ich ihm so plötzlich in den Weg lief? Er gehörte sonst zu der ehrlich dummen Art, denen ihr eigenes Blut nicht einmal mehr gehorcht; hinter der Gewalt, die er sich aber *dann* anthat, steckt mehr als ich gerade gesonnen bin abzuwarten, und er hat für jetzt nur den einzigen Fehler begangen, daß er *mich* für eben so leichtgläubig und thöricht hielt, als *er* sich früher gezeigt. *Noch*, mein lieber Herr von Hopfgarten, haben Sie den Fuchs *nicht* im Bau, und er wird von jetzt an Sorge tragen, daß er Ihnen nicht wieder so leicht begegnet.«

»Tod und Teufel!« fluchte Goodly, mit dem Fuße stampfend, »das wäre eine verfluchte Geschichte, wenn wir jetzt gleich fort, und die 500 Dollar im Stich lassen müßten, die wir noch heute Mittag erheben sollten.«

»Ich lasse *Nichts* im Stich«, sagte Soldegg ruhig, »vor allen Dingen müssen wir herausbekommen, wie lange der Herr hier ist, und das erfahren wir am besten bei dem deutschen Pflasterschmierer hier gleich unten am Wasser. Kommen Sie Goodly, dort sage ich Ihnen, was wir zu thun haben.«

Den Herrn Doctor Hückler, den Soldegg vorher etwas ungenirt mit dem »deutschen Pflasterschmierer« gemeint, fanden sie gerade im Begriff, seinen Laden zu schließen, um nach Hause zum Essen zu gehn.

»Ach lieber bester Doctor«, rief ihm Soldegg schon von weitem zu – »ich habe noch eine große Bitte an Sie; thun Sie mir den Gefallen und schließen Sie noch einmal auf – ich halte Sie nicht zehn Minuten länger.«

»Ah mein guter Herr Henkel; sehr erfreut sie zu sehen, wie geht es Ihnen, – womit kann ich Ihnen dienen?« sagte der Doctor auf Englisch, dem Wunsche willig Folge leistend, und in seinen »*shop*« voran hineintretend.

»Ich habe eben jemanden getroffen den auch Sie kennen«, sagte Soldegg.

»Herrn von Hopfgarten – nicht wahr? – ja er hat mir heute Morgen seine Visite gemacht, gerade wie er ankam.«

»Er ist erst seit heute Morgen in der Stadt?«

»Etwa seit zehn oder elf Uhr; er trug seinen Reisesack noch unter dem Arm.«

»Dann hab' ich Glück gehabt, daß ich ihm gleich begegnet bin – Sie wissen, nicht wie lange er zu bleiben gedenkt?«

»Oh wohl nur sehr kurze Zeit – «

»Das glaub' ich, nachdem er *mich* gesehn«, lachte Soldegg.

»Wie so? was haben *Sie* mit ihm?« rief der Doctor erstaunt.

»Lieber Doctor, das ist eine lange Geschichte Ihnen die weitläufig auseinander zu setzen; ich erzähle Sie Ihnen ausführlicher, wenn wir nachher zusammen fortgehn; für jetzt muß ich Sie um eine große Gefälligkeit bitten. Wollen Sie einmal mit mir zum nächsten Friedensrichter gehn – er wohnt keine zehn Häuser von hier.«

»Mit dem größten Vergnügen, aber weshalb?«

»Nur mich zu legitimiren, um einen Verhaftsbefehl gegen Jemand auszuwirken.«

»Gegen Herrn von Hopfgarten?« rief Hückler erstaunt aus.

»Allerdings«, sagte Henkel ernst, »so leid es mir thut gegen einen früheren Reisegefährten auf solche Art einschreiten zu müssen, und so gern ich einen *kleinen* Verlust um *den* Preis lieber verschmerzen würde; aber siebentausend Dollar bin auch *ich* nicht im Stande so leicht einzubüßen, sehe wenigstens keinen Grund ein, das an einem wildfremden Menschen zu thun.«

»Siebentausend Dollar?« rief Hückler erstaunt – »also *darum* erschrak der Herr so, als ich ihm sagte, daß Sie hier wären.«

»Er erschrak? – nicht wahr?« frug Henkel rasch, mit einem bedeutungsvollen Blick nach seinem Begleiter hinüber – »ich will es gerne glauben, aber wir haben auch keine Secunde länger zu versäumen, denn ich glaube, zu Mittag geht schon wieder ein Dampfboot nach den nördlichen Seeen ab, das er, wie ich alle Ursache habe zu vermuthen, benutzen will, mir zu entschlüpfen.«

»Oh nicht vor zwei Uhr!« rief Hückler, seinen Hut wieder aufgreifend – »da können Sie sicher sein, es ist das Postboot, und geht auf die Minute; aber ich stehe Ihnen zu Diensten, lieber Herr Henkel, Sie werden übrigens *zwei* Bürger brauchen, einen Verhaftsbefehl auswirken zu können; wir hatten neulich den nämlichen Fall – der andere Herr wird wohl wahrscheinlich – «

»Nein, Herr Cottonwell ist vollkommen fremd hier – Einer der bedeutendsten Pflanzer Louisianas – entschuldigen Sie, daß ich die Herren noch nicht einander vorgestellt habe. Herr Doctor Hückler – der beste Arzt, den wir in Milwaukie haben.«

»Oh bitte, lieber Herr Henkel, Sie sind zu freundlich; da gehen wir also am Besten gleich bei Einem ihrer Amerikanischen Freunde vor, den abzuholen.«

»Nein, ich habe noch einen besseren«, sagte Henkel. »Herr Lobsich kennt mich auch schon von Deutschland aus, und überdieß muß ich auch dorthin, um die Leute im Haus zu ersuchen, das Gepäck des Fremden nicht verabfolgen zu lassen, bis ich zu meinem Recht gekommen bin. Wir gehn die Wasserstraße zusammen hinunter – Ihre eigene Wohnung liegt ja überdieß in der Richtung zu – und Sie warten einen Augenblick am Hause des Friedensrichters.«

Hückler war die Bereitwilligkeit selber, und wenn er auch unterwegs sein Erstaunen nicht unterdrücken konnte, daß ein Mann, noch dazu von Adel, solche Streiche machen sollte, kam er doch zuletzt zu der Schlußfolgerung, daß er es ihm schon immer angesehn, wie hinter dem eingebildet vornehmen Wesen nicht viel dahinter sei, und der Adel besonders schütze erst recht nicht vor solchen Sachen. *Die* Leute glaubten gewöhnlich, sie wären etwas Besseres als Bürgerliche, und dürften thun und lassen was sie wollten; er selber aber halte sich für ebensoviel werth, wie der beste Adliche.

Henkel überließ es gleich darauf Herrn Goodly, seinen Freund ein paar Minuten angenehm zu unterhalten, und ging rasch dem rothen Drachen zu, in dessen Schenkstube, wie er recht gut wußte, Herr Lobsich regelmäßig zu finden war, so lange seine Gäste oben bei Tisch waren, und der Wirth benutzte die Gelegenheit dann nicht selten, seine eigenen Getränke, damit aus keiner Flasche zu viel fehle, der Reihe nach durch zu probiren.

Wie er es gehofft, zeigte es sich; Lobsich war eben wieder eifrig beschäftigt, sich, trotz dem Versprechen, das er heute Morgen seiner Frau gegeben, in seinem eigenen Schenkstand zu traktiren, und fuhr, als die Thüre geöffnet wurde, mit dem eben geleerten Glase rasch unter den Tisch in das dort zum Abspühlen stehende Wasser.

»Ah mein guter Herr Lobsich, so fleißig – der Mann ist doch immer beschäftigt, wenn man zu ihm kommt«, rief ihm Henkel freundlich entgegen.

»Ah mein guter Herr Henkel!« entgegnete der Wirth mit unverkennbar schwerer Zunge – »ungeheuer erfreut, Sie zu sehn – meine Alte hat schon – hat schon gefürchtet, daß Sie – «

»Lieber Herr Lobsich«, unterbrach ihn aber Henkel, dem Nichts daran lag, sich mit dem Mann in ein längeres Gespräch einzulassen – »Sie haben einen neuen Gast heute bekommen, nicht wahr?«

»Ja wohl, lieber Herr Henkel, ja wohl – sehr charmanter Mann«, sagte Lobsich, um den Schenktisch herumkommend.

»Dieser sehr charmante Mann, mein lieber Lobsich«, flüsterte ihm Henkel, seinen Arm dabei ergreifend zu, »ist ein Erzgauner, der, wie ich alle Ursache zu fürchten habe, mir mit 7000 Dollar durchbrennen will – wie gefällt Ihnen das?«

»Ist mir doch was Unbedeutendes!« rief Lobsich, in unbegrenztem Erstaunen.

»Ich bin eben im Begriff einen Verhaftsbefehl gegen ihn auszunehmen«, fuhr Henkel aber indessen fort, »und habe deshalb eine Doppelbitte an Sie. Vor allen Dingen muß ich Sie ersuchen, mit mir zum nächsten Friedensrichter zu gehn und meine Person zu bescheinigen – die Leute kennen mich hier nicht, und Doktor Hückler wartet schon oben in der Straße auf uns zu demselben Zweck; und zweitens möchte ich Sie dringend ersuchen, Ihren Leuten bestimmten Auftrag zu geben, diesen Herrn von Hopfgarten, sobald er zu Hause kommen sollte, nicht wieder fortzulassen, und mir augenblicklich – «

»Zu Hause kommen?« sagte Lobsich vergnügt – »er *ist* zu Hause – «

»Er ist zu Hause?« rief Henkel überrascht – »beim Essen oben?« –

»Nein, nicht beim Essen«, sagte Lobsich, seufzend nach seiner Flasche hinübersehend, der auf's Neue zuzusprechen ihn jetzt der gerade verkehrt Gekommene verhinderte – »er hatte es furchtbar eilig und ging in sein Zimmer hinauf, ich glaube, einige Papiere zu holen.«

»Wahrscheinlich seinen Reisesack zu packen«, rief Henkel rasch und unruhig, denn Hopfgarten konnte da jeden Augenblick wieder herunterkommen – »ich muß Sie also *dringend* bitten, mein guter Herr Lobsich, Ihren Leuten ganz bestimmten Auftrag zu geben, diesen Herrn, sobald er vor der Zeit suchen sollte zu entwischen, nicht aus dem Haus zu lassen, bis der Constable hier gewesen ist.«

»Aber *erst* trinken wir einen, mein guter Herr Henkel – was nehmen Sie?«

»Jetzt nicht, mein lieber Lobsich – nachher so viel Sie wollen – rufen Sie jetzt nur so rasch als möglich Ihren Barkeeper herunter, daß wir keine Zeit versäumen.«

»Der kommt zeitig genug«, sagte Lobsich, nichtsdestoweniger an einer kleinen Klingel ziehend, die dicht an der Thür angebracht war, und sich dann selber wieder vor allen Dingen einschenkend – »also was trinken Sie?«

»Nichts – nichts, ich danke Ihnen herzlich – ich habe keinen Durst«, sagte Henkel, mit raschen ungeduldigen Schritten im Zimmer auf- und abgehend.

»Keinen Durst?« lachte Lobsich – »ist mir doch was Unbedeutendes – gerade wie meine Frau – die hat auch immer keinen Durst – gebe Ihnen mein Ehrenwort, Herr Henkel, die Frau hat nie Durst.«

»Da kommt Ihr Barkeeper«, rief aber Henkel, der einen scheuen Blick nach der sich öffnenden Thür geworfen – »bitte instruiren Sie ihn – es ist die höchste Zeit.«

»Ah ja wohl, Herr Henkel mit dem größten Vergnügen. Sie Schmidt«, wandte er sich an diesen, indem er seinen Hut vom Nagel nahm – »wenn ich fort bin und es – und es sollte Jemand nach mir fragen, so – so sagen Sie ihm nur – daß ich nicht zu Hause wäre.«

»Ja woll Herr Lobsich«, sagte der Barkeeper.

Henkel warf den Kopf ungeduldig hin und her.

»Aber weshalb gehn wir denn fort?« frug er ihn leise.

»Ja, Sie haben auch recht«, sagte Lobsich, der das ganz falsch verstand, gutmüthig, indem er seinen Hut wieder abnahm, »wir können ja auch hier bleiben, und noch ein Glas trinken – ich denke ich nehme dießmal – «

»Was wollten Sie denn Ihrem Barkeeper wegen dem Fremden, der heute angekommen ist, sagen?« frug Henkel ungeduldig werdend.

»Alle Wetter, das hätt' ich ja beinah vergessen«, rief der Wirth, seinen Hut wieder aufgreifend – »Sie Schmidt – verstehn Sie mich, Schmidt?«

»Ja woll, Herr Lobsich – «

»Nun gut, wenn der Fremde herunterkommt, der heute Morgen angekommen ist – «

»Der mit dem Reisesack?«

»Das Maul sollen Sie halten, Schmidt – wenn der Fremde herunterkommt, der heute Morgen gekommen ist – «

»Der mit dem – «

»Das Maul sollen Sie halten, sag' ich – versteht sich, der mit dem Reisesack, der das Zimmer allein bestellt hat – wenn der herunterkommt und durchbrennen will, dann halten Sie ihn fest.«

»Erst soll er bezahlen?« frug Schmidt.

»Sie sind ein Schaafskopf«, bedeutete ihn Lobsich, »als ob Einer nicht erst bezahlen, und dann doch durchbrennen könnte.«

»Ja, aber wenn er bezahlt hat, brennt er doch nicht mehr durch«, meinte der Barkeeper.

»Ja, da hat der nun wieder recht«, lachte Lobsich gutmüthig nach Herrn Henkel hinüber. Diesem aber brannte der Boden unter den Füßen, die Zeit verstrich, und der, wenn auch nicht trunkene, doch vom Wein redselig gemachte Mann war nicht von der Stelle zu bringen.

»Wenn aber Jemand, *außer* seiner Zeche noch *tausende* schuldig ist, kann er doch wohl noch durchbrennen, nicht wahr?« sagte er, soviel als möglich vermeidend, in Gegenwart des Barkeepers irgend einen direkten Wunsch auszusprechen.

»Donnerwetter ja – Sie haben ja recht«, rief aber auch jetzt Lobsich, der sich endlich des vorher Besprochenen wieder erinnerte, »wenn also der Mosje herunterkommen sollte und zur Thür hinauswollte – bums, Thüre zu – Nichts da, bis wir wieder mit dem Constable zurückkommen, verstanden?«

»Ich soll den Fremden nicht fortlassen?« sagte der Barkeeper, dem derartige Aufträge wohl schon öfter gekommen waren, ruhig.

»Justement die Sache«, versicherte Lobsich.

»Wenn er aber nun mit Gewalt – «

»Zu Boden schlagen«, sagte Lobsich, mit einer entsprechenden Bewegung, und sich den Hut fester in die Stirn drückend, nahm er Henkel unter den Arm, und verließ mit diesem rasch das Haus.

Der Barkeeper, der indessen vor allen Dingen die Zeit benutzte, in der er allein war, und sich aus einer, der eigentlich nur zur Verzierung auf dem Schenkstand stehenden und ganz extrafeine Liqueure enthaltenden Porcellain-Flaschen ein tüchtiges Glas vollgeschenkt hatte, trank dieses in langsamen Zügen und mit augenscheinlichem Behagen aus, wischte sich dann den Mund sauber mit der Zunge rein, und wollte sich eben wieder, nach Barkeeper Art, die gefallenen Hände vor sich auf den Knieen, sehr behaglich und selbstzufrieden auf den Schenkstand setzen, das Weitere seines Auftrags ruhig abzuwarten, als rasche Schritte auf der Treppe laut wurden, der ihm überwiesene Fremde die Thüre schnell öffnete und zum Schenktisch trat.

»Bitte geben Sie mir ein Glas Genevre«, sagte er, ein Paket Papiere dabei in seine Rocktasche schiebend – »mir ist nicht recht wohl – ein wenig rasch, wenn ich bitten darf.«

»Hm«, murmelte Schmidt, der schon sprungfertig gesessen hatte, irgend eine Bewegung des Fremden nach der Thür hin zu vereiteln, leise vor sich hin, »dagegen ist keine Ordre eingegangen«, und schickte sich dabei langsam an, dem Wunsch des Mannes zu willfahren.

»Machen Sie ein wenig rascher«, drängte Hopfgarten, »ich bin in größter Eile.«

»So?« sagte Schmidt, ihn über die Achsel, während er mit dem linken Auge zwickte, betrachtend – »ja, kann ich mir etwa denken, haben aber reichlich Zeit.«

»Zeit? ich? – was wissen Sie davon, ob ich Zeit habe oder nicht«, sagte Hopfgarten, der sich über das ungenirte Benehmen des Burschen doch ein wenig an zu ärgern fing – »kommen Sie, geben Sie mir den Genevre herunter.«

»Angenehm sein – länger Vergnügen haben – wegen warten müssen – « brummte Schmidt in den Bart, indem er Flasche und Glas auf den Tisch setzte. Hopfgarten nahm aber weiter keine Notiz von ihm, trank, zog sein Taschentuch aus der Tasche sich den Mund zu wischen, und sagte dann zu dem Barkeeper, der indessen rasch um den Schenktisch herum und der Thüre zugeschritten war:

»Schreiben Sie mir das Glas auf, ich habe jetzt kein kleines Geld bei mir, und auch keine Zeit zum Wechseln – geht Ihre Uhr da richtig?«

»Auf den Punkt.«

»Gut; *wollten* Sie wohl die Güte haben mir zu erlauben vorbeizugehn, Herr – *Schmidt* heißen Sie ja wohl.«

»Ja wohl, Julius Thiodolph Schmidt.«

»Thiodolph, schöner Name – Sie haben übrigens wohl nicht verstanden, um was ich Sie gebeten – ich möchte auf die Straße hinaus.«

»Ja, das soll ungefähr der Wunsch von allen denen sein, die nicht mehr hinaus können«, sagte Schmidt mit unzerstörbarer Ruhe, ohne auch nur eines Zolles Breite zu weichen.

»Nicht mehr hinauskönnen? ich glaube Sie sind verrückt, oder haben zu viel getrunken«, rief Hopfgarten, jetzt wirklich ärgerlich. »Treten Sie aus dem Weg, oder ich *bringe* Sie hinaus; glauben Sie, daß ich Lust und Zeit habe, mich mit einem solchen Holzkopf lange einzulassen?«

»Lust? – weiß ich nicht – Zeit? ganzen Arm voll«, sagte Schmidt wieder mit derselben Ruhe. Nur erst als Hopfgarten, dem die Geduld endlich riß, und der nicht Lust hatte, sich mit dem Burschen in einen Wortstreit einzulassen, ihn am Arm ergriff und auf die Seite schieben wollte, stemmte er sich mit Gewalt gegen, klammerte sich mit beiden Händen an die eisernen Haspen an, durch die Abends ein Querstock gesteckt wurde, und begann aus Leibeskräften zu schreien.

Überall giebt es müssige Menschen, denen Nichts lieber auf der Welt ist, als eine Prügelei oder irgend einen Skandal mit anzusehn, sobald sie nur nicht selber dabei betheiligt sind. So kamen denn nicht allein, wie nur Thiodolph Schmidts erster Hülferuf erschallte, eine Anzahl Leute von der Straße heran, zu sehn, was es gäbe, sondern die »Boarder« selber, d. h. die Gäste, die an der Mittagstafel Theil genommen und größtentheils jetzt auch fertig geworden waren, sprangen, als sie den Lärm unten hörten, rasch die Treppe hinunter. Schmidt bekam dadurch natürlich Hülfe, und Herr von Hopfgarten, der jetzt empört über solche Behandlung den Barkeeper am Kragen gefaßt hatte, und allein auch wohl bald mit ihm fertig geworden wäre, sah sich plötzlich von einigen zwanzig anderen Leuten umgeben, die, des Barkeepers Hülferuf unterstützend, die Thüre sperrten, und Thiodolph von den Eisengriffen des kleinen Mannes befreiten.

Hopfgarten, außer sich über eine solche Behandlung, schrie nach einem Constable, und wollte hinaus auf die Straße, Schmidt aber rief den Anderen zu, den Mann da um Gottes Willen nicht fortzulassen, sein Herr sei eben fortgelaufen, eine Gerichtsperson zu holen. Hopfgarten fand sich deshalb auch bald von einem Dutzend Menschen umstellt und angestarrt, gegen die anzukämpfen unmöglich gewesen wäre, und die sich jetzt auch noch auf seine Kosten lustig machten.

»O je, wie er strampelte«, lachte Einer – »*no you don't* mein Herzchen«, ein Anderer – »Zeit war's aber, daß wir dazu kamen, ein paar Secunden später und er wäre draußen gewesen. Toddy könnte jedenfalls dafür traktiren.«

Thiodolph, dessen Name solcher Art und zugleich mit einer Anspielung auf seinen Beruf, in Toddy[5] von den Amerikanern gemishandelt wurde, fand das selber in der Ordnung und ging, die Sorge um den Gefangenen den Leuten überlassend, hinter den Schenktisch, denen, die am thätigsten bei der Sache gewesen waren, irgend ein Glas Brandy oder Whiskey, was sie gerade verlangten, einzuschenken.

»Was hat er denn gestohlen?« frug indessen Einer der Leute; aber selbst Thiodolph konnte darüber keine Auskunft geben, und alles Protestiren Hopfgartens, daß er eben selber im Begriff gewesen sei, zum Staatsanwalt zu gehn, ja einige der Leute aufforderte, ihn dahin zu begleiten, wenn sie ihm denn absolut nicht trauten, blieben erfolglos.

5 Toddy eine Art kalten Grogs.

»Nicht wahr Herzchen«, lachte ihn Einer der Trinkenden, sein Glas in der Hand haltend über die Schulter an, »daß Du uns an der nächsten Ecke durchgingst, und wir das leere Nachsehn hätten? o ja, so dumm sind wir aber nicht.«

»Nur nicht so ungeduldig, mein Schatz«, rief ihm ein rothköpfiger Ire zu, »wenn Du Dich so nach den Gerichten sehnst; *die* kommen schon zu Dir, segne ihre Augen, *die* werden sich das Vergnügen nicht lange versagen, Deine werthe Bekanntschaft zu machen.«

Hopfgarten lief, in Ungeduld fast vergehend, mit auf dem Rücken gekreuzten Händen auf und ab, hatte aber auch keine Ahnung über die wahre Ursache seines Festgehaltenwerdens, und schrieb dieselbe natürlich einem sich augenblicklich aufklärenden Misverständniß zu. Zu jeder anderen Zeit würde er auch darüber gelacht haben, jetzt aber kam ihm das freilich gerade so ungelegen, wie nur irgend möglich.

»Na, da kommt ja ein Constable, mein Herzchen«, rief plötzlich Einer der am Fenster Stehenden aus, »nun sind wir ja außer aller Noth.«

»Gott sei Dank«, sagte Hopfgarten, diesem rasch entgegentretend, als sich auch schon die Thür öffnete, und der Constable, von einem ganzen Schwarm Menschen gefolgt, das Zimmer betrat. Lobsich, ungemein lustig und guter Laune, war mitten zwischen ihnen.

»Mein Herr«, rief jetzt Hopfgarten dem Constable entgegen, »hier muß ein Misverständniß obwalten, und ich ersuche Sie, mich ungesäumt zum Staatsanwalt zu führen.«

»Heißen Sie Hopfgarten?« sagte der Constable, ruhig zu ihm tretend.

»Ja wohl – und bin – «

»Sie sind mein Gefangener«, sagte der Constable, seine rechte Hand auf des Deutschen Achsel legend.

»Ihr Gefangener? – auf wessen Klage?«

»Geht mich eigentlich Nichts an«, meinte der Constable; »werden das wahrscheinlich besser wissen wie ich; wenn Sie's aber noch einmal hören wollen, auf eines Herren Henkel Klage, der einen Verhaftsbefehl gegen Sie erwirkt hat.«

»*Henkel?*« rief Hopfgarten, erschreckt emporfahrend, denn jetzt durchschaute er leicht genug die List des Buben – »das ist nicht übel – um Gottes Willen lassen Sie dann nur nicht diesen *Henkel* außer Augen – ich will gern mitgehen und verlange Nichts mehr – wo ist *der* aber?«

»Weiß ich nicht, geht mich auch Nichts an – « sagte der Constable, »wir können nicht die ganze Stadt arretiren – ich habe Nichts zu thun, als Sie zum Friedensrichter Oppel zu bringen, der das Weitere dann bestimmt.«

»Und dort werde ich Ihnen beweisen«, rief Hopfgarten rasch, »daß dieser Henkel der abgefeimteste Schurke ist, der auf Gottes Erde wandelt, und wenn er mir jetzt durch *Ihre* Schuld entwischt, mache ich das Gericht dafür verantwortlich.«

»Ist mir doch was Unbedeutendes.« rief Lobsich im höchsten Erstaunen aus; »was der Bursche noch für eine Frechheit hat. Hm, hm, hm, werden ihn aber schon zahm kriegen da oben, werden ihn schon zahm kriegen.«

Hopfgarten wollte sich ärgerlich nach dem Wirth umdrehen, besann sich aber eines Besseren und folgte dem Constable, von einigen zwanzig Neugierigen begleitet, zu dem Friedensrichter.

Diesen fanden sie jedoch schon gar nicht mehr in seiner Office – er war, wie Hopfgarten zu seinem Erstaunen erfuhr, mit den Herren Henkel und Dr. Hückler zum Essen gegangen, und wurde erst in einer Stunde zurückerwartet. Vergebens machte jetzt der Deutsche dem Constable die dringendsten Vorstellungen, sich den wirklichen Verbrecher – und die Beweise sei er jeden Augenblick bereit zu bringen, nicht entwischen zu lassen, während er selber hier festgehalten wurde; der Mann hatte weiter keine Befehle erhalten, sich auch gar nicht darum zu kümmern, welche Aussage eingebrachte Gefangene machten. Das Alles würde der *justice of the peace*, wenn er nachher zurückkam, schon untersuchen.

Hopfgarten gab jetzt, in seiner Verzweiflung und Ungeduld, einem der dort in der Nähe befindlichen Leute einen Dollar, in die Wohnung des Doktor Hückler zu laufen und diesen aufzusuchen. Er war der einzige Mensch, der ihn in Milwaukie kannte, eine volle Stunde verging aber, und weder Bote noch Doktor kam. Auch zu dem Staatsanwalt hatte der Gefangene seine Karte geschickt, und ihn dringend ersuchen lassen, augenblicklich zu ihm zu kommen, da die Sache von höchster Wichtigkeit sei. Es geht das nicht selten so in der Welt, wenn die Policey einmal wirklich nothwendig gebraucht wird, ist sie nirgends zu finden, und Hopfgartens größte Angst war jetzt, daß der schlaue Verbrecher seine Zeit benutzen, und sich aus dem Staube machen würde.

Darin hatte er sich nicht geirrt; als bald nach zwei Uhr der Friedensrichter zurückkam, fehlte der Kläger noch, der, seiner Aussage nach nur fortgegangen war, die nöthigen Papiere zum Beweis seiner Klage zu holen. Erst als Hopfgarten jetzt ernstlich darauf drang, den Staatsanwalt zu sprechen, und dabei erklärte, daß dieser sogenannte *Henkel* ein *alias* Soldegg, *alias* Holwich und Gott weiß was sonst noch sei, und das Gericht sogar wohl thun würde, auch *die* Leute zu vernehmen, mit denen er in intimer Verbindung gestanden, wurde der Richter doch stutzig und schickte vor allen Dingen einen Constabler nach dem Postdampfschiff, das zu untersuchen, ob jener Henkel nicht etwa an Bord sei, in dem Fall aber ihn ungesäumt hierher zu bringen.

Das Postdampfschiff war vor etwa einer Viertel Stunde abgefahren.

Sechster Teil

1. Ein Sheriffsverkauf in Arkansas

Ein volles Jahr war nach den, im letzten Capitel beschriebenen Vorfällen verflossen; die heiße Sonne Amerikas hatte wiederum den Mais und Waizen gereift, und die Früchte und Beeren des Waldes mit süßem Saft gefüllt; durch die blaue sonnenreine Luft zog der weiße wehende Spinnenfaden seine stille Bahn, und legte sich einem duftigen Schleier gleich über die Wipfel des grünen Waldesdoms, in dessen Schatten die feisten Hirsche zu Rudeln zusammenstanden, und die jungen Truthühner in die Zweige hinauf flatterten, die ersten jungen Weinbeeren zu versuchen, die sich mit ihren Reben dort empor gerankt.

Und wie das raschelte und rauschte im stillen Wald, wie sich das blitzende Sonnenlicht in den fallenden Tropfen spiegelte, die ein wohlthätiger Nachtregen über das grüne Laubmeer ausgegossen, und die jetzt leise klopfend auf die gelbe, noch vorjährige Blattdecke des Bodens niederschlugen. Und die Grille zirpte ihr regelmäßig melancholisch Lied, das wie das leise Schnarren einer in zeitrechten Schwingungen gehenden Uhr von allen Seiten tönte, nur manchmal durch den gellenden Schrei eines aufstiebenden Falken gestört, dem der blaue Heher im Busch spöttisch den Warnungsruf nachäffte.

Wie das summte und schwirrte um Lianenblüthen und frisch aufkeimende Waldesblumen, von Bienen und Käfern, zwischen denen hin hie und da, wie ein verirrter Sonnenstrahl, ein blitzender gold und grün schimmernder Kolibri gedankenschnell fast herüber und hinüber surrte, über einem duftenden honigschweren Kelch einen Moment mit unsichtbaren, schattengleich fibrirenden Schwingen stand, und dann verschwunden war, daß ihm das Auge nicht folgen konnte, bis ihn sein Summen an dem nächsten Blüthenbusch verrieth.

Wie die Natur in wundervoller Harmonie, besonders in der Jahreszeit, den ganzen Wald mit ihrer Pracht durchwirkt, und ineinandergreifend Jedes sich die Hände reicht zum schönen Ganzen; wie selbst der morsche umgestürzte Baum, von wilden blühenden Ranken umzogen, zum Bilde hier gehört und nicht fehlen dürfte; ja wär' ein einziger Zweig gebrochen von den tausenden, die überall dem Licht, der Luft die grünen Arme entgegenstrecken, die *Lücke* würde fühlbar, und der fallende Tropfen selbst schmückt das

Blatt das er verließ mit höherem Glanz, und wird zur Perle wo er niederfällt.

Und doch *ein* Miston in der Harmonie – ein dunkler Fleck der da nicht hingehörte, der sich nicht wohl da fühlte und das Ganze störte – ein nasses, schmutziges, verdrießlich unzufriedenes Menschenbild, mitten im Wald, im freien schönen wundervollen Wald – Zachäus Maulbeere, vom Regen durchnäßt, kalt, hungrig, verirrt, festgefahren mit seinem Karren in einem Gewirr von Reben und Wurzeln, und in einer Laune, Milch nur durch bloßes Ansehn zu säuern.

»Ein Gottvermaladeites Land das«, lästerte er, sich erschöpft auf einen umgefallenen Baum setzend und sein Taschentuch, das er in der Hand hielt, zusammenrollend und ausringend, »daß mich der Teufel plagen mußte nach diesem Gottvergessenen Staat zu gehn – Bäume – Bäume – Nichts als Bäume in der Welt – gerade in die Höh und gerade über den Weg. – Schönes Vergnügen das, wo man sich erst sein Schnupftuch *ausringen* muß, daß man sich damit *abtrocknen* kann – *schwabben* nannten sie's auf dem Schiff. Und jetzt sitz ich hier – keine Ahnung wo bin – keine Idee von einer Richtung – ein Scheerenschleifer im Wald – Maulbeere, Esel, was hast Du hier im Busch zu suchen, heh? – war Dir zu wohl draußen zwischen den Ansiedlungen im Osten, zwischen dem Waizenbrod und Honig, eh? – mußtest geschwind machen daß Du *hierher* kamst, zwischen Maisbrod und Speck, oder gar die Nacht in den Wald hinein – *Schöne* Nacht die ich da verlebt habe, beim heiligen Sebastian – oben in dem verdammten Baum eingeklemmt gesessen, daß ich die Glieder nicht mehr rühren kann, und das Beest was da um mich her in den Bäumen geschrieen hat – daß ich nicht gefressen bin ist ein reiner Zufall. – Romantisch im Wald zu lagern eh? – wenn ich nur wenigstens den verdammten langhaarigen Dichter die Nacht bei mir gehabt hätte, um an dem meinen Gift auszulassen – aber zehn gegen eins, der Lump hat die ganze Nacht trocken und behaglich in einem warmen Bett geschlafen, und am andern Morgen lügt er dann wie ein Leichenstein, schreibt von »Gesicht im Thau baden« und »Windsbraut die Schläfe kühlen« – na *Dir* möcht' ich einmal die Schläfe kühlen Du – Du Blattlaus, statt mit sechs, mit zwei schiefen Beinen. – Und der Herr Schultze – der selige Piepvogel mit einem Gesicht – wenn man's auf einen Stock schnitt, könnte man einen Hund damit prügeln, dem hätte die Nacht kreuzwohl zu Muthe sein müssen – hundemüde auf einem Ast zu sitzen mit dem Kopf unterm Flügel und mit der wohlthuenden Überzeugung beim ersten Einnicken herunter zu fallen und den Hals zu brechen.«

»Das geschieht Dir aber recht, Zachäus, vollkommen recht, mein Herzchen – was dumm ist muß geprügelt werden, und anstatt lieber den alten verdammten Karren, den ich es zum Sterben müde bin im Lande umherzuschieben, in den Mississippi hineinzufahren und umzudrehen, mußt Du auch noch Fährgeld dafür zahlen und damit herüberkommen, dann Wochenlang durch den heißen nassen Sumpf ziehn, um hier endlich an einem Platz, den die Nachkommen gar nicht finden können wenn sie Einem wirklich ein Monument setzen wollten, elendiglich und Gotteserbärmlich umzukommen.«

Maulbeere drückte sich nach diesem Selbstgespräch den alten aufgeweichten Hut fester in die Stirn, stemmte beide Ellbogen auf die Knie, stützte den Kopf in die Hände und starrte finster und mit dicht zusammengezogenen Brauen eine ganze Weile vor sich nieder.

Er sah auch traurig aus; – den grünen Rock trug er noch immer. Das Wild im Wald wechselt seinen Pelz oder sein Fell mit der Jahreszeit, der Vogel hat seine Mauser, die Schlange streift ihre Haut ab, einer neuen Raum zu geben, und jede Kreatur leckt oder säubert dabei ihr Kleid, das ihr der Schöpfer gegeben, nach besten Kräften, streicht Federn oder Haare glatt und fühlt sich dann erst wohl, und behaglich wenn das geschehn. Nur Maulbeere kannte kein solches Bedürfniß; wie die Katze die Nässe scheut, haßte er, vor allen anderen Elementen, das Wasser; Niemand hatte je gesehen daß er sich wusch; wenn das an Bord geschehen war mußte er es in der Nacht gethan haben und selbst dann heimlich, von der Wacht an Deck unbemerkt. Den grünen Rock, jetzt an unzähligen Stellen geflickt und ausgebessert, trug er noch bis oben an die schwarze, matt glänzende Pferdehaarhalsbinde fest zugeknöpft, der alte Filz, der keine Façon mehr zu verlieren hatte, lag ihm mit seinem, an drei Seiten durch Bindfaden befestigten Deckel, weich und lappig geworden, dicht auf dem Scheitel, und die derben rindsledernen Schuhe, zu denen die durch Dornen unten ausgefranzten großkarirten baumwollenen Hosen niederhingen, schienen das einzig trag- und nutzbare am ganzen Menschen. Auch der blonde starre Bart hatte seit Wochen kein Rasirmesser gesehn, und das kurze semmelblonde struppige Haar hing ihm jetzt naß und in zusammenklebenden Streifen über Stirn und Schläfe, und ließ ihm einzelne durch den defekten Hutrand eingedrungene Tropfen über die fahlgrauen

Backen, auf denen sie lange Schmutzstreifen bildeten, in die Halsbinde laufen.

In der widrigen Feuchtigkeit hatte ihn auch sein trockener Humor verlassen, und Maulbeere saß neben seinem Karren wie ein wild gewordener, der Civilisation abtrünnig gewordener Scheerenschleifer, Haß und Groll gegen die ganze Welt – die er überhaupt noch nie lieb gehabt – im Herzen.

Ein Schuß! – Zachäus fuhr in die Höh, als ob *ihn* die Kugel getroffen hätte, und horchte gespannt, nach welcher Richtung hin er das nächste Geräusch jetzt hören würde, als auch der Fall eines Körpers, nur wenige Secunden später, sein Ohr erreichte.

»Hallo! *hupih!* – hallo!« schrie er jetzt dorthin aus Leibeskräften, »he! hallo! hallo! hu – *ih* – *ahoy!*«

Das laute Anschlagen eines Hundes antwortete dem fremden Ton, dem gleich darauf der ermunternde Zuruf einer menschlichen Stimme folgte.

»Existirt wirklich noch eine andere menschliche Kreatur in dieser gottvergessenen Mischung von Streu und Nutzholz«, brummte Maulbeere vor sich hin, »fehlte mir jetzt weiter gar Nichts, als daß es so eine verdammte Rothhaut wäre, die eben solchen Hunger hätte wie ich. Aber einerlei, lieber an einem warmen behaglichen Feuer gebraten werden, wie hier madennaß vor Frost und Bauchgrimmen umkommen; also noch einmal ein Nothsignal, die wilde Bestie auf meine Spur zu bringen.«

Und wieder ließ er den Wald von seinem Geschrei ertönen, und nicht lange, so brach ein grau gestreifter, kräftig gebauter Hund durch die Büsche, gerad auf ihn zu, machte noch ein paar tüchtige Sätze gegen ihn an, und gab dann Standlaut.

Maulbeere, der seine besonderen Gründe hatte den Hund nicht gegen sich aufzubringen, konnte unter diesen Verhältnissen nichts anderes thun als sich vollkommen ruhig verhalten; nicht lange aber, so brachen und knackten die Büsche und ein Jäger, die Büchse auf der Schulter, einen eben geschossenen Truthahn, Kopf und Ständer mit Bast zusammengebunden, wie eine Tasche umgehängt, trat aus den Büschen und kam, die wunderliche Gestalt mit dem Karren dabei nicht wenig erstaunt betrachtend, auf Maulbeere zu.

»Hallo Fremder!« rief Jack Owen, denn es war Niemand anders als unser Arkansanischer Freund, »wie zum Henker seid Ihr mit *dem* Fuhrwerk da in die Gründorn-Flat gerathen?«

»Hineingerathen?« erwiederte Maulbeere, der in den zwei Jahren seines hiesigen Aufenthalts schon ziemlich fertig Englisch gelernt hatte, »fragt mich lieber wie ich wieder hinausgerathe – hier in der Gegend wissen die Leute wohl gar nicht was ein *Weg* ist?«

»Oh doch«, lachte der Mann, der sich nicht satt sehen konnte an dem Fremden, »manchmal haben wir hier so schmale Dinger, die man, in Ermangelung besserer, Wege nennt. Aber wo kommt Ihr her? – was habt Ihr da in der wunderlichen Maschine und wo wollt Ihr hin?«

»Wenn Ihr mich gefragt hättet wie ich die Nacht geschlafen habe und ob ich etwas zu essen haben wollte, wäre mehr Sinn d'rin«, brummte Maulbeere verdrießlich. »Wie weit ist's bis zum nächsten Haus?«

»Kaum eine Viertelstunde – wenn Ihr *hier* übernachtet habt, konntet Ihr die Hähne heut Morgen krähen hören – wo habt Ihr geschlafen?«

»Wenn's Euch interessirt«, knurrte Maulbeere, »und Ihr den Spuren nachgehen wollt, die ich mit dem verdammten Kasten hier aufgewühlt, dann kommt Ihr zuletzt zu einem Baum – irgend ein weitläufiger Verwandter von diesen hier – auf dem hab' ich gesessen!«

»Oben im Baum?« lachte der Jäger.

»Wenn ich *drunter* gelegen hätte fändet Ihr einen Theil meiner Gliedmaßen vielleicht heute Morgen in dem Magen eines Panthers, und den anderen sauber verscharrt für eine zweite Mahlzeit, unter dem Laube.«

»Unsinn Mann – Ihr könnt hier ein Jahr lang unter einem Baum im Walde schlafen, und wenn Euch die Mosquitos und Holzböcke nicht auffressen, die Panther thun Euch Nichts.«

»So? – es hat wohl nicht Einer dicht bei mir auf einem anderen Baum gesessen, und mir die ganze Nacht eine schauerliche Geschichte vorgeheult, heh?«

»Hahahahaha!« lachte Jack, »das wird eine Eule gewesen sein; in dieser Jahreszeit schläft sich's wundervoll im Wald.«

»Eule«, brummte Maulbeere verächtlich zwischen den Zähnen durch, »wundervoll im Wald schlafen – wer eine Leidenschaft dafür hat. Mir ist's lieber ich erfahre es erst am nächsten Morgen, wenn's in der Nacht geregnet hat.«

»Alle Wetter ja«, rief Jack gutmüthig, »Ihr seid durch und durch naß – es hat die Nacht wohl stark geregnet? und wir zu Hause haben nicht einmal viel davon gemerkt. Aber kommt, nehmt Euer Fuhrwerk und bringt es nur hier herüber mir nach.«

»Wenn ich nicht fest damit säße hätte ich mich nicht hier häuslich niedergelassen«, erwiederte der Scheerenschleifer mürrisch – »das Dornenwerk hält wie Ankertaue.«

»Da wollen wir leicht Bahn hauen«, lachte Jack, sein langes schweres Jagd- oder Bowiemesser aus dem

Gürtel nehmend, und die Dornen ringsum mit leichten Schlägen durchhauend, »so – so – so – jetzt versucht's einmal, gleich da drüben wo die alte Eiche liegt geht ein schmaler Kuhpfad nach der Farm zu, dem können wir folgen bis wir in den Reitweg kommen, und dann habt Ihr freie Bahn – gehts?«

»Wenn ich Jemanden finde der dumm genug ist mir den Kasten abzukaufen«, sagte Maulbeere, das Tragband wieder einhenkend und den Versuch machend, »so gebe ich mein Geschäft auf und gehe unter die Millionaire – hol der Teufel das Scheerenschleifen.«

Jack sah ihm lachend zu, bis der Fremde nach drei vier Ansätzen den schweren eingesunkenen Karren nicht vorwärts brachte, dann ging er rasch auf einen jungen Papaobaum zu, von dem er die Rinde, so hoch er hinaufreichen konnte, mit seinem Messer abschlug und niederstreifte, ein Seil daraus drehte, und dieses vorn am Karren befestigend, sich selber vorspannte.

»So – nun noch einmal – a hoy – alle zusammen!«

»Ahoy!« rief Maulbeere, und mit dem Ruck kam der Karren frei, der von den beiden Männern jetzt mit ziemlicher Leichtigkeit bis zu dem schmalen Pfad, und diesen hin bis in den Reitweg gezogen wurde, wo ihn Maulbeere allein fortbringen konnte.

Unterwegs wurde der Scheerenschleifer, mit der Aussicht auf ein warmes Feuer und Essen, wie auf eine heiße Tasse Kaffee aber gesprächiger, erzählte dem Jäger welcher Art sein Geschäft sei, was er thue und treibe und wie er sein Brod erwerbe, und die ganzen Vereinigten Staaten schon durchzogen habe, bis er zuletzt, durch die vielen brillanten Schilderungen der westlichen Staaten verführt worden sei auch *hier* sein Glück zu versuchen, wo er sich jetzt die größte Mühe geben werde, so rasch als möglich wieder fortzukommen.

Jack Owen amüsirte sich ungemein über die wunderliche mürrisch-drollige Ausdrucksweise des Mannes, dem er aber doch zu dessen Trost mittheilte, daß er sich hätte zu keiner glücklicheren Zeit in diese Gegend verirren können, als gerade heute, da sich fast das ganze County in der Nähe der Farm, der sie eben zusteuerten, zu einer sogenannten Camp-Meeting (eine fromme Zusammenkunft im Freien) versammelt sei, während zu gleicher Zeit von dem Gouvernement des Staates der öffentliche Verkauf des ganzen Platzes, in Folge eines alten Processes, anberaumt sei.

Maulbeere horchte hoch auf – von den Camp-Meetings des Westens hatte er schon so viel gehört, daß er selber gespannt war einer derselben beizuwohnen, und Leute die sich bei einer solchen Versammlung einfanden, führten auch stets Geld bei sich. Auf eine gute Einnahme in seinen verschiedenen Branchen durfte er jedenfalls rechnen, und wer weiß was da sonst noch für ihn auftauchte. Maulbeere war ganz der Mann dazu von solcher Gelegenheit den größtmöglichen Nutzen zu ziehn, und daß er sie nicht versäumen würde, fest entschlossen.

Vor ihnen lag jetzt Olnitzkis alte Farm, von der er übrigens keine Ahnung hatte, daß Fräulein von Seebald, seine alte Reisegefährtin, mit ihr in so genauer Beziehung gestanden, und eine Masse Menschen lagerten um zahlreiche dort entzündete Feuer, kochten Kaffee, brieten Fleisch an der Gluth, und gaben dem sonst so stillen Platz ein eigenes lebendiges, fröhliches Aussehn – und wie ernst doch war der Zweck der sie hier versammelt.

Als Olnitzki damals von Jack Owen erschossen worden, galopirte Soldegg nach Little Rock zurück und – klagte nicht etwa gegen die Farmer und Squatter von Arkansas, er war zu klug dazu, und wußte was ihm selber geschehen konnte in dem Fall, aber er verkaufte seine rechtsgültigen von Olnitzki selber gezeichneten Papiere, die den *Verkauf* seiner Farm wie seines sämmtlichen Viehstands, mit Ausnahme eines einzigen Pferdes betrafen, an einen Advokaten in Little Rock, einen sonst schlauen und durchtriebenen, aber erst seit kurzer Zeit aus den östlichen Staaten hierhergekommenen Burschen, für den halben Werth gegen baar Geld, womit er Arkansas verließ.

Der Advokat, ein gewisser Kowley, reiste ohne Weiteres nach Oaklandgrove hinüber, sein Eigenthum in Besitz zu nehmen, fand sich aber hierin getäuscht, erfuhr daß Olnitzkis Frau, die Einzige die nach den Begriffen der Nachbarn etwas zu sagen habe, Farm und Vieh einer Waise geschenkt habe, die der von Olnitzki erschossene Riley hinterlassen, die Nachbarn es übernommen hätten die Farm für diese zu bewirthschaften, bis sie den Besitz selber antreten könne, und daß keine Klaue und kein Huf von diesem Eigenthum ihre »*range*« verlassen solle, in andere Hände überzugehen.

Mr. Kowley sah sich genöthigt unverrichteter Sache nach Little Rock zurückzureiten; aber keineswegs gesonnen sich »in seinem guten Recht« durch eine Bande gesetzloser Squatter, wie er sie nannte, stören zu lassen, machte er die Sache in Little Rock anhängig, und ein ordentlicher Proceß entstand, von dessen Kosten sich die Squatter schon durch das sie schützende Gesetz[1] freihielten, der aber doch, nachdem er sich über Jahr und Tag hingezogen, *gegen* die Squatter entschieden und ein Termin zu gleicher Zeit anberaumt wurde, an dem die früher dem Polen Olnitzki gehörende und käuflich an Mr. John Kowley übergegangene Farm, mit den dazu gehörigen und in dem Verkaufsbrief einzeln aufgeführten Pferden, Rindern und Schweinen, öffentlich und an den Meistbietenden verkauft werden sollte.

Der Termin war heute, und zwei, gerade in jenem County befindliche Geistliche, sogenannte *circuit riders*, die von ihren Consistorien ausgeschickt werden die noch wenig bevölkerten Distrikte, in denen keine Kirchen sind, zu durchziehn und dort zu predigen, hatten sich entschlossen für den nächsten Tag eine schon längst beabsichtigte »Betversammlung im freien Walde« anzusagen, da der Gerichtstermin ja ohnedieß eine Menge Menschen herbeiziehen mußte. Ob gerade *diese* Gelegenheit eine sonst passende war kümmerte sie wenig, sobald nur viel Menschen dort zusammen kamen und die Beisteuer zu ihren milden Zwecken – Kirchenbau, Missionswesen, Bibelvertheilung und Erhaltung der Geistlichen – recht reichlich ausfiel.

Jack Owens sonst so freundliches Gesicht nahm aber einen recht ernsten, finsteren Ausdruck an, als er den freien Platz betrat auf dem die Fremden versammelt waren, und unter diesen eine ziemlich große Zahl städtisch gekleideter Advokaten und Kaufleute von Little Rock, die theils Neugierde, theils wirkliche Lust zu kaufen hier heraus in den Wald getrieben, erkannte. Schweigend, und von seinem Begleiter dicht gefolgt, seine Büchse über der Schulter, seinen großen Hund hinter sich, ohne zu grüßen, ohne umzusehen, schritt er zwischen der Schaar durch und auf das Haus zu, in dessen Thür ein junges, bildhübsches vielleicht vierzehnjähriges Mädchen stand, und ihm freudig und herzlich beide Hände entgegenstreckte.

»Oh Gott segne Euch Mr. Owen« rief ihm das etwas bleich und angegriffen aussehende Kind entgegen – »wie froh, wie glücklich bin ich daß Sie endlich angekommen sind; ich hatte schon solche Angst Sie – Sie würden –«

»Doch nicht fortbleiben heute, Jenny?« lachte der Jäger, gutmüthig ihre zarten Wangen und das goldene Haar aus ihrer Stirn streichend – »nein mein Kind, wir verlassen Dich nicht, darauf darfst Du bauen; dieß ist deine Heimath und soll es bleiben und wenn wir Alle unsere Heerden verkaufen müßten, sie Dir zu erhalten – wohin es aber nicht kommen wird. Wie geht's Deiner Großmutter, Herz?«

»Schlecht Mr. Owen, recht schlecht – die vielen Menschen da draußen machen ihr Angst – sie hat stärkeres Fieber heute gehabt, und ist vor einer halben Stunde etwa nur erst eingeschlafen.«

»Hier hab' ich Dir 'was zu leben mitgebracht, Jenny« sagte der Jäger, dem Kinde lächelnd das Kinn emporhebend – »ein junger Truthahn, aber feist wie Butter; die ißt Du ja so gern. Doch dem Mann da, – ein Fremder der sich verirrt und die Nacht im Walde zugebracht hat – mußt Du etwas zu essen machen und einen Platz an Deinem Feuer gönnen bis er sich getrocknet hat, wenn er sich nicht lieber draußen in die Sonne legt. Hast Du etwas für ihn?« –

»Für Sie und ihn, Mr. Owen, der Kaffee ist fertig und steht am Feuer, ebenso das Brod, und der Speck ist in wenigen Minuten gebraten.«

»Bravo mein Herz, dann können wir gleich zulangen; ich habe überdieß schon den ganzen Morgen durch den Wald gepirscht, solch einen Vogel für Dich zu suchen, und Dir dabei gleich den Scheerenschleifer gefangen, der die Nacht irgendwo im Wald aufgebäumt war aus Furcht vor Panthern und wilden Bestien. Kommen Sie herein, Mister, wie ist gleich ihr Name? – Mowlbare – wunderliches Wort das, aber ich denke Sie halten's wohl mit dem alten Sprichwort was wir hier im Walde haben – einerlei *wie* man uns ruft, nur nicht zu spät zum Essen!«

Maulbeere ließ sich nicht zweimal nöthigen – seinen Karren draußen vor der Thür stehn lassend, nahm er den alten aufgeweichten Filz vom Kopf, strich sich die nassen struppigen Haare aus der Stirn, und machte Miene sich ohne Weiteres an den schon gedeckten Tisch zu setzen, auf den die Kleine eben die breitfüßige blecherne und dampfende Kaffeekanne stellte.

»Wenn Sie sich erst waschen wollen, so steht draußen der Eimer und das Becken« sagte Jack, dem es vielleicht so vorkam, als ob ein wenig Seifenwasser der Physiognomie und den Händen des Fremden eben nicht schaden könne.

»Danke« sagte aber der Scheerenschleifer in aller Ruhe – »ich bin die Nacht gerade genug gewaschen,

1 In Arkansas kann und darf kein Ansiedler wegen irgend welcher Schulden gepfändet werden, wenn er nicht mehr hat, als ihm das Gesetz an Eigenthum gestattet und für seine Existenz für nöthig hält. Seine Wohnung, sein Bett, seine Büchse, sein Ackergeräth, sein Pferd und zwei Kühe dürfen nicht angerührt werden, und so gerecht und wohlthätig das Gesetz auch sein mag, läßt sich denken daß es manchmal gemißbraucht wird, indem der Farmer sein »überzähliges Vieh« nur auf kurze Zeit zu verleugnen und einem andern Nachbar zuzusprechen braucht.

und habe mir das Wasser verleidet – Kaffee ist mir lieber.«

»Helft Euch selber dann« sagte Jenny freundlich, dem wunderlichen Fremden einen Stuhl zum Tisch rückend – »Ihr seid herzlich willkommen zu Allem was wir haben.«

Die beiden Männer setzten sich und aßen, und eine Weile wurde weiter Nichts gehört, als das Klappern der Messer, Gabeln und Tassen, von denen noch einige aus Olnitzkis Nachlaß übrig geblieben waren und über die sich Maulbeere allerdings den Kopf zerbrach, wie solch reich vergoldetes, weit anderen Verhältnissen angehörendes Geschirr hierher seinen Weg gefunden haben konnte. Er würde freilich noch weit mehr erstaunt gewesen sein, wenn er erfahren hätte daß die nämliche allerdings henkellose und oben ausgebrochene Tasse aus der er trank, mit ihm auf ein und demselben Schiffe von Deutschland erst herübergekommen wäre. Die Lebensmittel, besonders der heiße Kaffee nahmen jedoch seine Aufmerksamkeit viel zu sehr in Anspruch, sich für jetzt um irgend etwas anderes zu bekümmern, und wieder und wieder mußte Jenny die Tasse füllen.

»Jenny« sagte da Jack nach langer Pause, in der seine Blicke ernst und sinnend über den kleinen Raum geschweift waren – denn das vergoldete Geschirr hatte bei ihm ganz andere Erinnerungen wach gerufen, »wenn das Haus nachher zum Verkauf angekündigt ist, wirst Du mit bieten müssen, Herz.«

»Ich, Mr. Owen?« sagte das arme Kind, wehmüthig lächelnd, »Du lieber Gott, mit was sollt ich wohl bieten; Sie wissen ja recht gut daß wir *Nichts* haben auf der weiten Welt.«

»Hast Du *gar* kein Geld, Jenny?« sagte Jack, sie halb erstaunt aber recht freundlich anschauend – »*gar* Nichts, nicht ein ganz klein wenig?«

»Ein ganz klein wenig, oh ja« lächelte das Mädchen gutmüthig – »einen Viertel Dollar in Silber, den mir Großmutter schon vor langer langer Zeit gegeben.«

»Nun siehst Du wohl, Schatz« lachte der Jäger, »daß Du reicher bist wie Du Dich machst? das ist vollkommen genug.«

»*Ein* Viertel Dollar, sagte ich Mr. Owen.«

»Jawohl, und noch dazu in Silber.«

»Aber was soll ich *damit* anfangen?«

»Nun die Farm und das Vieh kaufen – ganz Arkansas kannst Du freilich nicht dafür bekommen.«

Das Mädchen wandte sich langsam ab eine aufsteigende Thräne zu unterdrücken, denn der Scherz that ihr weh; Jack aber, der sie nicht kränken wollte, stand auf, ging zu ihr, legte seine Hand auf ihre Schulter und sagte freundlich –

»Es *ist* kein Scherz, Jenny, Du mußt gewiß mit bieten, ja noch mehr, Du mußt den Anfang machen. *Fürchtest* Du Dich wenn ich dabei bin?«

»Nein Mr. Owen« sagte das Mädchen herzlich – »aber ich begreife nur nicht –«

»Wirst das schon Alles noch erfahren – welche Zeit haben wir jetzt?«

»Bald elf Uhr, nach der Sonne.«

»Alle Wetter, dann ist auch nicht mehr viel zu versäumen, um elf beginnt die Auktion – wenn ich Dich rufe komm zu mir hinaus. Und Sie, Mr. Mowlbare können heut etwas Neues sehn in Arkansas, aber« – setzte er ernster und fast wie drohend hinzu – »wenn ich Ihnen zum Besten rathen soll, so bieten Sie nicht mit.«

»Danke herzlich« sagte Maulbeere verbindlich – »spüre für jetzt noch nicht die mindeste Lust mich in Arkansas niederzulassen – aber hinaus darf man doch kommen?«

»Gewiß, gewiß« lachte Jack wieder, »und werden treffliche Gesellschaft da finden«, und seine Büchse schulternd, während er dem Mädchen freundlich zunickte, verließ er rasch das Haus.

Draußen kamen indessen Fremde auf Fremde, sammelten sich um die verschiedenen Feuer, wo sie einen Bekannten trafen, oder besahen auch wohl die aus dem Nachlaß von den Nachbarn selber herbeigebrachten Pferde, die dort ausgehobbelt – d. h. mit zusammengebundenen Vorderfüßen – an hingeworfenen Maiskolben knapperten, und munter den immer und immer wieder neuankommenden Reitern entgegenwieherten.

Um den Sheriff, der von Little Rock selber herübergekommen war den Verkauf zu leiten, hatte sich dabei eine ziemliche Anzahl von »Stadtleuten« versammelt; der Platz ging jedenfalls für ein Spottgeld weg, denn der jetzige Eigenthümer Mr. Kowley, wollte ihn um jeden Preis los sein, und die Pferde allein, wackere prächtige Thiere, hatten einen guten Werth.

Jack ging wieder zwischen den Gruppen durch, ohne sie auch nur eines Blicks zu würdigen, und hie und da flüsterte man wohl leise hinter ihm her, daß das der Mann sei, der den frühern Eigenthümer dieses Platzes erschossen. Vor eine Jury damals gestellt war er aber, da es in Selbstvertheidigung geschehen, frei gesprochen worden; Olnitzki hatte zuerst nach ihm geschossen, und der Wille allein wäre genügend gewesen, selbst ohne die, noch damals nicht geheilte Narbe von dessen Kugel. Die Leute von Little Rock hielten sich aber fern von dem Mann; sie wollten mit den Squattern dieses Distrikts, die den Ruf eines wilden unzähmbaren Volkes hatten, so wenig als möglich in Berührung kommen, und waren vollkommen zufrieden Niemand weiter von der Schaar zu sehn, wenn sie sich auch eigentlich darüber wunderten.

»Gentlemen!« redete da der Sheriff die Versammlung an, »es wird etwa elf Uhr sein, und ich glaube wir können die Auktion beginnen, damit die Herren, die noch gesonnen sind heute nach Little Rock zurückzukehren, Zeit dazu behalten. Wir sind doch wahrscheinlich Alle versammelt, die an dem Kaufe Theil nehmen wollen und ich werde anfangen.«

Jack Owen stand etwa zwanzig Schritt von ihm entfernt, als er diese Worte an die ihm Nächsten richtete, und nahm jetzt, ohne eine Sylbe darauf zu erwiedern, seine Büchse von der Schulter. Zugleich spannte er den Hahn, zielte einen Augenblick nach dem Wipfel einer der nächsten Eichen, und bei dem Krachen des Schusses stürzte ein Rothkehlchen, das sich dort oben im Gefühle völliger Sicherheit niedergelassen, gänzlich von einander geschossen herunter zu Boden.

»Ein famoser Schuß!« riefen Einige der Stadtleute, die nicht recht wußten was sie aus dieser plötzlichen Schießübung mitten zwischen sich machen sollten – »ein vortrefflicher Schuß!« Der Sheriff nur wandte sich mit eben keinem freundlichen Blick gegen den Schützen um, sagte aber Nichts und Jack, ohne die geringste Notiz von irgend Jemand Anderem zu nehmen, stieß seine Büchse vor sich auf den Boden nieder, reinigte sie, und lud sie wieder.

Da brachen rings die Büsche, Rosse wieherten, Hunde schlugen an; überall raschelte und knackte es im Wald, und der Boden zitterte unter den schmetternden Hufen einer heranstürmenden Anzahl Pferde, nach denen sich die hier um die Feuer Versammelten kaum überrascht, ja erschreckt umsehen konnten, als auch schon einige dreißig kräftige wilde Gestalten, fast Alle in lederne oder wollene Jagdhemden und ausgefranzte Leggins gekleidet, ihre langen Büchsen über der linken Schulter, ihre Messer an der Seite, die Zügel ihrer Thiere locker in der rechten Hand, Einzelne im bloßen Kopf mit flatternden Haaren wie Indianer, Andere mit alten Filz- oder Strohhüten auf, über umliegende und dort umhergestreute Stämme wegsetzend, herankamen, und dicht um die Feuer her ihre schnaubenden Thiere parirten. So rasch und plötzlich und so mit einem Mal von allen Seiten war die Schaar der Backwoodsmen, sämmtlich Nachbarn hier und Squatter dieser Niederungen, herangekommen, daß der Schuß des Einen von ihnen jedenfalls das *Signal* für Alle gewesen sein mußte, die schon lange darauf harrend im Hinterhalt gelegen. Aber Keiner von ihnen kümmerte sich um den Anderen, und handelten sie nach *einem* Entschluß, so war der jedenfalls schon früher verabredet und besprochen, und bedurfte keines weitern Worts noch Winkes. Aber Alle warfen sich jetzt von den Pferden, hingen die Zügel der scharrenden, stampfenden Thiere an den nächsten schwingenden Zweig der ihnen zur Hand war, und traten dann, ihre Büchsen auf den Schultern und trotzig genug sich dabei im Kreise umsehend, mitten zwischen die Käufer hinein, so daß sie diese von allen Seiten umgaben und umstanden. Unter ihnen waren der alte Rosemore, Bill Jones, Sam Houston und überhaupt das ganze »*settlement*« oder die Nachbarschaft – Keiner fehlte.

Wenn Jemand in der ganzen Versammlung, so hatte aber der Sheriff von Little Rock diese »Demonstration«, für was er sie nicht ganz mit Unrecht hielt, in Zorn und Unwillen angesehn, ohne freilich dagegen einschreiten oder auch nur etwas dawider äußern zu können. Daß die Leute mit ihren Waffen kamen verstand sich von selbst, ein Backwoodsman geht nie ohne diese, nicht hundert Schritt von seiner Hütte ab, vielweniger eine Strecke durch den Wald, sei die Gelegenheit welche sie wolle, und das stille ernste Benehmen der Männer ließ ebenfalls auf keine Störung schließen; nichtsdestoweniger gefiel ihm das plötzliche Ankommen der Leute nicht, das auch auf die übrigen Käufer, die schon wußten daß der Verkauf nicht mit dem Willen der »Nachbarn« geschah, einen fatalen Eindruck gemacht. Dem Gesetz durften sie aber nicht mit Gewalt entgegentreten, und so oft sie dasselbe auch in ihre eigne Hand schon genommen, hüteten sie sich doch jedenfalls den Sheriff in seinem Amt zu hindern. So also auf einen der zahlreichen dort umherstehenden, kurz abgehauenen Baumstümpfe tretend, die Versammlung besser übersehn zu können, zeigte er dieser mit kurzen Worten an daß der Verkauf der Farm jetzt beginnen solle, die er, Zeit und Mühe zu ersparen, und nach dem bestimmt ausgesprochenen Willen des jetzigen Eigenthümers, Mr. Kowley aus Little Rock, gleich mit dem dazu gehörenden Vieh, Pferden, Rindern und Schweinen in *einem* Gebot an den Meistbietenden losschlagen würden, wonach es dann dem Käufer überlassen bleibe, wenn er es für gut finden sollte, Pferde oder Vieh wieder besonders zu versteigern.

»Ein Wort Mr. Sheriff!« sagte da plötzlich der alte Rosemore mit seiner tiefen, ruhigen Stimme, indem er ebenfalls den Kolben seiner Büchse auf einen andern

Stumpf stemmte und hinaufstieg; »ich bin als Ältester hier unter uns, und von den Nachbarn beauftragt worden noch ein paar Worte an die Versammlung zu richten.«

»Ich glaube nicht daß etwas derartiges nöthig sein wird« sagte der Sheriff – aber von allen Seiten rief es »doch, doch! sprecht Sir – was giebt's« und der Sheriff, sich die Unterlippe beißend, schwieg.

»Ich bin gleich fertig« sagte der alte Mann freundlich, »denen nur die es noch nicht wissen, wollte ich hier blos einfach mittheilen daß Farm, Pferde und Vieh von dem früheren Besitzer, dem Polen Olnitzki, an einen anerkannten falschen Spieler und sonst gar verdächtigen Menschen, der es seit der Zeit nie wieder gewagt hat zwischen uns zu erscheinen, im *falschen* Spiel, wie sich später herausgestellt hat, verloren wurden.«

»Mr. Rosemore« – unterbrach ihn der Sheriff.

»Entschuldigen Sie mich, Sir, ich bin noch nicht zu Ende« sagte der alte Mann ernst und fuhr dann langsam fort, »die Frau wie wir Alle hier wissen, die jener Olnitzki schlimmer behandelt hat, als ein Indianer seine Squaw behandeln würde, stammte aus einer edlen und reichen Familie, und hatte mit *ihrem* Geld, als sie nach Amerika kamen, Farm und Viehstand, von dem Olnitzki schon früher drei Viertheile durchgebracht, gekauft – aber sie besaß keine Papiere darüber. Vor mehren Jahren hat ferner jener Olnitzki, den hier später seine Strafe erreichte, einen armen aber rechtlichen Mann im allerdings ordentlich abgehaltenen Zweikampf erschossen, weil dieser nicht ruhig zusehn wollte, wie er seine arme, kränkliche Frau mishandelte und *schlug*. Der Mann hieß Riley und hat eine alte kranke Frau, seine Großmutter, und eine jüngere Schwester ein Kind noch fast, hinterlassen, das dort in der Thür der Hütte steht. Diesem Kinde hat Olnitzki's Frau, als sie mit ihrer Schwester nach des Polen Tode uns verließ, die Farm mit dem sämmtlichen Viehstand geschenkt. Wir Nachbarn erklärten dabei, daß Olnitzki kein Recht gehabt habe die Farm, die seiner Frau gehörte zu *verspielen*, die Gerichte in Little Rock entschieden aber anders. Nach langem Streiten gewann jener Advokat, der von dem falschen Spieler Land und Vieh zu einem Spottpreis gekauft, den Prozeß, und der Herr Sheriff ist heute herübergekommen, Land und Viehstand an den Meistbietenden öffentlich zu versteigern. *Das*, Mitbürger, ist der Thatbestand der Sache, und wir Nachbarn« – setzte er mit lauterer Stimme hinzu, »sind der Meinung daß das Kind die Farm, die ihm rechtmäßig schon gehört, erstehen wird.«

»Das kommt auf die Gebote an, Sir!« rief der Sheriff heftig.

»Ei versteht sich, Sir«, sagte der alte Rosemore – »auf die Gebote, und ich bitte daß Sie beginnen. Jack Owen – seid doch so gut und führt das arme Kind einmal hier zwischen die Herren herein – es fürchtet sich sonst näher zu treten; Sie sind wohl so freundlich, Gentlemen, und machen ihm Platz!«

»Oh ja wohl – mit dem größten Vergnügen!« riefen die dem Haus zunächst Stehenden bereitwillig, und Jack Owen schritt langsam dem Hause zu, nahm Jenny, der er einige ermuthigende Worte zuflüsterte, an die Hand, und führte das junge zitternde Mädchen in den Kreis der Männer, die eine Gasse für sie öffneten.

»Oh Bill!« rief während der kleinen Pause die jetzt entstand, Einer der Backwoodsmen, ein rauher, wild aussehender Bursche einem Andern über den ganzen Kreis hinüber zu – »ich habe die Nacht einen schändlichen, nichtsnutzigen Traum gehabt – mir träumte ein feiner Bursche mit einem Tuchrock an, hatte die Farm erstanden, und wie ich zu Haus ritt lag er im Gründorn Flat auf des Polen Grab, und hatte einen rothen, häßlichen Fleck mitten auf der Stirn.«

»Ah Unsinn Jim!« lachte der Andere zurück, »*Dein* Traum hinkt, denn ich habe geträumt *es hätte gar Niemand mitgeboten!*«

»Gentlemen ich protestire hier feierlich gegen jede drohende Einwirkung auf den Verkauf dieses Gutes!« fiel hier der Sheriff hitzig ein, »oder ich sehe mich genöthigt mich unverrichteter Sache zurückzuziehn, und dem Staatsanwalt Anzeige solchen Benehmens zu machen.«

»Thut Euere Pflicht Sheriff!« rief aber der alte Rosemore ruhig – »es wird kein Mensch mehr ein Wort hineinreden – daß sich ein paar junge Burschen ihre albernen Träume erzählen darf Euch nicht kümmern.«

Der Sheriff zögerte noch einen Augenblick und berieth sich in leisem Flüstern mit den ihm nächst Stehenden was zu thun, ein späterer Termin würde aber ebenfalls zu keinem andern Resultat geführt haben, die Käufer hatten jedenfalls das Gesetz und seinen mächtigen Arm auf ihrer Seite, und nach kurzer Einleitung, in der er jetzt die Zahl der urbar gemachten Äcker, der Pferde, die von den Kauflustigen schon in Augenschein genommen, die Anzahl Kühe, Rinder und Schweine aufgezählt, eröffnete er die Auktion und lud die Anwesenden zu einem Anfangsgebot ein.

Im ersten Augenblick herrschte tiefe Stille, das Zirpen der Grillen drang peinlich deutlich von den nächsten Bäumen herüber, und man konnte das *Ath-*

men der Menge hören. Da bog sich Jack Owen freundlich zu dem jungen Mädchen nieder und flüsterte ihr ein paar ermuthigende Worte zu und Jenny, mit todtenbleichen Wangen und zitternden Lippen, aber klaren, blitzenden Augen, trat einen Schritt vor und sagte mit nicht lauter, aber doch bis selbst zu den entferntest Stehenden dringend:

»Ich biete einen Viertel Dollar für das Ganze.«

»Unsinn!« rief der Sheriff, in auflodernder Wuth mit dem Fuße stampfend, »wir haben hier kein Kinderspiel für müssige Leute – ein Viertel Dollar, wo das Gebot in die Hunderte steigen muß, nur den halben Werth zu erreichen.«

»Gebot ist Gebot!« rief es von anderer Seite, »der Verkauf hat begonnen – thut Euere Pflicht Sheriff!«

»Ich brauche mich von Niemanden an meine Pflicht mahnen zu lassen!« schrie dieser, leichenbleich vor innerem Grimm, dem er doch nicht Worte geben durfte, den Männern gegenüber.

»Ein Viertel Dollar ist geboten«, sagte der alte Rosemore ruhig, »Jenny wird es wohl für den Preis bekommen.«

»Wenn kein Gebot geschieht«, rief jetzt der Sheriff, mit Zornfunkelnden Augen, »hebe ich den Verkauf auf!«

»Ein Gebot *ist* geschehn!« schrie da Einer der jungen Backwoodsmen, derselbe, der vorher seinen Traum erzählt, und trotzig dabei mit der Büchse in den Kreis springend, »wir Männer von Arkansas sind eingeladen worden dem Verkauf heute beizuwohnen; der Verkauf hat begonnen, ein Gebot ist gemacht worden und ich frage Euch hier, die Ihr anwesend seid, ob etwas Unregelmäßiges in der Verhandlung stattgefunden?«

»Nein – Nichts!« schrie es von allen Seiten, »die Advokaten mögen uns Ihre Dintenklexer hier herüberschicken und uns die Farmen unter der Nase ausbieten lassen, wir können und wollen es ihnen nicht wehren, aber laß sie es wagen unsere Gebote nicht zu respektiren, und wenn es sich um einen einfachen Cent handelte, und bei Höll und Teufel wir schicken sie heim, daß ihre Haut keine Maishülsen mehr halten sollte.«

»Ein Viertel Dollar ist geboten Gentlemen!« rief der alte Rosemore wieder so ruhig wie vorher, »Mr. Sheriff wollen Sie weiter fragen, oder glauben Sie daß der Preis genügt? es wird Mittagszeit, und wir, die wir noch zur *Campmeeting* zu reiten wünschen, möchten doch erst gern zu Hause etwas essen.«

»Gentlemen!« rief aber der Sheriff auch, sich jetzt ermannend, »Sie werden dieses Scheingebot eines Kindes nicht gelten lassen. Das Gesetz und sein starker Arm *schützt* Sie in jedem Gebot das Sie machen, und meinen eignen Hals will ich zum Pfande setzen daß der von Ihnen, der dieß Gut zu irgend einem Preis ersteht, auch in den rechtlichen Besitz desselben gelangen soll.«

»Mein Traum wird doch wahr, Bill«, rief der Backwoodsman wieder über den Kreis hinüber.

»Denkt nicht daran«, lachte der Andere, »der Sheriff hat ja seinen Hals verpfändet, und wird die Farm vielleicht selber kaufen wollen.«

»Ein Viertel Dollar ist geboten«, begann zum dritten Mal der alte Rosemore, »wenn Ihr nicht selber jetzt die Auktion beginnt, Sheriff, dann thun *wir* es – überschreitet Euere Pflicht nicht, denn *wir* sind hier herbestellt, und verlangen den Zuschlag für den Käufer.«

»Auf ein solches Gebot schlag ich nicht zu!« schrie aber der Sheriff, jetzt außer sich vor Wuth, »wer will mich zwingen?«

»Das Gesetz!« tobten ihm da die Backwoodsmen entgegen, »glaubt Ihr, daß Ihr uns hier zum Narren haben könnt, gerad' nach Gefallen, und herbestellen wenn es Euch freut, weil Euch ein Gebot nicht behagt? Die Farm ist angesetzt und feil gemacht; das Kind dort hat einen Viertel Dollar geboten und bietet Niemand mehr, und schlagt Ihr dann nicht zu, so straf uns Gott, wenn ein anderer Auktionator, ein anderer Käufer seinen Fuß wieder auf dieses Land setzen soll.«

»Und Keiner bietet einen Cent mehr«, knirschte der Sheriff zwischen den Zähnen durch – wagte aber selber kein höheres Gebot – »Gentlemen ich wiederhole es hier nochmals – das *Gesetz* schützt Sie in jedem Gebote das Sie thun, und kein Bürger der Vereinigten Staaten *darf* und wird sich dem widersetzen, denn die Folgen würden schwer und furchtbar auf sein eigenes Haupt zurückfallen. So beginne ich denn nochmals den Verkauf – *zwei Bits* sind geboten, und ich erwarte daß der zweite Bieter mit eben so viel hundert ganzen Dollarn nachfolgen wird – *ich* – das *Gesetz* steht ein für sein gewahrtes Recht.«

Alles schwieg – der Amerikaner läßt selten lange auf sich warten, wo sich die Aussicht auf Gewinn für ihn bietet, aber die dunklen trotzigen Gestalten hier umher – das Blut das schon unter diesen Bäumen geflossen, ohne daß selbst das Gesetz im Stande gewesen war es zu sühnen, die Drohung selbst, die versteckt, aber doch deutlich genug in dem erzählten Traum lag – hie und da vielleicht auch mit dem Rechtlichkeitsgefühle Manches, der doch wohl einsah daß dem Kind – wie das *Gesetz* auch da geurtheilt – die Farm gehören müsse – Keiner bot.

Wieder und wieder suchte sie der Sheriff nur erst zu *einem* Gebot zu treiben, dem dann leicht andere folgen würden – umsonst und endlich selber gereizt, und wüthender fast über die herübergekommenen Käufer als über die Squatter selbst rief er, während die »Nachbarn« ringsum lautlos standen, denn sie wußten jetzt daß sie gesiegt hatten – mit bleichen Wangen und vor innerer Aufregung funkelnden Blicken:

»Gut – wenn Ihr Alle denn zu *feige* seid Euer *Recht* zu wahren, und der, der am meisten dabei interessirt ist, sein ausgelegtes Geld wenigstens für das Land wieder zu bekommen, sich gar nicht dabei blicken läßt, was kümmerts mich. Also«, und seine Hand hob sich dabei sie zum Zuschlag sinken zu lassen, »ein Viertel Dollar ist geboten – ein Viertel Dollar zum ersten – kein Gebot weiter? – ein Viertel Dollar zum zweiten« – eine Todtenstille herrschte, man konnte das Zwitschern der Vögel weit im Wald drinne, das Glucken und Kratzen der Hennen vor dem Hause hören – »ein Viertel Dollar zum zweiten, und –« die Hand kam nieder, und mit der Bewegung das Wort: *»zum – Dritten!«*

»Hurrah! Hurrah!« tobten und jubelten und jauchzten die wilden Gesellen um ihn her – »piff, paff«, gingen die Freudenschüsse hoch in die Luft, und Jack Owen, in der linken Hand seine abgeschossene Büchse schwingend, griff mit dem rechten, eisernen Arm das junge, ängstlich umherschauende, und seinem Glück noch immer nicht trauende Mädchen vom Boden auf und trug es, unter dem Jubelruf der Menge, zwischen die Schaar der Nachbarn hinein. Alle Hände streckten sich nach ihr aus, den rauhen wilden Gesellen standen Thränen in den Augen, und im Triumphe wurde Jenny jetzt dem Hause zugetragen, als neue, rechtmäßige Besitzerin.

2. Maulbeere in der Betversammlung

Die Auktion war vorüber; Farm und Viehbestand gehörte dem jungen Mädchen, trotz jenem Jahrelang geführten Proceß, und all die Käufer, die hergekommen waren das Land, die Pferde zu erstehn, und sich das Alles nun mußten wie ein schönes Traumbild unter den Händen selbst wegschwinden sehen, standen im ersten Augenblick allerdings etwas verdutzt und unbehaglich da, und wußten nicht recht was für ein Gesicht sie dazu machen sollten. Daß die Backwoodsmen nämlich eine solche Drohung, wie sie der eine Bursche so schlau in seine Träume geflochten, wahr machen *könnten*, daran zweifelte nicht Einer von ihnen; des Polen Grab lag keine tausend Schritt von dort entfernt, ein blutig Zeichen, und ein Land kaufen das der Eigenthümer nie hätte wagen dürfen in Besitz zu nehmen, wär auch ein Geldverschleudern nur gewesen, wie der New-Yorker Advokat zu seinem Schaden jetzt erfahren.

»Unter den Umständen durften wir gar nicht bieten«, sagte da der Eine von ihnen zu dem Andern, »der alte Mann hatte ganz recht – man kann doch der kranken Frau und dem Kind das Haus nicht unter den Füßen wegkaufen, und sie in den Wald setzen? – ich wenigstens möchte das nicht auf meinem Gewissen haben.«

»Ich auch nicht«, rief ein Anderer, »die arme Kleine; was für ein hübsches Mädchen das einmal wird – und wie bleich sie aussah.«

»Mit Güte kann man bei mir Alles ausrichten«, sagte ein Dritter, »und ein gutes Wort findet einen guten Ort – die Leute waren klug genug daß sie nicht wirklich drohten.«

»Das wußten sie wohl daß ihnen das Nichts half«, rief der Erste wieder, »was hätten sie machen wollen wenn wir das Haus erstanden? aber so ist's besser und hundert Dollar sind mir nicht so lieb, als daß es die Kleine bekommen hat.«

Maulbeere war ein stiller, aber höchst aufmerksamer Zuschauer des Ganzen gewesen, und so sehr ihn die höchst eigenthümliche Verhandlung interessirt, überlegte er doch eben, ob er nicht besser seinen eigenen Nutzen jetzt auch ein wenig wahren, und seinen Karren herbeischieben solle, der Versammlung mit wenigen eindringlichen Worten ihre eignen stumpfen Messer und sonstigen Bedürfnisse in's Gedächtniß zurückzurufen, als die Backwoodsmen plötzlich Alle wieder zu ihren Pferden gingen, die Zügel von den Zweigen warfen, in die Sättel sprangen und mit einem wilden *Hupih*, von den laut anschlagenden Hunden gefolgt, aber jetzt nach *einer* Richtung hin, in den Wald hineinsprengten. Nur der alte Rosemore blieb mit Jack Owen zurück und ging mit diesem in das Haus, wo sie die Thüre hinter sich zumachten, und eine Zeitlang darin blieben. Nach einer ziemlich langen Weile kam Jack Owen allein zurück, und dem Scheerenschleifer freundlich auf die Schulter klopfend, sagte er lachend:

»Nun wie hat Euch unsere Arkansas-Auktion gefallen?«

»Gut«, erwiederte Maulbeere trocken, »und wenn Sie einmal wieder eine Farm für einen ähnlichen Preis wegzugeben haben –«

»Dann wißt Ihr einen Käufer?« lachte der Jäger, »glaub' es wohl – aber die Stadtherrn gehen auch nach ihren Pferden, so wollen wir denn den armen Thieren hier ebenfalls wieder ihre Freiheit geben; heut oder morgen werden sie doch nicht mehr gebraucht. Und dann Fremder, wenn es Euch recht ist, gehen wir zur *Camp meeting* hinüber, nicht weit von hier nach jener Richtung zu; wäre die Sache schon in Gang, könntet Ihr die Leute selbst hier jauchzen hören.«

»*Jauchzen* hören?« frug Zachäus verwundert.

»Werdet's schon mit ansehn«, sagte der Jäger ruhig, den zum Verkauf hierher gebrachten und mit, durch den Viertel Dollar erstandenen Pferden die Hobbeln oder Stricke lösend, die ihre Vorderbeine zusammenhielten, daß die Thiere wieder frei zurück in den Wald, und ihren gewöhnlichen Weideplätzen zulaufen konnten, »und nun kommt, nehmt Eueren Karren, und folgt mir den Weg entlang, der hier an der Fenz hinunterführt, und wenn Ihr nicht *beten* wollt dort, kann ich Euch Arbeit ziemlich gewiß versprechen.«

Was für ein Leben das war hier mitten in dem sonst so stillen Wald; wie die verscheuchten Vögel ängstlich in den Zweigen herüber- und hinüberflogen, und zwitscherten und riefen; wie der Hirsch, der dort sonst seinen ungestörten Äsungsplatz hatte, als er heute langsam und vertraut wie immer auf seinen Wechsel herankam, rasch den schönen Kopf emporwarf, die von feindlichen Dünsten geschwängerte Luft einzog und schreckend zurück in seine Wildniß floh. Wie die Pferde so freudig wieherten und den Boden stampften, und der grüne Rasen ringsumher auf der kleinen Waldesblöße zertreten war, nach allen Seiten, und wie sich das drängte und schob und durcheinander wogte, von einer bunten fröhlichen Menschenmasse, die hier von allen Enden des County zusammengekommen.

Ein Theil der Leute von Little Rock war ebenfalls dabei, die nämlich, die von der Auktion kommend, es vorgezogen hatten den heutigen Tag hier zu verbringen, und morgen früh zur Stadt zurückzukehren. Diese schienen aber am wenigsten vertreten, kamen auch nicht aus Religiosität hierher, sondern nur der leidigen Neugier wegen, und wurden von den Geistlichen am wenigsten gern gesehn. Nein, die Backwoodsmen und besonders deren Frauen und Töchter bildeten den Hauptkern der Versammlung; von allen Seiten strömten sie herbei, die Frauen fest im Sattel – und wenn es auch kein Damensattel war – ihre kleinen Bündel mit Kleidern vor sich auf dem Pferd, die Männer mit Büchse und Messer an der Seite wie immer. Und Lager wurden von Einzelnen aufgeschlagen rings im Wald, mit Rinden- oder Deckendach, während Andere dagegen ordentliche Zelte mit herüberbrachten, die sie allein für diesen Zweck bestimmt. Hier waren Männer an der Arbeit einen Baum zu fällen, und aus den abgeschlagenen Stücken rasch kurze Breter zu spalten zu einem sicheren Regenschutz, dort wurde Feuerholz geschlagen und herbeigeschleppt, oder Zweige wurden abgehauen, mit diesen ein flüchtiges Schutzdach gegen Sonne und Nässe herzustellen; aber überall herrschte Leben und Thätigkeit.

Und wie die Feuer ringsum flammten und die Kessel brodelten, der blaue Rauch so luftig hinauf wirbelte in die grünen rauschenden Wipfel, und emsige Frauengestalten mit den großen, unförmlichen Bonnets auf dem Kopf – gleichen Schutz gegen Sonne wie Küchenfeuer gewährend – so fleißig an den Töpfen und Pfannen schafften und siedeten.

Die Frauen hatten auch das meiste Interesse an solcher *Camp meeting*, und wenn der Mann daheim kaum daran gedacht hätte hinaus in den Wald zu gehn und die Pferde zu suchen, ließen sie ihm nicht Ruhe, und hatten tausend und tausend Gründe dafür weshalb sie, wenigstens dießmal, unter keiner Bedingung die fromme Versammlung versäumen dürften.

Erstlich schadete den Pferden das Bischen Bewegung gar Nichts – sie waren überdieß so lange nicht gebraucht, und *Marys colt* schon ganz lendenlahm geworden von all zu vieler Ruhe. Dann predigte zweitens, dieses Mal ganz gewiß der Ehrwürdige Mr. Sweetlip – und was für eine süße Stimme der hatte, und wie weich und öhlich er Einem zum Herzen sprach – wer hätte da ungerührt bleiben können.

Und dann der andere Ehrwürdige Mr. Hottenbrocken, wie der es den Heiden und Ungläubigen sagte, wie der dem bösen Feind, *alias* Beelzebub zu Leibe rückte und ihn aus dem Felde schlug.

Und dann hatten sie die Nachbarn in so ewig langer Zeit nicht gesehn – lieber Gott, hier im Walde kam man ja mit Niemandem zusammen, und ob Bill Norton und Ann Sally wirklich versprochen wären, konnten sie ja auch nur dort erfahren.

Und die beiden neuen Kleider, die sich Susanne in dem letzten halben Jahr selbst gewebt und genäht, wie hätte sie die anders zeigen oder tragen sollen; doch nicht im Haus etwa beim Spinnrad; und mußten sie nicht wenigstens einmal erst die »priesterliche Weihe« erhalten?

Die armen Frauen der Wälder sind in dieser Hinsicht auch wirklich übel dran; in dem kleinsten unbedeutensten Städtchen, ja selbst in dem einzelnen Haus, das nur an einer begangenen Straße liegt, kann sich das junge Mädchen nett und geschmackvoll anziehn, und hat die Genugthuung, daß sie wenigstens gesehn, und auch bewundert wird, denn es sind oft liebe, bildschöne Gestalten, denen der schlanke Wuchs, die edle Gesichtsbildung und die, mit nur *sehr* seltenen Ausnahmen fast untadelhafte Reinlichkeit einen eigenen Zauber verleiht; im Wald aber, im wirklichen Wald, von jeder Verbindung mit der Außenwelt abgeschnitten, wo sollen da die armen Mädchen und Frauen ihre Kleider zeigen, und zeigen *müssen* sie dieselben; bei einem »Klötzeroll-Fest« oder »*Quilting frolic?*« wie selten kommt das vor, und wenn's geschieht, wie selten ist dann Tanz nachher – einmal, zwei Mal im ganzen Jahr und das noch dazu im Sommer.

Solche Gelegenheiten benutzen sie dann freilich auch auf's Beste, und welche es irgend von den jungen Mädchen kann, kommt nicht zu einem derartigen Fest ohne wenigstens noch *ein* anderes Kleid, manchmal drei und vier mitzubringen, die während dem Tanz gewechselt werden können.

Weit bessere Gelegenheit hierzu bietet aber jedenfalls eine *Camp meeting*, die nicht nur einen einzigen Abend und im günstigsten Fall eine Nacht durch dauert, wie ein solches Fest, sondern nicht selten gleich drei und vier Tage hintereinander weg, während die jungen Leute aus der *ganzen* Nachbarschaft dabei Gelegenheit bekommen einander zu sehen, miteinander zu plaudern – und mehr als das. Mancher Funke ist bei diesen Betversammlungen aus Auge und Herz herüber und hinübergeflogen, und hat gezündet für Lebenszeit – wenigstens gebunden; überdieß mußten die jungen Männer dort still und ehrbar auftreten, durften nicht trinken, fluchen und schwören, und konnten oft nur mit Hülfe einer ihnen allerdings gewaltsam in's Herz geschütteten Religiosität den Pfad betreten, der zu der Liebe der Auserwählten führte.

Mit einem Wort, es geht bunt zu bei solchen Betversammlungen, und wenn der Geist dann erst noch über die Schaaren kömmt, vergeht dem Fremden Hören oft und Sehn.

Maulbeere fand für jetzt aber nicht das mindeste Außergewöhnliche; daß hier so viele Menschen auf einen Platz sich versammelt hatten, der sonst eine Wildniß war, fiel ihm nicht auf, weil er von einer Wildniß, trotz der letztverbrachten Nacht, überhaupt noch keinen rechten Begriff hatte. Die Lagerfeuer sahen ganz gemüthlich unter den grünen Bäumen aus, und die Menge der Gelagerten versprach ihm reichlichen Gewinn. Nur ein großes hölzernes Gerüst fiel ihm auf, das seitwärts von dem Platz, am Rande der kleinen Waldblöße, und noch im Schatten einer riesigen Eiche stand, und rechts und links ein paar kleine Einfriedigungen hatte, die mit Laub und duftenden Kräutern streuartig ausgeschüttet waren. Für das Vieh schienen sie aber nicht bestimmt, denn ringsumher lagen die Feuer, und die Pferde durften schon der Kinder wegen nicht in den inneren Kreis.

Maulbeere dachte aber gar nicht daran sich über die Verwendung der Plätze den Kopf zu zerbrechen – vielleicht dienten sie zu Schlafplätzen, vielleicht nicht, was kümmerte es ihn. Nach einem flüchtigen Überblick über die Vertheilung der verschiedenen Gruppen, schob er seinen Karren, ohne sich weiter um seinen bisherigen Führer zu kümmern, mitten in den Kreis hinein, begann plötzlich mit lauter gellender Stimme, aber natürlich in Englischer Sprache, seine Waaren, Künste und Eigenschaften anzupreisen, und hatte wenige Minuten später die Genugthuung, die große Hälfte der Versammlung ihn umdrängen zu sehn. Maulbeere war auch in der That für diese Waldbewohner ein Gegenstand; er war ein Charakter wie sie nicht oft dort herumgezogen, selbst unter den Yankee-Pedlars. Schon sein ganzes Äußere, die wirklich auffallende Ähnlichkeit mit einem Orang-Utang, die wunderbare Zungenfertigkeit des fremden Mannes, mit seinem trockenen Humor, der sie oft zu lautem Gelächter hinriß, das Alles war ihnen neu, und vielleicht selbst die Ungewißheit dabei, ob die jeden Augenblick erwarteten Geistlichen mit diesem Ausbruch lauter Fröhlichkeit einverstanden sein, oder ihn vielleicht gar verdammen würden, erhöhte den Reiz.

Maulbeere hatte indessen schon sein Schleiferamt begonnen, und Messer wurden ihm so viele gebracht, daß er sich ihrer kaum erwehren konnte; auch Bestellungen bekam er genug, dorthin fünf, dorthinüber acht Meilen vielleicht, eine alte Scheere wieder in Stand zu setzen oder, als er sich auch hierin entwickelte, einem Fingerhut eine neue Decke anzulöthen. Er war unermüdlich dabei, grob gegen die Männer, die ihn auslachten, zärtlich gegen die Frauen und Mädchen, die über ihn kicherten, und sein Rad schwirrte und zischte, während seine Zunge noch viel rascher ging als das Rad.

»*Der ehrwürdige Mr. Sweetlip!*« – ein freudiges Gemurmel lief durch die ganze Versammlung, und die Frauen besonders, drängten jetzt rasch und eifrig fort von dem Scheerenschleifer, während ihre kleinen lieben Gesichter, die noch vor wenig Minuten so herzlich gelacht, und so fröhlich in die blaue herrliche Welt hinausgeschaut, einen gar ernsten, fast wehmüthigen Ausdruck annahmen. Alles schaarte sich um den frommen Mann, und Maulbeere blieb allein mit seinem Karren in der Mitte stehen.

Mr. Sweetlip war die Freundlichkeit selber; er sprach mit Allen, hatte für jeden ein ermunterndes oder ermahnendes, ein freundlich tadelndes oder lobendes Wort; sprach von der Erndte und vom Wetter, von weggelaufenem Vieh und verirrten Schaafen – in der geistigen Bedeutung des Wortes – und seufzte dann oft recht schwer und traurig auf, wenn er der Sünde der Menschen gedachte, die in die Welt gekommen und leider nicht wieder hinauszubringen war. Mr. Sweetlip war eine wahre Seele von einem Menschen.

Ernster und strenger, in finsterem Schweigen trat der andere Geistliche, Mr. Hottenbrocken auf, und wenn man die beiden mit einem Schwerte des Herrn hätte vergleichen können, so war Sweetlip der Rücken, Hottenbrocken aber die Schneide und Spitze in aller Schärfe und Härte edlen Stahls.

Wenn Sweetlip mit sanfter Zunge seinen Zuhörern allerdings ihre geistigen Wunden aufriß, aber Öl hineinträufelte, und es manchmal sogar für eine Sünde zu halten schien, selbst der Hölle sämmtliche gute Eigenschaften abzusprechen, so ging Hottenbrocken hinter ihm her und warf Essig und Pfeffer und Salz hinein, rüttelte die sanftschlafenden Sünder aus ihrem bewußtlosen Zustand auf, und beschrieb ihnen mit triumphirendem Lächeln und glühenden Farben einen furchtbaren Abgrund, an dem sie geschlummert haben sollten, und wenn sie den auch nicht gleich sahen, wurden sie doch ängstlich und verzagt, und streckten die Hand nach dem ehrwürdigen Manne aus, sie zu retten.

Mr. Sweetlip hatte übrigens die *»meeting«* zu eröffnen und zu begrüßen, und stieg oder kletterte zu diesem Zweck auf das hohe, kanzelartige Gestell, das unter der Eiche errichtet worden. Von hier aus richtete er eine ziemlich lange Rede, ohne weiteren besonderen Inhalt, an die Versammlung, ermahnte sie, ihre Augen und Herzen und Hände zu Gott zu erheben und ihn zu bitten, daß er sie bei ihrer jetzigen freudigen Zusammenkunft erleuchten, die Guten stärken, und die verlorenen Schaafe zurück zu seiner Heerde führen möge, zu deren Bequemlichkeit hier, wie er mit klaren dürren Worten andeutete, die beiden Einpferchungen angebracht und mit weicher Streu gefüllt waren.

Maulbeere glaubte wirklich im Anfang daß er mit dieser Sache Scherz treibe; der ernste, wehmüthige Mann sah aber nicht aus wie Scherz, und Thränen standen auch schon in vielen Augen seiner schönen Zuhörerinnen. Um sich dessen aber zu vergewissern, drückte er sich durch die Andächtigen, seinen Karren sich selber überlassend, langsam der Stelle zu, wo er seinen alten Freund Jack Owen finster und schweigend an einer Eiche lehnen und der Rede horchen sah.

»Könnt Ihr mir sagen Freund« redete er diesen leise an, »was der fromme Herr da oben mit den beiden Pferchen meint, und ob die nur *bildlich* dastehn, oder in der »Hitze des Gesprächs« vielleicht wirklich gebraucht werden sollen? ich habe keine rechte Idee von etwas Derartigem, und möchte mich gern belehren.«

»Es geht mir nicht viel besser, Fremder«, sagte der Backwoodsman seufzend – »ich habe auch keine rechte Idee von dem Wesen und Treiben der Leute; soviel aber ist gewiß, daß sie die Fenzen oder Pferche, wie Ihr sie nennen wollt, heute oder morgen noch brauchen, wenn der Herr da oben die Gemeinde vorbereitet hat, und der andere lange Herr mit dem finsteren Gesicht erst in ordentlichen Schuß und Gang gekommen ist – wenn nicht heute, morgen seht Ihr das gewiß!«

»Und sind das so berühmte Prediger?« frug Maulbeere etwas erstaunt, denn das Äußere der Leute hatte auf ihn den Eindruck nicht gemacht –

»Der sanfte Mann der jetzt da oben spricht« sagte Jack mit einem etwas bitteren Lächeln, »war noch im vorigen Jahr ein Schneider in Little Rock, als plötzlich *der Geist* über ihn kam, wie sie es nennen, und er zu predigen anfing. Er hat eine »sanfte Gabe« wie die Frauen sagen, und wenn er nur anfängt zu reden, weinen sie schon vor lauter Rührung und Wehmuth. Der Andere ist ein Yankee, und war früher ein Pedlar, wie man bei uns die »wandernden Krämer« nennt – betrog alle Welt mit seinen Yankee-Uhren und anderem Trödel den er zum Verkauf im Lande herumführte, und – wurde auch auf einmal religiös, hielt einen Ausverkauf mit seinen Uhren, von denen die Frauen wie toll darauf waren, eine zu kaufen, um, wie sie meinten, dem Teufel zugleich eine Seele zu entreißen, und fing ebenfalls an zu predigen. Die Beiden sind jetzt die beliebtesten Redner, die wir hier zu hören bekommen, und haben die anderen Circuit-rider wenn nicht ganz weggebissen, doch so in den Schatten gedrängt, daß sie sich kaum noch sehn lassen. *Ihre* Sammlungen fallen auch – jedenfalls die Hauptsache – immer am reichlichsten aus, und für ihre *milden Zwecke* nehmen sie Geld und Geldes Werth, Hirsch- und Racoonfelle, Talg und Honig und Bärenfett. Aber jetzt paßt auf« setzte er, mit dem Kopf nach der Kanzel winkend hinzu – »jetzt kommt Herr Hottenbrocken d'ran – es wird ein heißer Tag werden, denn er schneidet ein furchtbar finsteres Gesicht.«

Jack schulterte, während er die letzten Worte sprach, seine Büchse, drehte sich ab von dem frommen Mann, und schritt langsam hinein in den Wald, während Mr. Hottenbrocken allerdings von der Kanzel zu donnern begann, und mit leuchtenden Augen und im Anfang zwar noch ziemlich ruhiger, dann aber immer wachsender Stimme den zitternden Zuhörern die Pforten aufriß die hinab in den Schlund der Hölle führten. Mit wilden Gesten und rollenden Augen deckte er dabei alle Schrecknisse auf, die dort unten der Ungläubigen, der Tauben die nicht hören, der Blinden die nicht sehen wollten, harrten, und seine Rede floß ihm glühend heiß von den in wilder Aufregung zitternden Lippen.

Maulbeere, so sehr er sich sonst über derlei Sachen lustig machte, war aber plötzlich unendlich aufmerksam geworden, drängte sich, so weit sich das füglich thun ließ, nach vorn, kein Wort von der Predigt zu verlieren, und verrieth dabei eine Andacht, eine Freudigkeit, die sogar mehrmals die Blicke des Geistlichen selber auf ihn lenkte und wohlgefällig auf ihm weilen ließ. Der Eine war Schneider, der Andere Krämer gewesen, der *Geist* genügte – wenn der Geist kam mußte der Körper gehorchen! – Die Predigt oben dauerte fort, Maulbeere hörte sie aber nicht mehr, sein äußeres Ohr war anscheinend offen, sein inneres lauschte dagegen einem Chaos von Speculationen, die sich in dem Gehirn des praktischen Scheerenschleifers entwickelten, und ihm seinen »Gedankenkasten« mit einer Unmasse von Plänen und Ideen füllten.

So kam der Abend heran; dieser Tag war mehr eine Vorbereitung zu der morgenden *Schlacht* gewesen, die Mr. Hottenbrocken dem Teufel und seinen Helfershelfern angekündigt hatte; seine »Krieger«, wie er die Frommen und Gläubigen nannte, waren gerüstet und geweiht worden zu dem schweren Kampf, und die nächste Sonne sollte ihre untergehenden Strahlen auf die Streiter werfen, die mit der Glorie des Herrn siegreich aus Kampf und Ringen hervorgegangen wären.

Maulbeere verlangte mehr als das zu wissen, und Jack Owen schien ihm nicht der rechte Mann dazu, denn er hatte, soviel der Scheerenschleifer bis jetzt davon gemerkt, keine Freude an der ganzen Sache, war auch in der That nur herübergekommen, weil er die Frauen nicht zu Hause halten konnte, und nicht allein ziehn lassen *wollte*. Frauen sind überhaupt in den meisten Fällen weit besser zu Hause, als bei solchen Campmeetings aufgehoben.

Unter den hierhergekommenen Andächtigen befand sich eine Familie, die Maulbeere's Aufmerksamkeit schon von allem Anfang durch das viele Kochgeschirr und die zahlreichen Proviantkisten auf sich gezogen, die sie bei sich führten. Der Mann, wie er sich indessen erkundigt hatte, war Kirchenältester, und ein großer Gönner Mr. Hottenbrockens, der oft acht und vierzehn Tage auf seiner Durchreise bei ihm blieb, und allabendlich in seiner Familie predigte. Diesem introducirte sich Maulbeere noch *vor* dem Abendessen, enthüllte ihm den Eindruck, den die Predigt heute Nachmittag auf ihn gemacht hatte, und bat ihn um die Lebensgeschichte des langen Mannes, der eine so fabelhafte Rednergabe, mit solchem Feuereifer und solcher Gluth der Sprache vom lieben Herrgott und heiligen Geist empfangen habe.

Der Kirchenälteste nahm ihn freundlich auf; Maulbeere mußte sich mit zu seinem Feuer setzen und mit ihnen essen, und erzählte ihnen dafür seine Lebensgeschichte mit einer Phantasie, die seinen alten Schiffsgefährten Theobald glücklich gemacht haben würde, und auch hier ihre Wirkung nicht verfehlte. Er erfuhr dafür Alles was er wissen wollte – daß nämlich nicht etwa ein langes Studium erforderlich sei, mit begabter Zunge zu reden, sondern daß solche, die der heilige Geist als Begünstigte ausersehen, oft von den niedrigsten Handwerken, aus dem sündhaftesten Lebenswandel heraus, zu der hohen Würde eines Seelenhirten sich emporgeschwungen hätten, und Lichter geworden wären, ihren Mitbrüdern und Schwestern auf dem schmalen dornigen Pfad der Tugend voranzuleuchten. Nicht einmal ein Examen war dabei erforderlich; es bedurfte eben weiter Nichts, als der hohen natürlichen Begeisterung, die, für einen monatlichen Gehalt aus einer der frommen Stiftungen und Vereine, ihr leibliches Wohl vollkommen in die Schanze schlug, und die Arbeit aufnahm im Weinberge des Herrn. Schwer war freilich ihre Aufgabe dabei, sie hatten nicht allein gegen die sündhaften Ungläubigen, sondern auch gegen den Antichrist wie eine Menge anderer Sekten anzukämpfen, aber das Ziel war glorreich – sie *mußten* endlich siegen, der Herr war mit ihnen, und die Schlange blutete mit zertretenem Haupte unter ihren Hacken.

Das etwa war der Sinn der Rede, die der Kirchenälteste dem mit der gespanntesten Aufmerksamkeit zuhorchenden Zachäus Maulbeere hielt, und wie dieser spät am Abend, wo sich die Mehrzahl der hier Gelagerten zur Ruhe begeben, seinen Karren zu seinem neuen Beschützer heranschob, und dann in das laut gehaltene Nachtgebet inbrünstig mit einstimmte, schien ein ganz anderer Geist in den sonst so rohen, profanen Menschen gefahren zu sein. Die Anderen hatten sich längst wieder erhoben, und er kniete immer noch eine

Weile allein in still versunkenem Gebet, legte sich dann, in seine Decke gewickelt die er vorn an den Karren geschnallt mit sich führte, ohne mit irgend Jemandem ein Wort weiter zu wechseln, auf den ihm angewiesenen Platz unter ein weit gespanntes Leinwandzelt, und war bald sanft und ruhig – ein etwas lautes Schnarchen abgerechnet – eingeschlafen.

Am anderen Morgen begannen die Predigten ungemein früh, und Maulbeere hätte heute keine Zeit bekommen seine Geschicklichkeit zu verwerthen, selbst wenn er es gewollt; er dachte aber gar nicht daran, saß gleich vom Morgengrauen in den vordersten Reihen der Gläubigen, und schien sich wirklich nur zufällig gerade zur Frühstückszeit an dem Feuer des Kirchenältesten wieder einzufinden. Dieser aber hatte seine innige Freude an dem Mann, der, wie er nicht ganz mit Unrecht meinte, innerlich und äußerlich einer ordentlichen Reorganisation bedürfe, und die nur allein durch das Wort Gottes erhalten könne. Übrigens sei es ein erfreuliches Zeichen auch unter den *Deutschen*, die sonst nicht in dem Rufe ständen, viel wirkliche Religiosität zu haben, Einzelne zu finden, die eine rühmliche Ausnahme davon machten.

Zum Frühstück trat eine Pause ein, da die Geistlichen selber, zu ihrem heutigen harten Kampfe, einer Stärkung bedurften, und es war für Maulbeere ein rührendes Bild, und eine Quelle tiefen Nachdenkens, zu sehn, wie sich die *Brüder*, in Liebe und Freundschaft darum stritten, die ehrwürdigen Herren an *ihrem* Frühstückstisch bewirthen zu dürfen, wo ihnen dann das Beste aufgetafelt wurde, was die Küche aus Wald und Strom und Farmhof nur zu liefern vermochte.

Gleich nach dem Frühstück begann die Predigt wieder, die aber bis zum Mittagessen wenig Erquickliches bot; es war ein Mischmasch von den allergewöhnlichsten Phrasen, in der allergewöhnlichsten Art vorgetragen; entweder *konnten* die Leute nichts Besseres liefern, oder sie versparten sich den vollen Eindruck auf den Nachmittag und Abend, wo die Zuhörer überhaupt mehr aufgeregt und für das Übernatürliche mehr empfänglich sind. Maulbeere nichtsdestoweniger hielt gewissenhaft aus; Manche seiner Nachbarn und Nachbarinnen, die auch entsetzlich in ihrer Andacht durch seinen alten grünen und wie glasirten Rock gestört worden waren, schliefen sanft; Maulbeere wachte, und verwandte kein Auge von dem Redenden.

Mittag kam, und so sehr sich die Amerikaner vor einem unreinlichen Menschen scheuen, hatte Maulbeeres Andacht doch besonders die Aufmerksamkeit der Frauen auf sich gezogen; er war auch fremd hier, und konnte nicht ohne Nahrungsmittel gelassen werden. Maulbeere bekam drei Einladungen an verschiedene Feuer, die er alle drei annahm, und mit geschickter Zeiteintheilung auch verwerthete. Nach Tisch und einer kurzen Ruhezeit, mit der etwa drei Uhr Nachmittags heranrückte, begann die Predigt auf's Neue – jetzt aber mit einem andern Geist.

Der Reverend Mr. Sweetlip machte heute Nachmittag den Anfang, und die Versammlung, als ob die Leute schon eine Ahnung gehabt hätten, wie der Geist heute wirken würde, war zahlreicher als je; Maulbeere aber saß in den vordersten Reihen.

Mit weicher, schmelzender Stimme begann der ehrwürdige Mr. Sweetlip seinen aufmerksam lauschenden Zuhörern die Orte auf dieser Erde zu schildern, wo den armen schwachen Menschen Verführung umlauere, ihn von der Bahn des Guten abzulocken; und dabei zeigte er ihnen den Lohn, den sie auf dieser Welt schon für ein gottgefälliges Leben, aber auch viel größer noch in einer anderen Welt, zu erwarten hätten: in dieser Welt durch ihr ruhiges, zufriedenes Gewissen, das ihnen die Brust mit einer unendlichen Wollust und Seligkeit fülle (und er selber führte sich dabei zum Beispiel auf, wie er, seit er sein Herz dem Himmel zugewandt, in einem wahren Meer von Wonne schwimme) und in jener, wo Gott und der Heiland ihnen ein beneidenswerthes Loos bereiten würde, so sie hier den sündigen irdischen Lüsten widerstünden, und ihre Augen nur nach dem richteten *was Gottes* wäre. Auch hierbei ließ er sich in eine nähere und mehr bildliche Beschreibung dieser einstigen Seligkeit, wie er sie sich dachte, ein, und schilderte seinen Zuhörern mit immer glühender und lebendiger werdenden Farben das Paradies, wo sie von Ewigkeit zu Ewigkeit oben im Kreis der Engel in den Wolken sitzen, und Hallelujah singen würden.

Maulbeere sah sich rasch nach seiner Nachbarin zur Linken um, denn diese fing plötzlich an zu stöhnen, schloß die Augen, warf den Kopf herüber und hinüber, und gebehrdete sich etwa so, als ob sie einen Anfall von Krämpfen erwartete. Der Scheerenschleifer dachte auch an seine kleine Hausapotheke die er in dem Karren mit sich führte, an Salmiakgeist und Hofmann'sche Tropfen, Einreibungen von Senfspiritus und andere entsetzliche Mittel; ehe er aber noch zu einem rechten Entschluß kommen konnte, begann seine Nachbarin zur Rechten ebenfalls, ähnliche Töne auszustoßen und überall vor und hinter ihm, und rechts und links, fing es an zu ächzen und zu stöhnen und die Ausrufe – »*Oh Loooord – glory – glory – happy – happy – blessed Jesus!*« wurden nach allen

Seiten hin laut, und kamen in Gestalt von gewissermaßen gewaltsam ausgestoßenen Seufzern zu Tage. Nur erst mit dem Schluß der Predigt, die in einem langen Gebet endigte, beruhigten sich die Andächtigen, und die Frauen hielten ihre Taschentücher vor die Augen und weinten, als ob ihnen das größte Herzeleid in der Welt geschehen und nicht die einstige Seligkeit geschildert wäre.

Lautloses Schweigen folgte, denn Mr. Hottenbrocken kletterte jetzt, nachdem er den ehrwürdigen Bruder Sweetlip heruntergelassen, auf die Kanzel, übersah mit einem, über die Massen schweifenden finster drohenden Blick die Versammlung, und rief plötzlich, zu voller Höhe aufgerichtet und den rechten Arm von sich streckend, mit donnernder Stimme:

»Brüder und Schwestern – Mitbürger – Mitchristen – Sünder – *nichtswürdige, elende, erbärmliche Sünder* – der Tag der Rache ist nahe!«

»Oh Loooooord!« schrie die eine Mitschwester an Maulbeeres Seite, der doch jetzt fand, daß diese verschiedenen Ausrufe keineswegs einem körperlichen Gebrechen, sondern eher einer geistigen Vervollkommnung, einer Empfänglichkeit des Herzens für das Höhere, zuzuschreiben sei. Mr. Hottenbrocken hatte indessen eine kleine Pause gemacht, als ob er seinen Zuhörern Zeit geben wollte, über diese Verkündigung nachzudenken, und begann nun, nachdem er vorher sein Taschentuch herausgenommen und sich vorsichtig geschneuzt hatte, mit einer Stimme und einem Ausdruck seine Predigt, als ob er in irgend einem gleichgültigen Gespräch etwa gesagt hätte – »ich glaube wir werden diesen Nachmittag Regen bekommen.«

»Der ehrwürdige Mr. Sweetlip, mein verehrter Bruder und fleißiger Mitarbeiter im Weinberg des Herrn, hat Euch, liebe Schwestern und Brüder, die Freuden des Elysiums geschildert; er hat Euch mit glühenden lebendigen Farben, wie den höheren heiligen Sphären abgelauscht, die Plätze der Seligen vorgeführt, wohin die *Guten* einst kommen werden. Es *giebt* einen solchen Platz, liebe Schwestern und Brüder, wie ich Euch wohl kaum noch zu sagen habe, denn Jeder von Euch weiß es – es steht mit klaren einfachen Worten in der Bibel, und ist daher keine Kunst das zu wissen – Jeder kann das wissen der nur lesen kann, oder einen Bekannten hat, von dem er weiß, daß er ihm keine Lügen erzählt, und der ihm die Geschichte vorliest. Also wir sind davon, als einer ausgemachten Thatsache, überzeugt, *daß* es einen Platz giebt, wohin die Guten, die Gerechten vor dem Herrn kommen, und nicht allein unsere Phantasie, geliebte Brüder und Schwestern, verleiht diesem Platz die höhere Wonne, nein auch die heilige Schrift giebt uns ziemlich genaue Grundlagen über den etwaigen Zustand dort oben, wie ihn mein Bruder in Christo, Mr. Sweetlip geschildert hat – Aber« – rief er plötzlich, und unterbrach damit gewissermaßen seine bis dahin vollkommen ruhige und wie gesprächsweis gehaltene Rede – »*aber*«, donnerte er noch einmal, mit jetzt tief und dröhnend schallender Stimme, »aber *wer* sind die Gerechten? – *wo* sind sie? – wie viele oder wie wenige sind es ihrer? – Wehe, wehe, wehe, mein Auge streift umher, und keinen Frieden, kein Licht findet es, wohin es schweift – mein Ohr lauscht auch dem leisesten Klang, und nur Weheklagen sind es, die es vernimmt!«

»Oh Loooooord!« – stöhnte Maulbeere's Nachbarin wieder.

Lauter und lauter wurde jetzt die Stimme des Sprechers, mit der er jammerte daß er umsonst das Haupt eines Gerechten suche, es mit der ewigen Glorie zu decken – sie wären *Alle* Sünder, schlechte, miserabele, elende Sünder vor dem Herrn – keiner, der bestehen würde vor seiner Gerechtigkeit, und nur wenn sie stürben, würden sie es den ersten Tag bequem haben, sie fortwährend bergunter führen, tief tief hinunter zu dem höllischen Abgrund, wo da ist Heulen und Zähneklappen, dann aber – dann –

»*Oh gracious Looooord!*« stöhnten die Stimmen rechts und links – »*merci, merci – merci!* Gnade! – sei gut zu uns Herr, sei gut zu uns!« und hie und da standen Einzelne der Mitglieder auf, und taumelten mehr als sie gingen unter dem *glory-*, *glory-* und *happy-*, *happy*-Rufen in den einen kleinen Pferch, der zur Linken des Predigers stand, wo sie sich auf die Knie warfen, und laut und brünstig, nur von einzelnen Schreien unterbrochen, an zu beten fingen.

Maulbeere wurde unruhig, er blickte um sich her und sah seine Nachbarn an, machte sogar ein paar Mal Miene aufzustehen, setzte sich aber immer wieder nieder. Das Gestöhne um ihn her wurde dabei immer toller, und je wilder und feuriger der Mann auf der Kanzel jetzt anfing mit rasselnder, dröhnender Stimme die Qualen der Verdammten zu schildern, und lauter und drohender der ganzen Schaar seiner Zuhörer ein ähnliches Schicksal zu prophezeihen, je mehr er mit den Armen warf und seine langen Glieder umherzuschlenkern begann, die Augen dabei verdrehte und mit der Stimme, vielleicht das Wimmern der Gepeinigten nachzuahmen, in ein Gekreisch und Gewinsel fiel, und dann wieder um Gnade, Gnade schrie für die Verdammten, um deren Glieder er schon die Lohe schlagen sähe, die im ewigen Feuer zuckten und sich krümmten und die Arme umsonst flehend, Hülfe suchend, herausstreckten aus dem knisternden Verderben, da erreichte der Aufruhr und Lärmen einen furchtbaren Grad. Die Leute sprangen und heulten auf ihren Sitzen, schlugen mit den Armen und Beinen um sich, und klammerten sich aneinander an, als ob sie schon jetzt fürchteten von dem höllischen Feind gefaßt, und nach seinen Regionen niedergeführt zu werden.

In dem links gelegenen Pferch hatten sich indeß die »Böcke« mehr und mehr angesammelt – es waren die, die sich als die größten, nichtswürdigsten Sünder erkannten – und lagen hier auf den Knieen, rangen die Hände, heulten, schrieen, und gebehrdeten sich mit einen Wort wie Verrückte. Zwangsjacken wären auch in der That das einzige gewesen, was sie hätte halten können.

Mr. Hottenbrocken oben auf seiner Kanzel aber fing an zu triumphiren.

»*Da* kommen sie!« schrie er mit ausgestrecktem Arm und Finger niederdeutend, auf die mehr und mehr dem Pferch Zudrängenden, (Männer und Frauen und Mädchen, Alles durcheinander) und sein Auge schoß Blitze, seine Gestalt hob sich höher und gewaltiger, und zog sich dann manchmal in sich selbst zusammen, als ob er noch unschlüssig sei, vielleicht mit einem Satz über die Barriere weg, mitten zwischen die Schaar hineinzuspringen – »da drängen sie herbei, vom Teufel gepeitscht, der hinter ihnen mit ausgespreizten Krallen dreinspringt, den Einen oder Anderen noch von denen die ihm entfliehen wollen zurückzureißen in sein Reich der Verdammniß!«

»*Oh L-o-o-o-o-o-rd – merci – merci!*« schrieen die Frauen wieder, die sich jetzt zwischen den Bänken anfingen ängstlich umzusehn, und sogar manchmal mistrauische Blicke auf den Scheerenschleifer warfen – »habe Gnade mit uns, barmherziger Gott; rette uns, rette uns vor dem Teufel – rette uns vor dem ewigen Feuer!«

»Gnade?« schrie aber der Mann auf der Kanzel mit seiner Donnerstimme nieder in den Lärm und Aufruhr – »Gnade wollt Ihr? – Gnade für Euere *Sünden?* – Gnade für Euern *Unglauben?* Gnade für Euere verderbten und verstockten Herzen? – der Fluch *Gottes* wird Euch treffen am jüngsten Gericht – niederschmettern wird er Euch in den Staub, die Ihr Euch jetzt am stolzesten und höchsten wähnt – niederschmettern in ewige Verdammniß und Nacht und Finsterniß und ewiges Feuer, wo Satan die Macht über Euch haben wird und die Kraft und die Gewalt; und *dort* steht er!« schrie er plötzlich wild gellend auf, mit dem ausgestreckten Arm gegen den Wald hinauszeigend – »dort grinst er herüber auf Euch und fletscht die gelben fürchterlichen Zähne! – dort steht er und schüttelt sich vor Lachen und innerer grimmiger Lust, wie er die Heerde sieht, die er bald eintreiben kann in sein höllisches Reich, die Opfer sieht, die ihm verfallen sind durch ihre eigene Sünde und Lust und rettungslos, rettungslos verloren gehn!«

»*Merci – merci – glory – glory – oh Looooord!*« schrie und stöhnte die Schaar wieder, und ein solches Wüthen und Drängen und Ächzen und Winzeln begann zwischen den Menschen, daß Maulbeere mistrauisch die Leute von der Seite ansah, und doch nicht herausbekommen konnte ob sie im Ernst waren, oder sich nur verstellten.

Und trotzdem war der Paroxismus noch nicht zum höchsten Grade gestiegen. Der Geistliche auf der Kanzel hatte wieder eine Pause gemacht; es fehlten ihm Worte weitere Schrecken heraufzubeschwören, das Schlimmste was er hatte aufführen können war geschehn – der Teufel stand mit gekrümmten Krallen hinter den Bäumen und lauerte auf seine Opfer; *der* Schrecken mußte jetzt wirken und dann *die Möglichkeit* der eingeschüchterten Schaar gezeigt werden, dem zu entgehn.

»Fühlt Ihr Euere Gefahr? – erkennt Ihr den Abgrund an dem Ihr steht?« rief der lange finstere Mann plötzlich wieder mit nicht sehr lauter, aber zu den entfernteren Stellen dringender, bohrender Stimme, »habt Ihr das schwarze Meer, mit seinen stürmenden rollenden Wogen gesehn, das über Euch hereinwälzen will, Euch in seine Tiefe zu ziehn? – *fühlt* Ihr endlich Euere Nichtigkeit, Euere Erbärmlichkeit, Euere Sünde, die schwarz genug ist daß sie die Sonne verfinstern und der Engelein Gnadengebet ersticken könnte? – *fühlt* Ihr sie? wißt Ihr daß Ihr *verloren* sein müßtet – rettungslos, erbarmungslos für immer und ewig, wenn Ihr nur das bekämt was Ihr hier *verdient?* nur dem *gerechten* Richter gegenüber?«

»*Oh Looooooo'od a massy!*« schrie eine dicke, vor Maulbeere sitzende Negerin jetzt mit gellendem Aufkreisch, und fiel von der Bank herunter auf der sie gesessen, als ob sie todtgeschossen wäre. Niemand bekümmerte sich aber um sie, und sie blieb eine Weile regungslos liegen, ohne ein Glied zu rühren.

»Aber *noch* ist es Zeit!« donnerte da plötzlich des Redenden Stimme, wie eine schmetternde Posaune Heil verheißend durch den Wald – »*noch* ist die zwölfte Stunde nicht vorüber, noch hält der Engel der Gnade die Hand ausgestreckt nach den Strauchelnden – *noch* ist es Zeit Mitbrüder, Mitschwestern, der Himmel ist offen, das Licht des Heilands leuchtet Euch entgegen, das Wort der Verheißung kann noch Wahrheit werden – *noch* ist es Zeit Gentlemen – Brüder, Schwestern, Reisegefährten!« schrie der Mann, der beinah in der Hitze der Rede in sein altes Geschäft, das Auktioniren, gefallen wäre und eben noch Raum fand wieder einzulenken – »*noch* ist es Zeit – kommt, kommt, kommt zu dem Herrn – kommt, kommt, kommt zu Jesus Christus – kommt – oh kommt in des Heilands Arme, der Euch rettet aus Noth, Tod und Verdammniß – kommt!«

»*Glory – glory – happy – happy!*« brüllte und tobte da plötzlich die Masse – »*blessed be de Looo'd* Dschisos!« schrie die dicke Negerin mit einem gewaltigen Ruck sich emporrichtend, daß sie gerade vor Maulbeere auf die Erde zu sitzen kam, und ihm starr in's Antlitz sah. Aber überall zu gleicher Zeit brach der langverhaltene Sturm jetzt donnernd los – Männer und Frauen sprangen empor, rissen sich die Röcke vom Leib, die Tücher von den Schultern, rauften sich die Haare, schlugen sich die Brust, stöhnten, kreischten, schrieen, den dicken Schaum auf den Lippen, große Schweißtropfen auf der Stirn, und die Augen fast aus ihren Höhlen drängend.

Es wäre überhaupt unmöglich dem Leser auch nur im Entferntesten eine solche Scene lebendig genug zu beschreiben, daß er sich selber hineindenken könnte; etwas Derartiges muß man selber gesehn und erlebt haben, und ist es dann vorbei, zweifelt man trotzdem wieder ob es wirklich geschehn sein *könne*, ob nicht ein toller Fiebertraum uns geneckt, und selbst der Erinnerung glauben wir nicht mehr, die uns solch wildes, tolles Zeug will aufbewahren. Nichts Geisterhafteres, Unnatürlicheres giebt es auf der weiten Gotteswelt, als diese Scenen, wo der heilige Geist von den schaumbedeckten Lippen wahnsinniger Schwärmer sprechen soll, und diese sich auf der Erde wälzen, die Fingernägel in den Boden einwühlen, den Rasen beißen und *glory, glory!* schreien, Ruhm dem Herrn in der Höhe!

Viele mag es dabei geben, die einen solchen Zustand aus irgend einem Grunde heucheln; die sich eben nur stellen als ob der »Geist« über sie käme, mit den Armen und Beinen werfen, und solcher Art einen sehr billigen Ruf großer Religiosität erlangen, vielleicht Einlaß in manche Familie zu bekommen, deren Kreis ihnen sonst verschlossen geblieben wäre. Ebenso gewiß ist es aber auch, daß Viele, *sehr* viele in Wirklichkeit und Wahrheit in diesen Zustand verfallen, daß sie nur durch die oft vollkommen sinnlose, nur mit einer gewissen Begeisterung und mit steigendem Affekt gesprochene Rede in einen halb bewußtlosen überspannten Zustand gerathen, in dem sie sich der Erde entrückt und von einem anderen, außer-, und jedenfalls überirdischen Wesen begeistert wähnen.[2] Fieberanfälle folgen nicht selten demselben, und die aufgeregte Einbildungskraft ist nachher jedenfalls sehr leicht im Stande das, wo sich etwa noch eine Lücke in ihren Gedanken und Bildern finden sollte, mit Leichtigkeit auszufüllen. Auf Jemandem aber, der einer solchen Versammlung mit kaltem, ruhigen Blute beiwohnt, macht sie unausweichlich den Eindruck eines Haufens wahnsinniger Menschen, die losgebrochen sind, und die kurze Zeit ihrer Freiheit geschwind benutzen, sich einmal recht tüchtig auszuschrein.

In diesen Pferchen besonders, wohin die sich drängen, die den heiligen Geist über sich kommen fühlen, geht es zuweilen zu, daß man sich mit Ekel von einem solchen Bilde menschlicher Entwürdigung abwendet, und doch fühlen sich diese verblendeten Menschen auf dem Gipfel menschlicher Erhöhung, und werden

2 Ich frug einst in Arkansas die Frau, in deren Hause ich wohnte, eine geborene Irländerin und sonst ganz vernünftige, brave Matrone, die ebenfalls dieser Sekte angehörte, ohne jedoch selber jemals vom »Geiste befallen zu werden«, ob sie denn wirklich glaube, daß die in solchen Zustand verfallenden Menschen etwas Derartiges ohne ihren freien Willen, ohne jede Absicht thäten, und also wirklich begeistert würden? – worauf sie mir antwortete: »Ja! – ich habe auch früher geglaubt, die Menschen verstellten sich, wenn ich mir auch den Schaum auf den Lippen nicht erklären konnte; ich dachte aber doch, der *Wille* des Menschen vermöchte auch dieß zu bewirken, und so sehr mich die Religion der Methodisten erfaßte und zu sich hinzog, so sehr schreckte mich diese Begeisterung, die ich für Heuchelei hielt, zurück. Da kam ich eines Abends auch aus einer solchen Versammlung zu Hause, und war recht traurig, uneinig mit mir selber; ich wußte nicht was ich thun, was lassen sollte, und bat den lieben Gott noch unterwegs recht inbrünstig, er solle mir ein Zeichen geben. Als ich mein Haus betrat hörte ich ein Flattern und mit den Flügeln Schlagen; ich hatte ein paar kleine zierlich gefleckte Hennen, die oft zu mir ins Haus (das Zimmer ist in Arkansas gewöhnlich gleich das ganze Haus) kamen, und die Brosamen aufsuchten. Ich sah mich danach um, und fand das eine von den beiden Hühnern unter dem Bett, anscheinend in Krämpfen, mit den Flügeln schlagend, mit den Beinen strampelnd, die Augen verdrehend, gerade wie ich die Bewegungen bei den Begeisterten gesehen hatte, und – es gab mir ordentlich einen Stich in's Herz – mit Schaum am Schnabel. *Da* war ich überzeugt; das Huhn – ob sich die Menschen verstellten – das Huhn verstellte sich *nicht*; das war Natur; der Zustand *war* also natürlich, er existirte, und von dem Augenblick an beschloß ich zu dieser Sekte überzutreten.«

natürlich darin von den Geistlichen, die den Erfolg ihrer Wirksamkeit nach den Köpfen ihrer geretteten *Schaafe* zählen, bestärkt.

Ich weiß wirklich nicht, ob der Ausdruck »Schaaf« in *solchen* Fällen hinlänglich und stark genug bezeichnend ist – er genügt mir sehr häufig bei uns nicht einmal.

»Glory! Glory! Hallelujah!« brüllte die Schaar, »heiliger Geist komm – senke Dich auf uns herab, rette uns, hilf uns – *glory, happy, happy, happy!*«

»Uch!« schrie oder kreischte da plötzlich eine einzelne Stimme, so scharf und gellend durch die Mistöne um sie her, daß sich selbst von den augenblicklich Begeisterten Viele, halb dabei aus ihrer Rolle fallend, nach der Stelle umsahen, von wo der merkwürdig wilde, unheimliche Laut ertönte, und hier bot sich ihnen allerdings ein neues seltsames Schauspiel.

Zachäus Maulbeere hatte der Geist ergriffen, und während die dicke Negerin, die sich wieder aufgerichtet, seine Knie umklammert hielt und abwechselnd Hülfe und Glory! schrie, stand Maulbeere auf der Bank, auf der er bisher gesessen, mit bloßem Kopf, an der Stirn noch die Spuren des niedergelaufenen Regenwassers von der vorigen Nacht, die Arme zum Himmel ausgestreckt, und das Gesicht ebenfalls dorthin erhoben, und tobte ärger als Einer der Anwesenden sein *happy – happy – happy* dem grünen Waldesdome entgegen.

»Dort ist *noch* ein Schaaf!« schrie der Geistliche von der Kanzel nieder, mit dem Arm auf den begeisterten Scheerenschleifer deutend, und mit funkelnden, fast wie beutelustigen Augen die Wirkung seiner Rede an dem Fremden beobachtend – »dort ist ein verirrtes, abtrünniges Schaaf das zur Heerde zurückkehrt – ein Lamm das sich in den Händen des Herrn vor den Krallen des Teufels bergen will – eine Taube, die den Fängen des ewig nagenden Geyers zu entziehen sucht. – Oh komm – komm Lamm Gottes – komm in den himmlischen Pferch – komm in die Arme des Heilands, die sich liebend und sehnsüchtig nach Dir ausstrecken – oh komm – oh komm! –«

»Ich bin ein arger Sünder gewesen!« schrie da Maulbeere, plötzlich seine Brust schlagend und einen vergeblichen Versuch machend sich von der dicken Schwarzen zu befreien – »ein nichtswürdiger, verstockter Sünder – eine Kerze des Satans, ein Pflegekind der Hölle – der rothen, feurigen, flammenden Hölle.«

»*Oh do-nt – do-nt – oh Loooood*« schrie die Schwarze dazwischen.

»Aber ich fühle die Kraft in mir«, fuhr Maulbeere in seiner Begeisterung fort – »Alles abzuwerfen was mich bis dahin gehalten (ausgenommen die Schwarze, die nicht von ihm ließ), ich fühle den *Geist* kommen – ja Brüder, ja Schwestern, ich fühle den Geist kommen, den heiligen, lieben, gesegneten Geist!«

»*Oh glory – glory – glory – happy – happy!*«

»Ich fühle, wie es in mir tobt und wühlt und brennt; *das* ist das Feuer das die Sünde läutert, das ist der letzte Rest der Sünden die jetzt verkohlen und verfliegen – ich komme – ich komme – *heih!*«

Seine Worte arteten zuletzt in eine Art Geheul aus – Augen schienen aus ihren Höhlen herauszudrängen, die struppigen Haare sahen in diesem Augenblick so aus als ob sie vor Entsetzen emporständen, und mit einer gewaltigen und wirklich verzweifelten Kraftanstrengung aus den ihn umklammernden Armen der Negerin sich herauswindend, und jetzt ebenfalls *glory, glory, happy, happy* rufend, arbeitete er sich nach dem schon vollgedrängten Pferch durch, kletterte über die Fenz, sprang mitten in den Haufen hinein, und verschwand dort in dem Gewühl und Zucken menschlicher Gliedmaßen, die sich auf dem bestreuten Boden wanden.

3. Der wandernde Krämer

Warm und freundlich schien die Sonne nieder auf die weiten grünen Prairieen von Illinois, die sich in ungeheueren Flächen, nur hie und da von einem dunklen Streifen hoher Eichen unterbrochen, nach Nord und Süd, nach Ost und Westen dehnten. Wie eine wogende See stand dabei das hohe, üppige Gras in der frischen Westbrise, die darüber hinstrich, und lichte, rasch über die Oberfläche laufende Wellen bildete, täuschend ähnlich einer ruhigen See, über die ein leiser Passat die leicht gekräußten, eben nur sich hebenden Wogen zieht.

Wie Inseln darin, um die Täuschung noch größer zu machen, lagen einzelne kleine Farmen weit zerstreut, deren Maisfelder gleichfalls wogten und dem Wind sich neigten, und das grüne Wasser darstellen konnten in der Nähe des Landes, während die Prairieen schon eine dunklere, gelblichere Färbung angenommen. Daraus vor aber ragten die kleinen grauen Dächer der Blockhäuser, mit ihren blauen dünnen Rauchstreifen, die weit über die Fläche zogen; Felsen gleich, an denen sich die Brandung brach, während in den Wogen der Prairieen selber zahlreiche Heerden, nur mit Kopf und Rücken oft aus dem schwellenden Gras herausreichend, das seine Wellen an ihnen vorübertrieb, herumschwammen, oder die breiten gutmüthigen Köpfe witternd und schnüffelnd der frischen Luft entgegenhielten.

Aber kein Fahrzeug strich auf dem weiten wasserähnlichen Grasspiegel einher; vergebens suchte das Auge nach einem lichten Segel, die Täuschung nicht größer zu machen, sondern mehr fast zur Bestätigung, daß dieß nicht Land- und Pflanzenwuchs, sondern wirklich schiffbares, wogendes Wasser sei.

»Ein Kahn!« von den grünen Wellen getragen schwimmt, einen dunklen Streifen hinter sich herziehend, ein schmaler dunkler Kahn dahin, und ein einzelner Ruderer sitzt darin, still und regungslos sein Forttreiben Wind und Strömung überlassend. Mit Gewalt muß sich das Auge zuletzt zwingen in dem kleinen Kahn und Ruderer Mann und Pferd zu erkennen, die langsam einem schmalen, sich durch die Prairie ziehenden Wege folgen, und gerade auf die nächste, von einem kleinen Feld begrenzte Blockhütte zuhalten.

Der Reiter aber war ein alter Bekannter von uns, Georg Donner, der, langsam seinen Weg verfolgend, die kleine Hütte endlich erreichte, und dort seinem Pferde kurze Rast zu gönnen beschloß. Die ganze Umgebung des Hauses ließ ihn auch auf Landsleute als Eigenthümer schließen, und den Zügel seines klugen wackeren Thiers abstreifend, band er ihm die Vorderfüße, nach Landesart zusammen, und ließ es sich sein Futter auf der weiten Wiese selber suchen. Da ging die Thür der Hütte auf, und ein junges, rothwangiges, kräftiges und auch recht hübsches Mädchen von etwa achtzehn Jahren trat auf die Schwelle, den Fremden neugierig betrachtend.

»Grüß Euch Gott, Kind«, rief ihr dieser freundlich entgegen, »kann man ein Glas Milch hier bekommen? – es ist warm heute und das Wasser in der Prairie schmeckt schlecht.«

»Recht gern und so viel Ihr wollt – grüß Euch Gott«, sagte das Mädchen, rasch in das Haus zurückgehend und bald mit einem großen, bis zum Rand gefüllten Blechmaas voll Milch wiederkehrend. »Ihr seid wohl von weit her unterwegs?« frug sie dann, als Georg das Gefäß dankend an die Lippen hob, und einen langen durstigen Zug daraus that.

»Ich komme von Wisconsin herunter, wo ich ein Jahr mich aufgehalten«, sagte der junge Mann.

»Von Wisconsin; da soll es auch recht gut sein – wir haben viel Freunde drüben, die mit uns über See gekommen sind – wir wollten auch erst dorthin, aber die Schwester wurde hier krank, und da dem Vater die Gegend gefiel, blieben wir da, und ließen die andern weiter ziehn.«

»Und es geht Euch gut hier?«

»Gott sei Dank, ja; wir haben ziemlich billig gekauft, und die Jahre nun, die wir hier sind, recht sparsam gelebt und recht fleißig gearbeitet, und da sieht man doch daß man vorwärts rückt.«

»So kommt Ihr hier besser fort wie in Deutschland?«

»Ei Gott ja, *viel* besser; lieber Himmel dort fraßen die Steuern, was wir mit Mühe und Noth erzwingen konnten; wir schafften und schafften, daß uns das Blut unter den Nägeln vorkam, aber nur schlimmer wurd' es, nicht besser; wir *konnten* nicht erschwingen was wir brauchten, und langsam aber sicher ging's bergunter. Hier ist's besser; arbeiten müssen wir freilich auch, beinah so viel wie in Deutschland, aber was wir einnehmen ist unser, wir brauchen Nichts davon abzugeben, haben keine groben Gerichtsleute die uns quälen, und keine Taxen und Steuern, die Einem das Mark aus den Knochen saugen. Auch das Land ist vortrefflich; was man pflanzt gedeiht, und wenn wir nur ein Bischen mehr an einem großen Fluß wohnten, daß wir Alles gleich verkaufen könnten was wir bauen, wär's noch viel besser. Die Leute sagen freilich, daß wir eine Eisenbahn hier vorbeibekommen, nachher wär's schon gut. Wo seid *Ihr* her, wenn man fragen darf?«

»Aus Waldenhayn.«

»Aus Waldenhayn – Jesus, in unserer Gegend liegt auch ein Waldenhayn, aber s'ist doch wohl nicht das –«

»Und welches ist das?« lächelte der junge Mann.

»Krisheim – und Bachstetten liegt auch nicht weit von dort, der Pfarrer von Bachstetten ist ein Bruder vom Waldenhayner Pfarr.«

»*Der* Waldenhayner Pfarr' ist mein Vater«, sagte Georg.

»Und Ihr seid in Krisheim gewesen?« frug das Mädchen und hohe freudige Röthe goß sich ihr über Stirn und Schläfe.

»Oft und oft; es sind ja nur höchstens vier Stunden von unserem Ort.«

Das Mädchen sah dem jungen Mann fest und forschend dabei in die Augen, und dann drehte sie sich plötzlich ab, und die hellen klaren Thränen liefen ihr an den Wimpern nieder.

»Ihr hängt wohl noch recht an daheim?« sagte Georg endlich leise und nach langer Pause, »möchtet Ihr wieder zurück?«

»Ich weiß nicht«, flüsterte das Mädchen, immer noch von ihm abgewandt, »ich hatt' es schon beinah vergessen, und seit dem letzten Weihnacht wenig mehr daran gedacht – wenn ich aber den Ort wieder nennen höre, und nun gar wieder Jemanden sehe, der selber dort war, selber eigentlich dorthin gehört, dann – dann fängt's freilich wieder an zu stechen, und – und es kommt mir dann manchmal doch wohl vor, als ob ich das alte, liebe Dorf im Leben nimmer vergessen könnte. – Wenn ich an den Kirchthurm denke und – und was daneben liegt – und an die großen Linden – nur an den Weg der dorthin führt, möcht ich mir die Augen aus dem Kopfe weinen. – Aber der Vater darf's nicht merken«, setzte sie rasch hinzu, »sagt Ihm Nichts wenn er kommt. Es ist ihm gerade so wie uns zu Muthe, ich weiß es wohl, wenn er sich's auch nicht will merken lassen – aber weinen kann er nicht, das geht ihm nicht von der Hand, und da wird er lieber grob, wenn er's auch nicht so böse meint und – wenn man eigentlich weiß warum er's wird, möcht' man ihn nur um so lieber d'rum haben.«

Georg war es, als er das Mädchen so plaudern, und selbst den Dialekt aus seiner eigenen Gegend dabei hörte, ebenfalls recht weich um's Herz geworden; ihm selber klang die Rede wie Glockentöne aus der Heimath, und er hätte den lieben Lauten stundenlang lauschen mögen, so wohl, so weh wurde ihm dabei in der Brust. Von der Fenz herüber tönte da das Knallen einer Peitsche, Stimmen wurden laut und der Bauer, mit seiner andern Tochter, Lisbeth, kam den Weg die Fenz entlang; der Mann hatte frischen Mais aus dem Felde in seinem kleinen Karren geholt, und das Mädchen, wie ein Knabe von etwa dreizehn Jahren, ihm dabei aufladen helfen. Die Leute sahen frisch und wohl aus mit ihren sonnverbrannten aber gesunden Gesichtern, und man merkte es ihnen an, daß sie die Arbeit freute die sie thaten. Sie luden auch den jungen Mann freundlich ein bei ihnen die Nacht zu bleiben und sich und sein Pferd auszuruhen, von dem langen Ritt in der Sonne. Georg aber hatte keine Ruh, es zog ihn nach Indiana hinüber, wo er wenigstens hören wollte wie es denen ging, an denen sein Herz, so weh ihm auch der Mann gethan, den er vor allen Anderen gern geliebt hätte, mit festen – er fürchtete unzerreißbaren Banden hing, und je länger er sich fern gehalten von dem Platz, destomehr drängte und trieb es ihn jetzt, wo seines Pferdes Kopf der Richtung sich wieder zuwandte.

Eine kleine Weile plauderte er noch mit den Leuten; es that ihm wohl hier zufriedene, glückliche Menschen zu sehn, die dem Lande ihr Brod sauer genug abverdienen mußten, die aber die Schultern ernst dagegen stemmten, gegen das Werk, und, wenn auch langsam vorrückten, doch eben sahen, *daß* sie vorrückten, und sich glücklich dabei fühlten.

»Die gebratenen Tauben fliegen uns hier nicht in den Mund«, sagte der Mann unter Anderem und im Laufe des Gesprächs lächelnd, »wie sie uns manchmal, als wir von Deutschland fortgingen, vorgehalten haben, daß wir so etwas erwarteten; aber wenn wir richtig zugreifen und unsere Knochen nicht schonen, dann können wir uns doch Tauben braten, und haben dann welche, und in Deutschland ging das eben *nicht* mehr an. Das erste Jahr haben wir uns freilich tüchtig placken müssen, und sind bei anderen Leuten in Dienst gegangen, alle miteinander – es war ein schweres Jahr, aber es ging vorüber, wir lernten auch das Land dabei kennen und die Arbeit, und nun hab' ich das kleine Grundstück hier gekauft. – Ganz ist's freilich noch nicht bezahlt, aber in zwei Jahren hoffentlich ist's mein, und mit dem Vieh was ich indessen ziehe, und das den Werth der Farm erhöht, können wir der Zukunft ruhig und sorgenfrei entgegengehn.«

Der Mann hatte hundert Preußische Thaler mit herübergebracht, und mit dem dazu was er und seine Familie das erste Jahr verdient, den Stamm gelegt, der ihm eine sorgenfreie Existenz geben konnte.

Georg fing sein Pferd endlich wieder ein, band die Hobbeln ab, legte ihm den Zügel wieder an, und ritt nach freundlichem Abschied von den Leuten auf dem ausgeruhten Thiere rascher die etwas staubige Straße entlang, wo er, wie ihm der Hesse gesagt hatte, noch eine andere kleine deutsche Farm erreichen würde, die ebenfalls ziemlich armen, aber braven, fleißigen Deutschen gehörte. Es waren noch zwölf Englische Meilen bis dorthin, und kein Haus lag dazwischen, kein Baum – unabsehbar mit dem wogenden Gras den Horizont begrenzend, dehnte sich die weite Prairie um ihn aus.

Erst unfern dem Haus lief ein kleiner Steppenstrom dem Wabasch zu, an dessen Ufer dichte Büsche von Weiden, Eichen, Erlen, und einzelne Hickorybäume wuchsen, und dem Platz etwas unendlich freundlich

Heimliches gaben. Prairiehühner[3] gab es dort ebenfalls in Menge; auch Kaninchen und die kleinen Rebhühner Nord-Amerikas – ein Mittelding zwischen Rebhuhn und Wachtel.

Die Ansiedlung, die hier stand, war noch ganz neu, das Land erst kürzlich urbar gemacht, aber mit einer prachtvollen Erndte wehenden Maises, die Blöcke zu der Hütte frisch gehauen, und sogar das von ihnen übrig gebliebene und dort zum Feuer gelassene Holz noch nicht ganz verbrannt. Ebenso bestand die Fenz aus ganz neu gespaltenen Riegeln, und selbst die Hühner, die vor dem Haus herumliefen, die Schweine, die dann und wann einmal einen vergeblichen Versuch machten, irgend wo eine Lücke in der Einfriedigung des Feldes zu entdecken und diesem einen Besuch abzustatten, die beiden Kühe, die zum Melken nach Hause gekommen waren, sahen aus, als ob sie dort noch nicht recht hingehörten, und keinen eigentlich bestimmten Platz hätten zu Aufenthalt und Wohnung. Weit eher hatten sich die Kinder eingerichtet, von denen drei vor dem Hause spielten und sich herumtummelten, und ein junges Mädchen von etwa vierzehn Jahren schien alle Hände voll zu thun zu haben, ihnen zu wehren und auf sie aufzupassen.

Heute gab es freilich auch etwas Neues für sie, das die Einförmigkeit ihres Steppenlebens auf erfreuliche Weise unterbrach, denn vor dem Hause hielt ein kleiner Karren, ein sogenannter Pedlar-Wagen, mit allerlei bunten, wunderhübschen Sachen zum Verkauf, und der Mann hatte gesagt, daß er die Nacht da bleiben und jedenfalls warten würde bis Vater und Mutter vom Felde heim kämen, ihnen seine Waaren auszupacken, von denen sie Manches brauchen könnten. Indessen zeigte er ihnen aber allerlei, und gewann ihre Herzen noch überdieß durch ein paar kleine Spielereien, die er ihnen preisgab. Endlich kamen die beiden Leute von ihrer Arbeit zurück, und während die Frau nach den Kühen ging, diese zu melken, trat der Bauer zu dem Pedlar, und reichte ihm die Hand.

»Guten Tag Landsmann – Ihr seid doch ein Deutscher, wie?« –

»Allerdings«, sagte der Pedlar, freundlich den Handdruck erwiedernd, »möcht's nicht verleugnen.«

»Möcht' Euch auch schwer werden«, lachte der Bauer, »Euer Gesichtsschnitt würd' Euch verrathen; nicht wahr Ihr seid von »unsere Leut«, wie wir bei uns zu Lande sagen?«

»Na, wie mer's so nimmt«, lachte Wald, denn es war unser alter Reisegefährte von der Haidschnucke, der hier seine Umstände als Pedlar schon so verbessert hatte, mit einem Güterkarren durch's Land fahren zu können, »wir *leben* wie die Christen, und handeln wie die Christen – der Mensch kann nicht mehr verlangen.«

»Aber Ihr eßt kein Schweinefleisch«, lachte der Bauer.

»Nu, was wär der mehr d'rum, wenn wir's *nicht* thäten«, sagte Wald achselzuckend, »aber setzt mich 'mal auf die Probe, besonders wenn Bohnen dabei sind.«

»Na, ein Mann ein Wort«, rief der Bauer, »das sollt Ihr heut' Abend haben, und Eueren Kasten könnt Ihr dann auch auskramen, wenn meine Alte mit Melken fertig ist; die hat schon die ganze Zeit lamentirt, daß sie kein Band und keinen Zwirn und keine Nadeln und Kämme und Gott weiß was hat; es ist in Ewigkeit kein Pedlar hier vorbeigekommen.«

»Glück muß der Mensch haben«, sagte Wald vergnügt, »da komm ich wieder einmal gerade recht, und was die Frau braucht, steckt da Alles im Karren d'rin.«

»Ja, glaub's schon, wenn nur da im Hause drin auch Alles stäk' um damit zu zahlen – na, aber so viel wird schon da sein. Und nun Cathrine, wie ist's mit dem Kranken drin?« wandte er sich dann an das junge Mädchen das, indessen die Eltern im Felde arbeiteten, auf die Kinder hatte Achtung geben müssen.

»Nun es geht wohl nicht gut Vater, er hat viel gestöhnt, ist aber vor einer Stunde etwa eingeschlafen und liegt jetzt ruhig.«

»Habt Ihr Jemand krank in der Familie?« frug Wald, »ich habe kleine Hausmittel bei mir, vielleicht kann ich da helfen.«

»Nein in der Familie nicht, Gott sei Dank«, sagte der Bauer, »aber ein Landsmann, ein Bischen ein verkehrter Kauz, der ein paar Wochen bei mir hier gewohnt, und hier versuchen wollte eine neue Erfindung zu machen, ist dabei gefallen und hat das Bein gebrochen. Da nun kein Arzt in der Umgegend zu haben ist, mußten wir es ihm selber zurechtrücken so gut es gehen wollte, und das, fürcht' ich, wird wohl nicht

3 Das Prairiehuhn ist ein Mittelding etwa zwischen dem wilden Truthahn und Rebhuhn; es erreicht die Größe eines gewöhnlichen Haushuhns, hat aber einen ziemlich langen Hals und befiederte Stender, den kurzen, niedergekehrten Schwanz aber vom Rebhuhn. Das Fleisch ist nicht besonders, ziemlich dunkel und leicht zäh; nur die Brust ist gut, doch trocken zu essen. Sie finden sich in ungeheueren Mengen über die ganzen Prairieen von Illinois, und schaaren sich im Winter besonders zu Völkern von vielen hunderten zusammen. Aufgescheucht gehen sie aber ziemlich weit, ehe sie wieder einfallen, und verlangen einen tüchtigen Schuß und schweren Schroth, erlegt zu werden.

zum Besten geschehn sein. Wir können den armen Teufel aber nicht so verkommen lassen, und ich will lieber morgen nach Vandalia hinunterreiten und einen Doktor holen; es ist ein Bischen weit dazu, kann aber Nichts helfen.«

»Wie ist denn das gekommen?« frug Wald, »und *wo* hat er das Bein gebrochen?«

»Wo? – da hinten von dem Baume herunter«, sagte der Bauer, »seht Ihr die einzelne Eiche dort an der Prairie, an der die Balken lehnen? – dort drüben links.«

»Ja aber, was um Gottes Willen hatte er denn da oben zu thun?« frug Wald erstaunt.

»Ih nun, er hat eine neue Erfindung gemacht – er hat *fliegen* wollen, und das ist noch nicht recht gegangen.«

»Fliegen wollen, Gott der Gerechte, ich bin froh daß ich 'nen Karren habe auf dem ich *fahren* kann – fliegen, und da ist er von oben heruntergestürzt?«

»Wie ein Mehlsack – er hatte sich so ein Gestell gemacht wie ein Drachen etwa, aber ohne Bindfaden unten d'ran«, sagte der Bauer, »woran man sonst so ein Ding hält, daß es nicht wegfliegt; das war aber hier auch nicht nöthig, denn es kam gleich von selber herunter, und ich hätte gern gelacht, wenn's nur dem armen Teufel dabei nicht so schlecht gegangen wäre – es ist auch ein Deutscher.«

»Hm, hm, hm«, sagte Wald, »was es doch für wunderliche Menschen auf der Welt giebt, und macht er da ein Geschäft d'raus?«

»Nein, er ist eigentlich Cigarrenmacher –«

»Er heißt doch nicht Schultze?« rief Wald schnell.

»Schultze heißt er allerdings – am Ende kennt Ihr ihn gar.«

»Du lieber Gott; wenn's der ist den ich meine, sind wir miteinander über See herübergekommen, und er hatte da schon immer so einen kleinen Sparren; wenn's ihm nur nicht gar am Ende im Oberstübchen fehlt. Kann ich ihn einmal sehn?«

»Jetzt schläft er, wie die Cathrine sagt«, meinte der Bauer, »und da er die ganze Zeit über Schmerzen gehabt hat, wird's wohl besser sein wir lassen ihn ruhig liegen, bis er von selber aufwacht.«

»Und wie lange ist's her, daß er das Bein gebrochen?« frug der Pedlar.

»Heute gerade elf Tage«, sagte der Bauer.

»*Gerade* elf, hm – arme Teufel – hat er denn Geld?«

»Nun ein Bischen was wohl«, meinte der Bauer achselzuckend, »er kam hier durch, und die Gegend gefiel ihm hier für das was er machen wollte, wie er sagte.«

»Er meinte, er könnte hier recht hübsch in der Prairie herumfliegen?«

»Wahrscheinlich so – und er bot mir ein und einen halben Dollar wöchentlich, wenn ich ihn ein paar Monate beköstigen wollte, bis er mit seiner Arbeit fertig wäre. Nu ja, viel zu verdienen war da nicht dabei, aber ein Bischen baar Geld thut auch gut, und da's ein Deutscher war, und sonst ein ordentlicher Mann schien, sagten meine Alte und ich ja. Jetzt liegt er nun freilich da, und wir haben die Sorge und Noth mit ihm, können ihn aber nun auch nicht im Stich lassen, bis er wieder gesund ist und sich selber helfen mag.«

»Das ist brav von Euch gehandelt«, sagte Wald, »hier in dem Amerika weiß man nie wie Einer den Andern braucht; aber da kommt die Frau, nun kann ich meine Sachen auspacken, daß wir noch fertig werden eh' die Sonne unter ist; nachher wird's dunkel im Handumdrehen.«

»Guten Tag miteinander«, sagte die Frau zu dem Pedlar tretend, und ihm die Hand reichend, »na das ist recht daß endlich einmal Einer von Euch sich hierher verliert, wir haben lange darauf gewartet. Was habt Ihr denn da in Euerem Karren drin?«

Wald säumte nicht seine Waaren anzupreisen, und die verschiedenen Kästen und Schubfache herausziehend, legte er den Blicken der jetzt um ihn herdrängenden Familie die Herrlichkeiten offen, die, aus den Städten des Ostens hergeführt, die Herzen in den westlichen Prairieen entzücken sollten.

Viel Geld hatten die Leute nun zwar nicht an derlei Gut zu wenden, Manches aber wurde wirklich nothwendig gebraucht und *mußte* geschafft werden, und ging der Mann auch einmal in die ziemlich fern liegende Stadt, konnte er's doch nie im Leben so aussuchen wie die Frau, und die Pedlar bleiben deshalb auch immer den Frauen willkommene Gäste.

Eine Anzahl Kleinigkeiten war indessen ausgesucht und bezahlt worden, und obgleich der Pedlar bat, die Frau möchte das Nachtquartier in Abzug bringen, wollte diese doch davon Nichts hören. Sie hätten so Nichts großes zu bieten, und für ein Nachtquartier dürften sie kein Geld nehmen, das ginge nicht an – »aber wie ist mir denn«, setzte sie hinzu, den Pedlar dabei immer schärfer und aufmerksamer ansehend, »ich dächte doch, wir hätten einander schon einmal gesehn?«

»Wär wohl möglich«, lachte Wald, »ich zieh' nun schon ein paar Jahr lang die Kreuz und Queer im Lande herum – hierher bin ich aber doch noch nicht gekommen.«

»Es war auch nicht hier«, sagte die Frau, ihn immer stärker in's Auge fassend, »es war unten noch am Wasser, gleich wie wir ankamen – Jesus, Heinrich, sieh mal, ist das nicht der Mann, der mir den halben Dollar gab, den Kindern Milch dafür zu kaufen?«

»Seid *Ihr* die Leute, die da unten in New-Orleans an der Levée saßen und kein Brod und keine Arbeit hatten?« frug aber nun Wald seinerseits wirklich erstaunt, »alle Wetter, dann habt Ihr Euch aber tüchtig herausgearbeitet in der kurzen Zeit.«

»Siehst Du's, er ist's«, rief aber die Frau, rasch und herzlich Wald's Hand ergreifend, »wenn nur ein Mensch wüßt' wie ich mich danach gesehnt habe Euch wieder zu sehn, und Euch danken zu können.«

»Ah, papperlapapp«, sagte Wald, abwehrend, »macht kein Aufhebens von der Läpperei – ich wollt' ich hätt' mehr thun können.«

»Ich glaub's Euch«, sagte der Mann jetzt auch, dem Juden die Hand reichend und derb drückend, »Ihr habt das Herz auf dem rechten Fleck, gerade wo's hingehört.«

»Ihr wißt aber gar nicht wie Ihr uns damals geholfen habt«, sagte, mit Thränen in den Augen, die Frau, als sie an die schwere Zeit zurückdachte, »wir anderen hätten uns helfen können, aber das Kleinste schrie nach Milch, und ich hatte keinen Tropfen mehr für das arme Würmchen. Seht jetzt den Jungen an, was für ein kräftiger Bengel das geworden ist; wer weiß ob er sich jetzt dort so herumtummelte, wenn Ihr uns nicht damals beigestanden. Lieber allmächtiger Gott, Du magst mir die Sünde verzeihen, aber ich wäre lieber mit ihm in's Wasser gesprungen wie nicht, so weh, so traurig war mir um's Herz, weil sich so gar Niemand um uns kümmerte, und es *allen* Menschen eben ganz gleichgültig zu sein schien, ob wir da am Flußufer verdarben oder nicht. Euer Geschenk brachte mir zuerst wieder, *mit* der Hülfe, Hoffnung in's Herz, und von dem Augenblick auch an schien's beinah, als ob es hätte besser werden sollen.«

»Auf gefundenem Gelde ruht ein Segen«, lächelte Wald.

»Ich glaub's Euch nicht, daß Ihr es gefunden habt«, sagte die Frau, ihn scharf ansehend.

»Und mir hat's seit der Zeit immer schwer auf der Seele gelegen, Geld genommen zu haben, was ich nicht *verdient* hatte«, sagte der Mann, »es war das erste Mal gewesen, und Gott sei Dank, daß wir jetzt im Stande sind es mit tausend Dank zurückzuzahlen.«

»Wie heißt zurückzahlen«, sagte Wald halb verlegen, halb lachend, »hab' ich's mir doch schon selber wieder geholt – zurückzahlen, was sagen Sie zu *dem* Mann; hab' mit ihm um sieben Dollar Geschäfte gemacht, und werde den halben nicht dabei haben.«

Wald war in der That auf keine Weise zu bewegen etwas, was er für einen Nebenmenschen gethan, »bezahlt zu nehmen«, und der Bauer mußte ihm jetzt erzählen wie es ihm hier so schnell geglückt. Ohne Mittel auf's gerathewohl hin, und einen Theil seiner Sachen verkaufend nur die Passage zu zahlen, war dieser mit seiner Familie nach Illinois gekommen und hatte da ein kleines Stück Land zuerst gepachtet. Die Erndte, von der er einen Theil abgeben mußte, war trefflich gerathen, und so langsam fortarbeitend hatte er jetzt den kleinen Platz, mit der Zeit ihn in den nächsten Jahren langsam abzuzahlen, käuflich übernommen.

Wie sie noch so zusammen plauderten, und der Bauer nicht müde wurde dem Krämer von den Vorzügen des Landes zu erzählen, kam noch ein Reiter die Straße nieder die zum Hause führte, und hielt neben der Gruppe.

»Hallo Wald! so fleißig und eifrig im Geschäft, hier mitten in der Prairie?« rief diesen da die freundliche Stimme Georg Donners an.

»Herr Donner, wahrhaftig!« sagte aber auch Wald, ihm die Hand auf das Pferd entgegenstreckend, »woher des Wegs?«

»Vom Norden herunter – guten Abend Ihr Leute, wie weit ist's noch bis zum nächsten Haus dahinein zu?«

»Nach der Richtung hin liegt keins«, sagte der Mann, »bis Ihr nicht zum nächsten Waldstreifen kommt, und der ist sieben englische Meilen von hier entfernt. – Dort wohnen Irische, aber eben kein freundliches Volk, und je weniger man mit ihnen verkehrt, desto besser.«

»Ja, ich bäte Euch gern, Leute, ob Ihr mich die Nacht hier behalten wolltet«, sagte Georg, »aber Ihr habt schon Besuch, und in dem Häuschen möcht' ich Euch auch nicht gern beschränken.«

»Das thut Nichts«, sagte die Frau freundlich, »wir müssen uns eben einrichten, und dürfen schon einen Landsmann nicht dicht vor Sonnenuntergang von der Thür weisen.«

»Ja und *den* schon gar nicht«, rief Wald rasch, »denn erstens ist er ein braver Kerl, und zweitens ein *Doktor!*«

»Ein Doktor?« riefen die beiden Leute rasch, »ja das wär schon recht!«

»Ist Jemand krank hier bei Euch?« frug Georg.

»Ein Schiffskamerad von uns Beiden, die Nachtigall, Herr Donner, von der Haidschnucke hat das Bein gebrochen, und liegt im Haus drin schon elf Tage ohne ärztliche Hülfe.«

»Aber so steigen Sie doch nur ab«, bat der Mann.

»Du lieber Gott«, sagte Georg, aus dem Sattel springend, und den Zaum über einen Zweig des nächsten Baumes werfend, »da ist's ja doch die höchste Zeit daß irgend etwas für den armen Mann geschieht.«

»Aber er schläft jetzt«, sagte das älteste Kind, »ich habe deshalb die Kleinen aus dem Haus genommen, weil er so lange schon keine ordentliche Ruhe gehabt hat.«

»Ich will ihn nicht stören«, sagte Georg, »nur wenn er wacht geh' ich zu ihm; aber ich möchte ihn wenigstens sehn – liegt er in diesem Haus?«

»Gleich links am Kamin auf dem kleinen Bett.«

Georg schlich auf den Zehen in's Haus, aber wie er nur über die Schwelle trat, hörte ihn der Kranke, drehte den Kopf nach ihm um, und streckte ihm dann rasch und freudig die bleiche abgemagerte, zitternde Hand entgegen.

»Donner, Sie sendet mir Gott selber, und von jetzt glaub' ich an Wunder!« sagte er, und die Stimme klang hohl und matt; »guter Himmel, was habe ich ausgestanden – wie führt Sie denn jetzt mein Schutzgeist her zu *mir?*«

Georg ließ sich aber auf keine weiteren Erklärungen und Auseinandersetzungen ein, bis er nicht den Bruch untersucht hatte. Viel war dabei schon in der langen Zeit, in der er uneingerichtet gelegen hatte, verloren, und das rechte Schienbein, das bei dem Sturze, wie es schien, schräg abgebrochen, noch ziemlich stark geschwollen. Er gab aber die Hoffnung nicht auf noch Alles gut werden zu sehn, ging vor allen Dingen mit der Axt hinaus an den kleinen Fluß, sich selber die passenden Rindenstücken zu Schienen abzuschlagen, und richtete den Bruch erst ordentlich ein, schiente und band ihn, und stellte dann mit Walds Hülfe, der Manches dazu in seinem Karren mit sich führte, eine Art Schwinge her, in der sie das Bein frei schwebend hängen konnten, was dem Kranken große Erleichterung gab, und ein wieder Verschieben des Knochens verhinderte.

Indessen war es dunkel geworden, der Mann hatte die beiden Pferde seiner Gäste in einen Verschlag gebracht und ihnen dort Mais eingeschüttet, die Frau kochte emsig am Kamin das Abendbrod für ihre gern bewirtheten Gäste, und Schultze mußte nun Georg und Wald, dem er ebenfalls herzlich die Hand geschüttelt, erzählen, wie er zu dem unglückseligen Sturz gekommen. – Georg Donner hatte nämlich noch gar keine Ahnung, was er hier für Unsinn getrieben.

»Wie, um Gottes Willen kamen Sie zu dem Bruch, lieber Schultze«, frug er ihn, als er neben dem Bette saß und seine Hand dabei dem kleinen jetzt überglücklichen Mann, der sich schon der schwärzesten Verzweiflung hingegeben, überließ.

»Der Schwanz war zu kurz, lieber Herr Donner, ich hab' es mir gleich gedacht; aber es hatte wahrhaftig keinen andern Grund, der Schwanz war um dritthalb Fuß zu kurz.«

»Aber von was in aller Welt reden Sie denn?« rief Georg, auf's Äußerste erstaunt.

»Nun von meinem Drachen – ich sage Ihnen Herr Donner, wenn ich den unglückseligen Fall nicht gethan hätte, flög ich jetzt im ganzen Lande umher. Ich habe das Geheimniß gefunden, das uns wieder zu unserer alten verlorenen Eigenschaft verhelfen soll.«

»Aber bester Herr Schultze, was machen Sie für Streiche«, lachte Georg, als ihm ihr Wirth jetzt ebenfalls mit kurzen Worten die ganze Geschichte erklärt hatte, wie sich Herr Schultze mit unendlicher Mühe aus Schilf und Rohrwerk und Seide ein breites Gestell gebaut, dieses dann oben an dem Baum befestigte, und bei einer frischen Brise endlich, wo sich die Fläche von selber an zu heben fing, oben darauf gestiegen wäre und die Seile durchgeschnitten hätte, wonach der Drache, oder wie es sonst heißen möchte, auf der einen Seite übergekippt wäre, Herrn Schultze heruntergeworfen, und sich selber im nächsten Baume wieder gefangen hätte.

»Was ich für Streiche mache, bester Donner?« rief aber Schultze, »ich schlage mein Leben für die Wissenschaft in die Schanze, *das* mache ich. Meine feste, innige Überzeugung ruht auf dem System, und ich weiß, daß ich es durchsetze; was liegt daran, ob ich später noch einmal ein oder beide Beine breche, ich werde doch in meinem Leben nur noch sehr wenig gehn, denn nicht allein bin ich dahinter gekommen wie die Flug*kraft* am Besten herzustellen ist, nein ich bin auch im Stande, mein später vervollkommtes Luftschiff in eine höhere oder tiefere Luftschicht zu lenken und es dort zu *steuern* – was sagen Sie nun, Freundchen?«

»Daß Sie, sobald Ihr *Bein* wieder geheilt ist, mit *diesen* Ideen nächstens den *Hals* brechen werden«, erwiederte Georg achselzuckend; »was aber um des Himmels Willen hat Sie auf diese unglückselige, brodlose Idee gebracht? – was wollen Sie damit bezwecken, was *hilft* es Ihnen, wenn Sie wirklich eine Strecke durch die Luft fliegen und mit unzerbrochenen, unverrenkten Gliedern wieder auf Gottes Erdboden kommen?«

»Das kann ich Ihnen nicht so auseinandersetzen, mein junger Freund«, sagte aber Schultze, ernst und recht wehmüthig dabei mit dem Kopfe schüttelnd, »das ist das Ziel, die Aufgabe meines Lebens, für die mich Gott eigends geboren und in die Welt gesetzt. Ich fühle das auch in mir, ja was noch mehr ist, ich fühle daß ich es durchsetzen werde, daß ich bestimmt bin, der Menschheit eine neue Ära zu gründen, oder vielmehr unsere jetzige Bahn zu dem alten Punkt zurückzuführen. Die Kraft und Eigenschaft, die wir einst besessen, haben wir nicht *verloren*, sondern nur auf eine Zeitlang *vergessen*. Es ist das Ei des Columbus; wenn gefunden, wird die ganze Welt schreien: »ja das ist gar Nichts – wenn wir das *so* gemacht hätten, hätten wir's auch gekonnt.« Die Sache ist aber die, sie haben's nicht *so* gemacht, und Schultzes Name, mein lieber Freund, Benjamin Schultze wird unsterblich werden.«

»Wenigstens bald zu den Unsterblichen gehören, wenn Sie in der Art fortfahren«, lächelte Georg. »Ich will eine mögliche Ausführbarkeit der Luftschifffahrt gar nicht etwa bestreiten; es sind in den letzten Jahren andere Sachen möglich gemacht, die wir früher für eben so unmöglich gehalten; aber ich fürchte, lieber Schultze, Sie haben das Zeug nicht dazu etwas derartiges durchzuführen. Ihnen stehen keine bedeutende Mittel zu Gebote, Sie haben auch, so viel ich weiß, keine mechanischen Kenntnisse, Sie in der Ausführung eines solchen Plans zu unterstützen, und der gute Willen genügt dazu nicht. Dieser Sturz sollte Ihnen deshalb eine Warnung sein; Sie kommen dießmal noch hoffentlich mit ein paar Monate Hinken davon – daß es nicht später schlimmer wird.«

Wald mußte jetzt erzählen, was er bis dahin getrieben, und that das mit dem ihm eigenen, drolligen Humor. Er war mit etwa zwanzig Spanischen Dollarn in der Tasche an Land gekommen und hatte dort gleich, nach dem Beispiel seiner Glaubensgenossen, einen kleinen Handel mit Band, Litzen, Nadeln etc., etc., etc. angefangen. Den war er bald im Stande zu vermehren und kaufte jetzt, anstatt ein theueres Haus in der Stadt, das er nicht hätte bezahlen können, und wo das Standgeld allein seinen Nutzen halb aufgezehrt haben würde, ein kleines altes Flatboot an der Landung, das er dort ruhig auf dem Schlamm liegen ließ, und zu einem Laden herrichtete. Er mußte dort natürlich viel von den Mosquitos sowohl, als dem schauerlichen Dunst der benachbarten Boote leiden, aber er verdiente Geld, und blieb da so lange, bis er im Stande war, sich eine ordentliche Quantität Waaren mit Wagen und Pferd zu kaufen, mit denen er dann von New-Orleans fort zu Lande am Mississippi hinaufzog, bis ihn die Fieberzeit dort wieder vertrieb, und er an Bord eines Dampfschiffes ging, sich in Cincinnati mit seinem Karren an Land setzen zu lassen. Von dort aus hatte er Indiana ziemlich durchstreift, vortreffliche Geschäfte gemacht, und große Lust wieder dorthin zurückzukehren, und vielleicht erst zum Spätherbst nach Illinois zu kommen, da die Fliegen den Tag über das Pferd so belästigten, und Nachtreisen ihm bei seinem Geschäft doch nichts nützen konnten.

»Durch Indiana?« – Georg fühlte wie sein Herz stärker an zu klopfen fing, denn er dachte der Möglichkeit, der Krämer könne auch Lobensteins besucht haben, von denen er über ein Jahr auch nicht die geringste Kunde gehabt. Wald ließ ihn aber auch darüber nicht lange in Zweifel, und fing an aus freien Stücken die ihrer früheren Reisegefährten aufzuzählen, die er auf seinen Wanderungen angetroffen.

Die ersten waren zwei von den drei Passagieren, die von dem Leuchtschiff zu ihnen an Bord gekommen, die beiden dem Zuchthaus wahrscheinlich entnommenen jungen Verbrecher, die ihre alte Gewohnheit hier nicht hatten verleugnen können oder wollen, und bei einem Pferdediebstahl erwischt waren. Die Eigenthümer schienen Lust gehabt zu haben sie gleich an Ort und Stelle zu hängen, aber der Sheriff legte sich zu ihrem Glück noch in's Mittel, und sie wurden (Wald kam gerade dazu sie abführen zu sehen), nachdem die dortigen Ansiedler ihnen wenigstens erst eine tüchtige Tracht Schläge mit einem schwanken Hickory verabreicht, in das Staatsgefängniß abgeliefert.

Dann hatte er ein paar von *seinen* Landsleuten, auch Zwischendeckspassagiere der Haidschnucke, im Lande, und ebenfalls als Krämer oder Händler angetroffen. Löwenhaupt war Eigenthümer eines Kleiderladens am Wasser unten, in Cincinnati, wollte sich aber von seiner Frau scheiden lassen, weil sie ihn mishandelte. Rechheimer war ebenfalls Pedlar geworden und die beiden Rechheimer Mädchen hatten sich, die eine in Cincinnati, die andere in Vincennes, an ziemlich wohlhabende Leute verheirathet.

Der Polnische Jude mit seiner Holzharmonika war wieder nach New-Orleans zurückgegangen, der Knabe aber so krank geworden, daß er nicht mehr singen konnte – und erst ganz kürzlich – vor ein paar Tagen nur – hatte er ein ganzes Nest von Haidschnucken-Passagieren auf einer Farm unweit Grahamstown in Indiana getroffen.

»Und wie geht es Lobensteins?« rief Georg rasch.

»Sie kennen den Platz?«

»Ich habe dort gearbeitet«, erwiederte Georg ausweichend.

»Thut mir leid um die Leute«, sagte Wald.

»Wie so? – was ist mit ihnen?« frug Georg rasch.

»Nun, daß es ihnen so schlecht geht.«

»Ist Jemand krank?«

»Nicht daß ich wüßte – nur so, meine ich.«

»Aber der Professor hat doch die Farm?«

»*Hatte* sie«, sagte Wald.

»Er hat sie verkauft?« rief Georg, rasch und erschreckt.

»Noch nicht«, meinte der Pedlar, »doch heute oder morgen wird's wohl dran gehn. Wie ich dort vorbei kam war's dicht daran.«

»Aber wie ist das möglich«, sagte Georg, »die Erndte ist doch gewiß dort wie hier gut ausgefallen, die Verbesserungen, die er auf der Farm gemacht, müssen ihm wenigstens *etwas* eingetragen haben, und so war der Platz doch nicht verschuldet, ein solches Ende so rasch herbeizuführen.«

»Wie die Geschichte ganz genau ist, weiß ich nicht«, sagte Wald, »so viel aber ist gewiß, daß der Professor Vieh und manches Andere verkaufen mußte, dem Weber, der sich bei ihm mit seiner Familie verdingt hatte, seinen Jahrlohn zu geben. Außerdem hat er Unglück gehabt mit dem einzigen Sohn, der sich auf der Jagd eine Ladung Schroth durch den Leib geschossen.«

»Großer Gott, Eduard«, rief Georg, entsetzt von seinem Sitz aufspringend.

»Wie ich die Sache hörte«, fuhr Wald fort, »war der junge Mann mit einem andern unserer Zwischendeckspassagiere – dem langhaarigen Burschen, der immer die Verse an Bord machte – auf die Jagd gegangen, und weiß der liebe Gott, was die beiden jungen Leute zusammen angefangen, aber der junge Lobenstein, Eduard hieß er, glaub' ich, schoß sich, wie jener Versemacher sagte, beim über einen Graben springen durch den Leib, und starb ein paar Stunden darauf unter den furchtbarsten Schmerzen.«

»Das ist ja entsetzlich«, stöhnte Georg.

»Nicht so, als der Mensch vielleicht denken möchte«, meinte Wald ruhig, »denn wie mir der Weber erzählte, war der junge Bengel zum Arbeiten nie etwas nutz gewesen, und durch den Fall wurden sie auch, als reinen Gewinn, den Literaten los, der sich auf dem ersten Dampfboot wieder nach New-Orleans einschiffte.«

»Aber wie um Gottes Willen konnte er so zurückkommen, *gezwungen* zu werden seine Farm verkaufen zu müssen?« frug Georg.

»Wie? – einfach genug«, meinte der Pedlar, »ich habe weitläufig darüber mit dem Weber, einem ordentlichen, braven Menschen gesprochen, der die Sache schon lange hat kommen sehn, aber Nichts ausrichten konnte gegen den Starrkopf des Professors. Anstatt sein Feld ordentlich mit Mais oder Waizen zu bepflanzen, Produkte, von denen er wußte, daß er sie wieder in baar Geld verwandeln konnte, machte er Experimente, baute in eine Ecke Runkelrüben und in die andere Ölsaat, verschwendete dabei ein Capital an Arbeitslohn, für eine Bande müssiger, ungeschickter Gesellen, die ihren Nutzen dabei fanden ihn in dem Glauben zu bestärken er könne Mühlen und Gott weiß was sonst noch, bauen. Die Leute wollten dann allwöchentlich ausgezahlt sein, und was nicht mehr länger verborgen bleiben konnte, kam an's Tageslicht. Mit einem recht großen, tüchtigen Capital hätte der Mann vielleicht Manches erreichen können, so aber reichten seine Mittel nicht aus; Mühlen, Zuckerpressen, Backsteinmaschinen, Alles was er zu gleicher Zeit begann, und was in einigen Jahren, wenn richtig geleitet, gewiß einen hübschen Profit abgeworfen hätte, blieb mitten in der Arbeit stehn, und zehrte, anstatt zu helfen, mit an dem übrigen Capital.«

»Und ist der Weber noch bei ihm?« frug Georg.

»Oh Gott bewahre«, sagte Wald, kopfschüttelnd, »der Professor hat ihn bei Heller und Pfennig ausgezahlt, was er ihm und seiner Familie für die Jahresarbeit schuldete, und seinen Contrakt ehrlich gehalten, damit aber auch, wie es scheint, seine eigenen Kräfte total erschöpft, und Brockfeld sitzt jetzt, etwa zwei Meilen diesseit von Lobensteins Farm, auf einem eigenen Stück Land, in einem eigenen freundlichen Häuschen, und es geht ihm und den Kindern und der alten Mutter *recht* gut.«

»Wie weit ist es bis dorthin?« frug Georg, fast unwillkürlich dabei von seinem Stuhle aufspringend.

»Nun heute Abend kommen Sie nicht mehr hin«, lachte Wald, »wenn Sie aber ordentlich zureiten, mögen Sie in vier Tagen den Platz erreichen – Sie wissen ja wohl wo er liegt.«

»Ach wenn Sie nur noch eine ganz kurze Zeit bei mir bleiben könnten, bester Donner«, seufzte Schultze wehmüthig vor sich hin, »wie soll es denn werden, wenn Sie fortgehn?«

Georg beruhigte ihn übrigens hierüber, und versprach ihm, heute Abend noch seine beiden Wirthsleute und Pfleger so zu unterrichten, daß sie den jetzt gut eingerichteten und fest und sicher geschienten Bruch auch allein behandeln könnten. Ruhe war das Einzige was er brauchte, und das Hauptsächlichste dann nahrhafte Speisen, die sich die Leute nicht getraut hatten ihm zu geben, damit sich sein Körper, was er so sehr bedurfte, wieder kräftige und stärke. Sei es ihm möglich, wolle er selber noch einmal in vierzehn Tagen etwa hierher zurückkehren.

4. Georg und Marie

Vier Tage später mit Sonnenuntergang erreichte Georg nach scharfem Ritt, auf dem er sein Pferd nicht geschont, »Brockfelds Farm«, erfuhr aber hier, wo man ihn auf das Herzlichste begrüßte, nur die Bestätigung dessen, was ihm Wald schon in Illinois gesagt, daß es mit den Vermögensumständen des Professors *recht* traurig stehe, dieser nicht im Stande sei, seine letzte Zahlung an den Wirth in Grahamstown, von dem er die Farm gekauft, zu machen, und gesonnen sei, sie am nächsten Montag – der erste im Monat September, wo Gerichtssitzung in Hollowfield wäre – zu verauktioniren, wenn er sich nicht vorher mit dem Wirth selber über die Rücknahme des Platzes einigen könnte. Dieser aber wollte jetzt freilich nur entsetzlich wenig dafür geben, weil er behauptete, die Aussichten für die Lage desselben hätten sich allerdings, und ganz wider Erwarten, sehr verschlechtert. Noch immer war keine Hoffnung eine Eisenbahn hierherzubringen, indeß die Cincinnati-Bahn schon beendet worden, und was sollte er nun mit einer mitten im Wald liegenden Farm anfangen?

Der Professor mochte jetzt wohl recht gut einsehn, daß er damals von dem schlauen Wirth bei seinem Ankauf betrogen worden, und sich bös damit übereilt habe; war das aber nicht seine eigene Schuld? Anstatt, wenn er selber darin nicht Zeit gehabt Erfahrungen zu sammeln, wenigstens einen unpartheiischen Sachkundigen dazuzunehmen, der die Verhältnisse des Landes kannte, war er mit den beiden Deutschen hinübergeritten die, so gut sie es mit ihm selber meinen mochten, doch nur im Stande sein konnten einen *deutschen* Maasstab an das Land zu legen; von allem Anderen verstanden sie Nichts, und der pfiffige Amerikaner hatte nicht gesäumt das zu benutzen.

Die Summe, die der Professor dem Wirth in Grahamstown noch schuldete, kannte der Weber nicht, und Georg hätte das Herz brechen mögen vor Weh und Schmerz, wenn er der Zukunft dachte, der jetzt die Frauen entgegensahen.

Dem Weber ging es indeß recht gut hier auf seinem neuen Platz; er hatte Zeit gehabt sich die Umgegend genau anzuschauen, und nach allen Seiten hin etwa die Preise der verschiedenen Plätze zu erfahren. Dies kleine *improvement* mit vierzig Acker vom Staat gekauften und fünf Acker darunter urbar gemachtem Landes war da, durch das plötzliche Fortziehn des Eigenthümers, unter dem Werth gegen baar Geld zu verkaufen gewesen; die Gelegenheit hatte er benutzt, und befand sich wohl dabei. Die Leute waren auch unendlich fleißig, griffen *Alle* zu, und arbeiteten von früh bis spät, sich ihre neue Heimath nicht allein wohnlich, sondern auch einträglich zu machen. Der Viehstand besserte sich dabei ebenfalls, und die Aussicht war da, daß sich ihr Vermögen von Jahr zu Jahr vermehren, nicht zurückgehen werde, und sie ihre Auswanderung aus der Heimath, so weh ihnen die im Anfang auch gethan, nicht zu bereuen brauchten. Auch die alte Mutter, die noch am längsten an der Heimath gehangen, und doch immer heimlich gestöhnt und geklagt, so gut es ihren Kindern auch ging, und so sorglos sie in's Leben sehen durften, hatte sich endlich hineingefunden in die neue Welt. Freilich, so warm und freundlich schien die Sonne doch hier nicht wie in Deutschland, so kühl war der Schatten, so lau die Luft nicht im Frühling, die Blumen rochen nicht so gut, die Vögel sangen nicht so lieb, der Himmel war nicht so blau, die Wiese nicht so grün, das Wasser nicht so süß, und einen Vergleich mit Deutschland hielt »das Amerika« lange nicht aus. Aber – sie mußte doch zuletzt einsehn, daß es ihren Kindern gut hier ging; in Deutschland hatten sie ihr Schwein verkaufen müssen, Steuern davon zu zahlen, hier hielten sie schon vier Kühe und so viel Dutzend Schweine, wie sie zu Hause Stück gehabt, und Hühner und Gänse daneben, hatten zwanzig Mal so viel Land wie daheim, und wenn das Haus auch noch nicht so warm und bequem war, der nächste Sommer würde das schon bessern. So saß sie denn jetzt auch wieder wie vordem in ihrer Ecke im Haus, oder bei schönem Wetter unter einem breitästigen Eichbaum vor der Thür im Schatten, wo ihr der Sohn ein großes freundliches Asterbeet angelegt, ihre Augen an dem Glanz der Herbstblumen zu letzen. So, mit dem Spinnrad vor sich, wenn sie auch nur wenig spann, und das mehr aus alter Gewohnheit bei ihr stand, legte sie oft die Hände in den Schooß und schaute schweigend und still befriedigt die neben ihr spielenden Enkel an, die sich munter auf dem Platz da umher tummelten, und amerikanischen Boden gerade so passend zu ihren Spielen fanden, wie deutschen.

Georg hatte aber keine Ruhe hier – ihn drängte es mehr von dem Schicksal einer Familie zu hören, deren Wohl ihm warm am Herzen lag, und mit Tagesanbruch am anderen Morgen sattelte er sein Pferd, nahm freundlichen Abschied von den Leuten, die ihn noch Alle gern vom Schiff und von der Farm her hatten, und ritt in scharfem Trabe, Lobensteins Farm für jetzt umgehend, dem kleinen Grahamstown zu, dort erst vor allen Dingen mit dem Gläubiger des Professors zu sprechen, und zu sehen wie tief dieser eigentlich in Schulden stecke.

Etwa um zehn Uhr Morgens erreichte er den kleinen Platz, der noch gerade so still und öde lag wie vor zwei Jahren, ja eher noch stiller, noch verlassener, denn drei oder vier damals gebaute Häuser waren wirklich von ihren Eigenthümern, da alle die großen Verheißungen nicht wahr geworden, im Stich gelassen, und gaben dem Ort noch mehr ein wüstes, trauriges Aussehn. Auch Ezra Ludkins hatte Lust auszuverkaufen, und zu dem Zweck einen großen Anschlag unter seine Seejungfer befestigt, welchem zufolge ihn dringende Familienverhältnisse nach Texas riefen, und er Haus und Geschäft unter dem Werth losschlagen wolle. Es fand sich aber kein Käufer, und Wind und Wetter bekamen es endlich satt, das Papier da nutzlos hängen zu sehn, und rissen es herunter.

Ezra Ludkins war übrigens zu Hause, hatte auch freie Zeit genug, denn er schien der einzige Gast seines ganzen Hauses, das leer und öde stand und mit den nackten Wänden und unbesetzten Tischen recht gut zu der ganzen kleinen Stadt paßte, deren erstes Gebäude es gewesen.

Amerika bietet viel solcher Beispiele; wo sich die Wahl für den Bau einer Stadt als eine glückliche erwiesen, strömt die Bevölkerung ihr in Masse zu, und einzelne Beispiele wie Cincinnati, Milwaukie, Buffalo und hundert andere zeigen, welche Lebenskraft in dem Fall in dem Volke liegt. Wo das aber nicht der Fall war, wo die Möglichkeit oder Zweckmäßigkeit der Verbindungswege falsch berechnet worden, oder, wenn die Stadt dicht am Ufer des Flusses lag, dieser vielleicht zufällig den Grund zu versanden anfing, wenn auch für jetzt noch Wasser für die größten Boote blieb, da war es vorbei mit der *Stadt;* nicht allein keine neuen Ansiedler ließen sich dort nieder, nein auch die, die schon ein Grundstück gekauft, und viele Hoffnungen früher auf den Platz gesetzt hatten, suchten das so rasch als möglich wieder loszuwerden, und ließen es lieber ganz im Stich, ehe sie weiter noch Geld und Zeit darauf verwandt hätten ihr Glück hier zu versuchen; es gab andere Gelegenheit dazu im weiten Land.

Ezra Ludkins schien aber nichtsdestoweniger kaum geneigt, dem jungen Mann den Stand der Verhältnisse zwischen ihm und dem Professor, auseinander zu setzen; er mochte wohl Hoffnung haben, die für diese Gegend kostbaren Meublen, wie die andern mitgebrachten Sachen, auf eine Auktion geworfen zu sehn, und dann im Stande zu sein billig genug zu kaufen, da hier Niemand Anders fast Gebrauch für solche Gegenstände hatte. Nur erst, als Georg in ihn drang, und fest darauf bestand, er sei von dem Professor selber abgeschickt worden, die noch bestehenden Rechnungen nachzusehn, und so weit das möglich wäre, zu ordnen, entschloß er sich dazu sein Buch herbeizuholen, und brachte eine Forderung an den Professor von einhundert und dreißig Dollar.

»Aber das Andere, was auf dem Haus noch steht«, drängte Georg.

»Nun das ist *das* hier«, sagte Ludkins mürrisch, »hol' der Henker einen solchen Handel, denn wenn ich gewußt hätte, daß ich so lange auf mein Geld warten mußte, wär's mir nicht eingefallen den Platz zu verkaufen – ich hätte zehn andere Käufer gehabt die das Geld baar niederzahlten. Baar Geld ist stets noch einmal so viel werth, wie die beste Note.«

»Wieviel ist aber die *ganze* Summe, die Ihnen der Professor schuldig ist?« frug Georg, jetzt ebenfalls ungeduldig werdend, »wenn Sie in solcher Eile sind, antworten Sie mir wenigstens einfach auf meine Frage.«

»Nun die Antwort habe ich Dir auch einfach genug gegeben«, brummte der Pensylvanier – »wenn Du kein Deutsch verstehst, kann ich's nicht helfen – hundert und dreißig Dollar.«

»Und das ist Alles?« rief Georg, wirklich kaum im Stande sein Erstaunen zu verbergen.

»Das ist Alles, wenn er's nur zahlt«, sagte der Pensylvanier.

»Und an den früheren Eigenthümer der Farm hat er keine Verpflichtungen weiter?« frug der junge Mann noch einmal vorsichtig.

»Der bin ich; mein Junge hatte sie nur dem Namen nach; – für hundert und dreißig Dollar kann er meinetwegen dort wohnen bleiben, und alle seine wahnsinnigen Experimente durchführen nach Herzenslust.«

»Sein Sie so gut und schreiben Sie mir die Quittung«, sagte Georg ruhig.

»Für die ganze Summe?«

»Ja – bis auf den heutigen Tag für Alles was Ihnen Mr. Lobenstein noch schuldet.«

»Das soll schnell genug geschehen sein«, brummte der Pensylvanier, ging hinter seine *bar,* wo Dinte und Feder stand, und schrieb die Quittung aus. Georg nahm indessen aus seinem Taschenbuch die Summe in guten Indiana-Banknoten, die der Wirth jedoch erst höchst aufmerksam und sorgfältig nachsah, endlich für richtig befand und den verlangten Schein dem jungen Mann aushändigte. Eine Viertelstunde später saß Georg wieder im Sattel, und galopirte rasch und mit einem recht freudigen Gefühl in der Brust, den schmalen, schattigen Weg hinauf, der nach der »deutschen Farm« führte.

Wie hatte sich der Platz verändert, seit dem letzten Jahre; das fröhliche regsame Leben was dort geherrscht, war verschwunden, das Haus, in dem die Weberfamilie mit den Arbeitern gelebt, stand ganz leer, von dem munter blökenden Vieh, das die Fenzen sonst umgeben, war fast Nichts mehr übrig geblieben – eine einzige Kuh und ein paar Schweine ausgenommen – da mit dessen Verkauf die nöthigsten Ausgaben hatten gedeckt, die dringendsten Schulden bezahlt werden müssen, und der Platz selber verrieth nur zu deutlich, wie keine ordnende Männerhand mehr ihm vorstehe, selbst nur ihn so in Stand zu halten wie er war.

Über die Fenz lagen ein paar der im Feld noch gelassenen alten abgetrockneten Bäume umgestürzt, und die niedergebrochenen Riegel, mit den unausgefüllten Lücken, verschwanden schon allmählich in dem Unkraut, das über sie emporwucherte. Der Mais war gereift, aber noch zum Theil – was nicht hatte verkauft werden müssen – im Felde gelassen, und die nicht umgebrochenen Kolben, von Spechten und Krähen angepickt, begannen anzufaulen. Der kleine Garten hinter dem Haus sah ebenfalls wüst und von Unkraut überwuchert aus; die Frauen hatten nicht Zeit mehr gehabt, vor dringenderen Arbeiten, die Blumen zu pflegen, die sie im Anfang gesäet, und nur die paar Gemüsebeete, für das Nothwendigste was sie im Hause brauchten, waren rein vom Unkraute gehalten, daß die Sonne es bescheinen konnte. Selbst über den Weg hinüber lag ein umgestürzter Baum, und der Pfad, den sich die Bewohner darum hingemacht, bewieß, wie er schon längere Zeit gefallen sein mußte, ohne daß sich irgend Jemand die Mühe genommen, ihn hinwegzuräumen.

Es mochte Mittagszeit sein, als Georg den Platz erreichte; kein menschliches Wesen war aber in dem breiten Hofraum zu sehn; nur der aus dem Haus selber aufsteigende dünne Rauch, wie ein paar einzelne scharrende Hühner, verriethen, daß der Ort bewohnt, und nicht ganz verlassen sei, und mit klopfendem Herzen ritt er über die niedergeworfenen Stangen der Einfriedigung hinweg bis fast an das Haus hinan, band dort sein Pferd an und – zögerte wieder, ob er den Fuß vorwärts setzen und die Schwelle jetzt betreten sollte, die bald zu erreichen, er sein Pferd fast zu Schanden geritten. Da schlug der Hund an, ein junger Brake, den sich Eduard hatte zum Jagdhund dressiren wollen, und der jetzt auf eigene Hand des Nachts Opossums und Waschbären in die Bäume jagte und Stunden lang darunter vergebens heulte, Hülfe herbeizurufen.

Am Fenster des kleinen Hauses wurde Jemand sichtbar, Georg konnte aber nicht gleich erkennen wer es sei, so trübe war ihm das Auge geworden, als er die trostlose Veränderung hier erkannte, und langsam schritt er auf die Thüre zu, indeß der Hund, der ihn erkannte, an ihm hinaufsprang und winselte und bellte.

»Kennst Du mich noch Hektor?« sagte er, des freundlichen Thieres Kopf streichelnd – »hast Du mich nicht vergessen in der langen Zeit?«

»Georg!« rief da eine, oh nur zu wohlbekannte, aber erschreckte Stimme dicht vor ihm, und Marie, die aus der Küche unten getreten, zu sehn wer da komme, brach todtenbleich in die Knie, und wäre zu Boden gesunken, hätte sie Georg nicht in seinem Arme aufgefangen.

»Oh Georg – Georg ist wieder da!« rief da eine fröhliche Kinderstimme und Camilla, die jüngste Tochter Lobensteins, von dem um ein Jahr älteren Carl rasch gefolgt, sprang aus der Thür und flog auf den jungen Mann zu. Auch Marie hatte sich jetzt wenigstens so weit gesammelt, wieder allein stehn zu können, aber noch immer war kein Tropfen Blutes in ihr Gesicht zurückgekehrt, doch lenkte der Neugekommene die Aufmerksamkeit der Übrigen glücklich von ihr ab.

»Herr Donner?« sagte der Professor, der jetzt ebenfalls in der Thür erschien, und den jungen Mann halb erstaunt, halb verlegen erkannte – »aber bitte, kommen Sie näher – bleiben Sie nicht draußen auf der Diele stehn.«

»Mein lieber – lieber Herr Professor!« rief Georg, dem alten Herrn entgegeneilend, und seine Hand herzlich drückend – »wie freue ich mich, Sie so wohl und munter wiederzufinden – aber – wo ist die Frau Professorin?«

»Sie ist nicht wohl«, sagte der Professor nach kurzer, aber ängstlicher Pause – »Sie wissen vielleicht noch nicht, wie schwer uns das Schicksal, seit Sie uns verlassen, in meinen Sohne heimgesucht –«

»Ich weiß es«, sagte Georg leise, und mit tiefem Mitgefühl.

»Seit der Zeit kränkelt meine Frau«, fuhr der Professor langsam fort – »der Schlag damals traf sie zu schwer. Um sich zu zerstreuen und die bösen Gedanken loszuwerden, arbeitete sie dabei mehr als ihr gut war, und hütet nun jetzt schon seit vier Wochen ununterbrochen das Lager. Anna war gerade hinüber gegangen nach ihr zu sehen. Aber komm Marie – setz einen Stuhl zum Tisch für Herrn Donner – wenn Sie mit uns vorlieb nehmen wollen, wir sind gerade bei Tisch, aber Schmalhans ist heute Küchenmeister – Sie haben es sehr unglücklich getroffen.«

Georg – selber nicht wissend, wie er das, was ihm auf dem Herzen lag, beginnen sollte – setzte sich mit zu Tisch – die Mahlzeit bestand in Kartoffeln mit Butter und einem sehr einfachen Amerikanischen Gericht, Hominy – gequollener und in Wasser abgekochter Mais.

»Wenn Georg die letzte und vorletzte Woche gekommen wäre«, rief Camilla dazwischen – »hätte er auch nichts Anderes gefunden.«

»Mögen Sie das Hominy?« frug der Professor verlegen lächelnd, und versuchend die Aufmerksamkeit des jungen Mannes von dem Kinde abzuziehn – »*ich* habe mich so daran gewöhnt, daß es ordentlich ein Leibgericht von mir geworden ist.«

»Wir Andern mögen es aber alle mit einander nicht«, sagte Camilla – »es schmeckt gerade wie Stroh.«

Die Thür ging in diesem Augenblick auf, und Anna's Eintritt unterbrach glücklicher Weise die naseweise Bemerkung des Kindes. Anna begrüßte den jungen Mann auf das Herzlichste, und auch Marie wurde zutraulicher, und gewann ihre ganze Fassung wieder, als sie sah, wie unbefangen sich die Schwester mit dem frühern Hausgenossen unterhielt. Georg beseitigte dabei auf sehr praktische Weise jede Verlegenheit, die der Professor etwa hätte wegen dem Essen fühlen können, indem er, durch den scharfen Ritt auch wirklich hungrig geworden, tapfer zulangte, und dem Hominy und den Kartoffeln alle nur mögliche Ehre anthat.

»Und wissen Sie, weshalb ich hierher zurückgekommen bin?« frug Georg nach beendeter Mahlzeit, indem er lächelnd den Professor ansah, nur aber einen ganz scheuen, flüchtigen Blick nach Marien hinüberzuwerfen wagte, deren Auge er jedoch nicht begegnete. –

»Weshalb, weiß ich nicht«, sagte der Professor herzlich – »aber es freut mich, *daß* Sie wiedergekommen sind, und mir wenigstens dadurch beweisen, Sie tragen keinen Groll nach, wegen dem Vergangenen.«

»Lieber Professor.«

»Ich hätte selber schon an Sie geschrieben«, fuhr dieser jedoch entschlossen fort, »konnte aber von keiner Seite auch nur die geringste Nachricht bekommen, *wo* Sie sich befänden; Sie waren auf einmal verschollen und blieben es, von dem Augenblick an, wo Sie den Platz verlassen, da Sie Herr von Hopfgarten damals, ein paar Stunden später, vergeblich im ganzen Township suchen ließ.«

»Herr von Hopfgarten?«

»Ich erzähle Ihnen die Geschichte ein ander Mal – aber – sind Sie *zufällig* wieder in unsere Nähe gekommen, oder haben Sie uns noch nicht ganz vergessen gehabt, und absichtlich aufgesucht?«

»Ich bin vier Tage so scharf geritten, wie mein Pferd laufen konnte«, lächelte Georg, tief dabei erröthend – »nur um recht bald hier zu sein.«

»Das ist brav, das ist recht brav von Ihnen«, rief Anna freudig, und Marie dankte es ihm dießmal mit einem lächelnden Blick.

»Um aber kurz zu sein«, fuhr Georg zögernd und erröthend fort, »so – so möchte ich wieder hier in Arbeit treten, und – und wenn Sie mir beweisen wollen, daß auch Sie keinen Groll mehr gegen mich hegen, vielleicht manches voreilig gesprochenen Wortes wegen – so schicken Sie mich nicht wieder fort, sondern behalten mich hier.«

»Ach das ist brav, das ist schön«, rief Carl – »da brauche ich und Marie nicht mehr das schwere Holz aus dem Wald herbeizuschleppen.« Anna und Marie aber sahen sich verlegen an und der Vater sagte, ohne die Frage direkt zu beantworten und dann Georgs Arm nehmend, zu seinen Töchtern:

»Haltet den Kaffee bereit, Kinder, bis wir zurückkommen, ich muß Herrn Donner doch einmal zeigen, wie weit wir mit unseren Arbeiten vorwärts gelangt sind, seit er uns verlassen, und unterwegs können wir dann auch alles Weitere viel besser und bequemer besprechen«, und ihn mit sich die Treppe hinunterführend, traten sie in den Hof, wo Georg vor allen Dingen sein Pferd absatteln, in den Stall einstellen und füttern mußte, und dann mit dem Professor langsam den Weg hinabging, der an den Feldern hinführte.

»Lieber Donner«, sagte dieser hier zu ihm, und es war ihm angenehm, daß er, neben ihm hingehend', nicht in sein Auge zu schauen brauchte – »die Zeiten, seit wir uns nicht gesehen, haben sich *sehr* verändert, und – so gern ich Sie wieder auf meiner Farm beschäftigen möchte, ja so – so nöthig ich sogar Jemanden dazu brauchte – bin ich nicht mehr – durch die dießjährigen niedrigen Getreidepreise noch außerdem gedrückt – im Stande Arbeiter zu halten und – zu bezahlen.«

»Aber bester Professor –«

»Bitte, lassen Sie mich ausreden«, sagte dieser, fest entschlossen, die einmal begonnene Sache nun auch durchzuführen – »ehe wir von etwas Anderem beginnen – ehe ich Ihren freundlichen Antrag, wieder auf meiner Farm eine bestimmte Beschäftigung zu nehmen, zurückweise, bin ich Ihnen, mein lieber Donner, eine Ehrenerklärung schuldig, die mir – thun Sie mir die Liebe und unterbrechen Sie mich jetzt nicht – die mir schon lange schwer und drückend auf dem Herzen gelegen.«

»Lieber Herr Professor –«

»Ich bin damals nicht allein unfreundlich, nein, ich bin auch ungerecht gegen Sie gewesen«, fuhr aber der Professor entschlossen fort, »und es mag Ihnen einige Beruhigung oder Genugthuung gewähren, von mir ganz offen das Geständniß zu hören, daß ich durch Schaden habe klug werden und die Wahrheit dessen erleben müssen, was Sie gerade vertheidigten, und gethan haben wollten.«

»Oh wie gern wollt' ich Unrecht gehabt haben, bester Professor, wenn nur –«

»Sie haben *nicht* Unrecht gehabt«, unterbrach ihn der Professor rasch, »und selbst, was Sie mir an dem letzten Morgen über jenen faden Dichterling sagten, hat sich furchtbar, viel furchtbarer freilich als wir Beide damals ahnen konnten, bewährt. Ich habe schwer – fast zu schwer für meine Leichtgläubigkeit, mit der ich unreifen, oft vielleicht selbst eigennützigen Plänen Glauben schenkte, büßen müssen, und wollte es gern, wenn nicht – wenn nicht meine arme Familie jetzt auch so schwer darunter leiden müßte. Sie sehn, lieber Donner, ich bin offen und aufrichtig gegen Sie, das mag Ihnen den besten Beweis liefern, daß ich mein Unrecht gegen Sie bereue.«

Georg war tief erschüttert; das Bekenntniß des sonst so strengen abgeschlossenen Mannes, das gerade *ihn* furchtbare Überwindung mußte gekostet haben, machte einen unendlich wehmüthigen Eindruck auf ihn, und er brauchte Minuten, sich selber erst wieder so weit zu sammeln, dem zu erwidern. Der Professor war indessen an einer Stelle stehen geblieben, wo ein dürrer Baum erst ganz kürzlich über die Fenz heruntergeschlagen schien, und dieselbe zusammengebrochen hatte, was sich ein paar Schweine zu Nutz gemacht, die drinne an einem Kürbiß herumbissen und, als sie die Männer kommen hörten, grunzend in das Feld weiterhinein flüchteten.

»Die Farm sieht arg verwildert aus«, sagte Georg endlich leise, eine direkte Antwort auf das Geständniß vermeidend, »man sollte kaum glauben, daß ein einziges Jahr eine solche Veränderung hervorbringen könnte.«

»Seit dem Tode meines Sohnes«, sagte der alte Herr seufzend, »habe ich selber an Allem die Lust verloren, und nichts thun noch arbeiten mögen; selbst das Nothwendigste ist liegen geblieben, und der spätere Besitzer der Farm mag nachholen, was ich versäumen mußte.«

»Sie wollen fort von hier?«

»Wir brauchen uns über das Hülfsverbum nicht zu täuschen, lieber Donner«, sagte der Professor wehmüthig lächelnd, »ob ich *will* oder nicht – ich *muß!*«

»Und Ihre Familie?« sagte Donner halb vorwurfsvoll.

»Sie haben recht«, seufzte der Mann, »es ist schwer für sie, geht aber doch nicht anders an; ich will nach dem »fernen Westen«, wo man, wie ich aus sicherer Quelle weiß, ein kleines *improvement* für fünfzig Dollar, und vierzig Acker Land für denselben Preis bekommen kann. So viel wird mir nach dem Verkauf meiner Sachen und Abzug aller Reisespesen übrig bleiben, und wir müssen dort eben ein neues Leben beginnen.«

»Und glauben Sie, daß Ihre Frauen das aushalten würden?« frug Georg ihn ernst, »*kennen* Sie das Leben im Westen, mit seinen Entbehrungen, seinen Beschwerden, seinem Klima?«

»Ich habe viel darüber gelesen«, sagte der Professor ausweichend.

»Du lieber Gott«, seufzte der junge Mann, »wenn ich mir da die arme Frau Professorin, die zarte Anna und selbst die kräftige Marie denken müßte – ich würde im Leben nicht wieder froh werden.«

»Aber was *soll* ich thun?« sagte der Professor, froh endlich einmal Jemanden zu haben, mit dem er sich aussprechen, gegen den er sein Herz erleichtern konnte, »Ihnen gegenüber brauch' ich kein Hehl daraus zu machen, denn ich weiß, Sie nehmen Theil an unserem Schicksal, das sich nicht allein durch eigene Schuld, sondern auch durch das Zusammentreffen unglückseliger Umstände so traurig gestaltet hat. Ich bin nicht im Stande das letzte Kaufgeld für die viel zu theuer bezahlte Farm, so wenig das sein mag, aufzutreiben, der Bursche in Grahamstown, dem mein Mobiliar in die Augen sticht, drängt mich mit der Zahlung, und auch meine letzte Hoffnung, Herr von Hopfgarten, ist nicht mehr aufzufinden. Ich habe mich nach ihm bei dem Wirth des St. Charles Hotels in New-Orleans erkundigt, und wenn mir die Leute die Wahrheit geschrieben, so ist Freund Hopfgarten vor kurzer Zeit nach Europa zurückgekehrt. Den Termin länger hinauszuschieben bin ich ebenfalls nicht im Stande, und werde schon nächste Woche gezwungen sein meine Farm und Mobiliar vielleicht für den sechsten Theil dessen was sie mich selber gekostet hat, zu verkaufen, und mit den Meinen dann von vorn anfangen zu müssen, ein allerdings vollkommen neues Leben zu beginnen.«

»Wenn Sie denn fest entschlossen sind«, rief da Georg, der klopfenden Herzens, das Geständniß seiner Liebe zu Marie auf den Lippen, noch nicht gewagt hatte damit herauszutreten, »wenn Sie die Wildniß wählen wollen und müssen zu Ihrem Aufenthalt – dann nehmen Sie mich mit und – seien Sie mir mehr als Freund dann, lieber Herr – seien Sie mir *Vater* – Vater im wahren Sinn des Worts. Lange Monden hin«, fuhr der junge Mann, als ihn der Professor staunend ansah, leidenschaftlicher fort, »habe ich die Qual der Ungewißheit, die Sehnsucht nach dem einen Wesen auf dieser Welt, das meiner Seele Ziel geworden, mit mir herumgetragen – ich darf das nicht länger mehr – geben Sie mir Marie zum Weibe, lassen Sie *mich* den verlorenen Sohn ersetzen, und nie, nie sollen Sie bereuen mir so vertraut zu haben.«

»Mein lieber, lieber Donner«, sagte der Professor, der sich noch immer nicht von seiner Überraschung erholen konnte »Sie wollen Ihr Schicksal an das einer Familie ketten, die sich – die sich eben nicht im Glück befindet – und weiß Marie –«

»Noch keine Sylbe – noch habe ich selber nicht gewagt, ihr meine Liebe zu gestehen«, rief Georg, »aber wenn mich nicht Alles täuschte, darf ich hoffen.«

Der Professor sah dem jungen Mann lange und fest in's Auge – bis sich sein eigener Blick in langsam aufsteigenden Thränen dunkelte, dann nahm er Georgs Hand, drückte sie fest und herzlich, und zog ihn endlich leise aber liebend an seine Brust.

»Mein lieber, lieber Vater«, flüsterte Georg.

»Mein lieber, lieber Sohn!«

»Und nun zur Mutter!« rief da Georg, dem Lust und Freude das Herz bald in der Brust zu sprengen drohte, »nun zur Mutter, ihr Sorge und Kummer, und mit den beiden Menschenquälern auch die böse Krankheit zu nehmen, die sie noch an's Lager fesselt. Wir gehen *nicht* nach dem Westen Vater – wir bleiben *hier*, und die Fenzen werden wieder ausgebessert, das Unkraut wird hinausgeworfen aus dem Felde, und die Mühle fertig gebaut, dem Wirth in Grahamstown gerad zum Trotz und Ärgern.«

Der Professor schüttelte traurig mit dem Kopf und sagte seufzend:

»Das sind *Pläne*, mein junger Freund, wie sie die *Jugend* eben entschuldigt; das ruhige Alter findet sich nicht mehr so leicht mit Unmöglichkeiten ab.«

»Und wissen Sie denn Vater – o daß ich Sie jetzt – daß ich Sie *endlich* so nennen darf«, sagte Georg, seinen Arm ergreifend, und ihm mit blitzenden Augen in's Antlitz sehend, »daß ich vom Glück begünstigt in Michigan in das Haus eines reichen Mannes kam, bei ihm ein Viertel Jahr in gutem Gehalt stand und ihm die beiden Kinder, die ihm schwer erkrankten, rettete? – wissen Sie, daß mich der Mann aus Dankbarkeit in den Stand setzte, durch den zweckmäßigen Kauf einer Anzahl von Bauplätzen in einer neu gegründeten Stadt, in den letzten drei Viertel Jahren nur durch einen theilweisen Verkauf derselben Parcellen wieder, fünfzehnhundert Dollar an baarem Gelde zu verdienen? – Und kennen Sie die Quittung hier von Grahamstown?« rief er unter vorquellenden Thränen lachend aus, »kennen Sie den Autographen von Ezra Ludkins? – Da behalten Sie das Papier und lesen Sie es aufmerksam durch, hoffentlich ist Alles in Ordnung und – mag mich Marie nicht – sagt sie *nein* – ja dann soll mich mein Rappe noch heute Abend fort – weit fort von hier tragen, gleichviel wohin. – Sagt sie aber ja – oder lacht oder weint sie nur – oder thut sie gar Nichts – und sieht sie mich nicht einmal an, dann – aber ich kann es wahrhaftig nicht länger mehr in der Ungewißheit ertragen; kommen Sie nach Vater, so rasch Sie Ihre Füße tragen, und voraus hol' ich mir mein Glück oder Leid aus Mariens Munde!«

Und den Hut freundlich gegen den Professor schwenkend ließ er ihn an der hinteren Fenz und am Holzrande zurück, und sprang in flüchtigen Sätzen dem kaum verlassenen Hause wieder zu.

Und dort? – lieber Leser, das ist eine Sache, die nur immer zwei Leute auf einmal in der Welt interessirt. Wie »Vielliebchen« aus *einem* Mandelkern hat der liebe Gott die Herzen, von denen immer zwei und zwei für einander geschaffen sind, über die Welt wild und bunt hinausgestreut – selig die, die ihre Theile wieder zusammenfinden.

Und Marie und Georg *waren* selig; an dem Abend, neben dem Bett der Mutter, der mit der frohen frischen Hoffnung auch wieder neuer Muth, neue Kraft in das Herz gezogen, wie es Georg gehofft, saßen sie Hand in Hand und plauderten und bauten mit der Schwester Pläne auf, die Glücklichen, nach Herzenslust. Und der Vater ging dabei, die Hände auf den Rücken gelegt, schmunzelnd auf und ab; in der Kinder jungem Leben ging auch ihm ein neues frisches Dasein auf – die trübe böse Zeit lag dahinten, und wenn auch bittere Erfahrungen ihn geprüft, so waren es doch eben Erfahrungen geworden, und *auf* ihnen weiter schreitend, mit einer jungen kräftigen Stütze jetzt an seiner Seite, konnt' er der Zukunft wieder froh in's Auge schaun.

5. Jimmy

Die Fieberzeit, trotz ihren Schrecken von den Amerikanern scherzweis »der gelbe Jack« genannt, war vorüber; der Oktober hatte, gleich von Anfang an mit kalten und scharfen Nordwest-Winden einsetzend, die Seuche seewärts geweht, und die Luft gereinigt, und vom Norden herunter kehrten die geflüchteten Bewohner der gefährdeten Stadt in Schaaren zu ihren Wohnsitzen zurück.

Welch ein Unterschied zwischen dem New-Orleans jetzt, und dem, vier Wochen früher. Welch Drängen und Treiben überall von frischem, fröhlichem, kräftigem Volk, das herüber und hinüber drängt, kauft und verkauft, und plaudert, lacht und singt. Welch Treiben und Leben an der Levée, wo Boot nach Boot, Schiff nach Schiff anlegt, seine Waaren der neugeborenen Stadt zuzuführen; welch Treiben und Leben in den Straßen, den kleinen Adern des Verkehrs, in denen das warm pulsirende Herzblut herüber und hinüber treibt, und nur vier Wochen Unterschied, wie sahen da die Straßen aus? – wie der Strom? – wo war das Leben, das jetzt, dem schäumenden Bache gleich, aus seinen Ufern quoll?

Der Wanderer, der die Stadt in *der* Zeit, im August und September, betrat, und das lebendige Bild von ihr im Herzen, ein fröhlich schaffendes, lebenslustiges Volk zu finden erwartete, steht entsetzt und traut den Augen kaum.

New-Orleans, des Südens Königin, der keine andere Stadt im weiten Reich die Spitze bieten kann, scheint in *der* Zeit ein weiter offener Sarg – die Straßen liegen todt und leer, der Fußtritt des einzelnen flüchtigen Wanderers schallt hohl und unheimlich von den verschlossenen Häusern wieder – dort begegnet ihm ein anderer, eben so rasch, das Tuch am Munde – aber scheu weicht man sich aus und will aneinander vorüber – da zuckt der Fuß fast unwillkürlich – es ist ein Freund, den man so lange nicht gesehn, schon todt gewähnt – einerlei, vorbei; die Krankheit könnte in seiner Nähe weilen, sein Hauch vielleicht sie bringen, und mit stummem, traurigem Nicken fliehen sich die Beiden.

Wo ist dann der fröhliche Lärm der Dampfbootlandung, das Rasseln der schwerbeladenen Güterkarren mit den trunkenen Irländern, das Singen und Lachen der Neger. Dort fährt etwas über das Pflaster – wie hohl das in den leeren Straßen klingt – es ist nur der Leichenwagen, der im scharfen Trab hinausfährt, seine Doppellast abzuwerfen und neue, schon lang bestellte Fuhre zu holen. Wo ist das rege geschäftige Treiben der Läden – die meisten sind geschlossen, wer soll jetzt kaufen, und der Trauerflor an den Thüren dort und hier, und da und drüben, kündet die Stelle, wo sich die Seuche mit den langen gelben, gierigen Krallen ihre Opfer herausgeholt.

Und jetzt? – kaum ein Monat ist verflossen, daß diese Straßen wüst und öde lagen, und der große Vernichter seine Erndte in der scheinbar menschenleeren Stadt hielt; wo er mit schwülem Flügelschlag über die Dächer strich, und rechts und links in boshafter Lust seinen Giftodem einbließ in das, in jenes Haus – und seht, wie das wieder drängt und wogt, und lacht und singt und fröhlich ist, und die Todten in ihren stillen Gräbern schon lange, lange vergessen hat. Lieber Gott, *Wochen* sind ja auch schon darüber hingegangen, und eine fast neue Bevölkerung hat Besitz von dem Grund und Boden genommen, den die Seuche gelichtet und verödet.

Was damals freilich New-Orleans verlassen *konnte*, that es, und die Wirths- und Gasthäuser standen öd' und leer, ja man vermied die Schwellen derselben mit scheuer Angst, aus Furcht, gerade dort am meisten Kranke zu treffen, und in dem Athemzug vielleicht den Tod schon einzuziehen. So flohen auch »das deutsche Vaterland« sechs Wochen lang die meisten »Boarder«, aber die dort Wohnenden *konnten* nicht alle fort. Viel arme Deutsche, die mit verspäteten Schiffen nach langer Reise hier eingetroffen waren, fanden theils kein Boot mehr, das sie mit fortnahm von hier, theils hatten sie kein Geld, die in der Zeit entsetzlich hohe Passage zu bezahlen. Die Capitaine der wenigen dort anlegenden Dampfer wußten recht gut, daß Alles, was jetzt die Stadt verlassen konnte, ging, und rechneten fünf- und sechsfache Passagepreise, sich selbst für die Gefahr bezahlt zu machen, der sie die Stirn boten.

So lag eine ganze Schaar Baiern, ohne Mittel fortzukommen, in den kleinen dumpfigen Hinterstuben des »deutschen Vaterlands«, und wie die Seuche hereinbrach über die Stadt, suchte sie sich schon ihre ersten Opfer aus der Schaar.

Im »deutschen Vaterland« war aber indessen auch noch außerdem eine große Veränderung vorgegangen, und Hedwig hatte das Haus nicht allein nicht verlassen, sondern Franz seinem Vater frei und offen erklärt, daß er das junge wackere Mädchen, sobald er nur erst einmal selbstständig dastehe, wenn sie ihn haben möge, zum Weibe nehmen wolle.

Den alten Mann fesselte in dieser Zeit ein Sturz, den er von der Treppe gethan, an sein Lager, und Franz mußte überdieß indessen die Leitung der ganzen

Wirthschaft übernehmen. Mit *dem* Plane seines Sohnes war er im Anfang aber gar nicht einverstanden, hatte die und jene Einwendungen, erklärte, er sei doch nicht ganz *so* arm wie Franz zu glauben scheine (und wie er ihm allerdings selber oft genug betheuert) und *sein* Sohn könne da wohl schon noch eine bessere Parthie machen, und sich seine Frau aus einem anderen Hause – und wenn es das größte Steingebäude in der Stadt wäre – holen. Da Franz aber, nicht gerade gleich auf eine Einwilligung dringend, hartnäckig bei dem einmal gefaßten Entschlusse blieb, gewöhnte er sich zuletzt an den Gedanken, und sah, wenn er dem Sohne das auch nicht gestand, selbst seiner abnehmenden Kräfte wegen, eher noch eine Stütze in dem fleißigen, wirthschaftlichen Mädchen.

Nur der »verschwenderische Geist« des Sohnes, wie er es nannte, machte ihm Sorge; er rief ihn deshalb auch oft an sein Bett, und beschwor ihn, doch nur um Gottes Willen auf sein eignes Gut mehr zu achten, den eigenen Nutzen mehr im Auge zu haben, denn wenn er selber einmal die Augen schließe, und nicht mehr rathen, nicht mehr wehren könne, wie bald seien dann die paar gesparten Thaler auch wieder fort, an der die Undankbarkeit der Menschen schon lange arbeite und wühle und zehre.

Franz hatte ein zu gutes Herz, dem Eigennutz mehr zu folgen als diesem, und der Vater würde dem einzigen Sohne auch wirklich schon lange den Willen gelassen, und die Wirthschaft ganz übergeben haben, hätte ihn nicht Messerschmidt bis jetzt noch immer aus allen Kräften davon abgehalten und gewarnt; wie dieser denn auch sein Möglichstes that, die Heirath mit dem jungen Hamann und dem fremden »hergelaufenen« Mädchen aus allen Kräften zu hintertreiben.

Die Seuche unterbrach das Alles – Niemand, der nicht mußte, verkehrte mit dem Anderen; Messerschmidt selber betrat in dieser ganzen Zeit das Haus nicht, Franz aber lernte gerade da den Werth des holden anspruchlosen Kindes, mit seiner Aufopferung und Herzensgüte im reinsten Lichte kennen. Hier war kein *Schein* mehr, wo der Tod grinsend und drohend an der Schwelle stand; hier war nicht mehr Verstellung denkbar, »das Herz des reich geglaubten Wirthssohnes«, wie Messerschmidt dem jungen Hamann oft und heimlich warnend zugeflüstert, zu fesseln; unbekümmert um Alles, wo sie nur nützen konnte, ging Hedwig ihren stillen Weg, und an den Krankenbetten stand sie oft ein Engel des Trostes und der Hülfe.

Schon seit Clara damals sich von ihrer Krankheit erholt, und selber im Stande gewesen war durch weibliche Arbeiten ihren Unterhalt wenigstens zu verdienen, hatte Hedwig Gehalt bezogen, den ihr der alte Hamann selber, *trotz* seinem Geiz, freiwillig erhöht, als er sich doch nicht leugnen konnte, wie sie arbeitete und schaffte, und wie sie Alles ihm zusammenhielt. Was sie aber an Geld bekommen, nahm die schwere Zeit auch wieder fort, denn keine Woche verging, in der nicht hülflose Wittwen und Waisen den Sarg des Gatten und Vaters hinausbegleitet zu seiner stillen Ruhestätte, dann aber selber verlassen und allein in der fremden Welt gestanden hätten, die ihnen eine Heimath werden sollte, und jetzt nur Tod und Elend zeigte, wohin sie schauten. Für wie viele zahlte sie da nicht das Passagegeld auf den einzelnen Dampfbooten, sie nur fort, einer gesunden Gegend zuzubringen, ehe sie hier ihr Letztes verzehrt, und mehr noch vielleicht von ihren Lieben begraben mußten; wie viele unterstützte sie hier mit Rath und That, löste die schon versetzten Koffer für sie ein, und zog sich scheu und schüchtern in ihr kleines Kämmerchen zurück, wenn ihr die Leute nur dafür danken wollten, was sie gethan.

Mit der gesunden Jahreszeit kehrte aber auch die gewöhnliche Arbeit wieder für das deutsche Gasthaus; Schiff nach Schiff traf ein, alle mit Auswanderern schwer beladen, und da sich nicht Alle gleich entschließen konnten die eben betretene Stadt, die keine Spur der überstandenen Pest mehr zeigte, gleich wieder zu verlassen, füllten sich die Gasthäuser, wie das um diese Zeit fast stets der Fall ist, bis unter die Dächer mit Fremden und ihren Gütern an. Dieß war auch immer die geschäftigste und einträglichste Zeit für den alten Hamann gewesen, und jetzt saß er, in sein Zimmer gebannt, regungslos fest auf seinem Stuhl, und durfte und konnte nicht hinaus.

Zuerst quälte und sorgte er sich denn auch ab dabei, und wollte es wohl gar erzwingen, trotz allen Ärzten und Medicinen; endlich sah er aber doch wohl ein daß es nicht ging, daß er sich Ruhe gönnen müsse, bis ihn die Glieder wieder trügen, und die Hauptarbeitszeit wohl überhaupt für ihn vorbei sei. Der Sohn drängte und bat dabei daß er nun endlich in seine Verbindung mit Hedwig willigen möchte; es sei ein anderes Leben wenn eine *Hausfrau* in der Wirthschaft wäre, besonders *solche* Hausfrau, und er, der Vater selber, könne ruhiger sein, wo er nicht *fremden* Menschen nur sein Eigenthum anzuvertrauen habe.

Der alte Hamann gab endlich seine Einwilligung, und Hedwig, die dem jungen Mann von Herzen zugethan war, und mehr fast noch in dem Bewußtsein nun freier handeln, noch mehr Gutes thun zu können, sich wohl und glücklich fühlte, legte am Altar ihre

Hand in die seine, und zog als *Herrin* in das Haus hinein, das sie in Noth und Sorge, als Dienerin betreten.

Franz schwelgte in der Zeit in einem Meer von Wonne, und wenn er auch von seinem Vater – der Termin dazu war auf den ersten December festgesetzt worden – die ganze unbeschränkte Führung des Hauses noch nicht überkommen hatte, fühlte er sich doch zu glücklich im Besitz seines braven, inniggeliebten Weibes, anderen Gedanken in dieser Zeit noch Raum zu geben. Hedwig aber wirthschaftete nach wie vor, in stiller anspruchsloser Weise – wo sie helfen konnte, half sie gern, und das »deutsche Vaterland«, früher der einträglichste Platz für alle Arten diebischer Agenten, und die Höhle, in der hunderte von armen Einwanderern ihr Alles verloren, und nackt in die Welt hinausgestoßen wurden, schien ein Asyl der Hülfsbedürftigen zu werden, und erweckte deshalb auch besonders in den Herzen einzelner, bei dem früheren Gewinn Betheiligter, rege Besorgnisse.

Unter diesen standen der Agent Messerschmidt, und Jimmy der Barkeeper vorne an, denen Beiden die Hochzeit zwischen den jungen Leuten ein Dorn im Fleisch geworden, und was sie nicht mehr hintertreiben konnten, suchten sie wenigstens so viel als möglich zu stören. Franz wußte das, vermochte aber noch nicht selber irgend etwas mit Beiden anzufangen, bis er nicht die Wirthschaft allein in Händen hielt, und als unumschränkter Herr darin gebieten konnte. Der Tag rückte jedoch mehr und mehr heran, und als der November endlich verflossen war und der alte Hamann am 1sten Morgens, wie schon früher verabredet, einen Advokaten zu sich in's Zimmer kommen, und in dessen Gegenwart dem einzigen Sohne schon bei seinen Lebzeiten Haus und Wirthschaft überschreiben ließ, war Franzes *erstes* Geschäft, hinunter in die Bar zu gehn und dem darüber allerdings verdutzten Jimmy, wie ihr Contrakt zusammen lautete, mit vierwöchentlicher »Warnung« auf den ersten Januar des nächsten Jahres zu kündigen.

»Jimmy«, sagte er, als er zu dem Burschen hinunter in den gerade unbesetzten Schenkraum kam, »ich bin jetzt eben Herr hier im Haus geworden, und da wir Beide nicht recht zusammenpassen, meine Frau mir auch Manches von Euch erzählt hat was mir nicht gefällt, so ist's besser, daß Ihr zu der zwischen Euch und meinem Vater abgemachten Zeit das Haus verlaßt. Heute ist der erste December – am ersten Januar könnt Ihr eine andere Stelle antreten, und habt bis dahin Zeit Euch umzusehen; wollt Ihr aber früher fort, hält Euch Niemand hier – verstanden?«

»Das war deutlich genug Mr. Hamann, *anyhow*«, sagte Jimmy, der dabei wieder ganz in Gedanken an seiner Lieblingsbeschäftigung begann – die Finger zu knacken, »werde aber von Ihrer Güte wohl keinen Gebrauch machen, *vor* der bestimmten Zeit, da ich dann ebenfalls zu heirathen gedenke. Sonderbar – wollte Ihnen auch heute aufsagen.«

»Desto besser, Jimmy«, sagte Franz, »dann haben wir Einer dem Andern nicht weh gethan, und können und werden uns ziemlich gut ohne einander behelfen.«

»Jes«, sagte Jimmy, eine gleichgültige Miene dabei annehmend, »verdammt gut, denk' ich mir so; – werden eine *sehr* schöne Wirthschaft hier anrichten, Mr. Hamann *junior.*«

»Jes, Jimmy – denk' ich mir so«, lachte Franz leise vor sich hin, und verließ dann, ohne sich weiter um den Menschen zu bekümmern, das Zimmer.

»Denk' ich mir so – Einfaltspinsel« – knurrte der Barkeeper finster und verdrießlich hinter seinem neuen Principale her – »*Du* wirst noch Manches zu denken kriegen, mein Bursche, bis wir Beiden auseinander sind, denk' *ich* mir so. Und noch bist Du mich auch nicht los, und es müßte doch mit dem Henker zugehn, wenn zwischen hier und da nicht noch was auftauchen sollte, was der Sache eine andere Wendung gäbe. *Was*, weiß ich freilich selber noch nicht, aber daß Jimmy eine sich etwa bietende und ihm passende Gelegenheit nicht unbenutzt wird vorübergehn lassen, darauf mein Juwel, könntest Du allenfalls Gift nehmen.«

»Hallo Jimmy«, sagte da eine bekannte Stimme, und als sich der Barkeeper rasch nach der Thür umdrehte, sah er den eben nur hereingesteckten, etwas dicken Kopf des Agenten Julius Messerschmidt.

»Ah – Ihr kommt gerade recht Alterchen«, sagte Jimmy, in einer Art Instinkt dabei hinter die Bar tretend und zwei Gläser umsetzend – »was trinkt Ihr?«

»Immer Brandy Jimmy, im Winter«, sagte Messerschmidt jetzt ganz zur Thüre hereinkommend, und den Kautabak, den er nach Amerikanischer Sitte im Munde hielt, daraus entfernend, dem besprochenen Getränke Raum zu geben; »immer Brandy, und im Sommer erst recht Brandy, denn da kühlt er; besonders wenn er so gut ist wie der Hamann'sche.«

»Ihr seid doch der Einzige der ihn lobt, weil Ihr ihn selbst geliefert habt«, lachte Jimmy.

»Unsinn, Jimmy – baarer Unsinn – an dem Brandy hab' ich mein Geld verloren, und such' es nur dadurch wieder einzubringen, daß ich recht viel davon trinke. *Der* Brandy ist spottbillig mit sechs Cent das Glas, und an der Levée verkaufen sie ihn aus demselben Faß für zwölf und einen halben.«

»Werden wohl ihre Gründe dafür haben«, meinte Jimmy, »aber was führt *Euch* gerade *heute* Morgen her?«

»Mich *gerade* heute? – ist heute ein besonderer Tag, Jimmy?« frug Messerschmidt.

»Hm, nicht das ich wüßte«, meinte Jimmy, der erst herauszubekommen wünschte, was der Agent hatte, ehe er ihm von dem heute abgeschlossenen Vertrag zwischen dem alten und jungen Hamann sagte. Er wußte recht gut, wie Messerschmidt bei dem letzteren angeschrieben stand.

»Nun also, Jimmy«, meinte Messerschmidt, »aber Ihr könnt mir wohl sagen, wie's mit dem *Alten* steht; ich möcht' ihm ein Anerbieten machen.«

»Nicht zu sprechen«, sagte Jimmy trocken, »alle Geschäfte heute an die junge Firma angewiesen.«

»Hm – mit dem *Jungen* hab' ich gerade nicht gern viel zu thun«, brummte der Agent langsam zwischen den Zähnen durch, »wenn aber der Alte ja sagt, kann *der* mir auch den Hobel ausblasen. Also den Alten kann man nicht sprechen?«

»Ertheilt Niemand Audienz.«

»Und wo ist der Junge?«

Jimmy mache eine entsprechende Bewegung mit dem über die Schulter gestoßenen Daumen nach dem Hof hinaus.

»Wollt Ihr ihn einmal rufen, Jimmy?«

»Wenn's sein *muß*, ja«, sagte dieser.

»Apropos Jimmy –«

»Nun? – was giebt's noch?«

»Wißt Ihr, die Mecklenburger Bauern, die ich Euch gestern zugebracht –«

»Nun? – kein Geld?«

»Kein Geld?« – wiederholte der Agent, indem er die Lippen vorspitzte, so weit er sie bringen konnte – »oh Jimmy, wenn wir Beide das nur hätten, was in den zwei grünen Koffern steckt – nachher könnten wir zufrieden sein.«

»Nun, wird das Große eben nicht sein«, meinte Jimmy gleichgültig.

»Das Große nicht sein? – wenn *ich* ihnen nicht hätte Amerikanisches Gold für Dänisches geben müssen – und das Säckchen voll, was da drin stand – und die goldenen Uhren und Ketten die daneben lagen. Die Menschen müssen ein heidenmäßiges Geld haben, und das ist nur erst ein *Theil*, denn das Meiste haben sie, wie sie sagen, zu Hause gelassen, um mit dem erst einmal zu probiren, wie es hier eigentlich ist. – Jammerschade, daß sie keine Schwiegersöhne brauchen.«

»Wir Beide wären ein paar kostbare Exemplare«, schmunzelte Jimmy.

Die beiden liebenswürdigen Gesellen lachten noch zusammen als die Thür aufging, und der junge Hamann wieder in's Zimmer trat.

»Ah Franz, das ist mir lieb, daß Sie kommen«, sagte Messerschmidt in seiner vertrauten Weise; »ich hatte eine Bitte an den Alten, aber da ich höre, daß er noch auf der Kante liegt, können Sie mir auch den Gefallen thun.«

»Und das wäre?« sagte Franz, dem Mann ruhig in's Gesicht sehend.

»Sie wissen, daß ich in letzter Zeit ein Bischen in Geldverlegenheit gewesen bin«, sagte der Agent, »das verdammte Spielen, was ich schon so oft verschworen, hat mich wieder einmal angeführt, und ich mußte sogar, wogegen ich mich bis jetzt hartnäckig gesträubt, mein Quadroonmädchen, das allerdings das letzte Jahr in einem fort gekränkelt und keinen Dollar verdient hat, verkaufen. Ein deutscher Violinspieler hatte einen Narren an ihr gefressen und mir die Dirne noch gut genug bezahlt; jetzt hab' ich Niemand Anderem im Haus; Lohn möcht' ich auch nicht gern viel zahlen –«

»Bitte, kommen Sie zur Sache«, sagte Franz.

»Nun die ist einfach genug«, meinte Messerschmidt – »Sie haben da ganz kürzlich ein paar arme, aber ganz hübsche Braunschweiger Mädchen in's Haus genommen, die der jungen Frau glaub' ich, um ihren Boarding zu bezahlen, mit in der Küche helfen – bitte – Sie brauchen sich deshalb gar nicht zu entschuldigen –« setzte er rasch hinzu, als ob er etwas Derartiges von dem jungen Hamann vermuthete – »das versteht sich von selber, und ist ganz in der Ordnung; aber ich möchte gern eine von denen, die Jüngste hat mir am besten gefallen, zu mir in's Haus nehmen, das zu besorgen, was ich eben zu besorgen habe; sollte sie dann etwa noch eine Kleinigkeit im Hause schuldig sein, so könnten wir das ja am nächsten *Geschäfte* abrechnen.«

»Ist sonst noch etwas, Herr Messerschmidt, was Sie vielleicht an das Haus hier zu fordern haben?« sagte Franz ruhig.

»Für den Augenblick Nichts; die letzte Sendung Mecklenburger hat mir Ihr Alter ja gleich ausbezahlt; ich war damals besonders klamm.«

»Also sind wir Ihnen weiter Nichts schuldig?«

»Nicht einen Cent, bewahre, aber ich hoffe Ihnen morgen früh vielleicht –«

»Erlauben Sie mir Ihnen dann zu bemerken«, unterbrach ihn Franz ziemlich kalt und trocken, »daß von jetzt an jede Geschäftsverbindung zwischen uns aufgehört hat –«

»Unsinn, Franz – Sie wissen ja –«

»Entschuldigen Sie, mein Name ist für *Sie* Mr. Hamann; mein Vater hat heute die Führung dieses Hauses in meine Hände gelegt, und ich ersuche Sie, alle weiteren Bemühungen für mich zu unterlassen.«

»Hoho« – rief Messerschmidt dunkelroth im Gesicht werdend, und sich hoch dabei aufrichtend – »weht der Wind aus *der* Richtung, und hat der Alte richtig den dummen Streich, gemacht?«

»Ich verbitte mir solche Bemerkungen, Herr Messerschmidt –«

»Oh Herr – ich werde Ihre Schwelle nicht mehr betreten –«

»Ich bin davon überzeugt«, sagte Franz, vollkommen ruhig, »würde auch sonst mich in die unangenehme Nothwendigkeit versehn, Sie hinauszuwerfen.«

»Herr Hamann!« rief der Agent drohend.

»Herr Messerschmidt?« sagte Franz ihm ruhig aber fest und entschlossen in's Auge sehend.

»Es ist gut!« rief dieser, keineswegs gewillt dem jungen Mann entgegenzutreten; »das ist mein Dank jetzt für die jahrelange Protektion dieses Hauses, das aber jetzt *kein* Gast mehr betreten soll, den *ich* daran verhindern kann.«

»Sie werden zu spät zu Ihrem *Lunch*[4] kommen«, sagte Franz ziemlich bedeutungsvoll auf die Thür zeigend.

»Jimmy, Sie sind mein Zeuge, wie ich hier behandelt werde«, rief Messerschmidt mit gekränktem Stolz, »Sie werden mir dafür Rede stehn müssen, Herr Hamann.«

»Sie werden wirklich zu spät zu Ihrem *Luncheon* kommen«, sagte der junge Hamann, die Thüre jetzt selber öffnend und mit einer ungeduldigen, nicht miszuverstehenden Bewegung hinausdeutend.

»Guten Morgen Herr Hamann!« rief da der Agent, bebend vor Zorn, drückte sich den Hut fest in die Stirn, und flog im nächsten Augenblick voll und breit gegen die Gestalten zweier anderer Männer an, die eben im Begriff waren, die beiden steinernen Stufen in das Schenkzimmer hinaufzusteigen.

»Hallo«, sagte der Erste von diesen, nur mit Mühe sein Gleichgewicht bewahrend und dem Davonstürmenden erstaunt nachsehend, »der hat's verdammt eilig – das Gesicht sollt' ich auch kennen, ging der freiwillig, oder *wurd'* er gegangen?«

Der junge Hamann warf einen flüchtigen Blick auf die neu Eintretenden und drehte sich dann, ohne sich weiter mit ihnen einzulassen, rasch herum und verließ das Zimmer.

»Alle Wetter, Mr. Meier!« rief da der Barkeeper den früheren »Boarder« erkennend – »wo haben Sie die Zeit gesteckt – man hat Sie ja mit keinem Auge mehr gesehn.«

»Geschäftsreisen, mein junger Freund, Geschäftsreisen«, sagte der Passagier der Haidschnucke, indem er die Augenbrauen in die Höhe zog, und mit den Achseln zuckte, »komme gerade von Milwaukie herunter, die »balsamische Luft« des Südens einzuathmen. Aber weshalb war der Mann, der da zur Thür hinaussprang und mich beinah über den Haufen warf, so in Eile? – irgend etwas Unangenehmes vorgefallen?«

»Häusliche Scenen wie sie manchmal in einer Familie vorkommen«, lachte Jimmy ausweichend – »soll ich Gläser aufsetzen?«

»Hm, ja – aber nicht hierher«, sagte Meier – »gebt uns ein paar Glas rechten steifen kalten Punch – lieber etwas reichlich Zucker und Citrone, aber desto mehr Arrak – dort in das Eßzimmer an den kleinen Ecktisch – wir haben 'was mit einander zu reden – werft auch ein paar Stück Eis hinein, und wenn Ihr noch zwei andere Gläser in Vorrath macht, schadet's ebenfalls Nichts – wir sind alle Beide durstig.«

»Ich auch«, sagte Jimmy.

»Gut mein Herz, macht Euch dann auch ein Glas zurecht; uns aber nicht schlechter, verstanden? – werdet ja wohl irgendwo so eine bestaubte Flasche noch stecken haben.«

Meier winkte dabei seinen Gefährten ihm zu folgen, und ging mit ihm in das Nebenzimmer, wo ein paar deutsche Zeitungen auflagen, und sie, mit diesen zwischen sich, ohne jedoch darin zu lesen, an einem kleinen Tisch dicht am Fenster und der nächsten Wand, Platz nahmen.

»Nun, was war's also Kamerad, was Du mir sagen wolltest«, frug hier Meier seinen Gefährten – »wir sind hier ungestört.«

»Wißt Ihr, was aus Euerer Frau geworden ist?« frug der Andere, eine kleine, gedrungene Gestalt mit struppigem, grau gesprenkelten Bart und darüber unstät umhersuchenden kleinen grauen, stechenden Augen, sonst aber in anständiger behäbiger Tracht.

»Meiner *Frau?*« sagte Meier erstaunt, »wie kommt Ihr auf die? *lebt* sie denn noch?«

»Ein zärtlicher Gatte, das muß wahr sein«, lachte Pelz – auch eigentlich ein alter Bekannter von uns, wenn auch jetzt in anderer Schaale – »sie war noch vor acht Tagen hier in New-Orleans.«

»'S ist mir lieb daß Ihr sagt sie *war*« – brummte Meier, »hol' der Teufel das Weibervolk, das flennt und heult und wimmert und ist immer eine Kette am Fuß,

4 Zweites Frühstück

wo der Mann einmal einen raschen, entscheidenden Schritt zu thun gedenkt. Wo ist sie hin?«

»Zu Schiff fort.«

»Zu Schiff?« rief Meier, rasch und erstaunt in seinem Stuhle auffahrend.

»Mit einem deutschen Schiffe zurück«, bestätigte aber der Andere.

»Nach *Deutschland* zurück; ist sie denn toll? – aber Ihr habt Euch geirrt, Pelz, das kann sie nicht gewesen sein.«

»Geirrt? – ich werde die Frau nicht kennen«, sagte der Mann mürrisch – »sie sah noch dazu weit besser aus als an Bord, ging einfach und reinlich gekleidet, und hatte 'was höllisch Ordentliches an sich; trug auch keinen Schmuck mehr, weder am Hals noch in den Ohren, und kam mir nur verdammt elend vor.«

»Und hat sie *Euch* gesehn?«

»Ja; aber ob sie mich nicht gekannt hat, oder mich nicht kennen wollte«, sagte Pelz, »weiß ich nicht. Sie sah mir ein paar Secunden starr in's Gesicht, und ging dann still und ernst an mir vorüber auf's Schiff, das etwa eine halbe Stunde später seine Taue einholte und, von einem Dampfer in's Schlepptau genommen, den Strom hinunter qualmte.«

»Glückliche Reise«, brummte Meier, sein Glas, das ihm in diesem Augenblick Jimmy hereinbrachte, auf einen Zug leerend.

»Danke«, sagte dieser etwas erstaunt, »aber woher wißt *Ihr*, daß ich fort will?«

»Ihr?« sagte Meier, mit einem halbspöttischen Lächeln den Barkeeper über sein Glas ansehend, »nun dazu braucht man kein Prophet zu sein; Ihr habt Euch ja, so lange wir hier sind, die Gelenke schon in einem fort zum Marschiren eingerenkt.«

»Hundeleben hier«, sagte Jimmy, der sich Meiers Einladung nach sein Glas mit zum Tisch gebracht hatte, und jetzt daran nippte, »möchte hier nicht länger *abgemalt* sein.«

»Wär auch Schade um die Farbe«, lachte Meier – »aber was ist im Wind? – Skandal im Haus?«

»Neue Wirthschaft!« sagte Jimmy mit einem vorsichtigen Blick nach der Thür – »*moralische*, verstanden? – der Sohn hat die Haushälterin *endlich* geheirathet, und nun wird's *fromm* im Hause hergehn. *Wie* das Geld verdient ist, kommt jetzt nicht mehr darauf an; obendrauf legt man ein Gesangbuch.«

»*Viel* Geld hier verdient, sollt' ich denken«, sagte Meier, den Rest seines Glases hinunterspülend und dieses dem Barkeeper zu neuer Füllung hinreichend.

»Ein Haufen«, versetzte dieser, aber wieder leise – »der Alte muß oben einen Kasten voll haben, Gott weiß wie groß.«

»Kostet auch viel so eine Wirthschaft«, sagte Pelz, ruhig vor sich niedersehend – »wer das nicht weiß, glaubt's kaum – das geht meist Alles wieder d'rauf.«

»Wie Ihr's versteht«, rief Jimmy, in Eifer gerathend, seine Behauptung bezweifelt zu sehn; *ich* weiß was da *hinauf* gekommen ist, und daß Nichts wieder herunter geht, denn Alles, was die Wirthschaft selber kostet, wird aus der Kasse hier bestritten – *so* scharf geht's. Wenn der alte Hamann in seinem Geldkasten oben nicht seine *Hunderttausend* liegen hat, will ich Holz hacken mein Lebelang.«

»Noch ein Glas, Jimmy, bitte«, sagte Meier – »mein Kamerad ist auch fertig, und *Ihr* trinkt so langsam, als ob's Wasser wäre, wir haben Durst.«

»Gleich«, sagte Jimmy, mit den Gläsern wieder zurück in die Bar gehend, während die beiden Männer bedeutsame Blicke mitsammen wechselten.

»Ich glaube, der Junge taugte dazu«, flüsterte Pelz leise und rasch.

»Vielleicht – vielleicht auch nicht«, sagte Meier, mit dem Kopf schüttelnd – »nur um Alles in der Welt vorsichtig.«

»Nu versteht sich; aber *der* weiß Hausgelegenheit –«

»Pst – er kommt.«

»Da – *der* wird Euch noch besser schmecken«, sagte Jimmy, mit den frisch gefüllten Gläsern hereinkommend, und die Lippen schon im Voraus ableckend, »der ist famos.«

»Ne zum Donnerwetter Jimmy, das sollte mir wirklich leid thun wenn Ihr fort gingt«, sagte Meier – »wo kriegt denn der Esel von Wirth auch gleich wieder einen solchen Barkeeper her? Ihr kennt doch das Geschäft von innen und außen.«

»Sollt' es denken«, brummte Jimmy an seinem zweiten Glas vorsichtig nippend.

»Und das Haus und die Wirthschaft –«

»Wie meine Tasche, jede Ecke, jeden Winkel drinne.«

»Apropos Jimmy«, sagte Meier, seinen Punch dabei mit dem Löffel umrührend, »ist noch Platz hier im Haus für uns Beide?«

»Das wird schwer halten«, meinte der Barkeeper, die Augenbrauen in die Höhe ziehend – »so arg ist's noch beinah nicht gewesen wie heuer, mit der Einwanderung.«

»Oh das wird alle Jahr besser, Kamerad«, lachte der Alte dazwischen – »je hübscher sie's drüben in Deutschland treiben, desto mehr Leute glauben, daß sie so ein Glück gar nicht verdienen. Wie bei einem vollen Kelterfaß – je mehr man oben drauf preßt, je mehr läuft über den Rand fort, bis die Presse unten aufsitzt – und dann kann man vielleicht wieder frisch nachgießen.«

»Und das *Beste* läuft oben ab«, sagte Jimmy, nicht ohne einen gewissen Humor die Beiden betrachtend.

»Wenn man *uns drei* hier ansieht«, bestätigte Pelz, »sollte man's beinah glauben.«

»*Don't flatter me, Mr. Mac Karthy* wie die Wittwe sagte«, meinte Jimmy in einem breiten Schmunzeln.

»Also es wird wohl noch Platz für uns werden, nicht wahr Jimmy?« nahm Meier die vorige Frage wieder auf.

»Platz? ja das weiß ich wahrhaftig nicht; wenn's *gestern* gewesen wäre, wo noch vernünftige Menschen im Hause regierten, ja, da wäre Platz *gemacht* worden, wenn keiner mehr da war; ob sich aber der gestrenge Herr von *Heute* dazu verstehen wird, ist eine andere Frage – es könnte Einer von dem Bauerpack dabei *incommodirt* werden, und in der Hinsicht werden jetzt furchtbar strenge Rücksichten genommen.«

»Hm so? und erst seit heute Morgen?«

»Heute ist die Geschichte an den jungen Hamann übergeben worden«, sagte Jimmy leise, »und der Alte lebt von jetzt ab von seinen Interessen.«

»Alle Wetter, da muß er sich einen hübschen Pfennig gespart haben«, sagte Meier, dem Barkeeper mit dem linken Auge zuwinkend, »wenn *wir* das hätten, Jimmy, *wir* legten's nicht hin, einen faulen Bauch bis an sein Ende zu füttern, so viel weiß ich.«

»Ne, das ist sicher«, sagte Jimmy, der plötzlich wieder an seinen Fingern begann, »aber an unser Einen kommt so 'was auch nicht.«

»Ih nu«, brummte Pelz, sich seinen kurzen Bart kratzend, »die Mecklenburger z.B., die vor ein paar Tagen hier eingezogen, sind doch auch nur ganz gewöhnliche Bauern, und *ich* möcht' es nicht auf einmal fortschleppen, was sie in ihren Koffern mit herumführen.«

»Die Koffer sind mordmäßig schwer«, betheuerte Jimmy.

»Jimmy, 's ist wahrhaftig Schade, daß Ihr hier Euere Fähigkeiten so nutzlos verschwendet, Brandy und Bier einzuschenken«, meinte Meier, nach kurzer Pause – »ich wüßte eine famose Beschäftigung für Euch.«

»Und die wäre?« frug der Barkeeper neugierig.

»Wir sprechen ein andermal darüber«, erwiederte Meier ausweichend, »wenn's nur einen Platz für uns im Hause gäbe.«

»Ich denke, ich kann noch einen schaffen«, sagte Jimmy, sich die Sache ein wenig überlegend – »Ihr macht Euch doch natürlich Nichts draus in *einem* Bett zu schlafen?«

»Keine Objektion in der Welt«, betheuerte Meier.

»Und die Aussicht ist auch ziemlich gleichgültig?«

»Total.«

»Gut, gleich über den Mecklenburgern ist noch ein kleines Käfterchen mit einem Bett drin, dicht unter dem Dach; sonst nicht viel Bequemlichkeiten oben, aber famose frische Luft, wenn Ihr *das* haben wollt, frag ich den Schlaps, den jungen Herrn Hamann gar nicht, und schaff Euch hinauf. Aber wo ist Euer Gepäck?«

»Kommt in einer halben Stunde etwa mit der *dray*. – Also sind wir eingezogen?«

»Denke so«, sagte Jimmy, die geleerten Gläser mit dem dazu gelegten Geld mit fortnehmend nach der Bar. Ohne dann weiter seinen jungen Herrn um Erlaubniß zu fragen, wieß er den beiden neuen Gästen ihr kleines Kämmerchen an, es ihnen selber überlassend, ihr Gepäck hinaufzuschaffen, und ging wieder in die Bar hinunter, wo er, die Hände auf dem Rücken, mit raschen Schritten und in tiefen Gedanken auf- und ablief. Das Gespräch mit den beiden Leuten hatte ihn auf allerlei Ideen gebracht, und Jimmy brauchte einige Zeit, die gehörig zu verarbeiten.

6. Kapellmeister Eltrich

Das Paketschiff von Havre war angekommen, und von den verschiedenen Passagieren desselben hatte sich Einer, der im St.-Charles-Hotel abgestiegen, kaum Zeit genommen, seine Kleider zu wechseln und war dann, jedenfalls dringende Geschäfte zu besorgen, ein paar Stunden lang Straße auf und ab in der Stadt gefahren, bis er endlich am unteren Markt sein Fuhrwerk ablohnte, und müde und erhitzt in eine der dort befindlichen kleinen Eisbuden trat, sich abzukühlen und ein Glas Sherbet zu trinken.

Die Passage da vorbei war sehr belebt, kleine Gruppen von Kaufleuten standen überall zusammen, Geschäfte wurden entrirt und abgeschlossen, Aufträge gegeben und genommen und selbst neben dem Glas Gefrorenen in der Bude, das oft unbeachtet zusammenschmolz, hatten die Leute ihre Brieftafeln vor sich liegen, und notirten und rechneten mitsammen, und ordneten die Bestimmungsorte jener Wälle von verschiedenen Waaren, die draußen an der Levée durch Tausende von Händen aufgehäuft, und zugleich wieder durch andere fortgeführt wurden, ohne sich anscheinend zu vermindern oder zu vermehren.

Nur der eben angekommene Fremde hatte, wie es schien, mit Geschäften Nichts zu thun; sein einziger Zweck war, sich auszuruhn und zu erholen, und selbst das Leben und Treiben um ihn her interessirte ihn nicht, oder war ihm bekannt, denn er nahm abwechselnd eine der verschiedenen, dort liegenden Zeitungen zur Hand, flüchtig die Spalten überfliegend, oder saß auch wohl, in Gedanken vor sich niederschauend da, nicht einmal die Vorübergehenden beachtend.

»Täuschen mich meine Augen nicht, oder habe ich das Vergnügen, Herrn von Hopfgarten wieder einmal begrüßen zu können?« sagte in diesem Augenblick eine feine, unserem alten Freund sehr wohl bekannte Stimme, der auch rasch, aber zugleich erstaunt zu der breiten, korpulenten Gestalt des vor ihm stehenden Mannes aufsah, und sich trotzdem auf das Gesicht durchaus nicht besinnen konnte.

»Ich weiß nicht« – sagte er wirklich etwas verdutzt, von seinem Stuhle aufstehend und die ganze Figur des Mannes, der jedenfalls seinen Namen kannte, auf das Aufmerksamste betrachtend – »Gestalt und Stimme erinnern mich allerdings an einen früheren Reisegefährten, aber zu denen paßt das Gesicht durchaus nicht.«

»Ja, mein guter Herr von Hopfgarten«, sagte wieder die nur zu wohl bekannte Stimme, während der Mann selber vergnügt dabei mit dem Kopfe nickte – »ich bin es auch eigentlich nicht mehr; ich habe mich geschält und die Haut abgeworfen, wie eine Klapperschlange. Schöner bin ich dadurch freilich nicht geworden, aber heiße doch noch immer Christian Mehlmeier.«

»Also sind Sie's *doch!*« rief Hopfgarten, ihm freundlich die Hand entgegenstreckend, »aber um Gottes Willen, Mann, was ist mit Ihnen vorgegangen? ich hätte Sie im Leben nicht wieder erkannt.«

»Ja, das ist anderen Leuten auch so gegangen«, schmunzelte Mehlmeier in seinen weichsten Tönen vor sich hin – »sehn Sie sich einmal mein Gesicht genauer an.«

»Haben Sie die Blattern gehabt?« frug Hopfgarten mitleidig – »es ist voller Narben – und die Augenbrauen fehlen ganz. Was in aller Welt haben Sie mit sich angefangen?«

»Es ist mir wie Berthold Schwarz gegangen«, sagte Herr Mehlmeier, mit seinem vergnügtesten Gesicht – »ich habe ebenfalls, freilich nach einem vorgeschriebenen Recept, auf die Art wie er, das Pulver erfunden, war jedenfalls über die unerwartete Explosion eben so erstaunt wie er. Sie – Sie erinnern sich vielleicht noch des – des Geschäfts, was ich damals betrieb, als Sie mich, hier ganz in der Nähe, dort am Markt drüben, fanden?«

»Sie verkauften Schwefelhölzer, wenn ich nicht irre –«

»Ich stand wenigstens zu diesem Zweck an einem jener Pfeiler«, betätigte Mehlmeier, »verkaufte übrigens ungemein wenig, und diente eigentlich, wenn ich so recht an jene Zeit zurückdenke, nur dazu, etwa Vorübergehenden, die mich um Feuer baten, ihre Cigarren anzuzünden. »Danke« sagten dann die Leute und damit war die Sache abgemacht; *sie* gingen ihren Geschäften nach, und ich blieb an dem Pfeiler stehn, über das meinige Betrachtungen anzustellen.«

»Sie sehen jetzt weit besser, weit behäbiger in Ihrem Äußern aus«, sagte Hopfgarten.

»Das wäre noch immer kein großes Lob«, meinte Mehlmeier, »denn *schlechter* wie ich damals aussah, kann der Mensch nicht gut anständiger Weise in der Welt herumlaufen. Hosen und Rock hielten gewissermaßen nur aus Gefälligkeit für mich zusammen, und außerdem durfte ich nicht einmal vor Dunkelwerden Abends von meinem Pfeiler, den ich mit der Dämmerung in Besitz nahm, weggehn, meines hinteren Menschen wegen. Da traf ich *Sie* und den fremden Herrn, der mit Ihnen war, und von der Stunde an, mein guter Herr von Hopfgarten änderte sich mein Loos. Ich hatte damals schon lange bemerkt, daß die Leute, welche die Streichhölzer fabricirten, einen recht hübschen Nutzen dabei machten, während wir Verkäufer daran verhungern konnten; von zu Hause aus war ich auch mit der Fabrikation vollkommen gut bekannt, das Material dazu hätte ich hier billiger wie irgendwo gehabt, das Holz brauchte ich nicht einmal zu kaufen, denn eine kleine Strecke von der Stadt entfernt, konnte ich mir so viel davon selber nehmen, wie ich brauchte, aber – ich hatte kein Capital um damit zu beginnen, und meine täglichen Einnahmen gelangten oft nicht einmal zu der Höhe, mich, worauf ich den ganzen Tag hungerte, Abends satt zu essen. Ich mag beiläufig bemerken, daß ich der Schrecken der verschiedenen kleinen Eßbuden geworden war, in die ich, sobald sich meine Kasse in den Umständen befand, ein Abendessen zu zahlen, hineinfiel. An jenem Tage nun gab mir jener fremde Herr für eine unbedeutende Nachricht ein Stück Geld – ein Goldstück. Herr von Hopfgarten – ich will nicht versuchen, Ihnen zu schildern, was ich an dem Tage ausgestanden habe« – sagte Mehlmeier; seine Stimme klang dabei leise und heiser, indeß ihm ein paar große schwere Thränen, trotzdem, daß er mit den Augen auf das Lebhafteste blinzte und sie zurückzudrücken suchte, zwischen die Wimpern traten – »es war *kein* verdientes Geld, ich mochte dagegen argumentieren, wie ich wollte«, setzte er dann nach kurzer Pause hinzu, »und ich – ich war zuletzt fest davon überzeugt, daß ich die kleine Summe – für mich damals ein Capital – mehr meinen zerissenen Hosen, als der Nachricht verdankte.«

»Nein, lieber Herr Mehlmeier«, rief aber Hopfgarten rasch dazwischen – »die Kunde, die Sie uns gaben, hätte tausend solcher Stücke verdient – der alte Herr suchte sein *Kind* und Sie zuerst brachten ihn auf die rechte Spur.«

»Es freut mich ungemein, wenn ich dem fremden Herrn nützlich gewesen bin«, sagte Mehlmeier ruhig, »*das* aber war meine damalige Ansicht von der Sache und – hat sich auch bis jetzt noch nicht verändern können. – Aber meine Lage änderte sich damals. Für zwei Dollar kaufte ich mir ein blaues Überhemd, eine solche Hose, wie sie die Feuerleute und Matrosen tragen, ein paar Schuh, einen Hut und ein Halstuch. Trotzdem behielt ich noch genug übrig, mich einmal recht tüchtig satt zu essen und – es war vielleicht eine Schwäche, aber ich hatte eine unendliche Sehnsucht danach – ein Glas Bier zu trinken, und für die übrigen zwei Dollar schaffte ich mir das nöthige Material an, auf *meine* Art *gute* Streichhölzchen herzustellen. Mörser und sonstige Geräthschaften mußte ich mir allerdings im Anfang noch borgen, aber das Alles machte ich, jetzt einmal in anständigen Kleidern, wo ich mich wenigstens sehn lassen konnte, möglich, und so klein die Quantität sein mußte, die ich mit meinen geringen Mitteln zum ersten Mal fabricirte, so sehr sprach die Qualität an. Wohin ich Proben brachte, bekam ich Bestellungen, von denen ich im Anfang nur einen kleinen Theil ausführen konnte, mit jeder Woche mehrte sich aber meine Einnahme, mit jeder Woche konnte ich größere Mengen liefern, und war zuletzt sogar im Stande, mir erst einen, dann zwei und mehre Arbeiter zu nehmen, dem immer steigenden Bedarf zu begegnen. Gleich im Anfang, bei der Zusammenstellung einer Mischung, passirte mir eines Abends das Unglück, daß mir die ganze Masse im Mörser explodirte, und ich fand mich erst am andern Morgen in der entgegengesetzten Ecke meines Zimmers wieder, da die Nachbarn weiter keine Notiz von dem Knall und Qualm genommen.

»Seit der Zeit befinde ich mich aber ausnehmend wohl; ich *boarde* in einem anständigen Französischen Kosthaus und beschäftige jetzt elf Arbeiter, lauter arme deutsche Einwanderer, die ich mir abrichte und gut bezahle, verdiene dabei ein recht hübsches Geld und beginne sogar schon an Sparen und Zurücklegen zu denken, drohenden Alters wegen.«

»Nun das freut mich wahrhaftig recht, recht herzlich von Ihnen zu hören«, sagte Hopfgarten, dem fast die Thränen in die Augen gekommen waren, bei der so anspruchslos und wirklich rührend vorgetragenen Erzählung, indem er seinem alten Reisegefährten die Hand reichte und derb und freundlich schüttelte; »es giebt wenig Leute, lieber Mehlmeier, die so ernst und entschlossen und so brav und rechtschaffen dabei, einem einmal gesteckten Ziele entgegenstreben, und ich wünschte in der That recht von Herzen Ihnen irgend einen Dienst erweisen zu können, um Ihnen zu zeigen, wie sehr ich Sie achte und schätze.«

»Ich danke Ihnen recht herzlich, mein guter Herr von Hopfgarten, für die freundlichen Worte«, sagte Mehlmeier, wirklich gerührt, »Sie thun mir wohl – und eine Bitte hätt' ich wirklich an Sie, wenn Sie dieselbe erfüllen wollten.«

»Von Herzen gern – und was ist es?«

»Sie kennen den Herrn, der – der mir damals das Goldstück gab?«

»Sehr gut – ich komme jetzt gerade von dort her – war nämlich in der Zeit wieder in Deutschland –«

»Sie waren in Deutschland?« frug Mehlmeier, rasch und erstaunt, »ja, hm – das ist eigentlich gar nichts so Wunderbares, denn man fährt jetzt rasch genug herüber und hinüber, aber – es ist doch ein eigenes, sonderbares Gefühl, wenn man so von Deutschland sprechen hört, fortwährend Schiffe sieht, die hinüber gehn und von dorther kommen, und – so gern man hinüber *möchte*, und auch *könnte*, was eben die Passage betrifft, doch auf der weiten Gottes Welt da drüben, wo man doch eigentlich zu Hause ist, Nichts weiter zu thun hat; Nichts wieder anfangen könnte, und nun ganz allein aus dem Grunde hier bleiben muß.«

»Aber mit was sollte ich Ihnen dienen?«

»Ja«, sagte Mehlmeier rasch, »sehn Sie den Herrn – wie war sein Name gleich?«

»Dollinger.«

»Sehn Sie den Herrn Dollinger wieder?«

»Hoffentlich bald, jedenfalls schreibe ich ihm in den nächsten Tagen.«

Mehlmeier griff in die Tasche, nahm ein Amerikanisches Goldstück heraus und sagte, es Herrn Hopfgarten hinreichend:

»Dann thun Sie mir die große Liebe, mein bester Herr von Hopfgarten, und geben Sie ihm das *Goldstück* nicht allein zurück, sondern sagen dem Herrn auch *wie* Sie mich wieder gefunden haben, und daß ich das nur allein als *sein* Werk betrachten könne, ihm auch ewig dankbar dafür sein würde.«

»Aber mein bester Herr Mehlmeier«, rief Hopfgarten, das Goldstück zurückweisend, »Herr Dollinger ist ein reicher, ein *sehr* reicher Mann, und ich weiß –«

»Und wenn er ein Millionair wäre«, sagte Mehlmeier fest und bestimmt, »es ist nicht der wenigen Thaler, es ist der Sache wegen, das Geld hat mir auf der Seele gebrannt, und Sie erzeigen mir einen unendlich großen Dienst, wenn Sie es dem rechtmäßigen Eigenthümer zurückerstatten. Es hat mir genug genützt, und da jetzt die *Ursache* verschwunden ist, der ich es verdanke« – und Mehlmeier warf einen wehmüthigen Blick an seinen Beinen hinunter – »so darf ich auch mit gutem Gewissen die Wirkung zurückgeben. Sie thun mir einen *großen* Gefallen mit der Erfüllung meiner Bitte, mein lieber Herr von Hopfgarten.«

»Sie sind ein wunderlicher Mensch«, sagte der kleine Mann freundlich, das Goldstück dabei nehmend und einsteckend, »ich will es besorgen; aber Herr Dollinger glaubt sich Ihnen nun einmal zu Dank verpflichtet, und wird das auf andere Weise wieder gut machen wollen. Jedenfalls muß er Ihnen die Quittung einsenden, daß *ich* wenigstens das Geld richtig abgeliefert habe, und ich möchte Sie deshalb um Ihre Adresse bitten.«

»Das wird nicht nöthig sein«, sagte Herr Mehlmeier mit einem wehmüthigen Blick.

»Nein, nein; es muß Alles seine Ordnung haben«, rief Hopfgarten, »also Ihre Adresse?«

»Erlaube ich mir denn hier auf einem Exemplar meines Fabrikats zu überreichen«, sagte Mehlmeier mit einer etwas linkischen und verlegnen Verbeugung Hopfgarten ein kleines elegantes Etui mit Streichhölzchen, auf denen seine genaue Firma angegeben stand, übergebend, »das sind meine Visitenkarten«, setzte er lächelnd hinzu.

»Vortreffliche Visitenkarten«, lachte Hopfgarten, sie betrachtend und einsteckend; »aber apropos, mein lieber Herr Mehlmeier, Sie als wandernder Adreßkalender sind vielleicht im Stande mir wieder eine Auskunft zu geben. Können Sie mir vielleicht sagen, wo ich einen gewissen Ledermann, einen Juristen, hier in der Stadt finde?«

»Ledermann? – Ledermann? – nein, der Name ist mir gänzlich unbekannt«, sagte Mehlmeier, sehr bestimmt mit dem Kopf nickend; Hopfgarten kannte aber seine schwache Seite mit den verkehrten Gesticulationen, und wußte was er meinte.

»Er arbeitete früher in dem Bureau des Mr. Mac Culloch, des Staatsanwalts«, setzte er dann hinzu, »der ist aber in diesem Augenblick verreist und sein Bureau geschlossen, und von den Hausleuten wollte ihn Niemand kennen.«

»Ledermann?« sagte Mehlmeier, die Hände am Kinn, in tiefem Nachdenken.

»Eine lange hagere Gestalt«, half Hopfgarten seinem Gedächtniß nach, »ein dünnes, mageres Gesicht und blonde Haare.«

»Hm, ich kenne einen Herrn *Fort*mann, der etwa auf diese Beschreibung paßte.«

»Donnerwetter, *Fort*mann!« rief Hopfgarten, sich vor den Kopf schlagend, »jetzt hab' ich die Namen verwechselt – Fortmann heißt er ja auch – Mehlmeier, Sie sind ein kapitaler Mann – *wo* find' ich den?«

»Ja, wo Sie den *jetzt* finden, wenn er nicht in seinem Bureau ist, weiß ich allerdings auch nicht – er müßte denn sonst vielleicht beim Kapellmeister sein.«

»Was für ein Kapellmeister? – wo wohnt der?«

»Kapellmeister Eltrich, gar nicht weit von hier.«

»Eltrich? – *unser* Eltrich von der Haidschnucke? – ich glaubte, der sei ein Arbeiter an einem Dampf- oder Flatboot geworden.«

»Allerdings, im Anfang, weil ihm seine sämmtlichen Sachen, selbst seine Violine gestohlen worden; nachher aber hat er sich ganz tüchtig wieder herausgearbeitet, und jetzt eine brillante Anstellung an der hiesigen französischen Oper erhalten.«

»Und dort ist Ledermann zuweilen?«

»Herr Fortmann? ja, aber wir gehn hier nur diese Straße hinunter, und ich kann Ihnen dann das Haus zeigen.«

»Kommen Sie nicht mit hinauf?«

»Es ist meine Arbeitszeit jetzt, mein bester Herr von Hopfgarten«, sagte Mehlmeier, »und ich habe mich überdieß schon zu lange von meinen Leuten entfernt – jedenfalls hoffe ich Sie noch zu sehn ehe Sie New-Orleans verlassen. Denken Sie sich lange hier aufzuhalten?«

»Einige Tage – doch noch eins, mein lieber Mehlmeier, so viele Menschen sind Ihnen hier vorgekommen – wissen Sie vielleicht zufällig, wo sich – Herr Henkel jetzt aufhält?«

»Nein, das ist merkwürdig, *den* Herrn habe ich auch mit keinem Auge wieder gesehn, seit wir gelandet sind. Im Anfang ging einmal ein dumpfes Gerücht, daß doch nicht Alles mit ihm so in Ordnung – nicht eben Alles Gold sei, aber ich weiß nicht, ich habe weiter Nichts darüber gehört und – wenn ich aufrichtig sein soll, mich nicht weiter darum bekümmert. Sehn Sie dort? das ist die Wohnung Eltrichs – das kleine freundliche weiße Häuschen, mit den grünen Jalousieen, und dorthinein wohne *ich*. Also mein lieber Herr von Hopfgarten, ich habe die Ehre mich Ihnen auf das Freundlichste zu empfehlen.«

Hopfgarten nahm herzlichen Abschied von ihm; der Mann hatte etwas rührend Hartnäckiges in seinem ganzen Wesen, mit dem er dem Unglück die Spitze geboten und sich, allen bösen Neigungen wacker dabei begegnend, an die Oberfläche gearbeitet.

Noch stand er in der Straße, unfern von Eltrichs Wohnung, und sah dem rasch und geschäftig davongehenden Manne nach, als ein, in einen abgetragenen blauen Frack geknöpftes Individuum an ihm vorüberging, ihn scharf fixirte, und sich rasch gegen ihn wendend die rechte Hand – unter dem linken Arm trug er ein Cigarrenkistchen – nach ihm ausstreckte und rief. »Sieh da, sieh da Thimoteus, die Kraniche des Ibikus – Herr von Hopfgarten; eine höchst angenehme Erscheinung beim Zeus, in diesem verdammten hausbackenen Land.«

»Herr Steinert?« rief Hopfgarten erstaunt aus, »ich hätte Sie fast nicht wieder erkannt – wie geht es Ihnen?«

Steinert zuckte die Achseln.

»Durch Unglück mehr als durch Versehn,
Verlor Alcest im Handel sein Vermögen

– verwünschte Geschichte das hier, man darf seinem eigenen Bruder nicht trauen, wenn man wirklich einen hier hat. Ich habe bittere Erfahrungen gemacht, Herr von Hopfgarten – bittere Erfahrungen und – wenn weiter Nichts – Menschenkenntniß gesammelt, wie wohl kaum Einer vor mir. Ich sage Ihnen, ich könnte eine Geographie des menschlichen Herzens, der menschlichen Schwachheiten, Laster und Leidenschaften herausgeben.«

Hopfgarten hatte sich indessen, so genau das geschehn konnte, ohne den Mann durch ein zu scharfes Anschauen zu kränken, die vor ihm stehende Gestalt betrachtet, und das Resultat fiel gerade nicht zu Steinerts Vortheil aus. Sein Anzug, einst jedenfalls modern, war abgerissen, und noch schlimmer, war schmutzig; eben so seine Wäsche. Nur den äußeren Staat hatte er noch beibehalten; der große Siegelring saß auf einer ungewaschenen Hand, und neben den Uhrberloquen zeigte das Tuch häßliche farbige Flecke. Sein Gesicht sah dabei verwildert aus; die Augen lagen ihm tief und durchschwärmte Nächte, wenn nicht Mangel kündend, in den Höhlen, und flogen unruhig, ungeduldig, ohne auf irgend einem Punkte zu haften, umher.

»Und womit beschäftigen Sie sich jetzt«, sagte Hopfgarten endlich, dem es unheimlich in der Nähe des Mannes wurde, »haben Sie irgend eine Anstellung? irgend ein – ein –«

»Ein freies Leben führen wir«, unterbrach ihn aber Steinert, den rechten Arm mit einer etwas theatralischen Bewegung zum Himmel hebend. »Ich konnte mich erstlich nie dazu verstehen, zu irgend Jemand in ein dienstliches Verhältniß zu treten – der Gott, der Eisen wachsen ließ, der wollte keine Knechte – und dann bin ich wohl ein halb Jahr vergebens herumgelaufen«, setzte er, wieder in eine natürlichere Stellung zurückfallend, hinzu, »ohne irgend einen passenden Platz für mich auftreiben zu können. Für jetzt habe ich übrigens eine famose Quelle ächter Havanna-Cigarren entdeckt«, und er nahm bei den Worten das Kästchen rasch unter seinem linken Arme vor, »die ich Ihnen mit gutem Gewissen empfehlen kann, mein bester Herr von Hopfgarten. Famose Cigarren, sage ich Ihnen, und zu einem Preis«, setzte er leise flüsternd, und mit einem scheuen Blick umher, hinzu, indem er das Kästchen sehr aufmerksam und ängstlich öffnete, »wie sie kein Mensch auf der Welt liefern *könnte*, wenn sie eben nicht – *geschmuggelt* wären.«

»Sie wissen ja, bester Herr Steinert, daß ich gar nicht rauche«, sagte Hopfgarten freundlich, »ich bin auch wirklich in diesem Augenblick so mit meiner Zeit –«

»Sie rauchen gar nicht?« sagte Steinert etwas bestürzt, »aber Sie haben doch gewiß Jemand, den Sie mit einem halben Tausend Regalias glücklich machen würden.«

»In der That Niemanden hier, mein bester Herr; es ist auch schon spät geworden heute, und ich bin eben erst wieder angekommen.«

»Ich sehe, Sie sind in Eile«, sagte der frühere Weinreisende rasch, indem er das schon halb geleerte Kästchen – was in Hopfgarten den Verdacht aufsteigen ließ, daß er die Regalias auch im Einzelnen verwerthe – wieder an seinen früheren Platz zurückschob. »Ich will Sie nicht länger aufhalten, aber – ich dürfte Sie wohl um eine Gefälligkeit bitten. Wir sind hier gerade in der Nähe und ich habe vergessen mein Portemonnaie zu mir zu stecken – bin jedoch einem Freund von mir da drüben fünf Dollar schuldig. *Wären* Sie wohl so freundlich, mir diese kleine Summe auf ein paar Stunden zu leihen?«

»Mit dem größten Vergnügen«, sagte Hopfgarten verlegen, und unwillkürlich zugleich in seiner angeborenen Gutmüthigkeit in die Westentasche fahrend, »ich weiß nur nicht –«

»Philemon, der bei großen Schätzen ein edelmüthig Herz besaß«, recitirte Steinert.

»Wenn Ihnen für den Augenblick mit dieser Dollarnote gedient wäre.«

»Sie sind sehr freundlich – aber Sie erlauben mir, daß ich es mir gleich notire; ich habe so vielerlei im Kopf, und morgen zahle ich es Ihnen jedenfalls zurück. Welches Hotel?«

»St. Charles –«

»Ah, desto besser; dort dinire ich auch gewöhnlich – Herr von Hopfgarten »Haben« 1 Dollar.«

Er hatte dabei eine rothe, ziemlich umfangreiche Brieftasche vorgenommen, die Cigarrenkiste auf das linke emporgezogene und ziemlich geschickt balancirte Knie gelegt, und notirte sich den Fall auf ein weißes Blatt.

»Mein guter Herr Steinert, ich habe indessen das Vergnügen Ihnen einen angenehmen Abend zu wünschen.«

»Ah, guten Abend, lieber Hopfgarten, guten Abend«, rief Steinert, ihm, immer noch in der vorigen Stellung, mit dem Bleistift freundlich zuwinkend.

Hopfgarten benutzte die Gelegenheit, Eltrichs Haus zu erreichen, und stieg die wenigen Stufen vor der Hausthür, an deren Klingel er zog, rasch hinan.

Ein wunderhübsches, nur etwas kränklich aussehendes, beinah weißes Mädchen, aber doch mit dem eigenen dunkeln Teint und fast blauschwarzen Haar dieser Race, das die Quadroonin verrieth, öffnete ihm die Thür, frug den Erstaunten in deutscher Sprache was er wünsche, und führte ihn dann in das untere Zimmer, wo Hopfgarten zu seiner nicht geringen Genugthuung – denn Mehlmeier hatte ganz recht gehabt – Herrn Ledermann *alias* Fortmann, am Kaffeetisch bei Eltrichs traf, und von den dreien auf das Herzlichste begrüßt wurde. Eltrichs kleine reizende Frau war besonders glücklich den alten Reisegefährten, der sich schon an Bord von allen Cajütspassagieren immer am freundlichsten gegen sie benommen, bei sich zu sehn und bewirthen zu können, und verschwand gleich aus dem Zimmer, aufzutragen, was nur, trotz Hopfgartens Protestiren, Küche und Keller vermochte.

Nach den ersten Begrüßungen aber lag Hopfgarten viel zu sehr daran zu erfahren was er von Ledermann hinsichtlich seiner Nachspürungen nach jenem Soldegg hören sollte. Eltrich wußte überdieß von der Sache, über die Ledermann schon oft mit ihm gesprochen, und Hopfgarten erfuhr jetzt daß von Soldegg selber allerdings nicht das Mindeste wieder gesehen wäre, seit Herr von Hopfgarten die letzten Nachrichten von ihm mit aus Milwaukie gebracht, daß aber ein Compagnon von ihm, jener Goodly, unter einem falschen Namen in New-Orleans ertappt sei, und einen Schlupfwinkel gestohlener Güter verrathen habe, in dem man auch einen nicht unbeträchtlichen Theil von Herrn Dollingers Waaren gefunden hätte. Nach allen verschiedenen Staaten, selbst nach Canada hinauf, war indeß geschrieben worden, des Burschen habhaft zu werden, doch umsonst; entweder war er untergegangen, oder lebte irgendwo, unter einem falschen Namen, von seinem Raube, wo es freilich dem Zufall überlassen bleiben mußte, ihn einmal auszuspüren und zu Tag zu bringen.

Herr *Fort*mann, der übrigens Eltrich gegenüber sein Incognito nicht beibehalten konnte, da Beide schon in Heilingen befreundet, wenigstens bekannt gewesen waren, wünschte, wie sich wohl denken läßt, ebenfalls etwas Neues von dort zu hören, das ihm Hopfgarten denn auch nicht vorenthielt. Während Frau Eltrich nun dem Gast, der endlich eingestehn mußte, daß er in aller Eile heute auf Amerikanischem Boden noch nicht einmal zu Mittag gegessen, ein kleines Mahl mit Claret und Eis herrichtete und ihn selber dabei, trotz allen Einwendungen, bediente, mußte er erzählen, wie er es in Heilingen gefunden, wie es dort aussah, was die Leute dort trieben und – wie es vor allen Andern der Frau Aktuar Ledermann ging, für die sich Frau Eltrich ganz speciell interessirte.

»Hm, ja«, sagte Hopfgarten lächelnd, und emsig dabei beschäftigt ein kaltes gebratenes Huhn zu zertheilen, »gut – sehr gut – hat ihre Trauer – dieß Huhn ist wirklich delikat – hat ihre Trauer abgelegt und wohnt jetzt bei ihrem Bruder.«

»Existirt der Lump auch noch?« frug Ledermann.

»Wollte wieder ein Geschäft eröffnen«, fuhr Hopfgarten langsam fort, »scheint aber doch nicht, nach den beiden vorher erfolgten Fällen, das nöthige Vertrauen gefunden zu haben, und hat sich, auf dringendes Anrathen des Herrn J. G. Weigel entschlossen, mit seiner Schwester –«

»Den Teufel auch!« rief Ledermann von seinem Stuhl aufspringend, und in jäher Angst den Schluß des Satzes errathend.

»Mit seiner Schwester«, fuhr Hopfgarten ruhig fort, »nach Amerika auszuwandern.«

»Was für ein rührendes Wiederfinden das werden würde, Herr Ledermann«, lachte diesen Frau Eltrich schelmisch an.

»Man soll den Teufel nicht an die Wand malen«, rief aber der Aktuar wirklich bestürzt – »tollere Sachen sind schon vorgefallen, und *mir* bliebe nachher Nichts übrig, als mir eine Kugel vor den Kopf zu schießen.

– Aber – nicht wahr, lieber Herr von Hopfgarten, Sie machen nur Spaß? das ist Ihr Ernst nicht. – Meine Frau, ich meine die verwittwete Frau Aktuar Ledermann, denkt nicht daran nach Amerika zu kommen?«

»Ich gebe Ihnen meinen Ehrenwort, daß die Sache schon so gut wie abgemacht war; das Ziel aber, soviel wie ich davon erfahren konnte, lag nach den nördlichen Staaten, New-York oder Baltimore, wo Sie denn hier allerdings nicht viel zu befürchten hätten; ich habe mich, wie Sie sehen, genau nach Allem erkundigt.«

»Der Henker traue«, rief Ledermann, unruhig im Zimmer auf- und abgehend, »wenn die Frau erst einmal nicht mehr durch das ganze Weltmeer von mir getrennt ist, findet sie mich auch wieder heraus, und wenn sie nur erst einmal eine Ahnung davon bekömmt, daß ich noch lebe, bin ich verloren.«

Eltrich und Hopfgarten lachten über die Angst des armen Teufels, der eine, vielleicht noch jahrelang entfernte Gefahr schon jetzt heraufbeschwor, sich selber zu quälen; Ledermann konnte aber den Gedanken nicht los werden, und Hopfgarten ihn endlich nur dadurch beruhigen, daß er ihm versicherte, der Schiffsakkord für seine Frau wäre erst für das nächste Jahr abgeschlossen, bis wohin noch mancher Tropfen Wasser den Berg hinunter fließe. Übrigens schien kein Mensch in ganz Heilingen, seiner Betheuerung nach, eine Ahnung zu haben, daß der Aktuar *nicht* ertrunken, sondern nach Amerika geflüchtet sei. Der Körper war allerdings, trotz hartnäckigem Suchen, *nicht* gefunden worden, aber das *Spielen vor*her, und die kalte, ruhige, sehr gut geheuchelte Verzweiflung *nach*her, schienen bei den in solcher Art auch eben nicht mistrauischen Heilingern keinen Zweifel mehr übrig gelassen zu haben. *Dr.* Hayde besonders hatte die Gelegenheit gleich wahrgenommen, einen langen, allerdings etwas schlecht stylisirten Artikel im Tageblatt zu schreiben, worin er nachwieß, daß der Selbstmord nur eigentlich, trotz einzelner Ausnahme-Fällen, ein durchaus *bürgerliches* Laster sei, (und später dafür von seiner Regierung den gelben Sperlings-Orden fünfter Klasse erhielt;) die Sache war dadurch, wenn auch eben nicht bewiesen, doch außer allen Zweifel gesetzt. Es dachte sich in der That Niemand die Möglichkeit eines anderen Falles, und Therese Ledermann selber, wenn ihr ja einmal ein solcher Gedanke dunkel und unbestimmt vor der Seele aufgestiegen sein sollte, verwarf ihn eben so rasch wieder. Wo hätte Ledermann den Muth herbekommen, sich ihrem Regiment auf eine solche Weise zu entziehn.

Herrn Hopfgarten lag aber auch jetzt daran zu erfahren, wie Eltrich, von dem er doch durch Maulbeere gehört, daß er an einem Boote als Handlanger arbeite, sich so rasch und glänzend heraufgeschwungen habe, und dieser, seine kleine Frau dabei rasch zu sich nieder auf seinen Stuhl ziehend, gab ihm gern Bescheid.

Vor allen Dingen erzählt er ihm seine erste Landung, wie sie, durch das viele Neue verwirrt, den Karren aus den Augen gelassen hätten, auf dem, von einen Neger gezogen, ihre sämmtlichen Sachen, selbst sein Instrument, gelegen. Der diebische Schwarze war damit durchgegangen, und nie wieder, trotz allen Nachforschungen, aufzufinden gewesen. In der ungeheueren Stadt, wo noch dazu weder über Kommende noch Gehende auch nur die geringste ernstliche Controlle geführt wird, hätte nur der Zufall sie auf die Spur des Diebes bringen können.

Dort begann eine schwere Zeit, besonders für seine arme Frau, die, von allem entblößt, mit dem Kinde der dringenden Noth entgegen ging. Noth aber lehrt nicht allein beten, sondern mehr noch arbeiten, und fest entschlossen, sich durch Nichts beugen zu lassen, sondern dem Schicksal fest und trotzig die Stirn zu bieten, lief Eltrich, mit *ganz* andern Hoffnungen nach Amerika gekommen, und als andere Schritte fehl schlugen, in der Stadt herum *Arbeit* zu suchen; Arbeit wie sie vorkam, hart oder leicht, nur Brod zu verdienen, für sich und die Seinen. Nach einiger Anstrengung gelang ihm das auch – er wurde zuerst auf einem Flatboot zum Ausladen der Fracht engagirt, mit einem Dollar den Tag; wie das beendet war, fand sich Arbeit auf einem anderen, und ihre Existenz war wenigstens gesichert.

Aber er brauchte mehr als das – er mußte Geld verdienen, wieder eine Violine, und zwar ein tüchtiges Instrument zu kaufen; er mußte Geld verdienen, sich wieder anständige Tuch-Kleider anzuschaffen, in denen er Besuche machen konnte, und seine Finger, die ihm später in seiner Kunst sein Brod verdienen sollten, ruinirte er indessen mit Fässer rollen und dem scharfen Tau der Winde. Unermüdlich aber, unverdrossen, schaffte und arbeitete er dabei im gießenden Regen, wie in der brennenden Sonne, und sparte jeden Cent, den sie nicht nothwendig zum Leben brauchten, während sich die Frau ebenfalls Mühe gab Geld zu verdienen, und es endlich möglich machte, erst von der Frau des Hausbesitzers, und dann durch diese empfohlen, auch von einigen Nachbarn feine Wäsche zum Waschen und Plätten zu bekommen.

»Es war dabei eine recht traurige und entmuthigende Zeit für mich«, erzählte Eltrich, »denn während ich meinem nächsten Ziel, mir wieder ein Instrument und uns beiden anständige Kleider zu kaufen, wohl entgegenrückte, sah ich doch um mich her eine Menge Leute meiner Kunst, die mit ziemlichem Talent und guten Empfehlungsbriefen ausgerüstet, ankamen, eine Weile sich schwimmend über Wasser hielten, und dann spurlos verschwanden. Ich wußte dabei nicht, ob sie untergegangen, oder nur von der Strömung mit fortgerissen waren, und mußte mir zu meiner Beschämung gestehn, daß ich wahrscheinlich jetzt mit meiner Hände Arbeit, als gewöhnlicher Tagelöhner, *mehr* verdiente, wie es mir möglich sein würde mit meiner Kunst zu erschwingen; nichts destoweniger ließ ich den Muth nicht sinken. Dabei hatten wir Glück; meine Frau gab unserer Wirthin, die sich überhaupt sehr freundlich gegen uns bewieß, Clavierunterricht, da sie dorthin unseren Knaben mitnehmen konnte. Unser Schicksal war dabei durch unsere Wirthsleute bekannt geworden, und ich wurde von dem Eigenthümer unserer Wohnung eines Abends, wo ich gerade von der Arbeit zu Hause kam, aufgefordert, in einer Gesellschaft, die er gab, zu spielen. Ein Instrument sollte ich dort vorfinden, und leichte, anständige Sommerkleider besaß ich schon, Dank unseren Ersparnissen; aber meine Finger waren steif geworden, und nicht ein einziges Mal hatte ich die ganze Zeit geübt. Die Sache ging mir, wie Sie wohl denken können, im Kopf herum – trotzdem nahm ich, mit einer mir selbst jetzt noch unerklärlichen Keckheit, die Einladung an, und die Sehnsucht, wieder einmal einen Bogen in der Hand zu fühlen, mochte wohl größtentheils die Schuld dabei tragen. Dann aber war ich es auch meiner armen kleinen Frau schuldig, Alles zu thun, was in meinen Kräften stand, unsere Lage zu verbessern, und dadurch geschah vielleicht der erste Schritt.

»Die Gesellschaft versammelte sich ziemlich zahlreich, und ich spielte, zu Adelens Entsetzen, aber aus sehr natürlichen Gründen, spottschlecht. Nichts destoweniger waren die Leute freundlich genug gegen mich – sie wußten ja, daß ich den Tag über Porkfässer gerollt und Maissäcke geschleppt hatte; der Wirth aber überließ mir von da an die Violine zum Üben, bis ich mir selber eine kaufen konnte, und – veranstaltete heimlich, aber in meinem Namen, ein Concert. Ich spielte, und es ging nicht allein vortrefflich, sondern ich kam dadurch auch plötzlich und eigentlich ganz unerwartet in den Besitz eines Capitals von hundert und einigen achtzig Dollarn, mit denen ich allerdings jetzt ein neues Leben beginnen konnte. Am nächsten Tage mußte ich freilich noch einmal Fässer rollen – ich hatte dem Mann versprochen gehabt zu kommen und hielt auch Wort; aber es war das letzte Mal, und ich begann eine neue Existenz. Allerdings stand ich nicht mehr allein und freundlos da, denn die Amerikaner und Franzosen, mit denen wir bekannt geworden, und die doch wohl fanden, daß wir Beide nicht in die Masse der gewöhnlichen Einwanderer gehörten, nahmen sich unserer auf das Herzlichste an. Ich sowohl, wie meine Frau, bekamen eine Menge Stunden zu geben, und Madame Fleurette, unsere freundliche Wirthin, ließ es sich nicht nehmen, den Knaben indessen bei sich zu behalten. Wieder gab ich jetzt mit meiner Frau zusammen zwei Concerte, und während andere, weit größere Künstler als ich, kaum die Kosten solcher Abende herausgeschlagen, traf ich Zeit und Umstände so glücklich, daß ich das erste Mal einen Überschuß von zwei-, das zweite Mal von dreihundert Dollar hatte. Ich bekam einen Ruf in New-Orleans, und um kurz zu sein, zuletzt die Stelle am hiesigen Französischen Theater, mit einem recht anständigen Gehalt, habe dabei Stunden zu geben, so viel ich geben kann, und befinde mich jetzt mit meiner kleinen Familie wohl und zufrieden.«

Hopfgarten sprach seine innige Freude über das glückliche Gedeihen in Eltrichs Verhältnissen aus, und erzählte jetzt auch wie er die beiden früheren Freunde, Steinert und Mehlmeier, gefunden habe.

»Herr Steinert ist ein Lump«, sagte da Eltrich, »und Mehlmeier, trotz einigen Eigenheiten, die er an sich haben mag, ein Ehrenmann. Wie Mehlmeier im Unglück war, und Steinert noch Leute fand, die ihm borgten, hat er den armen Teufel nicht einmal mehr angesehn, und sich seiner Bekanntschaft geschämt; ihn jetzt aber, wo sich Mehlmeier herausgearbeitet hat, schon drei oder vier Mal angeborgt. Mehlmeier in seiner Gutmüthigkeit läßt sich auch beschwatzen, er wird aber doch endlich einmal klug werden, und aufhören sein Geld in diesen Schmutzbrunnen zu werfen.«

»Wie der Trunk hier in Amerika die Leute ruiniren kann«, sagte Ledermann, »davon habe ich in der kurzen Zeit meines Aufenthalts hier, schon mehre recht traurige Beispiele gesehn. So traf ich heute Morgen erst wieder einen alten Bekannten, und früher sehr wohlhabenden Mann aus oder bei Heilingen, den Wirth des rothen Drachens dort, den ich in brillanten Verhältnissen in Deutschland zurückließ.«

»Lobsich? – hier in New-Orleans? – was ist mit dem?« rief Hopfgarten.

»Kennen Sie ihn?«

»Von Milwaukie her – das ist ja derselbe Wirth, in dessen Hause ich verhaftet wurde; aber was treibt er jetzt? hat er sein Gasthaus aufgegeben?«

»Seine Frau, die das Ganze zusammengehalten zu haben scheint, ist ihm gestorben«, sagte Ledermann, »und der Mann hat dann wahrscheinlich durch den Trunk – denn er taumelte selbst hier, als ich ihn sah – sein Geschäft nach und nach ruinirt.«

»Hat er Sie gesehn?« frug Hopfgarten lächelnd.

»Brille und Bart haben mich sehr verändert«, erwiederte Ledermann etwas verlegen; »ich kann darin ziemlich sicher sein; dennoch fühle ich mich nicht wohl hier, und werde mich wahrscheinlich in nächster Zeit weiter in das Innere zurückziehn; es kommen doch fast zu viel Bekannte hierher.«

Ledermann mußte jetzt Herrn von Hopfgarten erzählen, was er von den hiesigen Verhältnissen seiner Bekannten wußte, und besonders interessirte ihn dabei Hedwig Loßenwerders glückliche Verbindung, die sie in eine angenehme und unabhängige Stellung gebracht hatte. Er trug auch Briefe für Hedwig von Clara, wie die Hinterlassenschaft ihres Bruders bei sich; ebenso die in den gelesensten deutschen Blättern veröffentlichte Erklärung der Gerichte selber, nach denen der damals angeschuldigte, und durch unglückliche Umstände zum Selbstmord getriebene Franz Loßenwerder von jeder Schuld an dem ihm zur Last gelegten Diebstahl freigesprochen, und sein Name von jedem auf ihm haftenden Makel gereinigt wurde. Herr Dollinger selber hatte dann noch eine eigene Erklärung erlassen, und überhaupt Alles gethan, was in seinen Kräften stand, wenigstens das Andenken des armen unglücklichen Menschen von jedem bösen Leumund zu befreien, und seinen ehrlichen Namen wieder herzustellen. Ein einfacher Stein auf seinem Grabe erzählte ebenfalls in kurzen schlichten Worten seine Leidensgeschichte, und was er unschuldig getragen – guter Gott, er war todt, und gedruckte, und in Stein gegrabene Worte konnten das Unrecht nicht ungeschehen machen, das ein armes, treues Menschenherz in Gram und Schmerz gebrochen.

Wie froh, aber auch wie schmerzlich mußte die arme Hedwig eine solche Nachricht bewegen, und Adele bat deshalb ihren Mann die junge Frau, die sie schon auf dem Schiffe lieb gewonnen, und mit der sie auch in New-Orleans öfter zusammengekommen, heute Abend *mit* dem jungen Hamann hierherzuholen, und ihr die Briefe hier zu übergeben. Eltrich verstand sich gern dazu, und er und Hopfgarten beschlossen augenblicklich hinüber nach Fayetteville zu fahren und die jungen Leute gleich mitzubringen. Ledermann hatte noch einige Geschäfte zu besorgen, versprach aber auch gegen Abend zurückzukommen und diesen in ihrer Gesellschaft zu verbringen.

Als Hopfgarten mit Eltrich wieder durch das Haus ging, öffnete ihnen das junge Quadroon-Mädchen die Thür.

»Wetter noch einmal, was ist das für ein liebes freundliches Gesicht«, sagte Hopfgarten, als sie draußen auf der Straße waren, und dem nächsten Omnibus zugingen, »doch mit Negerblut in den Adern.«

»Es ist das erste gute Werk, das ich in Amerika habe thun können«, lächelte Eltrich, »eine durch mich befreite Sclavin.«

»Was?« rief Hopfgarten, sich rasch und erstaunt nach ihm umdrehend, »das hab' ich ja gar nicht gewußt, daß Sie schon Zeit zu Entführungen gehabt – davon haben Sie mir ja kein Wort erzählt.«

»Die Sache hat auch keineswegs einen solchen poetischen Hintergrund – ich habe sie, mit Hülfe meines früheren Wirthes, der mir die Hälfte der Summe vorgestreckt, *gekauft*, und diese zweite Hälfte arbeitet sie nun selber ab, so daß sie, mit den Geschenken, die sie bekommt, denn alle meine Freunde nehmen Theil an ihr, schon wahrscheinlich in zwei Jahren, vielleicht noch früher, vollkommen frei und ihre eigene Herrin sein wird. Ich erzähle Ihnen die Geschichte ein ander Mal, denn hier ist unser Omnibus, der uns hinüber nach Fayetteville nehmen soll.«

Sie stiegen in den schon ziemlich gefüllten, auf Rädern gestellten unförmlichen Kasten, der dazu diente, Passagiere von einem Ende der Stadt zum andern zu befördern, und mußten eng zusammenrücken, da der Bursche hinten am Schlag hinein beförderte, was eben Passage bezahlte, gleichviel wie viel Platz der inwendige Raum bot.

Dicht vor ihnen, auf der gegenüber befindlichen Bank, daß ihre Kniee ineinanderpreßten, saß ein sehr anständig gekleideter Mann, der Hopfgarten ungemein bekannt vorkam. Auch dieser fixirte ihn und Eltrich in der schon einbrechenden Dämmerung ein paar Augenblicke, und dann dem letztern die Hand entgegenstreckend sagte er freundlich:

»Ich glaube, daß wir zum zweiten Male Reisegefährten sind – Herr Eltrich – Herr von Hopfgarten – nicht wahr?«

»Leupold, wahrhaftig!« rief Eltrich, rasch und freundlich die dargebotene Hand nehmend und schüttelnd, »wir haben uns nicht gesehn seit wir das Schiff verlassen; wie geht es Ihnen?«

»Körperlich *recht* gut«, sagte Leupold, doch ein recht wehmüthiger Zug um den Mund strafte ihn Lügen dabei, oder verbarg mehr als er sagen wollte.

»Sie sind hier in New-Orleans etablirt?« frug ihn Hopfgarten.

»Ja, Herr Baron, und ich muß gestehen, ich habe viel Glück gehabt – wie man hier so im gemeinen Leben sagt – in meiner Familie aber destomehr Leid.«

»Ist Ihre Mutter krank geworden?« frug Eltrich.

»Sie starb vorigen Herbst am gelben Fieber«, erwiederte Leupold, »auch ein Knabe, der vor zwei Jahren beide Eltern an der Seuche verloren, und den ich an Kindesstatt zu mir genommen hatte, nur irgend Jemand zu haben, den ich lieben konnte, der mich liebte. Sie sind Alle todt, und ich arbeite jetzt eigentlich für weiter Nichts, als eben zu essen und zu trinken.«

»Doch sonst geht es Ihnen gut?« frug Hopfgarten.

»Was pecuniäre Verhältnisse betrifft, allerdings. Wie das gelbe Fieber dießmal nahte, floh Alles, was nur fortkommen konnte. Ich selber hatte eine stille Hoffnung, daß mich Gott ebenfalls abrufen würde; ohne Zweck und Ziel sich so allein in der Welt herumzutreiben wird Einem doch zuletzt verleidet; ich wurde aber nicht einmal krank. Ich war bei, Gott weiß wie vielen Leichen, fertigte Särge so viel ich mit vier bei mir ausharrenden Gesellen fertigen konnte, und verdiente ungezähltes Geld in der Zeit – ich ginge auch gern zurück nach Deutschland, aber – ich habe den Muth nicht dazu – ich werde die nächste gelbe Fieberzeit noch abwarten, und sehen was da wird.«

»Sie fühlen sich nicht wohl in Amerika?« sagte Hopfgarten mitleidig.

»Wie soll man sich da wohl fühlen, wenn man Alles verloren hat, was Einem noch lieb und theuer auf dieser Welt war, und für das nur einzig und allein man arbeitete. Das Amerika ist ein recht guter Platz Geld zu verdienen, wenn man fleißig ist, aber das ist auch Alles; ja wenn es mir in Deutschland schlecht gegangen wäre. – Aber ich will Ihnen nicht die Ohren voll lamentiren – überhaupt ist hier die Straße, wo ich aussteigen muß. Es hat mich *herzlich* gefreut Sie wieder einmal begrüßen zu können!«

Er reichte ihnen die Hand, schüttelte sie freundlich, und drängte sich dann durch die ihm mürrisch Raum gebenden Passagiere der Thüre zu, den Omnibus zu verlassen.

»Dem armen Mann ist Amerika theuer zu stehn gekommen«, sagte Eltrich traurig, »lieber Gott, wenn ich mich in seine Lage setze, kann ich mir recht gut denken, wie furchtbar es ihm sein muß, jetzt so allein und verlassen dazustehen. Was hilft ihm das Geld, das er verdient, wenn er Niemanden hat, der es mit ihm theilt, für den er spart.«

»Es ist seine eigene Schuld«, sagte aber Hopfgarten achselzuckend, »er hat uns selbst erzählt, daß es ihm in Deutschland nicht schlecht gegangen wäre; weshalb wandert er da aus? – Das kommt von dem thörichten Misvergnügtsein ohne Grund.«

»Lieber Gott, es läßt sich da doch Manches zur Entschuldigung sagen«, seufzte Eltrich, »wir könnten es auch den Trieb sich zu verbessern nennen, den doch jeder Mensch in der Brust mit herum trägt – warum ihm den schlimmsten Namen geben? Thäten die daheim, deren *Pflicht* es wäre, für das wahre Glück der Völker zu sorgen, etwas mehr ihren Unterthanen das Leben daheim erträglich zu machen, bedächten sie, daß das »Von Gottes Gnaden« nicht nur auf *ein* Haupt niedergeht und da ruhen bleibt, als auf etwas ganz Besonderem – wie oft nur auf etwas sehr Gewöhnlichem – sondern niederfällt, wie Thau und Regen auch auf die kleinste unscheinbarste Wiesenblume. Stäke mit einem Wort einer Masse Menschen da drüben nicht der verdammte Dünkel zu fest in der Stirne aus einem ganz besonders feinen Porcellainteig geknetet und gebrannt zu sein, Tausende würden nicht daran denken, die Heimath zu verlassen, sondern in einer möglich bürgerlichen Existenz gern und freudig ausharren. Die Noth treibt vielleicht nur zwei Dritttheile aller Auswanderer über das große Wasser, der Ekel das andere – und *das* gerade thut Deutschland weh – unendlich weh, denn *was* für wackere Kräfte sind ihm dadurch verloren gegangen.«

»Ja, die Geheimenräthe wandern nicht aus«, lachte Hopfgarten.

»Nein, leider Gottes«, seufzte Eltrich, »*die* liegen an zweifarbigen Bändchen fest vor Anker. Der Deutsche theilt sich in seiner Unschuld in Nähr-, Wehr- und Lehrstand – daß er den *Zehr*stand gar nicht dabei berücksichtigt. Wie war Ihnen zu Muthe, als Sie jetzt wieder nach Deutschland zurückkamen?«

»Wunderbar«, lachte der Gefragte, »unendlich wunderbar – ich gebe Ihnen mein Wort, es kam mir in einem fort so vor, als ob die Leute nur Comödie spielten – und sie thun's auch. Wenn man hier aus dem frischen, freien Leben, das allerdings viele, unendlich viele Mängel und Schwächen hat, aber dem Menschen doch seine freie, ihm von Gott zugesprochene Entwickelung garantirt, wieder hinüber in das abgetheilte, angeblich *geordnete* Leben kommt, wo die Menschen wie in Gefachen, mit kleinen darauf geklebten Zettelchen eingeschachtelt liegen, sieht wie die untersten, bequemsten Gefache fortwährend herausgezogen und gebraucht werden, während auf den oberen der dicke ehrwürdige Aktenstaub liegt, und dann zurückdenkt, wie das Alles gar nicht nöthig ist, und wie es noch eine andere Welt giebt, in der Gottes Creaturen frei und fröhlich aufathmen dürfen; wenn man sieht, wie das dort kriecht und scharwenzelt, und auf Kindereien sein höchstes Ziel setzt, wenn man einen Blick wieder auf jenen Beamten-Wust wirft, der einem in das Kleinste zergliederten, auf das peinlich kunstvollste hergestellten und berechneten Räderwerk gleicht – einfach einen Stein zu drehn und Brod zu mahlen, dann wundert man sich wirklich, daß die eigentlichen Menschen nicht *Alle* auswandern und das ganze kunstvolle Beamtensystem, wie ein von Insekten skelettirtes Blatt als Satz zurückbleibt.«

»Und doch wollen Sie wieder nach Deutschland?« frug Eltrich.

»Es ist ja das Vaterland«, sagte Hopfgarten herzlich, »der Himmel ist doch nirgends so blau, die Erde nirgends so grün wie daheim. Sie mögen mich auslachen, lieber Eltrich, aber wie ich im vorigen Herbst zurückfuhr, und in der Nordsee die nackten Sanddünen, den Thurm von Wanger-Ooge wieder sah, hab' ich geweint wie ein Kind – es giebt doch nur ein Deutschland.«

»Ja, leicht können sie's nicht todtmachen«, rief Eltrich, »aber ich kehre doch nicht dahin zurück.«

»Verschwören Sie's nicht«, rief Hopfgarten; »es kommt doch eine Zeit, wo es uns wieder hinüberzieht – das Grab unserer Väter ist ein heiliger Platz, wo wir mit beiden Händen anfassen müssen, wenn wir unser Herz davon losreißen wollen. Mit dem Leben dort, was man die eigentliche Welt da nennt, mag ich auch Nichts mehr zu thun haben, dafür bin ich schon zu viel Amerikaner geworden; aber ich ziehe mich auf das Land zurück und lebe mir und den Meinen. Denken Sie nie an unsern Frühling, wenn die Lerche an zu wirbeln fängt, wenn die Birken keimen – werden Sie das je vergessen können?«

»Ich will's versuchen«, sagte Eltrich seufzend, »aber hier ist unser Halteplatz – dort in der Straße liegt für jetzt unser ›Deutsches Vaterland‹.«

»Ein trauriger Ersatz«, lächelte Hopfgarten, als der Wagen hielt, und sie, an ihrem Ziele angekommen, aussteigen mußten.

7. Meier, Pelz und Co

Es war indessen, bis sie die Straße erreichten, in welcher das »Deutsche Vaterland« lag, schon vollständig dunkel geworden, denn der kurzen Dämmerung in Amerika folgt rasch und fast plötzlich die Nacht. Dicht vor der Thür des Gasthauses standen drei Leute in leisem, flüsternden Gespräch, und als sich Eltrich im Vorübergehn nach ihnen umsah, glaubte er bei zweien, auf die gerade das Licht der Gaslaterne fiel, bekannte Gesichter zu erkennen, wenn er sich auch nicht gleich auf das Wo und Wann einer Begegnung erinnern konnte. Die Männer wandten sich aber rasch von ihnen ab, und gingen langsam in dasselbe Haus, doch nicht in das Schenkzimmer, sondern in die kleine Hausthür, die mit der Treppe nach oben in Verbindung stand.

Natürlich achteten sie nicht weiter darauf, und öffneten gleich nachher die Glasthür des unteren Schenkraumes, wo sie den jungen Hamann allein, und mit verschränkten Armen und finster zusammengezogenen Brauen auf und abgehend, fanden. Freundlich begrüßte er Eltrich, mit dessen kleiner Familie er, wie seine Frau, schon manchmal zusammengekommen waren, und hörte mit großer Theilnahme, wie jener schändliche Verdacht endlich auch öffentlich von dem unglücklichen Bruder seiner Frau gewälzt sei, und diese sich doch nun wieder froh und glücklich fühlen würde, mit solcher Sorge vom Herzen.

Die freundliche Einladung Eltrichs, den heutigen Abend mit Hedwig bei ihnen zuzubringen, mußte er aber, wenigstens für sich selber, ablehnen, wenn auch die Frau kein Hinderniß hatte, und unter Eltrichs Schutz die Herren gern begleiten würde.

»Ich habe heute einen schlimmen Ärger und bösen Auftritt im Haus gehabt«, setzte er, sich entschuldigend, hinzu, »und meinen Barkeeper, einen nichtsnutzigen, frechen Gesellen, den ich, wie ich fast fürchte, auf verbotenen Wegen ertappte, zum Teufel jagen müssen.«

»Ihren Jimmy?« rief Eltrich – »Gott sei Dank, daß der Bursche fort ist; wenn irgend Jemand auf der Welt, so hatte der eine böse, galgenwürdige Physiognomie, und ich bin fest überzeugt, er strafte die auch nicht Lügen.«

»Was ich heute von ihm gesehn habe«, meinte Hamann, »widerspräche dem wenigstens nicht, denn ich fand ihn über Tisch in dem Zimmer einiger meiner »Boarder«, die, wie vermuthet wird, viel Geld bei sich haben, bei einer sehr verdächtigen Untersuchung des einen Koffers, für dessen sehr hübsche Arbeit er sich angeblich interessirte. Ich bin übrigens froh, den Burschen, den ich sonst noch hätte einen vollen Monat behalten und füttern müssen, auf solche Art so rasch losgeworden zu sein, nur muß ich jetzt, bis ich mich morgen nach einer passenden Persönlichkeit dafür umsehen kann, selber die Stelle verwalten. Sie thun mir übrigens einen Gefallen«, setzte er dann hinzu, »wenn Sie selber zu meiner Frau hinauf gingen und es ihr sagten; Sie werden sie jetzt warscheinlich in meines Vaters Zimmer finden. Sie, Herr Eltrich, kennen ja den Weg. Meine Gäste sind drin beim Abendbrod, und ich muß indessen hier in der Bar bleiben; hab' ich aber heut Abend zugeschlossen, was heute früher als gewöhnlich geschehen wird, komme ich noch selber zu Ihnen hinaus und hole Hedwig in meinem kleinen Wagen ab.«

Die Herren waren eben im Begriff, der Bitte Folge zu leisten, als die Thür aufging und ein junger Mann hereinkam, Hopfgarten und Eltrich aber kaum erblickte, als er auch schon mit einem lauten, etwas exaltirten Freudenruf auf sie zusprang, ihre Hände ergriff, und wie es schien, sich alle Gewalt anthun mußte, ihnen nicht auch um den Hals zu fallen.

»Ach Herr von Hopfgarten – ach Herr Kapellmeister – welch glückliches Zusammentreffen – nein, ich kann Ihnen gar nicht sagen, *wie* froh ich bin, Sie endlich einmal wieder zu sehn. Wie geht es Ihnen? – was machen, was treiben Sie – Herr Hamann, darauf müssen wir ein's trinken, bitte meine Herren, was nehmen Sie – ich habe ja überhaupt hier noch eine kleine Kreide stehn –«

»Herr Theobald!« rief Hopfgarten erstaunt aus, den Dichter dabei mit einem flüchtigen Blick, eben nicht zu dessen Gunsten, von oben bis unten messend – »wie kommen Sie wieder nach New-Orleans?«

»Ich? – lieber Gott, wo kommt man nicht in diesem verwünschten Lande hin!« rief Theobald mit einer gewissen Wehmuth aus –

»Treibt auf wildbewegtem Meere
Auch mein schwank-gebrecher Nachen,
Dräut mir auch der Wogen Schwere,
Soll's mich doch nicht muthlos machen –

»wo kommt man hier *nicht* hin? – sag' ich noch einmal – Sie kennen ja die alte Geschichte, bester Baron, »willst Du in meinem Himmel mit mir leben – *à la bonheur*, aber auf Erden sind alle Kämmerchen vermiethet« – Nichts wie Prosa, Nichts wie gemeine, hausbackene Wirklichkeit, in der das dumme Volk auch nicht einmal eine Ahnung hat, daß ein höher begabter Mensch auch noch mit etwas Anderem *arbeiten* könnte, als mit Spitzhacke und Schaufel. *Arbeiten* schreien sie – *arbeiten*, immer nur arbeiten, und was der Geist dabei thut, rechnen sie nicht, das nennen sie faullenzen. Aber zum Henker mit der Bande, wenn's uns hier nicht länger gefällt, Herr von Hopfgarten, dann gehn wir nach Amerika! und jetzt wollen wir trinken, Herr Hamann hat uns schon die Gläser aufgestellt – bitte, was nehmen Sie?«

»Ich danke wirklich herzlich«, sagte Hopfgarten ablehnend – Theobald sah ihm gar nicht danach aus, als ob er so viele Sechs-Cent-Stücke wegzuwerfen hätte, für Andere zu bezahlen, und zugleich ließ sein ganzes, außergewöhnlich aufgeregtes Wesen auch noch überdieß darauf schließen, daß er schon selber eigentlich mehr wie seine tägliche Quantität getrunken habe – »bitte, erzählen Sie mir lieber, wie es Lobensteins geht, was sie thun und treiben und wie der Professor mit seinen Arbeiten vorwärts rückt.«

»Bah – *so* viel für den Professor«, rief Theobald mit einer wegwerfenden Bewegung – »ein Schwachkopf, der sich einbildet, von Landwirthschaft und Poesie gleich viel zu verstehn, und wirklich gleich viel davon versteht. Er ist ruinirt, und Eduard, der große Nimrod, hat sich auf der Jagd todtgeschossen –«

»Heiland der Welt«, rief Hopfgarten entsetzt aus, »das ist ja furchtbar, und Sie erzählen das hier, als ob Sie die Leute nicht das Mindeste angingen.«

»Thun Sie auch nicht«, sagte Theobald ruhig – »wenn Jemand Verbindlichkeiten gegen den Anderen hat, so ist es der Professor gegen *mich;* ich habe ihm meine Kräfte nicht allein, ich habe ihm auch meinen Geist geliehen; aber die Rathschläge, die ich ihm gab, konnten ihn nur noch eine Zeit lang über Wasser halten – sein eignes Gewicht zog ihn in die Tiefe.«

»Und was ist aus ihnen geworden?« frug Hopfgarten.

»Oh sie sind für jetzt wohl noch, so viel ich weiß, in Indiana«, sagte Theobald, »der Professor wird jedoch jedenfalls gezwungen sein, seine Farm zu verkaufen, weil er Schulden hat, die er nicht tilgen kann. Aber kommen Sie, meine Herren, kommen Sie, der Brandy wird kalt.«

Auch Eltrich suchte sich von der Einladung loszumachen, Theobald drang aber auf das Ungestümste in sie, und da es in Amerika für eine Beleidigung gilt, mit Jemand, von dem man eingeladen wird, nicht zu trinken, traten die beiden Männer, um ihn nur loszuwerden, mit ihm an den Schenktisch.

Die Gläser waren gefüllt und Hopfgarten wie Eltrich hoben sie mit einem höflichen Nicken gegen den jungen Mann, der mit einer hochtragischen Bewegung, den Arm ausstreckend, rief:

»Halt! nicht also dürfen wir, verehrte Gönner und Freunde, die edle Gottesgabe unseren Kehlen zusenden. Der Geist verlangt Geist:

So fließe denn dieser edle Trank,
Ein perlender Tropfen Himmelsthau,
Als Weiheopfer, als Gottes Dank,
Den schönen Augen der schönsten Frau.
Wie er zittert im Glase, wie funkelndes Blut –

Sie, deren Bild uns im Herzen ruht
Lebe hoch!«

»Lebe hoch!« stimmte Eltrich gutmüthig mit ein, indem sie ihre Gläser leerten.

»Also Sie haben auch ein paar schöne Augen?« lachte der Kapellmeister, »die Ihnen im Herzen ruhn? sollt' ich sie am Ende kennen? – an Bord ging einmal ein unbestimmtes Gerücht –«

Theobald wandte den Kopf von ihm fort, und streckte den Arm abwehrend aus:

»Tief begraben hier drinnen da ruhet ihr Bild,
Da ruht mit dem Bild auch der Namen,
Ein düsterer Schleier decket das zu –
Ich bin zu dem Bild nur der Rahmen –

aber apropos« – wandte er sich dann rascher und lebhafter plötzlich an den Kapellmeister – »ich habe ein paar prächtige Lieder für Sie zum Komponiren, lieber Eltrich – ich weiß, daß Sie in neuerer Zeit einige Lieder von Heine und Freiligrath reizend in Musik gesetzt haben, das sind aber natürlich nur immer gerade zufällig passende Sachen, die Sie sich in Ermangelung eines Besseren heraussuchen mußten. In den meinigen werden Sie *Deutschen* Geist in Amerikanischer Hülle finden, etwas Passendes, Zeitgemäßes, mit dem Sie, wie ich fest überzeugt bin, Ihre Hörer entzücken können, und ich bin gern erbötig, Ihnen nicht allein die Wahl zwischen einigen fünfzig vortrefflichen Sonetten zu gestatten, sondern Ihnen auch das Stück der ausgewählten mit zwei Dollar zu überlassen.«

»Sie sind *sehr* gütig, lieber Theobald«, sagte Eltrich, verlegen, wie er das Anerbieten abweisen sollte, und doch auch wieder zu gutmüthig, geradezu nein zu sagen. »Sie werden mir erlauben, daß ich die Sachen einmal gelegentlich durchsehe, denn in der nächsten Zeit bin ich zu sehr mit andern Sachen beschäftigt, an irgend eine Composition denken zu können –«

»Oh gewiß – gewiß«, rief Theobald rasch – »aber – mit dem Lesen, wissen Sie, ist es eine unangenehme Sache; ich weiß zu gut, wie ungern Leute Manuscript lesen, und wie verschieden sich auch etwas im Manuscript und Vortrag ausnimmt. Wie wäre es also, wenn Sie mir jetzt ein halbes Stündchen gönnten, und ich Ihnen die Kleinigkeit –« er holte dabei ein etwa daumenstarkes, sehr eng beschriebenes Manuscript aus der Tasche – einmal hier flüchtig vorläse; es würde –«

»Lieber Eltrich«, drängte Hopfgarten, »wir *müssen* hinaufgehn, es wird die höchste Zeit, wenn wir Frau Hamann noch heute Abend mit fortnehmen wollen, und Sie wissen, ich habe *wichtige* Sachen mit ihr zu besprechen.«

»Sie haben recht«, rief Eltrich – »wir müssen uns wahrhaftig heute entschuldigen, Herr Theobald – wenn Sie mir später das Manuscript vielleicht einmal anvertrauen wollen, so würde ich –«

»Ich werde mir selber das Vergnügen machen, es Ihnen in Ihrer eigenen Wohnung vorzulesen«, sagte Theobald rasch entschlossen – »zu welcher Zeit trifft man Sie am Besten?«

»Es ist jetzt *sehr* unbestimmt«, sagte Eltrich, den ungeduldigen Winken Hopfgartens nachgebend und seinen Hut nehmend – »vielleicht einmal Nachmittags – also auf Wiedersehn, Herr Theobald –«

»Auf Wiedersehn, lieber Kapellmeister – auf Wiedersehn Herr von Hopfgarten.«

»Gott sei Dank, daß wir den schrecklichen Menschen los sind«, sagte Hopfgarten, als sie durch den dunklen Gang, der im Hause hin zur nach oben führenden Treppe gingen, »der wäre im Stande gewesen und hätte uns die halbe Nacht seine faden Mondscheinergüße vorgelesen. Aber – alle Wetter, Eltrich – hier ist's dunkel – kennen Sie den Weg?«

»Ja – ich bin freilich nur erst einmal Abends hier oben gewesen, und da dächt' ich, hätte eine Laterne auf der Treppe gebrannt; aber kommen Sie nur – hier ist das Geländer – fassen Sie mich an – so – sehn Sie? – hier steigen wir hinauf, und nun weiß ich auch Bescheid, denn gleich oben an der Treppe, zwei oder drei Schritt an der rechten Seite, ist die Vorsaalthür, die zu dem alten Hamann führt.«

»Es soll nicht besonders mit ihm gehn«, meinte Hopfgarten.

»Ach der ist zäh«, sagte Eltrich, »der kann noch lange leben; sehn Sie, da sind wir schon – fallen Sie nicht wieder rückwärts hinunter, es geht ganz häßlich steil ab. Daß die Leute hier auch keine Laterne brennen, man könnte ja Hals und Beine dabei brechen. Hier hab' ich die Klingel!« und den kurzen Griff fassend, zog er daran, daß die kleine Glocke drinnen hell und klar ertönte.

Alles todtenstill – kein Laut antwortete.

»Sie haben es nicht gehört – ziehn Sie noch einmal«, sagte Hopfgarten.

Eltrich klingelte noch einmal, stärker als vorher, und legte dann das Ohr an die Thür, ob er nicht Schritte hören könne.

»Hülfe!« tönte da ein wilder, markdurchschneidender Schrei zu ihm herüber – »Hülfe!« rief es noch einmal, aber mit schwacher, gedämpfter, doch nichtsdestoweniger deutlicher Stimme, als ob eine Hand den rufenden Mund zu schließen suchte.

»Was ist das?« rief Eltrich; Hopfgarten hatte den Schrei aber ebenfalls gehört, und ohne sich weiter zu besinnen, ohne irgend eine Frage zu thun, oder ein Wort weiter zu verlieren, fühlte er nach der Thür, und führte im nächsten Augenblick einen so gut gemeinten und kräftigen Tritt gerade nach der, eben nicht übermäßig dicken Füllung, daß er diese gleich mit dem ersten Stoß nach innen trat. Ein zweiter machte die Bresche passirbar, und sich in wilder Hast, von Eltrich dicht gefolgt, hindurchdrängend, fand er sich wenige Secunden später in dem inneren Raum, den zu durchfliegen und der nächsten Stubenthür, aus der ein Lichtstrahl drang, zuzuspringen, das Werk weiterer, nur weniger Secunden war.

Es dämmerte, und am Ufer des Flusses gingen, nur die Fronte des einen *square* haltend, zwei Männer in eifrigem, aber mit unterdrückter Stimme geführten Gespräch, mit raschen Schritten auf und ab. Allem Anschein nach erwarteten sie Jemanden, der sich ihnen auch endlich, nach einigem Herüber- und Hinübersuchen, anschloß.

»Nun, Jimmy, wie ist's?« frug der Eine von ihnen, Meier (der Andere war sein Reisegefährte Pelz), den eben Gekommenen – »wird's noch was heute Abend?«

»Jetzt oder nie«, flüsterte Jimmy mit leiser, ängstlicher Stimme, »denn schon heut' Morgen war die Rede davon, daß sie den Alten am nächsten Tag hinüberbetten wollten, wo die jungen Leute ihre Zimmer haben, damit er dort mehr Pflege hätte; wenn das geschieht, kann kein Teufel mehr dazu.«

»Und lohnt's wirklich?« frug Meier, noch immer mistrauisch.

»*Lohnt's?*»wiederholte Jimmy ärgerlich – »glaubt Ihr, daß *ich* meinen Hals an so eine Geschichte setzen würde, *wenn's* nicht eben was Außerordentliches wäre?«

»Na, ob *Dein* Hals das gerade ist«, brummte Meier.

»Jetzt ist keine Zeit zu Albernheiten«, sagte aber Pelz mürrisch, »also Ihr glaubt wirklich, daß wir mit dem einen Schlag *genug* kriegen können, Jimmy.«

»Ich *glaube* gar Nichts«, rief dieser rasch und eifrig, »ich *weiß*, daß der Alte in dem einen kleinen, erbärmlichen Holzschrank, den er nicht gegen einen eisernen vertauscht hat, um sich nicht in den Verdacht zu bringen, daß er wirklich etwas Stehlenswerthes in seiner Wohnung habe, für vielleicht hunderttausend Dollar Juwelen, Geld, Papier und Aktien liegen hat, und mit einem einzigen Faustschlag kann man den Deckel sprengen.«

»Und der Alte?«

»Ist in einer halben Stunde etwa, auf dreißig oder fünf und dreißig Minuten allein, denn der junge Lümmel muß heute, weil ich nicht da bin, in der Bar bleiben, und die Frau guckt nach der Kaffeekanne im Eßzimmer, daß Niemand eine Tasse zu viel trinkt.«

»Ich weiß nicht – mir ist nicht recht wohl bei der Geschichte«, meinte Meier – »ja wenn ich selber den Grund und Boden, und die Winkel und Schliche da kennte, wo man hinausfahren muß, wenn's Noth thut, dann wär' mir's gerade recht; aber mich so von Jemand Anderem in ein ganz fremdes Haus, denn in dem Theil sind wir doch noch nicht gewesen, hineinführen zu lassen, das hat mir 'was verdammt Unbehagliches. Passirt 'was, so drückt sich Jimmy sachte ab, und wir Andern sitzen drin.«

»Aber ich bitt' Euch um Gottes Willen, was soll passiren?« rief Jimmy – »wir brauchen auf der Welt weiter Nichts zu thun, als die Treppe im Haus hinaufzugehn; in der Tasche hab' ich den Schlüssel zur Thür – die schließen wir hinter uns zu, wer dann hinein will, muß klingeln, und die Thür vom Alten, der in der Zeit mutterseelensallein ist, steht auf.«

»Wenn's aber weiter Nichts wäre«, brummte Meier, »da hättet Du ja auch die ganze Geschichte allein machen, und den Profit allein in die Tasche stecken können.«

»Das hätt' ich auch«, sagte Jimmy, halb verlegen, halb mürrisch, »aber – es ist mir so ein eignes, wunderliches Gefühl mit dem Alten. Mit *einer* Hand könnte man ihn zusammendrücken, und doch – doch *fürcht'* ich mich vor ihm; sein Blick sieht Einem bis in die Kniekehlen hinunter, und er schläft – Ihr mögt mich auslachen, wie Ihr wollt – mit einem Auge offen.«

»Vor dem Sohn fürchtest Du Dich nicht?« lachte Meier.

»Daß ihn der gelbe Jack hole«, fluchte Jimmy – »ich vergelte ihm die heutige Behandlung, oder ich will im Leben keinen Brandy wieder trinken; er soll's noch bereuen, mich auf diese Weise behandelt zu haben. Doch jetzt kommt, denn wir haben keine Zeit mehr zu verlieren; mit dem Schlage sieben gehen die Leute zu Tisch, und von da bis halb acht sind wir sicher; länger keine Secunde.«

»Und wenn Jemand, indeß wir drinnen sind, an die Thüre draußen kommt und hinein will?« frug Meier.

»Neben der Stube ist eine Schlafkammer«, sagte Jimmy, »und aus dieser führt eine stets offen stehende

Thür nach dem Gang hinaus, der in den andern Theil des Hauses läuft – aber es *kommt* auch Niemand, zum Donnerwetter noch einmal; und wenn auch, so wär's vielleicht der junge Tölpel selber, und dazu seid Ihr zwei baumfeste Kerle, die dem wohl einen Schlag über den Schädel geben können, daß er ein paar Secunden ruhig ist. Erst einmal wieder unten auf der Straße, und in der Menschenmenge, die dort noch auf- und niederströmt, ist eine Verfolgung ganz unmöglich. Ja, wenn's nach zehn Uhr Abends wäre, da könnte uns eine einzige Wachtmann-Rassel ein ganzes Viertel Nachtwächter über den Hals ziehn.«

Meier schien, von Pelz dabei noch heimlich bearbeitet, seine letzten Bedenklichkeiten endlich, wenn nicht ganz überkommen, doch bei Seite gestellt zu haben, und die drei Männer schritten jetzt raschen Ganges, sich unterwegs das Weitere überlegend, ein Stück noch am Wasser, und dann die Straße hinauf, die nach dem »Deutschen Vaterland« zuführte.

Gerad um sieben kamen sie dort an; durch die mit Flaschen und Karaffen besetzten Fenster des »Barrooms« konnten sie von außen ganz deutlich die kleine Uhr im Innern erkennen, die drei Minuten über sieben zeigte. Dennoch zögerten sie einen Augenblick, ganz sicher zu sein, daß sie nicht zu früh kämen, und blieben indessen vor der Thür stehn. Daß der junge Hamann allein in der »Bar« war, konnten sie von außen ebenfalls deutlich erkennen; so weit stand die Sache günstig genug für sie, und die Gäste waren jedenfalls schon drin bei Tisch.

Zwei Männer kamen dicht an ihnen vorbei, und gingen auf die Thür des Schenkzimmers zu; Meier und Pelz drehten sich nach ihnen um, wandten sich aber auch fast unwillkürlich wieder ab, und schritten dem kleinen Thorweg zu, der neben dem Schenkzimmer in das Haus führte.

»Weißt Du, wer die Beiden waren?« flüsterte Meier Pelz zu.

»Ja!« nickte dieser leise – »ein paar alte Bekannte; das schadet Nichts – im Gegentheil, die halten den jungen Laffen da drin um so sicherer an der Flasche fest, und in zehn Minuten können wir wieder unten sein.«

Jimmy führte sie indessen, ohne weiter ein Wort mit ihnen zu wechseln, rasch die schmale, hölzerne Treppe hinauf, an der oben ein Licht brannte; an diesem zündete Pelz, wie schon vorher verabredet, seine eigene kleine Blendlaterne an, und bließ es dann aus, und oben wollten sie ihren Weg wieder fortsetzen, als sie leichte Schritte auf dem Gange hörten und einen fremden Lichtschimmer bemerkten, der diesen herunter und auf dieselbe Thür zukam, in der auch *ihr* Ziel lag.

»Höll und Teufel«, flüsterte Jimmy leise und ingrimmig vor sich hin – »das ist die Madame – was zum Donnerwetter hat denn *die* heute Abend bei dem Alten zu suchen? – Ruhig Leute, wir müssen hier einen Augenblick warten; sie wird nicht lange bleiben.«

Es war Hedwig, die mit dem Licht den schmalen Gang herüber kam, nach dem Kranken zu sehn; sie öffnete mit einem Schlüssel, den sie bei sich trug, die Thür, und sah sich dabei nach der ausgegangenen Lampe an der Treppe um, unter der die drei Schurken kauerten, betrat jedoch, ohne diese zu entzünden, den Vorsaal, und klinkte die Thür nur einfach hinter sich in's Schloß.

»So, jetzt sitzen wir hier auf der Treppe«, brummte Meier finster vor sich hin, »und wenn Jemand heraufkömmt, findet er das ganze Nest.«

»Das wär' weiter keine *Gefahr*«, flüsterte Jimmy zurück, »wir gingen nur einfach die Treppe hinunter und kein Teufel wüßte in der Dunkelheit, wer's gewesen ist.«

»Und das Geld?« frug Pelz.

»Wäre dann allerdings zum Henker«, fluchte Jimmy zwischen den zusammengebissenen Zähnen durch, indem er wieder anfing, seine Finger zu knacken.

»Was zum Teufel machst du denn da?« rief ihn mit unterdrückter, doch zorniger Stimme Meier dabei an, »willst Du das verdammte Knacken lassen, das hört man ja durch's ganze Haus; das fehlte auch noch, daß wir Dich als Sturmglocke dabei hätten. Übrigens seh' ich nicht ein, weshalb wir zögern«, setzte er rasch hinzu, »ob die Madame da drin ist oder nicht, wenn wir's mit weiter Niemand als dem Alten zu thun haben. Wir sind unserer drei, und mit einer solchen Aussicht vor uns, daß *wir* künftig von unseren Interessen leben können und eben nur zuzulangen brauchen, sollte uns *das* wenigstens nicht abhalten.«

»Nur um Gottes Willen kein Blut vergießen«, bat Jimmy, ängstlich werdend – »Ihr habt mir das schon vorher versprochen, denn *da*mit möchte ich Nichts zu thun haben.«

»Unsinn«, brummte Meier, »wer spricht denn davon? wir verlangen von denen da drinnen weiter Nichts, als daß sie ein paar Minuten das Maul halten, und dazu können wir sie schon bringen, ohne ihnen gleich den Hals abzuschneiden.«

»Wenn wir nur noch einen Moment warten«, ermahnte Jimmy noch einmal; »sie *muß* gleich wieder zurückkommen.«

Die beiden Männer erwiederten Nichts darauf, sondern kauerten eine ganze Weile, dem Rathe folgsam, auf der Treppe, gleich vorsichtig dabei nach oben wie unten horchend, ob sich kein gefährliches Geräusch irgendwo vernehmen lasse. Es blieb todtenstill, denn im Haus war Alles im Eßzimmer versammelt, die Frau kam aber eben so wenig zurück, und Jimmy selbst fühlte jetzt, daß es die höchste Zeit würde, ihr Vorhaben auszuführen, wenn sie nicht die günstige Periode des Abendessens, und damit Alles versäumen wollten. So als Pelz endlich erklärte, wenn Sie nun nicht an's Werk gingen, wolle *er* mit der Sache nichts weiter zu thun haben, da er hier auf der Treppe nervös würde, stand er langsam auf, bat die Männer noch einmal sich jeder Gewaltthätigkeit zu enthalten, und stieg langsam, von ihnen dicht gefolgt, die wenigen Stufen noch hinauf.

Ihrem verabredeten Plane nach sollten sie, was sie auch jetzt thaten, so geräuschlos als möglich die Vorsaalthür öffnen und mit dem Schlüssel, den Jimmy bei sich führte, wieder hinter sich schließen, dann über den Vorsaal schleichen, wo sie hatten vorsichtig an der Thür des Alten anklopfen wollen, erst zu sehn ob dieser wache. Da aber das Erscheinen der Frau diesen Angriffsplan jetzt geändert hatte, glitten sie nur, so leise sie konnten, über den kleinen, dunklen, schmalen Vorplatz hin, wobei ihnen Pelzes Blendlaterne leuchtete, Jimmy ergriff dann die Thürklinke, und diese rasch und plötzlich öffnend, sprangen alle drei zu gleicher Zeit, und ehe die im inneren Raum Befindlichen auch wirklich nur einen Schrei der Überraschung ausstoßen konnten, auf sie zu. Pelz warf sich dabei auf den Alten, der neben seinem Bett auf einem großen Stuhle saß, während Meier Hedwig ergriff, sie an der Kehle faßte und ihr mit augenblicklichem Tode drohte, wenn sie auch nur einen Laut von sich gebe.

Nicht so leichtes Spiel sollte Pelz haben, denn der alte Geizhals, stets in Furcht bestohlen zu werden, hatte, ohne daß selbst Jimmy etwas davon wußte, fortwährend ein paar geladene Pistolen neben sich auf demselben Tisch, auf dem seine Arznei stand, mit einem seidenen Tuch bedeckt liegen, und fast instinktartig nach diesen in demselben Moment gegriffen, als er die Thüre seines Zimmers so plötzlich aufreißen sah. Spannen und Abdrücken war auch wirklich nur das Werk eines einzigen Augenblicks, und um Pelz wäre es, außer dem gefährlichen Knall des Gewehres für die beiden Anderen, jedenfalls geschehen gewesen, hätte die Pistole, die da schon Gott weiß wie lange geladen lag, nicht versagt. Der alte Gauner erschrak aber doch nicht wenig über die nahe Todesgefahr, und als Hamann, den Anspringenden mit dem linken ausgestreckten Arm noch von sich drückend, nach der zweiten Waffe griff, führte er mit einem ingrimmigen Fluch und einer in der Hand verborgenen Kugel einen so gut gemeinten Schlag nach ihm, daß er ihn besinnungslos zu Boden streckte.

Jimmy indessen sprang, ohne sich weiter um die Übrigen zu bekümmern, die er in guten Händen wußte, mit einem Satz nach dem alten hölzernen Secretair, in dem des Wirthes Schätze lagen. Mit einem Stemmeisen, das er bei sich führte, brach er diesen auch rasch und ohne Mühe auf, und leerte den Inhalt der Gefache in einen zu dem Zweck mitgenommenen Leinwandsack.

Hedwig sah das Alles, wie in einer Art wachen Traumes; sie fühlte dabei, wie die Hand des Mörders, dessen Gesicht sie trotzdem erkannte, auf ihr lag, und vermochte keinen Laut auszustoßen, hätte sie der Bube selbst frei und unberührt gelassen. Jimmy arbeitete indessen mit einer fabelhaften Geschäftigkeit, und Pelz, der ihm der Sorge um den Alten enthoben dabei half, schob in die eigenen Taschen, was er hineinbringen konnte, als plötzlich draußen, scharf und hell, die kleine Klingel an der Vorsaalthür ertönte.

Wie ein Schlag fuhr der klare durchdringende Laut in aller Glieder – die Räuber schreckten, aufhorchend, empor, und selbst Meier ließ in seinem Griff an Hedwig – nur erst zu wissen, welcher Art die Gefahr sei, die ihnen drohe, etwas nach. Hedwig aber, der dieser Laut wie neues Leben durch die Adern schoß, warf mit plötzlicher Anstrengung den Arm, dessen Finger ihre Kehle umspannt hielten, zurück, und stieß, unbekümmert um jede Gefahr, die ihr selber drohen konnte, jenen wilden gellenden Hülferuf aus.

»Bestie!« knirrschte Meier zwischen den Zähnen durch, und suchte mit seiner breiten Hand, der sie sich umsonst erwehrte, ihren Mund zu decken.

»Hülfe!« stöhnte Hedwig, und draußen brach und prasselte in dem Augenblick die dünne Thür zusammen.

»Herr Du mein Gott!« schrie Jimmy, in aller Angst den Leinwandsack fallen lassend und nach der Kammerthür fahrend. Hier aber mußte er an Meier vorbei, und dieser, der nicht gesonnen war allein in dem fremden Haus im Stich gelassen zu werden, faßte ihn und hielt ihn, während Pelz an den Beiden vorüberglitt und in die Kammerthür verschwand, am Kragen fest. –

»Nicht ohne mich, Kamerad.« knurrte er dabei, »den Weg mußt Du mir wenigstens zeigen, und daß *Du* hier, mein Täubchen, uns nicht indessen vor der Zeit das ganze Haus über den Hals schreist, nimm *das* indessen«, und sie loslassend führte er, während er sprach, einen gewiß gut gemeinten Schlag mit der Faust nach der Stirn der jungen Frau, der dieser wahrscheinlich verderblich geworden wäre, wenn sie nicht, die Gefahr sehend, ihren Kopf unter seinen linken Arm geworfen, und sich fest an ihn angeklammert hätte.

»Hülfe, Hülfe!« schallte dabei ihr gellender Schrei, jetzt um das eigene Leben ringend und Jimmy, den Moment benutzend, riß sich von Meiers Griff los, und sprang ebenfalls in die Kammer, während dieser indeß umsonst versuchte die Frau von sich abzuschütteln oder in den Schwung seines, nach ihr schlagenden Arms zu bringen. Hedwig, ihre schwachen Kräfte zu wilder verzweifelter Anstrengung getrieben, hielt ihn fest umklammert, und Meier, endlich selbst zum Äußersten gebracht, riß ein Messer aus seinen Gürtel, als die Stubenthür auf- und Hopfgarten in demselben Moment auch in gänzlicher Verachtung der eben so rasch auf ihn gerichteten Waffe, gegen den Mörder anflog.

Mit dem linken Arm den nach ihm geführten Stoß, so gut das im Augenblick ging, abwehrend, warf er sich mit dem ganzen Gewicht seines Körpers so voll und gut gewillt gegen ihn, daß er den sonst viel stärkeren, jetzt aber auch noch durch die Frau behinderten Mann zum Taumeln brachte, und Meier fand sich, wenige Secunden später unter den ihn fest niederhaltenden Armen Hopfgartens und Eltrichs, die er jedoch Beide mit seinem Messer verwundet hatte, am Boden liegen, während aus dem ganzen Haus schon die Leute, durch das Geschrei aufmerksam gemacht, herbei und zur Hülfe strömten.

»Hopfgarten«, stöhnte indeß der Räuber, in der Anstrengung seine Arme wenigstens frei zu bekommen, und mit der Angst jetzt vor der gerechten Strafe, »lassen Sie mich los – ich – ich weiß, wen Sie suchen – ich weiß – ich weiß wo er steckt. Henkel ist hier in der Stadt – aber – heut Abend noch oder morgen früh geht er fort von hier – lassen Sie mich frei, und ich sage Ihnen, wo Sie ihn finden können!«

»Alle Wetter!« rief Hopfgarten überrascht, »da könnte man einen Wolf mit dem andern fangen.«

»Glauben Sie doch nicht was der Schurke sagt«, rief aber Eltrich, der das warme Blut an seiner Schulter niederrieseln fühlte, »der Bursche ist zum Galgen reif – Hülfe – Hülfe hierher.«

Der Ruf galt einer neuen, verzweifelten Anstrengung des Räubers, aber die Hinterthür, die in die Schlafkammer führte, und *nicht* verschlossen gewesen war, wurde in diesem Augenblick von den herbeistürmenden Boarders, mit dem jungen Hamann an der Spitze, gesprengt, während von der Straße herauf ebenfalls die Leute herbeisprangen. Wenige Minuten später war das Zimmer mit Menschen gefüllt, und Hopfgarten und Eltrich, den Gefangenen der Masse überlassend, konnten jetzt daran denken das wild umhergestreute und gefährdete Eigenthum des alten Mannes in Sicherheit zu bringen. Die indessen ohnmächtig gewordene Frau sahen sie in dem Schutz ihres Gatten, und den noch immer am Boden ausgestreckten alten Mann hatten unter der Zeit ein paar Nachbarn aufgehoben und auf sein Bett getragen.

Unter den Fremden waren übrigens auch zwei Constabler mitgekommen, die sich als solche zu erkennen gaben, und Meier vor allen Dingen in Gewahrsam nahmen. Andere, die von unten heraufkamen, hatten eine dunkle Gestalt zum Haus hinauslaufen sehen, und Einige unter dem, nach dem Hof zuführenden Kammerfenster eine goldene Uhr gefunden, die der Räuber dort wahrscheinlich, nach einem verzweifelten, aber glücklich abgelaufenen Sprung aus dem Fenster, verloren haben mußte.

Nur erst als sich Hedwig, unter den zärtlichen Bemühungen ihres Gatten wieder soweit erholte sprechen zu können, erfuhren sie, daß drei Männer: der Gefangene, ein früherer Reisegefährte Pelz, und ihr heute fortgeschickter Barkeeper, die Räuber gewesen seien. Hopfgarten, der sich indessen mit dem alten Mann beschäftigt hatte, fand in diesem Augenblick die Wunde an seinem Kopfe, und konnte nun keinen Augenblick mehr zweifeln, daß er *todt* sei.

Die Verwirrung, die jetzt folgte, ist kaum zu beschreiben, Alles schrie und drängte durcheinander, und Meier, mit auf dem Rücken festgeschnürten Ellbogen konnte nur wirklich durch die Constabler vor der Wuth der Bürger geschützt werden, die große Lust hatten, ihn gleich an Ort und Stelle, als warnendes Beispiel aus dem Fenster hinauszuhängen.

Jimmy mußte übrigens, da die wider Erwarten sehr starke Kammerthür verschlossen gewesen, und erst von den zur Hülfe Eilenden durch gemeinsames Dagegenwerfen gesprengt war, jedenfalls mit seinem anderen Kameraden, Pelz, aus dem Fenster in den Hof hinunter entkommen sein, denn aus der Thür hatte er nicht entziehen können. Die Constabler kannten ihn aber, und versprachen dem jungen Hamann ihr Möglichstes zu thun, ihm die Flucht aus der Stadt abzuschneiden, und ihn in den unzähligen Diebeswinkeln, die New-Orleans hat, herauszustöbern.

Der Gebundene sollte jetzt abgeführt werden, und Hopfgarten, die erhaltene Wunde im Oberarm, durch dessen dickes Fleisch das Messer gefahren war, gar nicht achtend, suchte ihn dahin zu bringen, ihm Näheres über den Aufenthalt Henkels, von dem er behauptet, daß er darum wisse, mitzutheilen.

»Geht zum Teufel«, knurrte ihn aber der Gefangene an, »macht mit mir was Ihr wollt, Ihr *habt* mich einmal, doch verlangt dann nicht auch noch *Gefälligkeiten* von mir. Vorhin war's Zeit; wenn Sie nicht holzköpfig gewesen wären, wüßten Sie jetzt was Sie wollen; nun könnt Ihr mir aber die Zunge aus dem Halse reißen, ehe ich eine von Eueren Fragen beantworte. Hole Euch Alle der Henker.«

»Der wird Dich zeitig genug bekommen, mein Bursche«, sagte der eine Constabler, ein Deutscher, indem er ihn vor sich her stieß. »Fort mit Dir; was aus Dir herauszukriegen ist, werden wir schon kriegen, hab' keine Furcht; mit solcher Art wissen wir schon umzugehen. Herr Hamann, Sie werden gut thun sich die Zeugen, die Sie brauchen, zu notiren, daß man sie finden kann; der Coroner mit dem Arzt wird wohl auch nicht lange auf sich warten lassen. Einer von unseren Leuten mag indessen noch vor der Hand unten im Haus bleiben, vielleicht ist doch noch etwas von Einem der andern beiden Burschen aufzufinden. Jedenfalls müssen wir uns genau überzeugen, wo die Herren heraufgekommen sind, und mit welcher Hülfe, und ob sie nicht im Haus noch andere Helfershelfer haben.«

Der Gefangene wurde jetzt fortgeführt, der Platz von den Fremden geräumt, und Hamann, der Hopfgarten und Eltrich bat, ihn nur jetzt nicht zu verlassen und bei ihm und seiner Frau zu bleiben, machte dann mit dem rasch herbeigerufenen Arzt, der nachher auch die beiden Freunde zu verbinden hatte, den freilich vergeblichen Versuch, seinen Vater in's Leben zurückzurufen. Der Schlag mit der Schlingkugel, die noch in der Stube auf dem Boden lag, hatte dem alten Mann den Schädel eingeschlagen und augenblicklichen Tod herbeigeführt.

Im Hof, wo die beiden anderen Verbrecher aus dem etwa sechzehn Fuß hohen Fenster hinuntergesprungen sein mußten, war indessen auch nichts weiter zu erkennen. Das Fenster stand offen, und ließ, mit der unten gefundenen goldenen Uhr allerdings keinen Zweifel über die Art der Flucht; obgleich aber der Hof nicht gepflastert, und der Boden ziemlich weich war, hatten doch die seit der Zeit darauf herumgeschwärmten Menschen Alles derart zertreten, daß es sich nicht mehr unterscheiden ließ wohin sich die Beiden gewandt. Das Wahrscheinlichste blieb übrigens, daß sie durch den schmalen Gang auf die Straße geflohen wären, und eine Verfolgung war dorthin nicht mehr möglich. Nur um die nächste Ecke, und die Räuber konnten in dem Menschengedränge der Straße ihren Weg ruhig und unbeachtet fortsetzen.

Der junge Hamann hatte indessen seine arme kleine Frau, deren zarte Glieder der rauhen Behandlung des Buben fast erlegen waren, auf ihr Zimmer gebracht, und sie dort der Pflege von ein paar im Hause wohnenden Frauen, die sich freundlich dazu erboten, übergeben, wonach er wieder zu dem Todtenbette seines Vaters zurückkehrte, und jetzt auch die beiden Freunde bat, ernstlich nach ihren Wunden zu sehn, daß sich dieselben nicht durch Vernachlässigung verschlimmerten. In der Aufregung aber, in der noch Beide waren, dachten sie kaum an die Fleischrisse, ließen sich jedoch von dem Arzt einen Verband darum legen und suchten dann wieder den Sohn über den ihn betroffenen Verlust zu trösten.

Der junge Hamann, mit der ersten wilden und aufreizenden Erregung vorüber, saß, in sich zusammengeknickt, in der kleinen Kammer neben dem Bett, auf dem der Ermordete lag, und starrte mit fest und krampfhaft auf den Knieen zusammengefalteten Händen still und schweigend vor sich nieder.

»Lieber Herr Hamann«, sagte Hopfgarten, freundlich auf ihn zutretend und seine Hand ergreifend, »geben Sie sich Ihrem Schmerze nicht also hin. Es ist ein trauriges Geschick was Sie betroffen hat, aber es war Gottes Wille, ohne den kein Sperling vom Dache fällt. Ich will Sie nicht etwa trösten«, setzte er freundlich und teilnehmend hinzu, »Ihr Schmerz muß sein Recht und seine Zeit haben – ich weiß das gut genug, und gerade die Zeit allein kann ihn lindern, zuletzt heilen – aber man muß ihm auch nicht in dem ersten Moment so ganz die Gewalt über sich lassen, denn gerade dann ist er am gefährlichen, und füllt uns das ohnedieß genug gequälte Herz mit bitterer Angst und Weh zum Überlaufen voll.«

»Mein armer, armer Vater«, stöhnte Franz, »und auf so schmähliche, schändliche Weise um sein Leben zu kommen, das ihm überdieß nur noch in Spannen zugemessen war.« –

»Nun hoffentlich entgehen die Buben der gerechten Strafe nicht«, sagte Eltrich; »der deutsche Constabler hatte alle Hoffnung Ihren sauberen Barkeeper wenigstens abzufangen. Er behauptete die Schlupfwinkel genau zu kennen, die jener frequentirt, und wir haben ihm auf die Seele gebunden, kein Geld zu sparen, den Schurken aufzufinden, ehe er vielleicht im Stande wäre New-Orleans zu verlassen.«

Eine eigen, wunderliches Geräusch schallte in diesem Augenblick durch das stille Zimmer, und Franz fuhr, wie von einem Blitz getroffen, von seinem Stuhle auf.

»Was haben Sie? – was ist?« frug ihn Hopfgarten erstaunt.

»Hörten Sie Nichts?« flüsterte Franz, mit geöffnetem Mund und ausgerecktem Arm, ein regungsloses Bild der gespanntesten Aufmerksamkeit.

»Hörten? – *was?*« rief Hopfgarten, sich ebenes überall in dem leeren Raume umschauend.

»Es war beinah, als ob Jemand mit den Fingern schnalzte«, sagte Eltrich.

»Das war Jimmy!« schrie aber Franz, wild auffahrend, »ich will nicht selig werden, wenn das nicht das Fingerknacken des Buben war. An die Thüren, Herr von Hopfgarten – um des Heilands Willen an die Thüren – der Bube ist hier noch im Zimmer versteckt!«

»Aber wo?« rief dieser, den jungen Mann erstaunt ansehend.

»Haben Sie dort in dem Kleiderschrank? – haben Sie hier unter dem Bette nachgesehn?«

»Aber ich bitte Sie um Gottes Willen.«

»Er ist hier, ich schwöre es Ihnen zu«, rief aber Franz, »ich kenne das unselige Knacken, durch das sich der Bube jetzt verrathen hat«, und das Licht vom Tisch aufgreifend, hatte er es kaum an die Erde gehalten, unter das Bett zu leuchten, auf dem der Ermordete lag, als auch die klägliche Stimme des dort versteckten, und also ertappten Barkeepers jedem weiteren Zweifel der Männer ein Ende machte.

»Ach mein bester, bester Herr Hamann«, flehte dieser mit winselnder, kläglicher Stimme, »ich bitte Sie doch um tausend und tausend Barmherzigkeits Willen, haben Sie Erbarmen mit einem unglücklichen, verführten, zu Grunde gerichteten Menschen – oh Jesus, oh Jesus, thun Sie mir Nichts – ich will ja vorkommen, ich will ja Alles gestehn, Alles was ich weiß – Alles herausgeben was ich habe – thun Sie mir nur Nichts.«

»Giebt es etwas Erbärmlicheres auf der weiten Welt als *diesen* Menschen?« rief Franz, das Licht auf den Tisch zurückstellend, und mit zusammengeschlagenen Armen jetzt, wo er seines Opfers gewiß war, ein paar Schritte von dem Bette zurücktretend, dem Elenden Raum zu geben vorzukommen.

»So 'was ist mir aber in meinem ganzen Leben noch nicht vorgekommen!« rief Hopfgarten erstaunt aus, »der Mensch verdiente wahrhaftig allein seiner Dummheit wegen begnadigt zu werden.«

»Ach bester Herr, bitten Sie – bitten Sie für mich!« schrie Jimmy, der jetzt rasch vorgekrochen war, sich an das Wort klammernd, indem er gegen Hopfgarten an auf den Knieen fortrutschte, und die Hände verzweifelnd rang. »Ja ich *bin* zu dumm, ich bin zu entsetzlich dumm, und habe mich ja allein verführen lassen zu dem schlechten, nichtsnutzigen Streich – o Gnade, Gnade, Barmherzigkeit.«

Hopfgarten, ohne alle Antwort, deutete nur auf die Leiche hin, und Jimmy, der mit scheuem Blick der Richtung des Armes folgte, sah kaum die furchtbare Lösung der Bewegung, als er auch mit einem wilden Aufschrei des Entsetzens, »Herr Jesus – mein Herr Jesus«, nach dem Bette zufliegen wollte; Franz aber faßte ihn am Kragen und schleuderte ihn mit unwiderstehlicher Kraft davon ab.

»Zurück von da!« zürnte er dem winselnd Niederbrechenden zu, »feiger, erbärmlicher Mörder – rühre die Leiche nicht an!«

»Ach Herr Hamann, Herr Hamann, ich bin unschuldig, ich bin unschuldig.« schrie aber Jimmy, »ich bin ein Dieb, ein nichtsnutziger, erbärmlicher, gemeiner Dieb, Herr Hamann, aber kein Mörder – bei Allem was mir und Ihnen heilig ist, schwöre ich es Ihnen zu, ich bin unschuldig an dem Blut, ich weiß Nichts davon, ja Pelz und Meier haben es mir hoch und theuer versprechen müssen, kein Blut zu vergießen.«

Hopfgarten, der die Zerknirschung des Burschen zu benutzen wünschte, forderte ihn jetzt auf Alles zu erzählen von Anfang an, wie es gekommen und geschehn, und Jimmy, der mit der Leiche vor sich, eine furchtbare Angst über sich kommen fühlte, beichtete mit gefalteten Händen, und nur von einzelnen Ausrufungen um Erbarmen und Gnade unterbrochen, Alles was er wußte, von dem Augenblick an, wo er sich mit seinen beiden Helfershelfern besprochen, bis wo sie auf der Treppe Hedwig hatten in das Zimmer gehn sehn, und in der Besorgniß, die Zeit nicht zu versäumen, eingebrochen waren. Was in dem Zimmer selber geschehen sei, davon wollte er keine Sylbe wissen, und schwur und winselte wieder, bei Allem was er über und unter der Erde zu schwören fand – und er sprach dießmal die Wahrheit – daß er nur Hals über Kopf gesucht habe Schmuck und Geld, was in dem Secretair gelegen, in seinen Leinwandsack hineinzupacken. Pelz und Meier hätten es übernommen gehabt, die beiden im Zimmer befindlichen Personen indessen ruhig zu halten.

Der junge Hamann bat jetzt Herrn Eltrich um die Gefälligkeit, den Constabler heraufzuholen, indeß sie Beide den Burschen bewachen wollten; Jimmy hörte aber kaum das für ihn furchtbare Wort, als er sich wieder vor Franz auf die Erde warf, seine Knie umfaßte und um Gottes Willen bat, ihn nur dieß eine Mal den Gerichten nicht zu übergeben; er wolle »so 'was« ja in seinem ganzen Leben nicht wieder thun, und Alles herausgeben, was er schon in seinem Koffer habe, ja für Herrn Hamann arbeiten von früh bis spät, um Nichts wie die Kost – *nur* keinen Constabler. Der junge Mann mußte sich mit Gewalt von dem Burschen frei machen, und Eltrich fing schon fast an Mitleid mit ihm zu fühlen, aber ein Blick auf die Leiche zerstörte das bald wieder, und seinen Hut aufgreifend, verließ er rasch das Zimmer, den verlangten Constabler herbeizubringen, der wenige Minuten später den zitternden, weinenden Jimmy in Empfang nahm, und mit sich fortführte.

8. Die Überraschung

Hopfgarten verbrachte in körperlicher wie geistiger Hinsicht eine peinliche Nacht. Die Wunde, so wenig gefährlich sie auch sein mochte, war doch durch das ganze Fleisch des Oberarmes gedrungen, und schmerzte ihn sehr, und dabei quälte ihn der Gedanke, den der Gefangene in ihm wach gerufen, daß Henkel oder Soldegg, wie der Schuft nun auch hieß, hier in New-Orleans und zwar im Begriff sein solle wieder abzureisen. Zwar stellte er sich selber wieder und wieder vor, daß jenes Versprechen des ertappten Räubers eben nur eine wilde leere Ausflucht gewesen sei, Rettung zu finden vor dem Arm des Gerichts, und daß jener Meier so wenig von Soldeggs Aufenthalt wisse, wie er selber. Und doch auch wieder hatte eben die *Möglichkeit* der Sache auch etwas Wahrscheinliches, daß derartiges Gesindel, mochte es nun im gesellschaftlichen Leben stehen auf welcher Stufe es wolle, wenn einmal im Verbrechen erst so weit gediehen, auch gegenseitig Kenntniß von einander habe, und die verschiedenen Schlupfwinkel und Wege kenne.

Und wie nun, wenn jener schurkische Soldegg, den zu fassen und unschädlich zu machen, hauptsächlich aber das Band zu lösen, das sein unglückliches Weib noch an ihn fesselte, er allein zum zweiten Mal nach Amerika gekommen, jetzt hier fast in Arms Bereich von ihm war, und ihm vielleicht mit nächstem Morgen wieder hinaus in alle Weite entfloh? – wie dann, wenn jener Meier wirklich recht gehabt, und er nun auf den zahllosen Dampf- und Segelschiffen, Fähren und Booten, die New-Orleans von Tagesanbruch bis in die späte Nacht verließen, umsonst umherrannte den Verbrecher zu finden. Und einmal entschlüpft, konnten dann nicht Jahrelang dazu gehören, bis er wieder zufällig mit ihm zusammentraf? – ja war es nicht sogar möglich, daß der Bursche, müde der Gefahr, in den Staaten doch einmal gefangen zu werden, mit seinem Raube hinüber nach Frankreich oder England, oder hinunter nach Texas oder Mexico ging?

Der Kopf wirbelte ihm von all dem Denken und Sinnen, und als er endlich in einen wilden, unruhigen, fieberhaften Schlummer fiel, quälten ihn tolle Träume noch mehr, als selbst das wachende Nachdenken es gethan. Da fand er den Betrüger, wohin er trat, und überall äffte ihn die, ihm unter den Händen wegschwindende Gestalt; zu Pferd wollte er ihn verfolgen, und der Sattel rutschte ab – das Pferd stürzte, riß sich wieder auf und kam in Moorboden, in dem es stecken blieb; schießen wollte er nach ihm, und sein Gewehr war nicht in Ordnung – der Pfropfen ging nicht in den Lauf hinunter, die Zündhütchen glitten ihm durch die Finger, und als er endlich geladen hatte, versagte das Gewehr; zu Schiff wollte er ihn verfolgen, und das flüchtige Dampfboot brauste und schnaubte hinter dem kleinen Kahn her, in dem sich der Bube zu retten suchte, da plötzlich rannten sie auf eine Sandbank; das Dampfboot saß fest, peitschte vergebens mit seinen Rädern die schäumende Fluth und in weiter Ferne verlor er den Kahn, der den hohnlachenden Verbrecher trug, aus den Augen – zu Wagen war er hinter ihm drein und die Stränge rissen, ein Rad brach, die Pferde stürzten – sie kamen nicht von der Stelle, und vor sich – immer dicht vor sich mußte er das Hohnlachen des Buben hören.

In Schweiß gebadet, und an allen Gliedern wie zerschlagen, wachte er endlich mit Tagesgrauen etwa auf, und verließ, wenngleich ihm der linke Arm arg geschwollen war und sehr weh that, doch augenblicklich sein Lager, wusch sich und zog sich an und schrieb dann, trotz seiner Aufregung und seinen körperlichen Schmerzen, einige Zeilen an den Professor Lobenstein, in denen er ihm seine Rückkunft von Deutschland meldete und ihn bat, sich, wenn er ihm in *irgend etwas* dienen könne, ohne Rückhalt und vertrauungsvoll an ihn zu wenden. Den Brief übrigens behielt er noch in seiner Brieftasche, erst den heutigen Tag und seinen Erfolg abzuwarten, um seine Adresse sicher angeben zu können.

Die Sonne war indessen aufgegangen und er eilte jetzt, nach rasch eingenommenem Frühstück, an die Dampfbootlandung hinunter, die dort liegenden Boote zu besuchen und ihre Passagiere zu revidiren. Vergebens aber kletterte er an Bord aller der Dampfer, deren Schornsteine rauchten, in Cajüte wie Zwischendeck herum, kein bekanntes Gesicht traf er an, und ob er sich gleich die Mühe nicht verdrießen ließ und *sämmtliche* Privat-Cajütenthüren, eine nach der anderen, öffnete und hineinsah, fand er doch nicht den Gesuchten.

Ein Paketschiff nach Liverpool lag zum Auslaufen fertig; er ging an Bord – von Soldegg keine Spur, und Ledermann, den er abgeholt, und der den besonderen Auftrag bekommen hatte, die Fährboote zu überwachen, schien eben so erfolglos gesucht zu haben. Meier hatte jedenfalls nur die Lüge rasch ersonnen, seine eigene Haut in Sicherheit zu bringen.

Um elf Uhr sollte nach Verabredung Ledermann, der von dem Staatsanwalt einen neuen Verhaftsbefehl gegen den Verbrecher bekommen, Hopfgarten wieder an der Dampfbootladung treffen, das Weitere dort zu berathen, und dieser schoß indessen in fieberhafter Aufregung, mit dem schmerzenden Arm in der Binde, hin und her an der Landung, nur erst einmal, und immer vergebens, eine Spur des Gesuchten zu finden.

Über den Strom herüber von »Algier«, dem andern Ufer, kam ein großer Dampfer herüber und legte an der Landung an. Vorn am Boilerdeck trug er wie gewöhnlich ein kleines Schild, das unter dem Namen den Ort seiner Bestimmung und die Stunde der Abfahrt anzeigte. Es war der:

Chikasaw
für Little Rock.
Abfahrt *zehn* Uhr!

Der Chikasaw hatte in Algier Fracht für Arkansas eingenommen und jetzt an der New-Orleans-Landung noch einmal angelegt, etwaige Passagiere für Arkansas, oder die dazwischenliegenden Plätze, die schon durch die Zeitungen darauf aufmerksam gemacht waren, an Bord zu nehmen. Die Glocke läutete dabei, rasche Abfahrt kündend, und der Rauch wirbelte dick und schwarz in die reine klare Luft hinauf.

»*Nach Little Rock!*« – Hopfgarten gab es ordentlich einen Stich durch's Herz, als er den Namen las. Wenn Soldegg wirklich heute beabsichtigte, New-Orleans zu verlassen, so war Nichts wahrscheinlicher, als daß er wieder nach dem Westen gehen würde. Jedenfalls lag hier die Möglichkeit, ihn zu finden, und sich den Hut tief in die Stirn ziehend, daß an Bord, oben von der Cajüte aus, Niemand sein Gesicht erkennen konnte, schritt er rasch über die schmale Planke an Deck und stieg auf das Boilerdeck hinauf, die dort versammelten Passagiere zu mustern.

Henkel war nicht unter ihnen, aber noch die Möglichkeit nicht ausgeschlossen, daß er vielleicht eben nur die wirkliche Abfahrt des Bootes erwarten würde, an Bord zu gehn, und Hopfgarten beschloß, jedenfalls, bis die Planken eingezogen würden, in der Cajüte zu bleiben.

Unruhig hier auf- und abgehend, hielt er sich fortwährend in der Nähe des Boilerdecks, von wo aus er einen freien Blick über die Levée und Landung hatte, und besonders die Planke des Bootes selber im Auge behielt, ohne selber auffallend sichtbar zu sein. Es konnte dieses Niemand, ungesehn von ihm, betreten.

Eine Menge Passagiere kamen, als die Glocke zum zweiten Mal läutete, heran; Männer mit Koffern auf den Schultern und Hutschachteln in der Hand, oder Reisesäcken unter dem Arm, Auswanderer von Deutschland, ihre schweren, riesigen, hölzernen, buntbemalten Koffer zu zweien im Schweiß ihres Angesichts, und in der Furcht zurückgelassen zu werden, über die Levée schleifend – die Frauen Kinder auf Rücken und Armen. Auch ein Transport Altenburger Bauern, in ihrer Nationaltracht, schritt herunter zum Boot, sich nach dem fernen Westen einzuschiffen, und die Amerikaner, die fast alle Trachten der Welt zu sehn bekommen, und sich um keine groß bekümmern, blieben stehn, sahen den Leuten nach, und lachten über die wunderliche Kleidung.

Jetzt kam ein ganzer Trupp braun gekleideter Männer, mit breiträndigen Hüten und weißen Halsbinden, von zwei Güterkarren begleitet, die ihr Gepäck führten, die Levée nieder und auf das Boot zu. Es waren jedenfalls Geistliche, und Hopfgarten wandte sich an den neben ihm stehenden Clerk oder Buchhalter des Bootes mit der Frage, ob er wisse, wer die Herren wären, und wohin sie in solcher Menge gingen.

»Ah blos Methodistenprediger«, lachte dieser – »ein ganzer Schwarm, den wir vor acht Tagen von Little Rock mit herunter gebracht haben. Es sind meist Circuit-rider aus dem Westen, die hier zu einer protestantischen Versammlung, wirksame Maasregeln gemeinschaftlich gegen den »Antichrist« zu berathen, wie sie uns selber sagten, heruntergekommen sind, und jetzt wieder auf ihre Posten zurückgehn. Es ist eine Vergnügungsreise für die Herren, zu der sie vorher natürlich eine tüchtige »fromme Sammlung« gemacht haben.«

Die Geistlichen, elf an der Zahl, kamen indeß an Bord und die Boilerdeckstreppe herauf in die Cajüte. Hopfgarten blieb an der Thür stehn, und sah sie einzeln neben sich vorübergehn. Es waren meist ausdruckslose Gesichter, einzelne aber auch mit verschmitzten Augen, und scharfgeschnittenen Zügen;

der Deutsche hatte jedoch kein Interesse an ihnen, und wollte seine Aufmerksamkeit eben wieder der Levée zuwenden, als Einer der Geistlichen ihn mit einem langsamen, salbungsvollen Kopfnicken grüßte, und an ihm vorbei die Cajüte betrat.

Hopfgarten sah ihn überrascht und verwundert an; der Mann trug allerdings einen sehr anständigen, braunen, langen Rock von feinem Tuch, eine schneeweiße Halsbinde, blank gewichste Stiefeln und einen breiträndigen, schwarzen Filzhut, wie die Anderen, aber *das* Gesicht war nicht zu verkennen, und, wenn einmal gesehn, nicht wieder zu vergessen.

»Herr Maulbeere!« rief Hopfgarten, in diesem Augenblick selbst Henkel vergessend, »träume ich denn oder wach ich – sind Sie es, oder sind Sie es nicht?«

»Mein lieber Herr von Hopfgarten«, sagte der Angeredete, dem wirklich Verblüfften, mit einem milden Lächeln in dem glatt rasirten Gesicht, die Hand reichend und feierlich schüttelnd, »es ist mir ein ungemein wohlthuendes Gefühl, Sie nach so langer Trennung wieder einmal begrüßen zu können – ich habe in meinen Gebeten manches Mal recht freundlich Ihrer gedacht.«

Hopfgarten blinzte mit den Augen, trat sich auf den Fuß und suchte sich im Anfang wirklich erst ordentlich gewaltsam davon zu überzeugen, daß er nicht träume, und mit wachenden Augen den schmutzigen Scheerenschleifer Maulbeere, den Schnapsprediger von der Haidschnucke, solcher Art ausgekrochen und als Schmetterling – als Braunes Ordensband – der Gedanke kam ihm unwillkürlich – in der sonnigen Luft herumflattern zu sehn. Aber Maulbeere lebte und athmete, that auch Nichts, das Erstaunen des vor ihm Stehenden zu beseitigen, sondern schien sich eher an dessen Überraschung zu weiden.

»Aber wie, um Gottes Willen, kommen Sie in *diesen* Rock, in *diese* Gesellschaft?« rief er endlich, jede weitere Höflichkeit bei Seite setzend, aus – »ja, wenn mir Jemand des Himmels Einsturz –«

»Spotten Sie nicht, oder profaniren Sie nicht eine so heilige, ernste Sache« – unterbrach ihn aber Maulbeere schnell und fast ängstlich. »Daß der Herr da oben« – und er warf einen frommen Blick nach der Decke hinauf, »*Wunder* thut, brauche ich Ihnen, als gebildetem Mann, nicht zu sagen. *Sein* Geist hat mich erleuchtet – Sein Hauch den Teufel ausgeblasen, der in mir lebte und thätig war – der Herr hat Gräuel an den verkehrten Herzen, und Wohlgefallen an den Frommen – der Gottlose ist wie ein Wetter, das überhingeht, und nicht mehr ist, der Gerechte aber bestehet ewiglich – der Mund des Gerechten bringt Weisheit, aber das Maul des Verkehrten wird ausgerottet – rühme Dich nicht des folgenden Tages, denn Du weißt nicht, was heute sich begeben mag.«

»Aber wie ist es möglich gewesen, in der kurzen Zeit eine solche Verwandlung –«

»Der Herr ist Allen gnädig«, sagte Maulbeere, mit einem zweiten frommen Blick die Hände faltend, »und erbarmet sich aller seiner Werke – des Herrn Geist stieg auf seinen Knecht nieder in der Nacht des Unglaubens, da Alles finster war, und siehe da, ein feines Lämplein wurde aufgestellt in dem Tummelplatz des Satans, und sein helles, goldenes Licht trieb die Sünde aus dem gereinigten Gefäß!«

Hopfgarten schüttelte immer noch, wie seinen Sinnen nicht recht trauend, den Kopf. Die Gestalt vor ihm aber hatte Fleisch und Bein, und der braune Rock so wenig, wie die schneeweiße, reine Binde ließen sich wegleugnen.

Die übrigen Geistlichen hatten sich indeß in der Cajüte versammelt, ein paar Minuten leise mitsammen geflüstert, und Einer von ihnen kam jetzt wieder der Thüre zu, wo die Beiden standen und sagte mit einem milden, lächelnden Blick:

»Der Bruder Mulberry wird freundlich von uns aufgefordert, an einem stillen Dank, dem Höchsten für die glückliche Beendigung unserer frommen Sendung zu bringen, Theil zu nehmen.«

Maulbeere neigte langsam sein Haupt, und sich dann wieder zu Hopfgarten wendend, sagte er:

»Wir haben wohl das Vergnügen, mit Ihnen zusammen die Reise nach Little Rock zu machen?«

»Nein, bester Herr Maulbeere, das thut mir wahrhaftig leid«, erwiederte dieser – »ich bin nur an Bord gekommen, Jemand zu suchen.«

»Das schmerzt mich in der That«, sagte Maulbeere, indem er in die Tasche griff und ein kleines Paket Bücher und eine Visitenkarte herausnahm – »sollten Sie aber später einmal wieder in unser wildes, westliches Land kommen, so wird es mich herzlich freuen, zu sehn, daß es Ihnen gut geht – diese Karte hier enthält meine Adresse – und mich *glücklich* machen, zu hören, daß auch Sie den *wahren* Frieden in Gott gefunden, und die Bahn des Heils betretend, den breiten, ebenen Weg verlassen haben, der hinab zu Sünde und Verdammniß führt. Gott sei mit Ihnen – er erleuchte Sie – er neige sein Antlitz über Sie, und gebe Ihnen seinen Frieden – Amen!«

Und mit einer halb segnenden, halb grüßenden Handbewegung gegen Herrn von Hopfgarten, der Bücher und Karte fast unbewußt in der Hand behielt, und dann ebenso in die Tasche steckte, drehte er sich langsam von ihm ab, und schritt seinen Gefährten am andern Ende der Cajüte zu.

Ein neuer Trupp Fremder zog in diesem Augenblick die Aufmerksamkeit unseres Freundes auf sich, die Glocke läutete dabei zum dritten Male, und das Boot machte Anstalt zur Abfahrt. Nirgends aber ließ sich eine Gestalt erkennen, die der des Gesuchten auch nur im Entferntesten geglichen hätte, obgleich Hopfgarten vollkommen darauf vorbereitet war, das Gesicht Soldeggs durch Bart oder Brille vielleicht so viel als möglich unkenntlich gemacht zu sehn. Mit dem Chikasaw beabsichtigte dieser keinesfalls, den Strom hinaufzugehn, und er mußte zuletzt, als die Planken und Taue eingeholt wurden und die Räder nach rückwärts an zu arbeiten fingen, das Boot in den Strom hinauszuschieben, an Land springen.

Auf seiner Uhr war es jetzt halb elf Uhr, und er ging, die Ankunft Ledermann's hier verabredeter Maßen zu erwarten, indessen ungeduldig an der Levée auf und ab. Seine rechte Hand in die Tasche schiebend, fühlte er dort die vorher in Gedanken eingesteckten, ihm von Maulbeere übergebenen Schriften, und nahm sie heraus, zu sehn, was sie enthielten.

Es waren natürlich Traktätchen. Das eine handelte über die Heiligkeit des Sabbaths und die Gefahr der Sabbathschändung, mit einem abschreckenden Beispiel, wie ein Knabe an einem Sonntag einmal den Fluß befahren hatte und ertrunken war – während Millionen Beispiele, dasselbe Verbrechen jeden Sonntag verübend, glücklich abfuhren und eben so landeten – das andere über die Bibelvertheilung, und die übrigen über das Missionswesen, und dessen dringende Nothwendigkeit; jedes am Schlusse mit einer Bitte um die Unterstützung der frommen Männer, die in die Wildniß, unter wilde Bestien und wildere Menschen zögen, und von Wurzeln und Rinde lebten, das Evangelium zu predigen. Auf der Karte stand:

The Reverend Zachäus Mulberry.
Little Rock. Arks.

Die Karte steckte Hopfgarten zum Andenken ein, die Bücher warf er fort.

Und Ledermann kam noch immer nicht – es war schon fast drei Viertel auf elf, und Hopfgarten ging wie auf Kohlen, in Angst und Ungewißheit, den Strahlen der heißen Sonne ausgesetzt, an der Landung auf und ab.

»Gott der Gerechte, der Herr Baron«, redete ihn da plötzlich eine Stimme an, und als er sich rasch danach umdrehte, stand ein Mann, augenscheinlich ein Israelit, von dessen Gesicht Hopfgarten aber keine Ahnung hatte, in einem dunklen, anständigen Rocke, mit einem kleinen Strohhute auf, vor ihm, und machte ihm eine tiefe Verbeugung; der Mann mußte aber jedenfalls sehn, daß ihn der Herr, den er angeredet hatte, nicht erkannte und er fuhr lächelnd fort:

»Gottes Wunder – hob' ich mich denn gar so sehr verändert, daß so an lieber Herr anen alten Raisegesellschafter sollte vergessen haben. Kennen Sie den Veitel Kochmer nicht mehr?«

»Veitel Kochmer? – nein –«

»Kennt den Veitel Kochmer nicht mehr«, lachte der Alte, mit dem Kopf dabei schüttelnd – »den Mann mit der Holzharmonika, dem Sie an Concertchen zusammengebracht haben an Bord, als an guter und freundlicher Herr.«

»Veitel Kochmer«, rief Hopfgarten, sich jetzt des Namens entsinnend, »ja Euch hätte ich allerdings nicht wieder erkannt – Ihr seht ganz anders aus – tragt den langen Bart nicht mehr und den Kaftan – es geht Euch gut?«

»Gott soll gedankt sein, ja.«

»Und Euer Sohn –«

»Mai Sohn? – wie haißt mai Sohn –« sagte der Mann, ungeduldig den Kopf schüttelnd – »das Jüngelche, was ich bei mer hatte, mit die hibsche Stimme – wenn's ane bessere Lunge und a schlechtere Stimme gehabt hätte, lebt es *noch.*«

»Ihr habt ihn sich todt singen lassen«, sagte Hopfgarten ernst.

»*Ich* hab' ihn sich todt singen lassen? – wie haißt? – soll sich die Lunge beim Magen beschweren – der Eine arbeitet mit die Händcher, der Andere mit die Lunge, aber Alle arbeiten mer um ze leben, ze essen un ze trinken, und an Rock auf dem Leib ze haben – hob ich en nich acht Wochen gepflegt, als *ob* er mai Sohn gewesen wäre, und stirbt er mer nich zuletzt wie zum Possen? – Soll mer Gott helfen, als ich nich hob' Schaden gehabt an dem Jüngelche. – Aber Herr Baron – kennten wir zwei Beide nich a klanes Geschäftche zesammen machen; hob' ich was ganz Extraes von gute Staincher, vor solch einen fürnehmen Herrn, wie der Herr Baron.«

»Ich danke, lieber Kochmer, ich brauche Nichts in der Art«, sagte Hopfgarten, wieder nach seiner Uhr sehend, »kann mich auch augenblicklich gar nicht damit befassen – haben Sie eine Uhr bei sich?«

»Ja wohl, Herr Baron – werd' ich ka Ürche haben, un a Staatsürche is es«, fuhr er fort, eine goldene Cylinderuhr aus der Tasche nehmend, »geht se doch um drei Minuten besser wie die Sonne – s' ist gerade sieben Minuten über dreiviertel auf elf – kennten wir *damit* vielleicht en Handelche machen?«

»Ich danke wirklich – ich habe selber eine ganz gute Uhr und brauche keine, wollte auch nur sehen ob die meinige richtig ginge.«

»Wenn Sie die Staincher emol sähen, würden Sie Appetit kriegen – se sain zum 'Reinbeißen«, fuhr aber Veitel, nicht so leicht abgewiesen, in seinem Anpreisen der Juwelen fort, »hob ich die Musik doch jetzt ganz an den Nagel gehängt un mich auf die Staincher gelegt. Wer die Sache versteht ist's a solides, prächtiges Geschäftge hier in Amerika – wenn mer sai Zeit kann abpasse.« Und er nahm dabei ein kleines Etui aus seiner Brusttasche, das er öffnete und dann, den Kopf schräg zur Seite davon zurückhaltend, die Sonnenstrahlen auf die wirklich schönen Steine, die in tausend Lichtern funkelten, wieder fallen ließ.

Hopfgarten hatte indessen die Levée auf und abgesehn, den so sehnlich Erwarteten endlich irgendwo zu erspähen, aber vergebens; Ledermann ließ sich nirgends blicken und der Zeiger seiner Uhr, den er ungeduldig und ununterbrochen fragte, schien nicht von der Stelle zu rücken.

»Ich danke Euch Veitel – ich brauche wirklich Nichts der Art«, sagte er zerstreut, »trage weder Ringe noch Tuchnadeln, und muß hier im Lande auf- und abreisen, wo man solche Sachen am allerwenigsten bei sich führen kann.«

»Aber so sehn Sie nur emol die Pracht an«, drängte Veitel.

»Ja, sehr schön – wirklich brillant«, sagte Hopfgarten, einen flüchtigen Blick darauf werfend, und dann durch das Feuer derselben doch verlockt sie aufmerksamer zu betrachten; »sehr schöne Steine in der That, aber wie gesagt, Nichts für mich.«

»Und *das* Stainche hier vor a Tuchnadel – ah?« sagte Veitel, vor Hopfgartens Augen ein Türquis in der Sonne blitzen lassend.

»Mensch, wo hast Du den Stein her?« rief aber Hopfgarten unwillkürlich erschreckt aus, als sein Blick auf einen sehr schönen großen *dreieckigen* Türquis fiel, den Veitel zwischen den Fingern hin und her drehte.

»Woher? – Gottes Wunder!« rief der Jude erschreckt, »ehrlich gekauft, soll mer Gott helfe.«

»Ich sage ja Nichts dagegen, Veitel«, rief Hopfgarten rasch, ihn zu beruhigen, »gewiß ist er ehrlich gekauft, aber von wem? ich kenne den Stein – habe wenigstens von ihm, oder einem ganz ähnlichen gehört, ich möchte gern –«

»Von wem? von em achtbaren, soliden Herrn, von em wahren Schentelmenn in sein Handeln und Geschäftcher«, sagte Veitel, immer noch in der Meinung, ein Verdacht ruhe auf ihm, »und wenn er nicht hait Morgen abgereist wäre, kennten Se ihn selber fragen, Herr Baron – ist en alter Bekannter von Sie, noch vom Schiff her.«

»Heute Morgen abgereist? – wohin Veitel?« sagte Hopfgarten, der sich krampfhaft mit der rechten Hand in die Seite griff, nur um ruhig zu bleiben und seine Aufregung nicht zu verrathen, »wer war es denn eigentlich – der – der Doktor Hückler?«

»Gott soll bewahren, der Herr Henkel, und mit dem Schtiemer ist er fort nach der Havanna.«

»Mit dem Postdampfer nach Havanna?« rief Hopfgarten, jetzt wirklich *nicht* mehr im Stande sich zu mäßigen – und der ist heute Morgen fort?«

»*Hait* Morgen wird er fort sain«, sagte Veitel, »Gottes Wunder was is jetzt dermehr?«

»Ledermann!« schrie da Hopfgarten, Veitel gar nicht mehr beachtend, den Freund an, der eben jetzt, so lang schon herbeigewünscht, gerade über die Levée herüber und auf Herrn von Hopfgarten zukam, »wann, um Gottes Willen, geht der Havanna Steamer?«

»Die Cuba? – um elf Uhr«, sagte dieser erstaunt.

»Großer Gott – es muß gleich schlagen – so ist er noch nicht fort?«

»Dort drüben können Sie ihn sehn«, sagte Ledermann, der von der hohen Levée aus ein paar Momente mit den Augen in den Fluß hinein gesucht hatte – gerade zwischen den beiden ausgezackten Schornsteinen jenes Bootes dort – das große Dampfschiff, aus dem der Rauch so dick aufsteigt.«

»Henkel ist an Bord!« war Alles was Hopfgarten herausbringen konnte, »großer Gott, daß wir nicht an das Havanna-Schiff gedacht.«

»Gott der Gerechte!« rief Veitel, seine Steine einsteckend und in Verwunderung die Hände zusammenschlagend, »was han Se uf amol vor a Eil; wird der Herr Henkel doch wiederkommen in vier oder fünf Woche, wie er mer hot gesagt.«

»Noch ist es vielleicht Zeit«, rief aber Ledermann, der indeß rasch das Terrain überschaut hatte; »*so* pünktlich gehen die Dampfer nicht ab; einzelne Passagiere zögern immer etwas länger am Ufer, oder der Capitain kann auch seine Geschäfte nicht so rasch besorgen. Dort fährt ein Cab – gegenüber dem Dampfer nehmen wir ein Boot, und einmal von den Schiffen frei, daß sie an Bord unser Tücherschwenken sehen können, und wir kommen noch zur rechten Zeit.«

»Veitel!« rief Hopfgarten, sich rasch nach diesem umdrehend, »kommt morgen früh zu mir in das St. Charles Hotel – verstanden? – bringt Euere Steine mit – und nun fort Ledermann, fort!« und diesem voran laufend winkte er schon von weitem dem kleinen einspannigen Cabriolet zu, dessen Kutscher, Passagiere suchend, langsam die Levée an der Dampfbootlandung hinabfuhr. Der Mann zügelte sein Pferd ein und Hopfgarten bot ihm einen Dollar, wenn er sie so rasch das Pferd laufen könne dem Havanna Steamer gegenüber die Straße niederführe.

»Halt, dort geht ein Constable!« rief ihm aber Ledermann zu, »den nehmen wir mit.«

»Kann nicht drei Passagiere fahren, Sir«, sagte der Kutscher.

»Du bekommst einen Dollar für jeden, wenn Du uns rasch an Ort und Stelle bringst!« rief der Deutsche, dem Angst und Aufregung fast die Sprache zu nehmen drohte. Ledermann lief indessen, so rasch ihn seine langen Füße trugen, und sehr zum Ergötzen der ihm Begegnenden, der nächsten Straßenecke zu, an der er einen ihm bekannten Constable erspäht hatte. Wenige Worte genügten, diesen mit Allem bekannt zu machen was Noth that, und zwei Minuten später galopirte das eben nicht sehr kräftige Pferd, von der wacker geführten Peitsche seines Herrn getrieben, in flüchtigen Sätzen die Straße nieder. Unterwegs unterrichtete der Constable diesen dabei, dem großen Dampfschiff gegenüber, das sie jetzt deutlich erkennen konnten, anzuhalten, wo er Miethboote wüßte.

»Ay ay Sir!« sagte der Mann, und hieb stärker auf sein Pferd, »kommen noch zurecht, wenn mein alter Jack nicht bis dahin zusammenbricht.« Das Pferd hielt sich aber wacker, und plötzlich gegen die Levée anfahrend, denn den Wasserrand konnten sie von da aus, des hochaufgeworfenen Dammes wegen nicht sehen, hielt er an.

»Boot Sir? – Boot für den Steamer?« riefen ihnen hier schon vier, fünf Bootsleute zu gleicher Zeit entgegen, die sich herbeidrängten, die geglaubten Passagiere nach dem Dampfschiff zu bringen; dieses konnte seines Tiefgangs wegen hier nicht dicht am Ufer anlanden, und mußte ein Stück draußen im Strom vor Anker liegen; »höchste Zeit, Gentlemen, aber wir bringen Sie hinüber.«

»Fünf Dollar, wenn wir zur rechten Zeit kommen.«

»Hier Sir! hier ist ein Boot das es thun kann!« schrie Einer Hopfgarten am Arm ergreifend.

»Mit dem alten Kasten kommst Du nicht vor Abend hinüber«, überschrie ihn ein Anderer, »*meins* ist der Clipper, Gentlemen, der über das Wasser fliegt.«

Der Constable hatte indessen von der Levée aus mit einem Kennerblick die Boote rasch übersehen, und den beiden Fremden winkend ihm zu folgen, sprang er in das, was ihm am tüchtigsten schien, hinein, und hinten an das Steuer. Die beiden Bootsleute, die dazu gehörten, nahmen mit einem Hohnlachen über die besiegten Gefährten ihre Sitze ein, und wenige Sekunden später schoß das scharfe, wackere Boot, die gelbe Fluth zu beiden Seiten in Schaum hinauswerfend, zischend und spritzend über den breiten Strom dem Dampfer zu.

»Wir kommen wahrhaftig zu spät!« rief Hopfgarten in Todesangst mit der rechten Hand sein Tuch schwenkend, »dort pufft das Schiff schon seinen Dampf aus, und die Räder fangen an zu arbeiten.«

»Nur keine Furcht Sir«, sagte der eine der Bootsleute, der einen Blick über seine Schulter weg nach dem näher und näher rückenden Fahrzeug warf, »sie arbeiten nur gegen die Strömung langsam an, den Anker heraufzuheben; die Kette ist noch unten.«

»Er hat recht«, rief aber auch der Constable jetzt, »die Kette ist noch aus und wir kommen zur rechten Zeit.«

»Gott sei Dank«, sagte Hopfgarten leise, aber tief aufseufzend vor sich hin, und von dem Augenblick an schien es, als ob jede Unruhe, jedes Schwanken von ihm genommen sei. Ruhig ein Bein über das andere gelegt, beobachtete er ihre Annäherung an das keuchende, gewaltige Dampfschiff, und überflog mit seinem Blick nur manchmal rasch und forschend das aufgebaute Quarterdeck des Fahrzeugs, zwischen den dort auf- und abgehenden Passagieren den Gesuchten herauszufinden; aber er bemühte sich nicht mehr sein Gesicht zu verbergen – der Verbrecher konnte ihm nicht mehr entgehen.

An Bord traten jetzt ein paar Mann, das nahende Boot bemerkend, oben an die noch aushängenden Fallreeps; der eine von diesen hielt ein dünnes zusammengerolltes Tau in der Hand, und warf es dem einen der Bootsleute zu, der es durch den Ring vorn zog und um die vordere Queerbank schlug. Im nächsten Augenblick lag das kleine schwanke Boot, auf den kurzen Wellen tanzend, die das Starbordrad schlug, dicht an die steilaufsteigende Seitenwand des mächtigen Fahrzeugs an, und der Constable rief hinan:

»Ein Tau hier herunter, Boys, für den Gentleman; er hat einen kranken Arm und kann sich nicht halten.«

Wenige Secunden später war dem Rufe Folge geleistet; der Constable legte das Seil um Herrn von Hopfgartens Mitte, und während die Matrosen oben langsam anzogen und ihn dadurch stützten, lief derselbe rasch an der steil niederhängenden Fallreepstreppe auf.

»Danke – danke herzlich«, sagte dieser, während sein Blick an dem Quarterdeck hing; aber auch dort sah er nicht den, den er suchte, und sich an den Steuermann des Schiffs wendend, der seine Leute eben gefragt hatte, ob der Herren *Gepäck* schon an Bord sei, bat er diesen ihm zu sagen wo er den *Clerk* der Cuba fände.

»Dort oben, Sir – an der Starbordtreppe; der mit dem Panama-Hut auf, Sir, und dem kleinen Buch in der Hand.«

»Sie wünschen Plätze in der Cajüte, Sir?« frug ihn dieser freundlich, »der Steward soll Ihnen gleich Ihre *staterooms* anweisen.«

»Bitte, mein Herr«, sagte Hopfgarten, dem seine beiden Begleiter auf dem Fuße folgten, »können Sie mir nicht Auskunft geben, ob ein gewisser *Soldegg* an Bord ist?«

»Soldegg? – Soldegg?« sagte der Clerk nachdenkend sind dabei sein kleines Buch öffnend, eine dort eingetragene Liste mit den Augen überfliegend, »ist noch nicht notirt, Sir.«

»Oder Henkel?«

»Ebenfalls nicht«, lautete die Antwort, nach kurzer Pause.

»Oder Holwich?«

»Keiner der drei Herren; aber es sind einige Gentlemen erst in der letzten halben Stunde an Bord gekommen, deren Namen ich noch nicht eingeschrieben habe. Sie werden unterwegs Zeit genug bekommen deren Bekanntschaft zu machen; soll ich Ihnen indessen –«

»Bitte, mein Herr, mein Besuch ist anderer Art«, sagte Hopfgarten ruhig; »ich habe einen Verhaftsbefehl mit gegen einen gefährlichen Verbrecher, und ich glaube, ja ich weiß ihn an Bord.«

»Oh wenn das ist«, lachte der Clerk, »dann hat der Herr auch vielleicht einen andern Namen angegeben; nichts leichter als das. Wohl ein Constable, der eine der Herren?« – dieser nickte mit dem Kopf – »*well*, dann bemühen Sie sich nur gefälligst selber in die Cajüte hinunter, und sehn Sie sich dort um; ich werde es indessen dem Capitain melden, und Ordre geben, daß das Schiff nicht unterwegs geht.«

Hopfgarten blieb einen Augenblick stehn, Athem zu holen, so preßte ihm die Aufregung dieses Momentes Brust und Herz zusammen, äußerlich aber war er vollkommen ruhig, und Ledermann und den Constable bittend, ihn vorangehn zu lassen, und erst nach ein paar Minuten zu folgen, stieg er mit festen, ruhigen Schritten die Quarterdeckstreppe hinauf, und die breiten Mahagonystufen, die von da in die untere Cajüte führten, wieder hinunter, und öffnete, von dem Steuermann begleitet, dem der Clerk ein paar Worte über den Zweck dieses Besuches zugeflüstert, die Thür der Cajüte, in der einige zwanzig Passagiere in den verschiedensten Stellungen umhersaßen und standen, und ziemlich ruhig die nahe Abfahrt des Dampfers, dessen Maschine schon unter ihnen arbeitete, zu erwarten schienen.

Aber Hopfgarten sah nur *Einen* von allen diesen; auf dem mittleren Sopha, das eine Bein behaglich über das andere gelegt, und neben sich auf einem kleinen Tisch eine Flasche mit Rothwein und ein Gefäß mit großen, klaren Eisstücken, ein Buch in der Hand, in dem er nachlässig blätterte, lag *Henkel* und schien so sorglos und unbekümmert die Abfahrt des Bootes zu erwarten, so sicher seiner Umgebung zu sein, daß er nicht einmal aufsah, als Hopfgarten langsam auf ihn zuging, bis dieser neben seinem Tische stehn blieb und Henkel jetzt, mit einem leisen Schrei der Überraschung emporfahrend, ganz plötzlich seinen alten Reisegefährten neben sich erkannte.

»Alle Wetter! Herr von Hopfgarten«, sagte er aber, sich rasch sammelnd; »das ist ein prächtiges Zusammentreffen, und wir sind auf's Neue Reisegefährten? – Schade, daß Frau von Kaulitz nicht da ist, für den dritten *Mann*.«

»Wir bekommen noch Gesellschaft«, sagte Hopfgarten, sich ruhig umsehend und den jetzt eben eintretenden Ledermann heranwinkend – »Herr Henkel oder Soldegg oder Holwich – ich weiß nicht unter welchem Namen Sie jetzt reisen – ich habe ihnen hier einen alten Bekannten vorzustellen, der eine weite Reise im Auftrag seiner Regierung gemacht hat, nur das Vergnügen Ihrer werthen Begleitung zu haben.«

»Was soll das? – was wollen Sie von mir?« sagte Henkel finster, sich aber doch leicht entfärbend, als er den Aktuar von Heilingen plötzlich hier erkannte. Einen forschenden, unruhigen Blick warf er dabei in der Cajüte umher, der indeß weiter Nichts Beunruhigendes bot, da der Steuermann an die Bar getreten war, und der Constable, der Gruppe die Seite zudrehend, eine Zeitung aufgenommen hatte, als ob er mit zu den Passagieren gehörte – »ich bin gerade nicht aufgelegt zu scherzen, sonst könnte ich Ihnen vielleicht wieder meinen – Zwillingsbruder schicken, sich mit dem abzufinden.«

»Herr Henkel«, sagte Ledermann ruhig – »wir haben ein Boot unten liegen, und ersuchen Sie, uns gutwillig und ohne weiteres Aufsehn zu erregen, da hinein zu folgen, das Weitere werden wir an Land abmachen.

So viel genüge Ihnen zu wissen, daß wir autorisirt sind, in dieser Weise zu handeln – ich habe einen Verhaftsbefehl für Sie in der Tasche.«

»Haho!« rief Soldegg aber, dem im Nu die ganze Größe der über ihn hereinbrechenden Gefahr klar wurde – »Herr von Hopfgarten will sich revangiren – hahaha – aber die Herren haben sich verrechnet – *lebendig* bekommen sie mich nicht – und überdieß – wer giebt Ihnen das Recht, mich hier verhaften zu wollen?« Seine rechte Hand glitt dabei rasch und verstohlen unter die Weste, die Bewegung aber war dem Constable, der ihn indessen scharf und aufmerksam von der Seite beobachtet hatte, nicht entgangen, und seinen Rock zurückwerfend, unter dem er sein Polizeizeichen trug, ging er auf den wild und drohend zu ihm aufblickenden Verbrecher zu und wollte, mit den Worten: »*You are my prisoner!*«[5], die Hand auf dessen Schulter legen, als Henkel, unter dem Arm fortgleitend, einen Schritt zurücksprang; mit der rechten aber zu gleicher Zeit ein mächtiges, blitzendes Bowiemesser aus der Weste riß, und mit wildem, höhnischen Lachen schrie:

»Lebend nicht – Bahn frei, oder, beim Teufel, ich hacke Pastetenfleisch aus Euch!« Zu gleicher Zeit führte er einen Hieb nach dem Constable, dem dieser nur durch ein jähes Zurseitespringen entgehn konnte, und warf sich auf Hopfgarten, wieder die Klinge zum Hieb gehoben. Dieser aber, ohne einen Zoll breit zu weichen, hatte eine gleiche Waffe gezogen, und bereitete sich, den Schlag zu pariren, als der Steuermann, etwas Ähnliches schon lange erwartend, ohne sich aber selber zwischen die gehobenen Messer hineinzuwagen, einen Stuhl aufgriff und Henkel so geschickt vor die Füße schleuderte, daß dieser im vollen Wurf darüber hinflog.

»Brav gemacht!« schrie der Constable, der indeß einen Revolver aus seinem Gürtel gerissen hatte, Gewalt mit Gewalt zu begegnen – »jetzt bekommen wir den Burschen lebendig.« Und um den Stuhl flog er herum, zwischen die Thür und den Gefangenen zu kommen, und diesem den Weg abzuschneiden. Henkel aber, zum Äußersten getrieben und recht gut wissend, was ihn erwartete, wenn er in die Hand der Feinde fiel, schnellte im Nu, sein Messer noch fest im Griff haltend, vom Boden wieder auf und sprang gegen die Thür an, von der fort die zufällig dort herabkommenden Passagiere, vor der drohenden Gestalt mit der geschwungenen Waffe scheu zur Seite stoben.

»Halt!« schrie der Constable, »im Namen des Gesetzes!«

Henkel hatte die Thür erreicht und stieß sie vor sich auf, als ein scharfer Knall, und gleich darauf weißer Pulverrauch den Raum füllte – ein wilder Schrei und eine blutende, todtenbleiche Gestalt, der die blanke Waffe entfiel und klirrend die Stufen zurückrollte, taumelte die Treppe hinauf an Deck, zwischen die entsetzten Passagiere.

»*You are my prisoner Sir!*« schrie der Constable, den Flüchtling einholend und an der Schulter fassend.

»*Ready for hell!*«[6] stöhnte dieser, ließ die Arme sinken, drehte sich einmal im Kreise herum und brach, wo er stand, zusammen.

»*Den* Passagier könnt Ihr von der Liste streichen, Clerk«, sagte der Steuermann ruhig zu diesem, als er an Deck kam – »steht bei hier, Jungen, und hebt den Cadaver einmal in's Boot hinunter, und zwei von Euch waschen die Flecken hier weg und die Treppe rein. Marsch mit Euch und ein Bischen schnell – ist der Anker auf?«

»Alles klar, Sir!«

»Gut, in fünf Minuten müssen wir unterwegs sein – die Herren mögen die Geschichte dann selber an Land ausmachen.«

Hopfgarten stand neben der Leiche und sah tief aufseufzend in die bleichen Züge, in die stieren zu ihm aufgedrehten Augen – aber er sprach kein Wort; nur das Messer, das er noch offen in der Hand trug, barg er wieder in der Scheide, und einen kleinen weißen Handschuh aus seiner Brust nehmend, bog er sich nieder, und netzte das zarte schneeige Leder mit dem quellenden Blut des Gerichteten.

Zwei Matrosen faßten die Leiche jetzt auf und trugen sie zu der Fallreepstreppe, wo Andere mit den Tauen standen und sie hinunter ließen; der Constable hatte sich indessen vom Clerk das Gepäck, das dem Gericht verfallen war, ausliefern lassen.

»Hallo, da kommt noch ein Passagier!« rief der eine Bootsmann, als die Seeleute die Leiche rasch nach unten viehrten – »dacht' es mir beinah, wie ich den Schuß hörte.«

»Hast eine gute Nase, Kamerad«, rief Einer der Matrosen nieder, »das aber da ist nur Ballast; schlagt die Taue los!«

Die Koffer folgten dem Körper, und diesen die Passagiere – oben läutete die Glocke, die Räder rauschten und peitschten den gelben Schaum zu wir-

5 Sie sind mein Gefangener.

6 Fertig für die Hölle!

belnden Wellen auf – stromauf arbeitete das gewaltige Schiff, einen weiten Bogen beschreibend in der kochenden, zischenden Fluth, und während es sich stromab wandte, und das flatternde Banner der Vereinigten Staaten lustig im Winde wehte, ruderte das kleine Boot mit seiner traurigen Last langsam dem Lande wieder zu.

9. Das Haus im Walde

Wieder keimten und sproßten die Blumen im lieben deutschen Vaterland; die Wiesen hatten sich mit frischem Grün gedeckt, im Wald rauschte und flüsterte der Wind gar so traulich und heimlich durch die jungen, saftigen Blätter, und schaukelte die langen, duftenden Zweige der Birke, und trug die wirbelnde Lerche hoch in die blaue, sonnige Luft hinein.

Wie das draußen in den Feldern so regsam schaffte und arbeitete; wie die Heerden so fröhlich blökten, die wieder hinaus durften in die warme, sommerliche Flur; wie die Schwalben – die lieben, lieben Schwalben so froh durch den Äther strichen und die Störche, von den Kindern mit scheuer Ehrfurcht betrachtet, klappernd und von ihren Reisen erzählend, auf den Dächern standen, oder langsam über die feuchten Wiesenflächen schritten, alte Jagdgründe zu revidiren.

Wie das zwitscherte und klang und sang und schmetterte in dem weiten, lichtdurchflutheten Raum, und die Luft mit seinem Glanz und Jubel füllte, jeder Ton ein Loblied dem Herrn, jedes grüne Blatt, jeder duftende Kelch, jeder Thautropfen am schwankenden Halm, ein Dankesopfer seiner Allmacht und Güte. Oh wie sich auch die Menschenbrust da so froh und fröhlich hebt, und das Herz mit jauchzt und jubelt, und hinauf möchte, höher und höher hinauf, der steigenden Lerche nach, die mit zitterndem Flügelschlag, ein lebendiges Bild der Lust und Wonne, dort oben steht und betet. Wie es da stammelnd danken und preisen möchte auch in *seiner* Weise, und nicht Worte, nicht Ausdruck findet für die Seligkeit, die in ihm glüht und lebt, und seine Adern füllt, und deren Wiederglanz nur in der Thräne zittert, die heiß und doch so lindernd da in's Auge steigt.

Der Winter war vorbei – die Natur erwacht, und Gottes Odem wehte, ein Segen, über das weite, wundervolle Land, Luft und Frieden in der Menschen Herzen gießend – aber nicht in alle. – Den schmalen Pfad der, das Dorf Waldenhayn umgehend, nach dem dunklen, die Hügel deckenden Kieferwald hinaufführte, schritt eine schlanke, bleiche Frau, einsam und allein; sie sah krank und hülfsbedürftig aus, und die bloßen, wegwunden Füße ließen hie und da in den Spuren Blutflecken zurück, wo ein scharfer Stein sie verletzt; der Straßenstaub deckte dabei ihr Gewand, und die weiße, fast durchsichtige Hand klammerte sich fest und wie krampfhaft an den rohen Eichenstock, der ihr zur Stütze diente.

Neben ihr auf stieg wirbelnd die Lerche, und im Korn lockte das Rebhuhn und die Wachtel; – sie blieb stehn und horchte dem Laut, aber nicht vom Boden nahm sie den Blick, schauderte zusammen, als ob selbst diese süßen Töne nur furchtbare Erinnerungen für sie hätten, und schritt langem weiter ihre stille Bahn, dem Walde zu.

Nur einmal blieb sie noch stehn, und zitterte, und wäre fast in die Knie gesunken, als vor ihr, bis jetzt von Birken- und Weidenbüschen verdeckt, ein kleines, einsam gelegenes, ödes Häuschen, mit halb geöffneter Thür und ausgebrochenen Fenstern sichtbar wurde; aber wie gewaltsam raffte sie sich zusammen, faßte ihren Stab fester und schritt auf das niedere, verlassene Gebäude zu.

Als sie die Schwelle erreichte, läuteten unten die Glocken den Nachmittagsgottesdienst aus, und als ob *die* Töne sie mit furchtbarer, unwiderstehlicher Gewalt getroffen, brach sie zusammen in die Knie, und lag lange Minuten wie betend da. Dann erhob sie sich langsam wieder, warf noch einen scheuen Blick über das, unten das kleine Thal füllende Dorf, und verschwand dann in dem dunklen Raum der Hütte.

Unten im Dorf läuteten die Glocken den Nachmittagsgottesdienst aus, und der würdige Pastor Donner, dessen Haar die letzten drei Winter doch um ein Bedeutendes gebleicht, kam freundlich, rechts und links die noch vor der Kirche stehenden Kinder und Gemeindemitglieder grüßend, die ihn, mit dem Hut in der Hand, vorbeiließen, seiner kleinen Wohnung, dem duftigen, schattigen Garten zu, wo ihn zu dieser Zeit der Nachmittagskaffee in der blühenden Fliederlaube erwartete. Aber mehr als das harrte heute sein.

»Vater – lieber Vater!« jubelten ihm die Kinder entgegen, Blätter Papier hoch und jauchzend empor haltend – »Brief von Georg ist gekommen – Brief vom Bruder Georg; er kommt herüber in ein oder zwei Jahren mit seiner *Frau!* – er hat geheirathet, Vater – Bruder Georg hat geheirathet und es geht ihm gut!«

Der Pastor blieb stehn, und als die Kinder auf ihn zugesprungen kamen und ihm in ihrer frohen Kindeslust den Brief entgegen hielten, bog er sich zu ihnen nieder und küßte sie, aber die Mutter folgte ihnen, und barg ihr Haupt an des Gatten Brust. Sie hatte sprechen – erzählen – mit den Kindern jubeln wollen, und kein Wort brachte sie jetzt vor Thränen über die Lippen – aber es waren *Freudenthränen.*

»Georg hat geheirathet!« jubelte Fritz dabei, der jüngste Sohn, den Brief in der Hand schwenkend, und um die Anderen herumspringend – »ich bin jetzt ein *Schwager* geworden, und Du, Louise und Du Trinchen, Ihr seid Schwägerinnen – hurrah, Bruder Georg soll leben!«

»Und es geht ihm gut?« flüsterte der Pastor, der Gattin an ihn gelehnte Stirn wieder und wieder küssend.

»Gut – recht, recht gut, Gott sei ewig gelobt und gedankt«, schluchzte die Frau – »da, lies nur selbst – ich habe vor Thränen nicht weiter lesen können.«

Auch Louise, die ältere Tochter, kam mit ihrem Bräutigam, einem jungen Geistlichen aus Heilingen, dem Vater freudestrahlenden Auges entgegen, und während die Glocken von dem alten Thurm noch klangen und tönten, und den tiefen harmonischen Laut weit aus über das stille Dorf und an die sonnbeschienenen Hänge der blühenden Hügel sandten, saßen die glücklichen guten Menschen in der duftenden Laube, und horchten der lieben, lieben Botschaft des fernen Bruders und Sohnes, der ihnen Grüße und Küsse weit über das Meer herübergesandt, und ihre Herzen mit Glück und Wonne und Dank, heißem Dank gegen den Höchsten erfüllt hatte.

– – »Seit drei Tagen bin ich jetzt mit meiner Marie vermählt, und der glücklichste Mensch unter der Sonne. In den angenehmsten Familienverhältnissen dabei, hat sich unsere Farm, die mein Schwiegervater schon im Begriff war um ein Spottgeld zu verschleudern, auf eine ganz unerwartete und kaum geahnte Weise verwerthet, denn ich habe beim Graben eines Brunnens, in der Nähe einer neu errichteten Mühle, selber ein *Kohlen*lager entdeckt, das, wenn auch noch nicht für den Augenblick, doch für die Zukunft einen bedeutenden Ertrag verspricht. Ein Amerikaner hat mir schon für die Bearbeitung eine sehr bedeutende Summe baar geboten, aber ich zögere noch sie anzunehmen. Dabei bin ich ganz gegen meinen Willen, und durch einige glückliche Kuren in den Ruf eines geschickten Arztes gekommen, und da sich unsere Gegend, durch die Unmasse der hier eintreffenden Einwanderer, sehr belebt, bleibt mir schon gegenwärtig kaum mehr Zeit, meinen ländlichen Arbeiten so obzuliegen, wie ich es eigentlich wünschte – – – –«

– »Noch eine andere Nachricht aus unserer Familie, die auch Euch interessiren wird, habe ich Euch mitzutheilen. Meine Schwägerin Anna, die ältere Schwester Mariens und ein sehr liebes, braves Mädchen, hat ganz unerwarteter Weise einen Heirathsantrag aus Deutschland und zwar aus Heilingen, von dem frühern Kürschnermeister Kellmann bekommen. Kellmann ist, so weit ich ihn kenne, ein braver, rechtschaffener Mann und Anna scheint ihm auch gut zu sein. Er hat geschrieben, wenn sie ihm ein freundliches Ja schicke, wolle er ungesäumt herüberkommen – ich denke, wir werden ihn wohl nächstens hier sehn – – – –«

– »Der Rosensenker von Mutters Strauch vor dem Fenster, den mir Louise noch an jenem schmerzlichen Abend der Trennung gegeben, hat den Ehrenplatz in unserm freundlichen Garten, und grünt und blüht, daß es eine Lust und Freude ist, – die einliegende Knospe hat er getragen. Oh, wie mich der Blüthenstock an Euch erinnert; ich habe ihn so lieb, und doch treten mir jedes Mal Thränen in die Augen, wenn ich ihn ansehe. Meine Marie pflegt ihn selber; sie wird *Euch* auch gefallen. Hat sich das Geschäft mit dem Kohlenlager erst geordnet, und sich dasselbe so einträglich erwiesen, wie ich es jetzt wirklich glauben muß, dann komme ich mit ihr hinüber, Euch zu besuchen. Lieber Gott, es ist ja doch unser Aller Wunsch, später einmal wieder nach Deutschland zurückkehren und dort unsere Tage beschließen zu können. – – – –«

Unten am Brief in einer Nachschrift stand:

– »Über den Steffen, der bei uns der schwarze Steffen hieß, und von dem ich Euch schon früher schrieb, wie ich mit ihm zusammengekommen, habe ich nichts Näheres erfahren können. Auch seine Frau, die sich von ihm getrennt hatte, ist aus dem kleinen Städtchen, wo sie die letzte Zeit still und fleißig, und mit keinem Menschen verkehrend, gearbeitet hatte, spurlos verschwunden; Amerika ist zu groß, solche Leute im Auge behalten zu können. –«

»Du guter, barmherziger Gott«, sagte die Frau Pastorin, seufzend die Hände faltend, »ich begreife, wie schlechte Menschen einen Anderen aus Geldgier oder Rache, oder sonst in böser, sündhafter Leidenschaft *morden* können, aber daß Eltern im Stande sein sollen, ihre *Kinder* auf solche Art zu verlassen, begreife ich *nicht.* Das unvernünftige *Thier* thut das ja nicht, sorgt für seine Jungen, und vertheidigt sie in Gefahr, und der *Mensch* soll schlechter sein, als das Thier?«

»Für die Kinder war es ein Glück«, sagte der Pastor, seufzend mit dem Kopfe nickend – »*was* hätten sie von solchen Eltern gelernt, *wie* wären sie von ihnen erzogen worden, und jetzt sind sie bei guten Menschen untergebracht und versorgt.«

Ein paar Knaben aus dem Dorfe kamen in diesem Augenblick athemlos an den Garten gerannt, rissen die Mützen vom Kopfe, und schauten mit den roth erhitzten, dicken, gutmüthigen, jetzt aber jedenfalls durch irgend etwas sehr erregten Gesichtern durch die Gitterthür hinein, wo der Geistliche saß.

»Was wollt Ihr, Kinder?« sagte dieser freundlich, indem er von seinem Sitze aufstand und auf sie zuging.

»Oben am Berge spukt's!« rief aber der Eine von ihnen, in aller Eile und Geschäftigkeit ganz den sonst gewiß nicht versäumten Gruß vergeßend – »am schwarzen Steffen seinem Hause geht's um!«

»Am Hause des schwarzen Steffen?« rief Pastor Donner, erstaunt den Platz gerade jetzt, wo sie sich selber damit beschäftigt, genannt zu hören – »wer hat Euch den Unsinn weiß gemacht?«

»Ne, wahrhaftig«, rief der Andere betheuernd aus – »Hollebens Liese und Gutegrunds Annamarie haben den Geist von der »stolzen Jule« gesehn, der oben herumgeflogen ist.«

Nur mit Mühe bekam der jetzt aufmerksam werdende Geistliche heraus, daß zwei Mädchen aus dem Dorfe oben am Wald auf dem kleinen, dem Haus gerade gegenüber liegenden Hang gewesen waren, Blumen zu suchen, und an der, von den Dorfbewohnern ängstlich gemiedenen Hütte des schwarzen Steffen eine Gestalt gesehen hätten, von der sie erklärten, daß sie der Geist der »stolzen Jule« sei. Sie habe keine Ruhe im Grabe, und ginge dort an der Stelle um, wo sie ein Verbrechen begangen, für das wir in der sonst so reichen deutschen Sprache nicht einmal einen Namen haben. Die Hütte lag auch noch, gefürchtet und gescheut, unberührt so, wie man die Kinder damals darin gefunden, und nur mit dem Bettzeug und dem besten Hausgeräth herausgenommen hatte, und die Leute in den Spinnstuben erzählten sich Abends schauerliche Geschichten von dem Ort.

Pastor Donner schüttelte ungläubig den Kopf zu der Erzählung, Andere aber aus dem Dorf kamen nach, und der Schultze, der von den jungen Mädchen selber den Bericht gehört, den sie mit bleichen Wangen und zitternden Lippen in's Dorf getragen, folgte den Übrigen, bestätigte dem Herrn Pastor, was sich die Leute erzählten, und bat ihn, mit ihm hinauf zu gehn nach dem alten Hause, das Gerücht zu widerlegen, das sonst leicht mehr Nahrung gewann und von dem abergläubischen Volke ausgeschmückt wurde, oder sich zu überzeugen, was Wahres an der Sache sei.

Die Frau Pastorin wollte mit den Kindern ihren Mann begleiten, er bat sie aber, zurückzubleiben, und schritt dann, seine Amtstracht ablegend und Hut und Stock nehmend, an der Seite des Schultzen durch das Dorf hin, den kleinen, mit Unkraut überwucherten und fast verwachsenen Pfad hinauf, der zu dem, etwa eine kleine halbe Stunde von Waldenhayn entfernten Gebäude führte. Eine Menge der Dorfbewohner schloß sich ihnen unterwegs an, sie zu begleiten.

Als sie den Platz erreichten, war Alles todtenstill; nur hie und da zwitscherten die Vögel in den Zweigen, und auf dem alten Eichbaum neben dem Haus saß ein Rabe, drehte, als er die Menschen auf sich zukommen sah, den Kopf scheu nach rechts und links hinüber, und strich dann mit seinem tief und unheimlich krächzenden »*krah – krah*« – von dem Zweige ab, auf dem er gestanden, dem Holze zu!

»Das war sie – das war sie!« flüsterten die Frauen untereinander, indeß sie sich näher zusammendrückten, und scheu nach dem schwarzen Galgenvogel hinüberschauten, »jetzt werden sie Nichts mehr finden; die ist fort, und in der Nacht kommt sie wieder und sitzt dort auf dem alten Dach. Ich gehe nicht weiter mit – ich auch nicht – Gott soll mich bewahren vor *der* Stelle, die ewiglich verflucht ist.« rief eine andere Frau. »Man sollte Feuer anlegen und das Nest von der Erde vertilgen«, sagte Einer der Männer dann, »*ich* wenigstens möchte nicht einmal einen von den Balken in meinem Ofen brennen.«

»Die Thür steht offen, daß sie immer recht bequem aus und ein können«, flüsterte wieder eine Andere, »huh, wie mag's da drinnen um Mitternacht zugehn – der Schornstein sieht auch nicht umsonst so gelb und schweflig aus, und unsere Annakathrine hat neulich die Irrlichter hier oben wie toll herumtanzen sehen.«

Die Leute aus dem Dorf blieben wirklich, als sie den kleinen freien Platz vor dem Haus erreichten, scheu an dessen Grenze stehn, und nur Pastor Donner schritt, von dem Schultzen begleitet, langsam dem Hause selber zu.

»Ich habe schon lange einmal heraufgehen wollen, zu sehn, wie der Platz hier eigentlich aussieht«, sagte dieser endlich, »bin aber immer nicht dazu gekommen. Hm, wie öde und unheimlich das hier ist – es wundert mich gar nicht, daß sich die Kinder davor fürchten, ist mir's doch selber ein ganz eignes, unbehagliches Gefühl hier herzugehn – es ist fast, als ob man eine Richtstätte beträte.«

»Wohl ist es so«, sagte Pastor Donner feierlich und mit halb unterdrückter Stimme, als ob er selber sich scheue, an diesem Orte laut zu sprechen. »Aber wir wollen hier nicht stehen bleiben; die Leute dort hinten murmeln schon miteinander, und glauben sonst, daß wir selber uns fürchten, das Haus zu betreten.«

»Aber was sollen wir darin?« sagte der Schultze ausweichend, und es lag ihm wirklich Nichts daran, dort hineinzugehen, »'was Lebendiges hält sich hier oben nicht auf, sonst hätte der scheue Rabe da nicht im Baum gesessen, und an Gespenster glauben wir doch alle Beide nicht.«

»Ich bin einmal oben«, sagte der Geistliche mit seinen eigenen Gedanken beschäftigt, denn vor seinen Augen schwebte in diesem Augenblick die Scene auf dem Amerikanischen Dampfboot, die ihm in einem früheren Briefe der Sohn beschrieben, »und möchte auch das Innere des Hauses sehn, das ich seit jenem Tag, wo wir die armen, halb verhungerten Kinder hier oben abholten, nicht betreten.«

Langsam schritt er, von dem Schultzen nur widerstrebend gefolgt, der Thüre zu, schob diese noch etwas weiter auf, mehr Licht und Luft hineinzulassen, und betrat, durch den schmalen dunklen Gang gehend, die frühere Stube des »schwarzen Steffen«. Dort aber schrak er selber einen Schritt zurück, denn auf dem Boden vor ihm lag ausgestreckt und regungslos eine menschliche, weibliche Gestalt.

»Was giebt's? – was ist?« rief der Schultze, der den unwillkürlich ausgestoßenen Ruf des Erstaunens gehört, und auf der Stelle stehen blieb, wo er gerade stand, während sich eine Anzahl Burschen aus dem Dorfe näher herandrängten, die Frauen und Mädchen aber noch scheuer zurückwichen, und sich schon halb zur Flucht wandten.

Pastor Donner winkte aber dem Schultzen langsam und traurig näher zu kommen, und als dieser die Schwelle betrat, deutete er nieder auf den vor ihm ausgestreckten Körper der Unglücklichen, die Gram und Reue, und der nagende Wurm im Herzen wieder herüber, zurückgetrieben hatte durch das weite, wilde Land, über das weite Meer, an dem Ort, wo sie so furchtbar sich vergangen – *zu sterben.*

Jetzt rasteten die blutigen, nackten Füße von der weiten Wanderschaft, jetzt ruhte das arme Herz, das in Verzweiflung und Gram wohl manche lange furchtbare Nacht *die* Stunde hier herbeigesehnt, mit dem Kopf auf den zerfallenen Kasten gestützt, der dem jüngsten Kind in früherer Zeit zu seinem Bettchen gedient hatte, aus von seinem Leid und Weh. Der Körper selber war abgefallen und mager, die Wangen hohl und dünn, aber ein ruhiges, seliges Lächeln zog sich um die bleichen, kalten Lippen, die der Tod für immer geschlossen. Was sie verübt, was sie gesündigt, sie hatte schwer gelitten – hatte tief bereut, und wie, als ob die Kräfte ihr nur eben noch gehorcht, *die* Stelle zu erreichen, war hier der Tod, ein willkommener lieber Freund, zu ihr getreten, sie zu erlösen von ihren Leid.

Neugierig und muthig gemacht, durch das Verweilen der beiden Männer im Haus, drängten die übrigen Dorfbewohner jetzt auch nach und nach heran, und der Ruf. »die stolze Jule – die stolze Jule liegt todt im Haus!« füllte den kleinen Raum bald mit einem Theil der Schaar, die jedoch die Leiche immer noch scheu und furchtsam umstanden. Über ihr aber faltete Pastor Donner die Hände und sagte mit leiser, tiefbewegter Stimme:

»Gott hat in seiner Vaterhuld sich Dein erbarmt, Du armes verirrtes Kind – Du hast schwer gesündigt – schwer und furchtbar, aber auch viel, viel gelitten, und Gram und Reue haben ihre Züge mit scharfen Furchen in Dein Angesicht gegraben. Er sei Deiner armen Seele gnädig!«

Und seinen Hut abnehmend, welchem Beispiele rasch und scheu alle Übrigen folgten, betete er still und brünstig über der abgerufenen Sünderin.

10. Der rothe Drachen bei Heilingen

Schluß

Im rothen Drachen bei Heilingen herrschte heute ein reges, geschäftiges Leben; Kellner liefen und stürzten durcheinander hin, Tische wurden gerückt, Stühle getragen, Tischtücher ausgebreitet, und Körbe mit Flaschen und Getränken angeschleppt, als ob ein Regiment damit versorgt werden sollte. Im Garten, der mit einer Masse Kränze und Blumen und Guirlanden geschmückt war, standen noch einzelne Arbeiter, die mit frischem Sand bestreuten Gänge von den hineingefallenen Blättern und Zweigen des Ausschmucks zu reinigen, und unter einem kleinen, erst kürzlich aufgeschlagenen und ganz mit frischen Blumen besteckten und behangenen Zelt, lagen eine Reihe breitbauchiger Bierfässer mit eingesteckten gefälligen Hähnen, nur der Hand harrend, die sie aufdrehen würde, ihr schäumendes, kräftiges Naß zu spenden.

Den Pfad herunter, der von Zurschtel niederführte, kam ein Bettler an einer Krücke daher gehinkt. Es war sonst eine breitschultrige, kräftige Gestalt, aber mit eingefallenen Backen und hohlliegenden Augen, das linke Bein ziemlich dick in alte zerlumpte Tücher und Lappen eingeschlagen, und die linke Seite seines Gesichts ebenfalls mit einen schmutzigen Tuch verbunden.

Als er die Gartenthür erreichte, blieb er stehen, und sah hinein, betrat aber den Garten selber nicht, und schaute still und aufmerksam nach dem Haus hinüber.

Den breiten Gang herunter, der von der Guirlanden geschmückten Hausthür in gerader Linie nach dem Thore zu führte, schritt der Eigenthümer des Grundstücks, Herr Kaspar Helker, nach seinen Arbeitern zu sehn. In die Nähe des Bettlers gekommen, zog dieser den Hut ab, und sagte mit bittender Höflichkeit:

»Wären Sie wohl so gut, lieber Herr, mir zu sagen was heute hier los ist im rothen Drachen, mit all den Kränzen und Blumen, und welches Fest Sie feiern?«

»Ja wohl Freund«, sagte Herr Kaspar Helker, den armen zerlumpten Teufel dabei mit aufmerksamem, vielleicht nicht besonders befriedigtem Blick betrachtend, »Herr von Hopfgarten feiert heute seine Vermählung mit des reichen Dollinger jüngster Tochter, die früher, ich weiß nicht, ob Ihr die Geschichte kennt, an einen, jetzt gestorbenen, Amerikaner verheirathet war.«

»Herr von Hopfgarten – hm – Herr von Hopfgarten – der Name ist mir doch gar bekannt; stammt er von hier?«

»Nein, aus dem Mecklenburgischen. – Kommt Ihr weit her? – Ihr seht müde und krank aus.«

»Sehr weit – bin aber wohl mehr hungrig und durstig, wie krank«, sagte der Mann, mit einem scheuen Blick nach den Brod- und Kuchenkörben hinüber.

»So kommt herein und eßt und trinkt«, lud ihn der Wirth freundlich ein, »und Ihr habt *mir* nicht einmal dafür zu danken«, setzte er rasch hinzu; »Herr von Hopfgarten hat strengen Befehl gegeben, Niemand heute, wer es auch sei, ungespeist von dannen zu lassen. Es ist frei Bier und Essen hier im Haus.«

»Hm, da bin ich gerade zur rechten Zeit gekommen«, sagte der Mann, immer aber noch zögernd den Garten zu betreten.

»So kommt herein und setzt Euch gleich dort in eine von jenen kleinen Lauben«, sagte der Wirth; »die werden heute nicht benutzt und Ihr – Ihr seht eben nicht appetitlich genug aus zwischen den andern Gästen zu sitzen. Es soll Euch aber an Nichts fehlen«, fügte er rasch hinzu, »heh Wilhelm! besorgen Sie mir einmal für den Alten dort in die Laube ein Mittagsessen und Bier.«

»Bier kann ich nicht gut vertragen – wenigstens nicht gleich auf den leeren Magen hinein – gäben Sie mir einen Schnaps vorher?«

»Auch den sollt Ihr haben – heh Wilhelm – ein Glas Kümmel – aber ein großes Glas, und dann dürft Ihr ihm Bier geben, was er trinken will.«

»Danke«, sagte der Bettler, und hinkte an seiner Krücke in den Garten hinein. An der Schwelle blieb er noch einmal stehn, und warf einen scheuen Blick nach rechts und links, und wandte sich dann der kleinen Laube zu, in deren Schatten er verschwand.

»Dort kommen die Wagen!« rief da Einer der Kellner, der vor die Thür getreten war, den Weg hinunter zu sehen, »hierher, Herr Helker – sie kommen!«

Der Wirth sprang mit seinem Kellner der Thür zu, die Gäste zu empfangen, und die Wagen rasselten unter dem fröhlichen Schmettern der Posthörner lustig die Straße herunter.

In dem vordersten saß Herr von Hopfgarten mit seiner jungen Frau, sein gutmüthiges Gesicht ordentlich verklärt, seine Augen blitzend in Wonne und Seligkeit, und auch in Claras liebe Züge war das frohe, süße Lächeln zurückgekehrt, das ihrem Antlitz sonst einen so unwiderstehlichen Reiz verliehen. Die düstere trübe Zeit lag hinter ihr, wie ein böser Traum, und hell und freundlich glühte wieder das Sonnenlicht auf ihren Weg.

Den zweiten Wagen füllte die Dollingersche Familie, der alte Herr mit Frau, Tochter und Schwiegersohn, denn auch Sophie war im vorigen Herbst an einen reichen Gutsbesitzer, aber ebenfalls einen alten Bekannten von uns, verheirathet worden. Herr Baron von Benkendroff nämlich hatte sich nach seiner Rückkehr von Amerika zufällig einige Zeit in Heilingen aufgehalten, dort die schöne reiche Kaufmannstochter gesehn und kennen gelernt, sich zu gleicher Zeit sterblich in sie verliebt und seine Hochzeit, da ihn auch Sophie lieb gewonnen, gleich in demselben Monat noch gefeiert.

In den anderen Kutschen, aber alle von mit Blumen geschmückten Postillionen gefahren, saßen die Hochzeitsgäste aus der Stadt, bunt gemischte, aber fröhliche Menschen, und unter ihnen das gutmüthige Gesicht unseres alten Freundes Kellmann, neben der scharfgeschnittenen aber heute ebenfalls zufrieden lächelnden Physiognomie seines unzertrennlichen Gesellschafters, des Apotheker Schollfeld.

An der Gartenthür von dem Wirth und einer Schaar geschäftiger Kellner empfangen, stiegen die jungen Eheleute aus, und begrüßten hier zuerst ihre Gäste, und während das, hinter einer künstlichen Blumenhecke aufgestellte Militair-Musikchor – eine Überraschung Kellmanns – plötzlich mit schmetternden Trompeten in Mendelsohns herrlichen Hochzeitsmarsch des Sommernachtstraums einfiel, und dem kleinen glücklichen Hopfgarten vor Rührung auf einmal die großen hellen Thränen in die Augen traten, setzte sich der Zug in Bewegung, dem Hause zu.

Das Mahl ging vorüber, wie derartige Mahlzeiten gewöhnlich thun; eine Menge Toaste wurden ausgebracht, und die glücklichen Menschen jubelten, lachten und erzählten bis spät am Nachmittag, wo der Kaffee im Garten selber servirt werden sollte, und die Gäste dann zusammen in das Dollingersche Haus eingeladen waren, wo Herr Dollinger einen kleinen Ball für den Abend arrangirt hatte.

Im Garten, bei lustig tönenden Fanfaren, bildeten sich dann kleine Gruppen, und Benkendroff, Kellmann und Schollfeld hatten sich nächst dem Thor auf dem kleinen Vorbau, wo sie die wundervolle Aussicht nach dem grünen herrlichen Thal und den fernen Bergen genießen konnten, zusammengefunden ihre Cigarre zu rauchen. Nach einer Weile fand sich auch Hopfgarten zu ihnen, sie zu bitten, sich bereit zu halten, da die Wagen bald wieder vorfahren würden.

»Wer uns das damals gesagt hätte, Hopfgarten«, rief Benkendroff, seine Hand lächelnd auf des Freundes Schulter legend, »als wir auf der Haidschnucke zusammen Whist spielten, oder selbst als wir in New-Orleans von einander Abschied nahmen, daß wir *heute* hier *so* zusammenstehen würden.«

»Dem wär' ich schon damals vor Freude um den Hals gefallen, Benkendroff«, sagte der kleine Mann mit leuchtenden Augen.

»Es ist eine merkwürdige, mir aber höchst interessante Thatsache«, rief da Herr Schollfeld, sich die Hände reibend, »daß *die* Menschen, die einmal in Amerika *gewesen*, und glücklich wieder, ein sehr seltener Fall, zurückgekommen sind, sich am wohlsten fühlen. Und trotzdem, trotz allen schlagenden Beweisen, will sich dieses unglückselige Menschenkind, dieser frühere Kürschnermeister hier, nicht warnen lassen, sondern ebenfalls mit einem Leichtsinn, den man kaum einem jungen Menschen von achtzehn Jahren verzeihen würde, hinüber nach diesem gottvergessenen Lande der Freiheit ziehn, und *das* nennt er *sich zu Ruhe setzen.* Es wäre mehr Verstand darin, wenn er hier Nachtwächter oder Briefträger würde.«

»Aber bester Herr Schollfeld«, sagte Hopfgarten, »Sie wissen ja, daß er um seine jetzige Braut erst *dort* angehalten hat, und von Fräulein Lobenstein doch nicht verlangen kann herüber *zu ihm* zu kommen; er muß sie doch wenigstens *abholen.*«

»Ich will auch noch gar nicht verschwören, daß ich drüben *bleibe*«, sagte Kellmann ruhig, »mir aber jedenfalls die Verhältnisse dort ordentlich ansehn. Meines künftigen Schwagers, Georg Donners, Beschreibung des dortigen Landes lautet keineswegs entmuthigend; von anderer Seite habe ich ebenfalls recht gute Berichte über das wirkliche Farmerleben gehört, und kann ich mir dort mit meinem Capital, und von dem Rath meiner guten Freunde unterstützt, eine ruhige, *glückliche* Stellung gründen, warum nicht? – Freund Schollfeld müssen Sie aber viel zu gut halten, mein lieber Herr von Hopfgarten; er ist als ein Antiamerikaner hier schon bekannt.«

»Und hab' ich nicht recht?« rief dieser hitzig, »hatt' ich nicht recht auch mit jenem lebendigen Loblied Amerikas, jenem Weigel, der Betrügereien halber landesflüchtig werden mußte.«

»Das war ein einzelner Lump und kann nicht als Maasstab gelten«, sagte Kellmann.

»Lassen Sie das gut sein«, nahm Benkendroff hier des Apothekers Parthie, »Herr Schollfeld hat sehr gediegene und vernünftige Ansichten über Amerika, und Sie werden mir zugeben, daß *ich* ebenfalls im Stande bin ein Urtheil darüber zu fällen; ich kenne das Land aus Erfahrung, aus eigener, persönlicher Anschauung.«

Hopfgarten wechselte mit Kellmann einen gutmüthig lächelnden Blick, und sagte, sich an diesen wendend: »Wie kommt es nur, daß Sie Fräulein Lobenstein, wenn Sie dieselbe schon so lange geliebt haben, von hier fortziehen ließen, ohne ihr Ihr Herz zu öffnen?«

»Weil es ein wahnsinnig, unnatürlich verschämter Kürschnermeister war«, rief Schollfeld, die Antwort für seinen Freund aufnehmend, »wie Lobensteins hier fort waren, ging er herum wie ein begossener Pudel, sprach mit Niemandem, trank nicht mehr, schnitt ein Gesicht, als ob er Äpfelwein getrunken hätte, und wollte keinem Menschen Rede stehn, beinah zwei Jahre lang. Endlich bekam ich's heraus, und da gestand er mir, daß er – sehn Sie sich den Menschen einmal an – *keine Courage hätte* den Schritt zu wagen, obgleich er selber fast hoffe, Anna Lobenstein sei ihm nicht ganz abgeneigt. Da hört denn doch Alles auf. Na ich nahm ihn dann ordentlich in's Gebet, schon meiner selbst willen, denn es ist ja langweilig mit einem solchen verliebten Kopfhänger umgehn zu müssen. Er ließ sich auch endlich überzeugen, und ist mir nachher, wie er den Zusagebrief erhielt, um den Hals gefallen, und hat mich »sein liebes Schollfeldchen« genannt – und so ein Mensch will nach Amerika.«

Die Männer lachten über Schollfelds komischen Eifer und Hopfgarten sagte, noch immer lächelnd. »Sie reden gerade als ob Amerika ein *Unglück* wäre.«

»Ist es auch«, rief Schollfeld hitzig, »ist es auch, und der arme Teufel, der Ledermann, sonst so ein netter, rechtschaffener Kerl, wußte wohl, was er that. *Der* hätte auch nach Amerika gehn können, aber was ich ihm darüber die ganze Zeit vorgepredigt, hatte gute Früchte getragen; er sprang lieber in's Wasser, Ruh zu haben, ehe er solch verzweifelten Schritt that. Ist mir übrigens doch Leid um ihn, und ich hätte ihm etwas Besseres gewünscht – das verfluchte Spiel.«

»Seine Frau ist noch in Heilingen?« sagte Hopfgarten.

»Ja«, sagte Schollfeld mürrisch, »will aber wirklich dieses Frühjahr mit ihrem Bruder auswandern. Das ist auch so ein Lump, hat zweimal Bankerott gemacht, und nun natürlich nichts Gescheuteres zu thun, als daß er nach Amerika geht. Solche Leute gehören auch dorthin, aber vernünftige und rechtschaffene Menschen sollten besser wissen, was sie sich und ihren Familien schuldig wären.«

»Apropos, lieber Kellmann«, sagte Hopfgarten da plötzlich an diesen gewandt, »erinnern Sie mich doch daran; ehe Sie fortgehn, möchte ich Ihnen noch ein paar Zeilen an einen sehr lieben Freund von mir, einen Herrn *Fortmann* in New-Orleans, mitgeben; er kann Ihnen dort von Nutzen sein.«

»Ich danke Ihnen, ich werde es nicht vergessen – Sie haben ja wohl heute Briefe von dort bekommen?«

»Ja – eben von Fortmann. Das wird Sie auch interessiren; Sie wissen doch, daß der arme, unglückliche Loßenwerder eine Schwester hatte?«

»Lieber Gott«, sagte Kellmann, hinauf auf die Straße deutend, »an *dieser* Stelle trafen wir das arme Kind, Ledermann und ich, an jenem Abend, wo sie hier allein und zu Fuß in die Stadt kam, und noch keine Ahnung von der furchtbaren Nachricht hatte, die ihrer wartete. Es geht ihr gut jetzt, wie Sie uns schon früher sagten.«

»Besser jetzt wenigstens wieder – Fortmann schreibt mir eben, daß außer der bei dem Raubanfall erlittenen Mishandlung Schreck und Aufregung sie so ergriffen hätten, sie lange Monate an ihr Lager zu fesseln. Hamann hat auch deshalb besonders sein Geschäft aufgegeben, und sich weiter den Strom hinauf in ein gesünderes Klima gezogen. Der Nachlaß seines Vaters ergab übrigens, wie es scheint, ganz unerwarteter Weise, ein gar nicht geahntes, höchst bedeutendes Vermögen, das der alte Geizhals von dem Schweiß und Blut armer Auswanderer zusammengescharrt. An Aktien und Papieren, Geld und Juwelen, ganze Säle voll Leinwand und anderen Sachen gar nicht gerechnet, fanden sich weit über hunderttausend Dollar. Der junge Hamann ist aber ein braver, rechtschaffener Kerl, der gern wieder, wenigstens einen Theil dessen gut machen möchte, was sein Vater schlecht gemacht, und Fortmann schreibt mir eben, daß er, besonders von seiner Frau dazu angeregt der Stadt New-Orleans die volle Hälfte des ganzen Vermögens zur Verfügung gestellt habe, wenn sie das andere Geld zuschießen und ein großes Auswanderungshaus, das unter städtischer Aufsicht steht, gründen wolle, wo der Einwanderer vor Betrug sicher sei, und der arme hülfsbedürftige Arbeiter auf eine gewisse Zeit, seinen ersten Aufenthalt zu decken, selbst unentgeldlich Obdach und Nahrung fände. Wenn es zu Stande käme, wäre es ein Segen für Tausende, und New-Orleans, als Theil der Staaten, erfüllte damit nur eine schon längst schwer auf ihm gelegene Pflicht der Hafenstädte, Tausende von Unglücklichen, die nach Amerika kamen, dem Lande ihre Kräfte zu weihen, vor Verderben und Untergang, wenigstens vor grenzenloser Noth zu bewahren. Gott gebe seinen Segen dazu.«

»Wie wunderbar doch Gottes Wege sind«, sagte Kellmann, langsam mit dem Kopf dazu schüttelnd; »das arme Kind, das wenige Jahre früher, ohne einen Groschen, seine Nachtherberge zu zahlen, barfuß hier die Straße wanderte, verfügt jetzt über Tausende, und sucht Schmerz und Elend zu lindern, das sie selber ja so schwer aus ihrem eigenen Leben kennt.«

»Da kommen die Damen«, sagte von Benkendroff, der sich für die Leute nicht im mindesten interessirte, und indessen langsam seinen Kaffee getrunken und seine Cigarre geraucht hatte, »Schwiegermama scheint aufbrechen zu wollen, die Anordnungen zum Ball zu revidiren. Dort rasseln auch schon die Wagen heran«, rief er seine Cigarre wegwerfend, »also meine Herren, auf Wiedersehn heute Abend.«

Die Kutschen kamen jetzt, unter dem fröhlichen Hörnerschmettern des Postillions, um die Gartenwand gefahren und die erste hielt vor dem Thor, in die Hopfgarten wieder, als Ehrenpaar den Zug anzuführen, seine junge, lächelnde Frau hineinhob, und dann Platz an ihrer Seite nahm. Langsam fuhr dann der Postillion voraus, bis sämmtliche Gäste ihre Sitze eingenommen hatten, und der ganze Zug unter dem Hurrahgeschrei der sämmtlichen Dorfbewohnerschaft, der ebenfalls für den Abend hier draußen ein Fest bereitet worden, rasch die Straße nach Heilingen hinabrollte.

Der Wirth hatte seine »innigsten Glückwünsche« sämmtlich angebracht, und seine tiefen und freundlichen Bücklinge noch gemacht, bis der letzte Wagen schon lange sein Grundstück passirt war, drehte sich dann mit demselben freundlichen Gesicht um, gab einem der in die Lehre genommenen jungen Kellner, der mit offenem Maule neben ihm stand, eine Ohrfeige, und schickte den darüber auf's Äußerste Erstaunten an seine Arbeit, und lief selber in das Haus zurück, das Wegräumen der nicht getrunkenen Weine zu überwachen.

Nur der Oberkellner blieb, sich vergnügt die Hände reibend, und mit schmunzelnden, ein vortreffliches Trinkgeld verrathendem Antlitz noch einen Augenblick in der Thüre stehn, bis auch die letzte Staubwolke auf der Straße verschwunden war, und wandte sich eben, seinem Principal zu folgen, als der alte Bettler, der bis dahin vollkommen unbeachtet in der dichten Laube gesessen hatte, daraus hervor und auf ihn zu hinkte, den Garten zu verlassen.

»Nun, Alter, hat's geschmeckt?« sagte der Oberkellner mit einem huldvollen Lächeln ihm zunickend – »seid Ihr satt geworden?«

»Vollkommen, Gott lohn' es Ihnen!« seufzte der Mann und strich sich mit der Hand über das Gesicht – »aber eine Frage hätt' ich noch, die Sie mir wohl beantworten können. Jener Herr von Hopfgarten –«

»Ja?« frug der Kellner, die Augen fest zusammenpressend, und sich wieder aus Leibeskräften die Hände reibend – »der eben fortfuhr?«

»Ja, derselbe – war der Herr auch schon einmal in Amerika?«

»Der? – nun ja, gewiß; auf der Hinreise hat er ja seine jetzige Frau, die frühere Madame Henkel kennen lernen.«

»Hm – ja *Henkel*«, wiederholte der Mann leise vor sich hin.

»Dort hat er auch«, fuhr der Kellner, seinem Ideenlauf folgend, der ihn besonders interessiren mochte, fort – »den früheren Wirth hier vom rothen Drachen, den Lobsich, gefunden, der in Milwaukie ebenfalls einen rothen Drachen errichtet hat. Bei Tisch erzählte er uns die Geschichte – hahahahaha – es war zu komisch. Na adieu Alter – glücklichen Marsch«, und den Mann in der Thüre stehn lassend, ging er vor allen Dingen in die Laube, wo jener gesessen, zu sehn, ob er auch weder Messer noch Gabel mitgenommen und schoß dann, wieder wie vorher die Hände reibend, als ob er sie in Feuer bringen wollte, nach dem Speisesaal hinüber.

Der Bettler drehte sich langsam ab von ihm.

»'S ist mir doch 'was Unbedeutendes!« flüsterte er leise und tief aufseufzend vor sich hin, und hinkte, während ihm eine große Thräne über die eine offene Backe hinunter und in das Tuch lief, dem nicht mehr fernen Heilingen zu.

Erster Teil, Kapitel 1

Erster Teil, Kapitel 2

Erster Teil, Kapitel 4

Erster Teil, Kapitel 9

Erster Teil, Kapitel 6

Zweiter Teil, Kapitel 2

Zweiter Teil, Kapitel 3

Zweiter Teil, Kapitel 9

Zweiter Teil, Kapitel 6

Dritter Teil, Kapitel 3

Dritter Teil, Kapitel 5

Dritter Teil, Kapitel 9

Dritter Teil, Kapitel 8

Vierter Teil, Kapitel 2

Vierter Teil, Kapitel 3

Vierter Teil, Kapitel 7

Vierter Teil, Kapitel 6

Fünfter Teil, Kapitel 1

Fünfter Teil, Kapitel 2

Fünfter Teil, Kapitel 7

Fünfter Teil, Kapitel 4

Sechster Teil, Kapitel 2

Sechster Teil, Kapitel 3

Sechster Teil, Kapitel 9

Sechster Teil, Kapitel 8